江陰東興繆氏家集

賀林書甲於京

上

繆幸龙　主编

上海古籍出版社

图书在版编目(CIP)数据

江阴东兴缪氏家集 / 缪幸龙主编.
—上海：上海古籍出版社，2014.8
ISBN 978-7-5325-6991-5

Ⅰ.①江… Ⅱ.①缪… Ⅲ.①中国文学—古典文学—作品综合集 Ⅳ.①I212.1

中国版本图书馆 CIP 数据核字(2013)第 195775 号

江阴东兴缪氏家集
(全三册)
缪幸龙 主编
上海世纪出版股份有限公司
上 海 古 籍 出 版 社 出版
(上海瑞金二路 272 号 邮政编码 200020)
(1)网址:www.guji.com.cn
(2)E-mail:guji1@guji.com.cn
(3)易文网网址:www.ewen.cc
上海世纪出版股份有限公司发行中心发行经销
江苏金坛古籍印刷有限公司印刷
开本 787×1092 1/16 印张 144.75 插页 25 字数 2,760,000
2014 年 8 月第 1 版 2014 年 8 月第 1 次印刷
印数:1—800
ISBN 978-7-5325-6991-5
K·1771 定价: 880.00 元
如发生质量问题,读者可向工厂调换

ISBN 978-7-5325-6991-5

前排左起：建华　瑞君　明高　昭　根宝　全德　幸龙　冬晓　文彩　建通　荣法　建龙（沈家巷支）　建龙（阚庄支）
后排左起：青云　志超　国忠　焕良　文球　建林　海涛　宇宏　建刚　建峰　全正　永记

《江阴东兴缪氏家集》编委会

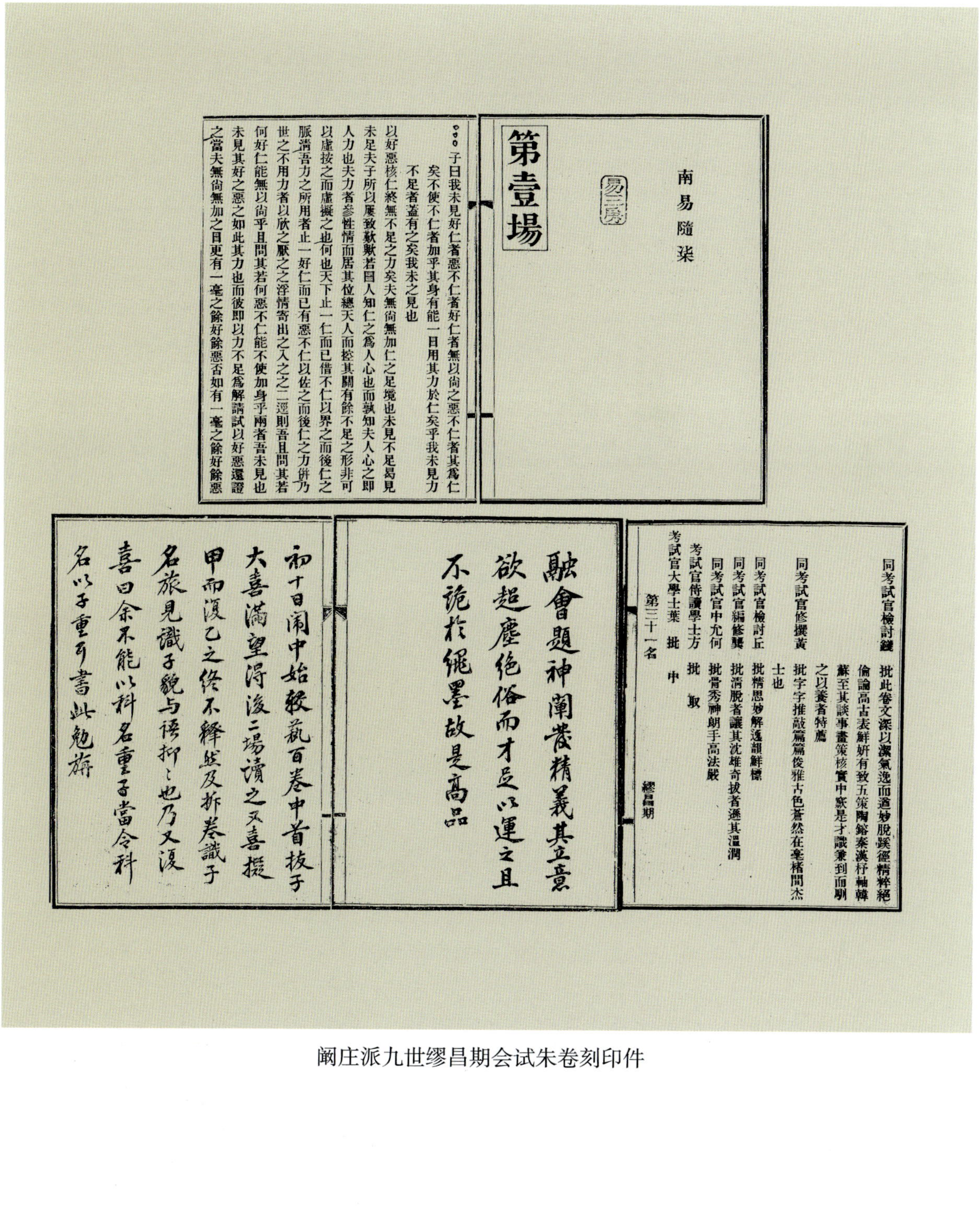

第壹場

南易隨朵

易三房

○○○子曰我未見好仁者惡不仁者好仁者無以尙之惡不仁者其爲仁矣不使不仁者加乎其身有能一日用其力於仁矣乎我未見力不足者蓋有之矣我未之見也

以好惡核仁終無不足之力矣夫無尙無加仁之足境也未見不足曷見未足夫子所以屢致歎歟若曰人知仁之爲人心也而孰知夫人心之即人力也夫力者參性情而居其位總天人而控其關有餘不足之形非可以虛按之而虛擬之也何也天下止一仁而已借不仁以界之而後仁之脈淸吾力之所用者止一好仁而已有惡不仁以佐之而後仁之力併乃世之不用力者以欣之厭之之浮情寄出之入之之二逕則吾且問其若何好仁能無以尙乎且問其若何惡不仁能不使加身乎兩者吾未見也未見其好之惡之如此其力也而彼即以力不足爲解請試以好惡還證之當夫無尙無加之日更有一毫之餘好餘惡否如有一毫之餘好餘惡

同考試官檢討錢　批此卷文深以潔氣逸而遒妙脫蹊徑精粹絕倫論高古表鮮妍有致五策陶鎔秦漢杼軸韓蘇至其談事畫策核實中窾是才識兼到而馴之以養者特薦

同考試官修撰黃　批字字推敲篇篇俊雅古色蒼然在毫楮間杰士也

同考試官檢討丘　批精思妙解逸韻鮮標

同考試官編修龔　批淸脫者讓其沈雄奇拔者遜其溫潤

同考試官中允何　批骨秀神朗手高法嚴

考試官侍讀學士方　批取

考試官大學士葉　批中

第三十一名　繆昌期

融會題神闡發精義其立意欲超塵絶俗而才足以運之且不詭於繩墨故是高品

初十日闈中始校藝百卷中首拔子大喜滿望得後二場讀之又喜擬甲而後乙之終不釋然及拆卷識子名旅見識子貌與德抑抑也乃又復喜曰余不能以科名重子當令科名以子重可書此勉旃

阚庄派九世缪昌期会试朱卷刻印件

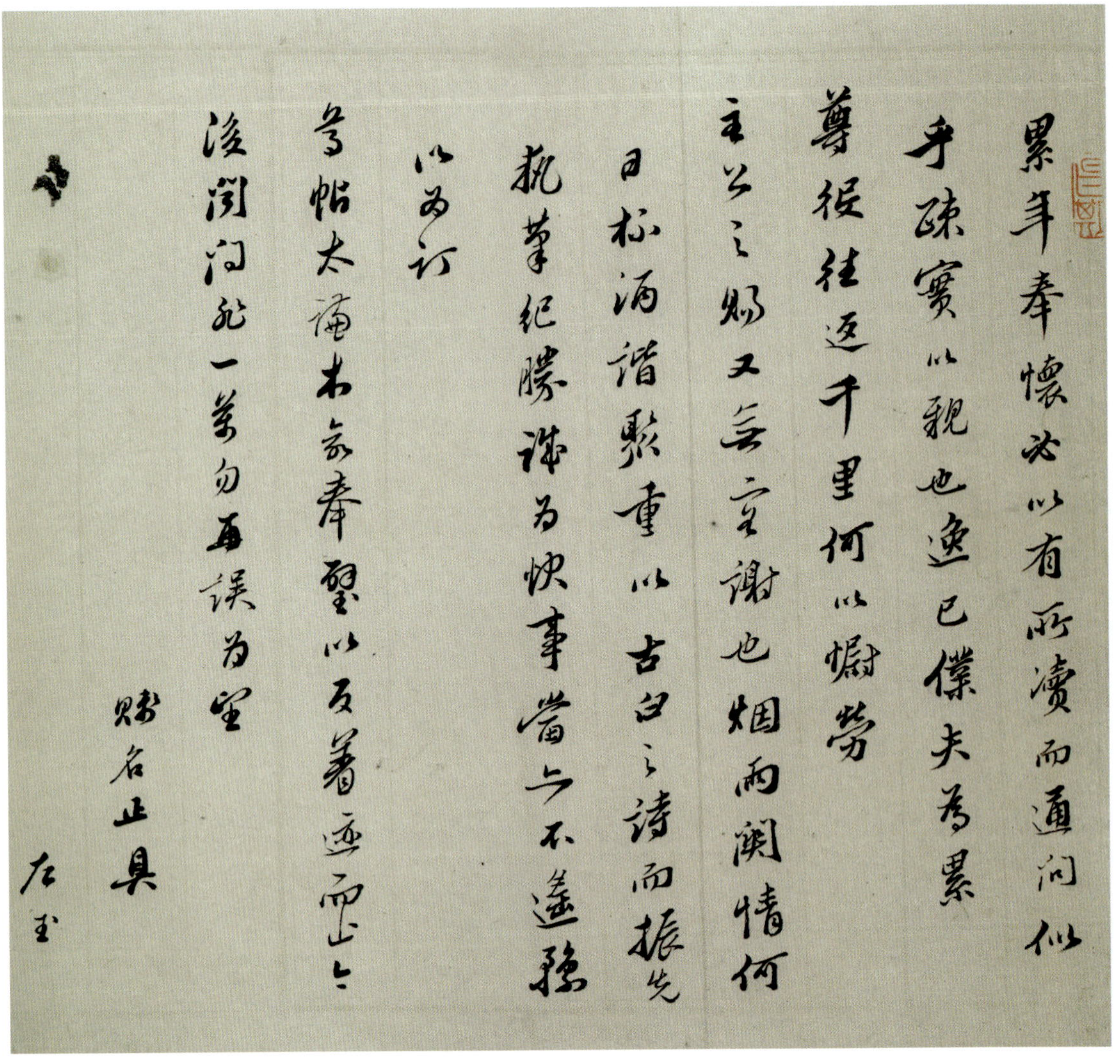

阚庄派九世缪昌期信札

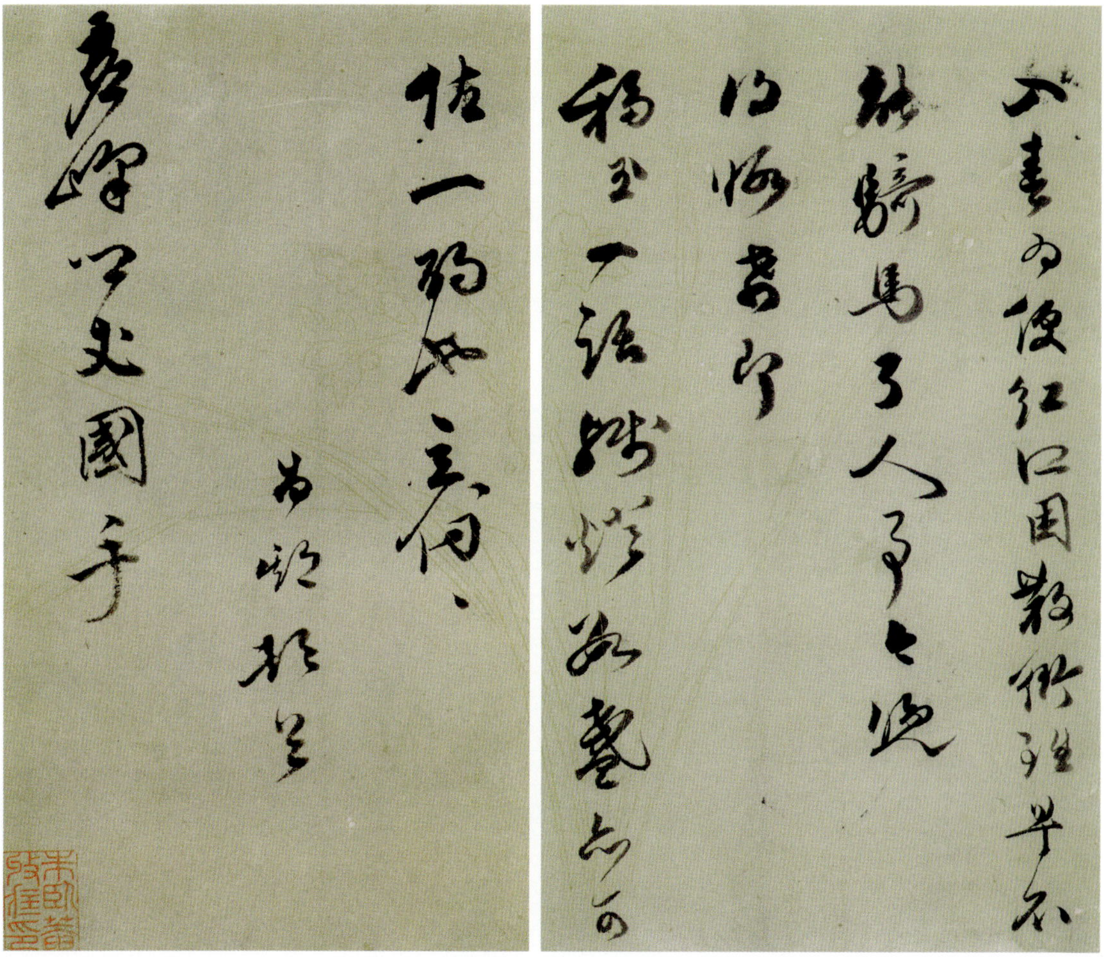

阚庄派九世缪昌期信札

吴门派十一世缪彤书法

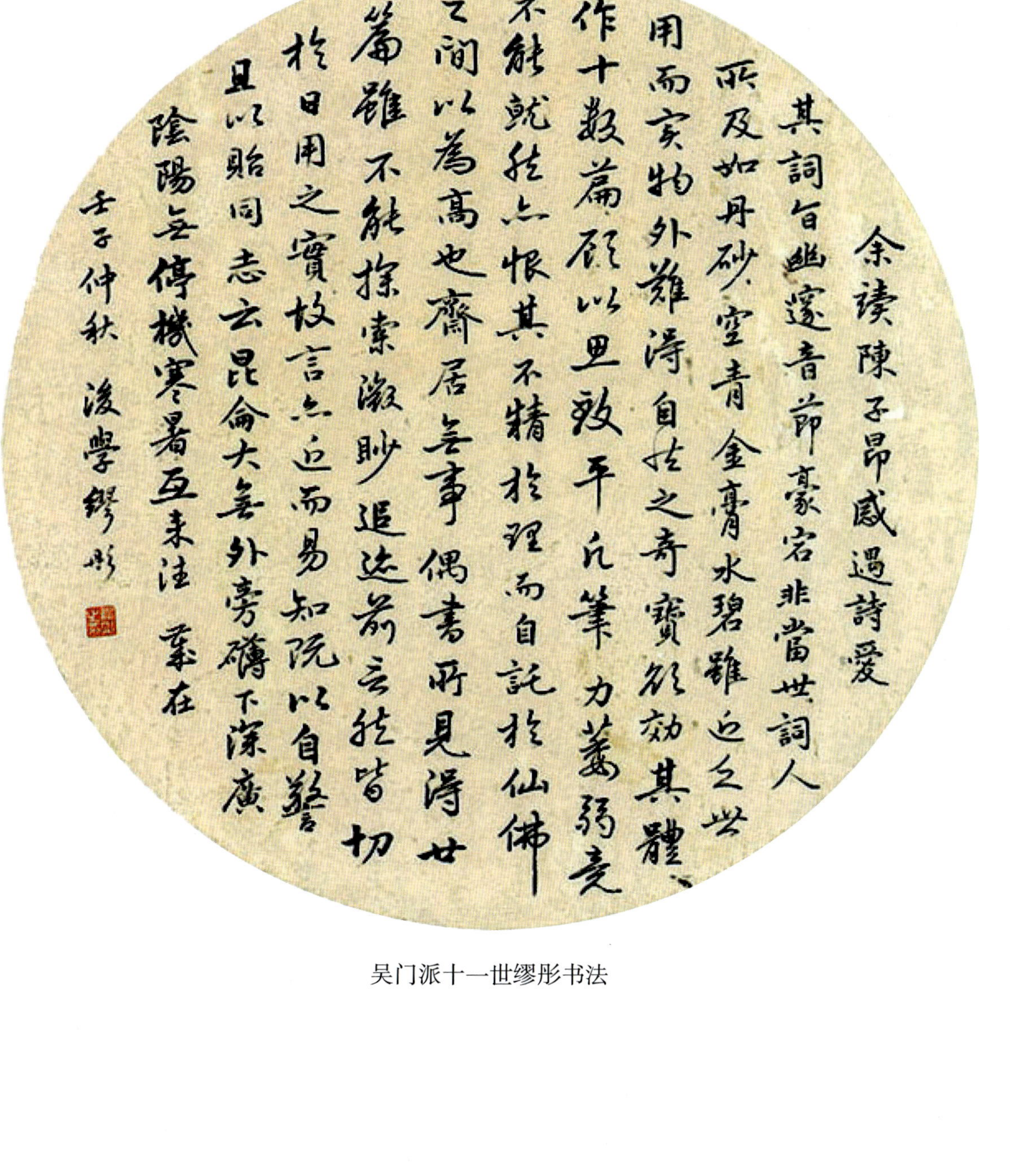
余讀陳子昂感遇詩愛
其詞旨幽邃音節豪宕非當世詞人
所及如丹砂空青金膏水碧雖近乏世
用而實物外難得自然之奇寶欲效其體
作十數篇顧以思致平凡筆力萎弱竟
不能就然亦恨其不精於理而自託於仙佛
之間以為高也齋居無事偶書所見得廿
篇雖不能探索微眇追迹前言然皆切
於日用之實故言亦近而易知既以自警
且以貽同志云昆侖大無外旁礴下深廣
陰陽無停機寒暑互來往 葉在
壬子仲秋 後學繆彤

吴门派十一世缪彤书法

吴门派十二世缪曰藻书法

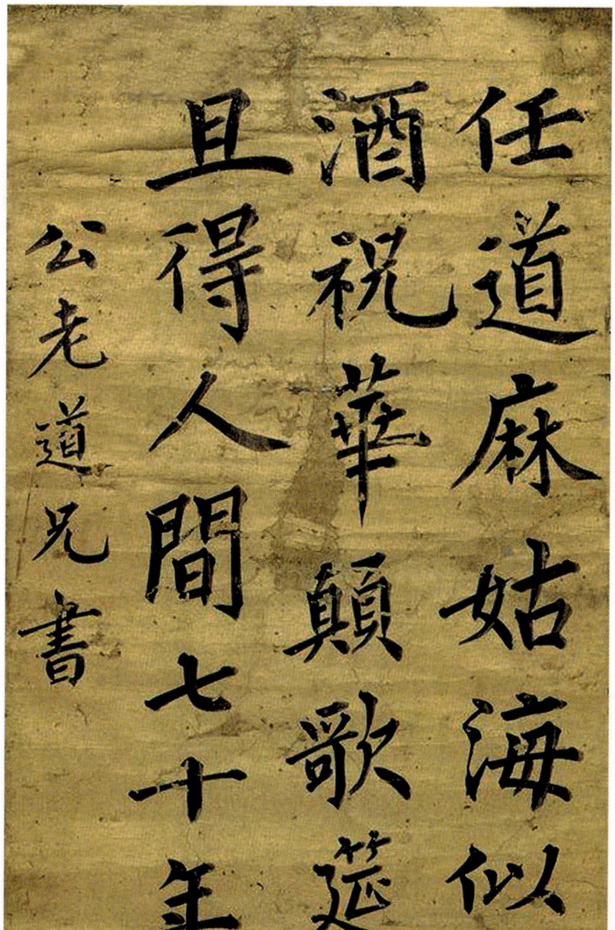

吴门派十二世缪曰藻书法

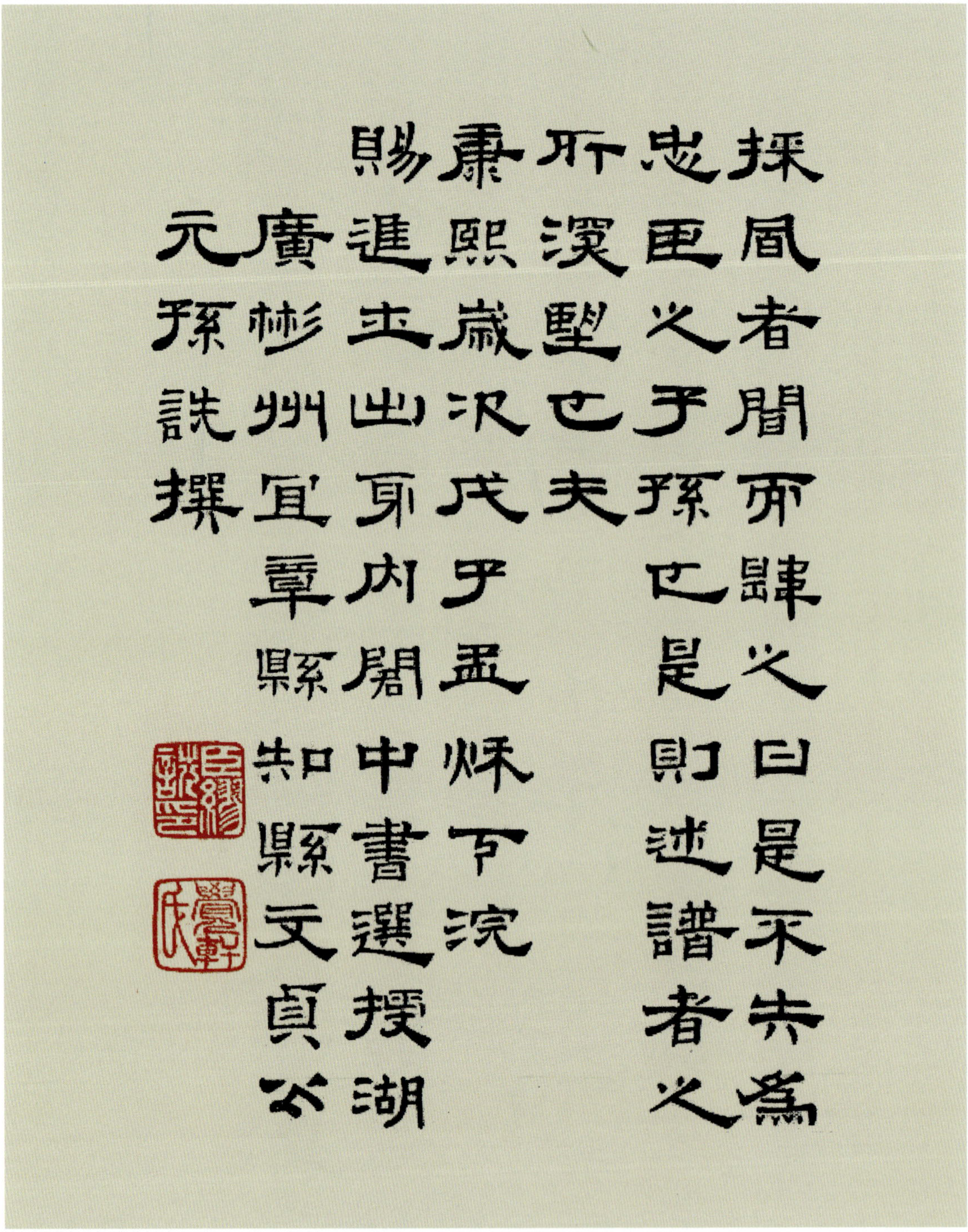

阚庄派十三世缪诜书法（局部）

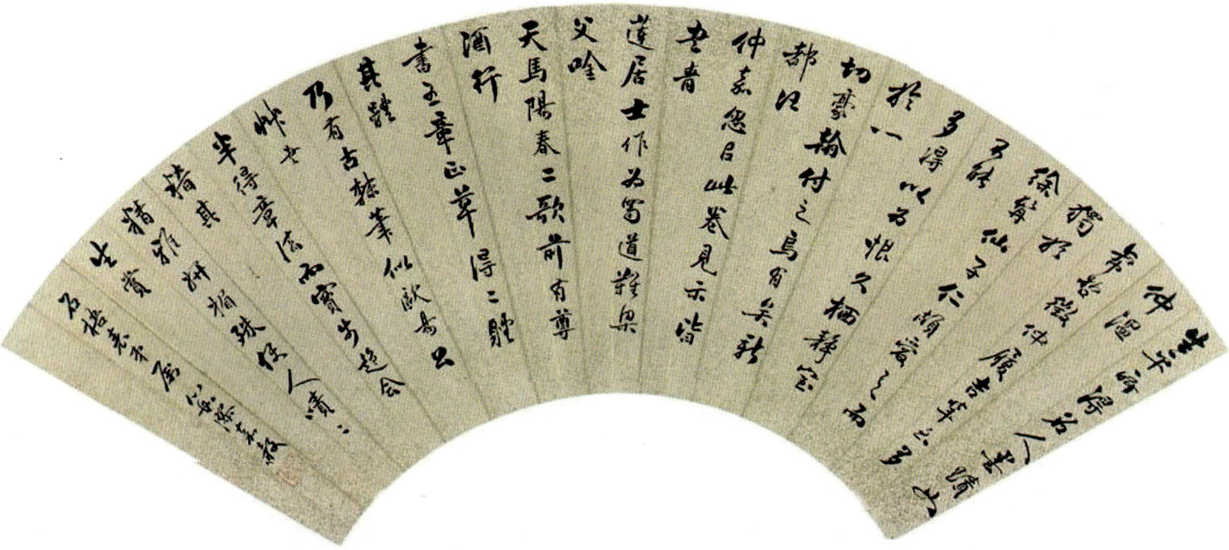

吴门派十七世缪嘉穀书法

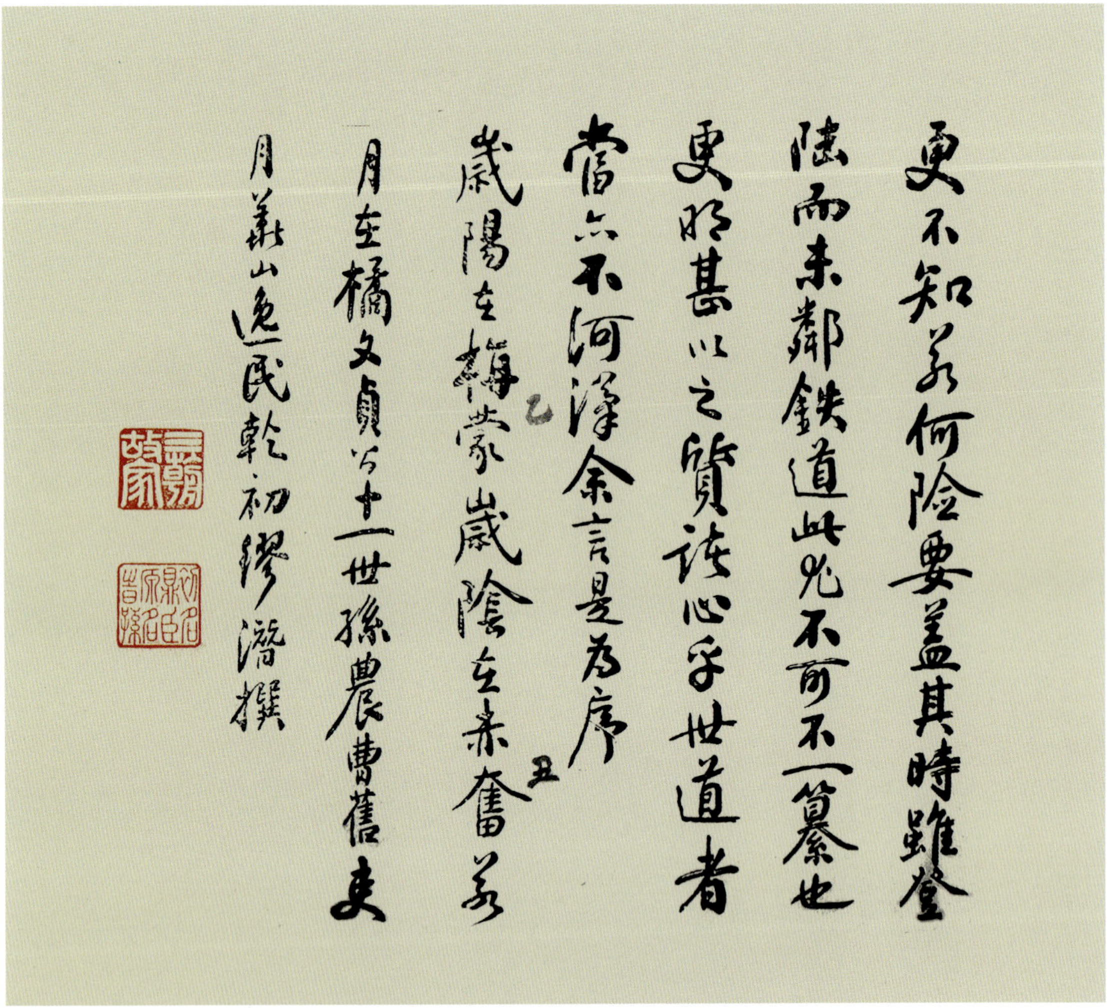

阚庄派丹徒支十九世缪潜书法（局部）

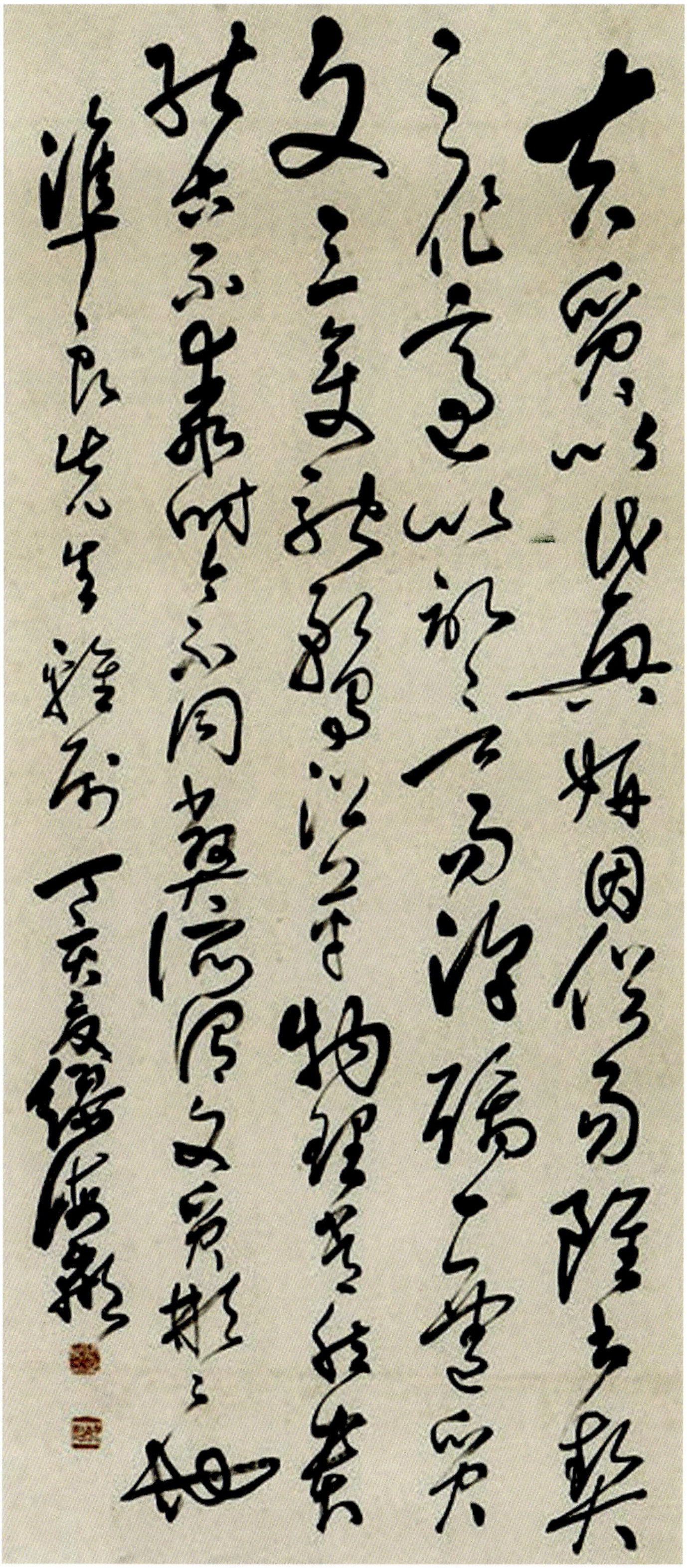

周庄派二十世缪海岳书法

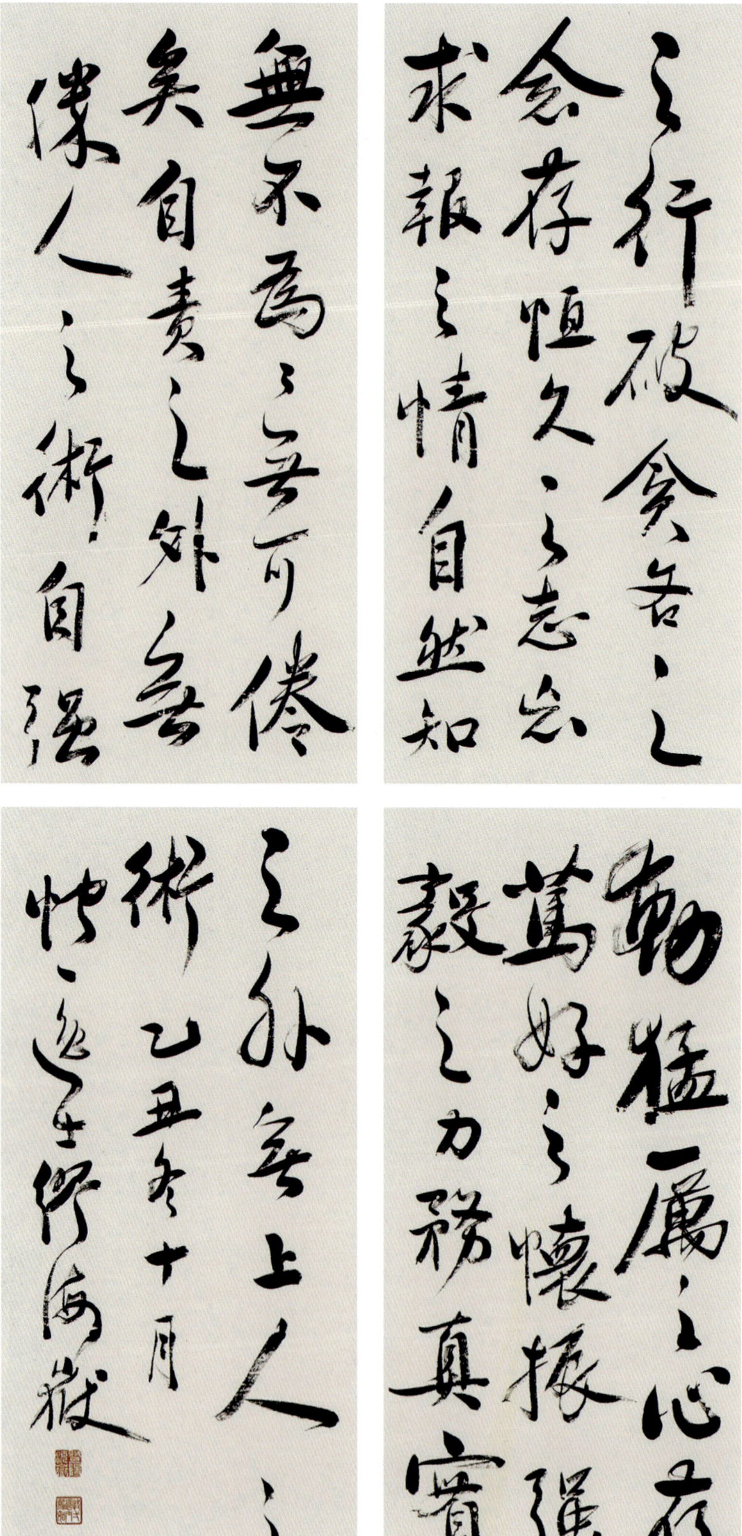

周庄派二十世缪海岳书法

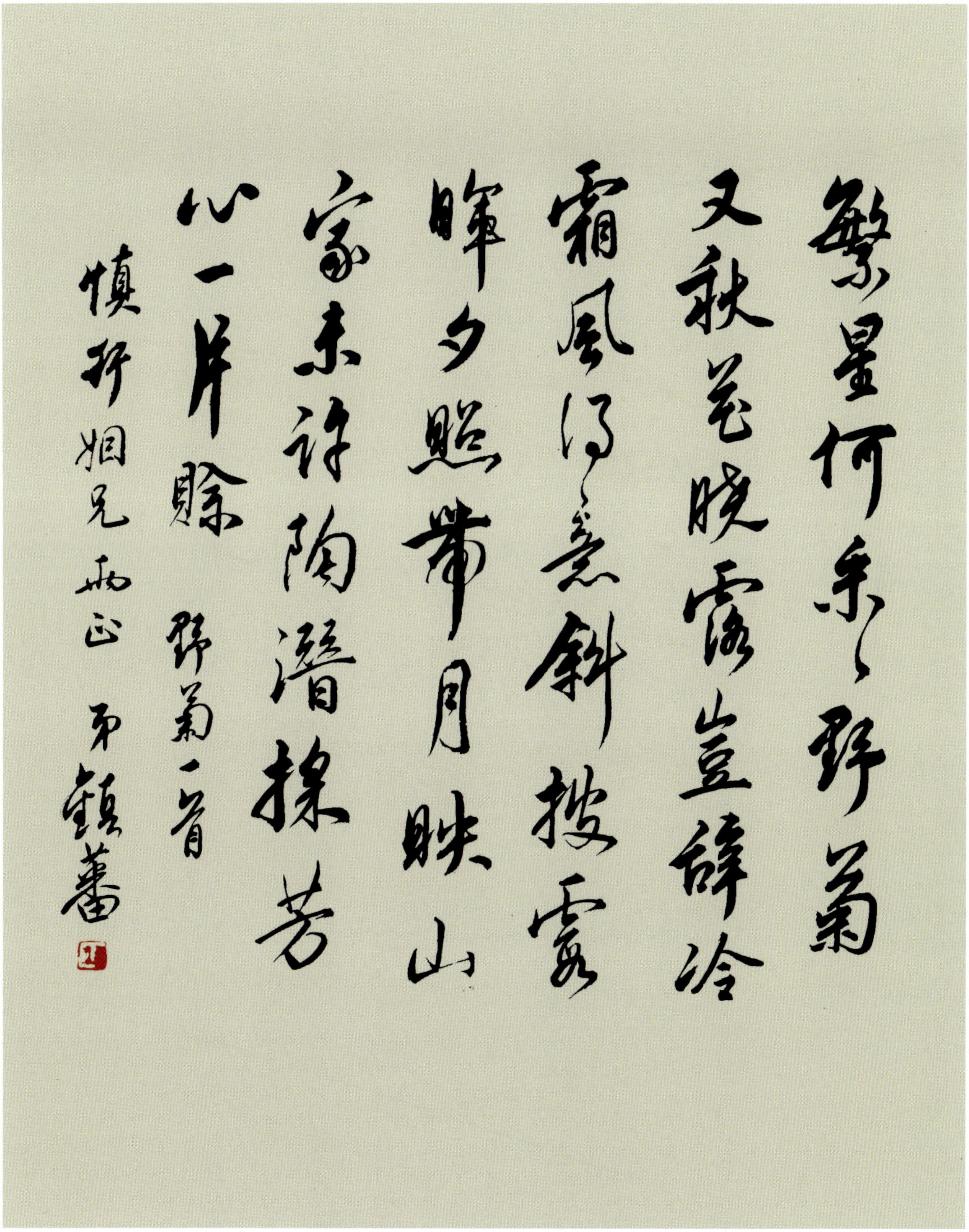

阚庄派徐墅支二十一世缪镇藩书法

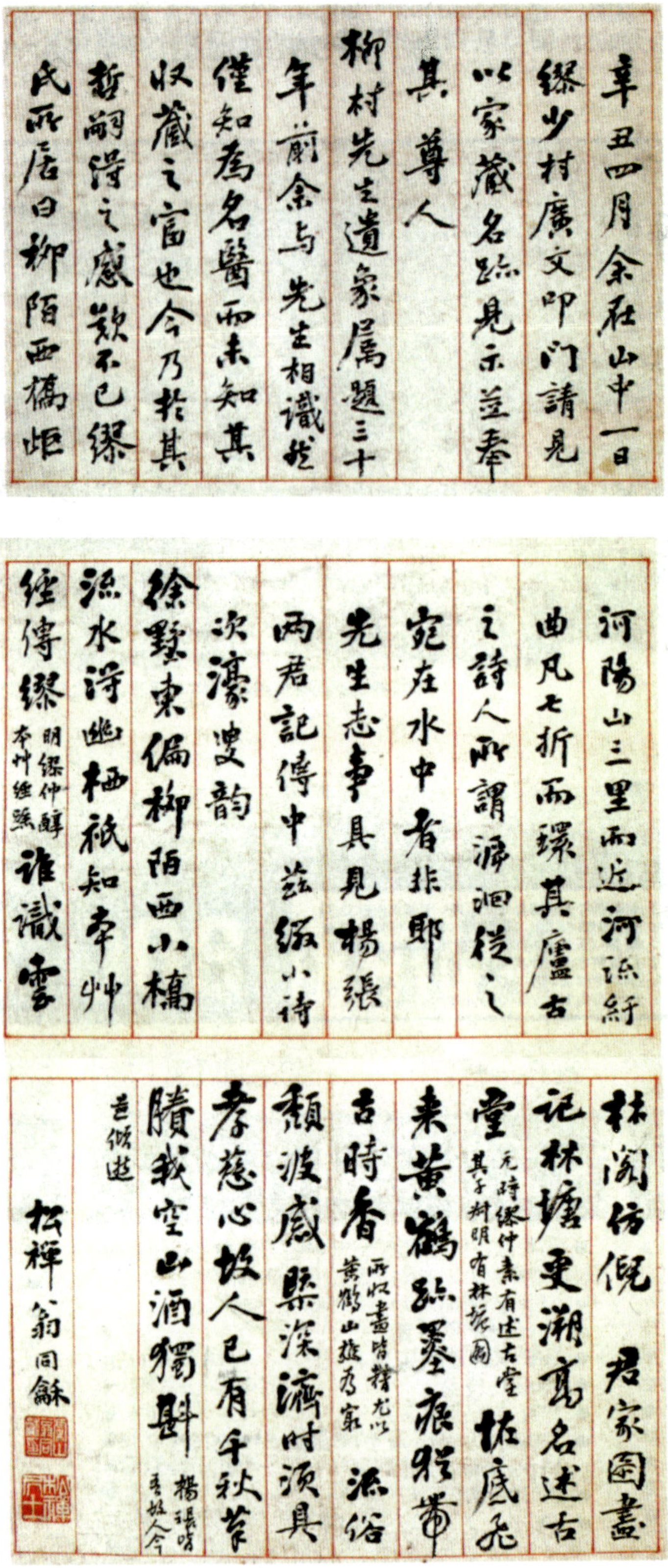
辛丑四月余在山中一日繆少村廣文叩门請見以家藏名跡見示並奉其尊人柳村先生遺象屬題三十年前余与先生相識於僅知為名醫而未知其收藏之富也今乃於其哲嗣得之感歎不已繆氏所居曰柳陌西橋距河陽山三里而近河流紆曲凡七折而環其廬古之詩人所謂溯洄從之宛在水中者非耶先生志事具見楊張兩君記傳中茲綴小詩次濠叟韻

綠野東偏柳陌西小橋流水得幽棲祇知本艸經傳繆（明繆仲醇本艸經疏）誰識雲林閣倣倪 君家圖畫記林塘更溯高名述古堂（元時繆仲素有述古堂其子尌明有林塘圖）堪底乞來黃鶴跡墨痕猶帶古時香（所收畫皆精尤以黃鶴山樵為最）流俗頹波感慨深濟时須具孝慈心故人已有千秋業（楊張皆吾故人今已徂逝）賸我空山酒獨斟

松禪 翁同龢

翁同龢题诗

序

虞万里

家集者，合一族两人以上之诗文者也，其溯远，其事亦变而纷，纷且杂矣。昔萧梁之世，萧氏、刘氏、王氏皆一门累世数十人有集，而今存阮《录》六七百种，[①]竟无兄弟父子祖孙同集者。《四库》收《二皇甫集》七卷，录皇甫冉、皇甫曾兄弟之诗，出于异代刘润之之手，盖冉本有集三卷，曾有集一卷，刘则掇集遗佚也。唯《窦氏联珠集》五卷，辑拾窦叔向五子常、牟、群、庠、巩之诗，乃同代西江褚藏言所辑。[②] 然常、牟等五人原亦有集行世，如常有集十八卷；牟有文集十卷，未暇编录；群虽文集散落，而有《史记名臣疏》三十四卷；庠"著述亦多"，巩亦"文集散落"。[③]《新唐书·窦群传》"兄常、牟，弟庠、巩皆为郎，工词章，为《联珠集》行于时，义取昆弟若五星然"，[④]此宋人载笔，然计有功《唐诗纪事》亦作"行于时"，[⑤]盖转录唐人之笔，皆避太宗讳，知藏言辑集《窦氏联珠集》事，唐人已记而传之。唯褚辑《联珠》，独录窦氏兄弟之诗，盖唐风使然。南宋初，胡安国辑《二程文集》十三卷，时距明道、伊川谢世不久。庆元中临江守王蓬编《清江三孔集》四十卷，时已在三孔后百余年，或以山谷尝有"二苏联璧，三孔分鼎"之语，[⑥]遂仿藏言《联珠》者欤？然《三孔集》于文仲、武仲、平仲诗之外，兼收制状书启，虽较《联珠》更进，亦宋风使然也。咸淳中，刘元高辑刘涣、刘恕、刘羲仲祖孙三代之文为《三刘家集》一卷，夫涣、恕、羲仲三代博闻有史才，名著公卿间，唯宋末遗文坠失，裒拾残余，仅一卷而已，可不惜哉。《二程文集》，理学家所编，彰道统，传圣贤也；《三孔文集》，宰守所编，表乡贤、征地灵也；《三刘家集》，裔孙所编，追孝思、树家声也。尤其元高所纂以"家集"名，已奠定家集一体之名。

---

① 参见《隋书·经籍志》及任莉莉《七录辑证》，上海古籍出版社 2011 年版，第 204—301 页。

② 褚藏言云："联珠之义，盖取一家之言，以偕列郎署，法五星如联珠。星，星郎也。"文渊阁《四库全书》本，台湾商务印书馆 1983 年影印本，第 1332 册，第 358 页下。

③ 参见傅璇琮主编《唐才子传校笺》第 2 册，中华书局 1989 年版，第 210—248 页。

④ 《新唐书·窦群传》，中华书局 1975 年版，第 17 册，第 5244 页。

⑤ 计有功：《唐诗纪事》卷三十一，中华书局上海编辑所 1965 年版，第 482 页。

⑥ 陈振孙：《直斋书录解题》卷十七，上海古籍出版社 1987 年版，第 505 页。

赵宋一朝，有关于姓族盛衰者，即谱学出现极大之转捩。隋唐以前六朝之修谱，多以阀阅高下相矜，至林宝纂辑《姓纂》，犹有遗意。五代兵燹之后，谱牒荡尽，宋代官修公谱废绝，族姓家谱肇兴。名公巨卿若欧阳修、苏洵、朱熹等亦多为谱学发凡起例，制纲定纪。于时之家谱，姓氏世系、像赞谱名、坟茔祠堂而外，亦辑家训家戒、宗规族约、行实传记、艺文翰墨，更有朝廷、官府颁给谱主之诰敕诏谕等。以致明代张天师世家，专集录明太祖以来历朝诰敕谕旨赞祭之文为《皇明恩世录》九卷，编入《道藏》，此虽得天独厚，却亦因于家谱盛衰转捩之缘。由家谱艺文延展，宋明间复有郡邑、山志、寺观文献之汇编，如孔延之《会稽掇英总集》、郑虎臣《吴都文粹》、林表民《赤城集》、程敏政《新安文献志》及朱象先《古楼观紫云衍庆集》等。

明清以还，家集之纂受家谱、郡邑汇编之影响，不仅势若荼火，且亦名目繁夥。就中固以家集为正名而最多，如《安成周氏家集》（明周寀编，收周庄、周庸、周永锡、周方正、周静诗文共八卷，清钞本）、《江都焦氏家集》（清焦循编，收焦轼、焦兆熊、焦轮、焦继辙、焦汝敷、焦永等人诗文，钞本）等，然亦称合集，如《且孺合集》（收清汪天佑、汪天麟二人之诗），亦称合钞，如《增订桃潭合钞》（清汪椉编，辑清汪士奇以下至椉所著诗），亦称合编，如《常氏遗草合编》（清常景森编，收清常琬以下十五人之诗），亦称合刻，如《胶山安氏合刻》（清安吉编，收明安国、安如山、安希范至清安夏、安期十二人之诗），亦称合刊，如《徐氏遗箸合刊》（徐永祺等辑，收徐芝、徐嘉瑞之文及随笔），或著世系，如《卜氏三世诗草》（收卜梦人、卜宁人、卜祚光三世之诗）、《其顺堂三世遗诗》（张象恩编，收清朱纬、朱令昭、朱倬三世之诗）、《李氏七叶诗存》（清李元庚自编祖上挺秀、孙伟、嘉禄、蟠枢、蒸、长发及己之所作）、《祖孙合稿》（收清顾鸿、顾书绅诗文），或按雅词，如《夏氏桥梓合稿》（夏慎大编，收其父夏文蕤与己之诗），或用合称，如《嘉定侯氏三先生集》（亦有作《嘉定侯氏三忠集》，皆钞本）、《吕氏三姊妹集》（辑吕湘、吕清扬、吕兰清之词稿），或袭语典，如《种竹轩闺秀联珠集》（收清王琮、王乃德、王乃容、季芳之诗）、《昭文邵氏联珠集》（邵震亨编，收清邵齐烈、齐焘、齐熊、齐然、齐鳌兄弟五人之诗，稿本），他如全集、遗集、遗稿、合璧、世刻、汇钞、文汇、弓冶集等，名目虽难以一一，内涵却不过尔尔，皆荟萃一家一族艺文者也。唯明清之家集，多仅收艺文，偶有附以佚闻、志铭、杂录（如陈诗编《金氏二妙集》后附陈诗所辑《金氏佚闻》一卷；明姚阶辑刻《姚氏世刻》，所收姚黼、姚绶、姚旬、姚惟芹诗文，各人后附有杂志、志铭、济美録等）者，是乃远绍《联珠》，纯然家集也。至有合家集与族谱之长，复益以郡邑、山志文献之美者，《江阴东兴缪氏家集》是也。

《江阴东兴缪氏家集》，乃东兴缪氏一族之文献也。缪氏之先，相传出于兰陵缪生，而年代绵邈，世系难稽，其可溯者，以元末缪全一为确然始祖。自后支派勃兴，子孙繁衍，传至于今，二十余世，散居于江阴、张家港、常熟、苏州、镇江等地，历明清而皆为当地望族，盛昌不衰。其间有进士十三、举人四、拔贡一；族人之著述二百余部。地灵人杰，亦可谓猗欤盛哉。夫族谱之世系支脉，名字排行，旁行斜上，连篇累牍，非有稽于谱主者，固觉词费；而家集之无传记、世系、交友，读其诗文而难以知人论世，故《缪氏家集》出焉。《家集》分为一、制诰篇，二、祖训篇，三、传记篇，四、像赞篇，五、祠堂篇，六、艺文篇，七、杂志篇。律以篇制，固不出谱录之外；究以情实，则诚有家集之用。创其体者，缪氏十九世裔孙缪楷也。楷字少修，号啸仙。甫成童即能诵十三经。受业于陈名典、黄以周、林颐山等名儒，光绪丁酉拔贡，廷试后授直隶州州判。著有《尔雅稗疏》二十卷、《诗经大义述》八卷等十余种。盖其天性聪颖，浸润名门，复受教鸿硕，经纶四部，故绾合谱牒、家集之体而成此书。

集分七篇，篇各有楷序，明其旨意。《制诰篇序》云："顾以丝纶之重，祖宗躬膺褒宠，而子孙视若弁髦，可乎？"编此制文，"庶几垂之后祀，俾共知我族风流人物照耀千古，五服五章以命有德，固不徒藉紫泥白麻，以为荣宠已也"。[1] 制诰虽非家族艺文，却为一族之荣宠所系，故置之第一。《祖训篇序》云："伏读文贞公以下诸祖训，知我家家法，非近世士大夫所能及。其言皆圣贤之旨，而出之以平易，不苟为过高之论。所谓上智莫能外者，下愚亦可企而及。至于敦本重伦，祛浮崇实，尤拳拳三致意焉。"祖训为兴家敦族，守先佑后之家宝，孝子贤孙，不可须臾离，故次于《制诰》。《传记篇序》云："我族自全一公缔造室家……其后文贞公文章忠节，照耀史编……外此或为经师，或为循吏，或蜚声于艺苑，或播誉于儒林，或以义行流芳，或以方术名世，载在志乘者，又彰彰可考。百世下犹当闻风兴起，岂徒曰增光家乘而已哉？"《传记篇》包涵传状、墓志、年谱，一族史传，散在志乘，稽考不易，都为一集，俾"后之人读是编者"，可"思祖德宗功之所在"，亦守先佑后之法也，虽非皆缪氏子孙所撰，乌可听其散佚，故裒而次于《祖训》。《像赞篇序》云，古者"尸礼废而像事兴"，其功用一以"照法戒"，一以"隆敬养"，冀后之览者，"可以瞿然而兴"，故集而次于《传记》。《祠堂篇序》云：虽"今日所有之宗祠、支祠，非昔日之家庙"，然匾额楹联、义田碑记，有足以使子孙读而兴起者，故辑集之次于《像赞》。制诰也，祖训也，传记也，像赞也，祠堂也，或朝廷所颁，或名流所撰，或祖宗所训，或先人所戒，要皆标宗族之大纛，读艺文之钤键也。艺文为《家集》之大宗，一书之主干，其又分为内外集，内集为缪氏二世至二十一世之赋文、书信、诗词，外集则为公卿名流为缪氏历世著作所撰之序跋及酬唱诗词、往返书函。《艺文篇序》云："我族自文贞公以忠义之气发为大文，其所作皆可泣可歌，足以廉顽立懦。其后先河公、约轩公、以直公皆究心理学，多躬行实践之文。觉轩公以经术饰吏治，慈祥恺恻，仁人之言蔼如，外之或跌宕词场，流连风景，亦皆陵轹汉魏，出入唐宋，不懈而及于古。"此以先人艺文，出入经史，称雄词场，有足多者，惜"作之者多而传之者甚少"，"乃者欲网罗散失，而全书多佚不传，其断圭残璧之见于他籍者，十分又未得一二。故稍稍收集之，佐以新辑"，成《艺文》内外集。以一兴盛六七百年之望族，与累朝巨卿、鸿儒、名士往来酬接，其间

---

① 七篇之序文皆见《江阴东兴缪氏家集》各篇之前。

轶闻逸事、嘉言懿行，又岂家传、艺文等所能尽之？故汇而萃之，以为《杂志》，“庶几族中之事，洪纤毕举，总括靡遗，亦征文考献之一盛事也”。

百年之后，楷族孙幸龙有慨于家世之隆，世济之美，著作之盛也，奋而继起，董理其书。复奔走南北，求索东西，举凡先贤稀珍著作及东兴缪氏逸文嘉言传闻遗珍，无不钞录影印，日升星落，冬去夏临，掇先贤之落英，补前修之未密，经其拓绪集腋，使《家集》颇多增扩，若艺文内集百余万字，艺文外集十八万字，十九皆其所集。即楷所辑吴门文献不足五千字，今则已逾五十万言，此非唯存一族之典献，抑亦备一地之文苑也。幸龙复又辑录《缪氏源流备考》、《东兴缪氏历次修谱序跋、凡例、考证》与《外人评说东兴缪氏》，间予考证按断，为附录以殿焉。此固为研氏姓、读家集者之津渡，亦治谱牒学与地方史者之璞玉也。总《家集》之篇幅，煌煌二百余万言，俨然已为明清以还家集之巨观。

东兴缪氏一族绵延四朝五六百年，芳枝交错，瓜瓞繁盛；《缪氏家集》一书，族史完整，艺文灿然。若捃碑志传记以注诗文辞赋，则其文之温柔敦厚、忠谏针砭灼然可感；援辞赋诗文以注传记碑志，则其人之精神文采跃然目前。

缪氏家族绵延二十一世，忠烈英杰，代有其人，就中最知名最杰出且彪炳史册者，当推九世祖缪文贞公昌期。公生于明嘉靖四十一年(1562)，屡试不第，至万历四十一年(1613)始及第，时已五十二岁。殿试三甲五十四名，馆选第七名。方入馆，即以疾言“梃击”之议遭忌，及散馆授编修，未到职而促装南归。熹宗即位，启程北上。立朝持正不阿，尽言无讳，激扬讽议，颇匡时政。由是忤阉党，被目为东林党智多星。旋上疏乞假归，杜门不出。阉党衔恨不置，诬公赃三千，矫旨勒令致仕。复劾其削籍犹冠盖延宾，逮下狱。临行与高攀龙饮别舟中。攀龙云：“我辈处常胜之局，小人败，我辈胜；我辈败，青史上毕竟我辈胜！”豪气不折，快语淋漓。既至京，备受酷刑，“骨节尽断，肤肉不留”，竟毙狱中。“事闻朝野，气谊之士靡不为之痛哭”。相传其殁时，狱中有白气贯天。阅五日，王恭厂被灾，石飞木拔，人咸以为忠烈所感。十八世孙缪之镕为撰《缪文贞公年谱》，缪楷又广征史志、碑志，撰《文贞公编年纪事》，感叹“天下之乱不在草野，即在朝廷。当其乱之既兴，即有奋不顾身之士捐躯报国，而于国事究何所补？此固古今所同慨，而吾族又有隐痛焉”。文贞公之惨死，固系于魏党罗织之毒祸，乃启祯史乘之一叶。顺治初，清兵攻江阴，族裔钟粹佐阎忠烈公应元守城，多有奇策。及城将破，忠烈知不能守，谓钟粹曰：“若城不保，君何以处之？”钟粹曰：“有死无二。”忠烈曰：“实获我心。然君有母，岂可死乎？”钟粹曰：“吾母素明大义，我死，母尚可生，否则必先我而死，况吾有子可以奉养，吾志决矣。”忠烈壮其言而叹之曰：“语云‘有贤母乃有令子’，今于君益信。”未几城破，与弟钟祥、钟俊等一族十余人皆随阎公殉节，盖子死父，妇死夫，弟死兄，仆死主，无不视死如归。咸同间，因太平天国之乱而殉难者又六十四人。数一族之忠烈，赤胆悬城，英气贯天，享祀宗祠，辉映史册。楷感念先人之忠魂横遭于阉党、乱世、寇乱也，乃疾言："夫以不必死、不当死之人，犹且捐一死以明其志，则彼义所当死者，苟人人抱此敢死之心，以求济其事，天下之乱，又何自而兴乎？余是以既痛死者之可惜，而又不能不叹其所系者重也。然死者既已身之不惜矣，而又何论乎身后之名？虽事定之后，朝廷各有旌忠之典，而或亦有及有不及焉。则夫已旌者，固可慰忠魂于地下，而湮没不彰者，又何可胜悼耶？"[①]言之和泪拌血，非有切肤之痛者所不能道也。江阴一地，缪氏一族，数百年间，亦可鉴观两朝朝野历史节点之片段，则《家集》不啻野乘一部也。

忠烈之可歌可泣者外，抑又有桂林之可羡可歆者焉。自全一公隐德耕读，泽及后世，历明清二朝，缪氏苏州一支，先后出进士十，举人二。若缪彤者，万历辛丑进士缪国维之孙，孝悌而友于兄弟，敏异而早擅文誉，中康熙丁未科状元，授翰林院编修，升侍讲，旋以丁忧辞归，遂里居不出，以课文讲学为务。复兴办三畏书院，刊明儒曹月川《家规》、蔡虚斋《密箴》、刘念台《证人会约》等，其旨趣蕲向可知矣。所著《双泉堂文集》四十二卷，希见人世，楷亦谓无可考，今幸龙得之于北京，为海内孤本残卷。所存丁未殿试对策及会试五策，极为珍贵。至缪国维《缪西垣文集》，全本得之于台湾，缪曰藻《敬米斋笔记》、《朴巢偶笔》为抄稿本，缪嗣寅《晓谷诗稿》、缪宗俨《桐村诗稿》、缪宗侃《迂壑诗稿》为善本，皆世所难睹，今并萃会一书。

缪氏一族著述繁多，除今已辑录《家集》者外，散佚不少。金粟香《江阴艺文志》已著录缪氏著作多种，而缪楷于《经余随笔》中举金氏漏载之缪氏族人著作达七十余种。今《家集》完整辑入者二十五部，散入各类者六部，其中多种皆已列为善本，难以一睹。抑不仅此，其族之进士举人，仕宦四方，交接宰执，酬对英妙，故其志铭传状，多出名公之手，诗词赓唱，吟自才子之口，鸿雁往返，常系硕儒之笔。比而数之，若梅鼎祚、叶向高、朱国桢、陈继儒、高攀龙、左光斗、孙承宗、周延儒、钱谦益、钱陆灿、计东、韩菼、尤侗、徐乾学、张英、陈廷敬、毛奇龄、王云锦、卢文弨、彭绍升、王昶、吴锡麒、江沅、李兆洛、吴荣光、沈葆桢、谢庭兰、翁同龢、缪荃孙、冯煦、清宗室溥良、丁传靖、邹弢、肃亲王善耆、刘世珩、孙雄、冒广生、顾颉刚、陈钟凡等，指不胜屈，前后数百年，皆极一时之选。凡此奇文峻笔，除缪楷与缪幸龙前后从各家文集辑录者外，大多存于缪氏谱牒之中，而不无失载于各家文集之内，聊举数例于下：

如名震寰宇、著作等身之钱牧斋，曾有《江上宿缪西溪从野堂故人及诸郎君置酒感叹而作》一诗见于《初学集》卷二十，《阚庄派九世缪昌期族称文贞公行状》一文见于《初学集》卷四十八，[②]而为缪畴作《缪母张太孺人六秩寿序》、《缪祉生〈视烈草〉序》及《与缪当时书》

---

① 缪楷语皆见《传记篇·忠行录序》。

② 钱谦益：《牧斋初学集》卷二十，上海古籍出版社 1985 年版，上册，第 690 页；中册，第 1245—1251 页。

三篇，钱氏生前手定之《初学集》、《有学集》不收，身后他人所辑之《钱牧斋先生尺牍》、《牧斋有学集文钞补遗》、《有学集文集补遗》、《牧斋外集》、《牧斋集补》均不录，即钱仲联之《牧斋集再补》仍未辑得。① 其《寿序》云："余与江阴缪文贞公先后官词垣，同著党籍，海内称之曰'钱缪'。"②天作之合，令人哑然，是亦当时一典实也。至缪畴手次后母张孺人美行而请序于牧斋，足见缪氏闺门风教，故牧斋特拈出《列女传》中齐义继母而极称扬之。此于史实为难得而于风教则不可少之文也。

新编《顾颉刚全集》煌煌六十二册，亦可谓全矣。然其《顾颉刚书信集》五卷，亦失载与缪廷樑二书。《家集》据《香书轩秘藏名人书翰》中辑录 1947 年 6 月 17 日和 1948 年 1 月 13 日顾致缪两函。兹据原影印件校录如下：

镇藩学长惠鉴：吴氏所藏元版《吕氏春秋》一书，经刚介绍由贵馆收购，至为感幸。惟该款肆百伍拾万元迄未寄到，特此奉函，请嘱会计科速寄，以应需要。弟近日在苏，半月内当不出门也。匆此，敬祝

夏祺

弟顾颉刚顿首。　六月十七日。

又：

镇藩学长大鉴：顷与新亚书店谈及车票，渠等谓与京沪路营业所相熟，可以退票，特此嘱人趋前，如该票尊处无法处理，即请交与，以便交涉。至该票之价，弟明日当走送也。匆此，敬祝

撰祺　　弟顾颉刚顿首

(民国)卅七(年)一(月)十三(日)③

检《顾颉刚日记》，1947 年 6 月 17 日星期二(四月廿九)下云："又曾来，为写缪镇藩信。"1948 年 1 月 13 日星期二(十二月初三)下云："写镇藩信。"④与此两函日期相合。前函谈为南京图书馆(后即中央图书馆)山西路分馆购元版《吕氏春秋》事。盖廷樑时为分馆

---

① 诸书见上海古籍出版社 2007 年出版之《牧斋杂著》。

② 见《江阴东兴缪氏家集》第 6 篇《艺文外集 · 书信文章》。按，钱、缪二人之交谊，从钱谦益《赠通议大夫詹事府詹事兼翰林院侍读学士缪公行状》"予两人同里同馆同志同隶党籍"一语中可以概见。

③ 赵一生、王翼奇主编《香书轩秘藏名人书翰》，浙江古籍出版社 2005 年版，下册，第 855—856 页。

④ 顾颉刚：《顾颉刚日记》卷六，中华书局 2011 年版，第 77、214 页。

馆长，为图书馆竭力收购善本。元版《吕氏春秋》甚希见，清吴骞拜经楼曾藏一部，后归上海图书馆。[①] 书市流转稍多者为元刊明补本。今台湾“国家图书馆”藏有一部元至正间嘉兴路总管刘贞刊明修补本。[②] 顾颉刚绍介与缪廷樑所购之“吴本”元版究系何本，颇难质指。若吴骞本，何以辗转入上图，若系元刊明补本，后为携往台湾，是则所谓吴本为谁，犹待新证。后函所言其购买车票退票事，殆系前二日(1月11日)顾在中央图书馆参观版本展览，晚上蒋慰堂主持宴客，缪镇藩、李济、钱钟书等同席。时或托缪购票。明日(12日)，顾得知缪已为代购，而已已不需此票，因有此函请退票事。[③] 两函所载皆学林往事，非唯见两人之交情，[④]亦可觇古书流转之细节。

若王云锦者，康熙丙戌科状元、翰林修撰，曾提督陕西学政并参与《康熙字典》编纂，[⑤]所著《秋林集》今已不传。故《家集・艺文外集》录其所作《缪旭初六十寿序》一文，与《詹詹吟稿(章性良著)序》、《香圃诗钞(张蔚著)后序》两篇，[⑥]皆可视为珍贵之云锦一片、秋林一枝。谢庭兰系缪家姻亲，《艺文外集》录其序跋多篇：《〈缪文贞公集〉序》、《缪炼卿〈怡园读史绪论〉序》、《缪炼卿〈箕裘集诗钞〉序》、《醒园诗序》、《天香山馆记》等，今《湘谷初稿》卷六收《〈缪文贞公集〉序》、《醒园诗序》两篇，《怡园读史》、《箕裘集》二序仅见于原书前，《天香山馆记》亦失收。《壶行录》录谢庭兰《阙庄派丹徒支十七世锡书公元配余夫人传》，《湘谷续稿》卷六作《缪母家传》，[⑦]文字则同。幸龙从《陈无择医学全书》中辑录江沅《缪问释宋・陈无择〈三因司天方〉叙》一篇，今江沅《染香盦集》不收；[⑧]从《金山志》辑录冯煦序文，今冯氏《蒿盦类稿》、《续稿》皆失载。[⑨]《壶行录》从《镇江世庆堂缪氏宗谱》辑录缪荃孙《阙庄派丹徒支十八世炼卿公元配徐夫人传》，今《艺风堂文集》、《艺风堂文续集》皆失载。[⑩]《艺文

① 吴骞：《拜经楼藏书题跋记》卷四，中华书局1995年影印本，第646页。《中国古籍善本书目》，上海古籍出版社1996年版，子部上册，第496页。

② 见台湾《“国立中央图书馆”善本序跋集录》，“国立中央图书馆”编印，1993年版，子部第2册，第360页。

③ 具体前后之事参见顾颉刚1948年1月11日至13日日记，《顾颉刚日记》卷六，第213—214页。

④ 据顾颉刚日记，顾、缪两人早于1925年前即相识相交。顾日记1925年5月7日云：“缪廷樑君来谈。”10日记云：“到会贤堂，为缪镇藩兄邀宴。”《顾颉刚日记》卷一，第615—616页。至1951年7月14日云：“到山西路南京图书馆访缪镇藩，并晤王纪玉。”7月15日又记：“缪镇藩偕其陈氏外孙来。”是二十世纪五十年代犹往来密切，是前后交往有三四十年之久。《顾颉刚日记》卷七，第86—87页。

⑤ 生平参见笔者《康熙字典总阅官、纂修官行历考实》，《传统中国研究集刊》第4辑，收入《榆枋斋学林》，华东师范大学出版社2012年版，下册，第843—882页。

⑥ 《詹詹吟稿》四卷，南京图书馆所藏康熙四十七年原刻本，张蔚《香圃诗钞》六卷，康熙五十年刊本。皆转见柯愈春《清人诗文集总目提要》，北京古籍出版社2002年版，上册，第197、312页。

⑦ 谢庭兰：《湘谷初稿》、《湘谷续稿》，见《清代诗文集汇编》第698册，上海古籍出版社2010年影印本，相应页码，下同。

⑧ 江沅：《染香盦集》，《清代诗文集汇编》第484册作《江先生诗古文词遗集》。

⑨ 冯煦：《蒿盦类稿》、《续稿》，《清代诗文集汇编》第757册。

⑩ 缪荃孙：《艺风堂文集》、《艺风堂文续集》，《清代诗文集汇编》第756册。

外集》收录明清二代文人序跋一百零二首，书函三十五通，诗词酬唱、题赠之作一千二百余首，《传记篇》碑志行状之作者亦多为名流贤达。就中有集而未必收入集中者如上所征，则其无集者若陶光祚、刘巽、金慰祖、卞儒清、俞钟颖、陆光岳、曾冠章、尹恭保、王政谦等数十百人之作，皆可备常熟、江阴、苏州、镇江等乡邦文献乃至明清诗词文总集之征，是岂一家一族一姓之集之谱之史而已哉！

予与东兴缪族未有因缘，唯《家集》将付梓，缪幸龙藉予友叶舟兄来征一言，殆以予与征文考献有不解之缘，是亦有因之因、无缘之缘也。遂为叙古来家集颠末、缪氏一族忠烈事迹与其艺文文献价值，以及纂辑《家集》慧心巧思与奔走辛劳诸端，聊当喤引云尔。

二〇一三年春分节序于榆枋斋

总　目

上　册

序(虞万里) 1

前言 1

编例 1

一　制诰篇 1

二　祖训篇 41

三　传记篇 63

卷一　传状 65

卷二　忠行录 248

卷三　孝行录 284

卷四　壶行录 287

四　像赞篇 355

五　祠堂篇 397

六　艺文篇 431

艺文内集卷一　诗词 434

艺文内集卷二　赋 700

中　册

艺文内集卷三　文 703

下　册

艺文内集卷四　书信手牍 1469

艺文外集卷一　诗词 …… 1578
艺文外集卷二　文 …… 1737
艺文外集卷三　书信 …… 1808
七　杂志篇 …… 1827

附录 …… 1967
（一）东兴缪氏历次修谱序跋、凡例、考证 …… 1969
（二）外人评说东兴缪氏 …… 2001
（三）东兴缪氏源流备考资料 …… 2009
（四）附表　东兴缪氏与本书相关裔孙世系图

参考文献 …… 2199
后记 …… 2220

前　言

本书是明代东林党人缪昌期、康熙丁未科状元缪彤所属江阴东兴缪氏家族五百余年发展历史的真实记录，是二十一代缪氏子孙存世资料的首次汇集。

一

江阴古称暨阳，位于江苏南部，长江三角洲太湖平原北端。地处江尾海头，自古就是江防要塞、兵家必争之地。唐代中期以来，随着水利、交通等条件改善，经济文化发展，一些外地氏族陆续落户江阴，缪氏即是其中之一。

江阴地方志中记载的早期缪姓人物，有唐代开元年间通玄观道士缪行崇，北宋政和五年甲科缪昌彦、绍兴八年特奏缪昌朝兄弟。南宋直至民国，江阴缪氏见于文献记载的主要有两支，一是缪昌期所在的东兴缪氏，二是缪荃孙所在的瓠岱缪氏。

瓠岱缪氏祖籍河南。南宋绍兴年间，缪宏毅以统制官护驾南渡，与弟宏才奉敕镇守常州毗陵驿，家属定居江阴西郊之申浦（今江阴申港镇境内）。绍兴八年(1138)，高宗定都浙江临安（今杭州），宏毅随驾殁于都城，子伯考、侄仲考留居申浦。伯考子鉴，字君实（正德、崇祯《江阴县志》作“君宝”，康熙《江阴县志》作“君实”），号苔石，为宋室官吏，因宋政日紊，不复求仕，由申浦隐居江阴东郊瓠岱里（今江阴华士镇北缪基境内），以诗酒自娱，著有《效颦集》行世，为瓠岱缪氏一世祖。到了清代，缪荃孙的申港支派另立支谱，取名申浦缪氏，清代后期修谱时改名兰陵缪氏，又称西兴缪氏。其他支派改名水塘缪氏，清代后期修谱时改名暨阳缪氏。两裔旧谱有“东雄西杰”之说。

东兴缪氏祖籍江苏常熟。元末至正年间，一世祖缪全一为躲避张士诚与朱元璋交战，举家从常熟小山湖桥（今江苏常熟市大义镇小山村境内）迁居江阴县白鹿乡谷渎河之西、白渚港之滨的东兴里（今江苏张家港市杨舍镇棋杆村境内）。

六百年后的今天，缪氏裔孙散居于现今的江阴、张家港、常熟、苏州、镇江等地，形成了阚庄（今张家港杨舍镇）、周庄（今江阴周庄镇）、江城（今江阴城区）、詹文桥（今张家港金港镇）、吴门（今苏州市）等众多支派。子孙繁衍至今已至二十六世。

明代万历年间，随着吴门派九世缪国维、阚庄派九世缪昌期相继考中进士，家族声名渐起。再传至吴门派十一世缪彤，于清康熙六年高中状元，从此家声大振。全族共出进士13人（阚庄派3人，吴门派10人），举人4人（吴门派2人，周庄派1人，江城派1人），拔贡1人。其中不乏父子鼎甲、兄弟联袂进士、五世九进士、十榜传家等殊荣。缪氏家族受朝廷覃恩封为大夫、配偶封为夫人等诰敕者计52人次。康熙皇帝南巡，曾两次召见缪氏子弟，后又颁赐御匾，以示嘉奖。上至朝廷，下至府县，缪氏子弟宦迹遍布天下。

缪氏家族与朝中大员、地方名门均有联姻关系，亲朋中著名者有明代的王鏊、赵用贤、钱谦益、夏树芳、李应昇、徐霞客、黄毓祺，清代的宋实颖、张玉书、陆肯堂、彭启丰、彭元瑞、韩菼、赵怀玉、潘世恩、柳宝诒等一时名流。

在江阴，东兴缪氏与贡氏、黄氏、李氏并称为东乡四大名族。在苏州，缪氏与宋氏、韩氏、彭氏并称为“近代之名门，吴中之著姓”。[①] 缪昌期、缪树本事迹分别载入《明史》和清国史馆《忠义传》，江阴文庙、常熟石梅分别建有专祠。缪国维、缪慧远、缪彤、缪锦宣、缪继让、缪曰藻、缪曰芑、缪遵义、缪坤、缪钟理、缪弘仁、缪思勃、缪诜、缪问、缪岐、缪启麟、缪之镕、缪楷等缪氏后人，有的为经师，有的为循吏，有的蜚声艺苑，有的播誉儒林，有的以义行流芳，有的以医术名世，有的崇祀于闽、浙、黔三省名宦祠，有的绘像于苏州沧浪亭五百名贤祠，有的入祀苏州表行祠，有的入祀乡贤祠、孝悌祠、昭忠祠，载入志乘者，班班可考。

二

东兴缪氏事迹著称于世者，首数文章，次数忠义，三数孝悌，四数仁爱，五数阃范。

1. 文章

东兴缪氏家族中，缪昌期第一个以文章名播海内，其文章在当时就受到学者好评。武进张玮认为，无论馆阁鸿制还是赠遗小章，“雄深磅礴之气，求之本朝方正学而外，莫敢颉颃”。[②] 缪昌期十四岁赴童子试，县令刘宇泰见而赏之，拔置一等，曰：“是子幼，乃具史笔。”[③]万历二十八年（1600）考中举人前后，在江阴长泾一带长期设塾收徒，“四方之学者负笈问业，趾错于户”，“其时拈微义，出人意表，为古文词，一本之天真，不落前人窠臼”。[④]

---

① 姜顺蛟、叶长扬修，施谦纂《（乾隆）吴县志》卷二八“氏族”条，乾隆十年（1745）刻本。
② 张玮：《〈从野堂存稿〉序》，见《常州先哲遗书·从野堂存稿》卷首，光绪年间武进盛宣怀刻本。
③ 缪昌期：《自述》，见《（光绪）东兴缪氏宗谱》卷二五，缪楷等纂修，宣统元年江阴衍泽堂木活字本。
④ 陈必谦：《〈从野堂存稿〉序》，见《常州先哲遗书·从野堂存稿》卷首。

所作八股文章“骋骏足于蚁封，盘旋曲折，无不如意”。[①] “议论层翻，有江间风浪、塞上风云之概”。[②] 其“忠义之气，郁盘于胸中，而溢发于翰墨，故其峭刻孤往之思，清严秀拔之气，飒飒透纸而出，令人肃然起敬，而不敢狎视”。[③] 万历四十一年，五十二岁的缪昌期参加会试，考官钱象坤认为：“此卷文深以洁，气逸而遒，妙脱蹊径，精粹绝伦。论高古表，鲜妍有致，五策陶镕秦汉，杼轴韩苏，至其谈事画策，核实中窾，是才识兼到，而驯之以养者。”主考官叶向高认为：“融会题神，阐发精义，其立意欲超尘绝俗，而才足以运之，且不诡于绳墨，故是高品。”[④]踏上政坛后，“文笔益老，气肃而情深，读之如对雅人法士，整襟端立，不觉浮敛而躁释也”。[⑤]

缪昌期去世后，存稿由长子缪虚白刻印成《从野堂存稿》。“修辞者尊为百谷之海，砥行者奉为群岫之冈。语干济者，如族工执削，听指授于梓人；辨材品者，如百卉参差，鉴短长于止水”。[⑥] 到了清代，《从野堂存稿》被列为禁毁书，但乾隆皇帝对其仍有很高评价，谕示：刘宗周、黄道周、熊廷弼、叶向高等人之书“为明季丧乱所关，足资考镜”，“若当时能采而用之，败亡未必若彼其速”，“又彼时直臣如杨涟、左光斗、李应昇、周宗建、缪昌期、赵南星、倪元璐等，所有书籍并当以此类推。即有一二语伤触本朝，本属各为其主，亦止须酌改一二语，实不忍并从焚弃，致令湮没不彰”。[⑦]

缪彤是家族中以文章大魁天下的代表人物，他居于苏州城，长期师从淹贯经史、诗文典雅的名宿宋实颖。康熙六年考取进士，殿试时“以人主之一心为治世之本，以人主一心行仁为致治之要”立论，论及用人、吏治、赋税，劝请皇上修治“吾心”，以仁举贤，以仁择吏，以仁理财，行爱百姓万民之实政，成就一代盛世伟业，构思谨严，言辞清丽，被康熙帝亲擢第一人。缪彤之文，以气为主，词为辅。气静词洁，而能贯穿天人，根极性命，其弘谟硕画，高情逸韵，发于其心，见乎其文。“时而摛华揆藻，雕字琢辞，则汉魏《骚》、《选》之遗也；时而发抒性灵，羽翼经传，则唐宋大家之派也。而其忠君爱国、仁民育物之思，与夫轩天磊地之气，溢于行间”。后人评价其文为“言而行之之文”、“天下之至文”，“行乎今而可以名世，垂乎后而可以传世”，“读其文者，自当人与文而并重”。[⑧]

---

① 朱仪伯：《缪昌期〈今夫颛臾〉评语》，见清何焯辑《庆历小题文行远集》，康熙癸酉（1693年）刻本。

② 马君常：《缪昌期〈直哉史鱼邦〉评语》，见《庆历小题文行远集》。

③ 陈必谦：《〈从野堂存稿〉序》，见《常州先哲遗书·从野堂存稿》卷首。

④ 钱、叶两人评语均来自缪昌期：《缪文贞公会试朱卷》，民国癸亥（1923）排印本。

⑤ 陈必谦：《〈从野堂存稿〉序》，见《常州先哲遗书·从野堂存稿》卷首。

⑥ 张玮：《〈从野堂存稿〉序》，见《常州先哲遗书·从野堂存稿》卷首。

⑦ 《乾隆四十一年十一月十七日谕旨》，见庆桂等编纂《国朝宫史续编》卷八三，北京古籍出版社1994年版，第796—798页。

⑧ 本段引文均来自郭琇：《〈双泉堂文集〉序》，见缪彤《双泉堂文集》，康熙二十四年（1685）郭琇、杨振藻刻本。

缪彤不仅文章驰名,还兼工诗歌,有唐人风格。沈德潜《清诗别裁集》收录其诗6首,云其《送医士方际泰归茅山》诗3首,将"医人与医国夹写,何等胸次";《假归南下欲游五台山》诗"写假归之乐,得见家乡树色也,偏云村色渡江来,工于著句";《渡江》诗"写得浑然无迹,末五字何减唐人声口"。[①] 清代杨际昌在《国朝诗话》中,亦评价缪彤《吴伯成招饮慧山云起楼同秦对岩前辈顾梁汾中翰暨沈台臣顾景行诸君子即席次前韵》中的"云移树影窗中入,雨带秋声槛外来"句,认为"诗中画也,其深细处,正恐画手难到,所以为高"。

除了缪昌期、缪彤等杰出人物外,缪氏家族中以诗文名世者代有其人。

缪昌期堂侄缪尊素,生有异才,髫龄应童子试,县令京山郝敬奇其文,执其手曰:"文章名世,当在子矣。"[②]尊素县、府、院三试第一,补县庠生,文誉日起,后入太学,应试京师,诸名公卿争延请之。万历庚戌(1610),与同乡黄毓祺、黄毓礽、周之望、周有士、袁季闲、徐时进、郭继清、贡隆教结成江上九子社,精选科考古文,名《江上九子社稿》,作为士子应试教材,县令许达道作序,称江阴"文章一派,尽在是矣"。[③] "尝登文选楼,评庆历小题文,金陵坊客争先购之,得许,则诸坊皆演剧以贺。山阴王思任序曰:'名理大雅,由博返约,犹见先辈典型。'"[④]缪尊素去世前留有续编,清人何焯并采前后稿本中的登选杰作刊行传世,取名《庆历小题文行远集》,评价其文"机趣相逼而生","别具超忽之致"。[⑤] 又著有《燕游笔记》一卷。

缪彤祖父缪国维(1566—1626),字四备,号西垣。万历辛丑进士。"才华炳蔚,器缊端凝"。[⑥] 深于古文辞,文章闳博绝丽,颇得座师冯琦之传。有《缪西垣先生文集》十一卷传世。

缪彤叔父缪慧远(1614—1698),字子长,号震泽,晚号宁斋。顺治四年进士。青少年时代"学富而溢,文采炳蔚,见者愕眙,莫知其言之所从出。顺治乙酉举于乡,四方争购其制义,所刻《雅庆堂稿》版至再易"。"晚更肆力古学,尤邃于诗"。相国王揆称其"于昔人诗境遍历而后成家,气苍然以古而独标新旨,词璨然以丽而若出无心"。[⑦] 其博学多识,"经

---

① 沈德潜:《清诗别裁集》卷九,见《万有文库》第一集。

② 蔡澍纂修,罗士瓒续修:《(乾隆)江阴县志》卷一七"缪尊素"条,乾隆九年(1744)刻本。

③ 许达道:《〈江上九子社稿〉序》,见《顾山文献录》卷五,张耀宗编著,香港天马出版社2008年版,第433—434页。

④ 蔡澍纂修,罗士瓒续修:《(乾隆)江阴县志》卷一七"缪尊素"条。

⑤ 张克隽、何焯:《缪尊素〈见冕者与瞽者〉评语》,见清何焯辑《庆历小题文行远集》,康熙癸酉(1693)刻本。

⑥ 钱谦益:《贵州按察司副使缪国维授中宪大夫制诰》,见《牧斋初学集》卷九八,上海古籍出版社2009年版,第2057—2058页。

⑦ 姜顺蛟、叶长扬修,施谦纂:《(乾隆)吴县志》卷六二"缪慧远"条。

义推巨手，韵语亦复雅健雄深”。[①] 有《宁斋诗集》传世。《清诗别裁集》录其诗5首，章法谨严，诗意雄浑。三子缪锦宣(1643—1693)，字钧闻，号介轩。康熙癸丑进士，翰林院庶吉士，升检讨，敕授文林郎。著有《缪钧闻文稿》、《介轩诗稿》。四子缪继让(1640—1723)，字虞良，号漫叟。康熙戊辰进士，浙江龙游县知县，貤赠儒林郎。著有《漫叟诗文稿》、《杜诗蠡测》、《读古杂录》若干卷。

缪彤长子缪曰藻(1682—1761)，字文子，号南有。康熙乙未进士，殿试榜眼，历官翰林院编修兼修撰，日讲起居官，司经局洗马，广东提督学政，康熙丁酉、庚子，雍正丙午顺天乡试同考官，诰授奉政大夫。著有《南有堂诗文集》若干卷。次子缪曰芑(1683—1755)，字武子，号笠湖。雍正癸卯恩科会魁，翰林院编修，武英殿纂修，敕授文林郎，诰封奉直大夫，内阁中书加三级。著有《读杜心解》、《六经要语》、《半学庵稿》。曰藻长子缪敦仁(1706—1776)，字羲元，号梅硐，又号榕庄。乾隆己未进士，翰林院庶吉士。著有《三雅堂文集》。

缪锦宣之子缪嗣寅(1686—?)，字朝曦，号晓谷。太学生。熟于汉魏以后历代诗，“洞彻源流如泾渭，判然于胸次，以故吮毫之顷，天真自露，抽芬芳而振金石”。[②] 其诗“得力汉魏，造语雅训，丰骨峭刻，初不矜才使气，而别有妙语”。[③]《江苏诗征》[④]有应地山评语云：“晓谷诗笔清苍，迥出时蹊，与李客山、周迂村诸哲匠为鸡坡鹤市之游，今罕有道其名者。任大田采入《吴中诗人集》，晓谷赖以不朽云。”著有《晓谷诗稿》、《京华吟稿》、《荆南游稿》、《海昌寓稿》、《虚白轩稿》、《惊鱼涧樵文》、《吴县人物志稿》、《吴县艺文志》、《伤寒尚论篇》、《医方拔雾》。

缪昌期曾孙缪思勃(1660—1729)，字子榛，号约轩。太学生。究心理学，躬行实践，著有《松窗笔记》、《喷醒录》、《耕学草堂集》、《约轩诗文集》等二十余种。玄孙缪诜(1672—1748)，字绳孙，号觉轩。康熙四十五年进士，例授文林郎。“跌宕词场，流连风景，陵轹汉魏，出入唐宋，不懈而及于古”。[⑤] 著有《思亲斋遗训》、《醒心笔记》、《觉轩文编》、《衎烈堂论文》、《中州从政记》、《觉轩诗文集》、《六经质疑》。

缪昌期后裔十四世缪问(1737—1803)，字问芝，号芳远。少禀异质，读书一目数行，诗文援笔立就。著有《读史随笔》、《释宋陈无择〈三因司天方〉》。缪问成年后师事钱半舫。半舫为圆沙嫡派，诗文高古，兼得张匠门薛元昆之衣钵，在毗陵一带享有重望。缪问从学数年，称入室弟子。半舫每语人曰：“律诗传之朝阳(指徐桐)，古诗传之芳远，学诗者质诸

① 沈德潜：《清诗别裁集》卷二，见《万有文库》第一集。
② 朱襄：《〈晓谷诗稿〉序》，见徐昂发、金国栋辑《小南村集·晓谷诗稿》，康熙四十九年(1710)芳润堂刻本。
③ 顾嗣立：《〈晓谷诗稿〉序》，见徐昂发、金国栋辑《小南村集·晓谷诗稿》。
④ 王豫辑，道光元年(1821)焦山海西庵诗征阁刻本。
⑤ 缪楷：《〈东兴缪氏重修宗谱·艺文内外集〉序》，见《(光绪)东兴缪氏宗谱》卷三四。

二生，可也。"[①]其诗遗存五律、七律数十首，皆朴老俊逸无懦响。缪问一生以行医为主，医名盖过诗名，以至人们只知名医缪问，不知诗人缪问。

缪问之孙缪慰祖（1794—1848），原名桐，字引初，常熟县学生。著有《从好斋诗草》、《楚游草》。林元英题赞："清微淡远，骨格甚高，《楚游草》进而益上，知得力于江山之助者多矣。"郭辂题七律一首，有云："醉呼绿蚁凭抒臆，狂到青莲许拍肩。"赵堃赞语："句句琳琅，不特清新擅庾、鲍之场，而且飘逸入王、孟之室。"[②]

缪慰祖孙女缪宝娟，字珊如，吴县翰林李振鹏之妻。生擅夙慧，天性綦笃。幼随父亲缪树本、叔父缪萼联游鄂、陕诸省，博闻广见，所作诗缠绵悱恻，语多深挚，其感事吊古、写景咏物，多有可传。"每一诗成，名宿辄为倾倒"。[③] 著有《倦绣吟草》、《吟秋阁诗草》，其中十五首被收录于徐世昌晚年编印的《晚晴簃诗汇》中。

周庄派十八世缪逢垣（1830—1882），字藩伯，号企勤。咸丰己未恩科并补乙卯正科举人，江苏仪征县教谕。天资卓越，倜傥不群，作文尤才思横溢，"谈经则挥霍纷纶，角摧五鹿；对策则详明淹贯，蹠食千鸡"，"才雄赋海，久驰誉于骚坛；学富文江，早蜚英于黉序"。[④]"每当酒酣耳热，纵谈史事及古今诗体，于西昆明七子得失尤多发明"。[⑤] 著有《读史一得》、《诗家谈助》。

缪逢垣侄缪楷（1865—？），字少修，号啸仙。光绪丁酉拔贡生。师从黄以周，精于经学考证。著有《尔雅稗疏》、《诗经大义述》、《移华馆杂著》、《玉篇笺证》、《经余随笔》、《说文骈枝》、《淮南子许叔重注辑述》、《江阴方言》，辑《缪文贞公编年纪事》、《国朝史论约钞》。其中《经余随笔》1934 年编入《江阴陶社丛书》，1988 年入选台湾新文丰出版公司出版的《丛书集成续编》。《江阴方言》编入民国《江阴县续志》。《尔雅稗疏》先后选入溥良（时任江苏学政）主编、1894 年出版的《南菁札记》，朱祖延主编、湖北教育出版社 1996 年出版的《尔雅诂林》，上海古籍出版社 2002 年出版的《续修四库全书》。逝世后，事迹载入《江阴县续志・人物传》。后人评价其学术成就可比肩缪荃孙。

阚庄派徐墅支二十一世缪廷梁（1895—1957），号镇藩，晚号蟫盦。美国哥伦比亚大学文学硕士，威斯康星大学教育博士。1931 年学成归国后，历任金陵女子文理学院文学院主任、重庆中央图书馆总务主任、南京中央图书馆山西路分馆馆长。缪廷梁 1917 年在苏州中学读书时就成绩优异，当年第 1 期《江苏省立第二中学校杂志》除了刊登其照片外，还

---

① 凌鸣喈：《缪问传》，见《（光绪）东兴缪氏宗谱》卷二七。
② 见南京图书馆藏缪慰祖《从好斋诗草》抄稿。
③ 缪钟渭：《〈吟秋阁诗草〉跋》，见缪宝娟《吟秋阁诗草》，光绪十八年（1892）刻本。
④ 皂保：《缪逢垣咸丰己未恩科江南乡试答卷》批语，见顾廷龙编《清代朱卷集成》第 142 册，台湾成文出版社 1992 年版，第 320 页。
⑤ 缪楷：《藩伯公轶事》，见《（光绪）东兴缪氏宗谱》卷四二《杂志篇》。

刊登其画作《马》一幅、数学题一道、作文一首、诗词各一首、课余笔记一份。1923 年在北京大学就学期间,发表一万余字长文《惠施传》。1935 年,与蔡元培、唐文治等七十多位专家参与《教育杂志》举办的读经问题讨论,论文《对读经问题的意见》入选《教育杂志》1935 年第 25 卷第 5 期"读经问题"专号。去世后,吴贻芳主持追悼会,说:"这是中国文化界一个重大损失!"[①]

2. 忠义

缪氏家族以忠义名重天下,首为缪昌期。缪昌期万历四十一年考中进士后,历任翰林院检讨、左赞善、谕德。时东林党人杨涟、左光斗、高攀龙等均在朝为官,缪昌期与他们志同道合,常以名节自励,力主除弊图新。天启年间,东厂太监魏忠贤勾结熹宗皇帝乳母客氏,从内阁六部到四方督抚安插私党,排斥异己,干预朝政。先是魏筑生圹于玉泉山,请昌期写碑文,遭严词拒绝,魏怀恨在心。天启四年(1624),东林党人对阉党专权极度不满,毅然上奏弹劾。左副都御史杨涟的参劾奏疏,列举了魏忠贤二十四大罪状,词风犀利,一时朝臣七十余人响应,"交章论忠贤不法"。[②] 朝野盛传文章出自缪昌期之手。魏忠贤恼羞成怒,命党羽王绍徽编《东林点将录》,仿宋时梁山泊一百零八将名目,把缪昌期比作东林党中的"智多星吴用"。后又以苏杭织造太监李实名义上疏,诬陷已罢官家居的高攀龙、周顺昌、缪昌期、李应昇、周宗建、黄尊素、周起元七人"贪赃枉法",令东厂缉拿治罪。缪昌期被诬受赃三千两,并被另加削职后依然会见宾朋之罪名。天启六年三月初三,缪昌期拜别阚庄家庙,入住城内从野堂以待。初五,县令岑之豹上门逮捕。缪昌期大义凛然,徒步至县衙。四月初十,缪昌期被押解到北京,次日关入诏狱。阉党密嘱狱吏倍加折磨,仅十八天即肤肉不留,骨节尽断,然而慷慨对簿,词气不挠。四月二十九日惨死狱中。出狱时尸骸涨满,发蓬覆面,十个手指全被打落,塞入两袖之中,家仆依据随身衣服才认出。死状在明朝二百七十余年历史里翰林院词臣中最为惨烈。崇祯元年(1628)三月,经周顺昌等受难七人家属集体赴京申冤,缪昌期得以平反昭雪,赠为詹事府詹事兼翰林院侍读学士,崇祯十六年安葬于江阴顾山永安桥南西首河头田里,墓前有崇祯帝谕祭文碑。次年福王朱由崧执政后追谥文贞。康熙二十四年(1685)入祀常州先贤祠,康熙三十年与同期遇难的李应昇共同入祀江阴文庙双忠祠,后又绘像于苏州沧浪亭五百名贤祠。缪昌期"官非台谏,职无事权",假令"稍为依回,循资而进",几年后完全可以跻身清华,得事明主,"惟是一生忠荩,日夜思清君侧,惓惓焉冀其君之一悟",最终"碎首黄门,暴尸城北"。[③] 其宁为愚

---

① 潘群:《仰慕陈中凡先生敬重师友爱护晚辈的忠厚品格》,见《当代江苏学人丛书》,南京大学出版社 2003 年版,第 87—91 页。

② 《明史》卷三〇五《魏忠贤传》。

③ 缪楷:《〈东兴缪氏重修宗谱·忠行录〉序》,见《(光绪)东兴缪氏宗谱》卷二九。

为拙,不为媚为奸,耿耿之忠,足以贯白虹而耀青史。从此以后,缪氏家族一直以忠良传家,世代恪守,临危不苟,坚贞不移。

顺治元年(1644),清兵大举南下,江阴县典史阎应元领导义民抗清守城。二年八月,江阴城被清兵攻破。三十六岁的江城派十一世缪钟粹(1610—1645)从容赋绝命诗一首交给八岁儿子缪洪远:"素志虽然未遂时,从容就义亦何辞?痛念堂前慈母在,从今奉养赖吾儿。"[①]然后与阎应元一起在激烈的巷战中为国捐躯。胞弟钟祥、钟俊听到大哥死讯,一起来到母亲面前泣告:"大哥已经壮烈殉国,我俩何忍偷生?孩儿不孝,今后不能再侍奉母亲了!"老母朗声回答:"缪氏家族一直有尽忠报国的传统,今兄殉节,弟死义,都是死得其所矣!不要挂念我的安危。"于是兄弟两人一起随兄殉国。钟祥妻陈氏、钟俊妻怀氏听到丈夫死讯后随夫殉节,家仆也随主殉节。一门负义不屈者还有缪钟粹堂兄、七十六岁的江城名医缪钟理等共计十七人。"子死父,妇死夫,弟死兄,仆死主,无不视死如归"。[②] 世人只知中书舍人戚勋江阴城破后全家二十一口碧血死义,殊不知东兴缪氏之壮怀激烈,一点不比戚家逊色。《(康熙)常熟县志》主编钱陆灿有感于缪钟粹的义举,题诗为赞:"烈哉缪公,貌伟才雄。年未强仕,国步鞠凶。赋诗明志,就义从容。令嗣追像,永慕无穷。忠孝懔懔,山高水瀜。瞻拜竦敬,烈哉缪公。"[③]后兄弟三人合墓,称"三忠"[④]。道光十六年(1836),缪钟粹、缪钟祥、缪钟俊、缪钟理、缪文辉、缪文炫、缪文照、缪文炳、缪文焕、缪文耀、缪文炯、缪文灼、缪际亨、缪大章十四人以殉义绅民祔祀江阴三公祠,名字载入《(道光)江阴县志》。

3. 孝悌

所谓孝悌,指孝顺父母,敬爱兄长。东兴缪氏以孝行声闻天下,最早的记载始于吴门派八世缪天秩。据《(光绪)东兴缪氏宗谱》:"天秩(1544—1567),字原常,号文峰。幼有至性,善事亲,先意承志,能得欢心。有外侮,争出御之,不以累兄。父病笃,割股以疗亲。无效,哀毁骨立,伤口感染成疾,卒年二十四。道光年间旌表孝子,入祠崇祀。"

缪天秩之后,孝行感人者还有:

阚庄派九世缪昌期,一生天性纯孝,父亲缪炷晚年卧床17年,每天半夜听到咳嗽声,必整衣起立,侍应床下。

缪天秩之子缪国维,母张氏苦节教养成进士。任福建南安县令时,以母老不便抚养,改任直隶宁国府儒学教授。万历年间,宦官把持朝政,缪国维慨然奏请归乡奉母终养。因孝闻于朝廷,受到赐坊旌表。缪国维除了孝行值得称道外,政绩也非常卓著,选授福建南

---

① 见《(光绪)东兴缪氏宗谱》卷三七。
② 缪楷:《〈东兴缪氏重修宗谱·忠行录〉序》。
③ 钱陆灿:《孟玉公像赞》,见《(光绪)东兴缪氏宗谱》卷三一。
④ 唐梦访:《孟玉公兄弟三忠传》,见《(光绪)东兴缪氏宗谱》卷二六。

安县知县期间，判案称神明。万历四十年任广东乡试正考官，录取了许多绩学知名之士。万历四十二年任浙江温州府知府，广行善政，士民均受实惠。天启三年，平定黔西北势力强大的水西土司安邦彦谋反。李珍《明季水西记略》(《贵州文史丛刊》2007 年第 4 期)认为：缪国维“力持半壁……厥功甚伟”。乡人崇拜他，死后崇祀于闽、浙、黔三省名宦祠。吴中人士感念其旧德，请祀于苏州府和吴县乡贤祠，绘像于沧浪亭五百名贤祠。

缪昌期长子缪虚白(1585—1648)，字采室。父亲被捕时，茧足长途，携二弟备历危苦。父亲去世后，扶榇还乡。继而进京伏阙陈冤。缪昌期赴逮后，与钱谦益书云：“虚儿实有至性，到此时迫发，诸兄弟皆知之。不意诸子皆能死孝。”①

江城派十一世缪钟理(1570—1645)，字守恒。幼失父母，事祖至孝。祖患奇疾，思饮鹿血，乃焚香祝天，刺臂血一盏以进。祖饮而甘，汗出淋漓，遂愈。又八年而卒。居丧哀毁，咯血数升，七日不食。祖有爱妾，奉遗命以母道事之。有弟妹不听教导，则引杖自责。及成家立业，授以己产，出私奁嫁之。每遇令节及祖、父母忌辰，则终日号泣。闻父母所嗜好，终身不御。万历末，县令旌表其门，县志载《孝弟传》。缪钟理三子缪懋时，天性孝友，父产悉让诸弟，而以户役为己任。伯兄早没，养寡嫂二十余年。抚诸从子女婚嫁，皆尽力。两世皆称孝义。

吴门派十四世缪珽(1728—1800)，字秉廷，又字笏岩。少有至性，母宋太夫人患眼病，他朝夕舐之，百日后翳尽目明。久之复病势剧，医药无效，他又割股和药以进，病亦寻愈。太夫人侄女少丧父，他代为抚养，长大后，择婿嫁之。次弟缪瑊病，众人都说非多用人参无济于事，父缪敦仁深感为难。他乞父鬻己产为参费，瑊病得以治愈。又父卒，次弟缪玠幼，他延师督课，玠入学为博士弟子。玠早卒，又抚其孤如己出。姻戚有幼而无父者，多收恤之。

阚庄派十八世缪维良。咸丰十年(1860)太平军攻占江阴，难民多室家相弃。他独扶父博文公行，跬步不离。寻机归家，收拾散亡。一日太平军突然袭来，举家皆奔走。博文公令其逃避，他不忍。顷太平军至，以刀刺博文公。他以身遮蔽，太平军遂以刀背连击。博文公得乘间逃脱，而他受创严重，病发日剧，终不复起，卒年二十有五。

此外，还有多人父母病重时刲股煎汤以疗亲。有的发生于孩童时，有的几代相传。用过去的眼光看，有点不合于礼；用今天的目光看，有点愚昧无知。然而，在医药不发达的年代，当父母危急之际，计穷力竭的儿女采用此法，实属不得已而为之，不失为懿行美德。

4. 仁爱

东兴缪氏以仁爱载诸文字者，最早可追溯到缪昌期祖父缪桓(1504—1576)，《(崇祯)

---

① 见《(光绪)东兴缪氏宗谱》卷三六《艺文内集三・与钱牧斋》。

江阴县志》卷三称其“倜傥有气谊，家仅中人产，乐周三党。嘉靖倭变，悉力掩遗骸，乡人称颂之”。缪桓的仁者爱人之量，硕人高士之风，为后人树立了榜样。

江城派九世缪坤，字子厚。先世七代以医著名，缪坤名尤著。性行淳笃，察脉审方外，端居诵读，不接尘事。嘉靖年间，被请到军营治疗瘟疫，全活甚多。曾十七次参与县令举办的乡饮酒礼，列名旌善亭。

吴门派九世缪国维，一生乐善好施。年岁凶荒，五谷歉收，很多家庭受饥挨饿，他布施稻谷粮食去救济；遇到瘟疫病流行时，他买药免费医治患者。长子缪慧隆(1607—1676)，以孝友闻名乡里，多次救人之急，曾四次推举为乡饮酒礼的大宾。孙子缪彤，热诚关心支持家乡文化教育和公益，曾出资创立三畏书院，亲自刊印明代儒学大师曹月川的《家规》、蔡虚斋的《密箴》等，作为书院规范。康熙十二年(1673)，出资修建文庙前的状元坊。十九年，出资修建长洲县学文星阁，每月朔望在文星阁下为诸生讲授义理之学。翌年，再捐资修建文庙圣殿。二十四年(1685)江苏巡抚汤斌重建文庙尊经阁，缪彤第一个出资捐助。康熙皇帝曾诏汤斌奏荐吴中“以道义自持者”，缪彤被列为首位。缪彤去世后，入祀苏州学宫表行祠，并绘像于沧浪亭五百名贤祠。曾孙缪曰藻，天性友爱，器度宽宏。兄弟姊妹共12人，有“孤嫠者，收养之”；“买奴得良家子，焚券遣之”。[①] 爱好收藏文房四宝，有一次，僮仆不小心将他一块心爱的珍贵砚台打碎，僮仆惊恐不安，缪曰藻则以微笑了之。常训导子孙，说：“左氏‘骄奢淫佚’四字，其病皆从‘佚’起，你们要永远牢记，不断勉励！”死后崇祀苏州表行祠，绘像于沧浪亭五百名贤祠。曾孙缪曰芑，晚年热心公益，雍正十三年(1735)倡议在苏州城区设锡类堂(殓葬)、育婴堂、普济堂，制定章程，广筹经费，存恤老幼，泽及泉壤。死后崇祀苏州表行祠，绘像于沧浪亭五百名贤祠。

阚庄派丹徒支十五世缪文彪(1735—1798)，字惟寅。乾隆乙巳年(1785)大饥，家产仅千，仍倾囊助赈，义声震动镇江，知府鹿荃奖给“慕义可风”匾。妇人孺子，莫不知其为乡里善人。

阚庄派丹徒支十七世缪应麟(1800—1848)，字德征。性慷慨，凡亲戚邻友间有婚不能娶、丧不能葬者，必曲为周全，有称贷者无不应。父国英公董理郡中留养所事，晚年佐之矢慎矢勤，十年如一日。凡育婴、救生、恤嫠诸善举，无不踊跃参与，捐资助理，乐善不倦。道光辛丑年修葺镇江郡城，父国英公董理其役，应麟恐父亲劳瘁心神，代父经营，近十个月始告成。知府嘉其劳，以从九品归部选用。

詹文桥派十七世缪遵一(1810—1869)，字贯之。道光壬寅(1842)英军侵犯江阴，城中守卒兵变，乡民乘间盗窃。他设法安堵，一方赖以无虞。道光戊申(1848)水灾，咸丰丙辰

① 袁枚：《文子公墓志铭》，见《(光绪)东兴缪氏宗谱》卷二六。

(1856)大旱,县令命遵一董理赈恤事,他擘画有方,条理秩然,仁蔼之声,啧啧称颂。其他如街道之难行,则集众纠资,尽铺平石;河梁之难渡,则进禀请费,悉改高桥。舟车往来,莫不称便。尤著名者,太平军进攻江阴时,乡民奔走不得安宁,遵一"抚厄困,戢奸宄",[1]殚精竭虑。

阚庄派十八世缪岐(1821—1885),字凤山,号柳村。得无锡疡科名医高锦庭高足刘晓山真传,以济世利人为心。咸丰十年(1860)八月初八,太平军攻占常熟城第六天,来到西郊徐墅咸佳桥(又称杨佳桥,今张家港市凤凰镇),警告乡人:"有谁肯与接洽,可免焚掠。"乡人找到避居城东周杭桥的缪岐,他挺身而出,见了赵姓头目,经过谈判,供以军粮,一乡之人获得平安。父亲缪佩珩以节俭起家,天性慈祥,岁凶必出家粮以赈,乡人颂德不衰。在世时仰慕北宋范仲淹,素有建义庄赡族之志,由于战乱,至死未能实现。缪岐继承父亲遗志,二十余年间用家产陆续购置良田五百零八亩(计价银四千二百六十五两)、房屋十五间(计价银二百两),于光绪八年(1883)在咸佳桥创建缪氏徐墅支祠,捐置常熟地区知名的义庄,年收租米麦四百六十一石五斗四升四合,除交税外,全部用于春秋祭祀、祠堂维修,以及资助族中贫寒家庭子孙读书、应试、婚嫁、丧葬和生活开支。缪岐逝世后,儿子缪镛、缪镐继承他的事业,经过二十多年苦心经营,又用义庄积余资金陆续购得腴田三百四十二亩。缪岐一家祖孙三代广行善事,"使一族之中无一人不获其所"。[2] 清末朴学大师俞樾有感于缪岐家族厚德载物、利人济世,曾书赠楹联一副:"耕读传家,刀圭济世;兰陵族望,柳陌乡贤。"翁同龢也有楹联为赞:"传仲淳医经利人济物;秉豫公家训睦族敦宗。"

5. 阃范

所谓阃范,指妇女的道德规范。东兴缪氏家族中的妇女,除了相夫教子、勤俭持家外,德行杰出者也不乏其人。

阚庄派十三世缪诜元配刘氏,在丈夫康熙丙戌(1706)中进士后,即告诫他当官"勿取作孽钱"。康熙丙申(1716),随缪诜至宜章服官,时以清节相勖。每见丈夫屏却馈遗,他人目为迂腐,刘独首肯,曰:"廉吏正宜如是。"[3]缪诜一生廉洁奉公,矢志不移,离不开刘氏深明大义,不惑流俗。

阚庄派十七世缪树本元配张氏,直隶清苑人。随夫由当阳至宣化、河南、陕西,备尝艰苦,而绝无交谪声。同治元年(1862),缪树本任临潼知县,时值回汉械斗,随团练大臣张芾同赴渭南招抚死难。张氏闻丈夫死讯,乃绝食七日而死。事闻朝廷,赠与淑人,并旌表节烈。后经给事中王宪成疏请,准予附祀临潼及常熟缪树本专祠。[4]

---

① 见《(光绪)东兴缪氏宗谱》卷二八《贯之公传》。
② 缪荃孙:《缪氏义庄书田记》,见《(光绪)东兴缪氏宗谱》卷三二。
③ 缪诜:《元配刘孺人志略》,见《(光绪)东兴缪氏宗谱》卷三〇。
④ 陆宝忠:《翰仙公元配张夫人传》,见《(光绪)东兴缪氏宗谱》卷三二。

阚庄派丹徒支十七世缪启麟元配余氏，咸丰庚申(1860)侨居盐城大冈镇，遭盗贼抢劫，当时丈夫、儿子均不在身边。盗贼以刀加其颈，逼索珍宝。余氏叱之曰："避难人有何珍宝?"盗贼舍之，攫衣饰而去。丁丑(1877)，东省遭灾，丈夫倡助赈，余氏极力赞成之。戊寅(1878)，丈夫离世，儿子之镕恸甚。余氏谕之曰："保身保家，孝之大者。儿当勤俭克家，毋辱尔父。徒恸，何益哉？昔人云：'保精神则本业固，谨财用而高志全。'二语儿当牢记。"①丙戌(1886)，山东又饥，弥留之际，遗命以千金助赈。知府张公上报朝廷，奖给"乐善好施"坊额。

阚庄派丹徒支十八世缪之镕元配徐氏，十八岁嫁到缪家时，嫁具甚多，公婆怕被抢劫，适遇二女、三女相继出嫁，于是取为赠嫁物。徐氏欣然献出无吝色。光绪丙申，儿子缪时孙就职京师，徐氏以移孝作忠谆谆传示。庚子(1900)秋，八国联军攻占北京，音书断绝。未得儿子音讯，家人咸忧时孙不生，而徐氏独忧时孙苟活。及闻儿子随扈西行，徐氏始慰曰："此乃不亏厥职。"徐氏独以效忠责儿，而恐其求生害仁，"不愧为千古贤母"。②

詹文桥派十八世缪太占继配章氏，年二十四嫁到缪家，年二十八守寡。无子，以伯氏子玉辉兼祧为后。家计故不甚裕，太占公去世，仅遗田一顷。章氏恭敬撙节，经营作苦，衣不裘帛，食甘粗粝，历二十余年，积至十余顷。然性慷慨，族中无力者不时称贷，有叩必应。病不能医、婚不能娶、丧不能葬、读书不能应试者，必周而助之。咸丰十年，太平军攻克江阴，供奉缪昌期、李应昇灵位的双忠祠毁于兵燹。乱平后，章氏念报忠之礼空缺，先于稷山建立支祠，接着申报县官，蠲钱千余重建。山西、河南、山东、直隶诸省遭灾，文报一至，立蠲巨款助赈。光绪丙申(1896)六十生辰，谢绝祝寿，发米数十石，周给孤寒，众称寿母。

吴门派缪彤玄孙女、缪曰藻曾孙女缪氏，嫁到苏州大阜潘氏第三十世潘世经家时，潘克周、奕珧、世经祖孙业贾，其时潘世经一家迭遭不幸，有人力劝世经之子潘遵礼弃儒从商，以承先业，但出身科甲世家的缪氏却恪守娘家崇尚教育的优良家风，她在安排其另一个儿子潘遵范兼主出纳、延续祖业的同时，仍然竭力督促其子潘遵礼苦读力学。正是由于诸子分工明确，缪氏督促有力，后来缪氏之子潘遵礼、孙潘馥果然先后中举，成为潘氏敷九公长房中科举功名最盛的一支。

三

东兴缪氏自七世缪桓以后，四百多年间人才辈出，子孙普遍重视孝道、守法尽忠、淡泊

① 缪楷：《锡书公元配余夫人行状》，见《(光绪)东兴缪氏宗谱》卷三二。
② 缪荃孙：《炼卿公元配徐夫人传》，见《镇江世庆堂缪氏宗谱》。

仕途、乐善好施、勤奋好学，在这些优良传统形成过程中，家训起着极其重要的作用。

缪昌期晚年在京城当官期间，有感于佑后难，承先更不易，公务之余经常写信告诫五个儿子：一要做好人，二要勤读书。书信 3 200 余字，为家族第一份家训。缪昌期之孙缪畴(1607—1662)，晚年留下 10 条 480 字的家训。缪昌期曾孙缪弘仁(1637—1702)，潜心理学，躬行实践，读书训子，严于义利之辨，晚年留下近 5 000 字的《家训》以及近 800 字的《自约言十则》。曾孙缪思勃，晚年受陆陇其之教，敬信程、朱理学，以曹月川《家规》为宗，稍参他书，间出己意，撰成 1 500 余字《家训》和 1 500 余字《耕学草堂家规》。后人将四代人的智慧结晶收录于宗谱《家训篇》代代相传，形成了独具缪氏家族特色的精神遗产。

缪氏家训核心围绕着儒家治家教子、修身做人展开，重点围绕保德、保身、保家进行阐释，内容涉及敦伦、守身、笃学、谦恭、祛私、启过、宜家、课子、勤俭、输课、行恕、修睦、恤下、为善、服官、作忠、励志、慈孝、婚恋等众多方面。有的写成家信，有的留为遗命，有的编作故事，有的凝为格言，有的赋成诗词，有的撰成对联。写作采用夹叙夹议手法，叙述言淡意深，内涵深厚，议论由浅入深，以小喻大。字数多者论述细致全面，字数少者数语精概，极富形象性、哲理性与针对性。

缪氏家训中，分量最重的是孝道，对孝的阐发也最为丰富。缪昌期认为："为人以孝弟为本。"①缪畴认为："诸儿不论智愚，总欲其读书上进。即使自己不肯向上，若能劝勉兄弟读书，以延文贞公一脉，即是孝子。""时积孝思，即是积善"。缪弘仁认为："堂前子孝值千金。""孝者，理学之原也"。又曰："不孝必报。""未有不尽孝而忠良者。""积金以贻子孙，未必能守；积书以贻子孙，未必能读；不若积德以贻子孙，方得长久。""贵人久久必贱，富人久久必贫。不如为善，久久必昌。"缪思勃认为："保德、保身、保家，便是至孝。"孝道除了要对活着的人尽职外，对死去的先灵也要尽职。家训中一再训诫："先灵不可得见，灵在子孙一心思念。继先灵之志，稍一懈惰，非孝即非仁。""凡先人志状，为子孙者俱当视为拱璧，盖常念祖宗志事，便不敢轻忽自己。""一切祖、父手披阅读经书，古文、时文，不抛弃而能慎守之，亦继述之孝也。""时看祖、父旧迹，亦是发孝思处。""孝子为能享亲，若生前不顺，平日言动不谨，祭时必内愧，不能神交。"

家训中分量排名其次的为"恭默"——谨言慎行，宽厚忍让，不招摇惹事。缪昌期认为："生当季世，种祸容易，种德极难。《小宛》不云乎：'握粟出卜，自何能穀。'此大夫兄弟相戒以免祸之诗也。"他要求子弟们"身名未定，须要用'刻砺'二字。肯暗里吃亏，勤修密检，便是长进"。"前程如漆，不由人料，安分守己，听之而已"。缪畴认为："强力忍诟，人人黄石公。时时跪进履，可以入世矣。"缪弘仁认为：为人应该"恭俭以持己，宽易以与人，慎

① 本章引用资料除另有注明外，均来自《(光绪)东兴缪氏宗谱》卷二三。

静而寡言,明达而果断”。“凡交易有便宜,必有吃亏,宁吃亏好”。“惟受亏,故子孙忧饥寒。亦惟受亏,故子孙无刑戮”。他对好胜之害认识特别清醒,指出:“人生取祸之事非一,而好胜为最。好胜则必争,争则必炫己长以彰人短,凶人当之则阴谋险中,祸必立至。”一再告诫子弟:“惩忿,保身保家之仁术也。”“父子笃,兄弟睦,夫妇和”,“己食思人饥,己暖念人寒,己安居念人劳苦”,是“安贫保家之效,贻谋子孙之鹄也”。缪思勃认为:“处事最难,要识义理,又要识时势。”“清、慎、勤三字,不惟是居官之法,兼是居家之法”。“要言忍住,要动忍住,要怒忍住,看道理如何。马须有缰,脱了缰,马作主我作不得主,难免颠仆矣”。“熬之为言忍也,熬时难过,熬过了,品以立,身以安,家以保”。对于如何保德、保身、保家,他提出了一系列有效的做法。如“保德曰宽,保身曰淡,保家曰忍”。“失志之时与得志之时,皆当以静定为主”。“怨不宜修,而宜消”。“事之始,必虑其终,凡事兜底打算,庶无后悔”。“处极耐不得事,越要和平”。“小亏须忍,不忍小亏,便受大亏”。“言语不到,千该万该再休开口。出入不到,千该万该再休动身。事体不到,千该万该再休下手”。“事有后患者,不可不著精神处置,转有患为无患。若眼前些小胜负,得放手便放手”。“让人于不觉,是省事省气之一法”。“无根之谤,静以镇之,如良将之坚壁不动。或闻而暴怒,或穷诘其所以,或与之辨,适堕其计,自取败辱”。这些活泼有趣、鲜明易感的话语,充满了对子孙后代满怀希望的灼热之心。

家训中再强调的一点就是“勤俭”。缪昌期认为:德薄之家好比瘠卤之地,难于发生。及既生之后,灌溉培植,遂成良田。一再告诫子弟“凡事从天理起见,莫学今势家子弟,以鲜衣美食为事”。缪畴认为:“凡人早作不夜思,夜思不早作,无益。客寝甚安,殆非就国者之语。时时宜醒,以格天心。”缪弘仁认为:“积困成懒,积懒成病,人之精神时时鼓舞,德业自宏。”“少年乐处,正将来苦处。今日不知书之当勤读,迨知之而已不能勤矣。”“无十年之痛,安得一刻之安?”“惟俭,乃不至取非义之财。”虽然强调“勤俭”,但家训中并不赞成子孙追求厚财,只希望子孙保持廉洁、俭朴的优良品德。缪弘仁认为:“鱼害乎饵,人害于财。财不可贪冒,名亦不可贪冒,求荣反辱者,比比而然。”

缪氏家训中,勉学读书的格言不少,但读书的目的并不是为了功名,而是明理,进而学习做人。明代郑鄤在《嘱儿珏喆甡发兢》中说:“缪西溪云:‘一本《四书》,一篇八股,文字能通则无所不通,此是我圣贤诗书之灵。’读书必以通举业为始,不然如竖屋之无基。……能读书明理,则处世居身,待人接物,自然有法,不至马牛而襟裾也。”[①]对于如何做举业,缪昌期的体会是:“科举事,只在每科出榜后,将新举人文字,无论好丑,细细勘校一番,并用

---

① 见《峚阳草堂文集》卷一六《天山自叙年谱》“崇祯十一年戊寅”,《四库禁毁书丛刊》集部第126册,第496页。

苦工，一年将经文另番做二三百首。连二年，做《四书》文一二百首。待科举年，又转换一番机括，有脱去糟粕、超然远览之思，则自然中矣。……举业一事，不问闲忙，只是精神并叠。与人说话，随事应酬，看山看水，吃酒著棋，无非是念，才叫真实用功。一科有一科之文，看了今科十八房，摹拟出丙辰十八房，断无是理。第一要看经书明白，第二要多多作文，随题打成一局。透得此关，一生受用不尽。”到了缪弘仁，对读书的阐述更为具体，他认为：“读书是学问中一事，举业又是读书中一事。盖存心、制行、立言、待人、处事俱学问也，不止读书也；博通经、史、子、集，观古人成败兴亡，考天地山川人物，增长识见，涵养性情，皆读书也，不止一举业也。”“士、农、工、商、贾，俱当读书，读书便明道理。知、怕、惧，保身保家之本也。然读书不可不读孔、孟、程、朱之书”。“时文做不出处多做，做得出处少做”。“功、名二字一贯。有读书养德之功，始有科甲、科试之名。有尽职死节之功，始有追谥、建坊、赠官之名”。“富不过不饥不寒，贵不过读书为善，舍此营求即分外”。“镕得成汁，倾得成锭，学者第一要变化气质”。缪弘仁坚决反对忘我读书，轻身重名，指出：“诜儿读书与考，原期荣身以显亲，若因此致疾，贻忧父母，非孝也。卧食之余，精神酣畅，然后看书几章，念文一二首，三六九自写性灵文二篇，足矣。至于得失有命，听之于天，切勿挂念。若他人文字，案上残书，毋多旁及，免使心乱，徒劳口目无益。若小得即喜，一失即悲，何轻身而重名也，戒之哉！”

缪氏家训几百年间得以有效灌输，离不开一套行之有效的德教措施。一是注重纯朴、正派家风的熏陶；二是注重规范、准确的操作；三是实行奖惩结合、情法并用；四是注重榜样的垂范、激励作用；五是家庭伦理教化具体方法、形式上的多样性，如召开家庭会议，“德业相劝，过失相规”，填写“功过格”，以“日日知非，日日改过”，还有念先人遗训，摘抄家训语录贴在墙上时时对照检查，背家训歌诀、箴言等方式方法。吴门派由于兵燹，家藏文献毁失殆尽，家训至今无从寻找。

缪氏家训经过一代又一代人的传播，形成了家族世代因袭的行为习惯、文化氛围和家族风范。正是这些优秀的文化因子，潜移默化地规范、制约和影响着族人的人格理想、心理结构、风尚习俗与精神素质，不断增强家族的凝聚力和社会影响力，促进家族成员的优化。

四

东兴缪氏近六百年间共有七十余人留下二百余部著作，内容涉及经学、史学、文学、医学、艺术等诸多方面，有的著作当年曾多次再版，盛极一时。但历经世乱沧桑，现今知见者已不足五十部，除极少数收藏于民间外，绝大多数收藏于上海、南京、镇江、常熟、北京等境内公立图书馆,以及美国哈佛大学等境外图书馆。其中不少著作属于手稿、抄稿、残本、孤本、善本。除少数医学专著经多次刊印流传较广外,其余书籍即使再版,也数量有限,能看到第一手资料者极少。由于数量稀少、阅览困难,研究东兴缪氏的学者人数寥寥。最近二十年,媒体有关东兴缪氏的报道,漏洞较多,错误不少,包括缪氏后裔在内的读者由于真假难辨,时常信假为真,甚至以讹传讹。为了传承家族历史与文化,弘扬家族精神,勉励家族后代,并为广大专家、学者读考缪氏家族提供第一手资料,编者一直有志于以东兴缪氏世系图为主线,编纂一部上始元末、下止民国(含中华人民共和国建立初期去世者),时间跨度近六百年的缪氏家族存世资料汇编。

2006年起,利用出差、开会之机,多次走访上海、南京、镇江、常熟、北京等地图书馆,委托友朋走访台北图书馆乃至美国哈佛大学图书馆,获取东兴缪氏存世资料。业余时间浏览存世家谱,利用大型电子资料库《中国基本古籍库》、《瀚堂典藏数据库》、《四库全书》的词条检索功能以及百度、谷歌、读秀搜索引擎,发动亲朋好友提供线索,设法查找东兴缪氏零散存世资料。历经八年艰辛,通过手抄、复印、拍摄,获得存世资料200余万字,其中缪氏传主资料(由朝廷颁发的诏书,本族或外族撰写的传记、像赞、祠堂记以及由缪氏后裔撰写的诗、文、赋、书信、手牍、医案)148万字,外族题赠资料22万字,缪氏关联资料(由本族或外族撰写的涉及缪氏后裔及亲友、师徒的笔记、小说、评论)15万字,缪氏源流资料20万字。通观这些资料,有以下特点:

1. 涉及人物众多。这些人物绝大多数在民国以前,又以清代居多,其中男性113人,女性47人。作者中东兴缪氏家族成员137人(男性112人,女性25人),非东兴缪氏家族成员七百余人。东兴缪氏作者中,从第二世到第二十一世无一代间断,几乎涵盖了缪氏家族所有的知名人物。非东兴缪氏作者中,不乏当时政界、军界、文坛、学术界的名人,如赵用贤、叶向高、高攀龙、左光斗、陈继儒、朱国桢、冯梦祯、钱谦益、尤侗、陈廷敬、韩菼、张英、彭元瑞、沈葆桢、翁同龢、王先谦、瞿鸿禨、缪荃孙、溥良、善耆、顾颉刚等。

2. 涵盖范围广泛。完整收录的著作共有25部,其中阚庄派11部,分别为:九世缪昌期《从野堂存稿》(《常州先哲遗书》收录)、《缪文贞公会试朱卷》(常熟图书馆藏),十四世缪问《释宋陈无择〈三因司天方〉》(国家图书馆藏),十六世缪慰祖《从好斋诗草》(南京图书馆藏),十八世缪宝娟《倦绣吟草》(南京图书馆藏)、《吟秋阁诗草》(南京图书馆藏)、《吟秋阁诗草续集》(国家图书馆藏),十八世缪岐《缪氏外疡医案》(南京图书馆藏),十八世缪之镕《缪文贞公年谱》(《(光绪)东兴缪氏宗谱》收录)、《怡园读史绪论》(镇江图书馆藏),十九世缪镐《柳村图题咏》(常熟图书馆藏)。周庄派4部,为十九世缪楷《尔雅稗疏》(《续修四库全书》收录)、《经余随笔》(台湾新文丰版《丛书集成续编》收录)、《缪文贞公编年纪事》(《(光绪)东兴缪氏宗谱》收录)、《江阴方言述》(《(光绪)东兴缪氏宗谱》收录)。吴门派10

部，分别为九世缪国维《缪西垣先生文集》（台北“中央图书馆”藏），十一世缪彤《双泉堂文集》（国家图书馆藏）、《双泉堂诗集》（国家图书馆藏），十二世缪曰藻《寓意录》（上海图书馆藏）、《敬米斋笔记》（上海图书馆藏）、《朴巢偶笔》（上海图书馆藏），十二世缪宗俨《桐村诗稿》（国家图书馆藏）、缪宗侃《迂鳖诗稿》（国家图书馆藏）、缪嗣寅《晓谷诗稿》（国家图书馆藏），十三世缪遵义《温热朗照》（苏州图书馆藏）。摘录的著作共有6部：缪敬持《东林同难录》（台湾新文丰版《丛书集成续编》收录），缪潜《（民国）招隐山志》（镇江图书馆藏）、《（民国）金山志》（镇江金山寺藏），缪之镕《箕裘集诗钞》（镇江图书馆藏），缪镐《随手记录》（常熟图书馆藏），缪楷《国朝史论约钞》（上海图书馆藏）。涵盖了除多次再版过的缪遵义医书以外的东兴缪氏所有知见著作。全集中，字数超过8万的作者有缪国维、缪昌期、缪彤、缪曰藻、缪遵义、缪楷6人。另外从近500部文献中摘录了大量零星文章、书信与诗词，有的来源于一百多年前编修的《（光绪）东兴缪氏宗谱》、《东兴缪氏镇江支谱》（又称《镇江世庆堂缪氏宗谱》），有的来源于《四库全书》、《续修四库全书》、《四库存目丛书》、《四库禁毁书丛刊》、《四库未收书辑刊》、《四部备要》、《清代朱卷集成》、《中国地方志》、《中国基本古籍》等大型丛书，有的来源于北京、上海、南京、镇江、常熟、苏州、泰州、江阴、张家港等境内图书馆，美国等境外图书馆，以及北京大学、北京师范大学、苏州大学、海南师范大学、上海中医药大学、苏州西园寺等独家收藏的古籍、家谱、期刊、档案，有的来源于江阴、常熟、苏州等地保存的碑刻，涵盖了绝大部分的缪氏零星存世作品。

3. 稀见作品珍贵。完整收录的25部著作中，有13部属于稀见作品。其中缪楷《缪文贞公编年纪事》、《江阴方言述》为《（光绪）东兴缪氏宗谱》所仅有，缪曰藻《朴巢偶笔》、《敬米斋笔记》、缪之镕《怡园读史绪论》、缪慰祖《从好斋诗草》为抄稿，缪彤《双泉堂文集》、《双泉堂诗集》以及缪岐《缪氏外疡医案》为孤本。缪国维《缪西垣先生文集》、缪嗣寅《晓谷诗稿》、缪宗俨《桐村诗稿》、缪宗侃《迂鳖诗稿》为善本。摘录的6部著作中：缪潜《（民国）金山志》以及缪镐《随手记录》为孤本。其余零星诗文与小说，也有不少属于稀见作品。合计字数达32万。

4. 文献价值较高。东兴缪氏家族有三人的从政经历与中国重大历史事件紧密相连：一是明代缪昌期所属的东林党与阉党魏忠贤之间的政治斗争，二是明代缪国维参与平息贵州水西土司安邦彦发动的叛乱，三是清代缪树本与同治元年发生的陕西回民起事。这次收集到的三人的相关资料，有的属当事人自述，有的为他人记述，不少作品为国史、方志所无，可为这些事件提供佐证。另外，《缪西垣先生文集》附录的15篇7 300余字的有关缪国维的《崇祀温州府绅士赴院道保留呈》、《苏州府学、吴县学两处崇祀乡贤录》、《福建泉州府南安县崇祀名宦录》，为研究明清崇祀乡贤礼仪提供了珍贵资料。仅见于《东兴缪氏宗谱》的《孟玉公兄弟三忠传》，可为明末清初江阴民众八十一天守城抗清提供佐证。缪彤高中状元后所作纪实文章《胪传纪事》以及拜访馆师前递送的请启，可为康熙年间乃至清代的科举考试提供佐证。《寓意录》、《朴巢偶笔》、《敬米斋笔记》中记录的缪曰藻本人所藏所见自唐以迄明代几十家稀世书画、碑帖材质、尺度、装潢、题跋诗文、印记、藏家、墨色字体等资料，对今天的书画鉴赏具有重要参考价值。资料中还有全国14家与东兴缪氏有一定关联的缪氏源流信息，绝大部分为地方志或上海图书馆家谱馆所没有，对研究缪氏源流与发展历史有参考价值。

五

东兴缪氏大量家族文献得以保存至今，缪氏裔孙功不可没。

一是东兴缪氏历次修谱人员，将大量珍贵资料编入宗谱，使家族文献得以代代相传。明嘉靖十一年壬辰(1532)，六世缪廷玉创辑谱稿。时隔34年后的嘉靖四十五年丙寅(1566)，八世缪甫灼首次纂修。21年后的万历十五年丁亥(1587)，八世缪煌第二次纂修，首次留下第一世至第六世的七篇传记。9年后的万历二十四年丙寅(1596)，九世缪达道第三次纂修。48年后的崇祯十七年甲申(1644)，九世缪达善第四次纂修。30年后的清康熙十三年甲寅(1674)，十一世缪汝勤第五次纂修。34年后的康熙四十七年戊子(1708)，十一世缪行乾第六次续修，始有八卷刊刻本存世，缪昌期《狱中绝笔》等大量珍贵资料首次见诸书中。104年后的嘉庆十七年壬申(1812)，通族第七次同修。阚庄派十五世缪廷梅(1770—1849)“网罗佚事，无间暑寒，采访支流，不避风雨，卒以荟萃成编”，全书“文增于旧之倍，事详于前所无”，有刻本四十二卷。之后的太平天国之乱“遍及郊郭，断简残编，尽为灰烬”，若非廷梅“掇拾于前”，很可能“旧德就湮，茫无足据”。[①] 59年后的同治十年辛未(1871)，通族第八次同修，留存刻本四十二卷。主编缪逢垣兵燹后网罗散失，竭瘁心力。缪树本的大量资料收入书中，成为迄今为止研究缪树本最权威的文献。37年后的光绪三十四年戊申(1908)，通族第九次同修，留存刻本四十六卷。主修缪楷完善结构，增设《祠堂篇》、《杂志篇》，并在《传记篇》中分设“忠行”、“孝行”、“壸行”等目录，内容扩充到5 400余页，所收缪氏义庄文献、所编《缪文贞公编年纪事》、所著《江阴方言述》以及其他短文因收入谱中而得以保存。丹徒族人继江阴大宗续修宗谱后，于宣统二年(1910)同修支谱。家谱先后被上海、北京、南京、镇江以及日本、美国等图书馆收藏，其中的制诰、家训、传记、祠堂、像赞资料成为本书《制诰篇》、《家训篇》、《传记篇》、《祠堂篇》、《像赞篇》的主要来源。

二是族中有识之士将先辈遗泽整理或刊印。代表人物有：

---

① 缪朝标：《象环公传》，见《(光绪)东兴缪氏宗谱》卷二七。

缪昌期长子缪虚白，整理其父遗著，于崇祯十年(1637)取名《从野堂存稿》刊行，为迄今为止遗存时间最长、内容最为丰富的缪氏专著。又将缪昌期天启六年丙寅(1626)三月初五日书写的《自述》(一作《自叙》)推荐刻入《(崇祯)江阴县志》。

吴门派十一世缪彤，高中状元后于康熙乙丑(1685)将祖父缪国维遗稿汇编刻印成十一卷十一万余字的《缪西垣先生文集》，内有序、寿序、论、疏、表、启、记、题跋、箴言、像赞、行状、墓志铭、祭文、尺牍、公移等。经南京图书馆、台北"中央图书馆"保存，得以流传至今。

吴门派十三世缪遵义侄孙缪淞(1773—1849)，字禹祁，号芳田，又字立甫，号花尹。悉心记录整理缪遵义医案和汇讲材料，协助缪遵义编成八卷13万余字的《温热朗照》。缪遵义为缪曰藻次子，乾隆二年(1737)进士，录用为知县，但他不忍远离父母，于是请假归里，侍养父母。母亲曾得异疾，他"究心岐黄家言"，待到母亲疾愈，他已通医理，于是干脆悬壶行医，"就诊者填塞街巷，治无倦容"。[①] 总督高晋亲自为其堂题名"志济"。缪遵义临证立方多创新，一般医生不理解，但服用后多有奇效，人们无不惊叹佩服。他擅长治温病、杂症，与叶天士、薛生白齐名，称"吴中三家"。他汇辑前贤医学成果，以张路玉论述为总例，汇喻嘉言、周扬俊、吴又可、程郊倩等二十余家温热理论为课题，以会讲的形式展开讨论，起到很好的解惑明义的效果。《温热朗照》所引用的医书种类多、内容广、摘录精，难能可贵，所有医话和医案，甚为精辟，注释和议论亦较中肯，所加案语，皆为温热治法精辟宏论。书名寓意深刻，内容广泛，为后世医家所重视，现仍作为医学院校教材。

阚庄派徐墅支十九世缪镐(1851—1931)，字西京，号少村。无锡名医曹棫卿家藏有缪昌期万历四十一年会试朱卷，纸墨完好，曹氏装成巨册，请翁同龢照式摹写副本，并为题识，后归其女婿陶氏。缪镐闻讯后连忙驾舟往观，谨读一周。乙丑(1925)秋，将好友姚宗堂收藏副本复制多份，冀广流传。今天，原件已不见踪影，复制件完整保存于常熟图书馆。缪镐对家族的另一大贡献，是将亲友题咏其父以及其本人的诗词合计800余首汇刻成《柳村图题咏》广为流传，使今人有幸一睹当年名流之风采。

阚庄派丹徒支十七世缪之镕(1840—1914)，字炼卿，号醒园，继承父亲缪启麟遗志，悉心搜集缪氏历代遗诗，又将本人见解与考证所得列之诗后，历二十年辛苦，搜得东兴缪氏七十六人遗诗770首，非东兴缪氏六十六人遗诗963首，手抄四五次，汇萃成二十四卷，取名《箕裘集诗钞》，于光绪二十年(1894)出版。还于同治年间，仰体慈父锡书先生之意，详校缪昌期《从野堂存稿》，将新收集到的缪昌期书信与诗文遗稿补入其中，并编《缪文贞公

---

① 《(同治)苏州府志》卷八三"缪遵义"条。见《中国地方志集成·江苏府县志辑》第14册，江苏古籍出版社1991年，第198页。

年谱》冠于卷首刊印行世。

缪之镕次子缪林寿(1863—?),榜名鼎臣,更名时孙,字志平,号述溪,光绪九年将恩师谢庭兰存稿刊印,使其中与东兴缪氏有关的诗文得以随书传世。清王朝灭亡后,从京城辞官回到老家镇江,改名缪潜,字乾初,别号遁农。应山僧邀请编修《招隐山志》和《金山志》,将东兴缪氏七世以下歌咏招隐山和金山的六万余字诗文收录其中。现今原稿已散佚,赖两部山志得以存世。

六

东兴缪氏大量存世资料的汇辑,不仅可以起到存史的作用,更为重要的是,经过整理与分类,可以方便学者多方面展开研究。编者作为缪氏后裔,在搜集资料的同时,一直关注两个话题,一是关于缪昌期、缪诜、缪柳村、缪国维、缪彤、缪曰藻等先辈某些传言的真假,二是一世祖全一公的来历以及之前的家族源流史。现今,随着文献日益丰富,研究不断深入,许多似是而非的悬案将被解开。

关于缪昌期

缪昌期作为东兴缪氏最有影响的人物之一,从踏上政坛直到六百多年后的今天一直被人提及,关于他或者与他相关的说法也最多,归纳起来共有十一种:一是杨涟的劾疏为缪昌期代草,二是缪昌期的出生地或居住地为江阴长泾,三是缪昌期被捕地在老家阚庄,四是缪昌期的被捕时间与入狱时间分别为天启丙寅(1626)三月初三和四月初十,五是缪昌期后代被满门抄斩,六是缪昌期与名医缪希雍是堂兄弟,七是徐霞客为缪昌期学生,八是缪昌期惨死后缪徐两家在徐霞客牵引下缔结了数代婚姻,九是缪昌期父亲是个掮客,十是缪昌期的远祖为蒙古族,十一是缪昌期曾隐居浙江台州。以上传闻,第一种始于明代,第三种始于清代,其余九种始于近代或现代。除了第二种有部分正确外,其余或者不符合史实,或者无文献可征。现根据知见资料澄清如下:

关于代草之说,缪昌期在世时就已流传,他自己也不止一次听说,当时阉党怀疑的也不止他一人,因此在被捕后所作的三千余言的《自述》中不惜用较长篇幅为自己辩白:他不赞同杨涟的过激举措,主张通过其老师、内阁首辅叶向高说动皇帝。叶向高赞同缪昌期的策略,密奏熹宗皇帝让魏忠贤体面退归,遭到熹宗否决。为了明哲保身,叶向高"乃扬言此揭非出我意,自我门生所迫也"。然而,"流言自此起矣,且谓应山(杨涟,湖北应山人)之疏,尽出吾手,而忌者附会其说,益不可解。福唐(叶向高,福建福清人,福清又名福唐)归途逢人告诉:'西溪骂我,彼与大洪(杨涟号)一人日夜往来。'正与代草之说相呼应,以实其出揭非本意之言"。缪昌期平反后,其《自述》由后人单独刊刻。道光年间,武英殿协修、长期担任江阴暨阳书院主讲的李兆洛为该书作跋："野史多言杨大洪劾魏阉疏出文贞手，此足以证其诬。"①对这一历史事件，收录于《（光绪）东兴缪氏宗谱》三十卷中由缪昌期长子缪虚白所撰的《恤赠谢恩表》也可提供佐证："虚白父缪昌期，由万历癸丑进士，授检讨，历升左春坊左谕德。生平正直，不顾嫌怨。为吉士时，见时事不平，辄愤惋昌言，以故忌者挤归。返复职未几，目击逆珰魏忠贤矫窃诏旨，擅作威福，先臣早为寒心，适副院杨涟、佥院左光斗过先臣旅邸，相顾叹息，共图剪恶。二臣曰：'不去此贼，无以报国。'先臣曰：'首辅叶向高见蒙先帝委任，力能驱除大憝，若外廷先抗疏，列其罪状，而后辅臣援外廷公论面奏，先帝立黜忠贤，便消阴祸。'涟亦首肯曰：'吾蓄此志久矣！'议定，而涟疏上。先臣因以大义责辅臣，辅臣畏逆珰凶焰，迁就不决。乃巧趋捷径者，借先臣为贽，献媚逆珰，谓杨涟二十四罪疏，属先臣代草。夫涟忠愤有素，先臣宁以此居功？但同心除慝，捐躯赴义，实与共之。"代草之说之所以长期流传，主要还是传言先入为主，《自述》知见者又极少，不对称的信息环境使传言有了市场，不明底细者信以为真。

关于缪昌期的出生地，2014 年中华书局出版的《江阴通史》认为在江阴长泾境内。对此问题，缪昌期好友钱谦益所撰《奉直大夫左春坊左谕德兼翰林院检讨赠通议大夫詹事府詹事兼翰林院侍读学士缪公行状》②早已说得很明白："本贯常州府江阴县东兴里。"《（光绪）东兴缪氏宗谱》也有相同记载，该谱二十九卷《缪文贞公编年纪事》开头写道："嘉靖四十一年（1562）壬戌七月十六日，公生于江阴阚庄东兴里。"《（崇祯）江阴县志》③卷一《坊乡篇》载道：明代以乡统都、都统图，都、图都是行政单位。"白鹿乡西界去县四十里，东界去县九十里，统都三，都统图二十四。"其中编号为四十的都共有十图，"地名葛墅、胡墅、娄墅、东兴村、水南村……"东兴村即东兴里，相当于现在的行政村。清代康熙三年清丈田亩，白鹿乡分为杨舍和马嘶两个镇。东兴村属马嘶镇。民国年间，马嘶镇改称马嘶乡。新中国建立后，马嘶乡改称塘墅乡。1955 年，塘墅改称塘市，1958 年，乡改称人民公社。1962 年，塘市划出归属新成立的沙洲县。1983 年，公社改称乡。1993 年，塘市撤乡建镇。2000 年，塘市镇并入杨舍镇。现今白鹿乡、马嘶镇（乡）、东兴里作为历史地名已不存在，但阚庄作为一个较大的自然村，村名依旧，现分为东阚庄、西阚庄，均在今张家港杨舍镇棋杆村（原名旗杆下）境内。由此可见，缪昌期的出生地，明代应属江阴县白鹿乡，清代直至民国应属江阴县马嘶镇（乡），1949 年至 1962 年应属江阴县塘墅（市）乡（公社），今天应属张家港市杨舍镇。

关于缪昌期的居住地，现有四份资料可供查证。一是《（光绪）东兴缪氏宗谱》卷二九

---

① 见《养一斋文集》卷七，《续修四库全书》集部第 1495 册，第 115 页。

② 见《牧斋初学集》卷四八，上海古籍出版社 2009 年版，第 1245 页。

③ 明冯士仁等纂修，崇祯十三年（1640）刻本，江阴图书馆藏。

收录的《文贞公年谱》中专门附有一幅“文贞公宅图”，图中所标注的老宅基、实园、阚庄、黄土泾岸等地名今仍沿用，均在现张家港杨舍镇棋杆村境内。图后由缪氏裔孙缪鹏飞所撰的文字说明称：“公宅重溪环绕，聚族而居，右为存惕堂，有‘天子门生’匾。堂直后为实园故址，西北即宗祠，左为老宅基，东北为黄土泾岸，东南为东西两阚庄，又东南为杨塘泾岸……总名缪宅旗杆下，皆缪氏族居。公之子孙因避阉祸皆他徙，散居北涸、长泾等处，故里仅有数家在。”卷三二《祠堂志》写道：阚庄宗祠“在阚庄东兴里，吾族之大宗祠也。屋与基皆采星公支十五世士三公继配许氏所捐。本文贞公读书室，所谓西溪书屋也。祠外所环盖即西溪祠，旁为实园故址。今名后园，公《入槛》诗所谓‘南枝应北指，视我实园阴’者也”。对于实园的位置，民国年间江阴诗人沙曾达的《实园》诗题注中称其“在马嘶东兴里”。[①] 二是清代康熙年间程国昶、邵灿编撰的《泾里志》卷九[②]记载：缪昌期“本东兴里人，卜居里中，始迁东圩庄，继买顾氏宅，居镇东”。《(嘉庆)直隶太仓州志》卷六〇“盛于斯”条[③]载：缪昌期中举人前后，“操选政，设塾长泾，从者百余”，日后成名的盛于斯、汪邦柱、魏叔子均是这一时期所收学生。三是《(光绪)东兴缪氏宗谱》卷三八收录的缪萼联诗《题虞麓读书图》说道：“琴川旧有文贞第宅，赭寇乱作，毁于兵燹。”四是《(光绪)东兴缪氏宗谱》卷二三收录的《书叙公家训》、卷二六收录的《祉生公行略》中记载，缪昌期万历四十一年考中进士后，随着经济条件的改善、交往与办事上的需要以及方便子孙读书，出资八百金在江阴城内添置了一户占地五亩的宅院。缪出资“增造前厅，重构市房，新做大厅及诸屋屏，门窗扇隔油漆一新”，取名“从野堂”，并为小厅题写对联“汉世万石君，子孙遵其教令，惟醇谨二字；燕山窦十郎，天人感其好修，为忠厚一脉”。缪昌期遇害前，从野堂一直是其归家里居期间的第二活动场所，后又作为缪昌期儿孙们的读书场所存续了三十多年，直到康熙元年(1662)夏，因债务危机才转卖给长泾籍进士朱选。由此可见，缪昌期的居住地除了实园以外，还有长泾、城内从野堂和常熟城三处。实园为中秀才前后读书时的居住地，长泾和常熟城为中举人前后教授生徒时的居住地，从野堂为中进士后回乡省亲时的主要居所。

关于缪昌期在老家阚庄被捕之说，编者最早见于缪氏宗谱收录的由清代刘培笃嘉庆壬申(1812)所撰的《缪倬云八十寿序》，文中说道：“白鹿乡之阚庄里，前明荩毅挺生，有若触奄撄螫、舍生成仁之缪文贞公产于斯，读书于斯，钓游于斯，就逮亦于斯。”而据缪昌期同时代的金日升著作《颂天胪笔》卷七收录的《缪昌期传略》[④]记载：缪昌期被捕前三天，得到

① 见《江上诗钞》(三)(四)，广陵书社 2009 年版，第 1221 页。
② 《中国地方志集成·乡镇志专辑》第 14 册，江苏古籍出版社 1992 年版，第 257 页。
③ 见《续修四库全书》史部第 698 册，第 205 页。
④ 见《续修四库全书》史部第 439 册，第 319—321 页。

消息，自知此行必死，于是拜别阚庄家庙，“先抵邑以待”。县令岑之豹接到命令后，“先差衙役围先生第，一见先生，遂执手”。缪昌期“徒步至县署，士民悲泣，遮道相送”。如果在阚庄实施逮捕，阚庄离县城有 70 多里，要押送到县城，无论如何不会选择徒步方式。金日升所记，同时代的张岱著作《石匮书》卷一九四收录的《缪昌期传》①可提供印证。刘培笃撰文时，离缪昌期去世已隔 186 年，文中所述既无具体细节，又无旁证资料，真实性难与《颂天胪笔》相比。

关于缪昌期的被捕时间与入狱时间，有的学者认为分别是天启丙寅三月初三和四月初十。而据收录于东兴缪氏宗谱由缪昌期之孙、缪虚白三子缪畿撰写的《文贞公〈狱中绝笔〉书后》记载：“先大父文贞公于天启丙寅三月三日得逮信，初五日就逮。四月初十日抵都，翌日下北镇抚司狱。”②缪畿是缪昌期被捕的见证者，所作记述正确性无疑最高。收录于《（光绪）东兴缪氏宗谱》卷二五、《（崇祯）江阴县志》卷六中的缪昌期《自述》也可提供印证，前者开头有“天启六年丙寅三月初三日闻逮，初五日书此”句，后者结尾有“初五日书此”句。缪昌期与常州府知府曾樱私交甚厚，曾樱任职常州知府时，“尝过东林书院，与高攀龙诸君子讲论道德”，③“缪昌期、李应昇被逮，樱助昌期、应昇赀”。④ 缪昌期天启元年主持湖广乡试时选中的学生、时任常州府推官的刘兴秀，在缪昌期被逮直至遇害曾给予慷慨资助。缪昌期被押常州时，与刘兴秀的信中有“昔叨一日之知，今受二天之庇，闻报之日，阖门跃舞”⑤之语。缪昌期有这两位知交，完全有可能提前三天得到消息。

关于缪昌期后代被满门抄斩之说，编者最早见于 2005 年 10 月 12 日《张家港日报》上发表的《自励的棋杆人》一文。文章称东兴缪氏一后裔“告诉记者，缪昌期出生在这里（指棋杆村）”，“村里的老人还记得，前辈经常说起缪昌期的故事，据说当时满门抄斩的时候，许多东西都烧没了，就剩下门口的石狮子和一根旗杆没烧掉，为了纪念缪昌期，村名也改为棋杆村，直到现在”。缪昌期后代有没有被满门抄斩，只要查一下他们的死亡记录，不难获得正确答案。缪氏宗谱中，缪昌期儿孙除一个儿子明清交替之际被乡民打死外，其余都寿终正寝。作者不经调查，借用缪氏后裔之口散布不实之词，纯属以讹传讹。

关于缪昌期与缪希雍为堂兄弟之说，也有不实之处。据常熟地方志记载：缪希雍，字仲淳，号慕台。江苏常熟人。明代著名医学家，精通医药之学，治病多奇效。寓居浙江长

---

① 见《续修四库全书》史部第 319 册，第 757—759 页。
② 见《（光绪）东兴缪氏宗谱》卷三五。
③ 陈鼎：《曾樱传》，见《东林列传》卷四，广陵书社 2007 年版，第 67—72 页。
④ 见《二十四史全译·明史》卷二七六“列传”卷一六四：《曾樱》，汉语大词典出版社 2004 年版，第八册，第 5607 页。
⑤ 见《（光绪）东兴缪氏宗谱》卷三六“手牍·与门生刘振贤”。

兴,后迁居江苏金坛。生于明嘉靖三十二年(1553),长缪昌期九岁。① 缪希雍曾祖缪谔,常熟博物馆保存的二十世纪七十年代常熟虞山出土的《明故爱菊处士缪君墓志铭》②以及《明故缪爱菊室杨孺人墓志铭》③有载:字廷望,别号爱菊,世为虞山里人。曾祖彦德,祖士刚,父叔彝,堂兄弟钝(字鲁之,任丘县掌教)、淑(字廷善,建昌县司训)。子四:乾、坤、艮、巽。孙男四:尚志(正德己卯举人,缪希雍之父)、昌言、尚恩、尚忠。缪希雍的先祖,常熟图书馆保存的明代姚宗仪万历年间编撰的《常熟县私志·氏族篇》中有载:"有万三公谚,随宋南迁,封护驾金华大将军,将军伯子生寿、福、祝、荣四子,为四大支,始家琴川上四家在山居下。"该书中,缪钝、缪淑、缪尚志居常熟新巷,称新巷缪氏,为寿支。这些记载,与东兴缪氏宗谱无一处相符。缪昌期与缪希雍同处一个时代,两人时有交往,其遗著《从野堂存稿》内有三封与友人交往的书信中提及缪希雍,但只称"家仲淳"。

关于缪昌期与徐霞客为师生之说,编者最早见之于某位已故江阴作家的小说《徐霞客传》(百花文艺出版社 1994 年版)。书中说到徐霞客少年时曾拜缪昌期为师,与缪昌期之子虚白、纯白一同读书实园。以后在《中华英杰·伟大的地理学家——徐霞客》(浙江少儿出版社 1995 年版)一书中也见到同样的记述。徐霞客生于 1587 年,分别比缪昌期和缪纯白小 25 岁和 1 岁。青年时在现今的江阴华士镇砂山南麓文昌阁读书,华士离缪昌期家乡阚庄实园和设塾收徒地长泾均不过二十里。缪昌期中进士前,曾带着缪纯白在砂山北麓的赵庵游学,其学生众多,徐霞客亲戚黄毓祺兄弟俩就是其中之一。缪昌期在世时,亲自为缪纯白与徐霞客族叔徐儒伟四女徐佩兰定亲,又为缪纯白长子缪畴与徐霞客最相好的族兄、兵马指挥徐应震长女定亲。缪昌期去世后,缪纯白女儿又与徐霞客长子徐屺结为夫妻。缪昌期玄孙缪诜在所撰徐霞客孙子徐建极传记《廪彦范中公传》(民国丙戌年排印本《梧塍徐氏宗谱》卷五五)中,对徐霞客与缪昌期的关系有如下评价:徐霞客"故与先文贞以文章道义相交好,后复缔姻连"。徐霞客同时代的靖江县令陈函辉为徐霞客所作墓志铭(《梧塍徐氏宗谱》卷五四)云:"先生平生至交,若眉公、明卿(陈仁锡字)、西溪(缪昌期号)诸君子。"《徐霞客先生年谱》作者、民国学人丁文江认为:"先生与文贞交谊,当不亚于二陈。"分析以上资料,徐霞客成为缪昌期的学生,从情理上讲完全有可能。但缪、徐两家族谱无此记载,《徐霞客先生年谱》也无记载,正史、野史也没发现可资征信的文献,两位作家之说,不知依据何种资料?

关于缪昌期惨死后缪徐两家在徐霞客牵引下缔结了连续数代婚姻之说,最早来自《西

① 见《常熟史志》2012 年 3 月第 1 期《缪仲淳年谱》,张耀宗编著,长九岁是根据明代朱国祯《祝缪仲淳七十寿序》推算得出。

② 见《新中国出土墓志·江苏常熟》,文物出版社 2006 年版,第 187 页。

③ 见《新中国出土墓志·江苏常熟》,文物出版社 2006 年版,第 216 页。

北师大学报(社会科学版)》2006 年 01 期《东林学风与明清苏南望族》一文。但查阅缪徐两家族谱,与缪昌期或徐霞客相关的婚姻共有三代五对:第一对为缪纯白与徐佩兰,第二对为缪畴与徐应震长女。缪家定亲者为缪昌期,徐家定亲者分别为徐望叔和邓济川。① 第三对为缪纯白四女与徐霞客长子,缔结于缪昌期去世后七年。此前,缪昌期经历了惨死狱中到平反昭雪这样一个大悲大喜的过程,不过凭着徐霞客与缪昌期、缪纯白父子的亲密关系,这一婚姻丝毫未受影响,徐霞客在其中发挥的作用无疑是举足轻重的。第四对与第五对分别为缪昌期玄孙缪道根与徐霞客长孙徐建极之女,以及徐霞客曾孙徐曾起与缪昌期曾孙缪弘仁之女,都是在徐霞客去世十多年以后。是否为徐霞客生前所定,无任何文字依据。作者认为缪徐两家不因缪昌期党祸而长期通婚,主要是徐霞客极重情谊、生死不易。但通观两家族谱可以发现,通婚的基础主要来自两个方面,一是两家长期在一起交往,自小形成的亲情和友谊使两家情同手足,患难当前反而同舟共济,抱得更紧。二是当时男女择偶流行门当户对,两家出身书香门第,父辈或儿辈大多有秀才或秀才以上的功名,儿女婚配完全符合当时的标准,最终使两家的亲密关系延续了五代人将近一百年时间。

关于缪昌期父亲是个掮客之说,编者最早见于江苏人民出版社 2007 年出版的《遥想才子当年》一书。在该书《留得青耿在》一文中,作者将缪昌期父亲缪炷说成是个"牙人",主要从事帮人撮合买卖并从中收取佣金的行当,其职业类似今天的"掮客"。对于生意,他从不婆婆妈妈、斤斤计较,慷慨豪爽的胸襟,为其赢得了众多的朋友。缪炷的存世资料,据编者所知,除了家谱中保存的 3 200 余字的《行状》和 2 200 余字的《墓志铭》外,至今没有发现其他有价值的线索。缪炷一生,前四十四年身体健康,以持家治生和训子监读为主,后十七年行走不便,以治病养生为主。缪炷之持家,"不耐牙筹龌龊,又不屑米盐琐屑",②惟与妻子折节勤俭,"一家之中劳取其上者,庐屋取其敝者,以为常。而久之家亦渐饶裕"。③ 他面目冷峻,每遇世俗喧哗宴会,力谢不往。又喜欢直面指点他人过失,乡人愈益敬而远之。由于近乎纤啬,不时引起乡间豪隽的妒忌。上述记载,与"牙人"特征丝毫不符,与"胸襟豪爽,朋友众多"之说截然相反。不知《遥想》作者之说,依据何种资料?

关于缪昌期远祖是蒙古族的说法,源头首先来自冒辟疆后裔冒舒湮。冒舒湮(1914—1999)生前为中国人民银行干部,父亲冒广生祖籍如皋,1873 年生于广州,民国时期即以

---

① 见《(光绪)东兴缪氏宗谱》卷二五《采璧公暨元配徐氏行略》以及卷三〇《祉生公元配徐孺人行略》。载本书《传记篇》卷一、卷四。

② 缪昌期:《惕庵公行状》,见《(光绪)东兴缪氏宗谱》卷二四。

③ 王士琪:《惕庵公墓志铭》,见《(光绪)东兴缪氏宗谱》卷二四。

元世祖忽必烈第九子脱欢后裔自居。冒舒諲不同意其父之说,他考查了脱欢子孙世系,认为说如皋冒氏出于脱欢之后"多半臆测之谈,并无确切根据"。他推测冒姓确是蒙古后裔,但不是脱欢后人,而可能是元丞相脱脱后人或其族人,脱脱姓蔑儿吉特氏,冒、蔑谐音,在蒙语出于同一字音,将蔑儿吉特改为单音节汉姓译称是合乎逻辑的。冒舒諲的考证文章《如皋冒氏得姓本末辩》刊登于 1985 年的《如皋文史》(八),后又载于 1997 年第 1 期《寻根》杂志。文中提到缪昌期长子缪虚百崇祯九年(1636)在南京参加桃叶渡大会时曾面告冒襄辟疆:"洪武初,我两家始祖为兄弟,各变姓,一隐江阴,一隐如皋,今得相见,合是兄弟,一拜联谱。"[①]1989 年,江阴《江阴文史资料》(第 10 辑)刊登《缪昌期的族源考》一文,作者根据冒舒諲"如皋冒氏为蒙古族后裔"以及"缪冒同宗"之说,推测缪昌期先祖也为蒙古人。然而如皋冒氏是否为蒙古族后裔至今尚无定论,"缪冒同宗"在《东兴缪氏宗谱》、《如皋冒氏宗谱》以及缪氏后人著作中均无记载,其他文献中也没有任何可资佐证的资料。江阴缪氏是否为蒙古族,冒舒諲并未认同,他在文章最后只认为如皋冒氏可能是蒙古族后裔,对于江阴缪氏则认为"情况有异,又当作别论"。冒舒諲之后,《遥想才子当年》一书作者又以"经缪荃孙考证"之名,认为缪昌期远祖是蒙古族。然而翻遍缪荃孙著作,有李应昇是色目人后代的说法,无缪昌期是蒙古人后代的记载。作者之说既无证据可依,也无文献可征。

关于缪昌期曾隐居浙江台州之说,编者最早见于 2008 年续修的浙江台州洪洋《缪氏宗谱》(上一次续修为 1919 年),该谱中:"始迁祖讳渠,字渠南,号清如,世居江南常州府江阴县。生于明弘治八年乙卯(1495)时,卒于万历元年癸酉(1573)时。妣杨氏,生于弘治十年丁巳(1497)时,卒于隆庆三年己巳(1569)时。合葬本邑东关外龙山之原。二世祖讳昌期,字际时,号文园。登明进士第,官翰林春坊。生于嘉靖二十年庚子[②]正月十八日午时,卒于天启二年壬戌(1622)七月十一日子时。妣诰封夫恭人王氏,生于嘉靖十八年己亥(1539)四月二十日丑时,卒于万历四十五年丁巳(1617)八月初二日酉时,享寿七十有九。合葬凤凰山之麓。子三:见洲(洪洋始祖)、士连(居四衙桥)、东陵(居柏奥)。公忠贞体国,罔干以私,因内监魏忠贤用事谋为不规,公几为所屈,遂休仕隐处。厥嗣徙居台南,开创鸿基,孙支蕃衍,公之遗泽孔长矣。"上述记载,与《(光绪)东兴缪氏宗谱》无一处相同,与正史和野史也无法吻合。谱中另有《给翰林春坊缪昌期》、《给翰林春坊缪昌期妻王氏》两道诏书,全文如下:

---

① 冒襄:《往昔行》,见《同人集》卷九,《四库全书存目丛书》集部第 385 册,第 376—379 页。

② 嘉靖二十年为辛丑年,公元 1541 年。

给翰林春坊缪昌期

奉天承运皇帝诏曰:朕诞膺景命,祇绍先猷,慎简渊博之臣,同底格天之治。卿缪昌期,植品粹衷,秉气刚大。学贯古今,而懿文足以华国;智周事物,而厚德足以镇浮。蚤被眷知,赞襄政绩,茂著纪纲之美;出纳朕命,备承耳目之司。既登选举,宜有褒嘉,用擢春坊,式昭典礼。尚其敬守,厥官毋替。

朕命　钦哉

敕命

大明万历庚辰三月十四日颁下

之宝

给翰林春坊缪昌期妻王氏

奉天承运皇帝诏曰:赞雁明廷,既臣衷之自矢;戒鸡昧旦,亦妇道之堪仪。尔翰林春坊缪昌期妻王氏,助攻苦于芸窗,鹏程万翼;笃倡随于兰寝,鸿案齐眉。特晋封尔为恭人。像服是宜,本属天家藻绘;龙光悉贲,尚勤宗室蘋蘩。

朕命　钦哉

敕命

大明万历庚辰三月十四日颁下

之宝

细加研读,可发现以下错误:一是缪昌期的官名。明代律法规定,春坊前要加“左”或“右”字,而第一道诏书开头称其为“翰林春坊”,结尾又称授予其“春坊”,既不符合当时的习惯,首尾称谓也不一致。二是缪昌期夫妻的封号。缪昌期职官春坊,官阶为从六品,封典按律法规定只能用敕命,不能用诰命(诰命只有五品官以上才能使用),对其妻王氏的封赠只能称“宜人”,而该诏书却将其称为四品官才能使用的“恭人”,简历里又将“敕封”称为“诰封”,与律法完全不符。三是授封春坊的时间。诏书发布于万历庚辰(1580),比缪昌期万历四十一年(1613)考中进士早了整整三十三年,且明嘉靖、万历年间再无名为缪昌期的进士。发诏书在前,考取进士在后,本末倒置,违背常理。四是缪昌期生卒年均误。

关于缪诜

缪诜,缪弘仁之子,居江阴长泾。十七岁获童子试第一名,康熙四十一年(1702)中举人,四十五年中进士,授内阁中书舍人。五十五年出任地处湘南边陲、楚尾粤头的宜章县知县。上任后创义学,兴文教,躬亲督课,讲授不倦。雍正元年(1723),门生彭必琨乡试考中举人,全县称叹,以为破天荒。康熙五十八年,因母亲去世回家守孝,离任时百姓一直送到县境外,仿佛失去了父母。雍正六年,补任河南省叶县县令。雍正八年起,历任偃师、新郑、尉氏等县知县及归德府同知，雍正末年(1735)秋出任汝州郏县知县。上任后"却馈遗，矜疑狱，训士牧民，政绩焯焯"。当时百姓苦于盐政，他竭力请示平抑盐价，郏人满街欢呼，盐商在他下车时想方设法贿赂他，他屹不为动。然而因此触怒了上级，从政生涯不久即告结束。乾隆元年(1736)冬递交辞呈，第二年春束装归家时，囊空如洗，路费全赖百姓资助，随身没有一样值钱的行李，归舟所载惟历次任职所刊先人书版数种。他对家人说："即以此为十年官囊可矣。"①事迹载入县志政绩传中。后人对缪诜的误解源于清人王应奎的小说《柳南随笔》，②该书第五卷记载：

> 嘉靖三十三年春，倭人入寇。兵备道任公环督兵江阴以待之。其子遣人候问，公作书报之云："汝辈絮絮叨叨，千言万语，只是要我回衙，何风云气少，儿女情多耶！倭寇流毒，多少百姓不得安宁，尔老子领兵，不能除讨，嚼毡裹革，此其时也，岂学楚囚，对儿辈相泣帏榻耶？后来事未知如何，幸而承平，则父子享太平之福，不幸而有意外之变，但臣死忠，妻死节，子死孝，咬定牙关，大家成就一个是而已。汝母前只可以此言晓之，不必多说。儿辈莫晓人生自有定数，恶滋味也常有受用处，苦海中未必不是极乐国也。读书孝亲，毋贻父母之忧，便是常聚首，亦奚必一堂哉？"此书载江阴李诩《戒庵老人漫笔》。诩盖忠毅公③之祖也。而近日江阴缪进士诜刻其祖文贞公家训亦为载入，竟作《文贞公与子书》，中间"只要我回衙"，"衙"字改作"家"字，"倭寇流毒"，"毒"字改作"贼"字，而"尔老子领兵不能除讨"句，及"后来事未可知"句，则俱删去，其余字字悉同。近亦韩得此书于伊祖④典籍《从军随笔》内，谓其语字字真挚，可以激发忠孝，因欲加载《昭文志》中。初予未见《戒庵漫笔》，而先见《缪氏家训》，谓此书必文贞公作而附会于任者。以语亦韩，遂不果载。及见《漫笔》，乃知果任公作，缪氏家训误人耳！

对于这一公案，一百年前先辈缪楷已在其《经余随笔》(《丛书集成续编》第25册，台湾新文丰出版社)中作过辩白：《(光绪)东兴缪氏宗谱·家训篇》中有《文贞公与子书》，内容与陈亦韩所见《缪氏家训》完全不同。缪昌期一生从未领过兵，何来领兵御倭之事？此事很可能是传抄者将缪昌期家书与陈鸿文家书抄在一起所致。读者不知详情，因而误解为缪昌期之书。陈亦韩所见《缪氏家训》不知何种版本，恐属卤莽误会。

---

① 缪敦仁：《觉轩公暨元配刘氏合葬墓志铭》，见《(光绪)东兴缪氏宗谱》卷二六。
② 上海古籍出版社2012年版。
③ 指李应昇。
④ 指陈鸿文。

然而2005年5月23日 的《南方日报》刊登的《家书“抵万金”——回顾中国历史上著名的家书》一文中，作者又引用《柳南随笔》误解缪诜，不知底细者仍信以为真。

关于缪柳村

缪柳村作为清代常熟一带颇有影响的人物，名字至今不时被人提及，相应的传言也不少，归纳起来有四种：一是属于江阴人，二是先祖为缪仲淳，三是曾为陈玉成或李秀成治过伤，四是靠一笔横财创建义庄。

关于缪柳村为江阴人之说，来自江苏人民出版社1996年出版的《江苏艺文志》一书，作者认定依据为《江上诗钞》卷一百七十一中徐汝恒《题医士缪柳村灯下观书图》二诗。对此，张耀宗先生已在《〈江苏艺文志·无锡卷〉著录江阴市作者及著作的舛误和遗漏》（《江苏地方志》2005年第3期）一文中作过辨析：“作为赠诗者，本县人外县人都有，不能以此为证据，必须再找其他确切资料来推断。”缪柳村的祖籍，《（光绪）东兴缪氏宗谱》世系表和艺文外集收录的张瑛《缪柳村先生家传》中有明确记载，在西徐市柳陌西桥。西徐市在清代和民国一直隶属常熟，1962年后至今一直隶属张家港，由此可见缪柳村为江阴人之说不成立。

关于先祖为缪仲淳之说，编者见到这一传言最早的文字记载，始于光绪年间柳村次子缪镐编撰的《柳村图题咏》（民国十八年铅印本），几百位社会名流题咏缪柳村遗像时，不乏有人称柳村先世为医宗缪仲淳。缪镐知道其中的内情，当时正值东兴缪氏续修宗谱，他从常熟桃源涧觅得一套缪仲淳家族的族谱，因书中承认始祖福一公为全一公长子，但考证常熟地方志、桃源涧宗祠碑文与供奉的祠位又发现许多疑点，经与主编缪楷商量，将其放到家谱最后一篇以示区别。但缪镐可能碍于客人面子，一直没有纠正。《柳村图题咏》流传很广，不知底细者对医宗之说信以为真。到了今天，柳村后裔也深信不疑，对外自称是缪仲淳后人，世代行医。其实，缪仲淳是不是缪柳村先祖，柳村先辈是不是世代行医，查一查柳村先祖的历史便能辨出端倪。据《（光绪）东兴缪氏宗谱》世系表记载，柳村先世从江阴迁居常熟西郊柳陌西桥，始于上六世德容，明末清初入赘张氏，死后葬当地河阳山北麓。生卒俱缺。根据儿子云卿生于顺治十三年（1656）上推25年计算，生年约为1631年，距缪仲淳1627年去世约隔4年，时间上几乎构不成父子关系，族谱中也无此记载。德容以后世代务农，家声并不显赫，以至茔墓年久失考，六传至柳村，以医术著名后，才与父亲大绅公访得并立碑。所谓世代行医，不符合史实。

关于太平军攻占常熟期间曾为陈玉成治过肩伤并获赠黄旗一面，或太平军攻打苏州时曾为李秀成治过箭伤之说，查阅有关太平天国的史书可以发现，太平军攻克常熟城时间为咸丰庚申（1860）农历八月初二，守城将领为忠王李秀成部下黄文金，不久改为钱桂仁（一作钱贵仁），陈玉成此时正在安徽与清军作战，不在常熟。缪柳村因资助军粮，获赠小黄旗一面，插于门上，太平军终日经过无人进入，儿子外出偶尔被掳，凭小黄旗即刻放归。但与陈玉成毫不相关。李秀成攻打苏州时背受箭伤并请柳村诊治之说，《李秀成自述》无记录，史书也未发现有此记录，不知持此说者有何依据？

关于靠一笔横财创建义庄之说，持此说者认为：缪柳村为驻扎在常熟城里的英王陈玉成治愈肩伤后，获赠木船一条。此船原是常熟某贪官私有，船舱底藏有金银财宝，太平军并不知情。缪柳村到家清理船舱发现财宝后，经旁人劝说，用这笔钱购置了500亩田，建办起缪氏义庄，以田租收入赈济缪氏家族和乡间邻里的贫苦百姓。缪氏义庄在《（光绪）东兴缪氏宗谱》祠堂篇中有详细记载：建于光绪八年（1882），为同治十年（1871）创建的缪氏支祠基础上扩建而成。此时距太平军攻克常熟城相去22年，距柳村去世不到4年。支祠创建时有祠田200亩，十年间又陆续置得200多亩，连同柳村元配谢宜人倾囊赞助，呈报官府备案的庄田共有508亩。建义庄之设想，始于柳村父，从设想到建成，历时二十余年。从建成到规模略备，又历时二十余年。这说明，庄田的置办不是一步到位的，而是经历了漫长的积累。

关于缪国维

传闻有一，来自2004年2月《温州师范学院学报》（哲学社会科学版）中的《温州知府述考》。文章说道：明嘉靖年间任温州知府的全部是进士出身，而万历年间任温州知府的除缪国维、李闻诗二人非进士出身外，其余11人均为进士出身。缪国维为进士出身，是不争的事实，作者之所以认为其非进士，主要还是不知道缪国维的身世。缪国维从小寄养在外祖父家，一直随母姓张，考取进士后，榜名仍使用张国维。任职温州前，虽经朝廷恩准复改缪姓，但流传甚广的《明清进士题名碑录》却一直记为张国维。作者在书中查不到缪国维，又不知道缪国维有改姓之事，因而误认为缪国维不是进士。

关于缪彤

缪彤为吴门派十一世，早年以文章著名。顺治十四年（1657）中乡试举人。康熙六年（1667），四十一岁的缪彤经过五次应试，成为清代第十二位状元。授翰林院修撰，后升翰林院侍讲。缪彤从政第十年（1676），父亲去世，次年丁忧归家，《（同治）苏州府志》称其从此以后即“澹于宦情，遂不复出”。《苏州状元》（上海社会科学院出版社1993年版）作者则认为：“缪彤宦情澹泊，对官场中尔虞我诈、阿谀奉承这套把戏深恶痛绝，借父亲生病乞假回乡后，就不再复出。”①《中国状元故事》（黄河出版社1999年版）作者认为：“缪彤康熙九年任庚戌科会试同考官时，考前有一同僚求他照应一下他的亲戚，被缪彤一口拒绝。为此

---

① 《（同治）苏州府志》卷八二“缪彤”条。见《中国地方志集成·江苏府县志辑》第14册，江苏古籍出版社1991年版，第185页。

得罪了同僚，同僚处处与他作对。由于宦海沉浮侍君艰难，不久，缪彤就以父丧辞官告归，从此闭门不问政事。”但据新发现的国家图书馆收藏的缪彤《双泉堂文集》之《上座主大司农梁公书》自述：缪彤于康熙十六年(1677)因父亲去世回家奔丧，合葬完父母后，于康熙二十年(1681)春又启程回京复职，因“中途痰疾忽起，当事以疾咨部，得援病痊赴补之例”允假归里。这说明，缪彤对当时的官场是认可的，对做官是乐意的，用“深恶痛绝”来评价他不符合史实。至于归家以后再没复出，则另有原因。缪彤在家中是独子，中状元前，生了五个女儿，唯独没有儿子。康熙九年，六十三岁的缪彤母亲去世时，仍没实现抱孙愿望。这在信奉“不孝有三，无后为大”的封建时代，绝对不是件小事。康熙十三年，四十八岁的缪彤喜得长子祖龄，然而到了康熙十八年，六岁的祖龄即因出天花而夭折。此时连失双亲，仅一子又病亡，“彤于宦情不能不淡漠若此”。① 康熙二十一年，五十六岁的缪彤喜得儿子曰藻。二十二年，又喜得儿子曰英(后改名曰芑)。二十三年，喜得儿子曰芬，后夭。此时无论是身体状况还是教育儿子，都不允许缪彤再次复出。康熙帝想必也是理解的，否则就不会有康熙二十八年(1689)第二次南巡时，六十三岁的缪彤带着六岁的曰藻、五岁的曰芑与汪琬、韩菼等在苏州浒墅关迎驾，②这其中的用意，只有向皇帝报喜和求得皇帝理解两种解释最为合理。

关于缪曰藻

缪曰藻作为状元缪彤之子和状元陆肯堂之婿，留给后人最深的印象，是富于收藏且对收藏颇有研究，其著作中，《寓意录》、《朴巢偶笔》、《敬米斋笔记》全是讲述书画鉴赏。今人对于缪曰藻的研究，主要集中在他收藏的书画以及书画中留下的印文、序跋的鉴别与考证方面。目前对跋文考证存疑的是国家图书馆收藏的明代沈周《石田稿》。该手稿钤有“曰藻”、“文子”、“兰陵缪氏珍藏”等印章，尾有二跋，其一曰：

> 石田翁诗稿两本计一百八十四叶，倾资得之故家，真天下寡二、人间少双之宝；余行年五十二岁遇境不堪，今忽逢此奇珍，或者否竭泰来乎？此稿自正统十四年己巳起，是时翁廿三岁，至成化十九年癸卯翁五十七岁止，其中三十五年制作。按翁行世刻集十不及三，可见遗珠甚多，惟书法早岁与晚年似出两手，然细玩笔意，结体实则一也。识者自能辨之。明季先在文氏正气堂，后为钱罄室所藏，吕仲成曾经赏鉴，国初入朱卧庵桂髓楼，康熙间并经陆殿元珍秘后又在兰陵南有堂，今幸归余宝宋楼。得以时时展读把玩，快哉！快哉！尾页文待诏录翁未入稿中诗三首更为可证可喜，前后藏

① 见缪彤：《双泉堂文集·复大司马王胥庭老师书》，康熙二十四年(1685)郭琇、杨振藻刻印。
② 见张英：《文端集·侍读缪念斋同夫人七十双寿序》，文渊阁《四库全书》“集部·别集类”。

印共二十八方。己酉端午日百帖漫记。

《北京图书馆善本书目》中,该跋作者著录为缪曰藻。但原北京图书馆善本特藏部王荣民先生在《北京图书馆馆刊》1997 年第 2 期《北京图书馆珍藏的沈周手稿〈石田稿〉考述》一文中提出质疑,认为跋文中提到的"陆殿元"也就是陆肯堂逝世于康熙三十五年,南有堂第一位主人缪彤逝世于康熙三十六年,二人相继离世,因此"藏书主人大约不是缪彤,当是其子缪曰藻的插架之物"。然而跋文写作时间为己酉端午,按此当是雍正七年(1729)或乾隆五十四年(1789),但雍正七年缪曰藻只有四十七岁,与文中所述"余行年五十二岁遇境不堪"不符;如属乾隆五十四年,则缪曰藻已逝世二十八年。作者为此提出疑问:"百帖"如果是缪曰藻,其藏书处又为跋二中提到的"吴中缪氏宝宋楼",那么"兰陵南有堂"当属何人?

笔者认为,跋文中提到的"兰陵南有堂"主人当为缪曰藻无疑,但"吴中缪氏宝宋楼"的主人,无论从文理还是从时间推算都不应该是缪曰藻,可能性最大的应该是缪曰藻次子缪遵义的后人。缪遵义号松心,生于 1710 年,卒于 1793 年,其一生除了精于医理外,还富于收藏,善于鉴赏。钱泳《履园丛话》卷一一"金鹊泉"条:"松心精于赏鉴,家藏李营丘《江南》半幅及诸元、明画极多。"①彭蕴灿辑《历代画史汇传》卷三八:"金镛,字大声,号鹊泉。吴人。馆吴中松心堂缪氏,纵观名迹,专心摹仿,南北两宋兼收博采,技日进而名益彰。"②陆时化《吴越所见书画录》卷六:"《王司农仿米家云山立轴》……今在吴中缪松心先生处。"③陆绍曾《古今名扇录》:"黄居宷《安石榴图》……今藏缪松心处。"④均说明缪遵义的收藏不亚于其父缪曰藻。再从缪曰藻去世后的文献行文看,人们习惯称缪曰藻为"吴门缪氏",缪遵义为"吴中缪氏",这与跋二中的"是册向藏吴中缪氏宝宋楼"相符。缪遵义长子缪琨,生卒年不详,但稍加推算,乾隆五十四年完全有可能符合文中所述的行年五十二岁,是年缪遵义八十岁,父子俩得此宝物,兴奋之情可以想见,"时时展读把玩,快哉!快哉!"即是当时心情的写照。

关于一世祖的来历以及以前的家族源流史

东兴缪氏一世祖缪全一的来历以及有关的源流史,目前有多种说法,但都不能作为定论。

1. 缪瑜后裔说。此说来源于六世缪煌所撰的《全一公传》。缪瑜,字珍叟,江西龙南

---

① 上海古籍出版社 2012 年版,第 208 页。
② 《续修四库全书》子部第 1083 册,第 606 页。
③ 《续修四库全书》子部第 1068 册,第 319 页。
④ 《续修四库全书》子部第 1111 册,第 481 页。

人。宋淳熙丁未(1187)进士,官至进贤县令。父衍真公原居金陵(今南京市),北宋绍兴丙寅年(1146)官虔州(今江西赣州)邮镇司,辞官后慕龙南山川秀丽,携带缪瑜、缪瑜兄缪璜并家属奴婢四十余口卜居龙南城东弹子寨,后迁大龙堡横岭头立业。江西龙南、定南、赣南三地缪氏后裔,以衍真公为始迁祖。缪瑜存世诗文极少,仅在《(民国)金山志》、《江西诗征》、《(咸淳)临安志》、《(道光)肇庆府志》以及江西族谱中有少量记载。《(民国)金山志》留存的诗歌仅能证明缪瑜曾到过江苏镇江,江西族谱中的记载仅透出七世祖聪四公曾移居苏州府崇明县。① 缪煌根据传说推测全一公远祖为护驾南渡的缪瑜,缪昌期并不认可,知见资料也无法证明与东兴缪氏有关。江西族谱另有《瑜公家箴六则》一文,中间提到的缪元德、林文安公、阳明先生、陈眉公都在缪瑜死后出生。文章实为编修者用清人高拱京所撰的《高氏塾铎》借缪瑜之名伪造。

2. 缪宣同宗说。此说亦来源于缪煌的《全一公传》,文中记载:"常熟县河东街有名宣者,中嘉靖戊戌科进士,系同支派,当讲昭穆子姓,亦未得其详,不敢妄述。"缪宣字时化,号东洲,江苏常熟人。明嘉靖甲辰进士,授江西泰和县令。去世后,南京吏部右侍郎、前太常寺管南京国子监祭酒、翰林院掌院事侍读学士、大典总校官、同乡瞿景淳撰写墓志铭,述其家世云:"其先盖武毅将军缪美之后。六世祖贵一,始占籍常熟。贵一生文通,文通生显华,显华生彦信,彦信生乐耕,乐耕生乐一,乐一娶陈氏,以弘治己未(1499)六月一日生公。"②武毅将军缪美为安徽寿州人,元末明初随朱元璋起义屡立战功,其传状载于文渊阁《四库全书》"集部·别集类"收录的苏伯衡著作《苏平仲文集》卷三。根据文中记述的洪武十五年(1822)未满六十即退休进行推算,出生时间约为元代后期,公元1320年。再按每代25年向上推算,缪宣的六世祖贵一的出生时间比缪宣早150年左右,约为1349年,与缪美相差29年,存在父子可能。缪美儿子简历,《苏平仲文集》卷九收录的《兰芳轩记》有载:"缪君维周,武毅公之嫡也,尝以勋臣子入侍东宫,幼军隶湘王蜀王殿下者,悉统之,而教以坐作击刺之法。燕王还北平,君又被旨扈送之。上察其材而谨慎,会武毅公上休致之请,即命袭职,而嗣戍平阳。"缪美父子退休后的定居地,按常理应首选家乡寿州,但查阅嘉靖、光绪两部《寿州志》,缪美的记载仅在"人物·武功"篇中用字不到二十,且不记其功勋与爵位,与其他有功人员的记载明显不同。最合理的假设是,少小离家,到老未归,定居外地可能性较大。缪维周晚年定居常熟,时间上满足条件,贵一可能为其字号或行名,但目前尚无其他旁证。缪煌撰《全一公传》时,离全一公去世已隔150年,文中叙述主要依据传

---

① 此说也甚可疑。苏州府宋代称平江府,崇明设县始于明代,所谓苏州府崇明县之说,很可能是后人所加。

② 瞿景淳:《明故泰和令东洲缪公墓志铭》。见《新中国出土墓志·江苏常熟》,文物出版社2006年版,第230页。

说，没有文献可征，准确性值得怀疑。

3. 缪瀚后代说。此说载于民国十八年排印的无锡敦本堂《缪氏大统宗谱》，该谱创辑时间早于东兴谱，谱中北宋宰相行八公世居汴梁，靖康间随徽、钦二帝殉难五国城，谥为忠毅。之子缪瀚字子玉，随高宗南渡，扈跸至杭州，居杭城湖州市，宋建炎三年敕封中书宣赞舍人。为一世祖，全一公为六世，名叫胜景，宋代咸淳四年(1268)登陈文龙榜进士，德祐年间(1275—1279)避元兵乱变姓名弃家隐居淮扬，后隐居常熟黄泗镇乌沙港。子二：福寿，隐居吴门；双全，隐居江阴。这些说法，与《(崇祯)江阴县志》卷二记载的江城派十二世缪应时先祖“自宋南渡来”相符。对以上观点，吴门、丹徒两地支谱均予认可，周庄派十九世缪楷在光绪丁酉(1897)拔贡试卷中也予以认可。但是，北宋宰相缪行八，正史野史都无记载，缪胜景之榜名，江阴、常熟、无锡、扬州历代地方志中均无记载。再说咸淳四年到明代初年相差整整一百年，以当时的生活条件，胜景要活一百多岁完全不可能。另外，谱中记载的曾任江西吉安府知府、受文天祥推重的四世若杰长子元德，与浙江平阳县志记载的《缪元德墓志铭》无法对接。谱中收录的两份宋代敕命格式与存世诏书有多处不同，内容又错字、缺字颇多，疑为编修者仿冒宋人曾巩著作伪造而成。

4. 尚勉后代说。此说来自《栟茶缪氏宗谱》(该谱“文革”中灭失，本节相关资料录自 2002 年排印的如皋缪氏支谱)。该谱一世祖缪尚勉，宋代淳祐年间(1241—1252)避金兵之乱与弟缪意由苏州至如皋力乏桥，稍息后缪意至泰州，尚勉公至东台之栟茶场。[①] 尚勉生子敬，子敬生福一、福二、福三、福四、福五、福六。福一名全一，由栟茶复迁常熟，地名小涧山湖桥，在常熟之西。其后一支迁苏州，地名养育巷。一支迁江阴东兴里。该谱卷首有缪昌期以十一世身份撰写的序言，内有苏州、江阴裔孙世系表。二十世纪三十年代，栟茶裔孙缪振东撰写的《栟茶苏州东兴缪氏同源说》[②]说道：“明代天启元年，东兴昌期公命弟昌胤到栟茶访始祖墓。清代苏州双泉公缪彤考取状元后，特意到栟茶祭墓。”缪彤到栟茶祭墓一说东兴谱第四十二卷有载，时间为康熙二十年，始祖墓碑为缪彤所书。缪振东经过考证还发现，缪尚勉为缪瀚后裔。这也是苏州吴门支清代同治末修入锡山谱的原因。他认为：“淳祐以前栟茶之缪氏由苏州而来，淳祐以后则苏州江阴之缪氏，实由栟茶而往。”该谱永乐二十一年(1423)由五世缪盈创辑，比《东兴缪氏宗谱》早 109 年。由于创谱时间距离作者祖、父去世仅隔 48 年和 28 年，加上作者自小就亲耳听见父亲和祖父说起缪氏家世，其父缪思敬、伯父缪思恭、祖父福六公均有墓志铭存世，缪思恭的事迹在《新元史》、《(嘉庆)东台县志》及其任职过的嘉兴、常熟地方志中均可

---

① 栟茶在民国以前隶属扬州府东台县。

② 见缪荃孙：《兰陵缪氏考古录》，又新印刷局 1935 年铅印本。

得到证实，因而谱中一些关键人物可信度非常高，谱中关于东兴缪氏的记载也可看出两家关系之密切。缪昌期所作序言，清代李驎于康熙十一年为栟茶缪氏所作《缪氏族谱序》[①]中曾提及，距缪昌期1644年追谥“文贞”仅隔28年，具有较高的可信度。但缪尚勉的子孙数量、配偶姓氏、卒葬地点等记载与锡山谱无一处相同，福一公生年与东兴谱全一公世系表上的生年差距很大，福六公生于元至元二十八年，即1291年，假设全一公比福六公长十岁，则出生时间约为1281年。而东兴谱全一公世系表上的生年为元至正三年，即1343年，相差62年。如按五世松月公生于1435年，以后每代相隔30年向上推算，一世祖全一公生年应为1315年，相差34年。在疑点未弄清前，不宜妄下结论。

5. 宏毅同宗说。此说来自民国三十六年排印的江阴树德堂《暨阳缪氏宗谱》，该谱早年与东兴缪氏宗谱一直无涉，到了清代同治年间，族谱中首次出现“东兴西兴”之说，认为东兴缪氏、锡山缪氏与其自称“西兴缪氏”枝异而本同。而锡山缪氏同治年间修谱时，则认为江阴东兴缪氏和西兴缪氏与其同宗。对比锡山谱与暨阳谱，始祖忠毅与宏毅仅一字之差，世居地区、从事职务、迁移路线则完全相同。定居江阴后，暨阳缪氏第四世与东兴缪氏第三世均以“思”字排行，另外，各支分布有多处与东兴缪氏以及锡山缪氏支系记载相同，只是世系表中不能找到翔实的证据。两谱相似之处如此之多，同宗之说存在较大可能。

江西上饶东鲁缪氏，始迁祖缪昌彦，字潜古，宋大观己丑(1109)进士，任职衢州，升授宣议郎。致仕后自三衢迁于广信上饶北乡五都杨树林，取名缪源。与《(弘治)江阴县志》卷十“选举”所载“缪昌彦，字公信，政和五年(1115)甲科，寿昌县令”基本吻合。十四世庆先，洪武三十一年任职常熟县教谕时，三子杲随同。离任后，杲迁居江南苏州府昆山县养育巷。[②] 庆先生于1333年，杲出生时间约为1303年。东兴缪氏吴门派第五世也名杲，后代居苏州养育巷。但按杲孙缪宪生于正德八年(1513)推算，杲出生时间约为1473年。两者对比相差170年，显然不能吻合。

浙江萧山兰陵缪氏，始祖“因宋室南迁随驾而至浙江临安”，见“帝仅能中兴，无拨乱之才，惑于奸臣秦桧，和议误国，不能恢复中原，遂隐迹于山阴小查择址而安居”。子孙有嘉兴秀水、宁波南门外、严州建德、萧山所前舒家畈四支。与锡山缪氏、暨阳缪氏始迁祖迁移路线与迁居地点相似。然经考证1949年续修的《萧山缪氏家乘》所载《授缪琜诰封刑部尚书诏》、《授缪文绵妻侯氏诰封夫人诏》、《琜公辞朝诗》、《琜公隐居诗》、《贺文绵翁六旬荣寿文》等资料，均为修谱者抄袭南宋名人张浚、支遇两家族谱改头换面伪造而成，实在不能作

---

① 见《虬峰文集》卷一五，《四库禁毁书丛刊》集部第131册，第431页。
② 见民国三十六年排印的江西上饶余庆堂《东鲁缪氏宗谱》。

为信史。

本书详细记载了东兴缪氏家族源远流长的历史，是一部记载缪氏家族兴旺发展的珍贵档案，也是缪氏家族有史以来最完备的一部文献汇编。希望本书的出版发行，能对东兴缪氏家族的研究和中国社会发展情况的研究起到抛砖引玉作用。

东兴缪氏阚庄派二十世　幸龙

编　例

一、本书为江阴东兴缪氏家族存世资料首次较完备之汇编，所录资料辑自五百种以上书刊以及大量手稿、拓片和单行的木刻、石印、铅印原件。每篇均标明作者及资料来源。

二、本书所收传主，时限止于中华人民共和国成立，中华人民共和国成立后不久去世的个别知名人物相关资料，酌情收录。

三、本书取名家集，一是家集之名古已有之，二是由缪氏后裔编辑本书，有思亲述祖之义。冠以江阴，一是缪氏始迁祖全一公迁居地东兴里，明、清、民国以及中华人民共和国成立后的1949年至1962年间均属江阴，二是方便读者辨别。

四、本书收录范围，参考了历朝家集，但又有所不同。家集历来以诗文为主，制艺、试帖、试卷、专集以及家谱所载艺文一般不予收录。制诰、家训、传状、墓志铭、像赞、祠堂志、杂志、修谱序跋等体裁历来为家谱所常见，家集极其少见。杂志收录范围，一般仅限于传主，至于传主亲友、师徒资料则很少涉及。外人评说资料家集与家谱一般不予收录。源流资料常见于家谱，但数量极其有限。本书考虑缪氏家族资料存世数量及传播范围非常有限，散布地域非常广阔，读者欲浏览原稿非常不易，加上缪姓在全国属于小姓，关注者少，研究者更少，始迁祖全一公本人及其以前的历史又至今没有定论，为了方便研究，除少数多次印刷过的医学专著不再收录外，其余发现的所有资料均全数收录。体裁包括制诰、家训、传记（行状、传、墓表、墓志铭）、祠堂志、像赞、文、赋、诗、词、书信、手牍、杂志、修谱序跋等十多种。

五、本书结构，沿用一百多年前先辈缪楷编修家谱时确定的体例，分制诰、家训、传记、像赞、祠堂、艺文、杂志七篇，编辑时仍将所有资料（包括缪楷逝世后《江阴县续志》记载的缪楷传记）分类插入相应篇目，仅在书尾附录增设"东兴缪氏历次修谱序跋、凡例、考证"、"外人评说东兴缪氏"、"东兴缪氏源流备考资料"等目。

六、本书编排，《制诰篇》按颁发时间先后排列。《家训篇》、《传记篇》按世系图排列。标题统一先示支派，分阚庄派、吴门派、江城派、周庄派、詹文桥派五大支，其中阚庄派又分为本支（简称阚庄派，今张家港杨舍镇以及后来迁徙至江阴顾山、长泾、新桥等地）、丹徒支（今江苏镇江）、石梅支（今江苏常熟）、徐墅支（今江苏张家港凤凰镇）、再具世系；后列谱名。族内有常用称呼的,则在其后加上族称,以便查考。《像赞篇》按世系图排列。《祠堂篇》按先国家、后宗族、再支派次序排列。《艺文篇》先按内、外分集,内集收录本族作者撰写资料,外集收录外族作者题赠资料;再按诗词、赋、文、书信手牍分卷。内集每卷按缪氏世系图次序排列,标题前与《传记篇》一样,示支派,具世系,列榜名与族称。外集以缪氏世系图为主线,按作者所处朝代或题赠先后次序排列,署名前加科第名、官职名、籍贯,署名后加字、号,以便查考。内集中同一人物所收资料不止一篇者,首以全集,次以补遗;无全集者,按写作时间排列,无确切时间的资料排在最后。无确切时间的资料不止一篇者,按来源书目排列,同一来源数量多者排前,少者排后。同一来源的资料,按原书先后次序排列。《杂志篇》首列缪楷辑录,次列编者辑录。编者辑录的所有资料,先按支派排列,支派相同者再按世系排列。对于缪氏裔孙的著作,中华人民共和国成立前撰写的,完整作品收入艺文内集,残篇则收入《杂志》;中华人民共和国成立后撰写的,不论完整与否,酌情收入《杂志》。附录中插入东兴缪氏与本书相关后裔世系图,以便查考。

七、本书所收资料来源不一,体例不同,撰写者学养相差甚大,有些诗文错、讹字及文义不通处颇多,数字、量词等使用不规范、不统一者也不少。编辑过程中对此略作统一,人名、书名、地名简化后易产生歧义者,仍其旧。他如少数古体字、别字、通借字及文义不通处等亦不作改动,以保持原样。某些生僻字在通行简化字中找不到对应字形的,保持原字形,不过度类推简化。凡资料来源有多种版本的,择第一版或增补版、校改版为底本,他本作参校;手稿或只有一版的实行本校。凡增删改字,均用校勘符号(圆括号表示误字、衍字,方括号表示正字、补字)不出校注。同一首诗文有两种版本,仅少量字句有差异者,附以"编者注"加以说明;全文字句有较大差异者,附以全文以便对照。原文未分段、标点者,均分段标点。凡原字迹不清者用"□"号代替。文字残缺之处,以"上缺"、"中缺"、"下缺"字样表示;能辨明残缺字数的,均用数字标明,字数不明的,则用省略号"……"标明。书中资料有明显歧异的,则摭拾相关文献略加考订或存疑。原稿大多为竖排,行文习惯有"如右"、"如左"、"右述"等,改横排后仍保存原字。原稿中有"发逆"、"粤贼"、"粤匪"、"回匪"等歧视性称谓,以及某些不一致甚至不正确的说法,书中仍保持原著原貌,未予删节或更改,请读者注意鉴别。

八、缪氏家族文献,过去一直无人汇辑,以致日久灭失,虽致力数年搜罗移录,力臻完备,但难免有所遗漏。他时倘有新获,当续编于后。

上册目录

一　制诰篇 / 1

序言（缪楷） / 3

1. 明赠工部营缮清吏司署员外郎事主事缪国维父缪天秩为承德郎母张氏为安人敕命 / 4
2. 明授工部营缮清吏司署员外郎事主事缪国维为承德郎妻苏氏赠安人继室徐氏封安人敕命 / 4
3. 明赠贵州按察司清军驿传兵备道副使缪国维父缪天秩为中宪大夫母张氏为恭人诰命 / 5
4. 明授贵州按察司清军驿传兵备道副使缪国维为中宪大夫妻苏氏继室徐氏赠恭人诰命 / 6
5. 敕书一道 / 7
6. 明赠翰林院检讨缪昌期父缪灶为征仕郎母夏氏为孺人敕命 / 8
7. 明授初任翰林院检讨缪昌期为征仕郎妻李氏封孺人敕命 / 8
8. 明晋赠左春坊左赞善兼翰林院检讨缪昌期父缪灶为儒林郎母夏氏为安人敕命 / 9
9. 明晋授左春坊左赞善兼翰林院检讨缪昌期为儒林郎妻李氏晋封安人敕命 / 9
10. 明崇祯元年缪虚白《谢恩表》批答 / 10
11. 明恤赠詹事府詹事缪昌期祖缪桓为通议大夫祖母桑氏为淑人诰命 / 10
12. 明恤赠詹事府詹事缪昌期父缪灶为通议大夫母夏氏为淑人诰命 / 11
13. 明恤赠原任左春坊左谕德缪昌期为通议大夫詹事府正詹事妻李氏封淑人诰命 / 12
14. 明崇祯谕祭缪昌期文 / 12

    附　礼部工部二札付 / 13

15. 明崇祯十七年礼部覆拟惨死诸臣予谥疏批答 / 14

    附　礼部疏并揭帖 / 14

16. 清封内秘书院修撰加一级缪彤父缪慧隆为承德郎母王氏为安人敕命 / 15

17. 清授内秘书院修撰加一级缪彤为承德郎妻顾氏封安人敕命 / 16
18. 清封翰林院修撰加二级缪彤父缪慧隆为奉直大夫母王氏赠宜人诰命 / 16
19. 清授翰林院修撰加二级缪彤为奉直大夫妻顾氏封宜人诰命 / 17
20. 清封翰林院检讨加一级缪锦宣父缪慧远为文林郎母朱氏赠孺人敕命 / 17
21. 清授翰林院检讨加一级缪锦宣为文林郎妻金氏封孺人敕命 / 18
22. 清封翰林院编修缪曰藻生母李氏为孺人敕命 / 18
23. 清貤赠署河南汝州郏县知县缪诜祖缪畴为文林郎祖母徐氏为孺人敕命 / 19
24. 清赠署河南汝州郏县知县缪诜父缪弘仁为文林郎母陈氏刘氏为孺人敕命 / 19
25. 清貤赠候选州同缪朝选祖缪天爵为儒林郎祖母张氏为安人敕命 / 20
26. 清赠候选州同缪朝选父缪文彪为儒林郎母华氏封安人敕命 / 20
27. 清貤赠光禄寺署正衔加二级缪启麟祖缪文彪为奉直大夫祖母华氏为宜人诰命 / 21
28. 清赠光禄寺署正衔加二级缪启麟父缪朝选为奉直大夫母袁氏为宜人诰命 / 21
29. 清同治元年陕西巡抚奏请优恤回匪殉难各员疏批答 / 22
附　陕西巡抚瑛棨疏 / 23
又　部文二则 / 23
30. 清同治四年给事中奏请殉难缪树本建立专祠妻张氏祔祀疏批答 / 24
附　给事中王宪成疏 / 24
31. 清封布政司经历衔加二级缪之钧父缪趾麟为奉直大夫母周氏赠宜人诰命 / 25
32. 清授布政司经历衔加二级缪之钧为奉直大夫妻张氏封宜人诰命 / 25
33. 清貤赠同知衔加一级缪之镕祖缪朝选为朝议大夫祖母袁氏为恭人诰命 / 26
34. 清貤赠同知衔加一级缪之镕父缪启麟为朝议大夫母余氏为恭人诰命 / 26
35. 清貤赠候选同知加四级缪之镕曾祖缪文彪为通议大夫曾祖母华氏为淑人诰命 / 27
36. 清貤赠候选同知加四级缪之镕祖缪朝选为通议大夫祖母袁氏为淑人诰命 / 27
37. 清貤赠候选同知加四级缪之镕之父缪启麟为通议大夫母余氏为淑人诰命 / 28
38. 清貤晋赠浙江试用同知加五级缪之镕曾祖缪文彪为通奉大夫曾祖母华氏为夫人诰命 / 28
39. 清晋赠浙江试用同知加五级缪之镕祖缪朝选为通奉大夫祖母袁氏为夫人诰命 / 29
40. 清晋封浙江试用同知加五级缪之镕父缪启麟为通奉大夫母余氏为夫人诰命 / 29
41. 清貤赠蓝翎五品顶戴候选布政司理问缪岐祖缪承业为奉直大夫祖母徐氏朱氏为宜人诰命 / 30
42. 清赠蓝翎五品顶戴候选布政司理问缪岐父缪佩珩为奉直大夫母陈氏为宜人李氏封宜人诰命 / 30

43. 清贻赠捐职同知缪玉辉祖缪元瑞为奉政大夫祖母徐氏为宜人诰命 / 31
44. 清赠捐职同知缪玉辉父缪维杰为奉政大夫母顾氏谢氏为宜人章氏封宜人诰命 / 31
45. 清贻赠捐职同知缪玉辉本生父缪鼎燮为奉政大夫本生母陈氏封宜人诰命 / 32
46. 清封同知衔候选州同缪镛父缪岐为奉政大夫母谢氏为宜人诰命 / 32
47. 清赠花翎三品衔陕西候补知府署兴安府知府缪钟洛祖缪慰祖为通奉大夫祖母张氏为夫人诰命 / 33
48. 清赠花翎三品衔陕西候补知府署兴安府知府缪钟洛父缪树本为通奉大夫母张氏为夫人诰命 / 33
49. 清授花翎三品衔陕西候补知府署兴安府知府缪钟洛为通奉大夫妻宋氏蔡氏封夫人诰命 / 34
50. 清贻赠光禄寺署正衔缪鸿逵父缪炳文为儒林郎母蒋氏为安人敕命 / 34
51. 清贻赠光禄寺署正衔缪鸿逵本生父缪鼎荣为儒林郎本生母谢氏为安人敕命 / 35
52. 清贻赠户部河南司主事加七级缪鼎臣祖缪启麟为通奉大夫祖母余氏为夫人诰命 / 35
附　清代奏折 / 36
行知 / 36
53. 清贻赠户部河南司主事加七级缪鼎臣父缪之镕为通奉大夫母徐氏为夫人诰命 / 36
附　清朝上谕 / 37
奏折 / 37
54. 清赠户部主事加八级缪鼎臣曾祖缪朝选为资政大夫曾祖母袁氏为夫人诰命 / 38
55. 清赠户部主事加八级缪鼎臣祖缪启麟为资政大夫祖母余氏为夫人诰命 / 38
56. 清封户部主事加八级缪鼎臣父缪之镕为资政大夫母徐氏为夫人诰命 / 39
57. 清封五品衔江苏阳湖县训导加一级缪镐父缪岐为朝议大夫母谢氏为恭人诰命 / 39
58. 清授五品衔江苏阳湖县训导加一级缪镐为朝议大夫妻周氏唐氏封恭人诰命 / 40

二　祖训篇 / 41
序言(缪楷) / 43
1. 阚庄派九世缪昌期族称文贞公家训 / 44
2. 阚庄派十一世缪畴族称祉生公家训 / 47
3. 阚庄派十二世缪弘仁族称先河公家训 / 47
4. 阚庄派十二世缪弘仁族称先河公自约言十则 / 53
5. 阚庄派十二世缪思勃族称约轩公家训 / 55
6. 阚庄派十二世缪思勃族称约轩公耕学草堂家规 / 57

7. 阚庄派丹徒支十六世缪朝选族称国英公家训 / 59
8. 阚庄派丹徒支十七世缪启麟族称锡书公家训 / 61

三　传记篇 / 63
卷一　传状 / 65
序言(缪楷) / 65
1. 阚庄派一世祖缪全一族称全一公传（缪煌）/ 66
2. 阚庄派二世缪景言族称承三公传（缪煌）/ 66
3. 阚庄派三世缪思恭族称彦昇公传（缪煌）/ 66
4. 阚庄派四世缪晟族称以成公传（缪煌）/ 67
5. 阚庄派五世缪鉴族称松月公传（缪煌）/ 67
6. 阚庄派六世缪廷玉族称怡云公行略（缪楷）/ 68
7. 阚庄派六世缪廷玉族称怡云公传（缪煌）/ 70
8. 阚庄派六世缪廷玉族称怡云公暨元配惠氏合葬墓志铭（丁仁）/ 71
9. 周庄派六世缪鹄族称冲之公暨元配卞氏行略（阙名）/ 72
10. 阚庄派七世缪楷族称海观公暨元配徐氏合葬墓志铭（沈奎）/ 73
11. 阚庄派七世缪桓族称东渠公行状（蒋三省）/ 74
12. 阚庄派七世缪桓族称东渠公墓志铭（钱顺德）/ 75
13. 周庄派七世缪廷相族称近山公暨元配李氏纪略（阙名）/ 77
14. 阚庄派八世缪炷族称惕庵公行状（缪昌期）/ 77
15. 阚庄派八世缪炷族称惕庵公墓志铭（王士骐）/ 80
16. 吴门派八世缪天秩族称文峰公暨元配张氏行实（缪国维）/ 82
17. 吴门派八世缪天秩族称文峰公暨元配张氏墓志铭（徐申）/ 86
18. 吴门派八世缪天秩族称文峰公传（《(康熙)苏州府志》）/ 88
19. 周庄派八世缪镛族称晴砂公暨元配袁氏纪略（阙名）/ 88
20. 吴门派九世缪国维族称西垣公暨元配苏恭人继配徐恭人行状（陈元素）/ 88
21. 吴门派九世缪国维族称西垣公墓志铭（李孙宸）/ 90
22. 吴门派九世缪国维族称西垣公传（《(康熙)苏州府志》）/ 93
23. 吴门派九世缪国维族称西垣公传（《(乾隆)吴县志》）/ 93
24. 吴门派九世缪国维族称西垣公传（《吴中先贤录》）/ 94
25. 阚庄派九世缪昌期族称文贞公行状（钱谦益）/ 94
26. 阚庄派九世缪昌期族称文贞公传（《明史》）/ 98

27. 阚庄派九世缪昌期族称文贞公传（《（崇祯）江阴县志》）/ 99
28. 阚庄派九世缪昌期族称文贞公传（金日升）/ 99
附 《颂天胪笔》卷七“赠荫”载金日升撰缪文贞公传 / 101
缪文贞公传 / 102
29. 阚庄派九世缪昌期族称文贞公传（张岱）/ 104
30. 阚庄派九世缪昌期族称文贞公传（龚立本）/ 105
31. 阚庄派九世缪昌期族称文贞公传（张玮）/ 106
32. 阚庄派九世文贞缪昌期族称文贞公列传并李应昇传（陈鼎）/ 106
33. 阚庄派九世缪昌期族称文贞公传（孙慎行）/ 108
34. 阚庄派九世缪昌期族称文贞公传（吴应箕）/ 109
35. 阚庄派九世缪昌期族称文贞公传（汪有典）/ 110
36. 阚庄派九世缪昌期族称文贞公传（邹漪）/ 112
37. 阚庄派九世缪昌期族称文贞公传（查继佐）/ 113
38. 阚庄派九世缪昌期族称文贞公传（赵吉士）/ 114
39. 阚庄派九世缪昌期族称文贞公传（缪敬持）/ 116
40. 阚庄派九世缪昌期族称文贞公自述（缪昌期）/ 116
41. 周庄派九世缪治族称龙岩公暨元配赵氏行略（阙名）/ 121
42. 江城派九世缪坤族称子厚公传（《（崇祯）江阴县志》）/ 122
43. 江城派九世缪坤族称子厚公传（《（光绪）江阴县志》）/ 122
44. 阚庄派十世缪尊素族称太质公传（《（乾隆）江阴县志》）/ 122
45. 阚庄派十世缪虚白族称采室公传（李逊之）/ 123
46. 阚庄派十世缪纯白族称采壁公暨元配徐氏行略（缪畤）/ 124
47. 阚庄派十世缪纯白族称采壁公墓志铭（钱谦益）/ 128
48. 阚庄派十世缪贞白族称采石公暨元配赵氏行略（缪畹）/ 129
49. 阚庄派十世缪贞白族称采石公暨元配赵氏墓志铭（赵士春）/ 131
50. 阚庄派十世缪太白族称采星公传（李逊之）/ 132
51. 阚庄派十世缪坚白族称采郗公传（张有誉）/ 133
52. 吴门派十世缪慧超族称子上公传（《（康熙）苏州府志》）/ 134
53. 吴门派十世缪慧隆族称薛书公行述（缪彤）/ 134
54. 吴门派十世缪慧隆族称薛书公墓志铭（汪琬）/ 136
55. 吴门派十世缪慧隆族称薛书公传（《（康熙）苏州府志》）/ 138
56. 吴门派十世缪慧远族称宁斋公传（《（康熙）吴县志》）/ 138

57. 吴门派十世缪慧远族称宁斋公传（《(乾隆)吴县志》）/ 138
58. 阚庄派十一世缪畿族称京生公传略（缪思勃）/ 139
59. 阚庄派十一世缪畴族称祉生公行略（缪弘仁）/ 140
60. 阚庄派十一世缪畴族称祉生公墓表（陈均）/ 142
61. 阚庄派十一世缪畴族称祉生公传状（彭必琨）/ 143
62. 吴门派十一世缪彤族称念斋公传（《(同治)苏州府志》）/ 144
63. 江城派十一世缪钟理族称守恒公传附三子懋时传（《(乾隆)江阴县志》）/ 145
64. 江城派十一世缪钟粹族称孟玉公兄弟三忠传（唐梦访）/ 145
65. 阚庄派十二世缪弘仁族称先河公行实（缪诜）/ 146
66. 阚庄派十二世缪弘仁族称先河公传（孔毓玑）/ 148
67. 阚庄派十二世缪弘仁族称先河公传（赵熊）/ 149
68. 阚庄派十二世缪弘仁族称先河公墓志铭（缪继让）/ 150
69. 阚庄派十二世缪思勃族称约轩公自述（缪思勃）/ 152
70. 阚庄派十二世缪思勃族称约轩公传（叶凤冈）/ 153
71. 阚庄派丹徒支十二世缪瞻屺族称志远公传（王燕）/ 153
72. 阚庄派十二世缪瞻屺族称志远公传（缪楷）/ 154
73. 吴门派十二世缪曰藻族称文子公墓志铭（袁枚）/ 155
74. 吴门派十二世缪曰藻族称文子公传（《(同治)苏州府志》）/ 156
75. 吴门派十二世缪曰芑族称武子公传（《(同治)苏州府志》）/ 157
76. 吴门派十二世缪曰芑族称武子公传（《无锡谱》）/ 157
附　陈弘谋榕门撰《编修缪笠湖传》/ 157
77. 江城派十二世缪洪远族称损存公传（陈鼎）/ 158
78. 江城派十二世缪毓祯族称瑞珍公传（张培德）/ 159
79. 江城派十二世缪应时族称含真公传（《(崇祯)江阴县志》）/ 160
80. 阚庄派十三世缪诜族称觉轩公暨元配刘氏合葬墓志铭（缪敦仁）/ 160
81. 阚庄派十三世缪敬持族称以直公传（叶廷甲）/ 163
82. 阚庄派十三世缪靖文族称启明公暨元配祁氏传略（白峙思）/ 164
83. 周庄派十三世缪沈谦族称月斋公传略（赵贵崧）/ 164
84. 阚庄派丹徒支十三世缪重光族称子华公传（谢远涵）/ 165
85. 吴门派十三世缪遵义族称松心公传（《(同治)苏州府志》）/ 166
86. 吴门派十三世缪遵义族称松心公传（王宏翰）/ 166
87. 阚庄派十四世缪念祖族称朗斋公行述（缪宗濂）/ 166

88. 阚庄派十四世缪念祖族称朗斋公传（邵彩）／168
89. 阚庄派十四世缪绍祖族称复堂公传（徐梅）／169
90. 阚庄派丹徒支十四世缪天亢族称次华公传（吉梦熊）／170
91. 阚庄派丹徒支十四世缪天爵族称古修公传（夏桢）／171
92. 阚庄派十四世缪河族称梧冈公暨元配周氏行略（缪廷梅）／171
93. 阚庄派十四世缪振裕族称诒孙公行略（缪汝庚）／173
94. 阚庄派石梅支十四世缪问族称问芝公传（凌鸣喈）／173
95. 吴门派十四世缪璟族称钧揆公墓志铭（赵怀玉）／175
96. 吴门派十四世缪珽族称笏岩公传（王昶）／176
97. 阚庄派丹徒支十五世缪文彪族称惟寅公传（李承霖）／177
98. 阚庄派丹徒支十五世缪文彪族称惟寅公传（缪楷）／178
99. 阚庄派丹徒支十五世缪文虪族称虎文公传（张崇兰）／179
100. 阚庄派丹徒支十五世缪文虪族称虎文公墓志铭（支方廉）／179
101. 周庄派十五世缪之龙族称嘉禄公行略（缪汝庚）／180
102. 周庄派十五世缪之麟族称呈玉公暨元配曹氏行略（缪永华）／181
103. 阚庄派十五世缪廷梅族称象环公传（缪朝标）／181
104. 阚庄派十五世缪曾族称圣传公传（郭宫桂）／183
105. 周庄派十六世缪永华族称次桥公传略（缪景彤）／183
106. 周庄派十六世缪象复族称介泉公传（徐文洞）／184
107. 江城派十六世缪钟族称赞廷公传（沙淮）／185
108. 周庄派十六世缪永畴族称洪九公传（龚恩培）／186
109. 周庄派十六世缪永昇族称南吉公传（缪逢柱）／187
110. 阚庄派丹徒支十六世缪朝选族称国英公行状（缪启麟）／187
111. 阚庄派丹徒支十六世缪朝选族称国英公传（钱万选）／189
112. 阚庄派丹徒支十六世缪朝选族称国英公传（卞宝第）／190
113. 阚庄派丹徒支十六世缪朝选族称国英公墓志铭（徐文洞）／191
114. 阚庄派丹徒支十六世缪朝达族称启明公传（王先谦）／192
115. 阚庄派徐墅支十七世缪佩珩族称大绅公行略（缪岐）／193
116. 周庄派十七世缪上青族称梅溪公传（柳宝诒）／193
117. 周庄派十七世缪树萱族称春田公传子溢卿公附（吴应麟）／194
118. 周庄派十七世缪烘族称际昌公传（承颉云）／195
119. 周庄派十七世缪煜族称旭昇公传（苏汝保）／196

120. 周庄派十七世缪春林族称觐南公传（包栋成）／196
121. 周庄派十七世缪景崧族称庆长公行略（缪镜蓉）／197
122. 江城派十七世缪登瀛族称云宾公传（陈荣绍）／198
123. 周庄派十七世缪镕族称冶亭公传（郑经）／199
124. 周庄派十七世缪铉族称舒庵公传（向高）／199
125. 詹文桥派十七世缪遵一族称贯之公传（汪坤厚）／200
126. 阚庄派石梅支十七世缪树本族称翰仙公传（（清）国史馆《忠义传》）／202
127. 阚庄派石梅支十七世缪树本族称翰仙公传（《（光绪）重修常昭合志》）／203
128. 阚庄派石梅支十七世缪树本族称翰仙公传（《（光绪庚寅）临潼县续志》）／204
129. 阚庄派石梅支十七世缪树本族称翰仙公传（《（光绪乙未）临潼县续志》）／204
130. 阚庄派石梅支十七世缪树本族称翰仙公传（毛庆蕃）／205
131. 阚庄派石梅支十七世缪树本族称翰仙公墓志铭（顾肇新）／206
132. 阚庄派石梅支十七世缪树本族称翰仙公墓表（缪时孙）／207
133. 阚庄派石梅支十七世缪树本族称翰仙公传（谭廷献）／209
附　上元马毓华记缪树本轶事／210
134. 阚庄派丹徒支十七世缪祥麟族称启周公传（张浩）／210
135. 阚庄派丹徒支十七世缪瑞麟族称应祥公传（溥良）／211
136. 阚庄派丹徒支十七世缪兆麟族称德修公行略（缪焱森）／212
137. 阚庄派丹徒支十七世缪应麟族称德征公行略（缪煐）／212
附　《镇江世庆堂缪氏宗谱》载《德征公行略》／213
138. 阚庄派丹徒支十七世缪应麟族称德征公传（延清）／214
139. 阚庄派丹徒支十七世缪启麟族称锡书公行略（缪之镕）／215
140. 阚庄派丹徒支十七世缪启麟族称锡书公传（谢庭兰）／216
141. 阚庄派丹徒支十七世缪启麟族称锡书公墓志铭（沈葆桢）／217
附　《镇江世庆堂缪氏宗谱》载沈葆桢撰《锡书公墓志铭》／218
142. 阚庄派丹徒支十七世缪趾麟族称履仁公传（恽毓鼎）／219
143. 阚庄派丹徒支十七世缪趾麟族称履仁公传（李慎儒）／220
144. 阚庄派石梅支十七世缪萼联族称少初公传（李振鹏）／220
145. 阚庄派十七世缪世周族称世洲公传（许炯毓）／221
146. 阚庄派十七世缪廷宪族称献清公传略（奚家楧）／222
147. 周庄派十八世缪孟芳族称兰坪公传（承颉云）／222
148. 周庄派十八世缪景文族称若思公传（陈荣绍）／223

149. 周庄派十八世缪怀屺族称允宜公传（包栋成）／224
150. 周庄派十八世缪厚载族称景纯公传（沙淦皋）／224
151. 周庄派十八世缪镜千族称蓉堂公述略（柳宝诒）／225
152. 周庄派十八世缪镜明族称蕙圃公暨元配赵孺人述略（缪镜蓉）／226
153. 周庄派十八世缪逢柱族称利川公传（赵汝明）／226
154. 江城派十八世缪朝标族称葆和公传（吴增甲）／227
155. 阚庄派徐墅支十八世缪岐族称柳村公传（张瑛）／228
156. 阚庄派徐墅支十八世缪岐族称柳村公传（杨崇伊）／229
157. 阚庄派丹徒支十八世缪之铨族称衡夫公传（李洵）／229
158. 阚庄派丹徒支十八世缪之铭(一名焱森)族称子槃公传（缪时孙）／230
159. 阚庄派丹徒支十八世缪之镕族称炼卿公行状（缪时孙）／231
160. 阚庄派丹徒支十八世缪之镕族称炼卿公传（汪凤梁）／232
161. 阚庄派丹徒支十八世缪之镕族称炼卿公墓志铭（瞿鸿机）／234
162. 阚庄派十八世缪春华族称志华公行略（缪鹏飞）／235
163. 阚庄派丹徒支十八世缪之钰族称其相公行略（缪煐）／236
附 《东兴缪氏宗谱》载《其相公行略》／237
164. 阚庄派石梅支十八世缪钟汴族称豫生公传（王思沂）／238
165. 周庄派十八世缪镜炜族称冠卿公传（徐士佳）／239
166. 阚庄派徐墅支十九世缪镛族称声之公行略（缪镐）／239
167. 詹文桥派十九世缪玉辉族称尹达公传（缪玉珍）／240
168. 周庄派十九世缪桂族称斐若公传（缪楷）／241
169. 江城派十九世缪炳组族称冕卿公传（祝廷华）／241
170. 周庄派十九世缪升瀛族称星垣公自述（缪升瀛）／243
171. 阚庄派丹徒支十九世缪橼寿族称馨圃公及元配何太孺人行略（缪鸿翎、缪鸿翊）／244
172. 周庄派十九世缪楷族称啸仙公传（《(民国)江阴县续志》）／245
173. 周庄派二十世缪海岳传略（金懋鼎）／245
174. 阚庄派徐墅支廿一世缪廷樑传略（缪景瑚、缪廷杰）／246
卷二 忠行录／248
序言（缪楷）／248
一、缪文贞公年谱（缪之镕）／250
二、文贞公编年纪事（缪楷）／260
附 杨涟劾魏忠贤二十四大罪疏／268

附　狱中绝笔／275

附　文贞公宅图／279

三、忠行述略／281

卷三　孝行录／284

序言（缪楷）／284

孝行述略／285

卷四　壸行录／287

序言（缪楷）／287

一、妇行述略／288

二、妇行传状／295

1. 阚庄派七世缪桓族称东渠公元配桑孺人墓志铭（张衮）／295
2. 阚庄派八世缪甫燃族称吉修公元配孔孺人墓志铭（薛应旂）／296
3. 阚庄派八世缪炷族称惕庵公元配夏孺人行状（缪昌期）／296
4. 阚庄派八世缪炷族称惕庵公元配夏孺人墓志铭（赵用贤）／300
5. 吴门派八世缪天秩族称文峰公元配张氏传／301
6. 吴门派八世缪天秩族称文峰公元配张氏传／301
7. 吴门派八世缪天秩族称文峰公元配张节妇传（王穉登）／301
8. 吴门派十世缪慧隆族称薜书公元配王安人行实（缪彤）／303
9. 吴门派十世缪慧隆族称薜书公元配王安人墓志铭(王崇简）／305
10. 阚庄派十世缪纯白族称采璧公继配张孺人事略(六十乞钱虞山寿文作)（缪畴）／307
11. 阚庄派十一世缪田幾族称京生公侧室周孺人行状（缪思勃）／307
12. 阚庄派十一世缪畴族称祉生公元配徐孺人行略（缪弘仁）／309
13. 阚庄派十二世缪弘仁族称先河公元配陈孺人志略（缪弘仁）／310
14. 阚庄派十三世缪诜族称觉轩公元配刘孺人志略（缪诜）／311
15. 阚庄派十四世缪梦薜族称清我公元配周节妇传（王寰）／312
16. 周庄派十四世缪振洪族称沛霖公元配陆孺人暨妇周孺人两世苦节志略（缪永华）／313
17. 周庄派十五世缪之鹤族称鸣远公元配李孺人传略（汪瞻鳌）／314
18. 阚庄派十五世缪步青元配谭节妇志略（阙名）／314
19. 吴门派十五世缪德丰族称乐亭公元配章孺人圹志（赵怀玉）／315
20. 阚庄派丹徒支十六世缪朝选族称国英公元配袁夫人传（缪时孙）／315
21. 周庄派十七世缪铉族称舒庵公元配罗孺人传（陈熙治）／316
22. 周庄派十七世缪暄族称丽乾公元配陈孺人传略（缪朝标）／317

23. 阚庄派石梅支十七世缪树本族称翰仙公元配张夫人传（陆宝忠）／317
24. 阚庄派十七世缪献清元配吴孺人传（刘锡麒）／318
25. 阚庄派丹徒支十七世缪启麟族称锡书公元配余夫人行状（缪之镕）／319
26. 阚庄派丹徒支十七世缪启麟族称锡书公元配余夫人传（缪楷）／320
27. 阚庄派丹徒支十七世缪启麟族称锡书公元配余夫人传（谢庭兰）／320
28. 阚庄派丹徒支十七世缪启麟族称锡书公元配余夫人墓志铭（支恒荣）／321
29. 阚庄派丹徒支十七世缪趾麟族称履仁公元配周宜人行略（缪之钧）／322
30. 阚庄派丹徒支十七世缪趾麟族称履仁公元配周宜人传（严宗洵）／323
31. 阚庄派丹徒支十七世缪兆麟族称德修公元配姚安人行略（缪之锟）／324
32. 阚庄派丹徒支十八世缪之镕族称炼卿公元配徐夫人行略（缪时孙）／324
33. 阚庄派丹徒支十八世缪之镕族称炼卿公元配徐夫人传（缪荃孙）／326
34. 阚庄派丹徒支十八世缪之镕族称炼卿公元配徐夫人墓志铭（许涵度）／327
35. 阚庄派丹徒支十八世缪之铨族称衡夫公元配严节妇传（严桂馨）／328
36. 阚庄派徐墅支十八世缪岐族称柳村公元配谢宜人传（钱树声）／329
37. 詹文桥派十八世缪维杰族称太占公继配章节妇传（张之纯）／330
38. 周庄派十八世缪逢辂族称式金公元配苏宜人传（赵汝明）／331
39. 周庄派十八世缪逢楼族称凤修公元配吴孺人事略（缪楷）／332
40. 周庄派十九世缪五魁族称联辉公聘妻苏贞女传（缪楷）／333
41. 阚庄派徐墅支十九世缪镐族称少村公元配周宜人志略（缪镐）／333
42. 阚庄派徐墅支十九世缪镐族称少村公元配周恭人传（钱育仁）／334
43. 阚庄派十九世缪钺族称秉卿公元配尤烈妇传（缪镐）／336
44. 周庄派十九世缪履安元配陈节妇传（郁芳润）／337
45. 詹文桥派二十世缪崇仁族称作人公聘妻胡氏、缪崇信族称孚皆公聘妻章氏两贞女书事（缪楷）／337
三、女行传录／339
1. 阚庄派九世缪炷族称惕庵公女传略／339
2. 阚庄派十世缪昌期族称文贞公五女贞孝传（钱太古）／339
3. 吴门派十二世缪彤族称念斋公五女墓志铭（汪士鋐）／340
4. 阚庄派十三世缪昌期族称文贞公玄孙女行述（彭元瑞、彭元琉）／341
5. 阚庄派十三世缪思勃族称约轩公女贞孝传（杨名宁）／343
6. 阚庄派十四世缪祥族称心一公女静贞贞义传略（吴鸣镛）／344
7. 阚庄派十四世缪诜族称觉轩公女静贤贤孝传略（缪诜）／344

8. 吴门派十四世缪敦仁族称榕庄公女墓志铭（彭绍升）/ 345
9. 吴门派十五世缪珽族称芴岩公女行述（潘遵礼）/ 345
10. 阚庄派十七世缪永禄女玉华贞孝传（余治）/ 349
11. 周庄派十八世缪镕族称冶亭公之女行述（赵汝明、赵汝谐）/ 349
12. 周庄派十八世缪镕族称冶亭公之女传（王家枚）/ 352

四　像赞篇 / 355
序言（缪楷）/ 357
1. 明处士东兴缪氏始祖缪全一族称全一公像赞（顾云鸿）/ 358
2. 明处士阚庄派二世缪景言族称承三公像赞（阙名）/ 358
3. 明处士阚庄派三世缪思恭族称彦昇公像赞（阙名）/ 358
4. 明处士周庄派三世缪思诚族称彦相公像赞（薛玉堂）/ 359
5. 明敕建专祠福建延平府推官江城派三世缪文盛族称成章公像赞（吴友谅）/ 359
6. 明处士阚庄派四世缪晟族称以成公像赞（赵用贤）/ 359
7. 明处士周庄派四世缪权族称以彻公像赞（赵翼）/ 360
8. 明恩赐冠带阚庄派五世缪鉴族称松月公像赞（孔毓玑）/ 360
9. 明处士周庄派五世缪伦族称子方公像赞（王苏）/ 360
10. 明恩赐冠带阚庄派六世缪廷玉族称怡云公像赞（孔毓玑）/ 361
11. 明庠生阚庄派七世缪楷族称海观公像赞（缪雷）/ 361
12. 明恤赠通议大夫詹事府詹事兼翰林院侍读学士庠生阚庄派七世缪桓族称东渠公像赞（孔毓玑）/ 361
13. 明恤赠通议大夫詹事府詹事兼翰林院侍读学士阚庄派八世缪灶族称惕庵公像赞（孔毓玑）/ 362
14. 明赠中宪大夫贵州兵备道按察司副使晋新镇道布政司参政清旌孝子吴门派八世缪天秩族称文峰公像赞（缪日章）/ 362
15. 明恤赠通议大夫詹事府詹事兼翰林院侍读学士阚庄派九世缪昌期族称文贞公像赞（文安之、孔毓玑、汤右曾）/ 363
16. 明处士阚庄派九世缪昌胤族称西园公像赞（阙名）/ 364
17. 明授中宪大夫贵州新镇道布政司参政崇祀府县乡贤浙黔闽三省名宦祠吴门派九世缪国维族称西垣公像赞（陆世廉）/ 364
18. 明庠生江城派九世缪震族称泳川公像赞（沈翰卿）/ 365
19. 明荫四府催粮户部检校庠生阚庄派十世缪虚白族称采室公像赞（祝百十）/ 365

20. 明廪生阙庄派十世缪纯白族称采璧公像赞（孔毓玑）／366
21. 明赐进士江安县知县岁贡生阙庄派十世缪太白族称采星公像赞（阙名）／366
22. 明庠生阙庄派十世缪坚白族称采郄公像赞（阙名）／366
23. 清封奉直大夫翰林院修撰加二级廪膳生吴门派十世缪慧隆族称蘚书公像赞（汪琬）／367
24. 清授文林郎封翰林院检讨山西寿阳县知县吴门派十世缪慧远族称宁斋公像赞／367
25. 清贻赠文林郎归德府同知增生阙庄派十一世缪畴族称祉生公像赞（孔毓玑）／367
26. 清授奉政大夫翰林院修撰加二级升侍讲崇祀表行祠绘像名贤祠吴门派十一世缪彤族称念斋公像赞（郭琇）／368
27. 明处士殉难祔祀三公祠江城派十一世缪钟粹族称孟玉公像赞（钱陆灿）／368
28. 清赠文林郎归德府同知崇祀乡贤祠廪生阙庄派十二世缪弘仁族称先河公像赞（彭会淇）／368
29. 清太学生阙庄派十二世缪思勃族称约轩公像赞（徐仲锷）／369
30. 阙庄派十二世缪行乾族称旭初公像赞（阙名）／369
31. 清授奉政大夫翰林院编修兼修撰日讲起居注官司经局洗马崇祀表行祠绘像名贤祠吴门派十二世缪曰藻族称文子公像赞（袁枚）／370
32. 清授文林郎封奉直大夫内阁中书加三级翰林院编修武英殿纂修崇祀表行祠吴门派十二世缪曰芑族称武子公像赞（尹继善）／370
33. 清太学生阙庄派丹徒支十二世缪瞻屺族称志远公像赞（延清）／371
34. 清乡饮大宾江城派十二世缪毓祯族称瑞珍公像赞(阙名)／371
35. 清廪生阙庄派十三世缪映台族称敬庵公像赞(自题)／371
36. 清授文林郎河南郏县知县署归德府同知进士阙庄派十三世缪诜族称觉轩公像赞（白尚质）／372
37. 清奉祀生阙庄派十三世缪念持族称大椿公像赞（阙名）／372
38. 清太学生阙庄派十三世缪靖文族称启明公像赞／372
39. 清例授文林郎翰林院庶吉士吴门派十三世缪敦仁族称榕庄公像赞（缪浚）／373
40. 清授文林郎即用知县进士吴门派十三世缪遵义族称宜亭公像赞（《无锡谱》）／373
41. 清赠奉政大夫保升同知湖南长沙府通判太学生阙庄派丹徒支十三世缪重光族称子华公像赞（李涵度）／373
42. 清庠生阙庄派十四世缪念祖族称德宣公像赞（阙名）／374
43. 清增生阙庄派十四世缪梅族称容斋公像赞（徐青选）／374
44. 清庠生阙庄派十四世缪怀祖族称思亭公像赞（阙名）／374

45. 清旌孝子吴门派十四世缪元勋族称雪松公像赞（缪栋）/ 375
46. 清赠儒林郎候选州同贡生阚庄派丹徒支十四世缪天爵族称古修公像赞（延鸿）/ 375
47. 清庠生阚庄派十五世缪廷梅族称象环公像赞（何栻）/ 375
48. 清奉祀生阚庄派十五世缪嘉宾族称孔昭公像赞（邵筠）/ 376
49. 十五世阚庄派石梅支缪澧族称湘芷公像赞（杨泗孙）/ 376
50. 清奉祀生阚庄派石梅支十五世缪泳族称香岩公像赞（翁同龢）/ 376
51. 清修职郎晋文林郎福建清流县知县吴门派十五世缪浚族称芮桥公像赞（缪嘉谟）/ 377
52. 清赠通奉大夫浙江试用同知加五级议叙县丞太学生阚庄派丹徒支十五世缪文彪族称惟寅公像赞（支方廉）/ 377
53. 清赠通奉大夫浙江试用同知加五级议叙县丞太学生阚庄派丹徒支十五世缪文彪元配华夫人像赞(支方舜）/ 377
54. 清庠生周庄派十六世缪象复族称介泉公像赞（柳宝诒）/ 378
55. 清庠生周庄派十六世缪永华族称次桥公像赞（徐文洞）/ 378
56. 清太学生詹文桥派十六世缪佩琪族称天锡公像赞（钱钧）/ 378
57. 清赠奉直大夫蓝翎五品衔候选布政司理问阚庄派十六世缪承业族称载福公像赞（平成）/ 379
58. 周庄派十六世缪永畴族称洪九公像赞（龚恩培）/ 379
59. 周庄派十六世缪永昇族称南吉公像赞（汤宗望）/ 379
60. 清例封儒林郎太学生江城派十六世缪钟族称赞廷公像赞（何栻）/ 380
61. 清庠生阚庄派十六世石梅支缪慰祖族称引初公像赞（庞钟璐）/ 380
62. 阚庄派十六世石梅支缪锦祖族称琢卿公像赞（蒋士骥）/ 380
63. 清赠资政大夫户部河南司主事加八级候选州同太学生阚庄派丹徒支十六世缪朝选族称国英公像赞（文焕）/ 381
64. 清赠资政大夫户部河南司主事加八级候选州同太学生阚庄派丹徒支十六世缪朝选元配袁夫人像赞(李承霖）/ 381
65. 清授中宪大夫四品衔工部员外郎虞衡司主事吴门派十七世缪嘉榖族称心如公像赞（缪鼎臣）/ 381
66. 清赠奉直大夫蓝翎五品衔候选布政司理问太学生阚庄派徐墅支十七世缪佩珩族称大绅公像赞（杨沂孙）/ 382
67. 清太学生周庄派十七世缪煐族称昌际公像赞（沙淦皋）/ 382
68. 清太学生周庄派十七世缪煜族称旭昇公像赞（苏汝保）/ 382
69. 清太学生周庄派十七世缪春林族称觐南公像赞（沙淦皋）/ 383

70. 清附贡生江城派十七世缪登瀛族称云宾公像赞（陈荣绍）/ 383
71. 清太学生江城派十七世缪登瀚族称凤洲公像赞（祝康民）/ 383
72. 清太学生周庄派十七世缪铉族称舒庵公像赞（向高）/ 384
73. 清处士周庄派十七世缪暄族称丽乾公像赞（龚人镜）/ 384
74. 清庠生詹文桥派十七世缪遵一族称贯之公像赞（汪坤厚）/ 384
75. 阚庄派石梅支十七世缪树本族称翰仙公像赞（缪逢垣）/ 385
76. 清授中宪大夫同知衔河南伊阳县知县阚庄派石梅支十七世缪萼联族称少初公像赞（栾守纲）/ 385
77. 清赠奉直大夫仪叙州同加二级议叙八品太学生阚庄派十七世缪祥麟族称启周公像赞（汪凤藻）/ 386
78. 清封儒林郎候选布政司经历仪叙八品太学生阚庄派丹徒支十七世缪兆麟族称德修公像赞（黄曾源、谢恩洪）/ 386
79. 清赠儒林郎仪叙光禄寺正署候选从九品太学生阚庄派丹徒支十七世缪应麟族称德征公像赞（茅国安）/ 386
80. 清赠资政大夫户部河南司主事加八级赏戴花翎员外郎衔候选光禄寺署加二级太学生阚庄派丹徒支十七世缪启麟族称锡书公像赞（王先谦）/ 387
81. 清赠资政大夫户部河南司主事加八级赏戴花翎员外郎衔候选光禄寺署加二级太学生阚庄派丹徒支十七世缪启麟族称锡书公配余夫人像赞（支恒荣）/ 387
82. 清赠中宪大夫同知衔加二级太学生阚庄派丹徒支十七世缪趾麟族称履仁公像赞（王履康）/ 387
83. 清议叙县左堂周庄派十八世缪孟芳族称兰坪公像赞（徐文泂）/ 388
84. 清例授修职郎候选训导廪贡生江城派十八世缪朝楷族称守和公像赞（陈熙治）/ 388
85. 清例授修职佐郎候选训导廪贡生江城派十八世缪朝标族称葆和公像赞（曹家达）/ 388
86. 清例授修职佐郎候选儒学训导太学生阚庄派丹徒支十八世缪之钰族称其相公像赞（李浚）/ 389
87. 清例授修职佐郎候选训导附贡生周庄派十八世缪逢柱族称利川公像赞（陈名侃）/ 389
88. 皇清例授修职佐郎候选训导附贡生周庄派十八世缪汝钦族称寅谷公像赞（章际治）/ 389
89. 清授奉直大夫蓝翎五品衔候选布政司理问封奉政大夫同知衔国学生旌表孝子阚庄派徐墅支十八世缪岐族称柳村公像赞（德元）/ 390
90. 清授奉政大夫同知衔宁国县知县阚庄派石梅支十八世缪钟汴族称豫生公像赞（赵汝勇）/ 390
91. 清庠生阚庄派丹徒支十八世缪之钟族称子山公像赞（傅兰泰）/ 391

92. 清诸生阚庄派丹徒支十八世缪之铭(一名焱森)族称子槼公像赞（缪时孙）／391
93. 阚庄派丹徒支十八世缪之钧族称子和公像赞（吴保龄）／391
94. 阚庄派丹徒支十八世缪之镕族称炼卿公像赞（缪荃孙）／392
95. 阚庄派丹徒支十八世缪之锟族称剑华公像赞（缪之镕）／392
96. 阚庄派丹徒支十八世缪之镛族称养和公像赞（邹洪纬）／392
97. 阚庄派丹徒支十八世缪之铨族称衡夫公像赞（严桂馨）／393
98. 阚庄派丹徒支十九世缪榛寿族称云轩公像赞（余建侯）／393
99. 清授奉政大夫同知衔候选州同国学生阚庄派徐墅支十九世缪镛族称声之公像赞（王季珠）／393
100. 清庠生周庄派十九世缪殿珍族称聘儒公像赞（祝廷华）／394
101. 清例授文林郎拣选知县举人江城派十九世缪炳祖族称冕卿公像赞（赵清瑞）／394
102. 清贡生周庄派十九世缪升瀛族称星垣公像赞（柳宝诒）／394
103. 阚庄派徐墅支十九世缪镐族称少村公像赞（缪镐）／395
104. 周庄派河东支二十世缪名岳族称海岳公像赞（陈栋梁）／395
105. 阚庄派徐墅支二十一世缪廷樑像赞（缪景瑚）／396

五　祠堂篇／397
序言（缪楷）／399
1. 江阴双忠祠／401
(1) 双忠祠碑记（魏学诚）／401
(2) 重建双忠祠碑记（缪敬持）／403
(3) 重建双忠祠碑记（邵彩）／403
(4) 重建双忠祠碑记（吴曾徯）／404
(5) 祭礼、祠田、田数细目、开支项款、匾额、楹联／405
2. 常熟太仆祠／406
(1) 常熟县原籍缪太仆专祠记（钱保衡）／407
(2) 常熟原籍太仆公专祠记（缪荨联）／408
(3) 缪太仆石梅祠堂记（陈观圻）／408
(4) 祠田细目与楹联／409
3. 阚庄宗祠／410
4. 周庄支祠／410
(1) 祭礼及祝文式／411

(2) 祠田、祠规、匾额及楹联 / 412
5. 詹文桥支祠 / 413
(1) 詹文桥稷山支祠飨堂碑文(张树培) / 413
(2) 祠田与四房公田 / 414
(3) 匾额与楹联 / 415
6. 丹徒支祠 / 415
(1) 祭礼 / 416
(2) 请示勒石公呈(朱寿堂) / 418
(3) 勒石告示 / 418
7. 徐墅支祠 / 419
(1) 徐墅缪氏支祠记(杨沂孙) / 419
(2) 徐墅缪氏支祠碑记(包栋成) / 420
(3) 祠田 / 420
(4) 续置书田记 / 421
(5) 书田、匾额及楹联 / 421
(6) 徐墅义庄附 / 422
8. 万寿庵 / 429
9. 四桐庵 / 429
10. 下寺庵 / 429

六　艺文篇 / 431
艺文内外集序 / 433
艺文内集卷一　诗词 / 434
1. 江城派二世缪视族称惟明公诗二首 / 434
2. 江城派三世缪文盛族称成章公诗二首 / 434
3. 阚庄派五世缪鉴族称松月公诗一首 / 434
4. 阚庄派六世缪廷玉族称怡云公诗一首 / 435
5. 阚庄派六世缪宗悦族称耕读公诗一首 / 435
6. 阚庄派七世缪楷族称海观公诗四首 / 435
7. 阚庄派七世缪桓族称东渠公诗七首词一首 / 436
8. 阚庄派八世缪爚族称静思公诗二首 / 437
9. 阚庄派八世缪炷族称惕庵公诗二首 / 437

10. 吴门派八世缪天秩族称文峰公诗二首 / 437
11. 吴门派九世缪国维族称西垣公诗三首 / 438
12. 阚庄派九世缪昌期族称文贞公诗九十首 / 439
13. 阚庄派九世缪昌胤族称西园公诗一首 / 450
14. 阚庄派十世缪尊素族称太质公诗二首 / 450
15. 阚庄派十世缪虚白族称采室公诗二首 / 451
16. 阚庄派十世缪纯白族称采璧公诗七首词二首 / 451
17. 阚庄派十世缪贞白族称采石公诗一首 / 453
18. 阚庄派十世缪太白族称采星公诗三首 / 453
19. 阚庄派十世缪坚白族称采鄦公诗一首 / 453
20. 吴门派十世缪慧超族称子上公诗一首 / 454
21. 吴门派十世缪慧隆族称薛书公诗二首 / 454
22. 吴门派十世缪慧远族称宁斋公诗十七首 / 454
23. 阚庄派十一世缪畯族称喜生公诗三首 / 457
24. 阚庄派十一世缪畴族称祉生公诗四首 / 457
25. 阚庄派十一世缪畱族称弁生公诗四首词一首 / 458
26. 吴门派十一世缪彤族称念斋公诗一百三十九首词一首 / 459
27. 吴门派十一世缪锦宣族称钧闻公诗十七首 / 478
28. 吴门派十一世缪继让族称虞良公诗四首 / 479
29. 江城派十一世缪钟粹族称孟玉公诗一首 / 480
30. 阚庄派十二世缪弘仁族称先河公诗十六首 / 480
31. 阚庄派十二世缪思勃族称约轩公诗一百零六首 / 482
32. 吴门派十二世缪曰藻族称文子公诗九首 / 493
33. 吴门派十二世缪曰芑族称武子公诗七首 / 494
34. 吴门派十二世缪宗俨族称敬思公诗一百零六首 / 496
35. 吴门派十二世缪宗侃族称迁壑公诗四十首 / 509
36. 吴门派十二世缪嗣寅族称晓谷公诗一百零八首 / 514
37. 阚庄派丹徒支十二世缪瞻屺诗族称志远公二十二首词二首 / 529
38. 阚庄派十三世缪诜族称觉轩公诗三十二首 / 532
39. 阚庄派十三世缪映台族称敬庵公诗十首 / 536
40. 阚庄派丹徒支十三世缪重光族称子华公诗九首 / 537
41. 阚庄派十四世缪念祖族称朗斋公诗一首 / 539

42. 阚庄派十四世缪绍祖族称复堂公诗二首 / 539
43. 阚庄派十四世缪溥族称凝峰公诗四首 / 540
44. 阚庄派十四世缪甡族称明远公诗二首 / 540
45. 阚庄派石梅支十四世缪问族称问芝公诗七首 / 541
46. 阚庄派丹徒支十四世缪天爵族称古修公诗一首 / 541
47. 阚庄派丹徒支十四世缪天亢族称次华公词二首 / 542
48. 阚庄派十五世缪麟族称纪堂公诗六首 / 542
49. 阚庄派十五世缪廷梅族称象环公诗五首 / 543
50. 阚庄派丹徒支十五世缪文彪族称惟寅公诗一首 / 544
51. 阚庄派丹徒支十五世缪文彪族称虎文公诗二十二首 / 545
52. 周庄派十六世缪永华族称次桥公诗十三首 / 547
53. 阚庄派十六世缪湘族称楚江公诗六首 / 549
54. 阚庄派石梅支十六世缪慰祖族称引初公诗一百一十八首 / 550
55. 阚庄派丹徒支十六世缪朝选族称国英公诗二十六首 / 566
56. 阚庄派十六世缪象复族称介泉公诗八首 / 569
57. 阚庄派石梅支十七世缪树木族称翰仙公诗二首 / 570
58. 阚庄派石梅支十七世缪萼联族称少初公诗五十三首 / 571
59. 阚庄派丹徒支十七世缪应麟族称德征公诗五首 / 576
60. 阚庄派丹徒支十七世缪启麟族称锡书公诗六十一首词一首 / 577
61. 周庄派十八世缪逢垣族称藩伯公诗九首 / 585
62. 阚庄派丹徒支十八世缪之铨族称衡夫公诗一首 / 586
63. 阚庄派丹徒支十八世缪之钰族称其相公诗十首 / 587
64. 阚庄派丹徒支十八世缪之铭(一名焱森)族称子檠公诗一百零三首 / 588
65. 阚庄派丹徒支十八世缪之钟族称子山公诗八十二首 / 600
66. 阚庄派丹徒支十八世缪之镕族称炼卿公诗十八首词十一首 / 608
67. 阚庄派丹徒支十八世缪之錞族称声和公诗四首 / 613
68. 阚庄派丹徒支十八世缪之锟族称剑华公诗二十五首词一首 / 613
69. 阚庄派石梅支十八世缪钟洛族称阆生公诗二首 / 616
70. 阚庄派石梅支十八世缪钟济族称宝生公诗十二首 / 617
71. 阚庄派石梅支十八世缪钟渭族称郃生公诗二十八首 / 617
72. 阚庄派石梅支十八世缪钟滈族称潼生公诗十二首 / 621
73. 阚庄派徐墅支十九世缪镐族称少村公诗六十六首 / 622

74. 阚庄派丹徒支十九世缪鼎臣(一名时孙、潜)族称述溪公诗二十六首词十八首 / 635
75. 阚庄派丹徒支十九世缪同登诗一首 / 640
76. 阚庄派丹徒支十九世缪煐族称莘浦公诗一首 / 640
77. 阚庄派丹徒支十九世缪鼎荣族称荫南公诗二首 / 641
78. 周庄派十九世缪楷族称啸仙公诗一首 / 641
79. 江城派十九世缪炳组族称冕卿公词一首 / 641
80. 阚庄派丹徒支十九世缪炳文族称柏亭公诗一首 / 641
81. 阚庄派丹徒支二十世缪鸿儒族称融生公诗十一首词二首 / 642
82. 阚庄派徐墅支二十一世缪廷樑族称镇藩公诗三十五首词四首 / 643
83. 阚庄派六世缪廷玉族称怡云公配惠淑贞诗四十五首 / 647
84. 阚庄派七世缪楷族称海观公配徐德华克明诗八首 / 652
85. 阚庄派七世缪桓族称东渠公配桑淑人诗八首 / 653
86. 阚庄派七世缪廷相族称近山公配李素芬诗六首 / 654
87. 阚庄派八世缪甫燃族称吉修公配孔清真诗四首 / 655
88. 阚庄派八世缪炷族称惕庵公配夏淑人诗一首 / 656
89. 阚庄派八世缪炷族称惕庵公女大姑诗五首 / 656
90. 阚庄派十世缪纯白族称采璧公配徐佩兰诗十四首 / 657
91. 阚庄派十二世缪思勃族称约轩公配夏畹香诗十一首 / 659
92. 阚庄派丹徒支十二世缪瞻屺族称志远公配李敬持诗十三首词一首 / 660
93. 阚庄派丹徒支十四世缪天亢族称次华公配鲍之芳诗九首 / 662
94. 阚庄派缪祥族称心一公次女十四世静贞诗四首 / 664
95. 阚庄派缪诜族称觉轩公三女十四世静贤诗九首 / 664
96. 阚庄派丹徒支十七世缪启麟族称锡书公配余德馨诗十一首词一首 / 665
97. 阚庄派丹徒支十八世缪之铨族称衡夫公配严葆真诗六首 / 667
98. 阚庄派丹徒支十八世缪之钰族称其相公配戴启华诗二首 / 668
99. 阚庄派丹徒支缪兆麟族称德修公长女十八世缪之蓉诗五首 / 669
100. 阚庄派丹徒支十八世缪之镕族称炼卿公配徐德音诗五首 / 670
101. 阚庄派石梅支缪树本族称翰仙公三女十八世缪宝娟字珊如诗一百七十二首词十首 / 671
102. 阚庄派石梅支十八世缪玉娟诗八首 / 693
103. 阚庄派石梅支十八世缪壬林诗一首 / 694
104. 阚庄派丹徒支十九世缪鼎臣(一名时孙、潜)族称述溪公配支碧华诗六首词一

首／694

105. 阚庄派丹徒支十九世缪炳文族称柏亭公配蒋玉如诗七首／696

106. 阚庄派丹徒支二十世缪鸿儒族称融生公配戴婉容诗十首／696

107. 阚庄派丹徒支二十世缪若光诗十三首／698

艺文内集卷二　赋／700

1. 阚庄派七世缪桓族称东渠公赋一篇／700

2. 阚庄派丹徒支十四世缪天爵族称古修公赋一篇／701

3. 阚庄派丹徒支十九世缪鼎臣(一名时孙、潜)族称述溪公赋二篇／701

一　制诰篇

序 言

《易》曰:“后以施命诰四方。”《书》曰:“敕天之命,惟时惟几。”诰敕之名,实始于此。降及七国,并称为令。秦并天下,改令曰制。汉初定仪,又分四品:策书以封侯王,制书以施赦命,诏书以诰百官,敕书以戒州郡。此其别也。唐初,始命翰林学士专典制诰,用之于拜爵授官。宋亦如之。至遣使適官及褒赠赏赉,间畀敕书。若逢国大庆,覃恩海内,例给封典,其文亦与授官同。元明以降,大判相符,虽质文损益,体裁各殊,而所为宣德意,示恩宠,使臣邻知所激劝,其揆一也。

我朝典制,五品以上授诰命,六品以下授敕命;五品以上,其阶皆大夫,六品以下,其阶皆郎。一品封赠三代暨本身,二品、三品封赠二代暨本身,四品至七品封赠一代暨本身,八品、九品止封本身。封赠之名,以存没异。自二品以下,并准以本身貤封,不及封之一代。惟一品不得貤封高祖父母。例之限制如此。封妻不及再继并侧室,封母则不限此例。本身所受曰授,虚衔与实职同称。武职旧制一品称大夫,二品至五品称将军,六品以下称校尉。乾隆二十年,改一二品曰将军,三四品曰都尉,五品至七品曰骑尉,八九品曰校尉。封与赠则四品以上称大夫,五品以下称郎。此其大较也。

国家风俗敦厚,虽一命之邀,当之者亦视之綦重。以视五季之时私鬻诰敕者,不可同日语。顾以丝纶之重,祖宗躬膺褒宠,而子孙视若弁髦,可乎?爰因旧类续加搜辑,批答之件亦附见焉。庶几垂之后祀,俾共知我族风流人物照耀千古,五服五章以命有德,固不徒藉紫泥白麻,以为荣宠已也。

光绪三十四年戊申八月十九世裔孙楷敬编

1. 明赠工部营缮清吏司署员外郎事主事缪国维父缪天秩为承德郎母张氏为安人敕命①

奉天承运皇帝敕曰：语云，人不可以无年悼赍志也。乃有一线克延而立身扬名，以显亲著，则善继其志，结为大年，夫恶可以彭殇论修短也。尔缪天秩，乃工部营缮清吏司署员外郎事主事国维之父。弃繻脱颖，殉孝摧兰。谓天无心，何付才之已骏；谓天有意，何与龄之已希。综长吉之华而厄其遇，遗阳元之胤而亢其宗。眷此肤功，宁忘启佑？是用赠尔为承德郎、工部营缮清吏司署员外郎主事。慰永怀于风木，流景耀于松丘。

敕曰：智氏无后，故豫让捐其生；赵氏有孤，故婴臼爱其死。若以豫让之忠，兼婴臼之烈，藐诸逾月，天重哀其穷而亟成之。国典所首，旌也。尔张氏，乃工部营缮清吏司署员外郎事主事缪国维之母。青年砥节，白首流慈。当天崩地坼之时，豫兴灭继绝之算。厥天无年而有年，厥子无父而有父。所为延宗脉而勤课训者，刻刻皆辛苦，字字俱血泪也。宜崇显命，以表幽贞。是用赠尔为安人。肆颁纶綍之章，永释栝棬之痛。

敕命

万历四十三年九月二十二日

之宝

2. 明授工部营缮清吏司署员外郎事主事缪国维为承德郎妻苏氏赠安人继室徐氏封安人敕命

奉天承运皇帝敕曰：冬官之属，最称繁剧，无如缮部，顷以旱灾曲计周恤，修建箭楼，开工三殿，节缩经费，公私两便。自非廉干之才，曷克胜此？尔工部营缮清吏司署员外郎事主事缪国维，孤苦自立，磨炼早成。擢秀轩轮，筮官闽令。雅辞炎而就冷，缘恋母以投闲。徘徊苜蓿之途，淹久璧雍之署。晋司将作，愈励饮冰。虽劳怨以弗辞，洵纤毫之不染。能勤小物，窥大受之豹斑；宏济时难，仗有为之鸿略。兹用岁阅，特授尔阶承德郎，锡之敕命。大工肇建，浩费不訾，尔司积贮几何？昔人留心国事，竹头木屑，亦所爱惜。郑端简在皇祖时，一言省金钱数十万。尔宁多让焉？益懋新猷，以光初誉。钦哉！

初任福建泉州府南安县知县；

---

① 以下制诰未注出处者均选自《(光绪)东兴缪氏宗谱》卷二二。

二任直隶宁国府儒学教授；

三任南京国子监博士；

四任国子监博士；

五任工部营缮清吏司主事；

六任今职。

敕曰：夫妇齐体，显约与同，乃勖勷于下帷，而蚤捐环佩，殊可悯恻。疏荣之典，岂以殁存而有间。尔工部营缮清吏司署员外郎事主事缪国维妻苏氏，毓秀儒门，作嫔硕彦。一裳百浣，犹余荆布之遗；丙夜乙灯，时洒牛衣之泣。事姑夔栗，弼业潜研。怅糟糠之永怀，宁丝纶之可靳。是用赠尔为安人。懿灵有知，恩光无斁。

敕曰：司空郎胼胝于公，不遑内顾，必有女士拮据于阃以佐之。酬庸并贵，奚问后先？尔工部营缮清吏司署员外郎事主事缪国维继室徐氏，禀规宦裔，克嗣徽音。贯鱼之宠不惊，鸣鸠之仁下逮。宗祧赖以茂衍，仕望因而蔚腾。是用封尔为安人。祇膺象翟之华，益谨珩璜之度。

敕命

万历四十三年九月二十二日

之宝（又见《缪西垣先生文集》附录）

3．明赠贵州按察司清军驿传兵备道副使缪国维父缪天秩为中宪大夫母张氏为恭人诰命

奉天承运皇帝制曰：朕闻至孝之德，旁达明神。神锡秘祉，厥有灵泉瑞物之出，以表殊异。如其不然，则必在其后人。钟美丰物，亦理之恒也。尔赠承德郎、工部营缮清吏司署员外郎事主事缪天秩，乃贵州按察司清军驿传兵备道副使国维之父。生禀粹和，死称醇孝。残肌刲股，甘陨身于榻前；创巨痛深，遂从父于地下。人谁无死，天不吾欺。以是藐尔之孤，蔚为亢宗之胤。盖诚心感物，在异族亦相其衷；而和气致祥，至再世遂征其美。愿然有子，岂曰无年。是用覃恩，赠尔为中宪大夫、贵州按察司副使。於戏！旌寿州之门，宜扬芬于亿载；斥鄂人之对，无遗诬于偏辞。

制曰：国家崇奖节孝，仿前代乌头双阙之制，载在国史。至于夫孝妻节，骈集一门，绰楔相望，汗青交映，则未易一二遘也。[①] 尔旌表节妇赠安人张氏，乃贵州按察司清军驿传

① 绰楔相望，汗青交映，则未易一二遘也：《初学集》作“圬自相望，汗青交映，则又昭代所希遘，史官所特书也。朕嘉与斯世，表之旌表”。

兵备道副使缪国维之母。箴图有闻,冰霜为质。夫既殉父于蚤岁,尔遂自誓于盛年。抚弱息于一丝,严霜夏坠;寄孤生于再世,灯火昼寒。[①] 追厥子之有闻,乃毕志而长往。於戏!屈指生存之日,白首何惭;下见死孝之人,黄壤为耦。是用赠尔为恭人。惟兹悫册,继彼漆书。岂徒媲德于一家,盖将擅美于昭代。[②]

诰命

天启元年四月十九日

之宝(又见《初学集》卷九八)

4. 明授贵州按察司清军驿传兵备道副使缪国维为中宪大夫妻苏氏继室徐氏赠恭人诰命

奉天承运皇帝制曰:顷者苗民不靖,黔路梗塞。禽猕之后,兵气未销。朕盖(僩)〔憪〕然念之。[③] 秉宪之臣,万里执玉,临轩燕劳,如见远人。朕于恩命,岂有爱焉?贵州按察司清军驿传兵备道副使缪国维,才华炳蔚,器缊端凝。宰剧县以宜民,谢朊仕而将母。为郎以僝工见绩,出守以岂弟见思。乃晋臬司,往莅贵竹。符传一下,则陲遽风清;羽檄四驰,而苗獠詟服。刀耕火种之俗,户识威名;兵荒燹毁之余,人怀晏息。朕既三年克鬼方之伐,尔乃万里献荒服之琛。兹以覃恩,授尔为中宪大夫,锡之诰命。夫西南崄远,俗杂汉、僰,吏耑用汉法治苗,而不用汉法自治,黔所以扰也。黔按臣上首功,朕心用懵怛,余何忍以武胜黔乎?尔能为我乂黔,余将显陟女!

初任福建泉州府南安县知县;

二任直隶宁国府儒学教授;

三任南京国子监博士;

四任复除国子监博士;

五任工部营缮司主事;

六任本司署员外郎事主事;

七任工部虞衡司署郎中事主事;

八任浙江温州府知府;

---

① 灯火昼寒:《初学集》作"燎火昼寒"。

② 惟兹悫册,继彼漆书。岂徒媲德于一家,盖将擅美于昭代:《初学集》作"於戏!崇台绰楔,漆书错互于旌门;鸾诰龙章,赞册昭回于表墓。丹心不死,如可作于九京;黄壤犹生,尚为欢于百世"。

③ 朕盖僩然念之:《初学集》作"朕未尝不端居深念"。

九任今职。

制曰：士起孤生，备尝荼苦。其闺门相贰之勤，有百倍于人者矣。国家疏荣，必逮其耦，不惟因夫之爵，盖亦寓劳人之报焉。尔贵州按察司清军驿传兵备道副使缪国维妻赠安人苏氏，动应衡规，躬服儒素。齑盐佐读，机丝无间于寒窗；菽水奉姑，洗腆有逾于宿肉。吁其逝矣！伤如之何！感宵旦于鸡鸣，茫然长夜；思话言于龙具，策彼前途。眷言勤瘁之艰难，益悼死生之契阔。是用赠尔为恭人。庶几菅蒯之遗痛，犹与宿草而俱新。①

制曰：丈夫有事四方，而妇人间关从之。戒徒叱驭，跋涉万里，斯已难矣。矧其奄忽道路，比于以死勤事者乎？予何靳此慭册。尔贵州按察司清军驿传兵备道副使缪国维继室封安人徐氏，出于高门，休有华阅。② 有鸤鸠一视之德，著鸡鸣交儆之勤。③ 冰蘖佐廉，风流于山箐溪峒之内；徽华永逝，魂游于沣兰沅芷之间。嗟玦佩之已捐，眷菲芳之如在。是用赠尔为恭人。灵其不昧，佑我劳臣。永言彤管之光，衬彼黄陵之享。

制诰

天启元年四月二十一日

之宝（又见《初学集》卷九八、《缪西垣先生文集》附录）

5. 敕书一道

敕贵州按察司副使缪国维：近该巡抚题称，贵阳府州分守属安平道，分巡属威清道，此历年旧制，至于会省各道，俱无兵戎之责。今移会布、按、都三司详议妥确，欲令省道兼管兵备，训练奇正军兵，事有责成，可资防御。该部议覆。相〔應〕今特命尔专管清军驿传，带管盐法，兼管贵阳兵备，驻扎省城，会同练兵操捕都司将标下奇正二营军兵，无事勤加训练，有警调发防御，其贵阳守备等官，俱听尔管辖，仍听军门节制，庶事权有寄，约束可行。尔为宪臣，受兹委任，须持廉秉公，正己率下，优恤军士，绥靖地方，毋或行事乖方，自取罪戾。尔其慎之。故敕。

广运

万历四十七年六月二十九日

之宝（《缪西垣先生文集》附录）

---

① 庶几菅蒯之遗痛，犹与宿草而俱新：此句《初学集》作“用以著韨佩之谊，不徒承袆翟之光”。

② 休有华阅：《初学集》作“休有华问”。

③ 此句《初学集》作“组紃谨女功之习，锜莒勤妇德之修”。

6. 明赠翰林院检讨缪昌期父缪炷为征仕郎母夏氏为孺人敕命

奉天承运皇帝敕曰：士终身晦迹陇亩，而礼法施于后昆，其诚心朴学，有久而弥光者焉。夫教始于家，而礼求诸野，是岂特家门之范而已哉？尔缪炷，乃翰林院检讨缪昌期之父。含章可贞，介圭不饰。少无子弟之过，长多长者之言。家有严君，凛然取法于俯梓；克念天显，终焉啜泣于分荆。其言行规矩，古先有坊而有表；其动履楮柱，末俗不径而不游。秉四礼以御家，鼛鼓唯肃；躬四教而迪后，夏楚有严。念彼先民，嗟虎贲之不作；识其遗训，用鸿羽以为仪。是用赠尔为翰林院检讨、征仕郎。稽古表宅之风，漆书何愧？附于一行之传，青史可征。

敕曰：古之女子，言动有史。自箴图之教废而令德懿行秀于闺门者，独赖子孙之贤，以发闻于后。国有宠章，其亦以佐彤管之不逮与。尔夏氏，乃翰林院检讨缪昌期之母。出于冠族，少有令仪。事严重之尊章，辛勤无间于膏火；支零丁之门户，漂摇有甚于雨风。敬则如宾，肃逾朝典。盖尔秉女士之德，读古人之箴，既以贤而以明，亦不妒而不嫉。宜有令子，为我近臣。正色寡言，宛尔珩璜之遗教；紬书载笔，居然辟咡之良规。风范有初，光尘未昧。是用赠尔为孺人。於戏！能劳有继，诚不愧于母师；可颂而图，终有闻于女史。

敕命

天启元年九月二十九日

之宝

7. 明授初任翰林院检讨缪昌期为征仕郎妻李氏封孺人敕命

奉天承运皇帝敕曰：昔我神祖，妙选吉士，翔集禁林，山陵既成，人物兹茂。朕临朝顾视，文石螭(陞)〔陛〕之间，载笔夹侍者，皆先朝宿儒旧学也。丰芑之思，其曷忍后？尔翰林院检讨缪昌期，经术淳深，风操端直。升华秘馆，则强学有闻；养贲丘园，而蹈道弥固。盖以特立独往之士，当谗说殄行之时。淡然孤贞，蛾眉何憾于谣诼；眷言忠爱，龙髯想见其攀号。指魏阙以来仪，及虞门之再辟。道扬末命，不及秉宾阶之书；劼毖新朝，亦曰藉太史之友。伊余访落，顾此周行。乃以覃恩，授尔阶征仕郎，锡之敕命。於戏！以执简紬书，则取其文直事核；以横经论道，则贵乎道德洽闻。为吾异日之献臣，无愧两朝之旧学。思有以称，尚勉之哉！

敕曰：凡我臣工，宣力在朝，委蛇退食，朕靡不省察其私。至于禁近之臣，朝夕载笔，其闺门相贰，尤人主之所深念也。尔翰林院检讨缪昌期妻李氏，言无疵悔，动应衡规。洗腆必共，馈祀著克羞之礼；簪珥不饰，赠问有解佩之风。秉是壶彝，以共大而慈小；恒其贞德,能屏贵以御穷。其惟淑人,相尔吉士。悠然静好,若雅琴之相和;袭彼清寒,与冰衔而交映。兹特封尔为孺人。祇服誉命,益勉岁时。庶几彤管之高风,将与汗青而并著。

敕命

天启元年九月二十九日

之宝

8. 明晋赠左春坊左赞善兼翰林院检讨缪昌期父缪炷为儒林郎母夏氏为安人敕命

奉天承运皇帝敕曰:朕慨想先民,追怀本俗。思得乡里一行之士,仿古表厥宅里之风。今吾近臣,粤有先德,庸以慭册,代彼漆书。尔赠征仕郎、翰林院检讨缪炷,乃左春坊左赞善兼翰林院检讨缪昌期之父。禀性尊严,禔躬方大。为孝为友,德行之教有三;曰祭曰丧,吉凶之礼唯四。盖昭代谕民之令甲,著在田间;而古先范世之格言,遗于家塾。是以躬行君子,吻合师氏之规;家有严君,不替家人之则。肆而令子,为我儒臣,惟其是训而是行,所以可大而可久。是用加赠尔为儒林郎、左春坊左赞善兼翰林院检讨。於戏!礼失而求诸野,尚亦有先进之思;匹夫为善于家,宜其食后人之报。

敕曰:朕方宏开史局,博求乡里妇孺之贤,以光于琬琰,而吾之史臣,有贤母焉。于其登进,著之册书,非直广恩,亦以知教。尔赠孺人夏氏,乃左春坊左赞善、翰林院检讨缪昌期之母。克肩彝则,式备言功。孝悫以事尊章,戒慎以事夫子。馌耕知敬,宾礼具于丘园;举案相庄,朝典肃于闺壶。积习名教,笃生俊民。无险诐私谒之心,本于胎教;有贞白端庄之德,似其母仪。枢轴有征,机丝安在?是用加赠尔为安人。於戏!生贻徽范,已著教于闺门;死列箴图,尚流风于比屋。

敕命

天启三年三月二十九日

之宝(又见《初学集》卷九一)

9. 明晋授左春坊左赞善兼翰林院检讨缪昌期为儒林郎妻李氏晋封安人敕命

奉天承运皇帝敕曰:古者赞善大夫,翊赞太子,出入动静,苟非其德义,则必陈古箴焉。国家监古设官，选择名德，追怀先正，风烈凛然。今吾简用史臣，宠以书命，慎重兹选，犹前志也。尔左春坊左谕德兼翰林院检讨缪昌期，学得精华，性成肃括。升自秘馆，蔚有君子之文；贲于丘园，淡然坚贞之德。回翔久次，置彼周行；造士代言，良多裨益。擢居门下，实在左坊。人地深严，兼侍直编摩之任；器资清笃，在商敦周鼎之间。乃以覃恩，授尔阶儒林郎，锡之敕命。朕前制不云乎，所贵乎史臣者，谓其道德洽闻文直事核也。今史局纷如，笔削错互，尔谙掌故之事，而有左、董之心，所谓陈古以箴者，且以史事为职志焉。朕则显陟汝。

敕曰：朕登进近臣，庶几德选，幽贞静默，翔集禁林，有窈窕之风焉。然非相贰有人，则退食委蛇，谁与媲美？《召南》之诗，朕深为臣子念之。尔左春坊左赞善兼翰林院检讨缪昌期妻封孺人李氏，仪度肃雍，性资淑茂。衣有穿弊，秉共俭以为师；珥无光辉，谢华丹而自远。静好在御，宜彼清寒；道谊相规，凛于图史。展矣素丝之德，蔚然彤管之风。是用加封尔为安人。服我训辞，永绥福履。

敕命

天启三年三月二十九日

之宝（又见《初学集》卷九一）

10. 明崇祯元年缪虚白《谢恩表》批答

崇祯元年十月　日奉旨：缪虚白为父缪昌期奏谢，知道了。昌期忤奸贾祸，惨死可悯。已经赠荫，还与他谥。及妻李氏，新衔诰命。该部知道。钦此。①

11. 明恤赠詹事府詹事缪昌期祖缪桓为通议大夫祖母桑氏为淑人诰命

奉天承运皇帝制曰：朕闻雨降云出，上下道同而业盛；河原海委，后先德合而庆长。盖世美郁积于家门，斯人才蒸发于王国，德无不报，礼不忘切。尔生员缪桓，乃赠詹事府詹事缪昌期之祖。少而魁磊，自负多奇；长益束修，惇行古道。文章名满于乡国，好施能及其里邻。居然树特立之风，穆乎抱不言之璞。佑尔麟定，作我国桢。当其中秘读书，辄已蒿

① 缪虚白《谢恩表》载本书《艺文篇》(二)第二卷。

目于世道；暨乎逆阉炀灶，慨焉矢志于澄清。临难可免，而义有不为；杀身成仁，而节以不朽。朕慈广先朝恤忠之典，推尔孙率祖之思，特赠尔为通议大夫，锡之诰命。於戏！荩臣念祖，余方慨焉于聿修；绳武昭兹，尔亦何私于受祜。贲及宿草，永勒丰珉。幽为泉壤之光，明树忠贞之劝。

制曰：为吾志义之臣，所以显荣其先祖者至矣。藉家庙有严，宗祖具享，而于王母无所加命，烝畀之议谓何。尔生员缪桓妻桑氏，乃赠詹事府詹事缪昌期之祖母。出自名族，秉有令仪。恭俭肃祇，宽仁温惠。克媲君子，以昌厥宗。爰有闻孙，以大尔后。譬诸树木，其根固者其枝茂；方于流水，其源深者其委长。用是追恤赠尔为淑人。於戏！以妇教为孙谋，尔既垂休于弈世；以恤孙而及妣，余实奉训于先朝。尚其九原，服此三锡。

诰命

崇祯二年闰四月十九日

之宝

12. 明恤赠詹事府詹事缪昌期父缪炷为通议大夫母夏氏为淑人诰命

奉天承运皇帝制曰：士人之隐约好修者，茀禄必兴其后；国家之旌异志节者，荣名必贲其先。缘天道阴骘之常，著人伦劝忠之典。古有彝训，余无私恩。尔原赠左春坊左赞善缪炷，乃赠詹事府詹事缪昌期之父。上古遗民，先朝处士。言有物而行有格，蔚矣独行之模；积于家而散于乡，宽然长者之度。孝弟忠信，程身务立其大端；丧祭宾嘉，范族一闲乎旧礼。虽凤德之未耀，而鸿羽可为仪。肆遗美于嗣人，克丕显其令德。秉忠贞謇谔之操，起文学侍从之林。冒伏蒲请剑之嫌，罹白马清流之祸。发肤身体，可致之朝廷；忠义名节，以还之父母。是用追恤赠尔为通议大夫、詹事府正詹事。於戏！丘园自贲，尔无愧表宅之风；宠锡再光，余尚申式墓之报。

制曰：自古开国承家，必有闺门郁积之勤，以肇忠臣义士之始。故礼隆反本义及母氏，明善庆之所由来远也。尔原赠安人夏氏，乃赠詹事府正詹事缪昌期之母。生于旧家，位配君子。馌耕知敬，宾礼具于丘园；举案相庄，朝典肃于闺壶。盖维尔祇心制节，有贞臣不二之风，故尔子杀身成仁，有烈妇不夺之操。兹用追恤赠尔为淑人。钦此翟茀之光，阐幽微于既往；垂诸彤管之列，示徽懿于方来。

诰命

崇祯二年闰四月十九日

之宝

13. 明恤赠原任左春坊左谕德缪昌期为通议大夫詹事府正詹事妻李氏封淑人诰命

奉天承运皇帝制曰：朕闻世道泰，夔龙宣经国之猷；天步艰，逢干竖殉身之节。我祖宗奕世养士，而光岳钟灵。本朝爰有文学侍从之臣，克以除奸死难为事。眷言往躅，哀不憖遗。尔原任左春坊左谕德、赠詹事府詹事缪昌期，强学自厉，秉德不回。论道横经，著博文之誉；䌷书执简，存遗直之风。遭谗逊迹于丘园，眷主兴哀于陵寝。当其门下侍直，时则阉竖借丛。豺狼昼踞于朝堂，噬我善类；鸱鸮宵栖于宫禁，啄及王孙。尔怀宗庙社稷之忧，慨申戮观尸朝之义。抗言宰执，不殉刍马之嫌；倡义同侪，共效鹰鹯之逐。及宪臣请剑之疏发，而词臣属草之怨深。始犹钳锢于党碑，旋复张罗于诏狱。婴金铁而断肢体，犴座之碧血如磷；穷天望而极地藏，江表之归魂何日？兹用追恤，晋尔阶通议大夫，锡之诰命。於戏！孔氏之刑书，但悬笔削；南史之讨贼，不避诛夷。尔先几除恶，角鸷虫而不程勇；慷慨捐躯，临刀锯而不辱命。浩气还诸天地，忠心鉴乎祖宗。朕用扬尔德音，永以著为臣鉴。

制曰：忠臣之事主，与贤妇之事夫也，艰贞劳瘁相匹也实相侔。况其捐糜国事，漂摇家室，而以幽忧嫠女，上下死生贵贱之际，为情独苦者乎？尔赠詹事府詹事缪昌期妻李氏，淑仪惟则，静德可嘉。凫雁兴宜，夙著御穷之日；丹华不耀，尤高屏贵之风。及乎夫子殉身，藐孤奔难，悍吏追呼于坐贿，先人不保其敝庐。而尔宁甘窜迹于田间，不改昼哭之遗则。允矣内家之范，何愧一德之求。朕追念尔夫，晋其阶秩于地下；岂其近遗尔德，不以风异于后来。用是封尔为淑人。於戏！翟茀鞠衣，知尔不以易纕里环经之痛；云封芝简，维余用以报明星风雨之劳。

诰命

崇祯二年闰四月十九日

之宝

14. 明崇祯谕祭缪昌期文

维崇祯二年六月十五日，皇帝遣直隶常州府掌印官石万程，致祭于原任左春坊左谕德、赠通议大夫、詹事府詹事兼翰林院侍读学士缪昌期之灵曰：朕闻有用之学，常处命而不渝；无斁之思，及追论而愈定。维尔迈俗文艺，盖代经纶。慕古节烈而忾死生，早占大志；当父病革而亲盥颔，已卜移忠。石渠燃太乙之藜，蟠腹鼎撰宏业；慈庆触灵光之瑟，愤膺城社狐奸。祸始发于一鸣,斥不啻乎三褫。此志终不屈,虽醮士日犹畅所欲言;此贼誓必除,与同道期惟愿得一当。谋之师,谋之友,深心可告天知;罔顾身,罔顾家,退食①尤勤国恤。十八日备尝楚毒,金石为流;亿万年赖植臣纲,姓名常馥。洒灵醑而酬地,表节义于颓澜。灵其祇承,副朕崇奖。

附 礼部工部二札付

礼部为钦奉明旨,优恤惨死诸臣,以彰皇仁,以励臣节事。精膳清吏司案呈,准祠祭清吏司奉本部送吏部咨开原任左春坊左谕德、今赠詹事府詹事缪昌期恤典缘因。该本部覆,奉圣旨:"这惨死诸臣杨涟、高攀龙等,俱著如议优恤,该部知道,钦此。"钦遵。合就速送该司,即行直隶常州府支给官钱,买办祭礼香烛、纸,遣本府堂上官一员,前去致祭,仍将用过官钱,开报本部并户部知数,毋得因而科扰不便等因。到司,案呈到部,拟合就行。为此札付直隶常州府,照依勘合内事理,一体遵奉施行,须至札付者。

计开:

一、祭文。

一、祭品:猪一口,羊一羫,馒头五份,粉汤五份,果子五色(每色五斤),案酒五盘,凤鸡一只,炸肉一块,炸鱼一尾,酥锭、酥饼各四个,鸡汤一份,鱼汤一份,降真香一炷,焚祝纸一百张,烛一对,酒二瓶止。

工部为钦奉明旨,优恤惨死诸臣,以彰皇仁,以励臣节事。屯田清吏司案呈,奉本部送准礼部咨,该本部题原任都察院左都御史、今赠太子太保、兵部尚书高攀龙等恤典缘因。奉圣旨:"这惨死诸臣杨涟、高攀龙等,俱著如议优恤,该部知道,钦此。"钦遵,咨部送司。查得惨死诸臣,业经礼部拟请特恩加等优恤,因伏查高攀龙实系授二品文官,例应差官造葬,另行题请外,案呈到部。看得原任左春坊左谕德、今赠詹事府詹事缪昌期,摛文经国,簪笔匡时,艺苑久蜚英声,狴犴今存碧血。既礼部题奉钦依备咨前来,相应覆请恭候命下本部,行移直隶常州府,合将合用工料、夫匠、价银,照依后开拟定数目,行属派办征给,丧家自行造葬。仍委堂上官一员,前去造坟处所,依式督理。造葬毕日,将给过银两数目造册奏缴等因。崇祯元年七月初五日具题,本月初八日奉旨:"是,钦此。"钦遵,拟合就行。为此札付该府,照依勘合内事理,遵奉施行,须至札付者。

计开:

---

① 退食:《常州先哲遗书·从野堂存稿》作"厚毒"。

原任左春坊左谕德、今赠詹事府詹事缪昌期，系赠三品文官，该造坟工料银二百两；夫匠一百名，每名折银一两，共该银三百两。

15. 明崇祯十七年礼部覆拟惨死诸臣予谥疏批答

崇祯十七年九月十九日奉旨，蒋钦等二十五臣准照正拟予谥。

附　礼部疏并揭帖

南京礼部署部事右侍郎兼翰林院学士管绍宁题，为臣疏久稽未结，乞皇上敕下礼部，速赐题覆，以信前旨，以昭大典事。祠祭清吏司案呈，奉本部送准礼科，抄出工科都给事李清题前事等因。本年七月十一日奉圣旨："该部速与题覆。钦此。"先是崇祯十一年九月十八日，本官题为昭代有未表之三案，乞敕部速议，早定谥典事。二十二日奉圣旨："该部并与酌覆，钦此。"钦遵。抄出到部送司，奉此案呈到，该臣等看得自古人臣之以忠节著也，方受祸之时，桁杨榜掠，备受楚毒，见者闻者，罔不凄恻；迨夫事久论定，公道大明，不惟生者超擢，死者优恤，而易名之典，虽不过一字之褒，而荣名耀于一时，芳声垂于千古，顾不韪与？科臣李清之以惨死诸臣请谥，盖为是也。察正德年间，言官蒋钦等凡数十人谏武皇南幸，下诏狱死。至嘉靖初，或予祭荫，或加升赠，皆未及易名。此诏款所为荫谥未全者也。又嘉靖年之沈炼，天启年之杨涟等，皆首触逆焰，诬死诏狱。崇祯初，杨涟等四人予谥，余则先予赠，而谥尚有待也。同事异录，岂非缺典乎？若此数臣者，或批鳞于前代，而碎首几同膺、滂；或捋须于近朝，而卧尸有同乔、固。心贞金石，气作山河，用是细核生平，拟谥上请，以此风往劝来，庶死骨既收，栈骥胥奋矣。伏候圣裁。

计开：

南京御史蒋钦	南直常熟人	拟谥忠烈	一拟忠愍
兵部主事陆震	浙江兰溪人	拟谥忠定	一拟贞愍
行人孟阳	山西泽州人	拟谥忠定	一拟恭介
工部主事何遵	南京钦天监籍	拟谥忠节	一拟肃愍
行人李绍贤	南直盱眙人	拟谥忠端	一拟忠翼
行人余廷瓒	江西鄱阳人	拟谥忠愍	一拟贞毅
刑谥主事刘较	河南郾城人	拟谥孝毅	一拟贞端
评事林公辅	福建长乐人	拟谥忠恪	一拟节愍

行人詹寅	福建泉州人	拟谥忠宪	一拟毅愍
行人李翰臣	山东大同卫人	拟谥忠毅	一拟忠愍
行人詹轼	江西玉山人	拟谥忠洁	一拟毅愍
行人刘平甫	湖广安陆人	拟谥忠质	一拟贞愍
给事中周玺	南直合肥人	拟谥忠悫	一拟端毅
京卫指挥张英	人	拟谥忠壮	一拟烈悫
锦衣卫经历沈炼	浙江会稽人	拟谥贞肃	一拟忠壮
工部郎中万燝	江西南昌人	拟谥忠贞	一拟贞毅
左春坊左谕德缪昌期	南直江阴人	拟谥文贞	一拟文毅
左佥都御史左光斗	南直桐城人	拟谥忠毅	一拟肃愍
御史李应昇	南直江阴人	拟谥忠毅	一拟肃愍
御史黄尊素	浙江余姚人	拟谥忠端	一拟毅愍
御史周宗建	南直吴江人	拟谥忠毅	一拟贞毅
应天巡抚周起元	福建海澄人	拟谥忠惠	一拟忠毅
太仆寺少卿周朝瑞	山东临清人	拟谥忠毅	一拟贞毅
御史袁化中	山东武定人	拟谥忠毅	一拟毅愍
副使顾大章	南直常熟人	拟谥裕愍	一拟毅愍

以上二十五臣，虽事分两朝，而忠同一辙。既荷世庙及我皇上首加褒赠，则第予之以谥，而两字之荣，千秋之芬矣。统候圣俞遵行。崇祯十七年九月十七日具题。

礼部拟谥揭帖

左春坊左谕德缪昌期，南直隶江阴人，拟谥文贞：道德博闻曰文，忧国忘死曰贞。一拟文毅：勤学好问曰文，强而能断曰毅。钦点：文贞。

16. 清封内秘书院修撰加一级缪彤父缪慧隆为承德郎母王氏为安人敕命

奉天承运皇帝制曰：资父事君，臣子笃匪躬之谊；作忠以孝，国家宏锡类之恩。尔缪慧隆，乃内秘书院修撰加一级缪彤之父。善积于身，祥开厥后。教子著义方之训，传家裕堂构之遗。兹以覃恩，封尔为承德郎、内秘书院修撰加一级，锡之敕命。於戏！殊荣必逮于所亲，宠命用光夫有子。尚宏佑启，益励忱恂。

制曰：奉职在公，嘉教劳之有自；推恩将母，宜锡典之攸隆。尔内秘书院修撰加一级缪彤母王氏，壶范宜家，夙协承筐之美；母仪诒彀，载昭画荻之芳。兹以覃恩，封尔为安人。於戏！彰淑德于不瑕，式荣象服；膺宠命之有赫，益贲徽音。

敕命

康熙六年十一月二十六日

之宝

17. 清授内秘书院修撰加一级缪彤为承德郎妻顾氏封安人敕命

奉天承运皇帝制曰：锡类推恩，朝廷之大典；分猷亮采，臣子之常经。尔内秘书院修撰加一级缪彤，品行端凝，文思渊博，简居词苑，奉职无愆。庆典欣逢，新纶宜贲。兹以覃恩，授尔为承德郎，锡之敕命。於戏！宏敷章服之荣，用励靖共之谊。钦兹宠命，懋乃嘉猷。

初任内秘书院修撰；

二任今职。

制曰：恪恭奉职，良臣既殚厥心；贞顺宜家，淑女爰从其贵。尔内秘书院修撰加一级缪彤妻顾氏，含章协德，令仪夙著于闺闱；黾勉同心，内治相成于夙夜。兹以覃恩，封尔为安人。於戏！龙章载焕，用褒敬戒之勤；翟茀钦承，益励柔嘉之则。

敕命

康熙六年十一月二十六日

之宝

18. 清封翰林院修撰加二级缪彤父缪慧隆为奉直大夫母王氏赠宜人诰命

奉天承运皇帝制曰：兴孝维君，锡类宏昭报本；教忠自父，服官敬用承家。尔缪慧隆，乃翰林院修撰加二级缪彤之父。道在禔躬，爰被丝纶之重；志存作室，式宏堂构之遗。兹以覃恩，封尔为奉直大夫、翰林院修撰加二级，锡之诰命。於戏！恩逮所生，弥表象贤之美；风兹有位，尚敦燕翼之谋。

制曰：疏恩将母，宏推锡类之仁；移孝作忠，均切显扬之念。尔翰林院修撰加二级缪彤母王氏，爱子能劳，笃义方于杼轴；相夫克顺，端令范于闺闱。兹以覃恩，赠尔为宜人。

於戏！象服昭荣，聿荷廷纶之宠；熊丸遗教，永流泉壤之辉。

诰命

康熙十四年十二月十四日

之宝

19．清授翰林院修撰加二级缪彤为奉直大夫妻顾氏封宜人诰命

奉天承运皇帝制曰：国家推恩锡类，臣子懋德以图功。懿典攸存，忱恂宜勖。尔翰林院修撰加二级缪彤，夙具干才，深通翰墨。初居词苑，奉职罔愆。继陟崇阶，小心弥著。盛典既逢，宠命宜被。兹以覃恩，特授尔阶奉直大夫，锡之诰命。於戏！式宏车服之庸，用励显扬之志。尚钦荣命，益矢嘉猷。

初任内秘书院修撰；

二任内秘书院修撰加一级；

三任翰林院修撰仍加一级；

四任今职。

制曰：靖共尔位，良臣既效其勤；黾勉同心，淑女宜从其贵。尔翰林院修撰加二级缪彤妻顾氏，克娴内则，能贞顺以宜家；载考国常，应褒嘉以锡宠。兹以覃恩，封尔为宜人。於戏！敬为德聚，实嘉儆戒以相成；柔合女贞，愈著匡襄以永赉。

诰命

康熙十四年十二月十四日

之宝

20．清封翰林院检讨加一级缪锦宣父缪慧远为文林郎母朱氏赠孺人敕命

奉天承运皇帝制曰：资父事君，臣子笃匪躬之谊；作忠以孝，国家宏锡类之恩。尔缪慧远，乃翰林院检讨加一级缪锦宣之父。善积于身，祥开厥后。教子著义方之训，传家裕堂构之遗。兹以覃恩，封尔为文林郎、翰林院检讨加一级，锡之敕命。於戏！殊荣必逮于所亲，宠命用光夫有子。尚宏佑启，益励忱恂。

制曰：奉职在公，嘉教劳之有自；推恩将母，宜锡典之攸隆。尔翰林院检讨加一级缪

锦宣母朱氏,壸范宜家,夙协承筐之美;母仪诒穀,载昭画荻之芳。兹以覃恩,赠尔为孺人。於戏!彰淑德于不瑕,式荣象服;膺宠命之有赫,永贲泉垆。

敕命

康熙十四年十二月十四日

之宝

21. 清授翰林院检讨加一级缪锦宣为文林郎妻金氏封孺人敕命

奉天承运皇帝制曰:锡类推恩,朝廷之大典;分猷亮采,臣子之常经。尔翰林院检讨加一级缪锦宣,品行端凝,文思渊博。简居词苑,奉职无愆。庆典欣逢,新纶宜贲。兹以覃恩,授尔为文林郎,锡之敕命。於戏!宏敷章服之荣,用励靖共之谊。钦兹宠命,懋乃嘉猷。

初任庶吉士;

二任翰林院检讨;

三任今职。

制曰:恪恭奉职,良臣既殚厥心;贞顺宜家,淑女爰从其贵。尔翰林院检讨加一级缪锦宣妻金氏,含章协德,令仪夙著于闺闱;黾勉同心,内治相成于夙夜。兹以覃恩,封尔为孺人。於戏!龙章载焕,用褒敬戒之勤;翟茀钦承,益励柔嘉之则。

敕命

康熙十四年十二月十四日

之宝

22. 清封翰林院编修缪曰藻生母李氏为孺人敕命

奉天承运皇帝制曰:爵列于朝,已食教劳之报;宠绥及下,宁遗鞠育之仁。尔翰林院编修缪曰藻之生母李氏,柔嘉成性,淑慎为仪。身谢铅华,赞素风于夙夜;动娴规矩,著雅操于闺闱。兹以覃恩,封尔为孺人。於戏!昭母因子贵之恩,表善则归亲之义。受兹誉命,励尔芳型。

敕命

康熙六十年十一月二十日

之宝

23. 清貤赠署河南汝州郏县知县缪诜祖缪畴为文林郎祖母徐氏为孺人敕命

奉天承运皇帝制曰：考绩报循良之最，用奖臣劳；推恩溯积累之遗，载扬祖泽。尔缪畴，乃署河南汝州郏县知县缪诜之祖。锡光有庆，树德务滋。嗣清白之芳声，泽留再世；衍弓裘之令绪，祜笃一堂。兹以覃恩，貤赠尔为文林郎、河南汝州郏县知县，锡之敕命。於戏！聿修念祖，膺茂典而益励新猷；有穀诒孙，发幽光而丕彰潜德。

制曰：册府酬庸，聿著人臣之茂绩；德门辑祉，式昭大母之芳徽。尔署河南汝州郏县知县缪诜之祖母徐氏，箴诫扬芬，珩璜表德。职勤内助，宜家久著其贤声；泽裕后昆，锡类式承乎嘉命。兹以覃恩，貤赠尔为孺人。於戏！播徽音于彤管，壶范弥光；膺异数于紫泥，天庥永劭。

敕命

雍正十三年九月初三日

之宝

24. 清赠署河南汝州郏县知县缪诜父缪弘仁为文林郎母陈氏刘氏为孺人敕命

奉天承运皇帝制曰：求治在亲民之吏，端重循良；教忠励资敬之忱，聿隆褒奖。尔缪弘仁，乃署河南汝州郏县知县缪诜之父。禔躬淳厚，垂训端严。业可开先，式穀乃宣猷之本；泽堪启后，诒谋裕作牧之方。兹以覃恩，赠尔为文林郎、河南汝州郏县知县，锡之敕命。於戏！克承清白之风，嘉兹报政；用慰显扬之志，昭乃遗谟。

制曰：朝廷重民社之司，功推循吏；臣子凛冰渊之操，教本慈帏。尔署河南汝州郏县知县缪诜之嫡母陈氏，淑慎其仪，柔嘉维则。宣训词于朝夕，不忘育子之勤；集庆泽于门闾，式被慈天之宠。兹以覃恩，赠尔为孺人。於戏！仰酬顾复之恩，勉思抚字；载焕丝纶之色，永贲幽潜。

制曰：奏绩在公，已慰勤劬之念；推恩及下，宁遗鞠育之劳。尔署河南汝州郏县知县缪诜之生母刘氏，持躬以慎，助箧能贤。无忝所生，常念属毛而离里；永锡尔类，俾能尽分以达情。兹以覃恩,赠尔为孺人。於戏!特申母以子贵之文,用昭善则归亲之义。颁兹休命,表厥遗徽。

敕命

雍正十三年九月初三日

之宝

旧谱谨按:十三世诜请赠母陈氏为孺人并赠刘氏为孺人。刘氏系诜父宏仁之继妻,诜之母,当时讹列生母,遂奉敕文,有"助箎能贤"及"母以子贵"云云。考"箎"字,见《左传·昭公十一年》。杜注:"箎,副倅也,为孟氏副妾也。"误嫡为庶,所系不小。谨为订明,俾后人知之。

25. 清驰赠候选州同缪朝选祖缪天爵为儒林郎祖母张氏为安人敕命

奉天承运皇帝制曰:锡类不遗于一命,用奖臣劳;推恩爰及夫重闱,聿彰祖德。尔缪天爵,乃候选州同缪朝选之祖父。名节自持,质直好义。垂清白之高风,谋贻再世;传箕裘之素业,庆笃一堂。兹以尔孙克襄王事,驰赠尔为儒林郎、候选州同,锡之敕命。於戏!懋典同膺,用慰显扬之志;殊荣特沛,弥增泉壤之光。

制曰:鸾书布泽,宏孝治于中闺;象服是膺,畀殊荣于大母。尔张氏,乃候选州同缪朝选之祖母。克树芳型,尤多懿德。溯重闱之壶范,荇藻流芳;传盛世之徽音,珩璜作则。兹以尔孙克襄王事,驰赠尔为安人。於戏!龙章焕采,钦承紫綍之华;凤诰增辉,永贲黄垆之色。

敕命

嘉庆十年十一月二十五日

之宝

26. 清赠候选州同缪朝选父缪文彪为儒林郎母华氏封安人敕命

奉天承运皇帝制曰:求治在亲民之吏,端重循良;作忠溯积累之功,宜崇褒奖。尔议叙县丞缪文彪,乃候选州同缪朝选之父。勤俭持躬,义方训后。衍弓裘之令绪,嗣清白之芳声。兹以尔子克襄王事,赠尔为儒林郎、候选州同,锡之敕命。於戏!开堂构以培基,德钟家庆;颁丝纶而锡命,恩逮泉台。

制曰:奉职在公,嘉教劳之有自;推恩将母,宜锡典之攸隆。尔华氏,乃候选州同缪朝选之母,阃内有范,里党称贤。宣训词于朝夕,早知教子有方;布仁泽于周亲,宜被自天殊宠。兹以尔子克襄王事,封尔为安人。於戏!用酬顾复之勤,新承渥典;载焕丝纶之美,允著芳徽。

敕命

嘉庆十年十一月二十五日

之宝

27. 清貤赠光禄寺署正衔加二级缪启麟祖缪文彪为奉直大夫祖母华氏为宜人诰命

奉天承运皇帝制曰:沛酬庸之庆典,茂对皇庥;敷锡类之殊荣,曲成臣孝。尔缪文彪,乃光禄寺署正衔加二级缪启麟之祖父。箕裘绍绪,诗礼垂声。贻厥孙谋,树芳型于珂里;绳其祖武,奏茂绩于彤庭。兹以覃恩,貤赠尔为奉直大夫,锡之诰命。於戏!开堂构以培基,德钟家庆;沛丝纶而锡命,光曜泉台。

制曰:德门衍庆,渊源早裕夫孙谋;盛世推恩,纶綍载扬夫母范。尔华氏,乃光禄寺署正衔加二级缪启麟之祖母。高门毓德,华阀传芳。有穀贻孙,赖同心于内助;自天申命,表异数于中闺。兹以覃恩,貤赠尔为宜人。於戏!光生褕翟,常昭彤管之辉;德媲珩璜,允著徽章之色。

诰命

咸丰七年七月十四日

之宝

28. 清赠光禄寺署正衔加二级缪启麟父缪朝选为奉直大夫母袁氏为宜人诰命

奉天承运皇帝制曰:考绩疏庸,特重推恩之典;服官资敬,聿彰式穀之功。尔缪朝选,乃光禄寺署正衔加二级缪启麟之父。世擅清门,代传素业。家风淳厚,垂弓冶之良模;庭训方严,启诗书之令绪。兹以覃恩,赠尔为奉直大夫,锡之诰命。於戏!薄籯金而示诲,世泽常延;锡鞶带以加荣,天休弗替。

制曰:宦学方成,读父书而继业;爱劳交备,禀母训以扬名。尔袁氏,乃光禄寺署正衔加二级缪启麟之母。克树芳型,尤多慈教。著承筐之雅范,早知率礼无愆;寓徙宅之深心,果见克家有子。兹以覃恩,赠尔为宜人。於戏!彤管洒润,爰推顾复之恩;彩翟流芳,允荷宠绥之典。

诰命

咸丰七年七月十四日

之宝

29. 清同治元年陕西巡抚奏请优恤回匪殉难各员疏批答

同治元年八月十七日,内阁奉上谕:瑛棨奏请将被难各员分别优恤一折。本年五月间,陕西回匪与汉民互斗,经前任都察院左副都御史张芾率同候补直隶州临潼县知县缪树本、山西候补知县蒋若讷、俊秀张涛分往弹压。行至油坊街地方,被回匪任老五等拥至仓头镇。于五月十三等日先后将张芾等杀害。张芾骂不绝口,被祸尤惨。览奏,曷胜悯恻。张芾办理陕省团防,屡著劳绩,兹复见危授命,大节懔然。著加恩照侍郎例,从优赐恤。伊子二品荫生张师㔁,著赏给举人,准其一体会试。缪树本著照知府例,蒋若讷著照同知例,张涛著照县丞例,均交部从优议恤。并著于陕西省城建立张芾专祠,缪树本等准其一并附祀,以慰忠魂。该部知道。钦此。

编者按:以上批答又见《清实录·穆宗毅皇帝实录》卷三七,内容略有不同:

谕内阁瑛棨奏,请将被难各员分别优恤一折。陕西回匪与汉民互斗,经前任都察院左副都御史张芾率同候补直隶州临潼县知县缪树本、山西候补知县蒋若讷、回绅候选知府马百龄、俊秀张涛,分往弹压。行至油坊街地方,被回匪拥至仓头镇。于五月十三等日先后将张芾等杀害。张芾骂不绝口,被祸尤惨。马百龄另在普陀原圈禁,闻张芾等被害,大骂回众,亦被杀死。览奏,曷胜悯恻。张芾办理陕省团防,屡著劳绩,兹复见危授命,大节懔然。著加恩照侍郎例,从优赐恤。伊子二品荫生张师㔁,著赏给举人,准其一体会试。缪树本著照知府例,蒋若讷著照同知例,马百龄著照道员例,张涛著照县丞例,均交部从优议恤。并著于陕西省城建立张芾专祠,缪树本等准其一并附祀,以慰忠魂。

附 陕西巡抚瑛棨疏

陕西巡抚瑛棨跪奏,为查明张芾、缪树本、蒋若讷等被回匪杀害情节,恭折奏闻,仰祈圣鉴事。

窃臣现据前跟随张芾出城之回丁马锡禄乘隙逃回省城报称:张芾等于五月十一日在油坊街被回匪任老五、马玉良、马燕膺、马进昌、於快三等拥至仓头地方,张芾、缪树本、蒋若讷同在粮食铺内住下,马百龄另住一处。张芾之侄孙、俊秀张涛并跟随人等及带去团勇二十余人又另住一处,各不见面。该回匪十二日先将张涛及跟随人等并团勇二十余人杀死。马锡禄系是回教,故能获免。至十三日午刻,逆首任老五等将张芾、缪树本、蒋若讷三人拥至河滩,同时杀害。张芾骂不绝口,被祸尤惨。此系马锡禄当时目睹。该回丁被羁数月,始得乘空逃回。据称确系实情,呈报前来。臣前闻传说纷纷,早知凶多吉少,惟未得确信,不敢冒昧奏闻。今据马锡禄所供,均与所闻传说之词相符,自系确凿无疑。该逆如此猖恶,胆敢惨杀大员,令人发指。维念张芾身列词林,位跻卿贰,曾任封疆之寄,复膺阃外之专,回籍后办理防堵团练诸务,均极认真。今乃为国捐躯,复遭惨害,痛悯良深。其应如何从优议恤,臣实不敢妄拟,恭候钦定恩施。候补直隶州临潼县知县缪树本,前于粤逆由南山窜近省城,该县层层布置,并亲率团勇越境防堵。粤逆探知有备,遂由蓝田绕出临潼,直趋渭南、二华,实属堵守有功。臣正拟汇案请奖,不意猝有此事。山西候补知县、绅士蒋若讷,近年办理团练,劝办捐输,今春发逆扰及省城,带领民夫登陴帮同防守,设事认真,颇有劳绩可嘉。均系应保之员。遽尔同时殉节,张芾等尸身均因遇害,日久无从得获,情尤伤惨。合无仰恳天恩,准将候补直隶州临潼县知县缪树本照知府例,山西候补知县、绅士蒋若讷照同知例,俊秀张涛照县丞例从优赐恤。张芾于省城建立专祠,缪树本、蒋若讷、张涛均一并附祀,以慰忠魂。所有查明张芾等被害情节,理合恭折,附驿具奏。伏乞皇上圣鉴训示。再,张芾只有一子张师劬,年二十二岁,系二品荫生,现在省寓,合并陈明。谨奏。

又 部文二则

同治二年二月二十八日,接到吏部十二月初七日来咨,内称该员等因陕西回匪与汉民互斗,带领团勇分往弹压,被匪拥至河滩,或被掳圈禁,均先后骂贼遇害。据瑛棨查明,奏请优恤。奉上谕:前任都察院左副都御史张芾,著加恩照侍郎例赐恤云云,以慰忠魂。该部知道,钦此。除各该故员应得专祠及附祀之处移咨礼部照例办理外,应请将该故员、候补直隶州、临潼县知县缪树本照知府例从优加赠太仆寺卿衔,照四品以下阵亡例议给云骑尉世职,袭次完时给予恩骑尉,世袭罔替。同治元年十月十五日具奏。本日奉旨:依议。钦此。

同日又接兵部十二月初八日来咨，内称八月十七日奉上谕，瑛棨奏请将被害各员分别优恤一折，陕西回匪与汉民云云等因，钦此。钦遵。到部。应请将阵亡殉难文职，照知府从优议恤之。缪树本照都司例给恤银三百五十两，应得袭荫，由吏部核议等因。同治元年十一月十三日奏。本日奉旨：依议。钦此。

30. 清同治四年给事中奏请殉难缪树本建立专祠妻张氏祔祀疏批答

同治四年三月初二日奉上谕：给事中王宪成奏殉难故员忠贞懋著，请于任所及原籍地方建立专祠并眷属附祀一折。原任陕西候补直隶州、临潼县知县缪树本，前在陕西殉难，业经降旨优恤。该故员之妻张氏闻夫殉难，绝食身死，亦经准予旌表。兹复据该给事中奏称，该故员在乡时人无间言，居官时民情爱戴，请于任所及原籍地方建祠，伊妻张氏一并附祀等语。缪树本著准其于陕西临潼县任所、江苏常熟县原籍各建专祠，其妻张氏并准其一体附祀，以彰节义而顺舆情。钦此。

附　给事中王宪成疏

户科掌印给事中王宪成跪奏，为殉难故员忠贞懋著，拟请于任所及原籍地方各立专祠以慰舆情而彰风烈，仰祈圣鉴事。窃照原任陕西候补直隶州、临潼县知县、照知府例从优议恤、特赠太仆寺卿衔缪树本，系江苏常熟县人，同治元年五月，随同钦差张芾弹压回逆，被害。钦奉上谕：瑛棨奏请将被害各员分别优恤一折，等因。钦此。旋据吏部议奏，缪树本照知府例，从优加赠太仆寺卿衔，旋奉旨："依议。钦此。"钦遵。在案。伏思该故员缪树本，仰邀赐恤，晋赠卿衔，并得附祀张芾专祠，忠魂已无遗憾，惟该故员莅任临潼，民情爱戴。粤逆窜近省城，即层层布置，亲率团勇越境防堵。匪知有备，遂由蓝田绕出临潼，保障之功甚伟。宦游日久，里居之时颇少，然宗族称孝，乡党称弟，人无间言，卒能遂志，足增闾里之荣。该故员之弟、河南候补知县缪萼联告假赴陕，寻访遗骸无获，携回诸孤，尚在幼稚，知交零涕，行路伤心。该故员服官则忠勤丕著，民切去思，居乡则孝友咸钦，殁期祭祀。可否仰恳圣恩，准于该故员陕西临潼县任所及常熟县原籍地方建立专祠，以慰舆情而彰风烈。又查该故员之妻张氏于同治元年闰八月间，始闻该故员五月十三殉难之信，绝粒不食，身死，业经该省奏请旌恤。计自该故员赴渭后，回逆屡次攻扑临潼县城，该氏悉索囊资，添募壮勇，婴城固守，得保安全，啧啧口碑，至今弗替。合无吁恳天恩，准将该氏附祀伊夫缪树本专祠，以昭节义萃于一门，出自逾格鸿慈。伏读邸抄，陕西巡抚奏张芾之子张师劬寻获伊父残骸，奏请于渭南仓头镇再建专祠。仰见圣朝褒奖忠节，有加无已，谨缮折具陈，伏乞皇上圣鉴。谨奏。

31. 清封布政司经历衔加二级缪之钧父缪趾麟为奉直大夫母周氏赠宜人诰命

奉天承运皇帝制曰：资父事君，臣子笃匪躬之谊；作忠以孝，国家宏锡类之恩。尔缪趾麟，乃布政司经历衔加二级缪之钧之父。善积于身，祥开厥后。教子著义方之训，传家裕堂构之遗。兹以尔子克襄王事，封尔为奉直大夫，锡之诰命。於戏！殊荣必逮于所亲，宠命用光；夫有子尚宏佑启，益励忱恂。

制曰：奉职在公，嘉教劳之有自；推恩将母，宜锡典之攸隆。尔周氏，乃布政司经历衔加二级缪之钧之母。壸范宜家，夙协承筐之美；母仪贻穀，载昭画荻之芳。兹以尔子克襄王事，赠尔为宜人。於戏！彰淑德于不瑕，式荣象服；膺宠命之有赫，允贲泉垆。

诰命

同治四年十月初十日

之宝

32. 清授布政司经历衔加二级缪之钧为奉直大夫妻张氏封宜人诰命

奉天承运皇帝制曰：锡类推恩，朝廷之大典；奉公效职，臣子之常经。尔布政司经历衔加二级缪之钧，赋质纯良，持身恪谨。既服官而奏绩，行报国以抒诚。襄事维勤，新纶宜贲。兹以尔克襄王事，授尔为奉直大夫，锡之诰命。於戏！宏敷章服之荣，用励靖共之谊。钦兹宠命，懋乃建猷。

制曰：恪共奉职良臣，既殚厥心；贞顺宜家淑女，爰从其贵。尔布政司经历衔加二级缪之钧之妻张氏，含章协德，令仪夙著于闺闱；黾勉同心，内治相成于夙夜。兹以尔夫克襄王事，封尔为宜人。於戏！龙章载焕，用褒敬戒之勤；翟茀钦承，益励柔嘉之则。

诰命

同治四年十月初十日

之宝

33. 清貤赠同知衔加一级缪之镕祖缪朝选为朝议大夫祖母袁氏为恭人诰命

奉天承运皇帝制曰：考绩报循良之最，用奖臣劳；推恩溯积累之遗，载扬祖泽。尔缪朝选，乃同知衔加一级缪之镕之祖父。锡光有庆，树德务滋。嗣清白之芳声，泽留再世；衍弓裘之令绪，祐笃一堂。兹以尔孙克襄王事，貤赠尔为朝议大夫，锡之诰命。於戏！聿修念祖，膺茂典而益励新猷；有穀贻孙，发幽光而丕彰潜德。

制曰：册府酬庸，聿著人臣之懋绩；德门辑庆，式昭大母之芳徽。尔袁氏，乃同知衔加一级缪之镕之祖母。箴诫扬芬，珩璜表德。职勤内助，宜家久著其贤声；泽裕后昆，锡类式承乎嘉命。兹以尔孙克襄王事，貤赠尔为恭人。於戏！播徽音于彤管，壸范弥光；膺异数于紫泥，天庥允劭。

制诰

同治四年十月二十日

之宝（《镇江世庆堂缪氏宗谱》卷首）

34. 清貤赠同知衔加一级缪之镕父缪启麟为朝议大夫母余氏为恭人诰命

奉天承运皇帝制曰：求治在亲民之吏，端重循良；教忠励资敬之忱，聿隆褒奖。尔缪启麟，乃同知衔加一级缪之镕之父。禔躬淳厚，垂训端严。业可开先，式穀乃宣猷之本；泽堪启后，贻谋裕作牧之方。兹以尔子克襄王事，封尔为朝议大夫，锡之诰命。於戏！克承清白之风，嘉兹报政；用慰显扬之志，畀以殊荣。

制曰：朝廷重民社之司，功推循吏；臣子凛冰渊之操，教本慈闱。尔余氏，乃同知衔加一级缪之镕之母。淑慎其仪，柔嘉维则。宣训词于朝夕，不忘育子之勤；集庆泽于门闾，式被自天之宠。兹以尔子克襄王事，封尔为恭人。於戏！仰酬顾复之恩，勉思抚字；载焕丝纶之色，用慰劬劳。

制诰

同治四年十月十日

之宝（《镇江世庆堂缪氏宗谱》卷首）

35. 清貤赠候选同知加四级缪之镕曾祖缪文彪为通议大夫曾祖母华氏为淑人诰命

奉天承运皇帝制曰：世德作求，恩必推其所自；王章焕耀，爵必隆于所亲。尔缪文彪，乃候选同知加四级缪之镕之曾祖父。浑厚存心，端方律己。冰霜砥节之操，躬修勤俭；清白承家之训，泽裕孙曾。兹以尔曾孙克襄王事，貤赠尔为通议大夫、候选同知加四级，锡之诰命。於戏！播清芬于彤管，潜德弥光；膺优渥于紫泥，天庥弗替。

制曰：德门辑庆，爰昭先代之休；盛世推恩，俾食曾孙之报。尔华氏，乃候选同知加四级缪之镕之曾祖母。性协温恭，仪谦淑慎。溯贻谋于阃则，久著贤声；宏锡类于朝章，式承嘉命。兹以尔曾孙克襄王事，貤赠尔为淑人。於戏！鸾书焕彩，钦膺紫綍之华；马鬣扬休，永贲黄垆之色。

制诰

同治九年九月二十四日

之宝（《镇江世庆堂缪氏宗谱》卷首）

36. 清貤赠候选同知加四级缪之镕祖缪朝选为通议大夫祖母袁氏为淑人诰命

奉天承运皇帝制曰：宠渥朝章，锡类不遗于一命；祥开家庆，推恩爰及夫重闱。尔缪朝选，乃候选同知加四级缪之镕之祖父。弓裘衍泽，瓜瓞绵庥。作述相承，再世式彰其祖武；渊源有自，一经早裕夫孙谋。兹以尔孙克襄王事，赠尔为通议大夫、候选同知加四级，锡之诰命。於戏！旧德宏昭，用广显扬之志；新纶时贲，永增泉壤之光。

制曰：礼由义起，宏孝治于中闺；命自天申，贲荣施于大母。尔袁氏，乃候选同知加四级缪之镕之祖母。德懋兰仪，光生槐荫。珩璜作则，式垂淑慎之型；荇藻流芳，丕振光昌之绪。兹以尔孙克襄王事，赠尔为淑人。於戏！鸾书焕采，合彤史以扬休；象服增辉，荷云章而永庆。

制诰

同治九年九月二十四日

之宝（《镇江世庆堂缪氏宗谱》卷首）

37. 清貤赠候选同知加四级缪之镕之父缪启麟为通议大夫母余氏为淑人诰命

奉天承运皇帝制曰：委贽策名，资敬有作忠之义；推恩逮下，殊荣溥锡类之施。尔缪启麟，乃候选同知加四级缪之镕之父。善足开先，谋能裕后。衍弓裘之世业，令绪相承；表勤俭之家风，义方夙著。兹以尔子克襄王事，封尔为通议大夫、候选同知加四级，锡之诰命。於戏！殊恩特沛，用宏孝治于班联；庆典新膺，益励贤劳于夙夜。

制曰：百职凛在公之义，懋著臣劳；九重宏教孝之模，式彰母德。尔余氏，乃候选同知加四级缪之镕之母。相夫以顺，育子维勤。丙夜鸣机，克著中闺之范；北堂画荻，用成哲嗣之名。兹以尔子克襄王事，封尔为淑人。於戏！贲锡宠于黝衡，新承渥典；沛恩纶于彤管，益著芳徽。

制诰

同治九年九月二十四日

之宝（《镇江世庆堂缪氏宗谱》卷首）

38. 清貤晋赠浙江试用同知加五级缪之镕曾祖缪文彪为通奉大夫曾祖母华氏为夫人诰命

奉天承运皇帝制曰：祥钟世德，垂燕誉于前徽；庆笃曾孙，荷龙光于奕叶。特颁涣汗，用阐幽潜。尔缪文彪，乃浙江试用同知加五级缪之镕之曾祖父。升椒启绪，绵瓞扬庥。作述相承，诵先芬而贻厥；渊源有自，咏式穀以绳其。规矩斯存，宠荣宜逮。前赠通议大夫，兹以覃恩，貤晋赠尔为通奉大夫，锡之诰命。於戏！十行申锡，弥陈堂构之辉；四世其昌，益衍弓裘之泽。昭兹来许，式克钦承。

制曰：朝章锡类，宏孝治于中闺；壶教垂型，贲荣施于累代。丝纶特沛，阀阅弥光。尔华氏，乃浙江试用同知加五级缪之镕之曾祖母。淑慎宜家，贤明训后。芳流蘋藻，重闱允著夫兰仪；韵叶珩璜，奕世共传其惠问。彤书有炜，涣号宜隆。前赠淑人，兹以覃恩，貤晋赠尔为夫人。於戏！翟茀朱幩，荷国恩而罔替；鸾章紫诰，胪家庆以增华。祗服诰词，式昭庆典。

诰命

同治十一年十二月十五日

之宝

39. 清晋赠浙江试用同知加五级缪之镕祖缪朝选为通奉大夫祖母袁氏为夫人诰命

奉天承运皇帝制曰：考绩报循良之最，用奖臣劳；推恩溯积累之遗，载扬祖泽。尔缪朝选，乃浙江试用同知加五级缪之镕之祖父。锡光有庆，树德务滋。嗣清白之芳声，泽留再世；衍弓裘之令绪，祜笃一堂。前赠通议大夫，兹以覃恩，晋赠尔为通奉大夫，锡之诰命。於戏！聿修念祖，膺懋典而益励新猷；有穀贻孙，发幽光而丕彰潜德。

制曰：册府酬庸，聿著人臣之懋绩；德门辑庆，式昭大母之芳徽。尔袁氏，乃浙江试用同知加五级缪之镕之祖母。箴诫扬芬，珩璜表德。职勤内助，宜家久著其贤声；泽裕后昆，锡类式承乎嘉命。前赠淑人，兹以覃恩，晋赠尔为夫人。於戏！播徽音于彤管，壸范弥光；膺异数于紫泥，母仪益懋。

诰命

同治十一年十二月十五日

之宝

40. 清晋封浙江试用同知加五级缪之镕父缪启麟为通奉大夫母余氏为夫人诰命

奉天承运皇帝制曰：求治在亲民之吏，端重循良；教忠励资敬之忱，聿隆褒奖。尔缪启麟，乃浙江试用同知加五级缪之镕之父。禔躬仁厚，垂训端严。业可开先，式穀乃宣猷之本；泽堪启后，贻谋裕作牧之方。前封通议大夫，兹以覃恩，晋封尔为通奉大夫，锡之诰命。於戏！克承清白之风，嘉兹报政；用慰显扬之志，畀以殊荣。

制曰：朝廷重民社之司，功推循吏；臣子凛冰渊之操，教本慈闱。尔余氏，乃浙江试用同知加五级缪之镕之母。淑慎其仪，柔嘉维则。宣训词于朝夕，不忘鬻子之勤；集庆泽于门闾，式服自天之宠。前封淑人，兹以覃恩，晋封尔为夫人。於戏！仰酬顾复之恩，勉思抚字；载焕丝纶之色，用慰劬劳。

诰命

同治十一年十二月十五日

之宝

41. 清貤赠蓝翎五品顶戴候选布政司理问缪岐祖缪承业为奉直大夫祖母徐氏朱氏为宜人诰命

奉天承运皇帝制曰：考绩报循良之最，用奖臣劳；推恩溯积累之遗，载扬祖泽。尔缪承业，乃蓝翎五品顶戴候选布政司理问缪岐之祖父。锡光有庆，树德务滋。嗣清白之芳声，泽留再世；衍弓裘之令绪，祜笃一堂。兹以尔孙克襄王事，貤赠尔为奉直大夫，锡之诰命。於戏！聿修念祖，膺茂典而益励新猷；有穀贻孙，发幽光而丕彰潜德。

制曰：册府酬庸，聿著人臣之懋绩；德门辑庆，式昭大母之芳徽。尔徐氏、朱氏，乃蓝翎五品顶戴候选布政司理问缪岐之祖母。箴诫扬芬，珩璜表德。职勤内助，宜家久著其贤声；泽裕后昆，锡类式承乎嘉命。兹以尔孙克襄王事，貤赠尔为宜人。於戏！播徽音于彤管，壸范弥光；膺异数于紫泥，天庥允劭。

诰命

光绪二年十二月十三日

之宝

42. 清赠蓝翎五品顶戴候选布政司理问缪岐父缪佩珩为奉直大夫母陈氏为宜人李氏封宜人诰命

奉天承运皇帝制曰：资父事君，臣子笃匪躬之谊；作忠以孝，国家宏锡类之恩。尔缪佩珩，乃蓝翎五品顶戴候选布政司理问缪岐之父。善积于身，祥开厥后。教子著义方之训，传家裕堂构之遗。兹以尔子克襄王事，赠尔为奉直大夫，锡之诰命。於戏！殊荣必逮于所亲，宠命用光；夫有子尚宏佑启，益励忱恂。

制曰：奉职在公，嘉教劳之有自；推恩将母，宜锡典之攸隆。尔陈氏、李氏，乃蓝翎五品顶戴候选布政司理问缪岐之母。壸范宜家，夙协承筐之美；母仪贻穀，载昭画荻之芳。兹以尔子克襄王事，赠封尔为宜人。於戏！彰淑德于不瑕，式荣象服；膺宠命之有赫，益贲徽音。

诰命

光绪二年十二月十三日

之宝

43. 清貤赠捐职同知缪玉辉祖缪元瑞为奉政大夫祖母徐氏为宜人诰命

奉天承运皇帝制曰：考绩报循良之最，用奖臣劳；推恩溯积累之遗，载扬祖泽。尔缪元瑞，乃捐职同知缪玉辉之祖父。锡光有庆，树德务滋。嗣清白之芳声，泽留再世；衍弓裘之令绪，祜笃一堂。兹以覃恩，貤赠尔为奉政大夫，锡之诰命。於戏！聿修念祖，膺茂典而益励新猷；有穀诒孙，发幽光而丕彰潜德。

制曰：策府酬庸，聿著人臣之懋绩；德门辑庆，式昭大母之芳徽。尔徐氏，乃捐职同知缪玉辉之祖母。箴诫扬芬，珩璜表德。职勤内助，宜家久著其贤声；泽裕后昆，锡类式承乎嘉命。兹以覃恩，貤赠尔为宜人。於戏！播徽音于彤管，壶范弥光；膺异数于紫泥，天庥允劭。

诰命

光绪四年三月二十八日

之宝

44. 清赠捐职同知缪玉辉父缪维杰为奉政大夫母顾氏谢氏为宜人章氏封宜人诰命

奉天承运皇帝制曰：求治在亲民之吏，端重循良；教忠励资敬之忱，聿隆褒奖。尔缪维杰，乃捐职同知缪玉辉之父。禔躬醇厚，垂训端严。业可开先，式穀乃宣猷之本；泽堪启后，贻谋裕作牧之方。兹以覃恩，赠尔为奉政大夫，锡之诰命。於戏！克承清白之风，嘉兹报政；用慰显扬之志，畀以殊荣。

制曰：朝廷重民社之司，功推循吏；臣子懔冰渊之操，教本慈帏。尔顾氏、谢氏，乃捐职同知缪玉辉之母。淑慎其仪，柔嘉维则。宣训词于朝夕，不忘育子之勤；集庆泽于门闾，式被自天之宠。兹以覃恩，赠尔为宜人。於戏！仰酬顾复之恩，勉思抚字；载焕丝纶之色，允贲幽潜。

制曰：朝廷重民社之司，功推循吏；臣子懔冰渊之操，教本慈帏。尔章氏，乃捐职同知缪玉辉之母。淑慎其仪，柔嘉维则。宣训词于朝夕，不忘育子之勤；集庆泽于门闾，式被自天之宠。兹以覃恩，赠尔为宜人。於戏！仰酬顾复之恩，勉思抚字；载焕丝纶之色，用慰劬劳。

诰命

光绪四年三月二十八日

之宝

45. 清貤赠捐职同知缪玉辉本生父缪鼎燮为奉政大夫本生母陈氏封宜人诰命

奉天承运皇帝制曰:求治在亲民之吏,端重循良;教忠励资敬之忱,聿隆褒奖。尔缪鼎燮,乃捐职同知缪玉辉之本生父。禔躬淳厚,垂训端严。业可开先,式穀乃宣猷之本;泽堪启后,贻谋裕作牧之方。兹以覃恩,貤赠尔为奉政大夫,锡之诰命。於戏!克承清白之风,嘉兹报政;用慰显扬之志,昭乃遗谟。

制曰:朝廷重民社之司,功推循吏;臣子懔冰渊之操,教本慈帏。尔陈氏,乃捐职同知缪玉辉之本生母。淑慎其仪,柔嘉维则。宣训词于朝夕,不忘育子之勤;集庆泽于门闾,式被自天之宠。兹以覃恩,貤封尔为宜人。於戏!仰酬顾复之恩,勉思抚字;载焕丝纶之色,用慰劬劳。

诰命

光绪四年三月二十八日

之宝

案:玉辉系大宗子兼祧小宗,依例以大宗为重。请封时开载未清,致有本生貤封之事,误也。光绪修记。

46. 清封同知衔候选州同缪镛父缪岐为奉政大夫母谢氏为宜人诰命

奉天承运皇帝制曰:求治在亲民之吏,端重循良;教忠励资敬之忱,聿隆褒奖。尔缪岐,乃同知衔候选州同缪镛之父。禔躬淳厚,垂训端严。业可开先,式穀乃宣猷之本;泽堪启后,贻谋裕作牧之方。兹以覃恩,封尔为奉政大夫,锡之诰命。於戏!克承清白之风,嘉兹报政;用慰显扬之志,畀以殊荣。

制曰:朝廷重民社之司,功推循吏;臣子懔冰渊之操,教本慈帏。尔谢氏,乃同知衔候选州同缪镛之母。淑慎其仪,柔嘉维则。宣训词于朝夕,不忘育子之勤;集庆泽于门闾,式被自天之宠。兹以覃恩,封尔为宜人。於戏!仰酬顾复之恩,勉思抚字;载焕丝纶之色,用慰劬劳。

诰命

光绪五年三月初七日

之宝

47. 清赠花翎三品衔陕西候补知府署兴安府知府缪钟洛祖缪慰祖为通奉大夫祖母张氏为夫人诰命

奉天承运皇帝制曰：考绩报循良之最，用奖臣劳；推恩溯积累之遗，载扬祖泽。尔缪慰祖，乃花翎三品衔陕西候补知府署兴安府知府缪钟洛之祖父。锡光有庆，树德务滋。嗣清白之芳声，泽留再世；衍弓裘之令绪，祜笃一堂。兹以覃恩，赠尔为通奉大夫，锡之诰命。於戏！聿修念祖，膺茂典而益励新猷；有穀贻孙，发幽光而丕彰潜德。

制曰：册府酬庸，聿著人臣之懋绩；德门辑庆，式昭大母之芳徽。尔张氏，乃花翎三品衔陕西候补知府署兴安府知府缪钟洛之祖母。箴诫扬芬，珩璜表德。职勤内助，宜家久著其贤声；泽裕后昆，锡类式承乎嘉命。兹以覃恩，赠尔为夫人。於戏！播徽音于彤管，壶范弥光；膺异数于紫泥，天庥允劭。

诰命

光绪二十六年三月十二日

之宝

48. 清赠花翎三品衔陕西候补知府署兴安府知府缪钟洛父缪树本为通奉大夫母张氏为夫人诰命

奉天承运皇帝制曰：求治在亲民之吏，端重循良；教忠励资敬之忱，聿隆褒奖。尔花翎陕西候补直隶州临潼县知县、殉回难赠太仆寺卿、世袭云骑尉、建专祠缪树本，乃花翎三品衔陕西候补知府署兴安府知府缪钟洛之父。禔躬纯厚，垂训端严。业可开先，式穀乃宣猷之本；泽堪启后，贻谋裕作牧之方。兹以覃恩，赠尔为通奉大夫，锡之诰命。於戏！克承清白之风，嘉兹报政；用慰显扬之志，昭乃遗谟。

制曰：朝廷重民社之司，功推循吏；臣子懔冰渊之操，教本慈闱。尔殉节旌表节烈、附祀专祠张氏，乃花翎三品衔陕西候补知府署兴安府知府缪钟洛之母。淑慎其仪，柔嘉维则。宣训词于朝夕,不忘育子之勤;集庆泽于门闾,式被自天之宠。兹以覃恩,赠尔为夫人。於戏!仰酬顾复之恩,勉思抚字;载焕丝纶之色,允贲幽潜。

诰命

光绪二十六年三月十二日

之宝

49. 清授花翎三品衔陕西候补知府署兴安府知府缪钟洛为通奉大夫妻宋氏蔡氏封夫人诰命

奉天承运皇帝制曰:政先领郡,虎符寄千里之权;职重专城,熊轼表万民之牧。尔花翎三品衔、陕西候补知府署兴安府知府缪钟洛,才猷卓荦,资性宽和。易俗移风,广德心而登治理;饬躬率属,谨亮节以树风声。巨典式逢,鸿章宜锡。兹以覃恩,授尔为通奉大夫,锡之诰命。於戏!登御屏而纪绩,允励素丝;沛纶诰以推恩,式荣华衮。

制曰:良臣宣力于外,效厥勤劳;贤媛襄职于中,膺兹宠锡。尔花翎三品衔、陕西候补知府署兴安府知府缪钟洛之妻宋氏、蔡氏,终温且惠,既静而专。綦缟从夫,克赞素丝之节;蘋蘩主馈,爰流彤管之辉。兹以覃恩,封尔为夫人。於戏!敬尔有官,著肃雍而并美;职思其内,尚黾勉以同心。

诰命

光绪二十六年三月十二日

之宝

50. 清贻赠光禄寺署正衔缪鸿逵父缪炳文为儒林郎母蒋氏为安人敕命

奉天承运皇帝制曰:考绩疏庸,特重推恩之典;服官资敬,聿昭式穀之功。尔缪炳文,乃光禄寺署正衔缪鸿逵之父。世擅清门,代传素业。家风淳厚,垂弓冶之良谋;庭训方严,启诗书之令绪。兹以尔子遵例急公,封尔为儒林郎,锡之诰命。於戏!薄籯金而示诲,世泽长延;锡鞶带以加荣,天庥勿替。

制曰:官学方成,读父书而继业;爰劳交备,禀母训以扬名。尔蒋氏,乃光禄寺署正衔缪鸿逵之母。克树芳型,尤多慈教。著承筐之(椎)〔雅〕范,早知率礼无愆;寓徙宅之深心,果见克家有子。兹以尔子遵例急公,封尔为安人。於戏!彤管洒润,爰推顾复之恩;彩翟流芳,弥振贤明之誉。

制敕

光绪二十七年七月十五日

之宝(《镇江世庆堂缪氏宗谱》卷首)

51. 清貤赠光禄寺署正衔缪鸿逵本生父缪鼎荣为儒林郎本生母谢氏为安人敕命

奉天承运皇帝制曰:考绩疏庸,特重推恩之典;服官资敬,聿昭式縠之功。尔缪鼎荣,乃光禄寺署正衔缪鸿逵之本生父。世擅清门,代传素业。家风淳厚,垂弓冶之良模;庭训方严,启诗书之令绪。兹以尔子遵例急公,封尔为儒林郎,锡之敕命。於戏!薄籯金而示诲,世泽长延;锡鞶带以加荣,天庥勿替。

制曰:官学方成,读父书而继业;爱劳交备,禀母训以扬名。尔谢氏,乃光禄寺署正衔缪鸿逵之本生母。克树芳型,尤多慈教。著承筐之雅范,早知率礼无愆;寓徙宅之深心,果见克家有子。兹以尔子遵例急公,封尔为安人。於戏!彤毫洒润,爰推顾复之恩;彩翟流芳,弥振贤明之誉。

制敕

光绪二十七年七月十五日

之宝(《镇江世庆堂缪氏宗谱》卷首)

52. 清貤赠户部河南司主事加七级缪鼎臣祖缪启麟为通奉大夫祖母余氏为夫人诰命

奉天承运皇帝制曰:沛酬庸之庆典,茂对皇庥;敷锡类之殊荣,曲成臣孝。尔缪启麟,乃户部河南司主事加七级缪鼎臣之祖父。箕裘绍绪,诗礼垂声。诒厥孙谋,树芳规于珂里;绳其祖武,眷茂绩于彤廷。兹以尔孙克襄王事,赠尔为通奉大夫,锡之诰命。於戏!开堂构以培基,德钟家庆;沛丝纶而锡命,泽渥泉台。

制曰:德门衍庆,渊深早裕夫孙谋;盛世推恩,纶綍载扬夫母范。尔余氏,乃户部河南司主事加七级缪鼎臣之祖母。高门毓德,华阀传芳。有縠贻谋,赖同心于内助;自天申命,表异数于中闺。兹以尔孙克襄王事,赐尔为夫人。於戏!光生褕翟,常昭彤管之辉;德媲珩璜,允著徽章之色。

制诰

光绪二十八年十月初十日

之宝(《镇江世庆堂缪氏宗谱》卷首)

附 清代奏折

头品顶戴、兵部尚书衔、都察院右副都御史、山东巡抚臣张曜附片,再据扬州办赈绅士李培松等禀称:知府衔、浙江试用同知缪之镕之故母二品命妇余氏,生前俭约,乐于为善,临没时犹嘱遇灾施济。该员仰承先志,捐银一千两,为山东赈济灾民之用。业经汇解总局,转交绅士严作霖等散放。恳请奏奖。前来。臣查士民人等捐地方善举,银至一千两以上者,例准请旨建坊,今命妇缪余氏遗令救灾,伊子慨捐巨款,洵属深明大义,核其银数,与建坊之例相符。相应仰恳天恩,俯准浙江试用同知缪之镕为其故母余氏在于本籍照例建坊,给予"乐善好施"字样,出自逾格鸿慈。谨附片具陈,伏乞圣鉴训示。谨奏。

行 知

头品顶戴、兵部尚书衔、都察院右副都御史、巡抚山东等处地方、督理营田、提督衔、节制全省军务兼理盐政、监督临清钞关、一等轻车都尉兼云骑尉世职霍饮巴图鲁张为恭录行知事。照得本部院于光绪十二年六月二十三日附奏浙江试用同知缪之镕遵故母余氏遗嘱,捐助赈银一千两,请在本籍建坊,给予"乐善好施"字样一片,于七月十四日专弁赍回。原片内开军机大臣奉旨:"著照所请。礼部知道。钦此。"除钦遵外,为此恭录行知,仰即钦遵查照,可也。特札。计粘钞片单一纸。右仰浙江试用同知缪丞之镕,准此。光绪十二年七月十五日,监印官五品衔候补知县许绍俨。(《镇江世庆堂缪氏宗谱》卷首)

53. 清貤赠户部河南司主事加七级缪鼎臣父缪之镕为通奉大夫母徐氏为夫人诰命

奉天承运皇帝制曰:考绩疏庸,特重推恩之典;服官资敬,聿推式穀之功。尔缪之镕,乃户部河南司主事加七级缪鼎臣之父。世擅清门,代传素业。家风淳厚,垂弓冶之良模;庭训方严,启诗书之令绪。兹以尔子克襄王事,封尔为通奉大夫,锡之诰命。於戏!薄籯金而示诲,世泽长延;锡鞶带以加荣,天休弗替。

制曰：官学方成，读父书而继业；爱劳交备，禀母训以扬名。尔徐氏，乃户部河南司主事加七级缪鼎臣之母。克树芳型，尤多慈教。著承筐之雅范，早知率礼无愆；寓徙宅之深心，果见克家有子。兹以尔子克襄王事，封尔为夫人。於戏！彤毫洒润，爰推顾复之恩；彩翟流芳，弥振贤明之誉。

制诰

光绪二十八年十月初十日

之宝（《镇江世庆堂缪氏宗谱》卷首）

附 清朝上谕

户部奏缪鼎臣随扈请奖一折，于光绪二十八年十二月初八日奉上谕：行在当差各员觉罗清泰等优奖处，着照该部所请。钦此。　后附奏折。

奏　折

户部谨奏，为臣部酌保随扈尤为出力人员恳恩给予奖励，以普皇仁而昭激劝，恭拟仰祈圣鉴事。窃维光绪廿六年，圣驾西巡，各衙门人员有赴行在当差者，即古人"行者捍牧圉"之义。要为职分所当尽，原无成功之可居。臣等固未敢卒行请保，即各司员亦深明大义，从未吁请奖叙。惟现在各衙门均已先后奏请奖叙，仰蒙圣恩，一律恩施。臣部司员似未便独令向隅，且臣部公事较各衙门尤为纷繁，倍极艰巨，其行在各员，始因和议未成，催运饷糈，最关紧要。臣部通饬各省，一面供给行在，一面接济京师，务期顾全大局。追新约初定，赔款孔亟，卒于无可搜括之时，设法腾挪，量力摊派，免致失信外人。回忆当时电报纷驰，文书络绎，相机裁答，具费经营。核收各省饷银至数百万，及米粮十数万之多，均能筹画妥协，有非仅以鞅掌驰驱许为尽瘁者，此行在人员实属著有微劳也。现计回銮以来，时局略定，朝廷赏善从长，准由各衙门邀恩请奖，臣部人数较多，臣等公同商酌再三，核减除出力稍次及另案已奖各员均不开列外，仅择其尤为出力者计三十员，均照吏部此次成案，拟给奖叙，开列清单，恭呈御览，恳恩俯准，照拟给奖，俾之雨露均霑，藉资鼓励，出自高厚鸿慈。所有臣部保奖司员各缘由，理合恭折具陈，伏乞皇太后、皇上圣鉴。谨奏。

谨将行在随扈各司员酌拟奖叙，开列清单，恭呈御览，计开行在当差三十员：

花翎郎中觉罗清泰，拟请俟升四品后赏加二品衔；

在任候补四五品京堂郎中陈宗妫，拟请俟补四品后赏加二品衔；

花翎三品衔郎中昆敬，拟请俟升四品后赏换二品顶戴；

四品衔员外郎晏安澜，花翎四品衔员外郎朱占科，花翎四品衔在任即选道员外郎松延，以上三员均拟请赏换三品顶戴；

四品衔主事李经野、刘岳云，以上二员均拟请俟升员外郎后赏换三品顶戴；

花翎员外郎斌俊，员外郎铜盛，候补郎中谦豫、张仁育，主事沈潜，候补主事管象颐、博济图、陶福履，以上八员均拟请赏加四品衔；

花翎员外郎衔、候补主事张镇芳，拟请赏换四品顶戴；

候补主事董玉卿、林景贤、涂福田、彭穀孙、马镇桐、卫鸿文、缪鼎臣、许涵修、许汝棻，以上九员，均拟请以本部主事遇缺即补；

郎中谢化南，拟请作为历俸期满；

候补郎中李嗣鹤，拟请俟补郎中后，作为历俸期满；

员外郎衔、学习期满主事刘保慈，拟请俟奏留后以本部主事遇缺即补；

六品顶戴在任，不论双单月尽，先选用知县；

笔帖式崇年，拟请赏加五品衔。

（《镇江世庆堂缪氏宗谱》卷首）

54. 清赠户部主事加八级缪鼎臣曾祖缪朝选为资政大夫曾祖母袁氏为夫人诰命

奉天承运皇帝制曰：作忠溯积累之功，庥扬世德；逮下扩褒崇之典，庆笃曾孙。尔候选州同缪朝选，乃户部主事加八级缪鼎臣之曾祖父。忠慕圣贤，孝传乡里。风希先代，秉清白以承家；训示后昆，酌宽严而植矩。兹以覃恩，赠尔为资政大夫，锡之诰命。於戏！励新猷于夙夜，特沛丝纶；阐旧泽于幽潜，永光泉壤。

制曰：王章丕焕，宏孝治于中闺；母训遥垂，播荣施于累代。尔袁氏，乃户部主事加八级缪鼎臣之曾祖母。性协柔嘉，仪昭淑慎。振重闱之壸范，蘋藻流芳；传瑞世之徽音，珩璜叶韵。兹以覃恩，赠尔为夫人。於戏！鸾书耀采，笃家庆而弥光；翟茀增华，溥国恩于罔替。

诰命

光绪三十年正月十五日

之宝

55. 清赠户部主事加八级缪鼎臣祖缪启麟为资政大夫祖母余氏为夫人诰命

奉天承运皇帝制曰：册府重酬庸之典，用奖臣劳；德门邀锡类之章，载扬祖德。尔花翎员外郎衔、候选光禄寺署正缪启麟，乃户部主事加八级缪鼎臣之祖父。性敦孝友，训秉端严。表勤俭之家风，贻谋夙著；衍箕裘之世业，令绪常昭。兹以覃恩，赠尔为资政大夫，锡之诰命。於戏！燕翼钦承，用集门闾之庆；龙光载见，聿增泉壤之光。

制曰：报食重慈，益振中闺之孝治；恩推一命，式昭大母之芳徽。尔旌表乐善好施余氏，乃户部主事加八级缪鼎臣之祖母。淑慎宜家，贤明训后。同心内助，助有穀以贻孙；异数齐邀，邀自天之申命。兹以覃恩，赠尔为夫人。於戏！播徽音于紫诰，壶则弥昭；膺殊宠于黝衡，芳型益懋。

诰命

光绪三十年正月十五日

之宝

56. 清封户部主事加八级缪鼎臣父缪之镕为资政大夫母徐氏为夫人诰命

奉天承运皇帝制曰：资父以事君，乃得服官之准；作忠在移孝，宜推锡类之恩。尔知府衔浙江试用同知缪之镕，乃户部主事加八级缪鼎臣之父。笃志诗书，宅心仁智。躬承孝养，服劳能得亲欢；手录遗编，数典不忘祖训。兹以覃恩，封尔为资政大夫，锡之诰命。於戏！殊荣特沛，用宏孝治于班联；庆典同膺，好懋靖共于夙夜。

制曰：职奉在公，识慈闱之善教；恩推将母，沛帝室之殊荣。尔徐氏，乃户部主事加八级缪鼎臣之母。克树芳型，素娴壶范。鸣机媲美，中闺早播贤声；画荻齐名，哲嗣应成循吏。兹以覃恩，封尔为夫人。於戏！鸾书布泽，用酬顾复之勤；翟彩增辉，勿替宠绥之渥。

诰命

光绪三十年正月十五日

之宝

57. 清封五品衔江苏阳湖县训导加一级缪镐父缪岐为朝议大夫母谢氏为恭人诰命

奉天承运皇帝制曰：任使需才，称职志在官之美；驰驱奏效，报功膺锡类之仁。尔缪岐，乃五品衔、江苏阳湖县训导加一级缪镐之父。雅尚素风，长迎善气。弓冶克勤于庭训，箕裘丕裕夫家声。兹以覃恩，貤封尔为朝议大夫，锡之诰命。於戏！肇显扬之盛事，国典非私；酬燕翼之深情，臣心弥励。

制曰：奉职无愆，懋著勤劳之绩；致身有自，宜酬鞠育之恩。尔谢氏，乃五品衔、现任江苏阳湖县训导加一级缪镐之母。淑慎宜家，令仪倡后。早相夫而教子，俾移孝以作忠。兹以覃恩，封尔为恭人。於戏！贲象服之端严，诞膺巨典；锡龙章之焕汗，用表荣施。

诰命

光绪三十年正月十五日

之宝（《随手纪录》）

58. 清授五品衔江苏阳湖县训导加一级缪镐为朝议大夫妻周氏唐氏封恭人诰命

奉天承运皇帝制曰：广学校以储材，实资设教；任师儒而造士，尤贵和衷。尔五品衔、现任江苏阳湖县训导加一级缪镐，共襄乐育，克任甄陶。训谕诸生，人品每期其整饬；导扬雅化，文风常勉以振兴。兹以覃恩，授尔为朝议大夫，锡之诰命。於戏！赞启迪以无惭，嘉贤能而用劝。钦兹宠命，励乃官方。

制曰：恪恭奉职，良臣既殚厥心；贞顺宜家，淑女爰从其贵。尔五品衔、现任江苏阳湖县训导加一级缪镐之妻周氏、唐氏，含章协德，令仪夙著于闺闱；黾勉同心，内治相成于夙夜。兹以覃恩，封尔为恭人。於戏！龙章再焕，用褒敬戒之勤；翟茀钦承，益励柔嘉之则。

诰命

光绪三十年正月十五日

之宝

二祖训篇

二辟怳索

序　言

古称仕宦之家，如再实之木，其根必伤。痛哉斯言，所以垂戒者深矣！夫天有显道，厥类惟彰。善人为善，宁有已时？彼隆隆者，不知富贵之傥来，一旦得志，骄盈矜夸，凋丧元气。庸讵知天道害盈，高明鬼瞰，俯仰之间，荣枯顿判，华屋山丘，令人增喟。谗鼎之铭曰："昧旦丕显，后世犹忌。"《诗》曰："无念尔祖，聿修厥德。"可见佑后之难，而承先者尤不易也。

我族自全一公务农开基，世有隐德。一发祥于文贞公，再发祥于念斋公。念斋公以文章大魁，文贞公并以忠节庙食，其余或祀名宦，或祀乡贤，或祀忠义孝弟。不特仕宦，且享大名。迄于今，诗书之泽，似少衰矣。然而，科第中有人，仕途中有人，束修砥砺、蜚声黉序者更不乏人，而且以昌以炽，椒衍瓜绵，岂非贻谋之善？而后之人亦能继志述事，不至荒坠厥绪欤。今夫先人之不可见者，行也，而其所可传者，言也，言在是而行即在是。伏读文贞公以下诸祖训，知我家家法非近世士大夫所能及，其言皆圣贤之旨，而出之以平易，不苟为过高之论。所谓上智莫能外者，下愚亦可企而及。至于敦本重伦，祛浮崇实，尤惓惓三致意焉。

昔文文山跋彭和甫族谱，举唐柳玭之言曰："门第高者，一事坠先训，则无异他人。"三复斯言，宁无汗下？后之人，苟能手此一编，事事身体而力行之，则善庆之说，理无或爽，吾族之兴，正未有艾矣。语曰："根之茂者，其实遂。"其在斯乎？其在斯乎？

光绪三十四年戊申八月十九世裔孙楷敬编

1. 阚庄派九世缪昌期族称文贞公家训①

大凡为人子弟，身名未定，须要用“刻励”二字。肯暗里吃亏，勤修密检，便是长进。一流子孙，自有饭吃。若可为即为，又见人之为而曰：“我何不为？”则与愚僮村竖争胜负之数，以是为志刚，非志刚也。刚是立身真骨干，全要坚忍刻苦，自家另立乾坤。若以眉毛口角上转动便自云刚，非刚之谓也。适闷闷中，信笔写去，手慄体战，不知所云。

吾人只此一点灵心，提之则寻向上去，不提则坠落下流，不可不省也。

为人以孝弟为本。父母今在外，弟之一字，不可不修。不弟，不必争夺。孟子云：“疾行先长者谓之不弟。”明明注脚，汝辈有种种急切浅躁、狭隘苛小之病，当细细消除，方有长进处。勉之勉之。

我以百事攒身还家，稍为经营故舍，汝兄弟于四百里外，不知山路崎岖，得毋困顿否？何时入试，文章利钝何如，无一刻不在念也。但愿汝兄弟，时时以父母之心为心，则立身事亲，两得之矣。

数十年辛苦，几千里跋涉，做一场空话。天命如此，奈之何哉？我生平论文，不信命字，至今年，见会元文字，通不成文理，出杨崑崐下万万，始信场中，只是一命。但汝等作文用功，切不可将命字提在口里。我进京时，在途中过年，其夜做一梦，初谓我科场好兆，今日推详，多应虚、纯二(字)〔子〕。今年小试得利，必非虚兆也。我已老矣，全靠汝等应接气力。勉之勉之。度四月初十内抵家，汝等不必出候，只要读书上进，慰我寥落之怀，便是真孝子也。太质作何状？见我落第，翻增彼愁。念之念之。茶是我一年所需，与娘说，虽甚无钱，要买绝好者几斤待我。初一日，父字。付虚、纯等共目。

汝公公丧后，汝叔何尝以己事关于我？而我常存相关之心。故我之精神力量，自能照及于彼，且可以告之地下也。我尝清夜梦见公公、太公，于祖父一脉，实不曾受鬼神谯诃，自我心上放得下也。汝辈事我于见在，而于一家中毫无一体之意，即中举人、进士，亦何益哉？

我在此常思公公、亲娘罔极未报，精神相接。公公若于梦寐间恍惚在此，独亲娘不见真切。因公公在床久，我朝暮立侍，想象尤切耳。至恩荣宴罢之夕，与公公若同卧者几半夜，此不独梦寐矣。此夜又叫顾信，如何费了恩荣物件，顾信惊起。明日做了羹饭，夜卧方安。

公公亲娘〔墓〕志、太公墓志，待陆科归时检来。有一要紧簿，公公亲笔，为家难也，去

① 以下祖训未注出处者均选自《(光绪)东兴缪氏宗谱》卷二三。

年付叔收看。与汝叔说，另自录一本留家，我要随身带在京。

我京讯，想八月廿日左右到矣。科举事已不必言，在京时我已知其不济事也。此事转动，只在每科出榜后有一番愤悱。将新举人文字，无论好丑，细细勘校一番，并用苦工，一年将经文另番做二三百首。连二年，做《四书》文一二百首。待科举年，又转换一番机括，有脱去糟粕，超然远览之思，则自然中矣。今不中之后，昏昏者两年，待考科举，然后用功起头，如多病之人，暂尔静坐，觉得百病攒身，郁郁不快，何心料理性情也？汝辈但见吾中举后少做文，少用工，以为举业不须埋头。不知我埋头在三十年前，冷不知，暖不知，饿不知，在床上翻翻覆覆，清泪落于枕上，暗里拂拭，而家人不知也。有此一片精神，而又遭家多难，强邻窥伺，丧葬频仍，卧薪尝胆之余，不知几多苦楚，乃有今日。痛定思痛，何日归来，以一杯酒浇于祖父之灵而告之也。汝等今日不过一穷耳，光景比我何如？而乃捐弃盛壮，不自振刷，上之既无搴旗中原之想，下之又无为善一乡之行，枉虚岁月，为之奈何？昨阅二郎场屋首篇，开讲便是老头巾语。我做试官，只看开讲二句便掷过，至云谈某于某者之前，则下等语。记我乙酉年与周嵩河在试院前，将臭时文编做笑语以戏刘景范，便有此语。盖景范此时专用此等话套也。景范为之面赤，不意复见于乙卯场中也，只缘不曾将此题料理，题目之外无一主张，又急欲要中，填塞此等臭烂语，嗅之欲呕，何必举目耶？文章字字飞舞方妙。此文与"居之无倦"卷殊隔天渊，一是青云，一是泥途也。不知三年工夫，所干何事？去岁见汝"又多能也"文，故知其不济事矣。盖"又多能"，"又"字便是夹杂。君子多乎哉？果是，有夹杂否？擒著"又"字，方是好文。而乃浮浮泛泛，逐句宽叙，如三十年前做一章者。然岂有一毫文心笔意者乎？在京中每每提之，茫然不觉也。及至归家，才整顿旧业。不知向日卤莽，只好用训诂工夫，安得有洒落之趣。惟县考"大哉"一篇，庶几复见本来，以其年纪轻、篇数少，游戏以为之也。院试"子谓韶"题颇得题脉，然题脉得矣，句句要照顾检点，然后为之。不知圣人当日何曾有检点？照题之外，须得生机转运，方是文章。若斤斤不失题脉，不过训诂耳。尹澹如书来，称此文可中，非也。我今日姑拈大意言之，若欲出头，只在此三年中转动，三年中又只在明年矣。李仲达入学时，我望其可中，不待今日也。生子当如孙仲谋，外公在地下不死矣。孝子哉！孝孙哉！

自入京以来，夜中每一阖眼，便与公公、亲娘做一处光景，亦无愁苦，岂吾亲有知，念游子之苦而神与俱来耶？要之今日，作风云想，即办济得来，只了得我读书事。一生结果，只看儿曹。汝辈宜努力进步，自立课程，自拟题目，三六九限做二篇，此外或闲做三篇。经书题不曾做两三遍即进场，无益也。此意叮咛不尽，各人努力，便是孝子。望之望之。

举业一事，不问闲忙，只是精神并叠。与人说话，随事应酬，看山看水，吃酒著棋，无非是念，才叫真实用功。一科有一科之文，看了今科十八房，摹拟出丙辰十八房，断无是理。第一要看经书明白，第二要多多作文，随题打成一局。透得此关，一生受用不尽。

汝辈见吾久不做经文，二更之后一笔直写四篇，今寄归第四篇。后二比，照朱卷稍添换几句，亦苦于天明催迫，小未检点耳。此非一朝夕所能办，亦非守定前数年套子所能办也。其实只在廿七岁戊子以前用得工夫熟耳。汝辈已是廿八、廿九之人，工夫何得更缓？思之思之。

我晚年成进士，必无大富贵大功名在前，只了得公公叫我读书一念。优游清曹，料理性情，此吾今日之事，只望汝辈有一人继得科名，吾事毕矣。

示诸子：第一做好人，第二勤读书。凡事从天理起见，莫学今势家子弟，以鲜衣美食为事。立志高远，工夫无所别用，自然勤读书。则今日向上一著，惟不管闲事尽之矣。吾家世单寒，受人侵侮，吾曾大父及大父尽力撑持，仅得自完。外人见其纷纷御侮，若以为强力起家者，而其实暗地受亏，施恩不报者多矣。故中衰三十余年，诸孙有饥寒之忧，而无刑戮之累。及至吾父，事亲孝，与人忠，取与不苟，言笑不轻。吾母相以内德，闺门之内，俨若朝典，近世布衣，未有如此之谨于幽独者也。而一生危苦，半世床褥，为皇天所怜悯，故至今日，而发于我之身，其所以不能早发者，吾德薄耳。嗟吾祖、父起家之艰既如彼，食报之迟又如此，吾子弟可不念哉！汝不见瘠卤之地，难于发生。及既生之后，灌溉培植，遂成良田。吾子弟培之植之，自今日；灭之裂之，亦自今日。人亦有言，做官之日短，做百姓之日长。吾谓百姓亦不易做，还宜趁做官时，稍为料理耳，可不念哉。生当斯世，种祸容易，种福极难。《小宛》不云乎："握粟出卜，自何能穀。"此大夫兄弟相戒以免祸之诗也。而其首章曰："念昔先人。明发不寐，有怀二人。"其次章曰："各敬尔仪，天命不又。"其三章曰："教诲尔子，式穀似之。"其四章曰："夙兴夜寐，无忝尔所生。"其末章曰："如集于木。如临于谷。如履薄冰。"每诵其诗，为之流涕。愿吾弟、吾子，日诵一遍，以当座右铭也。我本无宦情，又苦善病，若体中可支，姑避世金门两年，实授一职而归。若不可支，即以庶常归隐，亦今世达者自便之策也。何能局促辕下，兼为子孙作牛马哉。恐子弟不亮，若以我一第为膻途，趁我策名之始，为及时营业之计，既累父兄，还以自累，不惟自累，还累子孙。言之谆谆，无听之藐藐也。万历甲寅春正月，书于长安邸舍，寄诸子粘之草堂之东屏。

钤束下人，是第一件事。汝辈可以己意预开数款约示，粘之本家墙壁，只是严禁家人，有犯重惩，尽我居乡守分之道而已，亦不欲以此干誉于乡也。

我做秀才，考一次惟恐落人后，二十四岁至二十七岁，宗师连考二等，在三十名之中犹以为耻。今日不成进士，日夜有举业在心，以为忍死必图一捷，此即《论语》上"死而后已"之说。为仁者岂必死？凡自古圣贤豪杰，做一事未有不拼一死者也。思之思之。

前程如漆，不由人料，安分守己，听之而已。

此先太史所论为人为文之要旨，谆谆提训虚白及诸弟者也。片语宜铭座右，一言可奉终身。愧余兄弟尔时年少气猛，胆莽心粗，听之藐藐，至今颠毛种种，濩落无成。捧诵遗言，痛若刺心，政复何及？望吾子侄辈刻志励行，佩为韦弦，以绳祖武。勖哉！长男虚白谨识。

2. 阚庄派十一世缪畴族称祉生公家训[①]

诸儿不论智愚，总欲其读书上进。即使自己不肯向上，若能劝勉兄弟读书，以延文贞公一脉，即是孝子。勉之念之。

时积孝思，即是积善，不得虚托为辞。

凡人早作不夜思。夜思不早作，无益。客寝甚安，殆非就国者之语。时时宜醒，须有愚诚，以格天心。

先民有言：不结子花休要种，无义之人切莫交。此语最平近，永宜佩诸心。

二三郎尤宜蚤夜勇猛精进，鼓动振起，如诉上帝，如乞鬼神。无徒讲无益闲话，全不知戒惧也。

语云："强力忍诟，人人黄石公。时时跪进履，可以入世矣。"

城屋从野堂，原价八百，其时墙垣颓跛，门扇破毁，无一可存。先文贞增造前厅，重构市房，新做大厅及诸屋屏门窗扇大槅油漆一新，方始略略改观。又经先君子暨畴两次找绝六十金。语云："召伯之仁，犹惠及甘棠。"文贞之德，遂不保五亩之宅耶？有识者，当深思其故而怆然也。

读书先要清粮通，子孙当以此为第一义。

古人云："心慌意乱，分外招愆。"又云："心杀境则仙，境杀心则凡。"吾子收视返观，凝神入气，惟灭动心，不灭照心，自能不动不昧，常应常静。勉之勖之。

尔等只"尔精我肥，尔大我小"之见，有一朝之忿，无终身之忧，何用？我则一年之忧在粮，终身之忧在子。

3. 阚庄派十二世缪弘仁族称先河公家训

人一生去了少时老时，只有中间数年著力。人一日去了夜睡日食，只有片时用力。所

---

① 家谱原题《书叙公家训》。

用力又俱是世间名利事,谁有孳孳为善者?

人一日间闻一善言,见一善行,行一善事,方不虚过此日。

天下书,无过《四书》好,《四书》无过言仁义。义利之辨,自古而今,自君相而士庶,皆当知之。得明一二句,便可保身保家,实有受用。不比释老之书,专说空虚也。吾儒体虚而用实,孔孟之言、朱子之注,皆以传道开发后人良心。时艺科名,借此以留圣教,非吾儒实学也。

《六经》是我注脚,当从自身发挥,方是读有用之书。

制行及家事,俱要熬炼,扎定脚头,不流下去。

为师者,教弟子保身则寿矣,教为善则贤矣,教读书则贵矣。教人使之贵贤寿,师之子孙,亦必食三者之报。

身如舟之行,心如舵,把此舵则舟不覆溺,操此心则心不放浪。

读书人不可自大,反不如耕田负贩者有之。读书人不可自懒,有何功能而坐食若是。

读书人概宜立功过格,原不论感应,然有感必应,只在诚耳。日日密记,日日执此,对圣贤祖宗,恶事恶念自然不敢为,且能推穷自已病根所在,正是格物妙法。

王耻古云:“千寻之木,殆于一豆之实。”吾儒一轻扑人,一轻詈人,便是毒杀群生之渐;一闻淫声,一视艳色,便是渎伦乱种之渐。一言一念,涉于自矜,便是予圣自雄。纵欲败度之渐,偶然气质乖违长上,便是犯上作乱之渐。

无故赞我者,即是谤我、忌我之人,勿信之。凡遇正事,当为者主张宜定,勿因人阻挠而止。凡听人言,须别其人之邪正,审其言之是非。

积困成懒,积懒成病,人之精神时时鼓舞,德业自宏。

孔子垂三戒以儆后人,然色、斗二者,非财不行。故贪财之念尤深,多财之害最甚,三者又以得为重。

人生学问,不出“惩忿窒欲”四字,理、欲交战时,我则抑欲帮理方好。

少说几句话,多读几句书。

兄弟乃同气,不可不爱,须知“受得气吃得亏”六字。

凡交易有便宜,必有吃亏。宁吃亏好,语云:“得便宜处失便宜。”

读书是学问中一事,举业又是读书中一事。盖存心制行立言,待人处事,俱学问也。不止读书也,博通经、史、子、集,观古人成败兴亡,考天地山川人物,增长识见,涵养性情,皆读书也,不止一举业也。

富贵、子孙贤、多寿是花苗,善是根,须培其根。

先曾祖文贞公云:“暗地受亏,只是财物耳。”惟受亏,故子孙忧饥寒。亦惟受亏,故子孙无刑戮。

看风水、相面、算命、乩仙，最能误人。后生家闻其赞则意气飞扬，学业怠隋，一闻其诅则意兴索然矣。但遇此辈，勿与之辩，默默记之而已。

人身无非是阴阳：昼作夜息，一日之阴阳；生壮老死，一生之阴阳；奸邪正直，人品之阴阳；兴衰穷达，事业之阴阳。推此可例见。

人之才识，能为十代之祖父，即生十代子孙祀之，若仅堪二三代，则万万不能十代享其报也。或子孙能盖前愆，则不可知。

吾父祉生府君尝述医家陈元素之言，元素在店中见少年遗一银簪，出视之，则稻干也。进门坐定，又的是簪。一人过，拾去，急追之，其人因出钱市酒一壶、鱼一头共食。方食，其人以有事先去。陈送出，有猫食鱼，手驱之，壶倾，鱼亦衔去，未尝到口也。观此，知财之不可轻取。

"忧贫休浪荡，爱富莫闲游。好学终成器，勤耕自有收。警戒怒时性，慢发戏中言。少饮醉后酒，常惜有时钱。"此赵一峰之祖振华先生书屏语，先府君曾命士显弟志之，宜永佩勿忘。

徐尔瀚兄名世沐，自奏销后一心居敬穷理，于《五经》、《四书》、《大全》、《语类》、《性理》靡不参究。尝云："人家子弟不读书，便走了样。"伊次弟卒，云："不读书，命根都不牢。"真格言也。

勤谨和缓，何云缓？曰世间事，俱从忙里错。缓者，凡遇事，心勿急骤也。

有而不居曰谦。今人实未之有而诩诩得意，不富贵而矜张，不能文而摇摆，直妄耳。连盈伐字说不得。

读书人固贵清心，亦须知稼穑艰难，周通世务，如钱粮田宅、待人作家等，不可不留意。

士、农、工、商、贾，俱当读书，读书便明道理。知、怕、惧，保身保家之本也。然读书不可不读孔、孟、程、朱之书，最不可看小说、看戏文。

字纸宜惜，《感应篇》少"惜字"一项。

日常收敛法眼，无仰视、怒视、窥视，口无叹声、夸声、大声、责备骂詈声，手毋散、毋叉、毋拍、毋打，足毋开、毋跳、毋疾行、毋多走，身无倚，首无摇，要此心刻刻自防自谨。

时文做不出处多做，做得出处少做。

家人劳苦事，饮食不可不厚。

无十年之痛，安得一刻之安？

心静则身静，身静则家静。

家中细事，纵管得好也小，不如身心为大。

生冷勿食，风寒常避，节劳戒欲，永保此身，即是孝亲一事。

时看祖父旧迹，亦是发孝思处。

孝子为能享亲，若生前不顺，平日言动不谨，祭时必内愧，不能神交。

《河图》天一至地十，乃阴阳之气流行有微著也。一言阳气之微，三五则著，七九则著甚矣。二言阴气之微，四六则著，八十则著极矣。一一数圈，多寡不同，形容其气微著之象也。天地只作阴阳字看。水内明无质，微阳也，故曰天一生之。然性弱冷，盛阴也，故曰地六成之。火内暗，微阴也，然大烈热，盛阳也，故曰地二生，天七成也。木发扬，盛阳也，然质实无情，又盛阴也，故曰天三生，地八成。金性凝寒盛阴，体坚刚盛阳，故曰地四生，天九成。土化生百物，阳之极；重浊不清，阴之极。故曰天五生，地十成。人虽特立，亦须辅佐。六爻应与是所遇之人。

人生无过五伦，杜少陵诗止写其君臣、父子、夫妇、朋友之情，诗只己写，非专粉饰字句。

配义与道，理所当为，曰道义。我为其所当为，曰气。如方正学先生，不服永乐篡位是当然的。麻衣投笔，哭骂是气，然非平日事事尽忠，则心有疑惧，做不出哭骂的光景了。如孟子，胸中正是集义，眸子瞭是所生之气。

今日语诚儿，只管读孔孟书不脱人身的。生读书家，而手眼耳舌又能读，又有人使用，有饭吃，不必种田、做生意。势可读，不可不读。如徐尔瀚、陈克艰真能读书，自当得好报。

乾卦通六爻，作一人看只是有显晦无优劣，作六人看亦只有贵贱无优劣。在自己工夫上体验，有生熟少壮强老之异，无优劣也。三百八十四爻可作三百八十四人看，三百八十四物看，三百八十四事看，俱可。

《小宛》篇，兄弟日征月迈，做甚么工夫当在"温恭"二字，其所云"不敢暴虎"云云者，视一切酒色财，一言一动一气，俱如河如虎，恐恐然不敢忽视也。注不可暇逸取祸，况逸之过节乎！

功、名二字一贯。有读书养德之功，始有科甲科试之名。有尽职死节之功，始有追谥建坊赠官之名。

天之于人，如父母之于子。不习上，要贪多，父母要恼儿子的，天岂不恼？好善行仁，天也欢喜，父母也欢喜。

恭俭以持己，宽易以与人，慎静而寡言，明达而果断。

诜儿读书与考，原期荣身以显亲，若因此致疾，贻忧父母，非孝也。卧食之余，精神酣畅，然后看书几章，念文一二首，三六九自写性灵文二篇，足矣。至于得失有命，听之于天，切勿挂念。若他人文字，案上残书，毋多旁及，免使心乱，徒劳口目无益。若小得即喜，一失即悲，何轻身而重视名也，戒之哉！

古今来尽有不识字之英雄，从无没志气之豪杰。

昨午诜云张文宗讳泰交，莅明伦堂，训士子云："做人做文，俱要诚实。"因以手指书

“实”字于桌数次。“实”即《大学》“毋自欺”，不实者，欺暗室也。

读书为善，须十二三岁便立志，自后工夫无别用，虽穷通寿夭，皆有天命，然必有成。不然纵有一二小善，无成也。

同学最为有益。余少时得尔瀚徐兄，始看《性理》；范中徐氏兄弟，始看《大全》。继馆夏宇磐姊丈处，时闻正言。非益友，能使余安坐老年耶？

人生取祸之事非一，而好胜为最。好胜则必争，争则必炫已长以彰人短，凶人当之则阴谋险中，祸必立至。

邵康节《皇极经世渔樵问答》[①]曰：“鱼害乎饵，人害于财。”慎毋贪冒于财。财不可贪冒，名亦不可贪冒，求荣反辱者，比比而然。

富不过不饥不寒，贵不过读书为善，舍此营求，即分外。

惩忿，保身保家之仁术也，当三复孔子“忿思难”、“一朝之忿”四句。

先灵不可得见，灵在子孙一心思念。朱注：“一息尚存此志，不容少懈。”继先灵之志，稍一懈惰，非孝即非仁。

五伦中用不著怒，故四情中惟说不迁怒。为闲路，不用则茅塞；为闲心，不操则怒生。

顺治十八年以前从野堂中，吾父祉生府君每逢朔望，必率余兄弟三人在小厅右旁神橱前献茶肃拜，拜讫必两班旁侍，低头拱手，并足久立，然后退，此不慢先灵之善。

圣贤经世大法，在“子适卫”一章，虽治家不出此，若取非义之财以为富，而不以《六经》、《性理》及《齐家宝要》等书教之，其能保子孙之庶乎？

贵人久久必贱，富人久久必贫。不如为善，久久必昌。

凡先人志状，为子孙者俱当视为拱璧，盖常念祖宗志事，便不敢轻忽自已。诜勉之哉。

吾母每述邓外祖母季氏，亟称：“积金以贻子孙，子孙未必能守。积书以贻子孙，子孙未必能读。不若积德以贻子孙，子孙方得长久。”尔曹念之。

甲寅七月，某文宗以贪昏听任恶胥革职，倘如其教条，何至如此？八旬老母不能终享其荣，甚矣！人之不可放倒也。

吾母值岁祲贫困时，瞽婢兴兰备极辛勤，余于岁终必设位祀之，念前劳也。

徐畹滋名叶采，教诸徒大小便后必令盥手展书，夏月必令穿衣听讲，此即畏圣人之言也，可以为法。

康熙元年壬寅六月廿八日置一凉枕，至廿五年五月廿四日诜儿取睡尚完好如初，但断中间一二条藤耳，吾母之节于用如此。

祖坟自全一公以下虽不能遍祭，亦当走拜，胜于游山看花。

---

① 根据下文引用内容，此书应为《渔樵问对》。

文贞公《示子》云:"闺门之内,俨若朝典。"吾父尝云:惕庵公卧床时,见文贞公考案,一等则笑,二等无喜戚,三等则怒目。一视,文贞公跪床下;再视,跪于门;三,跪于墙。良久,惕庵公曰"起",乃起,否则终日跪也。娶李淑人时,两三月内惕庵公闻淑人笑声,命取针线,令婢缝其口,文贞呼淑人同跪于床,良久,惕庵公曰"起。嗣后无笑",乃起,否则亦终日跪也。朝典云者,非严于婢仆,乃严于子妇之谓也。

少年乐处,正将来苦处。今日不知书之当勤读,追知之而已不能勤矣,伤哉!

吴霞舟先生与李忠毅公书:"居恒视公车高第如天上人。今摇笔得之,不过如是而已。卓然自立,从今日始。"忠毅公佩为韦弦。

东林书院,无锡顾端文先生讲学之所。夏宇磐曾述文贞公服公服,讲"饱食终日"章是禅学,"群居终日"章是俗学。

昔年公公遇暑月,设帐席于从野堂中地下,同余睡起,心体俱凉,因于月下诵东坡语"何地①无月,何处无竹柏,但少闲人如吾两人耳。"予思"闲"字真难。此等光景,约略在予十四五六岁时。②

赵彦彬诗:"俸薄俭常足,官卑清自尊。"洵居官者之药石。

"汉世万石君,子孙遵其教令,惟醇谨二字;燕山窦十郎,天人感其好修,为忠厚一脉。"此余家从野堂小厅联也。"罢归御史尚如蒙,饮食闲游亦禀翁。"此李贯之赠侄李忠毅公被逮诗也。盖未有不尽孝而忠良者。

小人儒注利,岂必殖货?凡适己自便。以私灭公、可以害天理者,如儒行道途争险易,冬夏争阴阳。《表记》"军旅避难","朝廷辞贱",处其位不履其事,俱是利己心肠。又《问达》注:"名亦利也。"称赞我,岂不利声、利耳色、利目?皆利也。

今午,内子锄芋食,见大芋一,诸小芋奶从旁。大芋底之中一小朽芋,芋种也。乃悟《易》注"一每生二"之说。芋种,一也,种生一大芋,二也,诸小芋亦以二该之,种植皆然。芋种静而阴者所生,大芋动而生阳也,大芋之旁诸小芋又为种,阳极而静复生阴也。

一切祖、父手披阅读经书、古文、时文,不抛弃而能慎守之,亦继述之孝也。

余所读《礼记》,父、师手泽俱在,是明甲申前,乃蒋寻兰师批。本朝丁亥后,则徐师宾五、孔师臻瑞、苏师云岩。丙申蓝笔,则高师斧粲注之。改补,吾父祉生府君及蒋师笔也。虽破污,诜、诚两儿勿弃,此二本世世保之。

心如瞌睡相,似不知自主,易凭情欲血气用事。若心有主宰,便管摄一身。

春作方兴,我辈攻苦,亦须如农之力穑,谨身悦亲,时时勉之。

---

① 何地无月,苏轼《记承天寺夜游》作"何夜无月"。

② 此等光景,约略在予十四五六岁时:经查光绪宗谱,先河公祖父采璧公去世于 1642 年,先河公生于 1637 年,即使到 1642 年也只有虚岁 6 岁,以此推算,文中所记"十四五六岁"疑为"四五六岁"。

咬菜根百事可做，衣缊袍何用不臧。

人不可为力所不能事，一时勉为，后必无穷受累。

早完国课，即是忠。

惟俭，乃不至取非义之财。余白绵袄，丙寅母亲卒后，服十有六年矣。青绵袄，庚申侄女所织，二十有二年矣。

己食思人饥，己暖念人寒，己安居念人劳苦。

镕得成汁，倾得成锭，学者第一要变化气质。

不孝必报，谚曰："天不打忤逆，一报还一报。"

谚曰："堂前子孝值千金。"此与《孟子》"田野不辟"节正合。孝者，理学之原也。

乐善必自家人始，兄乐弟善，妻乐夫善，则善得助而成矣！《易》曰"积善之家"，一家皆积善也。尧夫麦舟事可证。

《小戴记》曰："父子笃，兄弟睦，夫妇和，家之肥也。"庶人有家之善如此而已，此安贫保家之效，贻谋子孙之鹄也。

吾家自东渠公以来，二百余年子孙尚有进棘闱者，如开南货店，守之至久，幸矣，何必见他荣贵。

康熙四十一年壬午八月十三日绝笔。

4. 阚庄派十二世缪弘仁族称先河公自约言十则

事 亲

亲所爱人，勿言彼短。每事曲体亲心。衣食起居用物必详察，勿吝财。亲婢仆，必顾。见亲，颜必和，色必柔。

主 敬

遇事专一，决然行，截然止。闲时看心在何处去，看收在此，不著力，无形象。

制外法：作字楷。饮酒节。见人时返观。朱子云："身在是，则心在是，无一息之离；事在是，则心在是，无一念之杂。"常思主人翁在否？得毋吾念头有差耶。

惩 忿

惩之之法：思人好处。思人情多险阻。吾身境遇顺逆不能齐。思人才德不及处，虽及，即我处之亦难。思此事理当如何，不必忿，不可忿。思我欲舍财，不可贪小而忿。思一饮一啄，莫非前定。

惩之之效：得人情。养肝。保和德。除客气。心气和平，宅舍安宁。和气蒸闺阃，子姓自繁昌。

窒 欲

色害：血枯害人。精散害身。倦怠害业。不育害嗣。无礼害德。

窒法：思我正业未了。思我年长无嗣。思亲年老未养。思何以对神明。语云："上士异床，中士异被；服药千裹，不如独卧。"

寡 言

烦害：触人。乱心。伤气。

寡法：遇人思，当言不必言。有问答便止。遇人言勿插入。语云："口开精气散，舌动是非生。"终日不敢疾行一步。不敢高声说一句话。万言万当，不如一默。守口如瓶。矢在弦上禁不发，多言成病瘠。

习 仪

四威仪中，惟坐为妙。手端。足正。行缓。余足当用绳束之。

习 业

荒罪：天地福我。祖宗养我。婢仆事我。

习益：收心。荣先。养身。荫后。用工不可多言动。用工不可过劳，不妨暂假寐。文不佳，不可败兴。作文贵多有差处，取刻文相证便知。语云："三日不弹，手生荆棘。"

谦 守

去自贤心。禁自夸口。勿辩人言。勿谈人短。

存 仁

己食思人饥。己暖念人寒。己安居念人劳苦。遇活物勿杀。有余财救生。与其施疏远人，宁就亲近者放宽一分。遇他人利益事，勿生忌心，生欢喜心。

观 善

每日宜观小学、理学诸书，感应篇及一切指人正路之书。功过格，卫生歌，亦当玩味。胜友好书"濯心江汉"，"见贤思齐"二句，不独古人，即目前人、目前事，时时宜借以自考。

5. 阚庄派十二世缪思勃族称约轩公家训

吕新吾曰:“一身罪过,都是我心承当,五官百体无罪。两间罪过,都是我身承当,天地万物无罪。”余自儆曰:“一家罪过,都是我身承当,妻子奴婢无罪。一身罪过,都是我心承当,五官百体无罪。”

明太祖曰:“为恶或免于祸,然理无可为之恶。为善或未蒙福,然理无不可为之善。”圣人之言,可解万世之惑。

不孝则无父,不友则无弟,不恭则无兄,不读书则无理,不教子则无后,不治生则无食。

学术心术,分毫不正,当必有害,不于其身,定于其子孙。

朱子曰:“处事接物之际,常教此心光瞪瞪地便是存心,此是第一紧要工夫。”

一切事,不可贪小利而忘大害,不可贪小胜而忘大败。吕新吾云:“见前面之一尺,不如见背后之一寸。”

清、慎、勤三字,不惟是居官之法,兼是居家之法。

读书吃饭,俱要收紧骨头。

要言忍住,要动忍住,要怒忍住,看道理如何。马须有缰,脱了缰,马作主我作不得主,难免颠仆矣。

熬之为言忍也,熬时难过,熬过了,品以立,身以安,家以保。

不可动辄云:“我不怕他。”惟不差,所以不怕。差了,便不容你不怕。即一介小人,亦怕之矣。先儒云:“防小人,密于自修。”

朱子云:“人性卞急,发不中节者,当于平日言语动作间以缓持之。持之久,则心中所发,自有条理。”

俗语云:谋事在人,成事在天。谋事在人是义,成事在天是命。

凡事须豫,不可临渴掘井。

怒不中节最坏事。语曰:“怒气剧炎火,焚来徒自伤。触来勿与竞,事过心清凉。”遇著可怒事,须坚忍不动,待心气平时审而应之,庶几无失。

美玉无瑕,良士无玷,九件好一件不好,连九件算不得好。

保德、保身、保家,便是至孝。

许文正云:“责已者可以成人之美,责人者适以长已之恶。”

兄弟相好,无穷受用,可以保家,可以延年。

兄弟妯娌间偶有小言,不妨受屈,不可求伸。

兄弟交讼,非人也,不论到胜负,从父母心上体究,岂复有人理耶?

薛文清曰:“一念之欲不能制,而祸流于滔天。”

国课第一吃紧,须先时营办,及时完纳,当年清楚。稍或怠惰,亏体由此,亡家由此。

待佃户与雇工人切不可轻忽。吕新吾曰:“盈天地间只靠二种人为命,曰农夫、织妇,却又没人重他,是自戕其命也。”

待人无论同己者、异己者,总要和衷,浅狭量,触处成碍。

袁了凡训子曰:“日日知非,时时改过。”

余有八字箴曰:“为善读书,治生保身。”

保德曰宽,保身曰淡,保家曰忍。

体弱者刻刻要知爱身,心粗者事事要加审慎。

“体面”二字最误人,要体面必至极不体面。一切用度,惟称家为无失,惟宁俭为可长。

仁民爱物之事,得为即为,然必自近及远,斋僧先斋灶下人。

子孙冻馁,祖父寒心,不可以不谨。财用不节若,则嗟若。不节之嗟,圣人所戒。

逢人即有求,所以百事非。薛文清曰:“无妄干于人,庶几不失所守。”

量入为出,不闻量出为入;凶年杀礼,不闻凶年加礼。

有时便计,无时就节俭起头,到后来算计节俭,也无处节俭了。

处事最难,要识义理,又要识时势。

“忍激”二字,是祸福关;“敬忽”二字,是生死关。

失志之时与得志之时,皆当以静定为主。

怨不宜修,而宜消。

疾为圣人所慎,有则不可委之庸医,所以昔人以不服药为中医。

方事之始,必虑其终,凡事兜底打算,庶无后悔。

“恰妙”二字最好,即《大学》之“至善”,《中庸》之“中”。

处极耐不得事,越要和平。

小亏须忍,不忍小亏,便受大亏。

言语不到,千该万该再休开口。出入不到,千该万该再休动身。事体不到,千该万该再休下手。

事有后患者,不可不著精神处置,转有患为无患。若眼前些小胜负,得放手便放手。

让人于不觉,是省事省气之一法。

无根之谤,静以镇之,如良将之坚壁不动。或闻而暴怒,或穷诘其所以,或与之辨,适堕其计,自取败辱。

凡事一拔头去,恐有照管不到处,定要周详。

病中嘱咐两孙:梦许,呆呆也好,只要内明;梦薛,活活也好,只要守正。

6. 阚庄派十二世缪思勃族称约轩公耕学草堂家规

修 齐

父慈、子孝、兄爱、弟敬，一家要如一身。

读书，所以明理也，不为功名，总要读书。只读《四书》、经、史、理学书、经济书。

亲君子，远小人。

一言不妄发，一事不妄为。一言之发必稽，一事之施必慎。

祀 先

"二分"、"二至"祭，立春祭，除夕祭，清明墓祭。仪节酌，家礼行，务极诚敬。子弟从幼习之，则孝思油然而生。

祭品：六器：荤，四时蔬果四盂，粉、面食二碟，清盐、酱油二小碟。

旗杆下祠堂大祭，以二月、九月定期传祭，设三牲一桌。朔望，家长率子弟入祠堂四拜，子弟向父母四揖。

教子弟

莫要于教子弟。以主敬定其脚根，以勤苦督其课程，入小学时便当如此。

子弟之贤不肖何？常惟恃父兄之教有善不善、诚不诚何如耳。

教之自立。

闺 门

闺门之内，务令肃清，要以自敬其身为本。

乡 里

待乡里以和。宁我容人，毋人容我。切不可先操忽人之心，若累相凌逼，进退不已者，当理直之。事已，则绝口不言。家人与邻里口角，专责家人。家人受屈，无妨大体。邻里伤和，便生嫌隙。

礼尚往来，贫不能往，先却来者，富则听之。

饮食服御

酒仅可少饮，即宴客亦惟诚实是务，不必强之以酒。

衣服止宜从常,不可捐故,不可学时。彼以其华,我以吾朴,夫何害?

守家甚难,当以俭素为准。居常腐饭,或小荤。客至待以常饭,丰不过五簋,兼用素殽。

居家制用,宜仿陆梳山法,以田畴所收除国课饭米外,所余若干约为十分,留三分为旱潦之备,其七分作一年之用,每月核其大概,酌其赢缩,可余不可尽。若田少而用广,则加意节啬,于一切待宾客、修馈送、会饮食之事,宁阙略不讲,免致干求逋负,以招耻辱。

置　产

鬻者出于不得已,置者欲为子孙长久计。当估所值时价,有增无减,尽数交足,不可以货物抵,不可以远年逋项租欠,扣除契即投税。

协　力

一家外有兄弟,内有妯娌,一房有正务,各房效力,则劳轻而事易竣。

婚　姻

婚姻择门户,择温良长厚有家法者,切不可慕势利,以贻后累。嫁娶宁俭毋奢。文公家范曰:嫁娶无奢则家足。

嫁娶惯招眷属,百忙中多费周旋,殊属无谓。吾祖、父以此为戒。

丧　葬

丧葬不得用浮屠,不得用鼓吹。

丧主哀戚,葬主诚信,务为观美,何足云孝?甚至破活命之产供无益之费,祖宗且为寒心。《檀弓篇》曰:"丧不虑居。"

风水求以安亲,吴朝宗、胡敬斋皆云。然所重穴中无风无水,并近宅则易照顾,自田则省烦费,坟小则少粮累。若以之希图富贵,此乃大惑。

文贞公墓田,认管虽分,而租不分,荒熟共之。所入大房双分,三房六房单分;所赔亦大房双分,三房六房单分。公公分授时之命也,永远遵之。

早理,各人切己正务

田为恒产,不可无,无田则无食;不可多,多田则多累。莫如约而易守,实而得用。

收租不许家人恣肆,遇有顽佃,只与讲情说理,不必禀官差扰。

国课务要早完。谚云:"若要宽,先办官。"

子弟不能读书，必执一业。农、工、商、贾惟所宜，不得为游手惰民，以辱祖宗。温氏母训云："高低有一条活路便好。"先儒云："人有常业，则富不暇为非，贫不至失节。"若无故而父母轻以其子出继他姓，及出家为僧，是为不孝不慈。族长察出，重惩。其有后母者，立即责罚，妥交亲近伯叔收回。

耕种稼穑之事，虽读书人不可不知。

妇女须勤纺绩。但知坐食，鲜有不重困者。

恤　贱

体恤奴婢甘苦。

待奴仆宜宽，要随时先为教导。有过则量加扑责，不可愤恨作不了语，致愚骇者有意外之虞。

婢女绝卖。年已长成者，即与择配，不得久留。家僮有可配者，配之，关系不小。

保　身

以静养心，虽当千条万绪，不可无动中之静。医书云："心静则神悦，神悦则福生。"

慎疾医，学当求。

保　家

早起早眠。先儒云："观寝兴之早晚，可以识人家之兴替。"

"要不闷，守本分"，明道先生称赏之言也。"分外之事，一毫不可与"，薛文清公之言也。"户外之事，惟有一静"，陆稼书先生之言也。不可不遵。

分外之事，虽好事不轻为，须量己之才力。可为，然后为之。则非惟不成，反为所累。

以上数条，奉《曹月川先生家规》辑略为宗，而稍参他书，间出己意。吾子孙世世遵之勿替。

雍正五年丁未阳月朔，约轩老人手订，时年六十有八。

7. 阚庄派丹徒支十六世缪朝选族称国英公家训

子 启麟录

事亲贵孝。孝以养志为先，每事曲体亲心，即为养志。晨昏定省，颜必和，声必柔。勿重赀财而略其奉养，刻刻以先圣"色难"二字谨记在心，终身可免忤逆。须知你能孝亲，你子即能孝你,神明鉴察,丝毫不爽。

祭葬贵慎。祭主敬,先圣云:“祭如在。”仪节酌,家礼行,务极诚敬。子弟从幼习之,则孝思油然而生。丧主哀,无易宁戚。葬则求乎安。胡敬斋云:“所重穴中无风无水。”若以之希图富贵,惑于术士之言,令父母无安葬之所,于心何安?此乃大不孝也。

立志贵高。高则非徒务外,当诚实内修。读书不特为科名,须以圣贤为心,虽不能至,不可以其高远而阻也。果能效法先民,纵难跻圣域贤关,犹不失为正人君子。出则为国之名臣,居则为家之肖子。

居心贵厚。刻己者可以成人之美,责人者适以怙己之非。勿谈人短,勿谈闺阃。慎言即是存厚。若云舍僧施道,乃妇人之仁。丈夫当以己食思人饥,己暖思人寒,自能见义必为。“淫”之一字,实为万恶之首,人极易犯,更当立定脚跟。须知立善甚难,作恶极易。一举一动,慎之慎之。

持身贵俭。先儒云:“俭可养廉。”廉则欲寡,寡欲则行合乎《中庸》。行合乎《中庸》,自俭约而有制。子孙见吾俭约,亦自俭约。能俭则能勤,能勤则家道自肥。

治家贵正。尝读《汉书》,至先世“缪肜传”,兄弟同业,诸妇皆求分异,数有斗争。而肜掩户自责,卒以感化,遂敦雍睦之行。审是,果能正己。勿听妇言,兄弟自见怡怡;反是,则兄弟交讼,祸起萧墙。且“讼”之一字,本居家所宜戒,况兄弟之间乎?

处世贵谦。昔晏子善与人交,不过一“敬”字。孟子云:“敬人者人恒敬之。”又云:“夫人必自侮然后人侮之。”推此,则“谦”之一字,处世万不可少。能谦即能忍,能忍即自安。安则可以保家,可以延年。“谦”之一字,有无穷受用,我一生从不同人疾言遽色,故我在乡党中无怨名。

子弟贵教。无论智愚,必先教以读圣贤书。读书始能明理,知、怕、惧,可不致为非。俟读至十四五岁时,灵敏聪慧者固责其习举子业,以期上进。即资质愚钝者,农、工、商、贾亦必因材令执一业,不得为游手惰民,以辱祖宗。先儒云:“人有常业,则富不暇为非,贫不至失节。”

婚嫁贵贤。当择其门户清白长厚有家法者,切不可慕势利,以贻后累。婚嫁之礼,亦须设立常度,毋尚奢华。先圣云:“素位而行。”吾祖、父以此为戒。

闺门贵谨。晋庾亮风格峻整,动由礼节,闺门之内,不肃而成。尔曹宜法之。

完课贵早。朱子云:“国课早完,即囊橐无多,自得至乐。”

产业贵恒。惟田为恒产,无田则无食;田不可多,多田则多累。莫如约而易守,实而得用。吾家田亦不多,汝等当轮管世守,以供祭祀之用。

右录先大夫庭训十二则,垂示子孙奉行勿替。(《镇江世庆堂缪氏宗谱》卷首)

8. 阚庄派丹徒支十七世缪启麟族称锡书公家训

子之镕录

顺事父母，情贵真诚。处治家庭，身宜表率。无忌无荒，光阴是惜。克勤克俭，家道自肥。

早起早眠，门户必亲自检点。彻前彻后，火烛必亲自巡查。

厅堂洒扫，须逐日清洁。屋宇葺修，要按时齐整。闺门内务令肃清，骨肉间更宜和顺。

毋因分异而怨父母不均，毋听妻言而致兄弟不睦。

重赀财，薄天亲，不是人子；昵燕朋，疏同气，便非丈夫。

祖宗无分远近，祭享必当洁诚；子孙莫计智愚，诗书总要教读。

待奴仆毋凭势力，禁妻妾毋作艳妆。宗族周亲必仁慈雍睦，邻里乡党必谦厚和平。

遇活物勿杀，有余财救生。惜食惜衣，恒念经营不易；谋名谋利，须知阅历维艰。

富贵无常，莫忘贫贱，安康有命，莫怨操劳。置产休买便宜，完课更当吃紧。

许配无攀豪贵，但求佳婿淑媛。卜葬无溺堪舆，只问辟风避水。

饮博宜戒，交游择人。宜惜浪费，以计生涯；宜勤本业，以防贫困。

罔谈彼短，靡恃己长。毋粗劣自是，毋欺隐自安。毋骄奢恣肆，毋宴饮留连。

俭约持躬，作事不可过吝；忠恕为道，涉世自尔公平。

勿取非义之财，勿起无益之念。勿假权势而陵逼孤寡，勿诩才智而狎侮老成。

勿造歌谣，勿谈闺阃。勿败人之名节，勿妒人之技能。

妄起淫心，近报妻女；包藏险意，远报儿孙。

暗室无欺，当自反常思已过；明庭可畏，毋末路始悔从前。

戒讼可保家室，戒言能免是非。隐恶扬善，造福之基；面誉背毁，招忌之由。

横逆之来，安知非我背理，当反覆三思；浸润之谮，或恐是人谗构，须仔细端详。

见富贵莫生谄态，见贫困宜加恤周。德无望报，怨不宜修。

亲近君子，相规以道；疏远小人，弗入于邪。

利济存心，为善非关因果；圣贤可跻，读书岂徒科名。

学古服官，非为身家是显；忠君报国，但求心地无亏。

敏则有功，淡而不厌，为人如此，其庶几焉。(《镇江世庆堂缪氏宗谱》卷首)

三 传记篇

序　言

史裁昉于司马子长，帝王既为本纪，乃重之以系图；侯国既为世家，又缀之以年表。孟坚述作，一本龙门，列传外，亦有公卿、侯王、功臣、外戚诸表。岂好为此委曲繁重哉？亦以体要各殊。表以著岁月世次之略，传以载行谊事实之详，详略互见，彼此并存，俾读者得以错综参观，求其会通耳。

夫谱，犹史也，谱例不明，可以史例证之。谱之体，本为表。桓谭称"太史公表旁行邪上，并效周谱"，是也。将第言谱之名义欤？则但述系表而不录传状，可也。将不第言谱之名义欤？则录传状，而谓系表叙述之语概可芟薙，似不必也。

我谱旧例，凡无传而行谊有足述者，则于表中揭其要；有传而事实可约举者，亦于表中提其纲。此例固无庸訾议。至于忠孝等录，又特笔之表彰，且亦史家互见之例，均不得以复沓为疑。故曰欲明谱例，可以史例证之者，此也。

虽然，有与史例同者，亦有与史例异者。史传成于一人，谱传出于众手。故上采史宬之所述，旁罗诸家之所称，汇为一编。即墓铭、墓表，亦可以类相从。何则？但以存先人之梗概而已，不必拘拘以文字言也。此其与史异者一也。

史传有儒林、文苑、循良、隐逸诸名，门分类别。谱则自忠孝大节外，不复区别。以二者皆有旌表之典，其余自可类从。否则私家撰述，岂可自涉标榜。此其与史异者又一也。

呜呼！我族自全一公缔造室家，世隐于农。至六世怡云公，以读书训子，始衍诗书之绪。其后文贞公文章忠节，照耀史编，太仆公之忠节又继之。外此或为经师，或为循吏，或蜚声于艺苑，或播誉于儒林，或以义行流芳，或以方术名世，载在志乘者，又彰彰可考。百世下犹当闻风兴起，岂徒曰增光家乘而已哉？《易》有之曰："积善之家，必有余庆。"后之人读是编者，当思祖德宗功之所在，勿徒赏其义例之精也可。

光绪三十四年戊申八月十九世裔孙楷敬编

1. 阚庄派一世祖缪全一族称全一公传[①]

仍孙 煌 敬存

府君以前,不能考矣。今以全一公自常熟来迁,故宗之为始祖。相传为秦穆公之裔。远祖讳瑜,宋时以诗名家,为进贤令。今江南吴越间同姓颇多,读书通籍者,未详其为同源也。独常熟县河东街有名宣者,中嘉靖戊戌科进士,系同支派。尝讲昭穆子姓,亦未得其详,不敢妄述。盖元末寇乱,吾家世居常熟小山湖桥,时张氏据吴,江国公吴良镇守江阴,兵争不息。天兵平定,府君自湖桥徙家江阴之东兴里,开垦创业,为子孙百世计焉,实常熟归附国朝之明年也。追想府君东西播迁,获有宁宇,更得承三为子,彦昇为孙,朝夕承欢,福有余矣。今葬白渚港东罪字号田内,冢西向,四面茔居,皆其子裔。

2. 阚庄派二世缪景言族称承三公传

昆孙 煌 敬存

府君讳景言。府君生于元末,奉亲迁徙,年且壮矣。幸明祖鼎兴,鸿雁安宅,拓产千亩。教训子孙,明农读书,家规井井。且好义轻财,周急赴难,里人爱而敬之。卒葬谷渎河西阚庄桥右韩家泾岸土地庙之北陇,位为主穴,东南向焉。配李氏,合葬如礼。生子五:彦华讳思兴,彦荣讳思贤,彦昇讳思恭,彦祥讳思敬,彦相讳思诚。初祖考怡云府君设立家庙,以府君为高祖。及先祖考逝世,阅礼应祧。海观公于嘉靖十七年十一月望日奉神主葬墓。万历改元,复培土封域。至今合族瞻仰,亦足以想府君之神役云。

案:“神役”二字,嘉庆、同治二谱同,然费解,未知有误否?光绪修记。

3. 阚庄派三世缪思恭族称彦昇公传

来孙 煌 敬存

府君讳思恭,据旧谱,排行中间,当为承三府君之第三子。龆龀时即杰出群辈,克尽子职,兄弟五人友爱无间。值太祖鼎兴,成祖靖难,经始燕京,府君兄弟践更徭赋。国事既

---

① 以下传状未注出处者均选自《(光绪)东兴缪氏宗谱》卷二四。

定，兄弟相勉，力穑营生，不习邪僻。外至乡闾，小大无忤。娶张氏。孺人生子四：瑜、琼、琳、晟，皆丈夫子也。府君以子众力微，令末子晟赘婚小塍墅潘姓，后果能自立。以寿终。卜葬承三陇左次一穴，昭之第二位也。今冢位昭穆，次第各四，而府君冢独高。

4．阚庄派四世缪晟族称以成公传

玄孙 煌 敬存

府君讳晟，字以成，彦昇公之末子。旧谱传府君生而颖异，相貌卓荦，弱冠时即才能练达，俨乎老成。一日有术士过之，熟视，语曰："君相合为名公卿，第左耳不及其右，法亦不失为富家翁，且君之后方昌，其应在仲乎！"

永乐初年，出赘潘氏。潘，小塍墅著姓，避流罪，更姓陶。陶氏菊轩公已亡，遗内兄弟五，并府君之孺人姊妹共七人。时朝廷方经始北京，命平江伯陈瑄挽漕输北，郡县择殷户掌运，陶与焉，但其兄弟不能就役。有司刻期促行，府君慨然任事。时郡使者昼夜严督，值风雨阻行，府君以一手承木缵，以一手挽舟，率先奉公。舟人鼓舞向往，不月而役告竣，陶赖以全。方挽粟时，道路骇顾，同事者多亏折官粟，独府君所部若神相其役。都人见者，啧啧有大耳官人、白衣相公之称。公遇事果敢，不问烦剧，剖别有度。身处外家，奉二亲不违子道，不独与内兄分忧解难，至于嫡兄弟，区处调护，公私赋役，丝分缕析，各得其理，为杰士云。

初潘孺人先逝，府君不忍续配。子松月府君忧其晨夕不便，买老婢以扶掖府君颐养天年。及其将终，正当除夕，设鸡黍，列子孙，分班侍坐，欢饮厌厌。席中自慰曰："若辈自立如此，吾愿毕矣。"遂卧而逝，寿八十岁。与潘孺人合葬于小塍墅关碑塘西尾之南穴南向，至今与陶氏诸墓东西并峙。黄副使昭为志。

子二：长镛；次鉴，即松月府君。女三：适陶、徐、戴。镛字伯明，生二子，再传而绝。松月生子六，孙男二十余人。

5．阚庄派五世缪鉴族称松月公传

曾孙 煌 敬存

府君讳鉴，字仲明，号松月，以成府君之仲子。初以成赘陶氏，育府君于外家。既舅氏分异来归，别创宅宇，不数年居室成行，竹林荟蔚，鸡犬喧腾，村落联绎，依然一故家矣。

初，府君幼习容观，每徜徉里闬门，多少年相从。中有谋夺其锦囊者，先觉而预匿之，反以计诱验其果。谋者意沮，遂服府君之智，甘为服役。稍长，勤树艺，率励家人生业。循循守礼，与兄伯明奉侍二亲，孝友兼至。潘孺人逝世，府君哀毁几殒，竭力营葬。念父衰老鳏居，非妇不奉养，乃与张孺人谋择一老婢，使候寒暄，侍羞膳。以成得愉然老景，皆婢之力也。后营葬事，乡达副使黄公昭主事，陶公廷威、屈公霖、乡进士陶公桧毕进挽送，莫不以慎终与之。每遇祭享，则竭诚尽礼，不敢逾越。自幼至老，饬仪容，慎言语，择交游。暇则焚香静坐，翻阅书史。或遇知己，谈榷古今，竟日不厌，虽儒者不能难焉。

初府君壮年，里中恶少计阴害府君，候夜饮他所，持械伏路，伤卧水旁。侍儿逸喊，家人扶回，垂绝。孺人以气候咽，须臾而苏。府君知而不较，后其人悔过，终奔走养焉。其器量优容如此。

子六人。府君课读课耕，各责其职。尤其长子怡云卓杰不凡，每与商榷应酬。其余诸子，各能成立。正德六年，朝廷覃恩高年赐冠带，人以为荣。府君身不满五尺，形体骨立，面圆而长，言行端严，念虑诚笃，乡里奉为师表。

生于宣德十年八月十九日，终于正德八年八月十二日，寿七十有九。逾三年，与张孺人合葬谷渎河东阚庄里主穴位南向。邑人卞太常思敏志墓。生六子：长即怡云府君，娶惠氏孺人；次怡月府君，娶常熟邵舍徐氏；第三子怡弦府君，娶罗庄李氏；第四子怡轩府君，赘无锡梧塘蒋氏；第五子怡椿府君，娶六保张氏；第六子怡松府君，赘古泾陆氏。孙男二十二人，长怡云生四子：长名楷，字朝端；次名格，字二桥；叔名相，字慕斋；季名桓，号东渠，即高曾祖也。次怡月生四子：长名桂，字子芳；次名杞，字子庸；叔名模，字梦月；季名栻，字子仪。三怡弦生一子，名桐，字子林。四怡轩生六子：长名杰，字怀春；次名荣；三名乐，夭亡；四名柔；五名棠；六名棣。五怡椿生四子：长名松，字子节；次名柏，字子坚；三名栗，字子宽；四名楠，字子用。六怡松生三子：长名森，字南州；次名彬，字子均；三名麓，字子山。曾孙男五十五人，玄孙七十余人。

6. 阚庄派六世缪廷玉族称怡云公行略

子 楷 海观

先君姓缪氏，讳廷玉，字国琛，号怡云。世传秦穆公之后。远祖讳瑜，以诗为宋名家，仕晋贤令，扈宋南辕，家于常熟小山湖桥。国初，全一府君避张氏之乱，徙居江阴之东兴里。生承三，开创世业，腴壤距千，轻财重义，以行义著称。生彦昇，彦昇生曾大父晟，字以成。以成生大父松月，讳鉴，鞠于外氏，生父、叔六人。先君居长，幼颖悟，诗文过目不忘，曾大父奇之,曰:“吾有孙矣。”稍长,或劝以明农、居货,辄不屑为,惟挟策行吟,研求义理。弱冠,出为塾师,志图进取。时值多艰,不果。年三十余,见表叔以重陶公、天泽屈公相继登第,复奋前志。舅氏南窗陶公慰以义命,先君从之,因揭《李愿归盘谷序》于座隅自寓,且曰:“吾不能成名,后有继志者,吾无憾矣。”时大父母在堂,先君与吾母孝养备至。曾大父丧,大父以贫弗克举者十有七年。先君竭力襄事,亲朋义之。及大父母相继殁,时家稍赢,衣衾营葬之费与夫亲戚往来之礼,必从其厚,一不以烦诸父。至所遗赀,罔弗让。后与仲叔父共邑粮役,历数年竣事,曾无间言,人以为难。先君治家自奉甚俭,而见宾承祭,则不计费。御下甚严,而恤其饥寒,抚其婴孺,则不啻己子。且明于识人,察可与游者,必倾身引接,惟恐不至。尤长于料事,虽远至数十年,区画之多奇中,故终身无过。举然刚正自任,不可干以私。或以忿争诉者,徐出一言,曲直之无不输服,至有不之公府而必之先君者,其为人所敬慕如此。又好振人之危,时其乏绝。姻党有徐某者,幼失怙,众共乘之蹊其田而堕之税,几不能自存。先君曲为保护,家赖以全。族有不给者,岁时恒周济之。邻里有不足者,告贷必赈恤之。其他赙葬全姻以百数,行仁好施,家无余财,豁如也。惟面折不能容人过,或以横逆加者,必据理达情,卒之终不为累。见从兄曰桐曰松者性资可造,则师资出入之费悉自己出,惟恐或累其心,以故皆有声诸生间。不幸无禄,未遂所望。仍谕孤等曰:“吾祖宗隐德勿耀,从兄已矣,汝辈其勉之。”教益不倦,将谓《蓼莪》有待孤。不肖累试辄偾,嘉靖甲午岁,与季弟桓再行,无功。先君夷然谓曰:“汝辈毋自怠,吾犹可及见也。”今不幸何嗟及矣。

先君起家承藉甚薄,拮据蓄积,用能渐宏故址,增置恒产,使孤等各有分业。他姓有近居者,非惟无所觊,且为守之。其以产来售者,辄厚其值,曰必如是,乃可世其有也。

庚辰岁,朝廷以大庆礼赐高年冠带。先君拜命有司,袭而藏之。遗荣守素,韦布终身。今年春,方将委世,故安静颐养。及夏之交,忽遘羸疾。孤等迎医请祷,多方不效。及秋,转剧,仍料理家事,纤悉不遗。垂属纩,犹以手拂须,训子孙以操守,且命薄殓。一语不乱,瞑目而逝。远迩凡识先君者,皆太息曰:“缪公亡,将善类无所恃而小人无所忌矣。”呜呼痛哉!卒之日,乃嘉靖十五年八月既望也,距生于天顺五年六月十六日,享年七十有六。配吾母惠氏,慈惠温和,勤俭孝谨,家庭内外,赞助居多,前府君二十年卒。时与大父母并举,不及请铭。孤等卜以明年正月二十二日扶先君柩,与先妣合圹祔于祖茔之次。辄不自量,敢乞宗公并书之。

府君生孤等四人,女二。孙男十二,孙女一。长楷,初名朝端,字海观,府学生,娶工部侍郎渔梁徐公肃侄廷节公女,生甫灼、甫燃、甫灯①、甫焌;次格,字二桥,娶章卿赵文仪女,

---

① 甫灯后来更名煌,见本篇《阚庄派七世缪楷暨元配徐氏合葬墓志铭》。

生煇、炽、炘;次相,字慕斋,娶石桥赵邦甸女,生照、烈,女慕贞;次桓,字东渠,邑庠生,娶常熟庠生桑希哲女,生爚、炌、炷。长适小塍墅陶甫能,早世,俱吾母惠氏出;次适李相,侧出。甫灼娶赤岸蒋钦治女。甫燃娶邑庠生、梧塍孔君宣女。甫灯娶乡进士、大姚尹陶国孙女。甫焌聘鹿苑钱国序女。煇娶无锡宛山庠生顾仍之女。照聘鹿苑钱子近女。烈聘大桥袁子言女。爚聘邑庠生陶会之女。炌聘顾山庠生周汝守女。炽、炘、炷未聘。慕贞字石桥赵树义。孤等苫块芜辞,荒述无绪,伏惟大人君子采择之,以垂不朽,不胜幸哉!

曾孙达善《怡云公纪述》云:曾祖怡云公,年三十外与友人贡月楼偕纳金求充吏。县主申解府验,郡守某公一见面,不及考校,即大喝曰:"吾观汝二人,分明两虎,若再作吏,是虎而翼也,咥人其有穷乎?"逐之出,二人悔恨不已。曾祖曰:"求荣反辱,吾汝自错,今后各奋力耕田训子,为他日计。"贡君艴然曰:"兄何器小哉!今日渠能责我,盖因彼读书耳。今我、汝奋志读书,必期我能治人而后已。"曾祖曰:"人要自识分量,兄年未及三旬,正宜就学,吾年且长,非吾分也,教子而已。"乃各归家。曾祖因子尚幼,乃延师先课诸侄,曰松曰桐者先入泮,俱应试南闱,不克中选。伯子朝端、季子桓相继入泮,同乡试未捷。今诸孙及曾孙,登庠序者几二十辈,登乡会榜者一人,皆公之一怒而成者也!贡君励志读书,果登乡荐,作户部郎,子学静举进士,登御史。所以有志者,一激而成也!

7. 阚庄派六世缪廷玉族称怡云公传

孙 煌 敬存

府君讳廷玉,字国琛,号怡云。松月府君长子。自幼颖悟过人,诗文一览能记。以成府君每奇之。长值时艰,读书未遂。年三十余,见表兄陶公震、屈公霖相继登第,志复前奋。诸舅陶南窗慰之曰:"功名富贵,皆天也,汝志笃矣,其如命何?"乃书《归盘谷序》于座右,曰:"吾有志而不能成名,后世必有继吾志者。"当是时,以成殡停一十七年,松月忧且念之。府君竭力赞助,大事克举。及松月公与张孺人继殁,府君致哀尽礼。每事务从其厚,不费诸弟。及所遗赀,皆中分。之后与仲弟共徭役,身任江、常两县粮运事,公私咸称其能,昆弟曾无异色。有犹子名桐与松者,察其可造,为择师教之。皆游泮宫,历应南试。不幸早殇,未遂府君之望。其有不能者则训之,有不给者则周之。不惟诸侄,宗族皆然。府君自奉甚约,而宾祭则不计费;御家甚严,而饥寒则必存恤。且明于知人,察乡党可与游者,倾身引接,惟恐不逮。尤长于料事,虽千里之隔,数十年之远,区画多中,以故终身无过。然刚正自任，不可干以私。或以事相质，徐一言剖之而各输服，至有不之公府而必之府君者。生平素重然诺，终始不遗，故里闬称信义者，多见推焉。尤赈人之危，时其乏绝。姻党有徐某者，幼失怙，伶仃孤苦，几不能存。府君曲为保持，姻赖以全。邻里或来告助，不吝周给。有亲丧者施棺厚赙，不责其偿。平生好仁，喜施急难，叩门不以无为解。缘手散去，意豁如也。惟面折不能容人过，或加以横逆，必求直之，卒以理胜不能少累。府君起家承藉甚约，拮据茹荼，渐于故址增营别墅，使诸子各有分业。东阡西陌，第宅一新。有售产者必厚其值，无使失。所为乡长者如是。

正德庚辰，朝廷以大庆礼赐耆隐冠带。府君拜命归，袭而藏之。遗荣辞宠，常布衣终身。尝语先大人曰："祖宗积德百余年，未有显者。桐与松已矣，汝辈其勉之。"乃益延名师，如黄、张、冯先生辈，不惜厚费，务取其益。故先考于戊子、辛卯、甲午历试南都，吾叔亦联试台省，虽未获隽，亦声于黉校间也。

嘉靖丙申夏，府君遘疾，医祷不效。及秋，遂转剧矣。仍料理家事，井井不遗。垂属纩，犹以手拂须，训先考辈持守，一语不乱。嘱毕瞑目，乃嘉靖十五年八月十六日也。远近闻讣，无不叹曰："人之云亡，吾辈无所恃矣。"距生于天顺五年六月十六日，享年七十有六。明年丁酉正月二十二日，启惠孺人圹合葬焉。时孺人先弃世二十余年矣。墓在阚庄东松月府君之昭穴。子四：长海观府君，配徐孺人，生灼、燃、煌、焌；次子二桥府君名格，配赵孺人，生煇、炽、炘；叔慕斋府君名相，配赵孺人，生子照、烈；季名桓，字子威，号东渠府君，配桑氏淑人，生子三：爚、炌、炷。女二：长惠孺人出，适陶；次侧出，适李仰思。

计府君生平，卓然玉立，臞然古貌，言行不苟，循理守义，家规整肃，燕狎必慎，其真创业守成之祖乎！生平事行，具载丁副使仁《志》中。

8．阚庄派六世缪廷玉族称怡云公暨元配惠氏合葬墓志铭

广西布政司左参议 常熟 丁仁 明德

江阴之东郭，有笃行士曰怡云缪君，年七十有六以疾卒。其孤楷等卜葬于明年丁酉正月二十二日，奉柩阚庄里祖茔之次，合葬君配惠氏孺人圹。初，孺人之葬，圹石未文，至是楷等泣状二亲行，欲并书之，而以属于余，余弗获辞，乃据状为援笔焉。

君讳廷玉，字国琛，姓缪氏。怡云，其别号也。缪之世裔，其来盖远。至宋有讳瑜者，以能诗名起家，为晋贤令，扈跸南迁，寓居常熟之小山湖桥，君远祖也。瑜裔孙全一，国初时徙江阴之东兴里，遂定居焉，君始祖也。高祖承三公，曾祖彦昇，祖晟，父鉴，世有隐德。母张氏，有贤行。君少颖敏，读书过目不忘。稍长，执经拥卷，杜门著述，志图进取。而值

家多故，弗就。年三十余，见表兄陶以重、屈天泽相继登第，期与颉颃，又汲汲焉图展其所学。舅氏南窗陶公谕以有命，君遂韫椟自珍，不以功名为急。天性孝友，事父母色养备至。兄弟六人，君长，交相敬爱，未尝以长自异。及父母没，居丧尽礼，动遵古制。殓葬之具，厚自经纪，一无以烦诸弟。生平履行端方，虑事周悉，慎交游，重然诺，好义轻财。族之空乏者周恤之，姻之孱弱者扶植之，远近衔恩，不可胜纪。而君自视坦然，罔有德色。闾阎有争，相率就君平决。片言折衷，愧屈过于要质，其为时所向如此。晚年专心教子，义方之训尤切。尝语诸子曰："吾尚志功名，废于中道者，家累柅之耳。汝辈身心无累，学有余力，可自怠乎？"诸子读书励志，名行滋彰，虽屡北场屋，而学业愈进，不负君志。

嘉靖初年，朝廷覃恩，君以高年授冠带。袭而藏之，未尝一御焉。其高致又如此。

孺人讳淑贞，姓惠氏，出自令族。生而贞静，尽孝父母。母钟爱，为择婿，得怡云。归焉事舅姑，处妯娌，待宾戚，御家众，综理中外，上下之间罔不周至，尤推女宗云。

君生于天顺五年辛巳六月十六日，殁于嘉靖十五年丙申八月既望，寿七十有六。孺人生于成化二年丙戌十一月十二日，殁于正德十一年丙子九月十三日，寿五十有一。子四：楷、格、相、桓。女二，幼，侧蒋氏出。孙男十二：灼、燃、灯、煇、焌、爚、照、炌、烈、炽、炘、炷。孙女一。婚姻姓氏详行状，皆望族云。铭曰：

缪著江南，由晋贤令。世载令德，以及怡云。蚤期振迈，晚益修饬。闾里质成，彦方愧知。方领矩步，名教夙资。四德咸备，克相厥美。为闺门式，天昌尔后。既庶且贤，茂成先志。焯有令闻，考德著铭。勒之贞石，于万斯年。我辞弗斁。

9. 周庄派六世缪鹄族称冲之公暨元配卞氏行略

阙　名

公讳鹄，字冲之。耆士子方公之第三子。天性孑谅，能得父母欢心。待伯仲两兄怡怡恭顺，从无间言。父年逾古稀，公扶持出入，抑搔疴痒，恪共温凊之职。父母殁，居丧尽哀尽礼，戚易兼备。壮岁有经世才能，御外侮。邑有粮役，中人之产往往重困。公应之裕如，且能分兄之忧，急病让夷。生平刚直，不能与物委蛇。忌之者辄媒孽其短，卒能以理自伸。其智识加于人一等矣。教子宽严相济，勖以成人。延师督课，伯子廷相壮岁青其衿，仲子廷宰早卒。嘉靖辛卯，恩锡八品冠带以荣之。配卞孺人，躬操井臼，上和下睦，家日以饶。训二子，不为禽犊之爱。年逾五十而卒。公晚年又娶高氏，桑榆暮景，伺候勤劳，历久弗倦。公生于天顺戊寅，卒于嘉靖戊戌，享年八十有三。卞孺人生于成化乙酉，卒于正德戊寅，年五十有四。高氏未详。合葬砂山之北麓。

10. 阚庄派七世缪楷族称海观公暨元配徐氏合葬墓志铭

江西布政司左参议　同邑　沈奎　文叔

余家食时，即闻东兴缪氏弓裘世家，而海观先生又缪氏之白眉也。文声殷殷流宇内，既而四子相继游郡邑庠，益大厥宗。邑推名族，必首屈指缪氏云。海观以侠气直节，不能下物，群小哗然挤之。诸子奔诉无宁日，负义者为扼腕不平。久之得白，震器、甫灼匍匐号呼之力也。万历初元，荷优老之诏，复荣冠带，则天光烛而夙志酬矣。方期优游百龄，以偿前困，而病羸转剧。卒之日，治命了了如平时，曰："吾将遂还造化矣，吾生平无善行，亦无逅迹，惟是圹中之志不可不信，非天下士莫予铭也。"予时官江右，使者持厥孙仁阶状来请铭。予耳熟缪氏，甫灼、仁阶又吾两子同庠也，义不获辞，则按状而次之。

缪氏由常熟徙江阴，昉于国初全一君始也。全一生承三。承三生彦昇。彦昇生以成。以成生松月。松月生怡云，先生父也。隐德迭耀，益拓前业。怡云生子四，先生行一，讳朝端，字子端，前讳楷，海观乃其别号也。性颖敏，因延名师迪之。稍长试有司，下笔千言不竭，最为邑侯王公器重。遂游郡庠，联试棘院，时名籍甚。孝养怡云公，公性严重，然事当其心，谴责不及。及讼狱连构，重役屡佥，先生应之有余力。母惠孺人早卒，痛绝几殒，仍自慰曰："与其哭死者，宁成生者。"因诲育季弟，偕游庠校。叔弟厄于恶少年，即往白上官直其冤。至恤孤周族，于冠、昏、丧、祭礼必准诸朱晦庵先生。尤仅仅见者，治家勤俭，待师儒馆谷极丰，曰："吾以成吾子也。"身长魁梧，丰范伟峻，人望而敬之。心如其貌，不设机械，直吐厥衷，数人过即面赤不已。乡闾后生或不检，辄私相恐，曰：缪翁得毋闻之。以此播誉，亦以此贾祸，先生不少替也。事白而归，浩歌永日，时为桥中之戏。倦则枕书酣卧，一尘不关虑也。

配徐孺人，海虞工部侍郎主一公女侄，贵族也。然无贵态，事舅姑，和娣姒，理家务，纤悉中度。接夫子如宾，诲诸子如师，待媵妾如诸妹，俱井井可述也。及其卒，大小内外，罔不悲号。先生德之，终身不娶，迄今二十余载矣。诸子追思远慕，求志其幽室云。

先生生于弘治七年四月九日，卒于万历二年正月二十五日，享寿八十有一岁。孺人生于弘治五年七月初十日，卒于嘉靖二十四年十月初十日，享年五十有四岁。生子四：甫灼，郡庠生，娶蒋氏；甫燃，郡庠生，娶孔氏；甫灯，邑庠生，娶陶氏，更名煌；甫焌，邑庠生，娶钱氏。孙男七人，曾孙十四人。其子卜以万历三年二月三日启徐孺人合葬于金兴河之新原。余惟先生年逾八袠，寿矣；赀雄一乡，富矣；子姓玉立，贤矣；完德全归，无余憾矣。而予犹以为歉者，则以其少负经济而一筹未试也，因为之铭。铭曰：

呜呼璧耶，不售良贾。呜呼材耶，弃于般斧。璧耶材耶，君实其伍。直道鲜容，独行踽踽。君困于外，伊谁为辅。左右匡翼，惟配是主。霆震飙惊，备诸艰苦。既堕而复，不愧仰俯。生顺没宁，含笑黄土。

案：篇中金兴河当作新泾河，详系表。光绪修记。

11. 阚庄派七世缪桓族称东渠公行状

庠生 江阴 蒋三省

余自嘉靖庚戌游黉序时，缪子爚在侪辈中声称籍甚，人咸羡之，曰此东渠先生冢嗣也。予心识之。后数年，与其仲氏炌约为婚姻。而叔氏炷以亲故益相款洽，于是时时过东渠草堂，得其论议行事甚详。万历丙子冬，公不幸疾逝，诸郎君谓余雅从公游，俾状行事。嗟乎！余安忍状公哉？

公讳桓，字子威。东渠，其号也。缪之先，居常熟之小山湖桥，入国朝而全一公始迁东兴里，遂家焉。再世为承三，三世为彦昇，四世为晟号以成，五世为鉴号松月，六世为廷玉号怡云，世有一行。至怡云公而家益起，有大志，娶惠氏，生四子，而东渠最少。髫年就塾，锋颖脱露。怡云公曰："是儿敏，可读。"乃命业儒。比长，从邑中贤豪长者游。括羽镞砺，益宏肆于文辞，遂名冠诸生间。既而屡试棘闱，数奇弗遇。会怡云公殁，同室惎间，宵人抵隙。公跬步盘错，家益困，乃叹曰："吾既壮而无所成矣，安能穷年矻矻，与群少年角逐耶？"于是罢去其举子业，锐意治生，与配桑硕人分理家政。早作夜思，不自暇逸。居无何，室庐补葺，垅亩岁增，力稍裕矣。而日用之费渐繁，则益务俭啬，即一丝一粟，靡不量入为出焉。此公之才略，不效当世用，而仅施于家者也。举丈夫子三，少皆令从经师赵渡南游。暇则躬自督课，训以义方，俾恶衣粝食，勿习华靡。已而长君以《易》著邑庠，声郁然起矣，乃命仲、叔两君黜读事农，年既壮少，违犹不废夏楚。故其子姓雍雍彬茂，守家法惟谨，有燕山窦氏之风。平生笃于内行。初怡云公有侧室蒋氏，公独养之，终其身，所生女适同里李氏。李贫无归，送往事居，衣食百须皆己出，曰此固先人意也。仲、叔二兄，先公三十余年卒，抚诸孤侔己子，恤其婚嫁，捍其颠危，同仁均爱，人无间言。族有鬻女于富室者，赎而嫁之。其厚于伦谊如此。与人交，慷慨然诺，急难赴义，即昏暮叩门，靡不立应。或以产售者，必厚其值，不以其临难而亏之。其谨于义利又如此。至人有德于公，虽久辄念之。忆贫时尝从陶三塘氏称贷，既偿矣，其后陶之子家落，公召至，以廿金赠之，曰："吾以报先人旧德也。"故人子某干没二百余金，毁券谢之，仍相与如平生欢。公故谨厚，不以好施博名，然性倜傥任侠，人益多公长者。每念木本水源，营家庙于堂左，洒扫精洁，朔望肃衣冠，率群子姓展谒，以为常。岁时伏腊，必致敬备物。至老无苟简容，出则课耕牧，入则娱文史。客至辄留，留必信宿。有善弈者或留连竟日，然亦无所废弛。或夜分忘寐，而酬应事机，犹截然中则有袁羌应答如流之概。尤好名山水，每春秋胜日，与亲知契阔，操舟载酒往来吴越间，探幽访胜，旬日忘归，意豁如也。此外不一出，即乡士大夫之门，不辄造谒。遇乡人，无论少长贫富，咸折节下之。或以非礼相干，仍侃侃不为屈。处家庭间，公平正大，以张公艺为法。驭下严而有恩，至里巷细民，亦时时振其乏绝。岛夷之乱，剽掠乡里，戕杀兵民于唐墅者千人。公过之，掩泣驻马不能前，遂舍棺发粟，募里人，拾遗骼，裒为大冢，数十埋之。岁且大祲，复赈谷数百斛，里巷赖以全活者无算。至今父老过荆榛墟墓间，犹颂公之德不衰。

嗟乎！余观世人早夜执牙筹，会计盈缩，视捐一钱如捐生，至有同室为仇雠者，闻公之风，亦可以少愧矣。公质貌魁杰，长身戟髯，声如洪钟，望之如神人甲士。万历丙子冬，忽遘寒热，自度不起，处分后事，了了不紊。临终犹手疏遗言，投笔而逝。时十一月四日也。方公病时，祷巫问卜者载道，问疾候门者屦满。比其卒也，咨嗟哭泣之声，相闻闾巷，盛德感人如此，生平可知也。诸郎君奉公治命，亟理襄事，乃卜以明年丁丑二月三日葬于北原之新阡，启桑孺人兆合焉。将乞铭于当世巨公为不朽计，而以状属余。余惟公之懿行不能尽书，聊据乡评之梗概，书如右。

12. 阚庄派七世缪桓族称东渠公墓志铭

浙江按察司副使 常熟 钱顺德 道充

公讳桓，字子威，号东渠。其先常熟小山湖桥人也。国初有处士全一公者，避张氏之乱，徙居江阴之东兴里，遂占籍焉。全一生承三，承三生彦昇，讳思恭，皆以字行。生以成，讳晟。生松月，讳鉴。生怡云，讳廷玉，是为公父。家世孝弟力田，修长者之行，至怡云公而益起，娶惠氏，生四子：长楷；次格；次相；而公，其季子。为儿时，质貌魁杰，有大人之度。读书塾中，能并群儿之所习。怡云公喜曰："是儿颖，业可儒。"乃命修博士家言，招延邑中名人魁士为之师友，以镞砺其学问。甫弱冠，已有声诸生间矣。怡云公益喜，而公复善承，旦夕上甘脆，视履綦惟谨。怡云公安之，终其身就季子养矣。公既负才藻，数踏省门不见收，会怡云公殁，家难夺志者数年，业渐圮。公乃喟然叹息曰："人生不能为名高，即为厚利。吾年强半，不以此时少植箕裘，而矻矻然蚀卷腐毫，迨老而无成，晚矣！"遂毕志计然策，施于有政。尔时生业仅庚癸耳，公与其配桑氏孺人茹辛操作，植穮补罅，居亡何，旁亩渐扩，食指稍稍繁矣。而公益持筹握算，蚤夜饬臧获，人指自力，时有奇羡。益务为俭啬，不效时俗富人侈态，自是数年间，储庤赢衍，第宇棼列，为里中雄。即邑中大徭役及包藏机心俱伺事会者，弗能难也。公性恢宏任侠，执规履方，峻而能容，介而能群。教子姓以孝弟，即壮，不废夏楚。乃伯子具丹霄之翼，以明《易》饩于庠，而叔、仲咸彬茂克守家风，人谓微公之训，不及此矣。初怡云公殁时遗侧室，公以礼终养焉。而其女适李者，久之贫，公怜而周之，生则为衣食，死则为税禭殡，曰："此吾先人意也。"好读《左氏春秋》，一日至富辰"虽有小忿，不废懿亲"之语，为之唏嘘，泣数行下，盖有伤于伯兄云。伯兄殁，即子视诸孤，无几微间言。于仲、叔二兄，情谊尤笃，皆先公卒。卒之后未娶子三人，公皆婚之。有罹于罗者，公为出之。生平慷慨然诺，趋缓急若骛，尝谓积而不散，是为虏守。在闾党中有以事急者，或售之产，每昂其值与之。而间出橐中装为贷入者，母倍称，人咸倚公外府矣。先是公贷母钱于所善友陶，旋偿之矣。陶殁二十年，家落，公一日觞其子，遗以金，曰："此以酬先人周急之恩。"或有负公者，则未尝齿及也。岛夷之警，屠唐市里民，积尸撑距。公悯之，施棺葬死者，而发粟赈饥者，口碑至今存。此何异史所称"马郭厚施而薄忘，赈人之命不矜其功"，如公者，其真孝友笃行，仁心为质者哉。晚年诸子皆长矣，公各授田宅，诫曰："余闻之京生云：'孰易如革，孰化如毁'，言人生若瞬息也。吾向弃功名之会不赴，只以维门户，疲形焦神，至艰苦矣。兹已修业而息之，令若等弛于负担，其盍早自树焉，以毋忘汝父劳。继自今，吾将食吾余，置生产，勿问门以内事。"由是放情山水间，每逢春秋佳丽，辄裹粮拉宾，寻幽跻胜，诸如虎阜、龙湫、天目，近千里内者迹几遍。性好弈，所至必设局，与客对垒，丙夜不休，以为常时。意倦，推枰长啸，彼此胜负浑忘之矣。人以此方之王中郎、殷仲堪云。噫，达哉！岂蒙庄所谓天适者耶？

公生于弘治甲子十七年春正月二十六日卯时，其卒也为万历四年丙子冬十一月初四日亥时，享年七十有三。配桑氏孺人，常熟寓乐公女，先十八年卒。诸孤卜以丁丑三月初三日葬公于北原之阡，启孺人兆合焉。子三：长爚，邑廪生，娶贡士陶三塘女，即公所遗金厥子者也，继娶徐尚安女；次炌，娶贡士周西村女，继娶常熟处州别驾王南郭女；次炷，娶贡士夏怀庵女。孙九人。允诚，娶邑庠生刘禹门女；允德，娶太仆卿钱云江孙女，云江公即余从兄；允谐，娶郡庠生赵渡南孙女；允升，未聘；允恭，聘邑庠生陶继塘女，爚出。维蕃，娶邑庠生郁少峰女；维屏，聘邑庠生蒋澹渊女，炌出。昌期，聘太学生李戒庵孙女；昌胤，未聘，炷出。女五人。长适无锡杨克庵子枋，爚出。次字无锡陆蠡溪子汝任；次字少司空渔梁徐公肃玄孙崇让，炌出。余未字。曾孙三人。铨，聘邑庠生吴柏岩孙女，允诚出。应龙，聘邑庠生王凤梧女；应麟，未聘，维蕃出。

爚方以文誉籍籍邑中，而诸孙俱崭然负奇，其将光远自他有耀者也。君子谓缪氏有后哉。余不佞，雅好公子间，乃从诸孤之请志公大者，而又忆髫时数侍外舅翁游公所，则外舅时时口贤也。余盖怆然悲焉。外舅即渡南赵翁，生平以文行为乡闾推。公宾之垂三十年，暱甚，谓"天启吾两人定死生交，自吾与若耦俱无恙，而所不与出入接席联袂者，有如日"。

外舅家食贫，公腆馆谷佐之，及殁，而率诸子蒇其大事。至有所称假以累公，赵孤举遗田返之，公弗许，曰："吾为若翁息脩脯以获此产也，君仍归之，何耶？"孤猝罹厄，公又奋为解，此谊尤故人罕俪者，故特著论之，以风于世。铭曰：

时也溃溃，而公矫矫。时也禄禄，而公嚣嚣。弗瓦而售，宁玉而韬。凤笯骥枥，蹇途莫遭。虽则莫遭，德音孔昭。孝弟直方，曰古之良。载懋厥禔，尔后之昌。芝芬兰郁，千载辉煌。我言非羌，勒彼元房。北原之旁，考君是藏。

13. 周庄派七世缪廷相族称近山公暨元配李氏纪略

阙　名

公讳廷相，字子卿，号近山。少颖敏，读书目数行下。家贫乏膏火资，或劝以学稼学贾，夷然不屑。稍长，为蒙师以糊口，欲教学相长，以图进取。母氏弃养，居丧哀毁，悉遵礼经。年三十，始以明《诗》补郡诸生。益励学，试辄高等，旋补增广生，力敦本行。先世丘陇修筑以时，祭祀必尽诚敬。式穀贻谋，堂构日辟，为弈世规，族人皆矜式焉。配李孺人，黾勉佽助之，身亲劳苦，有鸣鸡戒旦之风。公喜交游，孺人恒脱簪珥，无交谪声。鸿案相庄，白头矍铄，愉愉蔗境，孙曾满前，人以为积善之报云。公生于弘治丙辰五月二十五日，卒于万历六年六月六日，享年八十有三。配李孺人，生于弘治乙卯十一月十八日，卒于万历三年九月八日，享年八十一岁。合葬于龙爪墩北新阡主穴丙山壬向。子二：长曰録，次曰镛。

14. 阚庄派八世缪炷族称惕庵公行状

子昌期　西溪

呜呼！不孝孤以甲午三月失吾母，尚厝浅土，未有七尺之封。今年丁酉二月，无禄先君再背。屈指三年，首尾两殡，而又淹恤孤贫中，俯身拊棺，俭不能传礼，于是不孝孤积惨负恨，实倍他人子。念即以身殉地下不得，姑强颜偷息，黾勉襄事，而僭不揣。且以千秋累名笔，谨濡血状之。

吾父姓缪，讳炷，字明思，别号惕庵。吾缪之先，世居常熟之小山湖桥。国初，全一处士徙邑之东兴里居焉，后遂以东兴著姓，是为江阴始祖。四传而为松月翁，讳鉴，有隐德，以诗书教养子孙。是生我曾大父怡云府君，讳廷玉，恢奇倜傥，喜施予，立然诺，凛凛有烈丈夫风。怡云翁季子，为我大父东渠府君，讳桓。少有名学宫，一再试应天，不利，退而修布衣之业。其所缓急，全活人者甚众，故两世皆以气义推于乡，而不失为长者。其训敕子孙，悉有条规，一门之内，整若朝典。大母桑孺人，海虞名家女也，产三子，吾父属最少。生而凝然，弱不好弄，桑孺人以为不慧也，而少之俾寄育于李家姑，稍长，归就家塾，严言雅步，授之书义多了了。时经师赵先生目而属曰："此子也沉，吾爱之，异日必为端士。"因介于我外祖怀庵夏公，以吾母嫔焉。会大父业弃其诸生自老，而冢氏静思伯方以才艺起，屡冠诸生，大父谓吾父："吾一经有托，而数椽日圮，汝盍修业而息诸？"吾父谨奉命，投槧去而任家秉，非其志也。吾父之治生，不耐牙筹龌龊，又不屑米盐琐屑，惟务与吾母折节为勤俭计。一岁中，污邪之所入，以时消息之，与督其力指，无虚其食指而已。卒以此稍致温饱，无乏绝。吾父以少子受丙舍，独畸于伯氏。既家用稍给，乃身拾瓦砾，编蓬荜，仅免侵于风雨，未尝有所较量，伤父兄心。繇赋践更非时至，辄独身跳而往。遇所酬费不赀，则以私橐佐之，一不以闻于大父。大父性好客，坐上客常满，则吾父能击鲜具醪以待，时时先大父意，不必问所与饮也。故大父晚颇适焉，且大喜过望，动于眉睫，曰："儿幸如此，足娱老人，何必雍容衿裾，而坐销我皮肉为？"然吾父居恒常闷闷，以未究于学自厌。及是不孝受句读，稍有旁解，吾父乃决任于课责，颇招延邑中名士为之师友，而每阴伺其间，身自监读。尤计日修短，立为程限。东方始曙，急披衣起唤"阿期，醒耶"。夜则篝灯相守，度不尽一日之程不休。虽夏蚊嗜肤，寒冰带须，未为疲也。而当其有所发愤督过，即宾至可却，事至可废，时至可忘寝餐矣。吾父废学早，不能博综于群书，而至阅古今善败兴亡之迹，与儒先身心格要之语，时谆谆亹亹，为不孝庄诵之，且特揭其大者于壁间，曰："以此当孺子座右铭也。"

性严冷自持，于物情无所追逐。每遇世间譊譃讙哗之会，力谢不往。曰："吾以二时侍亲，三时课子，一时料理生事，余隙则键坐一室中，澄怀默照，觉身心无少撄累，不亦恬愉自适乎？安能与侠邪少年游，浪掷光阴也？"盖吾父之斤斤择地，不逾绳尺者，垂二十年，竟不知世路崄巇，有理外风波事。丙子，大父以高年下世，里中豪谓三孤可掇取也，不用奇构不得兼，于是设外阱以投内隙，遂及丁丑家难。比主者简验情词绝相左，而县大夫诏安胡公所为保持甚力，主者心益开，至为株究其所以，而事端尽白矣。时不孝方以童子补诸生，父子相携而叩谢胡公，公却曰："吾不忍视良民之就鱼肉，实非以生故私其父也，何谢？"吾父归而闭门自省，绝口不谈前事。或挑以构者主名，则不答，曰："彼豪以危法中我，度无得脱者，而徼天之幸与二三大夫之明，布衣翛然以还田井，即我旦暮填沟壑，使孺子获称于人曰先君子足矣。"然回视东渠府君旧业，已荡然变斥，南山一顷，多芜而不治者。觉意绪牢落，日邑邑无所遣解，而其操不孝于学愈急，曰："匪是无以复先业而偿夙望。"久之，多恚。居一年辄病，病主心脾间，劳火炎炎上攻，则肠血随便下不可收。又一年，肱削而行蹇，侵寻成瘘。不孝谒四方之名医杂治之，卒无效。已乃大悟曰："吾乃知医之误人多，而药之不可以已病也。"悉谢去,不纳,手书敕不孝:"吾年及知命,患此沉疴,真阴耗失,岂药石所能强起。惟有息机断缘,差延岁月耳。自今以后,阃内之事,汝母为政;阃外之事,汝为政。家事圮、恶声至,都勿关闻我。我且闭目趺坐在匡床竹簟间,销送白日,饰巾待尽而已。"嗣是十七年之中,卧起一榻,绝无烦恼。道经一函,方书数帙,或手爇炉香,或亲泼茗汁,罗致四时名花,盆盎不乏。间与二三老人谈往事,课阴晴,欣然不知痼疾之缠绵也。不孝以京兆试不利,吾父喟然叹曰:"吾家自全一处士以后,代有隐德,而无显者,意将发闻于孺子,孺子勉之。"岁甲午,不孝以母忧罢试,盖至是五更大比矣,吾父始信遇合有命,绝不以利钝相绳。且曰:"汝既不能疾足先登,尤当饶艺业,高器局,以静观运会,庶进退两有所据耳。"呜呼!孰谓不孝血泪未干,重有斯难,而尚以诸生送吾父也。吾母故以静恭事吾父,至病床十余年间,尤极婉转扶侍,汤药膳羹,非手调则不进,故吾父得安心管簟,而无躁容。迨吾母没,而起居多失调者。去岁中秋之夕,前症忽剧,延至今春,竟不起。吾父莅不孝辈素严,疾革之际,犹正色危声,不作一悲恋语。不孝泣请遗言,曰:"身家事在天,身名事在汝,吾何嘱?强为善而已矣。"孺子呜呼痛哉!吾父生有至性,大父母性亢严,嗃嗃难事,而百方志养,终身孺慕如一日。前后居两丧,哀毁几不欲生。与澄湾伯同更患难,友爱尤笃。与静思伯暮年贫病,未尝不形影相吊也。每相见,必相泣曰:"凡今之人,莫如兄弟。"至今我从兄弟辈与不孝,蔼然一堂矣。初寄育于李家姑,受襁褓恩,后李败,姑老无嗣,吾父迎而养之,与吾母推燥分甘,疴痒必视,没则厚为营殡,春秋奉祀不衰,人皆以吾父之笃报也。生平恶曲蘖,眼不识杯铛,尤绝闺房窈冶之好。客有谈他人污媟事者,面热发赤,羞汗浃背。与吾母白首相庄,即阖门耦坐中,相视必以貌,方之古人,如冀缺、梁鸿夫妇,真不愧矣。天性峭直,不以辞色假人,常刺刺面诋人过,无所讳,至使人不能忍,拂衣去。而退则阴为覆护,曰:"吾爱之,故诤之,而忍彰之乎?"故终其身无背憎,人鲜怨者。最耻于求人与攀附人,见有倾身媚灶者,辄掩口笑之曰:"奉法循理,及时供赋,吾小人职耳。奈何与辇上君子作缘?且其人贤,不受媚;其人不贤,不受虚媚,媚何为者?"以故终其身,无非分之交。至遇故旧亲朋,以贫窭来者,无不温然昵好。晚既笃疾,尤强起叙契阔,致寒暄。或在数十里外,题封问讯不绝。自少沉默,吃吃然如不出口,而时发一语,辄破的。其论事拟人,多引上世难行与性情之所不近者,始见以为左时远实,迟之数年之后,是非成败,参验若符,人卒服其内鉴。大父多施予,而吾父苦自节缩。大父宽然泛爱,而吾父顾矜慎少与,以是无一时豪爽名。而要其引义裁中,不豁刻于大体,与二三心知交,垂老而愈觉有味。大抵吾父浑质有余,而藻饰不足,故附于物情者少;而依于真性者多,娴于世法者少,而附于内行者多。盖平居之,语不孝曰:"吾才力度量不当尔祖什一,故好事好客却输尔祖什九,第为拙为讷,不能为巧为利;为戆为迟,不能为谀为捷;为拘挛,为木强,为吝啬,不能为恣肆,为滑贼,为翕张取予。恶衣粗食,据偏守独,以安吾之癖,而无求于世。斯吾之不自知其不可，而亦欲稍贻孺子以朴，不愿其雕之者也。"此吾父之自序云尔。而父执之深知者，亦曰："尊府君德不纯师，行不表世，而惟于偏处完真，癖处养素，独往独来，不要誉于乡党朋友，殆几于三代之民欤。"噫！斯言足状吾父矣。惜也一生韦布，半世茵褥，暗暗于人耳目之间，而不孝身名未成，又无以显扬而光大之。即一二家庭之行，里巷之节，幽潜微渺，若有若无，后世子孙孰从而考焉。孤为此惧，乃敢忍死扶服，泣请于当世作者之门，徼惠片言，以信幽珉而光家乘，将殁者存者俱不朽矣。

吾父生于嘉靖丁酉十月初一日，卒于万历丁酉二月初二日，享年六十有一。吾母习礼夏氏贡士怀庵公女，实有妇范，庶几于范阳卢氏所称九族宗师者，语具海虞赵定宇先生志中。子男二，长即不孝昌期，娶赤岸李氏复庵公女、太学戒庵公孙女；次昌胤，娶王氏奉川公女。女一，适县诸生徐起凤。昌胤，侧室施氏出也。不孝卜以今年丁酉十二月初五日辛酉合葬于赤岸里任家桥之新阡，而先期勒状如右。（又见《常州先哲遗书·从野堂存稿》卷五）

15. 阚庄派八世缪烓族称惕庵公墓志铭

兵部车驾清吏司主事 吴郡 王士骐 澹生

不肖自为诸生时，雅闻后来之秀，咸推江阴缪昌期为第一云。已，稍侍赵少宰定宇先生，又盛称缪之行谊品格，不肖盖心识之矣。迨不肖居忧，而昌期俨然衰服，以先人之志铭请。夫不肖不能文，而僻任之性又不能谀墓，然必有以见知于昌期者，又何能辞？按状：

公讳烓，字明思，别号惕庵。其先海虞人也。明兴，而全一处士者徙居江阴之东兴里，遂为东兴著姓。五传而至怡云公玉①，有季子曰东渠公桓，实最良。东渠娶于桑，桑为海虞名家，有丈夫子三，而公又其季也。生而朴甚，桑孺人以为不慧，而少之寄育于李氏姑，稍长而授之书，又静而敏，塾师赵异之曰："缪氏世不乏季子矣。"为言于贡士夏君，而以季女尚焉，是为夏硕人。缪氏自怡云公好善喜施，以气谊雄于乡，而东渠公继之，益廓落自喜。客日益进而家无赢钱，初犹自负其才气，芥视一第，而久之不偶，则益无聊赖，一旦顾诸子而叹曰："谁为我代家秉而佚我以老者乎？"已，又熟视公曰："无逾若矣。"盖公沉默有心计，东渠公独知而躐伯仲授焉。公庭拜受教，退而窃叹曰："吾何以治生哉，吾不能结侠行贾，又不能窃窃焉米盐琐屑如妇人女子，吾何以治生哉？"时已娶夏硕人，则相率而为俭勤，一家之中劳取其上者，庐屋取其敝者，以为常。而久之家亦渐饶裕。徭役践更，非时并至，而公独挺身当之，不以烦父兄，以故东渠公得陶然于杯酒之间。而伯氏习博士家言亦

① 五传而至怡云公玉：经查光绪宗谱，怡云公名"廷玉"，无别名"玉"。

有余日，遂廪于学宫。公虽不竟学，而有子昌期渐露头角，公延明师训之，而身自督课读书，非丙夜不休。东渠公乃顾而笑曰："吾向者惜学之未竟也，今有子阿期，可以竟学矣。而日夜饰馔以娱老人，而徐睹尔子之成，不亦快乎？"公亦每欣然自谓："吾以三时事亲，二时课子，一时料理生事，周旋曲室，便足了一生。"凡世俗喧哗宴会，一切谢不往，人固已难之。公又好讦人过，面目严冷，人愈益敬畏之。东渠公施不择人，饮不择客，而公则近乎纤啬，以故不得世间豪隽声，而里中豪亦有忌之者。东渠公卒，而忌者遂生不肖之心，刁知伯氏可罔也，欲以一网尽之，日摘公与仲氏之短以间伯氏，而伯氏不察，遂至投杼。公于斯时茫然不知，所谓哭泣自伤，几不忍置辨。而会诏安胡公为令，廉知公冤状，亟请释之。而伯氏当反坐律，公请解不得，则又自伤哭泣曰："天乎，吾何忍吾兄至此，他日何以见先人于地下？"闻者痛之。当是时，昌期方童子试，补邑诸生，大为胡公所知，则父子相将以谢胡公。胡公大集诸生，数之曰："吾知此子以文，而释伊父以法。吾非诎法以申恩，若父非藉子以免罪，何以谢为？"麾之使出，而公心事始益白焉。公自念才力不逮前人，惟是硁硁之守，可以不愧。而中外为构，风波倏起，今事端虽白，而先人室庐多所废斥，手辟田园，芜秽不治，因悒悒不自得，其操昌期于学愈急，而且多恚，久之遂病。病久，肌削渐瘘。昌期日谒四方之医杂治之，而卒无效，顾谓孺子："且谢去医，无所事汤药，今而后，饰巾待尽而已。且吾自汝祖亡后遭家不幸，吾几不得为人，徼天之幸与邑大夫之明，以有今日，吾死可瞑矣，疾何必治？"自是于内外家政都不复相关，坐卧一室之内，以茶铛经卷自娱，而间与亲知道故课阴晴而已。惟是昌期试事独不能去怀，曰："此而祖志也。"昌期小试辄先人，试于京兆则不利，后又以夏硕人忧当试而罢。公乃叹曰："孺子勉之，吾不能待若矣。"先是夏硕人事公，以病故备极婉嫕，公安之而忘乎其为病也。硕人亡，公悼往不能已，于是病益甚，凡病十七年而殁。弥留之际，神气不少变，犹大声琅琅，训诸子以孳孳为善云。

公至性异人，东渠公与桑孺人俱性严，嗃嗃于堂，而公以委曲承之，咸得其欢心。公既育于李氏姑，受襁褓恩，后李氏姑衰老无子，公迎而养之，所以朝夕奉侍者，犹之乎奉母也。公于兄弟友爱尤笃，既更家难，伯氏稍存形迹，而公所以待伯氏者，犹之乎仲氏也。暮年相见，每相泣曰："凡今之人，莫如兄弟。"以是缪氏后来诸从兄弟，手足之爱如出共父，盖悉禀公教云。公之所为长者，不能如前人之广，而要其引义裁中，不谿刻于大体。与二三心知交，老而愈笃，则公之所独至云。伯子文名籍甚，郡邑大夫争为之前席，公谓孺子："虚名损实，小盈大亏，天之道也。吾每见吴中轻薄儿，借有司一日之色伸眉抗颊，儿得无效之乎？"昌期谢不敢。则又曰："儿既不遇时，当厚自树以俟之。宁静无躁，宁方无圆，庶进退两有据耳。"又谓孺子："女谓我无所遗乎？吾以布衣久困于裀席，四壁萧然，吾何以遗女？"昌期谢不敢。则又曰："有之，顾世法所不载耳。吾性僻而无机心，任质而乏藻饰，不能为通人，而欲附于节士，恶衣粗食，据偏守独，以安吾之素而无求于世。斯吾之不自知其不可，而亦欲稍遗孺子以朴，不愿其雕之者也。”斯言大类于有道者。昌期所状公之行事几数千言,而独叙至家难处,若欲为伯氏讳者。不肖诘之曰:“伯氏何如人?”曰:“伯氏故长者,特少戆,易为人欺耳。”不肖应之曰:“伯氏而长者,何以讳为? 讳之而使人疑,不若直书之。”故叙述少与状异焉。

公生于嘉靖丁酉,卒以万历丁酉,得寿六十有一。昌期以是年十二月初五日葬公于赤岸之原,而夏硕人合之。夏硕人之卒,先公四年。其淑行具赵少宰所为志中。公有丈夫子二:长即昌期,县诸生,娶李氏;次昌胤,娶王,侧室施氏出也。女一,适圆塘庠生徐起凤,字葆素。孙男五人:虚白、纯白、贞白、太白,一未名。孙女四:一适蒋,余未字。虚白聘周;纯白聘徐;贞白聘赵,即少宰先生女孙。少宰知昌期最深,既与不肖语而称之,后遂托以婚姻焉。

语曰:不知其人,视其友。又曰:不知其人,视其子。则不肖今日所以志而铭之者也。铭曰:

颦笑不苟,而意外招尤。鲜食寡欲,而二竖见仇。锐于教子,而志未尽雠。其外若有忧,而中无忮求。论者谓其得天之偏,而介特独往,不要誉于乡党朋友也,是足以奠其魂于一丘。

16. 吴门派八世缪天秩族称文峰公暨元配张氏行实

子 国维 西垣

不肖国维夙遭闵凶,生不弥月,严父见背,悠然空想,无貌于心,岁时悬遗像而饮泣,私恨无穷痛。惟母氏劬劳,迄以成立,相依为命四十余年,恫瘝忧戚之备尝,疴痒呼吸之关情,暱就膝下,戴此罔极。几几乎幸以申报万一者,指前期以相缓,而宿殃积戾,复婴降割,一旦弃孤长逝。呜呼,可胜痛哉! 失怙靡依之孺,直将礫裂五内,号彻九天,为搥膺,为躃踊,创巨痛极。每思泚笔叙述,辄哽咽唏嘘,屡命笔而屡掷,莫措一辞,又安能为吾父若母状耶。恸念先府君殒身殉孝,残于短造,先妣茹荼完节,仅跻下寿,忍令懿迹幽光,留佚弗耀,是死其亲而重之不孝也。微身一线,何足齿于人子? 是用忆识其大都片蹄勒状,盖字与泪落声共泣,偕不自知诠次之作何语也。

府君讳天秩,字原常,别号文峰,姓缪氏。缪之先世为常熟人,居黄泗镇。五世祖琼。琼生杲。杲生澄,始徙箸郡城,隶籍吴县之洞庭西山。澄生子为分拙公,讳宪,是为府君父。娶于徐,举丈夫子三,府君其仲也。生而开敏,风格颀秀,唇朱面皙。偕伯氏就外傅,治《毛诗》,日记诵数百言。能属文,受学于俞大夫道生、周先辈孔时,啧啧称赏,时称上足。乃其至性过人,惇行孝弟,固根之性植者。大父分拙公遇儿义方,嗃嗃鲜当意,府君夔夔鞠跽,承事惟谨,分拙公为霁严,每勖之曰:“吾家世培隐德,次儿彬彬雁行,当以儒起,孺子勉旃。”时吾外大父守溪张翁为里中蕃族,负气谊,不侵然诺,与分拙公意气相得欢甚,而无子，举一女，怜视最笃，冀择快婿，为偃骞其配，目属府君而心器，归与妇陆媪语而称之，欲使爱女尚焉。分拙公亦闻女令淑，遂委禽矣，是为吾母。府君犹在丱龄也，顾阨于数奇，遇郡县守令试辄中程，籍其名以上学使，甫待试，会祖母徐遘末疾不起，遂用忧辍，竟坎壈弗获措足黉序。自母徐之恸作，而家日就中落不振。分拙公戚戚无欢，府君袒括致毁于殡所，而强吞声、征修色以朝其父，解慰凄绝，百方婉转，时得王父一颔而已。乃天未悔祸，外衅继起，为怨家蜚语嗾陷，分拙公有株累之逮。伯氏任家督，相顾错愕，束手对泣耳。府君雪涕奋曰："危事不齿，覆巢无完卵，此何等时而委责吾兄耶。"则日夜奔走，僇力求为，居间营救，内操力作，外应敌侮，劳勩尽瘁，一切不以烦伯氏。然筹策缓急，纤悉动止，未尝不禀承伯氏，遵行如指，盖冒险居锋，而推让处镦也。至于义动张翁为典鬻别产，任赎锾之输而脱之于厄，义足多焉。迨事得白，而倾橐若洗矣。或并日晚食，迫冬薄絮，府君与伯季相忍于饥寒，而具温脆以奉大父者靡缺，莫迹其所繇赡也。母徐服除，不能备迎娶礼，张翁仍未有嗣，益材府君为足依。遣行媒议赘，府君跳弗应，跽请之父："奈何违膝下色养，而效秦俗之陋为？"分拙公心德张翁，谓："而妇翁与吾契分不薄，且吾得纾于难者，而妇翁力也，姑往就婚谐其议。"张翁亦自喜以得尚府君晚，重伤其意，勤拳慰勉："若岂长贫贱者，此可戢羽，以期砥奋，吾不忍名而赘也。"自府君入赘，愈益怛焉内伤，百罹婴念，深惟母蚤世、父晚悴、昆季中析，旦夕讯问不绝，朝于子舍而夕甥馆，每中夜蹶然起，徬徨久之，曰："吾身胡然在此？"稍得从三余，理旧业，讲席文社，必奉伯氏与俱。间抒其幽忧离思，拈咏篇什，绻怀存逝手泽，缮录蝇头细楷，字字凄断，悲吟感动。妣为泣下，亦恒以不得逮事先姑、夙兴问舅为恨。乃分拙公竟忽忽不怿，卧疾缠绵，则亟驰归侍省，穷昼夜衣不解带，目不交睫，而理汤药、察便液、躬涤厕牏，转展困惫。计无复之，仰天吁曰："天乎，何以至此极也，果父命不延，愿以身代。"阴刲股肉，和糜以进，弗使觉，而竟未有起色。寖及大故，吾母往哭持丧，一切附身棺衾之役，亟脱簪珥力为佐办，获如礼，俾无少憾。府君面墨柴瘠，鸡骨不支，蒌语微属，血泪和渍殷殷苫土间。启股而剜痕见察，知状缘病中割股为疗亲也。寻是遂患羸瘵，得弱疾，呕血，日以就剧。不肖方在娠，以冬腊举不肖，甫及献岁，计二旬有四日，而府君捐馆。然壹意不忘亲，谓不能精事生前，饲展乌鸟，得相从地下，身膏蝼蚁足矣。当府君疾革，手不肖而诀吾母曰："我固甘以身殉父，汝不难以身殉夫，顾念父未举之丧，孰淹抔土？念儿失怙之孩，孰延线脉？勉为营葬育孤，以累汝。"时妣仅二十有一龄耳。妣痛府君之死孝，毁恸几绝，愿以身从者数矣。张翁夫妇卫之谨，强进一勺饮，而低徊昵不肖于怀，曰："所不惜殉君者，此茕茕只影；所不敢殉君者，此呱呱血胤。何渠使儿得一日长藉手报地下乎？"或以谓外翁媪曰："女少不任嫠，始志易渝耳，终之实难。"翁媪谢曰："吾女志坚，弗忍夺也。"则遂襁藐孤，就外家焉依，毁容自誓，不一问户外事。母子煦煦相哺，然非有慈无威者。

比不肖髫革就塾，检授先府君遗书读之。程督加严，稍荒于嬉，谯责不少贷，继以操棰,曰:“宁为玉攻,毋为椟败也。”岁时行经师束脯之贽,躬勤织纴给焉。每夜篝灯,妣据机课读,机杼声与占毕声相杂彻,丙夜不休。一夕读《曲礼》,至“寡妇之子,非有见焉,弗与为友”,妣停杼而问:“此义何解?”不肖为说其义,重叹泣曰:“嗟乎,儿不幸为寡妇之子,苟弗克树见,将不比于人数矣。”时时勖警,动引斯语以激不肖。久之,外翁与媪陆相继卒,会有族属之在弟列者紊系,欲承其后擅室而据之,耽耽于不肖母子,惧分橐以薄其产,百方凌逼,谇语横诟。妣谓本非同气,何怪燃萁,是难久居矣,遂废箸出僦迁别庐。属岁祲,妣携少分赀,手勤绀澼。暨不肖舌耕致糈,力贫支毳以糊其口,惟日就颠踬之是虞。不肖虽困于窭人乎,然自脱怀抱之中,迨置室之后,生不令持一钱,曰:“营营百逐以妨读者,皆由阿堵兴祟耳。”辛卯秋,不肖应荐南畿,妣始一开颜,谓儿稍见头角,庶得辱与国士友哉。壬辰落第归,敕戒不肖无忘织纴修贽易糈舌耕,以寒尔青毡之盟。则连岁下榻里馆,从游生徒,稍稍而集,谕令贫生授经者勿馈脩矣。

妣年未五十,已兆衰征。不肖沦踬,屡上春官报罢,亟策蹇南还,慰问相劳苦。庚子冬,迫岁尽始成行。明年辛丑,微第,隶事宪台,不能忍数月之别,请急归省,具冠服,拜堂下,妣抚而喜。已,伤往事艰辛,愀然坠泪。时称未亡人者逾期五十,精白一节,皭然无涴,于格当旌。乡三老与诸博士弟子员具其事,闻于有司,自令守监司台使者礼馈羊酒、惠周粟帛,署其节,颜之庐。需次候疏,春秋岁祀致膰焉。而未尝一色喜,居恒,谓人生岂愿有此耶,吾何忍藉逝者以成吾名?不肖窃念妣与衰,会逡巡里居,未有行意,而妣为趣装戒程,之部谒选,除令南安,便道将母御板舆以从。南安故属闽泉之南陲,陆逾重嶂,水涉惊滩,值连旬雨泞,妣叹谓:“行役之难如此,顾吾衰病见侵,幸及生还耳,不能重续是游也。”不肖口噤色恐,不复对。间关抵署,妣强餐自饬,呼不肖,命之曰:“令司一邑之平,将抚摩凋瘵,整厘丛脞,曩勤于读,惟须习静足矣。一行作吏,百尔纷拏,责治办焉。吾恃粥粗安,儿勿分忧内顾,以隳尔职。”不肖谨拜受教,稍得发舒振刷,一心营职。未几台檄分校省闱,比彻棘还邑,而入计之期迫矣。首尾绾绶才七阅月,戒期北征。扶侍归里,遄趋赴觐。及计役已竣,不肖殊念衰亲远道,意实难之,伏阙叩请,愿就乡郡教职便养。得改除教授宁国,侍妣偕往,出对诸生,以齑盐旧业相订;入奉匕箸,起居左右,稍得于于。时妣已跻六十矣,公暇请沐礼白岳、陟华山,为妣祝厘延算。居岁余,量移国博留都,则岁在丙午迎夏之阳。窃计南中风土相宜,一苇航之,可幸长侍。而吾母衰状寖剧,乡思转深,遂从宛上奉以言归。归则敕令不肖束身之任,先葺衙署,徐图就养,秋为到期。不肖辞诣留雍,讯问络绎,起居音耗时时相闻,曰加餐进饭,曰肤色改腴,已,又曰指字课儿。盖寓致家信,自吾母授指,用以宽不肖于邸。而不肖怦怦心栗,私抱煎切,机固有先动,而神固有先告者,是真消息也。妣节未及疏闻,诚虞一旦罹不可知之变而终天贻无可奈何之恨,卒就泯泯矣。不肖国维乃敢披情备疏母氏荼苦完节,恳例赐旌,以广孝治,励贞风,昧死请蒙下所在有司勘覆。时不肖察知母病耗益真，亟移牒大司成假归省视，兼程信宿而至，则妣寝疾浃旬矣。蒲伏榻前察症，殊瘠甚，骨崖削，扶掖卧起，递更医药，稍复向痊，竟以脾鼓不治。先期检所遗衣分赉诸女获，当且易箦时，抚不肖顶，呼儿妇携孙及孙女曰："偕来，偕来。"熟视膝前，滴泪至颐，沉瞑就逝。是岁丁未夏五月癸未夜刻漏下三商矣。

呜呼痛哉！不肖无母，无以至今日，而迍邅奇蹇，乃未得以一命荣吾母也。筮仕邑令，苟幸无罪，兢兢满考，日可竢也，以改就乡校自免。会天子大霈，覃恩京秩，自一命以上皆获沾封。侥及之矣，国博之迁，已复后时。天乎何夺吾母之速，不以终彩服欢而中道背殂。所拟少效于生前，幸及妣身亲见之者，竟弗待矣。抱恨风木，曷其有极？惟是豫占衰兆、羁处散局，而病及视汤药，没及视含敛，则不肖所踌躇回虑，恐罹此不讳，宛转若为之地者，奄至今日，乃遘其会。假令不肖绻此墨绶，子母异所，待报离任，积有旬月，即戴星跣奔，安得奉榻前之诀？则尤不堪于独子，其为终天恨又何如？不肖以此权彼，不以易也。

吾母明爽毅烈，识大体，其天性固然。少依翁媪以居，为爱怜女。所操奇赢筹算，织纫澡丝，能自力为俭勤。拮据纤悉，储少薄赀，而为不肖延师宾、供纸笔之费。不肖怜自外翁媪相继殁，有庶媪顾嫠处，嗣子虽据产，不问供应。妣迎归致赡，生于我乎养，死于我乎殡，宽然老寿，没于妣手，启张公之兆祔焉。伯氏多女，妣抱其季女女之，择偶而得曹婿，厚遣资装以嫁。意好施予，而苦不肖食贫，无以尽行其德。每于炎夏施茗济渴，冬月给浆馁寒，岁以为常。舍旁道泞，亟令缮治，行者便焉。嗛嗛之惠，惟力是视而已。晚喜瞿昙氏言而微契其指，一月之内强半斋蔬，谓大乘慈航，讵易参寻，惟心行平直，常持平等，即是菩提。时见谄曲，每加深嫉。至于闻人片语，揣知衷情向背。稍见事端，策其末路，当成败一一烛照数计。不肖懵而暗，赖北堂严师是训是仪，奉以周旋，缩缩如有循耳。妣恒念先府君久滞浅土，而不肖贫不任襄事，封树靡卜，语及潸然，最后乃行营尧峰之山麓窆焉。时为不肖言府君性不茹荤，遇腥呕哕，然其志与众异，谓丈夫生当五鼎食。后至病革，委顿不起，强啜一脔，曰牲鼎未酬，终不令膻芗阙荐，谓乃公沾沾儿女态也。府君生罹艰悴，不幸短祚，而耿耿孝弟大节，质之宗党内外无间言。伯氏初年倚之若左右手，今逾耆耋，不忘悼惜，犹为不肖言之，津津益齿颊云。

呜呼！他人之母，母耳。吾母力操家秉，严饬身范，任兼父师，而嘘此孑遗，疢疾用勩，幽苦是甘，倍百恒情。不肖幸起家通籍，微母诲育，不及此。而拓落一官，栖迟寒暑，未得纶綍施荣，棹楔表贞，奄然以荆布终。嗟乎，不肖所谓酬父志而报母恩者，竟安在哉？是子而不子也。始妣为不肖忧嗣续，晚举孙，于不肖往任南安时，妣咳而名之以"福郎"以志喜，曰："孙来何迟也。"含饴课字，以为娱乐，属纩之顷，犹命于榻前抱视。已，宽心即安，谓"此孙延祚，足报府君地下矣"。乃吾母弃杯棬者四阅月，添举一孙，则母不及见，而未几长孙竟殇于疹矣。呜呼伤哉，何不肖茕然孤露，而不得徼先慈余庇耶！

府君生于嘉靖甲辰三月十二日辰时，卒于隆庆丁卯正月十四日巳时，享年仅二十有四。妣生于嘉靖丙午十二月六日子时，卒以万历丁未五月廿一日子时，得寿六十有二。一子，即国维，始从母育于外家以长，遂冒姓张。妄意于报政之期，请正缪姓，尚未有复也。娶苏氏。孙男二：长孙早殇；次孙慧隆，幼未聘。孙女三：长许字卜丽明，次许字金汝玑①，又次许字方泰。不肖国维择吉今岁己酉之十二月十七日奉吾母合府君兆葬于尧峰山麓之阳。而谨泣血具状如右，敢砻隧中咫尺之石以待志铭。惟门下哀而赐言，勒之贞珉，是德慰幽魂，光照穷泉。不肖衔结之感，永矢弗谖。搏颡伏请，不胜恳切祈吁之至。

17. 吴门派八世缪天秩族称文峰公暨元配张氏墓志铭

南京通政使 同郡 徐申

余故友博士君国维延致下榻，辱与儿辈游。君不余鄙，为论文析义莫逆也。余尹京兆，而君稍迁国博留雍，握手叙故，数相过从。君不余惫，复为论文析义，间抵掌世务，又莫逆也。亡何，君以太孺人忧归，余寻亦谢政纳言在告矣。一日苴杖过余，衔哀荐币，匍匐跽恳，手事状数千言，为二尊人卜葬有期，请铭其墓。二尊人者，父文峰缪次公、节母张太孺人也。读所布状，盖字字血，诚不禁涕陨。余即不斐，固愿效之，为返币而受役。

公讳天秩，字原常，文峰别号也。姓缪氏，其先居海虞。大王父曰杲；杲之子曰澄，始徙郡，占籍吴；澄生子曰宪，是为分拙公，娶于徐，有三子，而仲为公。生而秀羸，赋性警敏，授书能记诵，操觚工属文，偕伯氏执经负笈，从诸名师游，每加器异。分拙公遇儿嗃嗃鲜当意，独心知仲子才厚，期以儒术显里。有张翁者，为爱女难其偶，见公而目属之，喜得当也，两家遂割襟订姻好。顾公数奇，就郡邑有司试，辄得隽，及待试学使者，会母徐夫人见背，辍归奔讣，竟坎壈终焉。自母徐之恸作而家日就零，分拙公不复问生产，伯氏不任家督。公痛悼其母而强颜慰解，僇力操秉，佐伯兄以抚季弟，俾无伤厥考心。继以外姓龋龁，分拙公株坐逮系，公奔走伸理，以御其侮。张公义形于内，为典鬻别墅，慨输赎锾，久之事得白。母徐服除，不能具迎娶礼。张翁深念，谓缪倩材足依也，遣媒议赘。而负气岳岳，耻随秦俗之陋。分拙公心德张翁，趣使往赘，非公意也。自其为赘，益不忍旷膝下欢，朝于子舍，夕于甥馆，温凊罔缺，悲吟孺慕。太孺人为之感泣，恒以不得逮事先姑、夙兴问舅为恨。会父病则归，太孺人从公于侍省，调汤药，眂便液，医祷技穷。公吁天矢代，密刲股肉，炊糜进

① 次许字金汝玑：本篇《吴门派九世缪国维暨元配苏恭人继配徐恭人行状》、《吴门派九世缪国维墓志铭》以及《(光绪)东兴缪氏宗谱·缪国维世系表》，“玑”均作“珂”。

疗，竟不起。敦治棺衾，一切身任之，太孺人脱簪珥佐之。而股上剜瘢，创巨病殷，血泪垂滴，苫土为渍，未毕丧而骨毁柴立，遂病尫，呕血渐鈲。时孤国维方在妊，以冬腊举，甫及献岁，而公溘逝也。曰："吾殉吾父，为蝼蚁蓐手孤。"属孺人："是儿也成，惟汝之赐，育孤难于捐头，勉之矣。"太孺人褓呱呱而哭之，恸几绝而苏，眷延残喙，低回未忍。或以少不任嫠意难太孺人，张翁识之，弗为动也。母子煦哺，外氏焉依。比国维能读父书，程督加严，稍见媮惰，谯让峻厉，操箠继之。躬勤织纴，行经师脩脯。每夕篝灯课读，张翁与媪陆辄相劳苦，日夜如何，其亦古孟母据机时耶，儿幸且休矣，书声与机声丙夜相和切也。尝授儿《曲礼》，读至"寡妇之子，非有见焉，弗与为友"，太孺人征诘其义，叹泣自伤，深味此语，为儿激勉。张翁夫妇无子，至是相继殁，太孺人庀其殓葬有加礼。族子甲踞室而强后之，虑分赀漏橐以薄其产，持太孺人母子甚急。则出僦别庐，以避其燃萁之焰。张翁之没也，有庶媪顾嫠处，族子只利产耳，安问养？太孺人迎致供，能得其欢，以寿终。属岁不登，龟手洴澼，无以糊其口，藉舌耕易糈，仅支朝夕。国维虽久畏约，太孺人惧以阿堵溷读，自离襁褓迨有室，终不令操一钱。辛卯荐南畿，凡十年成进士。先是每下第归，太孺人戒以不殖废学，无寒尔青毡旧盟。仍比岁授经里馆，而偕计后即谕贫生来学者，无纳贽矣。辛丑对策，肄政宪台，请急归省，冠服拜堂下，则谓国维，今而后庶无负而父手属藐孤，往质地下靡憾也。时称未亡人者，龄逾五十，夷险一节，于格宜旌。乡三老及诸生列其状，上之令守监司，台使署节表庐，郡邑岁祀致膰焉。太孺人转愀然："吾何忍借逝者以成吾名？"为国维趣治装，入选，除南安令，御板舆从焉，已占衰兆，颇嗟行役之艰，强饭自饬，敕儿子无昵昵膝前，以隤而职。君晨朝诸吏民，而夕问寝羞。绾绶七阅月，贤声腾绰，得之母训多也。寻迫计期，单车扶归赴觐，及计役已竣，不敢以衰亲复涉远道，陈改乡校，得教授宁国。精心色于养，母子于于，斋厨苜蓿盘甘于大官鼎膳矣。居岁余，征为博士。乃博士又南雍也，盈盈带水，一苇可航，而太孺人衰状转剧，不得如曹大家逐子东征，虽讯问不绝，心怦怦不能一日安其署。披沥飞章，备陈母氏苦节，恳例赐旌。诏下所在有司勘覆，既复请于大司成，假归省视，则太孺人已病脾不治。犹宛转扶掖者月余，疾与于尝药，没与于属纩，繇邅回散局，得为之地也。次公之捐馆舍也仅二十四，太孺人之乖琴瑟也二十一，其弃杯棬年六十二，中睽四十余年，而相从地下，要其殒身殉孝，抗志完节，皆钟自间气，结为大年，非可以区区历算，延促较也。国维独以生孩背父，终天抱疚，太孺人生未膺封，节未被旌，痌乎有余痛焉。余重二逝者之能自不朽，而悲国维之致无已于亲也。

公生嘉靖甲辰三月十二日，卒隆庆丁卯正月初四日。太孺人生嘉靖丙午十二月六日，卒万历丁未五月廿一日。一子，即国维。孙男二：福郎，早殇；次曰慧隆，幼未聘。孙女三：一许字卜丽明，一许字金汝玑，一许字方泰，皆名族。葬以万历己酉十二月十七日，墓在吴县尧峰山麓。启公浅土，祔太孺人合兆焉。

余按状裁综成志，并系之铭。铭曰：

龙剑终合兮去人间，怀贞履孝兮馥重泉。山灵呵护兮无崩骞，甘瞑全归兮安且坚。硕果圉如兮剥后延，俾尔孙枝兮纷棣联。封茔协吉兮应牛眠，伫承纶綍兮责修阡。有雏攀号兮悲曷镌，勒铭诠次兮慰幽玄。

18. 吴门派八世缪天秩族称文峰公传

缪天秩，字原常，吴县人。生而开敏，长受学于俞道生、周孔时，皆一见赏识。父性严，于家人鲜当意，惟秩能委曲承顺，以得其欢。父为怨家所构陷狱，独身奔走营救，赖以得脱。里中张姓有爱女难其配，闻秩才欲赘之，秩以不便定省坚辞不允。父固强之，始就甥馆。父得重疾，侍汤药，衣不解带、目不交睫者累月，吁天以身代，阴封股肉，和糜以进，而父竟不起。居丧，尽哀毁瘠骨立，又以股创甚遂成瘵疾，咯血死，死时犹以不得尽力事亲为恨。以子国维贵，赠中宪大夫贵州参政。（《（康熙）苏州府志》卷六十七）

19. 周庄派八世缪镛族称晴砂公暨元配袁氏纪略

阙　名

公讳镛，字晴砂。自幼承庭训，读书明义理，无窕容谩语。既长，博通世务，外严而内宽。排解纠纷，往往一言冰释，公雅弗尚也。饬躬行，共子职，思贻亲，以令名。亲没，营葬尽礼，祭祀以诚。遇亲族之贫者，辄解橐以周恤之。晚年优游泉石，物外逍遥，与二三故旧啜茗饮醇、看花吟咏以为常。配袁安人，生于望族，蔚为女宗。凡公之善行，无不同心协力，惜中道而殂。公念其贤，不再娶。公生于嘉靖癸未五月二十一日，卒于万历丁未三月十九日，享年八十有五，以子贵敕封儒林郎。配袁，敕赠安人，生卒未详，享年五十有二。生子一人，治。女二人，长适云亭曹，次适章卿赵。合葬于近山公墓之昭穴。

20. 吴门派九世缪国维族称西垣公暨元配苏恭人继配徐恭人行状

门下士 吴门 陈元素 古白 孝平 金刚

岁乙丑，先生甲子周，国人觞先生，而元素亦有文为颂祷。乃不一年，而先生遽班碧落矣，诸孤慧隆等将卜葬，先治墓中之石，图所以不朽先生者。而属元素状之，元素谢不敏，然先生先为祭酒博士，不类实与立馆下，弟子述师不名僭。且闻先生举觞时，颇以芜言为有当也，又不胜知己之感，虽智不足知先生，亦何忍以绘天辞。

先生盖吾郡之以孝著者也。生未匝月，而赠公不禄。太恭人张，誓以死保之。赠公固张氏赘婿，太恭人之父若母幸无恙，顾以未有子赘婿也。而乃睹寡女呱呱，怀中弱孱，倚命日夜，念魏阳元事，辟咡诏先生，即能了了。尝默坐以思，不言不笑。即言笑有恒度，绝不逐群儿嬉。既就傅，昧爽而兴，读书琅琅，每至丙夜。授《戴氏礼》，始夏讫秋，已澜翻熟。余经史诸子，多该博贯穿。溢为举子业，洸洋大观，而按之皆沉挚窈渺之思，试辄高等。外王父为色喜，曰："吾外甥，吾甥也。"以是先生蒙张姓，用慰母氏微意。已而张翁媪俱殁，族之子自请为后，疑先生母子或以张为赖也。太恭人亟命先生徙而违之："此嗛嗛者不能为膏，而何足狃？"先生时既受室，乃身耕砚，苏恭人亲织纴易糈以养太恭人。当是时，四壁而外，饼粟有今无储，而入以承欢，出与诸名士文社，莫有名张先生贫者。文则日有名，遂举京兆试，是为显皇帝之辛卯。又十年，辛丑成进士。然先生年裁三十有六，太恭人亦仅逾五十耳。时梓里官京师者，咸射覆先生必选读中秘书，而先生念太恭人啮指，急请假省觐，冠服拜堂襟称寿，太恭人为解颐加餐。明年谒选，得南安令。南安固岩邑，先生初政即有声，未几入计。计毕，念复之闽，道里远，板舆将母，母劳。乃陈情请改学官，得教授宁国。太恭人欣然就养。一年转博士南雍，南雍静简，益得理甘毳娱太恭人。而太恭人谓相去近，可不俱往。先生每每心动，因上疏自陈："臣以险衅，襁中丧父。母氏张，年甫逾二十，之死靡他，饮冰茹荼，以得至今。臣未得少报母恩，尚蒙张姓。惟祈圣明闵鉴酸苦，俾表门如故事，臣复父姓，庶两慰存殁。"方奉旨下所司覆奏，而太恭人病革矣。先生请急归，色焦然，操药以羞，号泣于鬼神，愿裁己之算以益母，不可得也。升极长呼，莫返也。擗踊恸几绝，三日水浆不入口，苫块中涕泗狼藉。明年己酉，营葬，身佐畚锸，朝夕一溢米而已。庚戌，服除，补北雍。明年辛亥，迁缮部，以主事署员外郎事。寻转虞部郎中，大司空倚为左右手，凡五年。出守温州，便道归为太恭人建贞节坊。先已膺玺书封，又受旌典，国人荣之。之永嘉，初政即有声如南安。此壤旧名膏沃，而民险健，乃以清恬为理，不喜为刻深，冤滞一洗，民亦雅化。戊午冬，以入觐行，通国之人遮道送。明年己未，晋宪副，监军贵州。贵穷远险峻，襟肘彝落，风土气候非吴越间人所堪，而先生安之。为设方略，防御击剿之，具事事严整。辛酉，入贺天子御极，事竣，还黔，道半而安逆之变作，会城戒严。先生乃屯新添为应援，日夜呕心，枕戈衣甲三阅月，而贵竹之围始解。一时藩臬迁秩有差，而先生亦得晋大参矣。亡何论镌一秩，先生即拂衣归。归谓所亲："吾矻矻一经，博一第，意在慰母氏耳。既母氏以天年终，门有绰楔，此后十余年，间关川陆，举非本怀。今得赋遂初，扃扉读书，焚香啜茗，倚树嗅花，于吾事济矣。"仕宦二十余年，家无多蓄，无论始为令，为学官，一无所取,即守永嘉,赎锾积五百金,留藏中署,郡者遣藏吏赍至其家,不受也,曰:“吾不敢忘吾母嗛嗛之戒。”持节黔中,会军兴,益以耿介著威信,将士乐为用。当是时,西南城堡多残破,而新添独完,伊谁之力?自幼奉杼规,邃于经术,即以相士瞭于九征。于闽癸卯分较,得人六,而四人上第。于东粤壬子主较,得人七十有奇,而数年间举南宫,几无剩者。海内服先生神鉴。乃先生爵位不大显,则先生之淳真简谅,不巧逆,不躁进,逾以征其品矣。元素少先生十岁,里居不远,儿时即知先生奉太恭人有曾仲之性,太恭人以母兼父师,不少姑息,或颜稍不怿,辄长跪请伯俞之杖。其生平凛凛,卑以自牧,未尝以才上人,以齿爵先人。绝营求,寡嗜好,皆得之慈训为多。太恭人歿后,每遇忌辰,惨然不乐。待族之昆弟姊妹甚厚,婚嫁必代为经理。说者谓先生少孤,嬛嬛无芘依,能自震厉取青紫,以显融太恭人,无愧孝子。而孰知其孝乃在树品惇行,有一举足不忘亲者乎?

苏恭人自先生为诸生,至举进士,同守俭约,练裙椎髻,事太恭人工于意指,妇姑而子母矣。至于待侍妾有容德,抚子女如若己腹,此尤闺壶所未得见也。惜不永,然性嗜佛,似深解去来之故者,卒之年,犹手书莲花经一过。徐恭人婉娈淑慎,无减苏恭人,而持家用家人之益,梱以内外,无不肃然者。虽更不永,要不失为缪先生贤配矣。

缪氏世居常熟,谱牒可纪者曰处士琼。琼生杲。杲生澄。澄生宪。宪生三子,其仲为赠宪副公文峰翁,讳天秩。先生讳国维,字四备,别号西垣,生嘉靖丙寅十二月初九日,卒天启丙寅九月廿六日,年六十有一。苏恭人生隆庆丁卯十一月初八日,卒万历癸丑七月十一日,年四十有七。徐恭人生万历壬辰四月初十日,卒天启辛酉正月三十日,年仅三十。子三人:长慧隆,邑诸生,贰齐氏出,娶承天守王公禹声女孙、太学生永熙公女;慧远聘宪副朱公邦桢女;慧深聘大理寺副杨公之骅女,殇,俱贰郑出。女二:一适诸生金汝珂,太仆公士衡子也;一适方士龙,太学宣子也。慧隆之子世厚改名彤,幼未聘。

以天人之理观之,先生之后必有大昌,炽未可量者,何也?以先生名不取众争,器不招天概,储之也赢,而享之太靳,惜不以诒子孙,将奚授耶?虽然,食报綦厚,惟是一代大手笔为先生不朽,是先生之尊爵大年也夫。(《缪西垣先生文集》附录)

21. 吴门派九世缪国维族称西垣公墓志铭

赐进士出身 嘉议大夫 南京礼部右侍郎 门生 李孙宸 伯襄

吾师缪西垣先生,以岁壬戌致大参藩政归隐姑苏。越五载丁卯初夏,孙宸承乏佐礼,重入白门,相望仅隔衣带,以迎送王师署篆司农,卒卒未得须臾之间一候起居。越月,客有自吴门来者,询之,则云师已于先年秋杪修文白玉楼矣。余临风陨涕,仅托之哀词,遣奠灵几，恨不克亲也。又越月，而师之冢君慧隆，以其乡人陈生元素所为状，来征言于墓中之石，谊不敢以不娴辞。

师先世居常熟，其迁吴县之西山，则自处士讳澄者始。澄生宪，宪举丈夫子三，其仲即赠宪副公讳天秩，别号文峰，为张家赘婿，举吾师，未匝月而公捐馆舍。呱呱怀中太恭人，相倚为命。既长，受《戴氏礼》，文誉郁起，振藻子衿，皆从外家卵翼也。张固无嗣，以故吾师体太恭人微旨，蒙姓张。既而翁媪俱殁，族有自请后张者，师遂与太恭人徙舍。当是时，师家余四壁，而笔耕攻苦，所受室苏恭人以织纴佐之，入而北堂甘脆，出而社人文酒，莫有名师贫者。岁辛卯，遂举贤书。又十年，辛丑成进士，中秘之选，南直例应两三人，以才以品，更无右吾师者，而师念太恭人甚，不俟考期，请急归。越年，谒选得南安令。癸卯分较闽闱，师威怀并著，士民咸父母戴之，独以道远不便迎养，郁郁不乐。未几，入计竣役，即请改学官，得教授宁国，就近御板舆之官，寄一毡于黄山莲岳之间，欣如也。无何，迁南雍博士，上疏陈情，谓臣母氏年逾二十即称未亡人，臣在怀抱，寄育外家，鞠臣教臣，嚼冰茹荼，以有今日。臣蒙恩通籍，尚冒姓张。臣所不邀恩赐臣复姓者，臣何以为臣父也子？臣所不邀恩表门如故事者，臣何以先为臣母也报？疏上，方下所司核奏，而太恭人病革矣。师哀号躃踊，水浆不入口者三日，几冒伤生之戒。明年己酉襄事，身操畚锸。比服除，改北雍。寻迁缮部。壬子，奉命典粤东试。乙卯，复缪姓，晋虞部正郎。丙辰，出守温州，而太恭人先已被恩赠，又荷旌命，师便道归为建坊，里人相庆，为善报不爽。温郡旧号沃壤，而民儇竞难下。吾师肃之以清严，薰之以和易，莫不彬彬雅化。戊午，以入觐行，卧辕辙者拥道。明年己未，晋宪副，监军黔中。黔为苗僰杂处，道里穷险，人多为师不堪，师怡然安之，曰："非王命也乎哉？而东西南北择也。"辛酉，入贺先帝登极。事竣，借道还里，一洒扫庐墓。旋治黔装。中道闻安寇难作，会城严戒，道路梗绝，即叱驭兼程，屯新添为应援，日夜枕戈坐甲，百计犄角，心呕发枯，凡三阅月而围始解。诸藩臬有不次擢者，师第循资，量转大参。而随以无媚骨失直指欢，论镌一秩，即浩然赋归来矣。曰："吾生平无仕宦意，所为役役风尘，为吾母耳。丁未以前，捧檄之喜固也。五年郎署，犹欲邀一命于重壤。自此以后，为守、为臬、为藩，举觉为吾赘事。夫论我者，成我者也，拜赐多矣。"遂掩关，庋图史、茗杯、香鼎之类一小阁，花木竹石环之，而身吟诵其间。出则以一篮舆，与二三方外侣，婆娑于石湖、天池间，若不知有人世荣枯事者。息机养恬，宜天锡以难老。不谓一病，遂不起也。

师邃于经术，朗于鉴才。癸卯，得闽士六人，成进士者四，有登鼎甲而今居政府者。壬子，得士七十五人，粤几无留良，惟孙宸名录第二，而粗疏蹇劣，漫无寸树，负吾师特达之知。

师之生平懿美，未易殚述，要以大者，则孺慕天植，念赠公见背早，母氏劬劳，一举步不能忘者，终其身。太恭人爱而能劳，凛凛义方，吾师承奉唯谨，或颜稍不愉，辄长跪请伯俞之杖。性清恬无欲，扬历二十余年，禄入外，未尝持一钱归。守永嘉，积赎锾五百，署郡者遣吏赍至其家，不受也；持节黔中，饷士纤悉如额，且以时债帅，罔敢染指。故军兴方棘，而将士效命。西南几无完郭，而新添岿然独完。谁实为之，乃功之不图而龋龁之也。师归后，公论大著，当事欲以不次起吾师。师辄谢而尼之曰："吾被酲方醒，复置身于糟丘乎？"宦吴者雅慕师，千旌门相踵，师则以一小奚谢却不任。客多有"名可闻，人不可得见"之叹。

元配苏恭人，孝慈勤俭，自佐穷以至偕贵，荆布作苦，未尝少改。遇姬妾以恩，抚诸子女，直同离里。好持斋礼佛，手书莲花经，一过以卒，似不在世寿延促间论者。徐恭人婉娈淑慎，无愧嗣徽，而闺范整饬，梱内外罔不祇肃，真称宦门良佐，而不谓更啬于年也。

师讳国维，字四备，别号西垣。生嘉靖丙寅十二月初九日，卒天启丙寅九月二十六日，年六十有一。苏恭人生隆庆丁卯十一月初八日，卒万历癸丑七月十一日，年四十有七。徐恭人生万历壬辰四月初十日，卒天启辛酉正月三十日，年仅三十。子三人：长慧隆，邑诸生，贰齐氏出，娶承天守王公禹声女孙、太学生永熙女；次慧远，聘宪副朱公邦桢女；次慧深，聘大理寺副杨公之骅女，殇，俱贰郑出。女二：一适诸生金汝珂，太仆公士衡子也；一适方士龙，太学宣子也。慧隆之子彤，年幼未聘。隆等卜以某月日，奉公与两恭人柩，合葬于某之新阡。

夫釜鼓满，则人概之。人满，则天概之。不满，不概也。吾师名不竞众，位不干显，即寿考其所自有，亦仅周甲子，开衷其有余不尽之所留，非天之所概明矣。今两嗣君凤毛烨烨，且暮将大而家，举师未竟之业而光昭之也，敢以不腆之言为券，敬为之铭曰：

惟缪于吴代隐德，迁而西山德逾积，源远流长讵可息。德馨浚发吾师出，呱呱在褓所怙失，母氏劬劳恩罔极。培风负之起大翼，扬历中外声华赫，版曹三载奏最绩。锡类龙章被绣黻，东瓯世戴龚黄泽，建节新添烽火棘。黔阳再造伊谁力，功懋酬轻议更及，绵上一蛇舆论惜。拂衣归卧天池石，却扫门无车马迹。乘缘来去信所适，偕尔良嫔还兹宅，郁郁葱葱佳气溢。庆流后昆千万亿，过兹丘者谁不式。

案：李文定公作先王父大参公墓志云："吾师缪西垣先生，以岁壬戌致大参藩政，归隐姑苏。"则先王父于天启二年归里矣。及考《皇明通纪》，云："天启二年壬戌五月，贵州土贼安邦彦攻陷龙里，瓮围困省城。三年癸亥正月，黔抚王三善进兵龙里，解省城围。师次子宅溪，八月除贼双翼，献俘。闰十月，上以川贵捣巢解围。"先王父得以叙功加级。则天启二年，先王父正在黔中筹军饷，调兵戎，昼夜不遑宁处之时，何以《志》云"壬戌致政"耶？彤不能无疑于志之误矣。或曰："告归在先，叙功在后。"又考先王父履历一则，在黔中给由文移也云："自万历四十七年十二月初六日履任，历署本司及安、平、威、清提学道事。于天启元年正月，赍表庆贺，天启二年正月抵黔回任。扣至本年十二月初六日，连闰三十六个月。"益知壬戌、癸亥俱在黔无疑也。又筹饷遗牍皆有年月可考，癸亥秋家信《寄塾师盛先生者》尚云"秋冬间决计谢事"，则癸亥之在黔可知。又《上王抚台书》云："全黔之命系于公，如室承于栋，船制于柁。"又云："黔之兵单财绌，负尫然废疾。"读前后请饷两大疏，为黔至计，较若列眉，无以易此，是甲子正月十二日书也。则王抚台未失事时，先王父尚在黔任事，断非壬戌致政归里矣。李文定公名孙宸，先王父壬子广东所得士，官留都，乃为先王父作墓志铭。留都与吴门相去四五百里，公岂不详先王父居家之日耶？即公之升任少宗伯，在丁卯夏，与先王父没之日，仅隔数月，何未及详耶？况先王父请告而归，无论李公在朝、在家，师弟之关切，其出处岂不留意耶？彤书此，以质诸叔父子长先生。叔父亦云：《志》之误，可无疑也。因忆欧阳子云："《公羊》、《穀梁》以尹氏卒为正卿，左氏以尹氏卒为隐母。一以为男子，一以为妇人，岂不大可怪哉？"史迁书灵公之贼，在《赵世家》则为景公三年，《晋世家》则为景十七年，舛误亦甚矣。夫以左丘明亲受业于孔氏，而传讹如彼。子长为千古良史，而书屠岸贾事又如此。则李公不详考安邦彦之乱，而误书先王父致政之岁月，亦无足怪矣乎。康熙丙寅夏五月，孙男彤跋。(《缪西垣先生文集》附录)

22. 吴门派九世缪国维族称西垣公传

缪国维，字四备，吴县人。生未匝月，父天秩死孝。母张氏鞠于外祖家，蒙其姓。家贫苦学，万历辛丑成进士，授南安知县，阅岁，吏畏民怀。已，念母老不便就养，乞改宁国府教授，迁南京国子博士。宅艰，复除北雍，升营缮司主事。主广东乡试。复缪姓。晋虞衡郎中。出知温州府，多善政。擢贵州副使，闻安酋难作，叱驭兼程抵任，屯兵守新添卫，枕戈坐甲者三阅月。及围解，叙功，当事抑之，仅升右参政。又以耿介不悦于巡按，论镌一级，浩然赋归。性情恬淡无欲，扬历二十余载，禄入外不持一钱。任温，积锾五百，署事者函送至家，峻却之。黔省饬兵转饷，纤悉无染指，故将士效命。各城堡一时皆陷，而新添独存。年六十卒于家。(《(康熙)苏州府志》卷六六)

23. 吴门派九世缪国维族称西垣公传

缪国维，字四备，别号西垣。生未匝月，父天秩见背。母张鞠于外家，因蒙其姓。万历辛丑成进士，授南安令。已，念山川险阻，母老不能就养，乞改教职，补宁国教授。累迁工部营缮司主事。典广东壬子乡试，得士独盛。迁本司员外郎，虞衡司郎中。出知温州府，多善政，入觐，扳辕者众，至不得行。晋贵州兵备道按察使司副使，时土寇安邦彦作乱，围困省城，道路梗绝。国维叱驭兼程入境，屯兵新添卫为应援，枕戈坐甲，心耗发枯，三阅月诸城堡一时皆陷，而新添独存。贼平，擢贵州新镇道布政使司右参政。寻以耿介不悦于巡按，劾镌一级归。卒年六十有一。性清恬无欲，禄入外不持一钱归。临政威怀并著，故民多遗爱，将士效命。入闽、浙、黔三省名宦祠，苏州府学乡贤祠。所著有《西垣文集》十卷。子慧隆、慧远。慧远，顺治丁亥进士。慧隆子彤，康熙丁未状元，官侍讲。慧远子锦宣，康熙癸丑进士，官检讨；继让，康熙戊辰进士。（《（乾隆）吴县志》卷五四）

24. 吴门派九世缪国维族称西垣公传

缪国维，字四备，号西垣，苏州吴县人。父天秩，字原常，称孝子，早卒。国维服母训，家贫力学，年十六补诸生，即以文章经术显。万历十九年辛卯举于乡。阅十年辛酉，登张以诚榜进士。选授福建南安县知县，长于吏治，决狱称神明。以母老乞改宁国府教授。卯、辰之际，逆珰为祸，慨然曰："我母抱柏舟之节，孤子不可以身许人，食人之禄而不谋其事，非忠也。"遂请告归，奉母终养。孝闻于朝，赐坊旌表。丁未母殁，哀毁尽礼。服阕，迁国子监博士，擢工部营缮司主事、虞衡司郎中。充壬子科广东乡试正考官，报取多绩学知名士。旋补浙江温州府，多善政，士民均受实惠。升贵州布政司副使，分守新镇道，率属吏公正，下吏不敢干以私风。裁清冽，抗志有为。庚子，水西蛮安邦彦犯境，奉巡抚李沄调提兵守新添。安贼沿山列营，间旬日一来攻，公激励将士奋起斫贼，贼不敢攻。相持三阅月，佥都御史王三善援兵至，围始解。叙功，当事者抑之，仅升右参政。明年，解组归里。角巾单衫，与乡士大夫往来虎阜、邓尉间，以诗文自娱。为人乐善好施，里人称之。卒年六十一。崇祀闽、浙、黔三省名宦祠。吴中人士感公旧德，请祀于乡贤。子二，慧隆，邑廪生；慧远，顺治丁亥进士，官寿阳县令。孙彤，康熙丁未状元，官至侍讲；廷升、云章，俱诸生；锦宣，康熙癸丑传胪，授检讨；继让，康熙戊辰会魁，授龙游知县。乞今累世簪缨，皆其积厚之流光也。（《（光绪）东兴缪氏宗谱》卷四二转引《吴中先贤录》）

25. 阚庄派九世缪昌期族称文贞公行状[①]

（明）吏部尚书 常熟 钱谦益 牧斋

曾祖廷玉，祖妣惠氏。祖桓，皇赠通议大夫、詹事府詹事兼翰林院侍读学士；祖妣桑

① 以下传状未注明出处者均选自《（光绪）东兴缪氏宗谱》卷二五。

氏，皇赠淑人。父炷，皇赠通议大夫、詹事府詹事兼翰林院侍读学士；妣夏氏，皇赠淑人。本贯常州府江阴县东兴里。

天启四年，应山杨忠烈公劾奏逆阉魏忠贤，江阴缪公在左坊，群小愬公于阉，谓缪与杨厚善，老于文学，奏草实出其手。阉衔之刺骨。是年，推公掌南院，疏阁不下。旋移疾乞归，勒令致仕。明年，坐杨公狱词牵连追赃。又明年，诏下急捕公。公坐槛车，取故纸败笔，籍记其平生，使其子授予曰："敢以是累后死者。"公殁，予时时捧其书叹且泣曰："余两人同里同馆同志同隶党籍，城西之亭，北寺之狱，行且从公而后，何暇以余生游魂，理笔札之责乎？"后十年，余又坐党放逐。家居久之，喟然而叹曰："嗟乎！余于公，乃可以言后死矣。其可以已。"谨按：

公讳昌期，字当时，举万历癸丑进士，选翰林院庶吉士。丙辰授检讨。请告归里七年。熹宗初，补原官，主湖广省试。壬戌，升左春坊左赞善，册封建德王。甲子，复命。升左谕德。是冬，勒致仕。又二年，而有逮捕之祸。丙寅四月二十九日，毕命于诏狱。今上即位，诏赠詹事，追及其二世，而荫一子入监。

公之先为常熟人，居小山之湖桥。国初徙江阴。曾祖王父及王父皆为儒任侠，修长者之行。其父母驯行孝谨，馌耕相敬，有古仪法。虽其声名不出闾巷，而乡之言家风者归焉。公少负隽才，邑令胡士鳌赏异其文，问知其父连染系郡狱，立请出之。弱冠有盛名，远方宿儒，多抠衣受业。无锡顾端文公延致家塾。端文前辈名家，公与之上下议论，才辩蜂涌，无以难也。年三十九，举于乡，两都人士，聚观叹息，以为衣冠有异，如唐之李邕矣。公与同年生顾云鸿镞砺志节，以古人相期许。余从云鸿识公于公车，云鸿殁，经纪其丧事，遂定交。端文与高忠宪公辟讲堂于东林，公退而语余："东林诸君子，有为讲学，而有意立名，党锢道学之禁，殆将合矣。"公既登朝，癸丑、甲寅之间，朝论攻东林甚急，还观其所为，一皆便文养交，蝇营狗苟，附时相，走私门，恶清流清议为害已，欲锄而去之者也。公未尝心许东林，而疾党人滋甚。每叹曰："吾惟恐人为伪君子，肯与人为真小人乎？"往往盱衡扼腕，形于言色。朝论遂以东林目公，公弗辞也。当是时，余以史官里居，群小畏余之出，而忌公之翼余也，曰："必亟剪之，是将令虞山速飞。"于是嫉余者亦移师向公矣。乙卯，有东宫梃击之事，御史刘廷元以疯癫蔽其狱。提牢主事王之寀抉摘主谋，御史刘光复主廷元议，疏攻省垣之右提牢者。公为之评曰："一御史以'疯癫'二字出脱乱臣贼子，一御史以'奇货元功'四字抹杀忠臣义士。"之寀黜，以公言为征。廷元顿足曰："缪官史馆，安得司空城旦书耶？吾属他日无噍类矣。"明年，将散馆，工垣刘文炳再疏侵公。公甫拜官，未上，移疾归。又明年内计，公与余并中蜚语。南昌刘公掌院，力持之而止。自是厥后，余两人取次为党人射的。党人之忌余甚于公，而其恨公而欲杀之也，尤亟于余，则以梃击前议也。天启初，逆阉已骄横，杀光庙伴读安，逐南昌。福清叶公召至，公正告以"内传不可奉，顾命大臣不可逐，公三朝老臣，当以去就争之，力遏其渐，无令中人手滑"。福清迂其言，颔之而已。又二年，高邑赵忠毅公为冢宰，号召海内清名之士，澄汰品流，塞绝徼幸。公与高公、杨公及桐城左公、嘉善魏公参预其议，位置标榜，倾动朝署。朝右皆侧目扼手，怨诅交作。杨之草疏也，公密告左曰："内无永，外无文襄，一不中而国家从之，可几幸乎?"左默然不应。疏上，福清言于阁曰："此竖在君侧小心，一旦去之，不可易得。"公勃然曰："谁为此言者？可斩也！"福清色变而起，号于人曰："西溪欲杀我。"西溪，公自号也。福清口语籍籍，流闻大内，与草奏之说相应，而公之祸不可解矣。公罢归未逾年，刘廷元以副院入，坐赃未竟，旋被收拷。无何，王之寀亦拷死。廷元者，故所主疯癫御史也。被收日，出就厅事，邑令岑之豹遽前捉其手，妻妾不得诀别，惟闻锒铛声琅然，撼版扉恸哭。徐传语慰劳而出。阉既饮章捕公，织阉实诬。奏始上，且有收捕五人后命。公中途得之，疾呼家僮曰："虞山免矣。"喜见颜间，忘其身之在贯索也。诏狱死状秘，外人莫得知。四月二十九日，橐饘中传出寸纸，自是而绝。五月二日，狱吏以死上，竟莫知其何日也。正统八年六月，阉振杀侍讲刘忠愍公球。忠愍之亡以二十一日，二十三日家人始得闻。其讳祭自二十一日后凡三举，盖疑之也。今公之绝命，则未知其为四月为五月也，其家遂以四月二十九日为忌辰。忌辰一也，刘则疑之，缪则意之，亡于礼者之礼，孰是而孰非，均可以痛哭矣。其敛也，十指堕落，捧掬置两袖中。盖阉以草奏故，属狱吏加梏拲焉。其它楚毒备至，又可知也。阉自以为得甘心于公，不知其代人操刀，为议梃击者释憾也。呜呼！惨矣哉！

公天性纯孝，父末疾卧蓐十七年，午夜闻謦欬，慑慑若杵臼撞胸，趣整衣立床下。执亲之丧致毁逾礼。覃恩再赠，皆以制词属余，肃拜请乞，涕涔淫覆面也。邦君大夫，少受一言之知，使车往来，必枉道过其家，哭其墓。与人交，推贤让能，救过分谤，死丧急难，为之侧席而坐，嗟咨涕洟，如恐不尽。作秀才时，即以民瘼吏敝为己忧。邑令治状狼藉，官舍有井阑，唐李嘉祐手刻诗句，载以归楚，任满营求保留，公移书逐之去。江阴民比屋欢呼曰："缪举人活我。"癸丑上公车，无以办装，刺促借贷，几不成行。雅不欲以廉洁自喜，曰："此细事耳。"乐易疏豁，不立崖岸。少而读书于所谓西溪者，既贵，诛茅种树，栖息其中。度阡越陌，与田夫牧竖偶语，煦濡疾苦，尔汝相狎。轩车造门，意有不可，直视旁睇，手掇衣裾，一揖之外，忽忽如不相酬对。好为人规切过失，不少鲠避。或其人护前讳短，面颊发赤，更刺刺不休，信心而行，冲口而言，事过语阑，如飙回浪息，都不省记。而偏心之人，骤而与之值者，鲜不以为深衷豁刻，颔有鳞而胸有甲也。同年进士醵金宴会，戚里接席，觥筹错互。公至，兀傲据上坐，视殽胾，嗅茗碗，卒发一语，举座愕眙失色。久之欠伸思睡，顾左右取马，坐客始叫呶相庆，更酌尽欢。同馆少年，夙为公所跆藉者，构公于阉，以为贽，而貌事公甚谨。会詹翰官，从九卿，后上劾阉疏，公强拉与俱，将抵左顺门，忽逸去，匍匐报阉，而公尚不知其卖己也。已而有违言，公从众中面数之，其人大不堪，卒定计杀公。江右有倾巧士，阳附正人，而实背之。公尝许为撰制词，一日来谒，使人尾其后，掷还其名谒，而焚稿于通衢。行人走卒，聚观填咽。[①] 其人惭且恨，泣而诉于阉，公之强直自遂结怨群小皆此类也。[②]

生平不识酒醴，不好歌舞，客至设食，糗餐错列，张饱杂进，剧谈极论，移日分夜。客皆踦倚假寐，公方整襟危坐，如昧爽盥颒时。榷情伪，计成败，揣摩天下事，不失毫发。几席户牖之间，多受人欺绐，瞪目顾视而已。为人谋，周详微密，处分井然。至于屏营箱箧，筹算钱谷，心慵手懒，虽庸夫稚子，有弗逮也[③]。口多微词，兼好谐谑。就急征，行至毗陵驿舍，缇骑袜首靴袴，狰狞植立，与客谈时宰谄附高邑状，俯躬起立，低声折支，曲尽情态，缇骑为欢笑失声。其跌宕嗢噱，多纡缓可笑亦此类也。读书为文不事训诂，不傍注脚，聊且翻阅，通晓大意，穿穴解驳，别出新理。陶渊明书不甚解，孟浩然学不为儒，庶几近之。虚怀下问，自视歉然，每语其门人子弟劝学曰："无效吾腹笥枵然，为贫子捃拾度日也。"嗟乎！世之高冠长剑，大儒胪传者多矣，其亦知公之自命失学者，乃所以为善学也与？

公生于嘉靖壬戌七月既望，其殁也，年六十有五。娶李氏，累封淑人。生男五人，女五人。李柔静仁恕，有妇德，痛公遇难，早夜呼愤得疾，惊惑不常以死。李有侄曰应昇，官御史，后公拷死，所谓收捕五人，应昇其一也。考诸国史，词臣死阉难者，惟刘忠愍一人，后一百八十三年而得公。天子既愍而恤之矣。而易名之典，犹有待焉，或曰有尼之者也。溯公之为人，笃于君亲，重于名节，厚于朋旧，慎于取予，是其所长也。勇于为人，急于疾恶，疏于防奸，忽于酬物，是其所短也。其所短者，虽有深仇积怨，吹毛索瘢，亦不过如此而已矣。而其所长者，耿然著明，如秋霜夏日。乃欲以一事抹杀，何哉？苏子瞻赞王元之，谓其不幸而处于众奸之间、安危之际，必将惊世绝俗，使斗筲穿窬之流心破胆裂。今公既处众邪之间，为惊世绝俗之事，而斗筲穿窬之流、心破胆裂者乃从而窃议其后，又曷怪乎？[④] 忠愍以血裙葬，公以堕指敛，死无皋复，殁无家忌。后先惨死，冤动天日。狱卒之杀忠愍，悔作逆天理事，懊恨成疾，未几而死。罗文恭公为记其事。今之士大夫仇公于死后，曾不如忠愍之狱卒，是何可令文恭见也？或曰：公以梃击前议触忤党人，今迟公之谥，使天下知忤邪之罪，虽死阉犹不足以赎。僇死而惧生，于是乎在？呜呼！谥者，所以劝善也；勿谥者，所以惩恶也。今而倒用之，国其犹有人乎？晋之贾充，唐之许敬宗，宋之夏竦，权势薰灼，有驳议其谥者，君子称之。今以加寒素连蹇钩党拷死之词臣，不亦辱前史而羞当世之士乎？

---

① 同馆少年……填咽聚观：此段文字，钱谦益《初学集》卷四十八中表述为：阉焰之方炽也，士大夫或中立祈免，公从众中面数之，其人赧而亡去。公顾问曰："彼得无未喻吾指乎？"盖犹以为有隐乎尔也。尝为人撰制词，或诉之曰："彼卖公去矣。"一日来谒，使人尾其后，追还其名刺，而焚所撰稿于通衢。行人走卒，填咽聚观，弗顾也。

② 《初学集》中，此段之后另有以下文字：初欲尼杨疏，其既上也，匹马过从，朝于杨而夕于左。间弗往，则双藤以拒门。往往离立长安道上，停车拊马，戟手骂詈。阉刺探已十余曹，公等故自若也。

③ 有弗逮也：《初学集》中，此句改为"皆睨而笑之"。

④ 乃欲以一事抹杀……又曷怪乎：《初学集》中，此段改为："顾犹有异议焉，何哉？"

恭惟甲令,大臣应得谥者,礼部广加咨询,稽核名实,应谥而未谥者,覆奏补给,固非一人一时所可得而专决也。当都堂从议时,余已罢归,无从奋笔弹驳,以执谗慝之口,谨撰行状一通,上之有司。他日节行定谥,廷辨可否,庶几可考信不诬。谨状。

崇祯八年七月望日撰。

26. 阚庄派九世缪昌期族称文贞公传

经筵讲官 保和殿大学士 桐城 张廷玉 衡臣

缪昌期,字当时,江阴人。为诸生有盛名,举万历四十一年进士,改庶吉士,年五十有二矣。有同年生忌之,扬言为于玉立所荐,自是有东林之目。

张差梃击事,刘廷元倡言疯癫,刘光复和之,疏诋发奸者,谓不当诧之为奇货,居之为元功。昌期愤,语朝士曰:"奸徒狙击青宫,此何等事,乃以'疯癫'二字庇天下乱臣贼子,以'奇货元功'四字没天下忠臣义士哉!"廷元辈闻其语,深疾之。给事中刘文炳劾大学士吴道南,遂阴诋昌期。时方授检讨,文炳再疏显攻,昌期即移疾去。既而京察,廷元辈复思中之,学士刘一燝力持乃免。

天启元年还朝。一燝以次辅当国。其冬,首辅叶向高至。小人间一燝于向高,谓欲沮其来,向高不悦。会给事中孙杰承魏忠贤指,劾一燝及周嘉谟,忠贤遽传旨允放。昌期急诣向高,力言二人顾命重臣,不可轻逐,内传不可奉。

向高怫然曰:"上所传,何敢不奉?"昌期曰:"公,三朝老臣。始至之日,以去就力争,必可得也。若一传而放两大臣,异日天子手滑,不复可止矣。"向高默然。昌期因备言一燝质直无他肠,向高意稍解。会顾大章亦为向高言之,一燝乃得善去。两人故向高门下士也。

昌期寻迁左赞善,进谕德。杨涟劾忠贤疏上,昌期适过向高。向高曰:"杨君此疏太率易。其人于上前时有匡正。鸟飞入宫,上乘梯手攫之,其人挽衣不得上。有小珰赐绯者,叱曰:'此非汝分,虽赐不得衣也。'其强直如此。是疏行,安得此小心谨慎之人在上左右?"昌期愕然曰"谁为此言以误公?可斩也!"

向高色变,昌期徐起去。语闻于涟,涟怒。向高亦内惭,密具揭,请帝允忠贤辞,忠贤大愠。会有言涟疏乃昌期代草者,忠贤遂深怒不可解。及向高去,韩灯秉政,忠贤逐赵南星、高攀龙、魏大中及涟、光斗,灯皆具揭恳留。忠贤及其党谓昌期实左右之。而昌期于诸人去国,率送之郊外,执手太息,由是忠贤益恨。

昌期知势不可留,具疏乞假,遂落职闲住。

五年春,以汪文言狱词连及,削职提问。忠贤恨不置。明年二月,复于他疏责昌期已削籍犹冠盖延宾，令缇骑逮问。逾月，复入之李实疏中，下诏狱。昌期慷慨对簿，词气不挠，竟坐赃三千，五毒备至。四月晦，毙于狱。

庄烈帝即位，赠詹事兼侍读学士，录其一子，诏并予谥。而是时，姚希孟以词臣持物论，雅不善左光斗、周宗建，力尼之，遂并昌期及周起元、李应昇、黄尊素、周朝瑞、袁化中、顾大章，皆不获谥。福王时，始谥文贞。(《明史》卷二四五)

27. 阚庄派九世缪昌期族称文贞公传

缪昌期，字当时。少工属文，累冠其曹，行卷不胫走四方。为诸生，已名震天下，且以名节自负，为赵文毅、顾端文所推重。万历庚子，举于乡。欧阳郡公属定崇祀先贤，推为惇史。癸丑成进士，选庶吉士。时杨、左诸公征拜在都，日与抵掌时事，小人已为侧目。乙卯夏，有东宫梃击，时朝论鼎沸。昌期为之评曰："一御史以'疯癫'两字出脱乱臣贼子，一御史以'首功奇货'四字抹杀忠臣义士。"指御史刘廷元、刘光复也。廷元因嗾刘文炳劾之。拜检讨，即移疾归。天启辛酉补官，典湖广试，序论中有赵高、仇士良等语，大触内忌。是时逆珰渐横恣，昌期正告座师叶福清，谓当力遏其萌，福清颔之而已。再晋赞善、谕德，时掌铨、掌宪、掌科皆其同志，澄汰品流，预参其议，群小益为嗡訿。杨公"二十四大罪"之疏上，一时喧传出昌期手。而感事触忌，昌期亦不讳避也。嗣是时事日变，名贤以次摧逐，昌期必携榼泣送，阉益衔之次骨。中旨闲住，继削夺提讯。丙寅三月就逮，昌期拜别家庙，作《自序》千言，慷慨就道。及下狱，阉属狱吏梏拲锻炼，坐赃限追。昌期不屈，但呼高皇帝之灵。至没无完肤，人不敢讯其故。是时翰林死忠者，昌期一人而已。

生有至性，父卧蓐，躬亲盥颒。与人交，热肠冷面，不作寒暄。扬搉古今，接引后学，娓娓不倦。非其类者，尝目摄之，出语如飞镞透骨。总出救世苦心。持局过峻，遂罹党祸。此亦邪正消长之关也。

崇祯元年，赠詹事兼侍读学士，赐祭葬，给三代诰命，荫一子入监读书。胄子虚白伏阙讼冤，奉褒旨议谥。所著有《从野堂集》行世。虞山钱谦益为状。又祀府乡贤。(《(崇祯)江阴县志》卷四)

28. 阚庄派九世缪昌期族称文贞公传

吴郡　金日升　茂生

先生讳昌期，字当时，号西溪，直隶常州府江阴县人。髫年颖敏，下笔惊群，文名蔚起，每试辄冠其曹。先生时艺一出，士子家藏一帙，以故穷乡僻壤，无不知有先生之名。负笈从游几千人。至性孝友，父病不起，床褥侍汤药者二十年。拓落不事生产，博学宏览，议论奇峭。其于千古是非，时流邪正，断断不少假借。胸有所怀，必吐而后已。然以此见赏高贤，亦以此取忌庸辈。每扬扢古人忠义事，慨然慕之。尝曰："人孰无死，等死耳，岂有丈夫死儿女子手者乎?"为诸生及孝廉时，不妄交游，所交皆当代名流，不可指数。上公车五，始登第，选入中秘。是时杨大洪、左浮丘俱以考选候补，先生日往来无间。至乙卯五月，梃击事起，东宫震惊。先生义愤形色，谓慈庆宫何地？持梃直入，关宗社安危不小，乃台疏中仅以"疯癫"二字结局，何也？随语人曰："某以'疯癫'二字出脱乱臣贼子，某以'首功奇货'四字抹杀忠臣义士。"言出，而忌者耽耽。甫拜官，遂嗾奸党劾归。归而读书实园，课子弄孙，夷犹自适。庚申，神庙宾天，光宗御极，一时正人君子胥集辇下。时掌院南昌是庵刘公移咨促装，值鼎湖再泣，先生伏地痛哭，以明年辛酉三月入都补职。六月奉命典试湖广，所录多名士。序论俱寓规讽，论中有赵高、仇士良语，大触时忌。壬戌，复廷遣册封建德，以甲子二月复命。是时逆珰势焰已熏天矣。先生与杨大洪、左浮丘相与痛愤，曰："不除此奴，何以报国?"约至旅邸，商所以除奸者，谓大洪风宪有责，显任纠劾。先生恃与福清相国师生谊厚，往诣政府，动以外廷公愤面奏先帝乘机黜逐，庶炀灶无地而中权默消矣。计定，而杨公"二十四罪疏"上，先生随谒福清。时湘州李公先在坐，先生正告以除君侧之恶，大臣责也。相国唯唯不决，且曰：" 杨大洪疏行，难再得此小心谨慎之人在上左右"。此或福清权言，未可知也。先生奋前曰："谁为此言以欺老师者？可斩也!"色变，趋出。于是福清出一揭为调停之术。珰大怒，福清惧，借先生以自解，曰："此非我本意，自我门生某迫之也。"更有献媚逆珰，投隙而进，日以代草事闻于珰，而先生之祸益不可解矣。及福清不安其位，蒲州当国，每事持正，不肯婂阿，颇倾心于先生。先生亦尽言无讳，冀挽回万一。珰衔之益切。无何，蒲州亦去，国事遂大变，赵太宰侪鹤、高总宪景逸、魏给谏廓园逐矣，杨大洪、左浮丘削矣。公日持榼相送，涕泪言别。长班跪阻，先生曰："相知被逐，可不送乎?"逆珰日缉先生，先生略弗避。推南掌院不下，逆珰遣小珰到阁，厉声曰："缪昌期还留他送客?"先生随请告，珰矫旨闲住，继削籍提问，于是复为除根之计，再起大狱，公不免矣。被逮时，预闻报三日，先生曰："早知有此日矣。"遂拜别家庙，先抵邑以待。值奸党邑令岑之豹，即通关节鬻科场者，承望内旨，先差衙役围先生第，一见先生，遂执手，徒步至县署。士民悲泣，遮道相送。而邑令鼓吹自若，迫先生黑夜至府。初寓民家，逻卒遍布，至公署，令更严出入，赖知府曾公二云宽解，子孙始得时进饮食。旗尉索厚赠，府议送百，邑令议千，先生无以应，贷于府库，后变产偿之。时先生不苦于旗尉，而苦于邑令之拘迫也。开读后，明日遂行，禁止子孙哭泣，怡然就道赋诗。渡江过仪真，仪真令牛公鹏洲执礼甚恭，北地诸生携酒邀宿，挽车哭送，一路行人闻公姓名，俱为下泪。逮至京，下镇抚，许显纯首拷以杨左往来及受赃事，先生侃侃折辩不屈，但曰祖宗有灵，臣死无恨。拷掠三次，肤肉不留，骨节尽断，先生并不作哀号声。内又传缪某手上另加一杻，实以代草事深衔于中也。在狱仅十八日。计毙之夕，狱中有白气贯天。先生没五日，王恭厂被灾，石飞木拔，人咸以为义愤所感云。讣闻，气谊文章之士，靡不为之痛哭哀悼，恨百身之莫赎者。诬赃三千，追比家属，窘不能办，赖先生门人、司李刘公振贤捐俸协助，诸子得免缧绁，则先生典楚闱得士之报也。公有五子，皆能读父书，有文集数卷行世。

野史氏曰：正德之年，刘瑾横甚矣。文襄会有天幸，权以济事，则内永为助也。公以应山为黄矢，而以福清为内助，机不密而害成，膺此祸烈，海内咸痛之。今天子神明，全恤褒公，知公甚深。呜呼！彼死公以黑狱者，以为公竟死矣，孰知公不死也哉！

附　《颂天胪笔》卷七“赠荫”载金日升撰缪文贞公传

赠詹事府詹事、翰林院侍读学士缪公，讳昌期，字当时，号西溪，直隶常州府江阴县人。髫年即以文名重海内，每试辄冠其曹，时四方名士多负笈游其门。居平耿介，不事生产，博学弘览，议论奇峭。双眸炯炯射人，每扬扢古人忠义事，慨然慕之。尝曰：“岂有丈夫死儿女子手者乎？”为诸生及孝廉时，不妄交游，其所交皆当代名流，不可指数。而杨大洪先生令常熟时，气味相投，尤公石交也。癸丑登第，读中秘书，是时，大洪先生以考选候补，公往来胶漆。至乙卯五月，梃击事起，东宫震惊，时有一御史某者，疏词中主之以“疯癫”二字。公义愤形色，谓“慈庆宫何地？张差持梃直入，所关宗社安危不小”，随语人曰：“某以‘疯癫’二字出脱乱臣贼子，某以‘首功奇货’四字抹杀忠臣义士。”言出，而忌者耽耽矣。遂嗾奸党刘文炳劾归。归而读书实园，夷犹自适。庚申，神庙宾天，光宗御极，一时正人君子欣欣汇征。时掌院南昌是庵刘公移咨促装，值鼎湖再泣，公伏地痛哭，以明年辛酉三月入都补职。六月，奉命典试湖广，所录多名士。序论俱寓规谏，论中有赵高、仇士良语，大触时忌。壬戌，复廷遣册封建德，以甲子二月复命。是时逆珰势焰已熏天矣，公与杨大洪、左浮丘相与痛愤，曰：“不除此奴，何以报国？”公约至私寓密商，谓大洪伏蒲有责显任纠劾，公恃与福清相国师生谊厚，往诣政府，动以外廷共愤，乘机出逐，庶炀灶无地而中权默消矣。计定，遂削草，而“二十四大罪”之疏上。疏上，公随谒福清，正告以除君侧之恶，大臣责也。相国唯唯不决，且曰：“杨大洪疏行，难再得此小心谨慎之人在上左右。”公曰：“谁为此言以欺老师者？可斩也！”色变而出。及蒲州当国，颇倾心于公。公力持正议，冀挽回万一，珰衔之益切。无何，蒲州去国矣，赵太宰侪鹤、高总宪景逸、魏给谏廓园逐矣，杨大洪、左浮丘削矣。公日持榼相送，长班跪阻，公曰：“人被逐，可不送乎？”逆珰日缉公，公略弗避。推南掌院不下，逆珰遣小珰到阁，厉声曰：“缪昌期还留他送客？”公随请告。珰矫旨闲住，继而削籍提问。而长安有速化者，又日以公代草事闻于珰，再起大狱，公不免矣。被逮时，预闻报者三日，公曰："早知有此日矣。与应山同事，应与应山同祸耳。"遂拜别家庙，先抵邑寓以待。邑令某者，曲承内旨，一见公，遂执公手。公了无恋色，遂徒步至县署。士民悲泣，遮道相送。邑令遂迫公黑夜至府。初寓民家，犹令巡卒遍布，及至公署，赖知府曾公二云讳樱宽解，子孙才得以饮食进。公禁止子孙哭泣，奋身就道，怡然赋诗。渡江过仪真，仪真令牛公讳翀玄大有气谊，独执礼甚恭。北地有诸生某者携酒邀宿，挽车哭送，一路行人闻公姓名，俱为下泪。逮至京，下北镇抚司，许显纯严刑拷掠。显纯诧曰："你系江南第一才子，何为与杨涟同谋，自取罪戾?"公对以："杨涟职司风纪，某系词臣，平日往来草疏，事情实与同谋。且某既系词臣，是是非非，某应得执笔以佐末议，为皇上谋，为二祖十宗谋，某死无悔。"显纯作厉色，箠楚交下，而公不能支矣。内又传缪昌期可于手上另加一杻，盖以大洪"二十四大罪疏"自公商就，珰恨之入骨也。公毙之日，狱中有白气贯天。不日，而皇恭厂被灾，石飞木拔，人咸以为义愤所感云。讣闻天下，气谊文章之士，靡不为之痛哭哀悼，恨百身之莫赎者。追赃三千，追比家属。家贫不能办，赖公门人司李刘公振贤讳兴秀不避权势，多方庇护，如古王成保李燮六尺之孤，公典楚闱得士之报也。崇祯初，事白，蒙赠谥，荫一子。

野史氏曰：尝读史，至范滂之系狱也，慷慨仰天曰："古之修善，自求多福。今之修善，身陷大戮。身死之日，愿埋滂于首阳山侧，上不负皇天，下不愧夷齐。"斯人也，凛凛生气，千古无两。今观于公，抑何相匹也！夫善类之祸，至乙丑、丙寅已极。自公与应山丙夜草疏时，盖已付其身于鼎镬。及忠贤肆毒愈烈，而公被祸益惨。尚方之剑，不及用以斩忠贤头，而公竟毙于黑狱也，天道真不可知欤？夫天道亦何不可知之有。假使死于牖下者，尽得令名，则公不必死矣。惟公，为君死不忍负君，为友死不忍卖友，此一念，足以动天地而薄日月。黑狱之与牖下，孰得而孰失乎？丹心不泯，黄壤犹生，公真得死所，与古范滂齐名。彼多方死公以黑狱者，以为公竟死矣，谁知公不死也哉！（金日升《颂天胪笔》卷七）

缪文贞公传

大连图书馆藏雍正六年耕学草堂梓印的《缪文贞公文集》，卷尾有金日升撰写的《缪文贞公传》，相比前二篇，内容更为丰富。

公讳昌期，字当时，号西溪，直隶常州府江阴县人。髫年即以文名重海内，每试辄冠其曹，四方名士多负笈游其门。天性纯孝，父病不起，床褥侍汤药者十七年。拓落不事生产。博学宏览，议论奇峭。其于千古是非，时流邪正，龂龂不少假借。胸有所怀，必吐而后已。以此见赏高贤，亦以此取忌庸辈。每扬扢古人忠义事，慨然慕之。尝曰："人孰无死，等死耳，岂有丈夫死儿女子手者乎?"为诸生，不妄交游，即与顾公泾阳、高公景逸讲程朱之学。万历庚子举于乡，所交益皆当代名流，不可指数。而杨大洪先生令常熟时，气味相投，犹公石交也。邑令某治状狼藉，任满营求保留，公移书逐之去。江阴民比屋欢呼，曰缪举人活我。上公车五，癸丑始登第，读中秘书，年五十有二矣。是时杨大洪、左浮丘俱以考选候补，公往来胶膝。乙卯五月，梃击事起，提牢主事王之寀抉摘主谋，御史刘廷元倡言疯癫，刘光复和之。疏诋发奸者，谓不当诧之为奇货，居之为元功。公义愤形色，谓"慈庆宫何地？张差持梃直入，所关宗社安危不小。乃以'疯癫'二字出脱乱臣贼子，以'奇货元功'四字抹杀忠臣义士哉。"言出，而忌者耽耽矣，遂嗾奸党刘文炳劾归。归而读书实园，夷犹自适。庚申，神宗宾天，光宗御极，一时正人君子欣欣汇征。时掌院南昌是庵刘公移咨促装，值鼎湖再泣，公伏地痛哭，以明年辛酉三月入都补职。六月，奉命典试湖广，所录多名士。序论俱寓规谏，论中有赵高、仇士良语，大触时忌。壬戌，复廷遣册封建德王，以甲子二月复命。是时逆珰势焰熏天，公与杨大洪、左浮丘相与痛愤，曰："不除此奴，何以报国？"约至旅邸，商所以除奸者，谓大洪伏蒲有责显任纠劾。公恃与福清相国师生谊厚，将密诣政府，动以外廷共愤，奏先帝乘机出逐，庶炀灶无地而中权默消矣。计定，遂削草，而"二十四大罪"之疏上。公随谒福清，正告以除君侧之恶，大臣责也。福清唯唯不决，且曰："杨大洪疏行，难再得此小心谨慎之人在上左右。"公曰："谁为此言以欺老师者？可斩也！"福清色变，公徐起去。于是福清出一揭为调停之术，珰大怒。福清惧，辄借公以自解。及蒲州当国，颇倾于公。公力持正义，冀挽回万一。珰衔之益切。无何，蒲州去国矣，赵太宰侪鹤、高总宪景逸、魏给谏廓园逐矣，杨大洪、左浮丘削矣。公日持榼相送，长班跪阻，公曰："人被逐，可不送乎？"逆珰日缉公，公略弗避。推南掌院不下，逆珰遣小珰到阁，厉声曰："缪昌期还留他送客？"公随请告。珰矫旨闲住。先是忠贤尝营坟于玉泉山，遣人诣公乞墓碑，公嗔目叱曰："吾生平耻为谀墓，岂肯顺珰意耶？"客曰："身履虎尾，不畏其咥乎？寿宁事可鉴也。"公大恚曰："寿宁曾困李献吉，今日寿宁安在？"忠贤闻之，怒不解。而长安有速化者，又日以代草事闻于珰，再起大狱，公不免矣。被逮时，预闻报三日，公曰："早知有此日矣。与应山同事，应与应山同祸耳。"遂拜别家庙，先抵邑以待。邑令岑之豹，曲承内旨，一见公，即执手。公了无恋色，遂徒步至县署。士民悲泣，遮道相送。邑令遂迫公黑夜至府。初寓民家，逻卒遍布，及至公署，赖知府曾公樱宽解，子孙始得进饮食。公禁止子孙哭泣，奋身就道，怡然赋诗。渡江过仪真，邑令牛公翀玄大有气谊，独执礼甚恭。北地有诸生携酒邀宿，挽车哭送，一路行人闻公姓名，俱为下泪。逮至京，下北镇抚司，许显纯严刑拷掠。诧曰："你系江南第一才子，何为与杨涟同谋，自取罪戾？"公对以："杨涟职司风纪，某系词臣，平日往来草疏，事情实与同谋。且某既系词臣，是是非非，某应得执笔以佐末议，为皇上谋，为二祖十宗谋，某死无悔。”显纯作厉色，箠楚交下，而公不能支矣。内又传缪昌期手上另加一杻，盖以代草事深衔于中也。死状秘，殓时十指堕落，其子捧掬纳袖中。年六十有五。公毙之日，狱中有白气贯天。不日，而皇恭厂被灾，石飞木拔，人咸以为公义愤所感云。讣闻天下，气谊文章之士，靡不为之痛哭哀悼，恨百身之莫赎者。捏赃三千，追比家属，窘不能办，赖公门人司李刘兴秀不避权势，多方庇护，如古王成保李夔六尺之孤，公典楚闱得士之报也。公有五子：虚白、纯白、贞白、太白、坚白，皆能读父书。著有《从野堂集》八卷。崇祯初，事白，赠詹事府詹事，予祭葬，荫一子。继以礼部侍郎管公绍宁、工科给事李公清题请锡谥，谥文贞。

野史氏曰：尝读史，至范滂之系狱也，慷慨仰天曰：“古之修善，自求多福。今之修善，身陷大戮。身死之日，愿埋滂于首阳山侧，上不负皇天，下不愧夷齐。”斯人也，凛凛生气，千古无两。今观于公，抑何相匹也！夫善类之祸，至乙丑、丙寅已极。自公与应山丙夜草疏时，盖已付其身于鼎镬。及忠贤肆毒愈甚，而公被祸益惨。尚方之剑，不及用以斩忠贤头，而公竟毙于黑狱也，天道真不可知欤？夫天道亦何不可知之有。假使死于牖下者，尽得令名，则公不必死。惟公，为君死不忍负君，为友死不忍卖友，此一念，足以动天地而薄日月。黑狱之与牖下，孰得而孰失乎？丹心不泯，黄壤犹生，公真得死所，与古范滂齐名矣。彼多方死公以黑狱者，以为公竟死矣，谁知公不死也哉！吴郡野史金日升茂生撰。(《缪文贞公文集》)

29. 阚庄派九世缪昌期族称文贞公传

(明)山阴 张岱 石公

缪昌期，直隶常州府江阴县人。髫年即以文名海内，四方名士多负笈从之。居平耿介，不事生产。博学弘览，议论奇峭。双眸炯炯射人，每扬扢古人忠义事，慨然慕之。常曰：“岂有丈夫而死儿女子手者乎？”为诸生及孝廉时，不妄交游，其所交皆当代名流，不可指数。而杨中丞涟令常熟时，气味相投，尤昌期石交也。万历癸丑登第，读中秘书，是时杨中丞以考选候补，昌期往来甚密。乙卯五月，梃击事起，有御史某者上疏，欲以疯癫结案。昌期义愤形色，谓东宫何地？张差持梃直入，所关宗社安危不小，乃言者以“疯癫”二字出脱乱臣贼子，以“首功奇货”四字抹杀忠臣义士。言出而忘者侧目，遂嗾奸党刘文炳劾归。归而读书实园，夷犹自适。庚申，神庙宾天，光宗御极，一时正人君子欣欣汇征，掌院南昌刘一燝移咨促装，值鼎湖再泣，昌期伏地痛哭，以明年辛酉三月入都补职。是年典试湖广，所录多知名士。序论俱寓规谏，论中有赵高、仇士良语，大触时忌。壬戌，复册封建德，以甲子二月复命。是时逆珰势已张甚，昌期与杨涟、左光斗相与痛愤，曰："不除此奴，何以报国？"三君子至私寓密商，谓中丞伏蒲有责显任纠劾，昌期自恃与福清师生谊最厚，往诣政府，动以外廷共愤，乘机出逐，庶炀灶无地而中权默销。计定遂削草，而"二十四罪"之疏上。昌期亟诣福清，正告以除君侧之恶。福清唯唯不快，且曰："杨大洪之疏行，难再得此小心谨慎之人在上左右。"昌期曰："谁为此言以欺老师者？可斩也！"色变而出。及蒲州当国，颇倾心于昌期。昌期力持正议，冀挽回万一。珰衔之切骨。无何蒲州去国，赵南星、高攀龙、魏大中相继斥逐，杨涟、左光斗复以削夺去，昌期日持榼相送。长班跪阻，昌期曰："相知被逐，可不送乎？"逆珰侦知之，因部推昌期南都掌院，逆珰遣小珰到阁，厉声曰："缪昌期还留他送客？"昌期随请告。珰矫旨闲住，继而削籍提问。有下石者以代草事闻于珰，珰恨之甚。被逮时预闻报者三日，昌期曰："吾蚤办此矣。与应山同事，应与应山同祸耳。"遂别家庙，先抵邑寓以待。邑令某者曲承珰意，一见昌期遂执昌期手。昌期了无恋色，遂徒步至县署。士民悲泣，遮道相送。邑令迫昌期黑夜兼程至府，赖知府曾樱宽解，子孙得以饮食进。昌期禁子孙哭泣，奋身就道。至京，下镇抚司，许显纯严刑拷掠。显纯咤曰："汝系江南第一才子，何为与杨涟同谋，自取罪戾？"昌期曰："杨中丞职司风纪，某系词臣，平日往来草疏，事情实与同议，且某读书中秘，是是非非应得执笔以佐末议，为皇上谋，为二祖十宗谋，某死无恨。"显纯作厉色。箠楚交下，皮肉俱裂。内又传缪昌期手上另加一杻，盖以昌期曾笔削杨中丞疏也。不数日，昌期死。死之日，狱中有白气贯天。不日，而皇恭厂被灾，石飞木拔，人咸以为西溪义愤所感。崇祯元年，事大白，赠詹事府詹事，荫一子，入监读书。（《石匮书》卷一九八）

30. 阚庄派九世缪昌期族称文贞公传

（明）福安知县 刑部主事 常熟 龚立本 渊孟

缪宫詹讳昌期，字当时。故虞人也，而寄籍江阴之东偏。公垂髫时即蜚声艺林，余辈莫不私淑其行卷。至万历酉、戌间，文且三变，其犹子尊素与予习，一日偕真常王子执贽造谒，于时受廛肄业者云集，予方规模先辈，公弗善也，而教爱有加。庚子，公举于乡，至壬癸间，复阅予文，则大击节，而公浮沉公车倦甚。壬子冬，属予假贷治装，扁舟夜话，闻鸡而别。其明年，公选入中秘。又二年，予厕名乡书，公资之北上。甲子，予入都，公既为逆珰侧目。平昔知交，裹足远引，余暱近如故。忆除夕共叙者，独予与李仲达耳。时且推公为南掌院，余夜梦公至一处，北面易衣，瞻梁间凡悬二匾，其一墨书白地，曰"勇退进士"，其一金书绿地，曰"辅导圣躬"。无何旨下，乃得闲住。勇退之说，既符矣。余迁闽令，造江上言别，公开尊剧谈。已，又至虞一晤。及余居闽，忽梦公科跣北行，所衣青衣殊短。会闻抚按覆勘,意谓不免于戍而已,岂期终被逮耶。

恤典加赠宫詹。职主辅导造物者,实默定之哉。余虽谊属师生,每于辨是非、较臧否,不觉掀髯抵几。公但微哂曰:“此狂奴故态也。”

有传在邑乘中,兹不悉载。其从子尊素,字太质,才术纵横,倾动时贵。而叔侄道颇不同。予以夙契,始终无抵牾,每聚首,但谈少年钓游事而已。

31. 阚庄派九世缪昌期族称文贞公传

(明)同郡 张玮 席之

缪昌期,字当时,直隶江阴人。年少工属文,每试冠其偶。虽久困公车,而笔锋愈铦,为举业名家。成进士,选读秘书。杨涟、左光斗方以选台省候命,当时即与交欢。梃击事起,尝语人曰:“某以‘疯癫’二字出脱乱臣贼子,某以‘首功奇货’四字抹杀忠臣义士。”言出,人人侧目。又与赵南星声气相善。而毒螫南星为刘文炳,迁南星之怒怒当时,遂被弹归。至辛酉,补检讨,典楚试,所录多名士。壬戌,晋左赞善。甲子,晋谕德。逆焰薰灼,当时每与杨、左扼腕痛愤,言:“不除此贼,何以报君父?”已而杨有二十四罪之疏,一时喧传为属草。时叶向高当国,师生谊厚,而有犯无隐,颇闻诮让,令人无所容。当时庄语向高:“除君侧之恶,大臣责也。”向高唯唯谢不敏,语亦渐泄。无何,向高去。又数月,时事大异,名贤次第被逐,当时携壶榼相送,洒涕言别,逆阉恨转甚。推南院不下,因请告,勒令闲住。丙寅春,与周宗建同逮,言其补服黄盖,开馆招贤,皆群小罗织语也。当时年稍迈,不胜楚毒,先诸臣死。当时倾身强项,不能近俗人,遇同志刺刺日夕不休,否则目摄之而已,间一出语,如飞镞著体,一往透骨,饮不沾唇,绝无所款洽。偶论文相得,及抵掌时事,臭味谐合,生死共之矣。救世一念,如惔如焚。而不能尽人之用。其貌瞿瞿,其情充充,如有穷,只为正邪消长计。持局过峻,人多望之却走。或曰钩党之祸,实公辈一二贤者激成之,其然,岂其然乎?冤既白,赠詹事府詹事,予祭葬,荫一子。

32. 阚庄派九世文贞缪昌期族称文贞公列传并李应昇传

(明)江阴 陈鼎 定九

缪昌期,字当时。先为常熟人,后徙江阴。自诸生至乡举,皆困场屋,而文名籍甚。万历四十一年成进士,年五十矣。大学士叶向高主试,以宿望选翰林院庶吉士。是时常熟令杨涟以考选候补，与往来密，称石交。

方昌期之未入都也，无锡顾宪成、高攀龙辟讲堂于东林庵。昌期私谓人曰："诸君有意立名，党锢道学之禁，殆将合矣。"既登朝，而群小攻东林甚急。还观其所为，皆附时相，走私门，恶清流清议为己害。昌期虽未心许东林，而恶攻者滋甚，往往盱衡扼腕，形于颜色，朝论遂以东林目之，昌期亦弗顾也。四十三年五月，"梃击"事起。巡城御史刘廷元阿后宫，以疯癫蔽其狱。提牢主事王之寀抉摘主谋，御史刘光复主廷元议，疏攻省垣之右提牢者，有无贪首功，视为奇货等议。昌期愤甚，语人曰："一御史以'疯癫'二字出脱乱臣贼子，一御史以'奇货元功'抹杀忠臣义士。"而主疯癫者切齿，嗾工科给事中刘文炳论劾昌期，移疾归。明年内计，群小欲逞志于昌期，掌院学士刘一燝力持之而止。

归里七年，熹宗初补原官，主湖广省试。以赵高、仇士良发策，语触忌者。明年升左春坊左赞善，册封建德王。又二年，升左谕德。先是逆阉横杀光庙伴读王安，逐首辅刘一燝，而叶向高召至。昌期于叶，师生也，又相善，迎谓曰："内传不可奉，顾命大臣不可逐。公，三朝老臣，当以去就争之，力遏其渐，无令中人手滑。"向高迂其言，颔之而已。赵南星为冢宰，素重昌期。时高攀龙、杨涟、左光斗等澄汰流品，辨别邪正，昌期每预其议，朝右皆侧目。方杨涟"二十四罪疏"之未上也，昌期谓光斗曰："内无张永，外无杨一清，一不中而国家从之，可侥幸乎？"涟与光斗不听。佥疑草稿出于昌期。疏入，外廷尚倚向高为助。一日，向高言于内阁曰："此竖在君侧小心，一旦去之不易得。"昌期勃然曰："谁为此言者？可斩也！"向高色变而起，号于人曰："西溪杀我。"西溪，昌期号也。

又广宁陷，昌期欲有所争，于向高语未合，昌期诧曰："果尔，公非削国之相，即亡国之相矣。"向高气结几晕绝。向高名宽大，而不能受。昌期之好尽言，亦过戆矣。自是口语籍籍，流闻大内，与草奏之说相应，而祸不可解矣。既而向高去，韩灯为首辅，亦雅意向之，然忠贤衔之切矣。未几，灯亦去，正人次第削夺。当涟出都门，昌期持具往送。会推掌南翰林院，忠贤遣小珰至阁，厉声曰："缪昌期仍留之送客？"遂罢归。既而珰矫旨削籍，旋逮问。方被逮时，妻子不得诀别，县令岑之豹促令就道。昌期曰："早知此矣，与应山同事，应与应山同祸。"应山谓杨涟也。逮至，下镇抚狱。许显纯叱曰："你系江南第一才子，何为与杨涟同谋？"昌期曰："杨涟职司风纪，某系词臣，平素交好，同谋是实。且某既为词臣，是是非非，应得执笔为皇上谋，为二祖十宗谋，死无悔也，草疏是实。"显纯厉声拷掠，惨毒备至。死之夕，状甚秘，外人莫得知。殓之日，十指堕落，捧掬置两袖中。盖逆珰以草奏故，属狱吏加梏拳焉，其他苦毒又可知也。卒年六十五。崇祯初，复原官，赠詹事府詹事，兼翰林院侍读学士，予祭葬，谥文贞。

李应昇，字仲达，号次见，江阴人。生而颖敏，出就外傅，过目不忘。习《戴记》，师命其自解、析疑、剖微，宿儒不及。万历丙辰成进士，谒选授江西南康司理。应昇律己清严，公庭如水。出其绪余，陶铸多士。紫阳白鹿洞书院久废，应昇为兴复之。立馆舍，招集人士，旬有小会，月有大会。会期亲诣洞宿，与诸生质疑问难，推明紫阳之教。一时从游学者，千里应之。其成名于世者，指不胜屈。

寻擢福建道御史，时邹元标、孙玮、高攀龙后先总宪，雅与应昇善。应昇又善章奏，凡属国家大政，必就商榷。有大奏议，必托代草。应昇望重西台，为宵小所忌。每入朝上殿，中涓为之侧目。会逆珰擅权，应昇草疏十六事，欲上矣，为杨涟所先，故继杨而劾珰者，应昇也。万爆廷杖，应昇往朝房视之，又上疏申救，人甚为之危。魏广微骄恣失仪，应昇出袖中弹文，持论侃侃。读者吐舌，以为祸且不测。初拟廷杖一百，赖首辅韩灯救免，仅夺俸。二奸衔恨，必欲杀之。有工部主事曹钦程者，以贪著察处，时欲夤缘速化。应昇条陈疏中言："墨吏破甑，如鹰思攫欲，著为定例，勿复转民牧，以防其肆虐。"钦程遂恨入骨，而无其因。迨攀龙参崔呈秀疏，实出应昇手，呈秀侦知，赴席，暮夜候谒，长跪求解，应昇不为动。于是钦程迎合呈秀，疏论应昇。其略云："应昇专为东林护法，疏中屡作含沙隐语，以排挤正人。惟急援其东林大教主高攀龙，骤躐要津，冀得藉以为所欲为。于是召号其党黄尊素等，俱为论贤不论资俸之说，显背明旨。俾攀龙不数月之亚卿，而忽跻总宪重地。"疏上，得旨夺职。

应昇归，足不入城，筑"落落斋"，闭户静修，绝不与闻外事。适闻魏大中被逮，泣告亲友，转贷百金赠之。复与高攀龙书云："学问之途，茫茫望洋。古人云：'不得于朝，则山林而已。'今山林席地，恐复相煎。见六君子之惨酷，不免恻恻废箸，心如悬旌矣。"未几，罗织周起元一案，缇骑到常，应昇慷慨就道，士民执香送者以万计，儿童妇女闻之无不流涕。至京，下镇抚狱，拷掠备至，大呼二祖列宗以死。崇祯初，赠太仆寺卿。弘光立，谥忠毅。

初，应昇父鹏翀，与吴县洞庭山人朱凤翔字古庭者，为莫逆交。应昇以其盛德奉为挚友。及应昇被逮，凤翔即破产挥千金尾舟北上，为之百计斡旋。奈珰焰正炽，祸几不测，凤翔勿顾也，狱中一切为之措置。及应昇死，家道中落，凤翔即割其原置江阴田两顷予之，其好义如此，吴人至今诵焉。

外史氏曰：西溪先生戆于汲长孺，而文章过之。长孺见容于汉武，而西溪见杀于逆珰，此汉之所以兴而明之所以亡也。仲达先生立朝侃侃，致小人侧目，欲杀之者，不独崔、魏也。嗟乎，先生之死生，关乎国家之存亡者也。天既生崔、魏以亡明矣，而先生必欲存之，是逆天矣，天可逆乎？此其所以见杀也。噫！（《东林列传》卷四）

33．阚庄派九世缪昌期族称文贞公传

（明）翰林院编修 礼部侍郎 武进 孙慎行 闻斯

西溪缪公，名昌期，江阴人。东南有名士。仪状挺杰。在东林见所行事不慊，则直口

规之，令服折，以是名为诤友。余尝一望见之，知为铮铮者。癸丑，馆选为吉士，旧例首举，貌称弟子，然公侍余，即语意切直如真弟子者。方甲寅秋，余跳居城外，公私谒，再为余核诸刻疏，若欣欣向。最后三案事，公皆褰裳濡足。会杨公疏事发，遂及。公在湖广主试，约杨公谈者三日夜，归与余谈当年为请郑妃移宫抗德清状极详。又尝三言汪千余，谓鼓说禁中，鼎革时甚有力，几如汉之陆贾、王生，不可不一面。且谓门房曰："业在是矣，君胡不谒游客，第谢不面也。"逮后，乃为人叹惋，岂不千古伟人！乃屡逐屡进，至声撼公卿。家籍之日，堂扁八十有八。呜呼！岂有品事也。汪既游客，公亦局外人，并遭酷祸，盖有动之者。然而公祸，又以人说曾改杨疏稿，终不知其三案中，殚心王室之勤勤恳恳也。累为德清切骨，其慷慨大义，不避师弟子，是亦一世间未白心事，虽恩恤无言及者，不第一瘦死无名之游客，徒抱季昶噬脐之恨而已。三案事，余业详挽中。公从澄江来郡，田野人绕途者十数万，都合掌念佛，曰今日乃见真菩萨出世。公款款笑慰，谢如平常。长途箯舆中，手纸笔孜孜不休。初别家，子女孙环泣，其夫人止之，曰毋挠乃公，令清心有所著述，一白事，伤哉！

（《恩恤诸公志略》原题《缪侍读》）

34. 阚庄派九世缪昌期族称文贞公传

（明）崇祯贡生 安徽贵池 吴应箕 次尾

昌期，字当时，号西溪，南直江阴人。自诸生至乡举，皆困场屋，其文名籍甚；至万历癸丑，年逾五十矣，始登第。时福清相叶主试，以宿士选入翰林。是时常熟令杨涟方以考选候补，与往来称石交。

乙卯五月，梃击事起，巡城御史刘廷元阿后宫主疯癫，而御史刘光复亦有"言官无居首功，无视为奇货"等语。昌期愤甚，每语人曰："某以'疯癫'二字出脱乱臣贼子，某以'奇货首功'四字抹杀忠臣义士。"而倡疯癫者切齿，因嗾给事刘文炳论劾昌期，拂衣归。

庚申，光宗御极，一时正人响用。南昌相刘趣入补职，寻主试湖广，号得士。程论引赵高、仇士良语，犯时忌。甲子，逆珰忠贤势横甚，时杨涟为都御史，左光斗佥院，三人尝私相痛愤。涟推案起曰："不诛此奴，何以报国？"因商具疏论劾，昌期恃福唐相为助，庶几事济，于是涟决意上疏。疏上，昌期以大义动叶相，语过戆，失相意。相亦上密揭，不行，遂引归。叶归，蒲州相韩亦雅意向之，昌期犹冀挽万一，然珰衔之切。无何，事机变，而韩亦去国矣。于是正人次第削。

及杨左出都门，昌期持具送。会推掌南翰林院，忠贤遣小珰到阁，厉声曰："缪昌期还留他送客！"于是请告归。珰矫旨闲住，已削籍，旋逮问。方被逮时，先三日闻，昌期曰："早知此矣！与应山同事，应与应山同祸。”应山，谓杨涟也。逮至，下镇抚狱，捏赃三千，受全刑。内传于昌期手上另加一杻，盖媚珰者谓杨涟疏二十四大罪为昌期代草，故忠贤恨入骨，然实非出昌期手也。昌期卒拷死。今上初受恤荫同诸臣。方昌期就槛车，犹自疏年谱，内言所以与叶相失者甚详。有《就逮》诸诗，天下读而悲之。

余读太史槛车中所自谱者，以为其死也，由与福清相之微嫌，斯言过矣！夫福清负其权智，谓不得已而如长沙之于瑾，或可救败而杀祸，事势中变，即福清如之何哉？且夫李梦阳不以韩文死，而太史以梁溪死，死机决发，即福清、蒲州、新逮[①]三君子之免者幸耳！太史其何憾也？或谓太史犯国武子之戒，实有死道。呜呼！于斯时为斯言者，必乱贼也，假时无太史诸人之犯死道，三纲绝，五伦斁矣！无道默容，圣人之言，岂谓是欤？

新安黄尚实为予言：当广宁陷没，太史欲有所争于福清，先过尚实，曰：“余言戆，恐触忌，公幸与俱，语间当为剂之！”及过福清，论置将语未合，太史勃然曰：“老师果尔，非削国之相，即亡国之相矣！”福清一时语塞，然气急几晕绝。夫福清名宽大，而至不能受，太史之好尽可知。由此观之，则太史之不能无望于福清，盖有以夫！（《熹朝忠节死臣传》卷七，原题《赠詹事府詹事翰林院侍读学士缪公传》）

35. 阚庄派九世缪昌期族称文贞公传

庠生 无为州 汪有典 启谟

公讳昌期，字当时，号西溪，江阴人。万历癸丑进士。选庶吉士，授检讨。与御史刘廷元等争议梃击，不合，移疾归。熹宗初补原官，历左谕德。

当是时，赵忠毅南星为冢宰，号召海内清名之士澄汰流品，辨别邪正。公预其议，朝右皆侧目。而杨忠烈涟与公为金石交，其劾忠贤二十四大罪，群小疑稿出公。公又与阁臣叶向高忤，口语籍籍，流闻大内，祸遂不可解。

公之补谕德也，忠贤杀光庙伴读王安，逐首辅刘一燝，而向高适以旧辅召至。公，向高门生也，素相得迎，而谓之曰：“内传不可奉，顾命大臣不可逐。公三朝老臣，当以去就争之，力遏其渐，无令中人手滑。”向高迂其言。

辽抚王化贞者，亦向高门生也，愚而轻信，谓西部可仗，主进战，与经略熊廷弼议不合，致广宁陷，并逮廷弼。向高有所袒于化贞，公争之不能得，则愤然曰：“果尔，公非削国之

---

① 福清、蒲州、新逮：“新逮”疑为“新建”。新建者，刘一燝也，江西新建（属南昌府）人；福清者，叶向高也，福建福清人；蒲州者，韩灯也，山西蒲州人。三大臣与缪昌期亲善。

相，即亡国之相矣。”向高既气结。

及忠烈劾忠贤，九卿科道疏连上，众谓向高当乘此决胜。趣向高为助，向高不应，乃谓公曰：“杨君此疏太率易，其人于上前时有匡正，安得小心谨慎之人在上左右。”公愕然曰：“谁为此言者？可斩也！”向高色变，于是密具揭，称忠贤勤劳谨慎，劝帝保全始终，听归私第。又惧奄之不察，已而移之祸也，则扬言此非我意，门生缪昌期迫我也，珰于是衔之刺骨。先是忠贤营圹于玉泉山，乞墓碑。公嗔目叱曰：“吾生平耻为谀辞，肯顺珰旨耶？”珰痛恨，既欲有以中之。至是矫旨削籍，旋坐忠烈狱词被逮。县令岑之豹，奄党也，遽前捉其手。趣就道，妻子不得诀别。公曰：“早知之矣。与应山同事，应与应山同祸。”应山，谓忠烈也。

方忠烈之将劾珰也，公语左忠毅光斗曰：“内无张永，外无杨一清，一不中而国家从之，可几幸乎？”盖公之沉几虑变，而欲敦复俟时，其见固不尽与杨左合也。及疏上，匹马过从，朝夕杨左，往往离立长安道上，停车拊马，戟手詈骂。既被逮，慷慨就道，赋诗云：“一死无余事，三朝未报心。”吟声与锒铛声相应和，缇骑帓首靴袴，狰狞植立。公与送者谈时宰谄附高邑状，俯躬起立，低声折支，曲尽情态，缇骑亦为欢笑失声。其从容跌宕如此。而公与高忠宪攀龙书，谓平日学问尚多欠缺，翁丈有吃紧语，为某临去策进者乎。其颠踬流离凛凛学问又如此。先是顾文瑞宪成与忠宪开讲堂于东林，公语人曰：“诸君有意立名，党锢道学之禁，殆将合矣。”然公虽未心许东林，而嫉攻者滋甚。盱衡扼腕，形于颜色，虽就急征，尤切讲学，而高公亦终不能免矣。

至京，下镇抚司狱，许显纯诘以与杨公同谋。公抗声曰：“某为词臣，是是非非应得执笔为皇上谋，为二祖十宗谋，草疏情实，死无悔也。”拷掠备至，四月二十九日，仅槖饘中出片纸。五月二日，狱吏以死闻，竟莫知何日也。敛时十指堕落，捧掬纳两袖中，盖逆珰以草奏故，属狱吏加梏拲焉。

崇祯初，复原官，赠詹事府詹事兼翰林院侍读学士，予祭葬，谥文贞。

外史氏曰：鸣呼！奄焰之炽也，首辅叶向高以持禄之鄙怀，饰调停之谬说，假包荒以长乱，托中立以滋奸，驯致火迫昆冈，祸侵剥肤。群珰围其邸第，搜牢其亲甥，斥辱其妇女，无所顾忌。而向高亦低首下心，莫敢与抗，仅仅移居郊外，乞归骸骨而已。夫中官围阁臣第，固有明二百余年所绝无者。向高以三朝元老肘腋天子，容头顾身，如此坏祖宗之纲纪，亵大臣之体貌，丧士夫之志气，增彪虎之角翼，又何怪珰之放手杀人、屠尽清流也哉。是则向高祸始教猱，遂致逆珰势成骑虎，曩非熹宗晏驾之早，则明之天下，固已揖让而移耳。虽烈帝反正，略睹清明，然斫丧已极，人心既去，天命旋倾。公谓向高非削国之相，实亡国之相，岂不深中也哉！（《前明忠义别传》卷六，原题《缪文贞传》）

36. 阚庄派九世缪昌期族称文贞公传

无锡 邹漪 流绮 西村

公讳昌期,字当时,南直江阴人也。弱冠有盛名,顾端文公延致家塾,上下议论,才辩蜂涌,虽端文前辈名家,卒无以难。庚子举于乡。癸丑成进士,选翰林院庶吉士,授检讨。朝论以端文公故,因以东林目公,公亦弗辞。将散馆,时工垣刘文炳再疏侵公,公甫拜官,未上,移疾归。天启初,补原职,主湖广省试,一论寓规,有赵高、仇士良语,遂犯时忌。壬戌,升左春坊左赞善。甲子,升左谕德。

当公初补官时,逆阉已骄横,杀光庙伴读王安,逐首相刘公一燝。会辅臣叶公向高召至,公正告之,谓"内传不可奉,顾命大臣不可逐。明公三朝大臣,当以去就争之,力遏其渐,无令中人手滑"。叶公迂其言,颔之而已。又二年,赵公南星位冢宰,号召海内清名之士澄汰流品,公与高公攀龙、杨公涟、左公光斗、魏公大中参预其议,位置标榜,倾动朝宁,一时侧目援手,怨谤交作。杨公既草"二十四大罪疏",公密告左公曰:"内无永,外无文襄,一不中而国家从之,可几幸乎?"左默然不应。疏上,叶公言于阁曰:"此竖在君侧小心,一旦去之,恐不易得。"公勃然曰:"谁为此言者? 可斩也!"叶公色变而起,号于人曰:"西溪杀我!"西溪盖公别号云。此语既籍籍流闻大内,群小复诉公于阉,谓缪与杨厚善,疏草实出缪手,珰衔之次骨。是年推公掌南院,疏格不下,旋移疾乞归,勒令致仕。乙丑坐杨公狱词,牵连追赃。丙寅诏下,急捕公。被收时,出就厅事,邑令岑之豹遽前捉其手。妻妾不得诀别,惟闻锒铛声朗然撼版扉。恸哭,徐传语慰劳而出,慷慨就道。赋诗有云:"一死无余事,三朝未报恩。"诏狱死状秘,外人莫得知。四月二十九日,橐饘中传出寸纸,自是而绝。五月二日,狱吏以死上,竟莫知何日也。其殓也,十指堕落,捧掬置两袖中,盖阉以草奏故,属狱吏加梏拳焉。它楚毒称是。

公性负意气,急交游。阉焰方炽,士大夫或中立祈免,公从众中面数,其人赧而亡去,公顾问曰:"彼得无未喻吾指乎?"初欲棍杨疏,其既上也,匹马过从,朝于杨而夕于左。往往离立长安道上,停车拊马,戟手骂詈,阉刺知,益恨。口多微词,兼善谐谑,就急征行,至毗陵驿舍,缇骑帓首靴袴,狰狞植立,公与客谈时宰谄附高邑,俯躬起立,低声折支,曲尽情态,缇骑为欢笑失声。其跌宕嗢噱,多此类也。

公死时,年六十有五。崇祯,赠公詹事府詹事。甲申,追谥文贞。

论曰:明兴,史臣以阉难死诏狱者,前则刘忠愍,后则公二人耳。忠愍以血裙葬,公以堕指殓。死无皋复,殁无家忌,后先略等。呜呼冤哉! 狱卒之杀忠愍者,悔作逆天理事,懊恨疾死,罗文恭公记之。乃公死,而吹毛索瘢者,何种种也,此讵可令文恭见耶?(《启祯野

乘一集》卷五，原题《缪文贞传》）

37. 阚庄派九世缪昌期族称文贞公传

（明）崇祯六年举人　海宁　查继佐　初字三秀　更字友三　号伊璜　又号与斋

缪昌期，字当时，别号西溪，南直江阴人。十余龄便负奇藻，识者目为良史材。时连有家难，邑令诏安胡古[①]鳌读昌期童子试而奇之，为白脱其父于理。长为闻人，东林顾泾阳引忘年交，四方学者负笈问字，趾错户。而数不遇，逾五十，万历癸丑始成进士，读中秘书。时党事且兴，昌期为馆课，拟《综核名实》一疏以寓救正。乙卯五月，梃击事起，御史刘廷元有所曲护，但以"疯颠"字样按张差狱。昌期抱公愤，以为青宫何地，不设卫，而令妄男子得至此？且部拟依回。及提牢王之寀疏上，圣谕"疯癫"之下，加"奸徒"字样，已心知有自来矣。御史刘光复复主廷元议，昌期遂昌言："一柱史以'疯颠'二字出脱乱臣贼子，一柱史以'首功奇货'四字抹杀忠臣义士。"二语出，而忌者遂蔟。工垣刘文炳指摘崇仁，并及昌期。昌期去，读书实园，夷犹自得。泰昌改元，忽夜得梦：方竭蹶赴召，中途闻晏驾，手持二白笔，头撒不可合，遂掷去，伏地哭不能起。明日得报，果鼎湖再泣。入补故官，典楚闱，试录中有赵高、仇士良等语，大触时忌。盖逆奄魏忠贤方大用事，故辅福唐、向高再入朝，而辅臣刘一燝、吏部尚书周嘉谟并见逐。昌期于福唐为门下士，微语福唐，内传宜不可奉，亦顾天下万世以去就争之。福唐不能用。会广宁沦，大论经抚者日纷纭，昌朝有所持正，益拂福唐意，而言路之窥间者起矣。转左春坊左赞善。时逆奄益横，昌期与杨涟约："子疏入而吾请福唐主之，可以得志。"于是涟"二十四罪"之疏上。福唐反以昌期善涟，语昌期曰："忠贤于上前颇有匡正，偶飞鸟入宫，上乘梯手撄之，忠贤揽上衣，不得上。又一小珰服赐绯，忠贤正色叱之，曰：'旧例，虽赐不得服。'小珰伏谢罪。此二事可称小心。若大洪疏行，恐左右上无人。"昌期曰："谁饰此惑公，可斩也！"福唐色变，为具揭，讽上准忠贤谢归私第，加优渥之。忠贤颇不悦。福唐惧，矫托初揭出昌期意，将以自解于忠贤。于是内廷并以涟疏亦出昌期手。会蒲州灯票留赵、杨、左、魏等，又疑昌期实赞之。既诸公次第放斥，昌期每策蹇送国门，为忠贤所诇得。于是昌期罪益不可解。甫推南篆，久不下。有小珰诣阁厉声："缪某岂当留送客？"昌期遂请告，内传闲住。自是蒲州灯去，赵南星等十五人一时削籍，咸诏狱。昌期慨然就道，曰："与应山同事，宁不与应山同祸！"日须缇骑之至。逆奄矫旨，附批山西巡抚柯杲拟成张慎言疏，有云："昌期已经削夺，仍补服黄盖，开馆招宾。"遂与

① "古"字有误，应为"士"。

侍御周宗建并逮。昌期作《漫记》，且载感恩委命大略，付其子虚白，且曰："日久论定，方出示人，无徒取灭门为也。"又曰："余行真口直，心慈而色厉，为文有笔而无学，为学有志而无养，而不敢营私背君、欺心卖友一念，天地鬼神实昭鉴之。"虽其自谦，亦实录也。赴逮，士民哭遮道。知府曾樱为稍颜色，子孙乃敢进饮食。赋诗渡江，有"一死无余事，三朝未报心"之句。过仪真，仪真令牛翀玄独执礼甚恭。道路闻姓名，皆为泣下。抵都，下镇抚司，司官许显纯加五毒极惨。而内传缪某手另加一杻，盖珰终疑昌期为应山捉笔，恨浮应山。昌期不胜刑，毙狱，时有白气贯之。越日，王恭厂灾。诸变一时见，或以为诸公义愤所感云。诬赃三千，贫不能入，门人司李刘兴秀曲匡助之。崇祯初，忠贤败，赠詹事府詹事、翰林院侍读学士，荫一子入监读书，谥文贞。昌期性孝友，父疾，卧蓐七年，夜闻謦咳，辄整衣立床下。乐易无厓厈，偶语田间，煦濡疾苦，尔汝相狎。及礼见，不发一语，一揖之外，严冷似不相属，而意实深到。有《从野堂文集》行世。

论曰：有明死阉难而不的其期者二人：正统八年六月，阉杀侍讲刘球，其期为二十一。越三日，家人始得闻其忌，连祭三举，疑之也。而当时奉寸楮而绝。至五月二日，狱吏以死闻，家人意之当在四月之二十九日。嗟乎！家人固疑之、意之，而天下自不忌球、昌期之死的。当时善微词雅读以惑公一语，福清、向高号于人："西溪杀我。"而珰恨不解，似福清不能活其乃门。虽然，疾之未甚，所以防乱。福清之心，不果疵也，而不知任人为大误。（《罪惟录·列传》卷一三）

38. 阚庄派九世缪昌期族称文贞公传

山西省交城县知县 山西清吏司主事 通州中南仓主管 安徽休宁 赵吉士 天羽

有明一代，以词臣而罹奄难者，前则正统中刘侍讲球，迄后天启，又有缪宫谕昌期。昌期字当时，号西溪，江阴人。少时名甚噪。顾偃蹇场屋，至万历癸丑始成进士，年已五十二矣。拆卷时，主考叶文忠向高见其名，喜曰："此人老于名场，终被我收拾门下。"其见重如此。

选庶吉士。同年有不得者，以东林目之。昌期不为动，曰："顾泾阳先生知我，以小友进我，我真东林也。"盖昌期为诸生时，泾阳曾延之家塾，欣赏其文章道义，相得甚欢。故云。

乙卯五月，梃击之狱起，昌期语人曰："一御史以'疯颠'二字出脱乱臣贼子，一御史以'首功奇货'四字抹杀忠臣义士。"此语传，而主疯颠者咸欲剚刃其腹矣。

移疾归，天启初补原职。时逆奄渐已骄横，杀泰昌伴读王安，逐宰相刘文端一燝。

昌期主试湖广，程文一论引赵高、仇士良，寓规讽，犯奄怒。顾以其久在名下，阳收人望，姑容之。首辅叶向高，会试举主也，昌期正告以内传不可奉，顾命大臣不可逐，老师三朝元老，当以去就争之，力遏其渐，毋令中涓手滑。福清虽颔之，然亦迂其言，莫之省也。

奄营墓于玉泉山，倩所知，谓昌期曰："魏公生墓告成，必得如椽一言。"昌期正色曰："生平耻谀墓，况肯为刑余辱吾笔耶?"客曰："身履虎尾，不畏其咥乎？寿宁事可鉴也。"昌期大恚，叱曰："寿宁曾困李献吉，今日寿宁安在?"奄闻，益怒。

壬戌，册封河南之建德王。癸亥，归里。甲子，复命迁左谕德。

应山"二十四罪"之疏上，昌期密语桐城曰："内无永，外无文襄，一不振而国家从之，可几幸乎?"左默然不应。疏上，人咸谓应山令常熟时，与昌期厚，此疏实出其手。昌期亦未尝辩也。

过福清，有客在座，福清曰："大洪此疏亦太容易。此人在上前时有匡正，一旦去之，恐难再得。"昌期拂然曰："谁为此说以欺老师？可斩也！"福清色变。昌期趋出。福清号于人曰："西溪杀我。"或云福清因应山疏上，曾具密揭劝帝听奄退归私寓，优以恩典，大拂奄意。因借此自解，而奄怒，遂不可解矣。

左、魏之被言也，杜门阒寂，昌期时时过慰之。而高、赵与杨、左、魏诸君子之逐也，昌期咸送之出国门。明知为诇者所见，勿避也。

推掌南院，疏格不下。有小珰到阁，厉声曰："此人还留他在此送客?"越数日，请告传旨闲住。

丙寅，织入李实空印疏内。逮入拷死，年六十有五。被收时，邑令至，遽执其手，妻妾皆不得诀别，惟银铛声薄板扉。昌期慷慨就道，无戚容。诏狱死状，秘不得闻。四月二十九日，櫜馇中传出片纸，自此而绝。五月初二日，狱卒以死报，终莫知何日也。其殓也，十指堕落，捧掬置两袖中，盖奄以代杨草奏恨甚，故令狱吏加梏拳焉。其他楚毒，可想见矣。

崇祯，予恤典，赠正詹。南京谥文贞，机亦自此伏矣。

赵吉士曰：公之祸，李实启之，李永贞成之。按刘若愚灼中志，永贞后见忠贤势败，潜逃被获思陵。押发凤阳途中，服砒不死，绝食旬日又不死，复逮至京，会审法司，将永贞与刘若愚、李实、孙昇俱引奸党律斩。平台召对，帝曰："李实空印本是李永贞填写，验是朱上压墨。"付阁臣传看，既而奉旨，李永贞着即会官处决，刘若愚秋后处决，李实充净军并戍。孙昇旨未下。永贞自知不免，又在狱中自缢。两次皆绳断跌晕，颈皮俱破，不得死。戊辰七月十六日未时，缚赴正义街。监刑，尚跪向监斩官诉冤。人皆唾之。(《明代传记丛刊·续表忠记》卷三，原名《缪文贞公传》)

39. 阚庄派九世缪昌期族称文贞公传

十三世 敬持 以直

缪昌期,直隶苏州府常熟县人,常州府江阴县籍。字当时,号西溪。治易行一。嘉靖四十一年壬戌七月十五日生。少负异才,名满海内,为诸生即与顾公宪成、高公攀龙讲学。万历庚子乡试二十一名。癸丑会试三十一名,廷试三甲五十四名。刑部观政改翰林院庶吉士。丙辰授检讨。直言招忌,奸党刘文炳劾归养病。泰昌,起官。天启辛酉三月,补原职,教内书堂。本年,差湖广主考,所录多名士。程论讥切宦寺,大触时讳。壬戌,充实录纂修官,管理诰敕经筵展书。本年,升左春坊左赞善,差建德王府册封,却王馈遗。甲子升左谕德,与赵、高、杨、左、魏诸公矢志除珰。杨公"二十四罪疏"上,珰以代草衔恨切骨。本年,冠带闲住。乙丑,削籍。丙寅,与周公宗建同逮。诣狱对簿,侃侃不屈。诬赃三千。以代草故独加一杻,备受酷刑,十指堕落。四月二十九日计毙狱中,距下狱仅十有八日。崇祯戊辰,追赠詹事府正詹,赐祭葬。荫子虚白,诣阙谢恩。以吏部验封司郎中徐公大相疏特给赠官三代,诰命谥文贞。(《东林同难录》)

40. 阚庄派九世缪昌期族称文贞公自述

天启六年丙寅三月初三日闻逮,初五日书此

吾母先产两兄①,皆痘而殇,一弟又殇。余故以独子受怜,自提抱以至髫龀,抚之不啻掌珠也。七岁入家塾,十一岁开笔习举业,稍露头角,师为孝廉夏茂卿先生。号习池。十四岁赴童子试,县令楚麻城刘公名宇泰,号凤嵎,辛未进士。见而赏之,置一等,曰:"是子幼,乃具史笔。"余感公知,至今不忘。十五试学台,不录。是年冬,大父东渠公没。明年,家难起。其冬,吾父与二伯父澄湾公,俱就御史台系。外舅复庵李公亦同日系。李祸在里豪,余家祸实与连云。明年春,复就童子试,县令诏安胡公讳士鳌,号葵南,丁丑进士。大激赏,拔第一,顾问左右:"此子何家产?"左右以吾父对,公曰:"此其家当不恶,何以有今日累?"因廉知吾父与伯冤,立上书主狱者苏州理赫公。名瀛,号渭阳。吾父吾伯事得尽白,并根究其造孽者,而吾父得称为布衣完人矣。胡公之知我,千古之知,而其恩吾家,百世之恩也。自

---

① 吾母先产两兄:《笔记小说大观·碧血录》(江苏广陵古籍刻印社,1984年版)所收《缪西溪先生自录》(以下简称《自录》)中,此句前有"生平节略,拈出与儿辈知之"。

是府录复第一[①]，入学第四，学使者，郭还一公也。讳庄，陕西人，戊辰进士，以庶常出。时为万历之戊寅，吾年十七矣。辛巳，年二十，始成婚。其年岁考十二名，补廪。壬午，录科十四名。学使者李会川公也。讳时，湖广蕲水人，辛未进士。余以天启辛酉典楚闱，报命还里，取道蕲水，公之墓木拱矣，登其堂，设位拜之。壬午之试应天也，胡公以解首相期，悬灯于署，以待一捷，而弗果。乙酉、戊子，俱以二等试应天。至戊子，而余之揣摩已就，南昌罗柱宇公名朝国，癸未进士，以青浦令分考，取本房第一，格于主者又弗隽。明年应观风试，阅卷者两司理，云间理李公、讳楠，号中石，河南永城人，丙戌进士。吾常理张公讳鸣冈，号见庵，江西葛安人，庚辰进士。署余卷云："近试郡邑青衿，独子为快，士翘楚矣。"二公皆有非常之目，余终身师事之。癸亥春，以河南封差还，过永城，得展拜李公之堂。然己丑观风之卷，实脍炙一时，至今尤为士林所诵。自是余名益起，五试观风，皆第一。而吾常理闵公，讳廷甲，号翼虚，湖广蕲水人，己丑进士。每试必搜余卷，置之第一。而京口理南城张公，讳时显，号新屏，丙戌进士。礼遇加隆，公子孝廉，曾相遇于公车，讲通家。自丙辰以后，予栖迟里中，再入京师，不复相闻，怅无从一讯也。辛酉过蕲水，凭公之棺而哭之，时公举乡贤，学使者迟其报，余属尹澹如[②]转属之湖北道，竟得报。澹如答书云："使者方代，得之瞥尔。"此其事甚奇，然公不独知吾文，且念吾贫弱，保持吾门户，吾报之未尽也。辛卯，学使者立台柯公，讳挺，海澄人，庚辰进士。录第一。复格于南试，吾年已三十矣。甲午，县试第一，将就府试，而吾母已病噎，视病势日甚，遂同衾被卧起，视汤药者月余，母病竟不起，痛哉！先是吾父遇难之后，痔血下注，中虚下削，遂得痿症，卧床蓐者十五年。吾母手操管钥，余外持门户，父是以得安枕席。及吾母之亡，而吾父朝夕靡恃，余忽忽不欲生。明年乙未春，勉举母殡，权厝于赤岸之阡，请赵文毅公志墓。丙申，授馆于泾里顾氏。而吾父于中秋之夕，忽得便血，急归视之，见神理小异，不胜忧惶。时学使者南昌陈公，讳子贞，号怀云，庚辰进士。科试得第六，父悬望一捷，而丁酉之二月，父不起矣。连遭两丧，生气俱尽。复以是年冬举父殡，与母合窆焉。请王驾部澹生公志墓，志皆未勒石入隧，意俟异日赠典，稍进有合志，以阐我二人之幽，并勒入隧。不谓逢天之谴，并夺两赠，此不孝之死不瞑目也。奇祸至此，人人有风水之疑，吾亦不能坚持，而其仍改，听之后人矣。无论其仍与改，勒石不可缓也，子孙念哉。戊戌，年已三十七，而文思转溢发，从游者日益进，汪大行邦柱[③]与盛孝廉世才同来游，余之器[④]如石，实真赏也。己亥，前令胡公守青州，以余文示冯文敏公，文敏击节曰："此馆材也，可招致青社，为吾家子弟师。"胡公以其意来趣驾，于是有青州之游。馆冯塾者两月，而

① 自是府录复第一：《自录》中，此句为"自是府县录考复连第一"。
② 尹澹如："如"字《自录》作"丈"。
③ 汪邦柱：字如石。
④ 余之器："器"字《自录》作"契"。

文敏以少宰入,胡公以税珰罢,余乃罢馆归。文敏为我点课极精细,临别,券我必捷。明年,举应天二十一名,时年已三十九矣。本房西安徐公,讳可求,号观我,壬辰进士。以上海令分考,得余卷甚晚,举示同考陈公,讳大绶,号赤石,浮梁人,乙未进士。两相击节,呈主考晋江黄公,讳汝良,号毅庵,丙辰进士。公大赏异。时本房首卷已定元矣,故得二卷。而副考长沙庄公,讳天合,号冲虚,己丑进士。赏如之。是榜多名士,余亦时名中一人。三师甚喜,皆曰:"门生光座主矣。"余逊谢不能当。同年顾朗仲云鸿,一见莫逆,其古学古心,余逊而推之,定为石交。后朗仲没,余不胜山阳之痛,至今过虞山西麓,不忍入滕溪寸步。有季女,字其季子,盖朗仲在,余有一言之盟也。朗仲没后,家益窭,余收季子而馆之。

力不能为治恒产,亦吾未了之事也。余诸生二十余年,乡举十余年,不营产业,公车之费不赀,家日益挫。至癸丑,无以治装,谋之虞山诸友,得三十金以行,其困苦如此。幸博一第,齿已五十有二矣。本房为今礼书[①]会稽钱公,讳象坤,号麟武,辛丑进士。以春秋分易二房,同门二十一人,余为第二卷。师题其卷曰:"先甲之,而后乙之,殊自咄咄。"盖实录也。拆卷呼余名,同考皆为公贺,而主考福唐公曰:"此人老名场,终被我收拾门下。"余见钱师,师首述其语,以为馆选机云。会三十一名,殿三甲五十四名,格当得县令。余才拙不称令,欲改从教,或曰:"尚有馆选一途也。"是年八月,选得第七人,同年有不得者,倡为金沙荐举之谤,而东林之目,自此起矣。金沙者,于如庵玉立也,时方为人弹射,故其人以此孽予。予了不为动,且曰:"顾泾阳先生知我,以小友进我,我真东林也。"初试阁第二,实福唐公首取,移置二者,惕于前议也。自是四试皆第二,后得第一,留馆中。故事:吴、浙、闽三方,非一不得留也。嗣后福清为政,意有所向,而故抑其名,以镇外议。而余名即后,不出四五,忌者耽耽矣。而少年昵之者,并不乐余。余贫不能征逐饮食,僻不能軿辎侯门。主家二三少年,且恶且厌,余日坐针毡中,惨惨也。至乙卯五月,而梃击之事起。其事有心者所共知,不具论疯癫不疯癫。余不知,独以为光庙之在东邸,仆御不设,一妄男子阑入,如入无人之境,两三老珰,尽气力抵,赖天之灵,宫廷无恙。光庙差阉韩本用,告变于上,其辞曰:"皇爷可怜。"此抄报所共传也。旨既下,部拟依违,连朝不决,而提牢王心一,名之案。之疏始上。上为心动,犹豫不发者十余日,乃得圣谕,于"疯癫"之下,特加"奸徒"二字,又有"奸宄叵测,行径隐微"之语。圣心晓然,有当于提牢之疏矣。义兴三疏,词严义正,上赫然,御慈宁,置三犯于理,人心帖然,服大圣人之举动也。余故语人曰:"一卯金以'疯癫'二字出脱乱臣贼子,一卯金以'首功奇货'四字抹杀忠臣义士。"此语传,而倡疯癫者,狠不剚刃其腹矣。而同郡某,日走要门,蜚词交构,所构不止余一人也。而耽耽者乘之,以假手于其乡人。于是有工垣刘文炳之指摘,因逐崇仁而带及也。疏语云云,时丙辰之五月也。余

---

① 书字《自录》作"部"。

方拟授检讨，候旨久不下，而初疏犹称癸丑馆长，不指其名，余义不受辱，具呈引疾，恳掌院南昌刘公代题。方待勘结，而拜官之命下矣，时余已移出城外。而刘疏指名再及，惟恐其行之不速，亦为人所迫也。余出一揭应之，人以为辩而平。归而杜门却扫，灌园课子，颇自夷犹。丁巳内计，忌者复修前隙，余与虞山，俱在拟议，赖掌院南昌，力为保持，两俱得免。后跧伏者又四年，南昌移咨各处，催久告之在家者，其意专在吾两人[①]也。会光庙登极，不无利见之想。而夜得一梦，方竭蹶中途，忽闻晏驾，手中有一白笔，头撒不可合，遂掷去，因痛哭伏地不能起，觉而泪痕犹在面也。明日得报，遂有鼎湖之泣。异哉！今上登极，余以正月戒行，至三月抵都，补故官，以四月到任。拜官及六年，而始任，亦衙门所创见也。

时辽阳陷没，汹汹惶惶，举朝失措。而海内岩穴起废之士，日渐以集，顾未有出身当一面者，每朝会，束手相叹而已。阁臣被召者未至，南昌以次相当国，蒲州肩随之。两相甚和衷，而意在于收召正人，日汲汲不暇。群小之不利于反正者，日伺其短而思逐之矣。然公持事过执，见事稍缓，亦间有不惬人意者。余受公知，莫能助也。六月有楚闱之役，力辞不获，举士九十八人，所得多名士，联捷者八人，而第二名文安之得馆选，为署中眉目。录文一序一论，规楚风而忧君德，良有微意。余文自余出者，间润色士子，而一三五策，皆抄撮成之，病不任也。一论遂犯深讳，祸自此种矣。十二月还报，则福唐初入，南昌及冢宰周汉阳，以一疏并逐，而时局又一变矣。初见福唐，极言尽规，谓南昌、汉阳不应逐，内传不可奉。公曰："上所传，何敢不奉？"予曰："吾师三朝老臣，始至之日，以去就争之，必能遏其渐也。若一传而放两大臣，后不复可止矣。"公默然。余乃白南昌用拙而体直，于师实无他肠。公始怫然，而予徐申其说，色稍解，盖师疑南昌之拒其来也。南昌亦自取之，于是屡疏始放，得旨改温，南昌自喜，差存体面，予不以余言告也。南昌去后，言者不止，而亦不行，每归德于余，不知何人传之。嗟乎！王安死而南昌逐，南昌逐而势重不可返矣。福唐恃其权智，可笼可愚，时亦有所补救，而卒不能遏其横流，岂非天哉！

自广宁之失，经抚之议，纷纭靡定。余时为毋纵毋觭之论，福唐渐远余矣[②]。壬戌廷试，余备受卷官。五月，题管诰敕。七月，补经筵展书官。十月九日，转左春坊左赞善。随以是月二十九日，廷遣册封诸藩。余往河南之建德。故事，藩封无过五月者，以秦藩之请，不得于部覆，故久持不下云。余以十一月十六日出都，十二月至禹州成礼。藩馈无所受。二月还里舍，栖迟者一年。甲子二月还报。

时高邑秉铨，锐意澄清，执政无所关其说，福唐以下多不悦。福唐故坚卧以持之，而言

---

① 在吾两人：《自录》作"有所属"。

② 福唐渐远余矣：《自录》中，此句后另有以下文字："时珰营墓于玉泉山，遣人乞墓碑于余，余拒之。彼又再三促余以寿宁事为鉴。余曰：'寿宁曾困李献吉，今日寿宁安在？'珰闻之，愤益甚，而祸自此愈深。"

路之窥间者起矣,于是遂有江西之事。及应山疏上,余适过福唐,湘州李公先在坐。福唐曰:“大洪这疏亦太容易,彼其人于上前时有匡正。一日有飞鸟入宫,上乘梯,手攫之。其人挽上衣,不得上。有小珰赐绯,叱曰:‘此非汝分,虽赐不许穿。’其认真如此。恐大洪疏行,难再得此小心谨慎之人在上左右。”余曰:“谁为此说以欺老师?可斩也!”福唐色变。余先起,师先送余出。其语闻于应山,应山愤愤。福唐闻,而书抵李公,大约如前指而淡其辞,但辩未尝诋大洪之短。应山益愤,即欲发抄,余力止之。福唐不知也,而含怒于前语,不解。先是应山疏上,言者向合,福唐也密具一揭讽上,准其退归私寓,过加优渥,比于大臣勋臣者,然则上不失恩意,下明其退让,两得之道也。揭入,大拂内意。福唐惧,思有以自解者,乃扬言:“此揭非出我意,自我门生所迫也。”而流言自此起矣,且谓应山之疏,尽出吾手,不知何人所造,而忌者附会其说,益不可解。福唐归途逢人告诉:“西溪骂我,彼与大洪一人日夜往来。”正与代草之说相呼应,以实其出揭非本意之言。嗟乎!福唐名宽大,岂真欲杀我哉,不过借以自解,而余遂不可解矣。而借福唐以用其杀手者,更惨矣。盖余谓“此说可斩”,属之于欺老师之人,则明明不指老师矣。福唐岂不知?故曰借以自解也。然“可斩”二词,虽不指福唐,亦自碍耳。则词气之失平,宜任其咎矣。福唐于我,不为不知己。余自童子诸生,凡有司一字之褒,如前所称者,终身不忘,况于登进者乎?且福唐为相,何至“可斩”而出之余口哉!恶规喜谀,亦太甚矣。而内外之欲杀者,则又以蒲州之倾心我,而疑其票留赵、杨、左、魏,我为之左右也。不知蒲州之好贤护善,自其天性,票拟何事,可容他人左右乎?蒲州之作用,诚远逊他人,乃休休有容①,古称一个臣,庶几近之②。高邑素知我向我,秉铨之后,强半杜门,余亦不敢数数,间有荐引,皆名流遗佚,自其夹袋中人,余第一怂恿耳,不图其亦以此招恶也。朱乌程久弃乡曲,输肝吾党,以七科前辈,忘分下交。戊午之岁,操舟远访,扇头之赠,托契良深,一入朝而神情大变。梁溪为高邑门生,所不得之高邑者,则嗛梁溪;所不得之梁溪者,则嗛我。因巧离于福唐,彼亦久负东林之目,思自解脱而示离于我也。余人谄谄,所不论已。祸机之来,凡百凑集,岂非天哉?左、魏之被言也,闭门闃寂,余时时过慰之。赵、高、陈、杨、左、魏等之被逐也,长班阻我勿送,我曰:“人见逐,可不送乎?”明知为诇者所得,余勿避也。南篆之推,有小珰到阁,曰:“此人还留他送客?”遂阁不下。越数日请告,传旨闲住。抵家,而赵南星等十五人,俱削籍提问,追赃之旨下矣。当是时,吾固知其祸不止也,何也?代草之说,深中于内,而安得免?宜其有今日也。余非求免而辞代草也,尝语人曰:“北地之代洪洞者,是其属官耳,使北地在词林,亦不为洪洞具草。况应山之疏,多有可商,使予操笔,应不如此。若应山之功之节,虽

① 乃休休有容:《自录》中,“休休有容”前有“断断无技”四字。
② 庶几近之:《自录》作“蒲州近之矣”。

百世可磨哉。”宫不早移，祸不待今；翻“移宫”适所以伸“移宫”，造物之成人巧矣。辛壬之际，应山家居，见宫府可异事，不胜愤惋，辄推案起曰：“吾必请诛此奴，以报先帝。”癸亥之出，托少子于其执友，御老母以行，其矢志也，固不专为江西事。然疏之上也，桐城实赞决之，而示几微于我，我答：“非可草草，夫击内者，只争呼吸耳，一不中而国事随之，况今日内无永，外无文襄①，可几幸乎？”桐城默然。又三日，过应山，方注籍，心疑之，疏上逆知有今日也，皆天也。

就逮须臾，诸子皆疏劣，不知吾之本末，随笔漫记，都无文字，粗具公私之概而已。须日久事定，方出示人，毋徒取灭门也。生平道义文章，肝胆之友，浅深不同，多海内知名。而里巷亲昵，亦有学行之士，不知名者，俱不及述，想儿辈亦知其凡也。余行真而未笃，口直而多躁，心慈而色厉，为文有笔而无学，为学有志而无养②，种种欠缺，人所共见。而不敢营私背君，欺心卖友，一念亦天地神明所共鉴也。祸至于此，岂非往因。闻报之后，了无怖恋，但义不屑以三朝作养之躯，辱于狗奴犴贼之手耳！③

41. 周庄派九世缪治族称龙岩公暨元配赵氏行略

阙　名

公讳治，字汝政，号龙岩。弱不好弄，惟一心读书，大父近山公绝爱怜之，谓是可以兴吾宗。屡应童子试，与名师友切劘，不获一隽，怏怏不释。母命之入太学，北上观光，考授州同知，恐远离膝下，倚门悬望，归而勤学。奉亲先意承志，爱日之诚，不作奉檄之喜。与人交，然诺必践，不谄谄以热。有缓急则痛痒相关，人倚之如左右手。尤厚于宗族，粟饥绵冻，有事则望走焉，公未尝有德色。教子义方，勖以绳祖克家，尝谓之曰：“吾有志未逮，以家政柅之耳，汝曹俯仰晏然，绰有余力，不学，安所事事乎？”公以子孙蕃盛，拓宇闬闳，俾得毓茨丹雘，以光门楣，劳勚亦云至矣。配赵安人，秉性温惠，事舅姑以孝顺，相夫以卓立，教子以成名，待妾媵有恩谊，御臧获有包荒。宜其两子一侄，同游于庠，食报正未有艾也。公享年七十有三，配章卿赵安人，葬于龙爪墩北祖茔东主穴。生子三人，斌、斐、涣。女三人，长适章卿赵元珠，次适石桥赵存璞，三适沈典沈宇谟。

（《（光绪）东兴缪氏宗谱》卷四二）

---

① 内无永，外无文襄：永，即张永。文襄，即杨一清，文襄为其谥号。

② 为学有志而无养：《自录》中，“志”改为“识”。

③ 辱于狗奴犴贼之手耳：《自录》中，此句之后另有“忍自引决，浩然往矣。天启六年丙寅三月五日书”。

42. 江城派九世缪坤族称子厚公传

缪坤,字子厚。以医名者七世矣,坤名更著。然□□□□。所居曰慎修。自审脉审方外,端居读书,不交□□。嘉靖甲寅,帅府御寇,檄至行间疗疫甚多。以冠带□□□□好也。著有《方脉统宗》。寿九十,自为墓志。(《(崇祯)江阴县志》卷四)

43. 江城派九世缪坤族称子厚公传

缪坤,华长子。字子厚,号慎修。邑庠生。自坤先,以医名者七世,坤名尤著。性行淳笃,自察脉审方外,端居诵读,不接尘事。嘉靖间,帅府延至军前疗疫,全活甚夥。著有《方脉统宗》行世。与乡饮十七次。诏赐冠带,列名旌善亭。寿九十,自志其墓。(《(光绪)江阴县志》卷一八)

44. 阚庄派十世缪尊素族称太质公传

公讳尊素[①],字太质。生有异才,垂髫应童子试,邑令京山郝公奇其文,及招覆,降阶,曰:"文章名世,当在子矣。"由此知名。已而掉鞅文坛,联九子社,与黄毓祺并执牛耳。邑中有某者谒尊素,请入社。尊素有难色,徐云:"犹恨俗情未尽。"其自负如此。当万历中叶,江西四隽,西安四家最著,与九子互相推重,厥后复、应、几、澄诸社竞起,欲延致,尊素弗屑也。尝登文选楼,评庆历小题文,金陵坊客争先购之,得许,则诸坊皆演剧以贺。山阴王思任序曰:"名理大雅,由博返约,犹见先辈典型。"又状其舟次,衣紫衣,两目作岩下电。而毓祺亦称尊素云:"嗅酒气以长吁,对青天而狂叫。"觉丰采至今存也。九子者,毓祺兄弟外,为徐时进元修,郭继清明卿,贡隆教敷五,周有士克九,之望凉武,袁一骅季闲。时进见"孝友传",余则尊素《社引》中略道之。观尊素之品目诸子,则所以相得无间者,可知矣。

论曰:明之操选事者,指不胜屈,惟韩、艾最为世所推。然韩之言,曰以法行机,艾之言,曰以气辅理。韩非艾匹也。若缪选之清规雅裁,其开定待先乎?遂东之赞叹不虚耳。

---

① 尊素:缪维蕃长子。幼名应龙。号于田。县、府、院三试第一。补邑庠生,文誉日起。屡黜南闱。后入太学,诸名公卿争延致之。

我朝可义堂宗艾，遢喜斋祖韩，而义门之《行远集》，则专以缪为蓝本也。盖缪有续编未行于世，义门购得之，遂并前集酌焉。呜呼！义门其有功于先生哉。且使九子之文久而有序，亦以此本故也。（又见《（乾隆）江阴县志》卷一七）

45. 阚庄派十世缪虚白族称采室公传

太学生 通家眷侄 同邑 李逊之 肤公

呜呼！先生为文贞公之冢子，与吾父忠毅公为中表兄弟，年长于吾父八岁。先皇帝御极之元年，先生诣阙陈冤，请封请谥。逊之方十有一龄，孩提悲愤，先赴阙下，沥陈吾父首击三凶，致死尤惨，请以优恤新衔，封祖父母。同难兄周子佩血疏鸣冤，请给三代诰命，并荷俞旨。先生与逊之相见，无不涕泗沾襟，五中崩裂。盖同里姻戚，同朝同难之后，视他姓倍真且挚也。

先生天才英绝，禀承家学，年十八与仲弟同游于庠。万历壬寅、癸卯间，偕虞山龚渊孟、魏叔子、谭印扬相切劘，名日起。于书无不关览，务为经世达用之学。天启壬戌，随侍京邸，值广宁失守，盈廷沸腾。先生承父执垂询，且言控御方略，不袭纸上空谈。闽中董见龙先生闻而壮之，即欲荐用，公固辞而止。丙寅三月，公就逮，先生与仲弟采璧、季弟采星徒跣奔命，饥渴顿踣。公手牍中所云"虚儿赋性过褊，而实有至性，到此时迫发，诸兄弟皆知之"，则其本末可概见矣。公入镇抚狱，为之纳饘注药，措缴赃锾，祈缓须臾毋死。洎夫吞声牢户，扶榇间关。归而慰母完赃。珰螫未已，悍胥叫嚣，监追不免，盖先生之周旋艰险，力尽能索，有逾于诸弟者。公狱中书云"凡事大儿还有斟酌"，不其然乎？圣主当阳，殛憝念荩，天日重开，恤典为旷古所未有。先生惴惴焉以窀穸无期是惧，日夜营度，逊之亦用疚于厥心。岁辛未，太淑人久抱惊悸之疾，仲冬弃养，予之嫡祖姑也。先生偕诸弟戚易兼尽，即欲营葬，因循未有吉壤，自后仲弟、三弟相继徂谢，先生服阕后，上念国恩袭荫，图报涓埃，出为四郡催粮，厘积弊，绝苞苴，为上流倚重。顾以二亲未葬，解组遄归。壬午、癸未间，营造谕茔，哀有余而礼无缺。既葬，先生与诸弟侄摒挡襄事，以公之故旧门弟子张静涵、沈铉臣、汪如石、刘振贤，方禹修等赙布之余数百缗，为公建香火招提，名起信庵。悬公遗像于其中，昕夕瞻拜，以志无涯之戚。延僧住持，越数年。先生置田五十亩，令僧主之，为久远计。刻《从野堂存稿》十余卷，辑《颂天胪笔》若干卷。凡所以酬恩永慕者，无弗殚也。日闲子侄，而鼓励之以读书穷理，困阨之能激，晏安之不可怀，训之以先人忠鲠，身备楚毒，仅博青史之荣名，而后人得以饱食暖衣，称为忠裔，若何而可免于陨坠也。闻者莫不唏嘘感泣。逊之独非忠臣之子欤？既不若先生从父槛车，犹得望见锒铛系颈。至于旅榇南还，逊之方在慈母怀中，惟仗吾伯父伯发一人维持终始，又不若先生皋复饭苴，充充瞿瞿，行陆行舟之魂魄相依。今公之墓木将拱，而吾父母犹厝于赤岸里之东，予之罪也滋大。予何以传先生哉？顾重以嗣君畯、嵘、畿三子之请，以为知之深而谊之笃莫逊之若，遂不获辞而书其梗概，并申予之哀痛，以俟当世之有道德文章者，采择而表章之。先生生于万历乙酉年八月初二日，卒于顺治戊子年六月二十七日，年六十有四。邑诸生，恩荫户部检校。其德配、子女婚嫁另详行状、家传中。

顺治八年辛卯十月拜撰。

46. 阚庄派十世缪纯白族称采璧公暨元配徐氏行略

子 畴 衵生

呜呼！不孝自辛酉失恃，伶仃孤苦茕茕者垂二十年，妄意读书励志，可以报吾母或以慰吾父，而因以绍先祖宫詹之志也。不谓三试京兆而三不利，邅回偃蹇，头角未露，荏苒至今，吾父且郁郁而没也。呜呼！不肖滔天之罪，尚足诛哉。今先宫詹未葬，先太淑人未葬，而遽议吾父之襄事，不孝惨痛，实倍他人子。已而思先宫詹之未葬，吾父若与有过，而实非吾父之过也。吾父身为次昆，不能越序而操家秉，一可解；多儿女之累，极清白子孙之苦，而不若世间藏镪者之能为而不为，二可解；先宫詹以不事生产，珰祸坐赃，薄业洗尽，吾父十六年经营黾勉，谋欲葬大父大母，而以同心耆力者少，因自伤为子无状，愤惋属疾衔哀，赍志以殒，则是吾父虽未了其葬先宫詹之志，而此念固未尝一日而不在于葬事也，三可解。且吾母停柩故居，环堵凄然，不孝每当风雨之夕，辄隐痛裂肺肝也。今吾父再背，不孝犹不于此时强勉撑柱，而敢淹恤孤贫，以不能傅礼为辞，则终无葬亲之日矣，他日何以见吾父吾母于地下？爰是永夜彷徨，忧心如捣，决意于今年十二月初二扶柩安厝于凤凰河新阡，迎吾母徐孺人之兆而合焉。且不揣而敢以千秋累太老师阁下，谨濡血和泪以状之。

吾父讳纯白，字采璧，别号去瑕。缪自虞山徙东兴，始祖全一府君传松月翁讳鉴，怡云翁讳廷玉，赠詹事东渠翁讳桓，皆为儒任侠，修长者之行。至我累赠詹事惕庵府君讳炷，以孝友诚信表于乡闾，闺门之内俨若朝典，每喟然发叹曰："吾家自全一处士以后，代有隐德而无显者，吾其必有后乎？"嘉靖壬戌，先大父西溪公生，以孤童奋起，举万历癸丑进士，官石渠者数年，世共推为良史。迨黄门播逆，汉社几危，以代草触奸，贯虹之气，折于岸狱。不逾年，今上讨逆褒忠，诏赠詹事，追及二世而荫一子，公之志节乃大白于天下，是不可谓天道之章章者乎。大父西溪公讳昌期，娶大母李氏，累封淑人，举丈夫子五，吾父居二。幼而颖敏好学，朗诵不辍，先大父母独怜爱之，年十七补诸生，从汪孺石先生游。时大父以孝廉游学于青齐、锡山之间，虽严于课子，而倜傥世故，不能谆谆督理家塾。吾父慨然蹑跻担簦，读书于砂山之赵庵、虎丘之竹亭，每早起宿膏火，走笔尽数纸。结社会文，辄三五月不归。壬子、癸丑，读书于常熟之藤溪，与谭仲名、魏叔子辈日课一文，时拈七义，昼夜攻苦，自许唾手可致青云。即曹耦如、何季穆、瞿元初、李仲达、魏仲雪诸先生相顾羡赏，各自以为不及也。三月之朔，忽得一梦，有神人呼而语曰："子成败决于此。"翌日其返乎迟，明果得吾大父之捷报而归。甲寅春，从大父游学于长安。大父以肠血下注，遇馆阁试草、有病不能任者，间命吾父代。时叶寅阳、王季木、胡休仲、刘良哉皆海内名家，一见莫逆，逢人说项，谓科第犹掇之也。大父亦沾沾色喜，自谓一经有托，告吾大母曰："此子也才，吾爱之，异日可当一队。"乙卯、戊午，兄弟间自为师友，颇有沛国江陵连栋聚食之遗风。先大父满拟吾父一捷，每设燎以待，而吾父亦刻自奋励，尽发其箧中书读之，朱黄俨然，标记错互，盖古文词赋、三苍稗史之属，莫不毕览。至理学经济，事之本末，人之贤否，政之得失，举要钩元，手自缮写者，又堆箧盈几不可数计也。顾数奇落拓，二十年来仅食饩黉宫，虽有司之试多在颜行，踏省门五六，不得一举，深可痛也。

天启丙寅，先宫詹以忤珰被逮。群小避匿，僮奴惶怖。吾父被发长号，青衣徒跣，慷慨从行，一路担囊策蹇，或昼伏夜行，颠连万状。比至网罗密布，如入针孔，如坐剑铓，家人辈一夕数徙，吾父志一气强，凡大父举处橐饘，咸躬给视之惟谨。且凡大父之门生故友，苟可以乞援哀吁者，莫不效秦庭之恸，竭其力而止。至事不可为，先大父毕命于诏狱，而吾父号呼擗踊，促数叫绝。然犹强自属纩，不以假手他人，盖天性淳孝如此。嗣是三千里扶榇，暴露跋涉，良苦抵家。而逆珰之捏赃三千尚未完。邑令岑某者，日遣咆哮，虎胥大声呵詈于门。吾父焦心劳思，典衣质贷，百方措办而不得，则尽取其田之腴者、宅之近便于人者尽卖而偿之，而止存城中之空房一所。当是时也，奉大母则阙滫瀡之养，俯妻孥则乏庾釜之蓄，盖几于衣不辟寒，食不充虚矣。而吾父顾充充如有穷，瞿瞿如有求而弗得，每谈及先宫詹死珰事，则涕泣覆面，始终一节。辛未冬，先大母以痛宫詹故惊惑不常，吾父焚香吁天，长跪私祝，朝夕奔走，医祷备至。至医不效，而饮痛在心，旦语之旦泣，夜语之夜泣，则又非他人所能尽知矣。性尤笃于友于，己卯冬，吾父构室甫成，叔父采石公从云间归省谒吾父，方采菊东篱，举觞剧饮，叔父忽中风疾，俄而痰涌，惙惙气绝。举家骇惧，以为不祥。而吾父情深恻怛，经营殡殓，为哭尽哀。后有以禳解之说进者，吾父且曰："人无不死于屋下，骨肉一体，岂以吾弟而涂人视耶？"性喜饮，饮辄微酡，未尝至醉。庭中莳花药，辍盆盎，时与比邻亲知煮茗清燕，而于伯叔更声气款洽，棋酒杂进，谈谐间作。有不会，会则往往攀留，累日不能舍去云。性自爱，不好干烦官长。自宫詹殁后，通家如石景云、田我潜、杨缉庵、牛鹤沙，数年相与点墨不通。间一贻书，非其门户，即其子婿试事。惟振贤刘公理吾郡，禹修方公守云间,未尽坚守此诫,然皆以先宫詹赃事揭债未完耳。其他宿素旧老,为先宫詹所最莫逆者,辄经年不敢通一刺。盖以身名未树,惭负先德,耻无因而至前,欲小就以图效,时时识于心而未忍言也。每示不孝曰:“人生全靠他人,不得吾家贫味殊旨。汝惟积学种德,勉自建树,为清白子孙,无效彼绮纨粱肉之徒,恃乃祖父之贻荫,终日逐逐,而卒于身名不一效也。”性无矜诩。乙亥,邑中有审役事,吾父受先宫詹庇,向以官户例免,未尝与胥人作缘。突有区蠹索贿不满,辄欲以吾父及诸叔为民户。吾父以完赃同、建坊同、奉旨优恤同、将来营葬之事无不同具呈于督粮王道台,而又走控于少所受知、为宫詹之执友钱宗伯太老师。赖宗伯移书张抚台,其事得寝。而诸叔父偃然若不知有编役之苦,而吾父亦不欲使之闻,惟啧啧颂宗伯高义云。尤耐辛苦,居恒脔肉粝饭,得饱为程。春秋时飨,自古泾至东兴,尝纵步独往,不事舆马,时或往返数十里不倦。为人伉爽直致,如引绳弦,遇事辄发。有少藏蓄,若鲠刺咽间,必吐之乃已。或有不快于人,对面征诘,无所隐忍,既发消释,后遇之欢然,了无所记。有就之谋者,输写倾竭,片片皆肺肝,告以不平,则头面赤肿,须髯奋张,以是与之交者,始若不堪,后乃叹吾父直谅终长者也。晚节以诸生久,次将贡于京师,意欲受一毡以老。每长叹曰:“伯也蒙恩坐荫,季也谒选得官,而吾即不能如盛年壮虑蹈厉,奋发于名场,顾独不得摩挲青简,俯仰丹铅,为老书生,优游卒岁于纸窗竹屋之下乎?”以是终年兀处一室,虽尘事杂遝,摊书拂几,翻绎未尝辍焉。盖吾父之志气抑塞磊落,耿耿不替,至老而弗能舍然者,类如此也。迩年,见国家多故,或语及人才国恤,则咨嗟忾叹,蹙然如不终日,乃者辟门开窗,老成渐用,遗佚辈兴,吾父深以先宫詹易名一事为念,恨不嚼齿奋臂出其间。正拟营求葬地,且欲往辰州求石斋黄公志,不谓有志而竟弗逮也。吾父素健少病,病亦勿药,虽忧劳坎壈,而骨犹挺劲,立逾时,不徙足,步履如少年。方寝熟,而微闻人謦欬或履声,即醒以为常,咸谓吾父神清气裕,不八十九十不止。已涉夏,忽属疾,吾父意若微恙耳,以多郁少愉,竟七日而不起。

呜呼痛哉!大抵吾父少年盛气,尝锐志于功名,而所处极贫。中更祸患,始有意于理生,而所营又甚小。惟是泛览博采,实有才俊,未尝如末俗之钻隙以卖声;治垣课种,备阅辛艰,未尝如豪贵之黠取以敛怨。是则吾父抚心无怍,终其身守而不悔者也。至于奉大父大母,则必恭必敬;待里党戚俗,则必久必诚;遇事则通达大体,不敢竞邪侈而薄廉隅;举念则崇尚本根,不敢急功利而缓教化。此又岂一节之细行而敢淹没弗传也哉。

吾父配吾母徐氏,外王父望叔徐公讳儒伟女。望叔公与先宫詹同游邑庠,文艺往来,相得欢甚。后殁,先宫詹为表其墓。高祖乡贡士讳经以上皆有门第,所谓“梧塍之徐,弈叶蝉连,为江阴望族者”也。吾母生七岁,即辨色而起,习劳执勤以为常。长益端静有志节,外父闻吾父君颖,乃许字,年十九归吾父。时大父严重,不易喜怒,大母又以欢热为主。吾母未习两尊人嗜好而任甘旨,惴惴焉察气伺色,惟谴诃不免是惧。乃两尊人甚欢,往往为加匕箸。吾父躁，吾母以和济之，虽大喜，笑未尝至矧；虽盛怒，无疾言大声。其御下也，不强人以不欲，不责人以不可成。虽老臧获，畏而怀之。每吾父出，日夕扃户，督一婢篝灯夜纺，或漏下三鼓，或达曙以为常。时先宫詹虽以孝廉居家，吾父穷况倍于他人，吾母日织一布以易米，至不足，则以面代。或竟日赋糜三碗，或戛釜待炊，竟午突萧然无烟也。比吾父与伯叔兄弟酒政觥筹，互相宾主，吾母则又黾勉佽助，凡一切芥醢之酱，桃梅之菹，无不择治楚楚，或自至屏扆候瞩，不以无为解，终不自以为能。吾父有酒无肴，吾母辄挑煮野菜为膳，后孝廉魏叔子云"吾少年读书于缪氏，几枕藉于榭菜田者三年"，盖实录也。不孝辈且长，延师需贽脯，吾母聚针蓄丝，自日用资供以及岁时果榼，必从十指中出。甚则子啼女嗥，冠履裳衣之费不支，则脱簪珥以图之。至夜，为不孝辈缝纫故衣，或亲杵臼，劳已极而不休也。生平不耀珠翠，不施膏泽。岁时宾祭，一御新衣，即藏弆之。庶弟之母性颇躁，吾母御之有恩，即出言有过激，吾母亦始终优容之。字庶弟与己出均，虽长，未尝不拊摩而鞠育之。于姑姊妯娌间和易有礼法，无贫富贵贱，一以肃共诚至待之。而尤与张氏姑笃，每述叙平生糠核之苦，未尝不泪涔淫下也。丙辰，得第五妹，以张氏姑无子，抱而予之，至今吾妹亦既抱子，必称张氏姑为母，而姑亦爱之逾于所生，此其征已。呜呼！吾父一生忧劳，犹有衔杯喜笑之时。吾母阅历荼苦，备所不堪者垂二十年，未尝享一日开眉饭。辛酉之岁，方图徙居于古泾，为息肩之计，而竟奄奄成疾，自十月初六日至十一月初八日，才一月而卒。卒之夕，敛以嫁时之衣，启其箱箧，曾无丝素之存。岂非忧勤劳瘁，积而殒命者耶？此不孝所为椎心饮血仰天号泣之死而犹有遗憾者也。乃不孝幼而丧母，犹曰婴孺无知，欧阳子之所谓"有待者"也。今长而丧父，而犹以子衿送厥终，何以子哉，何以人哉？

呜呼！身有轻于鸿毛者，不孝之今日是也。言有重于九鼎者，不孝今日之乞不朽于太老师是也。惟怜而赐之琬炎，吾父母不朽，不孝子子孙孙亦死且不朽，曷胜匍伏哀恳之至。生卒子姓列于后。吾父生于万历丙戌九月十六日酉时，卒于崇祯壬午五月十八日辰时，享年五十有七。吾母生于万历乙酉十月十五日子时，卒于天启辛酉十一月初六日辰时，享年三十有七，先吾父二十一年卒。继配母张氏，为无锡庠彦外王父濮如讳履坦公女。子男六：长即不孝畴，邑庠生，娶从母舅兵马雷门徐公女；次畇，邑庠生，娶常熟太学仲名谭公女，吾母出；次畡，娶邑庠生仲玉夏公女，侧高氏出；次畮，聘邑庠彦贞甫刘公女；次畦，聘无锡庠彦宜公张公女；次畸[①]，幼，未聘，继母出。女九：长适邑庠生李良知，为鸿胪署丞尔承公子、舅祖文学贯之公孙；次适常熟钱植，为怡园公子、养静公孙；次适昆山增广生张敬孚，

① 次畸：《(同治)东兴缪氏宗谱・世系表》中，"畸"记为"瞩"。本篇《阚庄派丹徒支十二世缪瞻岠传》有"采璧公之六子曰瞩"。

为庠彦慎其公子、孝廉宁与公孙；次适邑庠生徐屺，为太学霞客公子，霞客公亦从母舅，故以好游著者也；次适邑庠生陈炌，为庠彦子繇公子、宪副元洲公孙，即所谓张氏姑抱养妹也；次适邑庠生张明棐，为鸿胪居实公子、孝廉惺吾公孙，吾母出；次字郁桐珪，为太学念之公子、乡饮按察司经历拱阳公孙，桐珪即吾第三姑所出也；余尚未字，俱继母出。孙男四：长文硕，聘庠彦允明李公女，即吾亡姊出；次学澜；次德骏，幼，未聘，畴出；次畇出。孙女三，畴出者二，畡出者一，俱幼，未字。

47. 阚庄派十世缪纯白族称采璧公墓志铭

(明) 吏部侍郎 常熟 钱谦益 牧斋

采璧姓缪氏，名纯白，故宫谕、赠詹事西溪先生之次子也。西溪初与余定交，采璧已能文章，有声诸生间矣。以父之执事余，捧手抠衣，俯而纳屦，余安之弗为止也。西溪遭阉难，徒跣告哀，相向而哭。西溪不使他子而使采璧，以其习于余也。已而钩党益急，余有抱蔓之惧，采璧有完卵之忧，执手踧踖，不敢出气。痛定思痛，喜极而涕，未尝不相顾沾裳也。西溪之没十有七年，蒙天子之恩恤十五年矣，而弗克葬。今年五月，余过江上，召诸子而面数之，其语切直不可闻。采璧闵默不语。退而深自刻责，咄咄叹诧，若无所容。未几属疾，七日不汗而卒。采璧之子畴擗踊而号曰："天乎！吾父之不得葬吾祖以死也，有诸父在，而吾父独死。畴之不得葬吾父也，畴之责也，畴其容有死所乎！"于是卜以十二月初二日，葬采璧于凤凰河之新阡，母徐氏祔焉。哭而乞铭于余。

公羊子不云乎："不及时而日，渴葬也；不及时而不日，慢葬也。过时而日，隐之也；过时而不日，谓之不能葬也。"过时而不葬，则比于慢葬矣。谓之不能葬，则亦君子之所隐也。予之有隐于西溪者，盖亦公羊子之志。而采璧乃以予之一言而死，治以不能葬之罪，则采璧可以免矣。公羊子又曰："赦止者，免止之罪辞也。"若采璧者，岂特免于罪而已，其亦可以为孝子矣乎？畴之葬采璧也，不得为渴葬。当时而不日，正也。其此之谓乎？若采璧与畴也，斯可以为西溪之子孙矣。采璧年十七补博士弟子员，数试京兆，将以明经岁贡而死。死之年，仅五十有七。娶徐氏，继室张氏。子六人：畴、畇、畡、畮、畦、畱。女九人。采璧读书好古，卓荦有志行，余皆不备书，书其所以死者，则其生可知也。铭曰：

身死而父不葬，吁！可诫也。身死而以父之不葬，亦可喝也。余之于缪氏也，隐其父，闵其子，刻斯文以志焉。昌黎有言：人欲不死，而久居此世者何也？（又见《初学集》卷五五）

48. 阙庄派十世缪贞白族称采石公暨元配赵氏行略

子　畹　九生

呜呼痛哉！不肖畹父母之没数年于兹矣。向在浅土，今日始得择地窀穸。通天之罪，何可言哉？不肖虽劣劣无闻，何忍使吾父吾母之懿行淑德湮灭弗彰？乃敢略记见闻，粗陈梗概，乞当世立言大人采其一二，锡之衮言，用垂不朽。谨濡血撰次如左：

吾父讳贞白，字采石，别号念西。吾缪世居虞山，自全一公徙居江阴之东兴里，遂以东兴著姓。再传为松月公，阴行善，以诗书教养子孙。又传为怡云公，恢奇倜傥，凛凛有烈丈夫风。怡云翁季子，为我赠詹事东渠公，为儒任侠，修长者之行，以气义推于乡党。至我累赠詹事惕庵府君，端介自持，笃于孝友，闺门之内，肃若朝典，尝喟然叹曰："吾家自全一处士以来，代有隐德而无显者，意将发闻于孺子？"指吾先大父也。大父讳昌期，字当时，号西溪，谥文贞，举万历癸丑进士，选翰林院庶吉士。辛酉典湖广试，历官左春坊、左谕德。代草触阉，丙寅有逮捕之祸。先帝即位，诏赠通议大夫、詹事府詹事兼翰林院侍讲，予祭葬，追及二世，而荫一子。大母李氏累封淑人，即赠太仆卿忠毅公嫡姑也。举丈夫子五，而吾父居三。吾父生而凝重敦厚，大父母怜爱特甚，每属目曰："此子培养元气，儇薄智巧者所不如也。"年二十三补博士弟子员，同李忠毅从毗陵吴峦稚先生游，刻自镞砺，经岁不归。王父官史馆，随侍长安，一时名公巨卿咸乐与游处。丙辰，王父请告归里，吾父极贫，绝不与户外事。吾母佐以勤俭，尝典质嫁时之衣以供王父母洗腆。暇则莳花木，编蓬荜，与二三兄弟读书课业于其间，交相得也。戊午、辛酉，连踏省门，不获一举。甲子，王父册封建德王，复命随入燕都，援例入太学，雍试辄居首，选秋闱，复不利。是时，应山杨公、桐城左公、锡山高公、嘉善魏公、苏州周公，凡事关宫府者，吾父侍王父侧，无不与商榷焉。丙寅三月，王父被逮，邑令岑之豹奉逆党命，状甚狰狞。吾父不避艰危，挺身当之。王父就槛车，徒跣攀号，欲随侍以北，泣而请曰："父存则不得独死，父死则不得独生。"王父止之曰："覆巢有完卵耶？父子俱碎，无为也，汝留以支撑门户。"祖妾潘氏有遗腹，不辨男女，托吾父料理其衣食婚嫁之事。至今不肖捧读王父槛车中遗嘱，未始不痛绝也。迨五月，王父毕命诏狱，朝夕号咷，不入寝室，哭而病，病而复哭，断绝荤酒，形悴骨销。逆阉捏赃，将邑中遗居与附宅、良田悉变卖以偿，不足则百计揭债典质。至吾大母，以痛大父故，得惊惑不常之疾。给侍汤药，不解带者逾年。病革，数不欲生，哀毁成礼，益归心西方，以为生不能尽养，庶几朝夕课诵，以资父母冥福。今澄江接引殿金碧辉煌，为丛林之冠，皆吾父护法之力。性尤好施予，以收睦赈恤为事。赎宗族之鬻女，偿亲戚之官逋，甃道路，成桥梁，设糜掩骼，汲汲然如有所不足者。原无家业，用是日就落。呜呼！人知吾父之好施，不知其贫；人知其贫，不知其好施而贫也。尝叹曰："吾欲效范文正公买良田为义庄，而力所不及，小子勉之。"言犹在耳。有志未继，尚俟之异日也。庚午以来，世讲如石景云、杨辑庵、牛鹤沙、田我潜，所令皆吴中花封赤县，吾父素性澹泊，未尝有所竿牍。即知契如襄西方禹翁师，相守云间数载，待敦促再三，然后往谒。谒必款曲衙斋，留连倚徙，唏嘘相对，惟以不及早葬两亲为恨，分外事毫不相干，禹翁益以是推重。丙子，通家刘良哉复起吏部选郎，贻书吾父，约入京师。迫于寇惊，不及即行，迨冬仲得入都门。首以王父易名事遍叩诸故旧，求之不得，意绪牢落，无所遣解，几不欲生。比时吾父挂选已久，例应得光禄寺监事，良哉必欲破例，以别驾职选授吾父。见时事日非，意不欲得官，良哉亦以党局牵连下狱，遂束装南归，时丁丑六月也。自是绝意功名，杜门教子，暇则扁舟，同一二野衲往来山水间，为娱老计。己卯秋，不肖应试金陵，自以为揣摩稍就，可幸邀一捷，以慰吾父母。已而报罢，吾父信遇合有命，毫不以利钝关心，且慰勉曰："世将乱矣，汝保身为上，功名次之，广识见，养器局，以静观运会，庶几进退两有所据耳。"冬初，方禹翁监试武闱，约晤吴门，偶发痰疾，一发即止。吾父气体素旺，竟不就医，归逾五六日，同七叔父看菊古泾，忽中风疾，痰塞气壅。不肖归泣奔视，口噤，不复发一言，遂端坐而逝于先伯采璧府君之新楹。

呜呼痛哉！大抵吾父之为人也，孝于亲，友于兄弟，信于朋友，敦笃于故旧，见善则必为之，见不善若将浼焉。性宽厚，耻谈人过。有挟械以弄吾父者，知而不言也；有恃恶以侮吾父者，受而不较也。居家务为俭素淳朴，所余辄以施予，不盈其愿则称贷以继之。所可言者，仁心为质，显事粗迹也。至于隐微幽独，暗地受亏，虽吾父亦不能自言也。

吾父配吾母赵氏，广东布政司参议益斋公曾孙女，吏部左侍郎、赠太子太保、礼部尚书文毅公孙女，刑部清吏司郎中元度公女，丁丑及第宫允苍翁、会魁水部郎前翁同堂姊也。吾王父为诸生时，谒文毅公于虞山，文毅公一见奇之，遂以吾母字吾父焉。年十九于归吾父。王父为孝廉极贫，诸姑妯娌列屋如鸡栖。吾母生长富贵，处之怡然，绝无难色。习劳执勤，晚寝早作，首不耀珠玑之饰，身不御纨縠之衣，黾勉佽助，以供王父母岁时之需。王父母性虽严重，以吾母出自阀阅文毅公之后，以好语慰藉，绝无谯呵声。然吾母益自矜饬，不敢稍懈也。癸丑后，吾父数往来长安，吾母独秉家政，言动不苟，合古仪法，旁通《孝经》、《列女传》，时时为诸姑妯娌讲解。至于御臧获、课耕织，勤惰劳逸，部分井然。尤好浮屠法，持准提咒，诵观音经，长斋饭僧，三十年如一日。发一言惟恐伤人，行一事必思利益人。岁时省视亲戚，推食解衣，咸脱簪珥为之。与吾父合志同方，每谓不肖曰："我归汝家三十余年，以用度不周，茹荼攻蓼，备极艰辛，未尝享一日之逸。今形神两疲，将不久于人世矣。"庚辰夏，果得虐痢症，以庸医过投参苓补气之剂，迨冬更剧，后复延名医治之，不可为矣。易箦之夕，不肖长跪请曰："母有遗言否？"惟默坐诵咒如常，无一语及后事，正襟危坐而卒。呜呼痛哉！当其时，茕茕在疚，又复断弦，读礼之后方欲勉自树立，以光显二人，不谓运丁百六,云扰波翻,淡于进取,使吾父母悒郁之气弗获稍伸于地下,此不肖之所以仰天泣血而椎心也。

吾父生于万历己丑正月二十六日,卒于崇祯己卯十月二十一日,享年五十有一。吾母生于万历庚寅五月二十日,卒于崇祯辛巳正月十九日,享年五十有二。子一人,即不肖畹,邑庠生,娶张氏,建宁郡守端岩公孙女、太学商甫公女;继王氏,宪甫石溪公孙女、太学亦世公女;继孔氏,中翰尊尼公孙女、儒士尔孚公女。女二:一适封太仆李见复公子庠彦应会,次适太学王亦世公孙、言如公子法,俱侧室梁氏出。孙男二人:一名肇祥,侧陈氏出;一名肇泰,侧赵氏出,俱幼未聘。孙女六人:长适太学念之郁公孙、庠彦子春公子诵芬,余幼,俱未字。

呜呼痛哉!吾父母一生行善积德,乃天夺之年如此。不肖生不能尽养,死不能速葬。今始得卜葬于尤村湾之新阡,不肖真天之戮民,虽百身何赎哉?谨状。

49. 阚庄派十世缪贞白族称采石公暨元配赵氏墓志铭

崇祯丁丑探花 常熟 赵士春 景之

天启间词臣、死阉难者,赠詹事、谥文贞西溪缪公,公为诸生时,先文毅一见器之,遂以先伯比部公次女归公之子采石府君。而予自以童子试江上,即与君相交最久。今君之没近廿年矣,君之子畹卜以今顺治丁酉十一月初四日合葬君夫妇于尤村湾新阡。持状谒铭,予不获辞。按状:

缪之先,常熟人,自全一公徙居江阴东兴里,八传而为文贞公,繇万历癸丑庶吉士,历官宫谕。天启丙寅,逆阉矫旨逮捕,死诏狱。君其第三子也。君生而凝重敦厚,文贞公每属目之。及长,补弟子员。文贞公官史馆,弥自镞砺。课业之外,淡如也。既而随侍长安,杨、左诸公爱其淳默,俾侍文贞公侧,与闻庙谟大议。君循循抑抑,不为哆口钓奇之态。文贞公就槛车,瘐死狱中,君徒跣攀号,毁悴几绝。比再罹大故,家破骨销,则曰:"徒慼慼覆巢,无为也,吾其为西方之归乎?"于是捐赀倡导造丈六弥陀像,葺十方庵,朝夕誓心净土。至其孝友质诚,仁心好施,犯而不争,约而能守于家庭,知之者文贞公。文贞公没后,深相推重者,文贞公门人襄西禹修方公也①。孺人出自阀阅,习劳执勤,事文贞公不闻谯呵。性尤好浮屠法,凡君之支持险阻、栖心安养,皆孺人佽助为之也。盖君与孺人生平大略如此。

呜呼!世降日下,读书者不复辨身心为何事,以故志得气骄,睥睨蹴踏,不可一世,一旦

① 至其孝友质诚,仁心好施,犯而不争,约而能守于家庭,知之者文贞公。文贞公没后,深相推重者,文贞公门人襄西禹修方公也:赵士春《保闲堂集》卷二十中,此句作:"至其孝友乐易,仁心为质,贫而好施,犯而不校,盖初衷一辙也。"

时移势落，内顾瞀乱而不知所守，此在名士大夫不免，而况为之子弟者乎？君于家门辉赫，能以礼义自防，无贵游傥荡之习，既更忧患，悯厌尘劳，则又孜孜以升济神明为事，岂高门鼎养能窥万一者乎？或谓文贞公忠孝立教，君乃俯首竺乾，非与夫忠孝之耿耿不泯者一心耳。释氏汰尘情而持净念，夫非此心此理与？予犹忆君未没前数月，有毗尼师升座讲席，君亲澡瓶捧钵，布发其下，世变以来，予一再宿庵中，晓钟初动，梵呗齐作，未尝不思君之摄衣膜拜与缁流后先其间也。予姊称未亡人时，予曾过其乡庄，蔬食布裳，绕舍耕织，于时俗艳丽，未尝几微动色。今予甥之退守遗书，抱利器而弗试，实君与孺人之教也。若君与孺人者，可谓贤也已。

君讳贞白，字采石，别号念西，生于万历己丑正月二十六日，卒于崇祯己卯十月二十一日。孺人姓赵氏，生于万历庚寅五月二十日，卒于崇祯辛巳正月十九日。子一人，即畹，邑庠生，娶张氏，继王氏、孔氏。女二人，侧室梁氏出。李应会、王法，其婿也。孙男二人：肇祥，肇泰。孙女六人。铭曰：

民之初生，物盛气雄。百年安归，变灭随风。君丁盛时，履方鞠躬。晚而修心，莲社梵宫。君知归矣，尘沙靡穷。爰有哲媛，志操攸同。尤村之墟，蜿延丰窿。宜尔后嗣，弈世昭融。

50. 阚庄派十世缪太白族称采星公传

太学生 同邑 李逊之 肤公

缪采星先生讳太白，文贞公之第四子也。文贞公与吾父忠毅公同里同姻戚，同朝同死珰难。先生与吾父为中表兄弟，生既同庚，又称莫逆交。今嗣君秉生茂才持状请为立传，曰："知我公最深者，莫君若也。"逊之谢不敏，然谊不获辞，谨传其大者。

缪之先，常熟人，自全一公迁居江阴东兴里，始为江阴人。六传至先生曾祖东渠公讳桓，为名诸生，任侠修长者之行，以义气闻于乡，赠詹事。东渠公生惕庵公讳炷，端介自持，笃于亲，友于兄弟，乡党以孝友称，赠詹事，是为先生之祖也。惕庵公生文贞公讳昌期，以名节自砥，为举业名家，成进士，官词垣者数年，世共推为良史。迨黄门播逆，宗社几危，以代草之说深为珰忌，于是有逮捕之祸，榜掠备至，竟死狱中。冤既雪，诏赠詹事府詹事，赐祭葬，谥文贞。当丙寅三月之被逮也，先生与伯仲两兄槛车侍从，一路担担，昼伏夜行，颠连万状，凡事处劳苦者，必先其两兄而身任之。四月抵都门，下镇抚司狱，凡文贞公之门生故旧，苟可以乞求哀吁者，先生无不奔走干谒，效秦庭之哭，以尽其力也。至事不可为，毕命于诏狱，先生呼号叫绝，发于性情。嗣是扶榇南归，三千里跋涉良苦。抵里门，而追赃之旨又下。邑令岑之豹，阉党也，承望珰意，勒限追比，窘不能应。先生取其田之腴与宅之便于人者尽卖而偿之，犹不足完其数。幸常州府推官刘兴秀捐俸协助，始得释免。刘君，故文贞公门下士也，先生与逊之每谈及此，犹涕泪覆面也。为人伉直，有志略，能文章，深为高忠宪公器赏之。尤耽吟咏，诗非汉魏弗好也。与吾父共结吟社，累日唱酬，吾父称其诗句“壮丽，非前辈所及”。先生之母，逊之嫡祖姑也，以痛文贞公故得惊悸之疾，辛未仲冬弃养。哀恸之声，累日不止，非天性肫挚者，曷克若此？弱冠游邑庠，有盛名，为一时望。崇祯己卯岁贡，庚辰赐进士，特简江安知县。及至官，置社仓，减浮丁，讲学课士，有德于民，蜀之士民，于今称之。癸未，以营葬事告归。著《蜀游草》二卷，皆蜀中风土吏治，有关于国计民生者也。归而营造谕茔，哀礼兼尽。葬既毕，先生不复作出山计，居实园中教诸子读书，励行务明大义。又尝语之曰：“尔祖捐躯报国，备尝楚毒，仅博青史之褒荣。而为子孙者，得以饱食安居，获称忠裔，宜如何自立，毋贻陨坠也。”呜呼！先生之言，可悲也，夫逊之亦忠臣之子，闻之尤觉哀痛。

甲申三月，闯贼犯阙，破京师，大行讣至，先生痛哭伏地，咯血数升，因而致疾。既闻福王立，扶疾入南都，行至常州，病剧而返。时典史阎应元、县尉陈明遇、训导冯厚敦率邑之义民固守江阴，先生欲赴城同守，因病不果。撰《守城控御方略》寄之，应元深服其论。间作书咨询守御之策，先生画策答之。应元用其策，颇资力焉。乙酉七月，乡民丁伯良、伯仁同为乱，胁先生从行。不屈，被害。应元闻凶耗，顿足曰：“天丧予，夺吾之武侯矣！”言毕恸哭，同守者亦为之涕泪俱下。先生之忠义感人者如斯。论者谓文贞公之有其后也，如先生者，洵不愧欤！爰次其状而胪述之，以备异日修史乘者采择是否，庶几可考。谨传。

51．阚庄派十世缪坚白族称采鄀公传①

南京户部尚书　太子太保　同邑　张有誉　谁誉

坚白缪君，字采瓠，文贞公之末子。至性孝友。文贞公罹奄难时，哀毁过情，悲号咯血，数十年如一日焉。生平不事家人生产，镞砺文行，教育子弟，无轻裘肥马之习。明鼎革后，悲沧海之扬尘，伤脊令之尽难，穷愁困顿，几不能生。而其志气激昂，固老而不倦，贫而益坚也。家居，好古力学，而尤烂习于胜国典故，腹笥便便。与人交，悃愊无华，古心古貌，俨然如周鼎商彝，岂仅翩翩浊世之佳公子乎？有女适虞山赵敏之之子念洲，邑庠生，及笄而寡，以死自誓，翁姑早世，归而奉二亲，竭劳尽瘁，可谓节孝兼至者矣。并述其梗概如此。

---

① 据光绪谱世系表记载，采瓠公生于万历三十二年(1604)二月初九，卒于康熙八年(1669)十月十二日，年六十六。配李氏，无子。邑庠生。著有《太极图说》一卷、《觚觚集》十卷、《胜国事略》八卷。

52. 吴门派十世缪慧超族称子上公传

缪慧超，字子上，吴县人，参政国维再从子也。少丧父，事母甚孝。家贫好读书，明天启时，吴令某因感国维德，以超名荐之学使者，临试托病不入，人以此高之。为文好用《左》《国》，试辄不利。弃举子业，专心于诗。崇祯壬午，昆山方某为广东电白知县，其父翁，超之世父也。方某邀父翁父子及超同之官，后值王师定两广，超从方某匿电白山中，多吟咏记述。世父客死，子从间道先归，超于盗贼充斥中扶其槥以归，人以此义之。与方某周旋患难间，赀财相托，不差铢黍，人益叹服，超亦稍有归橐。不治生产，日夕招故人饮酒，不数月金尽贫如故。诗法景陵，后入唐人，每以孟东野、贾阆仙自许。性好山水，晚年隐于邓尉，每岁游洞庭诸山，俱有纪游作。族子侍讲彤梓其集曰《蜗庐集》。(《(康熙)苏州府志》卷七四)

53. 吴门派十世缪慧隆族称蘚书公行述

子彤 念斋

呜呼痛哉！不肖彤无以为人矣，罪无可逭矣。庚戌冬，先妣王宜人没，不肖系官于朝，抱终天之恨于无穷。幸府君在也，犹冀尽一日之养。今年府君七十，不肖援例陈情，蒙圣恩谕允终养，窃望归而奉定省也。甫治装，而府君讣音忽至。呜呼痛哉！生不能奉甘旨，病不能侍汤药，没不能视含敛，惟冀一死从府君于九原，尚忍诠次府君之生平耶。然府君有善而弗彰，则终天之恨愈深，敢拭血濡毫以述。

府君讳慧隆，字子京，别号蘚书。先世自东汉以来为望族，明初散处于江右、两浙、淮扬、辽左之间，皆因官其地而居焉。其在江之南者，江阴、常熟最著。自常熟迁于吴县，则八世祖讳琼者始。高高祖惟清公讳澄。高祖分拙公讳宪，祖妣徐氏。曾祖文峰公讳天秩，赠中宪大夫、贵州参政，父病割股而殒，称孝子。曾祖妣张氏，赠太恭人，守节旌表。祖考讳国维，字四备，号西垣，万历辛丑进士，由福建泉州府南安县知县历任工部营缮司郎中，浙江温州府知府，贵州布政使司布政使参政，分守新镇道。时僰贼安邦彦作乱，王父平之，其功载在前史。祖妣苏氏赠恭人，徐氏封恭人。本生祖妣齐氏。王父生二子，长即府君也；次讳慧远，字子长，丁亥进士，候封翰林院检讨。女二，一适太学生金汝珂，太仆寺卿昆源公子；一适昆山县庠生方南龙，太学兰台公子。府君生而颖异，性孝友，读书过目不忘。王父官黔中，府君从行，年才十四。适安贼犯境内，王父提兵守新镇，三阅月而围始解，府君在围城中课诵不辍，日构一艺，至今卷帙盈箧，皆府君黔中业也。王父捐馆舍，府君方弱冠，外侮交讧，是时叔父尚幼，府君遇强暴，不少挫折，日夜经营王父窀穸，又叙次王父宦绩，走数千里请于当世名公卿及其乡之父老，因祀于闽、于浙、于黔。吴中人士感王父旧德，并祀于乡。府君之能显扬先德者如此。为诸生不尚虚名，亦不屑屑章句，每科名文出必遍阅，阅毕旋弃去，临场时取前所阅者覆视，皆能成诵。闱中七艺，俱经营于胸，一挥脱稿。既屡试不售，曰吾命也。甲申以后，即弃举子业，日教不肖，望其成立。不肖幼从徐平辰、钦树滋两先生学，日稽程课，及初为制义，益加严。至日晡时，若两义未就，遣家僮数辈促问。不肖见灯影下有人，则踧踖不自安。及文成，疾呈先生鉴定，随呈府君，府君命之退，而细加批览，不肖则竟夕不安。明日微伺府君，色喜则知昨日文当府君意，否则与先宜人太息累日，又不加夏楚。不肖望见先宜人有涕容，则知昨日文不当府君意矣。壬午岁，令不肖从宋既庭先生游。时叔父文名籍甚，早夜讲论经史，同里又多端人正士、博学洽闻者互相砥砺。数举文会，四方知名士，舟车辐辏。不肖得与末坐，时相质疑问难。府君喜动颜色，曰："吾儿庶几有成乎！"呜呼痛哉！盖自不肖年十一学为文，二十补诸生，又十年始荐京兆，中间晦明寒暑，督率教训，长养而成就之，以至今日者，府君之用心良苦矣。

呜呼痛哉！不肖丁未登第，贻书勉励，略云：汝何以不愧科名，惟安分不躁进，勤学无旷职，忠孝俱在是矣。忠孝不可分为二，忠即孝也，无以家为念。戊申，不肖因病请急归，拜两亲，家居甫数月，府君即趣入朝。府君一意山水，时徜徉于天池、邓尉间，花时竹舆往来，壶觞笑傲，竟日不倦。每岁至天竺，携一二小奚、图书数卷，乘小艇眺览湖山，不入城投刺官府。里中耆旧数人，作老人真率会。四方客至，即邀入坐，必尽欢而罢。遇贵显，稍有傲容则避去。凡宾客过吴门，与府君游者，皆知府君襟怀潇散，与世俗异也。先宜人生平辛苦，勤俭克家，与府君相敬如宾，庚戌冬倏焉弃世，府君自此忽忽不自得。癸丑三月，不肖服除，应赴阙补官，跪请于府君曰："儿独子，不当去膝下，诚欲请宽假。"府君有愠色。时从弟钧闻初入史馆，府君贻书至京师，曰："彤儿恋家，若岁暮不行，违吾命也。"不肖闻之皇惧，冲寒就道，府君始有喜色，亲送至锡山，又送于扬州，见放舟北上，始归。不肖黯然泪下，府君绝无离别之色，何意是日即为永诀耶！

呜呼痛哉！不肖艰于举子，甲寅三月始举一子，时府君偶抱微恙卧床，霍然而起，作书曰："吾今有孙矣！汝益当竭力供职，以报君恩，毋相念也。"不肖碌碌居官无寸长，所谓报君恩者何在？而府君犹日夜望之也。

呜呼痛哉！府君与叔父最相友爱，体贴曲至。弟钧闻成进士，选庶常，府君喜甚，谓不肖曰："吾家三世八人，成进士者四，汝兄弟又同在翰林，吾同父兄弟二人如一人，汝同祖兄弟，皆当以祖父之心为心。"今年秋，钧闻予告省觐，抵家置酒为府君寿。欣然执手，俄而泣下。叔父问其故，府君曰："吾亦念吾儿也。"不肖闻之，中夜彷徨，亟请归养，深自恨其不早也。先是五月中不肖请告为府君称觞,府君驰札,因逡巡不敢,至是奉养亲之旨,而府君不能待矣。

呜呼痛哉!府君生平为人笃厚,为善于乡,乡里咸敬爱之。有司四举乡饮大宾。戊申年,不肖正里居,是时府君被朝服,入宾筵,不肖侍立于后,顾而言曰:“汝外家王文恪公以宰相致政,年七十余举乡饮。文恪公让沈石田先生为大宾,而自为介。文恪扶石田先生,行三揖三让礼,人皆以为盛事,予何德而居然为大宾也?”嗣后岁举乡饮,必推府君,府君再三让。今岁又举大宾,不肖不及侍左右。追忆昔年,能不痛哉!府君平居喜缓急,不责报,人有忌讳,不乐人言者,府君常直言无讳,人亦不以为嫌,谅其无他也。生平尤不逆诈人,尝云:“天下无虚诳之语,亦无诈伪之人”。其以至诚待人类如此。府君禀气完粹,体素无疾,县弧之辰,亲朋上寿犹躬自酬酢,不意即于是时偶感微疴,左手不仁,至十一月转剧,殆不能支。及易箦时,无顾恋,无畏怖,神守恬然,不殊平日,而府君竟弃不肖逝矣。呜呼痛哉!罔极深恩,未能酬报,幽明异路,永从此离。不肖虽糜身百体,岂能赎其辜耶!

府君生于明万历丁未九月二十二日戌时,卒于康熙丙辰十一月十七日亥时,享年七十岁。康熙六年恭遇覃恩,敕封儒林郎、秘书院修撰加一级。十四年,恭遇覃恩,诰封奉直大夫、翰林院修撰加二级。元配王氏,太傅大学士文恪公讳鏊五世孙女,光禄寺卿闻溪公讳禹声公孙女,太学生景雍公讳永熙女,封安人,赠宜人。子一,即不肖彤,康熙丁未赐进士及第第一人,今任翰林院侍讲,娶顾氏,通政使司通政使韦所公讳九思曾孙女,太学生瞻颐公讳熙孙女,太学生裕之讳乃猷女。女一,适庠生顾瑞书,太子太保、总督三边兵部尚书冲吾公讳其志孙,官荫生敬熙公讳绍诒子。孙一,祖龄,未聘。孙女七:一适贡生董鲁詹长子志升,乌程庠生;一适庠生王道树四子圣传,监生;一适庠生王耐庵三子纯锡,监生;一适举人宋畴三子定业,崇明庠生;一适贡生韩幼明次子樵[①],监生;一适庠生顾鹤南长子侃,监生;一适庠生顾御六长子方旭。不肖幼抚甥女顾氏为女,适马旸谷长子圣符,监生;抚外孙女王氏为女,许字己丑进士、原任苏州府知府吴瑶如子启培,未嫁,卒。

不肖彤肝肠寸裂,府君生平行实,荒迷不能殚述,于苦块中记忆一二,略无伦次。伏祈大人先生怜鉴之。赐之片言,以光泉壤,不屑彤不胜哀感之至。

54. 吴门派十世缪慧隆族称辥书公墓志铭

博学鸿词 翰林院编修 长洲 汪琬 著文

自我世祖定鼎以来,国家举行临轩策士之典凡十有三,而以第一人及第者,吾郡独居

① “樵”字,光绪宗谱世系表记为“檦”。

其五。海内传为盛事。中间有太公与太夫人皆无恙，能享其子之禄而屡受天子貤封之锡者，惟学士徐公肃、侍讲缪歌起两先生之家为然。侍讲尊甫薛书公尤老寿，侍讲既第，公数遨嬰自得，居则有亭池华木之胜，游则有山川泉石之娱，日夜偕故人宾从，与夫乡里之老谈笑偃仰于尊罍壶矢之间。肥脆之味，不绝于口，丝竹讴歌之音，不绝于耳。加以命词宠章，后先叠至，门庭之盛，鲜与为俪。如是凡十年，而公始殁。古之《洪范传》，凡谓五福者，庶几其悉有之。吴中之人，皆知侍讲之孝养其亲，顾不知公之劝饬指诲，所以勉侍讲于成者，惓惓备至，盖讫暮年而后能尽食其报也。

公讳慧隆，字子京，薛书其别号也。先世自常熟迁于府城，故今为吴县人。曾祖宪，祖天秩，并赠布政使司右参政。考国维，万历辛丑进士，历任贵州右参政而殁，尝平蛮寇安邦彦之乱，功载前史。妣苏氏、徐氏，皆恭人。生母齐氏。公为诸生，不尚虚名，亦不屑屑章句。行文不属稿，顷刻数千言可就，诸老儒皆逊避之。当胜国之末，公愀然意有所不惬，辄弃去举子业，惟以课督侍讲为务。于是延予友宋子既庭馆于家。是时既庭方与公之弟子长先生以文章雄吴下，名声相埒。予既善既庭，而予季南贶复受业其门，数人者晨夕侍讲读书之舍，数用文字相淬砺。公每肃予辈入，必具酒炙示殷勤，未尝以丈人行自抗也。嗣后侍讲讲学益进，闻望亦益重。四方巨公贵人及知名之士，舟车造门者相望，公必率侍讲迓劳其间，身自备宾主之礼，其遇单寒者则折节慰藉尤有加焉。虽甚烦费，亦不怠以中止，故侍讲讫成通儒，而最后遂受天子非常之知，特简之以魁多士，皆公善教其子致之也。侍讲既第，亲故动色相贺，公不色喜，诒书戒之曰："若何以不愧科名，惟安分不躁进，勤学不旷职，则忠孝俱在是矣。"侍讲内艰服阕，公趋之入朝。侍讲念公老矣，故为事迁延其期，公大愠曰："忠即孝也，方国家多事，岂若从容内顾时乎！"立遣治装以行。久之，侍讲又将请告祝公七十寿，公复诒书报之曰："吾强健善饭，毋庸若归养为也。"盖其始终勉励侍讲者若此。然则公之优游暮年，以忘其老，以遂其志，食侍讲孝养之报，而享有此五福者，夫岂偶然哉！公性坦直，不设城府，数好周人之急，虽名为贵公子，而弱冠孤露，即能以一身楮柱其间。屡思慕参政公，悉叙次历官政绩，走数千里外，请祀于闽、于浙、于黔，吴人至今称公孝云。

公享年七十，积封至奉直大夫，翰林院修撰加二级。配王宜人，文恪公鏊五世孙也，先公七年卒，前礼部尚书、宛平王敬哉先生铭其墓。子男一人，彤，即侍讲也。女子子一人，适诸生顾瑞书。孙男一人：祖龄，尚幼。孙女七人，皆配名族。宜人之葬也，墓在吴县邓尉山之麓，至是奉公柩往合焉，实康熙十六年十二月某日也。予自病假归里，杜门无宾客，公独再诣予苕华书屋，握手劳问，如平生欢，且辱有奖借之语，故侍讲属予铭，予不敢辞。铭曰：

溯缪之兴，由东汉晋。代有显闻，爰及参政。参政创迹，实于吴门。服勤王事，以启后人。公载其美，播之堂之。如彼鹓鸾，宜奋而飞。不在于躬，在其哲嗣。章服煌煌，安受帝

祉。维绩之丰,惟报之隆。藏是玄室,寿考令终。(又见《尧峰文钞》卷一二)

55. 吴门派十世缪慧隆族称蘚书公传

缪慧隆,字子京,吴县人,国维长子。性孝友,随父官黔中,年才十四。适安贼犯境内,隆在围城,犹课诵不辍。父殁后,外侮交讧,时弟慧远尚幼,隆遇强暴,不少挫折,日夜经营葬事。葬毕,又叙次父宦绩,走数千里,遍谒大吏,见其父已祀于闽、于浙、于黔为名宦,而后即安。归,又请祀于吴为乡贤。弟以文稿贾祸,力为营救,虽罄囊不顾。尝语其子彤曰:“吾同父兄弟二人如一人,汝同祖兄弟,皆当以祖父之心为心也。”晚而寄兴山水,时徜徉于天池、邓尉间。花时竹舆往来,壶觞笑歌,竟日不倦。每岁至天竺,携图书数卷,乘小艇眺览湖山以为常。年七十卒。(《(康熙)苏州府志》卷六七)

56. 吴门派十世缪慧远族称宁斋公传

缪慧远,字子长,号震泽。顺治四年进士,任寿阳知县,不期年而政声大著,以性格耿直逆忤上司,称病归乡。以子锦宣贵,封翰林院检讨。少工制义,晚更肆力古学,尤邃于诗。相国王掞称其“于昔人诗境遍历而后成家,气苍然以古而独标新旨,词璨然以丽而若出无心”,洵定论也。尝与人论诗曰:“袭汉魏六朝之形似,而不知所归宿者,罔也;划唐宋为鸿沟,而不知所变通者,固也;不学而妄托宋人,以文其空疏者,陋也。诗自我作,奈何以一二古人限我!”可以观其所自得矣。老益嗜学,冬畏寒,为方丈板屋,绕屋置书画,日秉烛以读。年八十有五卒。有《雅庆堂稿》、《宁斋诗集》二十卷。子锦宣,字钧闻,康熙癸丑进士,官检讨;继让,字虞良,以昆山籍登康熙戊辰进士,官龙游知县。皆能诗。(《(康熙)吴县志》)

57. 吴门派十世缪慧远族称宁斋公传

缪慧远,字子长,晚号宁斋。参政国维子。学富而溢,文采炳蔚,见者愕眙,莫知其言之所从出。顺治乙酉举于乡,四方争购其制义,所刻《雅庆堂稿》版至再易。丁亥成进士,知寿阳县,不期年而政声大著,以性格耿直逆忤上司,称病归乡。以子锦宣贵,封翰林院检讨。晚更肆力古学，尤邃于诗。相国王掞称其“于昔人诗境遍历而后成家，气苍然以古而独标新旨，词璨然以丽而若出无心”，洵定论也。尝与人论诗曰：“袭汉魏六朝之形似，而不知所归宿者，罔也；划唐宋为鸿沟，而不知所变通者，固也；不学而妄托宋人，以文其空疏者，陋也。诗自我作，奈何以一二古人限我！”可以观其所自得矣。老益嗜学，冬畏寒，为方丈板屋，绕屋置书画，日秉烛以读。年八十有五卒。有《宁斋诗集》二十卷。子四人，锦宣、继让最知名。锦宣，字钧闻，康熙癸丑进士，官检讨，有《介轩诗钞》四卷；继让，字虞良，以康熙戊辰进士，知龙游县，有《漫叟诗钞》八卷。（《（乾隆）吴县志》卷六二）

58. 阚庄派十一世缪畿族称京生公传略①

子 思勃 约轩

先府君姓缪氏，字京生，讳畿，文贞公之孙，民部采室公之子。生祖居阚庄里旗杆下，析箸居北涸，去祖居十里。少补邑诸生，省试辄不利。一生笃行孝弟，痛母氏之未及其壮而卒。吾祖母之卒也，府君方十三龄，值乙酉鼎革，乡兵四起，内外响应，祖母未及葬，仓皇失措，权厝文贞公之茔。天下大定，家难作，吾世父为之破家。至康熙癸丑岁，始谋葬事。吾祖柩独在堂，以吾祖终于北涸，故柩在焉。于是吾父告吾世父曰：“母柩在外，必奉以归，乃可治葬礼。”俗以死尸忌入室，入室必有灾，亲属无内外皆力沮。吾父曰：“宁灾之及，毋母之遗也。”卒奉之以归，停棺于堂者三日，乃治丧与吾祖合窆焉。吾父行三，世父喜生公好为诗，极工，谈吐举止多晋人风致。二伯父载生公好清谈，不事家人生产，家大圮。吾父忧之，曰：“吾之兄，吾父之子也，可使之糊其口于四方耶？”割田百亩，赋役所赢，悉以奉二伯父，如是者二十九年。二伯父无恒产而得温饱，终其天年者此也。吾父与世父好茶，二伯父好酒，每三四日必聚，聚辄竟日。及暮年，吾父尝与二伯父约曰：“倘吾兄百岁后吾尚获自存，此百亩者以与诸侄耳。”后二伯父卒，竟如约。吾父性恶缘饰，与人交，表里如一，无分毫势利。见少年契友，至老敬不衰，其有孤嫠者，岁时存问，没身而止。人有所借贷不偿，辄忘之。生平梗概大率类此。然奉母柩归而不沮于众，养兄二十九年而无变于死生之二事者，其亦可谓潜德矣乎。勃虽不肖，未克显扬，不敢不述，使后世子孙有所兴感。

吾父生于天启二年壬戌六月二十八日，卒于康熙三十七年戊寅十一月二十三日，年七十有七岁，于某年某月某日与吾母、吾继母合葬于长泾驹字号坛巷基东之新阡主穴某山某向。元配无锡华氏，外祖廷佩公之女，无子。继配无锡周氏，外祖贡士公西公讳梦华之女，

① 以下传状未注出处者均选自《（光绪）东兴缪氏宗谱》卷二六。

无子,生吾姊一人。思勃,侧出也,犹及事吾继母。吾父尝谕思勃曰:“汝前母本富家女,事我三年,是时吾初受析,汝母操家,实劳苦甚。及稍赢,不能与汝母共,是为我生平恨事。”继母,儒家女也,事吾父二十五年。吾父性严,吾母柔之,吾父厚德事,吾母赞决者居多。善持大体,待思勃等如己出,外祖之教也。生女一,适岁贡生赵文镕,字棫陶,最孝友,年十八先吾母而亡,无出。吾母哭之恸,垂绝时犹呜呜呼之,泪承睫而不下。不肖受吾母恩最深,终身慕之不敢忘,因传先府君而及前母,从先志也,因前母并及继母焉。

59. 阚庄派十一世缪畴族称祉生公行略

子 弘仁 先河

呜呼!吾父有志未逮,不肖不能继父之志,安得为子,又安得为人哉?然以不肖贫贱,不齿于人之故,而使吾父一生忧勤惕厉之概,不获表扬于当代大人,并弗获传于子孙,是益不得为子也。是用忍泪泚笔,略述所亲见闻于吾父者,俾子孙有所考而思焉。

吾父讳畴,字祉生,号书叙,自称耐辱居士。吾缪自全一处士后,代有隐德,详具族祖敬存公列传中。数传至吾曾大父文贞公,精忠大节,炳若日星。大父采璧公,为文贞公仲子,配前、后祖母及庶祖母,举丈夫子六人,而吾父居长。吾父生于东渠草堂之北庄。岁辛酉,才十五龄,而大母徐孺人见背。明年四月,继娶大母张氏。是时曾大父止官宫谕,而吾父髫年即发愤读书,思不坠祖业。曾大父每属目曰:“是可以继吾志矣。”年十九,补博士弟子员,曾大父居林下闻信时,徘徊于从野堂之四受阁下,谓吾父曰:“孙必去此一衿方好。”及曾大父槛车急征,自序生平节略,命吾父录出改削,遂以原本付之。吾父感愤痛哭,奔送于毗陵驿舍。及大父扶榇三千里归,而吾父篝灯夜读,出曾大父狱中片纸遗笔,未尝不泪苏苏下也。大父见吾父足当一面,特命居城中从野堂。年二十二,吾母徐氏于归,使昆山张氏三姑、旸岐徐氏四姑同吾母爨焉。吾父念读书攻苦不专,出门求友,而同志章世望、朱孟武、沈何思、苏云若师、范宜之师外,伯叔昆弟中,年事相近者莫如采瓠叔祖,遂邀与城居,日夜讲论,只鸡杯酒,必与分甘。当贫乏万状中,取所沾惠于曾大父之门人杨缉庵、石景云二公者,葺拟舫斋三间,下帷键户,期与叔祖共事揣摩,庶得一当所云杨斋石幛,盖欲偿夙志,匪以求安也。叔祖家亦窭,南庄薄收,辄以管钥授之。继又读书泾里万松庵,以便叔祖往来。总之,一意呫哔,勉强撑柱,不计家人生产也。虞山钱宗伯至,见案头批阅《史记》,辄喜曰:“好!好!子能搜进一层矣。”故其序吾父《视烈草》有云:“入其室,书签锵锵然,部居秩秩然,望而知为专勤渊敏之士。”盖实录云。壬午,大父见背,吾父虽居长,一遵继大母分拨,不敢私一箸。是冬,即合葬王父母于凤凰河之新阡,求钱宗伯志文,以光潜德。逾二载，鼎革，酷暑中踉跄出城，家资尽弃，暂依马泾张氏祖姑栖息。既而奔古泾，走水南，皇皇不宁。丙戌春季，乃得卜居泾里。乙酉宾兴，卞副堂首拔闱中，与万青朱先生邻号，卷完相质，万翁击节以为必售，不谓数奇弗遇。而吾父累愈重，志亦少沮矣。

戊子，长兄游庠，吾父幸一经有托，每自监督。辛卯二月，家难突起，宵人棊间，向时受德者转以怨报，赖静涵张大司农怜吾父无辜，贻书当事，力白构祸之由，事渐寝，而生业已荡然无余。然吾父但自省无疚，未尝一言怨及群横也。私居惟励志读书为训，当家难不堪，饭食之顷，父子坠泪，必云："若等肯图上进，吾虽在九京，亦当魂举。"

呜呼痛哉！吾父同母弟，止开生二叔父一人，晚虽丰啬异境，友爱无间。岁乙未，始绝意两试，谓诗书世业，必欲传之后人。而其望不肖尤笃，除夕岁朝，必命题课艺，改削再四。当不肖从高斧檠师时，吾父手录余文，细加评点，以示鼓舞，今尚存《衎烈堂遗稿》一册也。痛哉！后庶弟稍长，乡、城必延两师。不谓长兄大试不利，不肖与三弟久不得一衿，吾父愈悒郁无聊赖。岁丁酉，不肖辈俱已授室，食指渐繁，更值庚辛岁祲，粮务愈迫，吾家以已故官户虽不受奏销累，而奸胥李姓者向领吾父二百余金，绝无。官串追呼之扰，络绎到门，吾父赔累无措，兼之顽仆匿盗，邻佃侵陵，百累交集，不获已，将从野堂房典于万青朱先生，然非吾父仰酬大父拨居之志矣。辛丑冬，以细人构讼，食时忽得噎症。壬寅夏，万翁移居，吾父徘徊后舍，见家人肩文贞公坐轿出，悲泣不胜，遂仰寝。适万翁惠杨梅，取一枚连核食之，不得下咽，自此吐逆，不进饮食。吾父自庚子五月间始，夜半必披衣起，祷祝无间寒暑，不肖跪请节劳，吾父每谓："一念之诚，岂能上达，但孤穷至此，惟天可鉴"。至疾笃时，犹一呕一拜，哀声惨动，无非吁不肖辈克有成立也。痛哉！吾父辗转床蓐间，亟呼不肖，且谓："汝文不惟可望青衿，吾亡后急公办粮外，惟一意种德读书，以图进取，尤宜训饬子孙，虽贫无弃学，以上延文贞公一脉，否则而祖赍志未就。余一生受辱百端，而若等甘为人下，余死目且不瞑，汝其勉之。"至五月十二日，买舟下乡，嘱不肖辈经理城中事。而廿三日之晨，竟逝矣。天乎痛哉！生平性能容忍，邻之售屋者，价值已倍，每岁冬收，必攘臂而假贷，吾父笑与之。售产者田已过割，必冒索五六金，十年有余，至吾父没，始得清楚。前之逼取者，无从问也。又以丙舍质麦数十余石，后竟毁之。亦不问基田渔池，获利者别售人，吾父弗与争。生平忍气受亏皆此类。尤介然自守，里中宵小，绝不与交，与人言，合则娓娓不倦，不合则面诃不顾，以是人多遥望而襟为整。至文章气谊，贫老不衰。嵩生叔、徐吉人表叔每试金陵，吾父必厚贶之。亲友试事，或以异籍见阻，必彻夜筹画，转托扶持，受怨任谤，弗之悔也。量不多饮，而喜与相知燕集。在城如朗生陈姑丈、子觐章业师、云若苏业师、子鼎周业师，在乡如德印顾翁、宾五徐师，时时过从，二三日不晤，遣童候之，见则欢然笑饮也。吾父性至孝，徐孺人早背，岁时荐享，伏地呜呜。事继大母如所自出，念城居不便菽水，于己授田中岁拨租以代养。大母六旬，吾父当窘极中，亲往虞山乞钱宗伯寿文，以扬圣善。

以故吾父没，大母躬临泾里，凭棺痛哭，不久亦逝。皆以为吾父诚孝所感云。居恒喜座右铭，拟舫斋中求善书于子春郁表叔翁，时时警目。移居顾宅，舵旋翁手泽满壁，吾父玩而乐之，后为广叔揭去，常以为憾。吾父博览群书，口不绝吟，手不停披，子、史亲摘者几百卷。又素嗜钱宗伯《初学》、《有学》二集，未刻时先经吾父手录者大半。且更留心时事邸报，托蒋寻澜师抄阅者凡九本，后为锡邑邹流绮索去。余具手自抄录，几数十卷。

总之，吾父一生积学精勤，不屑世故。故家业日落，外患岁侵。而惟此笃念祖父之志，倦倦不忘。至烈皇帝末载，蒙恩锡谥，虽世事纷呶，尚梓文贞遗文，并刻《予谥录》以志管、李二公盛德云。今不肖辈虽列胶庠，德不能裕后，才无以发闻，年日以迈，途日以远，无以仰副先人之志，惟冀后人之无忘祖烈耳。

呜呼痛哉！吾父生于万历丁未年二月初九日申时，卒于康熙壬寅年五月二十三日寅时，享年五十有六。生男四：长文硕，邑庠生，娶李氏，庠彦允明公女，继娶郁氏，庠彦子春公女；次即不肖弘仁，邑廪生，娶陈氏，庠彦朗生公女，继娶刘氏，处士敬斯公女，庠彦裕甫公孙女；次定国，邑庠生，娶赵氏，庠彦戒之公女，继戴氏，吾母出；次行乾，娶许氏，处士德华公女，庶母陆出。女三，长适邑廪生范元夫；次适贡士夏世安，吾母出；次适张宏裔，庶母陆出。孙男十一：衜根，邑庠生，衠根、衍根，文硕出；诜，郡庠生，諴，弘仁出；映斗、映台，邑庠生，映璧、映杓，定国出；闇、蔼，行乾出。孙女六，文硕出者二，弘仁出者一，定国出者三。曾孙男，俱幼，未名。

60. 阚庄派十一世缪畴族称祉生公墓表

康熙丙戌进士 翰林院检讨 同邑 陈均 秉侯

前明熹庙时，奄焰熏灼，衣冠涂炭，吾邑缪文贞公首发其罪状，罹祸最酷，既捐躯报国，为一代忠义之魁。而其子孙多贤，砥行读书，发闻乡里，至于今不绝。公之孙最贤者，为文学君畴，当公官谕德时，年甫成童，崭然见头角，公于诸孙中最所眷爱。少长入县学，为高才生。比公槛车急征，自叙生平行略，命君别录携去，而以原本付君。君且拜且泣，受而藏之。及公没于诏狱，君之父匍匐扶榇归，并出公狱中所遗寸纸数十以授君。君汇为一函，尝陈座右，每篝灯夜读，则发函中书，且读且泣，辄申旦不绝声闻者，既为陨涕相与，悲公忠烈，而又庆其有孙，咸指为接公武者，必君也。崇祯改元，公邀赠恤，中朝士大夫思湔拔其后人，公之门人数辈，千里馈遗，周其困乏，而虞山钱宗伯尤重君，尝叙其文以行于时，叹为专勤渊敏之士。君亦慨然发愤，冀少自树立，上继公遗绪。而才高数奇，屡试屡蹶，辗转十余年，而明亡矣。乙酉以后，君年过四十，绝意进取。顾瑕衅并起，内外交讧，不得已复治举子业，仍岁不遇。嗣后小人乘间抵巇，再构冤狱，而君竟以忧惧患难终其身。呜呼，其可悲也！

君事亲孝，遇友信。同母弟一人，数析产给之，白首无间。尤笃于故旧，家业中落，待以举火者尚数家。于书无所不窥，最留意时事。启、祯间，日阅邸抄，录其有关国计者百余卷，后无锡邹君流绮见其本，请付编辑，尽以贻之。既谢弃诸生服，读书教子，刻励如少壮时。而钱宗伯晚年辈行略尽，独高君学行，不欲以父祖执友自居。相距百余里，绸缪过从，故君两世志墓及为继母夫人称六十觞，凡其家吉凶之文，皆宗伯所作。数称君不愧家世，而尤叹息其遇之穷也。

君字祉生，号书叙。高祖桓，曾祖炷，俱累赠詹事府詹事。祖昌期，官左谕德，后赠詹事府詹事兼翰林院学士，文贞，其赐谥也。父纯白，文贞仲子。君生于万历丁未，卒于康熙壬寅，年五十有六。配徐氏，备有妇德，后公二十五年卒，年七十有九。子男四：文硕，庠生；弘仁，廪生，贤而有文章，克承君志；定国，庠生；行乾。女三，皆适仕族。孙十二人，其知名于时者为诜，康熙丙戌进士，候补中书舍人，弘仁出也。

缪氏本系虞山，明初迁暨阳，数传至文贞公，而族望始显。公之孤忠大节，彪炳史书，不系一家一邑之事。而其子孙贤且材，如君者亦坎坷侘傺以没，有志之士，所为累唏而不能已也。然君学行闻于乡，见重于文章宿老，后嗣亦隆隆渐起，将复其世绪焉。岂得谓天之报施善人，尽以冥冥决事欤？

君既以康熙癸丑十二月二十日酉时，葬于无锡县上福乡宛山野濠洞之原，后如干年，诜求余文以表于墓。予忝君姻连之末，又与诜同举南宫，不敢以不文辞，爰撰次其梗概如右，俾揭诸隧道之左云。

61. 阚庄派十一世缪畴族称祉生公传状

雍正癸丑举人　湖南宜章　彭必琨　玉山

公姓缪氏，讳畴，字祉生。书叙，其号也。公高祖讳桓，曾祖讳炷，皆赠通议大夫、詹事府詹事兼翰林院侍读学士。祖讳昌期，万历癸丑进士，官左春坊左谕德兼翰林院检讨，熹宗朝忤魏珰，死节。崇祯时，赠通议大夫、詹事府詹事兼翰林院侍读学士，谥文贞。父讳纯白，字采璧，邑庠生。采璧公生子六，而公居长。自为童子时，勤学逊志，已崭然见头角。文贞公甚爱之，曰："是可以继吾志矣。"年十九补弟子员，二十二岁娶孺人徐氏。公虑居家肄业不专，偕同志章世望、朱孟武、沈何思、苏云若辈从师于外数年，其后乃筑拟舫斋，迎叔父采瓠公，下帷键户揣摩。采瓠公家贫，南庄租税辄以管钥授之。后又从采瓠公读书于泾里之万松庵，口不绝吟，手不停披，未尝问及家人生产。其所著有《视烈草》，简古纯粹，卓然成一家言，虞山钱宗伯牧斋先生序之曰："祉生食贫好学，焚膏继晷，钩元提要。入其室，书签锵锵然，部居秩秩然，望而知为专勤渊敏之士也。"其为文勃窣理窟，刮摩锋颖，实有余于华枝，不伤其本，岂世之俗学妄相夸诞者所得而拟与？公之为学，固可谓大成矣。顾屡试棘闱，不获一售。辛卯后横逆外侵，家计内窘，至甲午、乙未，遂绝意京兆试，专以教子为业。虽除夕岁朝，亦必命题课艺，小有未当，必改削再三。弥留之际，犹呼诸子而谓之曰："汝等急公办粮外，惟一意种德绩学，以图上进，若忘乃父之志而怠弃正业，不能继武前人，则吾死不瞑目矣。"其属望之切如此，故诸子率其教，皆愤发砥砺，先后补弟子员。仲子先河，文章德行尤卓然有成，为时名儒。公孝友之行，根于天性，当文贞公被逮时，自叙生平行略，命公誊写，公拜命涕泣书之。书毕呈上，敬存原本。时父采璧公随槛车入都，公送至毗陵驿，攀车悲号，不忍别，见者无不堕泪。后文贞公毙于诏狱，采璧公扶榇归里，出文贞公狱中遗笔数十纸付公，公泣而函之，每篝灯夜读，发函捧阅，未尝不感愤悲咽，啼泪沾襟也。奉父母至孝，母徐太孺人早逝，每岁时荐享，辄伏地悲怆不能起。事继母张太孺人如所自出，承欢洗腆，敬养备至。当母氏之六旬也，公家计萧然，然亲走虞山求钱宗伯文，以为介寿之献。后公没，母氏亲临泾里抚柩，号泣不能止，人皆以为诚孝所感云。同母弟一人，析箸之后，家贫甚，公虽匮乏，犹屡分产给之。友爱之诚，白首无间。生平慎于交游，里巷征逐，绝不与作缘。至于文章之契，道谊之交，则情意敦笃，至老不衰。性能容忍，自号耐辱居士，凡事但求反己无歉，绝无尤人之意，故凡横逆之来，悉为含容，不复与校。曾售人房产，价已偿足，其人另有所索，亦直笑而与之。其刻已恕人类如此。读书不务词华，而以躬行实践为本，凡古贤、训诫、箴铭，悉书置座右，朝夕用以自警。积之既久，嘉言盈于斋壁。经术之余，留心世务，启、祯时日阅邸钞，凡人才之用舍，政事之兴革，百官之章疏，有关治体者悉采而录之，共若干卷。后无锡邹君名漪字流绮见斯本，请付编辑，乃悉出以与之。流绮所刊《启祯野乘》，悉以此为权舆。公平生著有《家训》，持躬率物之准，靡所不备，而于读书作文之要诀，所以嘉惠后学者，尤谆谆乎三致意焉。公行谊之大者，太史一泓陈公已表于阡，而其详不能具载。今邑侯觉轩夫子，先河先生之冢子，公之嫡孙也，以名进士宰吾宜，鸣琴之暇，出公状，命琨传之，琨属桃李之末，谊不获以鄙陋辞，乃谨按状而立之传，俾尚论者有所考，且以志予心之向往云。

论曰：缪公以孝友之德，殚学问之功，其根植固已深矣。而诵读之余，留心时务，盖志存乎经济之实用，而匪直托之空言也。使其遭时得位，岂碌碌无所建白者耶？而数奇弗遇，竟以诸生老。《易》曰："井渫不食，为我心恻。"其公之谓乎？虽然，文贞之德义文章，公有以承之，后贤之功名事业，公有以启之，则立德立言，固已不朽，彼科名之得失，奚足为公轻重也哉？

62. 吴门派十一世缪彤族称念斋公传

缪彤，字歌起，国维孙。父慧隆，以孝友称。彤少异敏，早擅文誉，康熙丁未殿试第一，授修撰，升侍讲。父艰归，澹于宦情，遂不复出。家居二十年，杜门不与世事，惟率乡之后进讲学课文。尝立三畏书院，刊明儒曹月川《家规》、蔡虚斋《密箴》、刘念台《证人会约》以为标准，学者称双泉先生。巡抚汤斌内召，奏吴中荐绅以道义自持者，彤为首。卒年七十一。（《（同治）苏州府志》卷八二）

63. 江城派十一世缪钟理族称守恒公传附三子懋时传

缪钟理，字守恒。幼失怙恃，事祖至孝。祖患奇疾，思饮鹿血，乃焚香祝天，刺臂血一盏以进。祖饮而甘，汗出淋漓，遂愈。又八年而卒，居丧哀毁，咯血数升，七日不食。祖有爱妾，奉遗命以母道事之。有弟妹不率教，但引杖自责。及成立，授以己产，出私奁嫁之。每遇令节及祖父母忌辰，则终日泣号。闻父母所嗜好，终身不御。买祭田供贫族，多焚券让田之事。精探医理，有名于时，著《化机渊微》二卷，施药以济穷困。万历末，直指旌其门。崇祯甲申，恩赐冠带。五举宾筵。年七十六殉难。[①]

冢子懋时，[②]号养真。继父业。崇祯中大疫，施药疗治，全活无算。天性孝友，父产悉让诸弟，而以户役为己任。伯兄早没，养寡嫂二十余年。抚诸从子女婚嫁，皆尽力。康熙十三年，别驾王兴元给冠带匾额示旌。寿七十四卒。[③] 其称笃行孝义之士云。（《（乾隆）江阴县志》卷一四）

64. 江城派十一世缪钟粹族称孟玉公兄弟三忠传

荆溪　唐梦访　理岩

三忠者，缪孟玉先生同怀之兄弟三人也。缪为江阴著姓，吾友虎文徐君之外家，予因识虎文而知缪氏之家世也。前明天启间，文贞公以词臣死珰难，名播区宇，虽妇人孺子，无不知其为忠荩也。而其子孙多贤，敦品力学，克绍家风，迨明季鼎革之际，殉国难者一门数十人，洵不愧忠臣之裔也。

孟玉讳钟粹，出高忠宪公之门，慷慨负气节，推重于乡里。目击时艰，不求进取，购漱石居，藏书数千卷，寝馈其中。工诗古文词，所作皆关系时事。事亲至孝，父殁，侍母刘尤

---

① 时间为顺治乙酉。清代崇祀孝弟祠。道光十六年附祀三公祠。
② 据家谱记载，懋时为钟理三子。
③ 据家谱记载，生于万历三十一年十一月十八日，卒于康熙十四年七月廿八日，寿实为七十三。

谨，凡饮食必亲调以进。与二弟怡怡如也，先人资产，以膏腴者推让二弟。甲申、乙酉间，阎忠烈公招致幕宾，为画守城计，所谋必制奇胜，忠烈倚重之。乙酉八月，我大清兵攻江阴急，忠烈知不能保，谓先生曰："若城不保，君何以处之?"先生曰："有死无二。"忠烈曰："实获我心。然君有母，岂可死乎?"先生曰："吾母素明大义，我死，母尚可生，否则必先我而死，况吾有子可以奉养，吾志决矣。"忠烈壮其言而叹之曰："语云'有贤母乃有令子'，今于君益信。"未几城破，随忠烈公殉节，赋绝命词一章付子洪远。

钟祥字仲玉，性伉直，处事不苟。钟俊字季玉，为人豪迈，遇不平事侃侃论断，不假阿私。两先生俱以忠信见称，皆孟玉先生同母弟也。一门友爱，人无间言。以伯兄孟玉殉难，两先生泣请于母曰："儿兄死，儿辈何忍独生？儿不孝，不得事母矣！"母欣然曰："兄殉节，弟死义，皆得其所矣！毋以我为念。"两人遂相约死义，时论谓"不愧二难"。合葬一丘，完其志也。钟祥配陈，钟俊配怀，皆从夫死节。

呜呼烈哉！忠义之气，萃于一门，真世所罕觏者也。予读《江阴志》，第见表其姓名，而于事实未详。吾不解当日秉笔者何略也，抑亦采访者之未备欤？予特诠次其事，作《三忠传》，以俟异日修《江阴志》者采择补录，庶可征信不诬。

65. 阚庄派十二世缪弘仁族称先河公行实

子 诜 觉轩

府君讳弘仁，字肤敏，号先河，姓缪氏。明初全一公自虞山徙东兴里，为江阴始祖。历松月公讳鉴，怡云公讳玉，世有隐德。至六传而为东渠公讳桓，七传为愓庵公讳灶，皆以我高祖文贞公之赠赠詹事府正詹。高祖讳昌期，字当时，号西溪，举万历癸丑进士，历任左春坊左谕德。天启辛酉，典试三楚。丙寅，忤珰殉节，诏赠詹事府正詹，赐祭葬，谥文贞，建坊学宫，崇祀毗陵先贤祠、邑乡贤祠。国朝康熙三十年，学使许时庵先生奏请，与李忠毅公并建双忠祠于学之左。曾大父采璧公讳纯白，先文贞之仲子也，持身矜饬，博雅好古。是生我先大父祉生公讳畤，积行笃学，赍志未竟。配先大母徐氏孺人，举丈夫子四，府君行第二。府君生而颖异，弱不好弄，髫年就塾即自制一联曰："无忘父志，必报母恩。"苏云若先生见之大称赏，自是刻意下帷。先大父属望倍切，历延名师，尤躬自督课，即除夕岁朝，必命题缀艺，无顷刻少间。先大父择其尤者手录一编以示鼓励，今尚存《衎烈堂稿》一册也。先大父向拨居城之从野堂，既值岁祲，兼更家难，不获已移居。百累丛集，至大父没，吾前母陈氏亦弃世，府君备尝辛苦中，惟专意进取。是时文习卑靡，府君以清真峭拔与时好左。至庚戌，年三十四，为督学谦居简公击赏，拔置第一，补邑诸生。越六年而食饩，遇试辄占高等，乃历更大比，卒以数奇不遇。

岁辛酉，不肖才十龄，府君决计谢去学徒，一意督课，经年不出户外。其立教先立品，而后文艺。不肖甫就学，即教诵朱子《敬斋箴》，凡语言举动必诏以敬，稍有惰容即痛加谯斥不少假。兼以《感应》、《阴骘》诸篇时加提命。其课艺也，每读一文必详加评点，每作一义必细为指摘。不肖诜终日侍侧屏足，不敢稍移。忆自壬戌至庚午，历十年耳提面命，晨夕无间，迄今念之，潸然涕下。辛未，就刘氏馆，始离侍左右。是冬，受知于学使者许时庵先生，得补郡庠，府君意稍慰，然常念先大父志切显扬，以必得一捷为望。乃历癸酉迄己卯，每省试归，即命录全场义，点阅之下，预决其无成，而府君之心滋戚矣。

府君天性纯孝，存则顺意承欢，无所不至，没则继志述事，靡刻或忘。每与诜谈往日过庭时事，时时以未获表章先德且复从野堂旧居为憾。晚年课诫于学，自句读迄举子业，亲自指授，冀其克缵先业。而其望诸弟侄辈，俱殷殷无间，曰："若辈能读书成名，以上慰祖父之志，吾愿亦遂矣。"其自课，每晨必先拈题作一破承，尝云："吾虽眼目昏花，吾何忍抛此？吾不忘而祖之志，毙而后已。"言之未尝不呜呜流涕也。岁壬午，悬望益切，每呼不肖诜而诏之曰："以而祖之苦志未偿，吾家必有达者，顾余梦寐未安，大变将至，吾其不及见矣。"秋闱应试，临行谆嘱，戚乎其容。归而府君已卧病不能视，犹问场中何题？文字若何？徐觐霞完场否？不肖一一以对，余更无一言，时盖仲秋之二十日也。急延医视之，用豁痰剂，至二十四日目睫虽开，而泻不止。不肖抚摩手足，呼而诏曰："汝当励志读书，养德养身。"两言之外，无他及也。二十七日，哀声呼阿爹者四，而目仍合，口亦不复出声。至季秋之朔，而府君竟见背。

呜呼痛哉！府君孺慕之思，训诲之切，至弥留之际，犹如一日也。呜呼痛哉！越三日，报至，则府君已大敛。不肖旦夕呼号，自悔学力蹉跎，不克早自振拔，俾府君之及见也。诜之罪，万死何足赎耶？天乎痛哉！府君与伯叔父友爱无间，临财必让，不以私。岁丙辰，叔父以家人事为宵小惎间，时先大母在堂，府君恐重伤厥心，力左右之，至不惜倾资以济。尝语不肖曰："古云兄弟天生羽翼，汝之待而弟，亦当如是也。"府君明于先见，于人之贤否与事当成败，如烛照数计，无一爽者。其与人交，必诚必信，告于人为善读书之外，无他语。遇人过，刺刺面诤不少贷；遇人善，称扬不已。人有恩，终身不忘；有怨，辄置之终身。不入城市，偶一出途，遇市井少年，趋避之，勿与接也。岁乙丑，府君晤钱学圣先生，谆谆以毗陵先贤祠事重委。祠中非精忠大节，概不得入，学圣先生具呈于学使者醒斋李公，得蒙题请。自有明以来，合郡仅得跻祀数人，而吾邑先文贞与李忠毅与焉。然神位阙如，莫能任者，府君独率不肖送文贞位于祠中往谒，学圣先生大称善。今之侍讲亮工先生，其令嗣也。府君自幼即力行功过格，日之所为，夕必登记，至没年而弗怠。生平于师所最感佩者，斧粲高先生。而于友所最服膺者，尔瀚徐先生。少与尔瀚公同游，潜心理学，于太极、西铭诸书互相讲贯，一言一动即以存诚主敬为功。晚益究心六经，尤精研易奥，每晨必于《蔡氏蒙引》翻阅校雠不倦，旁及先儒语录，无不寻觅。午余则著《感应篇集证》及《随笔家训》等编。所以诏余小子者，纤悉具备。终日独坐，手不停披，虽精强少年有弗逮。不肖跪请节劳，曰："吾固乐此不为疲也。"生平无事不战兢惕厉，而于临财尤不苟，尝谓品行所系，全在财利一关，吾辈于此稍一失足，即不可为人，奈何弗慎？方先大父没，或举所遗赀一函以赠，府君曰："岂可私此以失兄弟好耶？"力却之。族有富仆，群涎之，至分金以待，府君独介然不屑，此乃其大者。性尤俭约，衣冠虽敝，经年不易，食仅菜羹疏食而已。尝曰："欲不贪求，先无妄费，居家治官，俱应如是。"时时述汤临川先生语示诜，曰："保精神则本业固，谨财用而高志气。此至言也，儿谨识之。"其治家严肃，举室之内寂无笑语声，或有违者，即刺刺面数之，无少贷。至于待细仆，则专以宽。贫者虽累年负租，弗责也。遇穷困则周之，里有贫病无依者，间日必袖米遗之，弗令人知也。府君没，而里党中毋问识与不识，咸为叹息泣下，盖其仁厚之德之感人如此。

府君生于崇祯丁丑年四月初六日子时，卒于康熙壬午九月初一日午时，享年六十有六。配我前母陈氏，庠生朗生公女，丙戌进士翰林院检讨秉侯公之姊。德性温淑，生于崇祯戊寅年五月初九日辰时，卒于康熙甲辰年十一月廿二日酉时，享年三十有七，府君自为之志。继配我母刘氏，处士敬斯公女，庠彦裕甫公孙女。生男二：长即不肖诜，郡庠生，康熙壬午举人，丙戌进士，候补中书舍人，娶刘氏，处士元臣公女，庠彦衡若公孙女；次诚，娶刘氏，处士巨任公女。女一，适庠生徐曾起，病中所问徐觐霞者，即其字也。不肖兄弟以康熙甲申年三月二十二日□时奉葬于无锡县上福乡宛山野濠洞祖茔之次穆，辛山乙向。不肖诜濡血撰述，语多阙漏，惟大君子哀而赐之琬炎，先府君没且不朽，即不肖兄弟藉以少解终天之恨，亦且不朽。

66. 阚庄派十二世缪弘仁族称先河公传

同邑 孔毓玑 象九

先生姓缪氏，名弘仁，字肤敏，别号先河，文贞公曾孙也。大父采璧公，父祉生公，以文学世其家。先生髫稚时，庄雅负大志，甫入塾，即自制一联云："无忘父志，必报母恩。"塾师大奇之，祉生公亦喜曰："吾生平勤读书，强为善，惟冀显扬耳，今将在此子乎？"历延名师教之，公益严于督课，自岁首至除夕，不令少休。行文清真峭拔，不屑屑追逐时好。祉生公称善，今《衎烈堂遗稿》，皆公手录也。公晚年遭家多难，业大落，先生慨然以兴复为己任。无何，祉生公捐馆，先生哀毁骨立。既免丧，益肆力于学。岁庚戌，以第一人受知学使者谦居简公，时年已三十四矣。又六年，始食饩。先生为学，不专事举子业，自六经、子、史、太极图说、通书西铭诸书，旁及先儒语录，无不服习讲贯。其见之躬行也，以战兢惕厉为心法，以孝友诚信为本根，以宽惠慈仁、泽人利物为作用。尤力行功过格，昼有所为，夕书于册，历终身弗倦。顾先生文行益粹，而于举场益不利，时时行自念："吾数奇如此，即先公显扬之愿，何时获遂耶？且舍种德、绩学二者而外，何以贻孺子耶？"盖中翰觉轩君已崭然见头角矣。于是先生之望觉轩，一如祉生公之望先生。十龄以后，即谢去生徒，一意督课。首教以朱子《敬斋箴言》，动一以敬为程，稍有惰容，必痛加谯斥。其于文也，句推字敲，求无憾而后已。壬午秋，觉轩濒行，先生诏之曰："以而祖有志未酬，揆之天人之际，吾家当有达者，第恐老人不及见耳。"迨省试归，先生果卧病不起。捷书至，则已含敛三日矣。弥留之际，惟教以砥志读书，养德养身，又哀声呼爹者四，人谓先生死孝不虚也。阅三年丙戌，觉轩成进士，超授中书舍人，于是先生显扬之志始大酬。盖励志于数十年之间，而取偿于身后，吾知冥冥中有如操左券者，谁谓先生果不及见乎？抑余闻先生之立训也，谓"士人品行，所系全在义利一关"，故先世遗资悉以让兄若弟，平居义不苟取，多类此。又曰："欲不贪求，先无妄费。"故敝衣冠，菜羹疏食晏如也，惟廉惟俭。先生之所以藩身，而其贻谋亦从此远矣。余交在纪群之间，谨按状撮其大者为传，以俟后之议乡贤者采焉。

论曰：余读史，至东汉若乔、固、膺、滂诸君子，未闻代有显人。延熹三年，诏求故太尉李固后，要其后亦泯没无传。窃叹天人报施之际，盖难言之矣。彼忠臣义士，身之弗恤，何有于子孙？然则神明之胄，苟弗思早自树立，虽先泽在人心，岂有幸哉。如先河先生者，上光祖德，下启后贤，岂不诚君子人乎。呜呼！可以风矣。

67. 阚庄派十二世缪弘仁族称先河公传

同邑 赵熊 慵庵

缪中翰绳孙暨其弟茂才立诚，将葬其父先河先生，排缵行实，乞言于当代之能文者。令叔进士虞良既为之志铭，复欲得一辞以传之，以申孝子不匮之意。夫世之为人子者，莫不欲传其亲，顾亲不可以饰而传，譬诸绘亲之像，朝夕事之，像与亲有豪发不似，即子之心不安。独于亲之行有不及者，而为虚美以饰之，则是以不似亲者为安也。今觉轩之述其亲，惟其似之而已。余穷居一老缝掖耳，既不能自重，亦何能重人？而乃乞余为文，以不文为辞不获，因按所为行实，掇其大略，作先河公小传。

公讳弘仁，字肤敏，号先河，吾乡之东兴里人。自始祖全一公由常熟徙居江阴，七传而至惕庵公，世有隐德。八传生西溪先生，为左春坊左谕德，与杨忠烈、左忠毅诸忠臣接踵争烈。当明末天启间，以忤珰殉节，莫不高其义而痛其冤。崇祯改元，天子闵之，诏赠詹事府正詹，建坊定谥，崇祀郡县先贤祠。死忠勤事，后千斯年固与天壤同其不敝矣。先河公者，乃文贞先生之曾孙，采璧公之孙，祉生公仲子也。公少颖异，读书倍人，落笔惊动长者。当就傅时，即制为骈语以自矢，曰："无忘父志，必报母恩。"夫报恩承志，此即南陔之戒养，白华之洁白，仁人孝子之用心也。而独出自孺慕之口，知其异日必成令器，故祉生公亲自指授，督课加严，命题缀文，弗令片刻游衍。读古人书，通其词，又喜称先辈。为文清真峭拔，一切雕绘刻琢之语，鄙弃弗屑。至学使者简公，以首拔入乡校。阅六年，岁试即廪于学宫，自是声名籍甚，每试辄冠曹。偶视贤书，殆将登之。食先世旧德，复从野旧居，庶几大展胸臆间事。无何，数奇不遇，屡试而卒困于京兆。然先河公不沾沾以进取挂怀，自此专精理学，究心于太极图说、西铭诸书，探索易奥，旁及先儒语录，其解剥脉理、分刌节度，务猎其微而后已。岁在辛酉，时觉轩才十龄，已英英露头角，先河公属望倍切，遂谢去砚席，猛力教子，冀其表扬先德，立品以植其基，文艺以昭其采。语言举动，令诵朱子《敬斋箴》，以鼓励其惰气。耳提面命，曰："吾曾祖以死忠名天下，而祖而父皆老困诸生，卒于无成，尔年方富强，不得一捷，以仰慰祖先，则从野故居，将与洛阳之铜狄、燕市之酒垆澌然同尽，岂不痛乎？"觉轩谨受命，十年书案，终日侍侧屏足，不敢稍移，以镞砺文行。至壬午科，将掇贤冠而膺乡荐矣。及省试归，先河公已卧病不能视，惟以读书励志、养德养身为嘱咐语。又数日，觉轩报捷之期，为先河公大敛之日。人皆以不及亲见一第为可哀，而余以为天之报施，亦各有道也。文贞先生死于忠，闻者孰不为痛悼，迄今享祀不忒，庙食千载，子孙尚沐余荣。先生亦复何憾？先河公未见子之成名，人亦为之叹惜，然觉轩一上计偕，即礼闱报捷，绍承先业，文贞先生固含笑九原，先河公在指顾间即得荣恩锡赠，花诰洊膺，如欧阳文忠之三世显其亲，作《泷冈阡表》，追述先人遗行，使后世读之，可悲而亦可羡，岂不后先济美，荣施无既哉？

68. 阚庄派十二世缪弘仁族称先河公墓志铭

族叔 继让 虞良

当明末天启间，我伯祖西溪先生为左春坊左谕德，与杨忠烈、左忠毅诸先生谋诛魏忠贤，弗胜，拷死诏狱。自搢绅缝掖，以至童竖妇女，莫不高其义而痛其冤，至今犹能传颂其事。崇祯改元，斥死忠贤，赠先生詹事府正詹，赐祭葬，谥文贞，建坊崇祀。我朝康熙三十年，学使者时庵许公复奏请建双忠祠，以祀先生及同邑李忠毅公。西溪之先，有全一公者，自常熟徙居江阴之东兴里，数传至松月公讳鉴。松月公生怡云公讳玉①。怡云公生东渠公讳桓。东渠公生惕庵公讳灶，两世俱以西溪贵赠詹事府正詹。西溪先生生五子，其第二

① 松月公生怡云公讳玉：经查光绪宗谱，怡云公名"廷玉"，无别名"玉"。

子采璧公讳纯白。采璧公生祉生公讳畴，世守礼义，笃学不倦。娶于徐，举丈夫子四。长曰文硕，字甲山，少工文，名声籍甚，为邑庠生，以奏销诖误除名，偃蹇而卒。先河，其仲弟也，生而颖敏，不事嬉戏，就外傅时制骈语以自警曰："无忘父志，必报母恩。"塾师见而器之，谓必兴缪宗。祉生公亦知非凡儿，属望甚切。既延师指授，又躬自督课，虽岁交之日，亦命题缀文，未尝暂令游衍也。久之，所作富有，祉生公择其尤者手录一编以示鼓励，今所存《衎烈堂文稿》是也。祉生公晚年连值岁祲，又更家难，家遂大落，至所居从野堂亦不能保而他售。先河慨然以撑持门户，绍承先业为志。壬寅岁，祉生公弃世，先河哀毁骨立，既免丧，专意进取，为文清真峭拔，不苟随时好，故识之者鲜。然先河不咎有司之不明，益力于学，日有程，月有课，凡经史百家之书，目不辍视，手不停披，口不绝吟。不知寝食寒暑，虽董江都之绝迹窥园、皇甫士安之颠坠坑谷，不能过其精专也，以故业遂大成。督学简公试江阴，首拔补博士弟子，年已三十四矣。又越六年，而始食饩。嗣是小试辄利，而阨于大比，辛苦名场而终不得一荐，命也如何！先河为学，不专事科举，自幼即力行功过格，昼有所为，夕书于册。与尔瀚徐公为道义交，共潜心理学，于太极图说、西铭诸书，质疑问难，互相讲贯。晚益覃思经义，精研易奥，每晨必审阅蔡氏蒙引，旁及先儒语录，午余则著《感应篇集证》及《随笔家训》等编。故其事亲也，温清定省，扶持抑搔，既尽其细节，而尤汲汲于兴复祖业。居恒，与家人燕语，每曰："我欲以一第显扬先德，而阨于命，我欲复从野旧居，而啬于财，两事未遂，无以慰我父于地下矣。"故年逾耆艾，而日事著述，盖不敢忘祉生公之命也。其待兄弟也恩意周至，临财推让。某岁，弟士显以家人事为宵小惎间，先河心在急难，且恐伤母念，所以左右庇护之者，倾竭心力而止。尝语其子绳孙曰："鸟恃羽翼以生，兄弟，人之羽翼也，而待而弟亦当如我待而叔。"其与人交也，无谩欺，无后言，有过则面诤，有善则称述。于人记恩忘怨，振乏周贫，下至仆佃邻里，一遇以宽厚。故既没，而人悲思之。其自奉也，饭糗羹藜，衣冠非极敝不易。不营营苟得，不翕翕附势，时诵汤临川先生语曰："保精神则本业固，谨财用而高志气。"以此自励励人。其训子绳孙也，先品行而后文艺，教诵朱子《敬斋箴》，凡语言动作稍有惰容，即痛加谯责。是时绳孙甫数龄，先河知为令器，乃谢去学徒而专课之，取古今名文，丹黄评骘以授，而于绳孙课艺，必句评字论，即终日屏息侍立，未尝令少休也。绳孙虽为高材生，亦未即获隽。先河日夜期望，至壬午省试归，已卧病不能视，然犹问试题试文及徐觐霞若何。又数日，病益剧，自知不起，呼绳孙而诏以励志读书，养德养身，余无他言。又数日，而绳孙乡荐报至，则已大敛矣。

呜呼！不得于身，仅得于子，又不能稍延三四日以见其成名，可哀也已。抑古有言曰："天道无亲，常与善人。"以西溪先生之尽忠而身填犴狴，以先河之绩学而毕生被褐，天道似难问。及今日而绳孙奋起，以继祖武，天之报施善人，岂有爽哉！

先河讳弘仁，字肤敏，生于崇祯丁丑年四月初六日子时，卒于康熙壬午九月初一日午时，年六十有六。先娶陈氏，庠生朗生公女，丙戌进士、翰林院检讨秉侯公之姊，德性温淑，无禄前卒，先河自为之志。继娶刘氏，处士敬斯公女，庠生裕甫公孙女。生男二：长曰诜，康熙壬午举人，丙戌进士，候补内阁中书舍人，即绳孙也，娶刘氏，处士元臣公女，庠生衡若公孙女；次曰诚，娶刘氏，处士巨任公女。女一，适庠生徐曾起，即病中所问徐觐霞也。康熙甲申三月葬于无锡县宛山野濠洞祖茔之次穆。

绳孙来乞志铭，余以不文辞不获，乃按所为传诠次之，且系以铭：

文之蔚兮，孰相而起。命之屯兮，孰柅而止。不显厥身兮，以利其子。强壮登朝兮，垂绅端委。潜寐重泉兮，杳不知喜。先号后笑兮，是曰天咫。宛山巉岩兮，溪水清沘。藏形安魄兮，世受多祉。

69. 阚庄派十二世缪思勃族称约轩公自述

缪思勃，字子榛，生长江阴之东偏北涸里。四岁，父教之数与方名，辄解，嫡母爱怜之。七岁就外傅，识字一过目，笔划了了。十一岁，试笔为时艺，粗有条理。十二岁，援例入太学，学为近体诗及大场论表。十三岁，到监读书，春往夏归。十四岁，父年老令任家政，一切官私之务惟所办，而书废。十六、十九两更大比，应故事而已。二十一，婚娶夏氏，时家业中落，世事纷若，目不接书卷者十年。至三十三岁，重理故业，就学使者时庵许公录科，公奖且劝，自是小试辄先，入京兆试辄不利。五十四岁，发种种矣，犹力疾入场，终不得当。其冬无名指及小指不仁，不任笔，无复进取志矣。一生自幼至老，在困顿劳苦之中，粗识为人道理，薛慎颐先生力也。犹知三代威仪，则尝亲炙仔薪黄先生也。应酬殊落落，遇儒先之书，穷日夜读之不倦。晚年尤敬信程、朱，盖奉陆当湖先生之教云。性恶一“喎”字一“假”字，几席稍不正，必正之。与人言或有假借，必白之然后安。宋陈省华筑夜香台，每夕必祷曰：“不求金玉富，但愿子孙贤。”吾子敬持、义持勉之哉！勉之哉！始自号果斋，以少断故，最后号约轩，惧侈然自放也。人无穷通修短，能为一事，方不虚生，吾未能为一事，何以了此生哉？吾嫡母艰于嗣，不肖思勃，生母周孺人出也，今七十在前，父母之深恩，涓埃未报；一生之志业，毫忽无成。对天日而怀惭，抚妻孥而抱歉。中夜以思，如哽如噎。吾妻夏氏，邑增生舆先公讳世名之女，礼部外郎孝琛公讳宝忠之孙女。吾妻之祖母，即吾之祖姑。幼娴庭训，有贤德，明于大义。孝我父母，事我生母尤庄。相我以正，时进规切。待诸叔有礼，周旋妯娌间，恭而让。尊敬师傅，虽细事莫不关心，至老待诸孙师傅不衰。遇亲故以古道而不知势利，御下整肃而有恩意。中年抚育子女，暮年抚育诸孙，无一日逸乐。余一生得内助之力不小，余子受母恩亦最深，不可以不识。

雍正丙午孟冬之月，约轩自述，时年六十有七。

70. 阚庄派十二世缪思勃族称约轩公传

同邑　叶凤冈　傲庵

乾隆丁酉岁，泾里徐君虎文馆于杨舍堡城北之十房园张氏，往来必由东门外。每过余舍小憩，因为余道约轩先生之为人。余悚然起敬，询之，盖虎文之外曾大父也。约轩先生卒于雍正七年己酉，余戊申生，甫二岁，恶知先生之学行，因虎文言乃核之蔡侯邑志，则列文菀传中，继乃读先生家训及所著书，而知先生潜心理学，言行笃实，虽列之儒林传中无愧也，曷为仅以文人墨士目之乎？某不敏，僭拟为传，以俟后之君子采焉。

先生讳思勃，字子榛，初号果斋，后更号约轩，居马嘶镇北洄市河之西偏。父畿，行三，邑庠生。生母周氏。大父虚白，行一，邑庠生，荫授户部检校。曾祖即死珰祸詹事谥文贞，世所称西溪先生也。先生年十三，即援例入太学，肄业北雍，六堂咸推为隽才，以父召遄归。壮乃有志于圣贤之学，自有宋程朱诸大儒暨前明薛文清、胡文敬诸公语录，靡不精研探讨，沿流溯源，心得而躬践之。尝自儆曰："一身罪过，都是我心承当，五官百体无罪。"又曰："学术心术分毫不正，当必有害。"其自检之切而要如此。故其立身也，如千仞之壁立；其容物也，如阳春之和煦；其应事也，如悬衡之不可欺以重轻。孝于亲，友于兄弟，信于宗族乡党。生平一言不妄发，一事不妄为。其跋《东林同难录》有云："诸君子品格可齐山岳，心事可对日月，言动可范百世。"若先生之为人，庶几能济美者与？毕生嗜学，寝食于简编，所著有《松窗笔记》、《喷醒录》、《耕学草堂集》、《约轩诗文集》及《家训》、《家规》等编，凡二十余种，藏于家。至手钞书多至五六百卷，皆有关于学术治道者。书法远追晋唐，人争购藏之。先生师事黄仔薪、金闇斋、薛慎颐三先生；交游不滥，惟与长洲周忠介孙汉绍名旦龄及金坛史凌霄名化凤，同邑徐青来名锐、钱匏园名之燧、陶诞仙名孚尹、夏允和名声、江子山名中桂、常熟龚白谷名诚诸公交最深，皆行己立身，有法度可则效者。卒年七十，子二：敬持、义持。

71. 阚庄派丹徒支十二世缪瞻屺族称志远公传

赐进士出身　镇江知府　王燕

缪志远先生，丹徒绩学士也。先生讳瞻屺，本江阴人，予守镇江，征为幕宾，爱京口山川之秀，筑室江上而家焉，始为润州人。曾祖文贞公讳昌期，明天启间以词臣与杨忠烈、左忠毅论击魏珰,惨死狱中,为一代忠义之魁。文贞公次子采璧公讳纯白,以名诸生食饩于庠,当文贞公被逮,随侍槛车,文章孝行,乡里推重,先生之祖也。采璧公之六子曰瞷,有笃行,明鼎革,不求进取,隐处江干,先生之父也。母钱氏,虞山名族,有淑行,生六子,先生居四。以国子生为安南将军参军。少抱经世志,以先忧后乐自况。年甫冠,值吴三桂叛荆州,安南将军华善镇守京口,先生谒见将军,于行营建立长江水师之议。将军用其言,上策于经略莫尚书、洛尚书,亦嘉之,从其议。遂命将军设船坞于京口,兴工制造沙虎船数百艘,自九江以下择江口之险要者分置驻防,联络声势,从此大江之南,三桂不敢窥伺。康熙十七年,三桂寇永兴,额驸华善佩将军印守永兴,聘先生为参赞,能令将卒一心,每出奇制胜。三桂败死,此非先生运筹帷幄之功乎?二十一年,三桂孙世璠伏诛余党悉平,将军叙先生之功上经略,先生固辞不受。将军重其品学,聘为家塾师,教读诸子。随至都门,馆将军家二年,以国子生肄业于国学。三试京兆不第,遂绝意进取,壹志诗古文词,命意高超,不为利名所动,一时名满京华,贤士大夫争友之。

予以谒选识先生于京师,爱其才学兼优,聘为幕府,同至镇江,参决政务,颇得治理之法,予深倚重之。公余之暇,谈论古今兴废事,独具识解,是诚经济之士,岂可仅以文人学士目之哉?

为人豪迈,内介节而外和平,料事神明。与人交,一无所忤,而中有界画,动作合古圣贤法,无愧文贞公之子孙。予尝私慕之,每于春秋佳日约先生遍登北固、金、焦,游览三山之胜,诗酒盘桓,必尽欢而罢。先生性喜杜诗,朝夕读之,必求其用意之所在,如是考求,则下笔可免浮廓之弊。丹徒诗人李西津、夏晓堂、刘志千、范麟书,皆以诗与先生往来唱和之。好作山水游,壮年幕游晋、豫、燕、齐、吴、越间,每逢山水胜境,必登临题咏。晚岁以家道中落,居恒郁郁。有子重光,善承先生志,支持门户,不以贫窭废先生游资,故晚年得与宁都魏昭士往来游历吴越山水间,怡然自适也。夏慎枢叙先生《江上集》曰:"缪子贯彻六经,尤精易理。少年参赞军政,克平三桂。中岁历游幕府,佐治循良。迨至暮龄,以诗人而结社江上。品望清高,人莫能及。如缪子者,洵经师也。惜为诗名所掩。"呜呼!夏君之言,可以传先生于不朽,奚待予言?

赐进士出身、知镇江府事、愚弟王燕顿首拜撰。(《镇江世庆堂缪氏宗谱》卷一一)

72. 阚庄派十二世缪瞻屺族称志远公传

族 楷 啸仙

公讳瞻屺,字念三,号志远,文贞公之曾孙,采璧公之孙,牟生公之第四子也。幼抱经世志，年甫冠，值吴三桂叛荆州，安南将军华善镇京口，公谒将军于行营，建长江水师之议，将军用之，上策于经略莫尚书、洛尚书，命将军设船坞于京口，制造沙虎船，自九江以下择险要江口分置驻防，联络声势。三桂不敢窥伺江南，公之谋也。

康熙十七年，三桂寇永兴，华善守之，公为参赞，每出奇制胜。后三桂败死。二十一年，三桂孙世璠伏诛，余党悉平，公之力居多焉。将军叙公功，上经略，公固辞不受。将军重公品，以为子师。随至都门，馆将军家者二年，以国子生肄业于国学。三试京兆不第，盖公欲以科名自显，不欲因人力以得富贵也。及至频遭挫折，遂绝意进取，一志于诗古文辞，成一家言。一时名公卿多折节与之游。有王公燕者谒选至京，识公，定为莫逆交。出守镇江，因偕与俱，参赞庶务，深倚重之。顾好山水游，公余之暇，每与王公登北固，穷金、焦，眺览江山之胜，酒榼诗牌互相酬应，必尽欢而后归。又或宾朋相对，畅论古今政治得失、人才贤否，与夫农田水利之事，宜因宜革，及行军制阵之要，指画山川形势，无不了如指掌。当是时，丹之诗人若刘志千、李西津、范麟书、夏晓堂等，方以风雅提倡，旗亭画壁、僧舍酒楼，往往酣戏淋漓，驰骋跌宕，闻公名，争愿奉公执牛耳。公既爱三山之胜，又乐与诸诗人游，于是遂有终焉之志。筑室江上，因家焉，是为吾族丹徒支始迁之祖。顾家居时又甚少，频年幕游晋、豫、燕、齐、吴、越间，每遇名山胜处，登临感慨，无不发之于诗，苍茫吊古，流连写怀，穷而益工，盖亦不得志于时者之所为也。晚岁以家道中落，居恒郁郁。子子华公善承父志，不以贫故废公游资，故仍得与宁都魏昭士往来吴越山水间，愉愉如也。倦游归，以诗酒自娱，老于丹云。有《江上集》行世。

论曰：余读《江上集》诸诗，抱负宏远，知公不仅以诗人自命也。夏慎枢《序》，谓公“贯澈六经，尤精易理，洵经师也，惜为诗名所掩。”嗟乎！诗固不足以尽公，古称通经致用，公固储有用之才，而未遂其用者，经师亦何足以尽公也。

73. 吴门派十二世缪曰藻族称文子公墓志铭

乾隆己未进士　江宁县知县　钱塘　袁枚　简斋

乾隆己未冬，枚以年家子拜南有先生于苏州之里第。见先生苍颜秀眉，扬衡含笑，望而有典型之钦。今辛卯岁，先生怛化久，其子敦仁等将奉先生柩与其配陆太宜人合葬于某，而走索枚铭。枚伏思缪氏以科第显吴门二百载，氏族华腴如班杨崔卢，海内延望。虽门风之盛，天实相之，而要其经德秉哲层累以基之者，必非无自。谨按其状以声于幽宫曰：

先生名曰藻，字文子，晚年号南有居士。其先从常熟迁吴。曾祖国维，万历辛丑进士，官贵州参政,生慧隆。慧隆生彤,官翰林侍讲,生先生。先生生而凝重,甫胜衣,能为擘窠大字。今西禅寺题,有过者犹争指曰:"此缪翰林十岁时书也。"康熙乙酉举人,乙未进士,授编修。丙午加日讲起居注官,随迁司经局洗马。壬子视学粤东,甲寅以失察所属镌职。今上元年召复原官。先生以母老辞,遂不起。凡先生官禁近十八年,校京兆试者三,校礼部试者一,与纂修者三,其他受尚方珍赐无算。朝野盼先生大用,而先生得一事为名,遽弃官即休,人皆以为疑。不知先生所居为勾吴胜地,独具清胪,善鉴法书名画,而力又足以致之。海内金题玉躞争趋其门,如矢赴鹄。先生购其尤,严赏密蓄,花月余闲,游目自娱,人望若清秘册府、鲁殿灵光者垂四十年。呜呼,此岂三公八座所敢辟睨其下风者哉?当在官时,有要人请之往,先生辞不行。其人旋败。论者谓先生享福之清由其识力有以致之,非偶然也。性友爱,与弟曰芑同官翰林,白首无间。女兄弟十二人,其孤嫠者收谷之。买奴良家,随焚其券。僮碎宝砚,微笑而已。常劼毖后人曰:"左氏'骄奢淫佚'四字,其病皆从佚起也。汝曹勖哉。"卒年八十。先是侍讲公以康熙丁未廷试第一,先生以康熙乙未廷试第二。侍讲公以康熙庚戌会试领诗经房,先生以雍正庚戌会试领诗经房。大参公以万历壬子典试粤东,先生以雍正壬子视学粤东。先生以康熙乙未入翰林,长子敦仁以乾隆己未入翰林。父子祖孙后先遥应,支干官地,肸响符合,诚为异数。然先生以一身而上兼祖父之荣,下启子孙之荫,嘻,其盛矣!夫人陆氏,为乙丑状元澹成公女。初来归,室有火灾,先生外出,夫人神色不变,急奉移家庙栗主,毋不敬。其识量如此。后公七年卒。子三人:长敦仁,官庶常;次遵义,乾隆进士;次近智,候选待诏。铭曰:

前卿云兮后景风,公如月兮照当中。耀紫闼兮光玄穹,泣咎单兮逐耆龙。貊德音兮抚大东,压傫直兮安絪冯。嫔然逝兮鸽然从,越王沼兮吴王宫。竹素奉兮烟云供,曼而馈兮泽而饔。适来顺兮适去终,化台洁兮禅窟崇。树之栾兮翼以松,灵一閟兮山重重。

74. 吴门派十二世缪曰藻族称文子公传

缪曰藻,字文子,彤子。康熙乙未殿试第二,授编修,迁司经局洗马。视学粤东,以失察所属镌职。高宗登极,诏复原官。以母老辞,遂不出。凡官禁近十八年,校京兆试者三,校礼部试者一,与纂修者三。为人苍颜秀眉。善鉴法书名画,力又足以致之,人望之若云林清閟。性孝友,女兄弟十二人,孤嫠者收养之。买奴得良家子,焚券遣之。僮碎宝砚,微笑而已。常训后人曰:"左氏'骄奢淫佚'四字,其病皆从'佚'起,汝曹勖哉!"卒年八十。子敦仁,字羲元,乾隆己未进士,选庶吉士。(《(同治)苏州府志》卷八二)

75. 吴门派十二世缪曰芑族称武子公传

缪曰芑,字武子,曰藻弟。雍正癸卯进士。选庶吉士,授编修。省亲归,遭母丧,遂不复出。晚年嗜学弥笃,于张子西铭之旨独有所悟。吴俗繁庶,野多暴骸,会世宗宪皇帝有旨,命有司设法敛葬。曰芑倡议设锡类堂于城南,次及育婴堂、普济堂,皆为区画尽善。卒年七十三。(《(同治)苏州府志》卷八三)

76. 吴门派十二世缪曰芑族称武子公传

公讳曰芑,字武子,号笠湖。侍讲念斋公讳彤第三子①也。雍正癸卯进士,选庶吉士,历官翰林院编修、武英殿纂修。以省亲旋里,遭母丧,遂不复出。生平笃于行义,究心理学。晚年嗜学弥笃,于张子《西铭》之旨独有所会悟。补。相国榕门陈公曰:"余与笠湖同年同馆,每遇同人会集,笠湖辄谈《西铭》'理一分殊'之旨,'民胞物与'之量,津津不置。授职后以省觐归,承欢色养,遂不复出。晚年嗜学弥笃,闭户著书,他无所好,然闻一善事,靡不率先为乡里倡。吴中繁庶,野多暴骸,俗沿火葬,雍正十三年,奉旨设法敛葬。笠湖竦然曰:'圣主泽及枯骨,忝居侍从,退处江湖,无以报涓埃,敢不身任其事,裨至治于万一?'遂商诸当事,设立锡类堂,殚心力,定章程,广经费,俾可永久。次及育婴、普济,皆为区画尽善,今其条规具在,二十年来存恤老幼,泽及泉壤,如笠湖者,可谓不负所学者矣。倘出而治民,则实被其泽者,岂有既乎,惜哉!"锡谱原文。陈公之言如此,则公之风可思矣。年七十三卒。著有《读杜心解》、《六经要语》、《半学庵稿》各若干卷,藏于家。补。(《无锡谱》)

案:《(同治)无锡谱》载此传,节录相国榕门,至"惜哉",数不署撰人姓名,未知何故?今访其后裔,其文亦佚无可考。姑依《锡谱》,略据《苏州府志》"传"及"世表"补其首尾录入云。光绪重修记。

附　陈弘谋榕门撰《编修缪笠湖传》

君姓缪氏,字武子,号笠湖。先世自虞山徙吴。曾祖国维,明万历辛丑进士,贵州

① 根据缪彤世系表,缪曰芑为缪彤第二子,因缪彤长子早夭,二子曰藻、三子曰芑成人,故以曰藻为长子,曰芑为次子。

布政司参政。祖慧隆，邑庠生，举乡饮宾。考彤，康熙丁未进士，廷试第一人，历官翰林院侍讲。归里，构草堂于双泉，读书讲学其中，学者称双泉先生。笠湖其季子也。生而颖异，吴中多宿儒，侍讲公于草堂为文会，笠湖与其兄官洗君文子先生，追随讲习，所得于师友者，根柢深邃。丁酉举于乡。癸卯成进士，选庶常，充武英殿政治训典纂修官。笠湖笃于至性，淡于进取，授职后，即以省觐归，承欢北堂，怡怡色养。遭母丧，哀礼兼至，遂不复出。晚年嗜学弥笃，肆力于古，覃研如诸生时。吴门旧史氏，能以诗书风雅世其家学，宿望岿然如鲁灵光者，咸推笠湖云。当其闭户著书，他无所嗜好，然闻一善事，靡不率先为乡里倡。吴中繁庶，野多暴骸，俗沿火葬，世宗宪皇帝十二年，奉有敕旨，设法殓葬。笠湖跃然起曰："圣主泽及枯骨，忝居侍从，退处江湖，无以报涓埃，愿任其事，庶裨至治于万一。"遂商诸当事，设立锡类堂于郡城之南，殚心力，定章程，广经费，俾可永久。次及育婴、普济，皆为经画尽善。曰："吾辈作事，当求有益于人心风俗，若娱情山水，诗酒唱酬，矜言高雅，无裨民物，非吾志也。"所著有《六经要语》、《杜诗心解》、《李集考异》、《白石亭》、《半学庵诸稿》，皆可传世。

赞曰：余与笠湖同年同馆，每与同人会集，笠湖谈读书，论志向，于《西铭》"理一分殊"之旨，"民胞物与"之量，津津不置。散馆诗句有云："兰茝不言芳。"日下诸公，咸以为足征志操。余尤心服其笃行闇修，志存利济，不肯驰逐声气者也。今于家居经画锡类、普济诸堂，条规具在，十数年来存恤老幼，泽及泉壤，如笠湖者，可谓不负所学者矣。倘出而莅官治民，则所在芸芸之众，其实被乎胞与民物之泽者，岂有既乎，惜哉！

（《广西乡贤丛书·陈榕门先生遗著·培远堂文集》卷六）

77. 江城派十二世缪洪远族称损存公传

同邑 陈鼎 定九

公讳洪远，字源长，号损存。毗陵之江阴人。生四岁，能诵数千言，时目为神童。缪氏世笃忠孝，出自成章、文贞诸先生后。公之父钟粹，字孟玉，母盛氏及叔、季、家仆一十七人，乙酉八月城破，俱尽节死，仅存祖母刘孺人，时公才九岁耳。痛先人死难，即追像悬之中堂以永慕焉。三年服阕，奋然以续前业为己志。遂弃举业，逐经营，奔走四方，岁赢数倍。又十一年，娶黄孺人，勤俭克襄，家业复振。公性仁厚，好施与，亲族之困穷辄捐囊以济。凡要路津梁，常独任其事，不少吝。有穿窬者入公家，公多方劝勉，赠以银米，不问其姓名。佃田者负租欲以身质，彼有老母，不责还，更资米以养终身，绝不言。乙丑岁秋，得痰疾，日转剧，念儿辈皆未婚娶，求媒向亲家关说先完长子姻，不允。请亲家至，公下床拜恳，始改吉入赘。乃曰："为儿女累，要羁留半月矣。"届期召子跪榻前曰："尔夫妇之始，父子之终，即此永诀矣。"坐床剧饮，唱大江东曲，俟家人归，问入赘事毕，曰："诸子奈何？"遂长啸而逝，时年五十，康熙二十五年丙寅正月初十日也。后十三年己卯八月十五日，有邻人设乩请仙，公降焉，断事如神。诸子知，往拜，问家事，不答。生子四，曰嵩、崑、崙、岑。女一，适朱。

外史氏曰：至诚之道，可以前知，此圣贤之不外一诚也。若公之预知生死，是一诚也。清明在躬，气志如神，此犹喻言之耳。若公之降乩断事，吾知其至诚，以为神也。此皆笃孝仁厚之所致诚哉，不可及矣。（《（光绪）东兴缪氏宗谱》卷二六引《留溪集》）

78. 江城派十二世缪毓祯族称瑞珍公传

同邑 张培德 惇元

君姓缪氏，讳毓祯①，字瑞珍，耆士省存公之仲子也。生而歧嶷，举止端重，见群儿慢游，去之若浼。伯兄明雅体素羸弱，父见之辄有忧色。瑞珍慰之云："有儿在，俯仰不足虑也，用能娱侍养志。"父年七旬，生则尽孝，没则尽哀，以完子职。抚孤侄一如己子，俾子之成立，有室庐阡陌之安。生平卓荦有器识，亲炙族祖成章公之治行循良、文贞公之大节凛凛，奋然欲以身许国，不屑为求田问舍之谋。既而目击时势艰危，深自韬晦，隐于服贾，逐什一之利。事亲从兄，洗腆分甘外，悉以赡族党之贫者。崇祯壬午，为二亲营窀穸事，若有默促之者然。乙酉闰六月，江邑婴城抗守，公与家人同潘姓一门间道出城，走避僻地，以延宗祧。值天兵荡平郡邑，辑宁民人，瑞珍获返故庐，从瓦砾之余，补苴安宅，堂构聿新，垂为佑启后昆之令绪。《大雅》云："既明且哲，以保其身。"瑞珍有焉。匪特保身，兼能保世。时有吏胥滥派采办诸色颜料之差，民间以是为病苦。瑞珍力白诸织使者，得邀停止，一邑便之。国朝康熙丙午，瑞珍年六十有九，邑侯何公举行乡饮礼，廉知其一生方正无欺，敦请赴宾筵，加冠带，给匾额，一时以为得人。尝有草窃夜入其室，已就缚，瑞珍释之，且佽以金，勉以自新，戒家人勿泄其事。他日遇诸途，其人已改行，拜伏道旁。瑞珍掖之起，曰："若何为者？"其厚德不露类如此。

卒于康熙九年庚戌，没之前三日，与家人诀，无疾而终。距生于万历二十六年戊戌，年

① 生于万历廿六年八月十八日，卒于康熙九年十二月廿一日，寿七十三。康熙丙午，县令何公举乡饮宾，奖给匾额"世德克崇"。

七十有三岁。

余与瑞珍衡宇相望，耳其名已久，兹因嗣君廷弼、廷赞之请，遂质言其行谊，而为之传云。

79. 江城派十二世缪应时族称含真公传

缪应时[①]，字行甫。自宋南渡来。世以岐黄名其家。应时少失恃，哀不欲生，咯血数升，遂成瘘疾。因废儒，发先世禁方习之自治，病已，遂以医名。事节母徐氏，色志兼养。母以痛姑伤，几病膈食。应时焚香告天，终身断腥酒，愿减年延母算。疾笃，至尝母粪察症候，忧劳痛瘁，不一月而头须皆白。母得起，至七十七，以寿终。应时医游公卿间，所得悉以供母。早晚承颜，犹婴儿也。诚心质行，有古人风。崇祯六年，巡方奏保奉旨建坊，表阙宅里。(《(崇祯)江阴县志》)

80. 阚庄派十三世缪诜族称觉轩公暨元配刘氏合葬墓志铭

族弟 敦仁 榕庄

公姓缪氏，讳诜，字绳孙，号觉轩，前明忤珰殉节先贤谥文贞讳昌期之玄孙，乡贤敕赠文林郎先河公讳弘仁之冢嗣也。

公先世自明初全一公由海虞迁江邑之东兴里，历九世至采璧公，是为公曾祖。采璧生祉生，迁长泾。祉生生先河公，均以读书为善世其家。先河之生公也，年已逾壮。

公生而端凝，具夙慧，总角就塾，过目成诵。先河公器之，躬督课，首以存心立品为提撕，时公虽幼，即惕然于庭训弗敢怠，手录朱子《敬斋箴》，每把玩讽诵以自警。年十七受知邑侯陆公次云，拔置童试第一。时陈椒峰、徐在音诸前辈负人伦鉴，见公文，佥叹赏，以为远器，而陆公尤以得先贤嫡裔为喜。自是益复沈潜淬励，文名日噪。年二十补郡诸生，试辄冠其曹。而虚衷温克，晨昏一禀先河公“保德、保身、宅心、植品”诸要训，究心性命之学。笔耕之暇，每念高堂望切，即恐弗遂显扬，锐志图南，力疾攻苦，寒暑靡间。壬午登贤书，而先河公已先捷音前三日逝。公痛翁之不及见也，辄椎心泣血，以不克早自致力为终身疚。

① 缪应时，钟粹子。明医理，为太医院御医。屡举乡饮宾，崇祀孝弟祠。乙酉八月廿一日死难，道光十六年祔祀的阴三公祠。

丙戌成进士，授中书舍人，归为母孺人刘太君称六十觞。怡怡色养，居乡兢惕自持，恪守寒素，绝干谒。阅十年，谒选授湖广郴州宜章县令，继署桂阳事，政声籍甚。比三年，丁母孺人刘太君艰以归。两袖清风，杜门株守，仍若旧诸生。后八年，雍正己酉补任中州叶县。时值军需旁午，公贤劳尽瘁，夙夜不遑，而素守狷介，耻迎合，不满上宪意，未一载即以前令挂误案件附参。命下引见，详询状。公奏对讫，上顾谓阁臣张廷玉曰："是老实人，仍著河南督抚委用题补。"随署尉氏、新郑、偃师等县，并归德二府。末任题授郏县。宦中州十年，任凡七易，奔驰不暇，艰苦备尝，冷署寒斋，至或无以给饘粥。公恬然安之无怨色，而矢志洁清，靖共保赤。却馈遗，矜疑狱，训士牧民，政绩焯焯，一如宰宜时。所至欢腾歌父母，且揭字于竿以旌。每谢事去，士民攀舆泣下，已，各建去思碑以铭德政，教得民均无异楚中。呜呼，公之吏治，可知已矣！

当公令宜章之明年，奉聘入闱，公精心甄拔，楚中俊髦出公房者独众。总裁胡公沧晓、林公次崖佥称赏，谓公具真鉴，能得士。宜邻苗境，远声教，自本朝开科，文闱无获隽者。公始至，即创义学，兴文教，躬亲督课，讲授不倦，多士翕然丕变。宜邑文学之盛，自此始。雍正癸卯，公门下彭君必琨遂膺乡荐，邑人称叹，以为破天荒，缪公赐也。

狱有狡囚，前令已定爰书，洎得奸僧耐刑术，辄翻谳反噬。公叠鞫未决，潜访士民，多以后供为信。公卒矜疑，不忍遽以刑讯无辜。厥后廉得狡状，立擒奸僧置诸法，而囚乃服辜，合邑称神明。赤石境有刁徒，挟道殣居奇诬控。公按验得实，立杖之，其人卒输情悔罪。未几死者之弟至，具结领瘗，一方安堵无贻累。公于狱详慎不苟多类此。其摄桂阳县篆，一力主持返先贤周濂溪先生祠田于浮屠氏，尤见公卓识毅力。至其仕豫也，时视学中州者出公门下，廉知公艰苦状，欲假非义噢咻公，公屏弗与通。后事败，凡有半刺者俱不免，公独无丝隙累。人服公之识，而不知公之冰操劲守，不为利疚，得力于学问者深哉。最后莅郏邑，民方苦盐政，公力详请檄示，立平其价，郏人比屋欢呼。先是鹾商于公下车时醵金啖公，公屹不为动。至是民困顿苏，而公实由此忤上官指，而不克终厥任矣。

盖公一生廉洁自矢，虽处困穷，不稍变易。当在新邑时，或击官厨萧索况，讽以向例可受之馈，盍稍假手？公毅然曰："十年孀妇，肯一旦改节乎？"其励操坚确，较然不欺其志，素所蓄积然矣。噫嘻！世之衰也，趋利如鹜，不顾道义，不恤廉节。岂独庸庸？一切敦诗说礼、簪缨冠带之俦，平居抵掌论议，非不励廉隅，戒苟得，确然自命，真若可信，一旦临货赂，欲动智昏，轻丧所守者，比比而是。虽席丰履厚，犹且不免，况穷窘如公，而操行卓卓，不渝其素，此其清风介节，不尤超越寻常万万哉！彼弗畏四知，败名荡检者，观于公，毋亦有面热汗下者乎？吾于是益叹公之植品存心，恪遵先训，以不坠家学者，历毕生如一日，尤可重也。公自乾隆丙辰冬郏邑解组，先期一月接得貤封祖考恩纶二道，谢阙已，乃喟然叹泣曰：

"十年来惟此少尽人子之心于万一，敢不归而告庙?"明年春，束装归，橐底一空如洗，赖邑民馈问稍济。途中乏绝，典及随身衣履。归舟所载，惟历署所刊先人书板数种。公指语家人曰:"即此以为十年官囊可矣!"吁，廉吏可为而不可为，如公者，胡可多得耶？归田后，朝夕几不支，而倡建宗祠，立墓石，种种为祖、父光者，俱鬻产以办，汲汲弗遑。时年已六十有六，自是掩关屏迹，养静斗室中，摩挲儒先理学诸书，以陶冶情性。一编矻矻，如是者十年，不异诸生下帷时也。呜呼！少而殖学，至耄弗倦，若斯纯诣，有几人哉?

公至性孝友，孺慕弗喧，虽王事鞅掌，而风木之悲、过庭之训，每怀靡极，泪辄涔涔下。同胞弟立诚，后公十有二年而生，比成童，先河公已垂暮。公以长以教，身兼父师任，俾克树立，继家声，日夕怡怡无间。立诚佩公行谊，每籍记以示后昆，感叹泣下。惜其无禄，先公十有一年而没。时公方自豫归，哭之恸，居恒念及，辄复呜咽流涕。友于之爱，发于血诚，于斯可睹。

与人交，不侵然诺。海虞赵公星瞻与公倾盖，约婚姻，未几卒。公抚其遗孤继徽，饮食教诲如己子，使有成立。公之笃于信义、生死不相背负如此。嘻，其艰也。乾隆乙丑，邑行乡饮大礼，佥以大宾举。邑侯转详题达，公力辞不获。礼行之日，圜桥观听者如堵，咸啧啧谓公真称厥位，巨典不虚。

嗟嗟！恒言盖棺而后论定，公之为人，论定何待今日乎？吾尝综公生平，孝弟笃于性，廉让励于躬，宽爱仁慈厚于物。始为学校端人，中为清时循吏，终为邦邑更老。盛德至行，媲古轹今，此所谓"乡先生生则宾于乡，没则祀于社"者，公洵当之其无愧，讵非宇内完人也哉!

公卒于乾隆戊辰，距生康熙壬子，年七十七。元配刘孺人，同里庠彦衡若公孙女，处士元臣公次女，娴阃范，备妇德，佥谓淑人真圣善，允称公配。事尊章曲得欢心，其侍姑之宜章署也，每见公却馈遗，他人目为迂，孺人独首肯曰:"廉吏正宜如是。"其识大义，不惑流俗，尤巾帼中所难。其他徽音淑节，详见公所为传，不尽书。惜早世，年仅四十有九。生康熙甲寅，至壬寅，先公卒。呜呼可哀也已！公副室金氏、严氏，子男六人：长念祖，邑庠生，刘孺人出，娶贡生兰谷程公季女；次绍祖，太学生，金氏出，娶贡士尚湖肇绵孙公长女；三承祖，金氏出，娶庠生启舟贡公季女；四扬祖，严氏出，娶庠生耕南刘公季女；五怀祖，严氏出，娶瑞五董公长女；六敬祖，金氏出，未娶。子女五人：长适太学生徐金声；次适庠彦钱象六；三字候选州同宪周张公次子殿英，未婚，卒；四适虞邑太学生周宪成；五字句邑王履升。继女二，一适虞邑葛晋飞，一适虞邑赵继徽。孙三，家孙宗濂，聘郡庠生灿英邵君次女，念祖生；宗洛，聘邑庠生掌衡贡君长女，承祖出；宗渠，念祖出，未聘。孙女六，长字勋远陆君长子，次字邦瑞程君长子，余俱幼未字。以今年戊辰之九月丙寅，卜葬鸡笼山之新阡已山亥向。

嗣君念祖等匍匐来乞铭。呜呼！余与公同出全一公后，于世次为昆季。予居吴门，去泾里不二百里而近，稔公生平最悉，矧硕德懿行，又余素所向慕而瞻仰者，曷敢以不文谢。故谨剟公行略诠次之如右。而系以铭，铭曰：

泾汤汤，汇地脉，生哲人，天亶锡。志冰霜，躬圭璧，理学宗，人伦式。国循良，乡耆硕，孝与仁，绵世泽。啬于遇，丰于德，甘固穷，仪不忒。廉洁操，炳秋月，裕后昆，贻清白。生无忝，没胡悒，龙山阳，魄所宅。宜子孙，其蛰蛰，铭厥徽，永千亿。

81. 阚庄派十三世缪敬持族称以直公传

诸生　同邑　叶廷甲　保堂

吾江清淑所钟，蔚为人文，如前朝三虎二凤，焯著寰宇内。惟史公居邑城，贡、黄、缪、李四公皆东乡之人也。学静贡公生华墅，小江黄公生杨舍，忠毅李公生赤岸里，文贞缪公生白鹿乡。以杨舍而论，百余年中贤豪挺生，都在二十里而近，可谓盛矣。我朝休养生息，陶铸百有余年，意诸君子之后，必有嗣芬继武克绍前徽者出乎其间，而何寥寥也。抑有潜德未彰，怀才不遇，予小子未之知耶？嘉庆壬申，吾友徐尹先名绍基，为东兴缪氏纂修家乘，来过余舍，因为伊先外曾大父以直先生匄作家传云。先大夫已于乾隆丁酉之冬为尹先外高祖父约轩先生作传，而表章之矣。以直先生之学行，尚阙焉无传，廷甲奚敢以不文辞？

先生讳敬持，字以直，号二田，又号三耕。先生为文贞公之玄孙，约轩先生之长子。幼承庭训，即以居敬穷理为隐括。年弱冠，将世俗之学一切扫弃，尝曰："穷达有命，希圣希贤，其权在我。"时时以德之不进、业之不修，痛自鞭策。至于功名遇合，毫发不以动其心，盖不以读书为取富贵之资，而务为存心养性、明体达用之学，日取理学粹言，沉潜玩味，身体力行。尝著《省身编》以自课，著《大学中庸的》以示承学之士，又有《训蒙规范》、《荆花书屋杂著》若干卷、时文二百余首，皆可传诵。手钞书数百卷，书法瘦劲，为邵衷彝入室弟子。兼攻医术，心存济世，著《医书》八卷。生平厉廉隅，敦名义，振先泽，修举废坠，不可枚举。而其最著者，校刊《从野堂集》，订补《同难录》，重建双忠祠，不辞劳瘁。至于倾资鬻产而成之，洵所谓赴义若渴，孳孳以表扬先烈为负荷者欤。卒以此力绌神悴，不永其年，惜哉。学未见诸施行，名不登于朝宁，徒见瀫渎之旁，颓垣老屋，典籍散亡，墟墓之间，蔓草荒烟，采樵无扞，此吾友尹先所为搜遗编于脉望，笃乌鸟于渭阳者也。向使天假之年，展其素所蓄积，安知不以胚胎忠鲠之遗，出而为郅隆之良辅，俾江山生色，为桑梓之光也哉。曷为厚殖其学而不用世，几于没世无称，令予肖子缅怀曩哲，喟乎有余慨也。

先生生于康熙庚午,卒于雍正甲寅,年仅四十有五,以诸生终。

82. 阚庄派十三世缪靖文族称启明公暨元配祁氏传略

廪生 阳湖 白岵思 孺庵

先生讳靖文,字启明,九成公之长子,凝甫公之曾孙,前明死奄祸谥文贞公同怀弟西园公之玄孙也。少有至性,所居阚庄即文贞故里,始祖全一公墓相去数武,启明过其侧,即敛手肃容,诫群儿曰:“吾先人发祥之所,毋亵慢也。”文贞读书处曰西溪书室,启明翔步其中,辄低徊不能去,诸父兄咸目为非常儿。读书未就,早庀家政,有经世才。九成公倚任之,得以优游泉石,睦族和亲,恩明谊美。里党啧啧称之曰:“贤哉,有子如此,可谓孝也。”已,以父命援例入成均。里中公事,毅然为之,如杨舍堡修城,瀫渎河浚治,无不任劳任怨,倾囊以赴,期于久长,弗为苟且目前之计。乾隆辛未,邑侯周公奖予匾额曰:“贤劳懋著。”洵无愧焉。岁乙亥大旱,民饥无以为食。丙子春,设粥厂,启明董其事,日夕焦劳,出粟以始终之,无少吝,以视后来之阳奉阴违,避徭役如避兵刃,且有纳赂吏胥、阻遏善举者,闻启明之风,不当颜甲厚而心懊恨耶。尤以敬宗追远为急务,祠堂旧址湫隘,卜吉于实园之旁,即文贞公西溪书室也。有十四世寡妇缪许氏愿捐此屋为祠,启明乃与从兄进士绳孙先生,告其族人秉寅、添相、楚翘等,鸠工拓宇,砻密闳深,以妥先灵。承祭祀规模大备,遵行以至于今勿替,微启明之力,而能然乎?墟墓以时修筑,子弟以时训诲,贫乏以时周恤,凡一生之光前裕后,皆一腔恻怛慈良之意,融液于无穷,宜其五子绍芬,诸孙绳武,遥望阚庄里之佳气,正郁郁葱葱然也。

配琴川祁氏,文学九扶之三女,有妇德,能得舅姑欢心,与妯娌无差池。启明遇事勇为,必勉以善而救其失。白首齐眉,协于无成代终之义。世俗之龈龈嚣嚣,掣其夫之肘,恬小利而招大忧者,岂可同年语哉?

予侨居泾里,与其族之良士称莫逆交。且吾从祖讳贻忠号虞邻,官至福州府知府,以覃恩封中宪大夫,在前明神宗时与文贞公庚子同举于乡,癸丑同登进士第。官阀渊源,苔岑臭味,乐为称道其后贤。重以令嗣凤洲、倬云介其从兄容斋为之请,遂忘其固陋,而为之传云。

83. 周庄派十三世缪沈谦族称月斋公传略

广东粤海关库大使 同邑 赵贵崧 宗岳

先生名沈谦,初名襄宸,字玉瓒,号月斋。三世祖彦相公,讳思诚,由马嘶镇阚庄出为周庄李氏赘婿，遂居之。六传为州司马龙岩公，又再传为耆士孔章公，公生跃如，讳九渊，月斋之父也。父勤穑事，爱慕诗书之泽，见月斋生有异姿，为之延师督课。年届舞象勺，益头角英露，下笔洒洒千言。应童子试不售，发愤至废寝食。闻父耕叱牛声，则悲泣不止，吟声与呜咽相间。父怜其攻苦，弱不胜衣，慰之曰："孺子毋亟也，盍从容以养身乎。"月斋阳奉之，默诵不稍辍。居母丧，顺变节哀，于礼也悉中。服阕，年十九游于泮宫，时大父年跻七秩，顾而乐之，父尤喜溢眉睫，曰："孺子幸叨一衿，远可以承先泽，近可以娱吾父，胜于仕宦焚黄泉路，辽隔者多矣。"月斋益镞砺，先行后文，交游必择端士，请业者麇至。口讲指画，一遵先民法度，不肯师心为矫揉缘饰之习。天性孝恭，事大父、事父母先意承志，洁餐馨膳，豫顺之气，盈于户庭，韩子所谓"学广而闻多，不求闻于人者"也。行古人之道，居于邑之鄙，邑之鄙人薰其德而勉为祇父恭兄之行，无敢有勃溪诟谇之声，虽不能致身青云，为苍生霖雨，而其范足以示学者，其风足以化乡曲，可不谓君子人与？厥祖厥父先后弃养，戚易兼尽，祭祀以诚，事后母敬共晨夕，无间于所生。屡踬棘闱，晚年以高等饩于庠，不及贡，遂不与试。闲居静养，耄年好学如少壮时，诗文皆可名世，藏于家。生于顺治庚子，卒于乾隆丙寅，年八十有七。予因其孙鸣冈之请，爰书其大略，以为穷经之士式法云。

84. 阙庄派丹徒支十三世缪重光族称子华公传

记名御史　翰林院检讨　兴国　谢远涵　敬虚

缪公讳重光，字子华。先世居江阴。明天启时殉奄难谥文贞者，公高祖也。父瞻屺，字志远，太学生，游幕镇江，爱其山水，因占籍丹徒。生子一，即公。家故贫，至公几不能自存，而志远公年高犹健，雅好山水游。公曲意承志，不以窘故缺杖头资。然性耿介，廉洁自持，未尝一介取诸人，终其身如一日。余幼时闻同里谭某述古事，谓其先世有春如者，康熙间服贾京口肆，一日入城索逋，得三百金，归途憩绿水桥，适太守舆从至，辟人四望，又彤云密布有雪意，遂仓皇起，忘所以。及将抵肆，始觉，急回觅之，桥下有一人坐，见之即起曰："何张皇乃尔？"告之故，则曰："吾为尔守此久矣，速持之归。"问姓名，不告而退。有识者曰："此缪某也。"居某归，白主者，翌日同访之，缪坚不肯认云云。当时窃慕其为人，以不获谂其生平为憾。及丙午，予得交缪子述溪，询之始知即其祖也。述溪者，公之五世孙也。述溪云："此事吾祖尝言之，吾父尝言之，而不得其详，但相传还金云尔。盖当日公秘不欲人知，故家人亦只得其仿佛，其余轶事之不能尽传者，类此也。"

呜呼，公诚古之人哉！古之人有暮夜却金者矣，有赎苎还金者矣，不意今世犹有是人也。夫义利之辨，固道德中自有之事，然行不愧影，寝不愧衾，岂易言哉。公真无愧衾影矣，谓非学道者能之乎？虽他事多轶不传，即此一节，已足不朽。因即诠次为之传，嘱述溪存之家乘，庶后世有可考焉。

85．吴门派十三世缪遵义[①]族称松心公传

缪遵义，字方彦。曰藻子，敦仁弟。乾隆丁巳进士，以知县用，不忍离父母，遂假归侍养。因母得异疾，究心岐黄家言，母既获瘳，而医理日益进，就诊者填塞街巷，治之无倦容。总督高晋颜其堂曰："志济。"临证立方多创境，他医不解，然投之辄效，及徐明其故，无不惊服。其于前人论撰悉意研究，刻《伤寒三注》行于世。卒年八十有四。门人管鼎，字象黄，能传其业。（《（同治）苏州府志》卷八三）

86．吴门派十三世缪遵义族称松心公传

王宏翰

缪遵义，字方彦，晚号松心居士。乾隆丁巳科进士，以知县即用。恬淡不乐仕进，优游里闬，以母病精医。年登大耋，治病益加详慎，立方宗古法，于脱化变通外，精妙入微柔，从学十余年，颇蒙许可。尝言用药南北各殊，若江浙卑下之区，禀气多弱，譬如植物随土所宜，当以轻剂治之。制方全在巧思，投之即效，"轻"、"灵"二字，互为用也。著刊《伤寒集注》、《温热朗照》等书，其余藏书甚多，皆细加丹铅，手定甲乙。卒年八十有四。（《古今医史》）

87．阚庄派十四世缪念祖族称朗斋公行述[②]

子 宗濂 莲斋

呜呼痛哉！吾父竟弃不孝等而长逝耶。吾父孝以事亲友，爱以接诸弟，朴诚以交朋友，勤学善诱以饬躬行，刻刻以绍述先人为志。读书穷理外，一无所撄，其胸怀何期？舌耕

① 亦作"缪遵仪"，此据《（光绪）东兴缪氏宗谱》记作"缪遵义"。
② 以下传状未注出处者均选自《（光绪）东兴缪氏宗谱》卷二七。

在外，赍志以终，不孝之罪，擢发难数，尚何颜偷活人间？顾念吾父隐德弗耀，不为诠次行实，以昭示来兹，不孝罪戾滋大。用敢濡泪和墨，就其一知半解，所稔于朝夕见闻者，剟记一二，求吾父之执友采择而表章之。

吾父姓缪氏，讳念祖，字德宣，号朗斋。为宫詹文贞公之四世孙，邑廪生敕赠文林郎先河公之长孙，丙戌进士觉轩公之长子。大父年三十有九，始生吾父，大母刘太孺人爱逾掌上珍，发蒙师为朱见愚先生，读书成诵即了了。康熙壬寅，大母寿终，吾父年十三，哭奠如礼，有成人之概。明年，应童子试不售，发愤攻苦，深以不若人为耻。读文贞公存稿及家藏亲笔，辄涕洟叹息，终夜惊悸不宁。老宿见之，咸啧啧称异。先是大父简授湖广宜章县令，吾父年未十龄。洎雍正己酉，大父任河南叶县，吾父随侍，凡历尉氏、新郑、偃师、归德、郏县数郡邑。吾父半日读书，半日佐理，七年中往来跋涉，只策一蹇，随一仆。道途所经，莫知为县大夫之子也。大父尝命之解送漕艘，行至界河，水暴涨不得前，邻邑恐泊舟迟缓，驳米上车，由陆行。吾父推度天时将大雨，谓舟子曰："日用取给于我，毋亟也。"俄而阴雨连旬，米得免于潮烂。反命，大父以为孺子堪任事。其远虑深识类如此。大父于乾隆丙辰解组归，宦囊如洗。吾父已娶吾母程孺人，朝夕承欢，悉以馆谷所入、纺绩所贸充之。叔父五人，吾父以身先，遇艰巨事不肯推诿。尤奋志揣摩，年二十九受知学使者张药斋先生，大父以为青箱克继，从此发名报国，克迪前光，盖日月以冀之矣。师事梁溪程岐来先生，偕伯父济川、姑丈钱象六、外父邵灿英、阳湖白双敕相镞励，志图一捷，以慰高堂。辛酉，大父七旬，吾父率诸叔父奉觞称庆，亲串满堂，摒挡竭力，大父直忘其力之有所不足矣。戊辰四月，大父忽患怔忡，吾父日夜扶持，勉进葠饵，幸得痊。时吾父挈不孝教读田庄陈叙九家，八月初旬，吾父在馆舍，心动遄归，见大父元神亏少，饮食亦减，方欲与诸叔父再兑葠苓以臻强健，讵于初九日□刻无疾而逝。吾父呼天抢地，痛不能早自腾达以禄养娱暮景，哀号作孺子泣，三日后稍进水浆。营敛营葬，尽其所当，得为四方于以观礼。服阕，届壬申大比，吾父勇气加倍，仍落孙山外。乙酉，从弟宗沂游泮宫，偕赴金陵，场前忽寒热大作，同人阻之，吾父曰："先文贞死而后已之训，正在今日。"力疾入闱，仍不遇。戊寅，馆徐丈彩章家，距旗杆下宗祠不数武，见榱桷漫漶，烝尝弗肃，吾父谋诸宗老分房轮值，醵分齐集，祀事孔明，至今遵循不懈。今年属望，不孝采芹不遂，中表钱升获隽，吾父勃勃有生气，将决明年戊子一战。冬初，微示疾，望后一日届祭期，吾父犹欲诣祠叩拜，不果。不孝请吾父解馆归家，延医调治。吾父以为无妨。孰知十九日□刻，吾父竟卒于后巷桥徐南山家馆室中。

呜呼痛哉！不孝未尽一日菽水之养，疾病在外，未及护侍庭帏，俾子妇童孙奉汤药、请遗言，稍尽送终之道。不孝之罪，上通于天，虽昏瞀中匍匐扶柩，返停中堂，合家环哭，勉完大故，尚得为人、尚得为子耶？吾父半世砚田，奖掖后进，遇一士之佳、一艺之合彀，必口诵而心好之，如获球璧。训诲不孝，髫年读《孟子》"不动心"章，即诏之曰："读书在明义理，当知养其气，不为物欲所诱，便可希不动心之学矣。”洊岁童子试，望不孝愈笃。而不孝未获一衿，以稍酬夙愿，致吾父抑郁以终也。吾父遇诸叔父，以兄兼师讲习外，怡怡友爱，如手如足，痛痒相连。交游不滥，一与订交，终身弗谖。遇人之急，辄周恤之，力弗逮，心常耿耿不释。性坦易而操守严峻，人不敢干以私。详见灿英邵丈《传》。

吾父生于康熙庚寅六月二十四日，卒于乾隆丁亥十月十九日，年五十有八岁。娶吾母程孺人，同里贡生兰谷公之三女。生子三人：长宗濂，次宗渠，次宗源。生女三人，婚嫁皆名族。今卜于□年□月□日谨扶吾父之柩葬于鸡笼山祖茔昭穴。不孝苫块余生，语无伦次，追述吾父生平：学丰遇啬，言行无尤。悔及不孝之无以慎终，抱无穷之憾，伏乞父执之知吾父最深者锡之志铭，纪其质实，以光泉壤。不孝等世世子孙，感且不朽。

88. 阚庄派十四世缪念祖族称朗斋公传

同邑 邵彩 砺亭 灿英

居士名念祖，字德宣。姓缪氏。文贞公五世孙，进士觉轩之冢子也。少颖敏，父绝珍异之。甫成童，即追随楚中，读书官舍，所与游皆一时知名士。比长，为邑诸生。至性孝友，兄弟怡怡无间。幼祗庭训，恭谨退让，每事不欲多上人。雍正间，觉轩历署河南尉氏诸邑，簿书旁午。居士方弱冠，往往奉命服劳，办护公务，驰驱颍、洛、郑、卫间，举措悉得当。时虽年少，已崭然见头角矣。觉轩官游楚、豫两省十余年，介持清节，不名一钱，解组归，萧然寒素，以故诸子皆清贫。而居士尤落拓不问生产，惟力耕砚田以自给。游校后，锐意进取，奋然以继述显扬为念。乃数奇屡踬棘闱，志不少挫。今年逾五十，虽若颓放，然语及举场，犹气耸神涌，勃勃作雄飞状，不可谓志士欤？余总角时，即相狎为忘形交，迄今四十余年，相得无猜。予以贫病早衰，年未及艾，即已颓然废弃。而居士穷且益坚，此志不坠，惜乎其连蹇侘傺，直与予同，而不得一展骥足，是可叹也。假使其早得发名成业，激昂青云，于以缵先烈而绳祖武，岂不伟与？奈何俾其穷不得志而抑首困顿以垂老也，能无感哉！

居士性嗜酒，量虽不宏，而意致津津，喜从曲生游，每饮酣耳热，岸帻欢呼，抵掌纵谈，绝去平时拘谨态，豪宕之气，咄咄逼座人，盖真性之流露而不自知也。然其虚怀若谷，渊然以深，凡朋齿酬接，但见人长不见人短；文章品谊，惟见人之胜己，心折向慕而不一自炫所能。谦冲之度，本之性成，有非人所及者。居恒，箪瓢屡空，口不言贫。或意有怫悒，辄借酒杯以自遣，陶然而醉，弛然而卧，不惟遗外世虑，一切家人事，皆不屑也。诗虽不求工，而往往有心得。尤喜奖借后进，乐取人善，惟恐或失。凡所闻见，苟有一得，必把卷雒诵。诵已，辄弃其稿，贮所佩奚囊。囊常为满，累累然撞宕衣襟间，其标致如此。赋质清削，躯干短小，不及中人，乃其胸中浩然，常有不可磨灭之气，又有翘然腾踔高步凌云之思，至其仁孝诚敬，恺恻根心，更素所蓄积然也。是岂长贫贱而终于泯泯者哉？况明德之后，必有达人，以觉轩先生之清修介节，而居士又谨守家传，读书种德，宜其必有以继徽而丕显，乃与予之德凉福薄同其憔悴也。悲夫！予于居士齿少长，回思阅世，曾几何时？而习俗日偷，子弟竞逐浮浇，求其忠信、醇谨、礼法就闲者，邈不可得。如居士之为人，足以表率末流辈，为后生观法，是恶可以无传哉？嗟乎，凡物之足贵者，当其日在目前，庸人竖子狎而易之，不知其可宝也。惟深识者，早从而郑重爱惜焉，迨其后索之勿获，则相与追维而太息之矣。居士即不欲争佼里闬，没世之后，吾知有心之士，厌薄俗之波靡，悯典型之凋谢，求风规于先进，访吾里之老成，必有忾想而慕悦之者。余故为之传而识夫矜重珍惜之私，以俟当世蓄德能文之君子采择焉。

论曰：语有之：贫乃士之常，其能安常而不愿外以丧其天者，几人哉？又云：贫非病也，然不以为病而泰然自适者，绝少也。居士簪缨世胄，久处约而不闷，所谓不戚戚于贫贱者，乃其人乎？以视予之穷愁潦倒，怐愗自苦，其度量相越，岂不远哉？吾传居士，吾滋愧矣！

89. 阚庄派十四世缪绍祖族称复堂公传

同邑 徐梅 南山

先生于乾隆丁卯、戊辰间诲予及予侄虎文。越十有七年甲申，复课予二子及虎文之子。明年仲春闰月，解馆归，不数日而凶耗至。予与虎文为位而哭之，予二子及侄孙方六七岁，咸惊愕，号咷哭失声，逾月不止。非先生之善诱有方，因材而笃，教泽入人之深，何以得此乎？昔者先生尝自言之矣：

《易》曰："山下出泉，蒙。"蒙养之道，由本以及末，积浅以入深，如滥觞之为河源，涓涓不绝，遂成江河。蒙之义，大矣哉！养蒙之术，微矣哉！必也厚植其本。稚子初入塾，察其气体之刚柔盈缩，辨其姿性之颖钝淳漓，活其喜神，迎其善气，俾之立志向上。保身如保玉，养心如养苗，是非了然，邪正立辨，由是进业以渐。日迈月征，温故知新，工课晨午，晡三候限定不紊。音欲其清不必高，气欲其和不可猛，背理欲其精熟不贵多，十日一循环，一月一结，腊月一总结，乃可免遗忘助长之失，无疾痛夭札之虞。由是有成材，无弃材。大成则通经致用，为国之桢；小成亦能通晓小学四书，于四声不讹，六书不昧。出为三家村学究，不至自误误人。此为师之大凡也，要之先在自己，考据详明，每日耳目心思并用，师之精神贯结于群弟子，方不是虚縻修脯。《学记》曰："师严，然后道尊。"颜子曰："夫子循循善诱。”严是自立，师范师规，言动不苟，非滥施夏楚之谓善诱，是量才曲喻，随处指引，如时雨之润物，春草之发荣，其机蓬蓬勃勃，不可遏抑，其神弈弈融融，自鼓自舞，非姑息养骄之谓，且无论或严或宽，期于弟子变化有益而已。尚严而无益，何如尚宽而同归于无益之为愈乎。何则？性敏体壮者，不妨用吾严；质鲁体弱者，无宁用吾宽。宽而失，犹可以严济之；严而失，又将何术以济之耶？此易明者也。若夫旦从事而暮责效，一日暴而十日寒，甚至有力之家，以中为上，以不才为才，阿谀之以送其终身。寒畯自外至，恐其形本家之短，束缚之，挫抑之，使不得尽其长。此则儒冠而市心，自伐绝其读书种子者也。余于前所称，有志焉而未逮，于后所云，或可免夫。

先生之言如此，先生之诲人，亦可想见矣。今虽欲聆其提撕之切，启迪之殷，何可再得耶？先生姓缪氏，讳绍祖，行二，字德芳，号复堂，一号梦熊，盖先生年逾五十，尚未举子，以志望也。父诜，字绳孙，康熙丙戌进士，历任湖南宜章、河南郏县等县知县，以廉谨称。祖讳弘仁，号先河，邑廪生。高高祖谥文贞，世所称忤珰惨死之西溪先生也。先生至性孝友，文行醇茂，援例入太学，屡试南闱不遇。舌耕二十余年，夙推经师、人师之望。予故谨述其立教之言，以为为师之鹄云。

90. 阚庄派丹徒支十四世缪天亢族称次华公传

赐进士出身 通政司通政使 丹阳 吉梦熊 毅杨

公姓缪氏，讳天亢，丹徒人也。父重光，字子华，生子二，公其次也，故字次华。生而颖敏，负异才，年二十四游京师，充供事，某亲王见而器之。雍正壬子，叙绩选湖南巴陵县丞，莅任即以清盗安民为务。有土豪遇事把持，为乡里害，邑人莫敢撄。公首访逮讯，发其覆，移县治之，于是地方帖服。善化县民人某赴友招，误中食毒，归而毒发身死，其母以妇谋害讼官。官罗织之，几成冤狱。妇家上控，久不得决。大吏以公才檄往治之，狱遂平反，一时有神明称。由是保升，即补善化令。视事后，一月内清理积案以百计，皆得当，百姓悦服。有巨盗自号赛天王，啸聚深山，时出劫掠，大为民害。捕役不能缉，反受其贿为之庇。公选精壮百人，易服混入山中，直抵贼巢，擒其魁，置之法，群盗遂敛迹。居一年，案无留牍，吏胥不敢作奸。又勤于教士，暇则集士子讲论经义，谆谆焉以敦品立行为先。捐廉助书院膏火，增其取额，嘉惠寒畯，士林德之。以卓异升补长沙府通判，因绅耆请留，得允复摄篆一年。去之日，士民焚香遮道以送。官长沙通判二年，又保升同知。为二亲请给赠典，旋以疾乞归。囊橐萧然，书籍外无一物。年五十四卒于里。配鲍氏，工诗画，有礼法。子一，文彪，附贡生，以文学著。

论曰：儒者学成致用，原冀显亲扬名也。然必欲掇巍科，膺显爵，方足称显扬之志，则其愿难偿矣。公以布衣受知当道，位卑禄薄，焯著循良。呜呼！士苟足以自立，又奚必以科第为荣哉。

91. 阚庄派丹徒支十四世缪天爵族称古修公传

世再侄　夏桢

缪公古修讳天爵，生而颖悟，读书一览辄能成诵，公父甚器之。年二十四贡入成均。为人质直好义，以名节自持，人皆尊而敬之。及门之徒，多知名之士，一时文誉日隆。惜应京兆试，屡荐不第。以父子华公年高，弟又宦游湘省，门户需人主持，乃谢举子业，砚食养亲。以公孙朝选拜州司马，赴部铨选，赠儒林郎。公长于料事，交际间运筹多中，故终其身，人莫敢以欺罔干之。行端性厚，重诺好施，排人之难，济人之急，汲汲如也，乡里之士，多见推焉。尤阴济寒畯读书辈，喜与诗人游。其文燕处曰“兰晖楼”，暇则静处其中，书卷自娱。尝谓功名有命，诗书不可以不读，吾志未成，后来必有继吾之志者。公侄虎文公游庠，公欣然自喜曰：“吾侄从学十稔，今博一衿，吾学业有所托矣。”桢从游虎文先生之门，馆课之余，论及公之事实，桢谨以所闻者爰书之，以为传。（《镇江世庆堂缪氏宗谱》卷一一）

92. 阚庄派十四世缪河族称梧冈公暨元配周氏行略

子　廷梅　象环

呜呼！不孝梅不获事吾父母，已二十余年矣。接音容于梦寐，追训诫于生前，宛如膝下。自伤碌碌半生，毫无寸进，即一领青衿，且不见于两亲就养之年，是尚可为人子耶？顾念吾父吾母生未享一日之安，苦心励志，启后承先，不为诠次行实以示后人，为罪滋大。用敢沥血濡毫，略陈梗概。

吾父讳河，字凤洲，号梧冈。先大父太学生启明公之子也。同产兄弟五人，吾父行三。方龆龄即英英见头角，大父暨大母祁太孺人咸钟爱之，延师课读，勖意有加。年二十有二，吾母周孺人来归。维时家口渐繁，遂议析箸。而先大父母日益就衰，吾父惧以家政之烦，无以安二老心也，遂弃书勿务，凡内外诸事，悉以一身经理。乾隆癸酉，族中营建宗祠，大父偕泾里堂伯德宣公区画倡始，而一切鸠工庀材、择能任事，吾父实任其劳。迄今庙貌虽非,而禴祀烝尝,犹循其旧。当年吾祖父之辛勤,族中人犹能历历言之也。大父素性乐施,勇于赴义,凡一切修城浚湟,无不倾囊,以为诸人劝。尔时邑侯周公奖以匾额,曰:"贤劳懋著。"非虚誉也。乙亥大旱,民饥,各乡俱设粥厂。大父尝董其事,誓以实心行实政,故始终持之如一日。岁在戊寅,大父年周甲子,吾父奉觞称庆。于时东宅已建,复又仰承亲志,另构西基。何意工作方兴,大父捐馆。吾父躃踊号恸,又恐无以竟先人志也,故丧礼甫毕,而堂构焕然。太孺人泣而慰之曰:"汝能如是,尔父亦可以少慰矣。"迨丙戌之秋,太孺人婴疾不起,吾父日夜扶持,刻无宁处。及至弃养,治丧三日,尽礼尽哀,纯孝感人,固天性然也。念吾父一生重然诺,轻施与,急难恤贫,无有德色。御外侮,笃天亲,所由克绍前业,增其式廓者,抑亦吾母赞襄之力居多也。

吾母周氏系出顾山,外大父邑庠生讳维植季女,年二十一于归,遂秉家政,主中馈,事大父母以孝,佐吾父以勤,待妯娌以和,茹荼啮檗,艰苦备尝。遇有横逆之加,无不阴为调停,不令吾父知。盖吾父性刚,吾母济之以和,常思患预防,俾吾父不至中人之机穽。当大父母分析后,两伯父居东,吾父偕四叔父居西。迨大伯辞世,堂兄心传与四叔父易宅以居,而旋售于吾父。迄癸卯秋,吾父构后堂及两厢,与东宅相称。居恒,常诲不孝等曰:"读书,起家之本,勤俭,持家之本,此先正格言。吾既躬行不逮,汝其念之。"故自延师以至负笈,不惜脩脯,所以望不孝者甚厚。而不孝玩愒居诸,愧不能早自砥砺,稍慰先人之望,罪戾之大,不几擢发难数耶!乙巳小春,吾父自顾山归,忽染血症,后虽稍痊,而不时举发。己酉二月,吾母以外祖母不豫省亲遭跌,医药无功,时不孝负笈杨城,得耗趋视,已仅留一息,目视不孝而不能言矣。呜呼痛哉!吾父命不孝等扶榇归,停于堂侧,俾不孝忾闻僾见,痛存杯棬之思。及服除后,即为不孝授室。明年,仍令不孝从师,时训以毋荒毋怠。讵意中秋之夕,旧症复剧,不孝归侍晨昏,吾父执不孝手而命之曰:"吾半生心血,尽在于汝,汝其勉之。"呜呼!曾几何时,遂弃不孝等而长逝耶。不孝瞻依两失,抱恨终天,生不能尽其养,丧不能尽其诚,曾乌鸟之不若,奚以齿于人数耶?呜呼!听《风木》而神伤,读《蓼莪》而肠断,悒悒寸心,百年一日,又何以仰答高深于万一也。

吾父生于雍正八年庚戌八月十七日戌时,卒于乾隆壬子十一月廿二日,年六十有三。吾母生于雍正辛亥六月初七日亥时,卒于乾隆己酉二月十二日,年五十有九。于乾隆壬子冬十二月十四日戊寅合葬于东房前巷之新阡主穴癸山丁向。生男二:长秉中,娶舅氏亮彩公次女;次不孝廷梅,娶杨城北张氏秀成公长女。女二:长适罗庄李应祥,次适内侄周宗圭。孙男三:长熙,娶高氏;次杰,聘郭氏;三煦,幼未聘,俱秉中出。曾孙女一,熙出。不孝罪通于天,语无伦次,惟即所见闻于朝夕间者剟记一二,俟当世仁人君子采择而表章之。吾父吾母死且不朽,不孝等世世子孙感激无既。

93. 阚庄派十四世缪振裕族称诒孙公行略

孙 汝庚 如升

大父讳振裕，字诒孙。曾大父卫若公之长子也。曾大父没，家贫弟幼，公独经纪大故，葬于先茔之侧。事曾大母曹孺人怡怡色养，得享遐龄。抚爱诸弟，教育备至。既长，为之婚娶，稍有恒业。诸弟亦敬事兄长，终身无间言。夫人情莫不各厚其私，公于家庭间，绝无毫末自私之念，凡所以待弟者，一如自待焉；所以待诸侄者，一如待己子焉，可谓难矣。叔祖沛霖公娶陆孺人，甫四年叔祖没，孺人守节抚孤，公悉心维持之。性长厚，遇宗族戚党，恩谊咸周。读书未竟，喜与文人学士游。尝谓功名有命，诗书不可不读，义理不可不明。待师傅尤加敬礼。好行善事，冬日给汤，夏日设茶于社安楼下，以济行人。且劝同人助施棺木，以及桥梁道路，莫不次第修整。家无中人之产，不惜称贷以足之。寿跻八十有三，恩锡耆士。卒于乾隆庚寅十二月十日。配陈孺人，先公三十年卒。生子一人，女一人。孙男四人，孙女二人。汝庚，公之次孙也，爰述生平大概，以待惇史采录焉。

案：公生于康熙三十年，卒于乾隆三十五年，寿八十。详表。此云八十三，未详。光绪重修记。

94. 阚庄派石梅支十四世缪问族称问芝公传

嘉庆壬戌进士 候补员外郎郎中衔 吴兴 凌鸣喈 泊斋

余于壬戌之冬谒臬司秦小砚先生，于梁溪里第识澄江缪问芝①于座上。问芝年逾六十，眉辅间勃勃有奇气，议论风生，智识超卓，间涉铅椠之学，宗经孕史，志古谐今，皆中理解，予忖为必斯道中之老斫轮也。既退，先生谓予曰："子以某为何许人乎？是固隐于医而深于古者也。其结发妻王氏，即锡邑健之之第九女，与西园、甸方两进士为兄弟行，问芝故侨居于斯十余年，因西园与之游，稔其根柢盘深，才略肆应，以余所交杰士畸人众矣。以彼颉颃其间，当不在末座碧衣之列。俟其来，子盍与谈以屈之。"厥明，果至。余叩以方伎百家之流，舌辩悬河，如数家珍。与之论古今成败，则又横纵阖辟，熟于史宬野乘，异同贯串，

---

① 缪问字问芝，生于乾隆二年二月十七日，卒于嘉庆八年，二月初三日，年六十七。

某轶事当补，某沿讹当正。言诗则汉魏三唐，雅郑各判；言文则敲金戛石，继韩欧阳，令听者心餍神移而不知倦。余固知无以难也，乃从容而诘之曰："以子之才，掉鞅词场，科名如承蜩耳，何不早自通显，以为民社保障，而徒终身布衣以自晦也？"问芝笑而不答，一肃而退。盖就诊者、延请者已屦满门庭，阍人要于路矣。先生具道其神明古方，入手辄效。殆昔人所云"良医病万变，药亦万变，庶几善学者之举一反三，闻一知十者"欤。其在吴门，当道仰之如山斗，岳中丞、励洗马有"名儒名医，活国活人"之赠，咸目为天士后身。至其鉴别墨华，标题雅什，则又霏珠玉而起云烟，一瓢晋三，汗流走且僵矣。予于岐黄家言稍稍究心，投之所向，亦能屡中，以为必如问芝之慧心仙手，始可触类变通，否则宁为墨守，毋作聪明，所谓似我者拙，学我者死也。先生颔之。

癸亥七月，予与同年友徐炉峰①邂逅于禾兴郡斋，因讯问芝消息，则已于今春谢世。炉峰述其五世祖为忤珰惨死之缪西溪先生，官谕德，恤赠詹事府正詹，谥文贞，讳昌期。高祖户部检校，讳虚白。曾祖邑诸生，讳畿。祖太学生，讳思美。父邑诸生，援例太学，讳宷，字文旦。母王氏，生子二：长成，奉祀生；次问，即问芝。少禀异质，读书目数行下，与从弟鸣远受经于从兄清我名梦薛、夏元音名大韶，诗文援笔立就。弱冠后师事钱半舫，名振科，半舫为圆沙嫡派，诗文高古，兼得张匠门薛元昆之衣钵，负毗陵重望。问芝从学数年，称入室弟子。半舫语人曰："律诗传之朝阳，古诗传之芳远，学诗者质诸二生，可也。"朝阳为徐学博，名桐；芳远即问芝字也。惜其诗缘手散去，仅存五律、七律数十首，皆朴老俊逸无懦响。困于童子试十余年，后游京师，居长安二年。怀抱利器，郁郁无所试，辄至落魄。资用乏绝，始一出其医卜绘画之术，立谈惊众。多奇遇，由是青云可一蹴至。劝之就试，不应。一日，念父母倚门，翩然而反，长途囊罄，惟以艺事为生活。中途有维絷之者，虽多金不肯迟留。兴至，则旗亭画壁，驴背题桥，人莫测其端倪。年四十，痛父之不待养，始专心于医。赡甘旨以娱母，母有不悦，长跽以请，不命之起不敢起。先意承志，极洁餐馨膳之诚。伯兄年迈无子，迎之旅寓，日给杖头钱以纾之。母寿逾九十，无疾而终。问芝生事死葬，一力仔肩，不以诿兄，洵能孝弟兼尽也。已，家有遗书《古香脉望》，对之辄废寝馈。文贞就逮手书及狱中绝笔，墨采飞腾，臂指皲战，焚香展读，灵爽式凭，未尝轻以眂人。凡先世园林古刹，力为保护培筑，不避嫌怨。卒年六十有七。著有《自娱草》二卷，刊《司天方论》行于世。

炉峰属予为之传，予仰惟从祖忠清公讳义渠，官大理寺卿，与文贞同朝申救，既而上疏，为诸君子首请易名，甲申三月殉国，赠太傅刑部尚书，更谥忠介。然则余与问芝同出自

---

① 徐炉峰：名绍基，字尹先，号炉峰。嘉庆庚申举人。缪思勃（约轩）外玄孙，嘉庆年间曾主持编修《东兴缪氏宗谱》。

忠臣之后,虽无所能人,吾犹将振之。况其本行敦而才术裕,可不谓卓卓人杰也哉!余漫书此,以质诸小砚先生,以予言为足见信于世否也?

95. 吴门派十四世缪璟族称钧揆公墓志铭

内阁中书 山东青州府海防同知 兖州知府 武进 赵怀玉 亿孙

岁甲辰,怀玉居京师,每得故乡一书,辄有亲懿死丧之戚书来,至不敢启视。最后乃得吾钧揆之讣,方欲构一传志致其哀思,乃未几而不孝亦奉先宜人之讳归里矣。偷息居庐,不能有所撰述。越二年,钧揆葬,且有曰钧揆父芳年先生条其事以示曰:"知之深者,莫子若,子其铭之。"呜呼!余而忍谥钧揆之墓乎?

钧揆姓缪氏,讳璟。室尝产芝,又号芝田。自明以来,忠孝科第相望。曾祖彤,翰林院侍讲。祖曰藻,司经局洗马。父芳年先生遵义,乾隆丁巳进士,不乐仕进,多隐德于乡。钧揆生有至性,五岁即与父同卧起,出入必随,侍父疾尤谨。方七八岁时,塾师尝以"月镜还非镜"五字属对,即应声曰:"荷珠不是珠。"师大奇之,洗马君于诸孙中爱怜殊至。后遇讳日,终身不御酒肉。异母兄弟三人,友爱靡间,时人以为难。芳年先生邃于医,一时大吏竞相延致。钧揆辄随往,动容中万大吏啧啧羡。制府某公欲婿之,闻其已聘而止。稍长,工诗文,喜法书名画。家故富藏弆,日三摩挲,见当世之能书者,必力购之后已。以国子监生屡就省试弗售,意殊不自得。癸卯冬,天子将六巡江浙,士之献赋者争自濯磨,学使者例于岁前檄试,拔其尤而后贡之。钧揆名在第二。明年春,驾幸江宁,距试期三日矣,遭民母丧,遂不果试。众咸惜之。居丧,能致于礼。既卒,哭侍芳年先生寝处,未尝入内。卒以忧致疾。疾革时,以不得终事其父与生母为憾。择从兄某之子桐辉后焉。

钧揆美风仪,长身玉立,衣绦蕴藉,居处修整,有谢览、王思远之风。喜结交知名士。与人言,婉而直。于予相知颇深。呜呼!人见钧揆少年高才,好自藻饰,以为翩翩佳公子,而不知其内行之醇,有大过人者在也。

钧揆生于乾隆二十三年二月初三日,卒于乾隆四十九年七月二十八日,年二十七。娶赵氏,翰林院待诏讳觐男女,余从妹也,有淑德,今祔葬焉。继娶严氏,翰林院编修福女。子,即桐辉。女二,未字。铭曰:

谓兆之弗祥,而华芝既生。谓才与命妨,而至性亦彰。茫茫者,邃耶;郁郁者,城耶。曾斯人而,我铭其臧耶。(《亦有生斋文集》卷一七)

96. 吴门派十四世缪珽族称笏岩公传

乾隆十九年进士 内阁中书 都察院右副都御使 青浦 王昶 德甫

君缪姓，名珽，字秉廷，一字笏岩。其先由江阴迁于苏州，代有闻人。六世伯祖昌期，以谕德死阉难，世称“六君子”之一。赠詹事，谥“文贞”。高祖慧隆，贡生。曾祖彤，康熙六年第一甲第一名进士，官至翰林院侍讲。祖曰藻，康熙五十四年第一甲第二名进士，官洗马。父敦仁，乾隆二年进士。兄弟五人，君其长也。少有至性，母宋太夫人病目，君朝夕舐之，百日翳尽目明。久之复病，势剧，医药无效，君又割股和药以进，病亦寻愈。太夫人侄女少丧父，君取而抚养，及长，择婿嫁之。太夫人喜，以为能承已志也。次弟瑊病，众谓非多用参弗济，进士公难之，君乞鬻已产为参费，遂赖以瘳。又进士公卒，次弟玠幼，君延师督课入学，为博士弟子，已而早卒，又抚其孤如已出也。姻戚有幼而无父者，多收恤之。君以祖父虽祀乡贤，而家无宗祠，学士公所置祭田稍有余，辄铢积寸累，而祠未迄于成，临殁犹以为恨焉。

君生平惇厚，勇于为善，力所能及，不以内外亲疏为辞。如无锡诸生黄掌丝等馆于家，病则医，殁则殓，且使其子各得生业。又因侍亲汤药，久通医术，常施丸散以施众。有来医者，皆予善药，察其贫乏，少助之以资，曰：“人心忧，病安得减？心宽，则易起矣。”其仁心为质如此。初，君体强壮，少疾病，及弟瑍殁，哀痛过甚，遂得类中病，浸寻二十余年，日久滋甚，以致于亡。

君幼聪慧，覃研经籍，作文光明俊伟。应省试，终于不遇，君处之恬然。及晚年抱病，乃谓诸子曰：“我家六世科甲联蝉不绝，汝叔瑍虽以孝廉备员中书，犹未足以继祖宗之后，予既以病废，而汝曹碌碌，谁有能承先泽者?”往往为之泣下。盖君虽病，而志犹在也。

殁于嘉庆五年六月二十日，享年六十有八。初配蒋氏，继配陆氏。生子四：德丰、德星、德暄、德薰。德星先殁。女九，皆适士族。孙四：驤、骐、驎、骏。孙女二人。①

论曰：吴中科第之盛，莫如缪、韩、彭三姓，而缪为最久。君承其世泽，孝弟恭谨，几比汉之万石君、唐之河东柳氏、宋之蓝田吕氏，而名不著于贤书，可慨也！他日作史者，

① 《(光绪)东兴缪氏宗谱·世系表》载：缪珽，敦仁长子。字彬庭，号笏岩。太学生。品端力学。赴乡闱，十二次八荐未售。循例由翰林院待诏候补都察院经历。著有《八科荐卷》、《缪笏岩时文》行世。生于雍正六年十月初二日，卒于嘉庆五年六月十九日，寿七十三。配蒋氏，颍上县教谕、封内阁中书、再封直隶冀州知州上愚公女，生于雍正四年十月十五日，卒于乾隆廿三年八月廿四日，年三十三。生女六，长适貤赠光禄大夫、武英殿大学士、候补知府汪为仁，次适太学生朱绎，三适候补州同潘世经，四适蒋凤龄，五夭，六适太学生汪为英。继配陆氏，例赠府经历纯圃公女，生于乾隆七年正月十一日，卒于嘉庆八年六月初六日，年六十二。子：德丰；德槐；寿萱；桐辉，出嗣；炳。

必将表而出之，入于孝义，其可置而不书乎？余获交于君垂二十年，德丰又从余游，知其内行为详，故仿震川家传小传之例，掇其最者著于篇，庸以征信于国史云。（《春融堂诗文集》卷六五，原题《缪君笏岩上舍家传》）

97. 阚庄派丹徒支十五世缪文彪族称惟寅公传

赐进士及第 日讲起居注官 翰林院侍讲学士 上书房行走 姻再侄 李承霖 雨人 仰严

缪公惟寅讳文彪，吾乡之善士也。明文贞公西溪先生之昆孙，国朝上舍志远公之曾孙。其先居毗陵之澄江，自志远公始居润州。公大父讳重光，父讳天爵。母张安人生公及公姊，姊适何公。幼颖悟，好读书，八岁能文，有童乌之称。十岁后父母相继殁，梁鸿少孤，李密孑立，门衰祚薄，里党咸矜之。公早具徐勣之性，姊有屈氏之风，李司徒之嗣因姊而成人者，公姊有焉。今夫卓荦之士，学书不成，去而学剑，甚至操什一之算，隐于商贾。燕赵烈士，市上未尝无人。公习卜式之术，善货殖，稍稍有余，便赴人之急。《马援传》曰："伯兄哀吾慷慨有大志，不若骑款段马，乘下泽车，为乡里善人。"公有文渊之才略，而不得于时，遂为里巷所推，亦奇士之不幸也。乾隆乙巳，大饥，公赀仅千金，乃倾囊助赈，义声动于郡内，太守鹿公荃为给"慕义可风"匾以奖之。他如恤嫠育婴，救生留养，有关间里生计者，罔不赞成。待人宽厚，生平无疾言遽色，妇人孺子，莫不知公为乡里善人。向使公早登青云，方将霖雨苍生，利溥天下，何至仅以好施见美哉？公居恒，尝谓其子国英曰："吾家自文贞公以来，名教素守，无不中礼之子孙，使后嗣常守先人之训，即颜氏亦何多让焉？"公见义必为，尝慨然有士不虚生之愿。惜骥足见羁，老于山林。顾教子有方，国英公不坠遗绪，以光前人，先意承志，以事其亲，莫不谓善人之宜有后也。公初入太学，由上舍议叙授县丞，以子官州司马敕赠儒林郎，以孙启麟、曾孙之镕贵，叠遇覃恩，貤赠奉直大夫，累赠至通奉大夫。配华太夫人，阃内有范，中馈不缺。公生时，太安人梦有二童持旛导之来，遂生公。及公辞世前二日，亦梦二童持旛如前，因命备棺衾。

呜呼！生而为英，死而为灵，公近之矣。生子一，朝选。女一，适支。孙男八人，及身而见者三人。夫高明之家，越数传而湮没者，非先世之德不及，即后起者之不肖。公苗裔克昌，孙曾咸有名于庠序，非公之德而能至于斯欤？公生于雍正壬子年九月十八日，殁于嘉庆丙辰之四月五日，春秋六十有五。四方观礼会丧之车千辆，虽孺子中郎，何以加兹？今公之孙松泉以承霖之先大夫与其先人国英公相友善，见之真而闻之熟，奉公行状造承霖，请为之传。承霖以姻娅之好，比邻之谊，得详其事，何敢辞焉。赞曰：

天生奇杰，清旷之资。青云可仕，白屋可师。磊落自喜，慷慨好施。里党所重，佥无异辞。京江之地，灵秀钟之。德贻庭树，庆积孙枝。天报善人，繁衍宗支。

赐进士及第、日讲起居注官、翰林院侍讲学士随带加二级、上书房行走、同邑姻再侄李承霖顿首拜撰。(《镇江世庆堂缪氏宗谱》卷一一)

98. 阚庄派丹徒支十五世缪文彪族称惟寅公传

族楷 啸仙

尝论天之报施善人不爽，而善人之获报于天者，不于其身，必于其子孙。故观子孙之以昌以炽，即可见其祖德宗功之留贻者厚，所由来远矣。余于丹徒惟寅公两世作述之事征之而益信。

公讳文彪，字惟寅，始迁丹志远公之曾孙，子华公之孙，古修公之子也。幼颖悟，读书数行下，八岁能属文，十岁后父古修公及妣张相继殁，终鲜兄弟，依姊以成立，遂弃儒业贾，后援例入太学，议叙得县丞，非公之志也。性豪爽，虽弃儒业，不屑屑较锱铢之利，每读《后汉书》，至《马援传》"伯父哀吾慷慨有大志，不若骑款段马，乘下泽车，为乡里善人"，未尝不感喟遐思，谓大丈夫不得志于时，苟惠及一乡，亦不虚生斯世。以故赴人之急，惟恐不及。乾隆乙巳，大饥，公倾囊助赈，赖以存活者甚众，义声动一郡，太守鹿公给"慕义可风"匾奖之。居恒时，无日不举闾里之生计艰苦而筹之，亲自三党下无不恤也。邑之中贫约无以为计，疾病阽危，号呼而无告者，无不存问周济之也。至于恤嫠保婴、救生留养，郡邑诸善举，皆力赞其事，于是乡之人称善士焉。

子一，国英公，讳朝选，由太学生议叙授州同，能继父志，与同里颜观察养怡董郡城留养所事二十余年，兴利除弊，至今郡人思之。道光己酉，江洲水灾，蠲赈外复出粟以贷。贷而不书，乡之人又称善士焉。至如学宫、考棚、城工诸务，率皆竭力捐助。生平尤笃于门内。嘉庆辛未，母氏华病笃，衣不解带者累月，医祷备至。及卒，哀毁几殒。有姊一，适支，早殁，遗一女，抚而嫁之，遣赠甚丰，如已出焉。尝谓子孙曰："立善难，作恶易。"训以读书知礼，治家谨严有法。晚集子孙，述日间所作事可否，奖惩之，数十年以为常。其言行之卓著者如此，则其他可知矣。

呜呼！博施济众，尧舜犹病。今以一命下士而亦能以博爱为心，视其力之所至，乐善好施，世济其美，如此岂非难能而可贵者欤！惟寅公年六十五卒，卒前二夕，梦二童子持幡来导，与生时母梦同，盖所谓生有自来者也。国英公晚年颐养，八旬外精神犹健，尝与故人游邗江，舣舟江干，步行蜀冈上，徜徉咏啸，杖履生春，见者无不啧啧称羡，以为神仙中人。不啻寿至八十五，无疾而卒。此又仁者必寿之一征也。

国英公有子八人、孙十余人、曾孙二十余人。有名林寿者，一名鼎臣，又名时孙，现官民部，有声于朝。余亦多英奇磊落之士。然则修德获报及其身，并及其子孙，吾知惟寅公两世积累，所以垂裕后昆者，大且远矣。因辑家乘，故乐传其事，以诏后世焉。

99. 阚庄派丹徒支十五世缪文彪族称虎文公传

丹徒 张崇兰 猗谷 守陔

缪虎文先生讳文彪，有声庠序，行谊卓然，人多称道之。熟悉先生者，知其有割股愈母疾事，时年方十六也。闻古者人子之孝，多著于成童，于是知秉懿为可贵也。夫子赞《易》曰："乾道变化，各正性命。保合太和，乃利贞。"甚矣，太和当合保也。内而事亲，外而事长，出而事君上，皆恃此太和元气，乃秉懿也。故《记》曰："人者，天地之德，五行之气。"又曰："人者，天地之心。"故孟子曰："存乎人者，岂无仁义之心哉？其日夜之所息，平旦之气，其好恶与人相近也者几希，其旦昼之所为，有梏亡之矣。"人之幼稚而能良者，平旦也。壮而流于不善者，梏亡于旦昼也。故大人者，不失其赤子之心。虎文缪先生未成童，而有割股医母疾事，此天性之善，为可贵也。世之人子，孝于其亲，割股医疾事，盖不乏人。而虎文缪先生有此事，稽其岁时，只幼稚耳。先生卓行，传于人口者甚众，而吾为之传此一事者，盖冀为人子者，闻先生之风，从而兴起也。嗟乎！借父耰锄，虑有德色，彼何人哉！

同邑后学张崇兰拜撰。（《镇江世庆堂缪氏宗谱》卷一一）

100. 阚庄派丹徒支十五世缪文彪族称虎文公墓志铭

丹徒 支方廉 筠庵

嘉庆六年辛酉八月二十日，虎文缪公卒。余时年稚，不知其德盛也。既稍长，习闻余从兄讳方舜者，尝道公幼而能孝，老而好学，实足模楷乡里。余从兄娶公兄女，故知公行甚深。公姓缪，讳文彪，字虎文，其先毗陵之江阴县人，明天启朝死阉难谥文贞公之昆孙。曾祖讳瞻屺，佐将军华善平吴逆，功成辞赏，有鲁仲连风。后赞镇江守王燕政，因占籍焉。祖讳重光，拾遗不私，里称长者。父讳天亢，服官湖广，政绩卓著，允为良吏。公生有至性，事父母先意承志，尝以"曾子养曾皙"自励，宗族乡党咸啧啧称孝。年十六，母鲍太宜人遘重疾，公日侍汤药，未尝废离。而太宜人加剧，将不起。公忧甚，伺人静焚香祝天，燃炉于侧，刲左股肉二片亟煮之进于太宜人，诡曰："适假寐，梦神人授肉两片，曰：'烹食，母即瘳。'惊醒，果获于几上，因烹献。”太宜人信为实，食而甘之。食毕，蒙被卧，酣呼异曩昔。诘朝，近午甫醒，而疾失。夫刲股疗亲，近亦时有，而公未成童肆若兹，其懿德过人远矣！博学笃志，日试万言，倚马可待，往往濡笔文成，辄惊耆宿。年十九补博士弟子员，学使甚赏契之。而公雅不好举子业，年未三十即弃取。而专力于经史，又不耽华膴，视金紫如敝屣，故仕宦之途绝。夫公固仕禄之家，苟歆好爵而慕显荣，亦何难弋功名。而乃发愤读书，不以穷通得失扰其心，抑何高也。卒年六十七。卒之前一夕，犹手执一编，孜孜不倦。昔孔子忘食忘忧，不知老至，今公可谓忘疾忘死，不知老之至矣！

公生以雍正十三年乙卯三月十六日。著有《月华山房存稿》若干卷。葬郡城南招隐山支之原。子一，朝达，隐居山阴侯山，不乐仕进。既卒廿余年，其犹子朝选以余为姻末，敦乞为之铭。铭曰：

招隐山峻，高蹈戴公。维公挺起，德懋道充。诗赓明发，孝尽幼冲。镕经铸史，笃学身终。荣利不慕，卓为儒宗。望古遥集，死生气通。魂兮归来，安兹冥宫。（《（民国）招隐山志》卷一〇）

101. 周庄派十五世缪之龙族称嘉禄公行略

子 汝庚 如升

府君讳之龙，字嘉禄，大父诒孙公之子也。性温良，不苟言笑，伯祖鸣皋公绝爱怜之。鸣皋公年二十五而卒，家贫无子，吾父宜为之后。伯祖母刘孺人青年守节，抚吾父如已出。吾父事之，克尽孝道，孺人没，吾父营敛营葬，哀感行路，思建坊以表之。有以艰巨尼之者，吾父曰：“吾田产可弃，吾嗣母之节不可不表扬。”于是匍匐吁陈，由学官、县大夫申请各大宪汇题恩旨旌坊。吾父日夕焚香泥首，不惜典鬻告贷。乾隆丁卯，度地于阜财门之南，鸠工集事，不数月坊成，并送栗主入节孝祠，而吾嗣祖母不朽矣。吾父又念宗祠远在阚庄里，而周庄未有支祠，即欲谋之近房，筑爽垲以宁宗祏。顾力有未逮，时时命吾兄永泰及琳曰：“此吾生平之志，汝曹能善继之，便是克家令子。”事本生祖父母色养思柔，孺慕终身，没则尽物尽诚，无毫发之憾。为不孝兄弟延师课读，不事姑息。婚男嫁女，堂构聿新。暮年孙曾绕膝，曳杖含饴。岁庚戌，称八袠觞，恩赉冠带粟帛，里人荣之。一生坦白无私，勤俭自守，有士行运甓之风。方冀厚德载福，克享期颐，不料庚戌之冬，一疾弗瘳，遽捐馆舍，年八十岁。配吾母沈孺人，无出。继娶吾母陈孺人，生不孝等兄弟四人，长永泰，次汝庚，三永兴，四琳。女二人。孙男八人。孙女六人。曾孙二人。嫁娶皆名族。葬于香山南麓诒孙公茔旁。

102. 周庄派十五世缪之麟族称呈玉公暨元配曹氏行略

子　永华　次桥

吾父之没也，永华年方十有一岁，伯兄永荣十有三岁，三弟九岁，四弟六岁，姊十有七岁。“鲜民之痛，何怙衔悲”，尚无一知半解。能悉吾父之行事，惟吾母，日夕携持，以吾父之生平勖以析薪负荷，稍稍闻知。痛吾母年逾五十，今又见背，永华兄弟，鸡斯擗踊，何颜复立人世？伯兄以永华从事帖括，粗晓文义，命诠次吾父之梗概与吾母抚孤食贫之况瘁，以匄当世微显阐幽之君子采择焉。

吾父讳之麟，字呈玉，大父沛英公之子。大父慈厚宅心，所居近市，夏暑设凉茶，祁寒煮米粥，以供行路之困乏者。为善惟日不足，不以力绌而辍。生吾父一人，不获专心读书，早授以家政。吾父性磊落，好施与，不事家人生产。遨游润州、淮扬间，喜与端人杰士相结纳。托迹商贾，不屑屑于锥刀之竞。归而杜门习静，淡泊生涯。不得已，陈肆贸易木棉布匹，远近骈集。见邻里之贫者佽之，弱者掖之，人有求辄应，即数千之亦不肯谢绝。或劝以量入为出，且规其与伤于惠。吾父曰：“财，身外物耳，不以通诸朋侪，靳以畀之妻子，吾耻之。且吾子也才，自能有以树立，如其不才，遗之金，徒恣其樗蒲佚游之藉耳，奚以铢寸自封为哉？”坐是外恢张而内桥泄，岁有挪移。子母积而疲困至，吾父犹朋笺酒坐，度曲狂歌，响遏行云，有旁若无人之气。讵料忧愁相迫，一朝弃养，年三十有八。斯时也，不孝兄弟四人、姊一人，饘粥不给，大母卞孺人年高，长在床蓐。吾母彻夜纺织，以供甘旨。大母以寿终，吾母心血呕尽，典宅鬻产，以襄大事。为不孝兄弟就傅读书，自塾归，必考其一日之勤惰，篝灯课读，书声杼韵，往往餐雪号风以为常。伯兄稍长，命继父业。节衣缩食，十余年中偿旧逋，复故产，为不孝兄弟完娶、姊出嫁，俱出自吾母拮据卒瘏之力。乾隆庚子岁冬，咯血数升，不孝等跽请节劳，稍加调摄。吾母曰：“吾代而父养而大母，送终无缺，挈汝兄弟至于成立，旦夕从而父于地下，可不愧矣。”竟于辛丑三月二十五日弃养，年五十有三。不孝等孩提愚蠢，未分吾父一日之忧。吾母鞠育劬劳，未享一日之逸。菽水罔供，涓埃莫报，永华漫握铅椠，尚未幸博一衿，慰吾母之望。永华之罪，擢发难数。谨奉伯兄之命，书其大略如此。

103. 阚庄派十五世缪廷梅族称象环公传

族裔　朝标　保和

公讳廷梅，字傅和，号象环，邑庠生。于东兴谱为十五世，于标为曾祖行，标故得而传之也。闻之言为心声，文缘情作。计公之终也，标年未成童，不获一见颜色，且城乡间隔百里而近，当时之硕德美行，迥异乎耳熟能详。公有寿无子，家藏传略又以载罹兵燹，散佚靡存，心无所感触，情亦无自而生，则何由而传公，且何据而为公传哉？盖观于宗谱，而叹公之成此也，力果而志奋，识卓而行高，不得不传，不可不传。古谊遥遥，宜传者且不一而足也。夫人情莫不好逸而恶劳，就易而避难，事有似缓而实急者，谱是也。愚者不知有谱，智者无暇及谱。有至急而似可缓者，修谱是也。无力者不能修，有力者不愿修，此必有人焉起而倡之，而后人人知有谱，人人知修谱。夫以一族之谱成于一人之倡修，其为事也劳矣、难矣。公学识宏博，才华富有，所至拥皋比，授经史，宜非习于劳且难者。而乃网罗佚事，无间暑寒，采访支流，不避风雨，卒以荟萃成编。迄今阅其书，文增于旧之倍，事详于前所无。殆所谓实心实力者与？此其不得不传者也。

大凡修谱者，上以纪祖宗之贻，下实为子孙之计也。故列昭穆以明世次，分支派以别亲疏，详事实以示表彰，严取舍以防渎乱，庶使后人无同姓陌路之讥，无非族妄认之弊，凡以为子孙计也。吾族椒繁瓞衍，以谱为先务者，当在丁男济济之人。公年逾强壮，似续无人，谱之修也听之，不修也亦听之，似亦无不可者。乃慨念宗支推源一本，其成书也不蹈苟简疏略之习，不开附会援引之端，条例綦严，搜采四遍，纲举目张，灿然大备。迨刊刻既竣，自叙中犹殷殷焉以订正续修望后人，则又仁人孝子之用心，有非寻常所能及者。矧粤匪之乱，遍及郊郭，断简残编，尽为灰烬，非公掇拾于前，鲜不致旧德就湮，茫无足据者，此其有功于合族者甚大，忍以其后嗣乏人，听其泯没已耶？此其不可以不传者也。

且夫汲汲者为名，孳孳者为利，当事之始，谁不念本宗一体，勉为赞襄。及其成也，有窃据其名者，有志殉乎利者，有兼收名与利者。公捐赀首事，似近好名，然观其绍述之后，抑然自下，悉以勤劳之绩归美族人，继又一一表扬之、胪列之，未尝夸功自伐，于以见公之情款为何如，局量为何如，固未可与师心自用、好大喜功者同日而语也。厥后因不敷诸费，尽弃膏腴，以蒇其事。此求之席丰履厚者且不可得，况乎馆谷所积财产不逾中人者哉？有其实而不居其名，不求利而并伤于财，力果志奋如此，识卓行高如此，宜乎侪辈咸称后裔景仰也。噫！如公者，洵足传矣。同治庚午，东兴修续全谱，一以公辑本为准。越明年辛未，工将竣，族人佥曰宜有以传之。夫后之视今，亦犹今之视昔。公尽心力于谱，通族咸知，正无藉乎传以传，而标之传之不辞者，一以表厥幽，一以劝后起也。若夫庸行克敦，文名籍甚，言为坊而行为表，一切持躬涉世之事，儒者之常，均不必为公赘，谨传其一端如此云。

公生于乾隆三十五年十月初一日，卒于道光二十九年十二月二十九日，寿八十岁。配张氏，生于乾隆三十九年正月十六日，先公十年卒，寿六十有六。生子一，殇。以兄次子杰为嗣。妾陈氏，生女一，适庠彦孙公，讳步樵。

104. 阚庄派十五世缪曾族称圣传公传

道光甲辰举人 高淳县训导 同邑 郭官桂 子芳

公讳曾，字圣传。祖永义，父龙甫，俱以忠厚积善世其家。公天性闳达，自以为邑望族，耻贫贱，幼即勤俭自励，思张大门户，为宗党光。其务农也，躬亲力作，自播种以及收获，无愆期，无旷功，虽遇歉岁，而所入常倍。中年家道隆隆日起，每岁必益膏腴田数十亩。以房屋隘，更构新宅，鸠工庀材，皆亲自料理，无不合度。自粤匪窜扰吾邑，各乡焚毁几遍，而公所建之宅阶除犹旧，栋宇依然，犹想见手泽直至今未艾焉。然直肠快口，人多忌之，又艳其富，思分润以饱欲壑，故往往乘间媒蘖涉讼公庭。公虽理直词壮，无所屈辱，而奔走公门，耗费实多，因慨然曰："人之罗织吾者，无非利吾财耳，吾与其以财争曲直，何如以财恤贫苦?"由是人有假贷，但偿其值，不计息。晚年益好施与，邻里间有疾苦者，无不周恤之。岁凶，出米赈贷，无所吝，今犹颂其德不衰云。

嗟乎！自来起家寒微者，亲历艰难，每善封殖，多吝啬，岂知天道恶盈，故往往一过再过，则为墟焉！若公之慷慨好施，为善于乡，固已身享大年，亲获其报。而孙曾鹊起，秀发巍科，盖无非其积德累善之所致也。公之志，其亦可酬矣！

公于乾隆十八年十月十二日生，卒于道光十八年九月初七日。生子四：文富、文贵、文荣、文华。

105. 周庄派十六世缪永华族称次桥公传略

孙 景彤 翼思

自道光甲申至今同治辛未，距吾祖之没四十八年矣。老大自伤，不克显荣褒大之，仅欲学为述祖德之作，亦复何足重轻？虽然，吾祖之行谊，自有卓卓可传者，无虑乎以人废言也。谨传其啧啧人口者，志勿谖焉。

公讳永华，字萼辉，号次桥，曾祖呈玉公之次子也。生而英异，瞻视不凡。稍长，喜诵读，刻苦自励，以志功名。弱冠补弟子员，屡试前茅，文名籍甚。为文章精深博大，品在本朝灵皋江陵之间，其他著作则浸淫乎汉氏矣。尝语人曰："吾材不逾中人，凡所造就，皆自揣摩诵习中得来也。"其勤学有如此者。

举业之外，尤工诗词，纵情陶写，下笔有神。性嗜酒，一觞一咏，跌宕风流，家中琐屑事，不闻问也。昔苏文忠所至留题"陶靖节造饮辄醉"，方诸古人，先后一辙矣。其风雅有如此者。

邑势豪某滥入乡贤，公以身系忠裔，挺身上控，某遂为之敛迹。人以此服公之义且勇。公曰："我辈宜一字不入公门，今以义愤所迫，不得不然耳。"呜呼！昔刘光祖奏请罢安石父子配享，士林韪之。公之此举，谁谓今人不逮古人耶！其刚毅有如此者。

为塾师，不事夏楚，惟以循循善诱为事。后进有才识者，无不诱掖之，引劝之，卒至多所成就，此与张曲江引郧侯为小友者何异？宜乎一时名士乐从之游也。其宏奖有如此者。

吾族宗祠在旗杆下，去周庄三十余里，岁时祭祀往往失期。公捐赀倡义，于本镇建立支祠，迄今祀事聿修，昭穆就列，皆得诸公之力云。嘉庆间纂修宗谱，公年近杖乡，犹殚心竭力，共底于成。是其敦本之心，较诸范文正、苏眉山，何多让焉。其实谊有如此者。

而又父母昆弟无间言，则王休徵之亚也。倡随好合，教子义方，则梁伯鸾、窦燕山之俦也。交友然诺不欺，居乡取与不苟，季布、闵仲叔何异在今日哉？慷慨好施与，令人却忆平原君。座上客常满，孔北海不得专美于前矣。若夫善谈名理，有晋人风，谈言微中，足以解纷，要皆有益于时，非好为滑稽者流也。其持躬涉世有如此者。

凡此，皆得自口碑，见诸行事。里中人至今称道勿衰，殆所谓乡先生者耶？惜乎兵燹之后，遗稿散尽，轶事无征。姑就所知者缕缕述之，以俟考行者采焉。至生卒配葬，则谱牒具详，兹不更赘。

106. 周庄派十六世缪象复族称介泉公传

翰林院编修 记名御史 同邑 徐文泂 挹泉

从来乡里有刚正之人，则善人之类不孤。亦惟乡里有刚正之人，而小人之焰乃熄。甚矣一人之气节，有系乎一乡之风俗也。斯言也，吾盖观于介泉缪公而益信矣。

公姓缪氏，讳象复，字生，一号介泉。世居邑之周庄镇，邑庠生敬斋公之长子也。于文贞公为七世从孙。公生有异质，弱龄即秀出群辈。性嗜学，寒暑不辍，众方谓远到才也。乃屡试屡踬，最后受知于沈云椒宗师，游邑庠，嗣应省试，困于棘闱者又十年。时公年已四十矣，于是遂闭门家居，督耕课读，诗酒自娱，气度端凝，蔼然一儒者也。然天性峭直，遇事即义形于色。有以非理之事相闻者，公张目直斥，须眉毕动，理屈者愧沮自退，当理者委曲奖借，以故舆论翕然，咸视公为表率。而乡里之非分者亦相戒勿使公知，盖公之感于乡者深矣。里有土豪某，恣睢暴戾，时鱼肉乡人，遇公知辄禁止，以是益忿公，欲甘心焉。会公有事，遂以讼诬公。公知之，诉当事者，暴其罪而惩之，始敛迹不敢肆。乡人德之，至今犹口诵其事。

嗟乎！士人者，四民之表率也；老成者，乡曲之仪型也。自世无正直之士，遇事辄澳涊依回，其甚者且左袒匪人以为利，于是为善者无所助，而正气日衰，为恶者无所惩，而戾气日积，宜乎人心风俗之日趋于敝，而酿为世道之忧也。

呜呼！如缪公者，不畏强御，不侮鳏寡，庶乎可以砺衰敝之俗，而犹有文贞公之遗韵者与。公生平克己利人之事，未易更仆数。而尤笃于宗谊，族党间有急者，无不周也；弟侄中有困者，无不拯也。缪氏自阚庄徙清溪，历有年所，谱牒未修，支祠未建，公于嘉庆癸酉偕族老次桥等建议捐赀修造，身董其役，暑雨祁寒，不辞劳瘁，盖亦勇于义者之所为也。

公卒于嘉庆己卯九月十六日，距生于乾隆廿四年十一月十九日，寿六十有一。孺人张氏，同邑筠千公女，先公七月卒。子六人，孙十二人，皆能以耕读世其家。今年春，公之文孙镜蓉以公状邮余曰："家方辑谱，愿有述焉，为泉壤光。"余以葭末不获固辞，遂综公之行谊次第之，以为其家传焉。

107. 江城派十六世缪钟族称赞廷公传

试用训导 附贡生 同邑 沙淮 磬滨

公讳钟，字赞廷，世居邑之进贤街。曾祖岑，祖煜，父开基，皆以笃行积善世其家。与予幼同里，长同游，又同襄一切善举，两情挚契，终身如一日焉。公长于予十岁，予常兄事之，后以葭莩之谊，则公为父事行矣。咸丰庚申，贼氛渐逼，公举家北渡，方幸吉人天相，可以延年，乃不数月，而讣音遽至，何天之不慭遗老也？屈指公没于今十年，昔欧阳子祭石曼卿云："吾不见子久矣，犹能仿佛子之平生。"予之于公亦犹是也，敢不敬述大略，以示来兹乎？

公幼即聪颖，识力兼人，读经史能通晓大意。及长，以食指繁多，遂援例入成均。综理家政，凡外间贸易经纪及田庄租籽出入，无不悉心擘画，业隆隆以起。配刘安人，生子二、女一，而卒。又配黄孺人，今年已八旬，犹健在也。公自以不能发名成业，遂以此志望之后人。延名师，丰修脯，厥后长君游庠，公期望愈切，迨至文孙继起，黉序蜚声，而公之心始克慰矣。性孝友，追事父母，罔不得其欢心。胞弟一字协庭，幼有疾，不良于行。公十余年所积盈余，悉置田产，及析箸时，一与之共，曰："弟非此不足自存，我犹可以复置也。"嗣后父母窀穸，岁时祭扫，皆独力任之。后弟早卒，抚其子女，俾各有室家。胞妹二出嫔后，问馈不衰。非敦本之谊，根诸至性者哉！自奉甚俭约，而性好施与，凡邑中公善、登仁诸堂，皆先后董其事。实心实惠，到今人犹颂之。晚年好颐养，通内典，凝坐一室，未尝轻举妄动。然有以急难告者，虽暑雨祁寒，即瞿然而起，走告同人，共呼将伯，洵足称乐善不倦者与！里有无藉子，醉登公门，诟詈万状，家人请鸣治之。公曰："彼醉耳，我治之，不我亦醉乎？

且后日相见，何以为情？”其人闻之，深自愧悔，卒为善士。于以见公之度量为何如，而其感化者岂少哉！公生平无鲜衣美食，然朋侪酬酢，亲故往来，罔不丰腆。婢仆有过，则小惩大戒。尝语子孙曰：“人不同而情则一，予情能安，则无往不宜。”呜呼！仁人之言，可以见其生平矣。

今年夏，缪氏纂修宗谱，文孙朝桢等以行状来属传于余。余笔墨久疏，益之老聩，焉能表贤者于万分之一？然恐重违朝桢等之请，因揭其一二，以俟考行者采择焉。

108. 周庄派十六世缪永畴族称洪九公传

候选直隶州州判 恩贡生 龚恩培 仲芬

尝读《汉书·缪彤传》，兄弟同业，诸妇皆求分异，数有斗争，而彤掩户自责，卒以感化，遂敦雍睦之行。窃叹彤之修身谨行，以正其家，宜可为凡有家者法。而无如余韵流风，终难一遇。盖非天性孝友，未易臻此矣。乃以予所闻洪九缪公，终其身与弟同居，内外无间，何其先后之若合符节也。

公讳永畴，字洪九。其先自考授州佐龙岩公，数传至曾祖邑廪膳生月斋公，代称殷富。迨父鸣远公讳之鹤，以家仆构祸，业遂中落。鸣远中年赍没，家贫如洗。公奉母李太孺人竭力孝养，虽拮据万状，皆能得欢心。有妹三人，为择婿嫁，皆如礼。其抚弱弟也，延师训读，迄成立，不以家事相累。迨中年后，家道隆隆日起，始使弟稍稍经理，至艰巨之责、重远之任，皆亲自当之，虽劳顿不自惜，有不安者惟自咎，未尝以声色示家人。以故内外敬服，嘻嗃不闻。公尝客居，一切财货皆任弟经管，不一问，亦不疑其有所私。娶曹孺人，不数年卒。继娶张孺人，治家严整，一秉至公，妯娌尤和好以勤俭相勖，至今族党皆奉为矜式云。

呜呼！今人兄弟大都因计财论产，各自怀私，虽小嫌细故，往往积成宿怨，视若仇雠。欲求一公同财业而畛域不分，并使一家中亦相安于无事，终其身如一日者，盖往往难之。若公之兄弟同居，内外无间，非真天性孝友，其能一门和顺若此与？公次孙孝廉凡伯及予门三载，饶有英伟之气，而凡事皆尺步绳趋，予固疑其濡染于家教者素也。今因辑家乘，怀行略请传，予谨按生平，窃叹想其德荫之远，而愈穆然于中牟之余韵流风，直至今未艾焉。爰传其大指如此。

公生于乾隆二十一年，卒于道光元年，年六十有六。生子三：长钰，太学生；次镕，邑庠生，曹出；三铉，太学生。女一，适厂里薛晴峰，守节抚孤，旌表节孝，俱张出。孙七人，孙女九人。

109. 周庄派十六世缪永昇族称南吉公传

侄孙 逢柱 利川

同治九年，族人纂修宗谱。越明年春，从弟汝钦出叔祖南吉公行略，属柱为传。柱应之曰：所贵乎传者，非特其人足传已也，亦必作传者负盛名、具椽笔，而后文与人可以俱传。若柱者，何敢言此？虽然，吾族之谱事皆征实，无取乎夸多斗靡也，况幼时辱公知爱，敢不述其崖略，以示来兹乎？谨按。

公讳永昇，字南吉，号西涯。柱曾祖鸣远公之次子，大父洪九公胞弟也。生五年，而鸣远公没。稍长，从塾师读，英敏过人，经史无所不通。既以家政冗烦，佐兄经理，以孝养于母，晨羞夕膳，罔不甘旨。家渐裕，援例授国子生。迨大父辞世，始分析。时家中无斗石储，公以居积致富，数十年中起夏屋、业膏腴，皆手自创建也。嘉庆间，通族合修谱系，公实左右先后之。公才能练达，通晓世故，性和而介，人不敢干以私。然戚党之睚眦，乡里之纷争，得公言无不立剖，事毕后亦未尝自矜其能，以故名闻郡邑。邑侯陈公举为老成公正，凡公私善举，无不董其事。公虽雅不欲预，而人则非公不信也。公以幼孤家落，不克卒业诗书，遂以此志望后人。故其教子也，延名师，丰修脯，朝夕督课，期望殷殷。不幸未壮而夭，遗孤皆幼。公教之诲之，一如其望子焉。是以诸孙少年皆崭然见头角，文名籍甚，克青子衿。公虽不及亲见，而公之心亦可以稍慰矣。平居好延揽，多与知名士交，于同宗子姓望之尤切，即不才如柱，亦过蒙青赏。所以诱掖奖劝之者，甚至非敦本务学，实出于至性者哉。

配殷孺人，门楼下孔嘉公女。相夫以德，勤俭起家，仰事俯育，劬劳备至，公之内事，半出于孺人之赞襄云。生子一，早卒。孙三人，曾孙七人，玄孙三人。

110. 阚庄派丹徒支十六世缪朝选族称国英公行状

子 启麟 锡书

呜呼！府君殁有十六年矣，方其易箦时，值癸丑乱，远避乡隅，未获为府君立行状，告当世乞铭言。今海内升平，碑铭未具，不孝之责将谁诿耶？第不孝身名未振，固无以显扬光大，又无以遍求干谒，故不揣敢以千秋累太史公阁下，谨濡血述之。

府君姓缪氏，讳朝选，字国英。世为镇江府丹徒县人。缪氏之先，出嬴秦，周诸侯秦缪公苗裔子孙，因谥著姓。汉宋以来，为江南望族。迨前明西溪公讳昌期，卒谥文贞，以忠孝起家，居江阴之东兴里。自东兴迁于丹徒者，则文贞公曾孙志远公，始定籍之初，当国朝康熙初年。五传而至府君。府君之曾祖讳重光，太学生。祖讳天爵，例贡生。父讳文彪，议叙县丞。咸丰七年，恭遇覃恩，貤赠奉直大夫，母华氏貤赠太宜人。生子一，即府君；女一，适同邑支。府君少有至性，读书甚敏，年二十六补国子生，旋授候选州同，以终养未就职。事先大父色养备至，大父殁，事大母惟谨，出必告，返必面，凡家事大端，必先禀命，然后施行。嘉庆辛未，先大母疾革，府君亲尝汤药，衣不解带者两月。及卒，痛绝者再，遘疾且笃。不孝等延医诊视，府君哀号而止之曰："我不能以医疗吾母之疾，安忍再言医耶？"积数月竟不药而平，人咸谓孝感。其训子孙不假辞色，而一门之内肃然起敬。常语不孝辈曰："人生在世，立一善事难，作一恶事易，一举一动，可不慎与？"又曰："读书志在立身，不特为科名计，当以圣贤为心。虽不能至，不可以其高远而阻也。"接人以礼，蔼若春风，即御奴仆，从不以疾言遽色加也。遇贫乏不能自存者，必极意周恤，并为计终始，尽善乃止。郡城有留养所，府君偕养怡颜君、孟书丁君、景文陈君、青原李君十有二家共襄办理。诸同人忧经费之难，继府君倡议，续置田房，岁入之数，足敷经费，二十余年赖以不坠。咸丰癸丑，粤贼将逼境，不孝等请府君避于乡。府君愀然不乐，既而曰："吾去矣，奈流亡老疾何？"呜呼！府君之言若是，则府君之行可知矣。

府君之谢家事也极早，而于邑中善举，无不慨然己任，一一为同人倡。道光辛丑，葺郡城，府君首先捐赀，于是邑之好义者莫不趋义恐后，又与士大夫急公干事者分董其役，不辞劳瘁。当事者嘉之，详请于朝纪录一次。己酉，岁歉于水，府君于蠲赈外，复倾囷施送。他若育婴拯溺，给衣施药等事，皆解推无倦。乡里称之曰长者。性恬淡，以义命自安。自先恭人见背后，府君即不操家秉，阃内事交先长嫂卞氏，阃外事交先季兄德徵。乃与一二老友怡情山水，时徜徉于鹤林蒋道之间。尤精于内养，以故年七十犹率不孝辈徒步拜先大父墓，往来四十里许，毫无倦容。年八十，偕两三旧侣舣舟邗江，步行湖上，强健为年少所不及。年逾八旬，而神明不衰。易箦之夕，犹呼诸子孙而嘱曰："汝等能谨守家训，一一安分俟命，我殁无憾矣。"言毕而逝。远近闻讣，莫不泣然曰："长者云亡，吾辈无所恃矣！"

呜呼！府君品行卓卓，推重于乡者若是。然而名非文不传，文非人曷重，正不孝今日之乞不朽于太史公是也。惟冀薄采幽潜，志其什一而铭之，则吾父母死且不朽，不孝世世子孙亦感且不朽，曷胜哀恳待命之至。官阶生卒，配氏子姓，详列于后。

府君由太学生拜州别驾，城工议叙纪录一次。咸丰七年，以不孝授职恭遇覃恩，诰赠奉直大夫。其晋赠朝议大夫，则以不孝子之镕也。府君以乾隆庚寅年四月初四日生，以咸丰癸丑年十月二十五日卒于邑东乡旅邸，享年八十有四。越一年，启先恭人兆而合葬于邑城南马鞍山枝缪家店先茔之左。配吾母袁恭人，同邑上舍佳增公次女，闲静有淑德，生于乾隆己丑年九月初十日，卒于道光壬午年十月十九日，享年五十有四。例封安人，恭遇覃恩，诰赠宜人，晋赠太恭人。子男八人：长祥麟，太学生，赠奉直大夫；次瑞麟，早逝；三兆麟,太学生,封儒林郎;四应麟,候选从九,封儒林郎;五即不孝启麟,光禄寺署正,晋员外郎衔,赏戴花翎,封朝议大夫;六遐麟,七贞麟,俱殇;八趾麟,太学生,封奉直大夫。女二,殇。孙男十七人:五品封职之镛、之铨,祥麟出;邑庠生焱森、之镄,布政司经历之锟,兆麟出;之钰,议叙光禄寺署正;之铉,邑庠生;焱奎、之钺、之锜,应麟出;候选同知之镕,启麟出;布政司经历加二级之钧,候选从九之锝、之钊、之钟,趾麟出;余二人,早殇。孙女十七人:祥麟出四,兆麟出四,应麟出二,启麟出三,趾麟出四。曾孙十三人。子钰之子名熯者游郡庠,余幼。曾孙女四人,玄孙四人,玄孙女二人,俱幼。

同治八年太岁己巳,不孝启麟百拜谨述。(《镇江世庆堂缪氏宗谱》卷一一)

111. 阚庄派丹徒支十六世缪朝选族称国英公传

诰授奉政大夫 安徽候补同知 前署江宁上元如皋等县教谕 通家姻侄 钱万选

《易》有云:“积善之家,必有余庆。”《书》又云:“作善降之百祥。”知天之报施善人,固昭昭不爽也。润郡有长者曰国英,姓缪氏,讳朝选,徒邑国子生,拜州司马,城工议叙纪录一次。以子启麟贵,恭遇覃恩,诰赠奉直大夫。又以孙之镕贵,貤赠朝议大夫。先世秦缪公之后,子孙因谥著姓。自东汉以来为望族。至宋中书宣赞舍人讳瀚者,扈从高宗南渡,以名德著江东,后登仕版者率其嗣。元明之际,散处于江右、两浙、淮扬、辽左之间,皆因官其地而居焉。其在江之南者,江阴最著。由江阴迁徒邑者,则自志远公始。五传而至公。其间笃行之士,恒足为世法。公祖考古修公讳天爵,例贡生,赠儒林郎,多隐德。尊考惟寅公讳文彪,议叙县丞,赠奉直大夫,好施舍,有南阳樊氏之风。惟寅公娶于华,华为京江名族,实生公。公生而端凝,天性纯孝,喜读史鉴,凡遇忠孝节义事,必庄诵而美不绝口。侍奉高堂,出必告,反必面。先意承志,终身孺慕如一日。前后居两丧,哀毁如制,礼法秩然。治家勤俭有度,每食,举家必共男女依次坐。晚集子孙,叙日间所作事可否,论定之,始退,日以为常。至如嘉庆辛未母病笃两月,公食不下咽,衣不解带,药必先尝,秽浊亲试,其孝也。训子孙以读书知礼,不假辞色,时加劝勉,其慈也。有同产姊适支,早世遗一女,公抚之若己出,及笄,择婿而嫁。途遇困苦,必倾囊以赠,其仁也。郡中有留养所,公与同里颜观察养怡等共襄其事,二十余年矢慎矢勤,里俗交推,目为长者。至若泮宫、考棚、赈务、城工,靡不捐资襄理,公而忘私,其义也。更如寻常举止,行必正,坐必恭,道途相让,满面春风,即婢仆无不待以和颜,从未出一忿语,其谦和也如是。遇事必断,不涉游移,即至仓猝患难中,无不筹之,预防之密,思深计远,获保万全,其明达也如是。万选忝属亲谊,馆其家十余年,讲课之暇,常往参谒,促膝论心,历溯一身行实,倾吐于万选,每曰:“穷通,命也,素位而行，道也，居心行事，贵知其命而守其道也。”万选钦佩书绅焉。

公配恭人袁氏，善事其姑，成公之孝，先公三十一年而卒。生子八人，存其五。女二人，均殇。有孙男十七人。及身而见者，曾孙四人。四世一堂，亭亭玉立。道光己酉四月上旬之四日，公八十诞辰，诸子孙陈笙醴，召宾朋，为彩衣之祝。先期两日，合家欢宴，儿媳孙曾分班侍坐，席中语之曰：“尔辈果能自立，不坠先声，吾愿毕矣。”是年，公犹偕两三老友玩春邗江，信步湖上，谈笑自若，少而壮者弗及也。咸丰癸丑，避寇于郡之东乡，一日，无疾而逝，享年八十有四，诚可谓五福咸备，达尊兼全者矣。同治丙寅，其孙焱森、焱奎，曾孙煐同游泮水时，万选方以教职卸篆，读《礼》家居，因得统校诸弟诗文，俱有大家风气，其后掇巍科、登显仕，正未可量。积善必昌，天将大有以报公也。万选敬其德，慕其行，亲承其色笑，爰笔而为之传。

诰授奉政大夫、安徽候补同知、前署江宁上元如皋等县教谕、通家姻愚侄钱万选顿首拜撰。(《镇江世庆堂缪氏宗谱》卷一一)

112. 阚庄派丹徒支十六世缪朝选族称国英公传

咸丰举人 礼科给事中 福建湖南巡抚 湖广闽浙总督 仪征 卞宝第 颂臣

缪公国英讳朝选，镇江丹徒人也。系出周诸侯秦缪公之后，子孙因谥为姓。前明有西溪先生讳昌期者，卒谥文贞，以忠孝起家，世为江南望族，公远祖也。皇朝曰志远，自澄江徙居镇江，公始祖也。曾祖重光，太学生。祖天爵，贡生。父文彪，议叙县丞，两遇覃恩，貤赠奉直大夫，晋赠通奉大夫。母华氏，例封孺人，貤赠宜人，晋赠夫人，有贤行。

公少习儒业，好读书，有至性，以孝友闻。嘉庆辛未，华太夫人遘疾，亟亲尝汤药，衣不解带者两月。太夫人卒，公哀毁骨立。性乐施舍。尝谓子孙辈：“立善难，作恶易。”训以读书知礼。治家谨严有法，每食时，命家人男女避席而坐。晚令子孙述日间所作事，善者奖之，否者惩之，数十年以为常。邻里亲故贫困者，必周恤无少吝。郡中留养所，公与同里颜养怡观察董理其事廿余年，里人无间言。至如学宫、考棚、城工、赈务诸善举，率皆倡首捐助。道光己酉水灾，公于捐赈外，复倾囷施送。初有同产姊适支，早殁，遗一女。公抚之，迨及笄，后为之择婿，资奁甚丰。其乐心积善类如此。

娶同邑上舍袁佳增公次女，有妇德，孝于姑，先公三十一年卒，敕封安人，累赠至夫人。生子八，曰祥麟、瑞麟、兆麟、应麟、启麟、遐麟、贞麟、趾麟。女二，殇。孙十七人。女孙十七人。及身而见者，曾孙四人。今或列胶庠，或登仕版，俱彬雅善承家法。

公年八十，步履犹强健，尝偕二三旧侣至邗江，舣舟湖上，谈笑饮宴。咸丰癸丑，避粤寇乱于郡之东乡，一日，无疾而逝。殁时尚以守家训为子孙勖，可谓神明不惑者矣。距生于乾隆庚寅四月四日，卒于咸丰癸丑十月二十五日，春秋八十有四。少游太学，援例授候选州同。城工议叙，得纪录一次。以子启麟、孙之镕叠遇覃恩，诰赠奉直大夫，至通奉大夫。今其哲嗣锡书君以状乞传，遂按状而为之书，且系以论。

论曰：世所贵乎贤者，贵其有善行，以贻令名于无穷也。今观缪公之为人，其庶几乎？公尝自言曰："穷通，命也，素位而行，道也。生人在世，居心行事，贵知其命而守其道也。"呜呼！公之言如此，殆所谓守道蒙福之君子欤？以故子孙获膺簪绂，而公亦得赠如其官，固天之报施不爽，抑公有以自致之也，益信文贞公之遗泽远矣。

同治十二年岁纪癸酉春日，真州卞宝第拜撰。吴县冯桂芬拜书。(《镇江世庆堂缪氏宗谱》卷一一)

113. 阚庄派丹徒支十六世缪朝选族称国英公墓志铭

赐进士出身 翰林院庶吉士 世再侄 江阴 徐文洞 挹泉

公讳朝选，字国英，姓缪氏，由太学生授州别驾，京江人也。先世出于嬴氏，诸侯秦缪公之苗裔，子孙因以谥为姓。至明文贞公讳昌期者，以忠孝起家，遂世为江南望族。国朝初，志远公始家于京江。曾祖讳重光，太学生。祖讳天爵，例贡生。父讳文彪，议叙县丞。累赠奉直大夫、通奉大夫。母华氏，累赠宜人至夫人，生公及公姊。公生而端凝，少有至性，以仁孝闻于乡，年二十七，父通奉公谢世，事母华太夫人惟谨，出入必告。嘉庆辛未，华太夫人卧病，公亲尝汤药，衣不解带者两月。及卒，哀毁骨立，遘疾且笃，积久乃平。公居家宽而严，尝谓人生世间立一善事难，作一恶事易，一举一动，可不慎与？又尝谓子孙辈曰："读书不特为科名，当以圣贤为心，虽不能至，不可以其高远而阻也。"年七十，犹信步二十里外展拜先人墓，年八十犹偕二三老友嬉游邗江，步行湖上，强健为年少所不及。年逾八旬，眠食如常，捐馆舍时，呼诸子孙，谓曰："汝等能谨守家训，一一安分俟命，我殁无憾矣。"言毕而逝。里人闻之，莫不泣然曰："长者殁矣。"公在里中，无论上下，均接以礼。贫乏不能自存者，时有周恤。郡城有留养所，乃赡养老疾流亡所在。公偕颜观察养怡等董其事。咸丰癸丑，粤贼将逼境，犹依依以留养为念，不忍独去也。道光己酉，岁歉于水，公于蠲赈外复倾囷施送，里中所以有长者之称也。邑中一切善举，公无不一一为同人倡。道光辛丑，葺郡城，公尤为出力。当事者嘉之，为请纪录一次。以子启麟覃恩诰赠奉直大夫。其晋赠通奉大夫，则以孙之镕也。

娶同邑袁氏，上舍佳增公之次女，例封安人，累赠宜人至夫人。子男八人：曰祥麟，太学生，赠奉直大夫；曰兆麟，太学生；曰应麟，候选从九，俱封儒林郎；曰启麟，光禄寺署正，晋员外郎衔，赏戴花翎，封通奉大夫；曰趾麟，太学生，封奉直大夫。次及六七均殇。孙男十五人，五品封职之镛、之铨，祥麟出；邑庠生焱森、之镄，布政司经历之锟，兆麟出；之钰，议叙光禄寺署正；之铉，邑庠生；焱奎、之钺、之锜，应麟出；浙江候补同知之镕，启麟出；布政司经历加二级之钧，候选从九之锌、之钊、之钟，趾麟出。女孙十七人，祥麟、兆麟、趾麟各四，应麟二，启麟三。曾孙十四人。之钰之子名煐者，游郡庠，余幼。女曾孙六人，玄孙四人，玄孙女二人，俱幼。

公以乾隆庚寅四月四日生，以咸丰癸丑十月二十五日卒于邑东乡旅邸，得年八十有四。越一年，葬邑城南马鞍山枝缪家店先茔之左，与袁夫人合兆。夫人生于乾隆己丑九月十日，卒于道光壬午十月十九日。同治己巳，其子锡书封君名启麟者，奉公行状介绍文索铭于洞。绍文京江人，与洞同宗。洞与缪氏有世谊之好，虽不文，不敢辞也。爰次其行状志之，铭曰：

缪氏之宗，代有闻人。绳绳继继，以迄君身。君寿而富，君富而仁。子孙绵瓞，瑞气斯臻。铁瓮之侧，京江之滨。为志于墓，以永千春。

赐进士出身、翰林院庶吉士、世再侄江阴徐文洞顿首拜撰。例授修职佐郎、候选儒学训导、愚侄仪征吴荫曾顿首拜书。同治十二年岁次癸酉三月穀旦。(《镇江世庆堂缪氏宗谱》卷一二)

114. 阚庄派丹徒支十六世缪朝达族称启明公传

赐进士出身 内阁学士衔 前国子监祭酒 长沙通家愚再侄 王先谦 益吾

《易·遯卦》之“九五”曰“嘉遯，贞吉”，“上九”曰“肥遯，无不利”。夫遯曰嘉，又继以贞。吉曰肥，又继以无不利。遯之时义，洵大矣哉。顾热中者流方薰心于金紫之势荣，簪缨之焰赫，而以为嘉与肥莫此若也，及一旦势衰焰息，祸且随之，将性命之不保，遑问金紫簪缨。彼遯世之士，固无此虑，其孰吉孰利耶？是以君子隐居求志，而独以遯为嘉为肥也。

润州启明缪公，其深明《遯》之义者欤？公讳朝达，字启明，前明死魏阉难文贞公之仍孙。祖讳天亢，字次华，雍正、乾隆间服官吾省，有良吏称。父讳文虪，字虎文，年十六割股疗母疾，里中称孝子。公性尚冲漠，虽贵裔，有清节，不以轩冕为荣，颇蝉蜕嚣埃之中，自致寰区之外。常读《易》至“不事王侯，高尚其志”，辄低徊不置，而曰：“富不如贫，贵不如贱。古人有言，良不我欺。”居恒，慕申屠蟠之为人，因号蟠，复以自况。不轻与人交，遇显贵，亟避焉若浼；惟贫贱，或往还。终岁闭户著书，罕有见其面者。公本润州丹徒人，父虎文公幕游山阴，遂家焉。公复徙居郭外，远绝尘嚣，经年不入城市。山阴令某仰公行，延为幕宾，固辞。复造门访之，乃闭户不纳，遂遯迹侯山中，就晋孔敬康遯世栖迹处结庐以居。

荀卿云："志意修则骄富贵，道义重则轻王公。"公其有之。此真深得《遯卦》之义者也，亦安往不吉而不利哉！

呜呼！世人争以仕禄为吉与利而趋逐之，其能若此之吉且利耶？予不知闻公之行，其抱愧何如哉？岁戊申，予至都门，弟子时孙来谒，因公祖次华公官吾长沙、善化，均有政声，询其裔时孙，为予言之，爰传之以风世。时孙，公之从曾孙也。

赐进士出身、内阁学士衔、前国子监祭酒、长沙通家愚再侄王先谦顿首拜撰。(《镇江世庆堂缪氏宗谱》卷一一)

115. 阚庄派徐墅支十七世缪佩珩族称大绅公行略[①]

子　岐　柳村

府君讳佩珩，字大绅，先祖再福公之次子也。自幼艰难备历，以勤俭持家。好诵读，既耕且种，暇必以诗书自娱。迨家道日起，重新第宅，连拓菑畲。虽待人甚丰，而自奉则仍约。平居刚方自励，不涉阿私，邑中称为正人。性慈祥，岁凶必出家粮以赈，至今乡党犹颂德勿衰。初，始祖全一公自吾邑迁居江阴阚庄，迨十二世祖德容公迁回今所居之柳陌溪桥，往来睽隔，族谊遂疏，故旧谱自德容公以下未经修入。府君慨念先泽，恐日久就湮，爰于道光十八年出资修续。俾岐等皆知世德源流，府君力也。岐因叹自德容公手创起家，至府君，行六世矣。而各房似续寥寥，惟府君为绵一线之延，以此见祖宗之德泽毕萃于府君，而府君之实能承先启后也。咸丰庚申，逆匪猖獗，府君惊怖成疾，于正月廿六日溘然长逝。临终犹命岐等曰："各当谨慎，毋罹非分之祸。"以故合家二十余人无及于难，府君之教也。先妣陈孺人，先府君卒。府君生于乾隆五十三年十二月廿四日，寿七十有二。墓在杨家桥西北，即祖茔之昭穴云。

116. 周庄派十七世缪上青族称梅溪公传

觉罗教习　岁贡生　同邑　柳宝诒　谷生

梅溪缪公者，诒之从姑丈也。与诒家同里闬。诒自六七岁时，即随先大父往来公家，

① 以下传状未注出处者均选自《(光绪)东兴缪氏宗谱》卷二八。

仰其容蔼如也，听其言秩如也，盖心仪之。而初，慕名公之德也，及长，闻诸父老，咸啧啧称公贤，且举以为后生法。诒亦从诸兄后，时与公周旋，观其行谊，聆其绪论，而后叹公之为人，洵不愧仁厚之长者也。惜公久归道山，无由志其景仰。今年春，公之嗣君逢源以公状属诒为传。诒不肖，何足以传公？猥以葭末，谊不获辞，谨按其状而传之。

公讳上青，字枚起，一字梅溪，如升公之季子也。嫡伯应麒公早卒无后，公嗣焉。如升公少负异才，浮沉童子军者数十年，终未获隽，因谓诸子勿复习举业。公幼承庭训，稍长就商贩谋生，而天资诚笃，孝友性成，其奉如升公也，养志承欢，数十年如一日。公顾而乐之，几忘其身之坎坷焉。嗣祖母陆孺人以痛子致疾，缠绵床蓐者数载，公多方调护，迄获痊可，遂享大年。盖公之笃于天性者有如此。其居于乡也，处己以严，待人以和，持家以约，接物以宽。乡人有负公钱数十缗者，贫不能庚，将质屋以偿。公闻之，呼而语之曰："质尔屋，尔无归矣，偿我数十缗，我不见丰，而以此失尔之居，我不忍也。"因掷券与之。嗟乎！即此一节，以观公之存心，不已大可见哉。犹忆癸丑之秋，诒从融翘师读书公舍时，公年已七十余矣，精神矍铄，犹曳杖督家人操作，时进子弟而诫之曰："吾人处世不必刻意营求也，只尽其在我者而已。余生无立锥，迄今置田数百亩，建屋数十楹，自顾平生，不过勤与俭耳。汝等守吾言，其慎毋刻薄为也。"呜呼！公之言如此，即公之心可知，即公之品亦可知矣。盖观于此，而益叹公之为人，洵不愧仁厚之长者也。

公于乾隆四十九年十一月十七日生，于同治三年五月初六日卒，享年八十有一。娶善港钱氏，归公五年卒。继配柳氏，诒之从姑母也，闲静有淑德，辛苦艰难，实能与公共之。公亦恃为内助焉。先公三月卒，例得附书，故及之。其嗣续茔墓，则谱牒具详焉，兹不赘。

案：公生日，"系表"作十一日，未知孰是？光绪重修记。

117. 周庄派十七世缪树萱族称春田公传子溢卿公附

诸生 同邑 吴应麟 玉汝

公讳树萱，字春田，姓缪氏，世居邑之周庄镇。父君荣公，妣顾氏，生子三，公其次也。性诚笃孝友，既就傅，五经四子悉能诵习。后以父母年高，伯兄独力难任，爰弃儒就贾，勉季弟终习儒业，以慰父母焉。父母有所欲，辄多方罗致之，盖视无形、听无声，鲜不得其欢心也。及在床蓐，汤药祈祷，靡计不施。在制，哀毁动行路，葬祭无有遗憾。岁时家奠，每恸哭曰："何弃养之早耶！"祭祖墓，虽远必至。公兄弟先没，抚侄如己子，资助无所吝。族中有公款，推公会计，频年筹画，祠中款益大。公所居被火毁，积资建造，殚精力焉。平居无疾言遽色，然望之则俨然可畏。与人交淡而能久，凡里党有构造婚丧诸事，必资公裁度，推干济才云。庚申之难，逃避各乡，能先机远引，不撄其锋。癸亥春，贼大至，避居伞墩，坐室内，贼往来搜索，若无睹者。贼退，家人急奔省公，公竟无恙，人以为孝友诚笃所致云。配周太孺人，公裕公女，能以勤俭佐公治其家。享年俱七十有七。生女一，适曹济丙。子一，即滋卿公也。幼敦敏，长宽和，攻苦读书，不惮辛勤。及冠，亦以家务日烦，去儒而就理家政，业稍裕，援例入太学。公居恒，晓视贾业，昼理农功，夜侍亲膳，刻不自闲。春田公好汴酒，致之无稍缺，肴俎尤必丰美。孝养厥父母，与春田公堪媲美也。好施与，遇有急者，无不周恤之。公无胞兄弟，遇堂兄弟一体视之。非孝友根诸至性，其能然乎？及遭粤匪难，奉二老四方逃避，最后北渡沙洲。虽仓皇奔走，犹时时愉色婉容，劝加餐饭，酒浆甘旨，未尝缺焉。先后两遭大故，丧葬如礼，不以兵燹之后稍有苟且。甲子，贼退，家产荡然，惟祖宅未爇，亦圮坏不可居。公与孺人赤手还家，视之痛心，遂奄奄成疾，孺人亦得心悸头眩等症。时瘟疫大作，举家惟公长子未染。孺人疾笃数日，先逝。公自知不起，呼谓其长子曰："吾亦不能久生矣。一女未字，吾目不瞑，此其责在汝等矣。汝等必谨守家法，以教子孙，毋堕家声也。"言讫亦逝，后孺人二日，时同治甲子五月二十日也。孺人姓卞氏，贡廷公女，性极和顺，孝舅姑，睦妯娌，训家人有法，饬子妇以严，戚党籍籍称之为贤。生子二，长考生，次松生。女二，长适麟，次未字。孙二，长显承，次显扬。

118. 周庄派十七世缪煐族称际昌公传

贡生　同邑　承颉云　虬仲

公讳煐，字际昌，邑庠生，介泉公之子也。方颐广颡，须眉秀发，龆龀已具成人之度。规行矩步，见者称诚笃君子焉。读书英敏，随叔祖敬求公学，勤勤恳恳，叔祖特异之。少应童子试，屡列前茅，每不得志于宗师。介泉公生有六子，公居其长。男婚女嫁，家政渐繁。公不忍二老烦心也，遂弃儒弗务，援例入成均，凡外内诸事，悉以身任之。嘉庆中，缪氏营建宗祠，公承父命，偕宗人经始量度，一切鸠工庀材，各得其当。公之勇于赴义若此。己卯二月，公母弃养。九月，公父又弃养。连遭大故，擗踊哀号，附身附棺，必诚必信。公至性过人，孝友恭俭，每事不欲多上人。介泉公膏腴千亩，称富一乡。至公析而为六，仍不失为温饱家。公乐善好施，凡事不较，又以生息日繁，恒产耗其大半焉。晚年虽支绌时形，而公之怡怡愉愉，睟然盎然，不以贫窭而改其常度也，岂非得于天者厚与？

公生于乾隆五十年七月二十日，卒于道光二十三年二月十六日，享年五十有九。配承氏，即颉云祖姑也。婉娈柔顺，事翁姑以孝，接妯娌以和，足称德配焉。男子子四：长孟芳；次兆采；

三兆丰；四厚载，出嗣弟炯。女子子三，长适钱，次适龚，三适胡。

119. 周庄派十七世缪煜族称旭昇公传

岁贡生 同邑 苏汝保 锡祉

先生讳煜，字旭昇，庠彦象复公次子。世居邑之周庄镇。貌魁梧，少应郡县试，辄前茅。不果售，遂援例为国子生。中年多故，迭遭风木，复数悼鼓盆。子女皆幼稚，先生饰终称其家，延师训子，以及井庐畜牧，莫不擘画维周，一家之政，秩如也。性真挚，有善举无弗预，有假贷无不应，于亲族益加厚，则睦姻任恤之道有焉。有族侄为人诬陷，先生掀髯起，为雪其冤于邑宰，得释归。此岂非自反而缩，不为威惕者哉。某戚故甲科，负税，逡巡不入官，迨某戚故，吏追呼不少贷。先生从容赔补无难色，后亦默不挂齿。则尤能旷其胸怀，所谓不怨不尤者也。夫士生于世，虽无勋烈声名见称当世，而不蹈非义，不营非分，守其身以谨，持其家以俭，奉其先以礼，迪其后以方，养其气以有为，存其心于宽厚，习习焉称善良于乡里间，是亦无愧于生平，而可以垂教其子孙矣。谨撮其崖略如此。

120. 周庄派十七世缪春林族称觐南公传

岁贡生 同邑 包栋成 公彦

自缪氏盛甫从予游，即知尊甫觐南先生梗概。惜已归道山，未一见，心窃慨慕之。然盛甫为予缕述者，犹可笔之书，以想见其人也。

公讳春林，原讳照，字觐南，又号青藜。邑庠生象复公四子。少颖悟，应试屡前列，然终不遇。中年失怙恃，兄弟析箸，遂援例入成均。性嗜酒，每当朋侪酬酢，戚故往来，必畅饮，务尽其欢然后散。而风雨闭门，顾影无聊，亦时时从曲生游。喜吟咏，不拘体格，独运匠心，其所居窗棂户牖间，粘贴殆遍。然见义勇为，遇事无却。顾有族侄为里豪诬陷，几倾其家，公与次兄代雪其冤于上台，侄由是得免。公固知涉世艰难，非守辙循途有以自立，而伺机射影者，即无所不至，故虽日困于酒，尝以循谨诫勉子孙。晚年益自修饬，忍而且默，故从无意外之虞。亲族有犯齿者，往往格以诚，不禁以势，殆陈仲弓之流亚与。

配王氏，无所出。副室徐氏，生子一，名镜炜；张氏生子一，名郁文，即盛甫也。女一，未字。

公生于乾隆五十八年，卒于同治三年，年七十有二。与王氏合葬周西七保河字号新阡。

论曰：从来豪饮者必旷达，往往不自约束。而公醇谨人也，慎言动，饬边幅，夫岂沉湎无度者？惜乎世网可畏，使公仅以忍默者韬晦终身耳。至于陶写性情，云烟落纸，虽不足为公重，要亦采风者所不遗矣。

121. 周庄派十七世缪景崧族称庆长公行略

子 镜蓉 柳轩

呜呼痛哉！吾父弃不孝等二十余年矣。不孝蓉每念前训，如接音容，膝下之情，宛然在目，自愧一衿碌碌，莫遂显扬，不孝之罪，不几擢发难数耶？顾念吾父励志力行，承先启后，未享一日之安，不为诠次行实，以昭示来兹，其罪滋大，用敢和泪濡毫，略陈梗概焉。

吾父讳景崧，字庆长，一字景福，先大父邑庠生介泉公之子也。同产兄弟六人，吾父行五。总角时即有成人度，大父母咸钟爱之。少随曾叔祖敬求公学，具夙慧，过目成诵，督以存心立品，靡不惕然。敬求公器之，曰："此子异日必为端士。"比长，应童子试，屡居前列。后因肩家事，卒卒不得暇，遂援例入成均。吾父生有至性，大父母气甚严威，吾父先意承志，无一不得其欢。嘉庆己卯，大父母方议析箸，讵料于二月大母弃养。九月，大父又弃养。吾父抢地呼天，泣号不已。有族某谓曰："今长次二兄操持一切，若有所隐，奈何奚不节哀以理之？"吾父泣曰："谅兄亦不忍我隐，即有隐我，又何忍因财伤和乎？"故终其身友爱而无间言。间尝聚首谈，曰："凡今之人，莫如兄弟，斯言慎勿忘也。"呜呼！此可以观吾父之孝友矣。吾父居恒，以未尝究学自闷。为不孝等延师训诲，不惜脩脯。每有怠忽，即频加严责，又时以先儒身心格要之语，为不孝等谆谆言之。遇应试不售，辄致警曰："吾与诸昆季学俱未遂，望汝等成名，庶几无坠家声。若仍玩愒居诸，不几负吾苦心耶？继自今，宜加勉之，虽吾没后，不可弃学，以失吾望也。"不孝等泣而志之不敢忘。念吾父一生存心忠直，立品端严，亲朋有告匮者，悯情以解推之；邻里有争竞者，明理以排释之。时遇燕谑之哗，谢不肯往。客谈博弈之技，誓不欲为。性好饮，时邀亲朋对酌，酒既酣，辄举人事得失，以为劝诫，曰："富贵者不容媚，贫贱者不可侮，惟安吾拙，以行吾素，任人之爱憎焉已矣。"此吾父常自云也。而吾父执之深知者，亦曰尊府君仁厚有余而藻饰不足，故不近于浮华而依于诚悫，洵谨守祖父之遗训者与。呜呼！吾父之梗概，盖即此而可见矣。

道光甲辰秋，吾父染痢症，痊而复作。乙巳冬，前症转剧，医祷无灵。丙午元旦四日，吾父执不孝手，命曰："吾生平无受怨于人，亦无片札入公室，汝等共勉之。汝弟尚幼，亦宜善教之。苟得强于为善,吾亦瞑目无憾矣。”言讫而逝。呜呼痛哉！生未尽其养,丧未竭其诚,尚何可为人子乎?

吾父生于嘉庆元年二月初八日,卒于道光二十六年正月初四日,享年五十有一。吾母卞孺人,太学生允中公之长女也,以孝顺事翁姑,以勤俭佐吾父,戚党咸啧啧称其贤,先吾父十七年卒。生男三,长镜千,次镜明,三不孝镜蓉。继母徐孺人,太学生景星公之季女也,闲静有淑德,抚不孝如己出,吾父得内助焉,后吾父十六年卒。生子一,镜清。呜呼!不孝身名未成,无以慰吾亲于地下,即略记所知,语又无伦次,敢俟仁人君子惠加片言,以信幽珉,将没者、存者俱感不朽。

122. 江城派十七世缪登瀛族称云宾公传

咸丰癸丑进士 户部主事 同邑 陈荣绍 子惠

同治九年冬,同邑缪氏纂修宗谱。亡友云宾之子朝桢等,邮寄其父行略于京邸,属予作传。予与云宾幼同里,长同游,又同出任先生耀江、王先生震藩之门,不敢以不文辞。按状:

君讳登瀛,字珊洲,别号云宾。曾祖仁庵公,祖槐村公,父赞廷公,均以笃行闻于乡里。君幼而失恃,事继母以孝称。弟凤洲出为族叔后,君析箸时,凡一丝一粟,必与之均,虽自处困境,勿恤也。弱冠后补博士弟子员,旋以家政日累,循例贡成均。然性喜诵读,尤好结纳文士。君所居宅,在邑之中街,距学使者考院仅百数十武。每岁科按临时,邻里左右僦屋者恒满。君择其学行素优者倾心延接,凡八邑中冠伦魁能之士,均与为莫逆交。即后进之杰出者,亦无不礼貌之、诱掖之焉。君体貌丰硕,吐属尤隽雅,谑而不虐,有晋人风。乡里有纷难,得君一言,无不立解。性豁达,喜任事,邑有双忠祠,祀君族祖明文贞公昌期及李忠毅公应昇,岁久倾圮。君扩其宫室,新其像祏,皆独力支拄,不以累人。常集族人议修宗谱,首任刻赀,命舟采访,未及蒇事而卒。

配张宜人,同邑太学生育才公女。有贤德。遇人以缓急告,虽家无余储,必不虚所求而后快。自奉甚约。而于高堂之甘旨、亲故之往来、宾朋之酬酢,无不丰腆。故君所成就,亦半由阃内之赞襄云。

君生于嘉庆乙丑年正月初三日,卒于咸丰戊午年六月初六日,年五十四。敕授修职郎,例封文林郎。张宜人生于嘉庆乙丑年正月十一日,卒于咸丰庚申年二月二十一日,年五十六。敕赠孺人,例封宜人。子五:朝楷,廪贡生,后君八年卒;朝桢,太学生,候选直隶州州同加一级;朝栋,议叙八品,嗣君弟登瀚后;朝模,邑庠生;朝标,廪贡生。女一,适予族弟邑庠生家秀。孙五人,孙女六人。

赞曰:予读《晋书·王休征传》,见古人之孝于亲、友于弟者,如是其难也。至于论交海内,缟纻联欢,则薰莸异器,尤有不可强者焉。若夫一门雍睦,庸行克敦,同类为朋,古谊相勖,则伦常之地,庶无憾焉。噫!如君者,可以风矣。

123. 周庄派十七世缪镕族称冶亭公传

道光丁酉举人 就职太常寺博士 同邑 郑经 守庭

冶亭缪公者名镕,洪九公之次子也。生而颖异,比习章句学,见伯氏为文,辄私自学步。师见而诧曰:"此子必以能文名。"年十二应里选,有奇童之目。后从陶翼南、杨听庵诸名宿游,讲论古学,贯串经史,出入百家,业日益进。无何,补子衿,有时誉,以经术制艺为里名师,受廛肄业者岁数十人。公因材施教,娓娓不倦,造就之下,率成闻人。识者以公勤修砥行,笃志力学,咸许其远到。乃七试棘闱不获售,岂诚通塞有命与?而公年亦垂老矣。于是闲居养性,课农桑,问晴雨,逍遥自适。近世士习不务进取者,往往役于世务,公独翛然无所与,尝谓士人:"读圣贤书,学成致用,当致主泽民,即不幸而所志未逮,尤当安分循理,以葆吾真,岂宜荡检逾闲,为乡里害乎?即使制行靡他,而吾生之所自信者,仅在一乡一里之能胜其任乎?"噫!观于此言,而公之学与志,概可知矣。

公事亲孝,与兄弟无间言,御家人严而有礼,操家秉,务俭约。而其庀婚嫁丧祭,则必尽乎礼而后止。周旋里党间,温良乐易,与接者,咸识其为长厚人也。庚申、辛酉,粤匪频年寇乱,公挈眷避难溯江,积忧劳成疾。同治癸亥,遂至不起,距生于嘉庆丁巳,年寿六十有七。孺人曹氏,同里太学生福叙公女,恭俭宜家,后公一年卒。子一,承霖。女五,婚嫁皆名族。

呜呼!以公之才学志趣,当不仅以青衿终。然古之士,出而有为者,处必先有守。公虽不能有所表见于世,而其坚持之操,亦岂尘俗之士所得而几与?

124. 周庄派十七世缪铉族称舒庵公传

同治庚午举人 同邑 向高 仰止

先生讳铉,字蔚叔,一字舒庵,行三。父洪九公,以孝友称。自三世祖彦相公由马嘶镇阚庄迁居周庄,六传为州司马龙岩公,又再传为耆士孔章公。又再传为廪膳生月斋公,为邑名宿,世袭清芬。又三传至洪九公,未遂读书之愿,获偿一衿,于先生之仲兄冶亭公季与竞爽科试,曾见赏于姚文僖公,而以额满未售。后洪九公弃养,先生年甫弱冠,即奉母张太孺人暨妹同居,家务经营,遂不暇申其占毕矣。然所以教子者,未尝不至。方予之馆云亭季氏也,令长君逢柱来学,观其诵读刻苦,即知家法綦严,数载鸡窗,得闻梗概。后逢柱与次君逢垣相继籍学,为子择师之事终而望子成名之愿方始,盖劳其身以裕后者,不以青衿满志也。己未岁,次君领乡荐,予既登堂称贺,因识先生之恂恂如、訚訚如。其明春为六十寿辰,曾以俚言侑觞,猥承牖置,则虽未足摛扬于万一,而联纪群之交,遂自此始焉。不数月,江南兵燹,避地于延陵之东乡横巷。予与先生衡宇相望,晨夕数亲,其谆诚周浃之意,真足化乡曲之浇漓,革少年之浮薄。而益信遭家庭蹇难,无间于异母兄也,体怙恃深恩,加厚于同胞妹也。太孺人卧病经年,身侍汤药,不使婢仆代其劳。以迄丧葬大事,必诚必信。则孝根于至性也。戚友周旋,贫者贷,急者周,救患分灾,尤不欲有虚名而无实用,则识达于经济也。此素日所谨志者,长君为予言之,岂善则归亲之例乎?是岁,德配罗孺人疾终旅舍,先生欲安子妇心,忧戚不形于色。而又念羁旅之绝粮,虑鸱鸮之毁室,大江南北,来往无时。盖与先生游者几二年,迨次君以公车北上,遂挈眷就长君于靖江之馆舍。乃暌违经岁,惊讣忽闻。询其颠末,则受创于发逆者已愈,而更以时疾终,何天之不憖遗老也?予故有挽律哀之,念先生之遭乱渡江也。与次君屡滨危殆,岂不视南还为畏途哉?特以仲季既困乡间,米盐复须,客舍艰难之况,培植犹殷,则固有终始不渝者。至于火攻构衅,忍下策于门庭;盗夥纵逋,息讼端于市肆,亦考行者不遗焉。乙丑岁,逢柱、逢垣扶榇旋里,并罗太孺人之柩,合葬于长寿镇十保封家田新阡。予又以僦居先生旧宅,得助执绋,而知不随劫烬者,先生之手成堂构也;不乱阡陌者,先生之口分世业也。逢柱、逢垣殚心学业,秋闱春榜,进取非遥,亦可慰先生之志也。夫以行略来,悉符闻见,是为传。

先生生于嘉庆六年七月二十五日,卒于同治四年四月十二日。子四:长庠彦逢柱;次上舍逢辂,先公卒;三孝廉逢垣;四太学生逢楼。女三,适同邑李氏、陈氏、杨氏。

125. 詹文桥派十七世缪遵一族称贯之公传

同治六年署江阴县知县 大兴 汪坤厚 渔宅

予之去江邑而调任京口也,出门怅惘,临别依依。及抵丹徒,公务烦剧,一切浚筑之工,未易措办,盖佐理者难其人也。因益叹江邑人文蔚起,从公踊跃,洵不愧忠义之邦。忆予自戊辰岁岁暮在江邑办理横河,董其事者咸清慎勤敏。而詹文桥界横河之中,予往来勘视，与先生数晨夕尤多。先生年最高，识最卓，予尝心钦而不能忘。今年冬，伊子维干赍先生状来问传于予。予素稔先生，不能以不文辞，因为叙其梗概。案状：

先生氏缪，讳遵一，字贯之，号鲁如。系太学生佩琪公三子，明詹事府赞善讳昌期谥文贞公之裔孙。先生生而岐嶷，习举业时，文名籍甚，尤工对偶声律之体。师事壬辰科举人王翼清讳堃，恩贡、候选直隶州州判夏怡云名炜如，邑中名宿也，见其文辄器重之。道光戊戌岁科试，受知于毛雨棠宗匠，补博士弟子员。先生为文，构思敏捷，每得一题，须臾已脱稿，同辈中罔不咋舌。性慷爽有肝胆，凡乡里有争斗者，得先生一言，无不帖服。贫乏者告以情，即倾资相送。喜交游，一时士人恒以出其门为幸。暇则与二三知己临觞赋诗，或徜徉于山巅水涯间。父佩琪公，因先生业儒，不事家人生产，分爨时欲授以膏腴。先生辞曰："儿读书有年，经费已倍于昆弟，儿不忍受其厚也。"佩琪公益心悦焉。道光壬寅岁，英夷寇江邑，城中戍卒变，乡民亦乘间窃发。先生设法安堵，一方赖以无虞。戊申岁水灾，咸丰丙辰岁大旱，邑尊谕先生董赈恤事。先生擘画有方，条理秩然，仁蔼之声，啧啧饥黎口。其他如街道之难行，则集众纠赀，尽铺平石；河梁之难渡，则进禀请费，悉改高桥，舟车往来，莫不称便。其尤著者，粤匪窜江邑，邑民奔走靡宁，先生殚心瘁虑，抚厄困，戢奸宄，数年间民几忘兵革之苦。

噫！以先生之才、先生之节，倘得假尺寸柄以理烦治剧，政声吏绩，岂复逊召父杜母耶？乃困以一衿，仅得援例入贡，不亦惜哉！即予在江邑时，通浚横河，助予办理，强干精明，罕有出先生右者。予方谓仁为寿征，福缘善庆，食报正未有艾也。河务毕，予即调任京口，未几旋得先生讣音，知先生因缵修宗谱，往东南乡采访，忽得疾，亟命驾归，不数日绝纩。苍苍者天，诚不可知矣。盖予身虽离江邑，心常惓惓，意欲再莅斯土，与二三知己重整旧规，共相资治，何竟不假以缘耶！

先生生于嘉庆十五年十月二十六日，卒于同治八年十一月二十五日，享年六十。孺人陈氏，邑庠生讳锡田公长女，于同治三年先先生卒。子一，名维干，字阜成，头角崭然，文笔亦英英露爽，先生之获报，其有在乎？女二，长适八品议叙张曾镛，次适太学生邓伟。媳吴氏，选用教谕讳森槐荫留公次女。孙二，再昌、再隆。

予案牍劳形，中书君久置高阁，何足以传先生？所以传先生者，一以嘉阜成之诚，一以志不忘云尔。

论曰：凡人之梗概，仅得诸传闻，谓某也仁，某也义，于心卒不能释然。若先生之行谊，予下车已耳其名，临事时又见其设施，殆所谓"不侮矜寡，不畏强御"者，非耶？及今，予尚耿耿于怀。然思之深，慕之切，无以纪之，先生亦无由知之。今幸得假斯传以志之，予愿其克慰已夫，先生其默鉴也夫。

126. 阚庄派石梅支十七世缪树本族称翰仙公传

（清）国史馆《忠义传》

缪树本，江苏常熟人。咸丰四年，由监生捐纳县丞，分发河南试用。五年，加捐知县，改发陕西。六年，署咸阳县事。七年，补武功县知县。九年，盩厔有聚众案，县令操切，几激变。地与武功接壤。树本治武功二年，善政闻于邻邑。至是盩厔士民百余诉巡抚，求得树本治县事。巡抚谭廷襄如所请。调署盩厔，耆老相率迎境上。树本以大义晓之，令速归，传谕亲党，约束子弟。比至更张数事，阖邑帖然。十年，临潼土匪滋事，树本奉檄兼署临潼篆，力辞。巡抚瑛棨知树本非畏葸者，特以兼摄为嫌，即日奏调补临潼县。

时临潼匪首杨生花众号二万，前令请兵于巡抚，将发，树本止之，曰："既命树本往，请勿以此乱树本措置。"及受任，亲历各村庄，谕以祸福，择解事良民，传谕各户曰："官军已发，吾为若等止之。及今悔罪，皆吾子民也。"胁从者悉解散。惟杨逆负嵎如故，然以县官不挟一兵，故不设备。树本暂还城，声言十日不降，当请兵捕剿。越日，躬带勇役数十人，出不意夜袭其巢，众骇奔，无敢拒者，遂缚杨生花及悍党二十余人，置之法，余释不问。事平，瑛棨上其功，得旨，以直隶州知州在任候补，并赏戴花翎。

时粤匪渐逼陕境，临潼为河南入陕要道。树本修城浚濠，筑堡增寨，储仓谷，置火器，编保甲，练乡团，出廉俸，募勇数百，操演而申训之。十一年，贼至，西安戒严。临潼距省五十里，树本亲督壮勇民团越境堵剿，多设骊山一带疑兵，为省垣犄角。贼知有备，不敢由临潼窥西安，别出蓝田，陷渭南，东趋二华，出关。

当发逆之陷渭南也，渭河南北回匪蜂起劫掠汉民，互斗累月，势张甚。同治元年五月，团练大臣、前都察院左副都御史张芾，听回绅候选知府马百龄言，亲入回巢招抚，以树本、马百龄及绅士蒋若讷从。树本谂回民叵测，请勿入，不许。请先往观动静，又不许。乃布置城防毕，随至渭南。抵油坊街，回匪任老五等拥之至仓头镇。任逆谓不戕芾等，无以坚众心，遂尽杀从者。翊日，执张芾及树本、蒋若讷至河滩，同时遇害。

八月，瑛棨具疏以闻，略言当粤逆由南山窜近省城，树本层层布置，并亲率团勇越境防堵，该逆探知有备，遂由蓝田绕趋渭南，实属堵守有功。正拟归案请奖，不意猝有此事。请照知府例从优议恤，附祀省城张芾专祠。诏如所请，寻赐恤如例，赏云骑尉世职，袭完时以恩骑尉，世袭罔替。

四年，户科给事中王宪成奏言：树本莅任临潼，民情爱戴，保障之功甚伟。宦游日久，里居时少，然宗族称孝，乡党称弟，人无间言，卒能致命遂志，足增闾里之荣。事后亲属寻访遗骸无获,行路伤心。又该故员之妻张氏随任临潼,同治元年闰八月,闻该故员被害,绝粒以殉,业经陕西抚臣奏请旌恤。查该故员赴渭后,回逆屡犯临潼,张氏悉索囊资,添募壮勇,百计固守,城得保全。啧啧口碑,至今弗替。拟恳圣恩,准于陕西临潼县及本籍江苏常熟县建立树本专祠,以其妻张氏附祀。

疏入,谕曰:原任陕西候补直隶州临潼县知县缪树本,前在陕西殉难,业经降旨优恤。该故员之妻张氏,闻夫殉难,绝食身死,已准旌表。兹据该给事中奏称,该故员在乡时,人无间言,居官时民情爱戴,请于任所及原籍地方建祠,伊妻张氏一并附祀等语。缪树本著准其于陕西临潼县任所、江苏常熟县原籍各建专祠,其妻张氏并准其一体附祀,以彰节义而顺舆情。子钟汴,安徽候补知县,袭世职。

127. 阚庄派石梅支十七世缪树本族称翰仙公传

缪树本,字翰仙,常熟人。父慰祖,诸生,通律学,幕游江楚间。树本少从父游,读书读律,比长,橐笔燕豫,旋以知县发陕西,大吏委令鞫狱,判决多平反。署咸阳令,除武功令,调盩厔,皆有声。临潼土匪聚众抗粮,往捕辄旅拒。树本奉檄摄县篆,即驰往擒匪党某。逆首杨生花纠众将劫狱,树本侦知,星夜解匪党至省。中丞发兵剿捕,树本先单骑驰往,大声呼曰:“吾欲得首恶耳,胁从者速走,大兵至,汝曹无噍类矣。”众皆欢呼投械去,始麾兵掩捕,立擒生花并悍党十余人,置之法,余皆不问。叙功以直牧用,并戴花翎。同治元年春,粤寇由蜀窜秦,全陕震动。临潼距会垣仅五十里,树本越境遏之,又多设疑兵于骊山。贼不敢进,乃纡道蓝田,陷渭南,逡巡出关。时汉回各为团练御贼,已而构衅。树本逆料回乱将作,上书请设防。未几,回匪乘渭南之乱,蜂起劫掠,汉民集团御之,互斗累月,势遂蔓延。或以抚回解散策干团练大臣张文毅公芾,文毅遂径入回巢。以树本素有威望,命与俱。树本知回情叵测,严守具而后出。比至,则汉团已散,回势益横,遂要劫文毅及树本至仓头镇。贼目洪兴曾受树本恩,欲脱之。树本厉声叱咤,徐复晓以顺逆。贼渠任老五恐摇众心,遂戕文毅及树本。时树本身被数创,骂贼不绝口,死事尤惨。妻张氏当树本赴渭南后,回匪屡扑临潼,氏罄资募勇,婴城死守,恤疮痍,筹赈济,施棺槥,广掩埋,兵民感泣无去志,故临潼以孤城独完。洎闻树本殉难,张遂绝粒,越七日死。事闻,赠树本太仆卿,予世职,祔祀文毅专祠。给事中王宪成奏树本忠勤丕著,有保障功,遗孤稚弱,行路雪涕。寻奉旨于临潼任所及原籍地方建立专祠,妻亦祔祀焉。子钟汴,袭云骑尉,改知县。(《(光绪)重修常昭合志》卷二十)

128. 阚庄派石梅支十七世缪树本族称翰仙公传

缪树本,字翰仙,江苏常熟人。由武功、盩厔知县事,前任周公蕃寿因改赋役旧章,里民杨升华抗公滋事,大吏廉公能,饬迅速往察辨事宜。公到任后,多方抚绥,升华浸不法,抚军遣守剿捕之。公查获首恶并恶党数人,置之法,胁从罔治,地方绥静。公谓时当多事,有备斯可无患,于是修城隍,制器械,积糗粮,募壮勇,布置无不周密。同治元年春,发逆由粤窜秦,公亲率团勇出境堵剿,并于骊山下多设疑兵,遥为援应。逆探知有备,绕出邻境,由蓝田直趋渭、华。回逆久萌叛志,遂踵起。时团练大臣张文毅公芾误信回绅马百龄之言,不带团勇,冀婉言抚反侧,以公素有威望,邀与俱。因先布城防事,戒备而行。至油坊街,犹复推诚开道。逆首任五恐众心摇动,拥公至仓〔头〕镇河滩,与张文毅公同时被害。此五月十三日事也。从此,贼势猖獗,渭南、华州、高陵、泾阳相继沦陷。而危城卒得保全者,虽系后任守御之功,实由先事预防之力。经瑛中丞棨、王给谏宪成前后具奏,赠太仆寺卿衔,照知府阵亡例议恤,附祀张文毅公专祠。续奉旨,准临潼任所、常熟原籍各建专祠。公由临赴渭后,元配张淑人竭资添募壮勇,婴城固守。时遍地烽烟,传闻互异,八月始廉得公殉难确耗,绝粒不食而死。事闻,蒙旌表节烈,并准附公专祠。节义昭,舆情顺矣,因并记之。(《(光绪庚寅)临潼县续志》卷上)

129. 阚庄派石梅支十七世缪树本族称翰仙公传

缪树本,字翰仙,江苏常熟人。有吏才,时里民杨升华因改旧章抗公滋事,大吏饬君查办。任县事,逮获恶首数人,始各安静。元年春,发逆由南山窜出窥省垣,知有备,遂东窜临邑,见城隍修整,旗械密布,知不可犯,绕道蓝田、渭南,陷二华去。回逆乘隙踵起为乱,团练大臣张公芾误信回绅马百龄言,以寻常械斗视之,率同素有名望之官绅,冀以谕饬抚反侧。君有治绩,且地方官,遂预备城防事宜,偕至油房街,犹复推诚开导。逆首任五蓄谋久,见张大臣偕官至,恐众心摇动,抚局遂成潜,于四鼓时率逆党数百驶入油房街拥之而去。至仓头,回情尚犹豫持两端,任逆竟害张公,绝其望,君遂大骂,被杀,此五月十三日事也。从此贼势猖獗,泾阳、高陵相继失守,临邑以先有守御器械,危城卒得保全。瑛中丞棨、王给谏宪成前后具奏,赠太仆寺卿衔,照知府阵亡例议恤,附祀张文毅公专祠。续奉旨,准临潼任所及常熟原籍各建祠。君元配张淑人竭资募勇,婴城固守,八月始廉得君殉难确耗,遂绝粒死。事闻,旌表节烈,并附君祠祀。(《(光绪乙未)临潼县续志》卷上)

130. 阚庄派石梅支十七世缪树本族称翰仙公传

翰林院编修 江苏提学司 丰城 毛庆蕃 实君

君讳树本，字翰仙。其先故常熟人，后家江阴。九世祖文贞公昌期，明天启中忤魏阉，榜死诏狱者也。曾祖瑞，县学生。祖国子监生澧，复迁常熟。父慰祖，遂为常熟县学生，习律令，游江苏、湖南、北有名。君少读书，亦通律令，咸丰中，以知县发陕西，断疑狱数十。署咸阳，补武功。其为政，以平徭、理讼、锄豪强为务。盩厔，邻邑也，民不宜其令，聚众而哗，大府知君贤，移君盩厔，遂无事。临潼杨生花作乱，檄君调补治之。至即轻骑，行境内，解散胁从。时前令所请兵已至，君诫勿遽发。一夕，侦知生花无备，督兵役抵其巢，立擒之，及悍贼二十余人置之法，他无所问。诏赏孔雀翎，以直隶州候补。

当是时，粤贼、捻匪相继起，天下糜烂，而三秦完善，民老死不睹兵革，武备废不修。君独壹意治城隍，筑乡堡，积糗粮，团练民兵，募壮勇，谋保聚事。方办，而粤贼果东自荆紫关入，省城戒严。临潼距省五十里，君出境躬捍贼，多张疑兵骊山旁。贼不敢犯，则自蓝田绕道袭破渭南，蹂二华，东走出关。是役也，君以一县屹然为省东保障，大府皆重之。具功状且上，而回乱作。初秦陇多回族，俗剽悍，不肖者轻犯法，而齐民亦数龁龁之。衅日积，或纠众相哄，吏莫能平曲直，益相仇，至是乘粤贼新扰渭河南北，诸桀回蜂起，胁良回为乱，纵火烧村落，屠戮无遗类。警报沓至，大吏不知所为。泾阳张文毅公芾方以团练大臣家居，以回民居关中久，田墓所在，宜可以说定也，请亲往抚贼。欲得守令为民望者与俱，固邀君。君知不可为，苦谏文毅弗纳，请君益坚。君慨然曰："吾岂爱一死哉！"乃戒临潼，严城守，独身与文毅及故山西知县、长安蒋若讷北渡渭。群贼露刃大躁，幽之别馆。贼目洪兴者尝感君恩，欲脱君。君厉声骂，徐复晓以顺。逆贼首任老五恐摇众心，嗾其下拥君与文毅、蒋君至仓头镇，皆被害。时同治元年五月十三日也。君既授命，大吏犹不知，八月初，文毅从者亡，归始言之如此。事闻，诏视知府优恤，赠太仆寺卿，予世职，附祀文毅专祠。

配张淑人，始君与文毅行，音问间不达。淑人使两子逸出，悉索金帛劳兵民，相与死守数月。会邻县相继陷，临潼孤立贼中独完。久之，得君死耗，不食，七日亦死。诏旌其闾。四年，从给事中王宪成请，临潼、常熟皆建祠，淑人亦祀焉。子：钟汴，安徽知县，袭云骑尉；钟洛，陕西知府；钟渭；钟滈。乱既定，钟汴至仓头求君遗骸不可得，乃招魂，具衣冠敛而归葬焉。国史《忠义》例得立传。钟汴昆弟惧弗详也，请更为家传，乃叙次而论之。

论曰：吾尝过潼、渭，去乱时八九年，盖关西郊野，千里之间无回族矣。忠勇公多隆阿实破走之，故地为墟云。回祸始萌芽，长吏制驭多失宜，弱者横摧折之，矜威严，而回族怨；其强桀者则又曲法纵之，如奉骄子，而齐民亦怨。及夫祸发燎原，一二贤人君子期以口舌抚定之,何可得哉?方张公之谕贼也,君早信无生还理,时非有朝命督之,又非职守迫之也。君不行,于义无少损,感张公之意,求济万一,卒委身虎穴,捐一死明己志。其天性然也。文贞遗烈远矣!

131. 阚庄派石梅支十七世缪树本族称翰仙公墓志铭

商部右侍郎 吴县 顾肇新

故临潼县知县常熟缪公,讳树本,字翰仙。先世居常熟湖桥,后迁江阴东兴里。明万历癸丑进士、官谕德、赠詹事、卒谥文贞、以文章气节为东林望者,公之九世祖也。曾祖瑞,江邑庠生。祖澧,国学生,复迁常熟。父慰祖,常邑庠生,精申韩学,幕游江楚间。公年十四即随侍,书律兼读,克绍家风。道光二十八年,就宣化某太守幕,薄游京师。时中原溺于久安,盗贼蠢动,辄慨世变,矢志澄清。乃于咸丰四年援例,以县丞分发河南。次年改知县,分发陕西。大府重其才,凡有疑狱,辄诹咨之,鲜弗纲举目张,有条不紊。特委入西安谳局。曾公望颜、谭公廷襄先后皆赏拔公。委署咸阳,补武功,所至善政不暇纪,其要为勤听断、减差徭、锄豪强、培文教,一时敬若神明,爱如父母,群然有荀藐复生之颂。九年冬,盩厔民抗差,聚众私立庙碑,大吏知盩民重公,特调公往署。公履任后,爰至庙,以足蹴碑,立仆断为三,村民骇视,群惊为神,自是无敢抗差者。逾年夏,临潼土匪杨生花为乱,中丞瑛公棨知公能,专摺奏调公往。公方抱疾,不获已,带随从数人,亟至各村,先宣以大义,解其胁从,复按兵不发,故骄纵生花心,俾无备,乃督兵捣其巢,力擒生花,戮之。中丞据实奏报,得旨,赏戴花翎,以直隶州候补。

方是时,粤、捻二匪互哄,东南各省无一片干净土,而关中苟完,久弛武备。公独思患预防,修城筑堡,练团募勇,储饷制械,诸务日勤勤不稍懈。同治元年春,粤贼果由豫窜秦,东自荆紫关入。公亲越境御之,并设疑兵骊山旁,作省城保障。贼不敢犯,别出蓝田,陷渭南,东走二华出关中。丞论功,以公为首,拟保知府。疏未入,而回乱作,时团练大臣张文毅公误用回绅马百龄计,拟亲入回巢镇抚之,以公与马百龄及绅士蒋若讷、侄孙张涛从。公知不可行,苦谏文毅公,不听,乃布城防,出抵油坊街,公复以折回力劝文毅,公不听。贼突至,遂拥至仓头镇。贼目有洪兴者,尝受公恩,欲脱公,公以顺逆晓之且怒骂。逆首任老五谓非杀公等不能坚众志,于是公与文毅公、蒋若讷、张涛同于五月十三日被害。八月,中丞瑛公具疏以闻,诏赠公太仆寺卿,照知府例从优议恤,给云骑尉世职,并附祀张文毅公专祠。复以王给谏宪成奏请,续奉上谕:准于临潼任所、常熟原籍各建专祠,以配张夫人附祀。而公死节后十一年,大学士、陕甘总督左文襄公率诸将平回,群孽授首,海内廓清。公虽不及见,然公愤私仇,同时俱泄矣!光绪二十六年,公次子钟洛署陕西兴安府知府,天子因追念公殉难,复赠公为通奉大夫。公配张夫人家世绍兴,寄籍清莞,恩贡生、候补直隶州州判以锐女,年二十归公。公秉性刚,张夫人相以柔;公御下严,张夫人济以宽,乡党同声称贤。始公之行,临潼困贼中,音问断绝。张夫人先遣两子逸出,乃散家赀犒军,与民共守。以故泾阳、高陵、渭南、华州皆不守,而临潼无恙。迄闰八月初,得公耗,乃不食,七日死。事闻,叠蒙诏旌节烈,并准附祀公专祠。

公生于嘉庆二十二年八月初三日,殉难时年四十有六。张夫人生于嘉庆二十五年十二月二十二日,殉节时年四十有三。子四:长钟汴,安徽全椒县知县兼承荫,历署颍上、五河、宁国等县知县;次钟洛,直隶候补知府,历署陕西保安县知县、潼关厅同知、砖坪厅通判,同州、兴安、汉中等府知府;三钟渭,候选通判;四钟滈。孙三:长端保,袭世职,改陕西候补通判;次承谦,湖北候补巡检;三定保,候选府经历。曾孙三:世恩、世懿、世悳。女五,长适通州白曾耀,次适南海刘卿采,三适吴县李振鹏,四适大兴黄家麟,五未字。公殉难后,钟汴匍匐至仓头镇,寻遗骸不得,以衣冠具殓,扶张夫人柩同厝于河南香山。光绪元年,送回原籍。二年正月初八日,合葬于常熟西门外赵家滨新阡。光绪三十一年四月某日,钟洛以书来请铭,盖钟洛昔与予缉庭长兄同官陕西,故予与其谊笃,而公家世亦因之最悉。矧公为乡先贤,予实有称述之责,不可辞。铭曰:

夫死国,妇死夫,惟纲常是扶。九死而不渝,岩岩二华屹西都。忠节双峙高与俱,丹旐归来帝恩殊。衣冠墓古石不枯,永作正气留三吴。

132. 阚庄派石梅支十七世缪树本族称翰仙公墓表

族孙　时孙　述溪

中兴武功,我朝称最。粤匪之乱,捻匪继之,回匪又继之,蔓延遍行省。迨同治纪元以后十余年间,天下底定,大告武成。虽将帅用命,士卒一心,实赖忠义之气有以道之焉。其间或阵亡,或殉难,大节凛然,光昭史册,灿若列星。而遇祸之惨,死事之烈,孰有逾于我先叔祖太仆公者。

初,陕甘汉回杂处不相协,为朝廷西顾忧。虽驻以重兵,汉回时复相哄,其包藏祸心,匪伊朝夕矣。及粤寇蜂起,征调镇兵,回匪乘隙狡焉思逞。时张文毅公芾为团练大臣,事起仓猝,征兵未集,回绅马百龄以招抚策进,遂欲效郭汾阳单骑见虏事,闻公素有威望,邀以俱驰。檄远近饬解民团,示毋相欺。公以"非我族类,其心必异,且亡国俘虏,何足以当大臣?脱一干犯,身羞国辱,悔无及矣"固止之,不纳。俟援兵集,先以威临之,再以恩结之,又不纳。请先入窥动静,仍不纳。乃戒备以行。时渭南各村被焚,道阻弗克进,乃暂驻临潼油坊街。随员马毓华知百龄蓄异志，适贼使来，夜深密侦之，闻其阴谋，亟白诸文毅公并约公同遁。文毅公犹豫不能决，公意不忍背文毅公而去，婉辞焉。有顷，贼至，围数重。从仆姚喜、秦升侍公侧，公挥之去。喜泣曰："公不负张公，喜等何敢负公哉？"叱贼勿前，先及于难。匪党洪兴素感公恩，欲免公，公拒之，谕以顺逆。贼首任五恐摇众心，号于众曰："事已至此，机会不可失也，若纵之，则民团复聚，援兵继之，吾属无噍类矣！"逐拥去。五月十三日，至仓头镇，贼众犯文毅公，公横身障之，刀矛丛刺，体无完肤，犹骂贼不绝，与文毅公及其犹子张涛、绅士蒋若讷同时遇害。于是渭南、华州、高陵、泾阳次第陷。贼扑临潼，先太夫人出簪珥，募壮丁，婴城死守，得独存。闰八月，御者于大从贼中来，备述本末，惨不忍闻。太夫人先以二子由间道逸，而已绝粒死。士民丧泣，如丧考妣，市为之罢。呜呼！忠烈节孝，萃于一时，而遇祸之烈，死事之惨，孰有逾于公者哉！

且公由武功署盩厔也，缘莠民聚众抗差，胁乡愚立庙碑。前令不能治，公抵任，骤过之，召父老，数其罪，仆其碑。当时众情汹汹，公不为动，徐指挥隶役缚为首数人置于法。四境帖然。临潼土匪杨生花抗粮聚众，势甚炽，大吏审公富于胆略，调公治之。公抱病辞不获已，力疾亲历各村，解散胁从。适前令已请兵，公缓之，伺贼无备暗袭之，获生花并悍党二十余人，械送省，远近称颂。

同治元年春，粤匪石达开窜陕，①临潼为省会门户，巡抚瑛棨檄抚标三营堵剿，全军悉溃。公亲督团勇出境接应，与贼鏖战一昼夜，遂反败为胜。并于骊山等处设疑兵，石逆侦有备，甚恐，大呼曰："此人颇知兵，不易敌。"乃绕道去，而省会得保全。渭南之行濒发，语太夫人曰："吾身既许国，固誓与城存亡。今奉檄往抚，以此城及诸子累汝矣。"太夫人曰："有备无患，尽力固守，济则国之福也，否则以死继之。往矣，毋以妻子为念。"公诚以死勤事，能捍大患，《书》所谓"有猷、有为、有守者"欤？征诸前事，若盩厔、若临潼，煽乱者皆号一二万众，猝然揭竿而起，他人处之莫不皇皇焉无以措手足，公竟不费一兵，不折一矢，入虎穴，得虎子，从容镇定，大乱以平，非平日胆略俱优者，何若是操纵自如耶！及渭南之役，盖公熟知回情叵测，断非唇舌所能争。而又自料其经变之才，设帅师自卫，审时度力，胁以威，感以德，回匪虽众，固可传檄而定也。岂必以身为孤注，而与天下后世争此一日之名哉？无如屈在下位，赍志未伸，一旦自投贼窟，则使勇者无以用其武，知者无以善其后，遂守临难毋苟免之训，迄今遗骸无存，较古人马革裹尸、杀身成仁者，奚啻天壤哉。

公讳树本，字翰仙，明季忤魏阉遇害先文贞公之九世孙也。呜呼！如公者，洵可谓善继善述矣。夫公之守临潼也，固不惜一死也。城存与存，城亡与亡，其得失不过一城耳，及与张文毅公同遇害也，又岂爱一死也？重臣被戕，远近震恐，则回匪焰张而我兵气沮，其关

① 此处与史实有误，入陕者非石达开，应为陈德才。

系之大，岂特一身之生死已哉？厥后流血千余里，费饷数百万，逆回授首，举境肃清，公已不及见矣。迨朝廷追念前勋，褒崇忠烈，以公事迹付史馆，赠太仆寺卿，命有司祠祭血食，千秋垂之不朽，虽遇祸之惨，死事之烈，无逾于公，而食报亦云厚矣，直谓公不死也可。张太夫人以节孝闻，特旨旌其闾，得附祀焉。呜呼！贤矣哉。

133. 阚庄派石梅支十七世缪树本族称翰仙公传

同治丁卯举人 合肥知县 仁和 谭廷献 仲修

缪府君树本，字翰仙，世居常熟。明殉阉祸谕德文贞公九世孙。家世忠笃，为吴右族。府君官陕西临潼知县，从团练大臣、前副都御史张文毅公入贼巢谕降叛回任老五，同时死难。

秦中汉回构衅，伏戎且久。回人多死党，晓夜谋乱，诇群吏短长。同治初元，粤贼自蜀北窜，全秦戒严。临潼居其冲，府君御却之。贼乃纡道蓝田，犯渭南，逡巡出关。于是渭河回众蜂起，冒团练名，汉民亦集众自卫也。修夙怨，且日斗。则有马百龄者，以解散之策干张公。百龄固回人，列衣冠，张公久在军中，习于豫皖，群帅抚诸捻以成功，又易视回众，乃挟百龄入油坊街回巢。会大府压兵，府君旧有战守能，威望著民间，文毅既行，有司不能不从。汉团既散，回众益横，遂拥张公与府君至仓头，露刃害之。

府君行时，严守具而出。谓张淑人曰："吾许国之身，犯难不避。粤逆在郊，誓与城存亡。今患生肘掖，吾出，以诸子累若矣。"淑人曰："君殉国，我不当殉君乎？行矣，勿念妻、子。"府君既陷贼，指示祸福，譬晓百端。洪兴者，素德府君，至是谋脱府君，不果。贼渠虑众心且摇，官军又未集，乃决计戕之。当是时，二华、高陵皆不守，临潼孤立，以备御完，得不陷。而张淑人已绝食七日死矣。

府君通刑名学，少客游，名动燕豫。咸丰四年初，官河南县丞。五年，改陕西知县。大吏如曾公望颜、家端恪公，皆慎于折狱，奇赏府君。理西安谳局，因机立断，民以不冤。历宰咸阳、武功、盩厔，皆有异政。临潼民抗粮结聚，乃移治之。力疾莅官，获乱民杨某，械系之。其兄杨生花谋劫狱，府君已先期槛送省城。单骑御众，投戈归农，独禽生花置之法。抚部奏保予戴花翎，以直隶州知州在任候补。

府君死事年四十六，张淑人年四十三。府君恤增太仆寺卿衔，世袭云骑尉。子钟汴，承荫，改知县，发安徽；钟洛，陕西府同知；钟渭、钟滈。

论曰：府君之死，可谓从容矣。身糜于豺虎，而所施设，卒完危城，岂轻于一掷哉？闺门之贤，与荩臣比烈懿已。钟汴世其家，善折疑狱，亦有声谳局也。与予善。（《续碑传集》卷六三，本文原名《缪太仆家传》。）

附　上元马毓华记缪树本轶事

一、公曾署盩厔，前任有聚众抗差、私立庙碑一事。碑高六尺，宽二尺四寸。公因他事路过村庙，见碑勃然，传集附近乡民，明白开导，晓以大义，立数抗差之罪，并斥竖碑之非，一面用脚踢碑，碑倒成三段。乡民相顾愕然，惊以为神，由此不敢抗差。公仅治为首一二人，余置不问。民心大安。此道路传闻者，公在时，华询之，果然。

一、公署咸阳，奉檄催办保甲窝铺。公谓保甲之法，老生常谈，实力举行，非按月清查、逐日清查不可。无已，其先办窝铺乎。咸阳为出省首站，川甘通衢，往来纷杂，稽查尤难。公于东西大路设卡较密，每二里半修一卡房，南北路五里修一卡房，每卡派一役一民夫，给一旗一锣一铎，民系附近五家轮流值日，每二卡命一兵兼督之，夜则执铎梭巡，日则互相查察，一卡有警，鸣锣扯旗，各卡人役俱集，牌甲随之。本卡失事，兵役民夫同坐。邻卡闻锣不到者，罚民役。每人日给口食钱四十文，听其在卡小贸。兵丁本有名粮，月终每名加赏千文，以资津贴。行之半年，不但宵小潜踪，即斗殴之案亦少。华两任咸阳，均在公之后，皆师公法，于十月设卡，次年二月撤卡，所费才二三百千。行旅不惊，闾阎安枕，缉捕解案等费，所省实巨。公在咸善政尚多，此其一端。

一、同治元年，回乱初作，张文毅公带同回汉绅士由高陵渡河赴同州，意在解散。行抵临潼属之油坊街，适渭北各村相继被焚，势难前进。公得信，飞马赶到，时已薄暮，力劝文毅进县再作区处。文毅公不从，同行之蒋幼涵、马梦九诸绅咸谓回汉械斗，一经钦差开导，定能冰释，何必折回？公争至五鼓，犹未定议，忽报贼已近堡。公请文毅公升舆，躬自前导。文毅谓必欲我回，盍俟食毕再行。公亟命庖人进面，面未及熟，贼已大至，遂同遇害。此元年五月十一日事也。倘从公策，回临布置，逆匪未必敢公然扑城，军务亦不至如此之大。良谋不用，同以身殉，伤哉。

一、省城闻变，虑临潼无官，委华往代。回逆日日攻城，华与绅民登陴固守，所需器械什物，皆公手置。仓内存粮，皆公储备。公虽遇害，华得以慎守不失者，无非遵公布置。得公粮械，力保危城，为省东犄角计，岂但临民戴德，华实沐惠良多。关内军务倥偬，若得如公者数人分任其事，糜烂或不至是。痛定思痛，能勿凄然？

134. 阚庄派丹徒支十七世缪祥麟族称启周公传

世愚弟 张浩

缪公启周讳祥麟，乡党中长者也。其生平行事，皆可为后生法。顾世之以才智加人竞驱争先者，则不知公之为人可为则效也。事亲克尽子职，兄弟之间怡怡如也。戚属之贫乏者，里党之饥困者，赈恤有加焉。训子教之义方，而终身所行之事及以言示后人者，则惟勤与俭。嗟乎！上之可为坊表，于世次亦不失为好修之人。然而彼之争先取名者，或谓公之所行不足惊世骇俗也，又孰知夫风俗陵替？至于强侵弱、众暴寡、勇威怯、壮陵衰，皆惊世骇俗之行为之倡哉。如公者，无智名，无勇功，而马少游所谓"御款段马，乘下泽车，乡里称善人，庶几近之。"然予见夫当公之世，乡里以质行称，如公者，即难屈指。而后进之以捷足为能者更鲜。嗟乎！此不可以观世风哉。而处今之世，里闬之间，求一无间于为子，无间于昆弟，而戚属之贫乏者，闾里之饥困者，缓急可恃，如公，已几几乎为之罕觏。然则公之行事而既为后人所知，可述之以为法，顾可漠然而不书，以为之劝哉？作缪公传。

世愚弟张浩拜撰。(《镇江世庆堂缪氏宗谱》卷一一)

135．阚庄派丹徒支十七世缪瑞麟族称应祥公传

赐进士出身　赏戴花翎　经筵讲官　户部右侍郎　奉国将军　皇清宗室　溥良

呜呼！缪氏何多庸德也。岁辛卯，予奉命督学江南，下车采风，获京江名人猗谷张先生集，读至《虎文缪先生传》，辄叹人子孝亲，割股治疾，固庸德之行，然成人或有之，童子则不数觏。乃虎文先生未冠即然，于以见缪氏之明德远矣。或谓予曰："子第知虎文先生以孺子割股医母，而不知缪氏尚有应祥先生讳瑞麟者，亦以孺子割股医母。"顾予初不敢深信，盖孝行出于髫龄，一之已难，岂易再乎？迨丙申，予适官农曹，有僚属志平缪子来谒，因其润州人，忆此事，询之志平，曰："信然。虎文公吾叔高祖，应祥公则虎文公从侄孙，而吾之伯祖也。虎文公事，猗谷张先生已传之，不再述，请详言吾伯祖应祥公事。盖嘉庆戊辰，吾伯祖年十七，吾曾祖母袁太夫人病笃，吾伯祖刲股煎汤以进。吾曾祖母服之愈，而吾伯祖因负重创撄瘵疾，延至嘉庆庚午七月二十日卒，年仅十九。"

呜呼！缪氏洵多庸德也。夫人心不古，竞尚新奇，邪说横行，伦常乖戾，大率鄙夷庸德，是以世变日深，一至于颓败而不可拾。抑知庸德以外无学问，薄庸德而不为，则不可为子，不可为人。如先生者，洵人子之楷模也。彼闻先生之风而不兴起者，是真不可为子、不可为人矣。顾予不能无憾者，虎文先生割股医母，母无恙，己亦无恙；应祥先生刲股医母，母疾起而已以不起。然先生洵不愧虎文先生之从孙也。而志平又语予曰："吾家割股医母事，固尚有之。吾从叔敦甫公有长女，为应祥公之从孙女，吾叔母病剧时，吾妹年未及笄，割股和药以献，惜吾叔母服无效。"

夫割股医母，虽曰庸德，顾庸闻庸见，良不易易。而缪氏一门，二百年间得两孝子一孝女，且皆为幼稚，又前后均不越三世，此真可谓庸德欤？而应祥先生继往开来，执两用中，

尤得君子依乎《中庸》之旨。呜呼！缪氏良多庸德也。

赐进士出身、赏戴花翎、经筵讲官、户部右侍郎兼管钱法堂事务、奉国将军、愚侄宗室溥良顿首拜撰。(《镇江世庆堂缪氏宗谱》卷一一)

136. 阚庄派丹徒支十七世缪兆麟族称德修公行略

子 焱森 子槃

呜呼痛哉！吾父弃养，于今八年矣。不孝焱森自愧一衿未能显扬，兹当家乘肇修，追念吾父潜德，诠次行实，昭示来兹。

吾父讳兆麟，字德修，先大父候选州同国英公第三子。总角时即有成人度，大母袁太夫人钟爱之。比长，读书甚敏，气宇不凡。大父母器之，曰："此子异日必为端士。"大伯父、二伯父先后早世，大父亲理家政，吾父弃儒服贾，盖吾父深惧劳大父之心也。生平耿直不阿，物我无间。其轻财好义也，不逆人诈；其阴行善事也，不欲人知。吾父自溧阳回里，不孝随侍在舟，夜宿运河都天庙旁，闻人投水，吾父急呼舟子援救，解衣予金，获保生全。其人叩姓名，不告，旋移舟里许。邑中有公事，量力捐输。室内无私藏，忘情计较处，终身如一日也。暇则盆蓄金梭，识化机之活泼，或枰开玉局，悟至理之精微。落落襟怀，其梗概大略如斯也。

吾父生不孝焱森，命习儒业，时加严责，期望成名。应童子试，虽蒙青李两宗师，前后考取佾生，未能早赋采芹，深愧学业未精。自丙寅岁受知于鲍花潭宗师，补邑博士弟子员，吾父欣然有喜色。次之镄，生女三人，皆吾母谢安人出。三之锟，继母姚安人出。孙四人，松寿、椽寿、桂寿、楹寿。曾孙一，鸿元。丁卯岁，吾父侨居里门，经理祖业，吾母及弟之锟随侍在侧。季夏旧恙举发，七月间病势日增。不孝在省应乡试，闻信遄归。之锟弟以奉吾父回临泽寓所，而吾父七月十六日溘然长逝，享年七十有三。不孝未能亲视汤药，抱恨终天。呜呼恸哉！生于乾隆乙卯闰二月二十八日，葬邑城东谏壁镇土桥。谨述如左。

同治十三年岁纪甲戌十一月既望，不孝男焱森百拜谨述。(《镇江世庆堂缪氏宗谱》卷一二)

137. 阚庄派丹徒支十七世缪应麟族称德征公行略

孙 煐 萃浦

呜呼！大父之殁，于今二十七年矣。方其易箦时，煐年甫三龄。越六年癸丑，大母见背。其明年,先府君奉二丧,合葬于曾祖之墓昭穴。时粤匪猖獗,家室播迁,未获立行状告当世示来者。兹值支谱告成,而大父之嘉言懿行,闃焉无闻,岂非煐之责耶?故谨举所闻于先府君者,述其大略。大父讳应麟,字德征,别号惺斋,曾祖国英公第四子也。少好读书,博闻强记,人皆以大器期之。嗣因伯仲相继辞世,国英公年高,遂秉家枋,不能专志于学。事亲孝,先意承志,两尊人于昆季中独钟爱焉。侍父疾,衣不解带。居母丧,毁几灭性。兄弟间怡怡如,无间言。遭鸰原之痛,哀恸逾恒。其孝友有如此者。性慷慨,乐推解,凡戚族邻里婚不能娶、丧不能葬者,必曲为周全之。有称贷者,无不应。其慈惠有如此者。且闻义勇为,能见其大。国英公董留养所事,晚年佐之矢慎矢勤,历十年如一日。辛丑修葺郡城之役,亦国英公董其事,又竭力劻勷,尽劳尽瘁。其急公赴义有如此者。少年弃占毕,故居恒郁郁,每以己未成名为憾,日望先府君之成立,聘邑中钱海舲先生为之师,日稽其程,夜复督课,至丙夜方息。叔父子山公督课亦如之。先府君弱冠即名噪词场,叔父亦旋游泮水,皆公之教也。其教子以义方有如此者。生平嗜金石,工篆隶书,搜罗彝鼎图书,鉴别晋唐法书名画,收而藏之。所藏处曰"宝砚斋",曰"兰晖楼",明窗净几,左图右史,花朝月夕,游咏其中。所交皆一时名士,同邑如王梦楼、孙霖生、李永之、夏郕林、潘云峰,皆订为忘年交。尝作文宴于觅句轩,迭为宾主。行楷喜学梦楼,郕林评其"隽逸,深得梦楼笔意"。又评其篆隶"古雅有钟繇风"。大父亦雅重郕林书法。其文雅风流又有如此者。大父之行谊略可言者如此,其余不能尽传也。以督修城垣劳绩,由太学生议叙从九,归部选用,以仲父贵赠儒林郎,候选光禄寺署正。生于嘉庆庚申四月十三日,卒于道光戊申七月二十八日,年四十九。配李安人,生子五:之钰,议叙八品,即先府君也;之铉,议叙光禄寺署正;焱奎,邑庠生;之钺,早亡;之锜,国子生。女一,适何希清。孙男五,长即煐,郡庠生;榆寿,业儒;橼寿、森寿、桢寿,俱幼。孙女二,长适杨澂,次未字。曾孙二,鸿勋、鸿猷。曾孙女二。

附　《镇江世庆堂缪氏宗谱》载《德征公行略》

呜呼!大父之殁,至今二十有七年矣。方其易箦时,不肖煐年甫三龄。越六年癸丑,大母见背。明年,先府君奉大母灵柩合葬曾祖国英公墓之右。时值粤匪跳梁,流离迁徙,先府君未获为大父立行状告当世垂示来兹。今逢家乘告成之日,而大父之嘉言懿行,暗然无闻,煐之责将谁诿耶?谨举所闻于先府君者,述其大略附于乘末,使后之子若孙,知其行实而景仰其遗范焉。

大父讳应麟,字德征,别号惺斋。曾祖国英公之子,高祖惟寅公之孙也。母袁太夫人生子八,其四则大父也。少好读书,天资颖敏,强记博闻,凡经史子集皆沉潜研究,豁然于胸中。后以国英公春秋高,伯仲兄相继辞世,遂操家秉,不敢劳厥考心。暇则力学好古，临池弄翰，尤以篆隶擅长。兼谙金石，独具清眄，搜罗商周彝鼎铭赞。善鉴晋唐法书名画，所藏曰“宝砚斋”、“兰晖楼”。室中净几明窗，左图右史，花月余闲，游目自娱。里党宿儒，咸以博学称之。其事两亲也，问安视膳，必敬必诚。两尊人为之霁颜加餐，心尤钟爱之。母氏不禄，痛哭几殒。侍父疾，衣不解带者数月。其处昆季也友于敦笃，伯兄弃世，哀痛逾恒。其教子侄也课读綦严，常闷闷以己未成名为憾，日教先府君望其成立，每语府君曰：“父书能读，乃肖子也。”聘邑中钱海舲先生为之师，日稽程课，每课至更阑，犹闻诵读之声。及先府君为制义，益加严警。叔父子棨偕府君同游钱先生之门，同为制义，大父课责如之。其交友也以礼，与邑中王梦楼先生、孙霖生、李永之、夏邺林、潘云峰诸先生为忘年交，互相推重。尝作文宴于觅句轩，迭为宾主。行楷喜学梦楼，邺林先生评其书法“隽逸，深得梦楼笔意”。又评其篆隶古雅端秀，有史籀钟繇之风。大父亦极重邺林书法。其爱人也以德，亲戚邻友间有婚不能娶、丧不能葬者，必力为经画以周恤之。凡人有称贷，无不倾赀以赠。其急公也以义，郡中有留养所，曾祖国英公司理其事，至国英公晚年，大父襄董其事，矢慎矢勤，历十年如一日焉。凡育婴、救生、恤嫠诸善举，罔不鼓舞踊跃，捐赀助理，乐善不倦，善继前人之志。辛丑岁修郡城，太守谕令搢绅分段董役，曾祖国英公与焉。大父恐其劳瘁心神，躬亲代之，极力经营，计及永固，阅旬月工始告成。太守嘉其劳，议叙奖励，以从九归部选用。呜呼！大父之孝行施于家，仁闻著于外，诚古之君子也。熯自恨谫陋，不能默识其万一，其将何以逭终天之罪耶？

大父由太学生授候选从九，以仲父议叙光禄寺署正，敕赠儒林郎。配李安人，同邑允中公女，阃内有范，中馈不缺。大父生于嘉庆庚申年四月十三日，卒于道光戊申年七月二十八日，年仅四十有九。有子五：之钰，议叙八品，先府君也；之铉，光禄寺署正；焱奎，邑庠生；之钺、之锜，监生。女一，之蓁，适何希清。孙男五人：长即不肖熯，郡庠生；次榆寿、橼寿、森寿、桢寿。孙女二：长适杨澂，次未字。曾孙二：鸿勋、鸿猷。曾孙女二。呜呼！非大父之德泽流长，恶能昌炽若是哉？

不孝孙男熯百拜敬述。

138. 阚庄派丹徒支十七世缪应麟族称德征公传

赐进士出身 赏戴花翎 日讲起居注官 二品衔翰林院侍讲学士 丹徒 延清

公姓缪氏，讳应麟，字德征。九世祖讳昌期，谥文贞，明季死魏阉难，大节懔懔，昭耀今古。文贞公之八世孙讳朝选，孝友谦仁，为吴中君子，公之父也。公少好读书，经史子集，悉贯于胸。尤以书法擅长，兼谙金石。凡商周彝鼎铭赞、晋唐法书名画，苟有善者，虽重价不惜搜罗。当时邑中多名士，王梦楼、孙霖生、李永之、夏�林、潘云峰诸先生，卓荦一时。公与为忘年交，而行楷喜学梦楼先生。郕林先生评其酷肖梦楼，梦楼先生亦许之，谓倘置一册，即予亦不能自辨也。篆隶尤古雅端秀，郕林先生又许其有史籀钟繇之风，一时以得公书者为荣。然公不轻为人书，故真迹在人世者甚鲜。先君子曾得公一册，予幼时尝见之，经粤寇乱失焉。迨予避兵海陵之樊川，与公犹子醒园缔交，索公书，醒园以散失无存告，予深为恨。嗣予宦游宣南，与醒园踪迹亦疏，而公书之复得与否，不可知。既醒园之子述溪供职都门，予以公书获否询之。述溪曰："仅获数字，吾兄莘浦藏焉。"莘浦，公之长孙也。顾公书虽学梦楼先生，而当时已视梦楼先生之书为贵。盖梦楼先生风流倜傥，又遇人索书即应之。公笃行坚，孝父母，友昆弟，教子孙，人以此故尤重之。顾公行谊卓然流传乡里，固不烦予缕述。而其书则如吉光片羽，仅留人间。昔永叔欧阳氏表连处士墓曰："使更三四世，惧不复能知处士详也。"予恐公之书更三四世而无知之者，乃急传其事以告于后人。嗟乎！数字遗书，其珍于拱璧哉。

赐进士出身、赏戴花翎、日讲起居注官、二品衔翰林院侍讲学士、同郡愚侄延清顿首拜撰。（《镇江世庆堂缪氏宗谱》卷一一）

139. 阚庄派丹徒支十七世缪启麟族称锡书公行略

子 之镕 炼卿

呜呼！吾父弃养，不孝痛不早自树立，以副吾父之望，而顾强颜偷息，延残喘于人世乎！虽然，吾父之教诲不孝至矣。又吾父奉先裕后，皆为家庭之法则，不孝敢不晨夕谨奉，以赎此罪愆？大父国英公好施，邑中有长者称。生子八人，吾父次居五。二伯父早逝，大伯父婴羸疾，三伯父患肝气，四伯父继逝，六、七叔父俱殇，八叔父尚幼。吾父不忍大父忧劳，爰先意承志，助理家政。凡大父所周恤戚党，援极贫交，无往不体大父之志以成之。其他广储祭田，兴修族谱，大父所欲行者，蔑有弗逮。于兄弟尤友爱。四伯父善作梦楼书，吾父精写花鸟，怡怡风雅，人尝以王谢群季方之，事具邑乘。戊申，四伯父疾终溧阳客邸，讣至江表，吾父恸绝者。再明年，大父八十寿，以四伯父故不乐称庆。吾父先期奉大父渡江，敦请二三老友同作平山之游，届期奉归，同诸伯叔称舞彩之觞。癸丑，粤寇之乱，镇、扬相继沦陷，吾父方客居扬州。寇至，吾父仓皇避至召埭，忽不见八叔父。吾父欲入城求之，适秦邮客至，告以叔父所在，乃止。呜呼！锋镝丛中孑身出走，至今思之，犹心悸也。而吾父与叔父皆无恙，谓非天哉。吾父友于骨肉，于此概可见矣。教诲不孝，谆谆弗辍，九世祖文贞公死阉难，吾父居恒，常训不孝，期以克继先文贞志。文贞公《从野堂稿》，吾父兢兢宝持，颠踬兵间，不至失坠。寇乱稍定，亟命不孝校雠付梓。他若持身涉世，无不为不孝告诫。著有《松泉家训》，其中如慎交际、端心术、服旧德、重贻谋，皆朝夕言之綦详者也。不喜通显贵，日与故乡耆宿之在樊川者联九老会，迭为主宾，以娱晚景。尝述八世祖惕庵公遗训云：“奉法循理，及时供赋，吾小人职耳，奈何与当道君子缘。”然亲朋之过从者，无陨获充诎，莫不欢然以去。父性慈俭，厚人薄己，有贷者悉资之。至于全丧葬，成婚嫁，恤老孤，救贫困，施散衣物，数十年如一日。丁丑，青齐告祲，吾父倡助赈，不首其名。有某负赀重，度不能偿，面焚其券。佃或负累年租，悯其贫，弗究，殁给殓具，而恤其妻孥。肆中侵蚀甚者以故求去，悻悻有词，吾父弗与较，曰：“是必败心自负矣。”已而果然。人皆知吾父能忍，不知吾父实明也。父体素健，近患呕，客冬严寒发甚剧，献岁犹强起拜祖宗遗像。入春饮食顿减，手一编示不孝曰：“汝祖生平不侮贫贱，不媚富贵，祖训具在，汝其勉之。吾今已矣，所惓惓者，宗祠之未立与林孙之成名耳。盖吾父期孙有成，亦甚切也。”易箦之晨，不孝子林寿在侧，犹目视之，欲语不能。

呜呼痛哉！吾父讳启麟，字锡书，一字开其，晚号松泉，享年七十有七。吾母氏余，外大父儆旃公次女。子一，即不孝。女三。孙一，即林寿也。呜呼！不孝鲁愚，于吾父之言行不能悉记，第即所尝见闻者志之。然岂逮万一哉？徒恨不孝身名未树，不获表彰，吾父隐德泯没之罪，曷可胜道？悲夫。

不孝男之镕百叩谨述。(《镇江世庆堂缪氏宗谱》卷一二)

140. 阚庄派丹徒支十七世缪启麟族称锡书公传

丹徒 谢庭兰 湘谷

缪君讳启麟，字锡书，明季死魏阉难讳昌期谥文贞九世孙也。文贞公之曾孙讳瞻屺，能诗，有《江上集》，为君始迁润祖。君生有至性，事父母孝，兄弟敦友于之爱。文贞公遭阉难，生平著述仓猝焚失大半。有《从野堂存稿》辗转藏护，更子姓传抄，中多鱼鲁。至君，尤痛念公死事之惨，思付剞劂行世。而值壬寅、癸丑两大乱，剽劫焚掠，屋庐什物荡尽。君藏公集，颠踬兵间，仅乃获存。益思觅梨枣，而乱弥甚。迨粤逆授首，贼氛告靖，君侨居扬之樊川，属子之镕校对，编次开雕。然君已老多病，及文贞集告成，而君竟不克见。惜哉！君父好施，君曲体亲意，助成为多。晚号松泉老人，著有《松泉家训》。工画，精花鸟，事具邑乘。

论曰：《诗》云：“人之云亡，邦国殄瘁。”不其然乎？明客、魏造衅，然朝端未尝无人也。顾邪正不两立，而小人交扇其间。众正尽，而国亦随之，非千古炯戒乎？诸君子多述作，然多绝于凶暴之炬。顾异代而下，人或读其遗稿，未尝不肃然生敬而思风行以传诸久远。盖正气感人有如此也，况为之子孙者哉！昔周忠介之子茂兰刺血书疏，诣阙愬冤，诏以所赠官，推及其父、祖。茂兰更上疏请给三世诰命，悉报可。茂兰亲见其父血肉狼藉死，而爱其亲，以及其先世。君去文贞已数世，而若目击十指堕落，须发模糊状，而痛其先世，终身如一日。此与周君茂兰皆至性有过人者。故其不忘先世，均足以风世也。

141. 阚庄派丹徒支十七世缪启麟族称锡书公墓志铭

兵部尚书 都察院右都御史 两江总督 傒官 沈葆桢 幼丹

道光间，外舅林文忠公开藩江左。葆桢在署中，因事至邗上，于仪征训导茅本兰座间识丹徒缪君开其。言论笃诚，举止朴重，知其为君子人。厥后葆桢亦服官中外，不闻音耗者数十年。及来秉节江南，阅兵淮北，舟次维扬召伯埭，而君翩然来谒，款款话旧者竟夕。至戊寅秋，其子之镕忽邮君行状来乞铭，则君以三月之间殁矣。葆桢以故旧谊，义不获辞。按状，君姓缪氏，讳启麟，字锡书，开其，其号也。先世本江阴人，九世祖文贞公讳昌期，明天启时殉魏奄之难。曾孙讳瞻屺者，游幕镇江郡，爱三山之胜，遂家焉，是为君丹徒始迁祖。曾祖讳天爵，贡生。祖讳文彪，候选县丞。考讳朝选，候选州同。祖考皆累赠通奉大夫。母袁氏，赠夫人，生子八，君居五。以道光壬午援例入成均。咸丰丁巳，江北防务议叙光禄寺署正，恭遇覃恩，晋二级，请给两代赠典。庚申归部注选，是岁襄理清淮局务，漕使吴公棠嘉君才干，信任之。乙丑，遵例加员外郎衔。同治丁卯，助云贵军饷，总督张公亮基奏保，赏戴花翎。以子贵，迭膺封诰，由朝议大夫晋通奉大夫。光绪戊寅三月十一日，以疾终于海陵之樊川，距生于嘉庆壬戌八月初七日，寿七十有七。君天性纯孝，事鳏父二十四年，曲意承欢。推父母之爱，以爱其同气。自安乐以至急难，未尝顷刻离。咸丰癸丑客邗上，贼仓猝至，季弟忽相失，呼号寻觅，相遇而后止。又推其爱以及其姻族，三党中不时之急，时时周之。戚某负重赀，度其不能庚，即面焚其券。又推其爱以及其乡党，邻里贫乏无以自存者，有叩必应，无不满其意以去。至于岁饥民疫，凡可以济人者，无不为之。光绪丁丑，齐省告祲，君又倡义助赈，而不肯首署其名，以惧形德色也。又如支姓繁衍，惧其散而或失也，则修支谱以辑之；祠事烝尝，惧其久而或缺也，则储祭田以裕之。其行谊之荦荦大者如此，其余从可推也。性喜文翰，工绘事。晚好山水游，日与同乡耆宿诗酒为欢。自号松泉老人，著有《酸辛集》、《松泉家训》，多自述其生平所经历云。配余夫人，有淑行。子一，即之镕，贡生，知府升衔浙江试用同知。女三，皆适仕族。孙一，鼎臣。将以某年月日葬君于镇江南门外史家冈之新阡，爰诠次其事而系之以铭。铭曰：

金焦郁律，江水潆沄。清淑所钟，笁生我君。孝乎惟孝，友于弟昆。疏财仗义，焚券指困。既多受祉，蕃衍云仍。修德获报，视此贞珉。

附 《镇江世庆堂缪氏宗谱》载沈葆桢撰《锡书公墓志铭》

故员外郎衔候选光禄寺署正丹徒缪公，葆桢之故人也。道光朝，外舅林文忠公开藩江左，葆桢在外舅署中，间至邗上，于仪征训导茅本兰座间识公。言论笃诚，举止朴重。翼日训导向予道曰："缪君本世家子，明季死魏阉难讳昌期谥文贞九世孙也。嗜读《左氏传》，生有至性，与人谈文贞公十指堕落状，痛若目击。父好施予，乡里称长者。君曲体亲意，助成尤多。昆季间怡怡如也。"葆桢闻之敛容，益信为君子人也。厥后外舅跻开府，历制军，葆桢亦服官中外，不闻音耗者数十年。今来秉节江南，阅兵淮北，舟次扬之召埭。公来谒，话旧款款，竟夕乃别。戊寅岁，公以疾终于海陵之樊川。其子之镕将奉公之丧归，状公行谊邮寄署中，并沥血上书而告曰："家君遗命，志铭墓石非明公不可，倘得之，则瞑目矣。不孝不敢懈，谨挥涕哀恳。"葆桢义弗获辞。按状，公缪姓，讳启麟，字锡书，号开其。系出秦缪公后。汉中牟令彤，以独行闻载汉史，世居召陵。宋高宗时，瀚以扈从南渡，授中书，居杭之湖州市。子姓甚盛，散处赣、浙、燕、淮间。明初，全一处士迁居江阴东兴里，九世孙即文贞公也。文贞曾孙瞻屺，入郡守王公燕幕，来镇江，爱三山之胜而家焉。工诗，有《江上集》，实维公始迁润祖。曾祖讳天爵，贡生，曾祖妣张氏。祖讳文彪，议叙县丞，祖妣华太夫人。考讳朝选，候选州同，妣袁太夫人。祖与考皆累赠通奉大夫。昆季八人，公次居五，以孝友闻。癸丑赭寇难，公客邗江。寇至，仓猝奔避，公之弟忽不见。公焦危，欲入贼中觅之，有阻者不为止，适弟至，乃已。生平孜孜济人，有告贷者悉资之。戚某负赀重，度不能偿，即面焚其券。丁丑，青齐告祲，倡助赈，不首其名，惧形德色。轻财重义，历终身如一日。壬寅、癸卯间，储祭田。甲戌，修族谱。居恒以克继文贞公为志，以之励身，以之训子。文贞公有遗稿，公兢兢宝持。值寇乱，几佚。乱平，重刊。公喜文翰，工绘事，载入邑乘。晚好作山水游，日与同乡耆宿诗酒为欢。自号松泉老人，著有《酸辛集》、《松泉家训》。年七十有七。嘉庆壬戌八月初七日子时，光绪戊寅三月十一日子时，公生卒也。镇江南门外史家冈之新阡，公葬所也。道光壬午入成均，咸丰丁巳江北防务议授光禄寺署正，恭遇覃恩，晋二级，为两世请赠典。庚申，以署正归部注选，是岁襄理清淮局务，漕使吴公棠嘉公才干，信任之。乙丑，遵例加员外郎衔。同治丁卯，助云贵军饷，总督张公亮基奏保，赏戴花翎。以子贵，迭膺封诰，由朝议大夫进至通奉大夫。配余夫人，娴阃范，备妇德，佥谓淑人，允称公配。子一，之镕，知府升衔浙江试用同知。女三，咸适仕族。孙一，鼎臣，业儒。谨次状而为之铭，以付之镕，俾藏幽室，成公志也。铭曰：

京江山高，川流沄沄。土厚水深，笃生伟人。德门其最，猗欤缪君。溯厥先泽，暨阳著声。以忠死国，桓桓文贞。文贞有子，有子暨孙。京江派远，九世诸昆。林林玉立，公也勃兴。色养厥考，莱衣斑斑。壎篪倡和，鸰原温温。急公好义，人无间言。寿享耆耇，植厚自天。方兴孔永，流及云礽。

赐进士出身、头品顶戴、兵部尚书、都察院右都御史、两江总督、侯官友弟沈葆桢顿首拜撰。赐进士出身、翰林院编修、国史馆协修加三级、姻愚侄支恒荣顿首拜书。赐进士出身、二品顶戴候选道、前广东廉州府知府、翰林院编修、愚侄张丙炎顿首篆盖。(《镇江世庆堂缪氏宗谱》卷首)

142. 阚庄派丹徒支十七世缪趾麟族称履仁公传

翰林院侍读学士　阳湖　恽毓鼎　薇孙

范文正言：“不为良相，必为良医。”夫医与相，不可并论，而云然者，以利人济物之功同也。顾吾读史，一代之中良相或数人，或十数人，良医则有传，有不传，何哉？岂以小道末技鄙夷之，不屑数欤？抑深造无人，庸庸者皆不足齿欤？然后知湮没不彰者多矣。余于近世得一人焉，乃急为传之。

医姓缪，讳趾麟，字履仁，丹徒人也。自幼好观灵素书，苦无师。时扬州王九峰以医名，与公兄锡书公为莫逆交。公尝随兄客扬州，遂得师事焉。居三年，业成。九峰语人曰：“此子归，吾道南矣，且青出于蓝，他日必能匡我不逮。”一日有某妇病热至穷，冬犹服单衣，群医投以凉剂泄剂，皆不效。日益剧，虽严寒犹涔涔汗出不止，面且赤，灼然有光。九峰治以养阴，亦不效。公曰：“此真阳外走也，宜急服附桂回之，否则毙矣。”乃立方一服，汗止；再服，热退；三服，知寒，遂愈。又有某病胃，胸日闷，食日减，群医皆以积治之。诸法并施，迄不效，亦日剧。公曰：“此胃伤也，宜补之。”病者亦骇，九峰谓有理，使如公言施治，亦愈。其他类此者甚多，不能备述也。顾公业虽精，不肯轻为人治。或以悬壶之说劝者，则答曰：“良医病万变，药亦万变。余未能通变，不敢以性命为儿戏也。天时、地理、人事，三者缺一不明不可。《素问》如《天元纪大论》、《五运行大论》等篇，所论天时之说也。扁鹊过邯郸，为带下医，过洛阳，为耳目痹医，入咸阳，为小儿医，地理之说也。然二者皆有迹可寻，而人事则万变不测，不可端倪。余习此，聊备疑难，不为庸医所误耳，岂欲问世哉？”公之奏效如彼，而言之逊若此，其所造，岂可量哉？公父国英公高年在堂，家人以延龄却病方请，不应。然八旬外精神常矍铄，盖得于公调摄之力多也。噫！上医治疾于未然，公又有焉。余少多病，亦研究经方，未敢云知医。而友人缪子述溪延余诊疾，备述公事，因为之诠次为传，以垂后世。述溪者，锡书公孙也。

143. 阚庄派丹徒支十七世缪趾麟族称履仁公传

姻愚侄 李慎儒 子钧

缪公讳趾麟，字履仁。先世江阴人。九世祖西溪公讳昌期，前明天启间以词臣死魏阉难，谥文贞，精忠大节，至今称之。文贞公之曾孙志远公，为安南将军参军，始居镇江。志远公之玄孙国英公讳朝选，以国子生拜州司马，以孙之镕官赠通奉大夫，力行善事，司留养所，尽其力施药救病，节衣食为之，里称善士，公之父也。母袁太夫人生子八，公居末。年十二遭母丧，有至性，哀痛逾恒。读书颖敏，寓目成诵。既长，博极群书，尤邃内经，精通医学，偶为人诊，著手即效。向人不言医，故世人罕知公之能医学，但知公为长者，以公孝于亲，友于兄弟。为文朴而不华，处事精而不刻，实事求是，不假雕饰，乡里称之曰："今之古君子也。"咸丰癸丑，郡城戒严，公奉国英公避寇东乡。时国英公年八十四，夏日偶有小疾，公立一方，进服即愈。家人议立丸方以调摄之，公曰："药治病，病愈，药何为？况年老人，尤不宜多膏药。"群服其论。是年冬，国英公以无疾终。公居丧尽礼。同治甲戌，与兄锡书公刊修宗谱。族有祭田，纠合族人公禀立案，永为祠产。公之敦行如此。光绪元年八月十六日捐馆舍。子四：之钧、之镩、之钊、之钟，皆克家。之镩字升禾，先大夫侄婿也，奉公事实请为立传。予重公之为人，不获辞而为之传。

姻愚侄李慎儒顿首拜撰。(《镇江世庆堂缪氏宗谱》卷一一)

144. 阚庄派石梅支十七世缪萼联族称少初公传

光绪癸未翰林 二品衔 直隶候补道 吴县 李振鹏 抟霄

公姓缪氏，讳萼联，字少初，晚自号伊叟，余外舅赠太仆卿翰仙公季弟也。先世本籍常熟，后迁江阴。明季殉魏奄难谥文贞者，即公九世祖也。六传至澧，复迁常熟。澧生慰祖，为常邑名诸生。慰祖生四子，公居末。少负气节，慷慨有大志，尝读书虞山维摩寺，劬于学，诗文皆有奇气，然不苟作一艺，成必倾倒一时。时粤逆蹂躏已半天下，慨念时艰，辄奋然作投笔想。咸丰癸丑，贼据金陵，寇氛渐逼，太仆公方游幕中州，作书招之。公正应童子试，闻命褰裳往，援例以县尉分发河南。丁巳，署陕州吏目，嗣补宝丰尉。公以尉卑不足表见，乃捐升知县。而两河间正值捻匪窜扰，僧忠亲王督兵剿之，公为前驱，屡著劳勚，然口不言功，赏亦弗及。旋需次卫辉，历摄延津、汲县等县事。同治丁卯，补伊阳县。伊地僻民悍，力为锄强扶弱。土豪任庆云恃居乱山中，所为多不法。督役掩禽之，立毙杖下。土匪王保、袁得天等踞深岩为巢穴，四出劫掠。遣谍捕获之，置诸法。由是盗迹尽敛，阖境帖然。光绪丁丑，晋、豫大饥,人相食,有司迎上官粉饰意,莫敢以灾告。公恻然曰:“大灾若此,不为民请命,吾不忍也。”独以《告饥书》上,寻言官入奏,大吏悉以罪免,而赈恤之诏下矣。伊邑士习素弇陋,公至,即振兴学校,延江南名宿为书院山长,捐廉益膏火费。复辟署东隙地为园,曰“伊园”,极亭台泉石之胜。公余则招诸士觞咏其中,即为讲学之地。文风丕变,士林感德。光绪丙戌,乞假修墓,陈请开缺。去之日,士民焚香,夹道以送,为位于紫逻书院尸祝焉。

公宦情素澹,久萌归志,缘事淹留,至是始赋遂初。计自丁卯至解组共十九年,中间癸酉、甲戌两载调权宜阳,凡四任伊,吏民亲爱若家人父子然。先是购地石梅,拟建太仆公专祠,归即鸠工庀材,成之后为历祖享堂,旁拓层楼杰阁,名葩嘉树,异石清泉,悉自位置,遂为虞山胜处。春秋佳日,游人如市,时与名公耆宿作洛社游。性嗜金石,罗陈彝鼎,剧谈称快。享年七十一卒。配王太恭人,先公卒。妾袁氏、王氏、胡氏。子四: 钟济,河南候补县丞;钟汝,国学生,皆早世;钟瀛;钟瀚。公天性孝友,好施与,癸丑,太仆公及太夫人张先后殉节,公间关入秦,料理后事,挈诸孤至豫,育之教诲,一如己出。庚辰,犹子豫生卒于宁国任,复迎其寡妻子女,慈爱备至。亲友中贫乏者,时周恤之,尝欲置义田以赡族,而力卒未逮。诗古文词皆工,尤长于诗,其性情近左司香山,而体格亦似之。文未留稿,多散佚。著有《伊园诗钞》若干卷。

论曰: 隋刘旷为平乡令,百姓感其德化,更相笃励,曰:“有君如此,何得为非?”于是争讼衰息。梁张谭为和宁令,百姓爱之如父母,号曰慈君。公之于伊也,盗风以息,士习以振,民皆乐善向化,相爱相亲。求之古人,其旷、谭之俦欤?《书》曰:“惟孝友于兄弟,施于有政。”孟子曰:“亲亲仁民。”盖观公之德性,而知公治化之本矣。

145. 阚庄派十七世缪世周族称世洲公传

同邑 许炯毓 仲明

公姓缪氏,讳世周,一名正二,号世洲。父讳孝生,子四,公居次。慷慨有志略,嫉恶如仇,凡蝇营狗苟、损人肥己之徒,相遇辄侧目视之。择交严,非其友不友,知朱君士东田庆、陶君登奎、夏君正荣、王君曲初贤,订为知己,道义与规,形骸相忘,有裘仲之风焉。尝与朱、陶逐什一利,朱、陶故寒素,权赢利辄多自取,公不以为贪,有管鲍之风焉。弟侄中孤露者抚养之,邻里亲戚之颠连无告者周给之。周氏子昌福,贫乏不能自存,少煦育之,为之完婚。公之仗义轻利多如此。平日语人曰:“知足不辱,余足矣。不自知,必蹈辱。余固不欲积多金,令多财为累也。”粤贼之乱,亲族避难者数十人,负老携幼,困顿道中,行不能远,益以贼众追逼,哭声震地。公斩木为兵,奋臂一呼,闻者皆响应,刺杀贼十数人。贼势稍退,乃乘间护送北行,五六日抵江干,尽倾囊资与舟子,唤与北渡,始获保全。公之扶危救困,尤不可及矣。呜呼！如公者，非所谓一乡之善士乎？

公生于嘉庆十七年，卒于光绪十七年，享寿八十。此亦仁者必寿之一征也。子一，慧祺，宽厚醇谨。孙二：培根、祖根，亦朴实慈祥，均不坠家声。曾孙七人，复英英露爽，椒衍瓜绵，方兴未艾，又足征“积善之家，必有余庆”矣。炯谊托葭末，景仰典型，不忍听其湮没，故纪述大略，以示后世云。

146. 阚庄派十七世缪廷宪族称献清公传略

同邑 奚家模 君健

公姓缪氏，讳廷宪。献清，其字也。父大振公，生子三，公居末。生而膂力过人。时有钱贞夫者，为拳技名师，从游者甚众，公亦受业焉，得其秘要。然其中退然，未尝轻自表暴，横逆之事犯而不校，故人罕知之者。咸丰丙辰，北涸市重建石梁，工人群集河干，邪许声彻里外，有巨石约百钧莫能运，适公过，以一手举之上下者三，乃移置其地，由是勇力之名噪一时。有严读桥恶少某，伟岸多力，平日横行乡曲，忌公名，欲挫公，公辄引避。一日公与客弈，直前嫚骂，公从容起曰：“今晚矣，姑归，明早与君酌酒叙欢也。”笑拍其肩，而某已舌挢不能语，足植不能举矣。移时解之，神色大惫，鼠窜而佚，其迹遂敛。公之扶弱抑强以安善类如此。庚申粤匪之乱，乡间设立民团，公以娴武艺，群推为长。公遂慷慨自矢，与张芝山、董青等日夜讲求武事，束伍练技，军容整肃。无何，锡、金、常、昭暨江阴相继沦陷，公率团民与王元昌、王兆麟等联络声势，迎贼鏖战，奋不顾身，所向皆披靡。保卫乡里之功，公最多焉！惜乎运蹇时乖，壮志未遂，名不登于史乘，功不勒于旂常，卒之后数十年，罕有能道其轶事者，岂士之通塞，固有命欤？爰因父老之所流传，诠次为传，庶几可存公之梗概云。公之卒也，年四十六。先期邀友人诀别痛饮而散，至期，沐浴更衣，趺跏而逝。噫！异矣。子一：志良，能世其业，有声庠序间。

147. 周庄派十八世缪孟芳族称兰坪公传

岁贡生 同邑 承颉云 虬仲

君讳孟芳，字兰坪，原名兆埙，字伯扬。议叙八品太学生际昌公长子也。际昌公家业中替，诸子析箸时仅授田五亩余，而负累至六百缗之多。君慨然独任，且耕且贾，克俭克勤。诸弟非惟不能分任，而且时闻间言，君则亲爱不渝，劳怨胥泯。幸所往，辄占利市。积二十余年之辛苦，而夙负一空，虽曰待人之厚，而要其孤诣苦心，所以上慰亲心者，不可及也。

娶龚氏，卫千总声远公女。龚故富室，遗赠颇丰，虽有内助，而要未尝以温饱无虑，遂自佚于苟安。至第五子夭，未婚，妇苏氏矢志守贞。君穷于劝喻，既许其过门，谒尊章，奉栗主成礼矣。即为之筹久远计，俾得恃以终身。盖君之心，至是而弥苦矣。继遭粤匪难，创夷之后仍守耕贾之业，藉谋衣食。幸诸子相继起，隆隆日上。然君未能享一日之安，岂非天哉，岂非天哉！

君生于嘉庆十一年十月十九日，卒于同治三年四月初十日，享年五十有九。男子子六：长魁照，次应魁，三鼎魁，四占魁，五五魁，六登魁。女子子一，适太学生孙子卿。

148. 周庄派十八世缪景文族称若思公传

同邑　陈荣绍　子惠

若思缪君讳景文，邑东周庄镇人也，与余同受知于张小圃先生。同学多英杰，而余所企仰者惟君。君天性简默，而刚直任气，与人交，不轻许可，朋辈中志趣异者，屏勿言，有诿以艰巨，则报以肝胆，盖今之矫矫者也。祖茂春公，讳永荣，父步蟾公，讳缋。步蟾公生子三，君居末。幼孤，锐志举业，师事明经葛吟朐先生。先生嘉其文之优，尤重其品之端。母张氏期望甚切，见君读勤则喜，偶然惰即废饮食，君以是益黾勉焉。及获隽，戒之曰："余之所望于汝者，惟立身行己而已。次则练习世务为善，于乡亦不失为有用之学。岂仅在区区科名哉？"君志之不敢忘。去镇里许，故有后郭桥，为东西往来孔道，岁久倾圮，咸丰元年，君与孝廉志高方先生倡义重建。三年，浚横河白蛇港，君董其事。六年，大旱，君首先劝捐筹赈。白诸当事者，当事者又举君董之。均任怨任劳，心力兼瘁，乡人沾其实惠，至今颂焉。五入棘闱不售，因叹曰："功名自有定，乌可强求乎？"乃专意授徒，不复就试。其课徒也，不颛以文艺为重，故出其门者，无不敦品立行。

庚申，粤匪窜至，茂才章海秋等纠集同学撄城死节。君闻之，自以乡居不及协力为憾，即欲以身殉亲友。强偕之行，乃挈眷东西走。同治二年，江邑克复，始稍稍还家。不意三年春，方卧病近村，贼复自东南猝至。至则索金帛，君厉声叱之。又胁以刃，不动。贼怒甚，荐君以薪，纵火焚焉，遂遇害。及卒，犹骂不绝口，时二月十九日也。

呜呼！近十年来，士习日偷，不知名义为何物，往往有身膺民社，责任封疆，不惜低首下心，以求苟活者。君一老诸生耳，而负义不屈若此，其殆有古烈士风，岂徒利物为怀，为一乡之善士已哉！

君生于嘉庆十六年九月初二日，年五十有四。配陈孺人，先君十日亦遇贼投水死。节烈萃于一门，亦奇矣。子一：肇苏，字君来。女五。孙一，培元。

149. 周庄派十八世缪怀屺族称允宜公传

同邑 包栋成 公彦

缪君静山,余侄倩也。己未岁,余送先堂兄赤侯公女于归,得瞻静山尊甫允宜先生之丰采。杯酒胪欢,一揖而别,不及畅谈积悃,喜甚抑又歉甚,因忆先兄存时久馆婿乡,往往为余言先生事,未尝不企慕深之。今静山因其族修辑宗谱,怀行略请传,故不敢以不文辞。按状:

先生为太学生旭昇公长子,七岁丧母,哀深何恃,故名怀屺。字允宜,号念劬。事继母犹生母。历数年继母又亡,而父年渐高,遂代摒挡家政。应试虽屡前列,然不暇申其占毕,因纳粟成均。先兄曰:"此第先生之孝思也。"而弟道更有足述者。弟年十三,即工诗文,咸推大器。先生不惜资斧,延名师教之。惜父没后旋丧其弟,殡葬尽礼,弥自痛已。夫人功名富贵,本若浮云,而独至家庭间,存则叙天伦乐事,没则诵先人清芬,子孙继继承承,罔敢失坠,自足以增光闾里。若先生之笃庆可风,正余所乐为步趋者也。乃庚申之变,各学避秦,欲仰芝颜,不获复见。迨江城复后,先生归而疾终。人孰无情,谁能遣此?

呜呼!余先兄甫卌龄,一朝溘逝,母老子幼,怀怆九原。倘先生尚存亲亲之谊,必有叨其福庇者。乃先后凋谢,传先生益难恝然于先兄矣。

先生寿五十有四。原配孙氏,生子一,名尔仁,即静山。女二。继配王氏。静山生子,余名之曰希彤,盖重先生之修至行,而即以缪氏之孝且弟者勉厥后人。先生有知,其无憾乎?是为传。

150. 周庄派十八世缪厚载族称景纯公传

诸生 同邑 沙淦皋 简庭

呜呼!常言天道无私,常与善人。然则所谓善人者,必能享富贵,登寿考,子孙累世不绝断,未有中途颠沛身亡、泽斩如吾景纯缪公者,是可异矣。公讳厚载,际昌公第四子,嗣为季父哲明公后。工心计,善治生,忍刻苦。幼即敏慧,能承顺颜色,故为父母及季父母所钟爱。季父卒,遂推嗣焉。时际昌分诸子田仅糊口,而季母产颇裕,悉委公恣筹策。娶任氏,赠颇丰,而性又贤,于是公得益施展布,继长增高,视诸昆霄壤矣。然自视欿然,处诸父兄间不敢满假也。而诸父兄亦未尝一艳妒之,有疑难必咨商焉。公警机沈密,筹无遗策,常为族所倚重。咸丰中岁歉议赈,公竭蹶襄事,惠沾里族,至今口碑可验焉。其居生父母丧尽哀,同诸兄莫辨其为出嗣者,丧嗣母如生父母,亦莫辨其为嗣子者。呜呼!此非乡里善人而孝友出于天性哉！任孺人早世，公一身兼内职，事无废举，为两子完婚，俱节俭有法。咸丰十年，公以向平愿既毕，方思营免裘，为颐养计，乃遭粤逆乱，举家奔避。然以思家切恒，伺间归执爨课耕，迭食迭望，往来维持。至同治二年五月，遂遇贼被执，次子亦随陷。长君被贼伤，创甚，兼以痛念父弟，不起。自是壁立焦土，盖藏殆尽矣。孑遗两媳，痛死望生，目断天涯，魂招晨夕，至今犹望公归也。

呜呼伤哉！夫世之侵欲崇侈，恣睢挥霍，每阳阳如平常。而公终身口不味甘旨，体不亲裘帛，足不轻履市肆，殚数十年服田力穑，苦致盈余，曾不获一日享，又不得贻诸后，繄何故耶？岂古语难凭而善人不可为耶！噫，异矣。虽然，公长媳龚、次媳陈矢志冰霜，谨守遗业，辛勤操作，一如公在，亦能裕营屋室。请于族，以公胞兄季良孙定为长君后，而次君尚有待，凡所以待公也，公可无恨矣。存有归，没有慰，然则天虽不与公于当躬，而特与公以两佳妇，其所以默相善人者，不仍有在乎，夫何异哉？

予与公为比邻，亲识公事最悉，因悲公之不得其所，并嘉两寡媳之贞且贤也。爰表其略，俾知公者观慨焉。若夫溯悬弧、记属纩、数春秋、述窀穸，自详家牒，兹何庸赘。

151. 周庄派十八世缪镜千族称蓉堂公述略

同邑　柳宝诒　谷生

蓉堂缪公者，诒之受业师也。诒六七岁时，即从先生受四子书，亲几席者有年。嗣先生远馆在外，岁时至诒家，必进诒而课其业，有所得辄欣然奖借之。盖其于及门者，无不然。呜呼！先生之奖诱后学，何若是其肫挚也。

先生讳镜千，字蓉堂，太学生庆长公之子也。庆长公生子四，先生居长。事亲孝，处兄弟和，家庭内怡怡如也。周旋戚党间恂恂然，如不能言，及发谋处事，则又各有条理，终其身，未尝有失言失色。先生之言行，何若是其诚笃也。

先生家计故不裕，资馆谷以为生，及其门者，文行俱蒸蒸日上，故延者无虚日。然性耿介，合则留，不合则去。气谊不投者，礼虽隆勿就。先生之品望，何若是其高且洁也。

先生幼有异质，读书必体诸实用，每出一义，辄儒先所未发。从乡先辈杨补石、张云阶两先生游，两先生咸目为大器。乃困于童试，竟以坎坷终。呜呼！先生之遇合，何又若是其蹇且啬也。

先生之居曰“东皋”，读书处曰“敬业堂”，自粤匪扰境，先后被毁。先生率眷口仓皇转徙，终以资斧故不能远去。甲子二月，遇贼于巫山北，被执欲引去，先生不屈，乘间奋身投江死。时眷属俱远避，不能复相顾。贼退后二日，始求得先生之尸而殓焉。

鸣呼伤矣！夫以先生学术之正，言行之笃，品望之高，今人中之古人也。乃丰于学，啬于遇，并不获寿考令终，不识造物者，果何意也？岂作善降祥之说，其理本诬耶？

先生殉难于同治三年二月二十日，距生于嘉庆廿二年十二月，得年四十有八。元配柳氏，诒之从堂姊也，有淑德，归先生三年卒。继配程氏，后先生十日卒。子三人：长建瀛，先生没后亦以忧卒；次升瀛；三聘瀛。俱成立，循循自爱，犹有先生之遗风焉。先生没后八年，嗣君升瀛属诒为传。诒不肖，何足以赞先生之德？顾以辱在师门，沐教泽者，诒最深，且以感先生之行谊若此而赍志若彼也，用濡墨而述其略云。

152. 周庄派十八世缪镜明族称蕙圃公暨元配赵孺人述略

弟 镜蓉 柳轩

鸣呼！吾兄之天性，刚正无偏，吾兄之立品，端严不陂。即吾兄之精神，亦矍铄异常，意必能康乐而寿考也。乃其精力，半销磨于读书应试之间，半销磨于颠沛流离之际，竟至耗神陨命乎。鸣呼！此吾所以每念吾兄，未尝不号泣而长叹者也。

吾兄讳镜明，字蕙圃。自幼勤读，长即教授生徒，凡所教者，必量其才而循序导之，无有所忽。昼训诸生，夜自计课，得薄脯以供试费，心未尝辍学也。而镜遇已不堪其苦矣。嗣因家遭匪扰，挈妻子奔避南北，几至度日如年。同治癸亥，避居江北，后归南，居田堵里。嫂氏抱病不能行，遇贼不屈，被焚死。吾兄寻至，亦遇贼。贼缚而挞之，几濒于死，幸而获免。鸣呼！嫂之节全矣，而兄之心亦苦矣，然幸身尚健也。甲子春，贼又窜至，时庐舍被毁，生计无聊，惟兄弟相对泣而已。厥后贼退，吾举家染病甚笃。兄为延医，料量药裹，摒挡一切。当其时，兄固康强无恙，吾则旦暮不保也。孰意积忧成疾，竟于六月廿八日竟弃吾而没乎。鸣呼！吾兄之不寿，非精力一再销磨而至此乎？然念至性若吾兄，堪为里党仪型者，何不克存耶？品谊若吾兄，足为后生观法者，何不获留耶？鸣呼伤哉！鸣呼痛哉！今而后，惟冀吾侄励志力行，庶可慰吾兄于九原焉。

153. 周庄派十八世缪逢柱族称利川公传

候选训导 廪贡生 同邑 赵汝明 少廉

昔孟子言“穷则独善其身”，而近世顾亭林谓“保天下者，匹夫之贱与有责焉”，辞若相反，而意实相成。何则？士君子必成己，而后可以成物。苟品端行粹，为一乡表率，则薰其德,而善良已于风化有关,况乎教施所及,有以裁成后进乎?若吾师从舅利川缪公,其行谊有足述者。

公讳逢柱,利川,其字也,一字镇甫。生而凝重,举止端庄。幼时即异常儿。及长,习举子业,以先民为榘矱。不喜时下虚嚣之美,与弟藩伯公相切劘,称为难兄弟。藩伯公天姿洒落,上下古今,贯串经史,下笔辄数千言。而公则勃窣理窟,务为奥衍,必惨淡经营而出之。盖一以高明胜,一以沉潜胜也。然藩伯公文利投时,捷秋榜,而公之文识者鲜,困一衿矣,因屡踬棘闱,遂绝意进取,以启迪后学为志。教人先立品而后文艺,故出其门者,皆份份端士。生平笃于伦纪,事亲能养志。粤匪之乱,避难江北,以舌耕糊口,甘旨未尝缺。及父母相继没,匍匐扶榇归里,丧葬之事,戚易兼尽。支祠祭田仅十余亩,所入几不敷。公为之经理,恭敬撙节,丹青黝垩,焕然改观。兵燹后,丁口散亡,同治间赞修宗谱,网罗遗佚,殚心力焉。为人寡色笑,不苟言,动必以礼,望之凛凛若秋霜之威。故儇薄小子,佻达后生,至公前莫不肃然敛容。乡闾之诟谇者、勃溪者、淫酗叫呶者,闻公至,匿避惟恐不及。

鸣呼!公之为人如此,古之所谓"乡先生没而可祭于社"者,非公之谓欤!慨自近数十年来,人心不古,以钻营为巧,以黠猾为能,驯至新学既行,变本加厉,侏偶其言语,而毡革其衣冠,辛有之叹,验于今日。使苟有重名义、尚操守者,隐为维持,则积微成著,恐世变尚有可为。乃耆旧凋零,江河日下,然则盱衡世故,追想公风,不独为一乡惜,方且为天下惜矣。

公子一,殿珍,庠彦,以文学称,早世。孙一,亦彤,端谨有家法。因族方辑家乘,捧公状乞言,故略述其梗概,为之传。

154. 江城派十八世缪朝标族称葆和公传

光绪癸卯进士 翰林院编修 同邑 吴增甲 达臣

公讳朝标,字葆和,号莲生。曾祖槐村公,祖赞廷公,父云宾公,均以笃行闻于乡。云宾公生子五,公其季也。世居邑城方桥南进贤街,与甲祖为比邻。公幼失怙恃,事继祖母色养备至。三、四两兄俱出嗣,析箸时祖遗田产仍均分之,虽自处困境勿恤也,盖孝友本于性成有如此者。读书目数行下,颖敏异等夷。弱冠后,补博士弟子员,闭户研精,课徒自给。而雅量宏深,放怀诗酒,里人以公砥行勤修奉为师表,受廛就业者岁每二三十人,凡所教者必因其材成就之。乃公五入棘闱,三荐不售,岂诚通塞有命欤?既以淡于利荣,遂援例贡成均,而寄情于诗酒。当时之同笔研者,甲叔祖舜钦公也。同游泮水者,甲世父伯明公也。情好甚敦，雅相推重。兵燹后，祖居灰烬，寄居邑东云亭，仍以授徒课子为业，盖亦时相过从焉。甲生也晚，又城乡间隔，不获一睹光仪。公之硕德美行，实未能详。嗣与哲嗣武卿同受业于向佩绅先生之门，始悉公之品学。壬寅，又与公侄冕卿同登乡荐，益追思老成之懿范，而不能去怀。夫士生于世，虽无勋烈声名见称当世，而不营非分，不坠先型，笃行于乡里中，是亦无愧生平，而可以垂教子孙矣！己酉春，缪氏重修宗谱，以公状命甲作传。甲后生小子，焉能表公于万一？然重违武卿命，因忘谫陋，谨述其一二，以志弗谖云。

155. 阚庄派徐墅支十八世缪岐族称柳村公传

阳湖县训导 常熟 张瑛 仁卿

同邑缪西京广文，以尊人柳村先生事略及杨君咏春《缪氏支祠记》来请余作家传。按略：

君讳岐，字凤山，号柳村，世居常熟柳陌西桥。父大绅，以节俭起家。君生而颖异，于灵素诸书有夙悟。稍长，游刘晓山之门。晓山得无锡高锦庭真传，高君著《疡科心得集》，君尽挈其要领。远近撄危疾者，治之无不应手愈。君以济世为心，不计酬，遇贫病，周给之，俾医药得所资。君家宗祠在江阴阚庄，君常以春秋不克时至为歉。择地建支祠，捐田五百亩为义庄，规划周详，族中咸取给焉。尝论医家要旨有六气七情之分，病由六气者浅，由七情者深。六气以阴阳为大宗，七情以忿欲为大宗，欲属阴，忿属阳。朱子以血气阴阳解《论语》，又由血气推言志气，近时曾文正亦言血气至衰极将尽时，以志气振之，可起沉疴。余不识柳村，且不知医，顷从缪氏支祠记拓本瞻君遗像，气静神和，道貌蔼然，《礼》所云"清明在躬，志气如神"者，庶几近之。医虽小道，必自清其志气，然后可以调人之血气，此义非近世悬壶者所能喻也。君于皖省筹防，例得五品衔候选布政司理问。生平事亲孝，待人恕。详见邑志及《虞阳旌表录》，不赘。殁于光绪十一年二月二十一日，年六十有五。娶谢氏，子二，镛，同知衔候选州佐；镐，增贡生，常郡试用训导。孙二，曾溥，附贡生，浙江省试用县丞；曾湛，廪贡生，镇郡试用训导。

外史氏曰：客有滑稽者造余曰："子闻天下有异病乎？"余曰："未之闻也。"客曰："请先言其地，次言其人。其地在《易》之《坤》方，其人在《坤》之"上六"。恋权嗜利，年近七旬，可以优游卒岁，惑臧获之言，躬亲家政，由是诸疾并作。欲不窒，相火炽；忿不惩，君火炽。二火交炽，山木自焚。且忌医讳疾，有识其疾之所由来者，斥逐之。强自支持，正气日亏，外邪乘之，其势危甚。惜乎子所述缪君已作古人，否则可试诊视。"余曰："如子所言，是扁鹊之所望而却走者也,况缪君乎?”或曰:“病虽凶,以《易》筮之,在《豫》之“六五”,诚得良医治之,或可挽回万一云。”

光绪二十六年庚子秋七月常熟张瑛拜撰。

时值拳祸,京津宫闱构变。先生忠愤之气,发为奇文。言者无罪,闻者足戒矣。至其辞旨简要,议论精核,乃属余事。吴鸿纶注。[1]（《柳村图题咏》）

156. 阚庄派徐墅支十八世缪岐族称柳村公传

光绪庚辰进士 翰林院编修 御史 常熟 杨崇伊 莘伯

吾邑西徐市缪柳村先生,通晓方书,于疡科尤有心得。尝设药室于近市之柳陌西桥,就诊者村舍为满。邑之人士,下逮妇孺,莫不知有先生焉。吾田庄故居去市不十里,故知先生尤详。先父、先伯父尝患疡,皆先生疗之,故伊龆年即识先生。乙亥夏,伊应吴门紫阳书院课,归途疡发唇部,误于庸医,幸先生活之。伊藏其余药,又连活数人,以是益服先生之术之神与药之精。癸巳、甲午,伊奉先公讳在籍,时先生亦归道山,伊前后两诣先生药室,得尽见所收藏名人字画。令似西京广文珍爱备至,非其人不轻以相示,是固西京之能自守,而即可觇先生之家教焉。先生性豪迈,重然诺,回忆三十年前,伊以父执敬先生,先生亦不鄙弃伊,视之如友,曰:“如某者,固邑子之不数觏者也。”吁!伊自愧无庸福,谏垣四载,正值国家多事之秋,虽无救于大局,而徒为当世所侧目。伊之失言欤?抑先生之失言欤?去秋归自汉中,寓于城西曾氏新园,尘装甫卸,吾西京兄笠屐见访,出示先生遗像,索诗或文,以扬其先德。因匆促北征,无暇笔墨,嗣蒙圣恩,改发来浙,寓居无事,追维两家交契之厚,为述其大略,非寻常酬应文字,不计工拙也。

光绪乙巳三月中浣,久雨新霁,书于西湖旅舍。常熟遂居士杨崇伊拜撰。（《柳村图题咏》）

157. 阚庄派丹徒支十八世缪之铨族称衡夫公传

李洵

嗟乎!孝弟之行,洵不以年齿限哉,而自古孝行出于稚齿者,尤不可胜数。盖降衷之

---

① 光绪谱编修时,出于政治考虑,删去了直斥慈禧的“外史氏曰”全段和“时值拳祸”全段。

性，人所皆有，而赤子之心，大人不失，此可见肫诚赋于生初。而著自幼年者，则尤可贵也。吾润缪氏，为江阴前明忠臣文贞公支属，迁润盖几传矣。予家亦世居润州，与缪氏同乡井，见缪之诸昆仲皆循循谨饬，既又闻群从中有以孝亲著者，年甫逾冠即卒，讳之铨，字衡夫，其卒也因父丧，哀痛得咯血疾以殁，去父辞世仅一周年，是可哀也矣。衡夫之生也，在父母膝前恒怡愉，博亲欢，父母亦甚爱之。性纯笃，无子弟华靡事。缪之长者方冀其成立，大厥家声，不意因丧父哭泣过哀，至于死孝也。衡夫父启周先生，夙以善事亲称道于乡里，衡夫其娴于庭训而能尔耶？抑熟悉堂上之事二人孝养之诚，感于情性，其事亲也故亦有加而无已耶？然竟以死孝，伤哉！无子以继，世资之善良不久生于世，其行谊不获为群昆季效视，不独缪之长者悲之，如吾侪之共厥里居，亦骤闻而为之悼叹也。爰申予之意，以为之传。

同邑愚弟李洵拜撰。(《镇江世庆堂缪氏宗谱》卷一一)

158. 阚庄派丹徒支十八世缪之铭(一名焱森)族称子槃公传

侄 时孙 述溪

公讳之铭，字子槃，时孙之从父也。自幼诚朴，曾大父爱之，曰："此子他日必为端士，为门庭光。"因命其号曰"朴庵"。公益自砥砺，为学务以躬行实践为主。时孙从公游，自入塾至攻制举业，亲炙最久，故知公尤深。公之教，不专重文艺，尝论士以立品为先。吾人自束发受书，以至博取科名，上则登朝堂尽忠思虑，佐天子出令，厝天下于磐石之安；次则一官一邑，分职宣猷，导扬天子之德意，以实心行实政，登斯民于衽席之上，乃为不负所学，故曰修之家者献之庭，盖未有本实先拨，处不能为端士，而出可为纯臣者也。时孙谨志之不敢忘。今日虽滥竽农部，不至坠厥家声者，皆公之教也。性纯孝，母谢安人早世，事继母姚安人甚谨。父德修公督责甚严，又因兵燹后家道中落，生计维艰。公仰承庭意，俯躬自责，每以不能纾父忧为憾。于是遣散奴仆，摒挡内外，事事皆躬亲其劳。德修公乐之，姚安人亦感其意。时人以公之行比之闵子，虽不虞之誉，要之所以感动人心者有由也。至于文艺，公虽未尝自襮，然弱冠即名噪一时。乡先辈鲍海门、杨羡门两先生，并以词赋名家，而公以后进，独能与之颉颃上下。惜早岁困场屋，三取佾生不售，学使者青墨卿、李小湖两先生，皆为之惋惜。李固江右名士，既以解组主讲金陵钟山书院，即招公门下近十稔，所以激励之者甚。至中年，又遭寇乱，流离迁徙，不遑宁处。乱定后，始补博士弟子员，以一衿终。

呜呼！丰于学、啬于遇者，其公之谓矣。卒年七十八。著有《栖岩室诗文集》。

159. 阙庄派丹徒支十八世缪之镕族称炼卿公行状

子 时孙 述溪

呜呼！不孝男以辛亥年十二月丧吾母，权厝于吾王父资政公茔左，尚无七尺之封，乃今年五月又丧吾父，屈计三年之中叠遭大故，不孝负愆实重，积恨填膺，而复加以贫穷，附身附棺，均未能如礼。不孝诚天地一大罪人，即以身殉，犹未足蔽辜。只以门祚衰微，寡鲜兄弟，而不孝子又皆不肖，若为匹夫匹妇之谅，则不孝之罪更不容诛，不得不觍颜偷生，勉留人世，且以千秋之笔有累当代作者，谨濡血而状之。

吾父姓缪氏，讳之镕，字炼卿，又字醒园。吾缪氏世居江阴东兴里，九世祖文贞公仕明，天启朝遭魏阉难，忠贞亮节，昭著寰区。文贞公曾孙讳瞻屺，字志远，从镇江太守王公燕幕，爱京口三山之胜，而家焉，是为迁润始祖。五传至我曾祖国英公，讳朝选，慷慨好施，称吴中君子。国英公生子八人，五子为我王父资政公讳启麟，以孝友著，亦有君子称。王母余太夫人，同郡望族也。诞吾父，生有至性，宗族称孝，尤能先意承志，辟小园以怡养，故吾王父母晚年颇愉悦。早年助壁光曾公采办黔省军需，事竣叙绩，以同知题保分发浙江。嗣以吾王父母春秋高，乞终养。中年前后遭两丧，哀毁骨立，几不欲生，且曰："资产先人所遗，以先人资营先人葬，已亏子道矣，况敢私乎？"遂毁家之半。吾大姑母适道，吾王父爱之笃，顾家贫，吾王父戚戚于心而未发。吾父请于吾王父曰："姊氏事，儿愿任之，倘本有兄弟二人，岂能有异辞？"于是事以兄礼，比殁，又经营其丧葬，复教抚其子女，且为之婚嫁。而其长子某反屡欲攘吾父赀而未得，卒窃吾父名，作荐函于某肆，不期年亏巨赀，而吾父安然代偿之。吾家自文贞公励节殉难，世以忠孝传家，吾父常以祖述为念。然遭粤寇乱，试事久辍。吾王父命吾父废读治生，吾父不得已勉从命，顾非本愿也。故居恒以未竟读书，上继文贞公为恨，而责不孝以绍闻衣德逾切。及不孝授句读，每自塾归，必篝灯以课日之所习，若有遗忘，则厉色严声，不稍宽假。比不孝出应童子试，又屡试屡挫，盖五就试，甫补邑诸生，而复困棘闱。顾吾父责不孝勤学益严，曰："匪是，无以祖述先德也。"丙申春，不孝因襄理海防，经忠诚刘公荐用京职，吾父命赴京供职，兼应京兆试，临行谕不孝曰："尔今初登仕版，当时以祖述先德为心，斯孝子矣。"越二载，为戊戌，莠言四起，举国若狂，吾父虑不孝为世俗所移，又谆谆寄谕曰："此正祖述先德时也，倘误入歧途，不孝莫大，慎之。"不孝谨遵严训，卒免于祸。又越二载为庚子，拳匪祸作，吾父逆知其必不测，预禁不孝南归，又谕曰："主忧臣辱，主辱臣死，勉之毋忘。倘藉词南返，则负予祖述先德之望矣。"不孝用是不敢返。迨七月京师失陷，两宫西狩，连天烽火，断绝音书。家人重以为忧，吾父独与吾母忧不孝之罔生。比闻不孝随扈西行，而忧始稍释。辛丑夏，不孝便道归省，比入门，吾父遽责以国家遭此奇变，乃不闻尔进匡正之言，予平日所谕者何在？既促不孝北上，曰朝廷正多事之秋，非臣子图晏安之日。比行，又严谕不孝曰："时事日促，尔其谨守予祖述先德之言，即尔之孝予也，无他语矣。"辛亥秋，东南事起，吾父又再申前言，殷殷诰诫。比冬，吾母见背，不孝去职。越年，而祚移矣。顾不孝历遭三变，事前既未能格非，事后又未能殉变，不孝负吾父之望也深，不孝无以对吾父矣。文贞公有遗集，历经兵燹多所散佚，惟存百余篇，吾王父珍重藏之。顾年谱遗失，吾父谨编订之。请于吾王父，而先付梨枣。复广求其佚者汇录如干篇，拟俟成完璧再附梓，恨未获如愿。吾父复为裕后计，编辑先代事迹及阖族诗篇各若干卷。吾家自志远公迁居京口后，与江阴大宗音问不通久之。吾父助吾王父，于甲戌岁创修镇江支谱。岁戊申，啸仙族弟重修大宗谱，不孝禀命吾父，谨以吾支列入，盖自此始与大宗谱合。吾父喜而谕曰："尔曾祖、尔祖未竟之志，而尔成之，予志稍慰矣。"吾父因议再修支谱，顾以经费支绌，累年未竟其事。故疾革之际，犹殷殷以毕其志望不孝。吾父性好客，座上之客常满。尤好施，亲戚里党间苟有所求，无不立应。顾家业以是中落，然志犹不衰，每遇贫乏者则典质以剂之，佥称长者。又善为人排难解纷，凡人有不平者，必就吾父以质成，得吾父一言即解。殁之日，识与不识，罔不痛哭失声，而叹安仰安放，故于不孝之经理何公菊侪事，独许不孝之不计利患而以安危易志，为不愧文贞公之孙也。顾吾父终，以己之未能卒读，时抱隐恨。不孝长子鸿儒天资略敏，幼捷泮宫，吾父每喜而言曰："语云：'明德之后，必有达人。'吾家自文贞公后，未有显者，意者其发潜德于儒孙欤？"孰知弱冠遽病魔，而吾父复易喜为忧，遂郁郁以殁。呜呼！此不孝之德薄，而重以累吾父也。

呜呼痛哉！呜呼痛哉！不孝乃忍死书状，泣请于名公巨笔以光大之而发幽潜，则殁者、存者均感不朽。吾父生于庚子年三月二十四日丑时，卒于甲寅年五月十三日卯时，享寿七十有五。配吾母徐太夫人，同郡二品封典讳体和公女，懿范详具清菀紫莼许君志中。子一，即不孝时孙。孙五，次、五均早殇。曾孙四，长亦早殇。不孝将以乙卯年春合葬于吾王父资政公茔旁。谨先期泣述如左。

不孝孤哀子时孙泣血稽颡谨述。姻世愚侄元和汪凤藻顿首填讳。（《镇江世庆堂缪氏宗谱》卷一二）

160. 阚庄派丹徒支十八世缪之镕族称炼卿公传

赐进士出身 前四川顺庆府知府 姻世愚侄 元和 汪凤梁 兰楣

呜呼！自欧风东渐，热血之言，腾于口说。至问其所谓热血者，则爱国也，则保种也，而于纲常之大者，反弃之不顾。孟子曰："未有仁而遗其亲者也，未有义而后其君者也。"遗其亲矣，后其君矣，而漫曰吾爱国也、保种也、吾血热也，愚不知血热之谓何？而以予所闻之炼卿缪公，真可谓热血矣。

公缪姓，讳之镕，字炼卿，别字醒园。镇江人。予友述溪之父，明遭阉难谥文贞公之十世孙也。予先君子秉铎润州，习闻缪氏多懿行，述溪又游先君子门，予家复与有葭莩亲，故于公之轶事尤悉。公父讳启麟，字锡书，母氏余，均好施。丁丑，青齐告祲，锡书公倡助赈。丙戌，太夫人遗命，以千金助赈，公皆不俟诸异日即赈之。公前后遭两丧，哀毁过人，既毁家以营身后事，而曰："此先人之家业也，予何有焉？"至平日，尤以养志闻。故公父母晚年颇愉悦，一堂之间，雍雍穆穆，宗族乡党，咸称孝子。其孝也，其血热也。公有姊适道公，父爱之甚，顾家贫，公父郁于心。公微窥之，亟请事以兄礼，复经营其丧葬，并教育其子女。而其长子某盗公名，作荐函于某肆，亏巨款，累公代偿。公怡然，且曰："此吾姊子也，何忍不为之偿？"公亦好施，家业以是落，而公曰："散家财以济人，先人志也，今虽罄何憾？"故业已落，遇人急难事，仍典质以周恤之。公盖因亲而推及姊，推及姊之子，推及亲族故旧，公之血，何其热耶！文贞公有遗集，经兵燹多散佚，年谱复遗失，公亟重编之。复禀锡书公，先刊其所存者。仍广为搜罗，冀成全集，惜愿未遂。缪氏本江阴旧族，文贞公曾孙讳瞻屺始迁居润州，自此与大宗庆吊不通。锡书公因子姓繁衍，恐日久无征，命公创修支谱。戊申，述溪闻大宗续修谱牒，禀于公，以镇支世系合入。公喜积愿之偿，因复修支谱。顾以财用支绌，累年未竣，弥留之际，犹以为念。复辑阖族诗词与先代事迹，以为燕翼之谋。公盖又因亲而上溯列祖，公之热血，洵可谓至矣。顾犹未尽也。公素以祖述先德为念，顾以寇乱，乡试中辍，公勉顺父命，废读谋生。戊辰，因襄理黔省军务，经曾公壁光题保同知，分发浙江。又以堂上春秋高，乞终养，而公终以未能祖述为恨。述溪官京师，戊戌、庚子、辛亥三变，公均先期函谕以祖述先德而阻其南归，复深忧其罔生，故述溪始终不为莠言所惑。及壬子大变，述溪已以太夫人之丧去职，顾公犹以其为有亏先德而负祖述之望。夫人孰不爱生而恶死？人情又孰不爱子？而公独以罔生为忧，公之血，其热之极欤！

呜呼，今之所谓热血者，其孰如公哉？夫忠孝以外无热血，舍忠孝而言热血，固不可谓热血也。顾乃纷纷然曰爱国也、保种也、吾血热也，其谁信之？孟子曰："是犹或紾其兄之臂，子谓之姑徐徐云尔，亦教之孝悌而已矣。"教紾兄臂以徐徐，而曰教以孝悌，有如是之孝悌乎？则遗亲后君，即不可为热血矣。愚悲今之舍忠孝而言热血，爰亟传公之行，以为世风云。

赐进士出身、前四川顺庆府知府、姻世愚侄、元和汪凤梁顿首拜撰。（《镇江世庆堂缪氏宗谱》卷一一）

161. 阚庄派丹徒支十八世缪之镕族称炼卿公墓志铭

赐进士出身 花翎黄马褂前军机大臣 协办大学士
外务部尚书 会办大臣 善化通家愚弟 瞿鸿禨 子玖

岁甲寅夏五，缪子述溪奉其考炼卿公行状邮寄于予，并沥血上书而告曰："先君子孝友传家，忠恕涉世，一一足为宗族乡党范。纳幽之文，非明公不可。"述溪于丁酉春来游吾门，往往以公之承先裕后者为予道之，予因详悉其家世。今读公状，益信然。爰不揣固陋而志之。谨按：

公姓缪，讳之镕，字炼卿，别字醒园。明天启朝忤魏阉惨死狱中谥文贞之十世孙也。文贞公曾孙讳瞻屺，以国子生参华将军军，嗣就镇江守王燕幕，爱京口三山，遂占籍于此，是为迁润始祖。祖讳朝选，尚侠义，考讳启麟，孝亲睦族，均有君子称，事迹江苏省志、丹徒县志皆列传。公至性过人，幼时闻文贞公轶事，即奋然曰："如是，始不愧为臣子，他日吾必祖述先德。"既长，遭赭寇乱，乡试中辍，公父命废读，公固弗愿，顾纯孝性成，不忍违亲命，乃痛哭以改谋生业，顾暇时仍手执一编，咿唔不辍。当寇炽，公奉堂上避居海陵之樊川，构怡园以养二人，事事皆先意承志。故公父晚年与同郡之避寇在樊者，联九老会，愉愉如也。而公母亦怡然自适。戊寅、丙戌，公父母弃养，公哀毁逾恒，几至灭性，遂毁家以营身后事，曰："家业皆先人造，何敢私焉？"公有姊适道公，父笃爱之，经乱，贫甚，公父忧之深。公默窥之，亟请于父曰："儿倘有兄弟二人，岂能有异辞？自今始，愿以事兄者事姊。"既姊殁，凡丧葬皆公任之，复教抚其子女，且婚嫁之。惜姊之子不肖，不知感公德，反时时欲害公。有长子某屡思攫公赀而未得，顾有求未尝不与，只未能如愿以偿也，卒盗公名作荐函于某肆，亏巨赀。公怡然代偿之，曰："此吾姊子也，吾姊，吾父所钟爱也，倘督过之，则伤吾父心于地下矣。"公父母均好施，苟欲有所与，公必赞成之。丁丑，青齐告祲，公父倡助赈。丙戌，山东又灾，公母遗命，以千金助赈。公皆不宿言，而捐赀以赈之。至宗族乡党之贫乏者，公苟知之，立助以赀，复为之谋始终。而家道因之以落，顾公弗计也，曰："此非吾父母之昆弟，即为吾父母之子侄，一夫失所，则吾父母不安，即吾何以对吾父母也？"故家道虽落，仍亟亟以周济为怀，不稍易其志。又善为人排解，凡有不平者，经公一言而即平。文贞公有遗集，经兵燹散佚，仅存百余篇，而年谱亦遗失。公深痛之，亟重编年谱，而以先所存者付梓人。复广为搜罗，冀成完璧，惜未遂其愿。缪姓本江阴旧族，自迁润后与大宗不通音问，公父念子姓繁衍，恐日久无征。公仰承亲意，创修支谱。戊申，述溪因江阴大宗重修谱牒禀于公，以镇支列入。公喜大宗之复合，议复修支谱，累年未竣其事，弥留之际，而公犹以为念。公又编辑先德事迹暨阖族诗词以启发后人。早年襄理黔省，采办军需，经曾公璧光以同知题保分发浙江。既以双亲春秋高，乞终养，顾公终以未克祖述先德为憾。述溪官京师，公恒以祖述寄训，故经戊戌、庚子、辛亥三变，述溪独危行言孙，不激不随而免于祸，盖得于公之训者深。顾庚子祸作，公预禁述溪南归。嗣京师失陷，家人咸忧述溪不生，而公独忧述溪罔生。比述溪自行在便道归省，公复促其入京。且谕以"主忧臣辱，主辱臣死"大义。壬子大变，适述溪以礼去位，然事起时，公固不望其生也。

呜呼！人情无不爱子，爱之即无不欲其生。而公独以罔生为述溪忧，公之志在祖述先德也，正公之孝也。著有《读史绪论》、《醒园诗文词集》、《行余漫志》，辑有《箕裘集》、《启迪续录》。享寿七十有五。庚子年三月二十四日丑时，甲寅年五月十三日卯时，公生卒也。镇江南门外史家冈祖茔左，公葬所也。丙辰入成均，是岁江北防务议叙詹事府主簿，归部铨选。乙丑遵例加同知衔。戊辰襄助黔省防务，云贵总督曾公题保同知。辛未分发浙江。戊寅遵例加知府衔。以子官户部，叠遇覃恩，累赠资政大夫。配同郡徐氏，佥称德配，先公卒。子一，即述溪，名时孙，前度支部主事。孙五，长鸿儒，优行附生；三鸿杰，前民政部录事；四鸿俊，监生；次鸿仪、五鸿伟，均殇。曾孙四：长焕璋，殇；次焕宗；四焕宸，均鸿儒出；三焕家，鸿杰出。女一，麟英，早殇。孙女一，若光，适附生邹宜璟。曾孙女一，静贞。铭曰：

事亲色养，一室怡怡。推爱女兄，维则孝思。遗孤教抚，恩斯勤斯。式怀先德，祖述燕贻。义方垂训，作忠孝移。辑修谱牒，系恋宗支。前人不忘，搜罗诗词。遗型敬述，裕后猷垂。亲亲睦姻，慷慨好施。毁厥家室，若素安之。庞公而后，安复闻遗。呜呼懿行，扶植四维。景行行止，俗挽颓衰。

赐进士出身、花翎黄马褂前军机大臣、协办大学士、外务部尚书、会办大臣、善化通家愚弟瞿鸿禨顿首拜撰。（《镇江世庆堂缪氏宗谱》卷一二）

162. 阚庄派十八世缪春华族称志华公行略

侄　鹏飞　梦龄

叔父志华公讳春华，大父耀福公次子也。生而膂力过人。少年读书，粗通大义，遭发逆乱，未成。乱定后，遂习武，锐意功名，业遂精进，凡骑射刀石之法，无不娴熟。应郡邑试，辄列前茅。游庠归，益努力，未几举于乡。既而以春闱报罢，目疾骤作，一目失明，于是功名之意遂灰，以举人终于家云。

公孝友性成，事二亲先意承志，能得欢心。大父之殁也，水浆不入口者累日，哀痛几至于毁。大母一日病笃，公医祷无效，乃半夜吁天，割臂煎汤以进。大母服之，疾果愈，由是乡里称孝焉。生平尤笃于手足，吾父染沉疴，服事惟谨。迨不起，哭之恸，寝食俱废。盖公之籍黉宫、登虎榜，虽由刻励自致，亦由吾父之诱掖奖劝有以成之，不敢一日忘，不觉其伤之切也。自后家居，即以爱兄之道爱及于鹏，督以读书，亦得粗通大义，暇复授以武技，每一技毕，辄冠诸同学。公以为孺子可教，遂令壹意习武，出应童子试，亦游庠。乡试虽未售，曾留堂。论者方谓家学渊源，鹰扬之声可以继起，不意鹏无状，竟艰一第，负公教也。然公之苦心，又何忍一日忘哉？

公为人慷慨有大节，乡邻有斗者，辄为之排解。至欲涉讼者，必鼎力调剂，事冰释而后止。蒙吴公知，举董镇事，盖知公善作调人也。自是镇中庬吠不惊者，终公之世。平日每谕鹏曰："讼则终凶，《易》有明训，曾见世之好讼者矣，其显见为凶者固无论，即幸而得志，然废时失业，家产倾耗，所得不偿所失，何如忍一朝之忿，安无讼之为愈乎？故愿汝曹勉之，能为人息讼一，即为己积一德也。"公之存心如此，公之风可想矣。

年五十七无疾卒，卒之日，仿佛见绿衣者至家来迎，因肃衣冠，端坐，口中喃喃，含笑而逝。

呜呼！得无所谓"生而为英，死而为灵"者耶？兹因重辑家乘，故略述其行谊，为之传。

论曰：公敦内行，而世之重公者，多乐道其武艺。故余述公事，著其大者，惟武艺亦未可没。每岁仲春，杨城外教场率跑马角艺。一日，公方跨马驰骋，而一童子失足仆前马道中，观者皆失色。公从容曲身，从马项下提童子置道旁，而马足未少停，一时呼声如雷，以为神技。得此一斑，亦可以想见公之艺矣。因附著之。

163. 阚庄派丹徒支十八世缪之钰族称其相公行略

子 煐 萃浦

府君缪氏，讳之钰，字其相，号式如。先世出于常熟，由常熟迁居江阴者，处士全一公也。自江阴而来吾润者，太学志远公也。志远公四传至府君。曾祖讳文彪，字惟寅，议叙县丞，累赠通奉大夫。曾祖母华太夫人，举丈夫子一，讳朝选，字国英，候选州同，累赠通奉大夫，府君之祖考也。祖母袁氏，累赠夫人，生子八，其四则府君考讳应麟，字德徵，候选从九，敕赠儒林郎。母李氏，敕赠安人。生子五，府君居长。少读书敏达过人，力学不辍。年未冠，文章诗赋靡不纯粹，每构一艺，操笔立就，其命意迥不犹人，业师钱海舲先生常契重之。诵读之暇，恪守父风，工书篆隶，镌刻印章，以是自娱。及冠，出应童子试，辄遭大父丧，家居读礼，奉养萱堂。未几家难起，曾大父为诸叔祖分析而炊，府君以长子，故不得已谋家人生产，弃其所学。继遭粤寇乱，流离失所，家道中落。府君奉大母色养无缺，从不以力棉贻高堂忧。大母性好施予，亲戚告贷辄慨然持赠。府君能善体母志，躬亲俭约，于人所求，无不勉应，故大母晚境愉然。大母见背，府君哀毁逾常，丧祭之礼无不从丰。其纯孝类如此。分炊时，诸叔氏俱幼，咸赖府君觅衣食之资。府君有所入，无毫发私。迨诸叔氏成立门庭，和顺相处无间言。遣嫁女弟，不以力歉薄其资奁。其友爱又类如此。府君性好学，迹溷风尘，非其愿也，居恒常郁郁以不克显扬先志为憾。季父子山习儒业，府君期望甚切，及稍通旁解，躬亲指授，常谓曰："汝宜述父兄之志，努力进修。"其后卒以成名，惜府君未获亲睹也。不孝髫龄时，句读讲解皆府君亲自庭训。稍长，命从学吴先生学沅、金先生兆庚，而阴伺其间，身自监读，遗命尚以不孝读书为吾母嘱。不孝至今言之，心犹刺痛。至其接物，立品端方，与人谦厚，未尝唯阿取容，亦不为崖岸拒人。外叔祖戴友梅观察与府君深相契合，咸丰丁巳出都门，过召伯埭，召府君至舟谈论各省军务。府君规画指陈，料敌如睹。观察公深服其论，遂劝偕行从军。府君甫拟束装就道，辄遘疾，阅旬有四日，而疾不起矣。卒之时，六月初二日未时，距生于道光壬午十一月十一日子时，年三十有六。

呜呼！天何夺之算耶。府君敦孝笃友而常恐不及，好学力行而研求不苟，著有《桂林书屋艺课》若干卷，《图书备考》二卷。本郡城工案内议叙八品。配戴氏，郡庠生、赠朝议大夫絜斋公女。生子一，即不孝煐，忝补郡诸生，娶昆山教谕璧三赵公女。女一，适杨澂。孙男二：鸿勋、鸿猷，俱幼。孙女二。

呜呼！府君之殁也，不孝犹曰童幼无知，欧阳子之所谓"有待者"也。今当谱牒肇修，痛念府君行实，不能以不孝故阐其幽光，表章当世，焉能以不孝故泯其硕德、湮没将来？用敢抆泪缶陈剟记生平大致附诸谱末，用示后人无忘旧德云尔。

同治十三年冬月之吉，不孝男煐泣血谨述。(《镇江世庆堂缪氏宗谱》卷一二)

附　《东兴缪氏宗谱》载《其相公行略》

府君讳之钰，字其相，号式如。读书颖敏过人，年未冠，文章诗赋皆蔚然可观，不假思索，援笔立就。工篆刻，有古意。弱冠应童子试，县府皆冠军。以大父弃养不获售，服阕又遭癸丑之乱，遂援例补国子监生。拟应京兆试，而大母又弃养未果。故居恒郁郁，每以不克早致青紫、显扬先志为憾。性孝友，事二亲色养备至，抚诸弟教育兼施。与人交，其中退然，外不立崖岸，而内亦不设丘壑，然又未尝以媕娿取容。以身经世变，留心经世务。外叔祖戴友梅观察极契重之，丁巳出都门，过召伯埭，特访与府君，论各省军务，府君规划指陈，悉中窾要。观察称善者久之，属偕行从军。已束装欲就道矣，忽遘疾，阅旬四日，遂不起，年才三十六也。

呜呼哀哉！夫古今来，怀才不遇者，何可胜道，或因磨炼既深，本其学焉之所得，著书以传后世，或全其自养之天，优游耆耇，以享林泉之福。后之人犹或哀而惜之，况如府君者，所如辄左，天之厄其遇者既如彼；中年殂谢，天之厄其寿者又如此。空怀终军请缨之愿，而有颜回短命之悲，其可哀又何如耶！故略述梗概，俾采风之君子有可考焉。

164. 阙庄派石梅支十八世缪钟汴族称豫生公传

陕西布政使 王思沂

缪君钟汴，字豫生，江苏常熟人也。考讳树本，任陕西临潼县知县，同治元年殉回难，赠太仆寺卿，世袭云骑尉。生四子，君居长。性颖悟，博览强记，书法遒劲，兼谙金石学，为时所重。自幼随侍父署。方回逆猖獗，团练大臣张文毅公招君父太仆公同赴渭南招抚。太仆公知回情叵测，严守备，遣君母子俱出城避祸。君母张太淑人义不行，乃斥君偕仲弟赴省垣。时君年十二，泣曰："父殉国，子独不得殉父乎？"太仆公怒以宗祧大义责之。不得已，乃与弟行。既而惊闻太仆公及太淑人殉难之信，痛不欲生，哀毁骨立。乱定，匍匐至仓头镇寻父遗骸，风餐露宿，日夜绕河干号恸，终不获。乃具衣冠以殓，旅殡于豫，擗踊惨怛如成人。弱冠应京兆试，不售。遂由世职改知县，分发安徽。入谳局，屡平反大狱，历七年，清积案数百。时余承乏皖臬，甚资君助，目为良吏，人无间言。而余前后任臬事者，绍君葛民、孙君琴西尤亟称之。盖太仆公故治申、韩学，法律之精，固君家学也。绍君契君学，延入幕，君力辞至再，卒不就。其立品之高如此。光绪三年，拔署颍上县。颍民俗强悍，素多盗，称难治。君听断明决，有包公复生之颂。河南光州有巨盗，一夜连劫十八家，在逃未获。君于途次侦知之，尼其行，不从，呼左右持械围击之，遂全获无遁者。大府具功状以上，己卯春，檄署五河，冬调署宁国。宁承兵燹后，土著多流亡，侨居者半浙鄂客户，往往争地构讼，甚至纠众械斗。前令吴以丁忧去，大府促君受篆。君乃单骑行，抵任后日坐堂皇，恩威并用，案无留牍，民情遂协。副将某亦因争地讼，时君已病笃，委典史讯之，不服，乃力疾视事，片言帖然，案乃定。方补全椒令，未及赴而疾不起，遽卒，庚寅八月廿一日也，年才三十耳。卒之日，士民流涕，大吏亦深为惋惜。

君生平廉洁自持，一介不苟取。皖省经寇乱，百废待举，颍上、五河、宁国残毁尤甚。君出其廉俸建书院，编保甲，设善堂，凡有裨民生者，无不力为之。而保甲之善，尤冠通省，巡抚裕公具状特保。顾君以清廉，故积亏巨帑。大吏多君治，佥曰良吏身后不免登白简，是教人贪也，何以为贤者劝？乃分为弥补而送君丧归。

呜呼！吏治如君，求之今人，不数觏矣。乃天不假年，未竟其志，中道徂谢，弱息伶仃，岂良吏可为不可为，天道可知不可知耶！然君子亦尽其在我者而已。爰述大略为之传，以诏后世。

165. 周庄派十八世缪镜炜族称冠卿公传

光绪丁丑进士 直隶热河道 同邑 徐士佳 拙庵

公讳镜炜，姓缪氏，字冠卿，号诚若，太学生。生而敏慧，十岁即遍诵五经，为文俶傥有奇气，虽屡困童子试，而益自刻励。乃早岁间于家政，中年废于寇乱，郁郁不得志，始援例入国学，非公之志也。公有至性，年二十四受室，父觐南公即付以家事。家故有腴田数十亩，耕读相兼。公既受命，即讲求农田树艺之术，督率傭奴杂作，课晴问雨之事，无不曲应其会，以故岁收恒倍于前。暇复潜理占毕，以冀遂显亲之志，二亲顾而甚乐之。越二年，粤寇窜东南，苏常诸邑相继沦陷。遂奉亲挈眷避难江北，而甘旨之供未尝缺。自是五年之中赋悼亡，痛丧明，而觐南公旋复弃养。哀毁得疾，几濒于危。洎难平，奉母氏南归，庐舍俱毁，家业荡然。未几而母氏又弃养，至鬻恒产以治丧，逾年复扶父柩合窆以蒇葬事。当奇窘之中而戚易兼尽，殡祭如礼，谓非纯孝根于天性者，而能然乎？

公以半生沦落，叠遭艰屯，由是绝意进取。家居课徒，以启迪后学为志。循循善诱，一时有名师称。其操己也廉以洁，其接物也宽以和，其待人也仁以恕。亲族中有疑难者，必取决于公，闾里中有忿争者、斗很者，必为之排解，使冰释而后止。曾祖象复公遗祭田二十余亩，族众以公廉推为经理，不数年增置田如其数。而逐逐者攘之，弊窦百出，众大哗，议将所增者计房均析。公力阻不得，将应受者让与弟，而己不染。其公正自持如此。

呜呼！十步之内，必有芳草；十室之邑，必有忠信。慨自世风浇薄，耰锄德色，彼未尝学问者无论矣，即口诗书而服峨博，至于利之所在，则锥刀之末，且尽争之。求其内行不亏，无欲则刚者，实鲜其人于此。而有人焉力矫其所为，岂非乡里之表率，可为子孙法式哉。如公者，即其人矣。余故乐传其事，以告后世。

公生于道光十五年三月十三日，卒于光绪五年闰三月十一日，年四十五。有子三：长尔麐，元配胡出，殇；次尔玉、尔楹，继配许孺人出，皆弃儒业贾，然份份焉有儒雅气，无市侩习，而且闻义勇为。孙五人，均英英露爽。余惟公之盛德，固知必有以昌其后也。

166. 阚庄派徐墅支十九世缪镛族称声之公行略

弟 镐 少村

先兄讳镛，字声之，先府君柳村公长子也。姿禀纯朴，气体壮实，年十八遭发匪乱，旋弃举业，而侍先府君习刀圭术。庚申迄甲子，先府君挈眷东西播迁，独留先兄照顾家室。

先兄慨然任之，露宿晨征，往来锋镝丛中而卒无一失，盖先兄之胆识，自幼然也。城复后，益肆力于岐黄家言，旋纳粟入成均，得州佐职加府同知衔，先府君请正五品封。辛未冬，先府君购旧家屋为祠，重加修葺。先兄早暮躬临，督率匠工，无稍懈。乙亥冬，造住宅，鸠工庀材，亦先兄之力居多。壬午秋，先府君禀建义庄，先兄赞助成之。乙酉、乙未，两遭大故，先兄哀毁尽礼，经营窀穸，罔不周至。生平秉祖父遗训，以忠厚待人，以勤俭持已，以敦睦为本，以耕读相承。里人之来就医者，施药施方，未尝索其偿，遇贫苦，反周给之，而无德色。丁酉、戊戌二年，米珠薪桂，穷民艰于谋生，蠢然欲动。先兄倡捐平粜，一乡获以稍安。先兄襄理庄务数年来，规模略备，而族中之有待赡给者，二十余口矣。己亥四月，恭送先大父及先府君栗主于祠，恪诚致祭，一切遵先府君定规焉。先兄昔有疝气疾，加意调摄，疾已若失。丁酉夏，猝然大发，腹如鼓，痛不可忍，几濒于危，幸得乩仙方，服之霍然病已。乃于已亥四月底因劳复发，急切延医诊视，犹幸病势较前年轻减，不意于五月初六日戌刻陡然少腹掣痛，痛不可忍，终宵谵语，发挥恨事，比及天明，气随言绝。呜呼伤哉！先兄耐苦耐劳，品行笃实，不苟訾笑，乡里咸目为正人，乃年未周甲子，甫成立而遽尔徂谢，不获享一日之安，何哉？

167. 詹文桥派十九世缪玉辉族称尹达公传

族弟 玉珍 聘三

人可以力致千金，而不能利济为怀，有仁者爱人之量；可以屣脱万乘，而不能遗荣自乐，有硕人高世之风。则其人虽流俗之所称道，而君子无取焉。若我族兄尹达公，有足述者。

公讳玉辉。祖起文公生二子：长炳若公，即公父；次太占公。炳若公生公未几没，太占公无子早卒，公兼祧焉，两世一身，故为祖及母、叔母所钟爱。幼从名师游，为文无浮藻，沉实一如其人品。书法秀劲，得褚氏笔意。年二十五，以郡试第一人补博士弟子员，既而屡试棘闱不售，遂援例贡成均，入赀得职请封，绝意进取焉。祖业故小康，叔母氏章又勤俭持家，公复佐其经计，于是扩充良田至千余亩。章氏性好施，公承其意，饥者食之，寒者衣之，病者药之，置义槥以敛暴露，出仓米以赈凶荒。亲族闾里以缓急告者，无不满其意以去。盖章氏之乐善不倦，大半公有以成之也。性耽静，深居简出，足不履城市。一室之中，明窗净几，茶半榻，书数卷，密尔自娱。寡言笑，对宾客呐然，如不出诸其口。貌似落落，而即之也温，蔼然可亲，未尝臧否人物。家人妇子间无嗃嗃声，即臧获亦不见其以呵斥相加。雄于饮，虽终日持杯，兀然不乱，或值亲朋宴会，觥筹交错，虽数斗之后玉山将颓，而无侧弁屡舞之容。公盖能宁静其神明以自全其天倪者也。以视世之役役于物，相刃相靡，行尽如驰而莫之能止者，其相去何如耶？然义足以兴俗劝厚，利赖斯世。正欲冀其久成，而不意斯世失公之速也。盖公卒年五十七，非云短命，而人之高其风义，冀得一当其呴濡者，犹未已也。呜呼！如公者，可以传矣。

168. 周庄派十九世缪桂族称斐若公传

弟 楷 啸仙

公名桂，字斐若，余兄也。生而沉静，好读理学书，辨析名理，细极毫芒。得一说，必穷究其所以然，决别是非而后止。或索解未得，则寝馈俱废。犹忆幼时在外家，见钞本《回文类聚》未载读法，乃携之归，穷数日力，尽通其句读；又偶检类书，见《引算经》鸡兔同笼说，其法亦未载，乃为之反覆布算，得数与原书吻合。其用心刻挚，本于性成如此。然卒以此自伤成瘵疾，未弱冠即弃举子业。洎伯父藩伯公逝世，无子以应，嗣为后焉。伯父家故不裕，于是训蒙焉、什一焉、逐逐焉为谋生之计，而体益弱，乃叹曰："古人三折肱，知为良医。"因发箧陈书，研究素灵，又受业于梁溪张聿清之门，得其传。然声名虽籍甚，未尝轻与人诊视。尝谓天下操杀人之权者，兵与刑外，惟医耳，而医又杀人于无形，则其祸尤烈，治此术者，可不慎欤？以故世之悬壶者视为牟利之途，而公则方经几卷外，恒泊如也。然长卿善病，兼以平子工愁而益不自支矣，盖公之性正而近于执，年方强壮而忧深思远，常作老大之伤悲，寂处一室，与物无交，戚戚焉如有天下无穷之感。时或中宵不寐，泣下沾衾，亦明知病体不能自持，强自排解，则或取《庄》、《列》汪洋恣肆之言以自遣。然而移时辄复然欲学，为导引以养生，而百感交集，又不果。至于戕贼已深，温凉杂投，余固知公之不能久延，而懵于医理相对，辄哽咽不能语。孰知补救无术，卒以此陨其生乎。时年四十一也。呜呼可哀也！已有子二，俱未成立，嗣母在堂，未能终养，卒之日，家无儋石储夫，困阨之境，士所恒有。而余独以为天下之最可哀者，莫余兄若也。

169. 江城派十九世缪炳组族称冕卿公传

光绪癸卯进士 吏部主事 同邑 祝廷华 丹卿

夫兰滋九畹，以芳烈而易摧；桂馨一山，因孤特而遽霣。是以才人长吉，痛返玉楼，旧友山阳，愁闻邻笛。昙花倏谢，文藻凋零。回思樽酒言情，留连文燕，襟期合辙，陶写性真。

则固恳接古欢，难寻幻梦。萋萋宿草，悼孝标之已殂；渺渺蓉城，祝曼卿以为主。俯仰陈迹，吁可伤已。

吾友冕卿缪君，讳炳组，[①]为友和先生之哲嗣。夙擅岐嶷，慧过童乌，兼美风姿，容修卫玠。绮龄就傅，目下数行，卓荦观书，心通六籍。加以孜孜好学，落落推襟。喜接名流，类文举之好客；互析疑义，师端木之亲贤。由是吐纳宏深，蕴蓄渊邃。操觚染翰，洋洋数千字顷刻而成。师友以大器相期，君亦以不凡自命。况复至行肫笃，孺慕瞻依。既痛椿荫早凋，鲤庭失训；故慈闱侍养，昕夕不离。树北堂之萱，吉祥止止；洁南陔之奉，情话依依。每当盥漱晨兴，篝灯夜诵，受断机之教，学画荻之书。志切显亲，情殷汲古。泮芹早撷，黉序蜚声，前茅屡登，高才见赏。而君犹手不释卷，精益求精。提要钩元，得昌黎之家法；晨钞雪纂，矢君实之辛勤。攻苦愈深，才思愈发。棘闱呈艺，邀峻赏于宗工；蕊榜题名，羡翘居于前列。囊中脱颖，名下无虚，揆君显扬之心，亦可庶几稍慰矣。维时[②]君方肄业南菁，与余斋舍相邻。课艺谈文，备形浃洽；评今论古，各出心裁。击钵摧诗，拈毫作赋。上下议论，略同庚蟋之互鸣；鞭弭周旋，有似云龙之相逐。而君复虚怀若谷，勤学惜阴，每就鄙人，时殷下问。叔牙知己，敢辄贡夫狂言；祖逖先鞭，几难测其进步。畴人之学，喜窥其藩；哲学之书，亦研其旨。思欲综贯经史，会通中西，不惮钻求，务穷精力，此更余所亲见而叹为畏友者也。君既以文学驰名，而干济之才，亦为素具。姚崇世务，以小试而见奇；陈平擘画，以分肉而称善。明以烛理，公以存心。断事深鉴棼丝，振裘务当挈领。一言徐出，众论翕然。充是才也，可以任繁剧，奏循良，参军国之谋，膺交涉之务。而乃神驹方骋，遽蹶中途；丹凤甫翔，倏坠云路。以先祠之事，急于清理，冒暑远行，感而成疾。祊田有主正可洁，荐夫蘋蘩；洹泪盈怀遽怆悲，歌夫薤露。卒年三十有三岁[③]，光绪三十一年七月初七日也。娶同邑杨氏，安徽即补藩经厅名以隽长女。德门育质，相敬如宾；劲节盟心，堪式薄俗。子一，幼殇。有女子子三，皆未许字。君没之后，生遗腹子，亦数岁即陨。生抱西河之痛，死衔伯道之悲，君之所遇，抑何酷哉？呜呼！君既往矣，而才德之可称者，未有著录，恐积久之后，无所征考，余素稔君之生平，故聊缀芜辞，以存梗概。交情古道，痛惠施之云亡；碑版高文，愧中郎之难似。余素不文，而又不敢却者，盖亦区区不负死友之意，如谓余之文足以传君，则愈增余之愧也矣。

论曰：造物生才，造物亦最忌才。君以弱冠之年蜚英声，腾茂实，设充以学力，陈同甫、叶水心一流人不是过也。乃旋生之而旋忌之，以书卷蚀其精神，以治事耗其心力，并以

---

① 原文作“炳祖”，根据《（光绪）东兴缪氏宗谱·世系表》和《（民国）江阴县续志·选举表》径改。

② 经查《（光绪）东兴缪氏宗谱》，时间为光绪二十七年，公元1901年。

③ 生于同治十二年十二月五日。光绪庚子辛丑恩正科江南乡试第九名经魁，考取国史馆誊录，拣选知县。

溽暑邪沴之气，侵犯其肌肤。区区一身，内外受敌，质非金石，又何能神完守固，而不为造化小儿之所弄乎？然年虽不永，其才其学已显暴于世，正不必假以彭聃之寿，而始能不朽也。然则谓造化弄人，造化忌才者，盖亦未为笃论而不必为君憾者矣。

170. 周庄派十九世缪升瀛族称星垣公自述

瀛每见世之作说文者，恒以告苦矜能表工焉。文要之创基立业，培植人后。人积勋光宗，皆职公事，无所用为矜章也。

瀛痛双亲延难之苦，思夫阴阳循环之道，死生人物之造化为滋，不解善究何为也？当混沌天开，乾坤未奠，无人无物，无智无识，天地犹在无形无踪也。假令永乏形迹，争斗之迹绝，糜烂之害亦净矣。奇哉突为，而混沌开矣，乾坤奠矣，日月星辰明矣，山川草木形矣，奇珍异宝、飞禽走兽亦或露且迹矣。苟无人才用事，虽有天地，仍寂寂也，无所谓世界也。乃乾坤之膏，融和而人成，乾造成男，坤造成女，三才成立，螽斯告后。人生之易死，同葛藤蔓草，全上密布，于是人才创造，巧智精能，无孔不入，无微不周。万端悉备，而世界成焉。顾草株末启太古之民，野灵穴居，荡然无思。文明既开，华妆万状，争心起矣。径忆历朝天子，化君少而武帝多，干戈用事，生民涂炭，朝朝芒生，糜烂之苦，曷堪胜道也哉。

道光廿六年十月初十，瀛生。父母生我，顾我，复我，孩而幼，幼而壮。壮知其清君道光，已在清国第五君也。大清续明而立，可在轩甲子以来四千三百四十一年之后矣。其中国之情形，史不胜载，心不胜记，言不胜述也。上而又有炎帝太灵三王，近于混沌开辟之君也。顾开自混沌，另见混沌，非自开来也。转转寻绎，则混沌之前不知更的几许无穷之世界也。然多一朝之争斗，必多一朝之糜烂。惟然，瀛故大恸于父母也。

父亲，文学之士，面为冠玉，和蔼可亲。文麟韩苏，学丰遇墙。[①] 门生桃李，不少入庠。母亲柳氏早亡，生母程氏慈容可掬，子女五人，受恩非薄。同治三年春，粤匪猖獗，避难于香山北麓。父亲被匪逼迫，投江而死。瀛与胞兄遁河入山而免于难。沿海寻父，而于滩上多死之内觅见父尸，沙泥满面，惨不胜言。即开海岸葬之，坟旁细树志之，以为拾骨之计。母亲得信父死，悲伤绝食而亡。时年粤匪四围之中，黑夜偷葬于香山北麓。匪退归家，屋早被烧。胞兄染疫而亡，胞弟匪散他乡。愁城之困，奈何奈何？望及延难，瀛生得弗凭吊古今耶？至圣不闻军旅[②]，亚圣罪责善战，真真千共敬[③]之仁人也。瀛能不择敬颂之哉？

---

① 墙疑为“啬”字。
② 旅，原作“旋”。
③ 千后疑脱“古”字，当作“千古共敬”。

四年春，拾双亲骨骸葬东山，与二、四二叔父同围，心始安之。幸初脱已亡难，寻父之速，不然不几致亲骨遗失他乡也。又赖天恩照顾，不幸中之幸也。

世情落平，谋商道而经营，兼藉贤妻妆田之力，得以家道小就，有室有家，男婚女嫁，诗书成名，儿孙群立也。际此干戈不净之世，经此危桥险岸之路，度此临深履薄之日，不能发展自由。得志而安上全下，隐身于士商之间；不得志，虚度春秋岁月。瀛生不辰，尚何言哉，尚何言哉天恩？瀛年八旬，已近日，将衔山花，将谢树之景，寓形于宇内，复几时？曷不委心任去，留读书而见名人。

言曰：阴者，家也；阳者，寓也；生者，寄也；死者，归也。要之阴阳循环之道，本无改章之理也。阴不旋阳，阳上安有用？事之君民，古今往还之道，人物必由之路也。或有个人而恋长生不老之见，仰而曾见一星之正，不与众星而共旋，俯而曾见一波之停，不与全波而同流。长生不老之见，无补也。春到则花开，秋至则叶落，气运使然，有非天地所能易辙者，何况人乎哉？瀛也亦惟随机循环运焉。耳枝人守正不阿，久传不异，瀛也慰之矣。

（2007年修《周庄河东缪氏支谱》）

171．阚庄派丹徒支十九世缪椽寿族称馨圃公及元配何太孺人行略

子 鸿翎 鸿翊

先君宅心忠悫，识见卓越。幼习业于炼卿叔祖所立之布业，任劳任怨，克俭克勤，不敢稍自懈逸。炼卿叔祖鉴其笃诚，任为执事，逊让至再，义不获辞。由是感激，益加奋勉，任事凡九年，为肆中赢余至万金，先君之力尽于是。然先君之心，亦于是慰矣。其事先大父、庶祖母也，生事丧葬，靡不尽礼。其奉养本生大母也，先意承志，甘旨无亏，每为戚党所称许。居恒，戒不孝等曰："尔辈持身涉世，宜俭毋奢，宜静毋躁，毋盗名而欺世，毋利己而损人。当谨守先业，免倾覆颠越，以贻先人羞。"不孝等谨志之，不敢忘。顾先君体弱多病，精思过度，劳瘁不辞。又值每岁杪至乡，为肆中索逋，风霜雨雪，贬肤侵骨，因而积劳成疾，渐成痰喘失红之症。二竖为灾者将近十年，迨乙巳残腊，猝遭先慈之变，忧思抑郁，茹恸衔哀，由是病益不支，逾年亦弃养。

先母何太孺人出自名门，幼娴闺训，年二十来归先君，温恭淑慎，柔顺性成，以故深得先庶大母欢。其平日事舅姑，和妯娌，待戚族，无一不尽其职。针黹井臼，犹其余事。尤喜纵谈文史，每值归宁，与二先舅父芋侯公谈及古来忠孝节烈等事，辄娓娓不倦。不孝等自塾归，篝灯谋读，亲为句读，以助其声。其侍先君之疾也，十年来如一日，尝于深夜刲股和药以进，然卒无效。嗣以先君病入膏肓，久蓄殉死之志，然犹有所待也。会因家庭难作，不

遑他恤，阖户为遗书，遂先以身殉。时乙巳腊月十七日也。

呜呼伤哉！谁非人子，谁无父母，生既未能报劬劳于万一，死又无以追酬先人之志，不孝之罪莫大焉。迄今，犹忆二先舅父代先君所撰挽联云："一夕离魂凄断漏，九泉饮恨付遗书。"每诵斯联，不禁痛心疾首，泣下沾襟也。呜呼！弱龄弃养，岵屺兴悲，怅先德之未彰，睹遗容而莫在。苍苍者天，曷其有极？兹当续修家乘，爰敢含泪泚笔，罔恤忌讳，略而书之，庶几先德有所昭垂，而灵爽在天，或可于兹稍慰矣。

宣统二年岁次庚戌春三月既望，不孝男鸿翎、鸿翊百拜谨述。（《镇江世庆堂缪氏宗谱》卷一二）

172. 周庄派十九世缪楷族称啸仙公传

缪楷，字啸仙。光绪丁酉拔贡。性孝善，体亲心。甫成童，能背诵十三经，故经学尤粹。廷试归，多病，闭户潜修，著述日富。有《尔雅稗疏》二十卷、《玉篇笺证》十卷、《诗经大义》八卷、《经余随笔》二卷、《缪文贞编年纪事》一卷、《江阴方言述》一卷。[①]（《（民国）江阴县续志》卷一五）

173. 周庄派二十世缪海岳传略

姻侄 金懋鼎

缪公海岳原名其相，字毓儒，生于 1877 年，清光绪三十年间（1904）秀才，善书画，1950 年逝世，终年七十三岁。

抗战爆发，我随家从金童桥南迁周庄，在周庄小学、中学读书，有幸与先生为邻，加之旧有亲谊，因此先生之为人和音容笑貌，至今犹历历在目。先生修长其身，清瘦其面，布鞋

---

① 根据《（光绪）东兴缪氏宗谱·世系表》、《清代会试朱卷》及《南菁校友录》等相关资料，缪楷生平其他事迹如下：

缪楷，逢楼次子，原名安臣，字少修，号啸仙。居周庄河西。邑优廪生。受业于光绪乙亥恩科举人陈名典，南菁书院掌教黄以周、林颐山、王亦曾，受知于江苏学政黄体芳、王先谦、溥良、杨颐。光绪庚寅肄业于南菁书院。甲午乡试荐卷。丁酉，被江苏学政龙湛霖荐为拔贡，进京参加会试，授职直隶州州判。著述除县志所载外，另有《移华馆杂著》若干卷，《说文骈枝》一卷，《淮南子许叔重注辑述》四卷，《国朝史论约钞》四卷。生于同治四年（1865）三月二十日，卒年不详。按《（民国）江阴县续志》成书时间推断，缪楷逝于 1919 年之前。

长袍马褂,举止徐缓,彬彬有礼,俨然长者学究风度。先生一生执教,严于督导,各地争相延聘,曾任青阳中学、无锡辅仁中学、无锡美术专科学校等校美术、国文教员。其时,先生任周庄成化中学教员,各地纷纷寄来宣纸,求其书者络绎不绝。辄由其大女磨墨,小儿铺纸,先生挽袖提笔,凝神须臾,急挥而就。

我由于家父的督责,先生的指导和影响,从小爱好书法。从小学、中学乃至大学全校书法比赛中,均获第一、二名,自知得益于先生者颇多。先生讲解笔画、顿挫,转折运笔之法,谆谆诱导,力戒"油滑",我今虽年逾古稀,当时景象,至今难忘。

当时,周庄中小学在现在的东街,和关帝庙同门出入。大殿高悬巨匾,曰"浩然正气"。这四个字,每字约三尺见方,系先生攒乱纸,蘸浓墨,鼓神气,一挥而成。其时陷于日寇,铁蹄蹂躏,民不聊生,师生进出学校仰而见匾,精神为之一振。

闾中寺庙庵堂的对联匾额,大都出自先生手笔。诸如猛将堂的"驱蝗保稼",玉皇殿的"灵霄宝殿",东平庙的"功埒睢阳",定山顶灵官殿的"威灵显赫",泰清寺关帝殿的"云端显圣",北街戏楼的"山水清音"等匾额,写得浑厚端庄,均为人们所称道。

先生尤以草书,蜚声远播,视为珍品。草书大体可分章草、今草、狂草三系,章草是隶书的快写,今草在章草的基础上再加速,狂草则大起大落,笔势连绵如泻泉,字形变化如繁花。先生的草书,即属此一路。先生每作书时,在握笔着纸前,惯以右足一蹲,而后迅笔直下,顷刻立就,满纸云烟,气足神宛。

他自幼酷爱书法,临池无间,先攻柳赵,后攻十七帖,慕唐代孙过庭、北宋米芾法,以砂盘石板等为练字工具,朝斯夕斯,苦练不懈。至晚年,仍每日清晨,笔蘸清水,以墙为纸,面壁挥毫,直写到满墙淋漓,灰泥为之脱落。在其笔下,无论方笔圆笔、中锋侧锋,都达到刚中有柔,藏中有露,正侧兼使,虚中有实,深得"孙、芾"之妙。其扇面字画,中堂条幅,誉满江南,求者不绝。我曾见先生为家父所书扇面,草书三四百字,结体流丽,潇洒豪放。先生又善画梅花、兰花,生气蓬勃,逗人喜爱。(2007年修《周庄河东缪氏支谱》)

174. 阚庄派徐墅支廿一世缪廷樑传略

女 景瑚 从弟 廷杰

廷樑,号镇藩,生于1895年。祖居西徐市,后迁居常熟虞山镇会元坊。1922年毕业于省立苏州中学。1923年考入国立北京大学中国文学系,当时该校为全国高校之冠,许多著名教授如胡适、李大钊、陈独秀等授课时传播西方科学与民主思想,对莘莘学子影响极大。1927年毕业时以优良成绩获得文学学士学位。1927年秋,廷樑考入美国芝加哥大学(University of Chicago),两年后毕业获得该校硕士学位。以后再度考入威斯康星大学(University of Wesecosin),1931年获得该校教育博士学位(Pd. D.)。当时国人中能获得两所美国名牌大学硕士、博士学位者,实属凤毛麟角。毕业后该校曾聘请他留在美国执教,但他不以名利为重,辞聘返国。时值国运颓唐,强邻侵侮,民生凋敝,如处水火。廷樑见到祖国贫弱,民族处于沦亡的边缘,深为忿慨,认为振兴中国,必须发展教育,发扬中华固有美德,驳斥崇洋媚外与拜金主义;只有结合西方民主进步思想,从青少年教育着手,方为上策。返沪后他由同乡曾虚白先生介绍,担任《美晚报》外文部编辑,后因同外方意见不合,不愿意发表无聊的"花边新闻",拂袖而去。后又应南京金陵女子文理学院院长、著名教育家吴贻芳教授的邀请,任该院中文系主任、教授。与著名美籍教授魏特琳(Prof Minnie Vautrin)等根据时代背景,研讨新的教育方案,提倡新生活,培养出一批爱国主义的优秀学生。历时五年之久。1937年"八·一三"抗战爆发后,上海、南京各大城市相继沦陷,廷樑携带家属走上抗战流亡的道路,宣传抗战,唤起民众,打击投降主义,转辗到达重庆。并送长子参加青年军,直接投入抗日战线。那时教育事业凋零,各大学兼并,粥少僧多,几濒失业断炊之虞。后由北大同窗蒋复璁(号慰堂)教授介绍,担任重庆中央图书馆总务主任。在重庆时不经商牟利,不趋炎附势,不拍马谀奉,过着清贫生活。在图书馆工作中培养了他对中国古籍版本的兴趣,认识到中国古籍内涵浩瀚,是祖国的宝贵遗产,也是世界财富,必须尽力保护和发掘整理。1945年抗战胜利复员,担任南京图书馆(原为中央图书馆)山西路分馆馆长。他与同乡王季玉(版本专家)等相互研讨,不但将馆藏古籍逐项整理编册,同时在市井旧书店、旧书摊上的乱纸废纸堆中发掘出一本本有价值的文献、书籍,为国家挽救了不可估计的文化财富。解放后,更加努力工作,为了古为今用,他整理发掘,并加以考证,不遗余力。由于忘我劳动,不辞辛劳,以致积劳成疾。于1957年3月间突发急性肺炎在南京逝世,享年62岁。

廷樑教授一生清廉,刚毅不阿,且善诗文,精书法,谙音律,能吹洞箫,晚年尤喜昆曲,与钱仲联、钱钟书等为莫逆之交。著有《镇藩诗稿》。(2008年修《东兴缪氏宗谱》,经征询缪景瑚意见,内容有删改。)

序 言

呜呼！余读史而叹古今来何其治日少，而乱日多也。夫天下之乱不在草野，即在朝廷。当其乱之既兴，即有奋不顾身之士捐躯报国，而于国事究何所补？此固古今所同慨，而吾族又有隐痛焉。

明季，熹宗失德，奄宦窃柄，毒流天下。文贞公官无言责，固可不死，而乃日夜思清君侧，惓惓焉冀其君之一悟。卒之党狱既成，尸填牢户，何其惨也！

粤匪之乱，太仆公以弹丸之邑，蔽遮秦陇，关中之不亡，公之力也。乃回逆披猖，感张文毅公之谊，欲以口舌争之，卒之投凶焰之一烬。不当死而死，又何说也？

若夫乙酉之变，吾邑以螳臂之当，抗拒天兵，其时之负义不屈者，多至数十人。有如养真公之兄弟，际亨公之父子，皆一旦褰裳就义。而孟玉公从容赋诗，以合家十七口同时俱殉，子死父，妇死夫，弟死兄，仆死主，无不视死如归。以视戚中书之烈，又何多让？岂其顽梗性成，至死不移哉！夫亦以各为其主，忠义之气固结于心，而不敢诿之于不必死也。

且夫粤匪之乱，其祸极矣！以匹夫倡乱，而蹂躏至十六行省，沦陷至六百余城，近古未尝有也。当其时，弃城而图存者不可一二数，纳款投诚，罗拜于贼庭者相望也。而吾族多江介之细民耳，未尝食斗升之禄，受师旅之命，乃亦相率以逝，之死靡它，或苦斗而授命，或骂贼以戕生，残骸弃于草莽，枯骨暴于泥沙，老母寡妇，望祭天涯，弱弟孤儿，招魂江上，不又极人世之至悲乎！

太史公曰："死或重于泰山，或轻于鸿毛。"夫以不必死、不当死之人，犹且捐一死以明其志，则彼义所当死者，苟人人抱此敢死之心，以求济其事，天下之乱，又何自而兴乎？余是以既痛死者之可惜，而又不能不叹其所系者重也。然死者既已身之不惜矣，而又何论乎身后之名？虽事定之后，朝廷各有旌忠之典，而或亦有及，有不及焉。则夫已旌者，固可慰忠魂于地下，而湮没不彰者，又何可胜悼耶？

兹辑文贞公以下凡死难者得若干人为《忠行录》，聊以备一家之掌故。文贞公事既详传状，而复录年谱及纪年者，条举件系，亦使后之人得以详考其本末焉尔。

光绪三十四年戊申八月十九世裔孙楷敬编

一、缪文贞公年谱

十八世 缪之镕

公缪氏，讳昌期，字当时，一字又元，号西溪，江阴人也。始祖全一公，明洪武初由常熟小山湖桥迁江邑之东兴里。六传至公曾祖怡云公，讳廷玉，事亲色养备至，辑注《盘谷序》。祖东渠公讳桓，以明《诗》补邑诸生。祖母氏桑。父惕庵公讳灶，儒隐有笃行。母氏夏，两世均以公贵得赠通议大夫、淑人。

嘉靖四十一年壬戌

七月十六日，公生。

先是夏太淑人产两子，皆痘殇。公诞后，产一子，又痘殇。公故以独子受怜。自提抱以至髫龀，太淑人抚之，若掌珠也。

嘉靖四十二年癸亥　公二岁

嘉靖四十三年甲子　公三岁

进退举止有成人度。东渠公顾视欣然。

嘉靖四十四年乙丑　公四岁

嘉靖四十五年丙寅　公五岁

是年，公妹生。

隆庆元年丁卯　公六岁

隆庆二年戊辰　公七岁

入家塾读书，辄能明句读。

隆庆三年己巳　公八岁

从惕庵公读书，计日修短为立程限。

隆庆四年庚午　公九岁

从惕庵公读书。

隆庆五年辛未　公十岁

惕庵公聘孝廉夏茂卿先生树芳为公师。

隆庆六年壬申　公十一岁

从夏茂卿先生习举业，日则就傅，暮归。惕庵公篝灯亲课，读书至先儒身心格要之言，必为公庄诵之。公端肃拜受，更阑始寝。东方初曙，即唤公起。虽暑夏隆冬，课程弗辍。

万历元年癸酉　公十二岁

仍从茂卿先生读书。

万历二年甲戌　公十三岁

公文誉日起，东渠公乃顾而笑曰："吾向者惜学之未竟也，今有孙昌期，可以竟学矣！"

万历三年乙亥　公十四岁

应童子试。县令楚麻城刘凤峒公讳宇泰（辛未进士）见而赏之，高列前茅，曰："是子幼，乃具史笔。"

万历四年丙子　公十五岁

应院试，不录。是年春，公庶弟西园公生。

冬十一月，公祖东渠公卒。

万历五年丁丑　公十六岁

家难起。是冬，惕庵公与公仲父澄湾公俱系于讼。

万历六年戊寅　公十七岁

春，就童子试。县令诏安胡葵南公讳士鳌（丁丑进士）大激赏，拔第一。顾问左右："此子何家产？"左右以公父对，胡公曰："此其家当不恶，何以有今日累？"因廉知其冤，立上书白主审者苏州理赫公讳瀛，事得尽雪，并根究其造孽者。是年府试，复第一。院试拔取第四，成诸生。宗师为庶常陕西郭还一公讳庄（戊辰进士）。

万历七年己卯　公十八岁

从惕庵公读书。

万历八年庚辰　公十九岁

从县令诏安胡公读书。是年，惕庵公患血症。

万历九年辛巳　公二十岁

成婚，配氏李，为赠太仆寺卿复庵公讳果之女，同难监察御史赠太仆寺卿谥忠毅讳应昇嫡姑母。

是年，岁考十二名，补廪生。惕庵公病瘵，公谒四方名医治之，卒无效。惕庵公手书命公曰："吾年及知命，患此沉疴，真阴耗失，岂药石所能强起。惟有息机断缘，差延岁月耳！自今以后，阃内事汝母为政，阃外事汝为政。"公再拜，受命退，而窃叹曰："吾何以治生哉！"

乃谋授徒,为治生计。

万历十年壬午　公二十一岁

惕庵公命公复从诏安胡公读书。是年,录科十四名,学使者蕲水李会川公讳时(辛未进士)。秋试应天,胡公激赏其场文,以解首相期,悬灯于署,待捷弗果。

万历十一年癸未　公二十二岁

授徒里中,得馆谷以奉甘旨。

万历十二年甲申　公二十三岁

馆里中。

万历十三年乙酉　公二十四岁

馆里中。是年,科试二等。

秋,公长子虚白生。

万历十四年丙戌　公二十五岁

馆于家。四方名士多抠衣受业。如真常王子、渊孟龚子暨公犹子尊素,皆当时俊伟之士,悉从学焉。计馆谷甚丰,所得俱奉诸母夏太淑人,以充家需。太淑人手操管钥,公外持门户。是以惕庵公十余年来卧起一榻,绝无烦恼。道经一函,方书数帙,焚香煮茗,罗致花木,以乐晨夕,几不知痼病之缠绵也。

是年九月,公次子纯白生。

万历十五年丁亥　公二十六岁

馆于家。

万历十六年戊子　公二十七岁

科试二等。是年,秋试应天,房荐第一,格于主者,弗售。房师为青浦令南昌罗柱宇公讳朝国(癸未进士)。

万历十六年己丑　公二十八岁

春正月,公三子贞白生。

是年,应观风试,阅卷者两司理:云间理永城李中石先生讳楠(丙戌进士)、常州理江西张见庵先生讳鸣冈(庚辰进士),署公卷云:"近试郡邑青衿,独子为快士翘楚矣!"二公皆有非常之目。是年,观风之卷,实脍炙一时,为士林传诵。公文名益起。

万历十八年庚寅　公二十九岁

受无锡顾端文公聘,延致家塾。

万历十九年辛卯　公三十岁

录科第一,学使者海澄柯立台公讳挺(庚辰进士)。秋,赴试应天,不第。

万历二十年壬辰　公三十一岁

馆于无锡顾氏。是年,应观风试,取第一。阅卷者常州理蕲水闵翼虚公讳廷甲(己丑进士)、京口理南城张新屏公讳时显(丙戌进士)。

万历二十一年癸巳　公三十二岁

仍馆无锡顾氏。

三月,公四子太白生。是年夏,公母夏太淑人患外症。公归东兴,延医治之,辄愈。秋八月,内疾复作,烦懑食少,医诊之曰:"此噎症也,不治将深!"公惊且泣,敬侍不离左右。太淑人慰之曰:"吾自病血耗耳,度不至是。"至十月,小间。十二月,忽剧,犹强起,秉理家事。

万历二十二年甲午　公三十三岁

家居,侍夏太淑人疾。是岁大比,郡邑当录士上督学。公意不欲就县试。太淑人促之行,曰:"吾闻病噎者不受食,今受食,非噎也。汝不试,予滋懑。"公强就试,录第一。比试归,太淑人昼寝不起,饮食不尽受,操药进之,亦辄逆。公与弟、妹抱首而泣。太淑人谕之曰:"生非金石,安得不死,死等耳!欲缓须臾,以谂汝秋试,而竟不可待,然固命也。但念汝父未起,汝子姓渐繁,以为汝俯仰累耳!孺子勉之,失时无丧业,得时无丧心,即吾在沟壑之中,有余享矣!"自是日渐剧,粒绝不可复进。至三月二日,召公诸子于前,以示公曰:"虽贫,无弃学。"越一夕乃逝。公哀毁逾恒。

万历二十三年乙未　公三十四岁

端文顾公讳宪成削籍归,与忠宪高公讳攀龙辟讲堂于东林。公至锡山谒端文,退而语同志曰:"东林诸君子有为讲学,而有意立名,党锢道学之禁,殆将合矣!"遂自锡山归里,课弟及诸子。

十二月,营葬夏太淑人于本邑赤岸里西南任家桥。乞赵文毅公讳用贤志墓。

万历二十四年丙申　公三十五岁

馆泾里顾氏。

六月,服阕。中秋之夕,惕庵公忽得便血症,公急归视之,见惕庵公神气小异,不胜忧惶。

是年,录科第六,学使者为南昌怀云陈公讳子贞(庚辰进士)。

万历二十五年丁酉　公三十六岁

春正月,惕庵公病笃。公敬侍不违。二月二日,遗命嘱公曰:"身家事在天,身名事在汝,吾何嘱,强为善而已矣,孺子!"嘱毕而逝。哀毁如丧夏太淑人。十二月,奉灵榇合葬赤岸里。乞吴郡王驾部讳士骐志墓铭。

万历二十六年戊戌　公三十七岁

读礼家居,文名经屡科房荐益起,从游者亦日益进。汪大行邦柱、盛孝廉世才同来游学，公尤器赏邦柱。

万历二十七年己亥　公三十八岁

诏安胡公守青州，以公文示冯文敏，文敏击节曰："此馆材也！"介胡公聘致青州，课读子弟。公往游青州，馆冯塾者两月，与文敏情颇洽。而文敏以少宰入，胡公以税珰罢。公罢馆归。临别，文敏券公必捷。是年服阕。

万历二十八年庚子　公三十九岁

赴试应天，中式第二十一名举人。房师为上海令西安观我徐公讳可求（壬辰进士）。得公卷甚晚，举示同考浮梁赤石陈公讳大绶（乙未进士），两相击节。呈主考晋江黄公毅庵讳汝良（丙辰进士），大赏异。副考长沙庄公冲虚讳天合（乙丑进士）赏如之。是榜多名士，参谒时，三师皆曰："门生光座主矣！"公逊谢不能当。两都人士诵公之文，相聚叹息，以为衣冠有异，如唐之李邕矣。

万历二十九年辛丑　公四十岁

至吴门，偕从弟西垣公讳国维暨同年顾朗仲云鸿赴京会试。与朗仲定为石交，以季女字朗仲季子。是科，公报罢，西垣公成进士。

万历三十年壬寅　公四十一岁

在京师。八月，归江阴。

万历三十一年癸卯　公四十二岁

课诸子读书实园。

万历三十二年甲辰　公四十三岁

再赴京会试，不第。四月，归里。

是年二月，公五子坚白生。

万历三十三年乙巳　公四十四岁

万历三十四年丙午　公四十五岁

万历三十五年丁未　公四十六岁

赴京会试，报罢，归里。往游虞山，至藤溪问顾朗仲疾，适朗仲殁。公凭棺哭之。其家窭甚，收其季子孔章而馆之。自藤溪归，忽忽多病。

万历三十六年戊申　公四十七岁

正月，至藤溪吊顾朗仲丧，为文设奠以祭之。经纪其丧事并恤其家。

万历三十七年己酉　公四十八岁

读书实园。

万历三十八年庚戌　公四十九岁

至京应春闱试，又报罢，归里。

万历三十九年辛亥　公五十岁

万历四十年壬子　公五十一岁

游虞山。

万历四十一年癸丑　公五十二岁

自虞山至京会试，中式第三十二名进士。房师为礼部尚书会稽钱公麟武讳象坤（辛丑进士），座师为东阁大学士福唐叶公讳向高。殿试三甲五十四名，馆选第七名。改翰林院庶吉士。叶相国得公甚喜，曰："此人老名场，终被我收拾门下也。"

万历四十二年甲寅　公五十三岁

在京师供职，次子纯白随侍京邸。

万历四十三年乙卯　公五十四岁

在京师。夏五月，有东宫"梃击"之事。御史刘廷元以疯癫蔽其狱。刑部主事王之寀抉摘主谋，御史刘光复主廷元议，疏攻之寀。公为之评曰："一御史以'疯癫'二字出脱乱臣贼子，一御史以'奇货元功'四字抹杀忠臣义士。"之寀戆，以公言为征，廷元顿足曰："缪官史馆，安得司空城旦书耶？吾属他日无噍类矣。"此语传而忌者耽耽。

万历四十四年丙辰　公五十五岁

给事中刘文炳憾公"梃击"之议，疏劾大学士吴道南，遂阴诋公。五月，散馆。拟授检讨，候旨，久不下。公具呈引疾，恳掌院南昌刘公一燝代题，方待勘结，命下，授职检讨。时公已移疾出都门，文炳恐其行之不速，再疏侵公。公已治装南归。著《丙辰涉录》。

万历四十五年丁巳　公五十六岁

家居杜门却扫，灌园课子，夷犹自适。内计忌者复修前隙，拟疏攻公辈。南昌刘公一燝力持乃免。

是年秋，公庶母施氏卒，哭葬如礼。

万历四十六年戊午　公五十七岁

课子弄孙，读书实园。

万历四十七年己未　公五十八岁

家居。间至虞山，著《己未涉录》。

明光宗泰昌元年庚申　公五十九岁

光宗即位，八月改元，起用建言得罪诸臣，召刘一燝入阁。一燝及各知交节次寓书，谓其才堪济世，不宜自甘暇逸。会从弟国维，移书劝驾。西安徐公可求，过毗陵，劝公出山。公始决计束装。九月，光宗晏驾，公得报，痛哭伏地。

天启元年辛酉　公六十岁

正月，启程北上。公长子虚白从行。三月，抵都门，旋补检讨。四月，到任拜官。六月，奉命充湖广乡试正考官。举士九十八人，所得多名士，联捷者八人。第二名文安之，公尤器赏之。次年，安之入馆选。是科策论，俱寓规讽，语侵魏忠贤，忠贤衔之。以公负文名，人望所属，不即发。十二月，还京复命，取道蕲水，谒前江南督学李会川公墓。闻前京口理南城张公时显新丧，迂道登堂，凭其棺而哭之。

天启二年壬戌　公六十一岁

正月，王化贞弃广宁，经抚之议，纷纭靡定。公时为毋从毋觭之论，会化贞上言："臣愿请兵六万，一举荡平。"熊廷弼亦上疏，乞敕化贞慎重举止。时叶向高当国，化贞座主也，颇右之。廷臣惟公与给事中赵用时、御史周宗建辈议与廷弼合，余皆右化贞，令毋受廷弼节制。朝会后，周赵诸公共集公邸，攒眉国事。公曰："经抚不和，必误疆事。"时公长子虚白侍侧，承公垂询，具言控御方略。闽中董见龙壮其言有条贯，即欲具疏荐闻。公力止之。及化贞平阳桥再败，向高狃于前议，渐远公矣。

二月，充廷试受卷官。五月，题管诰敕。七月，补经筵展书官。魏忠贤虽衔公，而雅重公名。会营生圹于玉泉山，遣人诣公以碑文请。公正色曰："吾生平耻谀墓，况肯为刑余辱吾笔耶！"忠贤闻之，衔益切。

十月初九日，转左春坊左赞善。左都御史邹元标、副都御史冯从吾建首善书院于京师，与高攀龙辈讲学。公谓御史黄尊素曰："都门非讲学地，徐文贞已从议于前矣！"尊素随以公言规谏元标。元标不能用，寻被郭允厚等交章攻劾，元标、从吾并罢归，群咸服公卓见。十月二十九日，廷遣册封诸藩。公奉命往河南之建德。十一月十六日，出京。十二月，至禹州，成礼，藩馈无所受，题请告假，回籍省墓。

天启三年癸亥　公六十二岁

正月，自禹州启行，取道永城，拜前云间理李中石公之堂。二月，还里舍，祭先人墓。十二月，在籍起程。

天启四年甲子　公六十三岁

二月，回京复命，晋左谕德。时魏忠贤骄横已甚。高邑赵南星为冢宰，号召海内清名之士澄汰品流，塞绝微幸。公与左副都御史杨涟、佥都御史左光斗日诣冢宰，参预其议。忠贤惮之，于外事不敢大肆。时忠贤督东厂，用许显纯为镇抚司理，士大夫多被戕死。六月，工部郎中万燝上疏，显攻忠贤罪状，乞加显戮。忠贤怒，即矫旨下镇抚杖杀之。公与杨涟、左光斗痛愤曰："不除此奴，何以报国。"涟推案起曰："吾必请诛此奴，以报先帝。"光斗赞决之。公曰："非可草草。夫击内者，只争呼吸耳！一不中而国事随之。况今日内无永，外无文襄，可几幸乎！"光斗默然。

又三日，涟与光斗复过公邸，商所以除奸者。公谓杨涟："风宪有责，显任纠劾，但须慎重，俟吾叩福公后，再定计议。"公素与叶向高师生谊厚，往诣相府，动以外廷公愤，乞向高面奏，乘机黜逐，庶炀灶无地而中权默消矣。计定，而杨涟抗疏，发忠贤二十四罪状。给事中魏大中、御史李应昇等七十余人复交章论忠贤不法。公谒向高，时湘州李公先在坐。公正告以除君侧之恶，大臣责也！向高唯唯不决，且曰："杨君疏行，难再得此小心谨慎之人，在上左右。"公愕然曰："谁为此说以欺老师？可斩也！"向高色变。公徐起，出。语闻于涟，涟怒，即欲发抄。公力止之。

向高内惭，乃与礼部尚书翁正春合疏，请勒忠贤闲住以塞谤。向高又密揭，请帝允忠贤辞。出稿以示公，公复书颂之，书末有云："直天祚国家，假手于老师耳！"忠贤知揭，大怒。向高惧，思有以自解者，乃扬言："此非出我意，是我门生某所迫也。"会有言涟疏出于公手，忠贤闻之，怒甚。涟疏中有门生宰相语，顾秉谦、魏广微见之恨甚，遂以己意点搢绅一册，以叶向高、韩炉及公与杨、左等凡百余人，目为邪党。以黄克缵、徐大化辈为正人，进之忠贤。俾据是为黜陟。及向高罢，韩炉当国，每事持正，不肯婞阿，倾心于公，公亦尽言无讳，激扬讽议，颇匡时政。忠贤外惮之，内益衔之。

十月，中旨黜魏大中，罢赵南星、高攀龙，责南星等朋谋结党。韩炉力为保护。阉党疑公为之左右，忌公者耽耽。时忠贤特恨东林诸人。群小用事，凡异己者皆指为东林。公每持正不阿，群小亦指为东林。

十一月中，旨责吏部侍郎陈于庭、佥都御史左光斗与副都御史杨涟朋比，并削籍。公持榼相送，涕泪言别，长班跪阻。公曰："相知被逐，可不送乎。"忠贤闻之，愈怒。时应推南掌院不下，忠贤遣人到阁，厉声曰："此人尚留他送客耶！"会王绍徽编东林一百八人，系以宋时淮南盗宋江诸名目，以智多星目公，为《点将录》呈忠贤，俾按名黜汰。是月，魏广微矫旨，分韩炉权，炉乞休去，国事遂大变。公无所依倚，且疏乞假。忠贤矫旨，勒闲住。十二月，出京。

天启五年乙丑　公六十四岁

三月抵家，杜门不出，终日书卷，翰墨自娱。时朝中群小并进，善类为之一空。阉党阮大铖与左光斗、魏大中有隙，属傅槐诬劾中书舍人汪文言交通光斗等为奸利，下文言诏狱，廷杖除名。忠贤必欲杀涟等，坐以"移宫"。徐大化教忠贤坐以纳熊廷弼贿。

四月，复鞫文言，备五毒，令引涟等受贿。文言忍死不承。镇抚司许显纯手作文言供状，杨涟、左光斗各受三万，魏大中二千，周朝瑞、袁化中各受一万，顾大章四万，即日毙文言于狱。爰书上，词连赵南星及公等十七人，诬公受三千。

六月，中旨逮涟等六人下狱，杀之。南星及公等俱削籍。旨下，公知其祸不止也。公《自序》中云："代草之说，深中于内，吾安得免，宜其有今日也。"又尝语人曰："北地之代洪洞者，是其属官耳。使北地在词林，亦不为洪洞具草，况应山之疏，多有可商，使予操笔，应不如此。若应山之功之节，虽百世可磨哉！应山疏上，逆知有今日也？皆天也！"

天启六年丙寅　公六十五岁

家居，课孙读书于实园。及削职后，忠贤憾不置。

二月，于他疏劾公已削籍犹冠盖延宾，令缇骑逮问。已，又取苏松织监李实空印牒为疏，诬周起元巡抚苏松时，干没帑金十余万，日与高攀龙辈往来讲学。遂矫旨分逮。同难者为高攀龙、周顺昌、周起元，公与李应昇、周宗建、黄尊素。

三月初三日，公得逮信，即拜别家庙。初五日就逮抵邑。邑令岑之豹，阉党也。承望内旨，先差衙役围公第。一见，执公手。徒步至县廨，士民悲泣，遮道相送，邑令驺唱自若。缇骑取道无锡，由驿路至郡。公舟抵锡山，叩别高攀龙，不及门，遣傔从入白，攀龙即携酌诣舟。攀龙曰："大臣受辱则辱国。吾旧为大臣，焉能受辱！"公曰："不就狱，何以明志。我必就狱，以明志也！"攀龙开樽共饮。从容语公曰："我辈处常胜之局，小人败，我辈胜；我辈败，青史上毕竟我辈胜！"送之高桥之北，挥泪而别。

至郡，初寓民家，逻卒遍布。至公署，令更严出入。知府曾公二云讳樱为宽解之，家人始得时进饮食。旗尉索厚赠，府议送百，邑令议千，无以应贷。公次子纯白变产偿之。开读后禁止子孙哭泣。公取故纸败笔，自叙其生平千余言，授诸子曰："以斯示后死者。"叙尾云："了无怖恋，但义不屑以三朝作养之躯，辱于狗奴犴贼之手耳！"入槛赋诗，有句云："一死无余事，三朝未报心。"从行者公长子虚白、次子纯白、四子太白、老仆张恩。李应昇闻公就逮，追送之毗陵，抱首痛哭而别。

长洲周顺昌以命服典数金，遣伻驰毗陵驿，赠二金。逾旬，而周、李二公亦逮矣。高攀龙知顺昌就逮，即晨谒杨龟山祠，归，与二门生、一弟饮后园池上。及暮，书遗表，具衣冠，自沉于池。

公过仪真，仪真令牛鹏洲执礼甚恭。北地诸生携酒邀宿，挽车哭送，一路行人闻公姓名，俱为下泪。公俯仰跌宕，坦若平常。

四月初十日，抵都。知攀龙沉渊而死，乃叹曰："高存之可谓通达大体矣！"翼日，下北镇抚司狱，许显纯授意狱卒，公手上比诸人独加一杻，实仇其代草也。鞫时，显纯拷曰："尔江南才子，如何与杨、左往来，干此通天大事？"公曰："涟为常熟令，即相倾盖。光斗为同年，幸同臭味，何能不往来？实不知何为通天大事？"又拷曰："尔赃私从实招出！"公曰："翰林冷局，又素守清节，赃私何处得来？"显纯两问语塞。因受榜笞，极其严酷。三次锻炼，骨节尽断，肤肉不留。公并不作凄楚声。但曰："二祖十宗有灵，臣死无恨。"因诬坐赃三千，贫不能应。显纯受内意，五日一比，公不胜刑。

四月二十九日，橐饘中传出寸纸，自是而绝。五月二日，狱吏以死上闻，竟不知为四月为五月也。出狱时，尸骸涨满，发蓬蓬覆面，不可识。仆张恩识其所着青绵绸裤。公诸子见之抚膺大痛。敛时十指堕落，捧掬置两袖中。事闻朝野，气谊之士靡不为之痛哭。其殁也，狱中有白气贯天。阅五日，王恭厂被灾，石飞木拔，人咸以为忠烈所感。

五月十日，公诸子扶榇归江阴。抵家，未及停棺，追赃符下，邑令承望内旨，逮公诸子，勒限追比，窘不能办。公门人常州府推官刘兴秀捐俸协助，始得释免。

崇祯初，诏赠詹事府詹事兼翰林院侍读学士，追赠二代如公官，谕赐葬银三百两，恩荫长子虚白户部检校。二年闰四月，给予诰命。六月十五日，遣常州府知府石万程谕祭。十六年，营葬于邑之顾山镇永安桥南，与李淑人合兆。旌坊学宫，予谥文贞，崇祀常郡先贤祠、江邑乡贤祠，且赐公季子太白进士第，简授四川江安县令。

国朝康熙三十年，江南学使时庵许公汝霖奏请建双忠祠于学宫内，祀公与忠毅李公应升。（《（光绪）东兴缪氏宗谱》卷二九）

二、文贞公编年纪事

族裔 缪楷 编

嘉靖四十一年壬戌七月十六日，公生于江阴阚庄东兴里。

公讳昌期，字当时，一字又元，号西溪。高祖松月公讳鉴，曾祖怡云公讳廷玉，祖东渠公讳桓，皆为儒任侠，修长者之行。父惕庵公讳炷，以孝友诚信著于乡里。治家严肃，闺门之内，俨若朝典，每喟然叹曰："吾家自全一处士以后，代有阴德，而无显者，吾其必有后乎？"至是夏淑人生公。

四十二年癸亥，年二岁。

公《自叙》云：吾母先产两兄，皆痘而殇，一弟又殇，余故以独子受怜。自提抱至髫龀，抚之不啻如掌珠。

四十三年甲子，年三岁。

四十四年乙丑，年四岁。

四十五年丙寅，年五岁。

案：公配李淑人以是年生。

隆庆元年丁卯，年六岁。

二年戊辰，年七岁，入塾。

公《自序》云：七岁入家塾。赵用贤撰《夏淑人墓志铭》云：昌期既就傅，则颖敏异常儿。

三年己巳，年八岁。

四年庚午，年九岁。

五年辛未，年十岁。

六年壬申，年十一岁，习举业。

公《自叙》云：十一岁开笔习举业，稍露头角，师为孝廉夏茂卿先生，号习池。

万历元年癸酉，年十二岁。

二年甲戌，年十三岁。

三年乙亥，年十四岁。

公《自叙》云：十四岁赴童子试，县令楚麻城刘公见而赏之，置一等，曰："是子幼，乃具史笔。"

金日升撰公传云：髫年颖敏，下笔惊群，文名蔚起，每试辄冠其曹。

四年丙子，年十五岁。十一月初四日，祖父东渠公卒。

公《自叙》云：十五试学台，不录。

案：公庶弟昌胤以是年生。赵用贤撰《夏孺人墓志铭》云：昌期少羸瘵多疾。孺人谓明思君："孺子虽明悟，然孱然一绪耳。君奈何不为本枝计，因饰侍者以进。"而后明思君乃有孽子，不虞于单植。明思，惕庵公字也。

五年丁丑，年十六岁。三月初三日，葬东渠公。是冬，父惕庵公遭家难，就系御史台。

公撰《惕庵公行状》云：丙子，大父以高年下世。里中豪谓三孤可掇取也，不用奇构不得兼。于是设外阱以投内隙，遂及丁丑家难。

又《自叙》云：冬，吾父与二伯父澄湾公俱就御史台系。外舅复庵李公亦同日系。李祸在里豪，余家祸实与连云。

《壶行录·李淑人略》云：惕庵公罹家难，与复庵公同就御史台系，遂申婚姻之订。

六年戊寅，年十七岁，补邑诸生，父惕庵公冤白，还。

公《自叙》云：春，就童子试，县令诏安胡公大激赏，拨第一，顾问左右："此子何家产？"左右以吾父对。公曰："此其家当不恶，何以有今日累？"因廉知吾父与伯冤，立上书主狱者苏州理赫公，吾父吾伯事尽白，并根究其造孽者。自是府录复第一，入学第四。学使者，郭还一公也。

王士骐撰《惕庵公墓志铭》云：里中豪有忌公者。东渠公卒，而忌者遂生不肖之心，习知伯氏可罔也，欲以一网尽之，日摘公与仲氏之短，以间伯氏，而伯氏不察，遂至投杼。公于斯时茫然不知所谓，哭泣自伤，几不忍置辨。而会诏安胡公为令，廉知公冤状，亟请释之。而伯氏当反坐律，公请解不得，则又自伤哭泣。当是时，昌期方童子试，补邑诸生，大为胡公所知，父子相将以谢胡公。胡公大集诸生，数之曰："吾知此子以文，而释伊父以法，吾非诎法以申恩，若父非藉子以免罪，何以谢为？"麾之使出。

七年己卯，年十八岁。

八年庚辰，年十九岁。

九年辛巳，年二十岁，娶李淑人，补廪膳生。

公《自叙》云：二十始成婚，其年岁考十二名，补廪。

《先河公家训》云：文贞公示子云："闺门之内，俨若朝典。"吾父尝云：文贞公娶李淑人时，两三月内惕庵公闻淑人笑声，命取针线，令婢缝其口。文贞呼淑人同跪于床，良久，惕庵公曰"起",嗣后无笑乃起,否则亦终日跪也。又云:惕庵公卧床时,见文贞公考案,一等则笑,二等无喜戚,三等则怒目。一视,文贞公跪床下;再视,跪于门;三,跪于墙。良久,惕庵公曰"起",乃起,否则终日跪也。

《壶行录》云:李淑人年十七来归,曲尽妇道,得尊章欢心。家席素封,自为儒生妇,撤簪珥,鹿纺砖,黾勉勿惮劳苦。一颦笑不敢苟,佐理家政无私蓄。文贞公得以游学名师友间,无内顾忧者,皆淑人之力也。

十年壬午,年二十一岁。

公《自叙》云:壬午,录科十四名。学使者,李会川公也。胡公以解首相期,悬灯于署,以待一捷,而弗果。

十一年癸未,年二十二岁。

十二年甲申,年二十三岁。

十三年乙酉,年二十四岁。八月初二日,长子虚白生。

科试二等

十四岁丙戌,年二十五岁。九月十六日,次子纯白生。

十五年丁亥,年二十六岁。

十六年戊子,年二十七岁。

科试二等。

公《家训》云:我做秀才,考一次惟恐落人后。二十四岁至二十七岁,宗师连考二等在三十名之中,犹以为耻。

又《自叙》云:乙酉、戊子,俱以二等试应天,至戊子而余之揣摩已就。南昌罗柱宇公,以青浦令分考,取本房第一,格于主者,又弗隽。

十七年己丑,年二十八岁。正月二十六日,三子贞白生。

公《自叙》云:应观风试,阅卷者两司理:云间理李公、吾常理张公,署余卷云:"近试郡邑青衿,独子为快士翘楚矣。"观风之卷,绘炙一时,至今尤为士林所诵。自是余名益起,五试观风皆第一。而吾常理闵公每试必搜余卷,置之第一。而京口理南城张公,礼遇加隆。

十八年庚寅,年二十九岁。

十九年辛卯,年三十岁。

公《自叙》云:学使者立台柯公,录第一,复格于南试。

二十年壬辰,年三十一岁。

二十一年癸巳,年三十二岁。三月二十八日,四子太白生。

二十二年甲午,年三十三岁。三月初三日,母夏淑人卒。

公撰《夏孺人行状》云:壬辰秋,有毒发于背。癸巳夏,发于肱。至八月而病大作,其始烦懑，谷食少，周身流痛。医诊之，出曰："此噎症也。"至十月小间，十二月而忽剧，甲午元日犹力疾早起，髻而端坐，受家人朔，肃如也。是岁大比，郡邑当录士上督学，不孝见医言稍验，意不欲就县试。吾母顾促之行，曰："吾闻病噎者不受食，今受食，非噎也。汝不试，予滋懑。"不孝重违母心，强就试，比试归，而吾母已昼寝，饮食不尽受，操药进之亦辄逆。此正月二十日也。至三月二日，亟呼盘水来，使不孝掖而盥手足，犹命取裙帷自蔽曰："吾当以诘朝逝矣。"越一夕，竟逝。

又《自叙》云：甲午，县试第一，将就府试，而吾母已病噎，视病势日甚。遂同衾被卧起，视汤药者月余。母病竟不起。痛哉！

《通鉴辑览》云：是年，吏部郎中顾宪成削籍。宪成既废，名益高。里故有东林书院，为宋杨时讲道处，宪成与弟允成倡修之，偕同志高攀龙、钱一本、薛敷教、史孟麟、于孔兼诸人讲学其中，海内闻风景附。往往讽议时政，裁量人物，朝士慕之，亦遥相应和，由是东林名大著，而忌者亦多。其后孙丕扬、邹元标、赵南星等相继讲学，自负气节，与政府相抗，是为东林党议之始。

《先河公家训》云：东林书院，无锡顾端文先生讲学之所。夏宇磐曾述文贞公服公服，讲"饱食终日章"是禅学，"群居终日章"是俗学。

二十三年乙未，年三十四岁。十二月初四日，葬夏淑人。

公《自叙》云：乙未春，举母殡，权厝于赤岸之阡。十二月初四日葬，请赵文毅公志墓。

二十四年丙申，年三十五岁，授馆于泾里顾氏。

公《自叙》云：丙申，授馆于泾里顾氏，而吾父于中秋之夕，忽得便血，急归视之，见神理小异，不胜忧惶。时学使者南昌陈公，科试得第六。父悬望一捷。而丁酉之二月，父不起矣。

钱谦益撰公《行状》云：公弱冠有盛名，远方宿儒，抠衣受业。无锡顾端文公延致家塾。端文，前辈名家，公与之上下议论，才辩蜂涌，端文无以难也。

二十五年丁酉，年三十六岁。二月初二日，父惕庵公卒，十二月初五日葬。

公撰《惕庵公行状》云：父自家难白，归后旧业已荡然变斥，南山一顷，多芜而不治者，觉意绪牢落，日邑邑无所遣解，久之多恚，居一年辄病。病主心脾间，劳火炎炎上攻，则肠血随便下，不可收。又一年，肱削而行蹇，侵寻成瘘。不孝谒四方之名医杂治之，卒无效。嗣是十七年之中，卧起一榻，迨吾母没，而起居多失调者。去岁中秋之夕，前症忽剧，延至今春，竟不起。又《自叙》云：是年冬，举父殡，与母合窆焉。请王驾部澹生公志墓。

钱谦益撰公《行状》云：公天性纯孝，父末疾，卧蓐十七年，午夜闻謦欬，愯愯若杵臼撞胸，趣整衣立床下。执亲之丧，致毁逾礼。

二十六年戊戌，年三十七岁。

公《自叙》云：戊戌，年已三十七，而文思转溢发，从游者日益进。

张玮撰公传云：公虽久困公车，而笔锋愈锐，为举业名家。

金日升撰公传云：先生时艺一出，士子家藏一帙。以故穷乡僻壤，无不知有先生之名，负笈从游者几千人。

钱谦益撰公《行状》云：公读书为文，不事训诂，不傍注脚，聊且翻阅，通晓大意，穿穴解驳，别出新理。陶渊明书不甚解，孟浩然学不为儒，庶几近之。

二十七年己亥，年三十八岁，就馆青州冯氏，旋归。

公《自叙》云：己亥，前令胡公守青州，以余文示文敏。文敏击节曰：此馆材也，可召致青社，为吾家子弟师。胡公以其意来趣驾，于是有青州之游。馆冯塾者两月，而文敏以少宰入，胡公以税珰罢，余乃罢馆归。

二十八年庚子，年三十九岁。应天乡试，中式第二十一名举人。

公《自叙》云：本房西安徐公，以上海令分考，得余卷甚晚。举示同考陈公，两相击节。呈主考晋江黄公。公大赏异。时本房首卷已定元矣，故得二卷。而副考长沙庄公赏如之，是榜多名士，余亦时名中一人。三师甚喜，皆曰门生光座主矣。

钱谦益撰公行状云：两都人士，聚观叹息，以为衣冠有异，如唐之李邕矣。

二十九年辛丑，年四十岁。

是科会试下第。

金日升撰公传云：为诸生及孝廉时，不妄交游，所交皆当代名流，不可指数。

三十年壬寅，年四十一岁。长子虚白、次子纯白并补邑诸生。

钱谦益撰公《行状》云：作秀才时，即以民瘼吏敝为己忧。邑令治状狼藉，官舍有井阑，唐李嘉祐手刻诗句，载以归楚，任满营求保留。公移书逐之去，江阴民比屋欢呼曰："缪举人活我。"

案：公集有《上郝令尹书》，即此事也。郝名敬，字仲舆，湖北京山人，万历己丑进士，以给事中劾时相左迁，知江阴，以忤上官，听调。

三十一年癸卯，年四十二岁。

公《祭蒋母薛孺人文》云：癸卯之冬，不佞与敛吾丈，将戒装北上。女以产厄几殆与女割别。后家讯南来，女幸无恙。

三十二年甲辰，年四十三岁。二月初九日，五子坚白生。

会试下第。

三十三年乙巳，年四十四岁。

三十四年丙午，年四十五岁。

三十五年丁未，年四十六岁。

会试下第。

公《祭顾朗仲文》云：万历丁未十月二十一日，朗仲顾年兄以疾卒于家。友弟某，适以问病至，凭棺哭之。还家忽忽多病。

三十六年戊申，年四十七岁。

正月，至常熟吊顾朗仲丧，为文祭之。

三十七年己酉，年四十八岁。

三十八年庚戌，年四十九岁。

会试下第。

三十九年辛亥，年五十岁。三子贞白补邑诸生。

四十年壬子，年五十一岁。

龚立本撰公传云：壬子冬，公属予假贷治装，扁舟夜话，闻鸡而别。

四十一年癸丑，年五十二岁。礼部会试，中式三十二名。殿试三甲五十四名成进士，馆选七名，改翰林院庶吉士。

公《自叙》云：予诸生二十余年，乡举十余年，不营产业，公车之费不赀，家日益挫。至癸丑，无以治装，谋之虞山诸友，得三十金以行，其困苦如此。幸博一第，齿已五十有二矣。本房为今礼书会稽钱公，以春秋分易二房，同门二十一人，余为第二卷。师题其卷曰："先甲之，而后乙之，殊自咄咄。"盖实录也。拆卷呼余名，同考皆为公贺，而主考福唐公曰："此人老名场，终被我收拾门下。"余见钱师，师首述其语，以为馆选机云。会三十二名，殿试三甲五十四名，格当得县令。余才拙不称令，欲改从教，或曰："尚有馆选一途也。"是年八月，选得第七人，同年有不得者，倡为金沙荐举之谤，而东林之目，自此起矣。金沙者，于如庵玉立也，时方为人弹射，故其人以此孽予。予了不为动，且曰："顾泾阳先生知我，以小友进我，我真东林也。"初试阁第二，实福唐公首取，移置二者，惕于前议也。自是四试皆第二，后得第一，留馆中。故事：吴浙闽三方，非一不得留也。

金日升撰公传云：公上公车五，始登第，选入中秘，是时杨大洪、左浮丘俱以考选候补，先生日往来无间。

四十二年甲寅，年五十三岁。

钱谦益撰公行状云：顾端文与高忠宪公辟讲堂于东林。公退而语余："东林诸君子，有为讲学，而有意立名，党锢道学之禁，殆将合矣。"公既登朝，癸丑、甲寅之间，朝论攻东林甚急。还观其所为，一皆便文养交，蝇营狗苟，附时相，走私门，恶清流清议为害已，欲锄而去之者也。公未尝心许东林，而疾党人滋甚。每叹曰："吾惟恐人为伪君子，肯与人为真小人乎？"往往盱衡扼腕，形于言色。朝论遂以东林目公，公勿辞也。

四十三年乙卯，年五十四岁。

《明史》公传云：张差梃击事，刘廷元倡言疯癫，刘光复和之，疏诋发奸者，谓不当诧之为奇货，居之为元功。昌期愤，语朝士曰："奸徒梃击青宫，此何等事，乃以'疯癫'庇天下乱臣贼子，以'奇货元功'四字没天下忠臣义士哉！"廷元辈闻其语，深疾之。

公《自叙》云：光庙之在东邸，仆御不设。一妄男子阑入，如入无人之境。两三老珰，尽气力抵。赖天之灵，宫廷无恙。光庙差阉韩本用，告变于上。其辞曰："皇爷可怜。"此抄报所共传也。旨既下，部拟依违，连朝不决。而提牢之疏始上，上为心动，犹豫不发者十余日，乃得圣谕，于"疯癫"之下特加"奸徒"二字，又有"奸宄叵测，行径隐微"之语。圣心晓然，有当于提牢之疏矣。义兴三疏，词严义正。上赫然，御慈宁，置三犯于理，人心帖然，服大圣人之举动也。余故语人曰："一卯金以'疯癫'二字出脱乱臣贼子，一卯金以'首功奇货'四字抹杀忠臣义士。"此语传，而倡疯癫者，恨不剚刃其腹矣。

四十四年丙辰，年五十五岁。散馆授检讨，引疾归。

《明史》公传云：给事中刘文炳劾大学士吴道南，遂阴诋昌期。时方授检讨，文炳再疏显攻，昌期即移疾去。

公《自叙》云：同郡某，日走要门，蜚词交构，所构不止余一人也。而耽耽者乘之，以假手于其乡人。于是有工垣刘文炳之指摘，因逐崇仁而带及也。疏语云云，时丙辰之五月也。余方拟授检讨，候旨久不下，而初疏犹称癸丑馆长，不指其名，余义不受辱，具呈引疾，恳掌院南昌刘公代题。方待勘结，而拜官之命下矣，时余已移出城外。而刘疏指名再及，惟恐其行之不速，亦为人所迫也。余出一揭应之，人以为辩而平。归而杜门却扫，灌园课子，颇自夷犹。

案：是年著《丙辰涉录》。

四十五年丁巳，年五十六岁。

家居。

《明史》公传云：京察，廷元辈复思中之，学士刘一燝力持乃免。

公《自叙》云：丁巳内计，忌者复修前隙。余与虞山，俱在拟议，赖掌院南昌，力为保持，两俱得免。

钱谦益撰公行状云：内计，公与余并中蜚语。南昌刘公掌院，力持之而止。自是厥后，余两人取次为党人射的。党人之忌余甚于公，而其恨公而欲杀之也，尤亟于余，则以梃击前议也。

四十六年戊午，年五十七岁。

家居。

四十七年己未，年五十八岁。

家居，著《己未涉录》。

四十八年(八月后为泰昌元年)**庚申,年五十九岁。**

金日升撰公传云:庚申,神庙宾天,光宗御极,一时正人君子,胥集辇下。时掌院南昌、是庵刘公,移咨促装。

公《自叙》云:铨伏者四年,南昌移咨各处,催久告之在家者,其意专在吾及虞山两人也。会光庙登极,不无利见之想。而夜得一梦,方竭蹶中途,忽闻晏驾,手中有一白笔,头撒不可合,遂掷去,因痛哭伏地不能起。明日得报,遂有鼎湖之泣。异哉!

天启元年辛酉,年六十岁。三月入都,补故官,六月典试湖广。

公《自叙》云:今上御极,余以正月戒行,至三月抵都,补故官,以四月到任。六月有楚闱之役,力辞不获,举士九十八人,所得多名士,联捷者八人,而第二名文安之得馆选,为署中眉目。录文一序一论,规楚风而忧君德,良有微意。余文自余出者,间润色。一论遂犯深讳,祸自此种矣。十二月还报,则福唐初入。南昌及冢宰周汉阳,以一疏并逐,而时局又一变矣。

邑志公传云:典试湖广,论以周公爱君为题,程文有仇士良、赵高等语,大触魏珰忌。

《明史》公传云:天启元年还朝,刘一燝以次辅当国。其冬,首辅叶向高至。小人间一燝于向高,谓欲沮其来,向高不悦。会给事中孙杰承忠贤指,劾一燝及周嘉谟,忠贤遽传旨允放。昌期急诣向高,力言二人顾命重臣,不可轻逐,内传不可奉。向高怫然曰:"上所传,何敢不奉?"昌期曰:"公,三朝老臣。始至之日,以去就力争,必可得也。若一传而放两大臣,异日天子手滑,不复可止矣。"向高默然。昌期因备言一燝质直无他肠,向高意稍解。会顾大章亦为向高言之,一燝乃得善去。两人故向高门下士也。

二年壬戌,年六十一岁。殿试充受卷官。五月题管诰敕,七月补经筵展书官,十月转左春坊左赞善,册封建德王。

公《自叙》云:壬戌廷试,余备受卷官。五月,题管诰敕。七月,补经筵卷书官。十月九日,转左春坊左赞善。随以是月二十九日,廷遣册封诸藩。余往河南之建德。故事,藩封无过五月者,以秦藩之请,不得于部覆,故久持不下云。余以十一月十六日出都门,十二月至禹州成礼。藩馈无所受。

案:公集有《策问子虚白》一道,序云:壬戌,守官都下,时值广宁失陷,关门震惊,一时诸君子于朝会后,共集旅邸,攒眉国事。长男虚白侈口谈兵,闽中董见龙先生听其言,谓有条贯,至欲具疏荐闻。余力止之,恐其言夸而用疏也。

三年癸亥,六十二岁。二月,还里。

公《自叙》云:河南差封还,过永城,得展拜云间理李公之堂。二月还里舍,栖迟者一年。

四年甲子，年六十三岁。二月复命，晋左谕德。是冬，魏忠贤矫旨，勒令致仕。

张玮撰公传云：甲子，晋谕德。

金日升撰公传云：册封建德，以甲子二月复命。是时魏珰已势焰熏天矣。先生与杨大洪、左浮丘相与痛愤，曰："不除此奴，何以报国？"约至旅邸，商所以除奸者，谓大洪风宪有责，显任纠劾。先生恃与福清相国师生谊厚，往诣政府，动以外廷公愤，面奏先帝，乘机黜逐，庶炀灶无地，而中权默消矣。计定，而杨公二十四罪疏上。

公《自叙》云：应山疏上，余适过福唐，湘州李公先在座。福唐曰："大洪这疏亦太容易，彼其人于上前，时有匡正。一日有飞鸟入宫，上乘梯，手攫之。其人挽上衣，不得上。有小珰赐绯，叱曰：'此非汝分，虽赐不许穿。'其认真如此。恐大洪疏行，难再得此小心谨慎之人在上左右。"余曰："谁为此说以欺老师？可斩也！"福唐色变。予先起，师先送余出。其语闻于应山，应山愤愤。福唐闻，而书抵李公，大约如前指而淡其辞，但辩未尝诋大洪之短。应山益愤，即欲发抄，予力止之。福唐不知也，而含怒于前语，不解。先是应山疏上，言者向合，福唐亦密具一揭讽上，准其退归私寓，过加优渥，比于大臣勋臣者，然则上不失恩意，下明其退让，两得之道也。揭入，大拂内意。福唐惧，思有有以自解者，乃扬言："此揭非出我意，是我门生所迫也。"而流言自此起矣，且谓应山之疏，出于吾手，不知何人所造，而忌者附会其说，益不可解。福唐归途逢人便诉："西溪骂我，彼与大洪一人日夜往来。"正与代草之说相呼应，以实其出揭非本意之言。嗟乎，福唐名宽大，岂真欲杀我哉？不过借以自解，而余遂不可解矣。而借福唐以用其杀手者，更惨矣。

金日升撰公传云：有献媚逆珰，投隙而进，日以代草事闻于珰，而先生之祸益不可解。及福清不安其位，蒲州当国，每事持正，不肯媕阿，颇倾心于先生。先生亦尽言无讳，冀挽回万一。珰衔之益切。无何，蒲州亦去，国事遂大变。赵太宰侪鹤、高总宪景逸、魏给谏廓园逐矣，杨大洪、左浮丘削矣。公日持榼相送，涕泪言别。长班跪阻，先生曰："相知被逐，可不送乎？"逆珰日缉先生，先生略弗避。推南掌院不下，逆珰遣小珰到阁，厉声曰："缪昌期还留他送客？"先生随请告，珰矫旨闲住。

钱谦益撰公行状云：甲子冬，勒致仕。

附　杨涟劾魏忠贤二十四大罪疏

都察院左都御史杨涟谨题：为逆珰怙势作威，专权乱政，欺君藐法，无日无天，大负圣恩，大干祖制，恳乞大奋干断，立赐究问，以早救宗社事：

臣惟太祖高皇帝手定律令，内官不许干预外事，其在内庭只供掖廷洒扫之役，违者法无赦。故在内官，惟以循谨奉法为贤圣子，神孙相守，未敢有改。虽有骄横恣纵，如王振、刘瑾其人，旋即诛戮。故国祚灵长至今，岂意圣明在上，乃敢有肆无忌惮、浊乱朝常、罔上行私、倾害善类、损皇上尧舜之令名，酿宗社无穷之隐祸？如东厂太监魏忠贤其人者，举朝尽为威劫，无敢指名纠参，臣实痛之。臣前以兵科给事中亲承先帝之命，辅皇上为尧舜之君，言犹在耳。今若亦畏祸不言，是臣自负忠直初心，并负风纪职掌，负皇上起臣田间特恩，他日何面目以见先帝于在天？谨撮其大罪之著者二十四款为我皇上陈之：

忠贤原一市井无赖人耳，中年净身，夤入内地，非能通文理，自文书诗礼起家者也。皇上念其服役微劳，拔之幽贱，宠以恩礼。原名进忠，改命今名，岂非欲其顾名思义，忠不敢为奸，贤不敢为恶哉？乃初犹谬为小忠小佞以幸恩，既乃敢为大奸大恶以乱政。祖宗之制以票拟托重阁臣，非但令其尽心参酌，权无旁分，正使其一力担承，责无他卸。自忠贤擅权，旨意多出传奉。传奉而真，一字抑扬之间，判若天渊；传奉而伪，谁为辨之？近乃公然三五成群，勒逼喧嚷，政事之堂，几成闹市。甚至有径自内批，不相照会者。假令夜半出片纸杀人，皇上不得知，阁臣不得问，害岂渺小？以致阁臣郁郁叹闷，有坚意求去者。坏祖宗二百余年之政体，其大罪一也。

旧阁臣刘一燝、冢臣周嘉谟，同受顾命之大臣。一燝亲捧御手，首定大计，嘉谟倡率百官于松棚下，义斥郑养性，立寝后封，以清宫禁。皇上岂遂忘之？忠贤交通孙杰论去。急于剪己之忌，不容皇上不改父之臣，大罪二也。

先帝强年登极，一月宾天，进御进药之间，普天实有隐恨。执春秋讨贼之义者，礼臣孙慎行也。明万古纲常之重者，宪臣邹元标也。忠贤一则逼之告病去，一则嗾言官论劾去。至今求南都片席不可得。顾于护党气殴圣母之人，曲意绸缪，复加蟒玉，以赠其行。是何亲于乱贼，何仇于忠义？偏不容先朝有痛念弓鼎之老臣，大罪三也。

王纪、钟羽正先年功在国本。及纪为司寇，执法如山；羽正为司空，清修如鹤。忠贤一则使人喧嚷于堂，辱而迫之去，一则与沈漼交构陷之削籍去，至今请一复职起用不可得。顾于柔媚善附之人，破格点用，骤加一品以归。是真与我善者为善人，与我恶者为恶人，必不容盛时有正色立朝之直臣，大罪四也。

国家最重无如枚卜。忠贤一手握定，力阻前推之孙慎行、盛以弘，更为他辞以锢其出。岂真欲门生宰相乎？妄预金瓯之覆字，窃作貂座之私情，大罪五也。

爵人于朝，莫重廷推。去岁南太宰、北少宰推皆点陪，一以盖枚卜点陪之案，一以伏借用为逐之奸，致一时名贤不安其位而去。颠倒有常之铨政，掉弄不测之机权，大罪六也。

圣政初新，正资忠直。乃满朝荐、文震孟、郑鄤、熊德阳、江秉谦、徐大相、毛士龙、侯震旸、贾继春等九人，抗论稍忤忠贤传奉，尽行降斥，屡经恩典，竟阻赐环。长安谓皇上之怒易解，忠贤之怒难饶，大罪七也。

然犹曰外廷臣子也。上年皇上南郊之日，传闻宫中有一贵人，以德性贞静，荷皇上宠注。忠贤恐其露己骄横状，谋之私比，托言急病，立刻掩杀。是皇上且不能保其贵幸矣，大罪八也。

犹曰无名封也。裕妃以有妊待封，中外欣欣相告矣。忠贤以抗不附己，属其私比捏倡无妊，矫旨勒令自尽，不容一见皇上之面。昔尧以十四月而生，假令当日裕妃幸存，安知不为尧母？是皇上又不能保其妃嫔矣，大罪九也。

犹曰在妃嫔也。中宫有庆，已经成男，凡在内廷当如何保护，乃绕电流虹之祥，忽化为飞星坠月之惨，传闻忠贤与奉圣夫人实有谋焉。以皇上麟趾开祥，何妨斯男则百？而忠贤包藏祸心若此，是皇上亦不能保其第一子矣，大罪十也。

至于先帝之在青宫四十年，操心虑患，所与护持孤危，威劫之不动，利诱之不变者，仅王安一人耳。登极一月，尧舜[①]，安不可谓无微功。皇上仓卒受命，拥卫防护，安亦不可谓无微忠，即使有罪，亦当听皇上明正其罪，与天下共见之。而忠贤以私忿，矫旨掩杀于南海子，身首异处，肉饱狗彘。是不但仇王安，而实敢于仇先帝之老奴与皇上之老犬马而略无顾忌也，此后内臣谁复敢为忠义者，其余大小内臣，无罪而擅杀擅逐者，又不知几千百也，大罪十一也。

因而欲广奢愿，今日讨奖赏，明日讨祠额，要挟无穷，王言屡亵。近又于河间府毁人居室，起建牌坊，镂凤雕龙，干云插汉，筑愁筑怨，饮恨吞声，又不止于茔地，擅用朝官规制，僭拟陵寝而已，大罪十二也。

今日荫锦衣，明日荫中书。金吾之堂，口皆乳臭，诰敕之馆，目不识丁。如魏良弼、魏良材、魏良卿、魏希孔、外甥野子傅应星等五侯七贵，何以加兹？不知忠贤有何军功，有何相业？亦甚亵朝廷之名器矣，大罪十三也。

因而手滑胆粗，用立枷之法以示威。前岁枷死皇亲家人数命矣，其枷号家人者，欲扳陷皇亲，欲动摇三宫也。当时若非阁臣力为护持，言官极为纠正，椒房之戚，久兴大狱矣，大罪十四也。

犹借曰禁乎人开税也。良乡生员章士魁，即有他罪，自有提学。乃以争煤窑，伤其坟脉，托言开矿而死矣。假令盗长陵一抔土，何以处之？赵高鹿可为马，忠贤煤可为矿，大罪十五也。

王思敬、胡遵道侵占牧地，果真，小则付之有司，大则付按院学院足矣。而径拿黑狱，三次拷打，身无完肤。以皇上右文重道，秋爽幸学。而忠贤草菅士命，使青磷碧血

---

① 《(光绪)东兴缪氏宗谱》有编者按云："此句语意未了，当有脱字。"经查梁鸿志1941年影印江苏省立图书馆传抄本《明实录·明熹宗悊皇帝实录》卷四十三所录天启四年六月初三日杨连上疏，"尧舜"前脱"致君"二字。

之气，先结于璧宫泮藻之间，孔子之神，将无怨恫，大罪十六也。

未也，而且明悬监谤之令于台省矣。科臣周士朴执纠织监一事，原是在工言工。忠贤竟停其升迁，使吏部不得守其铨除，六科不敢司其封驳，佥邪因之而偷换手眼，那移升叙。致士朴卒困顿以去，于以成中官之尊大得矣。而圣朝则何可有此名色，大罪十七也。

未也，而且将开罗织之毒于搢绅矣。北镇抚臣刘侨不肯杀人媚人，自是在刑慎刑。忠贤以不善锻炼，竟令削籍。明示大明之律令可以不守，忠贤之意旨不可不遵，将使罗钳吉网然后快心，于以彰忠贤之威焰得矣，而国家则何可崇此蕴毒，大罪十八也。

未也，而且示移天翳日之手于经纶矣。科臣魏大中到任已奉明旨，鸿胪报单忽传诘责。及科臣回话，台省交论，又再亵王言，几成解训。无论玩弄言官于股掌，而煌煌天语，提起放倒，信手任心，令天下后世视皇上为如何主，大罪十九也。

最可异者，东厂原系察奸细，缉非常，非扰平民也。自忠贤受事，鸡犬不宁，而且直以快恩仇、行倾陷。野子傅应星为之招摇引纳，陈居恭为之鼓舌摇唇。傅继教为之投匦打网，片语违欢，则驾帖立下，如近日之拿中书汪文言不从阁票，不会阁知，不理阁救。而应星等造谋告密，犹日夜未已。势不至兴同文之狱，刊党锢之碑不已者，当年西厂汪直之横，恐未足语此。大罪二十也。

尤可骇者，贼寇未尽，内外戒严，东厂访缉何事？韩宗功潜入长安，打点虚实，往来忠贤司房之家，事露始令避去。假令天不悔祸，宗功奸细事成，一旦贼逼城下，忠贤固为首功之主人矣。其发银七万两，更创肃宁县新城，可作郿坞深藏，不知九门内外，生灵安顿何地？大罪二十一也。

更可恨者，王者守在四夷。祖制不蓄内兵，即四卫之设，备而不操，原有深意。忠贤谋同奸相沈潅创立内操，不但使亲戚羽党交互盘踞其中，且安知其无大盗刺客、为敌人窥伺者，寄名内相家丁，倘或伺隙谋乱，发于肘腋，智者不及谋，勇者不及拒，识者每为寒心。忠贤复倾财，厚与之交结。昔刘瑾招纳亡命，曹吉祥弟侄倾结达官，忠贤盖已兼之，不知意欲何为？大罪二十二也。

且皇上亦见近日忠贤进香涿州之景象乎，铁骑之拥簇如云，蟒玉之追随耀日，警跸传呼，清尘垫道，人人以为驾幸涿州。及其归也，以舆夫为迟，改驾驷马，羽幢青盖，夹护双遮，则已俨然乘舆矣。其间入幕密谋，叩马献策者，实繁有徒。忠贤此时自视为何如人，想只恨在一人下耳，不知更作何转念，恐泰山之神，必阴殛之矣，大罪二十三也。

皇上更不记前日忠贤走马大内之气象乎，宠极则骄，恩多成怨。今春忠贤驰马御前，皇上曾射杀其马，贷忠贤以不死。圣恩已厚，忠贤不自伏罪请死，且闻进有傲色，退有怨言，朝夕提防，介介不释，心腹之人，时时打点。从来乱臣贼子，只争一念放肆，遂至收拾不住。皇上果有此事，奈何养虎兕于肘腋间乎！此又寸脔忠贤，不足尽其辜者，大罪二十四也。

凡此逆迹，皆得之邸报，与长安之共传共见，非出于风影意度者。忠贤负此二十四大罪，惧内廷之发其迹，杀者杀，换者换，左右既畏而不敢言；惧外廷之发其奸，逐者逐，锢者锢，外廷又皆观望而不敢言。更有一种无识无骨、苟图富贵之徒，或扳附枝叶，或依托门墙，或密结居停，或投充门客，逢其所喜，挑其所怒，无所不至。内有授而外发之，外有呼而内应之。向背忽移，祸福立见。间或内廷奸状败露，又有奉圣客氏为之弥缝其罪戾，而遮饰其回邪，故掖廷之内，但知有忠贤，不知有皇上，都城之内，知有忠贤，不知有皇上。即大小臣工，积重之所移，积势之所趋，亦不觉其不知有皇上，而只知有忠贤。每见中外有紧切当做之事，当启用之人，必曰要与内边说，或人不得用，事不得行，亦只说内边不肯。宫中府中，大事小事，无一不是忠贤专擅，即章奏之上，反觉皇上为名，忠贤为实。且如前日，忠贤已往涿州矣，一切事情必星夜驰请，一切票拟，必忠贤既到，始敢拟发。嗟嗟天颜，咫尺之间，不请圣裁，而驰候忠贤意旨于百里之外，事势至此，尚知有皇上耶，无皇上耶？有天日耶，无天日耶？

天祚圣明，屡行谴告，去年以荧惑守斗告，今年以长日风霾告，又以一日三地震告，而乾清之震尤甚，皆忠贤积阴蔽阳之象。圣明偶不及察觉，反加之恩，而忠贤益愍不畏死，更甚之恶，羽翼已成，骑虎难下，太阿倒授，主势益孤，及今不为早治，臣不知皇上之宗社何所托？圣躬之安危何所托？三宫九嫔之安危何所托？而如此毒心辣手胆横，已不能为下，恣意棘心，必不肯容人。即普天共戴之皇子，元良托重之贵妃，能保时时得其欢心而不犯其忌，臣又不知贵妃皇子之安危何所托？万一稍有差池，臣即欲以死报皇上，亦复何及？伏念皇上天纵聪明，春秋鼎盛，生杀予夺，岂不可以自主？何为受制么曆[①]小竖，令内外大小俱坐针毡之上，而惴惴莫必其命耶？臣在兵科时，曾参及进忠名在御前，盖实有见于忠贤之狼子野心，不可向迩。不意圣明断之不早，养成今日，倘复优游姑息，再念其随侍旧人，客氏又从旁巧为营解，不即加处治，小不忍则乱大谋，臣不能为皇上策矣。高皇帝洪武十年，有内侍以久侍内廷，从容言及政事，上即日斥谴，随谕群臣曰："汉唐之祸，虽曰宦官之罪，亦人主信爱之过使然，向使宦者不得典兵预政，虽欲为乱，其可得乎？今此宦者，虽事朕日久，不可姑息，决然去之，所以惩将来也。"洋洋圣谟，中官言及政事，且惩将来。况忠贤欺君罔上，恶积罪

① "曆"字《明实录》作"麽"。

盈，岂容当断不断？伏乞皇上大奋雷霆，将忠贤面缚至九庙之前，集大小文武勋戚，勒法司逐款严讯。考历朝中官交通内外，擅作威福，违祖宗法，坏朝廷事，失天下心，欺君负恩事例，正法以快神人公愤，其奉圣夫人客氏亦并敕令居外，以全恩宠，毋令其厚毒宫中。其傅应星、陈居恭、傅继教并下法司责问，然后布告天下，暴其罪状，示君侧之恶已除，交结之径已塞。如此而天意弗回，人心弗悦，内治外安，不新开太平气象者，请斩臣以谢忠贤。臣知此言一出，忠贤之党断不能容臣，然臣不惧也，但得去一忠贤，以不误皇上尧舜之令名，即可以报命先帝，可以见二祖十宗之灵。一生忠义之心事，两朝特达之恩知，于愿少酬，死且不憾。惟皇上鉴臣一点血诚，即赐施行。

疏上，忠贤惧甚，求解于韩爌。爌不应。遂趋帝前泣诉，且辞东厂。帝令王体乾诵涟疏。体乾置疏中切要语皆不读，客氏又从旁为剖析，帝懵然不辨也，遂温谕留忠贤，下涟疏，令魏广微调旨切责。

公《自叙》云：应山之疏，多有可商，使予操笔，应不如此。

李逊之笔记云：杨公劾珰被逐后，珰拘其长班入内拷问，长班对以“惟缪翰林来寓商量三日”，故有代草之疑，深中珰怒。然缪公皓首忧时，朝于杨而夕于左，代草实无是事，公《自叙》中辨之甚明。

五年乙丑，年六十四岁。三月，魏忠贤矫旨削籍，抚按提问。十二月，榜东林姓名示天下。

《明史》公传云：五年春，以汪文言狱词连及，削籍提问。

《通鉴辑览》云：给事中阮大铖嘱同官傅櫆劾中书舍人汪文言与左光斗、魏大中交通为奸利，下文言诏狱。镇抚刘侨止坐文言，廷杖除名。忠贤乃以刘侨不胜事，削其籍，而用许显纯代。御史梁梦环复劾文言，诏立逮之，下北镇抚司狱，即命许显纯鞫治，于是东林之祸遂作。

《明纪》云：魏忠贤日谋杀杨涟，至于朝臣争三案，及辛亥、癸亥两京察本无与也。宵小欲藉忠贤力，诛锄正人。徐大化献策曰：“彼但坐移宫罪，则无赃可指，若坐纳杨镐、熊廷弼贿，则封疆事重，杀之有名。”忠贤大悦，从之。显纯严鞫文言，使引涟等受贿状，文言至死不承。显纯乃手作文言供状，坐涟及左光斗赃二万，魏大中三千，周朝瑞一万，袁化中六千，顾大章四万，词连赵南星、李若星、毛士龙、缪昌期、邹维琏、邓渼、卢化鳌、钱士晋、夏之令、王之寀、徐良彦、熊明遇、黄龙光、李三才、惠世扬、施天德、黄正宾等。即日毙文言，矫逮涟等六人，削南星等籍，下抚按提问。

《明史·魏大中传》云：文言毙，涟、大中等逮至，无可质者，赃悬坐而已。诸所诬赵南星、缪昌期辈，亦并令抚按追赃，衣冠之祸，由此遍天下。

《明纪》：天启五年十二月乙酉，御史卢承钦言，东林自顾宪成、李三才、赵南星而外，如王图、高攀龙等谓之副帅。曹于汴、汤兆京、史记事、魏大中、袁化中谓之先锋，丁元荐、沈正宗、李朴、贺烺谓之敢死军人，孙丕扬、邹元标谓之土木魔神，请悉以姓名罪状榜示天下。魏忠贤大喜，从之。

《明鉴》：先是顾秉谦、魏广微造《搢绅便览》册，以叶向高、韩灯、赵南星、高攀龙、杨涟、左光斗等目为邪党。已而王绍徽等编《东林一百八人》，系以宋时淮南盗宋江等名目。忠贤俾按名黜退。

《易知录》：崔呈秀授忠贤党人姓名，如《天鉴录》等，忠贤奉为圣书。《天鉴录》首列东林叶向高、韩灯等十六人，次列东林之党孙鼎相、徐良彦等六人，又列真心为国，不附东林顾秉谦、魏广微等十七人。《同志录》者，陈宗器、韩维忠、黄尊素、李应昇、贺烺等十八人。《点将录》者，首天罡星托塔天王李三才，及时雨叶向高，浪子钱谦益，圣手书生文震孟，白面郎君郑鄤，霹雳火惠世扬，大刀杨涟，智多星缪昌期三十六人，地煞星神机军师顾大章，旱地忽律游大任，鼓上皂汪文言等七十二人。

六年丙寅，年六十五岁。二月，魏忠贤矫旨缇骑逮问。三月，赴都。四月十一日，下北镇抚司狱。二十九日，被害。

《明纪》：天启六年二月，魏忠贤恨缪昌期不置，矫旨责昌期已削籍，犹冠盖延宾，令缇骑逮问。会吴中讹言黄尊素欲效杨一清诛刘瑾，用苏杭织造太监李实为张永，授以私计。忠贤大惧，遣刺事者至吴中凡四辈。侍郎沈演方家居，寓书忠贤曰："事有迹矣。"忠贤即遣使谯诃，实取其空印疏，令李永贞、李朝钦为词，诬故苏松巡抚周起元干没帑金十余万，日与昌期、尊素及高攀龙、周顺昌、李应昇、周宗建往来讲学，因行居间。戊戌，分遣缇骑逮之。攀龙自沉于池。四月，常州府知府曾樱助缪昌期、李应昇资，而经纪攀龙身后事。昌期、应昇、尊素、顺昌及周宗建皆北行。昌期等先后下镇抚狱。昌期慷慨对簿，词气不挠，竟坐赃三千，五毒备至。辛丑晦，毙于狱。

金日升撰公传云：被逮时，预闻报三日。先生曰："早知有此日矣。"遂拜别家庙，先抵邑以待。值奸党邑令岑之豹，即通关节鬻科场者，承望内旨，先差衙役围先生第，一见先生，遂执手。徒步至县署，士民悲泣，遮道相送。而邑令鼓吹自若，迫先生黑夜至府。初寓民家，逻卒遍布，至公署，令更严出入。赖知府曾公二云宽解，子孙始得时进饮食。旗尉索厚赠，府议送百，邑令议千。先生无以应，贷于府库，后变产偿之。时先生不苦于旗尉，而苦于邑令之拘迫也。开读后，明日遂行，禁止子孙哭泣。怡然就道，赋诗渡江。过仪真，仪真令牛公鹏洲执礼甚恭。北地诸生携酒邀宿，挽车哭送，一路行人闻公姓名，俱为下泪。逮至京，下镇抚，许显纯首拷以杨左往来及受赃事，先生侃侃折辩不屈，但曰祖宗有灵，臣死无恨。拷掠三次，肤肉不留，骨节尽断，先生并不作哀号声。内又传缪某手上另加一杻，实以代草事深衔于中也。在狱仅十八日，计毙之夕，狱中有白气贯天。先生没五日，王恭厂被灾，石飞木拔，人咸以为义愤所感云。

谷应泰撰公小传云：先是忠贤尝营圹于玉泉山，遣人诣昌期乞墓碑，昌期正色曰："吾生平耻谀墓，况肯附奄珰耶？"客曰："身履虎尾，不畏其咥乎？寿宁事可鉴也。"昌期曰："寿宁曾困李献吉，今日寿宁安在？"忠贤闻之，怒益不解。至是起大狱，与周顺昌等入诏狱，为许显纯所毙。

公子虚白《恤赠谢恩表》云：鞫时，显纯拷曰："尔江南才子，如何与杨、左往来，干此通天大事？"先臣曰："涟为常熟令，即相倾盖；光斗为同年，幸同臭味，何能不往来？实不知何为通天大事？"又拷曰："尔赃私从实招出。"先臣曰："翰林冷局，又素守清节，赃私何处得来？"显纯两问语塞。因受榜笞，极其严酷，三次锻炼，骨节尽断，肤肉不留。先臣并不作凄楚声，但曰："二祖十宗有灵，臣死不恨。"因诬坐赃三千，家贫路遥，不以应限。显纯随授内意，仅十有八日，先诸臣毙于狱。

公孙畿《抹血记》云：公于天启丙寅三月三日得逮信，初五日就逮。四月初十日抵都，翼日下北镇抚司狱。四月二十九日，橐饘中出寸纸，自是而绝。五月二日，狱吏以死上闻，竟不知为四月为五月也。此痛前古未之有也！公尸出狱时，骸涨发蓬蓬不可识，仆张恩识其所着青绵绸裤。此痛更前古未之有，惟乙丑丙寅诸公有之。今以四月二十九日为忌日，世世子孙痛定思痛，痛如新也。

钱谦益撰公行状云：其敛也，十指堕落，捧掬置两袖中，盖阉以草奏故，属狱吏加梏拲焉。其他楚毒备至，又可知也。

附　狱中绝笔

缪送　俱收。虽暂松，今日不知如何赤？亦有字付外，为我区处未常急，我与自然知之。今监中人众，一长官管数人，非与煤钱他不顾我，再与百文。

昨所完之数，如何可继，盘费何出？一日未了一日之用，我心愈急矣。奉君命者在，有无不在多寡，若有权宜，总是要完。正事算无一路，奈何！张伸不到，如何？凡事大儿还有斟酌。纯知之家属无挂比之例。祥卿不要怕。日用无多，菜亦间送。反是长官不可淡薄，间送肉一斤。口干，水梨不可少，然多，被鼠吃，每日一只方好。若得有盖瓶，贮蜜少许甚好。今日手松。亲人之笔。

缪　又一纸，膏药第三次送进者好。再得四五张来；竹纸十余张，难得纸也。只是盘缠费少，内外两绝，如何？凡可号呼处，姑往求之。初一比后，恐不能作此多字矣！

缪　并前一纸，赃事万万当循往例，有一分完一分，零星泊凑，期于遵君命而已，非谓可以救我延我，使汝辈好出头也。纯一筹不展，一字不入，供人笑端，字到速速出来。自杨、左至今不曾拿家属，不须怕。前有字万君，趁我在，往求稍济，非那班不识认也。闻仲余亦将到矣！盘缠少，如何？事外之苦，由四郎不知此中事。将来奇丑不可言，可与所汝商之。口中作苦，要蜜几两。速速出头。缪字付李二郎速致四官。

俱收，十八以前亦俱收。我已吃素，只间送一肉以酬长官而已。尚少芦席一条，蓝青纻布衫一件。旧软绢一方，膏药三元庵内者再付几张备用。锡夜壶原送得进者。此后字进写大些。以上陆续送煤炭，今不必送。只与杨长官炭钱一百。缪付李祥。

二十日，送米二升，青菜两把，煤钱一百文，膏药六张。此药先贴头一张。山药一斤。缪。

俱收。要绿豆一升，好六安茶一包。昨所取芦席、软绢不可少。煤钱后有亲笔才付。进赵文白扇，带不进不可失了，有油扇付一把来。与家中知之。水梨四只。李二。

二十一日，缪送旧绢一方、绿豆一升、水梨四个、青菜两把、油扇一把。四官十一日去了，都不在城内。李二送。讨亲笔回字。

俱收了。四官既去，如何？如何？祥、纯等可在？速写我知，缪亲笔付李二。

送进米一升、菜一把、蓬蒿菜一把、山药一斤、面一斤、肉一斤。昨字已到。因卵贵不曾买鸡子，马价平常，赵文回了。太已人在此，只好小心谨慎而已。芥菜二颗。二十五日缪。李二送，即付回音。

即日交赃，何一无处？菜俱收。不要淡长官。外恨恨，明日难过。缪。

公子太白《志公舟次无锡别高景逸语》云：先文贞赴逮，舟抵锡山，叩别高景逸先生，不及门，遣傔从入白，先生即携酌诣舟，从容语曰："我辈处常胜之局，小人败，我辈胜，我辈败，青史上毕竟我辈胜。"此与李仲达《〈公伯寮章〉文》"君子有时为小人尼，而人无时不为天用，小人者，第乘除于君子之命中者也"语语吻合，盖皆出言而躬逮之者也。

《通鉴辑览》云：时以顺昌等惨死诏狱，与前杨、左诸人先后略同，遂与高攀龙并称为"后七君子"。以配杨、左等共十有三人，为逆阉时死节之最著者云。又云：杨涟等久以伉直为群小所疾，比涟劾忠贤二十四罪，鼠辈益欲得甘心？说者或谓其平日不宜与汪文言交往，以自贻惨祸，但文言结王安以赞成善政，尚非自私自利，视彼呈身逆阉者，实有间矣。文言尚无可罪之由，于诸贤又何责备？当时觅题构陷，实借文言为发难之端，而且巧附封疆，逞其毒手，以致填尸牢狴，血骴交横。忠魂共抱沉冤，为从来未有之奇惨，至今读之，犹为切齿。然诸人正气凛然不磨，当日之摧残备至者，孰知即所以表章之哉？

《明史》周起元、缪昌期、周顺昌、周宗建、黄尊素、李应昇、万燝七人传赞云：自古阉宦之甘心善类者，莫甚于汉唐之季，然皆仓卒一时，为自救计耳。魏忠贤之杀诸人也，扬毒焰以快其私，肆无忌惮，盖主荒政秕之余，公道沦亡，人心败坏，凶气参会，群邪翕谋，故搢绅之祸，烈于前古，诸人之受祸也酷矣哉！

崇祯元年戊辰三月，赠詹事府詹事兼翰林院侍读学士，给赠三代，荫一子，敕京师建祠，崇祀邑乡贤忠义祠，旌坊。

《明纪》：三月乙酉，赠恤冤陷诸臣，杨涟"太子太保、兵部尚书"，左光斗"右都御史"，周起元"兵部右侍郎"，缪昌期"詹事兼侍读学士"，周朝瑞"大理寺卿"，魏大中、周顺昌并"太常寺卿"，袁化中、周宗建、黄尊素、李应昇、顾大章并"太仆寺卿"，万燝"光禄寺卿"，皆官其一子。

《明史》公传云：诏并予谥，而是时姚希孟以词臣持物论，雅不善左光斗、周宗建，力尼之，遂并昌期及周起元、李应昇、黄尊素、周朝瑞、袁化中、顾大章，皆不获谥。

龚立本撰公传云：甲子，予入都时，且推公为南掌院。余夜梦公至一处，北面易衣，瞻梁间凡悬二匾，其一墨书白地，曰"勇退进士"，其一金书绿地，曰"辅导圣躬"。无何旨下，乃得闲住，勇退之说，既符矣。余迁闽令，居闽，忽梦公科跣北行，所衣青衣殊短。会闻抚按覆勘，意谓不免于戍而已。岂期终被逮耶？恤典加赠宫詹，职主辅导，造物者实默定之哉。

世系表云：思宗即位，给赠三代，荫子旌坊。又云：公长子虚白，邑庠生，荫授四府摧粮户部检校。

公玄孙敬持《重建双忠祠记》云：思宗御极，愍惨死之臣，祭葬，褒赠荫子，予谥，恤典大备。御史袁鲸奏请于京师建祠，以慰忠魂。于是杨涟、周顺昌、缪昌期、李应昇、黄尊素诸臣之裔，请塑像，以尊瞻视，享春秋二祭。诏曰：可。

二年己巳六月，谕赐祭葬。

祭文载本书"制诰"篇。

四年辛未十一月十八日，李淑人卒。

《壶行录》云：逆奄之祸，痛公罹难，早夜悲愤，惊惑不常，病久弗瘳，享年六十有六。

十二年己卯十月二十一日，三子贞白卒。

十三年庚辰二月，四子太白钦赐进士。

公长子虚白《恭纪》云：崇祯十二年，季弟太白以廪饩贡成均。十三年二月廷试，天子愍念先臣，推恩后裔，钦赐进士第，简授四川泸州江安县知县，诚旷典也。同登者，史惇以下三十三人，以部曹、推官、知县用有差。虚白兄弟感泣铭恩，沦肌浃髓，惟有夙夜尽萃，图报圣明于万一，无任悚怍屏营之至。

十五年壬午五月十八日，次子纯白卒。

十六年癸未，葬公及李淑人。

李逊之《采室公传》云：先生偕诸弟即欲营葬，因循未有吉壤。自后仲弟、三弟相继徂谢，先生服阕后，上念国恩袭荫，图报涓埃，出为四郡催粮，顾以二亲未葬，解组遄归。壬午、癸未间，营造谕茔，是公葬当在是年，墓在顾山镇永安桥南西首。

十七年甲申（五月后为福王）九月，赐谥文贞。

《明纪》：九月，追谥天启惨死诸臣，左光斗、周朝瑞、周宗建、李应昇并"忠毅"，袁化中"忠愍"，顾大章"裕愍"，周起元"忠惠"，缪昌期"文贞"，黄尊素"忠端"，万燝"忠贞"，从李清请也。

书叙公述《请谥始末》云：先宫詹之死，以与杨、左同臭味，逆阉衔恨尤深。诬赃拷掠，独加梏拲死之，痛故尤酷。荷先帝祭葬赠荫，屡旨褒恤。而易名之典或尼焉。畴每搏颡呼天，深惧其终阙如也。沈垒邱先生，特贻书新建相公，时吾伯父采室暨吾伯兄畯正拟伏阙吁请，会工垣李映碧名清，为诸忠臣讼冤请谥，钱虞山、张静涵怂恿少宗伯管诚斋主持甚力，故于熹庙击阉一案，以先宫詹为弁冕，遂得俞旨，予谥文贞。畴不禁泥首狂喜，感极涕零。其自先文贞公以下，实拜赐铭恩于无既也已。谨书此，以示世世子孙，尚其永念弗谖哉。孙畴谨拜手稽首以识。

以方公述云：谨案先文贞公与杨左诸公请旨予谥，系吏部验封司郎中徐公名大相一手主稿，范阳鹿乾岳先生为先大父亟称之，其序《同难录》亦云：徐公于十余载后犹有余痛，公之血性尤为肫至。甚矣忠烈之感通，无间于斯人也。为子孙者，可一日忘天高地厚之恩也与？玄孙义持谨识。

顺治二年乙酉七月，四子太白卒。

五年戊子六月二十七日，长子虚白卒。

康熙八年己酉十月十二日，五子坚白卒。

二十四年乙丑，崇祀郡先贤祠。

先河公子诜撰《先河公行实》云：岁乙丑，府君晤钱学圣先生，谆谆以毗陵先贤祠事重委，祠中非精忠大节，概不得入。学圣先生具呈于学使者醒斋李公，得蒙题请。自有明以来，合郡仅得跻祀数人，而吾邑先文贞与李忠毅与焉。

三十年辛未，敕建双忠祠。

先河公叔继让撰《先河墓志铭》云：康熙三十年，学使者时庵许公奏请建双忠祠，以祀西溪先生及同邑李忠毅公。

吴门念斋公《与江阴周大令书》云：文贞公旧庐长泾村，半寒门子弟，此中人种牡丹为业，谷雨之后，烂然如锦。先文贞发迹之时，独开一种色白。

又世系表云：松月公葬河东大茔主穴，长子廷玉独任，葬后三日折桧枝插于冢上。后遂亭亭成树。至玄孙文贞被逮时，桧亦萎死。

附　文贞公宅图

公宅重溪环绕，聚族而居，右为存惕堂，有“天子门生”匾。咸丰庚申，俱毁于匪。堂直后为后园，即实园故址，西北即宗祠，左为老宅基，迤东北为黄土泾岸，东南为东西两阚庄，又东南为杨塘泾湾。南为南北两中房，西南为大房、五房两宅基，总名缪家旗杆下，皆缪氏族居。惟左后孙家湾略有他姓。公之子孙因避奄祸皆他徙，散居北涸、长泾等处，故里仅有数家。在昔圣主尚有式闾之典，况祖宗遗迹乎？今绘宅图存谱，俾后世凭吊者有可考焉。十九世鹏飞同镐摹图并识。（《（光绪）东兴缪氏宗谱》卷二九）

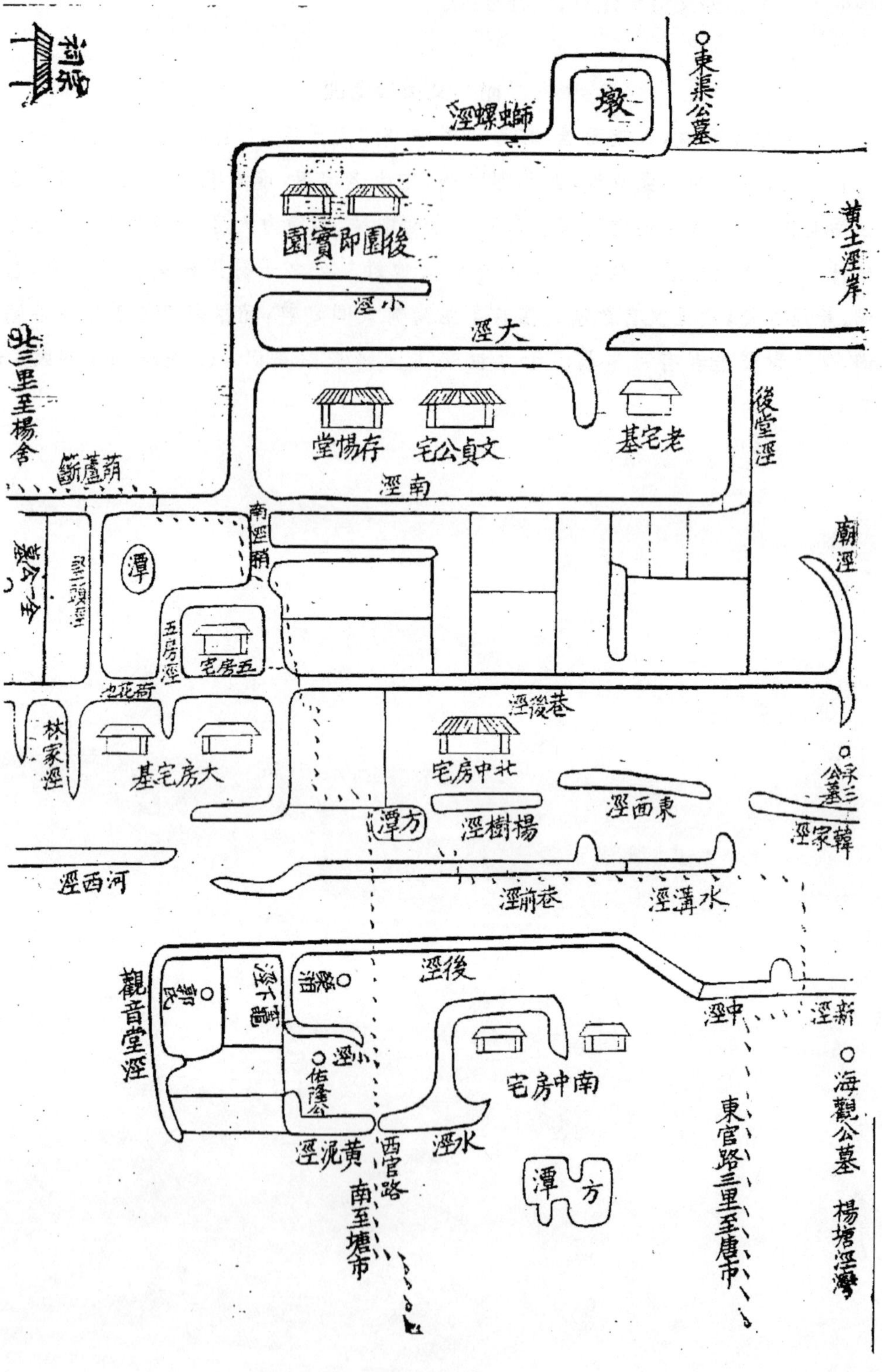
東臬公墓
墩
師螺涇
後園即實園
小涇
大涇
黄土涇岸
後堂涇
存楊堂
文貞公宅
老宅基
南涇
北三里至楊舍
蒲蘆衖
潭
五房涇
五房宅
荷花池
廟涇
林家涇
大房宅基
巷後涇
北中房宅
東面涇
楊樹涇
方潭
韓家涇
河西涇
巷前涇
水溝涇
後涇
觀音堂涇
中涇
新涇
南中房宅
水涇
黄泥涇
西官路
南至塘市
潭
方
東官路三里至唐市
海觀公墓
楊塘涇灣

文贞公宅图

三、忠行述略

守恒公　名钟理。有孝行，详《孝行录》。顺治二年乙酉八月，城破死义，年七十六。道光十六年详奉三院，祔祀三公祠，载邑志。以下十一世。

孟玉公　名钟粹。性慷慨，尚节义。好诗古文辞，所作皆关系时事。筑漱石居，日以著书自娱。见时事孔艰，不求闻达。甲申、乙酉间，典史阎忠烈公守江阴，招致入幕，多所参决。乙酉八月，城破，赋诗殉节，年三十六。胞弟钟祥、钟俊同日死难。兄弟三人合墓，称"三忠"。其配盛氏，痛公而殁。一门忠节，至今犹传之。道光十六年，祔祀三公祠，载邑志。

仲玉公　名钟祥。孟玉公仲弟，祔祀三公祠，载邑志。

季玉公　名钟俊。孟玉公季弟，祔祀三公祠，载邑志。

养涵公　名文煇。乙酉城破，与子际亨及孙俱死义，道光十六年祔祀三公祠，载邑志。

养吾公　名文炫。乙酉城破，与弟同死义，祔祀三公祠，载邑志。

文炤公　文炫弟。祔祀三公祠，载邑志。

养春公　名文炳。乙酉城破，兄弟五人合家俱死义，俱祔祀三公祠，载邑志。

文焕公　文炳次弟。

文耀公　文炳三弟。

文炯公　文炳四弟。

文灼公　文炳五弟。

德嘉公　名际亨，文煇子。乙酉城破，与子一俱死义，公祔祀三公祠，载邑志。以下十二世。

益之公　名应增。乙酉城破，死义。

孔彰公　名大章。乙酉城破，死义，年五十，祔祀三公祠，载邑志。十三世。

德威公　名象仪。咸丰十年粤匪之乱殉难，年六十四，崇祀昭忠祠。以下十六世。

斗元公　名金印。咸丰十年八月殉难，年五十七。

文魁公　同治二年粤匪至，殉难，年五十七。

佛林公　同治二年三月粤匪至，殉难，年五十四。

毓奇公　同治三年二月粤匪至，殉难，年六十九。

荐廷公　名以璜。同治三年二月殉难，年六十。

坤　公　同治三年二月殉难，年四十四。

瑞青公　名麟书。咸丰十年四月初十日，粤贼陷苏州，公衣冠坐宅中不去。十九日，贼入公宅，公戟手大骂，遂遇害，寿八十岁。同治年旌表，入祀昭忠祠。

翰仙公　名树本。知陕西临潼县事。同治元年，汉回互斗，与团练大臣张文毅公芾前往招抚，殉难。尸未得，以衣冠招魂归葬。照四品官阵亡例议恤，祔祀陕西省城张文毅公专祠，并敕于临潼任所及常熟原籍建立专祠，有司致祭。载《常昭县志》。事迹详传及墓志墓表。以下十七世。

介福公　同治三年五月，粤贼见逼，投水死，年四十。

万一公　同治二年四月殉难，年五十八。

鹤年公　同治三年二月殉难。

洪昌公　同治二年四月殉难，年三十八。

才昭公　同治三年三月殉难，年六十四。

文炳公　名声焕。同治二年二月与粤贼斗死，年五十，同治七年崇祀昭忠祠。

洪达公　洪昌公弟。同治二年四月殉难，年三十五。

福顺公　同治三年二月殉难，年四十五。

根全公　同治二年殉难，年二十七。

陶二公　咸丰十年九月殉难，尸未得，年四十。

轶凡公　咸丰十年五月避难香山湾朱宅，贼至，不屈，被焚死，年六十五。

艺　公　咸丰十年八月殉难。

畅　公　咸丰十年，粤贼至，拒斗，死，年三十一。

二　公　鼎臣公子，同治三年殉难，年六十五。

南宾公　同治二年七月殉难，年三十二。以下十八世。

汉仙公　同治三年二月殉难，年五十八。

德辉公　名宗文。同治三年三月殉难，尸未得，年五十六。

若思公　名景文。同治三年二月，贼至，见逼不屈，骂贼，被焚死，年五十四。有传。

蓉堂公　名镜千。同治三年三月，贼逼至巫山门，投江死，年四十八，崇祀昭忠祠，有传。

国凤公　名炆。咸丰十年在城殉难。

锦昌公　咸丰十年七月殉难，年三十八。

万苍公　名炘。咸丰十年七月殉难，年五十三。

应成公　名经纶。同治二年三月，贼逼，投水死，年三十八。

顺元公　咸丰十年殉难，尸未得，年五十三。以下十九世。

镶　公　原名湘。同治二年十二月遇贼，拒战，阵亡虞山下，尸未得，崇祀忠义祠。

起旺公　同治二年，贼逼，投水死，年四十七。

南阳公　同治三年三月殉难，年三十八。

金春公　同治二年四月殉难，尸未得，年三十六。(《(光绪)东兴缪氏宗谱》卷二九)

序　言

尝读念斋公与江阴周大令书曰："先王父大参公曰：'我母抱柏舟之节，孤子不可以身许人，愿以身隐。'先叔祖文贞公则与杨、魏诸公力击大奸，有死无二。故先王父以孝闻于朝，赐坊。先叔祖以忠死，易名优恤。一时舆论称之，以为忠孝一门，难兄难弟。"呜呼！吾族之以忠孝著也，由来久矣。虽然，大参公以孝著，未能以忠著，文贞公以忠著，并能以孝著，则文贞公尤倜乎远矣。惟大参公父文峰公以刲股疗父病，不效，卒以毁卒，则其行尤卓卓可传。故兹录以文峰公始，其余均以世次辑。既毕，乃为之说曰：

为忠臣难，为孝子尤难。孔门七十二贤人，其得以孝称者，不过数人。晋世子申生之死，论者犹以孝道未纯，谥之曰"恭"。使尽以《春秋》责备贤者之义律之，则三代下岂有完人哉？历览古今传记所载，如郭巨之埋儿，如王祥之卧冰，其事非不可惊可愕。而揆之于礼，则有未尽合者。盖充其容忍之心，则凡欺世盗名之事，亦何不可为？故后世遂多吹毛索瘢之论，而矫枉过正，圣贤之义又或汩于泛泛悠悠之口，此刲股一事所以至今未有定论也。论者谓身体发肤受之父母，不敢毁伤，彼刲股者，毁也伤也，而顾以为孝乎？不知此乃指亏体辱亲者言之，而非指以身事亲者言之也。夫天地者，万物之父母，则父母者，亦吾身之天地，以天地所生之物，而仍以弥天地之缺憾，恐圣人复生，不能议此也。昔者武王有疾，周公请以身代矣，以身代兄而人不议其非圣，以肉愈亲而顾讥其非孝乎？然则吾亲当危急之际，其性命间不容发，为之子者又计穷力竭，设有一法焉可以之死而致生，则虽粉骨碎身，犹当为之，况乎在肌肤之末乎？论者又谓古医经不以人治人，以人肉治羸疾，自开元陈藏器《本草》始，故刲股事肇唐，其疑刲股者亦肇唐。呜呼！是又不通之论也。彼穷无可奈者，非贫即幼，举一身之外无足恃，于是诚至智开，迫而出此，何暇问其为羸疾与否，更求得《本草》读之而为之哉？所谓目睫之儒，难语通方之论矣。

兹录孝行，得刲股者若干人。诚恐后之人拾前人唾余，犹以为不足训也，故畅其义如此。

光绪三十四年戊申八月十九世裔孙楷敬编

孝行述略

文峰公　名天秩，子纲公次子。幼有至性，善事亲，先意承志，能得欢心。有外侮，争出御之，不以累兄。父病笃，刲股以进。不效，哀毁骨立，成瘵疾，卒年二十四。道光年旌表孝子，入祠崇祀。事迹详墓志铭及行实。八世。

文贞公　名昌期，惕庵公长子，事迹详《忠行录》。以下九世。

西垣公　名国维，文峰公子。母张恭人苦节教养成进士。知南安县时，以母老不便就养，改宁国教授，历官至贵州按察司副使。万历间，逆珰为祸，公曰："我母抱柏舟之志，孤子不可以身许人。"遂归。孝行闻朝，旌表，入祠崇祀。事迹详《传》。

采室公　名虚白，文贞公长子。文贞公赴逮时，公茧足长途，携仲季二弟纳橐饘，措赃银，备历危苦。扶榇还里，伏阙陈冤。文贞公赴逮后，与钱虞山书云："虚儿实有至性，到此时迫发，诸兄弟皆知之，不意诸子皆能死孝。"可想见其人矣。事迹详《传》。以下十世。

采瓠公　名坚白，文贞公幼子。至性孝友。文贞公罹奄难时，哀毁过情，悲号啼血，数十年如一日焉。事迹详《传》。

守恒公　名钟理，汝成公次子，子厚公孙。幼失怙恃，事祖至孝。祖患奇疾，思饮鹿血，乃焚香祝天，刺臂血一盏以进。祖饮而甘，汗出淋漓，遂愈。又八年而卒，居丧哀毁，咯血数升，七日不食。祖有爱妾，奉遗命以母道事之。有弟妹不率教，但引杖自责。及成立，授以己产，出私奁嫁之。每遇令节及祖父母忌辰，则终日泣号。闻父母所嗜好，终身不御。买祭田供岁祀。精探医理，有名于时，著《化机渊微》二卷。施药以济穷困，万历末，直指旌其门。邑志载"孝弟传"，互详《忠行录》。十一世。

养真公　名懋时，守恒公三子。继父业。崇祯中大疫，施药疗治，全活无算。天性孝友，父产悉让诸弟，而以户役为己任。伯兄早没，养寡嫂二十余年。抚诸从子女婚嫁，皆尽力。两世咸称孝义云。康熙十三年，郡守兴元王公旌之。邑志载"孝弟传"。以下十二世。

含真公　名应时，体恒公子。少失怙。以医名于时。孝事节母徐氏，母病膈，焚香告天，愿减己年延母算。尝母粪以验疾，忧劳痛瘁，不一月须发皆白，母寻愈。直指陈公闻于朝，崇祯六年旌表孝子。邑志载"孝弟传"。

心斋公　名振麟，养真公次子。父病笃，医药不效，吁天愿减已筭以延父年，果愈。又延三载而卒，居丧哀毁动人。事母亦然。康熙十五年举节孝，邑人公举孝行，呈请郡县蒙奖额。以下十三世。

鹤村公　名岩，损存公次子。性至孝，亲疾，割股以进，疾乃瘳。人以为至诚所感。为掾吏，广交游，耽吟咏，倾动一时贤士云。

德明公　名鹤龄，景贤公次子。母沈氏病，医祷不效，刲股以进，时乾隆四十年闰十月也。以下十四世。

雪松公　名元勋，永祺公四子。有孝行，道光年旌表孝子。

虎文公　名文彪，次华公子。幼有至性，母鲍氏病笃，刲股以进，获痊。时年十六岁。十五世。

应祥公　名瑞麟。生有至性，嘉庆戊辰母袁病笃，刲股煎汤以进，乃愈。因负重创，撄瘵疾，卒年十九。十七世。

载康公　名维良，博文公四子。幼工举业，文笔英爽。值世变，不克进取。有至性。粤匪之乱，难民多室家相弃，公独扶博文公行，跬步不离，诇间归家，收拾散亡。一日贼猝至，举家皆骇走。博文公斥公行，公不忍。方忽遽间贼已满室，以刀承博文公。公以身蔽之，贼遂以刀背连击公。博文公得乘间避免，而公创甚，病发日剧，遂不起，年二十五。以下十八世。

柳村公　名岐，大绅公次子。大绅公病笃，以建庄赡族为嘱。公遵遗命，成之。事继母尤谨。母病，吁天请代。母殁，哀毁致疾卒。旌表孝子，建坊，崇祀忠义孝弟祠。《常昭县合志》“孝友类”有传。余详《传状》门。

志华公　名春华。有孝行，母氏孙病，医祷无效，乃焚香吁天，刲股煎汤以进，病遂愈。余行详《传》。

屏周公　名毓芳，干之公子。性至孝，父病笃，尝刲股以疗，宗族姻党皆奇之。十九世。

树人公　名玉林，应南公长子。幼有至性，事亲色笑无违。母周氏尝患时症，夙夜不寐，曲意侍奉，病亟，因虔诚暗祷，刲股煎汤以进，遂痊。里党莫不称之。至立品端方，作事谨慎，克勤克俭，佐父成家，尤其余事云。二十世。（《（光绪）东兴缪氏宗谱》卷二九）

序　言

自古女德之盛，莫如成周，有太姜、太任以开其始，复有太姒、邑姜以嗣其徽音。《诗》首二《南》，后妃夫人之诗什居六七。下至江、沱、汝、汉，虽闾巷女子，亦知以礼自守。王化成于上，民俗革于下，懿哉！何道之隆欤！

秦汉以降，阴教不修，流风余韵，浸以阒寂。于是妻败其夫，母败其子，上自宫闱，下迄世家大族，见于史册及传记，所载者比比皆是。刘向氏闵之，作《列女传》，思欲以障既倒之狂澜，然而托之空言，终于无济。延及赵宋，理学大明，崇礼教，重廉耻，于是千余年之风气为之一变。自是至今，莫不知节义为可贵，淫泆为可羞。《易》曰："男女正，天下之大义。"此之谓也。虽然，否极泰来者，运也；阳消阴息者，数也。是故道罔隆而勿杀，物无盛而不衰。今日之事变，不可以常理论矣。自平权之说行，小人也可以起而与君子抗议，女子也可以出而与丈夫争衡，穷其所至，势不至三纲沦，四维绝，上下无常，刚柔相易不止。吾不知有心世道者，当如何扼腕也。

昔孔子作《春秋》，垂诸空文，不能见之行事。夫不能见之行事，刘向氏亦其一矣。使其生于今日，又不知其所撰述何如也。余不佞，万不能希刘向氏之学第盱衡世事，又因纂述家乘，辑录壸行，见可师可法者具在，于是冀有以激敝俗、挽颓风，故有感于向之所为。然而托之空言，亦仍与向同深浩叹而已矣。

光绪三十四年戊申八月十九世裔孙楷敬编

一、妇行述略

某氏　始祖全一公配某氏孺人。公与孺人迁居东兴里，务农力穑，缔造室家，为吾族开基创业之始。合葬白渚港东陆家湾葫芦泾南长六亩田内。一穴，西南向。惜世远年湮，不能考其姓氏为恨。一世。

李氏　承三公配李氏孺人。夫妇隐于农，有冀缺梁鸿风。合葬韩家泾北主穴，东南向，为一族之陇。望而其所出。六十一卒。兄弟同居，恢拓田六十余顷。至天顺改元分异，亦敦睦同气者与。四世。

张氏　松月公配张氏孺人。其先世居县之东乡马嘶桥六保内，亦旧族也。当时以里闾相并，故联姻焉。孺人资性庄严，持家勤敏，事舅姑、相夫子、教子孙、御臧获，井井有度，动中仪法。痛潘孺人逝世，不及终养，言必涕陨。慨以成公榆景，寒暄饮食必躬必亲。能致以成公寿跻耄期，优游晚福。虽由松月公克尽子道，亦孺人顾养之力多矣。松月公自外家来归，重立门户，日夜勤劳。孺人身操内政，兼理外机，若裕如者。一日，公饮于邻舍，乘月步归，里中恶少畏其刚方，阴怀铁筒，伏道中伤，倒卧水次。孺人肉颤心跳，急率家人觅之。公胸尚温，而气垂绝。孺人吹嘘，通其喘息，岌岌乎其殆矣。生怡云公兄弟六人，皆高标玉立，识力超迈，为里中望。幼即教之以正，长则督之以学，稍犯其规，必加捶楚。诸儿奉之若严父。比其壮也，各授之以成业，秋毫皆孺人力也。孺人生于正统四年三月十一日，终于正德十年九月二十二日，享年七十有七。与公合葬谷渎河东阚庄里新阡之主穴。太常卞思敏志其墓。五世。

惠氏　怡云公配惠氏孺人。孺人居双泾里，惠涟之后，澄江十八世家之一也。其翁择婿，见怡云公，喜曰："吾得此东床足矣。"遂以孺人诺焉。孺人性备四德，孝事舅姑。怡云公兄弟最多，孺人能视叔婶宛若同气，庭无间言。公以兄弟丛居，乃创别业，而让祖居与叔季。孺人拮据赞助，绝无难色，使伯仲成立门户，以纾高堂后顾之忧。及舅姑相继失养，孺人执亲之丧过乎哀，扶病执引，攀号动路人。岁时上冢，夫妇伏土啜泣，渍泪湿土，如土渍焉，号痛垂绝。岁时承祭，必信必诚。育吾父四人，艰辛万状。稍长，督使就学，弗为世俗姑息之爱。吾长姑才识过人，俗称女中男子，侧室蒋氏来归时，未谙饪织，孺人委曲导谕，视其所出女，爱逾己出，有樛木鸤鸠风。至待家众，丰其衣食，恤其勤苦，不加捶楚，而众不忍拂其意，不敢犯其威。喜侄松、桐之入庠也，匮则周之，怠则训之，以冀其上进，无异所生。至于自奉，则损衣节食，守素遗荣。而其卒也，又以痛二亲之谢世，衔哀毁瘠，形如枯木，不胜哀而卒，亦可悲矣。孺人生于成化二年丙戌十一月十二日，终于正德十一年丙子九月十三日，享年五十一岁。时松月公与张孺人两柩未葬，怡云公以情事未伸，三丧同举，亲丧倥偬，未志孺人。至嘉靖十六年正月二十二日怡云公窀穸之期，吾父泣状请虞山行人丁仁为合志。墓在松月公之昭穴。六世，右六条系八世敬存公述。

李氏　近山公廷相配，名素芬。幼颖敏，博通经史，工诗能文。及笄归公，家寒素，氏屏去翰墨，黾勉佽助，身亲劳苦，有鸣鸡戒旦之风。公喜交游，氏常脱簪珥以应之，绝无交谪声。遐迩称其贤。晚年家道饶裕，孙曾满前，与公鸿案相庄，白头矍铄，愉愉蔗境，诗酒为欢，以乐余年。居浣花溪，自集其诗稿，题曰《浣花溪诗存》。七世。

李氏　文贞公昌期配李氏淑人，复庵公之女，仲达谥忠毅之嫡姑也。惕庵公罹家难，与复庵公同就御史台系，遂申婚姻之订。年十七来归，曲尽妇道，得尊章欢心。家席素封，自为儒生妇，撤簪珥，鹿纺砖，黾勉弗惮劳苦，一颦笑不敢苟，佐理家政无私蓄，文贞公得以游学名师友间，无内顾忧者，皆孺人之力也。既贵，铅华弗御，训饬诸子女无尚纷华，无隳名节。逆奄之祸，痛公罹难，早夜悲愤，惊惑不常，病久弗瘳，年六十有六。天启朝，累封孺人、安人。崇祯初，赠封淑人。以下九世。

卞氏　诚之公崇性配。青年守节，抚孤力穑六十余年。晚年长斋绣佛，建置卞寺庵，寿九十卒。

林氏　承渠公中孚配。年二十九夫亡，守节抚三子成立。寿八十二卒。顺治年旌，载邑志。

许氏　念宏公绵裔配，斜桥秀之女。年十五来归，十八夫亡，赤贫，矢节四十三。卒无子。道光十六年旌，载邑志。十世。

徐氏　体恒公钟瑞配，邑庠生徐识之女。年三十夫亡，孝事孀姑，勤机杼，以供衣食，训子应时，世其医业。寿七十七卒。顺治年旌，载邑志。以下十一世。

陈氏　仲玉公钟祥配。顺治二年乙酉守城之变，与夫同殉节。道光十六年旌表烈妇，载邑志。

怀氏　季玉公钟俊配。乙酉之变，与夫同殉节。道光十六年旌表烈妇，载邑志。

陈氏　文炤公配。乙酉之变，与夫同殉节。道光十六年旌表烈妇，载邑志。

刘氏　奉湖公钟祥配。年四十五夫亡，持家训子四十五年，寿九十卒。有司题其门曰："期龄苦节。"

夏氏　约轩公思勃配，名畹香，邑增生舆先公世名女，礼部员外郎孝琛公宝忠孙女也。

幼娴庭训，工诗文，有贤德，明大义。事舅姑孝，事公生母尤庄。相夫以正，时进规谏，待诸叔有礼，周旋妯娌间恭而让，尊敬师傅，虽细事莫不关心。至老，待诸孙师傅不衰，遇亲故以古道而不知势利。御下整肃而有恩惠。中年抚育子女，暮年抚育诸孙，无一日逸乐。公一生得内助之力不小，诸子受母恩亦最深云。以下十二世。

沈氏　肇锡公士竑配。年二十五夫亡，守节。旌表，载《吴县志·列女传》。

陈氏　受之公文宏配。年二十夫亡，无子，坚守苦节，寿七十三卒。道光十年旌，载邑志。

钱氏　日三公曾格配。年二十七夫亡，无子，赤贫。矢节四十余年，寿七十卒。道光十年旌，载邑志。

徐氏　展成公大成配。年二十五夫亡。家贫，守节四十余年，年六十六卒。道光十年旌，载邑志。

马氏　倬如公启英配。年二十九夫亡，事姑教子，量力周恤宗族，苦节四十六年，寿七十五卒。道光十年旌表，载邑志。

李氏　志远公瞻屺配，名敬持，忠毅公族孙女也。性孝谨，喜读书，深明大义。公弱冠从军，家徒壁立，纺绩供翁姑甘旨，先意承欢，克尽妇职，处终身如一日。吴三桂乱平，将军叙功，上经略，将入奏，志远公力辞不受。将军重公品学，延之都门教读子弟。公携眷同行，馆将军家二年。以国子生肄业国学。氏仍以纺绩自给，有子一，亲自课读，故公得壹志于学，有经师人师之目。继从镇江郡守王公幕游京口，爱三山之胜，卜宅江上，爱集宾朋为诗酒宴。氏躬亲治馔，至内外家政，勤苦操作，不以为劳。公得无内顾忧者，皆氏力也。裙布荆钗，身不逾阈，纺绩所余，惠赠贫乏。工诗，生平所著，秘不示人。每曰："女子当操井臼，事针黹，不合以寻章摘句见也。"

钱氏　怙存公显时配。年三十夫亡，子稚，赤贫。矢节孝养翁姑，纺绩度日。翁姑丧葬，尽哀尽礼。训子成立，寿七十三卒。道光十年旌，载邑志。

顾氏　养和公逢时配。年二十七夫亡，无子。孝养孀姑，苦节三十余年，年六十五卒。道光十年旌，载邑志。

张氏　尘和公永时配。寿登期颐，例锡寿母。

张氏　有贞公师成聘妻。有贞公年二十四卒，氏守贞不字。乾隆年旌表贞女。以下十三世。

周氏　德滋公长庚配。年三十六夫亡，家赤贫。抚幼孤，冬著单衣，饥饮井水，苦守奇穷四十余年，寿八十四卒。载邑志。

陈氏　轶峰公崧配。年三十夫亡，守节抚孤四十七年，寿七十六卒。

安氏　宗周公宪斌配。年二十五夫亡，抚七月孤成立。家贫，苦节四十九年，寿七十三卒。道光十年旌，载邑志。

吴氏　秉余公配，文魁长女。年二十七夫亡，养翁姑，抚孤子。子早卒，又抚孤孙成立。守节四十八年，寿七十五卒。

江氏　以直公敬持配，庠生子山女。持家训子，有贤德，慈寿八十四卒。

王氏　文旦公宷配，武庠生厚培女。慈寿九十卒，嘉庆丙辰冬，费筠浦中丞赠匾曰："鸠杖含饴。"

嵇氏　朗亭公玠配。年二十五夫亡，矢志捐生殉夫，越十二日卒。旌表烈妇。以下十四世。

谢氏　芝房公珩侧室。夫亡，守节。旌表。

严氏、李氏　芝田公璟继配严氏，侧室李氏。芝田公卒，严年十九，李年十四，并矢志守节。旌表。一门双节，载苏州府志。

顾氏　雨香公珍继配。青年守节。旌表。

顾氏　安素公元位配。年三十一夫亡，守节。旌表。

薛氏　上达公斐九侧室。年二十九夫亡，守节，抚二孤成立。道光十年旌，载邑志。

卞氏　采章公文铣配。年二十四夫亡，无子，时夫之弟妹尚幼。抚育成人，为之嫁娶，嗣子娶妇而夭，又抚孤孙成立。苦节五十年，寿七十四卒。道光十年旌，载邑志。

徐氏　敦远公临配。振兴女。年三十二夫亡，教育子女，守节三十年，六十四卒。

刘氏　鸣皋公振声配，公发女。年二十六夫亡，孝养君姑，抚嗣子成立，年六十一卒。乾隆年旌，载邑志。

沈氏　惟善公元俊配，舜年长女。早寡，养迈姑，抚幼子。家贫，食力悉从十指出。亲族咸称叹焉。

赵氏　翊武公镠配。一印次女。性婉娩，相夫节俭，俾得一意训蒙，无内顾忧。事舅姑能得欢心，疾病则料量曲当，没则尽礼尽哀。寿逾七十，为里党母仪。子永泰亦能养母尽志，咸以为贤母令子云。

鲍氏　次华公天亢配，名之芳，字兰生。善吟咏，尝与其妹之芬、之兰闺中唱和，其叔海门先生评其诗云："律细神清，深得唐人之旨。"和其妹之芬中秋坐月，有句云："蟾光多皎洁，桂影倍清修。"诗虽夙好，不喜示人。次华公官长沙，随其任，以妇德自重，屏除宦习，恪修内职，阃以内肃然。子文彪敦孝行，能以文学世其家。

曹氏　呈玉公之麟配。杨家桥仲南女。年四十夫亡，苦守奉养君姑，抚教四子成立，终身劳瘁，未享一日逸，年五十三卒。茂才方九仪挽之曰："半生历尽冰霜苦，博得人称女丈夫。"盖不虚也。以下十五世。

许氏　士三公继配。年四十余夫亡，无子。嗣子不尽子道，致另议立后。而近房又未得人,因念居宅系文贞公西溪书屋、生前读书处,遂捐为宗祠,以追远栖神,曰孝曰义,有二善焉。寿七十八卒。族人矜之,致主宗祠,永远祔祭。

蒋氏　尚虞公金声继配。绍曾女。年二十五夫亡,家赤贫。抚周岁孤成立,守节三十余年,五十二卒。道光十年旌,载邑志。

沈氏　宏德公继配,芳柏女。年二十三夫亡。抚孤守节,五十五卒。道光十年旌,载邑志。

祝氏　星和公任配。文山女。年二十七夫亡。抚孤守节,五十二卒。道光十年旌,载邑志。

陈氏　倍昇公国华配。乾元三女。年三十一夫亡,守节。

陈氏　敏怀公承恩配。早寡,守节。道光二十二年旌,并奖给"松筠比操"匾额。入祠崇祠,寿七十七卒。

张氏　熙堂公执敬配。咸丰十年四月十五日殉难,年五十七,旌表烈妇。

徐氏　有成公文华继配。年二十八夫亡,守节,抚二孤成立,寿七十三卒。以下十六世。

谭氏　东玉公继配。年二十五夫亡,四十一卒。道光十年旌,载邑志。

刘氏　阆仙公传贵配。咸丰十年四月十四日殉难,年二十四。旌表烈妇。

徐氏　启明公朝达配。年二十四夫亡,守节。旌表崇祀,载《丹徒县志》。

王氏　赓虞公象桂配。公璠女。年三十夫亡,守志,孝养翁姑,训子成立,勤俭持家,冰霜自励。同治十二年旌,载邑志。

马氏　慎斋公文吉配。三宫殿廷铨女。年二十六夫亡,上有舅姑,下有二孤,氏痛不欲生,以妇代子,以母兼师,衔哀任事。年余,有无赖子讽其姑,愿为媒,氏闻之,终夜涕泣,诘旦徒跣,白其兄以死自矢,而其舅不知也。族人咸敬其贞操,相谓自今后,有以非义之言闻者,共执之。家赤贫,饔飧不给,氏十指拮据,帅其子灌园力穑,堂上甘旨无缺。道光十年旌,载邑志。以下十七世。

吴氏　世荣公配。同治三年殉难,年三十八。

奚氏　增寿公配。同治三年二月,粤匪见逼,执志不屈,抱两子投水死。

刘氏　才昭公配。同治三年四月,与夫同日殉难,年五十九。

案:才昭夫妇之卒,《系表》作"四月",说详《系表》。《忠行》、《壸行》二录姑改作三。光绪重修记。

虞氏　兆祥公继配。同治二年殉难。

孟氏　官幼公配。同治三年因夫被掳,殉节,年二十一。

蒋氏　星五公纬配。寿增女。年三十夫亡,守节,七十五卒。同治九年旌,载邑志。

李氏　耀五公彩配。同治三年二月殉难。

曹氏　佩铭公玉庆配。同治三年二月殉难,年五十九。

潘氏　洪达公配。同治二年,与夫同殉难,尸未得。

倪氏　文炳公声焕配。同治二年九月殉难,年四十三。旌表,入祠崇祀。

李氏　凌云公鸿鳌配。年二十五夫亡,守节,抚孤,自食其力,年六十卒。同治九年旌,载邑志。

樊氏　世德公裕法配。年二十五夫亡,矢志守节,茹荼食苦,垂四十年。现年六十四,待请旌表。

周氏　茂朝公配。年二十八夫亡,苦节四十余年,寿七十五卒。咸丰六年旌,载邑志。以下十八世。

王氏　焕文公配。咸丰十年四月在城殉难,年七十三。

唐氏　煜文公配。咸丰十年四月在城殉难,年七十。

卞氏　怀孝公星南继配。年二十八夫亡,守节。五十一卒。同治九年旌,载邑志。

曹氏　方叙公正行继配。绍文女。同治二年七月,贼逼,投水死,年七十三。

程氏　蓉堂公镜千继配。同治三年二月,公为贼逼,投江死。氏于江岸号泣绝食,后夫十日死,年四十五。旌表,入祠崇祀。

赵氏　蕙圃公镜明配。诞先女。同治二年七月,为贼掩执,不屈,被焚死,年四十六。旌表,入祠崇祀。

陶氏　雨纲公配。同治三年二月,贼逼,投水死,年三十。旌表,入祠崇祀。

陈氏　若思公景文配。太学生凤岐四女。同治三年二月,贼逼,投水死,年五十五。旌表,入祠崇祀。

刘氏　献朝公献配。太学生尊三女。早寡,守节,年二十七卒。旌表,入祠崇祀。

朱氏　树朝公树配。太学生禹功女。年二十九夫亡,守节,五十八卒。同治九年旌,载邑志。

邢氏　干之公璋配。自成长女。咸丰十年在板桥殉难。

李氏　心耕公庆年配。同治三年二月殉难,年四十三,尸未得。

王氏　应成公经纶配。同治二年三月,贼逼,投水死,年三十七,尸未得。

承氏　寅谷公汝钦配。太学生与桂女。同治三年二月,贼逼,投水死。旌表,入祠崇祀。

吴氏　载康公维良配。邑庠生森杏女。年二十八夫亡,守节。十指所出,积铢累黍,为嗣子援例,请给两代封典,曰节曰孝,洵无愧焉。某宗师奖给匾额曰:“励节延龄。”光绪二十四年旌表,入祠崇祀。

王氏　云门公桐寿配。年二十七夫亡,守节。旌表,五十九卒。以下十九世。

杨氏　起旺公配。同治三年二月殉难,年四十。

张氏　赤若公保生配。同治三年二月殉难,年三十二,尸未得。

徐氏　鼎和公配。同治二年,贼逼,投水死。

承氏　祖余公启源配。复仁三女。同治元年在城殉难,年三十八。旌表,入祠崇祀。

沈氏　成元公配。咸丰十年在城殉难,年三十。

朱氏　屏周公毓芳配。鼎文长女。咸丰十年在城殉难,年二十。

沈氏　芝眉公成配。季川季女。咸丰十年殉难,年三十一。

顾氏　载安公锡坤配。年二十三夫亡,守节,抚遗腹子成立。

宋氏　聘儒公殿珍配,太学生九如次女。年二十九夫亡,守节,抚孤成立。唐宗师奖给匾额曰:"清氛靡忒。"光绪三十年旌表,入祠崇祀。

高氏　元英公祖华配。年二十九夫亡,守节,抚子女成立。家贫壁立,纺绩度日,苦守三十余年,男婚女嫁,备极艰辛。瞿宗师奖给匾额曰:"清氛靡忒。"光绪二十四年旌表,入祠崇祀。载《常昭合志》。因子庭春贯于常熟,故附入常熟案内汇奏(《(光绪)东兴缪氏宗谱》卷三〇)

二、妇行传状

1. 阚庄派七世缪桓族称东渠公元配桑孺人墓志铭[①]

国子监祭酒 同邑 张衮 补之

缪子爚之葬其母孺人也，泣血言状，告予为铭。予与爚交最晚，尝览其台试之文，首出诸生，盖杰然者也。既而稔问其家教，则所以成夫爚者，母又多也。

孺人姓桑氏，裔出姑熟名阀。其父希哲，博学宏词，声闻远近。娶邹氏女而生孺人。孺人年及笄，嫁缪季子桓明经。孺人始为妇，即蚤夜率作，以相夫君之勤。当是时，门祚单薄，有乘之者狞生忿恨，多方计蹈之。罝罘且罹矣，天其右之，幸以脱生。孺人身当患难，周旋其间，悉力系援，家是以全。生子爚，教以读书，每至堂帷前，必提其耳曰："汝不早自奋力，不见汝父之殆耶！"爚用感激，服膺儒方，刻苦修进，文成而名日驰骤。忌害者稍稍以戢。夫有兄二人继亡，其孤孺累累，易为人所鱼肉。孺人视夫君之意，既抚既教。俟其长，为之室焉，以保有其家。至今群从中莫不戴曰："我伯母孺人于我为有德。"处妯娌，相欢如兄弟。三党庆吊，其献礼皆孺人亲阅之，隆杀各中其度。

嗟乎！孺人，妇人也。而识见明达，所任者皆纲常之事，门户之责。微谏其夫，不为局戏闲事，以妨正业。御侍妾率多有恩，谓非女中之圣善已乎？妇职琐琐，治酒浆，膳宾客，不足为孺人盛称也。

孺人生于弘治十四年正月十六日申时，没于嘉靖己未三十八年二月初四日卯时，享年五十九岁。子三，爚为长，娶陶氏；炌娶周氏；炷娶夏氏。皆儒家。孙男五，允诚、允德、允谐、允升、允恭。孙女一。其遗言种种，与家人永诀，各当其身。可编之为女则者，状备之，予可略也。铭曰：

---

① 以下传状未注明出处者均选自《(光绪)东兴缪氏宗谱》卷三〇。

治其躬，以莫不闲。勤其家，亦孔之艰。世德之茂，母仪其安。岂不鸿报？翟茀有殷。兰兮茝兮，我其永叹。

2. 阚庄派八世缪甫燃族称吉修公元配孔孺人墓志铭

浙江按察使副使 同郡 薛应旂

余为诸生，与缪子海观肄业府庠，因得接识。异其卓识颖材，尝恐先著鞭，既而与试南场者三，遂订通家之谊。厥子伯光、仲光，予所字也。后予幸一第，君中遭困踣，不相闻者数载。既而伯仲叔季皆补弟子员，时来商榷经义，申旧好云。一日伯子甫灼率其侄仁阶，持所自为状征铭其弟仲光配孔氏孺人。按状：孔氏裔出宣圣，厥考鲁江公闻政，廪生，母徐氏，梧塍巨族也。宜其壸教有素，而归缪君。缪固甲族，儒绅弈世不绝。两家门祚相当，故其事舅姑也，生者致养，没者致哀，而遐迩称孝妇。相夫子也勖之以善，佐之以勤。而仲光得一意亲贤师儒，以究其业者，皆孺人力也。又恩遇妾媵，有樛木之风。均爱庶子，称鸤鸠之德。尤闺襜中所难得者，至其慈子不专姑息，待伯叔姊姒诸侄咸有恩礼。处逸乐而勤苦不懈，履丰亨而服御减削。匪岁时庆吊，终年不见鲜华之饰。生平无叱咤声，骂詈不及下走若夫。处家纤悉，中馈织纴，在他人为难者，孺人视之特余事耳。近世巾帼中，修容而不修行，厚奉而不厚名，是亦恒风。而孺人若此，诚蔓草贞松哉。宜其存有令誉，亡有余戚也。

孺人生于正德十四年二月初四日，卒于隆庆五年十一月二十日，享年五十有三岁。子二，长仁里，娶水南孟氏；仁世，庶出，娶庠生赵玉渊女，先卒。女一，适孟汶，先卒。孙男四，锡麒，聘孟体实女；锡庆，嗣仁世，聘徐达泉女；锡骥，郡庠生，配清化顾氏女；锡骅，元配徐氏，继娶赵氏。今卜以某年某月某日葬于某里之新阡。铭曰：

出于圣裔，嫔于德门。劬躬焘后，罄无不宜。铭以揭之，存顺没宁。

3. 阚庄派八世缪炷族称惕庵公元配夏孺人行状

子 昌期 西溪

呜呼！人孰不有死，而独吾母以忧瘁殒年。人亦孰不有大故，而独不孝之于吾母亏半菽之余欢，孤辛累年而溘焉长逝，幽恨无穷。不孝身负大逆，故弥留之际，几不欲生。小祥以来，仅存残息。每欲强起捉笔，铨次其遗事以干作者，辄自揣身名未成，母以子贱焉。用文之恧不敢举者数四矣。转念吾母一生，言为笄训，行为阃则，令淑之称，在宗族姻党间者，四十年无间。即不能以不孝故有闻也，奈何以不孝故终泯之。是用血泪书状，上有道君子采焉。

吾母夏氏，外祖贡士怀庵公之季女，吾祖东渠府君之季妇，而吾父之原配也。夏于江南为望族，南宋以来，代有衣冠，人行仁义，里人因名其村曰“习礼”。入我明，而著者为承事郎约轩公荣，四传而生贡士怀庵公。兼有文章行术，卓然名士。娶无锡华，而生吾母，属最少。生而慧婉端凝，不妄笑语。怀庵公绝怜爱之，为慎拣其耦。时吾祖与怀庵公并以文艺游邑校中，相得欢甚，乃以间请于公，曰：“吾有季男，君有季女，两家男女不当伉俪乎？”公喜诺，遂字焉，年十六归吾父。当是时，夏氏之业已中微，而怀庵公自以诸生砚食，不能办装，故吾母之来，衿缡不具。而祖母桑孺人性严稍卞，遇子妇，虽得当，不废谯呵声，虑吾母名家女，多矜饬，故为非分督过，以习吾母。吾母愈益恭，而加以婾色，久乃颇得安居。二年，祖母卒，哭之如礼。明年，吾祖三析其箸，以授世父及吾父炊。则吾父最稚弱，不堪门户寄。吾母乃椎布操作，务以纤勤佐吾父。逾年，家用小饶。壬戌，举不孝。又五年，举一妹。其先后不孝而举者，有两兄一弟，皆以痘殇。故视不孝呿呿怀腕间，俛得俛失，一饭三哺，一夕十起。每遇寒暑疾厄，则呼天而泣，且祝且禳，不遗余力。比不孝长，就外傅，吾父见稍慧，始发愤督课，必欲速致于经术，颇招延邑中名师诲之，而力诎不能厚脡修。吾母惧师为有力者所夺，实脱簪珥以佐其馈，终不令吾父知也。吾祖念不孝尫瘠甚，时摩其顶，而谓吾父曰：“此孺子者孱然耳，且人生何可寄绪于一线，不为旁树蘖乎？”吾母闻而心然之，遂以侍者进，使得比于偏贰。丙子庶弟生，吾母朝夕覆视，煦煦然如自已出。其年，吾祖卒，吾母哭之，一如丧桑孺人。明年，举襄事，时吾父方在哀毁中，凡内外经纪，一切取办，吾母称易而衷。无何而家难作矣。难之起，起于里有险人者，实乘内隙，巧构成之，中以危法。吾父素文弱，在吾祖宇下久，自明农课子外，毫不知有人世机穽事。风波乍起，闺门震惊，所赖吾母坚持内纲，潜抵外睄，十指自画以资吾父橐饘者，艰辛万状，所不忍言。会是时，不孝以童子应里选，连得首列，吾母稍破涕为欢，曰：“门户庶有寄矣。”而郡邑大夫先已廉得吾父冤状，至是力为湔洗，故事端尽皭，而吾父得完其布衣归。然视东渠府君遗业，竟洗然矣。吾父日郁郁不怿，以是损心脾，肠血下注，中虚而外削，床卧者十五年，未有起色。吾母百方疗治，筐箧尽倾。中间犹为不孝毕婚，为吾妹毕嫁，捃拾拮据，勉强成礼，于吾父一无所关闻。凡十余年间，吾父得安心莞簟，而无外顾忧者，吾母力也。吾家世业，原不及中人，自被难以来，膏腴既废，斥卤仅存，而吾父沉疴继之，不孝复迂腐，不能问生产。产日益挫，逋日益起，而家人食指犹如故岁时，百亩之入，十七医药，十三衣食。即郡邑大夫、直指督学使者所资不孝笔札膏火，及所授弟子束脩，不足以支门户费。凡世间所谓修旨轻温之奉，一无所致于吾母。吾母以衰至之年，啖粝衣粗，备所不堪，绝无难色，亦无谇辞。属己、庚之际，岁事荐祲，家累数十口，仰给不赡，吾母犹手调肉汁进吾父，其自供则一日三糜，杂菜苋蓼佐嚼之，取充虚而已。不孝每见必泣，吾母抚之曰："孺子何泣？在贫食贫恒耳，且吾故食孺子贫，孺子未尝窃自饱也，何泣？但愿孺子绩学攻文，慰床上老人望，即鼎食不啻矣。"不孝闻之，益酸鼻，自恨不能容。先是不孝屡蹶场屋，吾母意不能无望，而犹从容为慰藉语。至辛卯报罢，则容色惨淡汍澜者久之，曰："吾两人瞪目以待汝举久矣，而及今不举，即汝有待，我无待也。汝第见汝父沉痼久，恐为旦暮之人，而不知吾精神已陨丧矣。"一时闻者，莫弗泣下。吾母念三十年幽忧之思，既不能发之于不孝，而吾父日药裹一床，用度不时，弟长大弃学，又未有授室，意忽忽不知所任计，欲先其力指以为食指供，则身任机杼，与妇子杂作，仡仡丙夜不辍。不孝跪请倦休，则漫应之曰："吾直假此以送永日，未为疲也。"然而劳苦倦极，形神两惫，故外气虽爽，而真气潜夺，已不可复支。壬辰秋，有毒发于背。癸巳夏，发于肱。皆臃肿作楚，投之药辄愈。诊者曰："其病主在肝脾之间，即治当有后虞。"不孝已心忧之。至八月，而病大作。其始烦懑，谷食少，周身流痛。医诊之，出曰："此噎征也，不治将深。"不孝惊且泣以告。曰："吾自病血耗耳，度不至是。"然犹手操葳蕤钥衡，量米盐出入，调膳进吾父。至十月小间，十二月而忽剧，亦未尝竟日贴卧。甲午元日，犹力疾早起，髻而端坐，受家人朔，肃如也。是岁大比，郡邑当录士上督学，不孝见医言稍验，意不欲就县试。吾母顾促之行，曰："吾闻病噎者，不受食。今受食，非噎也。汝不试，予滋懑。"不孝重违母心，强就试。比试归，而吾母已昼寝，饮食不尽受，操药进之亦辄逆，此正月二十日也。不孝与吾妹若妇日抱首而泣，吾母止之曰："命也。自吾十六为汝家妇，送二老人，哭三殇，庀一婚一嫁，两年遇患难，十五年事病夫，未尝一日享开眉饭，而非时忧虑，外家哭泣，不在其中。生非金石，安得不死？死等耳，欲缓须臾，以谂汝秋试，而竟不可待，然固命也，但念汝父未起，汝子姓渐繁，以为汝俯仰累耳，孺子勉之。失时无丧业，得时无丧心，即吾在沟壑之中，有余享矣。"又向吾妇谆谆嘱咐，颇及门内诸细事，皆宜家善后语，尤不忍闻命理巾服，及绞紟饭含之具，皆手自经涉，必如其指而后肯，然度之于制，鲜不合者。自是粒绝，不可复进。至三月二日，召诸孙于前，以示不孝曰："虽贫，无弃之学。"因亟呼盘水来，使不孝掖而盥手足，犹命取裙帷自蔽，曰："吾当以诘朝逝矣。"越一夕，竟逝。呜呼痛哉！既逝之，明日，将敛，犹若视不可含者。吾妹凭而哭之曰："母以吾父之未离于褥也，而吾兄之未离于衿也。送往事居，勉图令闻，是唯吾兄。"乃瞑受含。

呜呼痛哉！吾母生于嘉靖辛丑七月廿三日，没于万历甲午三月初三日，春秋仅五十四耳。使不孝能读书成文章，早致身于科第，则吾母当雍容食报，以尽其年。不然，而能服耒耜，辟草莱，或贩卖什一，得稍赢余，以具朝夕，岁时上寿，娱然相乐，则吾母何至以其骨为劳薪之爨。而今已矣，不可复赎，此不孝所以仰天椎心，气尽而不欲复返者也。

吾母有令仪，好简洁，虽终其身，不识有绮纨之御。而就所服疏布单衣练裙，竟敝，不容一点染遇。稍点,亦必付浣濯,不至再不休。其所食虽至粗粝,度非洁清,亦不肯下一匕箸。生平最慎履綦,终岁不闻阃外。其接见妯娌娣侄,皆雍雍详矩而庄,故见者率遥望而衿为整,即长年均行不敢以亵见。其治家尤精警,善肃括,家人大小廪廪不敢以欺惰进。然必伺吾父之向而剂其偏。父意所急,故纵之,父意所缓,故操之,要以相御而行,辅所不足,故卒亦未尝有内擅名。至于通大义,引大节,烺烺懿美有可传者,吾父自少育于李氏姑,受襁褓恩,后李败,姑老,而吾父迎养于家,吾母推燥分甘,疴痒必视,没则营窀穸,奉春秋,里人多难之。吾祖所遗箧非一,而有属养于仲氏者,吾母兼任养之,尤加礼,曰:"昔以巾栉事先舅,敢暴使乎怀庵公之下世也?"吾舅氏仁而弱,晚弃其诸生而家益窭,吾母已身在窭中,而犹力为周赡,岁时遗问不绝。比疾革之时,犹呼不孝割产相遗,曰:"以志别也。"舅氏临其丧,绝痛,后五月,竟殁。其抚不孝辈虽慈,必教以义方。一言之误、一趾之错,即龂龂督数,使之毛立汗下乃已。晚年虽急不孝成名,而其居恒诲敕必先礼义而后富贵。不孝每从外来,称说当世通人高士某某,母欣然听之无倦,曰:"儿异日者庶几是乎?今得为之执鞭否?"至语世俗荣华,高车大马,鲜衣腴食,扬扬得意状,摇手勿道也。呜呼!此亦足以观吾母矣。

吾父讳炷,字明思。吾母白首庄事,即阖门耦坐中,相视必以貌,识者至方之古人如冀缺、梁鸿夫妇云。不孝昌期将谋葬于赤岸里任家桥之新阡,而卜日未吉,复恐暴露滋戾,乃以今年乙未十二月初四日,忍死扶柩,权厝其旁,奉父命也。不孝因忆往事之酸辛,展遗言之惨怛,循题想象,则风轨凛然,扣几寻声,而提撕若朗。竟不知不孝所以报先德而酬冥志者,当何日也?

呜呼!名非文不传,文非人曷重?不孝即自劣劣无闻,亦何忍卤莽湮灭,使吾母暗弗耀于泉壤?乃敢略记所知,粗陈梗概,弗藻弗饰,以仰请于达孝仁人,大弘锡类,薄采幽潜,志其什一而铭之,则吾母死不朽,不孝死亦不朽,不胜哀恳迫切之至。

文贞公长子虚白书于惕庵公状(见本篇第一卷)及此状后云:

右两状,系先严守诸生时笔也。当先大父母入土,曾请赵文毅公及王澹生先生志矣。后通朝籍,复以合志请于福清叶少师,少师诺而未成文也。逆珰煽祸,追夺之旨肆出,先大父母二赠俱不免,故先严之《自叙》有曰:"二志俱未勒石,冀他日赠典稍进,得阐我二人之幽。不谓逢天之谴,并夺二赠,此不孝之死不瞑目也。"既入槛车,又与执友书云:"弟父母二志,尚未入土。诸生时草状,亦多可商者。异日暇时,令小儿以二志恳求一表。又同胞一妹,极孝于亲,可带一笔于后,地下之感也。"书讫,付虚白手,涕泪俱下。圣明御极,优恤惨死,追及二世,先大父得赠通议大夫、詹事府詹事,先大母得赠淑人。两状仍存旧稿,传示子孙,使先世梗概得有所考云。(又见《常州先哲遗书·从野堂存稿》)

4．阚庄派八世缪灶族称惕庵公元配夏孺人墓志铭

吏部侍郎 常熟 赵用贤 汝师

夏孺人者，缪君明思之元配、贡士怀庵夏先生之女也。夏于江左为著姓，自宋室南渡聚族居于江阴之东，入国朝而有承事郎约轩公荣，四传而为怀庵公，兼以文行名一时。孺人生而秀慧婉约，怀庵公绝怜爱之，择配得明思君。是时夏氏业既中圮，而怀庵公久困诸生中，不能具装遣。故孺人之来，衿缡才取备而已。孺人入门而孝敬，姑桑氏性严重，意孺人名家女，故为呵谯声，又数加督过，俾习于劳勚。而孺人事之愈益恭，舅姑以为贤，辄推筦钥授之矣。而孺人乃布衣椎髻，身任操作，旦暮不遗余力。故明思君得优游从事，而业日亦渐起矣。而举子昌期。昌期既就傅，则颖敏异常儿。孺人为脱簪珥，削衣食，佐明思君延师之费。而后明思君得竟其力用于教子。昌期少羸瘵多疾，孺人谓明思君："孺子虽明悟，然孱然一绪耳，君奈何不为本枝计？"因饰侍者以进。而后明思君乃有孽子，不虞于单植。久之，明思君业以文弱不受事，又性简重，不解世间机穽，里中豪巧为投隙，中以危法，累年不解。孺人悉力营馑，御群侮，备历艰辛。会是时，昌期应童子试连得隽，而主者亦廉得其枉状，事幸寝。明思君归而郁郁不自得，病遂作，十五年床卧不起。中间所谓毕婚嫁，供医药，皆孺人手自擘画，日汲汲不暇。值岁大祲，孺人犹手调肉羹进明思君，而身所啖者，糠核而已。而后明思君得安于筦簟，而无内外顾之忧。孺人性好检押，有令仪，其治家尤精警，善肃括，家人奉之恒廪廪毋敢欺惰。其抚昌期虽极慈，而训督不少贷。虽急于通显，而其居平所诲敕者，必先礼义而后富贵。昌期或时诵说当世名贤长者，辄俯首欣然曰："儿岂有意若人乎？"至语世俗所慕，尚以为荣进者，辄摇手掩耳，勿欲听也。其引大义、薄纷华类如此。然孺人既及见子之学成，而不逮其禄仕，以雍容享有融乐，以忧瘁熏心病膈而殒。岂天固啬之耶，抑孺人所以收报于昌期者，酌之身后而有余味也。

子二：长昌期，县学廪生，博雅好古，为时名士，娶李氏；次昌胤，侧室施氏出，聘王氏。女一，适县学生徐起凤。孙男四，虚白、纯白、贞白、太白。虚白聘周，余未聘。孙女四，长诺蒋，余未诺。

距生于嘉靖辛丑年七月二十三日，卒于万历甲午三月初三日，享年五十有四。葬以卒之又乙未年十二月初四日，墓在赤岸里任家桥之新阡主穴巳山亥向巽龙向西北。

余惟妇德无仪，夫重闺幽渺之行，不幸踪迹无所暴著，至有老身长子孙而竟暗然磨灭者，何可胜道也。使孺人不历诸艰危，则何以刻意刓节而自见其才？使非有昌期之振藻标奇，亦何以转相矜诵？而致其亲必传，如此是可铭矣。铭曰：

赫赫夏宗，振厥闻。允显令仪，惠以纯。媲此德门，永有声。既极乃通，启后人。匀彼

挹此,衡亏盈。我识其石,秘幽茔。万古不骞,亦不崩。

5. 吴门派八世缪天秩族称文峰公元配张氏传

张氏,吴县人。父爱之,择同里缪天秩赘焉。秩以刲股疗亲创巨至死,遗孤国维甫二十四日,张年仅二十有一,痛夫死孝,愿以身从。张翁夫妇力劝之,曰:“汝欲殉节,独不念呱呱之子耶?死易,立孤难耳,何若使儿一日长藉手报地下乎?”于是守志抚其子。稍长,即训以经义严督之。张翁无子,立族子为嗣,嗣与张生嫌隙,张不与校,僦舍别居。每夜织纴佐读,一夕闻其子读《礼记》,至“寡妇之子非有见为,弗与为友”,张停杼泣曰:“儿不幸为寡妇之子,苟弗克树立,将不比于人数矣。”时举斯语以致勖。年五十余,国维成进士,令南安,因母老不便迎养,改教宁国,迁国博。国维始蒙母姓,故榜姓张,至工部郎,母泣谓曰:“汝忘本耶?”国维遂具疏复姓,仍字曰“尔张”,不忘母也。苦节四十余年,卒年六十二。万历三十四年,国维奏陈母节,奉旨建坊旌表。以子贵赠恭人。(《(康熙)苏州府志》卷七七)

6. 吴门派八世缪天秩族称文峰公元配张氏传

张氏,县人。父无子,择同里缪天秩为赘婿,生子国维。未匝月,天秩死,氏年二十有二,依父母以居。性严明,有伟丈夫识。坚忍淡泊,积铢累黍,为其子读书费。既而父母踵亡,嗣子龋龁孤嫠,乃僦屋别居。备历辛苦,篝灯课读,丙夜不休,机杼与咿唔声恒相应。闻其子读《礼记》,至“寡妇之子非有见焉,弗与为友”,氏停杼泣曰:“儿不幸为寡妇之子,苟弗克树立,将不比于人数矣。”子既受室,终不使计钱财出入,曰:“焉有津津阿堵尚可以为士哉?”以故国维得肆力于学,成进士,历官参政道,为通儒名宦。万历三十四年疏陈母节,诏旌其门,赠恭人。(《(乾隆)吴县志》卷七三)

7. 吴门派八世缪天秩族称文峰公元配张节妇传

吴县 王穉登 伯谷

余与缪国子先生国维邻,而习知其母子之贤且孝也。文峰公早殁,母抚孤藐焉襁褓耳。然不为舐犊之爱,辛苦力作,以课其子。国维事母甚庄,莫敢微忤。既成进士,犹若诸生时也。呜呼！贤母孝子，不足以表世励俗哉。余感其事，作张节母传。

节母姓张氏，家吴邑，缪文峰公天秩之配，国子博士国维母也。文峰公刲股疗亲，创巨致毁，盖死孝云。卒之日，与妇诀曰："知汝不难以身殉我，顾土中白骨、襁中黄口，不为若敖氏之鬼乎？勉旃，吾赖汝矣"。母之父母张翁、陆媪，忧女之殉夫也，卫视维谨。或以少妇不任为嫠，翁媪曰："女矢志靡他，实谅之矣"。母子乃依外家以居。国子君能读父书，则程督不少缓，躬组纴以给修脯。篝灯荧荧，书声与机声相杂，丙夜不休。稍懈，辄夏楚不少贷。会张翁媪相继殁，族人子强后之，尽据其产。齮龁孤嫠若燃萁，母度不可同室，僦舍别居。值岁祲，不给于尸饔，国子君授经以谋糈，而贫可知也。君膺南畿荐，母始一解。顾比试春官，不第，归而授经如故。已而登第，请告省母，母抚而喜，既而悲痛夫君之不及见也。是时母嫠而老矣，冰霜之操，凛凛如一日。乡三老啬夫文学掌故，上其事于守令，监司台使者馈牢醴粟帛，春秋祭祀，岁致膰焉，署其门曰"贞节"。母闻而蹙然曰："老寡妇忍藉亡者博名高乎？"君谒选得闽南安令，将母而行，见溪山险绝，心惮远行，以得生还为幸。君闻母言，则大恐悚，入官未几，有校文之役，比彻棘，当入觐，奉板舆北还。觐事毕，愿就广文，乞近地迎养。得宁国郡博。岁余，晋国博。南雍去吴门仅一衣带水，土风宜人，计可侍亲于官舍。金口木舌之暇，视匕箸枕衾，不嫌苜蓿，常阑干也。然母病且衰，不能往矣。君念母心切，上疏陈情，曰："先臣天秩弃养日，臣国维生匝月，臣母张年才二十有一耳，伶仃孤苦，形影相吊，甑尘鱼釜，并日一炊。臣母辟纑课臣诵习，斯非谁谓荼苦与？臣幸备员邑宰，既不能分五斗供滫瀡，量移司士，又不能越一水侍起居。待罪成均，心焉如割。臣母今年六十有二，称未亡人者四十年，劬劳辛苦，一节靡渝。伏读令甲，相应旌表，乞敕有司覆勘，如臣言不谬，幸赐表门，使臣母沾紫泥之锡，获伸乌鸟之私，何环不衔？何草不结乎？臣谨冒死以请君。"不待报命，投牒大司成，趣归而母病日亟，医药请祷，汤熨抚摩，中裙厕牏，靡不躬亲浣涤，而母竟就木矣。

母性严重，明智果烈，有伟丈夫之识，坚忍泊淡，不恤劳苦。少依外家为养，纤啬力作，积铢累黍，为其子延师供客之费。子自离乳哺、有室家矣，终不使持一钱，曰："曾谓津津阿堵，尚可以为士哉？"居南安时，每命其子曰："令兢兢守三尺犹惧不称，遑恤其私以旷厥官乎南安？"君绾铜墨者仅七月，而廉平清静，仁风四达，莫非由母教也！张翁媪亡后，有一庶媪，嗣子据其产，不谋朝夕。母迎归，生于我养，死于我葬，媪安然寿以老矣。抱伯氏之女归于曹，资而遣之甚厚。晚岁喜瞿昙氏之言，一月之间强半斋素，谓能持平等心，即是大乘法。非深契禅宗者不能为此语！文峰公怀才负德，殒身殉孝，母谈及，未尝不泪盈睫也。国子君悼母之不获表与不及封，不胜风木之悲。呜呼可哀已！然以母之节，当垂壶则，标女史，流芳千古，与天壤俱，奚论封与表哉？

外史氏曰：共姜之守节，未若鲁文伯母之抚孤。后世断机剪发之贤，则皆闻而兴者乎。张母抑其流亚，与国子君清标孤映，珪璋瑚琏哉。异时勋德，安知不为文伯子舆、陶桓公耶。盖文峰公潜德早世，待君而显，挹彼注兹，天之道，犹酌耳。

8. 吴门派十世缪慧隆族称藓书公元配王安人行实

子 彤 念斋

先妣王太安人，五世祖大学士文恪公讳鏊，为前明弘、正间名臣。高祖大理公讳延喆。曾祖太常公讳有壬。祖光禄公讳禹声。父国学公讳永熙，娶浦氏，生子六人，女八人，而太安人其仲也。太安人始生时，外祖母梦碧霞元君抱至，故外祖父母独钟爱焉。少失恃，外祖口授《孝经》、《论语》，随口成诵，渐通经史。凡女红织纴，不学而能。年十九，归吾父。逾年，先大父见背。先是先曾祖母张年二十一而守节，故明神庙时建坊旌表。先大父生未匝月而孤，事母至孝。自辛丑成进士，起家县令，仕至大参，中外有声，浙、闽及黔，至今祠祀不绝。在黔平安西，功尤著。历仕三十年，官橐萧然。殁时吾父年二十，茕茕在疚。外侮迭至，吾父哀毁不胜人事。太安人多方调护，是时不肖彤甫在怀，而太安人备尝辛苦，佐吾父尽哀尽礼，侵侮者无不敛手慴服。先大父艰于举子，年四十余始生吾父，故日望抱孙焉。犹忆母之乳媪曰：不肖生时，值严寒，乏炉火，太安人使婢拾木屑，蕴火相向，手持不肖而泣曰："何汝生之不及见尔祖也？"嗣后岁时伏腊，祭祀必泣。戊申，不肖假归祭祖墓，太安人犹哭泣如初。吾父亦少而失恃，先祖母苏恭人、徐恭人相继早世，先祖母齐生吾父，才五龄而祖母见背。吾父每祭祀必泣。太安人亦泣曰："何我之不及事吾姑也？"尝抚不肖而言曰："汝父无母，我亦少而失母，汝独有母，一丝一粟，谁非汝母之心血？"岂至今日，而不肖亦为无母之人耶。呜呼痛哉！

外祖寿至七十，里中号称长者，待亲戚朋友必从厚。事无巨细，外祖必遣女婢问太安人。太安人闻命即往，往则一一为外祖分析言之，家人无不悦服。至今，舅氏舅母待太安人犹外祖时也。岁戊子，外祖殁，太安人哀毁骨立，丧葬诸事，备竭心力，虽女也，实与子同。先是外祖存日，每遇外祖母忌日，必亲往拜奠。既而外祖殁，每遇岁时，必设外祖、外祖母遗像于家，亲率不肖拜奠，盖未尝一日忘父母也。诸母舅中，子静长太安人四岁，子文少太安人三岁，往来相好无恙。岂意太安人弃诸兄弟而先亡也。呜呼痛哉！

从母中，如卫、如徐，皆早卒。犹忆从母卫疾笃，不肖时年十四，一日间太安人遣不肖三四往焉。临卒，犹手调汤药以进。母舅子佑、子缓相继早卒，其婚姻死丧，皆太安人为之经营。今诸孤相继成立，而吾母亡矣。呜呼！太安人之亡，亲戚中有不为之恸哭失声者乎？

吾父为诸生时，名声藉甚，屡困场屋，家居忽忽不乐。太安人必劝慰。乙酉后，吾父绝意举子业，朝夕谓不肖读书。不肖初学文，一日文若不成，两大人对案不食。犹忆壬午年，不肖从塾师肄业，适当秋试，吾父同师赴白门，太安人恐不肖废学，日令至外祖家与诸母舅课文，盛暑不辍。归必以所业进，乃喜。子、丑间，不肖举文会，一时皆知名士，四方宾客日至，太安人在内罗酒浆、洁匕箸以给客，又尽知其人贤能与否，退而喜曰："吾儿所交，皆一时贤隽也。"甲午，恩选入都，不肖离父母远行有难色，太安人曰："丈夫志在四方，何用戚戚为？"丁酉，举北闱乡试，是年太安人五十，不肖即欲旋里捧觞上寿，以公车届期未能也。比至丁未，不肖登第，备官翰林，太安人贻书教不肖曰："汝当竭力以图报称。"是年太安人六十，不肖又不得为太安人捧觞上寿。次年以疾归，得朝夕承欢。太安人谆谆训诫，每举史书忠孝志节之事，言至夜分不倦，辞色视平昔加严。尝曰："汝初登仕籍，进身之始，不可不慎。"不肖跪而听命。太安人性至俭，衣必布素，尚补隙累累也。彤幸叨皇恩，奉冠帔以进，太安人曰："此吾俭勤之报。"其谨藏之，仍布素如故。呜呼痛哉！

吾父笃于兄弟，而太安人亦敦妯娌。丁亥，吾叔父成进士，之任山右，叔母嫁长妹，妆奁琐细，皆太安人为之佐理，视如己女。叔父以文章得祸，吾父日夜焦劳，太安人应如左右手。叔母每言及，辄泪下。岂意今日不数日，叔母与吾母相继而亡耶。

呜呼痛哉！吾父乐施好善，尝至困乏。太安人脱簪珥、典衣服以佐之。庚辰，岁大祲，吾父粜谷以赋饥，而太安人亲煮粥以食远近之不能举火者。丙戌，米价腾贵，有贾人陈姓者负吾父米三百余石，太安人劝吾父为之焚券。人有负于我，惟恐人言及之，己则不肯纤毫负人，虽盘匜酒浆，人有所馈必答，故亲戚馈遗无虚日，此之所遗，即以遗彼，余者必以分惠于人。果饵饼食，家中自老至少人人得。及所以闻太安人之亡，虽孩提，皆呼号不知所自也。治家尚清肃，终日危坐，累年不易其处。家僮不许入后堂。童子年十三以上，不许与女奴接谈授受。性仁慈，不轻笞骂人，然有过必呵，事往辄忘；有劳必奖，轻重不爽。太安人为人公恕而多识，乙酉暂徙吴江，渡太湖，中流遇盗，舟中衣饰顿尽。有亲戚寄金银器，置一甓中，上以他物覆之，盗疑为弃物，独不取，归而一一还之为喜。一日邻人失火，无藉借救火，欲坏吾家墙屋。太安人令家人勿与之争，但急遣人救邻人之火，火灭，其谋亦止。至于解人之厄，济人之急，尤在死生患难间。吾宗有从祖，贫无所归，吾父延至家二十余年，太安人生则养之，死则葬之，而又祭祀之不绝。亲戚家偶失金，举家疑一老媪所窃，媪冤欲死。太安人密察，因力辩其诬，久之窃金者败露，而媪得白，人皆服吾母识见过人。一童子父母俱亡，其叔鬻之以代完宿逋，太安人问其所少几何，即如数给之。呜呼！诸如此类，不肖不能尽记忆。总之，人有急难相告者，不惜劳苦以周旋，间出赀财以相济。凡周旋亲戚中之父子、兄弟、夫妇以及婢妾奴仆，皆有阴德，而不能悉数者。呜呼！何天之夺吾太安人以算而不使享期颐之寿也。呜呼痛哉！

吾父生平不喜妾媵，性使耽闲静，尝独处书室。太安人亦每日坐小楼中持斋诵经，故居常，太安人与吾父相敬如宾，而寒暑衣服饮食，必相体恤。今年九月，太安人为吾父纳妾，吾父书谕不肖曰："此出汝母意，非吾所乐也。"由今思之，太安人岂预知有今日，恐吾父哀伤而计及此耶？不肖少婴羸疾，太安人百计医药，寒暖饮食必亲视之。今太安人病，反不能躬奉汤药，天下亦安有此不孝之子哉？

太安人一生勤俭。春则纺，夏则绩，冬则治稻粱，出纳必亲。闺门之内无闲人、无弃物，亦无私蓄。盖一岁中供吾父祭祀燕会，必丰腆有礼。亲戚婚姻丧葬，赠遗无缺。故朝夕辛苦而尝不足自为。不肖娶妇生诸女，太安人抚之育之，以至于嫁，组紃环珥，无一非太安人出其嫁时衣饰，又增益之，而太安人之箱箧已空。又为不肖从师取友，自公车往还以至今日，无一非太安人手画而心计之，而太安人之精力已竭。

呜呼！不肖之累太安人，亦哀号难尽矣。前岁假归，不肖即欲请告以侍晨昏，而太安人不许，曰："受朝廷知遇，当一心图报，何以家为？"八月辄使治装。九月，不肖勉强拜别，跪而请曰："男行矣，望大人时以手书示慰。"抵都以来，得太安人手书者四。初补官，书至曰："汝勉力供职，勿以我为念。"既而闻分校礼闱，书至曰："汝果得真才以报国恩，吾亦慊矣。"夏间，太安人欲遣儿妇入京，妇以代儿定省为言，不敢离膝下。久之太安人始许可，乃遣婢仆来京，寄器皿食用一一经手封识，又嘱曰："汝勤慎居官，勿怠厥职。"岂意不两月，而讣音至矣。

呜呼痛哉！呼天抢地，号泣无路，终天之恨，曷其有极？呜呼痛哉，太安人生于万历戊申十二月初三日卯时，卒于康熙庚戌十一月三十日寅时，享年六十有三。恭遇康熙六年七月皇上亲政覃恩，敕封安人。子一，即不肖彤也，丁未科第一甲第一名，赐进士及第，官翰林院修撰加一级。娶故明通政公顾讳九思曾孙女，国学公讳熙孙女，国学公讳乃猷次女，封安人。女一，适文学顾瑞书，系明宫保尚书公顾讳其志孙，国学公讳绍治长子。

不肖荒述苦块，哽咽诠次，不能述母之言行于万一。伏望大人先生、尊亲长者，怜其心之痛而言之哀也，锡之鸿章，以垂不朽。不肖彤世世衔感无极矣。(《双泉堂文集》)

9. 吴门派十世缪慧隆族称鲆书公元配王安人墓志铭

清　国子监祭酒　吏部侍郎　礼部尚书　太子太保　宛平　王崇简

翰林院修撰缪君彤闻其母安人之讣，哀号悲怆，吊者不能闻，将奔而归，匍匐过余草堂，抱所述安人行实，稽颡再拜曰："彤今为无母之人矣。母一生辛苦，彤未及尽一日之养，今弃彤逝矣。彤父贻书命彤曰：'汝母在我为贤妻，在汝为贤母，不谋所以彰显之，非余心也。'非藉嘉铭，何以塞吾父之悲而申彤之哀？”因伏地呜咽，声泪交并，悲怆动人，遂不能以不文辞。受所述而览之，其辞缠绵凄恻不忍读。呜呼！母固贤矣，于修撰君之孝，不益征其贤欤？

安人姓王氏，世家吴县人，自五世祖文恪公鏊以名臣著称明宏、正间，推生安人与所自生父国学公永熙、母浦，祖太守公禹声，曾祖太常公有壬，高祖大理公延喆。安人姊妹七人，而行第二。纯懿端慧，幼丧母，父口授《孝经》、《论语》，即能暗诵。渐长，学女红，姆不能施其规矩，而宗姻妹娅竞以为矜式，竟亦莫能及。或时览经史，能识其大义。十七归封修撰缪公慧隆，姑齐先亡。逮事翁参政公国维甫逾岁，而翁复逝。封公毁瘠柴立不能及他事，而内政外侮搘捂不至颠蹶，克尽礼以孝闻者，以安人为之内助也。安人虽生于贵族，而不恤劳勩，一言一行，皆思丽于矩度。阃内无不雍肃，庙祀宾飨无不蠲洁腆腆，亲族往来以及恤贫赈饥，不惮鬻裳钏以佐不给，率励臧获于纺绩稻菽，不烦叱咤，事济而人欣戴之。封公以才士久困场屋，弃去不为。悦闲静，门内之事，一切视成者，以安人为之妻也。若斯，而不可谓之贤乎？

修撰君幼而善病，安人节慎于衣食药饵间，劬劳备至。及肄业，惟恐一日废学，闻其与胜己友则喜，馔具甚设，不令失礼于贤隽。修撰君及第，则戒以进身之始，不可不慎。官京邸，凡家具醯醢，皆遣寄不烦外索，惟以勤慎尽职时时训迪。修撰君之得以成名而令闻日彰者，以安人为之母也。若斯，可不谓之贤乎？

封公弟慧远既成进士，授官旋罢。安人体封公孔棘之怀，佐宛若以嫁女。是以叔称吾嫂贤，其兄弟闻之，曰待吾兄弟固如是也。妯娌称吾姒贤，其姊妹闻之，曰待吾姊妹固如是也。安人母亦早亡，父太学公高年，每以家务谘之，归为经画，悉中条序。邻家失火，奸人藉衅，欲破其壁以逞。安人戒僮仆急救火，不与较，火熄而谋不行。有父母亡而子幼，其从父欲鬻子以偿逋，安人谋之封翁，代为之偿。姻有失金而疑其老媪者，媪惶恐欲自杀，安人怃而慰之，劝姻审察，既而窃金者有其人，媪得以白。修撰君膺恩纶以冠帔进，安人奉而藏之，布素如昔日也。封公夙不喜姬媵，尝独居一室，裙襦饮食必曲称其意。一日忽为置妾，若预念今日无治巾栉者，其开明达礼义如此，是又可谓贤矣。

呜呼！世恒谓阴教不行，婉淑之风衰而侈惰之习作，烹饪纫绩之细无足称者，是不然。笄珥之行，求其可以厚人伦、励风俗，无愧古之所谓妇道者，正未易也。有如安人之行，岂非妇道之克尽者耶？谓之贤妻贤母，诚不诬矣。谨掇其概而为之铭，未识能追封公之悲否也？

安人卒于康熙庚戌十二月二十日寅时，距其生明万历戊申十二月初三日卯时，得年六十有三。以子贵敕封安人。子一人彤，即修撰君，康熙丁未及第，官修撰加一级，娶顾氏，封安人，女一人，适庠生顾瑞书。铭曰：

孰不相夫，吁嗟安人，妇不负妇。孰不鞠子，吁嗟安人，母不负母。庶乎利女之贞，家室之宜，可以维风而垂后者欤？噫！信斯铭，铭斯寿。（《青箱堂文集》卷八，原名《封安人缪母王

氏墓志铭》)

10. 阚庄派十世缪纯白族称采璧公继配张孺人事略(六十乞钱虞山寿文作)

子 畴 祉生

继母姓张氏。外祖讳履坦,字濮如,为锡山诸生。壬戌之春,来嫔吾父采璧公,时先文贞公主湖广试之明年,而畴母徐氏背养之第三年也。吾父兼览博窥,性不善理生,吾继母拮据卒瘏,省衣节食,不愧儒素家风。丙寅,先文贞公遘珰难,覆巢完卵,艰危万状,虽吾父劳心揞拄有过人乎,亦吾继母勤俭温惠、黾勉佽助而然也。辛未,生一弟,曰畦。石文宗以忠裔式微,香火陵替,于乙未陬月补乡贤祠生。壬申,生一弟曰畸[1],今正在始知读书之年也。余俱夭,不具论。崇祯壬午,吾父弃背,吾继母所出两弟三妹累累未有室家,哀毁羸瘠,几致不起。嗣后婚嫁渐毕,堂构稍葺,吾继母抚畴、畇兄弟同仁均爱,畴、畇亦奉事继母犹母。自壬戌至今,历三十余年如一日,畴其敢辜负恩私也乎?顺治七年,畦、畸髫稚不谙,俄以非类相依,致悍丁钞掠。畴、畇以母非所生,巧谮日积,两弟遂听信萋菲,丛生荆棘,八年辛卯,几陷叵测。急为倾资割产,而犹坐针毡者六年。幸同里大司农张静老排难解纷,吾继母慈爱仁恕,尚存九死残骸。今吾继母年且六十,虽抚字有加,母道益隆,而畴以贫故,仅能课子孙以读书,声娱膝下,其过恶亦已深矣。畴欲陈母之德,状己之过,既不忍伤同气之心,又不敢著谗口之恶。伏冀太老师宏开劝沮,潜化肃睦,俾先文贞公忠节之风不替,子孙仁让之教不衰。而吾继母之寿且冈陵,川至永昭,圣善与季穆姜同垂不朽,则庶几虫蚁之赤心,惟华衮之锡是赖。谨恳。

案:太老师谓钱虞山也,寿序载艺文外集。光绪修记。

11. 阚庄派十一世缪田幾族称京生公侧室周孺人行状

子 思勃 约轩

不肖男思勃生母周氏孺人,先府君京生公之侧室也。年二十六生不肖。吾父艰于子,嫡母周孺人无出,以故吾父之视不肖若掌上珠。而嫡母之抚不肖也,若己出。吾母善性天

---

① 生一弟曰畸:同治宗谱世系表中,"畸"记为"疁"。本篇《阚庄派丹徒支十二世缪瞻屺传》有"采璧公之六子曰疁"。

成,嫡母以儒家女端庄静一,不苟言笑,与吾母如水乳之融。不肖七岁负笈就外傅,朝出暮归。吾父篝灯下命补日课之未竣者,否则或温读熟书,至三鼓以为常。遇严寒,两足如冰,吾母先就床取暖,且以身温之。吾父之督不肖于学也急,小懈则扑。或扑之至再不休,吾母出当之,碎其头颅,血盈盈裹发,而阴属不肖曰:“快快读。”吾父为不肖援例入太学,例当到监读书,三千里骡背往还,方是时不肖仅十三龄耳。吾父谓男儿志在四方,少年须练习劳苦。吾母出之,怀中肠几几欲裂,谓之曰:“小心天下去得。”比不肖婚,不肖之妇每事先意承顺。吾嫡母顾不肖曰:“而母贤,而妇又贤,而妇之贤,以报而母也。”逾年,吾父析箸,不肖兄弟以次轮膳二老人。吾母必手调甘脆,惟恐弗当意。而不肖夫妇侍吾母食,不过菜羹一盂。吾母辄推其稍可口者,命不肖食之,以为喜,如待不肖孩提时。吾母一生薄己厚人,不知憎人怒人。仆妇贷升斗粟者,概矣必益之又益,及其偿也,又必平之又平。或僮婢侵匿物件,不肖夫妇诘之,则曰:“事故有屈,姑缓之。”不肖夫妇事吾母二十年,前五年差强健,后十五年以敝庐不蔽风雨,血气渐衰,寒气日薄,遂染冷嗽之症,其始十年天寒乃发,后五年即春夜亦频频嗽。岁戊寅冬十一月,吾父弃养,即以是月营窀穸之事。当扶柩之夜,胸膈间如有肿起,医者以中满治之,明年春夏之交,小愈。七月夏,母曹孺人凶耗至,一恸而剧。闰七月初旬,疾不可为矣。初八日黄昏,脱簪珥分给诸使女,呼不肖夫妇及次男思诚夫妇于榻前,及诸孙女孙一一抚摩之,曰:“吾将舍若等去矣。”不肖请遗言,曰:“做好人。”顾不肖之女,曰:“做新妇难。”语讫,端坐,顷之坐一小榻,不复眠。初九日,终日端坐,灯上时,若起身欲走状,呼不肖曰:“开了门。”不肖曰:“门固未尝闭也。”意指便门,曰:“开了中门。”于是从中门开至大门竟夜。又曰:“吾棺停何所?”不肖请曰:“停此卧房可否?”吾母点头。则又曰:“取温水来,只一盘。”随进水二盘,拭上下体毕,曰:“取棺来,吾趁此自下,免得明日劳扰。”盖吾母甘自苦,至死生呼吸之际犹如此。不肖请曰:“礼未有此。”请吾母少安,则又安坐。家人环立,厥明,稍进食,啖小粉团二粒。日将中,觉微寒。寒已,不复热。良久,右手色变,至右足。旋左足色变,至左手,垂绝矣,复呼不肖兄弟,乃瞑。

呜呼痛哉!吾母石梅支塘里人,生于崇祯八年乙亥八月十四日酉时,卒于康熙三十八年己卯闰七月初十日申时,年六十有五岁。子二,长思勃,太学生;次思诚,庠生。孙男四:敬持,庠生;义持,太学生,思勃出;树德、玉成,思诚出。孙女七:一适太学生夏清江,思勃出;一适庠生徐旸;一字江之浒;一字蔡某;一字杨某;余未字,俱思诚出。以丁亥年十二月廿四日葬刘庄新阡癸山丁向庚子庚午分金。

呜呼痛哉!吾母辞甘茹苦,内谨外慈,天性然也。一家之人,人人称善,而吾母不自知。不肖兄弟不能尽事亲之道于生前,吾母自当食善人之报于身后。微天之灵,吾母得世世有贤子孙,则不肖可藉以报吾母,而吾母之食报,亦无涯矣!举襄之际,昏昧无状,终恐后之人不知吾母之有贤德,寻思一二而追述之。

12. 阚庄派十一世缪畴族称社生公元配徐孺人行略

子 弘仁 先河

先母徐氏，兵马司雷门公之女、鸿胪寺典客济川邓公之外孙女也。鸿胪公与先文贞公缔交，因许字吾父焉。鸿胪配癸丑进士连江季公庶女，生一子一女。外王父雷门公幼失怙，托庇于邓。邓氏外王母生二男三女，而吾母居长。季氏夫人笃爱其女，因爱其女之女，当吾母周岁零四月出痘后，即收吾母而代抚焉。饮食教诲，靡所不周。甲子，吾母年十七，外王母以孪生亡。戊辰，吾母二十一岁，从邓而嫔吾父。是时吾家甚窭，赖季夫人间日馈遗，忘其为窭也。至庚午，季夫人亡，而吾母始无所恃矣。是年，得吾范氏姊。壬申，举长兄文硕。吾父读书泾里万松庵，吾母勉自措持，勿贻吾父内顾忧。乙亥，得夏氏姊。先是甲戌产一兄，殇。至丁丑，举不肖弘仁，羸瘵多疾，抚保爱珍如掌珠。戊寅，生三弟定国。时陆氏庶母已进御，吾母自少体弱多恙，兼素甘澹静，十一年中凡六产，备历艰辛。自后独居一室，绝意世情矣。甲申冬杪春初，外王父寿介六旬，吾父正拟同吾母率不肖兄弟诞日称觞，外王父竟以噎疾卒。吾母哭之如礼。乙酉夏，吾母同陈氏姑挈不肖辈出城避难，嫁时装一洗。昼伏林篁丛棘，夜行沟塍间，两足浮肿，疮血四流，寻避至长坂泾凝甫张翁处，不获已，遂同二祖姑陈姑至古泾口祖宅新厅居焉。而吾母体惫甚不可支矣。自秋徂冬，病疟卧床，粥惟半盏，服药无一效，则誓茹素以祷，而疾渐愈。自是终其身持斋，历四十余年无改。迁水南、迁邱家圩、迁南庄，变徙无常。至丙戌三月十七日，卜居顾庄，吾母乃获有宁宇。丁亥，复还从野堂。戊子，长兄游庠，吾母稍破涕为欢。然自时厥后，内则婚嫁子女，外则供膳师徒，吾母之劳瘁，殆无虚日矣。戊子冬，娶李氏嫂。辛卯，嫔二姊于夏。其年春暮，家难起，吾母坚持内纲，潜抵外睸，艰苦万状。冬初，吾母从广福寺后奔号乞救于继大母，因得嗽疾，遇寒辄发。甲午冬，李氏嫂卒，吾母哭之。乙未冬，嫔长姊于范。丙申夏，又哭之。吾母向虽茹素，犹善饭，因痛姊伤脾，食遂减。其年仲秋，不肖与长兄、三弟俱授室，丁、戊以后，食指几三四十口，吾母供亿之苦，不可殚述。日命瞽婢索房租数十文以举火，悲穷号苦之声，今犹在耳。已、庚二载，不肖负笈于表母舅邓于王家高斧粲师处，虽延师之费稍息，而家食如故。至辛丑岁凶，赖王氏姨递遣朱妈以斗粟相遗，日岌岌不能度矣。壬寅，城居典于朱。吾父亡，吾母哭之哀，即于五月二十三日移居顾庄，板房大厦忽变为土壁纸窗，苦雨凄风，吾母恒泪涔涔下。甲辰，不肖妇陈氏卒，吾母又哭之。乙巳冬，不肖娶继室刘氏。丙午后，钱氏二姑常过我，吾母得闲谈遣闷。丁未，三弟游庠，吾母稍有喜色。庚戌，不肖亦游庠，吾母喜。辛亥秋，病几殆，至壬子初夏方起。自是不肖辈孙枝渐出，吾母心乃安。癸丑，举父殡。丙辰冬，不肖与三弟两家罹无端之祸，吾母惊忧。寻即平。丁巳，捧七十觞。戊午秋，不肖已三更大比，吾母悬望一捷，而又不果。己未，不肖次儿殇，吾母哭之。庚申，大涝，不肖得惊惑之疾，半载始痊，吾母日顾复数四。甲子冬杪，诜、诚两儿出痘，得平，吾母喜慰。至乙丑岁间，发寒热，自秋讫冬泻不止，两目肿痛，吾母必坐而饮食，夕必盥嗽片时。不肖谓尚可复起，孰料延至丙寅春，竟溘焉长逝矣。

呜呼痛哉！吾母性俭朴，衣必再四补浣，食则菜根麦饭以为乐。宾客往来，则酒食馈遗必从厚。又性好读书，遇忠孝贞节，观览不置，七十八岁，病卧中犹手执《琵琶记》翻阅不厌，诸孙中能作文应试者，必举古人相劝。生平最慎履綦，在城除送迎陈氏姑、黄氏姨、苏师母外，足不一及厅事；在乡则除岁节疾患外，不入子妇房室也。至轻财重义，得之庭训，亦天性自然。昆山张氏姑嫁时，大父假吾母簪珥衣饰以赠，外王父雷门公曰："汝勿言，恐怼汝舅也。"邓仆张妈贷吾母数十金，念其劳绝，不与索。其周急类如此。又性能容忍，中无宿嗔。庶母陆氏擅家秉，自少至老，不加谯诃声。婢虽不废扑责，移时即与笑言不倦，故下人无怨之者。邓氏夫人素奉浮屠法，故吾母自少信因果之说。壬子后，静坐一室，梵诵不休。临终数月，绝无旁及之语、悲恋之容，亦其效也。性最耐久，苏师母、祝塘四舅母终年相处，毫无间言。外祖家老妪每月再至，至必与饮食，谈笑半日而去。总之，吾母五旬以前备受子女之累，六旬以后未享子女之奉。不肖行虽居次，而吾父之属望尤厚，吾母之养育倍艰。

呜呼痛哉！吾母生于万历戊申十一月三十日亥时，卒于康熙丙寅二月十三日申时，享年七十有九。先是康熙癸丑十二月二十五日酉时奉葬吾父于无锡县上福乡宛山野濠洞之原，至是戊辰三月二十四日午时启兆，奉吾母合窆焉。

追思昔日音容，无从报称。忍泪执笔，言不能尽，略述所亲见闻者，以示后人云。

13. 阚庄派十二世缪弘仁族称先河公元配陈孺人志略

夫 弘仁 先河

自甲辰冬至今戊辰，吾妻之去我二十四年矣。往事如梦，言之何益？顾予窃伤妻之辛苦八年，不得育成一子女也。略述之。

吾妻姓陈氏，宪副元洲公之曾孙女，茂才子由公之孙女，而吾五姑丈茂才朗生公之长女也。吾姑凡九人，皆适于乡，一适昆山，而五姑独适于城，与吾父朝夕过从，故以女许字予。时在有明之季，两家正值顺境，予才髫龄，一日延吾父暨予于南街之大厅，张灯分席，燕会之盛，至今可想，翼日犹以水晶、图书等物相赠。鼎革后，吾家以家难中落，妻家亦窭。岁丙申，内弟升侯，负笈于予家。是秋之杪，忽传选绣女，牧儿村女，皆得有家室，而吾妻因是于归。两家俱不费赀财。至明年丁酉春，始成婚。是时妻之二妹适于缪培源，三妹适于赵宾臣，皆有成业。而吾妻独于拟舫斋中萧然默处，只赖昆山哑婢服侍，时未免室谪，然无能为也。吾妻奉佛茹素，吾母当饭食必予之二簋。吾父课子严，常令半月一寝于内。未婚之前，赖昆山张氏姑同寝处稍资助之。既婚后，赖马泾二祖姑家黄老妪作伴。是秋胎，七月而坠。病几殆，且医且祷。妻之大母蒋孺人为先达蒋尊阳第四女，来过予家，同扶掖焉。历戊、己、庚、辛，无一佳境。庭前香橼一株，吾父读书时手植也，至是结实百千。吾妻托瞽婢兴兰粥于周俊家，得一金，为张姓乳母以赠身关庙给去。壬寅初夏，从野堂屋典与朱万青时，迁处于母亲东房。吾父没，随吾母移居于乡。六月生一女，产时赖庶母陆氏得全，乳名德官。时母家熊文妻保抱，颇能言笑，吾母绝爱之。既而熊入邑城，余病疟，内病疮，女亦以癞疾日坐桶中，又少乳，冬即殇。癸卯析居，吾妻始任家政。甲辰春，以夏宇磐聘请，乃强取陈科八岁女伴焉。清明归，问予《大全》看完否？时有孕，张乳姆常来予家。冬至归家，临出门，见予饭，犹属予食祭余之鰕，送予门首。十一月二十二日夜，张仆以难产信到馆，即从峭岐买舟归。予坐舟中，占《易》得“丧羊于易”之说。及天明抵家，而吾妻已于二十二日之酉刻逝矣。抚其腹如鼓，见其手制襁褓衣物及料量家中诸务，井井有条理，益悲不自胜。痛哉！陈姑夫父母至亲敛之，其附身之衣，犹出于自纺布匹。痛哉！十二月初四，勉厝于尤村，至癸丑冬，随吾父柩厝于锡邑大乘桥野濠洞墓之右焉。

吾妻生于崇祯戊寅五月初九辰时，卒于康熙甲辰十一月二十二日酉时，年二十有七岁，无子。犹忆附棺时，存其平日所持之素珠与《白衣经》，余志在代之求嗣，以延其祀也。诜与诚无忽诸！余自戊辰大病后，每看书写字，必戴眼镜。老矣！且将从吾妻往矣！而今日午，犹续而完此者，吾妻茹苦万状，予无从一报之也。悲夫！

康熙二十七年戊辰二月夫缪弘仁肤敏氏泚笔书。

14. 阚庄派十三世缪诜族称觉轩公元配刘孺人志略

夫 诜 觉轩

吾妻姓刘氏，祖衡若公讳普，邑庠生，博学工诗律。父处士元臣公讳永贞，醇谨端重，一乡称为长者。母徐氏为圆塘名族、镇江府教授希陶公讳应星之孙女，庠彦作基公讳某之女，生子二，女四，吾妻行三。余继外祖母徐氏，即吾岳母嫡姑。岳父弟宪臣讳永弼，又与先府君同游邑校，以故两姓自幼缔婚。年二十一归于我，是时余游郡庠已三载矣。先府君督课极严，婚甫半月，趣赴长寿李氏馆。吾妻承事翁姑，委婉将顺，得其欢心。余逢节解馆，不过数日，相庄以貌，无亵容。壬午，余登贤书，吾妻不色喜，以吾父先三日逝，不及见也。居舅丧，哀痛尽礼。先是丁丑生一女，四岁而殇。庚辰，举一女。迨癸未，又举一女。

丁亥生男，十日而殇。次年娶妾金氏，越庚寅，始举儿念祖。乙未，又举一女。后金氏举子绍祖、承祖，吾妻抚摩鞠育，爱如己出。幼女为生母所笞，怜之至为垂涕，此人情所罕有。

余丙戌获第，吾妻恒诫予："勿取作孽钱。"丙申，随吾母至宜章署，时以清节相勖。每见余屏却馈遗，他人目为迂，而吾妻独首肯，曰："廉吏正宜如是。"其明于大义，不惑流俗，尤为巾帼所难。己亥，遭吾母大故，哭踊尽哀，盖吾母仁慈，视媳如女，吾妻婉顺，事姑如母，吾母亡，而吾妻亦无所依恃矣。庚子春，扶榇归里，黾勉襄事。服阕后杜门株守，连值岁祲，几不能糊口。而吾妻甘之无怨言，且时时追述吾母懿训，为诸儿女诫勉。村居课僮奴，艺禾麦，躬自经理，不惮劳勚，疏食菜羹，恬然安之。偶制新衣，藏弆笥中，弗之服也。方期守约安贫，自此可以偕老，不意壬寅春正，胃脘作痛剧甚，至二月初痛止，旋患痰嗽，日甚一日。两女归宁扶侍，昼夜弗离，奈更医诊视，所投药饵多不中，饮食渐减，肌体日削，寖至不可挽回。越三月二十二日之晨，处分家事，并传家人，一一呼至榻前致诀，执余手相慰劳，惟以念儿年幼，不及见其成立为憾。叮咛善视此子再三，不忍舍。是夕遂不能语，越翼日，而溘然逝矣。

吾妻生于康熙十三年甲寅五月初六日戌时，卒于康熙六十一年壬寅三月二十三日申时，年四十有九。吾妻性卞，少不可意，拂然不能含忍，及时过辄复释然，毫不系念。吾岳父即世，两舅相继没，无嗣，岳母旋以悲痛咯血逝。灯灺烟销，虽至亲不相怜恤。吾妻时以此痛心，丙戌之秋，躬诣墓所，伏地哀号，道旁观者咸太息泣下。岁时令节，必为设祭，其孺慕不衰如此。至视异姓子，一如己子。赵甥继徽无所依，自十四龄即来依，爱之无间。所谆属不能置者，惟念儿身名未就，则念儿之所以图报而母，以慰而母于地下者，舍读书为善，更何他求哉。是在念儿及时勉之而已。况今窀穸未卜，余与念儿何忍一日恝然哉？余久欲为之作状，卒卒未暇。今戊申春正，恭膺简命，将赴任中州，念吾妻之懿行，不可听其湮没无传。舟次，泚笔书此，言不成文，聊陈其大略，以待念儿他日有以表扬之为厚望云。

雍正六年戊申正月十一日宿迁舟次，夫诜抆泪书。

15. 阚庄派十四世缪梦薛族称清我公元配周节妇传

乾隆庚戌进士 江西武宁县知县 金匮 王寰 华陔

节妇周氏，为文贞公之来孙妇，太学生子榛公之孙妇，庠彦以直公之介妇，太学生以方公之嗣妇，文学清我之元配也。高祖长洲周蓼洲先生，谥忠介。曾祖庠生讳茂萼。祖潜山，训导，讳旦龄，号桐溪。父庠生讳用庆，字晋吉。以直偕晋吉肄业紫阳书院，以同难世讲，指腹缔姻，年二十三来嫔。时夫兄梦许暨配孙氏相继早殁，本生姑江氏年五十有三，骨肉摧伤，无复有生人之乐，嗣姑徐氏年四十有八，茕茕嫠处。氏入门，问安否，操井臼，调羹侑餐，深得两堂上欢心。相夫勤学植品，两家忠孝事迹交相称述，时作对泣，期于弗坠家声。凡六年，梦薛一病不起，年二十九，时乾隆十四年三月六日也。氏年二十有九，侍疾送终，血泪交并，濒死者八九。顾念两君姑号恸不支，日夜扶持，多方劝解，反茹悲拭涕，壹似不甚戚戚者。方有六月妊，弥月生女。或讽以血抱易他姓子，氏屏弗纳。家本中落，至是益窭。氏督妪婢编篱艺圃，腹女而纺，溲渍腰膂间，缝纫辄达曙。姑偶闻刀尺声，趣之寝，氏则寂然云："已寝矣。"两姑六旬、七旬次第称觞，亲串登堂，莫知其乏绝也。家近市，鲜肥不缺于供，果饵恒牣于筐。两姑语人曰："使吾子尚存，亦何以加于此哉?"嗣姑病没，敛葬如礼。本生姑久患心疼，疼则辗转就死，性不服药剂，药亦无效。氏摩挲曲当，号泣于天，或一二日，或三五日，即霍然而愈，咸信其孝感所致。园有大树，为姑治榇具，匠人伐之，忽仆地咯血。氏喟然曰："吾非不欲留长风烟，奈姑年日高，贫不能豫办，且故园乔木殆尽，有谴吾当之。"手持斤斫数下，匠蹶然起矣。厥后敛姑时材独坚美。先是族有富媪欲以重价购之，氏挥之去。凡所以牵萝补屋，力障颓波，出一言而宗老箝口，大率类是。祖翁子榛公，另奉文贞公栗主于东斋。有双玉虎生蹲于上，如蟠龙，淡金色。氏朔望焚香，并设忠介公纸位虔奉有加。氏没，玉虎亦去。母氏叶迎养于家，没则殡之，反葬吴门。父用吉岁一来，甘旨克备。父没，不逮亲含敛，终身以为缺憾。本生姑寿八十有四，丧葬祭奠如礼，凡孝养本生姑三十有二年。孝养嗣姑二十有三年。氏之不死，以两姑在也。两姑之颠沛疾扼，得终其余年，皆氏有以生之也。方本生姑之没，岁在甲午，氏年五十有四，嗣子桂荣早殇，女子子适吴彤。受老屋十余楹，风高雪压，岌岌欲动。家人张姓、冯姓等悉还其券，遣之去。待三年终丧，立后承祧将死之嫡。甥徐虎文再四迎之家，挽留肫至，凡十有五年。外孙绍基养之十年，然犹每届寒食长至，必携榼祭墓及家祠，非纺纱之赀，手调之馔，不敢荐也。暇则谈先世气节，凛凛如生，听者唏嘘不绝。呜呼！氏诚不愧为忠臣之子孙矣！

卒于嘉庆戊午十月十六日，距生于康熙辛丑十一月十七日，年七十有八。应嗣三房子桑公之孙开鼎，逡巡未决。外孙绍基返柩发丧，始以开鼎胞弟名震亨字太和定为嗣子。嘉庆九年上其事于朝，奉旨旌坊。绍基，余门下士，悫诚而毅然不渝者也。故因其请，而为之传。

16. 周庄派十四世缪振洪族称沛霖公元配陆孺人暨妇周孺人两世苦节志略

侄孙 永华 次桥

伯祖母陆孺人，伯祖文学沛霖公之元配也。于归后生伯父宾南，甫龆龀而沛霖公辞世。孺人年二十有九岁，一恸几绝，顾瞻稚子，牵衣待哺，乃茹痛苟活。家四壁立，勤纺绩，以给饔飧。宾南稍长，命之就傅读书，通晓义理。旋弃儒就贾，渐有起色。娶妇周氏，佐理中馈。宾南以节劳请，孺人曰："吾习此不疲也。"既而孙永祺生，差喜，含饴绕膝，负荷析薪，讵料宾南年未三旬，一疾不起。时周孺人年二十有九，薤露凄其，里春辍相。当是时，孺人之痛何如？与夫周孺人之痛又何如？更可惨者，永祺年甫成童，又无禄早世。孺人春秋已高，叠罹不造，忽忽不乐，卧病日笃。周孺人不暇自悲，不暇悲其夫若儿之死也，日夜侍奉甘旨，躬亲厕牏，早暮吁天默祷，冀君姑之延龄健饭也。方谓北堂之草忘忧，西山之景堪驻，姑存与存，姑亡与亡，一缕血诚，宁不邀天心之悯恤也乎！孺人竟以寿终，享年八十有七。周孺人罄室中赀营敛。营葬毕，于是绝粒，不复欲生，亟从姑、从夫于地下。时送葬者莫不于邑累唏泣数行下。宗族亲党，偕至其门，异口同词劝以承宗立后为大，孺人宜与之终始。爰定嗣从侄枚起。稍进水浆，仍理家政。所以抚枚起者，一如抚永祺，一如陆孺人之抚宾南及永祺焉。现年八旬。永华故因枚起之请，作两世苦节志略。

17. 周庄派十五世缪之鹤族称鸣远公元配李孺人传略

汪瞻鳌

氏系耆士义培之女，鸣远之德配也。幼娴婉娩，识大义，来嫔于缪时，君舅已没，君姑钱氏抱病卧床不起，氏抑搔扶持，进药饵，伺喜愠，中裙厕牏常为之浣易，无难色。相其夫立身谨厚，相敬如宾。夜则篝灯纺织，姑趣之寝，始入室。姑没，尽哀尽礼，夫之两兄力较匮乏，独任丧费，氏无交谪声。乾隆丙子，家仆罹祸，鸣远波及，陷累几不免。氏倾囊鬻产，为之料理公私，始得白。除夕抵家，鸣远快悒不释，氏已部署井井，凡新年酒浆、糕饵之需，咄嗟立办，其能可及也，其贤不可及也。辛卯冬，鸣远疾作，明年冬遂没。氏一恸几绝，环顾子女幼稚，乃茹痛节哀，送往事居，倍加劳勚。为二子就傅受经，婚娶成立，三女择配宜家，氏之心力亦已顿矣。幸天锡遐龄，孙支蕃衍，稍稍展眉。氏终身勤以持家，严以范子，宽以恤下，未尝一日晏安。享年七十有八，洵母仪之兼备，大节之克全者矣！惜年格于例，不得请旌，其子永畴、永升匄予为之传，予因书其大略如此云。(《(光绪)东兴缪氏宗谱》卷三十)

18. 阚庄派十五世缪步青元配谭节妇志略

阙　名

节妇姓谭氏，世居常熟之王庄，年十九为待聘之嗣孙步青妻。生二子。年二十有五，夫以暴疾亡，时乾隆二十四年六月十三日也。上有嗣祖姑年逾六十，下有二稚子，室如悬磬，茕茕孤苦，行路咸为酸鼻。氏矢守贞操，百折不回。岁值凶荒，米珠薪桂，氏日夜纺绩，易米以精凿饭祖姑，已则啖糠秕充腹。一日祖姑启视釜中物，皆草根树皮相杂，尝之不能下咽，因呼妇，谓之曰："尔何奉我之腴而自奉之啬也？"言已，泣下沾襟。里中人知之，咸为叹息，啧啧称其节孝云。教子不事姑息，时时诏以先世忠贞大节，为善读书。贫不能延师，令长子务农，次子习艺，事暇则就族中师长略识之。抚二子恪遵慈训，安分勤苦。不逐时尚，馇粥渐渐充给。祖姑病没，悲哀尽礼，窀穸竣事。凡侍养祖姑十有七年，教育二子三十余年，例得陈请旌表建坊。子，长名宝，次名双。

19. 吴门派十五世缪德丰族称乐亭公元配章孺人圹志

内阁中书　山东青州府海防同知　兖州知府　赵怀玉　亿孙

乾隆四十五年，天子五幸江浙，江以南献赋者，皆在苏州之射渎，才能之士云集波委，独缪君绥万[①]年最少，人争羡之，君亦翩翩自喜。越六年，余送世父葬于吴门，复晤君，则面目蕉萃，若有隐忧者，叩之，则其配章孺人之殁未久也。余时亦再遘妻丧，相与慰藉久之。越日，君踵门而告曰："亡妇不幸夭殂，无可纪述，然自归德丰，事舅姑以孝，接娣姒及女公女妹以和，处己以约，御下以宽，性好书史，遇古列女事则为神往。德丰每篝灯读，孺人灯下习女红，漏下四鼓弗言倦，室中有无不令知也。客秋，吾父抱疾，佐侍汤药，不解带者弥月。吾父疾向愈，而孺人体渐羸矣。其病也不过十日，疾甚犹强起理奁笥，一一封识，谓德丰曰：'君平日不务琐屑，脱有变，苍黄中所失多矣。'既而执手以读书顺亲为属，语不及他。越二日遂逝。平生之可记忆者，如是而已。敢请一言内圹附不朽。"怀玉闻之，无非无仪妇德也，况君舅姑在堂，又处常境，即有志节，奚由表暴邪？观孺人之整理奁笥，计及身后，疑若未能忘情，抑何悲也？然恒情畏死，与其所亲诀时，未尝不流涕呜咽，作喁喁语累昼夜。孺人以一弱女子，独能语不及私，以读书事亲勉其夫子，则能人之所难能矣。孺人为长洲望族，建昌府经历履顺女，以乾隆五十年七月二十一日卒，卒年二十五。(《亦有生斋集》文卷一九)

20. 阚庄派丹徒支十六世缪朝选族称国英公元配袁夫人传

曾孙　时孙　述溪

曾祖母袁太夫人，曾祖父国英公元配也。端庄静一，生秉四德，年逾笄来归，曲尽妇

① 缪绥大名德丰，号乐亭，缪珽长子。乾隆甲辰应南巡召试，候补按察司经历。

道。吾高祖母华太夫人性严重，意新妇年稚，恐不习于劳，故为呵谯声，稍懈即督责之。而太夫人决无怨尤，屏气柔声，趋侍逾谨。夙兴率婢仆操作，中夜乃辍，如此以为常。久之吾高祖母知其不惮劳，转令其少休。而太夫人不因之改常度，矢勤矢慎，如初入门时。舅姑称其贤。生平最谨履綦。吾郡每春末夏初盛行赛会，士女倾城出观，且有不远数百里而来者。太夫人当髫龄，即以出视为非礼。有长者挈之行，却之，曰："女子以言不出阃为范，夫言犹不可出，况身乎？"故终身除迎送尊长外，足不一及阃外。方初来归时，有婢巧谮为惰，吾高祖母为所惑，颇督过之，而太夫人悉含忍不辩。既婢适人不淑，屡登门求恤，太夫人不以宿嫌而靳之，且不道及前事。小姑适支，早殁，遗一女，抚之如己出，凡烹饪纺织，均委曲导谕，至衣食，则与诸子等。自奉甚俭约，衣布食蔬，而亲友馈赠，无不从厚。尤笃于祭礼，丰洁备至。吾曾祖父国英公好施舍，太夫人多赞成之，偶不足则罄其节衣损食者以为助。有女仆，姑殁无丧葬费，太夫人贷以钱数十缗，女仆请署券，太夫人止之曰："何需此。"或笑为愚，太夫人曰："此赀固给伊，特恐其引为嫌，姑托言贷耳，署券何为？"噫，近世女教不修，笔弗能罄，仅求一谨守闺门如吾太夫人者，盖百不获一，况他行哉？而吾太夫人之懿行，一一足千古矣。爰以修辑家乘，遂举平日之所闻于吾祖吾父者略述之，以示后人云。

曾孙时孙谨撰。(《镇江世庆堂缪氏宗谱》卷一一)

21. 周庄派十七世缪铉族称舒庵公元配罗孺人传

同治庚午举人 内阁中书 同邑 陈熙治 翔翰

予年二十一婿于周庄缪氏，入其室，雍然以和，肃然以敬，昆弟子侄，恂恂然各执其业，臧获婢妾，欣欣然咸得其所，窃叹外舅舒庵公家教之严，而尤服外姑罗孺人赞襄之力为不可及也。按状：

孺人先世自徽之歙县徙居江阴，遂占籍为江阴人。父亮臣公，母氏赵孺人。三岁失恃，事继母殷夫人顺而有礼，继母亦钟爱之。时外舅方卜娶，会孺人生年月日与外舅同日者，占之曰："男女同庚，其后必昌，子孙绳绳，莫之与京，是谓大吉。"外舅遂委禽焉。年十九来归。明年，翁洪九公以疾卒，外舅于诸昆为异母弟，遂析箸而迎养母夫人张太君于家。孺人事姑嫜以敬，处妯娌以和，待小姑以慈且爱，故家庭雍睦无间言。张太君猝患风疾，饮食坐卧需人而行。孺人百方调护，凡盐箸衾枕械窬之事，咸躬亲之，虽家政繁冗，未尝使婢媪代，如是者几二年，人以是服孺人之孝。外舅常客居，孺人部署家事，自内及外咸井井，人以是服孺人之能。外舅自分爨后，家日益裕，房宅田亩多有售自族中者，族人挟同宗势，每岁除时辄为无厌之求。外舅性严毅，或以其非礼也拒之。孺人必委曲调剂，使不虚所求而后已。故从无意外之祸，人以是服孺人之识。其余如职烹饪、勤纺绩、训诲子弟、约束婢仆，虽各尽其道，而要不足为孺人难，故传其大指如此。

孺人生于嘉庆六年七月二十五日，卒于咸丰十年八月十六日，年六十岁。子四：逢柱，邑庠生；逢辂，太学生；逢垣，咸丰己未恩科举人；逢楼，太学生。女三：长适城李；次即予妇，归予一年卒；次适邑城杨。

22. 周庄派十七世缪暄族称丽乾公元配陈孺人传略

族侄 朝标 葆和

伯母陈孺人，族伯丽乾公元配也。幼娴礼训，长有令仪。既嫔于缪，孝事翁姑，善相夫子。丽乾公锐志于学，家人生产悉置不问。孺人操持家政，井井有条，先后举三子一女。而丽乾公病没，孺人呼天怆地，痛不欲生，顾念二老在堂，无人奉养，子女茕茕牵衣待哺，不得已茹苦节哀，以妇代子，以母兼师。以故南吉公暨殷孺人中年丧子，而得颐养天年，克跻上寿，诸子读书，文名大起，皆孺人孝慈所致也。更难者，殷孺人中年病瞽，行止需人。孺人出入扶持，饮食必手进，厕牏必亲视，殷勤视奉，历数十寒暑不懈焉。平居训子女，爱而能劳，居家无疾言，无恶声，自奉甚俭约。而高堂甘旨，宗党亲串，往来无不丰腆。暇则躬自纺绩，未尝一日即安。道光壬寅，南吉公卒，孺人哀毁尽礼。咸丰戊午，殷孺人卒，孺人经营丧葬。既毕，乃呼诸子而命之曰："曩汝父之没，吾所以不死者，徒以仰事俯育系吾一身耳。今汝等克自成家，翁姑亦归窀穸，吾事毕矣。自吾为汝家妇三十余年，哭三丧，娶三妇，嫁一女，百计屏营，心力俱瘁，今幸可告无愧，吾将从汝父地下矣。所冀者，汝等力学攻苦，何难一青子衿，然吾不及待矣。"自后饮食渐减，形神顿异，越明年己未，遂卒。距生于嘉庆廿六年五月二十日，卒于咸丰九年五月初九日，年五十有九。族人以苦节详请奉旨旌表，入祀节孝。孺人季子汝钦与标同受业于王范之夫子之门，又同补弟子员，得闻孺人之事也详，谨撮而志之，以著吾族母仪徽美云。

23. 阚庄派石梅支十七世缪树本族称翰仙公元配张夫人传

都察院都御史 南书房行走 嘉定 陆宝忠 伯葵

旌表节烈缪母张太夫人者，直隶清苑人也。恩贡生候选直隶州州判讳以锐女，湖南岳常澧道讳方里曾孙女。生自名门，幼娴壸训，年及笄，归常熟缪公翰仙。公少遭家难，挈家游幕于楚，旅况艰难，饔飧恒至不给，每遇亲戚过访，朋簪宴叙，太夫人屡典衣饰，易肴馔以供之。随公由当阳，而宣化，而河南，而陕西，备尝艰苦，而绝无交谪声。

同治元年，公任临潼县事。时值回逆乱作，团练大臣张文毅公邀公同赴渭南招抚。公知回情不测，与太夫人诀曰："吾身许国，当以死殉。吾行，以此城及诸子累汝矣。"太夫人曰："城存与存，城亡与亡。君殉国，我独不能殉君耶。行矣，毋以我为念。"公既行，乃悉索金帛，脱簪珥，募死士，撄城固守。回逆屡扑临潼，则亲自督兵御之。坚持数月，渭南、华州、高陵、泾阳相继陷，而临潼孤立贼中迄无恙，皆太夫人力也。及闻公殉难信，痛绝，绝粒不食，七日卒，时闰八月初七日也。事闻，以公恤典赠淑人，并旌表节烈。继以给事中王宪成疏请，附祀公临潼及常熟专祠。以子钟洛贵，晋赠夫人。

太夫人生而淑顺，明大义，识大体。公秉性近刚，太夫人佐之以柔；公驭下近严，太夫人济之以宽。外和易而内端谨，动必以礼。言笑不苟，终岁履不及阃外。内外整肃，以故臧获下人怀其德，亦莫不畏其威。至性孝友。以锐公贫而老，双目失明，两弟尚幼，遂迎养于陕，食息起居皆亲侍之。而勖其弟文容以学业，卒膺戊午乡荐。有姊适刘，孀而亦瞽，子女茕茕无依，以锐公悯之。太夫人体亲意，亦迎养焉。围城中疫气流行，病者药之，死者棺之，乡民之困于围而不得出者，出粟赈之。以凋敝弹丸之下邑，当跋扈方张之强寇。而以一弱女子持之存亡呼吸之际，镇静不迫，措施裕如。卒之从容就义，视不返顾。有猷有为有守，求之须眉中，犹难其人，而况乎巾帼中乎？宜其与公并庙食千秋也！

子四：长钟汴，宁国知县；次钟洛，直隶候补知府；三钟渭，候选州判；四钟滈，太学生。汴、渭、滈俱早世。钟洛与余交，以行略来请传，不敢以不文辞，因诠次其事如右。

24. 阚庄派十七世缪献清元配吴孺人传

增生 同邑 刘锡麒

吴孺人者，太学生大有公长女也。生而贞静，嚬笑不苟，年十九，嫔于献清缪公。公家故寒素，父大振公以生计艰难，学司马长卿所为，僦屋沽酒。公佐理其事。孺人上事君舅，下相夫子，摒挡一切，亲操井臼，有德耀遗风焉。大振公有痰疾，隆冬辄剧，困床褥不能起，孺人奉事维谨。咸丰丙辰，病笃不起。公方有事于锡山，而是年大旱，水道不通，徒步往，足茧重伤，滞不能返。急足讣锡，又不遇。孺人拮据经营，饭含、衣衾、棺木无不如例。及公归，而殡礼已成，询之则笿箧衣饰典质已罄，皆孺人力也。未几粤寇至，随公避难他方，自餍糠核，而多方易精膳以奉公。公侦得之，则曰："男子志在四方，当善保养，以备异日仔肩大任。蕉萃之质，苟能免饥，幸矣。"其贤德若此。乱平旋里，耐劳习苦，措持门户，未几佐公创建衡宇两处。公以嗜酒得疾，不能出户者三年，孺人维持调护之，忘其为有疾者。及辞世，而经营丧葬，戚易尽礼。自是日课纺绩，篝灯五夜未息。一月得四十五日，未足言其勤也。遗孤一：志良，在怀抱，抚养成立，完婚娶，日勖之以家学不可失坠，功名不可不致。志良果愤悱自奋，精习武技，名籍黉宫，皆孺人教也。孺人生平不喜佛氏，尝曰："祸福无门，惟人自召。彼佞佛者，内省果无疚乎。未能无疚，而惟知求福利，恐福利之至，未必不爽也。"其深明大义如此。享年六十七卒。女一，适士族。

25. 阚庄派丹徒支十七世缪启麟族称锡书公元配余夫人行状

子 之镕 炼卿

吾母余太夫人，外祖藩佐儆旃公次女。生而端凝，不妄笑语。长益严重，遇仓猝事镇定如常。年二十二归吾父，时大母已殁，吾父常客邗江。侍奉大父甘旨之调，不躬不进，大父目为贤妇。处娣姒间和易有礼法，然性直，遇弗平事辄昌言不讳，事过则阴为掩覆。为人谋，必计始终，人尤德之。早岁屡产不育，中年生吾姊，欲为吾父置妾，吾父弗纳。年三十八生不肖，亲自哺乳。两岁痘厄，昼夜怀抱，且祝且禳，始获平善。四岁亲授《学》、《庸》，六岁始就傅，监读綦严，尝曰："夫人生子，本为承宗祧也，欲望成立，可荒于嬉乎？"咸丰癸丑，赭寇乱，吾父客邗上，吾母挈不肖辈居南乡。甫定，即为不肖延师，每有过失，必切责之。庚申，侨居盐邑之大冈镇，遭盗劫，吾父时在淮安襄理漕营局务，不肖亦客召埭，盗以刀加吾母颈，逼索珍宝，吾母叱之曰："避难人宝何有？"盗舍之，攫衣饰而去。噫！仓皇之际，镇定如常，可谓胆识兼优矣。与吾父相敬如宾，事必请命而后行，有古郤子之风。持家勤俭，中馈不缺，吾父无内顾忧。治家有法，阃内肃然，年逾八十，目光犹炯炯。暇则率子妇以针黹消遣。戊寅，吾父弃养，恸甚。吾母谕之曰："保身保家，孝之大者。儿当勤俭克家，毋忝尔父。徒恸，何益哉？昔人云：'保精神则本业固，谨财用而高志全。'二语儿当书绅。"训孙男也，常举古人以相勖勉。丁丑，东省告祲，吾父倡助赈，吾母亟赞成之，乐善之心，出于至诚。丙戌，山东又饥，弥留之际，遗命以千金助赈，不孝遵行。大府张公曜入告，得荷恩纶，给"乐善好施"坊额以旌之。其他施衣药，率以为常。亲戚贫困者，有叩无弗应。嘉庆癸亥二月二十日，光绪丙戌三月初一日，吾母生卒也，享年八十有四。子一，即不肖之镕，知府衔浙江试用同知。女三，长适监生道常俊，次适附贡生马骥良，三适监翎五品衔安徽定远县主簿钱铸。孙一，鼎臣，县学生员，娶支氏。曾孙一，鸿儒。曾孙女一，俱幼。丁亥十月，将合葬吾父母于邑城史家冈。古人云：人以文传。谨陈吾母一生事实，上于太史公，宏文是锡，藉以永传。不孝世世子孙，感且不朽。谨状。

男之镕谨述。(《镇江世庆堂缪氏宗谱》卷一二)

26. 阚庄派丹徒支十七世缪启麟族称锡书公元配余夫人传

族孙 楷 啸仙

尝读刘中垒《列女传》一书，大抵皆可惊可愕，亦壮亦悲。而于寻常之庸行不少概见，未尝不废书而叹也。嗟乎！古今只此数女子哉，只此数女子之奇行而始传哉？果尔，则凡巾帼中之嘉言懿行，足以敦薄俗而激颓风者，皆湮没不彰矣。夫岂其然？丹徒余太夫人，锡书公之元配也，幼而婉娩，长益端凝，年逾笄，归锡书公，不逮事君姑，而事君舅甚谨。旨甘脩髓，匪躬不进，得堂上欢，有贤妇目。相夫子勤且俭，处筑里和而逊，御臧获严以宽。鸡三号辄兴肃盥栉，男钱女布，各典其事。综理细密，凡烹饪、搌捆、缝纫诸琐务必身帅，箕拘无尘，绠缟无濡，外内井井。八旬外精神犹矍铄，勤动如一日。以节劳请者，则曰："以此消遣白日，未为劳也。"早岁屡产不育，中年始得一女，乃为锡书公置箧，公遣之。逾年举一男，即炼卿族父。太夫人以母兼师教养兼施，髫龄授《学》、《庸》，既亲为句读。六岁就外傅，散学归，篝灯侧犹亲督课。有过切责，必使之愧悔自新乃已。锡书公逝世，族父恸甚，则节哀而谕曰："毁不灭性，当思保家保身，无忝所生。毋以小节之拘为孝也。"其深明大义如此。居恒慎履綦，足不出梁外，三姑六婆不敢履其发。举室中雍雍肃肃，无嬉笑声，无诟谇声，摴蒲叶子不知为何物。性慷爽，人有过必面斥之，过则绝不齿，且阴为覆。为人谋，必虑始终，以是人皆德之。自奉奇俭，至岁时祭祀，亲族馈遗，宾朋酒食，则务必从丰。好施与，丁丑，锡书公青齐之赈，太夫人实赞成之，比岁又饥。弥留之际，犹以为念。族父遵遗命，措巨款寄赈。大吏入告，得旌赐坊额。其他饥施粟、寒施衣、病施药、没施櫘，贫乏者有叩必应，不能备书也。凡此，皆庸行之足述者，又岂必可惊可愕，亦壮亦悲哉？虽然，又闻之庚申之乱，太夫人避难于盐邑之大冈镇，舍馆甫定，盗猝至，索财帛，不应；承之以刃，不动，且厉声叱之。盗惊，但肆掠而去。然则有庸行者，又安必其不能为奇行哉！享年八十四卒，以子贵封夫人。

27. 阚庄派丹徒支十七世缪启麟族称锡书公元配余夫人传

姻侄 谢庭兰 湘谷

先正望溪方氏曰："柔顺者，妇人之正也。昔圣人系《易》，以阳刚为女德之贤。盖刚者，天德。天地之气，蔼然温和者为阳，惨然懔慄者为阴。凡妇人之顺于舅姑，宜于家人，慈于子姓者，皆阳明之发也；其勃溪于舅姑，傲很于娣姒，残刻于仆婢，皆阴慝之作也。"望溪此论，可谓奇且确矣。今观于吾友缪子醒园之母益信。母氏余，归缪君锡书，醒园父也，姑已殁，事舅克尽妇职，舅饮馔必躬调剂然后进。于娣姒和易有礼法，训子尤笃。醒园曰："吾母性质直，为人谋，必计始终，筹画期尽善。遇不平辄直言无讳，事过复为阴护，口不言及，故人鲜怨者。"呜呼！此望溪所谓阳刚者也。予所闻缪母寇乱后事，于望溪所云尤可信："寇乱避至盐城之大冈镇侨寓，甫定，盗忽来劫，以刃加母颈，争索财帛。母不色动，叱曰：'避乱人何有财帛？'盗舍之，肆掠而去。乱后水旱为灾，母劝夫躬倡助赈。东省屡告祲，夫殁，嘱子捐款救饥。年益迈，病至弥留，犹以灾区为念。凡此，皆阳刚之著也。呜呼！妇人阳刚之美，吾于吾母犹仿佛焉。吾母事舅姑顺，教子严，时值承平，无饥馑盗贼事。而吾母喜读书，见往古烈丈夫事，尤轩轩色动眉宇。呜呼！此非阳刚之发见耶？"然望溪谓："坤，阴之纯，顺极而健涵焉，其用为'永贞'，《象传》揭之曰'大终'。"缪母有斯德，寿臻大耋，可云大终矣。"吾母淑行而早夭，独不克大终，何耶？悲夫。"

姻愚侄谢庭兰顿首拜撰。(《镇江世庆堂缪氏宗谱》卷首)

28. 阚庄派丹徒支十七世缪启麟族称锡书公元配余夫人墓志铭

赐进士出身 翰林院编修 国史馆协修 姻愚侄 支恒荣

岁次丁亥十月，缪子炼卿将合葬其考妣。先期以书来告曰："先君子行迹，经侯官沈文肃公论定，亦既光邑乘而照泉壤矣，惟吾母之所以劬躬勖后，有足著为仪表而观感乎女宗者，不可以无传也。纳幽之文，子其毋辞。"余昔与炼卿同寓海陵之樊川镇，居相近，又有葭莩亲，得悉太夫人事，读其状信然，爰不揣固陋，述其事而铭之。谨按：

太夫人氏余，为同邑著姓，生而端凝，不妄笑语，长益严重，遇仓猝事，镇定如常。年二十二，归封公锡书先生，时姑已弃养，奉舅甚恪，甘旨之调，不躬不进，舅时称道，目为贤妇。处娣姒间和易有礼法，然性直，遇弗平事辄昌言不讳，几令人莫能容，事过则阴为掩覆，绝口不言。为人谋，必计始终，筹画尽善，人尤德之。早岁屡产不育，中年始得一女，乃为封公置妾，封公义弗纳，遣之。逾岁，举一男，即之镕，时太夫人年已三十八矣。亲自乳哺，两岁遇痘厄，昼夜怀抱，且祝且禳，始获平善。比稍长，授学庸，皆亲为句读。六岁始就傅，监读綦严，曰："督之切，正以爱之深。夫人生子，本为承宗祧也，欲望成立，可荒于嬉乎？"咸丰癸丑，赭寇乱，封公客邗上，太夫人挈子女避南乡，喘息甫定，即为子延课师。之镕自少至长，偶有过失，必切责不少假，使之毛立汗下、愧悔自新乃已。庚申，侨居盐邑之大冈镇，遭盗劫，封公时在淮安襄理漕营局务，之镕亦客召埭。盗至，以刃加太夫人之颈，逼索珍宝。太夫人叱之曰："避难人宝何有？"盗亦竟舍之而去。噫！当仓皇之际，虽丈夫处之，不改常度者鲜矣，太夫人其胆识兼优者欤，不然，何为镇定若此？与封公白首相庄，事必请命而后行。至于米盐琐屑，则不关白，恐劳封公也。治家严肃，黎明即起，男钱女布，综理细密，炊爨烦掴，时复躬亲。暇则率子妇事针黹，年逾八十，目光犹炯炯而勤动不减。中年有以休息请者，曰："以此销送白昼，未为劳瘁。"慎步履，终岁不越阈，举室之内无喧哗声。三姑六婆屏弗纳，御奴仆严，济以宽，人多畏而感之。戊寅，封公弃养，之镕方恸甚，太夫人节哀而谕曰："保身保家，孝之大者，儿当勤俭克家，毋忝尔父，徒恸，何益哉？且人能勤俭，乃知廉耻，知廉耻，则不至为非。昔人言：'保精神则本业固，谨财用而高志全。'二语儿当书绅。"其训孙男也，言语举止必准规矩，曰："童而习之，后成自然。"又时时举古人以相勖勉。自奉俭约，亲朋往来，则酒食馈遗必从丰厚，乐善之心出于至诚。丁丑，东省告祲，封公倡助赈，太夫人亟赞成之。比岁又饥，弥留之际，犹以灾区为念。之镕遵遗命，措巨款，寄山东赈济。大府入告，得荷恩纶，旌赐坊额。其他寒施衣，病施药，殁施棺木，岁率以为常。至若亲戚之贫困者，有叩无弗应，曰："吾力能为者为之，只求安吾心尔。"嗟乎！太夫人慈善为怀，至殁弗衰，可谓笃矣。

生于嘉庆癸亥二月二十日，卒于光绪丙戌三月初一日，享年八十有四。子一，之镕，知府衔，浙江试用同知。女三：长适监生道常俊，次适附贡生马骥良，三适蓝翎五品衔、安徽定远县主簿钱铸。孙一，鼎臣，县学生员，娶余兄女。曾孙一，鸿儒。曾孙女一，俱幼。铭曰：

珍错之美，匪调不馨。文锦氤氲，织组始成。封公伟度，蔼蔼如春。淑俪赞之，薰然慈仁。钟礼郝法，庭诰幼聒。教子以严，接人以直。勤俭持躬，丰厚润物。遇险如夷，觥觥巾帼。世世子孙，勿忘懿则。

赐进士出身、翰林院编修、国史馆协修、加三级姻愚侄支恒荣顿首拜撰并书。赐进士出身、二品顶戴候选道、前广东廉州府知府、翰林院编修、愚侄张丙炎顿首篆盖。(《镇江世庆堂缪氏宗谱》卷一二)

29. 阚庄派丹徒支十七世缪趾麟族称履仁公元配周宜人行略

子 之钧

太宜人周氏，祖讳怡，议叙州吏目。父讳杲，太学生，诰封奉直大夫。前母蔡氏，诰赠宜人。母谭氏，诰封宜人。太宜人生而慧婉，长益端静，性喜读书，工围棋。髫龀即布署家事，抚字弟妹，独得堂上之欢心。年十八配吾父焉，时先大母弃养有年，惟先大父在。吾父作贾邗江，太宜人事大父孝顺有加，故吾父得安心于贾。生子五人，长不育，次即不孝之钧，三之镎，四之钊，五之鐘[①]。女四人，长、次殇，三之茵适张锡怀，四之蘅适张锡麟。不

① 趾麟长兄应麟三子名之鍾，与之鐘为堂兄弟，为区别，"鍾"用简化字"钟"，之鐘之名仍用繁体字。

孝生而羸弱，太宜人拊摩周至，一饭三哺，一夕十起，不孝于今言之，心犹刺痛。不孝等启蒙时，悉太宜人亲授句读，长就傅，暮归仍篝灯课读，寒暑无间。常谕不孝等曰："读书始克光大门闾，汝曹可不勖哉？"不孝秉资愚鲁，不堪业儒，太宜人命从吾父服贾。道光庚戌，大父五析其箸以授世父及吾父炊，时不孝未授室，诸弟妹皆幼，吾父顾生齿浩繁，中心忧虑。太宜人旁宽解之，乃执劳习勤，秉理内外。奉养大父，察伺嗜好而进甘旨，自供甚俭。即吾父邗上间归，绝不一言劳瘁，故吾父无内顾忧。辛亥，为不孝授室，谕不孝曰："汝才拙居长，而汝父子姓滋众，家道不赡，当思树立，无荒嬉惰，勉之。"不孝谨识之不敢忘。拊不孝妻，爱逾己出。咸丰癸丑，值粤匪乱，吾父奉大父避郡之东乡。是岁冬，大父见背，太宜人哭之如礼。明年，吾父挈眷渡江，居扬郡之召伯埭，时贼寇扬郡，或据或退。召埭阅郡城四十里许，其间风鹤常警，迁徙莫定。太宜人辛苦经营，不遗余力，而吾父得以肆力生理，皆太宜人襄助之力也。时诸弟日长，三弟之镈资质颖敏，太宜人欣然语吾父曰："此子也慧，可使操儒业。"吾父为之招延宿儒，馆课于家，而力棉不能厚修脯。太宜人节用脱珥，以助资供。性乐施予，亲戚有所告贷，无不勉应。每语不孝曰："吾家虽式微，较若辈尚胜一筹，奚忍坐视涸毙耶？"呜呼！太宜人之言若是，则太宜人之乐善可知矣。太宜人居家有节，御下惟宽，故弃养之夕，人皆感泣。

太宜人生于嘉庆辛未年正月初九日，殁于咸丰庚申年闰三月二十四日，享年五十。以不孝诰赠宜人，葬于邑之城西南老丁龙山之新阡。不孝忆太宜人疾革，犹谆谆以读书昌门楣为诸弟嘱。呜呼痛哉！太宜人一生节俭，衣不重裘，食不兼味，事无巨细，必躬亲之，未享一日之安。不孝等又未克成立，以副幽志，死奚足赎万一耶？今当家乘肇修，吾父谕不孝曰："劬劳之恩，父母所同。但汝母既以妇职兼子职，复以母道兼父道，劬劳之恩，匪等寻常，汝将何以报之？"不孝唯唯受命。既退，痛然默然，谨茹哀就所能言，次述大略如左。

同治十三年岁次甲戌冬月。不孝男之钧百拜谨述。（《镇江世庆堂缪氏宗谱》卷一二）

30. 阚庄派丹徒支十七世缪趾麟族称履仁公元配周宜人传

世侄 严宗洵

缪母太宜人，丹徒奉直大夫周杲公之女也。少时抚弟妹得亲心即以孝闻，年十八遂归缪氏诰封奉直大夫太学生履仁先生。事翁相夫，克尽妇道，宗族乡党，咸钦佩焉。其后避粤寇，居棠湖，年五十而卒。膝下诸子，无不亭亭玉立，以长子之钧选布政司经历随带加二级诰赠宜人。同治壬申，洵游学临川，受履仁先生聘，课读其两孙榕寿、枟寿，而皆纯谨有余，深以读书为乐。且其家居恒有节，驭下惟宽，而后知太宜人之遗泽流风，至今犹有存者，盖太宜人生平好读书，务节俭，当时履仁先生贸易邗江，诸子读书皆太宜人亲为句读，督课甚严，曰：“吾子善读书，始足以光大门闾。”而朝夕勤俭自勉，衣不重裘，食不兼味，家庭事无巨细，皆必躬亲。至若工棋瀹智，乐善好施，犹太宜人之余事也。生于嘉庆辛未正月九日，卒于咸丰庚申闰三月二十四日。子四：之钧、之锌、之钊、之镗。女二人，孙五人，女孙三人。今长嗣君出太宜人状请立传，洵不才，奚足述太宜人之德？顾以长嗣君请托之诚，又以与其犹子朴庵君同学，遂不获辞，爰次行状以传云。

论曰：古今之懿德芳型，足以昭垂于后世者，或以孝，或以慈，或以恭与俭，或以其夫与子之贵，孰有如太宜人之全备者乎？是足为闺阃法。

世侄严宗洵拜撰。(《镇江世庆堂缪氏宗谱》卷一一)

31. 阚庄派丹徒支十七世缪兆麟族称德修公元配姚安人行略

子 之锟

吾母太安人姚氏，乃吾郡望族，州同加二级培周公之女也。天资颖慧，喜读书，外祖父爱之。王九峰先生，吾母之表叔也，从之学医，为入室弟子。医学虽精，从无矜诩之色，间有就诊者，无不应手而愈。及归吾父德修公，吾父素有肝气，吾母虽知医，不敢亲投汤药，必延医诊视，商立善方，服之乃愈。前母谢太安人生长兄焱森、仲兄之镇、姊三人，待之如己出。吾母生子一，即不孝之锟。吾父因家业中落，生齿浩繁，在大桥镇经营丝业以资家用。吾母因吾父年高，孤身作客，命不孝随侍。吾母夙持家政，从未一言劳苦，以安吾父之心。戚党称贤妇焉。吾母以积劳成病，焱森远方游学，之镇已故，不孝得信，遄归侍奉，未及两日，竟于光绪戊子二月二十五日弃养。呜呼恸哉！嘉庆壬申五月二十九日，吾母之生日也，享年七十有七。兹因家乘续修，和泪濡毫，追述吾母生平梗概，以昭垂后世云尔。

不孝男之锟薰沐百叩敬述。(《镇江世庆堂缪氏宗谱》卷一二)

32. 阚庄派丹徒支十八世缪之镕族称炼卿公元配徐夫人行略

子 时孙 述溪

呜呼！人孰无死，而吾母独以不孝故致陨其年；人亦孰不遭大故，而不孝独当戎马仓皇之际，不获亲送吾母终。不孝痛心疾首，幽恨无穷，故号泣旻天，几不欲生。顾思吾母行表言坊，四德兼备，洵不愧一代女宗！虽不孝勋业未成，不足以扬吾母，然吾母之行事，其见称于宗族乡党者垂七十年，讵得以不孝而湮没无闻？爰泣血濡墨，亟亟书状，上于有道君子。

吾母氏徐，外祖赠通奉大夫讳体和公次女，吾祖资政公冢妇，吾父之元配也。徐在吾润，夙称望族，外祖母汪生吾母后即弃世，育于继外祖母萧。吾母敬承慈训，不以非所生而有违，庭闱之间，愉愉如也，佥称孝女。而吾母有姊又先殁，外祖父故钟爱之，年十八来归吾父。吾祖母余太夫人性严厉，不轻假人辞色，又以吾母为独女，故笃责之。而吾母柔声下气，善视颜色，凡吾祖母所不悦者，悉屏除之，深得吾祖父母欢。吾祖父母甚器爱之，遂将一切家政畀之吾母。而吾母黎明即起，躬率家人洒扫烹饪，终身如一日。当吾母来归时，徐氏之业正炽，故吾母赠嫁具甚盛。时粤匪焰张，吾祖母深恐慢藏诲盗，适吾二姑母、三姑母相继出室，吾祖母取以备衿縭，而吾母欣然献堂上，无吝色。吾母归吾父时，吾祖母春秋高，洗濯需人，吾母服劳不倦。岁戊寅，吾祖父病笃，遗溺床褥，仆婢咸有憎恶意，吾母曰："翁犹父也。"乃躬为洗涤，以是又有贤妇称。同治癸亥，举不孝，其先不孝而举者，有一兄一姊，皆未育。而举不孝后，凡举十数，均以勤劳太剧未获及期而举，故视不孝弥不忘怀，一饭三哺，一眠三起，而不孝又少多病疾，十余岁仍无月不亲汤药。每遇不孝疾作，吾母则呼号吁祝，且指不孝语吾父曰："此子必不寿。"而常抱隐忧。比不孝长，吾父命就学广陵。吾母以不孝生未习游，雅不愿，然以不孝道德未修，阻之不可。盖一岁十二月，一日十二时，念兹在兹。其惟不孝每归省，大则学业，小则饮食，殷殷垂问。丙戌，不孝长子鸿儒生，次年不孝游邑庠，吾母始怡然曰："今而后，吾心可稍宽矣。"丙申，吾父复以不孝屡困南闱，适不孝襄办海防，经忠诚刘公以京职荐于朝，遂命赴京供职，就应京兆试。临行，吾母语不孝曰："昔尔游学广陵，依依惟念二亲。今尔有子，可以代尔侍奉矣，毋以二亲为念。尔当勤劳王事，斯为孝子。"庚子，京师祸作，吾母又以移孝作忠谆谆传示。比秋，两宫西狩，不孝死生未卜，家人咸戚戚然，而吾母独曰："尔等忧其不生，吾则忧其罔生也。"比闻不孝随扈西行，吾母转色喜曰："此乃不亏厥职。"辛丑，自行在归省，吾母但详询两宫西狩状，而于不孝道路之艰、风霜之苦概置不问，盖以国家遇变，非臣子所当计及晏安也，故临行，复勉不孝曰："值兹朝廷多故之秋，当谨守'主忧臣辱，主辱臣死'二语，慎勿为莠言所惑。"辛亥，东南事起，时吾母已疾作，吾父欲召不孝归，不意为吾母所闻，怒曰："昔言在耳，夫岂忘心？儿苟以忠报国，则吾虽死犹生。古有王陵、徐庶之母，何薄待吾，而谓吾不及也。且干戈满地，良不易行，胡召为？"而吾父乃秘不告不孝，人以是又称贤母。吾家世业仅中人，嗣食指日繁，家道中落，吾父客外为人司会计，吾母支持门户，综理家务，精神日损，又以不孝孑身远游，时萦隐抱。辛亥夏遂得气逆之症，诊者云木乘土，恐气满即难治。吾母犹强自振作，摒理家务。至十一月而病大作，遂不能兴，犹日以家政劳心。迄十二月二十三日，召吾三子鸿杰、四子鸿俊及吾女若光，谕曰："尔等将吾谕转示尔父：人心惟危，道心惟微，惟精惟一，允执厥中。守此十六字，则终身有余荣，即吾在幽冥中，有余享矣。”又顾吾父，切切曰：“尔目疾，宜静养，勿操劳。”又念吾长子鸿儒童年泮捷，遽成病魔。复召吾三子、四子语之曰：“尔等须善视之。”又语之曰：“今兹邪说横行，红羊劫浩，慎之慎之。”又召吾女，勉以奉姑教子之大义。越一时，竟逝。既逝，吾父乃以吾母病状、噩耗、遗言三者邮示不孝。

呜呼痛哉！吾母生于道光二十年庚子九月十九日酉时，卒于宣统三年辛亥十二月二十三日申时。顾不孝生，恨当日苟不出而图名，或力田，或服贾，未始不可博什一之利以朝夕承欢，则吾母何至苦其心志、劳其筋力而不获臻期颐，不孝又何至为升斗之禄而不得亲为吾母易箦？呜呼！吾母以“万方多难而守此，事君以忠”责望不孝，而国破既不能殉身，吾母殁又不能亲视，则不忠不孝，洵天地间之一大罪人也，此不孝所以呼天抢地而不能自已者也。

吾母性朗爽，善为人排难解纷，人苟有急难事，得吾母一言，即释，佥感吾母德。吾父好施与，亲朋告贷，吾母必顺意助给。外祖母萧艰于育，吾母力劝外祖母为外祖父纳妾。外祖母欣然允之，遂市毕姓女，产一男，五岁殇。外祖父母相继殁，族人争嗣欺负毕氏，吾母力保护之，而视毕氏所生二女如同母焉。舅氏殁，遗孤抚养成立。大姑母适道，家业中落，大姑母殁，遗三子一女，祖父母忧之。吾母先意承志，教之育之，与待不孝无异也。呜呼！可见吾母之懿行矣。

壬子四月，权厝吾母柩于祖父母茔左，奉父命也。爰略记所知以仰请于大人先生志而铭之，则不孝感垂不朽。

不孝男时孙百叩谨述。(《镇江世庆堂缪氏宗谱》卷首)

33. 阚庄派丹徒支十八世缪之镕族称炼卿公元配徐夫人传

四品衔 翰林院编修 国史馆提调 缪荃孙 炎之 筱珊

语曰：“求忠臣必于孝子之门。”为男子言之。而吾谓女子，亦可移以斯言。夫事君以忠，女子固无是义，然教子效忠，亦为母之道。为母者而以忠臣责子，可知身为男子，则亦必为忠臣。吾证诸吾叔母之懿行而益信。吾叔母氏徐，润郡望族，少失恃，事继母如生母，相得甚。继母艰于育，吾叔母恐父之绝嗣续，先几谏继母，然后市毕姓女以进于父。既毕姓女为其父守义，吾叔母不以为已所市而下之，乃事以庶母之礼。宗族乡党，咸称孝女。年十八归吾叔父炼卿先生。吾叔祖母余太夫人治家严，又以吾叔母为独女，故笃责之，而吾叔母事舅姑维谨，仰承色笑，凡吾叔祖母所不悦者，悉屏除之，深得舅姑欢。方吾叔母来归时，赭寇正炽，吾叔母奁具甚丰，吾叔祖母虑为寇饵，值小姑出室，爰取为赠嫁物。吾叔母欣然献堂上，无吝色。有大姑，吾叔祖父资政公爱之笃，病殁，遗三子一女，吾叔祖父恸甚。吾叔母请于吾叔祖父祖母曰："大姑之子女，即吾子女也，愿抚育之，请勿悲。"于是教养兼施，人言无间。吾叔祖母年高，洗濯需人。吾叔母服劳不衰，终身如一日。吾叔祖父病笃，遗溺床蓐，咸避不前。吾叔母曰："舅犹父也。"乃亲为湔涤，由是又有孝妇称。吾叔母屡产不育，仅存吾弟述溪。故吾弟年三十，未经年离吾叔母前。光绪丙申，吾弟因襄办海防，经忠诚刘公荐，擢京职。吾叔父命吾弟就职京师，人咸谓吾叔母必尼之，而吾叔母独曰："尔此行，忠尔事，勿以我为念。"庚子，京师变作，两宫西狩，音书断绝，未得吾弟耗，家人咸忧吾弟不生。而吾叔母独忧吾弟罔生。比闻吾弟随扈西行，吾叔母始慰曰："此生庶非罔矣。"辛亥秋，东南事起，时吾叔母已疾作。家人拟召吾弟，而吾叔母语吾叔父曰："古有王陵、徐庶之母以死勉子，今正为臣者效忠之日，若以吾疾告而促吾子归，是陷吾不义而速吾之死也。"呜呼！吾叔母所言历历如此，固日日以忠臣望吾弟也。然非为女孝、为妇孝，则为母者断无不以子之有生为幸，而反以舍生取义为重也，吾叔母独以效忠责吾弟，而恐其求生害仁，吾叔母之见，卓矣！洵千古之贤母哉。吾叔母苟身为男子，吾知其必以身殉国。吾故曰求忠于孝，亦可为女子言之。呜呼！辛亥之变，效忠者何人？而平日之居大官、食厚禄者，固盈廷衮衮，乃慷慨誓节，鲜有所闻，诚女子之不若也。吾故传吾叔母之淑德，以为吾族之模范云。

族侄荃孙百拜谨撰。(《镇江世庆堂缪氏宗谱》卷一二)

34. 阚庄派丹徒支十八世缪之镕族称炼卿公元配徐夫人墓志铭

赐进士出身 前陕西布政使司布政使 年世如侄 清苑 许涵度

母氏徐，江苏丹徒人，缪子述溪之母也。父赠通奉大夫，讳体和，世为丹徒望族。母性明决，达大义，见人有过，恒面斥之。然好排难解纷，而又以周济为怀，凡亲族之贫乏者，每周恤之，人以是德母。生母汪早殁，事继母萧以孝闻，宗族乡党无间言。继母艰于育，母劝父纳妾，复几谏继母，乃市毕姓女以进。已而父与继母相继殁，族人争嗣，咸议出毕氏。母又为之护，毕氏赖以存。母因毕氏为父誓节，爰事以庶母之礼。毕氏生女二，母不以其为毕出而歧视之。嗣弟不肖，往往忤毕母，恒以义斥之。未几嗣弟卒，母抚其妇与其子，不稍存意见。迄嗣弟之子长，为择业谋生。乃其子复不肖，母屡教之而屡抚之，卒不可教，母乃痛哭曰："已矣，吾无以对吾父母矣。"

年十八，归封翁炼卿先生，时小姑在室者尚有二人，逾年相继出室，值赭寇正炽，太夫人乃取母赠嫁资为小姑作奁具，母欣然献堂上。太夫人治家严，母虽育于继母，然以独女，故父母多钟爱，乃承太夫人训，无怨言，且能博太夫人欢。黎明即起理家事，凡太夫人所憎者，则尽屏除之。太夫人年高，洗濯需人，母躬任之，无难色。翁锡书公病笃，溺床褥，仆婢咸避不前。母曰："翁犹父也。"乃手检之，不稍涉憎恶意。佥称贤孝。有大姑某，翁姑笃爱之，遘疾卒，遗三子一女，翁姑痛甚。母自陈于翁姑曰："请勿悲，大姑子女，即吾子女也，愿抚之。"于是教养兼施，翁姑顾而乐之曰："此予家贤妇也。"母昆季不肖者众，恒有不道者，母必教以正，曰："有吾在，讵容害及夫家也。"子述溪官计曹，岁庚子京师变作，家人咸以为念。母曰："何戚为，食君之禄，忠君之事，即有不幸，固人臣之职也。"既闻述溪随两宫西狩，乃曰："如此，始不负职矣。"辛亥秋，东南事起，京曹官多以奉其亲托疾之命回籍者，时母已疾作，家人拟召述溪。母闻之，怒曰："今正事君者致身之日，吾方勉之以义，而尔等转陷吾以不义，何薄待吾，而谓吾不及王陵、徐庶之母也。若以疾告，是速吾死矣。"家人遂不敢召述溪。炼卿先生好施予，母尝脱簪珥以助之，故又称善母焉。

生于道光二十年九月十九日酉时，卒于宣统三年十二月二十三日申时。生子一，即述溪，名时孙，度支部库藏司主事。孙五：鸿儒，邑庠生；鸿仪，殇；鸿杰，民政部承政厅录事；鸿俊，监生，江南高等学堂学员；鸿伟，幼。曾孙四：焕璋，殇；焕宗、焕宸，鸿儒出；焕家，鸿杰出。女一：麟英，早殁。孙女一：若光，适丹徒附生邹宜璟。曾孙女一：静贞，鸿儒出。

述溪将某月卜葬于镇江郡城史家冈祖茔侧。先期泣请予为之铭。予与述溪同谱，又与缪氏有年谊之好，述溪复与予弟涵修同寅，虽不文，不敢辞，乃勉为之铭。铭曰：

事亲孺慕，日短情伤。敬礼庶母，扶弱锄强。弟有遗孤，教以义方。孝事翁姑，淑德孔彰。小姑和睦，志养高堂。相夫施济，白首相庄。勤劳王事，教子忠良。猗欤巾帼，扶植纪纲。子孙绳继，长发其祥。

赐进士出身、前陕西布政使司布政使、年世如侄、清苑许涵度顿首拜撰。(《镇江世庆堂缪氏宗谱》卷一二)

35. 阚庄派丹徒支十八世缪之铨族称衡夫公元配严节妇传

举人 从弟 严桂馨

予总角时，从姊读四子书。七岁就傅，始从先生读。自塾中归，姊为予讲解，开发人之心灵，予喜听之。追忆斯境，犹如昨日。呜呼！吾姊今何不见耶？

姊为伯祖明经公讳士森孙女，伯父州簿公讳文焱长女。生而端静，有志节，言笑不苟，颖慧异常，善读书，能文章。伯祖爱之，谓伯父曰："此孩惜为女，若是男子，可光大门闾。"

同邑有国英缪公，与伯祖友善，伯祖爱缪公次孙衡夫纯笃，无子弟华靡气习，遂以姊许字焉。姊年十八于归衡夫，孝事舅姑，察气伺色，能得欢心，辄以筦钥授之。而姊益自矜饬，不敢稍懈。教习小姑女红，暇则为之讲解《列女传》。处娣姒，和易有礼法，习劳执勤以为常，舅姑以为贤。逾一岁舅殁，衡夫姊丈以哀痛得咯血疾。姊侍之惟谨，汤药亲尝，衣不解带者一年。病卒不起，时姊年二十也。无子，誓以身殉。绝粒五日，几毙。姑再三劝谕，曰："尔舅新丧，我亦痛不欲生，以门户故，不得不偷生人世。尔夫死，尔当代尽子职，以侍我余年。待尔夫兄生子，为尔夫立嗣续，皆尔分内之事，以死殉，何益哉？"姊泣拜受教，姑心安之，乃毁容视事，助理家政，部署井然。其御奴仆也，宽严相济，虽老臧获，畏而怀之。自姊丈殁，屏绝诗书，视事之余，默诵《金刚经》。守节十九年，如处一日焉。卒年三十有八。卒之日，姑哭之，恸曰："天丧予，夺吾家贤孝之妇，予何生为？"呜呼，姑言若斯，则吾姊之贤孝可知矣。姊丈，前明文贞公死魏阉难讳昌期第十世孙，孝弟仁慈，品端学粹，具见同邑李绍苏先生撰传，予不再叙。缪氏男女，长幼百余人，姊居之无间言，非实有阃范者，曷克若此？先后抚两侄为嗣，无异所生。皆痘殇。恸绝伤肝，因病厥逆，缠绵数年，治之弗瘳，竟以此殒寿。悲夫！卒后兼祧胞侄同登承嗣，以同登贵赠宜人。同登妻王氏亦青年守节，言行有吾姊遗范。同登有子二，长鸿恩，承大宗为后；次鸿发，吾姊孙也。同治十年旌表，名列邑志，入祀节孝祠。

呜呼！吾姊受子之花诰，荣矣；得朝廷之旌典，显矣；享春秋之祠祀，尊矣。有孙克家，无余憾矣。而予以为歉者，则以姊之懿德淑行，不克登上寿，天之报施，犹未尽也。然而有说焉，人生百岁无不死，名垂宇宙而永传。如姊，寿不永而名传，此非天公报施之独厚者乎？则是吾姊之不朽也夫。谨传。

36. 阚庄派徐墅支十八世缪岐族称柳村公元配谢宜人传

光绪甲午举人　常熟　钱树声　君实

宜人谢氏，邑之高庄人，太学生文辉公三女，道光甲辰亚元熙英公侄女，封君缪公柳村之元配也。幼娴壶教，明大义，年二十一嫔于封君。封君善刀圭，以其术济世，贫者不取酬，甚或资以汤液之费，率以为常。又遵其父遗命，建支祠，置义庄，以赡族。论者谓封君一生乐善不倦，而不知其相与有成，得诸内助之力多也。宜人后封君十年卒，卒之后十三日，其子遣使奉书索余言。余维古来女子，其行义姚声传于史籍者，率由遘遇变故不幸而以节烈著。至于洁中馈，勤纺织，和其先后兄妐，以敬事其尊章夫婿，上下愉愉，安常处顺，乃妇职也，又何可胜言。然奇行奇节，固流俗之所惊，而庸德庸言，亦圣人之所取。淑谊如宜人者,即欲不言,亦乌可以不言?

封君以岐黄起家,余少时即闻长老言,谓某年某也病大渐,君愈之;某也病濒死,君生之;某也病而贫,不能治,君救之。良医之功,等于良相,至今载在口碑。而当日之彻簪珥以阴资之者,不名其功焉。封君之置义庄也,虽仿范氏之法,实以成父之志,义也而兼乎孝,然竭其周章以蒇成事,至今日饮水思源,而当日之篝灯荧荧,瘁十指力,积其赢余以足成之者,不名其德焉。呜呼!是殆所谓地道无成者耶。《易》之《坤》曰:“地道也,妻道也,臣道也。地道无成,而代有终也。”夫臣道与妻道并合乎坤德,乃世之巍巍然居高位者,饱大官肉,糜太仓粟,不闻其立一法,建一议,利泽及于人,分天子宵旰之忧,闻宜人风,其抱愧当何如耶?《坤》之卦又曰:“积善之家,必有余庆。”余尝一造宜人之庐,见夫溪水萦纡,林木深蔚,佳气郁郁葱葱。然入其室,子若孙又各彬彬有文雅气,将所谓“尔昌尔炽”者,可于此卜焉。愧不敏,未获执贽相见,一瞻懿范。然其所为贤而可书者,固已信而不疑也。故因其子之请,爰乐阐其幽,以为之传。

宜人生于道光元年六月初十日,卒于光绪二十一年五月十七日,寿七十五。子二:曰镛,同知衔候选州佐,国学生;曰镐,五品衔试用训导,增贡生。孙二,曰曾溥,邑庠生;曰曾湛,业儒。女二,适周,适袁。孙女三,长适黄,余未字。

37. 詹文桥派十八世缪维杰族称太占公继配章节妇传

安徽候选直隶州分州 廪贡生 同邑 张之纯 尔常

乾刚,德也;坤柔,德也。秉刚德者,为男;秉柔德者,为女。然乾坤六子,震坎艮为男卦,体皆一阳而二阴,则刚中有柔。巽离兑为女卦,体皆一阴而二阳,则柔中有刚。刚而失之柔,是丈夫而巾帼也。柔而济以刚,是女子而须眉也。余叔岳母缪节母章太宜人,其柔而刚者乎?节母谓余曰:“谱与史同,凡忠孝节义,例宜立传。我生命薄,琴瑟早乖,作未亡人者有年,他日重辑家乘,固当为我赘片词。然与其被饰于传闻,华而失实,何如敷陈于亲见,质而不诬,其为我作生传,可乎?”余重违节母命,因忆昌黎之于何蕃、温公之于范镇,近世随园之于其师邓逊斋,皆作传于生前,则生传亦非创例也。遂举节母行事,平日之所目见耳闻者,比而次之。

节母者,成裕章公长女也。生而淑慎,有古女士风,年二十四归我叔岳太占缪公为再继室。适际发逆乱,家室播荡,不遑宁处。洎乎寇甫平,而公病。节母料量汤药,躬涤厕牏。病革,焚香吁天,愿以身代。卒不起,时节母年二十八龄耳。无子,以伯氏子玉辉兼祧为后。伯氏固早卒,惟君舅在堂,节母乃节哀顺变,以妇代子,以母兼师,送往事居,必诚必敬。公之葬也，卜地于祖茔之近数十武。族中眇其孤弱，于经营窀穸时百端龉龁之。节母屹不为动，卒之奉公丧，以原配顾氏、继配谢氏合窆焉。家计故不甚裕，公没，仅遗田一顷。节母乃恭敬撙节，经营作苦，衣不袭帛，食甘粗粝，阅二十余年，积至十余顷。然自奉至约，而待人则又未尝吝啬。性慷慨，族中无力者不时之称贷，有叩必应。病不能医、婚不能娶、丧不能葬者、读书不能应试者，必周之助之。母家故寒素，有一弟负笈，为奉脩脯者十年，完其姻事，有一妹亦厚具资奁嫁之。父则迎养于家，其没也，庀其葬事。祖母氏杨，青年矢志，为请旌表。其明于大义如此。其他闻义勇为之事，不胜缕举。庚申之变，双忠祠毁于兵燹。乱平后，节母念报忠之典阙如，既于稷山建支祠祀之，继复请于大吏，蠲钱千余缗重建，祠成而春秋有司之享，得复如礼。山西、河南、山东、直隶诸省间岁告祲，文报一至，立蠲巨款助赈。至于闾里善举，则有如制水龙以备火灾，置义榇以瘗路殍，施衣施米，岁以为常。光绪丙申六秩生辰，有劝称觞者，则曰："此浪费也。彼饥无食、寒无衣，向隅啜泣，号呼而无告者，不知凡几也。而我且漠然于心，宴会焉、声歌焉，泥沙其金玉，何秦越之甚耶？不如以彼易此。"乃发米数十石，周给孤寒，众称寿母。

呜呼！凡节母之所为，皆丈夫所当行而未能尽行者也。丈夫未能尽行，而节母行之。谓为女中丈夫，何愧焉？《易》之"节"曰："节亨苦节，不可贞。""彖"曰："苦节不可贞，其道穷也。"若节母者，其殆苦而不失其亨，贞而不至于穷者哉！"象"传又曰："节君子以议德行。"节母之德行如此，尚何间然乎？异日者登大耋，享期颐，天之报施，节母正未有艾。即以此传为左券之操也，可。

38. 周庄派十八世缪逢辂族称式金公元配苏宜人传

候选训导　廪贡生　同邑　赵汝明　少廉

昔庐陵欧阳子生四岁而孤，赖太夫人守节以长以教，俾至成人，欧阳子痛念太夫人苦志终身，志之不敢忘。虽太夫人之艰贞自矢，足以兴其感发，抑亦欧阳子之孝思不匮，有以切于明发而能然也。羽逵缪生，余从表弟也，从余游有年日，冀其有以显亲以慰太宜人之志。盖太宜人之称未亡人年三十六，而羽逵之生甫逾期。先是两兄皆殇，惟一姊一发千钧，于是乎在太宜人抚之育之，至于成立。盖困苦惨酷，备尝之矣。太宜人姓苏氏，出于名门，幼娴壶训，归我从舅式金公，上下周旋，动必以礼。寇乱之中，家室播荡，甫经乱定，未获宁宇，而式金公旋捐馆舍。守遗田数十亩，顾此呱呱，事在是，蓄在是，丧葬之费、宾祭之经亦具在于是。于是约其口与体，以及其孤子女，食甘粗粝，衣甘朴素，人无暑暇，地无寸旷。有时而纺绩之声，过五夜而未息，有时而蔬蓏之植，虽寸土亦不虚。凡世俗之所为纷华嬉戏之事,未尝为之一盼。即春秋佳日,宗族姻党,率衎衎饮食,或邀致殷勤。太宜人方与其女寂处一室,相对作苦,闻者莫不钦而敬之。历有年所积、十指所出,佐以田息,竟得置田至六七顷。以婚以嫁,含饴弄孙,家计隆隆日上。人第知其晚景之愉,而不知其茹荼集蓼之辰,几于无所控告也。

享寿七十二卒。卒之后十年,其族重辑家乘,羽逵备述淑谊,乞余一言。余惟昔归熙甫撰先妣事略,皆琐屑无惊人事。失母者读之,痛不可止。今聆羽逵所述其事,亦有可痛者。

呜呼!念先人昧旦之显,怵子孙游豫之戒,苟时时如欧阳子之存心,则太宜人有知,当亦含笑于九原矣。

39. 周庄派十八世缪逢楼族称凤修公元配吴孺人事略

子 楷 啸仙

先妣姓吴氏。考讳更生,附贡生,候选布政司经历,生女二,妣其次也。母杨宜人,道光己丑进士讳梦松女。宜人故通文墨,故先妣自幼习《诗》、《书》、《内则》、《女范》、《列女传》诸书,外旁通《楚辞》及古今词赋歌谣。不肖与兄总角时,未就傅,即能识六书、辨四声,皆妣训也。年二十四归吾父,事上御下,动必以礼,大母以有大家风范称之。咸丰庚申,举吾兄,是年即遭粤匪乱,屡濒于危,既乃依外祖,渡江避居靖邑。吾父以往来迭望,几陷于贼。及相叙,而复大病。先妣日夜侍奉,医祷备至,已而获痊。乱定归,同治乙丑举不肖,时家业荡然,环顾四壁,虽薄有遗田,而兵荒之后,所入无几。瘁十指之力以举炊,篝灯荧然,五夜未息。食甘疏粺,衣甘补缀。而顾此怀抱,又未忍令其啼饥,衣履未尝不完。岁时宾祭,戚党庆吊之礼未尝阙。积其锱铢,以资脩脯。不肖长,先妣谈往事,略及之而不得其详。吾兄言余幼时自塾归,辄侍父先食,一日食毕,窥釜,则藜菽杂糅,急询之母,母曰:"儿固不知耶。尔父经营于外,稍逐什一,尔读书俱心苦,不能餍此,故余甘之。然尔父读书未成,尔能成父之志,即余不必时时甘此也。"于是兄泣,不肖亦泣。孰意兄竟以病辍业,而不肖碌碌无成,未遂显亲之志,有鸡豚之养,此则不肖之终天抱恨而百身莫赎者也。不肖举后,又举弟二,殇其一;举妹三,既以家食之艰,重以儿女之累,竟以过瘁,中年即得肝气疾,间岁必甚发,发又必增剧,肝火炎炎上升,肠血更下注。不肖等虽延医杂治之,迄不能霍然。洎不肖游庠后,稍慰于怀。即自矢持斋绣佛,每晨起,焚香一炷,诵《感应篇》一遍或《金经》一卷,暇复杂取生平所好之诗词,微吟而朗诵之,曰:"聊以此遣病魔耳。"然是时之疾痛疴痒,所赖以扶持者,兄与弟妹耳。不肖方役役于糊口,持砚田,旅食东西,不能常侍晨昏也。不肖在外，久不获家中音问，则悬念甚。而先妣虽至拮据，绝未尝以家事扰不肖怀，恐不肖之堕业也。以故不肖得频年纵游名师间，而无返顾之忧。光绪庚子，就邑城所馆近地赁屋迎养，方谓可以长侍膝下。不意甫二年，而不肖旋病痿躄，困床笫。先妣乃就养于弟，未几而病大作。不肖闻状，急归省视，则已不及见矣。时甲辰八月十六日也。

呜呼痛哉！享寿七十，权厝于龙爪墩南小三亩，俟卜地而窆焉。先妣生平无疾言遽色，宅心仁慈，即子女臧获，未尝轻加呵斥。爱惜物力，虽寸丝粒米，未尝暴殄。自奉奇俭，而往来馈问之礼，务必称其情。乃自兵燹后，备历艰苦，至晚年而未获一日之展眉。呜呼！天之降戾于先妣，何其酷也！

40. 周庄派十九世缪五魁族称联辉公聘妻苏贞女传

族　楷　啸仙

贞女苏氏者，从九绍沂公女，族五魁聘妻也。幼承内训，三从四德之说，饫闻于心，故年未笄，足不逾阈，言不出阃，人咸谓缪氏得贤妇也。不意五魁年十八病殇，贞女闻之，日夜哭泣，父母探知其志，百端解之不止。继复浼亲戚劝之，亦不止。不得已，以告舅姑，复遣人喻之，亦不应。于是援抱主完姻俗例，入门拜姑嫜，列娣姒，易服成礼，见者无不垂涕云。

嗟乎！古无贞女之名也，自《后汉·百官志》始云，凡孝子顺孙、贞女义妇，皆扁表其门，以兴善行。然彼之贞女，非今之贞女未婚夫死守志之谓也。故周礼禁嫁殇，而论者亦以为不合于古。及考之《鄘风·柏舟》诗，其序云："共姜自誓也。卫世子共伯蚤死，其妻守义，父母欲夺而嫁之，故作是诗以绝之。"始知未婚守志，圣人亦未尝不取。何则？"髧彼两髦"，髦为童子饰，明其未娶也。"母也天只"，女子在室；天，父，明其未嫁也。此未婚守志之明证也。然则以为不合于古者，过矣。且殇子未必立后，有守志者则必为之立后。是贞女之所全者大，苏氏其殆闻此义乎？惟氏数年后以幽郁病溘卒，说者谓天之报施善人，又何其或爽，不知其事固已上之朝旌表崇祀矣。抑之于生前而扬之于身后，贞女之志，其亦可以少慰乎！

41. 阚庄派徐墅支十九世缪镐族称少村公元配周宜人志略

夫　镐　少村

吾妻周氏宜人，同邑赠按察使经历讳毓馨之次女也。及笄，归于余，先后举二子四女，殇一子二女。光绪乙酉,余父弃养,宜人哀痛尽礼。次年秋,遂患肝疾。明年转剧。因医药调治,得稍减。又二年,复发,濒于危。时方娠,至九月分娩,幸平安。方谓痼疾可自此愈,不意逾年二月,疾发益亟,肝火如燎原,胃气亦日败。四月,寒热潮涌,仅纳糜粥,虽汤液不绝进,而草木无情,遂亦不愿服药。有以祓禳之说进者,则斥之曰:"我病也,且死生有命,岂媚鬼所能挽回乎?"即处分后事,事须从俭,并嘱勿令僧道作度亡事,曰:"死而无罪,彼胡为者?如有罪,亦岂若辈所能为力耶?"至五月初,益以呕吐,渐不纳谷饮。初九日戌刻,气忽促,呼余曰:"已矣,殆不复相见矣。我死无所恨,惟以此累累之弱息,累及高堂,难瞑目耳。"言讫而逝,时光绪庚寅岁也,距生于咸丰壬子五月二十九日,享年仅三十九。

呜呼伤哉!宜人自幼敏慧,秉性柔和,举止端凝,言笑不苟,有大家风。归余时,余适患咯血症。宜人服事惟谨,竟赖以痊。佐理内政,井井有条,一切米盐凌杂,弗以为扰。勉余勤攻举子业,以故余父母极钟爱之。而宜人之事余父母,亦时时先意承志,得其欢心。病中犹亲奉余母之甘旨。卒之前一月,为子遣行媒纳币,仍主持中馈。盖宜人虽病,亦未尝一日即于安,以故二十年来余无内顾之忧者,以此也。孰意竟以此殒其生乎?至于课耕织以问奴婢,洁蘋蘩以荐祖先,治酒食以会亲友,彻环瑱以恤孤寒,凡事皆得大体,无不曲如其分际。而又深明大义,不惑于异端巫鬼之说,虽明理之君子,何以加兹?语云:"美意延年。"岂意中道即悲凋丧,竟不获终高堂之余年,并俟子女之成立耶?余不敏,不能作庄生之达观,即不能不为潘岳之费辞,故略述梗概,俾当世之中垒有所采择,则宜人之淑行,或可垂诸不朽焉。

42. 阚庄派徐墅支十九世缪镐族称少村公元配周恭人传

子婿 廪贡生 常熟 钱育仁 安伯

叹夫董狐丧而直道亡,班马陨而良才绝。挟书有禁,烈火尽金匮之藏;执简无人,稗官敚兰台之席。日中见沫,希并耀于羲轮;月旦有评,竟抗容乎秦镜。翾翔典籍,便号词宗;雕琢文书,即称史匠。龙文凤藻,振采欲飞;海市蜃楼,凭虚立论。至于女史,则尤甚焉。铺张丰伐,必言弈叶貂蝉;赞美坤仪,则曰齐徽桓孟。姬姜由其轻重,阳朔喻其燠寒。即或篇尽,选言辞能佩实;亦复辞枯,集菀枉尺直寻。纪华族而弃清门,传烈女而遗淑媛。学识两匮,谬戾相仍。《关雎》删正始之风,而夫妇之道以苦;《鸳鸯》为不祥之字,而天地之憾何穷?硕德逢《屯》,《坤》维解纽。而欲针砭废疾,厘正史裁,烛照重昏,轮扶大雅,匪惟事僭,抑愧才难。维我外母周恭人者,同邑赠按察使经历毓馨公次女,外舅西京先生之元配也。岐阳泽远,息土人娇。诞澄粹之华宗,秉清权之世德。庭趋柳絮,帐传伯姊之经;馆直条桑，裳织天孙之锦。方在左芬之室，已言德之靡涎；迨宜韩姞之家，益卑陬而自牧。金钉二等，映出天人；玉镜一台，聘归佳妇。维时我外舅，学深千蹠，声隽一黉。次何氏大山，作姜家仲海。生从缋水，早擅文章；坐拥书城，可知博洽。芝庭播誉，擢层秀于龙门；桂幄凝晖，蜚英声于鹗荐。读离骚之卷，半月如斋；闭博士之园，三年不盼。研精文史，孟晋儒林，当盱衡扼腕；抵掌扬眉，论惊四座，能泼墨写生。雕虫篆刻，才了十人。只因长吉之呕心，致患相如之病肺。恭人兼综家政，使无内顾之忧；鼍没婺娸，徐进养生之论。三星在户，子兮如何；十日游房，霍然已矣。善心为窈，静女其姝。郑络秦篝，共书声而上下；奴臧婢获，用仁术以维娄。秉德厌媞，宅心醰粹。际物则乾糇无失，席丰而苳箧常空。不浊不清，阃里征君之量；入粗入细，女中普济之才。或遗杂珮以问诸姑，或采陔兰而谂将母。或三春泛月，放米家书画之船；或七夕占星，乞天上神仙之巧。绣楼宵永，针神机绝之伦；蕙帐晨舒，裙布荆钗而出。依然儒素，不废女红。宜乎戚党称贤，君姑道孝。鱼非懒妇，琼英流蘋藻之馨；草茁宜男，金卮挺芝兰之秀。无何而，花开四照，摧阆菀之仙株；剑跃双龙，碎昆山之片玉。悲如潘岳，文成金鹿以言哀；俭过晏婴，裘贮羔羊而勿御。发棠振里，艰厄时赒；授粲留宾，咄嗟立办。女次洗金银之气，富而无骄；雌亭吹肮脏之风，爱而能惠。门通东陆，愉愉如伯姒之间；鬘诲南宫，纵纵尔檀弓之礼。痛遭舅讳，益憬姑恩，遘闵既多，操劳遂甚。以至少阳用事，乙木冯权，侯号阳虚，火名炎上，魂迷欲断，喘细疑沈。然犹扶病寝门，进威姑之甘旨；呻吟煁室，分小婢之辛劳。花半落而仍开，柳三眠而终起。杨枝无力，稊逐春生；蕉叶有心，阴随雨展。喜占鹊噪，虽蚌病以珠成；命进蝎宫，竟枭投而博败。吉凶相倚，医药俱穷。鸾宿女床，蚕僵织室。脉沈解㑊太息，嫶妍坐惜；颓侵淹更辰岁，膏肓二竖。首尾五年，则有见西子之病心，作丰干之饶舌。执烛隅坐，敷衽陈辞，谓鲁国焚尫，原非实录，郄家奉道，何害儒风？况药炉茶灶之旁，无端鬼笑；金阙瑶台之下，有术神通。是宜退扁鹊而问桑巫，弯太阴而射大厉。苟勿药之有喜，虽事鬼以何妨？乃当绵惙之时，不改清明之度。片言谢客，一笑凌云。昃日成离，遗语辟度人之妄；暴风吹突，咎征应主妇之凶。扫近代之巫风，论斯称达；讽名言于繁露，寿本为雠。彼谢夫人之晋接尼姑，窦太君之湛深佛典。灵谈觋僊，慕白石之先生；雾袖烟裙，进元都之法号。以及沈沈画阁，知不出于挈瓶；宛宛香闺，业止精乎纂组。相提并论，为何如哉。而或谓恭人发未华颠，齿齐马谡，一朝奄忽，天道宁论？不知美意能延，终嗟碧葬；童颜虽驻，同到黄泉。上寿不过百龄，彭殇均归一致。何况尺波易谢，寸简常新。竹素之传，光于翟茀；金石之寿，永于龟年。且昭我管彤，前史扬其懿美；誉流邦国，弈世挹其清芬。如恭人者，固已媲美女宗，齐光纯曜，而何必伤悲毁璧，想像飞琼也哉。

恭人之殁也，为光绪十六年五月九日，其生也，为咸丰二年五月二十九日，年三十有九。丈夫子一，曾湛，郡廪贡生，常州候委训导。女子子二，仁及孙廷弼，皆其倩也。外舅痛芳徽之不再,志淑行于勿谖。廿载眉齐,绝少伸眉之日;双飞比翼,竟多折翼之时。虽明月去而夜珠来,银棺掩而金诰下,然而坠欢难拾,轸逝何穷。岁在著雍,适修谱系,手书状略,索传鲰生。仁粗知对白,虚荷垂青。命舞氃氋,恐类羊公之鹤;临流骇怖,如探骊穴之珠。虽卫玠论乐氏之婚,非倾心于玉润。而李汉为昌黎之婿,思附尾以名彰。仰睇母仪,俯惭鸿笔。峰颓天姥,展遗像而憮然;剑佩丰城,眩宝光之煜若。况夫水鉴候津于玉兔,阳燧取火于金乌。闻述训于元妻,益钦迟乎母郑。匠门试斧,应坊代斫之伤;布鼓闻雷,遂失铿锵之响。负山蝨重,愧述德之未能;呴水鱼忘,欲献谀而不敢。谨书辜较,用告方来。嗟乎!生有自来,死真不朽。女星有曜,常依东壁之光;阴范式昭,斯是南山之寿。

43. 阚庄派十九世缪钺族称秉卿公元配尤烈妇传

夫兄 镐 少村

烈妇尤氏,太学生继钱女也。幼读诗书,通字义,婉嫕柔嘉,无疾言遽色,而喜听人谈贞孝节烈事,盖秉性然也。年二十四归余弟庭钺。庭钺为季父叔子,伯氏镕出嗣,仲氏钟幼亡,一发千钧,惟庭钺实系焉。庭钺少氏二岁,氏入门,威姑已先卒。君舅在堂,氏奉事惟谨,洁修瀡,操筦钥,缟衣綦巾,琴瑟之好,愉如也。越二年秋,庭钺忽病痢,氏乃屏铅华,尝汤药,医祷备至,衣不解带者五十余日夜,无起色,惟背地饮泣,不敢显露愁容,恐重伤舅心故也。无何病不起,氏惨怛呼号,痛不欲生。既而忍痛衔哀,料量诸事,附身附棺,靡不周密。殓之夕,哭奠毕,告其舅曰:"死生,命也。翁老矣,勿过伤。伯氏虽为人后,已生子,论本生亦孙也。小姑在室,能承欢,不寂寞矣。"盖殉夫之志,已决于此,而人不觉也。时氏之庶母来省,亦在座,则告曰:"女无所苦,寄语堂上珍重,勿以为念。卒哭后当归省也。"从容谈论,亦莫测其所以。既和衣少睡,东方微明,即起诣柩前,酹酒恸哭,良久入房中。人渐觉其有异,急迹之,则已解衰绖自缢死矣。时光绪十九年十月二十四日,距夫死才三日也。

其明年,龙文宗[①]輶车莅苏,奖给"慷慨旌心"匾额。又明年,由大吏申详礼部,题请旌表如例。继而以伯氏之次子为嗣,盖所以慰烈妇之心,亦即以慰烈妇之所以慰其舅之心也。

嗟乎!古人言:慷慨捐生易,从容就义难。又云:死易,立孤难。观烈妇之所为,似乎舍难而就易者。虽然,当其告舅也时,伯氏次子未生,长子不应嗣,是舅虽得孙之,已不得

① 龙文宗:即龙湛霖,时任江苏学政。

子之，欲别嗣，而又恐重违舅意。即留此身以有待，而当日固无孤可抚，是轻重总不系乎己之死与不死，故聊以有孙塞舅悲，并以小姑宽舅意，而己则决志于从夫，此迹之近于慷慨。而其踌躇满志，实与从容无异者也。然则同一烈也若氏者，其志尤可悲矣。

44. 周庄派十九世缪履安元配陈节妇传

光绪癸巳举人　同邑　郁芳润 淑之

自古女德之重，曰节曰烈。而节尤难于烈。以烈出一时之激，节非历百折不回，不能全也。《诗》十五"国风"纪妇节者，惟卫共姜。以古之化行俗美而全乎节者，犹若是其寥寥，则当今日而有操比松筠如缪母陈氏者，何忍不为之述耶！

氏娴姆训，言笑不苟。及笄，归缪公履安。适值粤匪之乱，全家避难。东西奔窜，靡有定处。公与父景纯公、兄履亨公往往乘间归里省视。一日陷于贼，履亨公被重伤，逸旋卒。公与景纯公俱被掳，时同治二年五月也。氏年二十三，闻之痛不欲生。既而思：与其捐生成匹妇之谅，何如忍死待一日之归。乃节哀顺变，转而求生。乱平后，整理旧业，支持门户，不数年生计复苏，俯拾仰取，足以自给。又复营建屋宇。盖氏之心未忍遽灰者，无日不望公之归也。既而寂然，乃叹曰："已矣，无复望矣。"于是为之立嗣，令享祀有托。已，乃皈依般若，持斋绣佛。迄于今，白发皤然，精神犹健，始信松筠之姿，经冰霜而愈茂也。龙宗师采风，奖给"流芳同锡"匾额。又蒙中丞奏准，旌表入祠崇祀。

呜呼！氏之志，亦可以慰矣。今岁之秋，其族方辑宗谱，氏又告于族人，愿以己赡田中七亩创建祖先堂，以奉六房神主。六房者，公曾祖象复公，有子六人，谓曾祖以下六房也。呜呼！有志者，事竟成，若氏者，谓为节孝，洵无愧焉。爰乐为之传。

45. 詹文桥派二十世缪崇仁族称作人公聘妻胡氏、缪崇信族称孚皆公聘妻章氏两贞女书事

族　楷 啸仙

两贞女何以书？纪异也。何异乎？异乎一门而有两贞女也。一门而有两贞女，奈何？尹达公长子崇仁、少子崇信皆幼殇，而崇仁之聘妻胡、崇信之聘妻章皆矢志守贞，于是两贞女萃于一门也。

胡之守贞，奈何？贞女之母即崇仁之姑，崇仁之母宜人亦胡氏。朱陈旧谊，联戚好焉。

缔姻后，即迎归童养，时胡宜人已弃养。继母宜人顾，贞女事之谨。乡党称之。无何而崇仁病且殇，贞女痛不欲生，矢志相从。两家不能夺，遂成其志，令持丧焉。

章之守贞，奈何？崇信之初聘妻亦章氏，于贞女为从姊妹行。贞女幼娴壶训，秉性淑慎，父母相攸严，方待字，未几而章氏殇。媒氏平章遂作合焉，乃纳币。甫三日，而崇信又病殇。贞女闻之，亦痛不欲生，矢志相从。两家不能夺，又遂成其志。归夫家，令持丧焉。

此胡与章之所以为贞女也。抑又闻之尹达公兼祧叔父太占公后，其兼祧再继母章太宜人以节著，又贞女章之从姑也，积田十余顷，欲建义庄而未果。授之尹达公，固有五子。其没也，即五分析之。贞女各受其一，两贞女乃相与谋曰："建义庄者，太宜人之志也，何可没乎？"于是愿各蠲田百亩归公经理，待其成数而后报焉。然则两贞女不特贞与节，且孝与义矣。

呜呼，何其贤乎！两贞女之事如此，余故乐书之，以待后之操彤管者考焉。

三、女行传录

1. 阚庄派九世缪炷族称愓庵公女传略

愓庵公女，文贞公同怀妹也，适圆塘庠彦徐起凤字葆素。女贞妇顺，兼备令德。文贞当丙寅被逮，在槛车中遗友人书，乞表父母二志。又云：同胞一妹，极孝于亲，可附一笔，地下之感也，则其壶仪之孝淑，可概见矣。文贞母氏行状中，亦详书其侍疾慎终之尽志尽哀焉。(《(光绪)东兴缪氏宗谱》卷三〇)

2. 阚庄派十世缪昌期族称文贞公五女贞孝传

钱太古

夏母缪太孺人者，太史文贞公之女，中翰孝琛先生之元配也。文贞公生女七，皆习女红，唯孺人好读书，故爱之。初选庶吉士，携之都门，每从兰省出，与语忠孝大略，婉娩之余，裒然有丈夫志气，公爱弥笃，为之觅婿慎而详。及笄，归夏氏。公尝受中翰尊人、孝廉习池先生学，定盟，因是称"诸倩中，孝琛最快吾意"。孺人既于归，事舅姑蔼如也，而处伉俪严敬，言笑不苟。大家李弱，素倦颐贤。有明神庙时，天下治平日久，士大夫声气相许，诗文联社动以百计，社必推一人主牛耳，于是孝廉名满天下，生徒益众。四方之士，搜奇订讹无虚日，其过少年后进、同负征君之望者，越西"二钱"，娄东"二张"，梁溪高、马，云间陈、董，吴门文、姚辈，舟车杂遝，内外大小皆仰给于李，李以是患苦之。见孺人咄嗟立办，则大喜过望，谓孝廉曰："吾家得妇矣，宝忠实幸。"宝忠，中翰讳也，为诸生籍甚。孺人从容语曰："秀才无广交游，无慕虚名，宜专务实学。吾闻诸吾父云。"然中翰晨夕淬砺，以文章道德自任。闱战对策伤时点其额，士论为之不平，寻以恩贡入直内台。时卜其为公辅器。见时事不可，遂乞休沐，物望翕然，归之一如孝廉焉。熹宗新立，逆阉魏忠贤用事，党人承旨，攻东林急。孺人叹曰："吾父必及矣。"瘨忧成疾，断荤酒，手持佛珠，默默若有所祝者。会文贞公以左谕德致仕，意稍解。又二年，竟被逮。逮之日，诚勿闻长泾，而孺人骤归，欲随槛车诣长安阍请，公正色曰："此非缇萦上书时也，我罪无验，即若去，其若尊嫜何？我有一事累若，若庶母诞而男昏女嫁，我目瞑矣。"孺人哭送至毗陵，公登车吟曰"五女儒生妇，年来礼法王"云云，盖实录也。自毗陵返，绝口不言珰祸，形渐骨立，枕席多涕泪痕。促中翰卜姓，得杨氏副，嘱家事；结净地，斋禁，嘱中翰延师课子而已。庶母所出女弟，长治装嫁吴门汪中宪柱石公孙。柱石亦出公门下，故以是慰公云。公下诏狱，未几卒。舁榇归葬，发胸尽哀，散其嫁资颁诸兄弟之贫者，余以及夫氏之党。女公子适丹阳贺使君，赴任成都，溺死。抚其遗女，治装嫁之。女炂，少姑冯出，嫁同邑袁中丞子，冯养女嫁杨民部子，俱为治装。至今江阴壶范，咸推孺人。

赞曰：余尝读杨忠烈二十四大罪疏，直令鬼神欲泣。逆阉以疑文贞，固其所也。公不出一言，堕指裂肤而死，迄今江干遗老有目击当年事者，言之凛凛有生气。孺人之不为缇萦，亦止于礼义耳。忠孝一门，信哉。拂衣双树，特其借境，不然，低眉努目，何前后一身兼之？倘所称不会佛法，而能悟道者耶？若仅以放生行檀为浮屠树帜，非孺人意矣。（江阴长泾《习礼夏氏宗谱》卷五四）

3. 吴门派十二世缪彤族称念斋公五女墓志铭

康熙三十六年进士 翰林院修撰 右中允 长洲 汪士鋐 文升

缪氏为吾吴中望族，自中议公以名进士任参政，嗣后科第蝉翼，至其孙念斋先生，遂魁天下，为丁未一甲第一人，官翰林，至侍讲。先生之次子，复以文学为乙未第二人，其叔子继登贤书，必能跐美前人，以是知缪氏能世其家也。比余来天津，止同年友、运使宋君官舍，宋君为余言其母缪太夫人之贤，辄至呜咽不胜曰："吾母贤母也，不幸弃诸孤，早即安浅土，三十余年未有志铭以显扬其懿行，是重余之不德。今以家先生命铨次遗事，乞吾子一言以光于泉宫，以是知缪氏积行累仁，不独文词炳蔚成其子之名，而又以端庄淑慎贻其女也。"

夫人为念斋先生第五女，幼而聪慧，先生奇爱之。时吾吴中文学甚盛，敦盘之会，殆无虚岁，名儒夙老，主盟坛坫。先生与葑溪"三宋"交最善，见俭斋公第三子年方三岁，颖异过人，遂许以女妻之，即余同年之尊甫、会稽郡守公是也。夫人年十八归于郡守，奉其姑嫜，晨夕最谨。又以嗣于畴三先生也，其岁时祭祀必洁以丰，相夫子以读书择友为务。辛亥壬子之交，四方名士复云集葑溪，郡守公为具宾主之礼，夫人至脱簪珥相佐，饮食必精腆，士以是皆贤之。其待妯娌以睦。时念斋公已通显，夫人小心敬畏，不以其贵骄人也。其治家俭以约，食荼茹苦，经纪米盐琐碎，井井有法，不异贫家女。夫人生二子：长师曾，即长芦运使君，岁丙子与余同举顺天乡试，已中式，揭榜时乃易置副榜，起家郎署，历今官。次志夔，自中书科舍人，历副郎。第三子候选府同知志契，四子候选副使道映，皆其后如夫人出也。女三：长适通州训导吴衡；次适己卯副榜王天锡；次适贡监生王嘉稷；第四女早卒，皆夫人出。夫人以郡守公贵诰封一品夫人。以夫人之淑德懿行，宜永其年。乃未及中寿，遂以不起。今其诸子皆已成立，孙曾绕膝，而夫人不及见矣。此郡守公所由咨嗟太息而属铭于余之勤也。中议公讳国维，夫人之曾祖也。祖讳慧隆，以念斋公贵封奉直大夫、翰林院侍讲者也。念斋公讳彤，夫人之父也。其弟则乙未第二人今翰林编修名曰藻、丁酉举人名曰芑也。"三宋"先生，俭斋公讳宓，居长；次文恪公讳德宜；畴三公讳德宏，最少，无后，以郡守公为后。及贵，诰赠光禄大夫，复贻赠俭斋公亦如之，此夫人之所及事以尽其孝养者也。铭曰：

生富贵兮嫔高门，秉淑德兮世不闻，子贵显兮追墓文，宜福禄兮垂后昆。（《秋泉居士集》卷六）

4. 阚庄派十三世缪昌期族称文贞公玄孙女行述

彭元瑞　彭元琬

呜呼！不孝元琬少罹鞠凶，甫晬而丧我先宫赞公，上赖母氏之力以养以教，至于成人。不孝元瑞生而出嗣，襁褓离居，弗克依膝下。逮壮，窃禄于朝，始获迎养。岁辛卯，奉母之使署。壬辰，元琬备官翰林，南北各天，望云莫遂。计吾母生不孝等以来，惟丙戌至庚寅五年间，两子侍侧聚顺承欢。兄元璨先以游学旅卒江左。呜呼！吾母竟未获一日见三子之养也。今年首夏，太夫人自南来，不孝兄弟方谓从此可长申定省，乃十有三旬，遽弃不孝等而逝。温凊日短，孤露天终，呼抢何从，昏懵无识，谨于苫块之余痛忆音容，粗述懿徽著于篇。

太夫人姓缪氏，族出江南之江阴。八岁随外王父流寓金陵，转徙都下。去里时幼不知世系，但记文贞公为高祖行云。年十七，归先宫赞公为侧室，事先继母顾太夫人甚恭。仲兄知州赠道衔元纬方四岁，顾复无常母。庶母祁氏卒，所生适曹氏姊方龀，鞠于太夫人，抚之不啻已育，姊常曰："吾无母而有母。"

庚子，先宫赞公视学山右，随之官舍，族党姻朋多来者，食指恒千余。顾太夫人善病，不欲综理家政，凡纲纪日用，下及米盐零杂，一秉太夫人，割衣散饭，井井然，家人咸帖帖无怨谇者，自是持内政者数十年。太夫人既归后，十年不娠，乃劝先宫赞公纳庶母缪太孺人，即太夫人亲妹也。

丙午，太夫人生兄元璨。丁未，缪太孺人生适甘氏姊。嗣是间岁各举兄弟三人。

时季父年六十无子，先宫赞公素友爱，贻书乡园，谓弟膝前无可慰情，篷室今有任身者，产当以后弟。己酉，兄元琳生，即驰书告庙以嗣季父。不数月兄殇。

辛亥，先宫赞公致政归里，不孝元瑞生。太夫人以季父春秋高，似续宜亟，前为后者不终，不能无悒悒，复请以不孝元瑞嗣，以慰季父心，以成先宫赞公友爱之志。

甲寅，不孝元琉生，不孝元瑞四岁，已离乳。先宫赞公居省城，季父居东坛乡，乃遣就所后父。是后太夫人从不一往乡顾，视人便赐果饵，必戒勿语及所自出。太夫人曰："儿幼，见不能无怜爱，吾非忍割，欲其专心于所后也。"不孝元瑞十余岁方得见吾母，盖知大义如此。先宫赞公既归南昌，男女十余人抚孤侄同居，诸兄咸授室生子。太夫人善待诸嫂，内外无间言。

乙卯，先宫赞公捐馆舍。既服阕，移居曲岛乡。长兄、仲兄宦学京师，太夫人延师教不孝等，尽礼敬。或讲读至夜分，辄具酒馔，亲持至中门授塾童。

癸亥，顾太夫人卒，两兄在外，不孝等幼，殡殓得如礼，皆两母主持之。

丁卯，长兄卒于官，清宦无居屋，太夫人分宅治丧，事孤侄良笃。既长，出赀为毕姻。平居针黹，肴馐馈遗亲族必洁，每菹众蔬，聂切为虀，贻众人曰："此味虽淡薄，耐久藏也。"待下极慈，臧获不加鞭朴。在山西置一婢，配仆生子，六十余老妪矣，临终时犹絮泣跽床侧也。

庚午，不孝元瑞入县学。癸酉，举于乡。甲戌，不孝元琉入县学。丁丑，不孝元瑞成进士，改翰林，旋丁所后母谭太夫人忧。辛巳服除，奉太夫人入都。同乡大鸿胪杨默堂有节母，太夫人敬之，数相过从。鸿胪五十未举子，太夫人为之礼佛百琲，愿鸿胪有子，以报其母。及生男，太夫人为之名曰彭龄。壬午，兄元璨入国学。乙酉，不孝元琉举于乡。辛卯，不孝元瑞奉命典江南乡试，旋蒙恩视学江苏，遣信迎太夫人。壬辰四月，舟抵维扬，不孝元琉捷南宫报至，太夫人喜甚，曰："吾嫁十年不生子，侍家主及女君从无戚戚见颜面，不谓今俱见其成立也。"不孝元琉入翰林，元瑞具疏奏谢，云："忝三馆汗青之职，重荷殊恩；慰七旬垂白之亲，益铭鸿造。"下情皆纪实云。既抵江阴，性便乡土，康强日进，盖太夫人离家六十有五年，乃以迎养归，不啻归宁也。使署旧内堂曰"燕喜"，频年诞日，具彩衣奉觞上寿，僚属宾客生徒罗拜堂下，乃召工绘为《迎养图》，且牓楹帖曰："母福逮儿身，八岁辞家，七旬就养；君恩励臣节，九秋校士，三载衡文。"太夫人至孝外王父，相依终身，怡愉色养。奉继母礼遇不替。然在江阴三载，从不言缪氏。缪故大族，生童数十人，两试更不问缪氏有人否？尝曰："儿荷隆眷，持节当官，不可以我故滋遗议。"迄蒇事，外人不知学使者为江阴缪氏所自出。甲午十一月，不孝元瑞受替回都，以河冻留妇子侍太夫人。春融，舟行北上，拜别旅馆，仰瞻慈容安善，私心窃喜。今年二月，召见勤政殿，荷垂询母氏，奏以北来将到，且陈兄弟蒙恩,老母感喜之微忱。天语连称汝母有福。呜呼!不孝等奉职无状,无以报塞优遇,显扬老亲,罪重衅深,上累所生,胡至于斯极也。

太夫人夙健,六十后尚不自暇,持重服劳,冬令犹亲浣濯,皲指不止。不孝等跽劝以幸有婢妾,无劳高年,令儿辈不安。辄不听,曰:"我性如此。"己丑,以足疾艰起立,日坐床前,然精神炯炯如壮时。今春,微患喘逆。六月中旬,忽暴下数日,日数十次,医以火衰不能运谷,服葠附数剂,虽愈,而元气已亏,眠食犹无所苦。八月念八日晚,食忽不进,甲夜将寝,犹诫妪婢谨门户。二十九日子时,顿惊寤,气逆痰涌,不孝等急起视,即不能语,奄忽至丑时,遂瞑。

呜呼痛哉!太夫人生于康熙三十九年十一月初十日申时,享寿七十有六。貤封太淑人,例赠太夫人。方太夫人未卒前数十日,连举两雏,太夫人色喜,谓我老又见一辈人。中秋夕,忽语侍婢,梦杨氏妇来迎,盖长嫂为素所钟爱者。侍婢又言连夕闻太夫人寤中哭呼母声。呜呼!噩梦遽兆,亦以见太夫人慈孝感通如此。

不孝等倚室沉迷,语无伦次。谨就所记忆濡泪质言,仰干当世有道而能文者锡之铭诔,以阐慈德,以光重泉。不孝等无任哀感。谨述。(《恩余堂辑稿》卷二)

5. 阚庄派十三世缪思勃族称约轩公女贞孝传

邑人 杨名宁 屏武

孺人姓缪氏,高祖赠宫詹文贞公,明熹宗时忤魏珰瘐死。父思勃,字子榛,博学有祖风。缪、夏世为婚姻。孺人之母,练如之姑也,故孺人归于夏。初,子榛于诸内兄弟尤厚练如尊人允和,孺人甫生,练如方孕,则相与结约,申旧好。允和殁一月而练如生,子榛践其言,后十九年乃以归。

孺人生而端悫,荆钗布裙,恬如也。尝从容言于夫子曰:"君不幸夙遭闵凶,姑茹荼蘖,翼而长之,冀有以承先志,勿孤所望,君讵可以无报?且君家旧以素业称乡党,及君而绵之,若及君而继之,姑忧喜何如?"练如感其言,学益勤。孺人事姑孝,未尝读《内则》,而暗与之合。至于内外姻戚,下逮婢仆,接待咸有恩义法度可观。夏故名族,自习池先生以显望动宸极,奕祀弥大,家法修整。而孺人为夏氏妇十又二年,则人咸谓堪其家事焉。丙申之夏,孺人遘疾,谢不得终养于姑,嘱所生于夫子,遂不复语。以迄于终,年三十三。逾月,练如持状行事示其友宏农杨名宁,且告之曰:"妇人爱华侈,而吾妻甘疏素,其天性通警,勤于妇事,不习而利。知大义,时时规益我,尝出我虑外。自其丧也,吾自视缺如,痛哭奈何。死者无终极,独有所托而传之得不朽可耳。"某不能辞,为之言曰:"昔荀奉倩之论,岂不野哉?若练如之不能忘情,有由然也。女士世所难,孺人之事,可谓女士与?备管牍之美,昭

闺阁之范,彼子政、茂先,实愿有纪于斯人者焉。”(《习礼夏氏宗谱》卷五四)

6. 阚庄派十四世缪祥族称心一公女静贞贞义传略

嘉庆庚申举人 拣选知县 吴江 吴鸣镛 侣泉

缪媛名静贞,前明赠宫詹谥文贞之来孙女,茂才名祥字心一之次女也。幼授《内则》、《孝经》,晓大义,善事父母。年未及笄,仲兄肇龙早世,遗孤聪甫生两匝月,兄辍绵时以倚托无人,泪盈眶而逝。越九年,嫂李氏病殆,呼媛而告之曰:“而兄临没之言,而亦闻之矣,今未亡人命在旦夕,以聪儿属在小姑,姑肯诺焉,死亦瞑矣。”媛乃白母,终身不字。抚侄养且教之,迄于成立,靡有鶂鷉之乘。更为侄孙经魁延师励学,暇日则随厥父聪,敦耕劝穑,横经负耒,不染浇窕之习。家渐小康,皆媛能以勤苦导之也。是以聪之事之也如母,经魁之事之也如大母,没则为之服丧承祭。享年五十有三岁。呜呼!此非女中之程婴、公孙杵臼与?以视夫生相怜,死相捐,以皎日之誓,等箫风之过者,直当对之愧死矣。予数游澄江,闻其贞义之行,亟书之以风世。(《(光绪)东兴缪氏宗谱》卷三〇)

7. 阚庄派十四世缪诜族称觉轩公女静贤贤孝传略

父 诜 觉轩

三女静贤,生于康熙五十二年癸巳二月望日子时,吾妻年已四十矣。丙申,吾母刘孺人至宜章侍养,女年方四岁,偕长、次女同行。己亥冬,吾母弃养,扶榇旋里。壬寅三月,吾妻辞世,女方十岁。吾妻临没,呜呜不忍舍,女亦日夜号泣,哭奠如礼。雍正戊申,随至叶县。壬子,寓新郑刘宅。余患目眚,匝月夜不能寐。女左右扶持,衣不解带。是冬,女患手足肿痛,寻愈。癸丑春,余赴汴城,眷属尚在旅寓。五月,女忽得癫疾,赖商丘李子钦疗治之。冬,余摄淇邑篆,女来,疾已愈矣,相见欢甚。甲寅五月,旧症复发。八月,同抵省寓,病势绵延,多方治之,得渐减。乙卯五月,余署郏邑,女有痞块未消,以为自此可无大患。每放衙毕,女必问余所欲而进之,曲意承欢,无不中节。拟于秋间送之归,以完家室事。不意未逾旬,发热三四日,热退而腹痛胸结,饮食不进。地无良医,急而杂投,病遂不可支。于是月二十六日未时溘逝。语言清朗,神气安闲。惟目视予,手指予,有万难分诀状。呜呼伤哉!吾女性温淑,幼年犹及事吾母,吾母绝爱怜之。吾妻没,遂依吾侧,不忍顷刻离。待吾妾亦委婉顺从无间言。勤女工,尚素朴清贫之况,与我甘之,且时时慰我。待婢女能体恤劳苦,无疾言遽色。予方心许其贤，可以尸齐戒旦，不愧为吾门女士，孰知其一旦舍我而去也！

年二十有三岁，字同里张宪周州司马之子殿英，方读书应试。今以吾女之柩暂寄郑邑之准提庵，至乾隆二年丁巳五月始还里。（《（光绪）东兴缪氏宗谱》卷三〇）

8. 吴门派十四世缪敦仁族称榕庄公女墓志铭

乾隆三十四年进士 长洲 彭绍升 勤止

予少时，得晨夕承事我王母及我父母垂十余年，于时父母兄嫂下暨诸兄子同堂四世，融融然，秩秩然，谓当长远相保也。无何，予年十九而吾母弃养。又明年，王母卒。又八年，而伯嫂亦卒。其间兄女子子亡者一，兄子妇之亡者二焉。呜呼！死丧之威，古人戚之矣，而予往者，乃忽忽不知也。伯嫂殁后二年，兄子希韩奉吾父之命，将以今十一月甲申奉柩窆于雅宜山麓，而乞予言为之志。

乌呼！予欲志伯嫂而痛不复见吾母也，又痛吾母亡而伯嫂继之也。伯嫂平居端默，行坐中礼节，教子宽而有制。予长希韩四岁，少同塾。或师不在，予辄南面坐督希韩读书。不率笞之，往往头面破败。希韩甚苦予，然终不敢闻于伯嫂。或以告伯嫂，伯嫂亦若弗知也。吾母治家勤，未尝以事逮子妇，故自吾母在时，伯嫂得从容欢宴。及吾母卒，逾时而哀，自是后，时烦懑不自得，遂得痨疾，日甚卒不起。乌呼！死生亦大矣，昔之圣贤虑，无不尽心于是，夫惟能超生死，而后乃能出入乎生死也。今者予始知从事焉，而惜乎未及闻于吾母也，而惜乎未及闻于吾伯嫂也。

伯嫂姓缪氏，先世世居苏之吴县。曾祖讳彤，官翰林院侍讲。祖讳曰藻，官司经局洗马。父名敦仁，官翰林院庶吉士。年十七归予兄绍谦。兄官济南新城知县，以恩封孺人。乾隆三十二年八月辛未，卒于汶上县官舍，年四十。子男子三：希韩、希曾、希彦。女子四：一许字毛忠仁，未嫁殁。孙男子一，蕴琨。铭曰：

谓死可畏而不可逃也，谓生可贪而不可保也。我为是铭，庶幽泉之皦也。（《二林居集》卷一一）

9. 吴门派十五世缪斑族称笏岩公女行述

子 潘遵礼

呜呼痛哉！太宜人竟弃不孝等而长逝耶。不孝遵礼自失怙后，全赖太宜人总持家政，得所禀承。太宜人虽素患眩晕,春令辄发,幸得天素厚,略加培补,即不至大患。不孝等私冀爱日方长,承颜未艾,何图昊天不吊,降此鞠凶。此皆不孝等侍奉无状,抱憾终天,万死莫赎,尚足比于人数耶?顾念太宜人妇道母仪,有足垂女史而光家乘者,不及时诠次,则罪戾滋甚,用敢和泪濡墨,谨就平日训诲所及荟述崖略,以竢大人先生采择焉。

太宜人姓缪氏,先世由海虞徙郡城,占籍吴县,为江南望族。高祖念斋公讳彤,康熙丁未状元,官侍讲。曾祖文子公讳曰藻,康熙乙未榜眼,官日讲官起居注、司经局洗马。祖榕庄公讳敦仁,乾隆己未进士,翰林院庶吉士。考笏岩公讳珽,候选都察院经历。妣氏蒋,继妣氏陆,俱封安人。太宜人于女兄弟行居三。六岁,蒋太安人殁,侍祖父母能得欢心。嗣陆太安人归吾外王父,抚如己出,太宜人事之逾所生。幼聪颖,受《孝经》、《内则》、《四子书》、《列女传》,能通大义。比长,益娴女诫,寡言笑,纨绣组紃外兼肄书算,善绘事,外王父母特钟爱之。乾隆乙未,年二十三来归先府君时,曾大母方太恭人、大父朝议公、大母杨太恭人俱在堂,太宜人随伯母侍养重闱,上自翁姑,中及妯娌,下至臧获,佥称为贤。丁酉,大姊生。戊戌,伯兄遵西生。辛丑,二姊生。是年大母殁,太宜人随伯母支持丧务,尽礼尽哀。曾大母谓大父曰:“媳妇不愧名门女,中馈可无忧也。”癸卯,三姊生。甲辰,曾大母殁,太宜人茹素衔哀,一如丧大母时。乙巳,四姊生。丙午,仲兄遵骞生,殇。戊申,不孝遵礼生。己酉,大父弃养。先是大父承办浙鹾,常往来杭嘉间,晚因腿疾不能出,遂令府君弃儒就商,门以内事皆太宜人任之,至是府君公务益繁。太宜人亲操井臼,克勤克俭,府君无内顾忧。庚戌,五妹生。壬子,弟遵慕生,殇。丙辰,弟遵范生。太宜人凡五举男,五举女,半自哺乳,以故中岁精神即困,而又淡泊自持,不肯稍事调养。戊午,为伯兄授室顾氏。庚申,长孙孚先生。壬戌,孙恭先生,殇。时太宜人与府君年俱半百,府君任事过劳,常有喘疾,太宜人亦得心悸耳鸣之症,多方调治,时发时止。犹记丙寅岁,太宜人方卧,疾,头晕不能起,不孝适应童试未售,太宜人据床谓之曰:“吾病恐剧,累汝不能与考,然文章有价,汝能自勉,终当获隽也。”后病渐瘳。戊辰岁试,不孝受知于学使万和圃夫子,补长庠博士弟子员。五月,伯兄时疾卒。八月归,浔阳五妹暴亡。太宜人与府君叠遭惨变,心曲悲缠。己巳,为不孝授室张氏。癸酉春,府君喘疾骤发,春寒不支,太宜人寝食俱废,祈以身代,而府君骤以三月初二日子刻弃养。太宜人一恸几绝,顾念不孝等未尝涉世,诸务茫然,遂含辛制泪,督不孝等庀丧事,鬘紒居忧,重擭拂逆。是夏旧病大发,兼冒时疾,昏厥者数次。不孝等祷于大士,至秋渐愈。维时家遭大故,诸事荒落,且频年婚嫁,心力交瘁,门户几不克持。里党中有劝不孝弃儒就商以承先业者,太宜人独怒斥不孝曰:“汝父一生好读书,早年为汝大父病不能遂其志,延名师课汝兄弟读,汝幸得一衿即便弃之,汝心安乎?况鹾业习气不好,万一沾染,回头已晚。汝但在家勤读砚田,亦可生活。不望汝有成,但望汝勿坏耳。”不孝敬聆慈谕,泪汗交流,言犹在耳,而音容已渺。

呜呼痛哉！甲戌归，平阳二姊产后病亡，太宜人悼之。乙亥服阕，为季弟遵范授室蒋氏。太宜人尝谓不孝曰："吾年老且病，未识能完向平之愿否？"至是犹恐不孝度支寡入，力不能应，则又曰弟年尚幼，宜稍缓。不孝体太宜人意，禀云："婚期已定，一切从俭。"太宜人欣然。是年不孝应科试，列一等，补增广生。丙子应秋试，卷出丰县王善舟夫子房，力荐不售。太宜人慰之曰："汝虽未中，吾知汝平日不负吾望，故能博此一荐，汝其安之。"是秋，孙嘉禄生；冬，孙茂先生。自伯兄亡后，仅遗一子，不孝娶妇，连举四女，太宜人望孙切，至是不孝兄弟各举一子，太宜人喜甚。丁丑，不孝应岁试，列一等，补廪膳生。冬为府君营窀穸事，一禀太宜人训，无失礼。戊寅，不孝应秋试，卷出凤颍同知陈白云夫子房中，副车，座师为黄梅帅仙舟夫子、富阳卢秋艖夫子。报捷后，不孝窃以母老多病，苦志期望，亟欲得一第以博欢心，而功名淹滞，得辄复失，心殊怏怏。太宜人已知之，曰："汝以副榜为未足耶？吾正喜其同一登榜，可无会试不致远离，且汝自问，有何学问而轻望科第乎？"不孝敬志之，益自刻砺。是秋，孙守先生，殇。冬，孙彦先生。己卯五月，长孙孚先骤撄时疾不起，太宜人哭之恸，谓不孝曰："孚先为汝父大宗，不可无后，且汝寡嫂无依，其令汝次子彦先嗣汝兄后为第三子，改名绍先，以慰汝嫂。将来绍先有子，即嗣孚先为后，可名志成，以承大宗。"不孝敬遵慈命，不敢忘。八月，不孝由副贡生应秋试，卷出含山县张泰初夫子房中，魁选，座师为萧山陆平泉夫子、闽县廖仪卿夫子。捷音至，太宜人且喜且讶，顾不孝曰："汝有志竟成，皇天不负苦心人也。"自是太宜人屏除一切，曰："吾愿已足，喜汝兄弟姊妹数人俱不遗父母口实，吾病知有几时？为吾洒扫室西偏厢，敬奉大士像。"昕夕持诵神咒，虔修净业，足不出内庭。庚辰春，不孝应礼部试不售。辛巳，孙燕先生。壬午春，恭逢太宜人七十寿辰，因不孝欲与计偕，预于孟陬四日称庆。宾朋咸集，当事如额，莘农太守李葛峰、仇雪帆两明府，王善舟夫子，皆制祝词捧觞上寿。不孝再上春官不售，就太常寺博士职。癸未，孙振先生。甲申正月，季弟遵范病亡。弟读书之暇，兼主出纳，颇慰母心，上年染冬温，病愈而复变，卒不治，太宜人伤感特甚。先是艖业中老成俱谢，办公无人，诸伯叔咸劝重理旧业，辞不获已，遂复掣配。太宜人虽首肯，而终恐不孝等染于习俗，遂令就馆平阳姊氏家课甥辈读，藉以检束身心。每出必问今日往何处，返则必问今日干何事。或偶晏归，必加呵斥，且必细询旁人，悉其端委，而后释然。盖不孝隐受太宜人之成全教育如此，其周且厚也。而今已矣。

呜呼痛哉！丙戌会试，为大挑之年，太宜人谕不孝曰："汝年尚可图进取，勿以吾病误汝，得尺得寸，须自为之。"不孝承命后，即含泪出门。场毕，卷出庚辰三元陈莲史夫子房，额溢见遗。与挑，得二等，由吏部奏请，以教职用，循例在籍投效。太宜人谓不孝曰："汝不得一等，正合吾意。县令汝无才，且恐多累，教官虽清贫，为朝廷持风化、育人材，职不易称，汝其勉之。"是年，孙宏先生。丁亥冬，委署江阴县训导，戊子二月抵任。离家伊迩，数日辄发一书，慈谕谆谆，以黾勉从公为勖。五月归，河间大姊病亡，姊氏霜居二十余年，常侍太宜人左右，疾痛抚摩，终身无倦。至是口虽不言，心甚伤之。不孝在任得耗，既不获视姊殓，又无以慰亲忧。梦悸魂惊，心如悬旌。秋奉委省垣送试，差竣假省，一瞻慈颜，微觉精神少减，以公务不能久羁即回任。至冬，太宜人病发，不孝正待假旋，而瓜代者至，即交卸归。太宜人一见甚喜，病为之减，徐问在任时事，不孝述及朱虹舫学使委办题表忠义孝弟，及采访贞节、建立公坊等事，太宜人闻之而喜。己丑会试，不孝因太宜人病体初安，不敢远适。自夏徂秋，尚平善，入冬，旧病时发，每遇大节，似有寒热，然旋发旋解，饭日一盂，肉日一碟，洗沐如常，丝毫不苟。今年元旦，犹振衣端坐，嬉笑受儿孙贺。正月杪，不孝以鹾业公干往杭州，往来不过浃旬，孰知辞别后三日，寒热又作，神气委顿。初七日，不孝在杭闻信，星夜驰归，而太宜人已于隔宿长逝。

呜呼痛哉！不孝询悉病状，初八日昼犹进饭，夜犹食粥，安寝片刻，陡觉气逆汗泄，移时瞑目而逝。

呜呼痛哉！不孝受四十三年之鞠育而未报一日之恩，侍二十九载之疾病而偏靳半时之养，不可为人，不可为子，尚何言哉？太宜人宅心仁厚，深识大体，操持内政，风范肃然，凡娶三妇，嫁五女，措理裕如。平居自奉俭约，衣裳绽裂，亲自补缀，子妇或请代，辄曰："人生衣食有数，先丰者后必绌，吾嫁时衣，至今尚有存箧者。"好茹素，肴馔或丰，必加呵责。岁时祭祀，必令子妇等亲自作羹，毋假手于仆御。宗族姻党，馈问周至，抚儿孙爱而不偏，御仆从严而有法。孙男嘉禄及三孙女常侍朝夕，太宜人将谋婚嫁。不孝方冀太宜人八秩开筵，当令外孙列东床而孙妇谒祖姑矣，讵料遭家不造天降之灾，泣血椎心，五中寸裂，尚何言哉？

太宜人生于乾隆十八年二月初二日辰时，终于道光十年二月初八日亥时，享寿七十有八。覃恩敕封孺人，例封宜人。为覃恩敕赠修职郎、例授奉直大夫、候选州司马加二级翔圃府君元配。子五人：长遵西，戊辰年卒，娶顾氏，国学生讳汝锡步痴公长女；次遵骞，幼殇；次不孝遵礼，嘉庆戊寅恩科副榜，己卯科举人，太常寺博士，丙戌大挑二等，候选教谕，前署常州府江阴县训导加一级，娶张氏，候选州同名崧呼山公次女；次遵慕，幼殇；次遵范，甲申年卒，娶蒋氏，吴庠附监生讳锡辰蘐亭公三女。女五人：长适吴庠生章讳梦锡临谷公子吴庠生讳倬；次适议叙州佐赠布政司经历汪讳为英香雪公子，候选布政司经历名祥光；次适候选知府赠盐运司运同加二级汪讳为仁雨村公子，候补盐运司运同随带加二级名祥芝；次适候选州同汪讳滏葭畛公子国学生名榜；次适国学生陶讳绪湘健安公子元庠生名惟缘。孙男九人：遵西出者二：长孚先，已卯年卒；次恭先，幼殇。遵礼出者四：长嘉禄，聘蒋氏，元庠增广生名茂庚菊如公长女；次绍先，嗣遵西后，未聘；次燕先，聘赵氏，嘉庆己卯举人，道光癸未进士、内阁中书名文麟翠芗公六女；次宏先，未聘。遵范出者三：长茂先未聘，次守先幼殇，次振先未聘。孙女六人：遵礼出者五，长、次俱未字，次字汪名祥芝紫仙公子名锡圭，次字国学生屠名应镇二如公子名朝栋，次未字。遵范出者一，未字。

不孝等苫块昏迷，语无伦次，伏冀大人先生锡之铭诔，以光泉壤。不孝等世世子孙，感且不朽。

孤哀子遵礼泣血谨述。(《大阜潘氏支谱》)

10. 阚庄派十七世缪永禄女玉华贞孝传

光禄寺署正衔 候选训导 无锡 余治 莲村

缪贞孝女字玉华，父永禄公生一子五女，玉华行居二。幼字同邑王姓，未嫁，夫早世。未几兄继贤亦故，遗孤侄龙海方十岁。女立志守贞，上事父母，下抚孤侄，孝慈曲尽，迨龙海娶妇生子，女方色然喜，谓庶可以慰父兄于泉下矣。不意龙海又中道即世，遗孤启泉亦甫十龄，缪氏一门，只存孤寡三人三代单传，危如一线。家故贫，女与寡嫂暨寡侄媳冰霜苦守，纺织为活，日夜勤劬，备尝艰辛，以养以教，卒得成立。里党无不啧啧称贤。以道光二十五年逝世，享年七十有七。

生有至性，明大义，事亲能委曲承顺，得其欢心。父母相继卒，料理丧葬，附身附棺，诸事必诚必信，动合古礼。自奉极俭，幼即长斋修净业。而急人之急，亲族穷无告者，多委曲周全，植之使起。其慈怀恻怛，又有不可及者。前已于道光年间经族人公禀当道，具题入告，奉旨给帑建坊在案，可以风矣。

余维女先世祖文贞公以鲠直不阿，触怒得罪，誓死不变，铮铮大节，照人耳目，固大丈夫掀天揭地事也。玉华以弱女子无恒产可恃，无亲族可倚，徒以至性所结，矢志不变，恃十指作活，乃能上事父母，下抚两代藐孤，均先后成立，俾缪氏一线宗祧，不致中绝，此须眉男子之所难，而以一女流克仔肩此任，固文贞公流风余韵有以启之，抑亦贞孝女清操苦志之过人远也。启泉从予游，颇诚笃好善，辛未春，持贞孝女行略来请作传，为肃然起，爰述其梗概而归之。(《(光绪)东兴缪氏宗谱》卷三〇)

11. 周庄派十八世缪镕族称冶亭公之女行述

子 赵汝明 赵汝谐

不孝汝明、汝谐早失所怙，赖母氏抚育教诲，幸得长成，获忝士类。非母氏之赐，弗克至此。方冀长承覆荫，乃不孝等罪深恶积，祸及慈帏，罔极未酬，终天抱痛，而母氏一生苦节有不孝等所不忍述而又不忍不述者，是用忍泪诠次，以俟阐幽表微之君子采择焉。

显妣缪太孺人者，同里邑庠生冶亭公讳镕之女也。生而端静，笑言不苟。冶亭公有女子子五人，母氏行居第二。闺门雍穆，母氏性尤慈祥，姊妹有苛责婢女者，母氏必劝解。外祖母曹孺人性严厉，诸女多所诃谴，独于母氏无间然。曾祖考惠文公闻其贤，为府君聘焉，道光甲辰，年二十三来归我府君，敬戒不失时。曾祖妣徐安人、祖考沧州公、继祖妣朱孺人在堂，两姑在室，母氏上奉重闱，下遇诸姑，愉婉真挚，门内翕然。徐安人年既高，得母氏侍晨夕，意尤称惬。丙午正月，徐安人弃养。七月，祖考捐馆。母氏佐府君治丧葬，尽礼尽诚。是年十月，不孝汝明生，时朱孺人久病，常卧床蓐，母氏量寒燠，时汤药，午夜问视，不敢即安，五阅月而病以瘳。明年十月，朱孺人谢世。两载之中，叠遭大故，家境故不裕，至是益不能支。母氏乃典鬻衣饰，助营丧葬，卒无阙礼。后遣嫁两姑，悉出己奁具与为补助，各无阙乏。岁己酉，适王氏妹生，庚戌，府君服阕，试郡邑辄前列，而院试见黜。母氏以一姊婿一妹婿已游庠，府君负异才，顾偃蹇若是，沮丧特甚，府君转无所介意。明年辛亥，卒以县第一补邑庠生，母氏语府君：以君之才与夫容貌声音，皆有大过人者，若能下帷攻苦，青云路当可立致也，幸念之哉。顾府君之豪情逸兴，不可遏抑，日逐逐于书画酬应，诗酒流连，虽心善母氏之言，而弗能从也。是年十一月，不孝汝谐生，母氏以家口日增，益务刻苦，不任婢仆而躬司爨汲，纫针织纴，丙夜不休。府君有所需，辄黾勉以应，虽酒食之议，弗敢违也。辛亥壬子，府君两应省试皆报罢，母氏意殊悒悒，盖所望于府君者甚大而弗能剧副，用是不慊于心也。府君就馆金陵，欲挟不孝汝明与俱。母氏谓不孝齿孱恋母，未可远离，并劝府君以贼氛方恶，姑俟明春再定行止。府君不可，遂舍不孝而行。至毗陵，则河水冻合，舟不能进，府君乃身留客邸，而令从者归取行资，期以正月初吉自邸启行。及期，母氏措资给从者，而寓书府君，靖姑归，无轻涉险，府君终弗听也。比闻粤贼陷金陵，而府君无音耗，母氏忧心如焚，日夕饮泣。不孝等愚懵无知，但随母氏啜泣，末由慰解。迨凶问至，母氏恸绝数四，顾念不孝等幼弱无可寄托，不敢以身为殉，而母氏之心乃大伤，母氏之节乃奇苦矣。先是惠文公之析产也，三子者各得田三十六亩，祖考沧洲公实兼伯峤公而有其二，而赋性长厚，与族人合开粮食行，不数年亏折无算，洎母氏来归，则田产已尽。母氏稔知家道艰难，乃渐出奁赠所有，悉数典鬻，而密寄于外祖父，属权子母，数年来遇乏则取给，乃仅存数十金耳。至是诸宗亲以母氏一茕嫠而抚三孤，景况良苦，议于高祖考墓祭田岁拨给米二石约，至不孝年十六则停给。母氏亦默计贫苦，而乞人怜与受人之怜，异日将有引为口实者，以高祖恤子孙之孤寡，不等私恩，受之当可无愧外，此则非所望，即小有馈赠，亦概谢却，盖所恃以资给者，仅岁得米二石及存外祖父之数十金，自是而母氏乃无时非焦劳之时，无日非艰苦之日矣。外祖父母怜母氏之苦，则接回居住，或三四月，或五六月，岁以为常。归则惟务作苦,时或不给,则取旧奁具变卖以济朝夕及不孝等束脩之用。旧奁具者,曾祖考暨伯峤公、沧洲公妣各二配,以故家中所蓄器物殊多。当是时,母氏备极艰苦,惟一意期望不孝等成立,而于读书尤为切切,第门祚既衰,束脩又薄,故择师弥难,每至年终,不孝从师未定,母氏则寝处弗安,遍托亲族投说,必俟春正开馆就学而心始定。不孝汝明读书八载,从师七人,盖无一年不萦母氏之忧思也。咸丰乙卯,不孝汝谐年五岁,患湿毒,流注发于肢体者七处,医家谓幼童得此重症,恐血气虚弱,未易言治。母氏忧伤痛切,日夜抚摩护视,煎汤调药,一身任之,历三月而病始痊。是不孝汝谐本当死,而母氏再生之也。稍长,则并令就傅。母氏怜不孝等读书攻苦,间数日则买猪肉四两,缕切而蒸之,每饭则各与一勺,俾嗜味而加餐。母氏与妹固未尝一染指也。母氏爱怜不孝等备至,而督过则甚严,偶值嬉戏,必扑责不少贷。既扑责,母氏必悲泣。当其时,固弗解也,今而知母氏之所以悲者,盖恐不孝等不能成立,或入邪辟,大负乎母氏之望,而无以慰府君于地下也。则母氏之抚不孝等而教育之者,其忧劳伤感为何如也。咸丰庚申,粤贼自金陵下窜,母氏挈不孝等奔走避难,首尾五载,母子幸获保全,而家室则荡然如洗矣。乱既平,不孝汝明训童蒙以糊口,馆俸无多,不足以供饘粥。母氏率妹仍勤纺绩以给朝夕。同治丙寅,不孝汝明补邑庠生,戊辰食廪饩,自是馆谷所入较厚。母氏得稍稍息肩,而自府君见背以后,母氏之忧伤憔悴,早夜不安者,已十五六年于兹矣。光绪丁丑,不孝汝谐补邑庠生,母氏乃设奠于府君之位而祝曰:"君以两幼孤见委,幸俱长成,忝窃衣冠,未亡人藉以报命,今而后任儿曹好自为之耳。"光绪庚辰,督学使者夏公同善给匾旌门。逾年,督学使者黄公体芳偕督抚部院胪列母氏事衫请于朝,奉旨旌表如例。

母氏夙患痰嗽疾,年近六旬不时举发。后调治就痊,惟隆冬严寒时或一发,亦不甚剧。七旬后精神转更爽健,不孝等私心庆幸,窃以春晖方永,可申寸草之心,乃光绪乙未七月初五夜四鼓,忽患泄泻不止,投以参苓亦弗效,次日申刻,瞑目而逝。闻不孝等号呼,目强张,随闭,泪双流,首微摇,盖示不孝等以不必叫呼,而必则不能舍也。呜呼痛哉,母氏抚不孝等恩勤若此,而不孝等既未遂显扬之愿,并不得侍奉汤药,少尽乌私,此所为椎心泣血而死有余痛者也。

母氏生于道光二年壬午九月初二日,卒于光绪二十一年乙未七月初六日,寿七十有四。是年十二月十八日,不孝等敬扶灵柩,与显考小峤府君衣冠之殡合葬砂山南麓曾祖妣六安人墓之穆穴,从治命也。所生子女,详府君述中。

母氏性严重,寡言语,妇女群聚宴谈,未尝作戏谑语。遇可喜微解颐,未尝发声一笑。举动不苟,无故不涉外庭,六旬以后,虽至戚家,非有故经年不往,日惟端坐一室。亲戚眷属有以家庭事故相告者,必婉曲解说,务令各当于理。生平不持斋,不念佛,不烧香,光绪辛卯寿七十,不孝等为举觞毕,母氏乃命肩舆诣武帝东平城隍庙拈香一次外,此则未尝一至庙门。不讳前数日，与不孝等宴语，谓经忏之事，全属虚诬，惟就世故论，则亦未可尽废，否则为子孙者，一似亲亡后遂淡然若忘也。识见之通达如此。

不孝等心戚神昏，补缀失次，敢乞大人先生垂览事实，锡以传铭，俾潜德幽光，藉巨著鸿篇以传之弗替。不孝等忍死以俟，感且不朽。

不孝孤哀子汝明、汝谐泣血稽颡述。（《（江阴）石桥赵氏宗谱》卷一九）

12. 周庄派十八世缪镕族称冶亭公之女传

江苏试用教谕 甲午举人 世再侄 同邑 王家枚

邑中石桥赵氏有修谱之役，明经赵丈少廉命予传其府君小峤先生。予牵于文义，不及详太孺人事行，丈又以为请，悉如所以请府君文者，而其词益悲。予受状读之，掩卷叹曰："贤如太孺人，固非独以节孝著者也。!"予文辞俭僿，不能为太孺人重，若太孺人之行，则足以重予文矣。太孺人，周庄缪氏邑诸生讳镕次女也。母氏曹。生而端静，能得翁媪欢。曹母性严整，往往急缮，其怒时见。太孺人辄色霁。年二十三归同里赵小峤先生，事祖姑徐安人、君舅沧洲公、继姑朱孺人，孝养唯谨，遇小姑和而有礼，宗党无不啧啧贤太孺人者。洎祖姑及君舅先后即世，朱孺人久病卧床蓐，太孺人揣息听声，中裙厕牏之属，躬为浣涤，凡五阅月而病少间。及朱孺人殁，时家已落，太孺人至典衣饰，营殡葬无阙礼。小峤先生性豪迈，喜宾客，每交游在坐，辄呼酒为笑乐。太孺人更番治馔，恒午夜不得休，或橐中萧然，则典货簪珥以佐之，而阴戒侍者勿令先生知。咸丰辛亥，先生以县试冠军游庠，两踏省门，佹得复失。壬子秋试归，应戚属黄之驯之聘治装将赴金陵，时洪、杨渐逼两江，势张甚，太孺人尝婉谏之，见先生游志已决，乃不复言。癸丑二月，闻金陵陷，太孺人日夕饮泣，时顾子女而言曰："汝父其死矣。汝父肮脏丈夫也，乌能龊龊向狗彘乞活乎？汝父必死矣。"言讫则大号，子女亦相对哭不止。后家人华隆福自贼中脱归，具道先生死难状，太孺人泣不成声，绝而复苏者再，既而曰："吾固知吾夫之必死也。"顾自念死易立孤难，乃强饮食，抚弱息，藉十指以济朝夕，而速其子于学。时长君少廉丈才八岁，次君乃宣生甫十有七月，一女亦仅五龄云。赵故中人产，自徐安人殁后，丧乱频仍，至是益困。太孺人至餐薯蓣藜苋之属以充饥，而遣诸子出就傅。尝中夜篝灯火治女红，课诸子以塾师所授书，必使成熟已，乃举先生轶事诏之，且曰："人苦不自立，困厄非所忧也。"如是者十数年，而长君游庠食饩。又十年，次君亦补弟子员。太孺人至是始有廪米之养，然亦垂垂老矣。光绪六年，学使者仁和夏侍郎给额旌门，逾年瑞安黄侍郎胪列事实请于朝，得旨旌表如例。以光绪二十一年七月初六日卒，享年七十有四。

王家枚曰：昔归太仆传德化韦节妇，谓其所处，视他妇人守节者艰难盖百倍之。吾于太孺人亦云然。韦氏子必荣以贡官嘉定广文，今少廉丈亦以明经候铨文学掾，天之报施节母，讵有爽哉？丈又为予言，太孺人平身不佚游，不佞佛，女巫尼姥之属，拒不使进，此在太孺人为小节，而今世大家妇女或有所难焉。宜乎江上诗礼之家，必首数石桥赵氏也，予忝通家后进，又习闻太孺人懿行，故遂忘其不敏，执笔以传太孺人，赵丈或亦可以稍纾其哀乎？

光绪二十有九年四月上浣，江苏试用教谕、甲午举人、世再侄、同邑王家枚顿首拜撰。

（《（江阴）石桥赵氏宗谱》）

四像赞篇

序　言

读宋玉《招魂》“像设君室”语，知像事之兴，由来已久。然画像欤？塑像欤？不可得而知也。要之，二者皆起于《周世家》。《语》言明堂四门墉画尧、舜、桀、纣，周公抱成王以朝诸侯之图。屈原见楚先王庙及公卿祠堂，图画天地山川神灵琦玮僪佹，及古贤圣、怪物行事。此皆画像类也。《国语》称越王命工以良金写范蠡之状而朝礼之。《国策》又有土偶人与桃梗相语之说，此皆塑像类也。顾同一像而用意又不同，一以照法戒，明堂所绘之类是也；一以隆敬养，《国语》所称之是也。祖先之像，亦敬养之类，盖古者于祭，本有尸以象神。尸礼废而像事兴，亦时势使然，不得谓尸则是而像则非也。梁元帝《金楼子·立言篇》云：“《王沈集》称：日磾垂泣于甘泉之画，扬雄显颂于麒麟之阁。遂画先君、先妣之像，《傅咸集》画赞曰：敬图先君先妣之容像，画之丹青。曹休画其父像，对之流泣。”此皆祖先画像所仿见于载籍可考者。《初学记》“人事”部引孙盛逸人传：“丁兰，幼丧母，刻木像，事之若生。”案：木像，即《国策》“桃梗”之遗意。

伏读敬存公《谱引》云：“嘉靖辛卯正旦，肃拜松月公神像，遍拜庙中木主。”知我祖旧例，像与主并重。洎文贞公殉奄难，御史袁鲸奏请于京城建祠，以慰忠魂，于是公裔请塑像于祠，以尊瞻祀。康熙间，学使者许公奏建双忠祠于学宫，公裔又请于许公，塑像于祠。而公长子采室公以赙布之余，为公建香火招提，名起信庵，亦悬公遗像，昕夕瞻拜。大参公以孝子出为名臣，念斋公行谊汤文正奏为吴中第一，文子公品望隆于一时，其后三公者皆绘像沧浪亭名贤祠。太仆公殉回难，原籍建立专祠，堂中亦悬遗像。太占公配章宜人柏舟励节，其没也，嗣子尹达亦奉所刻木像于祠，春秋祭享。此皆孝子孝孙之用心，见似目瞿，不忍一日忘其声音笑貌。而桑梓之人，亦欲瞻其遗范，一寄其思慕之忱。苏明允谓：“忠之于心，则存之于目。存之于目，故其思之于心也。”固此之谓也。惟一经鼎革，再经粤匪，塑像既毁于兵燹，画像似更不必言。而文贞公以上四代遗像，乃独于乱离之际为吾周肇芑所得，至今灵光岿然。呜呼！得无公忠义之神灵，有以默为呵护者欤。虽然，诸家所藏之像，固多不可问，而谱中所载者，则犹厘然具在。故仍宗旧例，续加搜罗，合无锡、丹徒两谱所载，佐以新绘，敬谨摹入。惟旧谱不署官爵。考《汉书·苏武传》：“甘露三年，上思股肱之美，乃图画其人于麒麟阁，法其形貌，署其官爵姓名。”则绘像例署官爵，今依补之。后之览者，其亦可以瞿然兴乎？

光绪三十四年戊申八月十九世裔孙楷敬编。

明处士东兴缪氏始祖全一公像

1. 明处士东兴缪氏始祖缪全一族称全一公像赞[1]

万历庚子举人 常熟 顾云鸿 朗仲

东兴鼎族，弁冕南邦。惟公树德，积厚流光。
肇自湖桥，来宅阚庄。以引以翼，寖炽寖昌。
食德报畴，繁衍无疆。伟人间出，大节孔彰。
匪根曷实，匪源曷长。遗像在图，继序不忘。

明处士二世承三公像

2. 明处士阚庄派二世缪景言族称承三公像赞

阙　名

士而农，守而创。
在《易》义曰："不事王侯，是为高尚。"
叹红羊兮浩劫，感身世之沧桑。
以耕以读，肯构肯堂。
吁嗟乎！弓冶贻谋，瓜瓞衍泽。
遗像在图，万世矜式。

明处士三世彦昇公像

3. 明处士阚庄派三世缪思恭族称彦昇公像赞

阙　名

不耕获，不蓄畬，老农老圃，我夫子之所不如。
诗书兮启绪，稼穑兮开基。孙谋贻厥，祖武绳其。
弈祀后嗣，讵数典而忘之。

---

① 以下像赞未标明出处者，均来自《(光绪)东兴缪氏宗谱》卷三一。

明处士三世彦相公像

4. 明处士周庄派三世缪思诚族称彦相公像赞

无锡 薛玉堂 又洲

大江之畔，笃生伊人。雁行居末，孝友天真。
惟其尚义而心仁，故让业而赘处清溪之滨。
世风趋薄，翁独以淳。成家启绪，备历艰辛。
华膴绝恋，乐道终身。俾尔炽昌，代继贤纯。
披图敬观，蔼吉恒春。
叙溯周庄缪氏之祖，靡怆然于彦相公之丰神！

明敕建专祠福建延平府推官三世成章公像

5. 明敕建专祠福建延平府推官江城派三世缪文盛族称成章公像赞

宜兴 吴友谅 寅生

大江之渍，笃生伟人。颀然者貌，炳然者文。
朝有异绩，乡有美评。民畏民慕，令仪令声。
身还造化，容纪丹青。千百斯年，瞻者起敬。

明处士四世以成公像

6. 明处士阚庄派四世缪晟族称以成公像赞

吏部侍郎 常熟 赵用贤 汝师

公行居末，毓秀钟灵。丰颐大耳，相合公卿。
都人属目，术士倾心。出赘成家，既富且盈。
外全舅氏，内睦家庭。恍兮惚兮，千载如生。

明处士四世以彻公像

7. 明处士周庄派四世缪权族称以彻公像赞

乾隆辛巳探花 贵西道 阳湖 赵翼 云崧

蔚哉缪公，神其肃雍。创基业于勤俭之中，教子孙能耕读相从。拯弱锄强，朋侪钦其正直；重义疏利，里党溯厥高风。人能如此清白自守，不患遇辄终穷。天亦爱之而成素封，致子孙文行兼隆。吁嗟缪公，吾愿折其中。惜典型之已遥，仰丹青益起敬容。

明恩赐冠带五世松月公像

8. 明恩赐冠带阚庄派五世缪鉴族称松月公像赞

康熙己丑进士 同邑 孔毓玑 象九

何以式后，爱亲敬兄。何以启家，课读催耕。
先生之风，邈焉莫即。岭上长松，山间明月。

明处士五世子方公像

9. 明处士周庄派五世缪伦族称子方公像赞

翰林院编修 河南卫辉府知府 同邑 王苏 侪峤

矍铄是翁，亦儒亦农。含真守朴，和而不同。
奉亲爱弟，孝友高风。寄情岩壑，修竹乔松。
寿拟商山之遗老，名如彭泽之陶公。
采南山之菊，逍遥岁月。
守祖父之业，且寿考而令终。

明恩赐冠带六世怡云公像

10. 明恩赐冠带阚庄派六世缪廷玉族称怡云公像赞

同邑 孔毓玑 象九

大度渟渊，高风峙岳。政在孝友，意矜然诺。礼傅尊师，兴贤劝学。其恻然而周恤者，可以广数世之福田。其毅然而清刚者，早已孕后贤之骨骼。然则盘谷之文，岂真先生之志事所存耶？聊寄兴于采山钓水，以自乐其乐。

明庠生七世海观公像

11. 明庠生阚庄派七世缪楷族称海观公像赞

族弟 雷 震之

承先者，其貌怡怡。启后者，其神蔼蔼。休休有容者，其度量之慷慨，宜乎年臻上寿。齿德兼优，驰誉词坛，笔花腾彩。推其波，助其澜，诚哉文与名而相符，不愧称之曰海。

明恤赠通议大夫詹事府詹事兼翰林院侍读学士庠生七世东渠公像

12. 明恤赠通议大夫詹事府詹事兼翰林院侍读学士庠生阚庄派七世缪桓族称东渠公像赞

同邑 孔毓玑 象九

呜呼！先生其名诸生耶，胡为乎峨冠博带，凤翥鸾骞？盖西伯沛泽枯之德，薛公多焚券之恩。抚诸孤而厚敦同气，营家庙而力浚遥源。固宜其被黄封于再世，锡紫诰于九阍。吾闻之也，为善无不报，不于其身，必于其子孙。

明恤赠通议大夫詹事府詹事兼翰林院侍读学士八世惕庵公像

13. 明恤赠通议大夫詹事府詹事兼翰林院侍读学士阚庄派八世缪炷族称惕庵公像赞

同邑 孔毓玑 象九

行吾素，安吾拙，任天然，去雕饰。控独据偏，疏衣粝食，此先生之自道云尔也。孰识夫合浦珠光，蓝田玉色，早已远映乎山川而争辉乎日月，而后知酿天下之大文者，不惟其文，惟其质。

明赠中宪大夫贵州兵备道按察司副使晋新镇道布政司参政清旌孝子八世文峰公像

14. 明赠中宪大夫贵州兵备道按察司副使晋新镇道布政司参政清旌孝子吴门派八世缪天秩族称文峰公像赞

缪日章

人世惟五伦，孰与父子匹？人皆慕孝名，而谁有孝实？吾家有仲君，至性良可述。肫肫孺慕情，初终致惟一。食贫虽出赘，朝夕依亲膝。色养靡少倦，干蛊何不力。解彼冶长宽，远与吉朌轶。家难甫克殄，严亲复缠疾。奄奄日以痼，抚摩敢稍逸。汤药既莫效，史巫徒纷出。仰天为叩心，何由徼奇术。全刀刲我髀，一脔当参术。诚得起沉疴，微躯那足恤。天胡亶不聪，亲疾竟不吉。伤哉孝子心，哀甚命亦毕。生孝尚可几，死孝殊难跮。眷惟百行基，便堪光史帙。况复有贤嗣，自不令遗佚。

明恤赠通议大夫赐祭葬敕建专祠旌坊崇祀郡邑乡贤忠义诸祠詹事府詹事兼翰林院侍读学士原任左春坊左谕德九世谥文贞公像

15. 明恤赠通议大夫詹事府詹事兼翰林院侍读学士阚庄派九世缪昌期族称文贞公像赞

门生 湖广 文安之 汝止

禀两间之正气,蕴六合之奇情。从星辰而分耀,比鸾凤以扬声。经笥探赜,词坛噉名。值风云之晚达,罗梗楠于楚荆。说论攻秦相之奸,祸胎已伏;鸿文斥寿宁之请,冤狱旋成。丹心忧国,白发捐生。楚毒过膺滂之被厄,残糜逾瓘浩之遭阬。想戟眉之枕藉,耸懦发以峥嵘。血三年而不化,骨千载而流馨。感圣明之憋恤,消雾霁而见青。辱门墙之葑菲,仰岳岿于仪型。睹忠魂之仿佛,俨登陟乎天庭。

又 同邑 孔毓玑 象九

呜呼!先生之以文章致身,非一日矣。其古谊忠肝,烈龟鉴而贯铁石者,宜早为贤主司之所鉴识,胡为乎衅启纶扉,老谋旋泄?君侧之甫节未除,党籍之膺滂已及。此正所以成千秋不朽之名也,而何损乎毫末?至今瞻拜遗容,犹如见怒发指冠,苍髯植戟,助台谏之威,褫宵小之魄。呜呼!此故明三百年正气耶。而沾沾者,顾私为桑梓之遗烈。

又 汤右曾

逆珰肆虐,扬光飞焰。刚肠烈骨,崭岩崖隒。哀哉小人,为阉走险。左魏既考,缪李斯染。青天摧颓,白日霾晻。肃瞻遗像,心钦气敛。芳名馥郁,千秋庄严。

又 《无锡谱》

逆珰猖獗,人莫敢撄。公独批鳞,朝野震惊。为常山舌,为比干心。砥柱狂澜,维烈维贞。长江浩浩,千古流名。

明处士九世西园公像

16. 明处士阚庄派九世缪昌胤族称西园公像赞

阙　名

乔松古柏，璞玉浑金。无怀氏之民欤，葛天氏之民。

明授中宪大夫贵州新镇道布政司参政崇祀府县乡贤浙黔闽三省名宦祠九世西垣公像

17. 明授中宪大夫贵州新镇道布政司参政崇祀府县乡贤浙黔闽三省名宦祠吴门派九世缪国维族称西垣公像赞

陆世廉

公依母氏，藐尔遗孤。母氏劳苦，数粒而哺。鞠我谋我，慈闱令模。既玉于成，振起菰芦。天池奋翮，冀效慈乌。出宰百里，行迈崎岖。板舆修阻，捧檄含荼。改餐苜蓿，聊为亲娱。婺辉宵陨，孺泣呱呱。怀哉陟屺，深愧区区。奉遗易姓，宗盟是图。起历兰署，出守名都。晚乃秉宪，罗尸援枹。黔氛既靖，公实挟扶。不以功选，参知匪膴。绣衣实忮，彼哉小夫。公遂拂衣，一笑胡卢。浇花莳竹，营我裘菟。善积庆衍，有萼联莩。荪枝葰茂，鸾鹫在梧。公虽遐游，坦坦履途。肃瞻遗肖，紫稜王肤。谁能起公，爰聆嘉谟。绛霄碧落，或亦可呼。(《缪西垣先生文集》)

明庠生九世泳川公像

18. 明庠生江城派九世缪震族称泳川公像赞

廪生 同邑 沈翰卿 子羽

仪容整肃，器宇冲融。薄言采芹，经业渊通。

鸡窗暮檠，弗间其功。再试未售，赍志而终。

肖哉维像，洞然其中。谛而视之，犹得想像其雅度而披拂乎春风。

明荫四府催粮户部检校庠生十世采室公像

19. 明荫四府催粮户部检校庠生阚庄派十世缪虚白族称采室公像赞

——读李肤公先生所为《缪司农实公先生传》感而成篇敬以题像

孝廉方正 邑增生 同邑 祝百十 筱珊

吁嗟乎！阉邪毒祸千载恨，艰难国是凭谁论。忠昭义炳理不诬，修吉悖凶命也夫。有明衰季委鬼至，白昼锒铛鬼入市。吾乡双忠缪与李，大节始终彰国史。系狱追赃惨百死，同德同心七君子。手扶天日日不光，冤魂上愬于高皇。思宗英烈开天日，陈冤沥血天加恻。先臣之忠有令子，缪司农奉文贞祀。司农小字曰虚儿，生有至性而翁知。追随槛车靡不为，仲季偕奔长弥振。归榇完锾心力进，袭荫拜官乃益奋。谕茔营葬咽辛酸，招提香火展拜虔。载辑手泽铭君恩，子姓登堂日诲励。念先人身楚毒备，哀哉忠裔荣天赐。李忠毅子名逊之，请封请谥皆同时。李犹髫稚卓有奇，司农家传李载笔。小子读之感中臆，缀为此辞当百一，煌煌忠孝夫何极。

明廪生十世采璧公像

20. 明廪生阚庄派十世缪纯白族称采璧公像赞

同邑 孔毓玑 象九

乔固家声系我思，百年重睹旧丰仪。眉间犹带忧虞色，想见中更祸患时。

明赐进士江安县知县岁贡生十世采星公像

21. 明赐进士江安县知县岁贡生阚庄派十世缪太白族称采星公像赞

阙 名

公怀肮脏，公气激昂。独清独醒，亦狷亦狂。特达之知，幸邀帝眷。车服以庸，畀以赤县。先魄未妥，长揖归田。有书万卷，有宅一廛。哀哉不辰，身丁末造。逐人狉狉，豺狼当道。乾坤易位，沧海扬尘。锯牙钩爪，歼我哲人。峨峨香岭，渺渺濲渎。凭吊遗踪，长歌当哭。

明庠生十世采瓠公像

22. 明庠生阚庄派十世缪坚白族称采瓠公像赞

阙 名

父能忠，子能孝，天忌才，人宏道。便便者，公腹；充充者，公貌。抑郁兮谁语，曲高兮古调。式瞻遗像，令我怆然而凭吊。

又

生当革命，运厄屯邅。嗟哉遗卵，覆巢仅全。重以鸰原之急难，恨不尘世而俱捐。精卫之憾何穷，君应衔石而填海。灵均之泪可掬，我欲呵壁而问天。一卷自娱兮，且以永日。十亩可乐兮，聊以忘年。沅有芷兮澧有兰，思公子兮未敢言。叹孤芳兮谁赏，羌独立兮婵娟。

清封奉直大夫翰林院修撰加二级廪膳生十世薛书公像

23. 清封奉直大夫翰林院修撰加二级廪膳生吴门派十世缪慧隆族称薛书公像赞

博学鸿词 翰林院编修 长洲 汪琬 苕文

参政创迹，实于吴门。服勤王事，以启后人。
公载其美，播之堂之。如彼鹓鸾，宜奋而飞。
不在于躬，在其哲嗣。章服煌煌，安受帝祉。
继积之丰，惟报之隆。

清授文林郎封翰林院检讨山西寿阳县知县十世宁斋公像

24. 清授文林郎封翰林院检讨山西寿阳县知县吴门派十世缪慧远族称宁斋公像赞

（缺）

清貤赠文林郎归德府同知增生十一世祉生公像

25. 清貤赠文林郎归德府同知增生阚庄派十一世缪畴族称祉生公像赞

同邑 孔毓玑 象九

胡然端坐，郁郁不舒。手承祖泽，身傍槛车。
痛深创巨，泪血沾裾。雅知光裕，端读诗书。
修礼以耕，绩学以耨。与世何争，包羞含垢。
谁云中落，所蓄弥厚。谋之其臧，保艾尔后。

清授奉政大夫翰林院修撰加二级升侍讲崇祀表行祠绘像名贤祠十一世念斋公像

26. 清授奉政大夫翰林院修撰加二级升侍讲崇祀表行祠绘像名贤祠吴门派十一世缪彤族称念斋公像赞

两湖总督 受业 即墨 郭琇

惟古于仕，以行其学。守道与官，乃保天爵。
厥后慕学，以阶于仕。既得所欲，弃学之始。
惟公于学，际时而昌。惟公于仕，会显而藏。
反其初服，行比于乡。儒先之师，后进之防。

明处士殉难附祀三公祠十一世孟玉公像

27. 明处士殉难祔祀三公祠江城派十一世缪钟粹族称孟玉公像赞

常熟 钱陆灿 湘灵

烈哉缪公，貌伟才雄。年未强仕，国步鞠凶。
赋诗明志，就义从容。令嗣追像，永慕无穷。
忠孝懔懔，山高水瀜。瞻拜竦敬，烈哉缪公。

清赠文林郎归德府同知崇祀乡贤祠廪生十二世先河公像

28. 清赠文林郎归德府同知崇祀乡贤祠廪生阚庄派十二世缪弘仁族称先河公像赞

溧阳 彭会淇 篆洲

肃乎其容，其定于性者，坚耶。冲乎其度，其养于学者，全耶。乃食其报于没后，而厄其遇于生前。岂不可必者人，而终可信者天耶。我仪其人，其立行之陈实，而授经之韦贤也耶。

清太学生十二世约轩公像

29. 清①太学生阙庄派十二世缪思勃族称约轩公像赞

徐仲锷

呜呼先生，学粹养和。胚胎忠荩，衡茅啸歌。挺姿瑰异，坟典胸罗。少游北雍，名噪鸾坡。遄归侍养，燕桂繁柯。志在光显，运则坎轲。理窟沈潜，端友切磋。去私遏欲，若农护禾。蔚为儒宗，礤砥澄波。著书满家，砭愚订讹。先生之教，后海先河。先生之心，无贰无颇。先生之貌，鹤峙山峨。变世仰止，津逮良多。其人已往，其行不磨。

十 二 世 旭 初 公 像

30. 阙庄派十二世缪行乾族称旭初公像赞

阙 名

毕生精力，瘁于谱系。修焉刊焉，善述善继。
远绍旁搜，以臻美备。万代子孙，守之勿替。

① 清字家谱作“明”，现据《约轩公自述》（见本书《传记篇》）径改。

清授奉政大夫翰林院编修兼修撰日讲起居注官司经局洗马十二世文子公像

31. 清授奉政大夫翰林院编修兼修撰日讲起居注官司经局洗马崇祀表行祠绘像名贤祠吴门派十二世缪曰藻族称文子公像赞

乾隆己未进士 江宁县知县 钱塘 袁枚 简斋

前卿云兮后景风，公如月兮照当中。
辉紫闼兮光玄穹，泣咎单兮逐奢龙。
貊德音兮幠大东，压㦸直兮安絪冯。
嫔然逝兮鸧然从，越王沼兮吴王宫。
竹素奉兮烟云供，曼而馈兮泽而饔。
适来顺兮适去终，化台洁兮稗窟崇。
树之栾兮翼以松，灵一阏兮山重重。

又

养志盘匜，娱神图史。美哉训言，病从逸起。（《吴中名贤传赞》）

清授文林郎封奉直大夫内阁中书加三级翰林院编修武英殿纂修崇祀表行祠十二世武子公像

32. 清授文林郎封奉直大夫内阁中书加三级翰林院编修武英殿纂修崇祀表行祠吴门派十二世缪曰芑族称武子公像赞

文华殿大学士 同年弟 满洲正黄旗 尹继善 望山

灵秀钟毓兮，兄弟竞贤。棣华联萼兮，甲第蝉联。木天供职兮，云路腾骞。六经心醉兮，运笔如椽。孺慕情深兮，早赋归田。富贵浮云兮，孝思克全。锡类赖举兮，无党无偏。厚培阴德兮，裕后光前。贻谋燕翼兮，子姓绵绵。高风景慕兮，愿为执鞭。

清太学生十二世志远公像

33. 清太学生阙庄派丹徒支十二世 缪瞻屺族称志远公像赞

日讲起居注官 翰林院侍讲学士 丹徒 延清

无伐无施，古惟颜子。系我缪公，闻亦如是。具不世才，今世管乐。壮岁从军，参佐戎幄。矛头淅米，盾鼻舒芒。飞书旁午，借箸慨慷。功成不居，长揖归田。莲花幕里，养晦年年。卜筑京江，为爱山水。矫矣冥鸿，奇哉高士。

清乡饮大宾十二世瑞珍公像

34. 清①乡饮大宾江城派十二世 缪毓祯族称瑞珍公像赞

阙　名

其秀在骨，其清在神。流水今日，明月前身。

清廪生十三世敬庵公像

35. 清廪生阙庄派十三世 缪映台族称敬庵公像赞

自　题

从桂幽兰满院香，闲携闺友坐徜徉。秋光一片清如水，领取天机意味长。

倩得瞿生为写真，水中月影镜中亲。分明有处仍非有，色色空空妙悟身。

---

① 《(光绪)东兴缪氏家谱》作“明”，《世系表》载瑞珍公参加乡饮酒礼在康熙丙午，据改。

清授文林郎河南郏县知县署归德府同知进士十三世觉轩公像

36. 清授文林郎河南郏县知县署归德府同知进士阚庄派十三世缪诜族称觉轩公像赞

金坛 白尚质

究理学之源，浸诗书之泽。处则孝弟敦伦，出则经纶济国。是以名标蕊标，藻采腾辉。筮仕中州，慈祥保赤。宜乎入循良之传，永垂弈祀。继忠荩之遗，益昭清白。

清奉祀生十三世大椿公像

37. 清奉祀生阚庄派十三世缪念持族称大椿公像赞

阙 名

上古有大椿者，轮囷离奇，干霄蔽日，邈然遗世，独全其质。仰先生之道貌，如置身于层崖峻岭之间，而俯仰乎古桧乔松之侧。

清太学生十三世启明公像

38. 清太学生阚庄派十三世缪靖文族称启明公像赞

（缺）

清例授文林郎翰林院庶吉士十三世榕庄公像

39. 清例授文林郎翰林院庶吉士吴门派十三世缪敦仁族称榕庄公像赞

孙男 浚 芮桥

穆穆我祖，惟懿惟醇。作为文章，元气浑沦。
辞荣早岁，孝养其亲。世德勿忘，负荷在勤。

清授文林郎即用知县进士十三世宜亭公像

40. 清授文林郎即用知县进士吴门派十三世缪遵义族称宜亭公像赞

吴门望族，累页相承。学充邺架，早宴红绫。
江湖自乐，虑淡神凝。龙宫探秘，术擅精能。
心存济世，非好称名。使君寿考，惟乃之征。(《无锡谱》)

清赠奉政大夫保升同知湖南长沙府通判太学生十三世子华公像

41. 清赠奉政大夫保升同知湖南长沙府通判太学生阚庄派丹徒支十三世缪重光族称子华公像赞

陕西布政使 世巡学清苑 李涵度 子纯

伊古辟举，首重孝廉。惟公懋德，二者实兼。
得亲顺亲，靡依靡瞻。见利思义，还金愧贪。
猗欤休哉，薄俗针砭。高风景仰，立民之监。

清庠生十四世德宣公像

42. 清庠生阙庄派十四世缪念祖族称德宣公像赞

阙　名

公志矫矫，公才翩翩。于髡一石，李白百篇。
伤今吊古，清圣浊贤。诗中之杰，酒中之仙。

清增生十四世容斋公像

43. 清增生阙庄派十四世缪梅族称容斋公像赞

同邑　徐青选　南陔

天骨本嶙峋，名门荷析薪。允明勤学倍，东野石交真。逐雀秋鹰厉，嘘枯冬日亲。有才堪济世，伐辐置河滨。发愤持公正，冲冠意未平。汲深忧短绠，饮满吸长鲸。诤友今难再，经师旧有声。一乡推砥柱，邻笛最凄清。

清庠生十四世思亭公像

44. 清庠生阙庄派十四世缪怀祖族称思亭公像赞

阙　名

政谱留先泽，书城坐拥豪。
学优嗟未仕，遗像肃清高。

清旌孝子十四世雪松公像

45. 清旌孝子吴门派十四世缪元勋族称雪松公像赞

孙男 栋 梅庭

母存则存，母亡则亡。猗欤我祖，孝行彰彰。哀毁骨立，绝粒呼抢。追踪刲股，殉身引吭。恩纶遥贲，宠锡龙章。

清赠儒林郎候选州同贡生十四世古修公像

46. 清赠儒林郎候选州同贡生阙庄派丹徒支十四世缪天爵族称古修公像赞

民政部左参议 长白 延鸿 逵臣

人溺已溺，人饥已饥。古圣往矣，伊谁继之。
我公懿行，乐善好施。以其慷慨，重之仁慈。
解衣推食，济困扶危。高风亮节，悠悠我思。

清庠生十五世象环公像

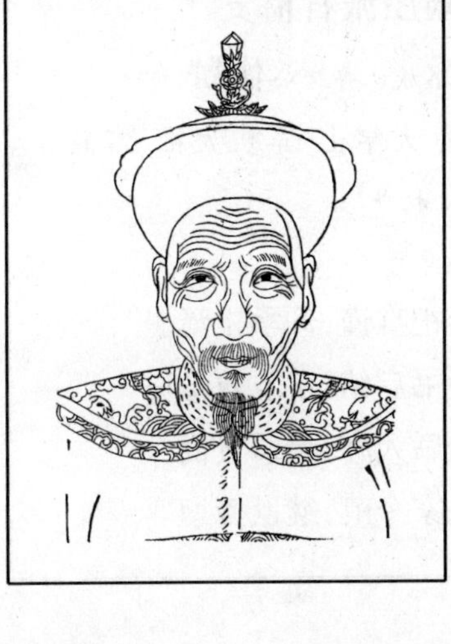

47. 清庠生阙庄派十五世缪廷梅族称象环公像赞

道光乙巳进士 江西建昌府知府 同邑 何栻 莲舫

白鹿古乡，忠贞旧里。懿唯先生，岸然继起。
笃志好学，夙禀异姿。一出头地，有名于时。
敦本重伦，家乘载辑。世德源流，从此详核。
缅厥芳徽，遗像在图。先民矩矱，后嗣楷模。

清奉祀生十五世孔昭公像

48. 清奉祀生阚庄派十五世缪嘉宾族称孔昭公像赞

同邑 邵锜 南一

轩轩霞举孰为伦，试茗敲棋自在身。
世事纷纭能静镇，才优堪庇里中人。
耆年高尚乐陶陶，风雨怀人不惮劳。
月旦乡评推重望，往来谷口识英豪。

十 五 世 湘 芷 公 像

49. 十五世阚庄派石梅支缪澧族称湘芷公像赞

常熟 杨泗孙 滨石

东兴世胄，源出海虞。著望蓉江，名臣伟儒。
笃生先生，作求嗣服。迈迹自身，复我邦族。
木以根茂，水以源长。绳绳继继，俾尔炽昌。
肖哉维像，神清气朗。以大厥宗，斗山是仰。

清奉祀生十五世香岩公像

50. 清奉祀生阚庄派石梅支十五世缪泳族称香岩公像赞

翰林院修撰 户部尚书 协办大学士 军机大臣 常熟 翁同龢 叔平

乔固家声，代传清白。奉祀唯谨，仰承祖泽。
来宅海虞，乐道终身。诗书启绪，孝友敦伦。
溯厥高风，德全福备。贻后人庥，无忝贤裔。
披图敬观，神采如生。克家令范，继世芳型。

清授修职郎晋文林郎福建清流县知县十五世芮桥公像

51. 清修职郎晋文林郎福建清流县知县吴门派十五世缪浚族称芮桥公像赞

孙男 嘉谟 墨樵

於戏我祖，品学兼优。闽峤绩著，齐鲁民讴。德盛泽普，身退名留。缅怀遗范，上愧箕裘。

清赠通奉大夫浙江试用同知加五级议叙县丞太学生十五世惟寅公像

52. 清赠通奉大夫浙江试用同知加五级议叙县丞太学生阚庄派丹徒支十五世缪文彪族称惟寅公像赞

按察使衔 浙江温处兵备道 丹徒 支方廉 筠庵

公度豁达，公性慈仁。轻财仗义，利物济人。天灾流行，倾囊助赈。我怀陶朱，千金散尽。彼何人斯，汲汲漫藏。钟鸣漏尽，弹指沧桑。公真达者，为善最乐。惠泽所沾，再生枯竹。充公之类，郁为时栋。古今同悲，材大难用。风情张日，浩气横秋。缅溯芳躅，旷代无俦。

惟寅公元配华太夫人像

53. 清赠通奉大夫浙江试用同知加五级议叙县丞太学生阚庄派丹徒支十五世缪文彪元配华夫人像赞

子婿 支方舜

於戏缪母，出之名门。深明大义，品端性纯。

相夫以礼，教子成名。克勤克俭，大启家声。

侍上以敬，御下以恩。种德行善，泽留后昆。（《镇江世庆堂缪氏宗谱》）

清庠生十六世介泉公像

54. 清庠生周庄派十六世缪象复族称介泉公像赞

岁贡生 同邑 柳宝诒 谷生

公之貌,端以庄。公之品,严而方。公之德,直以刚。公之福,寿而臧。洵德行之粹美,著文章而裔皇。根深者枝必茂,积厚者流自光。惟公德之不朽兮,宜后嗣之永炽而永昌。

清庠生十六世次桥公像

55. 清庠生周庄派十六世缪永华族称次桥公像赞

翰林院编修记名御史 同邑 徐文洞 挹泉

嗟嗟先生,少而英敏。长而温文,为绩学士,为完行人。浩气干云,屏邪崇政。逸情咏风,珠圆玉润。何以承先?宗祊焕焉。何以式后?世系一编。古谊遥遥,遗世独立。永永年载,望古遥集。

清太学生十六世天锡公像

56. 清太学生詹文桥派十六世缪佩琪族称天锡公像赞

庠生 同邑 钱钧 万亿

东兴旧族,蕃衍椒聊。一支独茂,詹文之桥。公也挺生,孝友雍睦。克祗克恭,门无嘻嗃。亭亭物表,矫矫庸中。解纷排难,多长者风。教子有方,既耕且读。黉序蜚声,一经有托。经理优余,夏屋膏腴。聿新创建,措之裕如。愿了向平,脱然以去。逝者如斯,天乎莫诉。载瞻遗像,如炙仪型。代镌元石,永作贞珉。

清赠奉直大夫蓝翎五品衔候选布政司理问十六世载福公像

57. 清赠奉直大夫蓝翎五品衔候选布政司理问阚庄派十六世缪承业族称载福公像赞

平成

不随俗,不趋时。言可则,行可师。上承祖泽,下植孙枝。美矣备矣,人皆仰之。

十六世洪九公像

58. 周庄派十六世缪永畴族称洪九公像赞

候选直隶州州判 恩贡生 无锡 龚恩培 仲芬

一门雍睦,惟家之福。裕后光前,于焉是卜。先生少孤,与弟同居。内外整肃,妇子怡愉。鹿呼群而会食,树并枝而共植。惟天性之友于,故得终其身于匜。架无主厨,馔不分而自适。宜乎流泽孔长,食报昭彰。龙孙凤子,桂馥芹香。缅仪容而想像,溯典型以景仰。可以厉风俗,可以式亲党。砂麓嵯嵯,清溪悠悠。先生之风,山峙水流。

十六世南吉公像

59. 周庄派十六世缪永昇族称南吉公像赞

两浙候补盐运判 附贡生 同邑 汤宗望 霞峰

天生伟人,怀才不遇。抱璞含真,我行我素。少始知学,勇于敢为。长通于方,左右俱宜。家无间言,乡有美誉。秉公不私,熟思审虑。宜乎后贤竞起,继继承承。呜呼！吾闻之也,为善无不报,不于其身,必于其子孙。

清例封儒林郎太学生十六世赞廷公像

60. 清例封儒林郎太学生江城派十六世缪钟族称赞廷公像赞

同邑 何栻 莲舫

胡啬于己而丰于人，胡昌于后而悴于身。琴之愔愔，玉之温温。千忆万岁，视此君子之型。

清庠生十六世引初公像

61. 清庠生阚庄派十六世石梅支缪慰祖族称引初公像赞

道光丁未探花　常熟 庞钟璐 宝生

猗与先生，成业发名。家传诗礼，世笃忠贞。教子义方，学优而仕。抗节授命，为伟男子。积厚流光，食报昭彰。黄封迭荷，弈祀名扬。我仪其人，潜德迈种。裕后光前，清芬世诵。

十六世琢卿公像

62. 阚庄派十六世石梅支缪锦祖族称琢卿公像赞

同治辛未进士 安徽庐江县知县 常熟 蒋士骥 石枫

年少翩翩，才情岸异。长通交游，疏财仗义。内行克敦，昆季雍容。和气致祥，家道弥隆。溯厥芳型，以守为创。胡不永年，徒劳想像。披图敬观，神采宛然。承先启后，先生有焉。

清赠资政大夫户部河南司主事加八级候选州同太学生十六世国英公像

63. 清赠资政大夫户部河南司主事加八级候选州同太学生阚庄派丹徒支十六世缪朝选族称国英公像赞

赐进士出身安徽徽宁池太广兵备道 长白 文焕

想望丰采兮，卓哉先生。孝友素著兮，睦族敦伦。持躬整饬兮，谦谦君子。涉世谨慎兮，翼翼小心。慷慨仗义兮，扶危济急。正直特立兮，秉道持衡。追溯盛德兮，难以罄述。迹其大概兮，莫之与京。

国英公元配袁太夫人像

64. 清赠资政大夫户部河南司主事加八级候选州同太学生阚庄派丹徒支十六世缪朝选元配袁夫人像赞

翰林院侍讲学士 姻愚侄 李承霖

母氏圣善，四德俱全。孝事翁姑，戚党称贤。

教子成立，裕后光前。敬瞻遗范，以永其传。（《镇江世庆堂缪氏宗谱》）

清授中宪大夫四品衔工部员外郎虞衡司主事十七世心如公像

65. 清授中宪大夫四品衔工部员外郎虞衡司主事吴门派十七世缪嘉穀族称心如公像赞

弟 鼎臣 铁梅

幼而岐嶷兮，壮而骞飞。草檄马背兮，讲学燕畿。既南宫之早捷兮，乃不到夫凤池。继祖德于二百年兮，仍虞衡之是司。方期经济之克展兮，何遽驾乎文螭。瞻斯像而辗转兮，怅手足兮谁与扶持。

清赠奉直大夫蓝翎五品衔候选布政司理问太学生十七世大绅公像

66. 清赠奉直大夫蓝翎五品衔候选布政司理问太学生阚庄派徐墅支十七世缪佩珩族称大绅公像赞

候选道安徽凤阳府知府 常熟 杨沂孙 咏春

孝弟力田，古有是科。今者不举，十室之薖。谷其孙子，不使婆娑。既耕而读，善积孔多。柳陌溪桥，置安乐窝。吾频过访，高风可歌。

清太学生十七世际昌公像

67. 清太学生周庄派十七世缪煐族称昌际公像赞

庠生 同邑 沙淦皋 简廷

呜呼！此际昌缪公也。公容和厚，公行端方，公才磊落，公性慈祥。瞻公之庭，雍雍睦睦。游公之宇，汪汪洋洋。公貌如生，缅老成之犹及；公神常在，树遗爱于吾乡。莫不见公像而肃然起敬，思公德而既渥且长。宜子孙之绳绳兮，克寖炽而寖昌。

清太学生十七世旭昇公像

68. 清太学生周庄派十七世缪煜族称旭昇公像赞

庠生 同邑 苏汝保 锡社

猗与先生，种德积善。既直且方，不狂而狷。艰危备历，心气弥平。洁已自好，世网不撄。莲为君子，生平酷爱。是花是人，仿佛梗概。肖哉维像，蔼然春风。謦欬虽杳，模范可宗。

清太学生十七世觐南公像

69. 清太学生周庄派十七世缪春林族称觐南公像赞

同邑 沙淦皋 简廷

诚朴持躬，慈祥待物。和而不流，介而不拂。非惠非夷，亦儒亦佛。缅想仪型，僾謦欬兮仿佛。

清附贡生十七世云宾公像

70. 清附贡生江城派十七世缪登瀛族称云宾公像赞

同邑 陈荣绍 子惠

猗与兰陵，世挺其秀。惟公承之，克光厥胄。丰颐广颡，睟然其容。律己以俭，待人以丰。坐有韦弦，门无嘻嗃。后昆踵式，英英崿崿。式瞻遗像，伊郁回惶。宿草虽积，余哀未忘。

清太学生十七世凤洲公像

71. 清太学生江城派十七世缪登瀚族称凤洲公像赞

同治甲子举人 同邑 祝康民 乃书

七尺躯瘦，立骨一片。心皎于日，胡多艺多材不中寿。而尘沙满谪，謦欬已遥，神情犹昔。试求偶于古人兮，展惠康而陶则贞白。

清太学生十七世舒庵公像

72. 清太学生周庄派十七世缪铉族称舒庵公像赞

同治庚午举人 同邑 向高 仰止

砂麓嵯峨，秀发巍科。公基卜筑，面厥山阿。醴亦有源，芝亦有根。维公懋德，垂裕后昆。肃拜衣冠，瞻言几杖。曷若斯图，音容想像。北渡依依，南邻寂寂。思旧因之，拟山阳笛。

清处士十七世丽乾公像

73. 清处士周庄派十七世缪暄族称丽乾公像赞

龚人镜

终军遽没，贾谊早亡。造物忌才，千古同伤。懿惟先生，墨精笔妙。胡不永年，玉楼赴召。壮志虽赍，潜德弥章。龙孙骥子，绍我书香。敬观遗像，奇伟俶傥。神采如生，曷胜遐想。

清庠生十七世贯之公像

74. 清庠生詹文桥派十七世缪遵一族称贯之公像赞

江阴县知县 大兴 汪坤厚 渔宅

蓉城突兀压沧江，盼望何曾恝旧邦。此处人文推第一，如公才调却无双。周旋兵革苏民困，赞画河梁利客舣。百里关山劳梦想，几回公署剔银缸。

独任从来吏少循，敢云舍旧可谋新。武城启化原资友，单父鸣琴亦恃人。碑建去思真负石，泪挥没后易沾巾。重来郭汲能如愿，遗像犹堪笑语亲。

十 七 世 翰 仙 公 像

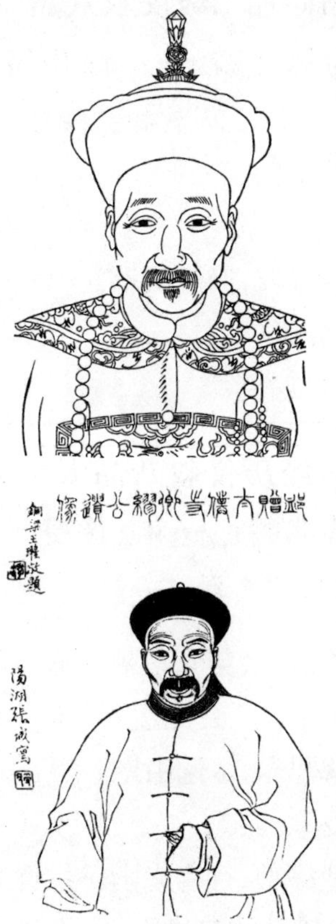

75. 阚庄派石梅支十七世缪树本族称翰仙公像赞

族侄 逢垣 藩伯

回夷蠢动，实受公抚。天不厌乱，羽书旁午。
卓哉我公，誓众折冲。德威并用，志在平戎。
胜算独操，祸机潜中。困视飞鸢，惨遭落凤。
庭凑披猖，昌黎谕降。公胡不幸，丧身虎狼。
火燎难扑，川壅必溃。势无瓦全，安辞玉碎。
丹心日耀，碧血虹申。生为荩臣，死为完人。
哀动三军，威震殊俗。常山睢阳，同此芳躅。
曰先文贞，抗节陨生。惟公继起，无忝家声。
遗像在图，生气懔懔。庙食千秋，后先辉映。（第二幅像录自《（同治）东兴缪氏宗谱》）

清授中宪大夫同知衔河南伊阳县知县十七世少初公像

76. 清授中宪大夫同知衔河南伊阳县知县阚庄派石梅支十七世缪荨联族称少初公像赞

度支部主事 济南 栾守纲 笑髯

伟哉缪公，秉姿奇异。慨念时艰，澄清有志。梓里情深，棠华义重。患难相扶，忧乐与共。扩然大公，吾与吾胞。胸襟韩范，睥睨萧曹。假尺寸权，为邑令尹。教养兼施，勤勤恳恳。上马杀贼，下马安民。卓然儒将，无愧神君。雀鼠息争，萑苻匿迹。弦诵诗书，与民休息。所过者化，所存者神。摩世厉钝，跞古凌今。循吏儒林，两存史传。敬献俚言，为万世鉴。

清赠奉直大夫议叙州同加二级议叙八品太学生十七世启周公像

77. 清赠奉直大夫仪叙州同加二级议叙八品太学生阙庄派十七世缪祥麟族称启周公像赞

赐进士出身 日讲起居注官 二品顶戴 翰林院侍读

元和 汪凤藻 芝房

诗美张仲，书录君陈。千古孝友，简策流芬。呜呼先生，之德之纯。施于有敬，媲美先民。

清封儒林郎候选布政司经历议叙八品太学生十七世德修公像

78. 清封儒林郎候选布政司经历仪叙八品太学生阙庄派丹徒支十七世缪兆麟族称德修公像赞

河南道监察御史 福州 黄曾源 石孙

金焦崛崪，灵气是钟。中泠清淑，英光是融。蕴为明哲，挺生缪公。世德作求，惟孝惟忠。公更孟晋，冀守家风。字曰德修，以德禔躬。慎修思永，水远山崇。

又 谢恩洪

木荣自本，源广则流。懿我缪伯，行笃光幽。景行芳躅，已隔松楸。文郎结契，想像箕裘。追维先泽，古道寡俦。阴陟不爽，厚植厚酬。

清赠儒林郎议叙光禄寺正署候选从九太学生十七世德徵公像

79. 清赠儒林郎仪叙光禄寺正署候选从九品太学生阙庄派丹徒支十七世缪应麟族称德征公像赞

茅国安

德性，天所命也；文艺，古所遗也。爱亲敬长，尤德性之精也；诵诗读书，亦文艺之大也。公不恝于父兄，又不恝于明物。公不忽于典籍，又不忽于交游。民物康，父兄之心益慰矣。交游善，典籍之旨益明矣。而理重初基，事先急务，不但施济一念，由孝弟而推，即讲艺而进于道者，亦从孝弟之心起也。公字德征，所为者殆德之征欤？根深则叶茂，膏裕则光华。吾断之曰：有本者如是。

清赠资政大夫户部河南司主事加八级赏戴花翎员外郎衔候选光禄寺署加二级太学生十七世锡书公像

80. 清赠资政大夫户部河南司主事加八级赏戴花翎员外郎衔候选光禄寺署加二级太学生阚庄派丹徒支十七世缪启麟族称锡书公像赞

内阁学士衔 前国子监祭酒 长沙 王先谦 益吾

兰陵旧族，代有伟人。笃生硕彦，载诞贞臣。公也继起，聿修厥德。孝乎惟孝，其仪不忒。鸰原急难，锋镝不知。推梨让枣，财敢自私。乃崇祠宇，以肃明禋。乃辑谱系，以劝敦伦。亲亲仁民，乐善不倦。义重指囷，风高焚券。我求懿德，惟公难名。克昌厥后，继继绳绳。

锡书公元配余太夫人像

81. 清赠资政大夫户部河南司主事加八级赏戴花翎员外郎衔候选光禄寺署加二级太学生阚庄派丹徒支十七世缪启麟族称锡书公配余夫人像赞

浙江提学使 姻侄 支恒荣

贤哉缪母，赋性仁慈。幼娴母训，长备坤仪。
善主中馈，家道维持。义方教子，能文工诗。
孙曾绕膝，寿近期颐。青齐助赈，存活灾黎。
纶音加奖，乐善好施。名垂方表，念兹在兹。（《镇江世庆堂缪氏宗谱》卷首）

清赠中宪大夫同知衔加二级太学生十七世履仁公像

82. 清赠中宪大夫同知衔加二级太学生阚庄派丹徒支十七世缪趾麟族称履仁公像赞

山东道监察御史 王履康 樾庄

良医医人，良相医国。事业虽殊，功同道一。呜呼缪公，宅心慈恤。灵素一编，利人济物。煦煦群生，饮和食德。惜哉小道，仅此托术。山高水长，缅遗怀式。

清议叙县左堂十八世兰坪公像

83. 清议叙县左堂周庄派十八世缪孟芳族称兰坪公像赞

同邑 徐文洞 挹泉

霭霭公之容,恂恂公之行。风采若平生,肃然起人敬。公像垂后昆,公泽衍余庆。丹青昭来许,简策相辉映。

清例授修职郎候选训导廪贡生十八世守和公像

84. 清例授修职郎候选训导廪贡生江城派十八世缪朝楷族称守和公像赞

同治庚午举人 内阁中书 同邑 陈熙治 翔翰

少年薄植,执贽论交。惟彼兰陵,韦弦漆胶。逸气彪驰,雄文虎视。鄙夷侪俗,起衰式靡。曩年秋赋,市骏金台。世无伯乐,蹀躞归来。白雪词高,青霞气郁。偶以闲情,寄怀丝竹。兰薰自烬,膏明自焚。曾未中年,歼我哲人。遗像在图,德音谁嗣。展卷徘徊,用垂永世。

清例授修职佐郎候选训导廪贡生十八世葆和公像

85. 清例授修职佐郎候选训导廪贡生江城派十八世缪朝标族称葆和公像赞

光绪壬寅举人 同邑 曹家达 尹孚

先生之文,大雅春容。先生之道,君子中庸。直而不倨,和而不同。针砭流俗,柳下遗风。嗟哉运蹇,吾道终穷。一衿坐困,悴矣厥躬。

清赠修职佐郎候选儒学训导太学生十八世其相公像

86. 清例授修职佐郎候选儒学训导太学生阚庄派丹徒支十八世缪之钰族称其相公像赞

山西道监察御史 宝坻 李浚 子深

何谓学问？通今博古。何谓干济？经文纬武。公也孝友，内行既美。陔兰晔晔，楼萼韡韡。于焉藏修，致力三余。商彝周鼎，右史左图。旁通百氏，兼贯韬略。徒读父书，笑彼赵括。有怀投笔，策敌如神。哀哉不禄，壮志未伸。

清例授修职佐郎候选训导附贡生十八世利川公像

87. 清例授修职佐郎候选训导附贡生周庄派十八世缪逢柱族称利川公像赞

都察院左副都御史 同邑 陈名侃 梦陶

公之处世，从容以和。平而不阿，明而不苛。公之作文，傀伟絪缊。英才乐育，桃李盈门。鸿范硕行，众皆仰之。卓尔大雅，是曰人师。

皇清例授修职佐郎候选训导附贡生十八世寅谷公像

88. 皇清例授修职佐郎候选训导附贡生周庄派十八世缪汝钦族称寅谷公像赞

翰林院编修 同邑 章际治 琴若

春风始拂，秋水方渟。亦夷亦惠，曰和曰清。与物无竞，先生生平。式瞻懿范，古貌古心。

清授奉直大夫蓝翎五品衔候选布政司理问封奉政大夫同知衔国学生旌表孝子十八世柳村公像

柳村先生六十五岁小景

89. 清授奉直大夫蓝翎五品衔候选布政司理问封奉政大夫同知衔国学生旌表孝子阚庄派徐墅支十八世缪岐族称柳村公像赞

常州府知府 满洲 德元 乾一

公之躯，颀而长；公之貌，端且庄。

公之材艺，弥精良；公之德性，尤慨慷。

我以郡守来武阳，适公之哲嗣司铎隶于常，闻公行谊故独详。

以公之宽厚温柔而孝弟兮，卜公后之寖炽而寖昌。

（第二幅像录自《柳村图题咏》）

清授奉政大夫同知衔宁国县知县十八世豫生公像

90. 清授奉政大夫同知衔宁国县知县阚庄派石梅支十八世缪钟汴族称豫生公像赞

度支部主事 蓬莱 赵汝勇 秋江

鲁恭德化，卓茂循良。维我缪公，相与颉颃。政行皖水，奸宄潜藏。神明咸颂，听讼才长。宽猛相济，扶弱锄强。己饥己溺，发粟赈荒。呼为慈母，邑无流亡。碑成三字，治绩丕彰。天胡不吊，木坏悲梁。哀哉往矣，黯然神伤。

清庠生十八世子山公像

91. 清庠生阚庄派丹徒支十八世缪之钟族称子山公像赞

度支部右丞 蒙古 傅兰泰 梦岩

河汾讲学，继之程朱。公也勤修，贤圣步趋。
惟日孜孜，与古为徒。黜邪崇正，卫道之郛。
何意景促，纡辔中途。渊悲不幸，公也同吁。
天不佑世，夺我真儒。景行行止，后世楷模。

清诸生十八世子檠公像

92. 清诸生阚庄派丹徒支十八世缪之铭(一名焱森)族称子檠公像赞

受业从侄 时孙

缪氏之宗，代有闻人。先生之貌，和霭若春。先生之行，纯乎天真。少承庭训，弱冠人文。驰声庠序，大器晚成。坐拥皋比，桃李盈门。造就后进，遗范常存。(《镇江世庆堂缪氏宗谱》卷首)

十 八 世 子 和 公 像

93. 阚庄派丹徒支十八世缪之钧族称子和公像赞

吴保龄

幼承庭训，克绍家声。居心耿介，孝友性成。持平处世，浑然天真。言坊行表，梓里传人。善人报施，子孙振振。(《镇江世庆堂缪氏宗谱》卷首)

十八世炼卿公像

94. 阚庄派丹徒支十八世缪之镕族称炼卿公像赞

族侄 缪荃孙

明德之后，必有达人。猗欤我公，实文贞孙。绍闻衣德，肫肫其仁。以亲九族，以孝双亲。友于推爱，人无间言。慷慨尚义，拯患救贫。毁家弗恤，乐善终身。己饥己溺，禹稷重闻。诗缉先德，式念本原。深情启迪，遗范搜存。两修谱系，垂裕后昆。卓哉懿德，继述仰观。师真百世，鄙宽薄敦。(《镇江世庆堂缪氏宗谱》卷首)

十八世剑华公像

95. 阚庄派丹徒支十八世缪之锟族称剑华公像赞

从兄 之镕

天生孝友，尊祖敬宗。辑修宗谱，有笔如锋。寓褒寓贬，一秉至公。星周两纪，告厥成功。于兹开印，太息令终。不克亲见，遗憾无穷。展拜遗像，景行高风。(《镇江世庆堂缪氏宗谱》卷首)

十八世养和公像

96. 阚庄派丹徒支十八世缪之镛族称养和公像赞

姻侄 邹洪纬

读书先治生，学儒兼习贾。慕我公之为人，仰遗容兮若睹。(《镇江世庆堂缪氏宗谱》卷首)

十 八 世 衡 夫 公 像

97. 阚庄派丹徒支十八世缪之铨族称衡夫公像赞

卷弟 严桂馨

公性肫诚,唯知父母。痛亲一诗,脍炙人口。

虽不永年,名自不朽。信乎孝子,出忠臣后。(《镇江世庆堂缪氏宗谱》卷首)

十 九 世 云 轩 公 像

98. 阚庄派丹徒支十九世缪榛寿族称云轩公像赞

姻再侄 余建侯

先生质质,处世率真。与物无竞,薄己厚人。

古心古貌,和蔼若春。景行芳躅,超乎群伦。(《镇江世庆堂缪氏宗谱》卷首)

清授奉政大夫同知衔候选州同国学生十九世声之公像

99. 清授奉政大夫同知衔候选州同国学生阚庄派徐墅支十九世缪镛族称声之公像赞

候选训导 廪贡生 江邑 王季珠 馨胡

河阳南麓,让塘西滨。世称通德,代毓闻人。

抚今追昔,君主我宾。半村半郭,一拂一巾。

魁梧其貌,肃穆其神。植躬介介,谭艺津津。

卫生不病,赡族不贫。莳花养竹,弢采完真。

是兰陵裔,是葛天民。

清庠生十九世聘儒公像

100. 清庠生周庄派十九世缪殿珍族称聘儒公像赞

光绪癸卯进士 吏部主事 同邑 祝廷华 丹卿

幼承庭训，儒雅恂恂。名仅一第，学冠千人。
旁涉丹青，为世所宝。寿逊颜子，夺公何早？
善人报施，夙有定论。不于其身，必其子孙。

清例授文林郎拣选知县举人十九世冕卿公像

101. 清例授文林郎拣选知县举人江城派十九世缪炳祖族称冕卿公像赞

廪生 同邑 赵清瑞 彬焕

谓君不遇兮，乃落笔蛟腾，居然早第。谓君竟达兮，乃矢志鹏抟，终未得际。宜通而塞，宜荣而悴。证理理难明，问天天不对。神弈弈兮胆轮囷，君目未瞑兮半驾而税。

清贡生十九世星垣公遗像

102. 清贡生周庄派十九世缪升瀛族称星垣公像赞

柳宝诒 谷孙

君家累世积缥缃，缥缃富囊橐。□书可穷，人穷不妨。君今累年读经史，经史足，菑畲熟，富在多文人获福。君家先德绛帐开，桃李春风著意栽。小子髫龄曾立雪，成章有愧负师裁。先生读书数显奇，嗟哉煮字难疗饥。青毡一片冷如铁，携儿课读掩紫扉。羡君自幼露头角，苦志攻研神岳岳。中更离乱展诗书，儒者谋生效猎较。谋生无奈持筹算，读书种子不容断。森森玉树两三枝，课子研经仍伏案。君言两世苦读书，仓有蠹简瓶无储。幸哉朝夕得温饱，穷经曷敢弃三余。君今把卷式前型，清素家传惟一经。所愿儿曹能式榖，楹书长抱一灯青。（《周庄河东支谱》）

十九世少村公像

103. 阚庄派徐墅支十九世缪镐族称少村公像赞

自题

中元甲子岁朝春,天水聋公为写真。七五年华容易过,巫咸山麓一遗民。(《柳村图题咏》)

清庠生二十世海岳公像

104. 周庄派河东支二十世缪名岳族称海岳公像赞

陈栋梁

身正学高,一生执教。严于督导,治学有方。

尤擅草书,刚中有柔。藏中有露,正侧兼使。

笔势连绵似泻泉,字形变化如繁花。

孙芾妙法深得之,珍品上乘蜚声播。(《周庄河东支谱》)

二十一世廷樑公像

105. 阚庄派徐墅支二十一世缪廷樑像赞

女儿 景瑚

幼年丧母勤读书，毕业北大成绩优。
留美五载获博士，一生尽职报祖国。

（第一幅照片录自上海图书馆藏 1917 年第 1 期《江苏省立第二中学校杂志》；第二幅照片录自北京大学档案馆，时年 28 岁，按出生年推算为 1923 年；第三幅照片由缪景瑚提供。）

案：重修之例，像题皆罢官爵，开局后觅得旧板若干，毁之重劳，且恐犯不是，故可修改者易其题，否则俱仍旧式。阅者勿讶与目录及序文说有参差也。至于旧无封典，今膺花诰，而图中未补珠者，亦此例。光绪重修记。

五 祠堂篇

序　言

今世之祠堂，非古时之宗庙也。吾族今日所有之宗祠、支祠，又非昔日之家庙也。古者自天子至官师，庙制各有等差，载于《礼经》者详矣。然同姓从宗合族属，有宗法以联之，故族谊恒为萃，不为涣。后世宗法既废，士大夫不能收其族，昭穆既远，视同行路，各亲其亲，各子其子，有贤者起，思救其弊，于是慨司商协姓，小史奠系之礼无存也，创为宗谱辑族之法；慨有余归宗不足，资宗之礼无存也，创为义田赡族之法；慨支子不祭，祭必告于宗子之礼无存也，创为宗祠合族之法。盖人情所不能已者，虽圣人亦不能易也。然考北宋以前庙制，犹有限制，至程子始谓人本乎祖，服制以高曾相属。则时祀宜及高曾，冬至宜祀始祖远祖。自是而后，学士大夫率皆遵用之。于是祠堂中遂各奉其所谓始祖，视其始祖之远近而为之世数，不问其子孙之贵贱，均得祔主入祠，无论其亲属之贤愚，均得执鬯以祭。此风盖滥觞于北宋而极盛于今日，故曰今世之祠堂，非古时之宗庙也。虽然，非古制，亦非时王制矣。伏查《大清会典》及《大清通礼》，所载品官家祭之礼，庙制虽不同，而其但奉高曾祖祢四代则无不同。《会典》：品官家祭之礼，于居室东立家庙。一品至三品：庙五间，中三间为堂，左右各一间，隔一墙。北为夹室，南为房。堂南檐三门，房南檐各一门。阶五级，庭东西庑各三间，东藏遗衣物，西藏祭器，庭缭以垣，南为中门，又南为外门，左右各设侧门。四品至七品：庙三间，中为堂，左右为夹室为房。阶三级，东西庑各一间，余如三品以上。八、九品：庙三间，中广，左右狭。阶一级，堂及垣皆一门，庭无庑，以箧分藏遗物，祭器陈于东西房，余如七品以上。皆设四室，奉高曾祖祢四世，昭左穆右，妣以适配，南向。高祖以上亲尽则祧，藏主于夹室。东序、西序为祔位。伯叔祖父、兄弟子姓之成人无后者及伯叔父之长殇、兄弟之长殇、中殇，子姓之长殇、中殇、下殇，及妻先殁者，皆以版按辈行墨书，男东女西，东西向。岁以四时仲月择吉致祭。各室设案各一，祔位东、西案各一。堂南设香案一、炉檠具。祝案设香，案西尊爵。案设东序，盥盘设东阶上，视割牲。一品至三品羊一豕一，四品至七品特豕，八品以下豚肩，不特杀，视条。祭器：三品以上每案俎二、铏二、敦二、笾六、豆六，七品以上笾四、豆四，八品以下笾二、豆二。皆俎一，铏敦数同。行三献礼，行礼皆一跪三叩，日中乃馂。三品以上时祭遍举，七品以上春秋二举，八品以下春一举。世爵公、侯、伯、子视一品，男以下按品为差等。在籍进士、举人视七品，恩、拔、岁、副、贡生视九品。贡、监生员有顶戴者，其家祭于寝堂北为龛，以版别四室，奉高曾祖祢，皆以妣配。服亲男女成人无后者，按辈行书纸位配食，已事焚之。岁以四时节日出主而荐，粢盛二盘，肉食、果蔬之属四器，羹二，饭二。荐毕馂，如八品礼。朔望上香，献茶，行礼。因事致告，如朔望仪。庶民以正寝北为龛，奉高曾祖祢，岁时荐果荐新物，每案不过四器羹饭，其朔望及告事如贡监生员仪，《通礼》同。

我朝典礼多本明制，明制当亦大略相同。伏读敬存公所撰《承三公传》，云祖考怡云府君设立家庙，以府君为高祖，及先祖考逝世，阅礼应祧海观公，于嘉靖十七年十一月望日奉神主葬墓。蒋三省撰《东渠公行状》又谓东渠公营家庙于堂左，海观、东渠为昆季，一时而有两家庙，海观之制如彼，则东渠可知，是尔时家庙恪遵时制。及读觉轩公墓志，谓公倡建宗祠，知宗祠之名，实始于此。又读士三公"表"，其继配许氏捐文贞公读书室为始祖以下祠堂，族人重之，没后送主入祠，永远祔祭。由此言之，我族宗祠，实创建于觉轩公，而改置于许氏所捐之室，其奉始祖入祠及合族祔祀，皆当在此时。其后彦相公支周庄支祠，彦祥公支沈家巷及稷山支祠，志远公支丹徒支祠，抡元公支徐墅支祠，湘芷公支虞山石梅支祠，无不本此意而行之。虽所奉之始祖不同，而要之奉先思孝，有合于程子所谓"祭始祖祭远祖则一也"，故曰吾族今日所有之宗祠、支祠，又非昔日之家庙也。

今夫君子之行事也，既不敢与世波靡流荡而不知所返，亦不敢拘文牵义、泥执古礼，以大拂乎人情之所安。王道亦不外人情，苟群情之所趋向，而于圣贤之旨不至大戾，则功令亦在所不禁，故曰礼时为大。孔子曰："麻冕，礼也；今也纯，俭，吾从众。"马贵与论祠制，亦云："宗法既亡，未尝有宗主以主祀事，乃执庙制。而所祭不及祖祢之上，乌得为礼？"故曰古今异宜，礼缘人情，当随时损益，不可胶于一说。《会典》于"俎豆铏敦"下云："代以时用，椠碗者听。"然则古昔圣贤及名儒所论，与夫当今时制，未尝不予人以变通之法也。故篇中所录，悉从其实。至双忠、太仆二祠并蒙敕建，载在祀典，有司致祭，教忠教孝，胥在于是。冠之于首，所以志恩遇之隆，百世下皆当闻风兴起，况亲为其子孙者乎？旧谱此门有目无书，因尤关典礼，故补之务详，庶几敦本之君子有可观览焉。

光绪三十四年戊申八月十九世裔孙楷敬编

1. 江阴双忠祠[①]

双忠祠者，祀明殉奄难先文贞及李忠毅二公之祠也。载邑志，在江阴文庙东垣外，西倚庙垣，北以学署照壁为界，南接贡公祠。为堂三楹，南向奉二公神主；对北斋舍四楹，为有司及两家子姓祭时憩息之所；堂东接四楹，为守祠者所居。门一楹，东向，门外甃道。少南即文贞公之“词林正气”坊。初崇祯时，御史袁鲸奏请惨死诸臣于京师建祠，守土者亦奉旨各立庙于其乡，名曰“勅建”。因兵燹，二公祠未成。康熙三十年，学使者许时庵先生始奏建之，度地于泮池南、汇征坊西塑二公像合祀焉，颜曰“双忠”。有学使者魏无伪先生记。其后石岸崩穨，祠宇倾折，迁像于尊经阁下。雍正九年，学使者张药斋先生谕令重建，改卜今地，有文贞公玄孙及同邑邵彩记。粤匪之乱，祠像俱毁。光绪二十三年，詹文桥派十八世节妇太占公继配章氏出资重建，有同邑吴曾傒记。

(1) 双忠祠碑记

左春坊左谕德 江苏学政 蔚州 魏学诚 无伪

双忠者，文贞缪公、忠毅李公也。双忠既祠于郡，邑之乡贤更有专祠者。皇朝之盛典所以录遗忠，俾子孙得以世守之也。祠基于学宫东偏，堂三楹，门庑备焉。前此奏请建祠，随捐俸三十两以始事者，学使许时庵先生也。工用不足，迟之且久。忠毅四世孙迥澜，文贞四世孙弘仁、思诚、思美，五世孙诜、映台、祥后先董其役，其间朝夕视工，黾勉匍匐，鸠宗党，裒米盐，以底于成者，文贞之四世孙思勃、族孙希舜也。祠成，蔚萝魏子无伪从而记之曰：

余知识之年，侍先大夫，获闻古今忠孝节烈之事、奇伟之人，私心向往之至。

前明天启之世，中朝士大夫罹逆阉之祸，骈首诏狱，不睹天日，极榜掠钳灼之惨，九死而不悔其坚贞之节。浩瀚之气，真足塞两间而横四海，正未可以生死之故悲之矣！

丙戌春，余奉命视学江左，来蓉城。始读《从野堂》、《落落斋》两集，缪、李两先生之梗概，悉见于此矣。

说者曰：“文贞无言，职可以无死，而必出于死者，曷以故？”又谓：“杨忠烈劾逆魏二十四大罪疏，定出于文贞之手。”此皆不足以知诸君子者也。疏尽出于文贞，无损于杨，疏不出于文贞，亦无损于缪。诸君子所日夜图，维剖肝沥血，而谈者何事？苟有利于吾君，言之

① 以下资料未标明出处者，均来自《(光绪)东兴缪氏宗谱》卷三二。

而得行，亦何别于彼此哉？且夫文贞之心，一忠烈之心也，文贞忠烈之心，一诸君子之心也，而又何间乎？

若忠毅者，忠孝性生，加以一往之致，在廷无两，其罪状魏珰也，不遗余力；其言主柄之不可下移；在幼主，则曰："何不去忠贤，以终其宠？"在忠贤，则曰："何不早自引退，以全其躯？"分明恳恻告君之义，与刘子政论外戚封事，今古一揆矣。使当时宰相有一李东阳，为之弥缝调获，则阉焰必不至于燎原，党人必不至于糜烂，宗社必不至于丘墟矣！

呜呼！方其临命之顷，重念亲恩，愿生生事佛，何其无聊也！论世者，亦可以得其成仁之由矣！夫天之生才，或旷代而一见，或异地而一人；独缪、李两先生为桑梓、为戚党、为同朝，同死、同享千万世之名，岂不伟哉？

此双忠祠之所由建也。进士诜请于余曰："祠既成，像乎，祏乎！"余应之曰："尊其瞻视，令甲所弗禁也，惟孝孙为之。"

康熙四十七年戊子孟秋之朔。

编者按：《（道光）江阴县志》卷七所载《双忠祠记》云：

双忠者，文贞缪公，忠毅李公也。

余知识之年，侍先大夫，获闻古今忠孝节烈之事、奇伟之人，私心向往之至。

前明天启之世，中朝士大夫罹逆阉之祸，骈首诏狱，不睹天日；极榜掠钳灼之惨，九死不悔其坚贞之节。浩瀚之气，真足塞两间而横四海矣！

丙戌春，余奉命视学江左，来蓉城。始读《从野堂》、《落落斋》两集，缪、李两先生之梗概悉见于此。

说者曰："文贞无言，责可以无死，而必出于死者，曷故？"又谓："疏魏珰二十四大罪，未尽出于先生之手。"此皆不足以知文贞者也。锄奸之疏不出于文贞，无损于缪，尽属之文贞，亦无损于杨。彼二三君子，日夜所图，维剖肝沥血，而谈者何事？苟有利于君听，何所不为杨之立说？缪之挥毫所必然也，夫何疑。

若忠毅者，忠孝性生，加以一往之致，在廷莫匹。其罪状魏珰也，不遗余力；其言主柄之不可下移；在幼主，则曰："何不去忠贤，以终其宠？"在忠贤，则曰："何不早自引退，以全其躯？"分明恳恻忠臣告君之义，与刘子政论外戚封事，今古一揆。使当时宰相有一李东阳，为之弥缝调护，则阉焰必不至于燎原，党人必不至于糜烂，宗社必不至于丘墟矣！

呜呼！方其临命之顷，重念亲恩，愿生生事佛，何其无聊也！论世者亦可以得其成仁之由矣！夫天之生才，或旷代而一见，或异地而一人；独是缪、李两先生为梓里、为瓜葛、为同朝，而同死、同享千万世之名，岂不伟欤？

此双忠祠之所由建也，进士诜谋于余曰："祠既讫，像乎，祏乎！"余应之曰："尊其瞻视，令甲所弗禁也，惟孝孙为之。"

(2) 重建双忠祠碑记

十三世 缪敬持 以直

前明思宗御极，首诛逆奄，愍惨死之臣，祭葬、褒赠、荫子、予谥，恤典大备。御史袁鲸奏请于京城建祠，以慰忠魂。于是杨涟、周顺昌、缪昌期、李应昇、黄尊素诸臣之裔请塑像于祠，以尊瞻视，享春秋二祭。诏曰：可。其被祸尤酷、死狱最痛者十三人（乙丑六君子，丙寅七君子），守土之臣奉旨立庙于其乡，佥名之曰"敕建"。适遘兵燹，祠庙未尽落成，先文贞、李忠毅两公祠所为阙然也。康熙辛未，许时庵先生视学江苏，诣圣庙释菜，至于两庑先贤前次第行礼毕，喟然曰："两公向奉敕建祠，顾无以崇庙貌而闲旅楹，非制也。"乃属县令尹、两学博克期兴役，度地于泮池之南，构堂三楹，修春秋祭享事无阙，颜曰"双忠祠"。久之石岸倾欹，榱桷将压，两公遗像移于尊经阁下。子姓力绵，莫能修举废坠。雍正己酉，少宗伯桐城张公典学南邦，谒圣庙后趋尊经阁瞻拜两公遗像，肃然起敬，低徊不能去，既而召两姓裔诏之曰："二公正气，如日星之在天，河岳之在地，原不系祠堂之有无，惟是入庙思敬，休有烈光。子孙宫室是营，独不为宗祏久长计乎？盍移建于学宫，足为宫墙生色，且爽垲坚固，可无坍圮之虞。咨尔多士，事无有亟于此者。"敬持等稽首曰："谨受命。"遂相视进贤门之外，奠址鸠工，为室七楹，以后三楹面南奉两公遗像，以前三楹面北居守祠者，又以一楹面东为前门司启闭。凡阅两寒暑始落成。敬持等蚤夜经营，悉索告攸，蹶而复振，庶几竭子孙之力，以仰副宗伯公之盛心，可谓难矣。夫成之难者，隳之亦不易。继自今，两公之裔源源而来，馨香俎豆以时，缮垣葺墙以时，艺莳卉木以时。昔先文贞手牍有云："做秀才日日有熊老在上。"然则为子孙者，不当日日有两公在上耶？圣朝褒忠念荩，于熹庙抗疏死珰之臣，特命史官博采行实，爰立列传以昭史宬，风示来兹。学使者上膺简命，兴起人文，匪懈之忱，不倦之悔，熏蒸于大江南北者，至深且笃。敬持等敢不镞励自矢，迪惟前人光？幸祠之成，而为两家子弟，胥用劝乎？遂斋戒肃容而为之记。雍正九年辛亥十二月既望。

(3) 重建双忠祠碑记

同邑 邵彩 砺亭

双忠祠者，文贞缪公、忠毅李公专祠也。二公精忠大节，尸祝遍海隅，俎豆在乡校。而尤特建专祠者，盖圣朝褒忠之盛典，与子孙不匮之孝思也。二公生同里仕同朝同死奄祸同享千百世之名,故为之崇祀于同堂,以著其一时之同心矢节。其祠遂以双忠名,称其实也。祠之建,昉于邑侯云士陆公,继以学宪时庵许公殚力,终事于文贞公四世孙、进士诜号觉轩暨其族孙希舜字宏。先基在汇征坊之西,详著学宪魏蔚萝先生碑记,但其地濒河湫隘,阅二十年,河壖溃,后宇倾圮。移像于尊经阁下。雍正庚戌,学宪桐城张药斋先生按临谒文庙,瞻二公像,展拜成礼,询知前祠倾穨状,遂谕邑侯郭公暨两家子姓改卜重建于学宫内文庙之东。规模宏整,视昔有加。是役也,经始于雍正九年春,迄十一年四月告竣,两姓共费值五百。忠毅四世孙勤出资二百。其鸠工庀材、早夜董役,终始厥事者,则文贞四世孙茂才敬持字以直独肩其瘁。二公之后,洵可谓弈世载德,永言孝思者矣。

吾江虽僻小,而忠节辈出。前明武宗朝,贡、史、黄三公皆以击奄婴祸,名播区宇,光照史册。而缪、李二公继起于熹宗乙、丙间,逆珰窃柄,二公志在放殛,以延明祚。卒乃酷掠糜烂,九死不悔,浩然之气,视三公被祸尤惨,天下后世所以哀而敬之者。至于狂走气尽,壹似发肤肾肠之亲,受其痛者亦前古所莫匹。独惜贡、史、黄三公虽列祀乡贤,仅以区区栗主厕诸盗名欺世,焉能为有亡之辈聊享春秋一七之歆?而专祠阙如,岂若两先生,岿然有特祠,妥侑肖像而尸祝之。自学使者至于博士弟子,靡不诚敬跪拜,洋洋乎如在上在左右焉。是不独二公之灵爽有过于三公,抑亦负荷之多贤有以致此也。予小子彩束发里塾,即震二公名,长读两先生遗集,忠孝之血,触处瀵涌,化碧流虹,慨想荩臣,私心向往。今瞻公祠,拜谒公像,犹恍睹其白首忧时、丹心抗疏时也。

呜呼!邑有君子,则草木改观。士之产斯邑者,孰不因两先生而与有荣施,况生于其乡而亲炙其后贤者欤?彩既钦两先生之文章气节,而又叹其后裔之能继序不忘也。辄流连眷慕,不能自已。窃谓斯祠一建再建,匪特褒忠,兼以征孝。匪忠无君,匪孝无亲,祠之系于世教者,非浅。今文贞四世孙觉轩命彩文其牲石,重辱诿诿,不敢以不文辞。谨拜手质言以记之如此。祠基约一亩五分,门次第各一楹,堂三楹,堂前斋舍称之,其外崇垣周于祠。乾隆癸亥季春。

(4) 重建双忠祠碑记

光绪甲午举人 景山教习 同邑 吴曾傒 耿斋

维光绪丁酉岁孟冬,缪节母章氏倡议重建缪文贞、李忠毅二公祠,命其子玉辉牒请于学使者龙资深①先生。乃觅视遗址,铲涤荒秽,属役量工,克期兴筑。需值若干,一以己任无吝。落成有日矣,节母念人事之递更,惧来者之莫能详也,属曾傒为文记其事。

考祠旧名"双忠",基傍文庙,东垣与贡公祠、忠义孝悌祠同壤,而特次其后。当康熙戊

① 龙资深:即龙湛霖,时任江苏学政。龙字芝生。资深,音同而误也。

辰、辛未两年，邑宰钱塘陆公次云、学使海宁许公汝霖尝先后捐俸倡建，越十余载始告成。顾地滨泮池，阅候稍久，宇随岸圮。雍正庚戌，学使桐城张公廷璐始命两家子姓移建学宫内今地，亦经两载余乃蒇事。迨咸丰庚申之乱，废址仅存，败砾墟积，榛莽丛蔚，荏苒因循，罔克终举，乡人慊焉。今夫忠臣义士，万死靡它，彼遑计身后虚荣而赫赫俎豆、光耀桑梓，岂独以阐幽潜、夸盛美，毋亦惟是。使后之人望风兴感，肃然以动，因趋谒瞻拜之诚而生其景慕低徊之意，所以振风教而励人材者，至深远也。吾邑际前明之代，若御史贡公安甫、史公良佐、职方黄公昭，均以忠节著闻。今贡公已立专祠，黄、史亦居附祀之列，而文贞、忠毅两公被祸尤酷，且夙奉敕立祠，顾使馨香祀典，永没于穨垣蔓草间，乡先哲之风烈湮郁不彰，缙绅辈之过，是邦者罔所寄其瞻仰，兹岂非吾邑学士大夫有心世教者之缺憾耶？又况承忠烈余绪，而为孝思不忘之子孙，其负疚更何如耶？节母奋起妇流，慷慨好义，既尝独力营建家祠，复亟成此举，俾三十余年坠典一旦兴复，二公地下之灵爽得所凭依，以永歆其祀，可不谓贤与？祠门东向，前后凡七楹，旁屋四楹，总费千数百缗有奇。兴役于仲冬，竣工于暮春，甫及数月，庭宇焕然。视曩者之旋作旋辍，竭蹶告倾，迟之又久，仅获观成，情事迥不侔矣。循兹以往，时其烝尝，廑其缮葺，节母倡成之，两家子裔续守之，以永奉百世不祧之典，而勉绍二公志节，即阖邑人材，亦因是感发兴起，斯讵非节母建举之盛愿而尤所祷企以俟者乎？傒不文，钦节母之风，敢叙颠末，用诏方来。而因思吾祖季子公分祠向在县治东偏，光绪初构屋数楹，迄今未竣，雨风侵暴，芜秽不治，栋墉黯坏，势且倾弛，未知何年始克赓修。览节母此举，益不禁慨焉感，赧焉愧也。光绪二十四年岁次戊戌仲春之月。

(又见《(民国)江阴县续志》卷八)

(5) 祭礼、祠田、田数细目、开支项款、匾额、楹联

祭礼

• 祭期：春秋二仲上丁，与释奠同日。

• 主祭：释奠礼毕，教谕一人公服诣祠致祭。

• 祭器祭品：祭之日，陈俎二、笾四、豆四、炉一、灯二于案。陈祝文于案左，陈壶一、爵三、帛一、香盘一于案右。俎实羊豕，笾实时果、饼饵、鱼腊、兽腊之属，豆实炙胾时蔬之属。并由官备。现因子姓备祭，惟置羊豕二品。

• 祭仪：引赞二人引主祭官入诣案前，北面立。礼生自右奉香盘，主祭官三上香讫，引赞赞跪叩兴，主祭官跪，三叩兴。礼生自右授帛，主祭官受帛，拱举，仍授礼生，献于案上。礼生挈壶酌酒实爵，自右跪授爵，主祭官受爵，拱举，仍授礼生兴，献于正中。读祝者取祝文跪案左，引赞赞跪，主祭官跪读，祝毕以祝文复于案。主祭官俯伏兴，执事者酌酒献于左，又酌酒献于右，退。引赞赞跪叩兴，主祭官跪三叩兴，执事者以祝帛送燎。引赞引主祭

官出，执事者撤，皆退。

● 官祭费：每季学官于学田租息项下拨银一两九分四厘。载邑志。

● 祝文式(略)。

祠田

兵燹以前无考。自章氏重建后，两家后裔祭费及岁修费无出，由惟明公支十九世冕卿捐得李姓田十九亩零，为两项及添置祭器。祠中应支常年之经费暂归冕卿经理，其田数及开支项款具列于后。

田数细目(略)

共计田十九亩零六厘一毫一丝八忽五末。

开支项款

● 祭品开支之项：祭筵一席，供果八碟，香烛锭帛鞭炮。

● 祭事开支之项：礼房帛敬，礼生，学书，乐工，提垫，抱帛，罩伞，三牲挑力，随使，轿夫，地保，詹文桥后裔舟金，赤岸李氏后裔舟金，以上两项一因建祠，一因捐田，外此不给。祠中帮工。

● 祠中开支之项：岁修，续置物件，守祠每年吃米。

● 田事开支之项：粮漕，庄费，区保费，收租，薪水。

匾额

李杜齐名 邑人黄光照题，后有跋云：吾乡缪文贞、李忠毅两公，当明季为权阉罗织被害，事与东京党祸相似，爰采《后汉书·范滂传》语颜诸飨堂。

楹联

负东林望，排东厂奸，偕左杨数子，慷慨盟心，取义成仁甘万死；

生同里居，没同庙食，与贡史诸君，后先比烈，乡型臣范并千秋。邑人吴曾徯题。

2. 常熟太仆祠

祠在常熟城内虞山南麓石梅，文贞公九世孙、殉回难翰仙公及殉烈元配张夫人敕建之专祠也。公弟少初公由河南解组归所筑。左连白衣庵，右倚辛峰亭，上则远接虞仲言子之墓，下则近瞰昭明读书之台。因山为基，层累而上，祠基纵横数十丈，地临焦尾溪，无正门。由东角缭垣曲门入，溪之上为小园，极泉石之胜。有鹤归亭、逍遥楼二方亭分列左右，中为假山，洞其中以通左右。园之上为虚设之正门，颜“敕建缪太仆专祠”字样。又其上为露台，为厅事，左为燕室，右为船房，为有司致祭憩息之所。又其上为公飨堂，东为庖厨割牲所在。又其上为家祠，祀文贞公以下诸祖先。以公为湘芷公孙，湘芷公为复迁虞祖，为文贞公七世孙。[1] 祀事及文贞，亦"祖有德，宗有功"意也。自厅事及家祠之西，俱有楼有室，船房逾西为囊琴匣剑之楼，为盆池、为寿石，簃壁间多嵌名人题咏碑石。再西为西楼，为西厅，厅之后有还读台、宛在桥、六角亭，旁皆杂莳花木。由磴道斜升，有门颜曰"陟彼冈兮"，取诗"望兄"意也。循冈而上，有书屋，春秋佳日，可觞可咏。其东为危楼，上出重霄，凭高而望，城中诸景皆在目中。公殉难于同治元年，建祠之命下于四年，祠之成则在于光绪十四年。湘芷公迁虞后，未有支祠，至是而专祠成，亦即支祠成，盖一举而二善备焉。至其建置之始末，具详于少初公及钱保衡、陈观圻诸记。

(1) 常熟县原籍缪太仆专祠记

常熟县知县 钱塘 钱保衡 秋舫

国家专祠之设，设于所仕之地与所处之邦，典至重，意至深也。咸、同间，粤贼窜扰数省，江浙士大夫从事于戎行者，指不胜数。求其致果赴敌，奋身不顾，卒以身殉，得邀建祠本籍以风示后人者，湖州赵忠节外，孰有如常熟缪太仆哉？太仆公真千古矣！

公为明殉阉祸谕德文贞公九世孙，家世忠笃，三吴称右族。官陕西武功县，有异政。咸丰辛酉，临潼土匪抗粮滋事，大府重公才，量移临邑，命率兵捕之。公至，兵顿境外，获巨魁，散胁从，临邑之民保全者众。次年同治纪元岁壬戌，粤贼自蜀北窜，全秦戒严，临潼当其冲。公一力捍卫，得不陷。贼乃纡道蓝田，破渭南，于是渭河南北回众乘机起。有马百龄者，回人也，以抚回解散之策干团练大臣张文毅公芾。文毅信其言，谓公旧有战守，能与之俱。公辞不获，严临潼守具，而后出。濒发，语张淑人曰："粤逆在郊，固誓与城存亡，今患在肘腋，以诸子累汝矣。"公之逆料回情之叵测也，洞若观火。文毅既行，公从之。汉团既散，回众愈横，遂拥张文毅与公至苍头，露刃害之。维时，临邑犹屹然独完。《祭法》所谓"以死勤事，能捍大患"者，公兼有之。张淑人婴城固守，城赖以全。闻公殉难，不食，七日而亡。给谏王公闻其事，以之入告，奉旨优恤，并准于服官之处并原籍地方建立专祠，张淑人一体附祀，以彰忠节。以视赵忠节仅于本籍建祠者，殆又过之。呜呼！以公之忠，夫人之烈，大节伟然，照耀天壤，实足与文贞后先相辉映。

保衡昔游京师，得与公弟少初大令订交。即闻公官关中，政声籍籍。又闻赴难事动人兴起，为之景仰不能置。甫及廿年，保衡来宰斯邑，适少初大令为公建立原籍专祠，属叙颠末，不敢以不文辞，遂据实而为之记。

---

[1] 文贞公七世孙：此处与《传记篇》中的缪树本传以及下文钱保衡题记不一致。本文以缪文贞孙子为一世，推及缪树本为七世。《传记篇》则以缪文贞为一世，推及缪树本为九世。

(2) 常熟原籍太仆公专祠记

弟 萼联 少初

虞山以虞仲得名，近代始筑城为邑，远瞩东海，俯瞰尚湖间，气所钟甲于吴下。南麓曰石梅，风景尤胜。登高而望，闾阎填咽，睥睨周遭，上有虞仲、言子之墓，下有昭明读书之台，以及孝子忠臣、名贤节妇，无不荟萃其间。《易》曰："方以类聚。"《传》曰："里仁为美。"祠庙之设，所以妥灵爽而式风化，使有司岁时祭祀无惰，士民往来得以瞻仰。苟置之穷乡僻壤，则荒远莫到，有与无等，岂朝廷崇德报功意乎？先兄太仆公临潼殉难，忠烈昭彰，上谕准于任所、原籍各建专祠，暨配张淑人殉节，一体合祀。谨卜地于读书台之东、白衣庵之西，得纵横百数十丈。丙戌岁，予始归田，鸠工庀材，属族弟春龄襄同督造。逾年，祠成，颜之曰"敕建缪太仆专祠"，奉栗主祀焉。

夫公之事略，载在志乘，夫人知之。独念回逆方乱之殷，陕省诸邑离披，公独保守完聚。贼不能下，盖其筹御之才，仿佛睢阳。乃以鲁公希烈之行，遂遘常山断舌之祸。忠荩勇烈，视不能御贼于身存之前，徒能尽节于城破以后者，不可同年语矣。淑人遵公守御，至数月之久，古之夫人城，何以异此？迨闻变，绝粒卒，亦舍生取义，巾帼须眉，皎皎大节，载籍以来，实仅见也。今并渥皇仁，馨香食报，辉耀里闾，此公与淑人之不朽，我缪氏兄弟子孙所当感激而永念者也。

祠屋凡若干楹，因山结构。逐层渐上，前有小园，敕建祠额在正中，望之若大门，然其上为露台厅事三楹，厅事上进为公飨堂，公像在焉。最上为家庙，奉祖先神位，自明文贞公以下。飨堂东为牲庖厅事，东西各接数楹，以备有司致祭憩息之所。比年来，增筑飨堂西偏十余椽为内院，眷属居焉。园临焦尾溪，楼阁亭榭凡数处，可以庋书籍，可以供游咏。

工既蒇，乃进子弟而告之曰：斯祠之设，凡皆供我祖先之祀，岁时之荐者也。应有祭器，其共掌之，应行典礼，其共识之。祭之日，毋喧哗，毋乱列，毋失礼于典祭官。后嗣而贤，则当修之葺之，或昌大之。设有不肖任其倾圮，春秋不举，是不念创造之艰难，是不念先人之忠烈，其为不敬，孰大焉，族之人，皆得而问之。至若祭田膳地，均议条规，白县立册，鬻无从也。吾愿吾子子孙孙世守弗替，弗隳先徽。庶卜祠宇常新，而名山并永乎。是为记。

(3) 缪太仆石梅祠堂记

拔贡 山东新泰 阳谷 范县等县知县 宝山 陈观圻 起霞

吾吴虞山之峻，亚于穹窿、天平诸山，而萦纡盘郁、蔚然深秀特过之。山之麓为琴川，一水自西南来，蜿蜒而北，汪洋渟蓄，潴而为湖，清鉴毛发。山川之胜，至斯而极，士生其间，往往能自树立，有卓绝一世之概。前明缪文贞公，敦尚气节，弁冕东林，其尤著者也。

公九世孙翰仙太仆,作令关中,有贤声。庚申夏,临潼土匪蜂起,中丞瑛公奏请量移。公至,广设方略,阖境帖然。同治元年,粤匪入秦之役,率团勇越境堵剿,设伏骊山,贼侦知有备也,绕蓝田,趋二华,出关。中丞以陕东保障许之。未几渭南回匪蠢动,劫掠汉民,团练大臣张文毅公疾驰抚贼,邀公与俱。公知事不可为,先戒城防,而后行。翼日至贼境,晓以顺逆,不听,公与张公怒骂,遂同遇害于仓头镇。时旁近城邑皆陷,而临潼孤立贼中。张夫人撤簪珥犒军,誓同死守。无何闻变,卒绝粒以殉。诏恤赠公太仆寺卿,并于临潼任所暨常熟原籍建立专祠,张夫人附焉。呜呼!忠烈萃于一门,亦足辉映湖山,使后之人闻风而兴起矣。光绪丙子、丁丑间,公弟少初令伊阳,延予主讲紫逻书院,命从子郐生、潼生从受业。少初礼贤敬士,跌宕风流,画山楼文酒之乐,一时推为韵事。然道及公生平,辄时时潸然泣下。越数年,少初病归故里,卜地于虞山之石梅,鸠工庀材,经营祠事。祠成,盛称池馆之幽,花竹之茂,招予往游,并作文以记之。风尘奔走,卒卒未有以应也。甲辰秋,以事入都,与公次子阌生太守及郐生相遇于津门,重理前说,乃志其梗概如此。予老矣,薄宦十年,久有倦游之慨,明年春,当赋遂初,退居于吴淞江畔。他日者芒鞋藤杖,舣舟石梅祠下,拜公遗像,并追践少初旧约,作为诗歌,挂名祠石,是则予之志也。不禁濡笔以俟之。

(4) 祠田细目与楹联

祠田(细目略)

共计田三百五十三亩九分九厘七毫。

楹联:

北阙赍鸾,纶萃一门,俎豆明禋,辉腾丙舍;

东林诒燕,翼历九代,簪缨积累,秀毓辛峰。杨泗孙书并撰。

云树郁孤忠,大丈夫慷慨捐躯,马革归魂招渭北;

石梅标劲节,贤伉俪馨香食报,鸿光合祀列虞阳。姚孟起书并撰。

选胜辟崇基,从齐女峰言子墓旁,高筑三层全收万象;

褒忠邀旷典,继钱参政瞿留守后,独凭一席共享千秋。石方涑书并撰。

异代并千秋,德必有邻,把臂定呼留守;

云礽书九叶,忠能绳武,杀身不愧文贞。殷用霖书并撰。

门望溯文贞,学有渊源,想当年保障危城,更赴急苍头,贤令尹力已竭矣;

忠魂返虞麓,报诸俎豆,看此日巍峨崇宇,正焕新丹雘,我国家礼亦宜之。钱塘钱保衡撰。

绝粒誓捐躯,七日而亡,不愧千秋俎豆;

化石成大节,一龛并祔,足镇万古江山。张淑人祔祠联,钱塘钱保衡撰。

夫妇矢忠贞，巨典皆膺，圣代即今多雨露；

祖孙均庙貌，宏规大启，故乡无此好湖山。族侄朝标撰。

一百日生死无凭，竟臣忠殉国，妻烈从夫，抚兹如斗孤城，真不愧临淮靴刀，石龙锦伞；

四十载升平重觏，见桃柳盈郊，桑麻被野，争拜我公遗像，当犹是儿童竹马，父老衣冠。临潼县专祠联，陕西巡抚曹鸿勋书并撰。附录。

3. 阚庄宗祠

祠在阚庄东兴里，吾族之大宗祠也。屋与基皆采星公支十五世士三公继配许氏所捐。本文贞公读书室，所谓西溪书屋也。祠外所环盖，即西溪祠。旁为实园故址，今名后园，公《入槛诗》所谓"南枝应北指，视我实园阴"者也。卢思诚《江阴县志》"古绩"门载"实园在祝塘东兴里"，此传闻之误，不可据。许氏捐后，乾隆末年族中经营修造。据《启明公传略》，觉轩公所造即此祠，证以公墓志铭为乾隆二年事，时年六十六也。公卒于乾隆十三年，然与士三公系表不合。表言士三没后，嗣子荡费家产，许氏控，准另择定嗣。白当事，捐此屋为祠堂。则捐屋之事，当在乾隆四十余年，以士三之殁，在三十八年也，去觉轩公之卒，几二十年矣。若以此祠为觉轩公所修造，则捐当在士三未殁之前。若谓捐在殁后，则觉轩公所造自，别为旧祠。谱中所载，参差不可合，盖启明公传未足据也。据父老言，觉轩公所建祠基在西阚庄，自是二处甚明矣。为堂三楹，左右有夹室，西向。堂檐下有廊，庭有两庑，各三楹，庖厨割牲所在及守祠者所居。前为墙门，门前余地依祠。直步至溪水，有旗杆石故迹，堂中奉东兴始迁祖全一公以下神位，昭穆各以其班祔，祠制规模之备自此始。惟公款甚微，旧传祭田只十亩零，相沿至今，所入租息几不敷所出，故与祭者皆助祭费二百文。至于修葺，不能不仰助于各支。以是思惟甚非经久之道，惟期经理公事者恭敬撙节，则一篑之土可以为山，他日度宏规而大起，未始不由此区区者为之起点也。有厚望焉。

祠田（细目略）

共计实原田十亩四分零一亩六分，额租麦一石六斗三升、米六石三斗二升，租钱三千三百文。

匾额

衍泽堂

4. 周庄支祠

祠在周庄镇北街，彦相公以下支祠也。公赘居周庄时，阚庄尚无宗祠。乾隆间，宗祠既建,春秋二季公支子姓亦并赴阚庄会祭。历年既多,终以道路遥远,天时不齐,而无力者舟车费艰,又苦跋涉。嘉庆十八年,河西次桥公、君荣公,河东介泉公等遂倡议捐赀营建此祠,祀彦相公以下诸祖先,推所自出并祀始祖全一公、大宗祖承三公焉。为堂三楹,东向,前为墙门,门外即街道。今墙门易作屋三楹,则光绪初寅谷公以祠田租息赢余,增以捐助改置者也。惟祠基既隘,神龛亦小,祔位之地已难于为继。恢基拓宇,不能不深有望于后之经理公款者焉。

(1) 祭礼及祝文式

祭礼

- 祭期:定于仲春及小春既望主祭及值祭,虽有大事,改人不改期。
- 值祭:归河西子方公、河东子成公两房,每年轮值,由经理祭田者于期前十日报告。
- 主祭:推宗长与祭之人,自彦相公以下子孙,年及弱冠,均得入祠行礼,亦不限人人俱到,家以一人为率。
- 祭品:参用家礼及世俗所通行,正案陈爵箸三;荤牲三:豚肩,鸡,鱼;刀、匕、盐;具碟十二,实炙胾蔬果之属;另碟二,实馒首糕饼之属;四炒八簋,山殽水错,随时取备不拘。羹饭具左右案,陈设同,惟无三牲香烛。楮币如例。炉檠具设案前,祝版设案右,或备物致敬。正案增鱼腊、兽腊、干品八簋者听。
- 祭仪:设明赞一,引赞二。陈设毕,明赞赞就位,引赞引主祭者诣案前立。赞参神三,上香。右赞自右奉香,主祭者受香,三上讫。赞跪,叩首,三称。兴。主祭者跪,三叩,兴。赞献帛,右赞自右奉帛,主祭者受帛,拱举,授左赞,献案。赞三献爵,右赞自右实爵,主祭者受爵,拱举,授左赞,献案。三献讫,赞分献,右赞实爵献左案,左赞实爵献右案。赞跪,主祭者跪,赞读祝,左赞取祝文跪案右,读毕,复于案。赞辞神,叩首,三称。,兴。主祭者三叩,兴。执事者以楮帛送燎,赞视燎,引赞引主祭者至燎所。赞礼毕,主祭以下皆出,执事者撤退。
- 享馂:与祭者皆得馂。食馂者助祭费一百文。妇孺不与祭,亦不得食馂。
- **祝文式**

维大清宣统某年岁次干支。某月朔越十有六日,干支。某世裔孙主祭名。遣某世值祭名。统领族属,谨以清酌庶羞之仪,致祭于明始祖全一公、大宗祖承三公、周庄支祖彦相公暨列祖列妣之灵曰:从来制礼,首重敬宗。自昔承祧,先隆作庙。溯我祖源远流长,小湖桥肇开基绪,裕后昆瓜绵瓞衍,东兴里萃聚云礽。嗣以忠贞自矢,东林之臣节攸彰;比拟金石为流,西溪之姓名常馥。叶叶相承,诗书衍绪,枝枝竞秀,清白流芳。代有文人,常叨鹿鸣之宴;名传武士,亦耀鹰扬之科。在今日,子子孙孙当思水源木本;念此际,昭昭穆穆永感春露秋霜。蘋蘩昭信，黍稷维香，凡与祭者，莫不肃将。列祖列宗，临之在上，质之在旁，灵兮仿佛，庶几来尝。尚饗。

● 支祖彦相公墓，春冬两季即于祭祠之日，由值祭者另备酒筵、楮币敬谨诣墓致祭。

（2）祠田、祠规、匾额及楹联

祠田

《礼》云："大夫士有田则祭，无田则荐。"又云："惟士无田，则亦不祭。"祭田之重，由来古矣。我周庄支祠创建以后，仅置田十余亩。咸、同间利川公经理，同、光间寅谷公经理。其时当有事之秋，起造门屋及土木黝垩、铺砌地平、购办祭器，更值修谱，进位费用浩繁，未能扩充。光绪十三年，寅谷公年迈，交与琴书公经理，计绝契典契田共十四亩四分。历十一年，至光绪二十五年，琴书公即世，计积绝契典契田并元泰捐田十亩八分，龙生捐田二亩五分，共计田八十五亩三分。自是星垣接管，凡九年，至三十四年冬，凭族公议，交与锡臣经理，复选公正廉明一人为之监察，重定新章，立议单两纸，河东、河西各执其一。星垣交出，计绝契典契田共八十七亩、市屋五间，所有新定之规及田数屋数载之于谱，以垂久远，备考核，其钱项赢亏，具详账目，不复赘云。

祠规

一、议经理祠事，设管租一人，管田房两租出入及祠中庶务，再设监察一人，综理紧要事件，稽查账目。有事两人公同商议，勿存偏见。

一、议监察当尽义务，管租者每年赠薪水钱十八千文。

一、议管租处须立账簿六册，一积产，二租流水，三租誊清，四国课，五出入总登，六清册。每年春秋祭期，由监察清查一过，倘有情弊，从公议夺，决不容隐。

一、议每年管租者，于春祭前将上年出入细数造四柱清册两本，一自存，一送监察处稽核。另缮清单一纸，于春祭日粘贴祠壁，俾合族观瞻，以昭大信。如有不合，族众尽可指摘。

一、议祠中开支正项，除完国课及管租薪水外，值祭者春秋每季贴祭费十五千文，提香烛楮帛费一千文，乐工钱七百文。两季共三十三千四百文。给彦相公坟丁每年钱七百文，米一斗。其余岁修祠墓及置备祭器与赴双忠祠春秋两季会祭川资，当随时酌量，不得妄有所费。

一、议开支之外如有盈余，即添置田亩。不得买瘠薄及有胶葛之田，有活田赎出者随时补足。

一、议族中不准承种祠田，祠中不准收买族田。祠中公款，族中亦不许挪移抵押。作中作保，概行屏绝，以免纠葛而伤族谊。

一、议祠中器用之数，附记于积产簿末，倘有损坏，宜随时检点修理。每逢祭期应用器服,即检送祠中,不可误事。用毕收藏,平时不得擅自通情借出。

一、议族中于祠事有疑者,均向监察处查问。不得妄生浮议,并至管租处饶舌。

一、议管租薪水以现在田数为限,日后增置田亩,每增一亩加赠二百文。光绪三十四年十一月　日周庄支祠公议。

匾额

庆衍兰陵

田数细目(略)

楹联

白鹿启家声,秀挺兰枝,节义文章光百代;

青溪传世德,礼升萧臭,烝尝俎豆永千秋。申港缪荃孙书并撰。

5. 詹文桥支祠

祠在詹文桥南,稷山北麓,彦祥公以下支祠也。公迁詹文桥,为詹文桥支。嘉庆间,周庄别建支祠,公支宏纲公等亦师其意,于沈家巷为之。光绪初,太占公继配节妇章氏,念文贞公忠节名臣,子姓无不宜隆报享,而支祠犹阙此典,又营建此祠,奉祀文贞。复由本支本房上推所自出,祀全一公以下诸祖先,近房亦许祔主,于是与宗祠分,并与旧支祠分。为堂三楹,门屋三楹,外为章氏之节孝坊,缭以周垣。同邑张树培飨堂碑文叙其始末。其飨堂之右,屋二楹,为守祠者所居。惟近数年来,沈家巷子姓寒微,旧祠无公款,失于修葺,屋宇倾颓,族中因辑谱,公议祠基仍归原主,祠材得值贴公。昔之由合而分者,今姑更由分而合。自此与稷山祠合祀,其先世神主同者,用古祧庙法设祭恭瘗于墓,而渠等念祖宗创造之艰难,欲修则力不足,欲废则心不忍,迟而未决,故兹谱但载稷山祠而不及沈家巷祠,非敢阙也,盖有待也。

(1) 詹文桥稷山支祠飨堂碑文

诸生 同邑 张树培 凤池

尝读苏长公志昌黎庙碑云:"公之神在天下者,如水之在地中,无所往而不在也。"人每疑之。予谓神之灵明,感召于人之精诚,诚足以昭格幽冥,神虽远,无弗届也。

吾邑缪文贞公讳昌期,有明忠节名臣。后之庙祀者,自郡邑先贤乡贤外,复有特建之双忠祠,足为桑梓之瞻仰矣。顾庚申之变,毁于兵燹,凡在子姓,其低回思慕者,无不忾焉于心。詹文桥支十八世节妇章宜人,自伊夫太占公殁后,柏舟矢志,有共姜风。经营墓地于稷山之麓,既以勤以虔,不惜工力之费矣。因念孤忠介节,报享阙如,虽有阚庄之宗祠,而道路绵远，不克申其展谒，沈家巷支祠祀事亦未及承，其君舅起文君本有建立家祠之意，遂于离陇数十武购置爽垲地一所，请命于起文君曰："妇欲建立祖堂以彰忠节而妥先灵，若何？"起文君曰："此本余有志未逮事也，汝能为之，复何言。"宜人乃鸠工庀材，经营创造，以戊寅之仲春兴役，至仲夏而告竣。不惮劳瘁，晨夕督焉。祠成，堂中奉文贞公位，又追东兴始祖全一公以下八世，本房与近房均祔主于旁。令守墓者兼以守祠，各房之祭，听其自为章程。宜人则自蠲祭田兼守祠墓田能字号共六亩，令守者承种，不取其租，春秋两祭归其承办。每岁于各房公祭外，宜人率嗣子玉辉、孙永寿等展祭嘱。此后本房子孙繁衍，再增备品物，肴核从丰，俾得共飨馂余，以广神惠。又蠲姜字号田二十余亩付嗣子经理，以作祠中岁修及置办器用之资。息有赢余，增置田产，不得擅行变易。凡宜人所蠲田数，永为起文君一房公款。今岁仲秋，具禀立案。噫！世之丰于财者，第知为身家计，而能念及先人者盖寡，出于巾帼者尤寡，此非识力有定者曷克若是，且宜人行谊之美，仗义疏财，乐善不倦，钟礼郝法，誉遍乡闾，义粟仁浆，惠周戚族。孝思不匮，则为堂上请封；贞节可嘉，更邀朝廷旌表。更仆难数，此特其较著者耳。文贞公有灵，有不鉴其精诚也。夫文贞公以下之祖考，有不鉴其昭格也夫。光绪六年岁次庚辰孟冬之月。

（2）祠田与四房公田

祠田

钦加四品衔、补用府升用、直隶州署江阴县正堂汪为给示晓谕事。据命妇缪章氏禀称：窃氏命不辰，于同治三年惨遭夫故，子女早殇，公议以先伯之子玉辉兼嗣夫后。氏矢志守节，勉力持家，谨遵翁命，安葬故夫于大桥一保稷山北麓新阡主穴。光绪四年，即于夫墓左首另置基地一方，独建祖堂二埭，共六间，幸告落成。本支神位择吉同进，即于是年经本邑绅士以氏克尽妇道，禀蒙前学宪林给与"节孝芳徽"四字匾额悬上祖堂，惟虑日后修理祭费无著，愿将氏管业粮田二十余亩捐入，以作岁修及本房祭祠之用，仍交玉辉一人经理，以垂永远。至于各家荐享，任其另立章程。第恐年久，有等无知之辈视为公产，致生觊觎之心，藉词争执，擅自堆积农具，践踏坟墓，滋生事端。抄粘细数，据实陈求，遣子同知、附贡生缪玉辉匍案禀叩，立案给示谕禁。等情到县，据此除批示外，合行给示晓谕，为此示仰该族后裔及附近居民人等知悉须知：缪章氏出资独建祖堂，安妥先灵，并捐置祭田以作岁修祭费，其志洵属可嘉。尔等毋得藉为公产，觊觎争执，擅自堆积农具，践踏坟墓，滋生事端。如敢故违，许该经理之人指名禀县，以凭提案究惩，决不宽贷，其各凛遵毋违。特示。

开单（细目略）

四房公田

四房者，天锡公四子起文公、博文公、贯之公、焕文公也。章宜人创建祖堂，捐田二十余亩,为岁修等费,付嗣子尹达经理,存案立石,惟仅为起文公一房公款。光绪三十四年,受祉兄弟析箸,述父遗意,将遗产内提拨租田三十亩为四房公产,受祉兄弟轮流管理。立有议据,孔璋、受祉各执一纸,今将议据田数开载于谱,以垂久远。

议据

立提拨公田合同议。据房长缪孔璋,侄受祉、铭百、敏臣等,堂兄尹达公在生,有志创办祖堂,而虑老四房素无公产,欲成其事,须得我老四房协力赞助,乃不愧为孝子贤孙。不料尹达公志未逮而早已物故,今适逢堂侄受祉昆仲分炊立据,受祉述其先父遗意,愿继父志,将尹达公所遗产内特提租田三十亩整作老四房公产,以为创办祖堂基础,上以承先人之志,中以慰族众之望,下以开继起之风,一举两得,诚为美事。爰会同亲族定议,所提田据仍归受祉昆仲等收执,其历年采取租息,存公盘放,亦永归受祉昆仲等轮流管理,别房不得稍生觊觎。众议佥同,群情允洽,为立此提拨公田合同,议据一样两纸,孔璋执一纸,受祉昆仲执一纸,永远存照。光绪三十四年七月　日立。

(3) 匾额与楹联

匾额

声振东林中间。僾见忾闻左间。节孝芳徽右间,林宗师为旌表节孝章宜人题。

楹联

瓜瓞溯东兴,科名节义,鼎盛到今,共仰先型垂竹帛;

藻蘋羞南涧,孙子云礽,升香有自,尤钦季女奉蒸尝。

绵祖泽于琴川,谋诒燕翼;

妥神灵兮稷麓,礼肃骏奔。

廿四论奸襄故友,

九千作庙愧斯人。以上俱中间,邑人张树培撰。

凛大节于宗,是弱女子精诚,冰蘖相依,丹诏鸾旌贞石永;

妥先灵有庙,亦太夫人创始,蘋蘩亲荐,朱裳鹤发板舆来。如皋姚彭年撰,"恩旌节孝缪章氏太宜人"题在右间。

6. 丹徒支祠

祠在镇江府城内忠佑坊之显灵街。道光间迁居丹徒志远公后锡书公所建之支祠也。祀始迁丹志远公以下诸祖先,有宗贤、宗仕、宗节孝诸祠。又别建文贞公祠,规制甚备。祠东至吴姓墙脚为界；南至倭刀巷街心为界；前西至原业陈姓出典副宅后一进，后檐出一架梁椽披水内墙脚为界，中西至顾祠墙脚为界，后西至显灵街心为界，又至尤姓本宅后门外为界；北至本宅书楼后檐墙滴水为界，又至邑庙照壁墙为界。祠基居山之麓，为月华山之分脉。祠后诸山环抱，秀色葱茏，遥对南山，望若屏障，郡中最高出女墙者，洵为胜概云。

(1) 祭　礼

• 祭期：以每岁春秋二分。每期管祭者先期至祠，洒扫洁净，分派执事单悬挂，计开主祭某名，分献某某等名，鸣赞某名。后土祠引礼二名，执帛某名，执爵某名，读祝文一名。祖先堂引礼四名，执帛某某等名，执爵某某等名，读祝文一名。文贞公祠引礼四名，执帛某名，执爵某名，读祝文一名。宗贤祠入祀本祠之祖子孙自备祭文。引礼二名，执帛某名，执爵某名，读祝文一名。宗仕祠同前。引礼二名，执帛某名，执爵某名，读祝文一名。宗节孝祠同前。引礼二名，执帛某名，执爵某名，读祝文一名。

• 祭品：届期清晨陈设，计开左豕一腔，右羊一腔，每龛果品五、或时鲜或庶品。茶食五，馔五簋，酒三献，茶一钟，饭一盂，帛一端，文一轴，香烛冥宝。后土祠果品五、茶食五，福胙一，酒三献，茶一钟，帛一端，文一轴，香烛冥宝。

• 祭仪：祭后土祠：鸣赞唱，乐工奏乐，本祠引礼者引主祭者诣祠，阶下立。升堂就位，立，参神，鞠躬，跪，三上香，三叩首，兴。献爵献帛，读祝文，平身。辞神，鞠躬，奉爵帛、祝文送焚帛处。焚毕，奠爵，鞠躬，复位，鞠躬。礼毕，退。祭祖先堂：主祭者暨随祭者具盛服立阶下，鸣赞引礼，读祝者具盛服立檐下。鸣赞唱，起镟镟，毕，起鼓三，鼓毕，排班。引礼者引主祭者诣盥洗所盥洗，毕，诣阶下立，随祭者以次序立，俱北向。执事者各司其事，引主祭者由中阶升堂，诣香案前就位，立。随祭者以次就位，立。奏迎神乐，参神鞠躬，三叩首，平身。鸣赞唱行，初献礼，鞠躬，跪，三上香，三叩首。执爵、执帛，捧祝文，奏乐，平身，引主祭者入堂左门，随祭者以次随行，诣祖位前，止乐，跪。执爵者跪，奉爵，主祭者受爵，拱举，献于案；执帛者跪，奉帛，主祭者受帛，拱举，献于案。叩，兴。捧祝文者跪，奉祝文。读祝文者受祝文，跪读。读毕，起。捧祝文者奉祝文跪，奉主祭者。主祭者受祝文，安于案。叩，兴，奏乐，跪，三叩首，平身，由堂右门出，复位，止乐。鸣赞唱行，亚献礼，鞠躬，跪，三叩首，兴，捧馔，奏乐，平身入堂，左门诣祖位前，止乐，跪，献。与初献同。奏乐，跪，三叩首，平身，由堂右门出，复位，止乐。鸣赞唱行，终献礼，鞠躬，跪，三叩首，兴，捧侑食，奏乐，平身入堂，左门诣祖位前，止乐，跪，献。与亚献同。奏乐，跪，三叩首，平身，止乐，撤馔，奏送神乐，辞神，三叩首，平身。主祭者奉爵，司事者奉帛、奉祝文，由堂右门出，送焚帛处，随祭者分班立中庭内，主祭者立奠位旁，东面候帛祝文，焚毕，立奠位中奠爵鞠躬，复诣香案前立，随祭者亦复位，跪，俯伏。读文者宣读嘏辞，读毕，兴。饮福受胙，三叩首，兴。奏乐，入堂左门诣祖位前谢福胙，三叩首。礼毕，退。祭文贞公祠，礼节与祭祖先堂同。祭宗贤、宗仕、节孝诸祠，礼节与祭后土祠同。在祠受享之祖，其嫡派子孙随主祭者至祠陪礼。

● 享胙：祭毕，定席，尊长居上，卑幼序班旁立候，尊者坐，卑者依次向上二揖告坐，秩然毋紊。坐间不许喧哗嬉笑，沉醉失礼，享毕散席不许先后不齐，务候尊者兴起，卑者排班向上一揖，依次而退。违者公议处治，其食品只用祭，余酒殽蔬果不得另加多品。

● 祝文式跪神位前右首敬读。

▲ 祭后土祝文

维大清宣统某年岁次干支。某月朔干支。越几日干支。宜祀之辰，信士缪某。谨以粢盛醴齐、牲牢蔬素之馐，昭告于后土福德之神曰：

德承厚载，诣重安敦。兹方保障，秩有攸尊。今届仲春(秋)，恭修荐享。万物资生，群瞻灵爽。惟时保护，实赖神庥。佑我族姓，厥德克修。神之格思，来歆春(秋)荐。既载清酤，聊陈薄奠。尚飨。

▲ 祭祖先祝文

维大清宣统某年岁次干支。某月朔干支。越几日干支。宜祀之辰，第几世裔孙某等谨以瓣香束帛，清酌庶馐之馔，奠告于迁润始祖考志远府君暨配享始祖妣李太君之神曰：

缅惟我祖，德泽流芳。占籍古润，瓜瓞绵长。支分派别，卜世其昌。以引以翼，繁衍无疆。溯本探源，孝思岂忘。今兹仲春(秋)，只荐烝尝。爰及二世祖考子华府君、妣夏太宜人，三世祖考古修府君、妣张太安人，三世祖考次华府君、妣鲍太宜人，四世祖考惟寅府君、妣华太夫人，四世祖考虎文府君、妣刘太孺人，五世祖考国英府君、妣袁太夫人，五世祖考启明府君、妣徐太孺人，晋配尚飨。

▲ 祭文贞公祝文

维大清宣统某年岁次干支。某月朔干支。越几日干支。宜祀之辰，第几世裔孙某等谨以瓣香束帛，清酌庶馐之馔，奠告于明奉直大夫、左春坊左谕德兼翰林院检讨、恤赠通议大夫、詹事府詹事兼翰林院侍读学士、予谥文贞西溪祖之神曰：

緊惟我祖，忠孝显扬。立朝正色，首劾魏珰。诬起诏狱，不屈而亡。追及庄烈，奇冤始彰。赠官予谥，赐葬建坊。皇朝旷典，专祠于乡。至今寰宇，瞻仰灵光。忠荩贻庥，卜世绵长。食德服畴，敢替孝将。今兹仲春(秋)，只荐烝尝。神其居歆，恭晋尚飨。

▲ 嘏辞式立春案前左首宣读。

维我始祖暨历世祖考之灵曰：

来汝孝孙，勉修厥德。作善降祥，持躬谨饬。乃歆汝祀，乃命工祝。申锡无疆，致汝多福。厥修乃来，受禄于天。牖启后人，宜稼于田。富寿而臧，端在自持。子子孙孙，勿替引之。

● 祠田稿缺。

(2) 请示勒石公呈

经承 朱寿堂

具禀：三品封职员外郎衔、候选光禄寺署正缪启麟，五品封职监生缪趾麟，五品封职缪之镛，文生缪焱森，光禄寺署正衔缪之铉，议叙八品缪之镄，监生缪之锜，布政司经历衔缪之锟，文生缪烘，童生缪榆寿等呈，为公求赏示，勒石垂远事。窃职等系前明文贞公缪昌期后裔，昌期籍本江阴县，前明赐祭。圣朝亦赐祀典，建有宗祠。嗣支派繁衍，由江阴分支镇江，入丹徒籍二百余年，又于镇江建立分祠。职等春秋致祭，告洁告虔，以尽子孙追远之心，而亦以凛国家旌忠之意。但祀事必有度支，而度支必需恒产。职等于道光二十三年暨道光三十年共置民田，水旱种三十二石，两契统计正价银一千一百两整。咸丰七年，职启麟已置得民田，水旱种二石三斗一契，计正价银五十八两，均在治下西乡万家集地方。职等公拟将此三契之产送祠，统作祭田，永远不准私卖。春秋两季租籽，族中择一老诚之人收存变卖，以为完纳钱漕、春秋祭祀、祠中修理等用。诚恐传之后代或有不肖子孙私将此田变售，则礼仪难备，而秋霜春露必致伤旧德之湮。不求赏示，无由恪遵；不求勒石，无以垂远。谨呈田契三纸，公乞仁明老公祖大人电鉴赏赐，钧示勒石，置于该田仓房处，所以垂久远。不准后代变卖，亦不准他人私受。故违并罪，并沐于呈契内，饬承批明。入祠公产，不准领回，八字请盖宪印存卷。盗领盗卖，均杜其源，以保祀田而绵世泽，存没共感，衔恩上禀。同治十一年十月二十八日具禀。当奉。

甘泉县宪冯批：准如呈，给示勒石，并将契纸饬承批注，印存可也。契附。(《镇江世庆堂缪氏宗谱》卷一四)

(3) 勒石告示

特用同知、直隶州署江南扬州府甘泉县正堂加十级纪录十次冯为给示勒石以垂久远事。

据三品封职员外郎衔、候选光禄寺署正缪启麟，五品封职监生缪趾麟，五品封职缪之镛，文生缪焱森，光禄寺署正衔缪之铉，议叙八品缪之镄，监生缪之锜，布政司经历衔缪之锟，文生缪烘，童生缪榆寿等呈，称职等系前明文贞公缪昌期后裔，昌期籍本江阴县，前明赐祭，圣朝亦赐祀典，建有宗祠。嗣支派繁衍，由江阴分支镇江，入丹徒籍二百余年，又于镇江建立分祠。职等春秋致祭，告洁告虔，以尽子孙追远之心，而亦以凛国家旌忠之意。但祀事必有度支，而度支必需恒产，职等于道光二十三年暨道光三十年共置民田，水旱种三十二石，两契统计正价银一千一百两整。咸丰七年，职启麟已置得民田，水旱种二石三斗一契,计正价银五十八两,均在治下西乡万家集地方。职等公拟将此三契之产送祠统作祭田,永远不准私卖。春秋两季租籽,族中择一老诚之人收存变卖,以为完纳钱漕、春秋祭祀、祠中修理等用。诚恐传之后代或有不肖子孙私将此田变售,则礼仪难备,而秋霜春露必致伤旧德之湮。不求赏示,无由恪遵;不求勒石,无以垂远。谨呈田契三纸,乞赐钧示,置于该田仓房处,所以垂久远。不准后代变卖,亦不准他人私受,故违并罪,并沐于呈契内,饬承批明,入祠公产,不准领回,八字请盖宪印存卷,盗领盗卖,均杜其源,以保祀田而绵世泽,存没共感。等情到县,据此除将呈到印契三纸饬承批注,盖印存卷,并禀批示外,合行给示勒石。为此示仰缪氏阖族及诸色人等知悉,尔等须知:前项田亩,系该职缪启麟等置买送祠,以作春秋祭祀、修理祠屋之资。嗣后缪氏子孙,固不准私将此田变卖。而诸色人等,亦不得擅行承受。倘敢故违,许该族人指名禀县,以凭提案究办,决不宽贷,各宜凛遵毋违。特示。同治十一年十一月十三日示。发缪氏仓房勒石永禁。(《镇江世庆堂缪氏宗譜》卷一四)

7. 徐墅支祠

祠在熟邑徐墅咸佳桥东,怡月公支抡元公以下支祠也。抡元公自阚庄赘居熟邑柳陌西桥,即俗音讹为穭麦粞桥者也。桥之东即咸佳桥,子云卿公卜居焉,又即俗音讹为杨家桥者也。五传至柳村公,因阚庄宗祠路远,祭享不克时至,遂营建此祠,祀抡元公以下诸祖。先为堂七间,庑八间,旋添建门屋七间,共二十二间。祠外溪水回绕,林木萧森,极田家之胜景。后即祠为义庄,规模宏拓,非各支祠所能及焉。有常熟杨沂孙记。

(1) 徐墅缪氏支祠记

候选道安徽凤阳府知府 常熟 杨沂孙 咏春

吾旧居田庄之西,十里而遥为徐墅,墅东二里许有柳陌西桥,友人缪柳村之药室在焉。柳村以卢扁之术为德于乡,里人之婴危疾者,造之无不应手愈。余与柳村交二十年矣,昔以疾至其居,一田舍也,而树色萧深,水流回绕,牛闲物朴,熙熙焉有隐者之风。迨服官归里,寇难甫平,吾居已毁,亲友之居,无不变易,乃过柳村之居,则墙垣蔚然,祠宇翼然,异于昔矣。柳村曰:"寇至,吾子虏而自归,吾屋爇而自熄,无稍失也,殆吾以医济人之谂欤?我缪氏宗祠在江阴阚庄,先人曾往修葺,然以路远不克时至,屡欲于所居营建支祠,未遂而卒。今始成焉,置田以供祭扫,且以给子弟读书应试费,然此岂小子之能哉?期以成先人之志而已,子盍为我记之。"余曰:"能成先志,孝之大者也。能裕后昆,慈之大者也。孝且慈，可记矣。”至其以医济人，为德无已，天之酬之者已如此。柳村之子镐方游庠，为名诸生，又其炽昌之端倪也。异日柳陌之村如杏林焉，如橘井焉，如畏垒之丘焉，后必有人溯而思之，尸而祝之者矣。同治十三年十二月朔。

祠创始于同治十年，购旧家屋，正厅及东西厢十五间为祠，重加丹雘，按谱设位，并置祠田二顷。积十年，扩为义庄，续建门屋七间，附义庄于东厢房。至宣统三年春，得厅后及东西余地二亩许，增建两飨堂十二间，西南隙地植松柏数百株，并建土谷祠。惟时适值武汉之变，木石虽备，而版筑未兴，几乎中止。迨寒冬事平，人心稍定，重复鸠工，岁一周而告竣。呜呼！斯祠也、斯庄也，历四十余年循序扩充，规模略备，而经之营之，盖匪伊朝夕矣！为特叙其巅末如此。壬子冬男镐谨注。①

(2) 徐墅缪氏支祠碑记

例授修职郎 试用训导 世弟 包栋成 公彦

岁在昭阳，余游柳村先生第，见其新创支祠，捐田二百亩，除修葺祭扫费外，并给子弟读考应试资。庙貌翼然，规模具备，不禁心仪久之，窃叹非先生之尊祖敬宗不及此。而先生曰：“此无余小子之恙哉！我缪氏宗祠在江阴阚庄里，先君尝倡捐添造两庐，无如道路悠远，不得时时与祭，春露秋霜，徒深凄怆，遂欲另建一所，俾得享祀不忒，晨夕瞻仰，卒因抢痛终天，先君有志未逮，后遭兵燹，余小子愿更难酬。迨辛未冬，购得戴姓基地，阅一载而告竣。亦不过承先君之命而落成了，此岂余小子之志哉？”余应之曰：“父作子述，孝道也；沾丐后人，弟道也。乃愈见非先生敦祖敬宗不及此。”

哲嗣少村，余门下士，故知先生之巅末，谨述而刊之于碑。同治十二年二月撰。

(3) 祠　田

钦加运同衔代理江苏常熟县正堂王为给示勒石事。据候选布政司理问衔缪岐禀称：窃职上祖德容公，自迁虞以来已历七世，子孙蕃衍，尚无祠屋，每届春秋祭祀，子孙无聚集之所，是以职父存日，每以为念。职今仰承先志，于同治十年间置买戴姓房屋一所，改建祠屋，业已工竣。职将始祖迁虞以后七世祖先名讳按谱建设神位，今正择吉入祠。切思建祠贵垂久远，若不预筹经费，日久恐致废弛。职今捐置粮田二百亩，现由职经理。将来归职名下，子孙轮值经管，同族人等，不得觊觎。岁收租息，完量之外为春秋祭扫修葺所需，余多添给读书考资，庶不失耕读之义。惟恐日后子孙罔知创祠设田为祖宗烝尝所需，或有盗

① 光绪谱中无此段注解，今据常熟图书馆藏《柳村图题咏》补足。

卖等事,为敢略拟数条,开呈田亩坐落、都图字号,禀请给示勒石遵守。并请谕饬经造,改立缪祠祭岐办,以垂久远。等情到县,据此除谕饬经造、立户办赋外,合行给示勒石。为此示谕该职后裔同族人等知悉,尔等须知:该职建立宗祠,创捐田亩,为春秋祭祀及子孙读书应试之资。承先启后,实属深明大义。自示之后,务各遵照。后开条款,恪守定章。倘有不肖子孙私行盗卖情事,许即随时禀县,以凭提究,各宜凛遵毋违。特示。

- 每年春秋祭祀,提钱四十千文。

- 岁修祠墓及添种树木,每年提钱二十千文。

- 春秋两祭,族众蕃多,日后恐注费不支,除本房不计外,别房定以每家一人入祠祭拜,共享祭余。

- 此田系职独捐且经费无多,读书考费只能本身子孙承领,各房未能一例给发。

- 本房子孙读四书五经者,每名每年给钱六千文,作文者每名每年给钱八千文,县试每名给钱三千文,府试每名给钱四千文,院试每名给钱五千文,乡试每名给钱二十千文,会试每名给钱五十千文,倘遇岁歉,随时酌给。

- 以上开销外倘有余钱,再置田亩。为日后子孙蕃衍开支不敷地步,一切租赋费用须廉以持己,经手人收付登账清楚,两房不得从中移借,致起争端。倘敢侵盗银产,察出,族长公同议罚,勿得宽宥。同治十二年二月　日给示勒石。

(4) 续置书田记

光绪八年,先严急欲呈报义庄,将前项田亩借入充数,未及补置,遂于十一年二月弃养。临终嘱曰:“将来祭祠修墓,两项可归义庄,惟读书考费尚属不足,尔等经管庄务,从公节省,增置书田,以副吾愿。”镛、镐谨受命。先慈存日,恒催速办,今陆续得田三百四十二亩零,户立缪书田,专给读书考费。悉遵先严手定条规,不敢增易。光绪三十四年端月男镐谨识。

(5) 书田、匾额及楹联

统计书田

三百四十二亩九分六厘,坐落常熟之西乡。

匾额

食德服畴(飨堂)

楹联

吾祖自蓉江东派分迁,二百年旧德孔昭,勿弃诗书根本;

我家自柳陌西桥转徙,六七传先畴是赖,永宜俎豆馨香。飨堂。

(6) 徐墅义庄附

自宋范氏创设义田以赡族人,而后世之有力而又能敦族谊者,无不争慕其风。善乎!张宾门之言曰:“祠堂者,敬宗者也;义田者,收族者也。无祠堂则无以妥亡者,无义田则无以保存者。”祠堂与义庄,原并重而不可偏废。吾族向称寒素,有力者少,故虽欲敦崇古道,其道无由,其少有力者又或有志未逮,何怪吴中义庄林立,数百年来吾族独阙如也。徐墅支十七世柳村公,承其先人大绅公之志,于光绪八年建置义庄,以赡复迁常邑抡元公以下诸房,实为吾族未有之盛举。庄即支祠为之,田凡五百八亩零,所有规约田数,具详于公所定呈报之清册。今并录之,俾数典者有可考。而族中人读之,或亦可观感而兴起乎?至郡尊谕发之单、抚宪详报之疏、礼部覆准之奏,虽曰循例之案牍无关典要,而要亦可考创置之始末,故附录于后云。

① 缪氏义庄记

光绪丁酉举人 昭文 俞钟銮 次辂

义庄之张弛,仅关一族之盛衰,然而世变系焉。吴中自有宋范文正公鸠族建庄,彪柄传记。流风余韵,七百年来,沾被慕学弗衰。吾虞义庄自粤寇乱后,聿新绍旧,尚四十余家。衰者相仍,兴者未艾,而以柳陌西桥缪氏义庄为尤著。缪之先,居湖桥之小山,元季全一公避乱江阴,遂占籍。明天启末,文贞公以忠节显。从孙德容隐君还赘虞西柳陌西桥,是为复虞始祖。五传至大绅封翁,以农业起家,慕范氏风,欲藉手。而粤寇乱作,赍志没。难定,封翁仲子柳村司马以五百金购邻居为义庄,丹青黝垩,修葺倍之,建宗祠,祀复虞始祖,以次置田二顷,备祭扫及子孙之读书应试者。积十年复得二顷。不足,德配谢宜人倾奁益之。疆吏入告,旌如例。司马君可谓善承先志哉!尝论义庄之法,范氏独籍于官,近世无宗之者。其余或择贤,或任长,或轮管,始未尝不善也。驯至隐忍溃决,极于腐败不可收拾,后遂为贤者累,彼独无人心乎?祖宗统后世之子孙而筹之,子孙忘厥初之祖宗而坏之,胡独无人心乎?夫食苗者,螟也,而养螟者,苗也,孰知苗尽而螟亦与之同尽。人蠢于螟乎?是可忍孰不可忍?此被发野祭之所由来欤。司马君既捐馆,西京学博遵遗命,复恢而大之。子孙绳绳联翩入庠序,果何道以致之?夫义庄之设也,在于养,而尤重于教,未有教不立而能养者。今观缪氏三世相承,清芬克诵,其教养为何如哉?至余之偏言愤激,为忘本者砭痿,蹶箴膏肓,冀一动沉痼之天良也。学博勿讶余言之不伦哉。光绪二十九年三月。

② 常熟缪氏义庄书田记

翰林院编修 四品衔 江阴 缪荃孙 小珊

吾宗缪氏肇于鲁,东海、琅琊、兰陵三望,皆鲁分地。宋代自北而南,卜居杭之湖州,嗣由杭徙常熟。叔民以画名于元，仲淳以医著于明，海虞称望族焉。后复徙江阴之阚庄，为东兴缪氏。① 明文贞公死奄难，名重天壤间。从孙德容隐君复还常熟，择居徐墅之柳陌西桥，五传至大绅封翁，以农业起家，慕吴中范氏家法之善，思割腴产以赡本支。适遭寇难，未及布置。而仲子柳村司马继起，购邻屋为义庄，并建支祠，置腴田五百亩，以备祭扫，以周寒族。今其子若孙经理撙节，再置书田三百余亩以益之，佽其应试，次及孤寡，次及婚嫁，量入为出，纲举网张，使一族之中无一人不获其所。疆吏入告，旌如旧例。荃孙熟闻封翁之德行，以医救人，以药济世，广行善事，泽被一方。而所施必自亲亲始，博施济众，次第存焉。且富收藏，好宾客。拜观遗像，蔼然如春。又读松禅师、䌹堂同年《题柳村图》诗词，犹可想见杨柳阴浓，稻花香满，夕阳山外，流水桥边，盛俗羲皇，古风怀葛，起居朴野，人物丰昌，即于图中见之。而祖孙三世竭力经营，以成盛业，完先人之志，联同族之情，吾于少村广文，尤佩其能肯构也。荃孙系出西兴，同姓同邑，而支派较远，仰慕东兴之盛事，而族中丁单，生计又薄，殊觉有志未逮。主持高等学校时，栟茶场宗人族大而富，劝其设立学校，专收同宗之秀士，资之上进。未及两年，宗塾告成。今少村来乞言，荃孙亦以族塾相商，盖养以蓄其身家，不使或有饥寒之累，而教以迪其情性，遂以育成平治之材。进而益上，少村其好为之。宣统元年五月。

③ 庄　规

计开

一、是庄为封职缪岐独力捐建。当故父、诰赠奉直大夫、五品衔国学生佩珩存日，素有是志，于咸丰十年弃养，因有志未逮，封职谨承遗训，将所拨授田亩勤俭经营，历三十余年，积有成数，即建立义田呈报，现归封职经理。将来即命长子镛、次子镐两房轮年经管，务使恪遵条例，毋忘一番创业之苦心焉。

一、赡族田亩，坐落常邑。各都图字号不等，斗则粮田五百八亩一分七厘，岁收米麦四百六十一石五斗四升四合，计绝契价银四千二百六十五两，另造细册呈案。

一、置庄屋一所，共一十五间，计绝契价银二百两五钱。坐落常邑南二场六都二图魄字号咸佳桥地处，计二斗五升粮。庄基一亩四分五厘。又义庄步一块，计二斗五升粮六分，坐落同庄基，计绝契价银四两八钱整。

一、自迁虞祖抡元公讳德容之后，各房凡贫乏应恤者，一体照规赡给。

一、是庄系封职捐建，凡封职之子孙，是为庄裔。如有力不能自赡者，口粮亦照族众

① “宋代自北而南，卜居杭之湖州，嗣由杭徙常熟。叔民以画名于元，仲淳以医著于明，海虞称望族焉。后复徙江阴之阚庄，为东兴缪氏。”光绪谱中，将此段改成了“宋代自北而南，卜居常熟，后复徙江阴之阚庄，为东兴缪氏。”现据常熟图书馆藏《柳村图题咏》予以恢复。

一例给发，其余各款俱照规加一倍给发。

一、贫族应给口粮者，无分男女嫡庶，二岁至四岁每人日给白米二合。五岁至十岁日给四合。十一岁至十五岁日给六合。十六岁至二十岁日给八合。闰月小建均以日算。按四季给发，不能预支，亦不能寄存。

一、族中男丁，二十岁以上者，读书、习业、务农均可自食其力，除父母、妻室及所生男女照给外，其本身暂停月米。不徒惕励成家，亦使后人检束身心，毋致坐食而废本业。年过五十岁，仍日给米八合，倘有残疾病废不能自为生计者，公同议给。

一、女以出嫁日停给月米。或夫亡守节抚孤，实系贫苦无靠者，许给本人一口月米。如有守贞处女，其业田在二十亩以下者，不论年岁，常给。

一、凡一家有业田二十亩以上者，不给。或无田而有市屋或店本可以度日者，不给。出继他姓及乞养异姓者，不给。赘婿作子者，不给。如有作奸犯科或崇奉异教，有实据可证者，无论男女，本人扣除不给。若偶为匪，事后能改过，有族人公保者，方准再给。又有不因正事，久客不归者，本人停给。归后仍给，停者不补。又有本系温饱，因游荡、赌博、破产及吸食洋烟者，虽极贫年老，本人不给，以示儆戒。如有不遵庄规，任意需索者，邀同族人理斥。恃顽不服者，送官究治，费在庄支。如司正副不遵庄规，徇情给付者，罚垫赔。

一、贫族应给人口，生、死、增、减，随时到庄报明，经管人即将生者注册，候给月米，死者注销，不得迟报，以杜冒混。

一、贫族有老而鳏独，年逾五十者，除月米外，冬季加给钱一千二百文，以备棉衣之用。无子而有孙长大者，不给。又有孤幼无依，在十六岁以下者，除月米外，冬季加给棉衣钱一千文。或经管人将棉衣做好，给付著伊近房之长者抚养，不容推诿。如支钱米而抚养不善者，即将经领人应给月米罚停。

一、贫族孀妇无子者，除月米常给外，秋季加给棉花三十斤，以资纺绩。如有子孙而年及二十岁者，半给。如有业田在二十亩以上者，不给。

一、贫族有因产而母死子存者，其父母无力雇妪哺乳，每月另给哺乳费钱五百文。逢初十日抱儿到庄查验给领，俟儿满三周岁停给。倘领钱而不雇乳妪，即以应给月米核价扣还。

一、贫族中应给月米者，司正副查明注册，将凤记义庄图戳经折给发。每季亲自持折支领，书满缴销更换。如将经折典押在外及领米不运回者，停给。待收回原折后再给，停者不补。遗失者停给米一月，待邀亲房公保注册另行给折。凡老弱残疾妇女及有新丧者，方准托亲房代领。每年按四季给发，每季定于孟月初十日，届期到庄向先祠神位前叩首，然后领米。不准先后期领支。斛斗以官烙为准，应给钱文概用通足大钱。

一、贫族不能嫁娶者，娶妇给钱七千文，续娶给钱三千五百文。年逾四十无子娶妾，给钱四千文。娶再醮者，不给。妇女给钱五千文。均由嫁娶前三日给发，不得先期领用。如领钱而不嫁娶者，追还原钱，罚停月米一季。如非贫族，不给。

一、贫族不能丧葬者，十六岁以上无分男女，给丧费钱四千文，葬费钱二千文；十一岁至十五岁，给丧费钱三千文，葬费钱一千文；五岁至十岁，给丧葬费钱二千四百文；二岁至四岁，给丧葬费钱一千文。俱于临时查给。如有业田二十亩以上及有市房店本者，不给。权厝者，不给葬费；在年内葬者，仍给。

一、族中子弟无力读书者，七岁至十岁每年给学钱二千四百文，十一岁至十五岁每年给学钱三千文，十六岁至二十岁每年给学钱四千二百文。如作文完篇者，在二十岁以前每年准给钱六千文，其钱按六节分给，不准先期支取。如支钱不读书者，追还原钱，或将别项应给者扣还。

一、子弟无力应试者，县试给钱一千文，每招一覆加钱三百文；府试给钱二千文，每招一覆加钱五百文；院试给钱二千文；入泮加给钱八千文；岁科试各给钱一千五百文；乡试给钱七千文，中式加给钱十千文；会试给钱二十千文，中式加给钱二十千文。均于起程日给付。如领钱而不赴试者，所领试费仍行缴还。不缴还者，簿上注明永远不给。习武者俱减半给发，不愿领者听。

一、族中有孝行贞节合例请旌者，助费钱二千文。建坊时再助坊费钱八千文。悬匾者助匾费钱二千文。临时支取，如有业田在百亩以上或有市房店本者，不给。

一、凡应给不应给，悉听司正副查准，秉公照规，核实办理。不得饰辩强争，致伤族谊。凡业田多寡，以完漕花户为凭。市房店本即如其田值之数，所给者如前系贫乏，后能丰裕，即将该给之钱米扣除。

一、族中不准承种庄田，恐致拖欠，且同族而有业佃之称，殊失体统。

一、经理义庄，总归庄裔轮管。司事用正副各一，正用庄裔，副用异姓，公同遴选，必得端谨有才者。每年各给修金钱二十四千文，按四季支取，不得先期支用。正者总理诸务，副者专管租务及支放账目。副者不得擅离公所。凡一年出纳，逐款登记，将另纸标贴账房壁上。如有不合，众目共睹，正者按月查封。年终造册两本，一存庄中，一存庄裔，以备稽查。每逢春秋二祭，集庄裔公同查核，如有亏短，正副同赔。倘任意浮冒，察出议罚，另选接充，不得互相容隐。

一、庄裔挨次轮流经管庄务，以三年为率。每届春祭时，将该存银、钱米谷若干及账目一切逐一交卸接管，不得逾期。如庄裔有式微而支取月米者，不得轮管庄务。

一、义田租息除先完国课外，须核一年经费若干以资应用，再储备荒积谷一熟。设遇歉岁，将他项酌减，惟口粮不能减给，以固族本。积谷即存于庄廒中，盖以灰印，每逢成熟时将陈谷粜去，随买新谷，不得陈陈相因，致生朽蠹。

一、如日后人丁蕃衍，所入不敷所出，诸项从公议减。倘尚义者随时捐助，尤所深望。

一、所收租米筛㨑纯洁，先将二米、粞、豆粜去收钱入账，其净米除完漕外，碓白核数藏廒，以备给发，有余则粜去备用。粜价以行票为据，另置一簿粘贴备查，糠白、粞亦变价入账。佃户找租、布匹、鸡鸭等物，一应变价，与折租钱洋逐一登账，不得擅行取去。

一、每年开支外结存若干，庄裔公同检点，封固盖戳，暂存庄裔，不得借出及存典铺生息，亦不准同族人及庄裔书票移借并单契抵押，违者以侵盗论。如有膏腴绝产，随公同增置，即将存款验戳拆封，付给粘契投税。积得百亩，再行呈官立案。不得擅买活产及瘠薄之产。如有此弊，察出，司正副照价垫还，庄中将田退出。

一、里中无力收殓，来乞施棺者，查取尸属地邻、所故姓名，注簿给票，向匠店取棺，先为选择殷实匠店付钱预办数具，俾不草率。

一、里中贫、老、男、妇于冬至起、岁底止施给棉衣，司事者预为置办，年逾六旬及残疾者询明邻里，登簿给发。

一、庄中房屋及器皿等物稍有损坏，随时修理，不得延缓。庄房内只准住司正副及帮工人，惟不准携带眷口闲杂人等，不准借宿，并不准邻族借用宴会及集议他事，尤不准借居停棺寄物及婚丧等事。器皿什物悉载簿籍，概不准借出。如有徇情借出损坏者，著司副修赔并议罚。

一、庄中先祠，春秋二祭，定于三月、十月之初二日，祭品谨遵《会典》。举办祭日，庄裔质明齐集，诚恪将事。凡属本支，非果有故，不得旷职。船金每人给钱一百文，庄裔倍给。如三祭不至，准族长斥责，庄中应给诸款，一概革除。

一、祖墓自抡元公以下本支，俱于祭祠后一日祭扫，如族墓无后裔经管者，亦归庄中祭扫。每岁清明前后，经管人亲往焚楮踏看。如碑石冢土倾圮，立即培竖妥置，该费在庄支给。

一、族中如有以尊侮卑，以强凌弱，希图利已，致启争端者，邀请合族人到庄秉公责罚，不服者以欺宗论，不齿于族。

一、庄中雇工人数多寡，悉听经管。庄裔计工授食，凡司正副及雇工所食米菜油盐茶水，酌中定规，务勿过丰。所雇之人如有舛谬，立即屏出，不得迁就误事。

一、庄中择洁净处造一焚化字纸厨，每俟雇工闲暇，遣往各处收拾字纸，收得一斤给钱三文，司副自行秤准，按季焚化，其灰用蒲包衬纸装好载送江中。

一、现在建庄及次第整理庄屋，需费甚巨，力难另筹，均藉此租息抵支。且须预积一熟备歉岁之用，恐奉准部覆之日，不克随时。赡族拟缓数年，始能开庄给米。

以上诸条，各宜悉心办理，实力遵行，不得任意变动，徇私通融。务须按照定规，恪守罔懈，庶几垂之久远，先畴可以勿替云。

④田　　数

● 田数(细目略)：共田五百八亩一分七厘整，额收租米四百二十一石九斗七升二合，额收租麦三十九石五斗七升二合整。

⑤谕单附录

钦加盐运使衔、江南苏州府正堂毕为谕发事。据常熟县具详，该职遵故父五品赠职、国学生缪佩珩遗命，捐置义田，建庄赡族，取造册结并送田单详，祈加看察，转印发。等情到府，据此查该职承志捐田赡族，洵属孝义可嘉。除由府核明，加具结看、转请详题外，合将据送田单验明，盖印加戳谕发。谕到，该职即便遵照，将发来田单收执，永禁盗卖，世守勿替，一切赡族事宜，务须遵照庄规妥为经理，勿得始勤终怠。是为至要切切。此谕。

计发田单十二纸。

右谕，仰庄正五品封职缪岐准此。

光绪八年十二月二十九日谕。

⑥抚宪详报疏并礼部覆奏疏附录

兵部侍郎兼都察院右副都御史、江苏巡抚、臣卫荣光题为士民捐田赡族循例详题事。据苏州布政使谭钧培详称：据苏州府详常熟县详准儒学牒，据封职五品衔、候选布理问缪岐禀称：窃职故父五品赠职监生缪佩珩，存日素有建庄赡族之志，有怀未遂，赍志以殁。职追维遗命，陆续积置粮田五百八亩一分七厘，计绝契价银四千二百六十五两。并购庄房一所，共十五间，坐落常熟县南二场六都二图魄字号咸佳桥地方，计绝契价银二百两五钱。岁收租米麦共四百六十一石五斗四升四合，除完赋外，凡族中实系贫苦应行周恤者，计口赡给，造具庄规、田亩细册，取同里邻亲族切结呈乞，牒县通详，题请旌表，俾子孙世守勿替。等情到学，据此。该常熟县教谕吴凤昌核看得五品赠职缪佩珩，情殷乐善，谊切推恩，慕张公之收族，惜有志而未成。缅范氏之义田，勖后人以相继。其子缪岐恪守前言，仰承先志，俭勤勿替。遵遗命而举行，孝义兼全；笃本支而任恤，允符例案。宜沐旌扬，合将呈到田号庄规照造清册，加具结看，牒请转详。等因到县，准此。该常熟县知县钱保衡核看得本邑已故五品赠职缪佩珩，谊笃本宗，情殷任恤。企范仲淹之遗风，有怀未遂；慕陈江洲之义举，遗训是垂。其子缪岐亲受遗言，箕裘克绍。良田可割，继先人未竟之谋；厦屋广开，裕后世无穷之福。既符成例，宜沐旌扬。加具结看，具文转详。等情到府，据此。该苏州府知府毕保厘核看得常熟县已故五品赠职缪佩珩，赡宗念切，素愿未伸。其子缪岐遗命克承，庄田慨助。解推弗吝，广慈惠以笃本根；孝义可推，合褒扬以维风化。相应加具结看,备文转详。等情到司,据此。该苏州府布政使谭钧培核看得常熟县已故五品赠职缪佩珩,谊笃宗支,情殷周恤。慕张公之成法,敦本为怀;企范氏之遗风,初心未遂。其子缪岐亲承往训,继先人未竟之功;慨割膏腴,溥合族均沾之惠。贻谋克绍,流泽弥长。定例既符,恩荣宜沐。相应加看,具文同册结转详。伏候题请旌表,以维风化。等情到,臣据此。该臣看得常熟县已故五品赠职缪佩珩情殷推解,谊笃本支。素存赡族之心,未遂建庄之愿。芳型启后,弗替箕裘。令子象贤,丕承堂构。割良田以垂裕,燕翼谋贻;开广厦以庇寒,鸿规手订。周恤之恩斯溥,旌扬之典宜邀。兹据苏州布政使谭钧培转详请题前来,臣覆核无异,除册结揭,送礼部科查核外,理合恭疏具题。伏乞皇上圣鉴,敕部议覆施行,谨题请旨。光绪九年五月初五日题。

礼部谨题,为题请旌表事。礼科抄出江苏巡抚卫荣光疏称:据常熟县详据封职五品衔、候选布理问缪岐禀称,故父五品赠职监生缪佩珩,素有建庄赡族之心,有怀未遂,赍志以殁。职追维遗命,陆续积置粮田五百八亩一分七厘,计绝契价银四千二百六十五两。并购庄房一所共十五间,坐落常熟县,计绝契价银二百两五钱。岁收田租除完赋外,凡族中实系贫苦,计口赡给。等情由县造册加结详,由府司加看,具文转详。题请旌表等情,除册结送部查核外,理合恭疏具题。等因奉旨该部议奏,钦此钦遵。到部。该臣等议得定例,凡士民人等捐资赡族,直省由该督抚造具事实清册送部,其捐银至千两以上者,请旨建坊,给与“乐善好施”字样等语。又道光二十八年臣部奏准,各省乐善好施原系有力之户,均令自行建坊,毋庸给与坊银。等因在案,今江苏常熟县候选布理问缪岐遵其故父缪佩珩遗命,置粮田五百余亩,以赡贫族,并捐建义庄一所,核其价银系在千两以上,应准其建坊。

旌表即给予“乐善好施”字样,仍照奏定章程,听本家自行建坊,毋庸给予坊银。恭候命下,臣部遵奉施行,臣等未敢擅便。谨题请旨。光绪九年十月二十一日题,二十三日奉旨依议,钦此。

⑦ 匾额及楹联

匾额

乐善好施东厢。

咸佳庄西厢。

楹联

传仲淳医经,利人济物;

秉豫公家训,睦族敦宗。东厢,翁同龢书并撰。

念祖宗依托婿乡,克俭克勤,乃得室家肇造;

愿子孙讲求农学,善继善述,毋忘稼穑艰难。西厢,十九世镐撰。

8. 万寿庵

万寿庵，在北涸市河北，十世采室公所建，以奉文贞公像。亦名起信庵，并置香火田五十亩，延僧住持，咸丰十年毁于匪。光绪三十一年，金邑侯立案，改文贞小学堂。租息捐为学费。宣统元年，孙邑侯饬董设立文贞学堂，庵基东西十三丈二尺，南北二十二丈。

9. 四桐庵

四桐庵者，海观公孙顺心公及瑜公支近堂公于嘉靖间协族集捐所建也。初制瓦屋两进，每进五间，厢屋六间，中奉观音像，置田十余亩，以供香火，延僧主持。至咸丰间，为粤贼所毁。乱平后，子姓于庵基上重建草房三间，仍供佛像。同治间，邑令汪公详准将无主庵田拨作义塾经费，此庵之田亦被镇董报案饬区过户。时十八世志华公以传自祖遗、向归缪姓经理、不得作无主论与董争质，乃允归还，听凭缪姓管理。收租完赋，自办义塾，故至今仍系缪姓执守。

10. 下寺庵

下寺庵者，子经公支九世诚之公讳崇性配卞节妇所建也。氏青年守节，抚孤成立。晚年长斋绣佛，创建此庵，为静修之所。屋凡三楹，又置田若干亩，以供香火。殁后子姓经理，延僧主持，田中所入仍作庵中之用。至光绪三十四年，十八世根宝添建两侧。其庵坐落周西八保周庄镇市集之南、砂山之北、马台之东，庵西相接为下寺住基。

六艺文篇

艺文内外集序

余读《汉书·艺文志》及《隋书》以下《经籍志》，不禁废书而叹也。嗟乎！古来作者多矣，何其传之于今甚少耶？夫古今异形，陵谷变迁，金张之第、许史之室，昔以雕堂绮栊，今之荒烟蔓草，其动人以流连感喟者固无足怪。至于文章之道类，皆关身心性命之微，而亦时移世易，烬灭烟消，抱忽焉没矣之感，岂其文之果不足传欤？抑无贤子孙为之收拾而藏之欤？近世以来，名儒踵起，作者尤多，盖自国初以至今日，其名之卓卓者已不下数百家。当其研精一室，穷探幽渺，寝馈俱废，然后笔之于书，亦自谓可以藏之名山，传之其人，庸讵知后生小子已不能尽举其姓氏，何况更数千百年以后。吁！其可悲也。

我族自文贞公以忠义之气发为大文，其所作皆可泣可歌，足以廉顽立懦。其后先河公、约轩公、以直公皆究心理学，多躬行实践之文。觉轩公以经术饰吏治，慈祥恺恻，仁人之言蔼如，外之或跌宕词场，流连风景，亦皆陵轹汉魏，出入唐宋，不懈而及于古。然而存于谱者盖寡。《从野堂集》旧刻世鲜传本，近虽有重刊本，流布亦未广。先河公著述多至二十余种，至不能详其名。吴门宁斋公《宁斋诗集》、念斋公《双泉堂集》、文子公《南有堂集》，今亦俱无考。嘉、同间谱系两次失修，献且几不足征，何论于文？其他则又何说信乎？作之者多而传之者甚少也。夫传之既少，则其已传者益可宝矣。欧阳子之言曰："文章之见于世者，虽残篇断稿，皆为可惜，况其可以垂世而行远者哉！"乃者欲网罗散失，而全书多佚不传，其断圭残璧之见于他籍者，十分又未得一二。故稍稍收集之，佐以新辑。至于赠言诸作，自昔不废，亦可以考见先人之梗概，存之外集，聊备参观。

虽然，余更窃有感焉。马贵与曰："书之传者已鲜，传而能蓄者加鲜，蓄而能阅者尤加鲜。"然则，余之编辑此文，不特惜作者之不易传，方又虑蓄者之不能阅矣。呜呼！后之览者，亦将有感于斯文。

光绪三十四年戊申八月十九世裔孙楷敬编

艺文内集卷一　诗词

1. 江城派二世缪视族称惟明公诗二首

酬星源

列座书城百二雄，高怀落落许谁同。论心曾记聆宵雨，咏古频烦唱大风。壮岁有裘追白傅，暮年无笔梦文通。可怜满目苍生感，自署头衔号长翁。(《(光绪)东兴缪氏宗谱》卷三七)

君山晚眺

雨后天空夕照明，登山四望爱新晴。水天一色浑难辨，细数江峰分外清。(《(光绪)东兴缪氏宗谱》卷三七)

2. 江城派三世缪文盛族称成章公诗二首

舟行 二首

霁秋山色清，一舟泛溪涘。丛丛芦苇间，蓼花向人美。农家届收获，灯火方早起。羡此离埃壒，孤篷漾烟水。

出门日已久，客路事晨征。远峰向人碧，薄霭林间横。汀曲起渔唱，一竿映潭清。志岂在得鱼，想彼闲闲情。感此羁旅人，就乏思濯缨。(《(光绪)东兴缪氏宗谱》卷三七)

3. 阚庄派五世缪鉴族称松月公诗一首

山居秋兴

野景望迢迢，闲游破寂寥。山林秋信早，红叶浅深描。(《镇江世庆堂缪氏宗谱》)

4. 阚庄派六世缪廷玉族称怡云公诗一首

光绪谱引《高士传》云：江阴缪徵士廷玉，字国琛。筑别墅，曰怡云社，乃自号怡云。有司累举，不应聘。敦品立行，长于经学，能诗，而无专稿。

答贡月楼

勤思三益步阶除，闭户翻疑与世疏。敢谓衰龄忘素业，喜逢高论及黄初。如君定卜能精进，笑我从前久索居。只惜迢迢烟水隔，何时把臂浣尘裾。(《(光绪)东兴缪氏宗谱》卷三七)

5. 阚庄派六世缪宗悦族称耕读公诗一首

题携笠图

幕天席地神扬扬，刘伶当日何颠狂。东坡笠屐冲暮雨，村吠群惊骇妇女。先生吟罢兴悠然，下阶独自望青天。手携一笠障风日，神致应烦虎头笔。骚坛昔日聚英豪，出尘何止阿龙超。胜赏千秋结心曲，回望湖波浸天绿。(《(光绪)东兴缪氏宗谱》卷三七)

6. 阚庄派七世缪楷族称海观公诗四首

送贡秩三令秦中

几年踪迹乐朋簪，青眼高歌碧水浔。南国烟花同觅韵，西窗风雨快论心。如君素抱宜腾汉，顾我无才合入林。蓬径非叨频过访，闲阶久掩翠苔深。

一笑当筵酒一卮，男儿难得九重知。最应棠荫追龚杜，岂可松陵羡陆皮。北阙此行看报绩，东坡莫叹不时宜。轮蹄得得秦川路，甘雨随车亦自奇。

兴至翻疑不甚贫，旅途忘却是劳薪。君宜蔀屋为慈父，我愧骚坛作替人。判袂忽兴牢落感，论交难遇性情真。深知一事牵怀处，子舍依依正此辰。

知心千古号相知，谁信今宵有别离。争羡昂霄同凤翥，自怜钻纸等蝇痴。繁阴岂独成花县，荣誉群欣异茧丝。只有临歧频握手，预期鱼雁尺书驰。(《(光绪)东兴缪氏宗谱》卷三七)

7. 阚庄派七世缪桓族称东渠公诗七首词一首

与夏怀庵论诗 三首

得失千秋事，伊谁识寸心。半生沦寂寞，相对只萧森。鹏翼惭高展，蛩声笑独吟。何期收瓦缶，见赏有知音。

壮志从何寄，骚坛有数公。骥宜空冀北，凤久翥河东。羡子能搴帜，嗟予类转蓬。深知提挈意，力共辟蚕丛。

老去谈诗律，居然意气平。漫云耽秀句，相赏有深情。风月怀堪寄，云霞韵屡赓。清樽聊对酌，击钵句初成。(《(光绪)东兴缪氏宗谱》卷三七)

遣　怀

千古兴亡事，何须系我思。兴来邀契友，把酒共谈诗。(《镇江世庆堂缪氏宗谱》)

过南兰陵游天宁寺尘外楼

缓步寻幽野径穿，桥横断石跨平川。犬通释意忘迎客，鸟带钟声去入烟。竹影摇风青拂地，蕉阴和雾绿成天。果然清净超尘外，万籁销沉万虑捐。(《(民国)武进天宁寺志》卷九)

金山次唐人韵

天堑长江扼，淮吴此地分。举头红近日，绕足白生云。塔影随波漾，钟声隔树闻。漫言人尽醉，不忍不成醺。(《(民国)金山志》卷九)

重登金山

小别名蓝倏十年，江山如此笑依然。梵声静逐潮声走，鸣鸟枝头解客迎。(《(民国)金山志》卷九)

大江东去 游金山

乾坤撑拄，镇中流坚毅，力任(平)艰巨。高视兼天波浪涌，却笑频年徒怒。后种英魂，前胥强魄，者里都消沮。一江南北，岿然天堑终古。　因想百折难回，贤豪志卓，大道仔肩负。四处风波凭险恶，相对青山如许。坡老台前，裴公洞外，莽莽浓烟护。一声长啸，潜龙惊起飞舞。(《(民国)金山志》卷一六)

8. 阚庄派八世缪煸族称静思公诗二首

和友人诗

不有耽吟癖，如何一吐奇。风尘嗟我老，邂逅见君诗。寄托从谁诉，深心与古期。隔墙居甚迩，高论喜逢时。

寂寂柴关闭，旋来一纸书。欣邀持句赠，转忆结交初。无复怜孤影，空劳慰索居。自今风雨夕，促膝对蓬庐。（《（光绪）东兴缪氏宗谱》卷三七）

9. 阚庄派八世缪炷族称惕庵公诗二首

光绪谱引缪之镕炼卿氏《箕裘集诗钞》跋云：公力学好古，爱取先儒身心格要之言摘录成帙，系以集解，曰《先儒格言》，凡六卷。间作诗，而无专稿。嗣经累世迁徙，家藏散佚。今采《澄江耆旧集》钞录一首存遗泽云。

喜友人疾起

服食逍遥不记年（善导引），静中真气逼星躔。柳生左肘原成幻，花落诸天爱学禅（夙精禅理）。莱彩满庭神自爽，仙泉在目水堪煎。白云望断天涯路，哀我伤心独惘然。（《（光绪）东兴缪氏宗谱》卷三七）

游润州招隐寺

深山处处是鹂鸣，洗尽尘怀一片清。柑酒不须携仲若（戴颙，仲若为其字），诗书雅好读昭明。层层霭合连松影，习习风来送磬声。我为名山暂淹滞，离情遣去尽诗情。（《（民国）招隐山志》卷六）

10. 吴门派八世缪天秩族称文峰公诗二首

光绪谱引《箕裘集诗钞》跋云：家传公天禀沉默，精力过人，深于经传训诂、舆地沿革，诗文涉笔有奇气，自颜其读书之室曰“澹远”。卒后，子国维衷公诗文遗集校刊行世，曰《澹远室诗文集》。

按：自惟明公以下至公诗，旧谱皆不载，今据《箕裘集诗钞》所辑录补入。光绪重修记。

拟杜工部《写怀》二首

达人顺时命，混迹在流俗。偃息山谷间，何心自拘束。一食日还并，鼓腹计亦足。所嗟干戈横，道途妇子哭。路有沟中瘠，孰向穷檐烛。老夫避寇难，饥驱甘受辱。行行向谁门，不获一囊粟。倾心古节士，考盘在涧谷。嘤嘤鸟鸣树，四野已新绿。巴江万里流，此中卧茕独。有时疾商歌，击壶尽一曲。拯时冀良材，从古有力牧。

卑栖屋打头，逼仄仅容膝。苔深门巷静，经旬懒一出。攘攘人海中，腐儒罕俦匹。檐前有古树，见此三结实。回首念黔生，荒山转悉疾。哀哀疆场士，介胄有虮虱。四海获平康，何日志愿毕。有时怀欲陈，忽若口黏漆。案上有断楮，拭砚复濡笔。眼前此蒸黎，谁非我亲密。悲风天地昏，满目尽萧瑟。堂阶立元臣，亟抒活民术。(《(光绪)东兴缪氏宗谱》卷三七)

11. 吴门派九世缪国维族称西垣公诗三首

光绪谱引《箕裘集诗钞》跋云：公专集经兵燹散佚，家无藏本，今于《苏台耆旧集》采录一首，以志手泽。

题唐景龙观钟铭

钟声锽锽铿四海，铭词磊落千秋在。唐家法物今尚存，古观荒凉榱桷改。中宗犹是天可汗，金碧土木雄龙蟠。谁知赤箭中粉毒，赭袍玉带悲无端。韦后牝鸡安乐女，妖雾昏霾世无主。金钟一震白日耀，景云皇帝清寰宇。膝前有子是飞龙，大声蒲牢倏吼怒。此观穹窿数百年，此钟永作彝器传。道流静对沁彩笔，花芒上与奎章缠。拓铭几辈散人世，蓦思昔日神仙地。李唐岂有一椽留，此铭犹使蛟龙悸。(《(光绪)东兴缪氏宗谱》卷三七)

金　山

直上金鳌背，悠然兴不群。乾坤孤屿拄，吴楚半江分。塔影随波去，钟声带浪闻。横空归鸟过，飞破暮山云。(《(民国)金山志》卷一〇)

题留云亭

晴云乱踏酒初醒，暂洗尘眸半日青。自笑浮生忙底事，输他终日守孤亭。(《(民国)金山

志》卷一〇）

12. 阚庄派九世缪昌期族称文贞公诗九十首

《吴中名贤传赞》云：不附阉党，而失其职，抗言锄奸，飘然去国。

光绪谱引《箕裘集诗钞》跋云：文贞公，史称"为诸生有盛名"。《县志》"传"云："少善属文，以名节自砥。"张玮序云："即其馆阁鸿制，与赠遗小章，雄深磅礴之气，求之本朝方正学而外，莫敢颉颃。"盛宣怀序云："文笔朴实淹通，可传可读，亦不尽以人重合。"史传志序诸说，则公之文章节义，并垂不朽。惜《从野堂诗文全集》经兵燹版失，而印本亦罕见，前闻淮阴王氏藏公全集，托友购求，未获一睹。同治甲戌修家乘毕，以聚珍印行家存实公钞《从野堂存稿》八卷稿本。辛巳镂版，以永其传。戊戌冬，得盛京卿宣怀合刻公之《从野堂存稿》、李忠毅《落落斋集》，读其序，始知《从野堂存稿》初刻于明崇祯丁丑，子虚白编成诗文八卷，虚白即实公讳也；再刻于雍正戊申，五世孙诜删存文集二卷；三刻于同治甲戌，即之镕重订之本也。兹从家刻及盛刻之本录得八十三首，汇入此集。嗣后获窥全集，再为增入，用成完备，此尤之镕之素愿也。

赋得夏忠靖母似姚夫人文太君有序

夏忠靖母廖夫人，忠靖幼孤，夫人教之严而爱，事姑甚谨。姑病，执其手曰："吾无以报汝，愿汝寿过我，子孙事汝，如汝事我。"忠靖拜大司农，夫人年八十，晋封太夫人。三杨及胡祭酒诸公，皆升堂拜焉。

忠靖掌邦计，母廖尚皓首。别殿赐宴归，高堂介眉寿。是时长陵中，群公并耆旧。三杨列馆阁，胡公为祭酒。连镳登母堂，却行拜阶石。锵锵委佩声，肃肃奉觞走。母也徐唱言，雍容三爵后。上云主恩深，报称莫相负。下云计臣劳，提挈视吾友。嗟此良宴会，明时信非偶。谁与矢德音，乃在一寡妇。养姑泣下泉，持家敝箕帚。尚书信卿才，训迪自黄口。虫鱼笺独劳，钧轴教已久。由来孤贫儿，往往践台斗。（以下八十三首选自《（光绪）东兴缪氏宗谱》卷三七）

初冬即事

游子畏朔风，九月吹寒屋。御沟堤上柳，萧萧黄叶秃。玄冬初布令，阴尘走平陆。忽传新甲子，预报春风燠。凤历颁铜署，明朝遍九牧。初惊淑气回，翻觉流光速。何以答尧天，无縻大官禄。

寄韩正堂

二鸟集上林，相顾惊羽翰。朝栖琼树巅，夕饮瑶池畔。一鸟忽不戢，偶中金丸弹。一鸟失其雏，恻恻诉悲惋。飘荡各西东，惨憺玄云变。离合岂有常，物理自难算。雄飞与雌伏，受质由来判。自我谢巢窠，戢影寻沙岸。愿君整逸翮，乘时返霄汉。愿君爱光仪，风雨无凌乱。一振朝阳鸣，鸮音自纷散。

瞻曾太翁遗像有述二首裔云年兄乃翁

有美曾太翁，抗义兼敦信。流俗多波靡，翁也石粼粼。天道岂无亲，申锡在贤胤。怜爱固情深，夏楚威自振。荣华亦等闲，诗书勿可摈。

之子生无忝，舄弈起尘埃。南宫属冠冕，北门领翘材。叹息翁弥留，小宛日徘徊。披图俨然在，皋鱼孔哀哀。何限人子情，白华与南陔。

解石帆给谏属书家册

有美海陵彦，后先负劲节。高蹑赤城霞，倒挽长河雪。谁不媚时贤，吾耻与同列。谏书天下闻，世显忠逾揭。后起正多贤，元恺绶争结。

毗陵舟次晤别薛纯台仆少

兰芳挺乔秀，虬姿媚高岑。自非风霰集，谁思俦侣寻。彼美河东子，黯约抱孤襟。一乘骢马出，蜀道行骎骎。妖氛起邛僰，玉垒生重阴。誓众坚城守，发号执田禽。功成赏更薄，去住盼园林。乃知补浴手，智勇惟深沉。我行届岁尽，雨雪正狂侵。忧时三叹息，河汉渺知音。愿将磊砢骨，持以劝朝簪。

华阳孔太翁太母七十双寿南还

华阳洞天神仙宅，丹砂色夺芙蓉碧。来往风尘老岁星，吏隐浮沉甘执戟。岷峨口勒循良碑，洙泗经传先圣泽。蒯缑一剑气成虹，济济堂前列五龙。山川不郁文人色，破浪幸得乘长风。读书中秘有文举，以次兴者俱火攻。燕邸就养骤归去，宫袍昼锦为公御。祖道辉煌金马门，亲词璀璨铜龙署。阿翁相将阿母行，寿考不忘终誉处。

读陆宣公奏议有感

建中皇帝奉天急，行在诏书人人泣。钟簴不移师武臣，谁知陆九词头立。推诚布公说未行，咫尺不见炀灶明。白衣太尉怒投券，仓皇六飞山南城。涕泣梁洋求内相，趑趄爱立咸阳京。琼林大盈空旧额，月奉日进需索迫。延龄作相未裂麻，忠州别驾罢宾客。呜呼饶州量移心，咄嗟不转忠州石。君不见，中山壶飧万古悲，读公奏议如其悲。中山奉天竟何别，今人悲者徒尔为。

初冬念边戍

霜花乍拂凝刁斗，胡马嘶风踏荒阜。犬羊成群毳幕蕃，猎围野火连天黝。中宵击柝傍孤城，带甲横戈铁蒙首。月色凄迷塞草枯，雁声嘹亮争寻偶。此时萧瑟实堪悲，谁怜久戍衣偏垢。边臣媚虏虏轻心，驰币中朝掩其丑。茵褥自奉厚常寸，幸虏不来欢进酒。一夕家乡千里轻，梦回又听风声吼。传闻圣主赐冬衣，中外干没伤露肘。下情未敢达吾皇，从来格套相蒙久。妄意狼烟绝塞空，有道之世四夷守。

程生廷灏游余门廿年所矣近来长安就余邸中甚欢以其母金孺人圣善开七袠也忽尔言别爰赋短章以佐酌者且志勉云

长安风沙争扑面，蛾眉自扫谢时彦。赖有宿昔及门人，残灯细雨谈无倦。一日别我将南归，谓言阿母年古稀。桑弧蓬矢男子事，阿母亲缝游子衣。行行再拜辞阿母，母曰勖哉儿矫首。澄江夫子籍金闺，朝夕往从慎无咎。生述慈训转告予，惭予碌碌大官糈。酬拜纷纷心所厌，眼光时在架上书。未敢放倒平生志，古来经纶在识字。京师如海一身藏，知我者谁只心痒。得生过从喜欲狂，笑言达曙以为常。松窗明月今犹昔，文章出处向相商。送生归去新安里，鹤发丹颜倚闾俟。问生所得较前奢，怒马鲜衣母所耻。我闻黄山秀可餐，中有仙母飧琅玕。男儿黾勉功名事，锦衣兼作羽衣看。

题张封翁万绿图

名山听说王官谷，天柱峰高插云矗。昔人隐者司空图，卧稳中条结茅屋。千载风流谁继之，万绿图成半亩麓。十亩之间桑闲闲，林木翳然濠濮间。远者二华分突兀，近乃五老助追攀。床头白堕酿百斛，屋角黄河流半湾。乐哉张翁此别圃，仙岩神岳不隔武。于今霍岳称天镇，在昔尧都擅地主。地主万古无消息，泱漭台荒临子午。何如啸歌隐云深，从来垂钓在河浒。堪夸平泉梓泽庄，不数辋川辛夷坞。登临把盏咤诗成，欢娱戏彩供醉舞。戏彩蓬莱观里仙，式縠伫看天赖补。补天事业亦寻常，漱枕巢由差可伍。

怀方孟旋李长蘅诸友

尘砾堪烦恼，思君绪自清。别来啸歌阻，梦去旅魂惊。怀古心多折，忧时气未平。对兹不同调，渐愧说多情。

大行皇太后挽歌二首

大行辞月殿，涕泪满句陈。翟辂晨兴晏，轩铓夕纬沦。占沙开万历，辍茧谢三春。厚载难云报，六宫寒食新。

尧母从来圣，螽斯更匹周。如何桐剖日，正值驭归秋。天上开琼阙，人间杵玉球。最怜宫漏永，雨露感深愁。

五日忆江南竞渡

蕤宾调玉律，膏雨泻银河。遥忆江流胜，因思彩鹢多。影翻鲸骇鬣，标扬锦腾波。仿佛青莎畔，飞花湿绮罗。

送门人程灏然

我已离群久，君能岁一来。茶瓜谈旧事，水石坐新苔。病骨翻然醒，愁容顿尔开。且迟松际月，莫听暮潮催。

李贯之索赠黄梅台

闻说黄童俊，今来绾绶迟。葛藤容易老，君治有葛藤山。云雨未全疑。水国琴宜抚，江乡米便赍。晚潮萧鼓动，沙岸两凫随。

途次遇雪遥忆金双南大行

本是冰衔客，偏宜带雪行。云山无可绘，马仆亦俱清。未酒频呼盏，无茶且试烹。同人何处宿，此景倍关情。

定州道中即事

闻说中山酒，中山酒似醯。浮桥题古渡，劣马惯骄嘶。水急穿冰驶，雅寒逐草栖。渐看新月上，多露不愁迷。

玉署槐阴二首

庭树初成幄，繁阴满画檐。碧分青玉案，凉度水晶帘。带草随云过，文星漏影纤。潇然发清赏，可以任曦炎。

北院文书静，南窗树色新。疏枝摇凤尾，密影砌龙鳞。细雨遮重幕，微风透锦茵。夜深丝竹响，殷梦叶枫宸。

拟送福藩之国

天门开祖帐，帝子镇朱方。缀辂移仙仗，桐圭引绣裳。山川周旧邑，宝玉鲁分璜。凤吹齐韶奏，龙媒服上襄。跄鸾分禁卫，振鹭俨班行。蔼蔼皇郊送，祁祁帝泽长。舳舻千里盛，旌旆九衢光。屏翰维城重，无康乐未央。

朱平涵前辈操舟见访余适往郡中有阻面对寄赠

玉署推前辈，明公实巨贤。文澜回大海，霜气肃高天。自昔陪畿暇，诸生领袖专。南陈齐表帅，北李让陶甄。经术还醇雅，条规矫薄儇。杀青裒剩史，木本表荒阡。横厉千秋事，提衡一代权。风期从坦率，月旦误迍邅。贝锦何劳织，朱丝不改弦。婆娑霄阙外，偃蹇日华边。婉娈苍霞润，清辉箬渚前。湘灵调瑟远，子夜舞衣鲜。葵藿倾常赤，松篁梦几圆。螭头虚左席，沙路忘归鞭。叆叇浮云积，苍茫骇浪连。频烦明主顾，不受世途怜。收拾余编在，从容窃取偏。奸雄愁锧斧，幽愤快磨湔。允矣阳秋笔，居然金镜传。物情拌我弃，吾党未能捐。四顾寰区内，何人羽翰联。问津心自苦，觅侣屐为穿。遂枉翘翘乘，翻垂款款笺。微才蒙接引，晚契托缠绵。甚愧丈人厚，徒勤长者先。卑栖怯弓影，匿处避狼涎。行路风波恶，登堂礼数愆。形疏神倍密，感极涕流涓。吊影江干只，回肠岘首悬。犹余千里志，尚订四方缘。烽火辽阳急，脂膏陆海煎。老臣思借箸，竖子且骄眠。涉险思舟楫，为梁必梓楩。庙堂求燮理，岩穴首腾骞。硕果知苍眷，灵光应紫躔。未云歌凤日，曾是泣麟年。

赠吴安节

夙负抠衣愿，遥逢献履辰。乔松方介祉，罨画暗浮春。礼乐千秋远，衣冠弈世振。素心敦薄俗，赤意挽颓津。揽辔雄风驶，埋轮正气伸。台霜寒绣斧，卿月耀朱轮。清浊持衡定，安危借箸频。节经时益峻，性以学而淳。江汉堪谁濯，渊源自有真。文章垂琬琰，举动著嶙峋。业自青缃禅，忠仍白简新。隆中深岁月，渭上老经纶。沧海闲观态，冰壶淡出尘。留余家庆迥，求旧主恩申。祭海争推谢，占星竞奏荀。养生形似鹤，忧国鬓添银。宝绘图蓬岛，高歌颂大椿。愿将金石楫，永永度沉沦。

送别杨蘧初太祖

庐岳钟英持，关西种德多。胪传腾晚色，建礼漾春波。魏阙龙章丽，吴天豸锦过。长江催击楫，瀚海沸挥戈。少府敦输挽，洼邱废作讹。因之勤抚恤，盎尔沛阳和。禽网宽三面，羔裘曳五纶。芾棠朝有颂，苌楚野无歌。飞檄星驰急，蒿心鬓欲皤。舳舻开震泽，羽骑候汾河。就日阶逾近，凌烟像不磨。谁能长借寇，吾自重思何。末路攖荆棘，深情润薜萝。

临歧愁去住，阅世几平陂。周道瞻山衮，沧洲狎钓蓑。太行标骏烈，野史佐编摩。

梦卜求贤咏馆选作

风云千古庆明良，况值清朝泰运光。紫禁梦回惊版筑，黄麻诏发贲磻阳。非关鼎鼐虚台轴，祗为金瓯重栋梁。草莽幸承恩宠渥，共瞻玉烛与天长。

怀萧如城司李兼柬蔡元岗给谏感怀胡葵翁老师

亭敞临漳草色青，故人霄汉绾簪缨。文章自昔归萧统，仙气由来属蔡经。梦入桑乾霜月皎，涎垂荔子露华零。应怜无限南州恸，好为吹嘘涸辙鲮。鳞，《类篇》作鲮。青、真，古通用。

送何武莪名士晋给谏左迁浙臬

惊君一疏叫天关，圣主优容槛许攀。半夜牵衣寒燕尾，一朝升座动龙颜。应知彤史标遗直，仍喜峨冠便触奸。九庙有灵潜受简，可容长去紫宸班。

赠姜年伯同馆箴胜兄乃翁建言家居

批鳞往日动星辰，汉署光仪二十春。本为圣朝经石画，何妨壮岁乞闲身。文章世业鹓鸾接，黼黻皇猷鹭鹭新。伫看霞觞初度日，还征四皓上蒲轮。

寄李贯之内兄用杜句发端情至之言非拟议云尔

童稚情亲四十年，中间百绪总堪怜。少因家难心几碎，壮为浮名砚屡穿。愧我漫称金马客，迟君不了蠹鱼缘。明春早放江南棹，相与徜徉溪水边。

赠何越畸二首

风流为政复谁如，山色泉声卧阁余。自载桃花东越米，不贪银缕太湖鱼。儿童竞拜肥卿马，乌鹊常随好畤车。早晚定逢宣室召，袖中先有荐雄书。

一县花开两地明，琴声闲暇起歌声。冰心秋映梁鸿水，棠荫春深庾亮城。东阁官梅动诗卷，扶风丝竹列书生。酌泉自顾清如许，不信仍题第二名。

斋中守岁

雨雨风风送短年，焚香烧烛整残编。起居偏注阴晴事，供奉常依绣佛前。老去蛾眉应自扫，坐来蝶梦亦清悬。尚盈一掬忧时泪，永夜徬徨北斗边。

元日大雪

幸无朝谒懒披衣，忽报璇花四野霏。西岭攒冰银作案，小园铺絮玉成围。梅因乱白真难认，酒为凝寒气亦微。闻道圣人祈上瑞，今朝宫树满光辉。

民部刘念劬枉函并致到杨大洪手札却寄刘名应遇任浒关

怀人秋思正难禁，千里相烦寄远音。国事纷呶征定痛，移宫事言者不止。关门气色扫重阴。船回笠泽风初落，钟起寒山月半沉。偏是使君垂照迥，苍蒹白露漫萧森。

袁中丞晞我出游泮图委题以予同齿同游故也莞尔有述

翩翩数子逐芳尘，队里黄童是重臣。此日巾襕分柳色，几人词赋动枫宸。差池羽翼悲吾晚，驱骖风云羡尔神。仗钺功高头未白，转思挑达事犹新。

瀛州亭听鹂

地敞蓬瀛午漏沉，流莺声转八砖阴。若为求友鸣芳树，应是迁乔借上林。缭绕远随仙乐细，间关不隔禁花深。双柑斗酒幽人意，何似瑶池听好音。

赠贺知忍

云阳烟水碧粼粼，咫尺华阳洞口春。山擘画图飞翠阁，袖携香霭散苍筠。风流绝赛陶元亮，胜事还追贺季真。更羡凤毛开五色，犹能奋笔触龙鳞。

赠黄太史封翁

祥光缭绕五羊城，海屋珠辉曜日明。三岛春秋双舄健，十洲烟月一槎轻。龙文晓护泥金简，鹤背时携炼石铛。最喜传经辉禁近，板舆初御岁星精。

方孩未侈称沙县山水之胜予谓此真新妇配参军也周玉绳诸年丈各有赠什次韵

方郎年少擅操觚，为爱名山乞领符。洗马入都人似堵，令君行市果投车。漫夸极乐神仙窟，翻徙多芒热闹区。却笑稚川真钝汉，丹砂句漏计全输。

庚申立春日

烽火辽阳不可闻，江南犹自斗华芬。裁红翦彩闺中巧，度曲征歌席上醺。白雪销残征戍泪，绿烟罨霭塞边云。今朝暂理宜春咏，可许闲随野鹤群。

送张符思

政成仙令自风流，花里弦歌似旧游。候鹤一琴湘水韵，望凫双舄海云浮。行车远近明星合，卧阁高深甘雨秋。多恐承明清切地，从容蚤晚借前筹。

拟送袁中丞开府登莱

周宣六月出车攻，仗钺三齐节制雄。南国旧棠春芾日，西台列柏夜呼风。楼船蜃结蓬莱近，箫鼓龙吟岛屿空。国士感知无以报，还将揆笔纪肤功。

读何大理集有感因书册子示大瀛郡伯

字里犹飞六月霜，绣衣真称汉田郎。铁船跨海歼鲸寇，金穴封山谢虎珰。柏老西台空棘寺，棠留南国尚桐乡。只今辽左谁前箸，公有遗言在皂囊。

渡　漳

去年经此涉江游，今日重看漳水流。词赋自惭梁苑客，鼓鼙其奈塞垣愁。天中音问南来少，雪里行人北去稠。谁道使旗增气色，归时江上有眠鸥。

赋得秋声一雁飞

淅沥金风动碧林，遥空独雁助长吟。声寒绝塞三千里，影照长安一片砧。秦陇云横朝起笛，潇湘月冷夜闻琴。于今圣世销烽火，北海应无系帛音。

寄孙绍峰

念汝当年意气倾，酒铛诗笔剧纵横。黄金散去家何在，白发添来鬓几茎。宅傍渭阳余宿草，名尊吴苑失长城。却怜一片蓬瀛月，梦落湖塘隔万程。

东阿道中

七月驱车归路长，病余况是怯骄阳。火坑历劫何时洗，水国洪涛未许航。昨夜高唐歌入梦，今朝谷岭翠侵裳。奚童报我逢生日，好唤凉飔引一觞。

冬夜过赵庵留题

荒烟漠漠锁香台，偶为寻僧踏月来。鸟解传经喧夕磬，犬逢客至起寒灰。参差松影檐间入，滴沥泉声涧底开。为订明春茶事熟，手提箬笼到山隈。

洪葆原年丈关政报满还朝

锦帆箫鼓出江湄，水冻黄河驿路迟。乡味久抛忘荔子，客情偏淡恋莼丝。阊门柳色非前日，长乐钟声似旧时。闻道使君廉载石，江东父老望旌麾。

赠京口王别驾

津口相逢及暮霞，秋风吹水飐寒沙。鲛人贡帛输官税，龙女藏珠看晚衙。招隐题诗怜夜月，射堂走马忆春花。知君为政清如水，赢得中泠好泼茶。中泠泉称为天下第一泉，在扬子江心。

和姜养冲

梦溪入梦尺书遥，闻说春江枉画桡。山上探潮余兴往，祠前摹碣暗魂销。观风人远将蘋荐，怀隐秋深有桂招。直北浮云方叆叇，共拌生事付渔樵。

赠别闽中蔡子周父

天涯相见各依依，禅榻茶瓯坐翠微。作客又逢云外雁，薄游无乃剑生衣。摘来金橘龙山好，尝到银鱼笠泽肥。已见秋风催桂子，可忘骑马问岩扉。

邓鸿胪惠菊依韵赋谢

归来三径没蒿莱，秋老东篱菊未开。惠我新枝醒睡眼，多君孤赏破时猜。重阳却负登高屐，燕水何心市骏台。把盏浮英吾事了，怕干风雨不留栽。

登第后哭诏安胡葵翁老师四首

云门石上许追陪，酌酒频呼缪袭才。今日南州枯泪眼，燕泥零落画梁摧。
星轺一日过梁溪，携手吴江芳草凄。却恨长安花满陌，等闲飞上故人绨。
谒罢承明玉漏清，钟期流水若为情。独怜枯管无灵气，漫向人间扫不平。
延陵紫气接漳台，季子空余挂剑哀。觅得星槎上银汉，拟将黄绢勒蒿莱。

初夏署中即事四首

深柳垂丝掠燕飞，新红片片点苔衣。朝来挹露披书幌，错落晴霞映紫薇。
梧竹森森斗碧鲜，芸香初拂袅轻烟。莺声睍睆来庭树，知有薰风入舜弦。

朱明丽景上高槐，翠色平铺碧玉阶。漫卷湘帘消昼永，凉飔若为助吟怀。

清宵雨涨凤池流，蔼蔼垂阴麦正秋。共道来牟堪燕喜，可无新颂出词头。

送同馆胡休仲乃翁归越四首

三月莺花此正繁，布帆千里顾雍船。桑田沧海寻常事，看取明珠掌上圆。

玉楼天上自亭亭，底事文章去作铭。解道神仙原有种，仙翁识得是遗形。

岁星何事到人间，会破人间忧喜关。七十年来常在眼，西湖日夜水潺潺。

南去诸峰间紫氛，独怜翁自傍孤云。青松长茂千年色，好护琼芝映锦文。

送杨侗孩馆兄二首

赋就长杨动紫宸，闽天忽尔起归轮。好将簪笔华清晓，散作斑斓满座春。

落日停云酒一樽，纵然暂别也销魂。马头带得延津剑，夜夜余光烛蓟门。

送孔中甫馆兄二首

三载焚膏傍紫薇，偶从天子乞斑衣。明知此去无多别，犹自临风怅落晖。

家近华阳小洞天，凌虚黄鹄带苍烟。清宵梦到蓬瀛月，大隐金门亦是仙。

送刘太疑馆兄二首

篝灯几度共论心，谁遣琴操别鹤音。君自涉江寻旧侣，暮云春树总难禁。

仙郎昼锦映征车，宫柳回看绿渐舒。莫以莼鲈深恋恋，濡毫旦晚待相如。

入槛诗以下被逮后作

尝读《膺滂传》，潸然涕不禁。而今车槛里，始悟夙根深。一死无余事，三朝未报心。南枝应北指，视我实园阴。

痛　亲

生来气体弱，父母倍情怜。妖梦频纷若，慈颜意惨然。无心逃密网，有恨负重泉。赤岸松杉邈，诸孙好护旃。

痛弟妹

爱妹同胞笃，先零二十秋。刚余异母弟，祸到已弥留。原上凄风紧，飞车白日收。门衰应祚薄，已矣复何尤。

慰　内

闺房偏盛德，死矣愧吾妻。百顺承姑舅，千辛啜藿藜。荣华悲短促，风雨泣低迷。忍死提诸子，毋徒叹噬脐。

示　儿

诸儿初了了，长大竟无成。世事浑如梦，遗经累后生。覆巢宁有卵，刈草岂留萌。幸得收吾骨，还须隐姓名。

慰　女

五女儒生妇，年来礼法王。只今逢末劫，正合忏余殃。稍足无盈橐，长贫可厌糠。缇萦何处诉，软语慰而娘。

寄　友

生平肝胆热，掇出在人前。为友常分谤，推贤必让先。我心无曲折，人性有狷便。生死交应在，肯为异己怜。

慰妾三首

朝朝念佛保平安，暗里愁添泪不干。肠断锒铛声一响，堂前咫尺不相看。

来时自矢死靡他，贴意摩挲赖起疴。昨夜飞魂惊入梦，蓬头跣足叫天那。

我是刚肠铁石人，不为女子惜娇春。莲花会上来相接，共礼如来证往因。

题高攀龙《水居五友图》

水居新卜筑，爱此水家村。古树深藏龙，清流直到门。渔樵堪结侣，鸡犬不闻喧。长得机小憩，宁辞老灌园。（缪昌期书法）

姚少监武功县诗常熹诵之偶为毖翁老先生录三首

日出方能起，庭前看种莎。吏来山鸟散，酒熟野人过。歧路荒城少，烟霜远县多。同官数相引，下马上西坡。

假日多无事，谁知我独忙。移山入县宅，种竹上城墙。惊蝶遗花蕊，游蜂带蜜香。唯愁明早出，端坐意彷徨。

腥膻都不食，稍稍觉神清。夜犬因风吠，邻鸡带雨鸣。守官常卧病，学道别称名。小

有洞中路，谁能引我行。(《红豆树馆书画记》卷三《明成文穆公家藏明人墨迹合装卷》)

见复内兄以啸歌阁诗见示次韵属和

潇洒闲身鹤不如，自临水槛种嘉鱼。翻嫌舟里非真隐，却笑瀼西误卜居。一径好花沾雨湿，百年乔木受风湿。朱门蓬户从心取，暂得清凉眼界舒。(《顾山文献录》卷一)

题赠凤山寺竹轩上人

残山剩宇境清凉，选胜传灯此地藏。镇日梵云连杖锡，有时花雨散松篁。居人几处依蒲供，过客三生闻妙香。漫道住山真不易，相逢一笑虎溪傍。(《张家港旧志汇编·永庆寺志》卷下)

诗题王氏世牒

奉观先牒起遐思，南北家乘续旧支。一脉祖孙无异姓，千年昭穆似同时。蒸尝共守唐臣庙，金石犹存宋诰辞。惟愿族人崇孝敬，莫将身世负君师。(《砂山王氏宗谱》卷一)

13. 阚庄派九世缪昌胤族称西园公诗一首

光绪谱引《箕裘集诗钞》跋云：公为文贞公庶弟，从文贞公读书实园，喜吟咏。有《西园诗文集》，甲申明鼎革，悉毁于兵火。兹从贡集中刊公原唱，谨敬录存。

寄贡霞峰客中

曾共筠轩纳晚凉，忽来好句自遐方。论文忆在东西廨，守拙惭言上下床。雨雪天寒惊岁暮，鳞鸿路阻黯神伤。离愁万丈凭谁诉，坐对空斋听漏长。(《(光绪)东兴缪氏宗谱》卷三七)

14. 阚庄派十世缪尊素族称太质公诗二首

光绪谱引《箕裘集诗钞》跋云：公之诗文无专稿，仅散见于诸名人集中，然今亦未克见也，所得一首从文贞公遗本中录出。

寄怀西溪叔父

古道日已远，伊谁具典型。吾家有叔父，风雨记灯青。旧业毡长守，高文刃发硎。步

趋函丈侧，忆侍带山亭。亭在实园。(《(光绪)东兴缪氏宗谱》卷三七)

题敬溪吴先生家乘

有吴溯苗裔，奕叶望毗陵。昆仑吐河源，蓝田产球琳。凤鸣叶吉兆，荆花粲前林。之子承世业，孝友人所钦。乘牒躬辑校，本支郁以森。贻谋式令德，骏誉驰来今。(《顾山文献录》卷二)

15. 阚庄派十世缪虚白族称采室公诗二首

题寿母图

花光照槛春风香，华筵群介黄金觞。良辰设帨臻大耋，兰闺举案仍相庄。母也愉愉相夫子，早播芳徽德星里。诗书垂范作弓裘，五桂连翩看后起。牙签插架松肪明，膝前骥子琼瑶英。机声轧轧助勤苦，天街月静飞严更。大家懿范型千古，孟光德著梁鸿庑。家声里党说坤仪，妇子庭帏奉芳矩。披图仿佛闻鸣珰，孙曾阶下咸鸾翔。行看五世芝兰秀，百岁同跻寿母堂。(《(光绪)东兴缪氏宗谱》卷三七)

感　怀

数竿修竹伴吾庐，一片冰心感索居。老我炎凉频递嬗，任他岁月自消除。梦当浓处皆成幻，情到多时总是虚。安分顺天无所忌，惟兹乃不负真予。(《(光绪)东兴缪氏宗谱》卷三七)

16. 阚庄派十世缪纯白族称采璧公诗七首词二首

光绪谱引《箕裘集诗钞》跋云：公所著诸作，明鼎革经兵燹无一存者，兹从《澄江耆旧集》录得三首，以存手泽。

忆从先太史槛车北上条记其事名曰《从侍槛车录》，编成感赋。

纲常峙万古，未容一旦坠。昏雾霾九霄，此道终不昧。伤哉孤臣心，徒抱锄奸志。锒铛铁锁来，抢地对狱吏。所嗟众正尽，四出驰缇骑。血肉饱豺虎，爪牙方横恣。不惜此身碎，国事慨无济。回忆侍槛车，懔懔仰浩气。列宗养士恩，生死冀不愧。刀斧列堂阶，至今使心悸。子孙独何人，盟心矢寤寐。(《(光绪)东兴缪氏宗谱》卷三七)

送四弟采星赴蜀江安之任

万里蜀江清，征轺此日行。文章今报国，畎亩乐躬耕。江渚帆初挂，岷山翠正横。记曾听漏永，风雨共灯檠。(《(光绪)东兴缪氏宗谱》卷三七)

读书君山僧舍

江上波涛日夜飞，孤峰矗起翠成围。一庭薜篆僧常定，半榻茶烟客久稀。自笑蠹鱼钻故纸，时看燕子入闲扉。钓竿输与渔翁乐，月下高歌得酒归。(《(光绪)东兴缪氏宗谱》卷三七)

过润州招隐寺

徙倚古山冈，微风拂面凉。疏钟穿薄霭，危阁倚斜阳。玉蕊白迷槛，长松青掩墙。澄清未酬志，空愧发苍苍。(《(民国)招隐山志》卷六)

留云亭

亭古矗山头，云容四望收。友怀陶令切，亲思狄公悠。拥树村都失，封溪水自流。无心飞出岫，名不愧题留。(《(民国)金山志》卷一〇)

金　山

奇境天开水四周，孤峰屹屹镇中流。亭楼杰起波为地，芦苇环生岭亦洲。塔影撑空妨过鸟，钟声穿浪逐扁舟。妙高台耸凌霄汉，乘兴还登最上头。(《(民国)金山志》卷一〇)

题天宁寺壁次王文肃公韵

山林如许懒跻登，兴味萧然似野僧。鹿梦沉沉谁醒唤，狼烟莽莽甚炎蒸。此间趣尚欣佳得，是外云都怕热腾。纵目中原昏不见，澄清宇宙几时曾。(《(民国)武进天宁寺志》卷九)

唐多令 金山秋望

树影见中流，钟声到岸留，诵张诗、无限清幽。独陟妙高峰顶望，星火闪，是瓜洲。天气况高秋，霜边一雁遒。好开怀、听月登楼。最是沧洲渔笛起，更添兴，一孤舟。(《(民国)金山志》卷九)

满江红 金山怀古

青峭摩空，依旧也、只更人物。空怅望，江流淘尽，古今豪杰。苏老风流围带古，韩王战迹寒潮汩。一个亭、悄立看留云，弥山缺。　思往事，荒烟叠；寻故址，浓阴郁。但中泠泉试，一瓯甘洌。古洞苔深形蜕蟒，空岩草密巢无鹘。到如今，尽听说裴公，掘金穴。（《（民国）金山志》卷九）

17. 阚庄派十世缪贞白族称采石公诗一首

光绪谱引《箕裘集诗钞》跋云：明鼎革，公所著遭兵火散佚。今从《郁集》中录出原唱一首，略存梗概。

寄郁念之

拥炉渐觉北风凉，时听鸿声送远方。浣月乍逢诗一纸，停云忽记话连床。味如兰馥君堪羡，瘦比梅花我岂伤。祇是星星看发短，虚言老骥壮心长。（《（光绪）东兴缪氏宗谱》卷三七）

18. 阚庄派十世缪太白族称采星公诗三首

答中表李仲达见寄依次原韵

古人惜寸阴，为学日不足。我读古人诗，虚心当师竹。忧道不忧贫，而况饱饘粥。有朋远方来，相与篝灯读。知味似儿时，顿忘境遇促。志在期圣贤，耻言趋尘俗。坟典细研求，如访山之谷。讨论得精微，不厌百回复。

君擅生花笔，文章吐奇秀。胸能吞云梦，神清引兰臭。下酒有汉书，持卷卜永昼。不诈亦不欺，俯仰内无疚。堂堂七尺躯，耻说王侯佑。往来多鸿儒，有德室何陋。明月缺复圆，人事满则覆。君与世寡俦，一经贻厥后。（《（光绪）东兴缪氏宗谱》卷三七）

次孝琛韵

和畅春风煦锦枝，窗前驹影过迟迟。罢吟非惜如金墨，琢句欣来缀玉词。展卷恰看华似绮，触怀陡觉鬓如丝。倚楼更有哦诗客，胜日曾同曳履嬉。（《（光绪）东兴缪氏宗谱》卷三七）

19. 阚庄派十世缪坚白族称采瓠公诗一首

光绪谱引《箕裘集诗钞》跋云：公之《觚觚集》经兵燹，子孙存者几希，无从询问，其他著更无从收拾矣。兹从《黄子敬集》中钞录公之答章，以存手泽。

酬子敬见贻

几度挥毫落纸余，珊珊丰骨有谁如。振音欲埒丹山凤，在手浑侔白玉蜍。觅句最宜推枕后，试锋原是发硎初。吟笺堆案腾光彩，想见仙云自卷舒。（《(光绪)东兴缪氏宗谱》卷三七）

20. 吴门派十世缪慧超族称子上公诗一首

促　织

情知鸣翼促鸣梭，不念劳人动揣摩。每为绸缪惊夜织，几缘断续撇轻罗。遗民听尔愁无限，旅客闻之感亦多。何事潜身常负志，三秋对月赋悲歌。（《(光绪)东兴缪氏宗谱》卷三七）

21. 吴门派十世缪慧隆族称薛书公诗二首

拟　古

玉山采嘉禾，桂糈发奇芬。殷瓢酌天浆，举首待夫君。明月为我久徘徊，众星为我耀苍雯。① 虹旗参车渺何许，云冥冥兮风吼怒。望灵兮不来，盛颜忽改青蛾摧。羲和驭辔不少驻，良辰杳杳那可遇。（《(光绪)东兴缪氏宗谱》卷三七）

客中上巳遣怀

佳辰上巳絮初飞，快睹韶光访翠微。大好朋簪联舄履，争携酒榼对芳菲。云阴卷尽开晴昼，旅邸频年咏夕晖。江上峰峦何处问，凭栏时见暮禽归。（《(光绪)东兴缪氏宗谱》卷三七）

22. 吴门派十世缪慧远族称宁斋公诗十七首

乾隆《吴县志》有赞："学富而溢，文采炳蔚，见者愕眙，莫知其言之所从出。"《清诗别裁集》录其诗五首，编者沈德潜评云："经义推巨手，韵语亦复雅健雄深。"乾隆《吴县

① 雯，疑为"旻"字之误。

志》录其诗五首。章法谨严，诗意雄浑。

雉子斑

雉子斑兮，其羽煌煌。雄雌朝飞，阡陌相将。十步一啄，载飞载藏。谁为毦枢，体负文章。南山媒翳，北山罗张。樊笼既入，形容无光。恭承嘉惠，食以稻粱。尔虽小物，耿介莫当。局促一世，生不如亡。微命既释，感恩未央。迟迟春日，膏泽徜徉。愿同黄雀，衔环君旁。(《(光绪)东兴缪氏宗谱》卷三七，又见《清诗另裁集》卷二)

友人过访

茸城愁绝各风烟，倾倒今朝倍黯然。坐上清歌闻子夜，人生行乐及丁年。三春会面常多阻，百罚深杯且共传。旧事凄凉言未尽，檐花落久雨纤绵。(《(光绪)东兴缪氏宗谱》卷三七，又见《清诗别裁集》卷二)

孙桓王墓

烈烈桓王墓，吴郊荆棘封。江东谁首闻，猘子敢争锋。霸气紫髯尽，京都青盖重。金船喧五夜，风雨百灵从。(《(乾隆)吴县志》卷一一〇)

有感二首

湘水桃源欲问津，衣冠处处哭秋旻。宁同白马歼朝士，肯为黄巾赦党人。行泽楚臣应抱石，上书梁狱几全身。惊心南国添缯缴，解网还邀圣主恩。

烽烟海内尚兵麈，奋褎论才得尔曹。紫塞重弹《白翎雀》，金门竞奏《郁轮袍》。苍茫梦里询蕉鹿，浮拍池中把酒螯。长啸独期千古事，咏怀何必反离骚。(《清诗别裁集》卷二)

忆辽左故人

生归何地更逢君，兰忌当门自昔云。东洛少年无贾谊，制科风汉独刘蕡。蕃厘种徙琼花绝，辽海魂啼杜宇闻。箧里故人封事藁，雨窗检点泪纷纷。(《清诗别裁集》卷二，又见《江苏诗征》卷一四三)

灵　岩

旧游岁月欻如奔，题句难寻醉墨痕。石骨嶙峋秋扫翠，湖光滉瀁影侵门。西来开士图形古，南渡蕲王碑碣尊。陈迹由来伤俯仰，羡人黄土不须论。(《(乾隆)吴县志》卷九三)

泛太湖入西山

万顷空明进小艖，筍舆曲折路还遐。遥青欲滴非关雨，新绿生香不在花。终岁未妨资橡栗，散怀聊复侣鱼虾。木奴二望千章合，产比村翁薄更加。(《(乾隆)吴县志》卷九五)

蚕　豆

豆畦堆碧杂桑麻，稔岁相传一面花。入夏每先卢橘熟，得名偏为茧丝加。翠茸欲老初垂荚，露液中涵未满沙。田舍新尝风味胜，祇应石鼎配春芽。(《(乾隆)吴县志》卷一〇四)

范少伯祠

烟波湖上竟何之，邈矣扁舟不可追。乍见文台歌酒盛，旋闻笠泽钓纶垂。城封苦竹留遗泽，象铸黄金系去思。堪悼属卢种又赐，伍胥潮后镇相随。(《(乾隆)吴县志》卷一〇七)

旅思 时作邑令

自悔弹冠误，风尘意若何？故山疏著述，边塞试弦歌。地比长沙远，愁方儋耳多。归兮须及早，三径梦尝过。(《(乾隆)寿阳县志》卷一二)

金　山

砥柱中流势屹然，任他波浪日喧颠。远襟九省青浮黛，高矗重霄碧破烟。孤塔崚崚层霭外，群鸦阵阵夕阳边。衲裙玉带都陈迹，尽博游人坡印传。(《(民国)金山志》卷一一)

逢故人

满耳秋声落日边，问君生事共凄然。石穄试采饥难疗，饭颗相逢瘦可怜。病客二毛穷鸟赋，荒村入口卖文钱。征徭欲避还无计，尚剩南山种豆田。(《江苏诗征》卷一四三)

拂水岩留题

喷沫飞珠匹练寒，天台雁宕并奇观。每来登眺浑忘返，袖手高吟镇日看。(《百城烟水》卷五)

灵岩山寺放生鸡三首

窗前无事更谈玄，缚栅今依双树边。遥忆远公行道处，松风谡谡伴安禅。

春风金距少年场，缠项红罗意气扬。今日雄心销欲尽，余生栖息讲台傍。

长年饮啄向空山，闲适何如雉子斑。却听五更钟磬后，声随清梵下云间。（《（乾隆）吴县志》卷一一一）

23. 阚庄派十一世缪畯族称喜生公诗三首

夜　坐

是月还非月，蒙胧映碧纱。风敲窗外竹，半雪半梅花。（《（光绪）东兴缪氏宗谱》卷三七）

次夏舆先表兄见赠原韵

此生总不合时宜，况复支离老更痴。金尽床头颜面改，肉生髀里策勋迟。赋愁敢拟张平子，止谤真同直不疑。心折此时□□□，徘徊无路报相知。[①]（《（光绪）东兴缪氏宗谱》卷三七）

八月初八夜有怀舆先表兄

羞言秋半怕逢春，剩得畏畏踽踽身。俄见凉风起天末，旋沾白露忆伊人。得君佽助如同气，与我周旋正损神。曾记松林诗句好，唱酬皮陆旧相因。（《（光绪）东兴缪氏宗谱》卷三七）

24. 阚庄派十一世缪畴族称祉生公诗四首

孔君樽读予编《纪闻随笔》贻二律见赠依韵奉答

无才妄欲学班超，秉笔持平怨免招。褒贬忠奸心若水，鉴衡兴废目如熛。半生著述消年月，万古文章傲晚潮。风雨一编神鬼泣，不求闻达等鷦鹩。

山居闭户著铅黄，与世无交觉性方。《左氏春秋》同日月，史迁文字等冰霜。徒然遗臭为奸佞，还是流芳说善良。历代纪成初脱稿，砚池犹剩墨余香。（《（光绪）东兴缪氏宗谱》卷三七）

闻边事不战自溃

羽报边隅自倒戈，诸军弃甲渡三河。女墙未破惊如此，土匪横行唤奈何。四壁囊沙浑

① 最后两句《江阴习礼夏氏宗谱》作："心折毗山最高处，疏狂何处报相知。"

不见，一城兵饷岂无多。将难用命皆庸俗，惨使生民落网罗。（《（光绪）东兴缪氏宗谱》卷三七）

围　炉

松花细炙凿冰辰，小坐芸窗我自春。莫怪寒酸便倚傍，一生除此不因人。（《（光绪）东兴缪氏宗谱》卷三七）

25. 阚庄派十一世缪嵧族称弁生公诗四首词一首

金　山

万里云烟大陆昏，幸兹无恙砥乾坤。碍眸蓊郁丛林蔽，震耳轰豗急浪喧。声唳随风堪悼鹤，食施倚日且呼鼋。登临不尽悲多难，一度唏嘘泪一吞。（《（民国）金山志》卷一〇）

宿金山寺用张承吉韵

淡月昏无影，苍茫夜不分。林高时滴露，山迴半笼云。梵呗随潮去，钟声入户闻。感时愤填腹，无酒亦醺醺。（《（民国）金山志》卷一〇）

登妙高台

风急天高猿啸哀，杜句。中原扰扰独登台。道横豺虎惊尘障，浪作蛟虬入座来。水调歌遗渺绚唱，中秋月近愧坡才。凭高北顾思无限，酒不消忧懒举杯。（《（民国）金山志》卷一〇）

过润州招隐寺

松竹苍苍曲径斜，白云深处梵王家。疏钟断续穿斜日，飞鸟翩翻弄彩霞。高士堂空荒草满，储君台冷密林遮。为探幽胜来兰若，一笑江头暂舣槎。（《（民国）招隐山志》卷六）

满江红 登金山

鳌背金浮，波浪里、一卷孤立。空怅怅，江山如此，已非畴昔。纵步强跻飞鹘岭，低头懒视潜龙宅。恨北瞻、惨淡奈京华，愁云集。　　思世事，心呜咽；怀帝阙，衷凄戚。忍中原多难，此消闲日。当路蛇横膻雾喷，负嵎虎啸腥风逼。倚山巅，怕听恶嘲鸣，撞厓急。（《（民国）金山志》卷一六）

26. 吴门派十一世缪彤族称念斋公诗一百三十九首词一首

《吴中名贤传赞》云：甲魁天下，藉盛声华，教垂三畏，崇俭黜奢。

光绪谱引《箕裘集诗钞》跋云：公有《双泉堂诗文集》四十二卷，经兵燹版失无存。遍访藏书家，竟不获见公遗集。兹从他集录出二首，又从《国朝诗别裁集》录出四首。未见全集，有遗憾焉。

送医士方际泰归茅山三首

卖药长安市，超然寄一身。摺驴偏识路，破袜不生尘。入世性情古，还乡面目真。自惭留滞客，对尔叹劳薪。(《(光绪)东兴缪氏宗谱》卷三七)

万族罹氛祲，颙颙待此人。戍兵屯戊己，望雨急庚辛。汤火心徒切，君臣剂有神。能将上池水，尽与济生民。(《清诗别裁集》卷九)

茅山称最胜，结屋傍嶙峋。白鹄常为伴，黄精得养神。松云凉梦寐，僮仆使麏麚。曾读《宋清传》，犹嫌未绝尘。① (《清诗别裁集》卷九)

寄宝华山定庵和尚并祝五十初度

佛寿无涯际，法身悟后成。谈经花灿齿，宣偈石移情。德立观摩众，神闲福履并。欲将物外送，淳朴不能名。(《(光绪)东兴缪氏宗谱》卷三七)

假归南下欲游五台山

排空历历五高台，想像先教眼界开。客路风光随马去，家乡树色渡江来。探奇亦自安禅味，济胜须谁作赋才。莫道上方钟磬杳，此身今已出尘埃。② (《清诗别裁集》卷九)

登宝华山兼寿定庵和尚

居每临风想远公，白云深处绿丛中。金仙此日逢初度，法众偕来共祝嵩。性静虽然忘甲子，见真原不堕顽空。何时谢却尘嚣事，常对花峰看古松。(《(光绪)东兴缪氏宗谱》卷三七)

---

① 《清诗别裁集》评：医人与医国夹写，何等胸次！

② 《清诗别裁集》评：写假归之乐，得见家乡树色也。偏云树色渡江来，工于著句。

渡 江

凉月漾中流，金山隐隐浮。尚余残醉在，和梦到扬州。[①]（《（光绪）东兴缪氏宗谱》卷三七）

东台望海峰

层层峭石拥高台，就里藤萝百道开。身在云中天水合，更于何处觅蓬莱？（《（光绪）东兴缪氏宗谱》卷三七）

正月十日予生辰展拜先茔因示三子

须知子生时，乃是母难日。珍羞罗其筵，锦绣铺其室。宾朋次第来，儿女绕吾膝。境遇亦偶然，劬劳心转怵。舍却妻与儿，入山理书帙。夜来月色新，朝起瑞云灵。抠衣拜亲前，四顾何崒嵂。湖山一望收，松柏两行密。叮咛柏与松，晨昏勿飘飘。子道渺难伸，黾勉敢暇逸。伫望子孙贤，庶几云绍述。（以下九十首选自《百名家诗钞·双泉堂诗稿》）

同年张敦复过予看名人书画扇因述其乡闺秀中有工翰墨者四人出于方氏一门皆以节烈称为赋三十六韵

二月足春寒，窗外风窸窣。萧萧穷巷居，气自侵肌骨。俄闻高轩过，披衣还结袜。出户迎未及，开帘入已突。捡点几案间，翻动蠹鱼窟。便面布丹青，展阅惊咄咄。昔有白石翁，沈石田。落笔肆硉矹。偶写碧桃花，匀细而腻滑。两蜂目低昂，针锋走兔鹘。衡山与包山，文衡山徵明、陆包山治。毫端亦滂浡。如闻万竹敲，如望千峰屼。绘出声影时，此意争丝发。更数董与陈，思白、眉公。一时并嶒崒。磬室待诏徒，钱磬室名穀，衡山门人。缑山宰相阀，王缑山名衡，文肃公子。白阳逸世才，白描自清越。白阳山人名淳，字道复，后以字行。勿谓一艺轻，必殚力为竭。卷舒常怀袖，把玩觉恍惚。倏若入深林，嵚岑起仓猝。倏若到花丛，烂漫秀林樾。回想明盛年，风流弘吐纳。寓意在丘壑，遗风久不灭。布衣居上坐，何心皆簪笏。姑苏及云间，声名动宫阙。君家龙眠山，间气英豪发。无可托头陀，桐城方以智，字密之，庚辰进士，官翰林。甲申后入闽粤为僧，号无可。书法得津筏。幼从母氏学，密之母吴氏，字棣倩，工诗文。文澜通溟渤。又奉两姑教，绘事留石碣。密之有两姑，一适张方伯秉文，字如光，从方伯死难，工绘能诗，有《纫兰集》；一适姚廷启，字维仪，夫夭守节，有《清芬阁集》。《清芬》《纫兰集》，姊妹同馝馞。烈士殉幽泉，义士甘薇蕨。区区雕虫技，身名共招揭。吾辈称丈夫，何为自汩没。蹭蹬逐风云，蹉跎送日月。白头无长策，穷年何矻矻。古有三不朽，勉旃慎毋忽。

① 《清诗别裁集》评：只清晓渡江耳！写得浑然无迹。末五字何减唐人声口。

庚申十一月望前二日求德堂宴集并序

时维仲冬，律应黄钟之管；地当申浦，风生碧海之涛。玉树琼林，花飞六出；鹤汀凫渚，月映三江。来白下之名流，集海邦之俊彦。于时筵开玳瑁，味进莼羹，乐奏宫商，怀翻竹叶。岂特二陆连珠而入洛，三苏合璧而生川。敢效短章，并征芳咏。兰亭之叙，挥毫者书法流传；金谷之游，绘图者丹青不朽。抛砖引玉，下里自惭；白雪阳春，群公是望。

积雪满江皋，飘蓬出河梁。朔风吹我衿，愿言遘清扬。自惭才鄙拙，结发入名场。老成渐凋谢，年少永相将。置酒盛文藻，高会君子堂。琴笙相间作，劝酬飞羽觞。宾主意何洽，谈笑形迹忘。丈夫须意气，努力凌风翔。结交比松柏，岁寒可久长。先之以芜词，愿邀金玉章。

送千之北上

吴越有嘉树，鸾鹤各自栖。一朝昂首去，共向上林飞。上林何郁葱，望望欲攀跻。中道倦引翼，何由踏云梯。翻然归旧巢，顾影临清溪。松深云未开，江寒棹尤迷。回瞻旧日侣，振翮霞标齐。翚彩仪上国，雄味吐虹霓。昔欣同饮啄，今愁各东西。天衢视幽谷，瞬息分云泥。

走笔赠张铨侯二首

山林与钟鼎，天性各有因。此中有深意，难以语俗人。我早去簪黻，家傍城西闉。城西有隙地，凿池构小亭。君之父与兄，为我开荆榛。迄今廿余载，君来结构新。为山不在高，属意幽处寻。我性好疏豁，事事必求真。一篑功易怠，九仞力难难。只此行径处，俯仰学先民。君能识此意，不留斧凿形。拳石费经营，位置若有神。草堂五日留，点缀成丘陵。与君谈道理，高下在吾心。

大道贵自然，小道又可观。山川钟神秀，俯仰何郁盘。初不劳人力，登临惬所欢。怪底城市内，豁然见巑岏。一丘藏曲折，三径足容安。拳石岂有柄，运之如弄丸。君来开茅塞，蓬户生林峦。勿谓虽小道，聊同大道看。

双莲诗

莲生于双泉堂后池中，时己未七月。

嘉树贵连理，名花亦有匹。草木尚同侣，我独何萧瑟。老干既已颓，嫩枝旋复失。徘徊步庭除，对影生惨慄。忽见污泥中，亭亭骈蒂出。顾之心自疑，客至皆曰吉。渐看花两舒，逐喜子三实。垂绥吐微黄，含珠裹新蕾。每爱晨曦煦，常防风雨疾。鱼戏徒乱荇，蜂过幸坦率。柳丝如覆幕，松声自响逸。时时相保护，累累皆颖栗。撷来贮锦囊，馨香恒满室。

双芝诗

庚申七夕前三日，白石亭前产灵芝二本于秋海棠丛中。

志迂撰丘壑，性辩嗜隐沦。乔柯手自植，嵬石荫前人。金波方动魄，银藻渐相亲。林间好鸟过，花下草虫呻。兰皋何蕴藉，云岫若怀新。气清知孕异，露华识根神。尝诵休文句，三芝各有因。石芝与肉芝，不与灵芝均。一枝自三秀，双瑞却并陈。玲珑结仙掌，杳霭起重轮。连珠出老蚌，合璧荷陶钧。谬云汉殿物，错比尧阶珍。有客布瑶席，且与醉良辰。

双兰诗

产芝后，盆兰复盛开，中有一花骈蕊者。

古语诚有之，兰葩岂虚鲜。本具君子质，应为国士先。众芳虽罗户，馥馥谁比肩。凤仪待明主，芝出俟明贤。惟兰为国香，幽芳独自宣。常与众草伍，悠然吐奇妍。一枝花数层，兰性固皆然。一花发三蕊，此花特殊焉。内子欣然喜，摘来供佛前。胡不纫为佩，中心若婘婘。或同鸟比翼，或同树枝连。草木岂有私，聊以解忧煎。晚岁小池上，已开并蒂莲。

留别同学诸君子

寒云何黯黯，冽风何飕飕。辞君远行迈，申浦系轻舟。握手漫言别，为有我同俦。素心在晨夕，吾道期相谋。寒暑人事易，荣枯岂用求。春来桃李发，同志共遨游。不才糠粃先，道路长悠悠。布帆上长安，击楫向中流。眷念同袍者，中夜生怅惆。春明伫立待，上苑有鸣驺。

订孝穆同读书山中兼谏汪钝翁二十韵

弃官虓林壑，十载谁相顾。朝眠枕前山，晚步溪后圃。四顾何岑寂，空山独庐墓。泉流渟且泓，松涛清若雨。今春冰雪多，余寒历山路。柴门倚湖滨，来去惟鸥鹭。虞山薛子至，蚩然喜良晤。横扉为客榻，挑菜当朝餔。同心嗜淡薄，微尚洽情愫。矫矫郭林宗，汪汪黄叔度。卓荦恣幽讨，考异兼辨误。吾乡读书者，钝翁称独步。旷怀凌古人，高躅谢世务。薛子乃其徒，渊源洵有故。相期共晨夕，有约君必赴。心学追关闽，词章鄙迁固。日月恐易迈，努力庶无错。世人贵苟得，吾道无觊觎。闭户养迂拙，诗书聊自寓。欲拯彼纷嚣，此风或足慕。

仲夏邀任千之虎丘纳凉帆同门王刘诸子

避暑选林壑，轻舸出城隅。绿荫如覆盖，青天耸浮图。偕我素心侣，衔杯适且娱。览物倾怀抱，慷慨复唏嘘。眷念同门子，翔步游天衢。仲宣多意气，筹画资庙谟。公干负伟抱，皇路足驱驰。彦升入掖垣，精白比瑾瑜。陈言见忠谠，宸聪定都俞。彤也渔樵客，曾直承明庐。优游愧金马，微尚耽幽居。襟怀惬松竹，谈笑狎鸥凫。坐来青峰暝，凉蟾下庭梧。鼓棹自兹去，来朝游五湖。

赠杨明远

昔日读君诗，如与君对面。萧洒出尘埃，闪烁奔雷电。开阖千万言，古今同贯穿。思君不得见，常把君诗遣。君居北郊外，高卧称独善。家资只有琴，世宝惟余砚。君能绍风流，父子诗名擅。我友冯补之，君诗尽清选。昨岁君过我，我为俗事牵。今春来小园，握手何恋恋。相期数至止，杖履应不倦。君去诗仍在，寤寐思展转。

九日招宛平王子可登高归舟遇雨

秋气近日佳，良朋不我遐。喜遇重阳节，相期问菊花。朝来云雾多，吴山一棹过。棹过横塘山磊落，片帆直到彩云河。茶磨山前何杂遝，行春桥畔有笙歌。山半坐立影相错，山下来往肩相摩。肩舆上翠微，崎岖走若飞。穿林通鸟道，席地对禅扉。少焉松风起，夕阳带雨希。来时彳亍满山巅，去时欸乃湖满船。前岸灯火来争渡，后船箫管去复还。此行不尽登高兴，愿续宾王冒雨篇。

从竺山泛舟至石壁

倚徒云天外，湖山相映带。石壁与竺山，远近若朝会。四时风景固不同，爽气朝来云霭霭。红蓼滩边荡小舟，白蘋渚上逐轻鸥。渔村近水垂杨暗，蟹舍临湖插竹稠。近眺长歧山径杳，骑龙西脊翠烟浮。洞庭两峰若屏障，渔洋蜿蜒接平丘。数峰青尽一溪横，芦荻风吹两岸迎。稚子折来当长笛，长林吹入尽秋声。

老树根歌

草木亦钟灵，山川间气出。枝干作虬龙，其根尤奇特。偶游兰若中，几上树根一。磊落英雄姿，生长神仙窟。我为之把玩，加之以拂拭。老僧解我意，持赠甚仓卒。昔有石季伦，珊瑚值万镒。又当宋宣和，花石劳传驿。何如此树根，形象颇真率。我始见之惊怪生欢喜，既又为之吁嗟长叹息。汝何不为松，当受大夫职。汝何不为竹，常比君子德。若欲作栋梁，大匠取圆直。否则为器用,众工好修饰。汝胡为兮崛强屈曲不如式,又胡为兮淡漠离奇少颜色。荆莽得而侵,风雨得而蚀。比汝于冰山,胡不畏烈日。比汝于夏云,胡不畏寒飈。倘或遭斧斤,一劈遽相厄。又或借爨烟,一炬倏而熄。幸矣孰搜求,继之以洗涕。供于香像旁,尘埃不敢逼。莫谓无识者,殊费老僧力。万物有本根,如文之有质。我爱汝盘错,利器可以识。

舵工母寿歌

我有万斛舟,日日期风来。一朝向天阙,叨为济川材。乘风破浪夙有愿,捩舵扬帆亦快哉。舵工之母年九十,庞眉鹤发耇且鲐。有子司舵能左右,是母坐舟同去来。南泛具区薮,西泊大江隈。东观沧海日出鼓荡海水立,北过黄河惊涛怒浪澎湃如轰雷。惟于瀛洲弱水之神仙未可遇,往往载得石渠天禄之奇才。愿乞一言为母寿,不啻云气登蓬莱。予闻此言兴发为击楫,挥洒涓素胸怀开。子母团栾在一舟,朝潮出兮夕汐回。我有双亲倚闾望,何如尔舵工承颜欢笑如提孩。扁舟几欲天地入,樯橹那见蛟龙摧。人生但须力行孝,啜菽饮水同夫白华与南陔。舵工舵工我今歌,此歌好向白蘋洲。畔红蓼汀边维舟,安稳一进流霞杯。

题张秋绍菰川图

九龙蜿蜒烟云浮,二泉潆洄时伏流。菰川界在山水间,景清地胜林深幽。远看城郭十万户,俯阅帆樯千百舟。人皆疾驰竞名利,君独高卧躭林丘。言规行矩世模楷,乐道知天兴萧洒。雒闽源流原有分,正宗羽翼为之解。既已著书充栋梁,又复辩论倾江海。人亦劝君何不仕,笑云我已老于此。草堂宛结花溪边,渔船恍近仙源里。客至门还掩,春生花自开。李愿归盘谷,严陵上钓台。昔人亦有言,不仕道弥尊。噫!君今富贵已极矣,风流况乃传遗民。题君此画三叹息,洗我十载胸中尘。

累石行

天地之奇山与水,流者流兮峙者峙。人力欲与天巧齐,画工妙手聊尔尔。纸上烟云岂小道,胸中丘壑尤难造。昔有女娲欲补天,后有祖龙驱入渊。补天入渊总无益,何如移来在眼前。芙蓉倒插悬天外,云母飞来堕水边。须臾洞壑起烟雾,久之剥蚀生苔钱。此技何人称最雄,相传海上有张翁。号南垣。子是陶庵孙寿臣,一家尽夺造化工。昔我草堂初成日,陶庵为我辟蒙丛。叠嶂层峦平地起,篱门竹径小桥通。观者惊叹皆称绝,传闻都下是吴侬。宰相延来开邸第,怡园宛平。亦园益都。分西东。圣主特为置便殿,瀛台海子气势洪。一石百窍果灵异,百石一峰尤玲珑。不须五丁开山力,但用两人运石功。目前便有张公洞,举手即是蓬莱宫。蒙恩尝赐少府钱,燕见时闻长乐钟。阿咸寿臣世其术,安排岚岫如九嶷。自予悬车好登眺,为君下榻话空蒙。结庐正在太湖曲,山有玄墓连穹窿。五亩之园三间屋，中有流泉声淙淙。君来正值梅花放，梅花绕屋间青松。点尽溪山花欲落，经营高下绣如错。横看成岭侧成峰，嵚崎磊落无穿凿。知君运筹亦苦心，胸有成竹非苟作。他日天子知其才，星驰召见到平台。大阮小阮同遭遇，一技称旨真奇哉。

同丁中江薛孝穆金玉式看梅赋长歌以纪之

乙丑二月之十二，是日风光正细腻。东堰西坞皆种梅，招延近局看花始。官梅初放香尚微，野梅尽开意欲飞。人游花径冰作国，屋在花村玉作扉。一牛鸣地即玄墓，殿阁参差花无数。直从町畦向前坡，野人笑我不识路。断崖绝径路已无，横走竖走几欲仆。踯躅才到寺门前，锦鞍绣茵相骈阗。老僧长揖古松下，携我徐登山之巅。山巅香阁真奇观，千林香雪何绵延。西是湾兮东是坎，高低远近总相连。寺之左兮曰法堂，寺之右兮曰田庄。竹万竿兮荫乔木，池千顷兮绕回廊。虞山许子字咸如。出门迎，独坐花宫写佛经。梵音早暮悟空相，贝叶卷舒笑落英。共指前村花一丛，乱头粗服何娉婷。携手疾向前村走，不知此中有人否。忽见双松系赵文敏公凌碧松。倚高阁，开门延客一老叟。临窗四面香风旋，隐几千山雪色连。巨枣煮脯供大嚼，杨梅浸汁堪流涎。别来一步一回顾，中间草庵名祇树。竹筒引水到积厨，百丈泉声响后圃。清茗烹来臭如兰，殷勤嘱我修入谱。归来月色庭前满，呼童进酒酒行缓。二三友于相唱酬，笑谈皆是神仙伴。相期明月续前游，马驾蟠螭与石楼。早起湖堤风日好，花枝袅袅姿未老。自喜归来十亩间，此身强健能跻攀。子心多歉庐荆莽，主恩直许钓宽闲。昨日一村又一村，今朝山外更看山。峰回路转意若怯，同行嗔我欲遽还。石蹬路傍好憩息，解衣磅礴一舒颜。瓦盆置酒聊解渴，杖头有钱不肯悭。长岐又过潭西东，远远望见缥缈峰。七十二峰杰阁耸，蟠螭天矫居其中。曲径委蛇平复起，石壁临湖湖始穷。千仞峭壁如削铁，万顷波涛如怒虹。归路正愁林麓杳，渔人引我前溪棹。欸乃一声图画间，水天一色真绝妙。岂意风雨夜来多，兀坐遂作看梅歌。歌成但忆马驾山，只恐梅花渐已残。闻道此山有陆船，桂桨兰桡宛在川。何如一叶渔舟里，扬帆直到五湖边。

同年丁次兰过访不值以文衡山《吴中访友图》寄之因题此

昔年同入凤凰池，琐闱禁苑欢随趋。君今露冕往八闽，我久散发游五湖。岂意高轩过敝庐，荆扉昼掩松径芜。可怜游宅亦自得，未及村酒邀君沽。因思高谊古人少，衡山太史留芳模。寸心风雨前期远，为寄吴中访友图。

上巳同杨简人唐偕藻饮储玉依寓中

百年几佳日，难得是闲身。觞咏仍修禊，江山又暮春。鹿皮经岁别，虾菜逐时新。不道同为客，多君作玉人。

王子厚招同年集长春寺登妙光阁步梦敷韵三首

帝城春色动，处处有鸣禽。拟作青林会，聊追白石吟。浮尘随境绝，古树入门深。何必蒲团上，悠然见远心。

僧房高午枕，飞动一时降。欲入江南路，还依砚北窗。乱山围似幕，修竹列如幢。归梦终难稳，何妨对玉缸。

得闲随得趣，小憩傍优昙。古桧苔痕剥，丛梅雪意酣。鹤闲迎野步，麈净写清谈。剩有繁花在，春深许再探。

寄海门陶月峤

江上论交日，京华忆旧游。相思如万里，一别遂三秋。君种先生柳，予披季子裘。南楼兴不浅，早晚向林丘。

过旧路岭涌泉寺

清凉多古寺，此寺昔知名。翠壁烟萝合，丹碑雨藓平。到山忘世窄，下马觉身轻。一洗尘心处，孱湲石上声。

至印钞石郭参戎遣妓乐至诗以谢却之

曲径凭僧引，幽寻到夕曛。竹深怜翠幕，花淡妒红裙。水浮那无月，山高自有云。此游甘寂寞，多是现声闻。

登雨花台

清秋依白下，散步雨花台。历数林峦处，能令图画开。人烟生树杪，山色过江来。极目登临胜，看云坐碧苔。

中秋日放舟燕子矶看月

石城佳节好，倚棹独徘徊。移屐登山去，呼童贳酒来。长江一片月，孤屿数层台。今夜虎丘胜，游人夜不回。

周栎园宪副送大根菜口占谢之

滋味本来异，根苗更郁葱。何为生冀北，忽自到江东。辛苦风霜后，芬芳兰蕙同。贫厨方淡食，珍重贮筠笼。

吴园次署任湖州次吴梅村先生韵二首

翩翩吴公子，出牧意如何。欲尽登临兴，应知诗句多。岘山山自在，苕水水无波。黄菊花期近，何人载酒过？

谁说吴兴好，空留梦幻身。鸟随游客棹，花恋去官人。落拓京华久，萧条江海真。空囊殊不愧，琴鹤未全贫。

游放鹤亭

旁边倚残碣，湖上伴幽岑。一自林逋去，萧条直至今。鹤归何处影，花见古人心。策杖登临返，烟波起夕阴。

观韬光泉

潭影当窗静，泉声入竹幽。晴时常带雨，夏日竟同秋。花有金莲放，鱼多赤鲤游。香山诗句好，读罢向林丘。①

从林屋至石公时薄暮矣

晚风吹渡口，击楫向前坡。日月相迎送，湖山若啸歌。橘奴悬翠幄，蛙鼓乐云窝。昔日停舟处，山家许再过(为山中主人秦九章)。

石公庵僧一镜借杖登山又烙饼相饷

凭公筇竹杖，来往自清悠。绝磴攀藤上，深林劚笋游。疏钟催日暮，香钵倩云留。坐对吴山胜，应知有惠休。

薛孝穆访余不值留诗卷索和因次钝翁韵寄之二首

闻君名誉早，况复重游扬。太仆称前辈，时流孰雁行。孝穆有古文集名《依归》，盖取法震川先生也。唱酬缣素满，若述简编长。把臂知何日，尊前取次详。

君至我方出，我归君亦归。他时相见晚，此日寸心违。古道多青眼，论交在翠微。愿同鸥鹭侣，来往莫嫌非。

---

① 《皇清诗选》评语：诗品固香山，饶有闲旷之致。

早起坐双泉堂偶拈

良辰好曙色，独坐对林花。鱼沫翻沉叶，鸦声散晓霞。鹤窥波影静，荷泻露珠斜。今夕双星渡，相将问水涯。

过韩氏山居

灵岩峰下住，宛似野人家。白日曾无客，青山常见花。门前流水入，屋后古藤遮。生计邵平拙，栽桑胜种瓜。

送同年季甫草下第南归

十载吴阊旧结邻，可堪今日送行尘。天涯涕泪非伤别，眼底波涛莫问津。装有莱衣供戏彩，味余菽水得天真。因君更起沧江想，已许秋风报碧莼。

集郭快庵前辈百可亭

才过重阳向上春，平林风籁正宜人。寒声如雨吹黄叶，爽气从山到绿筠。暗促乱蛩惊枕畔，远随飞雁落江滨。就中会得凄清意，剩有闲亭对酒身。

李湘北侍读招饮与史子修张梦敦编修王子厚给谏唐偕藻同赋

邺下清风拂啸台，招寻此日共衔杯。初寒城郭重阴合，向晚轩窗宿雾开。鸿迹不妨随处寄，鹤声应喜得群来。拟将乡思随仙棹，千里沧波一夕回。

赠王石隐

庄溪溪上水潺潺，门径萧条镇日闲。开尽梅花疑白发，坐深茅屋似空山。著书欲食神仙字，得道能参生死关。八千年来看世事，桑田沧海任循环。

赠五台令梁从先

寤寐名山二十年，竭来天假出尘缘。登龙窃喜亲贤宰，吐凤深惭附谪仙。欲借羽翰凌缥缈，敢期杖履共回还。知君素不因人热，曾上清凉第几巅。

游平山堂

草堂曾居海陵西，高踞危冈俯碧溪。风溯昔贤犹未歇，路寻遗址已全迷。泉声似与钟声和，岭色遥连树色齐。当日扁舟频载月，亭亭犹自向人低。

同叶星期沈台臣游纵棹园二首

乔子风流玉署贤，闲居丘壑似神仙。幽窗昼掩青松里，小艇时移绿柳边。放鹤不嫌云匝地，纵鱼却喜水连天。只愁霖雨来相逼，他日平泉是白田。

小筑烟霞白水塘，绿蘋红蓼稻花香。呼童贳酒开花径，有客题诗到草堂。自喜名园能避俗，恰逢秋月好乘凉。休文今日多佳句，早见汾湖已擅长(汾湖系星期故居)。

止园夜坐

景自凄清意自幽，恍疑踪迹寄沧洲。风生柳岸全侵槛，月上松岑半在楼。好梦温来长爱晚，闲情著处不禁秋。相看何用伤萍梗，犹是寒沙两两鸥。

与同年丘季贞话旧

缟纻相逢得几年，星霜历尽转凄然。软尘燕市春同醉，细雨吴门夜对眠。一壑松楸来唳鹤，五更杨柳着啼鹃。回头处处陵成谷，片片寒林抹晚烟。

吴伯成招饮慧山云起楼同秦对岩前辈顾梁汾中翰暨沈台臣顾景行诸君子即席次前韵

楼阁高凌百尺台，层峦积翠画图开。云移树影窗中入，雨带秋声槛外来。竹簟乍凉侵半夜，桂枝新折傍三台。群贤今日陪清宴，尽是凌云作赋才。

再次台臣韵

避客轻舟折柬传，使君高会敞华筵。层楼落照千峰影，半夜凉风七月天。坐处诗囊增好句，醉余茗碗试新泉。江湖别后重回首，应记巴山话雨年。

过虬江访张德符先生时抱恙初起不能出晤仲子汉臣留饮授经堂出诸公赠言一册谨次原韵二首

夜半敲冰到水乡，衡门积雪静幽芳。久知柳市双扉迥，遥想梅花十里香。拥被传经书数卷，呼朋索句酒千觞。剡溪何必逢安道，况得相将有季方。

卜筑溪边傍石桥，桃源绝径路非遥。君闻剥啄犹高枕，我对烟霞候早潮。市远盘飧添海错，园深林木有山樵。年来风景长相忆，只看诗囊与酒瓢。

暮春移寓杂感十首

十亩园林掩碧峦,地偏心远住长安。借衣借骑多凭友,无室无家不似官。雨过花村怜酒旆,风生芦渚忆渔竿。等闲金马门前客,散作清时大隐看。

飘飘身世竟何如,肯为尘栖费拮据。愧我牵船无隙地,感君悬榻有闲居。小壶置酒同千日,敝簏装书胜五车。自此北窗高枕卧,可知天地即吾庐。

三槐甲弟近城闉,景物凄然入暮春。昔日东西勤定省,端简公有两宅,父子各居。今公殁,而子玠南归,予前后两借寓焉。今朝车马倦风尘。紫藤盖瓦移前槛,黄耳当门识故人。拟向疏窗听夜雨,不堪孤烛剪来频。

送春时节日初长,客里移居颇也忙。旋就曲池安石鼎,却临芳树设绳床。黑貂犹挂相如璧,宝剑徒闻陆贾装。有此一园松与竹,不须辛苦忆金阊。

马足车轮不耐争,闭门心迹喜双清。庭添板筑人烟隔,窗启纱笼佛火明。可许逍遥成午梦,尽教疏懒泥春酲。上林晴色莺先觉,已试朝来出谷声。

平生不喜寄人篱,迹共闲云野鹤移。帝里幸能沾薄禄,师门偏得荫华榱。成巢燕亦迎新客,入座山应认旧时。庚戌端简公告归,予曾寓此,今子玠归,予复寓焉。为觅丁香花在否,故从将发向南枝。寓有丁香花最盛。

红渐飘零绿渐舒,一年风景又成虚。孤檠似傍闲僧榻,片席常分处士庐。卧得胜游看过尽,坐消陈事读残书。未能遽入深林去,且就墙东作隐居。

年来随处负青春,官邸萧然嫩更真。一卷残编常伴我,三间老屋却依人。未捹虾菜山中老,亦趁莺花辇下新。不是承平身致得,江湖容易学垂纶。

入眼纷纷有万端,心无屏挡自相安。瓦盆宿火喻寒乞,土�新烟愧素餐。计事不如诗律细,放怀争与酒杯宽。莼羹鲈鲙江乡好,可待西风始去官。

欲抛簪组狎樵渔,出处由来任太虚。人数竹林频聚散,地邻梓泽半丘墟。云山到处容飞鸟,湖海何时纵逝鱼。毕竟生涯归去好,不劳詹尹卜新居。

同年任千之给谏还朝欲入山相访雨雪不果

故人久卧白云间,折柬相传去复还。应是朝天归紫阙,缘何访友到青山。马愁仄径泥中滑,树畏余寒雪里攀。别后芳菲无限意,梅花恰似为君悭。

送真定梁夫子

恒岳当神表,玄泉务德滋。泉出岳中。经纶包象纬,陶铸廓猷为。武库金戈耀,文昌水镜持。陈言挥轧茁,寒谷待嘘吹。属李争喧日,猗兰得气时。彩云纷碧落,卿月丽瑶池。

西洛归情惬，东山寄兴奇。午桥花外柳，竹里画中诗。辟谷真颜驻，虚舟任物移。君恩调鼎近，人望赐环随。窃愧吴蒙质，猥承郢匠知。抱惭和氏玉，折许郄诜枝。拥篲方阶尺，攀轮忽路歧。寸心同百草，何以报荣施。

上孙北海先生

北斗崇台级，中朝得巨儒。由来尊作者，藉是起玩夫。文彩推燕许，才名列俊厨。牵裾存献纳，补衮属匡扶。百职归铨管，群伦入范模。持衡时转泰，开阁士争趋。簪组辞双阙，林泉向九衢。偶然随钓弋，非必忆莼鲈。精理探河洛，微言洽典谟。披帷天是鉴，发策古为徒。诗抉三唐奥，经谈百说郛。自惭生也晚，曾许坐于隅。仰止登龙近，攀缘附凤俱。高山今在望，翘首勉征途。

酬虞部王子玠

门弟三槐旧，弓箕七叶新。乘时俱国器，绩学最爱珍。品揭云霄迥，恩膺沛泽频。文章资藻绘，丰度凛松筠。天子司农贵，台垣简命尊。权衡推有准，经术善无伶。望仰莺迁早，谋贻燕翼亲。起文摽宿去声。月，接武绝飚尘。棣萼齐开晓，阶兰羡得春。闻风来鹫鹜，惊代出麒麟。自愧慵疏质，深叨记葪神。小言曾鉴拔，大化荷陶甄。述德将何报，抒情却乃真。鲤庭长日好，育此觊闲论。

先大参黔中崇祀名宦寄谢诸当事

九牧荆梁远，三年节制劳。本朝追俎豆，异代想弓刀。壤接罗施国，风平洱海涛。承天森八柱，聚米散千艘。先大父在黔平安寇之乱专督兵饷。捷奏鱼丽阵，荣分兽锦袍。名应齐传廖，功亦驾萧曹。可是仁无敌，皆因战不鏖。熊罴先入御，虎豹复成韬。已事谁追昔，群公屡念高。流芳腾齿颊，清操布贤豪。共识书勋在，宜崇祀典褒。羊碑争涕泪，龙社感旆旄。岣嵝看回雁，蓬莱拟戴鳌。家风依带砺，祖德怆薰蒿。身欲金茎露，神和玉色醪。点苍南望处，攀柏欲悲号。

宿山家

半日离家近，忽然旅思生。只缘窗外鸟，能作唤愁声。

题院中鹦鹉

翠衿丹嘴语偏工，独倚春光玉殿东。自喜网罗施不到，却忘已在网罗中。

寄题汪寄舟百尺梧桐阁二首

江上青山槛外收，庭前绿树坐中幽。犹嫌雨后苔生滑，添个回廊当小舟。
龙眠图画想罗浮，曲折深藏见一丘。待到凉风吹落叶，书声共作此山秋。

过廿四桥

秋木苍茫远树稀，晚来风声更霏微。玉箫寂寂人何处，愁听归鸦噪夕晖。

题李湘北太史画卷二首

扁舟森森水云天，枫叶芦花眼欲燃。借问清溪何处宿，小桥斜去数峰前。
一簇层峦拥树青，流云淡淡水泠泠。读书竟日无人到，时见群鸥过远汀。

过钱础石十峰草堂二首

山名九峰，今云十峰者，础石自谓也。

九龙山下卧龙人，鹤氅羊裘落柘身。山是主人人是客，相将永日若为邻。
卜筑烟霞学耦耕，草堂深处听莺声。名山静对增同侣，笑指前峰浪得名。

赋洛神六首

雾髻云鬟镜里开，凌波罗袜独徘徊。风流欲待陈王赋，故作盈盈出水来。
广寒宫里有嫦娥，何事凭虚下碧波。一片空明疑是月，乘风不觉到银河。
琼岛瑶池路可通，蓬莱宫阙本虚空。翩跹欲作回风舞，不在云中在水中。
牛女年年恨未消，西风夕浪路迢迢。如君却向空中度，不待秋来驾鹊桥。
翠袖霓裳半面回，轻盈疑出汉宫来。若教太液池边过，两岸芙蓉不敢开。
似去如留远更亲，波光云影照芳春。香尘亦有宫中步，何必轻身是洛神。

有赠二首

月姊殷勤下绛河，灵槎迢递客星多。秋来纵被微云掩，显晦随时好自过。
江上波涛逐日多，漫将诗句托丝萝。自渐才尽江郎笔，何福消伊白雪歌。

题梅隐图

岁寒何树不摧颓，独有梅花带雪开。松竹青青堪作友，揽将明月告徘徊。

金陵客舍即事二首

夜寒庭树露瀼瀼，一雁惊飞泪暗伤。幸有嫦娥怜薄命，顿令明月照衣裳。

香气薰笼启绣裳，兰汤浴罢喜初凉。乍听隔岸清商奏，知是吹箫引凤凰。

金　山

长江浩浩日东注，奔流到海不稍驻。天吴狁狂不肆威，直欲大地悉盘据。竟与造化争持权，驱策蛟龙虐多助。荡荡几无一寸田，上帝赫然大震怒。锡命山神镇中流，屹屹卓立砥柱作。洪涛昼夜任撼摇，终古不动坚如塑。天清地宁笑从兹，百千妖魔尽压住。险堑南北疆界分，跳梁群丑不得渡。吁嗟乎！吾道其衰倒狂澜，风波险恶多世路。戡定乾坤元气扶，百川东障力防护。男儿立世须坚牢，不为物夺中心固。凝峙江心并兹山，如此始不负禀赋。我今偶过金山隈，攀跻绝顶一盼顾。对兹浩叹复长思，一柱撑天励吾素。(《(民国)金山志》卷一一)

登金山绝顶

岧峣壁峭插苍穹，到此心空目亦空。万里乾坤瞻顾外，六朝事业笑谈中。襟痕近惹晴岚碧，树色遥煊夕照红。浪道凌云常有志，此身今已入云丛。(《(民国)金山志》卷一一)

登金山留云亭

一亭高耸与云连，留住闲云云半天。出岫笑言云莫笑，置身我亦在云边。(《(民国)金山志》卷一一)

双泉堂纪事十六首

双泉草堂

注甃成池水石平，涓涓流出喜双清。倘令补入《茶经》后，陆羽应夸别有名。

白石亭

黄堂林壑旧清幽，绿野还看竹树稠。传得玲珑一片石，至今下拜想名流。

媚幽榭

一椽跨涧似渔舟，月影烟光槛内收。碧浪波纹晴若雨，绿荫成盖夏如秋。

似山居

绿萝清昼草堂闲，半在溪边半在山。竹径临流入隔岸，松扉过岭鸟飞还。

瑞草门

双扉昼掩翠烟微，三秀含华掩映稀。自是药栏增胜事，白公石上彩霞飞。

杓　岭

古藤碍瓦檐牙缩，老树盘根石磴旋。曲曲长廊山欲转，好如斗柄指东边。

两山之间

湾湾碧水绕堂前，南北分流共一川。试看芙蓉相映发，前山却与后山连。

莲子湾

每羡花中并蒂莲，不由种子自天然。结成三实珠成掌，持作心田法相全。

杏花墩

蕊含恍似樱桃绽，花放还如蜀锦红。却忆曲江初宴罢，马蹄踏遍凤城中。

丘壑风流

春来袅袅黄金色，秋去飘飘白玉丛。遮莫风光谁领得，一丘一壑一迂翁。

青松坞

岂望干霄比栋梁？爱听涛响似笙簧。年来渐觉霜皮老，肯许龙鳞百尺长。

大魁阁

巍峨欲与白云齐，乔木参天独鹤栖。一望城中千万户，太湖七十二峰西。

小桃源

早从惠远乐幽栖，流水桃花自不迷。若使渔人来问渡，隔林即是武陵溪。

不系舟

每乘小艇一遨游，陆地牵来兴更幽。窗外层峦浑不动，风波端可暂时休。

红昼亭

虬干婆娑一树红，相传数伴百年翁。汪君作记才偏老，蒋子临池法亦工。

更芳轩

堪同黄菊比幽芳，却并苍松饱雪霜。最爱东皋诗句好，晚来赢得一园香。(《百城烟水》卷三)

题苏州泛月楼

先茔在岭西，此地岁时过。左右环诸峰，前村吐湖波。山松盘曲径，石楠荫崇阿。张氏有丙舍，层楼倚嵯峨。绕廊罗竹石，结亭覆烟萝。幽赏未云已，筍舆将逶迤。(《百城烟水》卷一)

云起楼联句并序

云起楼者，三韩吴公伯成为锡山令时所创建者也。楼居第九龙之麓，踞陆子泉之上。拥神皋之秀丽，含形胜之隩腴。吐纳风烟，俯仰陵谷，乔柯蔽日，醴泉喷云。游观之屐，遍于极遥；临登之欢，得斯为惬。自昔浣沼之名，曲水之榭，虽曩址可企，而芳规蔑如。使君自公之余，宾客相从之暇，以至四方摛藻之俊彦，八表扶质之伟人，莫不闻风褰裳，携樽觅句。王仲宣之信美既赋，杜子美之骋目方新。彤还朝，道经徘徊其下，偶与计子共为联句凡二十韵，以纪胜情。高山可仰，情见乎词。若云简知我者，不必寄元，则先得我心，是在作者。吴门缪彤序。

郭抱青城丽，山含碧涧幽(计东甫草)。五湖开景色，八岭踞风流(缪彤念斋)。土厚甘泉冽，天高老树秋。淙淙看喷玉(计东)，历历共登楼。骋望芙蓉入，凭临罨画收(缪彤)。朱甍何巀嶪，紫气欲飕飗。灵秀占吴越(计东)，空蒙遍斗牛。大云何处起，此地伟人留(缪彤)。晓并朝暾灿，宵同银汉悠。囷轮呈象异(计东)，旌盖自天浮。倒影凝三岛，垂光映十洲。使君真李郭(缪彤)，宾客亦应刘。高宴相携手，论文在上头(计东)。不殊袁绍饮，何异谢公游。逸兴江山助(缪彤)，交期翰墨投。谁能升杰阁，有不念雄谋(计东)。北顾皇居迥，南瞻旅思愁。于焉整脂秣(缪彤)，一为听舆讴。高密诚堪继，中牟足与俦(计东)。丰碑他日勒，应树比培塿(缪彤)。(《改亭诗文集》诗集卷四)

春风扇微和

春辉敷化宇，和气畅条风。宛转疑摇扇，依微自协筒。乱飘云絮活，暗坼雪花融。不识轮回妙，焉知鼓汤同。柳塘仍掩绿，杏馆乍翻红。物在吹嘘里，人游浩荡中。运枢原顾轴，握柄是天工。箑莆尧厨端，时钦保合功。(《中国历代科举名人诗画丛书·清代状元诗榜眼诗探花诗》)

寓金陵栝园喜同年谢瞻在侍御见访

暂却轮蹄憩薜萝，今朝穷巷听鸣珂。五年作客愁烽火，两地伤心废蓼莪。越国山川诗里别，吴宫花草梦中过。自怜浪迹青溪曲，直送浮槎上玉河。(《中国历代科举名人诗画丛书·清代状元诗榜眼诗探花诗》)

重九登吴山和南昌萧百揆见赠之作

九日逢晴好，游人带夕阳。黄花贪早发，浊酒喜同尝。楚客新词藻，吴侬旧野装。滕王阁待赋，风送一帆长。(《(民国)横金志·集诗》)

赠万峰剖石和尚

万峰遗址辟三峰，龙象重兴继远公。十二传灯推首席，三千乞士仰高风。钟声杳渺惊禅界，塔影参差翼梵宫。好待梅花消息到，相逢仍在虎溪东。(《苏州名胜图咏·邓尉山》)

同在籍诸臣出郭迎驾恭纪康熙二十三年冬十月

帝德开昌运,皇仁洽化工。关河淑气霭,阊阖庆云融。彩仗从天阙,琼銮出禁中。斋诚封泰岱,游豫幸江东。晓屿含霜白,晴霞拂袖红。灵鳌驰辇道,丽日照行宫。鸳鹭千官拥,旌旗万乘雄。山村喧父老,水市集儿童。缓赋恩波重,蠲租圣泽洪。省方先问岁,昭俭更移风。鼓舞康衢满,讴歌委巷通。班联依野岸,趋走动宸衷。邹衍扇和遍,枚皋纪胜同。小臣叨侍从,簪笔愿呼嵩。(《采风类记·巡幸》)

恭迎圣驾二首

岁转星回大地春,欣看仙仗下枫宸。龙旗才动荣光溢,雉尾旋移曙色新。千里河山霏睿藻,三吴稼穑荷深仁。太平何必称端拱,时迈还资清问频。

驿路千官候晓风,光分东海日曈昽。珠斿低拂双行柳,彩旆晴翻五色虹。早见衮衣临海甸,还调玉烛亮天工。吴山好勒磨崖颂,汉碣秦封未许同。(《采风类记·巡幸》)

闰秋从洞庭东山至西山舟中作

两峰相对峙,无日不烟波。泛泛渔人集,翩翩鸥鸟过。寻幽忘远棹,乐志解鸣珂。遥指维舟处,芙蓉近水多。(《采风类记·吴县(上)》)

洞山看月

蓬瀛已不远,明月起岩阿。闰遇中秋少,山从震泽多。千峰疑积雪,万顷尽银河。永夜清如镜,长空静不波。(《采风类记·吴县(上)》)

重游林屋洞至无阂庵

游屐重来胜,秋光再见幽。老僧皆旧识,奇石似相留。山果随人取,村醪不用谋。今宵湖上月,应念庾公楼。(《采风类记·吴县(上)》)

从林屋至石公时薄暮矣

晚风吹渡口,击楫向前坡。日月相迎送,湖山助啸歌。橘奴悬翠幄,鱼鸟乐云窝。昔日停舟处,山家许再过。(《采风类记·吴县(上)》)

恭谒文正书院

书院深沉像设雄,朝家礼数古今同。丰碑崒嵂扬休烈,祀典辉煌比上公。青涧落成占

保障,天章召对说遭逢。只今华胄堪绳武,纪绩旗常正未穷。(《采风类记·吴县(下)》)

为云峰兄作

古调今谁识,孤踪不可攀。才闻渡江水,欻又生空山。一夜梦难得,七弦去已闲。何时具尊酒,亲待绿阴还。(缪彤书法)

寿曹母江老孺人六秩华诞

本是碧霞侣,骖鸾览海尘。仰承兼俯字,训义更施仁。务养孀姑志,黾勤家室溱。凡皆恭俭德,裕此炽昌因。克副班昭诫,能成子建身。西池方启誕,北阙渐颁纶。同进茱萸酒,应多金玉宾。表兹千丈节,享以百龄春。衣授添莱彩,欣看繁祉新。(缪彤书法)

石湖次韵为予玉老亲耋

草惊响寒玉,山高来好风。小桥横谷口,古塔半云中。落鹜带残照,飞帆挂远空。归舟石湖晚,渔火满汀红。(缪彤书法)

无　题

小艇残芦际,湾湾到洞前。碧村图晓景,丹笠砌秋天。墙缺岩松补,帘开野水衔。相看不相识,仿佛是桃源。(缪彤书法)

癸酉春为随庵世年翁寿并政

才华江左数诸王,眉白争传有季常。入眼烟霞供彩笔,承家事业擅青箱。玉阶雨过芝兰秀,画省春回棣萼芳。最是斗南瞻紫气,云璈响彻进瑶觞。(《王撰七十大寿寿诗集》)

扇　面

云净长空雨乍收,一天明月满南楼。美人今夕思千里,词客当年赋九秋。银汉夜寒星影动,碧帘风净树声幽。与君把酒还相问,百岁可同此际游。(缪彤书法)

题何源《兰花图扇》

尽来数寸枝,写出百篇诗。用作幽人佩,长令王者思。(《故宫博物院藏历代绘画题诗存》)

祝管平侯六十

东风昨夜入南枝,花满庭除酒满卮。绿鬓乍添新甲子,青灯留得旧须眉。市朝情少台

氛远，山水缘多几杖随。洛社兰亭行处好，祝君长此到期颐。（《桂村小志》）

浣溪纱题徐电发《枫江渔父图》

细雨微风一网收，乘竿日日坐江头，尽教明月满轻舟。　　尚父原来渔父是，黄衣今与白衣游，丝纶收拾到皇州。（《穰梨馆过眼续录》卷一五）

27. 吴门派十一世缪锦宣族称钧闻公诗十七首

专诸巷

吴俗昔剽悍，轻生性所偏。嗟哉彼专诸，闾巷今尤传。匕首才一出，长戟空满前。遂成阖闾篡，永愧延陵贤。要离踵其风，肢体先自捐。共为伍胥啖，妻孥祸更延。杀身而不仁，志士奚取焉。嘉名贤守锡，易俗善可迁。隆庆初，郡守蔡国熙改名迁善巷。（《（乾隆）吴县志》卷九九）

双泉堂纪事十六首

双泉草堂

竹径松关胜地偏，槛前寒甃对澄鲜。闲来幽客能同赏，品作东吴第几泉？①

白石亭

白公片石碧生苔，曲榭高台阅几回？还就玉山倾一酌，当年曾伴醉吟来。②

媚幽榭

水边曲径似缘溪，入竹穿松咫尺迷。觅得花溪最深处，小轩独坐听莺啼。

似山居

闲关寂寂子云家，一径苔痕几树花。来往轩车门外客，谁知城市有烟霞？

瑞草门

一夜双芝喜降祥，春风凝露紫泥香。当阶应并三珠秀，绕径谁论九畹芳？

杓　岭

石磴回盘路几重，峰峰树色翠烟通。何当倚杖清秋夕，高斗明河一望中？

两山之间

山光林色共氤氲，回合层峦一水分。晓镜近涵千树影，暮烟遥接两峰云。

---

① 《（乾隆）吴县志》作："竹径松关胜地偏，堂前水望更澄鲜。间邀闲客来同赏，品作东吴第几泉？"
② 《（乾隆）吴县志》作："白公片石碧生苔，曲榭高台阅几回？频向亭前倾一酌，当年曾伴醉吟来。"

莲子湾

清池初日漾涟漪，并蒂芙蕖入照时。爱看花开还数子，碧筒引醉写新词。

杏花墩

花径风和少曲尘，高林几树晓霞新。应知雨露枝头早，不是山桥野岸春。

丘壑风流

绝胜林泉堪独赏，闲来筇屐亦同攀。云间日下看余子，自爱何家大小山。

青松坞

种就霜枝渐郁盘，岭边翠色枕边看。繁花冶叶知无数，只许苍髯共岁寒。

大魁阁

云间杰阁俯林垧，远树苍茫列岫青。五尺天高应独上，可容卧看少微星。

小桃源

桃花历乱水潺湲，长日幽居眺碧山。为问玄都花下客，红尘紫陌几人闲？

不系舟

扁舟心事鹭鸥知，尘封清池动远思。倚槛放歌当落日，还疑江上扣舷时。

红昼亭

浓花一树压雕阑，绛雪丹霞迥未残。卷幔坐来春昼永，不须银烛夜深看。

更芳轩

小庭桂露冷疏桐，寂寂帘栊度晚风。抚景最宜秋色里，飘香更爱月明中。（《百城烟水》卷三）

28. 吴门派十一世缪继让族称虞良公诗四首

奉慈坞步月至元墓

灵境有夙契，寻幽性所喜。况对皓月光，临空映千里。遥瞻邓尉峰，命我登山履。林深密若房，道旷平如砥。荒村寂无人，女萝荫山鬼。循坡四五转，金碧云端起。山门面势壮，殿阁规模侈。湖光渺无际，荡漾天与水。欲叩远公禅，岩扃不可启。长松递清籁，极听迷所止。时闻东楼钟，悠然警尘耳。境胜意有会，累尽心无取。抱膝久危坐，顾似逃空子。不知山居人，清景得如此。月斜问归径，缱绻兴未已。半生泊尘途，胜游从此始。（《（乾隆）吴县志》卷九十三）

苦旱行康熙十八年

六月七月旱太甚，中田龟坼余枯茎。荒村处处桔槔响，老农力惫空呻吟。龙师社公纷祭赛，箫鼓迎送牺牲陈。长髯黄冠仗剑舞，伏坛七日誓自焚。晶荧天宇愈皎洁，东西双丸递代明。丰霳烈缺噤口睡，坐视蚩蟥怪魃相纵横。既无吴刚斫桂之大斧，凿破银河翻白浪。又无公超五里之黑雾，漫空遮断金乌轮。我欲乘风直上叫开阊阖门，叩请虚皇坐紫庭。按问雨师风伯何故愆帝泽，枯焦后土草不生。但恐当关虎豹迎人噬，紫垣未入害及身。又恐旄头荧戚在帝侧，摇唇鼓舌使我有辞不得伸。以此沉吟更太息，瞪目直视高天青。吁嗟乎！瞪目直视高天青。(《(乾隆)吴县志》卷九三)

石　壁[1]

山形徒削欲登难，风磴萦纡古木攒。一径幽林心目冷，忘机老衲笑言欢。松涛音助湖涛壮，屋壁高连石壁寒。赖得昼长余晚照，前峰苍翠可盘桓。(《(乾隆)吴县志》卷九三)

潭山至顾墓登七十二峰阁

花似仙姝山似屏，山光叠翠护娉婷。荒祠神降灵风满，远浦龙过水气腥。墓上石麟今卧草，楼边沙鸟自梳翎。年华一似湖流疾，七十二峰依旧青。[2] (《(乾隆)吴县志》卷九三)

29. 江城派十一世缪钟粹族称孟玉公诗一首

乙酉八月城破临绝赋

素志虽然未遂时，从容就义亦何辞。痛念堂前慈母在，从今奉养赖吾儿。(《(光绪)东兴缪氏宗谱》卷三七)

30. 阚庄派十二世缪弘仁族称先河公诗十六首

纪堂公跋云：先曾伯祖先河公，上事父母，下教子弟，刻刻以圣矩贤关为檃括。系文贞公次房孙祉生公之次子。忾念先泽，力撑门户。手著《家训约言》三卷，诗古文数卷，时文数千篇。目耕肘书，终其身如一日。四壁萧然，又遭家多故，耻告贷于人，不取非分毫忽之财，操守硁硁如此。父祉生公以逋粮追呼，万不得已，将从野堂故宅

---

① 《(民国)光福志・寺观》中，本诗名《石壁窝》。

② 《(民国)光福志・第宅园亭》中，第二句"远浦龙过"作"远过龙潭"，第四句"湖流疾"作"湖光疾"。

鬻于官，归之朱万青。荣悴相逼，痛念文贞公故物迁移而病，病而死。累代剜肉医疮，牵萝补屋，实为寒士，罕尝之苦。迨壬午绳孙伯祖捷至，已属纩数日。生平详见行略传志。顾有所未及者，公手抄书不下千卷，凡先人行谊、交游投赠及母氏外家兴替、考试前后各案，无不系月系日，茧丝牛毛，一见了然，令阅者仿佛遇之，不禁流涕解颐，欲泣欲舞。今其后人远馆作客历有年，所遗书大半散佚，其存者虫蛀湿霉，岌岌不保。今秋，因辑谱稽考，得以掇拾残编，刊其千百之什一，暇日将命儿子辈分钞而完固之。麟年逾七十，翻阅展玩，怦怦有动于中，岂惟家乘之光，抑自文贞公以下之精神命脉毕聚于斯云。嘉庆壬申重阳后三日，曾侄孙麟沐手谨识。

邑志乡贤传云：缪弘仁，字肤敏，号先河，文贞公曾孙，邑廪生。祖纯白，父畤咸。弘仁生小弊端重，长为制艺，不涉时趋，屡试棘闱不利，杜门课子，与徐世沐、陈其难等讲明理学。以子诜赠宜章令。

喜　雨

农夫心力弱，暂熯即惊疑。市物将添价，占家妄指期。夜分雷忽震，旬日雨连施。高下皆沾足，前途景物滋。（以下十六首选自《（光绪）东兴缪氏宗谱》卷三七）

庭前榴花初放

移栽原自诞孙年，癸亥诞诚儿。草木偕沾圣善怜。簇簇新枝还共长，亭亭老干亦曾延。往时绿叶垂萱色，此际红花笑日妍。岂为八旬供绮席，携儿酬酒泪频涟。

五月二十三日忌辰

枉遗手泽万千行，留得图书贮满箱。偃蹇儒冠过半百，丁宁药石在昭阳。先君病中云："有昭阳之期"。儿成女大忧难释，身贱家贫志莫偿。回首天崩啼血日，于今追忆倍心伤。

夏　枕

二十四年遗此枕，识题月日尚分明。长斋不染尘氛污，念佛如闻梦呓声。只影伴眠惟赖汝，村居寂守老余生。繁华一梦无人觉，旧物摩挲倍感情。

挽管月衣明经二首

丁卯三月廿二日自贵州抚幕启行，五月十三日卒于无锡途中，十四日抵家。

闻道黔中路八千，先生何事苦周旋。看囊预喜携家满，顾影应多别泪牵。附骥原期名易远，还辕岂意病难痊。几前再拜空肠断，谁为方干身后怜。

才老家贫不自由，仅余丝鬓向西游。雪霜不倦山川兴，桃李相招车马留。共叹生平得知己，还嗟慧业未深酬。君亲大事空怀抱，再世应为了夙谋。

思亲斋课

四十年前呫哔地，今朝还向壁间吟。焚香礼佛慈容在，顾子寻师严父心。白发无能酬夙望，青箱惟有课儿忱。盘桓此后知何几，往昔追思泪不禁。

奉答杨容城句

大道满乾坤，椒山是其蒂。天欲留尔身，唤发人心丽。

偶　占

未食糖时岂识甜，既知甜后冀糖添。人生淡泊知何在，止是婴孩一念恬。

题医书

身是亲枝不可轻，须从药物细推明。越人纵有他奇巧，也只因书发性灵。

丁卯除夕示诜儿二首

满眼乌珠看汝身，文章切要著心神。残骸不似南山久，赖尔昂昂做个人。

满眼乌珠看汝身，公公手泽未全泯。平旦良心当自凛，莫因戾气背双亲。

戊辰腊月二十五日自南庄归追怀岸生叔旧德泣然久之兼怀嵩叔四首

昔日曾蒙叔氏怜，才非北郭聘言旋。今朝渍酒惭徐子，一饭毋忘心歉然。

元日枣糕亲手裁，烹茶话旧指蒿莱。玉楼瞥尔惊闻召，吾祖诗书又一摧。

请为伯道问苍天，底事当辜世不延。幸有阿咸年及冠，横经负耒任渠肩。嵩叔无子，岸叔子一。

子妇三人草舍眠，耳聋齿豁病贫连。人生惟有长贫好，解道虞山是诳言。

31. 阚庄派十二世缪思勃族称约轩公诗一百零六首

外玄孙徐绍基跋云：约轩先生，予大母之祖，予之外高祖也。先生少负异姿，年十三入成均，试雍六堂，皆列前茅。父京生公趣之，归，命习搏击技，综理家政，学殖稍落。年十六攻举业，应乡试，读性理及先儒语录，心窃好之。壮岁从黄仔薪先生游学，主静工夫，益笃信程朱，潜心理窟，与金暗斋、薛慎颐、从兄先河诸君子相切劘，仰承文贞公彝训，命子敬持辑录《从野堂集时文稿》及《同难录》，次第剞劂。建双忠祠，日夕以希圣希贤为志。一跬步、一语默皆斋肃不苟，学行重于乡国。屡踬南闱。课子谆切，与余高祖青来公、钱匏园先生、夏文初茂才、龚白谷布衣称莫逆交。著有《草堂诗文集》十二卷，时文不下千首，日记数十卷，《松窗杂著》、《喷醒录》、《家规》、《家训》、《举业大纲》若干卷。手评大全语录。手录古今书文百余种，藏于家，未行世。兹因辑谱，刻诗若干首，俟当世有心之士想见其梗概云。嘉庆壬申十月既望。

孝子行 并引

孝子姓何，字肇嘉，森其名也。世居毗陵，生有至性，垂髫时即知色养承欢，垂老弗衰。昆季三人，孝子居次。家极贫，伯以羸疾不能谋生业，孝子授徒资给家食。季幼随其读书，教以成诸生。父母兄弟佥称其孝，长洲周汉绍为作传，予系以诗。

子孝寻常事，如何孝者希。何君岂异人，而孝乃独奇。髫龄知养志，白首心弥挚。险阻备尝之，承欢以为事。有粟与伯共，有宅与弟均。莫非先亲意，莫非顺亲心。吁嗟乎！世人一间庐，如剥身上皮。世人一粒粟，如割身上肉。有如何孝子，舌耕乃有此。绝无丝毫悭吝心，只图博得亲欢喜。流传亿万年，人心常不死。(以下一百零六首选自《(光绪)东兴缪氏宗谱》卷三七)

赠桐溪周先生 先生为忠介公季子令嗣

盟心自先世，忠孝共始终。侵寻未百年，声气不数通。先生古君子，足继前贤踪。犬子生也晚，长者许先容。先生倒屣出，一见骨肉同。须臾命尊酒，娓娓谈家风。蓼洲草堂在，气古如鸿蒙。闻之神往不自禁，安得缩地顷刻旋相从。

秦子无逸见贻墨菊报以短章

爱花惟爱菊，陶后鲜有闻。遥遥千百载，高风与之邻。有时一涉笔，点染皆天真。由来人淡本如菊，不难其画难其人。

真乐吟

两儿相友爱，能久由于真。弟以兄为命，兄以弟为身。老人常念之，喜且不自胜。未富如已富，在贫忘其贫。得天良独厚，足以饷余生。

谕两儿

贫也原非病，丈夫贵翱翔。颜色时惨淡，冷眼细端详。得非因甘旨，于心不能忘。我为尔解之，亲在贫何妨。富与石王埒，殃或及高堂。鼎食何为尔，峭蔵何处将。老人共而母，俱存无一伤。已占人间第一乐，菽水何必输膏粱。

义儿喜画字

陶多责子诗，王有誉儿癖。责之固无益，誉之恐过实。义持好力田，近来好纸笔。旧业良在兹，家风岂容失。文房惟四宝，两者为子得。只待丰年来，何愁不稼穑。①

病中吟

百凡无所好，所好惟一静。静可敌诸魔，静可已百病。能静良独难，功夫匪浅近。百万军中一事无，方是静功神妙境。

涉园纵笔

花下一壶酒，花前一首诗。沉疴豁然去，此乐会有期。近阅尊生家，至道不难为。黄帝有遗教，真谛无枝辞。恬淡与虚无，真气自从之。精神苟内存，百病何由滋。圣贤能造命，却病未足奇。园花手自植，我老讵忍离。花神听我语，人与花一理。菀枯非天为，修短类自取。培养得其方，憔悴可复起。从今与花约，相与保天和。尔开对我笑，我醉为尔歌。岁岁常如此，尔我两婆娑。

自称圆道人

圆圆圆，世间物物总圆圆，竹木花果何一不然？竹有时而方，其窍则圆。惟石嵚崎而磊落，吾不知其所以然？大都得地之刚气使然，而生气终不及乎万千。

自　遣

病噎酒食废，所进日惟汤。且喜图眼饱，花木际繁昌。前庭颇逼仄，栽花似广长。洋茶呈异样，牡丹吐香囊。后园渐开辟，可以恣徜徉。桃花红白间，荆花锦绣张。松杉雨后色，兰蕙日中香。丛桂新得气，梧桐亦发皇。蔷薇界左畔，木香棚右旁。富贵非吾有，孤赏乐未央。有时云月来，恍入无何乡。有时书卷随，道性起微茫。纨绮偶然耳，烟霞无尽藏。

---

① 纸为良田，笔为锄耒，墨为稼穑，义理为丰年，是为文房四宝。

老氏贵知足，因病或堪当。

江子山亲家物故十有八年矣吉人谢世时切于怀用赋长句

生喜天真恶人巧，与世不谐常潦倒。廿年不见素心人，风月无情天地老。忆昔知交久更亲，先为管鲍继朱陈。有时赌酒灯将灺，有时鏖文鸡欲鸣。酒酣文成放意睡，睡起相对意气平。不知人世有畛域，融融泄泄物皆春。斯人一去使我独，顾影凄清直到今。

呈贡三涂亲家

中岁相知始，缘深定夙生。爱君真似弟，敬我俨如兄。伏枥心犹壮，摩天体自轻。登高时节近，恰听震雷声。

草堂落成赵渊修世丈枉赠贺章奉答二首

陋巷终年寂，太原来异人。祖宗交谊重，先文贞未遇时，为赵文毅器重，以孙女许字三叔祖采石公。风雨赠言亲。澹月依廊下，疏钟度水滨。不嫌蓬室浅，伴我暮年春。渊修为翰林星瞻先生讳徵介季子，有夙慧，于书无所不窥，曾寄窗，今在余家塾，为两孙授经。

敝久谋重葺，长贫且奈何。檐欹亭午暗，瓦破冷风多。快整丛书架，新添紫燕窠。穷愁多遣去，与尔一高歌。

雨窗写怀

皮里肉何往，光阴似转轮。老惟贪话旧，贫已畏逢人。淫雨天长暗，丛书眼倦亲。一杯桑落酒，聊养太和春。

怀史凌宵 名化凤

所思竟何处，家住在金坛。天上行云易，人间聚首难。况于池水上，兼以松风寒。梦想徒萦绕，怀君近废餐。

三　弟

同胞吾与汝，相对只相怜。得酒才消日，无衣懒过年。虽然贫是病，何必富为仙。尚有遗书在，应思学圣贤。

赋慰绳孙老侄以内艰归自宜章

欲寡神多暇，心慈政自宽。一身甘澹泊，万户免饥寒。清白今杨震，循良古范丹。无钱亦无愧,知汝梦俱安。

三年方报最,风木忽生悲。扶榇五千里,伤心十二时。遥知荆楚士,还废蓼莪诗。执手苦相慰,终天恨未移。

寿岸生从叔六十

小屋缘溪一斗方,安身仍是旧柴桑。居然六十添华发,撑住梅花度暗香。风雨莫惊翻累瓦,烟霞常为护穿床。鹿裘带索浑无事,祖武还须授二郎。

寄金沙史凌霄 化凤

萍水交欢遇亦奇,性情疏豁实相宜。心亲何必常晨夕,地远将无太别离。我是恨人空皓首,君真名士正清时。即今彩翼冲天去,除却河东更数谁。

寄白下伍宗鲤 系孝子之后

一别秦淮岁月赊,每因相忆拟乘槎。鬓毛惭愧忠臣裔,门第辉煌孝子家。聊藉短章将远意,正当仙桂着繁花。感君高义驱千古,无限深情在晚霞。

寿叶茂乡八十

八十长年阅历多,桑田沧海几经过。若能重数平生事,与尔挥毫一放歌。三径蓬蒿应不改,五陵裘马竟如何。相看只隔前溪水,倚杖时来理薜萝。

老　梅

冰雪倍经过,侵凌奈老何。春风怜爱否,披拂也应多。

示学者

气盈天地间,上清而下浊。收得清气归,心胸自开拓。

读香池老人句

香池老人,予师黄仔薪,先生名晞,原名大湛。

檐月满我床,我心如寒潭。吟此一十字,仙佛具参来。

寄凤池

相知头欲白,对面横九疑。城府廓然尽,平生一凤池。

松坡独立

暮踏新开径，无人独自游。松梢悬澹月，花外泊渔舟。

怀从侄觉轩时为中州叶县令

渺渺二千里，宦情知若何。洛阳花事胜，清兴故山多。

书孙纪事

堕地小名书，相看喜有余。远归闻謦欬，未面叠呼余。

寄怀练如

西望望毗山，毗山杳难辨。毗山山下人，人与山俱远。

钱元玉见过同坐松坡 钱名之燧号匏园

池小偏宜月，松高不碍云。一炉桴炭火，茶熟正逢君。

伤老仆 戊申七月十六老仆张二

垂绝心犹恋，生前事可知。六年叨汝力，一夜苦吾思。

起信庵小憩

终岁出门少，天生寂寞身。偶然过精舍，茶笋最宜人。

戊申三月过练如斋头十日而返日侍邵飏园先生画字

书法宗颜柳，年高字益奇。连宵下陈榻，落月酒杯迟。

中　秋

万古中秋月，年年看煞人。沧桑知几变，月色总如新。

静中吟三首

灯油忽焉泻，罂缶无端破。主人翁弗闻，安然坐如故。
管宁遇黄金，楚人亡大弓。处之若无有，廓然心太空。
万物皆有偶，太极独无对。吾心即是此，无以贱害贵。

龚羽阶至龚名诚号白谷常熟人

茶熟我初试，酒香君正来。一壶烦小住，得句要君裁。

枕上成

致中以养心，致和以养气。阐道之微言，尊生之妙秘。

嘱　子

病老一时到，我话尔书绅。看破天下事，尚友古之人。

庭　步

丈夫志千古，何似针芥窄。此意写长空，安得万丈笔。

自　省

怒气乃肃杀，喜神何冲融。与其为秋霜，何如为春风。

卧　花

卧看入怀抱，春风知不知。日晡清露下，明日再相随。

先文贞公遗砚二首

赵凡夫制，文文肃赠，天启辛酉公携入楚闱。

范乔奉砚辄衔哀，矧是精灵列上台。莫谓池中无物化，千寻曾拔豫章材。

平头百载吾家物，辗转流传手泽新。拂拭亦应无太重，斑斓都是旧精神。

经旗杆下故址

眼看燕子故飞飞，回首当年景物非。无数儿童依麦脚，满筐蚕豆荚初肥。

追怀世父喜生公先文贞公冢孙

满身清韵满身狂，垫角巾将薜荔裳。自恨分明旧鸡犬，噬脐无及失淮王。世父醉后辄哦吴梅村"我是淮王旧鸡犬，不随仙去落人间"之句。

薛慎颐先生哀辞五首有序

慎颐先生，登康熙甲子贤书，两赴公车不第，归事毗陵金暗斋先生，于骥江讲性理之学若干年。司铎盐城，仿胡安定、曹月川之遗法，兴起教化。会生徒有顽梗不率者，自谓道不能行，力请于上官归。间摄县篆，以经术饬吏事。其归也，萧然如赴任时。在官日，有以冰谷梅花图赠者，笑谓人曰："此余之宦资也。"家居，敝衣藿食，即门人子弟有所馈遗，却弗受。其守如此。所谓乡之贤者非耶？于其没也，为作哀辞五章，以质之有心者。

自分生为失路人，先生次第指迷津。伤心一代真儒去，空悔春风诲语新。

先生于古称君子，岂独于今罕等伦。高卧草庐忘岁月，不曾容易踏红尘。

学博曾兼县大夫，辞官囊底一钱无。相逢莫怪多清兴，赢得梅花一幅图。

天道无亲与善人，偏君坎坷不堪闻。三男短命诸孙弱，孤寡累累送上坟。

直是精金百炼身，允宜俎豆祀千春。生前标格逢时忌，公道应从死后伸。

荫千赵生游庠志喜

曾携书卷到茅堂，春韭秋菘共饱尝。昨夜灯花先有信，令人远忆旧青箱。

寄怀金沙史叔江

自顾头颅半已童，紫芝眉宇杳难逢。倾囊倒橐浑忘倦，二十年前共晓钟。

与钱匏园交最久诗以纪之 钱名之隧字元玉

风雨交亲四十年，每于吟眺思无边。胸藏无数古今事，咳唾成珠颗颗圆。

为三弟圣本作

念到慈亲惟有弟，忍饥教子为儒巾。何当试院新篇好，白发看他拜圣人。

赠常熟龚羽阶 名诚号白谷常熟人

宋人标格晋人风，独到君身却浑同。剩得箪瓢无著处，公然跌宕万人中。

水南见菊

浅白深黄一径斜，对花偏忆旧时花。看花人去花无主，满地凄凉正落霞。先府君爱菊。

文初内兄久作古人矣钧陶亦物故为之慨然

春雨秋风怅远天，高松疏柳暗长川。羊昙有泪无从洒，不到西州十二年。

李慎修外兄

种得当庭紫牡丹，疏狂于我独相安。年年约我花开日，绿酒红灯障下看。

宗玉刘大兄

历落嵚崎自不群，霏霏玉屑久无闻。如今鄙吝心仍在，待得来生再对君。

陶诞仙近山桥梓

近山以女字义儿，竟夭其年而未成余妇。

文字缘深见便亲，不分南北结朱陈。怜君父子归天上，柳絮才高化白蘋。

東奚中一

爱君思才诵君文，凤阁当年李舍人。恰好新茶来顾渚，相期伴我对松筠。

贺西卿虚中重侄游庠二首

忆昔曾过白社居，芝兰玉树绕阶除。酿成无数新枝发，王谢当年恐未知。

共指吾家千里驹，追风逐景跃天衢。相期更住青云表，记取宗门老腐儒。

道南内侄移居二首

安乐窝中日更长，吟风弄月自徜徉。旧时燕子应相恋，定有新巢绕画梁。

行行三里是新居，为近烟霞舍旧庐。捆载凭君问何物，笔床茶灶与琴书。

江天一至

三日两日一度来，经秋三径冷苍苔。儿童报道君来矣，门外芙蓉朵朵开。

杂兴四首

老我头颅事事赊，却将何计作生涯。年年来往松坡下，倚著寒梅候放花。

插槿周遭倚水涯，秋光恰称野人家。桂花开后芙蓉放，又向篱边看菊花。

铺堂富贵果非夸，倾国倾城赛丽华。来客莫教容易看，经年雨露一时花。

最宜闲赏是兰花，好共琴书作一家。相对坐忘疑入定，觉来新泼惠泉茶。

小　圃

老至风情似冷烟，寻山问水了无缘。荒园片石疏松在，错被人呼小洞天。

新孝廉随计志感

几回戴月上江楼，自笑干时老未休。今日间行芳草地，一生肠断黑貂裘。

梦见第二女兄 长余二岁天性孝友不幸早世

五十年来无见期，分明昨夜俨容仪。也知同气情还在，入梦教余为赋诗。

六岁殇儿四舍

未上书堂知笔画，朝朝问字惯书空。曾经午夜游灯市，独过桥归探乃翁。

送史凌霄归金沙

别我西登鸦嘴船，回头却望思无边。天公也解怜君意，不遣风帆遽向前。

送道轮上人游西湖

竞说西湖景物饶，闲人今日上轻桡。不知杨柳杭州树，绿到苏堤第几桥。

赠奚天如

收拾遗书富五车，行縢曾遍海天涯。稗官小说家家有，文献千秋只一家。

为印孙作二首

吾儿纯孝又生孙，一脉相传有宿根。暂尔阿婆初地去，半言才及辄销魂。

金玉无求愿子孙，夜香台上种前根。若能子子孙孙孝，何减三槐八桂门。

台孙痘殇志痛二首

春来梦兆颇惊疑，分付家人谨护持。谁道余殃终及汝，最伤心是欲离时。

负我东床坦腹人，许将幼女订婚姻。恩情无限如山重，化作飘飘陌上尘。

荫千雨中致牡丹花

小庭新种才十本，半有花开半不开。忽见船头如锦烂，和烟和雨送将来。

就愚和尚七十二首

小小茅庵一弹丸，沧桑几度历艰难。就公卓锡开生面，菩萨心钦佛也欢。

平头七十体安康，戒律森严色相庄。愿得法身常示世，一杯春茗当霞觞。

九日石桥晚眺

石桥便作登高处，天水空明眼界开。听得近前人细语，半年不见此翁来。

过元玉南村别业

两年不过白牛溪，玉轴牙签越整齐。还出连城新换宝，坡翁墨迹牧翁题。

生日练如走使存问

世味年来薄欲穿，衰翁惟共野鸥眠。偷生视息人间世，岁岁今朝受汝钱。

久　阴

去秋直到今春半，晴少阴多苦闭关。莫道太阳全未见，怕将春色到人间。

起信庵香火就愚和尚归西

回首把持心不乱，坐龛七日面如生。平生老实无他技，胜果谁知已结成。

五十日不观书今日开卷

生与诗书有宿缘，病中开卷更欣然。分明似与情人别，正是相思到眼前。

桐溪周先生司训潜山告归却寄三首

先生今日陶元亮，一出飘然返故园。造物有心留硕果，八旬有五尚加餐。
忠介风流天下闻，先生恬澹继清芬。市廛即是深山里，独对寒松看晓云。
不恋潜山恋虎丘，家山好处不胜收。春知仗履重来到，先遣轻风拂酒楼。

书所愿 并序

苦今生所受，愿来世暂为云游僧，再来世为真读书人，留诗为记二首。

一盋飘然天地间，才看水了又看山。天翻地覆无我分，云去云来相往还（云游僧）。
范公赫赫读书台，不负当年一秀才。野鹤闲云前一世，再来应不堕凡胎（读书人）。

添孙志喜

小园恰好杏花开，报道闺中堕小孩。异日更无他属望，兴宗惟上读书台。

得叶县信有感二首

浮名也为谋行乐，名已先牵百患来。何似官逋私债了，家园日日看花开。

优游仗履道心闲，不是看云即看山。玉盏金盘终久散，白头当日是红颜。

偶　成

清谈才向口中出，和气已从心上知。美酒饮教微醉后，好花看到半开时。

偶然作二首

老来事事从他懒，写字赋诗不厌忙。自讶何因偏乐此，定因宿世一清狂。

老来日日看花开，听得将开兴已来。童子不知何处去，自拖竹杖到花台。

春园仪 杂体

陶庵归子，父兮太仆。著陶庵仪，崇尚简朴。我有春园，愿言私淑。私淑伊何，近情远俗。太凉则寒，太炎则燠。维此春园，平和为鹄。嘉宾涖止，或蔬或肉。清言晤对，斯于诚笃。去耶留耶，不强不欲。相与于熙熙穆穆之天，而庶几仿佛乎先民之续。

32. 吴门派十二世缪曰藻族称文子公诗九首

秋夕闻蛩

莺燕声催春景明，秋风倏听晚蛩鸣。身潜金井啼偏切，影对银蟾韵倍清。有客离骚思共诉，何人闺梦此时惊。笑伊底事频啾唧，静傍宵帷雨乍晴。(《(光绪)东兴缪氏宗谱》卷三七)

露叶散林光

银汉横天末，芳丛爽气侵。澄辉浮夜色，坠露浥秋林。湛湛明疏影，英英结淡阴。似笼云采薄，疑透月华深。乍湿光难定，微零响易沉。映池常晃漾，拂径最萧森。宿鸟时惊起，幽人每独寻。石床间徙倚，余润入清襟。(《中国历代科举名人诗画丛书·清代状元诗榜眼诗探花诗》)

金　山

江神捧出玉芙蓉，绿衬浓阴树几重？影落栏边帆挂布，声穿浪里磬和钟。涛翻扬子红霞闪，洞访裴公碧藓封。长啸临风震空谷，熟眠惊醒起蛟龙。(《(民国)金山志》卷一一)

登妙高台

清兴坡仙昔出尘，谁言去后更无人。我今亦挟袁绹至，直上峰头曲奏新。(《(民国)金山志》卷一一)

宿金山寺

夜气此沉沉，僧房月色深。火稀瓜步舫，声远秣陵砧。浪静龙忘醒，林幽鸟懒吟。禅谈偕老衲，顿觉净尘心。(《(民国)金山志》卷一一)

书为于湘年道兄

画烛千官剑珮高，阖门春帖待拉皋。玉鞭龙尾青骢骑，银管麟头紫兔毫。雨霁西山看宝幄，花开东阁映宫袍。内家敕赐葫芦锦，笑道君王五色胶。(缪曰藻书法)

庚寅冬日为公老道兄书

任道麻姑海似田，金尊酹酒祝华颠。歌筵文燕从今去，且得人间七十年。(缪曰藻书法)

编集拙诗成一十五卷因题卷末戏赠元九李二十

一篇《长恨》有风情，十首秦吟近正声。每被老元偷格律，元九向江陵，日常以拙诗一轴赠行，自后格变。苦教短李伏歌行。李二十常自负歌行，近见余乐府五十首，默然心伏。世间富贵应无分，身后文章合有名。莫怪气粗言语大，新排十五卷诗成。(《敬米斋笔记》)

陆宣公墓枯柏重青诗

枯木拔地神郊灵，日暄雨润生意萌。不见宣公冢上柏，郁然重放一枝青。公丁德宗临驭日，定倾致治参谋密。惜哉用焉而不终，劲骨凭依傲霜质。下蒙幽室参穹苍，扶疏老干蛟龙翔。人树同为岁寒节，一朝凋丧神无伤。岂知化工默加护，采樵不到贤良墓。死而不死迟必昌，况复圣明深眷顾。北枝翠叶独森森，还似当年向阙心。忠魂不假华物重，明德何忧剥运侵。(《陆氏宗谱》卷八)

33. 吴门派十二世缪曰芑族称武子公诗七首

光绪谱引《箕裘集诗钞》跋云：武子公，先文贞之从侄曾孙也，与兄文子公同官翰林，皆以能诗著名。惜二公专集遍求弗得，兹见《苏台耆旧集》采录文子公诗，《国朝诗别裁》选列公诗，谨敬钞录，略存梗概。欲求全璧，惟俟续访。

书杜少陵诗后

稷契成虚愿，诗篇秩众群。吐辞皆信史，每饭不忘君。汗马怀诸将，龙池望五云。千秋惟白也，可与共论文。① （《（光绪）东兴缪氏宗谱》卷三七，又见《清诗别裁集》卷二七）

秋　柳

摇落西风里，垂条浪不生。本非攀折候，犹有别离情。凉露成清滴，寒鸦噪晚声。吾生饶短发，愁对澹烟横。② （《（光绪）东兴缪氏宗谱》卷三七，又见《清诗别裁集》卷二七）

万寿诗四首 有序

皇帝御极五十二年，时和世泰，物阜民安。薄海内外，罔不感恩戴德，歌咏升平，恭逢万寿圣诞。天下臣民，扶老携幼，梯山航海，驰赴阙下，献万年之觞，进九如之颂。臣（编者注：当时署名身份为监生，年二十）幸生圣世，同沐皇仁，更念臣祖、臣父曾叨甲第。忝侍从之班，历卿尹之任，受圣朝之殊遇，效百职以宣猷。更蒙天语褒嘉，颁赐匾额，御书焕发，传为瑞宝。圣恩高厚，累世靡穷。臣葑菲下材，藓苔贱质，捐糜有志，报称无阶。随万姓之嵩呼，近帝光于北极；同兆人之雀跃，庆圣寿于南山。技愧雕虫，歌成击壤，谨稽首顿首而献诗曰：

皇极祯符集圣躬，红云旭日映曈昽。百千甲子年方始，亿万春秋位正中。凤翥麟翔游禁苑，花明柳扬被和风。臣民歌作升平久，淑气芳华四海同。

化成久道媲中天，玉殿垂衣绕瑞烟。万寿无疆时际泰，一人有庆运承乾。琼枝发囿凝甘露，仙液流霞出醴泉。此日康衢齐抃舞，好从熙皞乐尧年。

庆惠行施屡赐租，雨旸时若兆丰腴。豳风日暖柔桑沃，禹甸春深瑞麦敷。九市华樽盛琥珀，千行宝炬插珊瑚。诗歌令德宜嘉乐，愿进仙人五岳图。

众星历历拱辰居，神武维扬播广舆。贡矢贡琛归岛屿，来王来享达舟车。八纮臣庶陈三祝，万国衣冠颂九如。烂漫卿云欣复旦，扶桑共仰日升初。（《万寿盛典初集》卷一一一）

金　山

一峰崒屼压沧江，稳住中流任浪撞。风里钟声纷作百，波间塔影倒成双。霜高瓜步孤

---

① 《清诗别裁集》评语：平稳写去，已尽老杜生平。

② 《清诗别裁集》评语：前半正写，后半虚写，处处有远神。

城柝，潮怒芦洲六代艭。渔笛忽闻来隔岸，高歌我欲和新腔。（《（民国）金山志》卷一一）

34. 吴门派十二世缪宗俨族称敬思公诗一百零六首

光绪谱引《箕裘集诗钞》跋云：公为钧闻公次子，文子公之从兄也。以能诗名。经兵燹，所著无从收拾矣。兹得二首钞录之，以存手泽云。

缪继让题《桐村诗稿》序：昔孔子之称诗教也，曰温柔敦厚。工部之美太白也，曰清新俊逸。夫本温柔敦厚之意，而发以清新俊逸之气，其于诗也，思过半矣。予侄敬思，性好吟咏，久而篇什益富。间是正于予，予喜其不加雕缋，自饶情韵，漻然盎然如春溪绿净，遇柔风而生微波也，不有合于尼山、少陵之所称说乎？进而不舍，入唐人之堂奥不难矣。

虎山桥玩月

山白月当空，平波乍摩莹。入云澹欲无，荡水光难定。长松倚层崖，风吹韵笙磬。桥下渔舟归，擢歌入清听。夜深群动息，一啸众山应。[1]（《（光绪）东兴缪氏宗谱》卷三七，又见《清诗别裁集》卷二九）

泊秦淮

秦淮河上半青楼，近水朱栏可系舟。馆女不知前代事，向人犹自说无愁。（《（光绪）东兴缪氏宗谱》卷三十七）

早　梅

偏乘残腊试琼姿，岂是天公别有私。人爱岭头全盛日，我怜庭际独开时。光摇晴雪花难辨，香入寒风春未知。似此寂寥谁斗艳，孤标应笑众芳迟。（以下一百零六首选自《桐村诗稿》）

游支硎即目二首

幽蹊施折入崚嶒，楼阁依山翠霭凝。谁道牡丹零落后，红妆还向曲栏凭。

隔林远火射清波，带月牵罾柳标多。青嶂回风催去棹，数声咿轧杂渔歌。

岁暮写怀四首次秦南风韵

蹉跎违壮志，偃蹇惜残年。身残何人问，途穷只自怜。敝裘聊卒岁，沽酒笑无钱。风

---

① 沈德潜评语：先生之诗清绝。

雨寒灯下，愁怀倍黯然。

有兄羁远宦，底事阻书来。凫影云中杳，雁声江上哀。夜寒思大被，晓梦过琼台。何日重携手，围炉尊酒开。

养生宜习静，多病鬓将丝。雪霁鱼窥藻，天寒鸟啅枝。消愁凭玉麈，寄兴咏江篱。扫阁焚香坐，闲翻一帙诗。

虚馆无人过，清宵续旧题。烛残寒睡鸭，漏永咽鸣鸡。蹋雪兴偏少，探梅花未齐。寂寥谁共语，落目映窗低。

芳润堂牡丹

昔年种花当春明，恰好幽谷来倾城。天公亦爱此花好，露滋雨润丛枝生。今年开比去年盛，满庭香艳罗毓英。主人独赏兴未已，招邀嘉客飞瑶觥。几度看花花识面，嫣然一笑如相迎。晓露晓日各尽态，月光灯影交移情。花发年年不改色，人事纷更独难测。检点尊前少一人，回首春风长太息。

怀朱啸园分得东字

人生有聚散，浮云信西东。忆昔识君面，欢然意气同。论文对尊酒，辨难开愚蒙。一旦忽分手，孤影随飞蓬。才人不得志，往往嗟途穷。前日送君去，春风桃杏红。分携复几时，芳草已芃芃。遥望隔江水，潮汐信未通。思君不成寐，落月窥帘栊。

游支硎次金最木韵

山气空蒙翠色微，寺藏深竹不知扉。数声啼鸟雨初歇，满径落花春欲归。昨见鬖鬖官柳嫩，重来磊磊野梅肥。清游别有闲滋味，同此登临与俗违。

西郊探春

东风澹荡林端来，幽窗梦觉思寻梅。遥知西郊春满路，招携嘉客同衔杯。轻鸥矫翼迎船起，山色波光两清美。霏微何处暗香浮，烟外一枝新破蕊。波底游鱼静不惊，家家屋上春禽鸣。纵然此地频来往，景物流连各有情。人生只合恣幽讨，胡为抑郁伤怀抱？世事从来水面沤，及时莫放春光老。

最木约入山探梅会风雨不果朝来喜晴赋此简寄

平生爱花看不足，况是梅花更超俗。主人逸兴好寻幽，曾约春山寄遥瞩。那堪雨急春风颠，闭户沉吟自踯躅。坐看细草阶前生，不觉百端乱心曲。兹晨薄日透虚窗，雨声忽断禽声续。飞扬如入空山中,寒馥依依暗相触。烟云散尽千峰青,陂塘处处浮新绿。莫遣春风冷笑人,急唤轻舟具醽醁。

盆 梅

盆梅开独早,一室生春光。会心不在远,咫尺罗浮香。惜哉山中花,放旷无何乡。天公每相妒,日夕风雨狂。何如一盎间,寄托无摧戕。霜禽不栖枝,冻蝶不寻芳。萧然南窗下,花与人相忘。

吉草庵次最木韵

年年寻春到城南,不知萝径藏茅庵。芳润主人颇好事,遥闻钟响随穷探。归来为予话清景,欲语不觉叹者三。谓此由来称胜迹,岁久寥落余花龛。禅扉静开竹风下,小池雨涨遥挼蓝。残壁题诗苍藓没,蹦趺丈室空瞿昙。盛衰俯仰感今昔,暮林荒阜来山岚。闻言历历宛在目,尘心如洗临清潭。平生未识楞伽意,安得静听高僧谈。世人若被尘网缚,蚩蚩此意谁能谙。一庵兴废何足论,万事错迕皆须参。

偶游小圃见落梅有感

步屧临烟径,闲园花落频。孤芳如僻俗,冷艳不逢辰。著地香黏屐,浮尊酒蹙鳞。断魂谁索笑,点点正愁人。(《桐村诗稿》)

二月十三日得家兄书

春鸠屋上鸣,芳草阶前绿。临风怅然正忆君,忽得家书胜金玉。接书在手未及观,先从使者问平安。开缄恍忽如晤对,蛮烟瘴雨随毫端。上言五载长别离,下言不久当团栾。一官久已轻鸡肋,解组行将还故国。何处幽深堪结庐,为我买山同钓弋。读罢悲欢并一时,嗟君远宦久羁縻。相违万里难会面,喜得寄语知归期。去年细札灯前发,猿啼雁叫当秋月。今朝书到已深春,花红柳翠莺声滑。不愁尺素杳难通,却惜时光去飘忽。

西山纪游七首

胥江放舟

出游撰良辰,江天喜澄霁。雨歇草木润,烟空云景丽。波间一叶轻,超越随风逝。回望城郭遥,野绿浩无际。春花绕通川,垂柳迎兰枻。极目西山青,倚舷结遥契。

放鹤亭

支公跨鹤去,无人识幽踪。谁为构此亭,山腰树苁茏。烟萝垂袅袅,流水鸣淙淙。仙驭不复返，千载留高松。徘徊坐盘石，白云满南峰。

千尺雪

嵚崟耸高峰，倒挂雪千尺。喷珠碎却圆，跳沫泻复逆。忽惊银汉倾，旋骇飞电激。响杂松声寒，流迸云根坼。我欲洗尘心，来此漱琼液。

法　螺

兹山邃以深，幽蹊曲不断。萦纡屡移渡，修竹自纂纂。禽响与泉声，引我闲步缓。殿阁倚山出，山青雨新浣。花药罗阶除，香气日夕满。

天平岭

度岭摩青霄，空翠衣欲湿。何年风吹云，飞作万石立。攀松陟其巅，湖光俯堪揖。依微浸远山，隐约渔舟集。登兹眼界宽，山川在呼吸。

狮　山

崖口众山断，横岭何突兀。起伏势狰狞，雄诡卓天骨。巉石扶牙爪，灌莽动毛发。惊风入松林，震若吼声发。疑参马祖禅，嘘嘘欲出窟。

横塘晚渡

欢赏未云歇，暝色来远树。挂席移归舟，洗醆酌清酤。烛光波上动，渔唱声交互。遥见人烟杂，知是横塘路。迟回良夜游，缓棹到前渡。

游明瑟园五首

沙浦埃尘外，幽居水竹间。林深交细路，槛曲俯清湾。山鸟知迎客，畦丁为启关。名园春倍好，风暖杂花斑。

依岫云连层，交枝树作棚。石桥凌水阔，洞户对山明。篱外逢溪钓，亭前见野耕。萧然自成趣，徒倚觉神清。

苔和芳草色，桃亚绿杨枝。卷幔炉香出，当窗日影迟。小园闲作赋，丛竹醉题诗。山水清音在，何烦丝竹随。

素萼堆晴雪，红英绚彩霞。燕来知进笋，莺语惜飞花。听雨宜高阁，叉鱼便小艖。相看无限景，何处是仙家。

未尽登临兴，相将缓缓归。花当斜日敛，鸟带落霞飞。遥指云山暝，回看台榭微。蔷薇春晚发，重约酌芳菲。

蜀　葵

花开一丈红，灼烁满庭中。向日心仍一，舒葩色不同。疏茎挹微露，密叶动清风。常咏嘉州句，开尊对碧丛。

菖　蒲

昌阳称瑞草，采食可长年。白石盘根老，清泉养叶鲜。千龄龙骨瘦，九节虎须坚。泛酒倾杯绿，微醺即是仙。

蒜

夏雨滋膏壤，畦町叶叶鲜。根从绝域得，种向蒿山传。独颗轻绡裹，分囊嫩玉联。高风怀仲叔，贫不受人怜。

艾

医草重蕲州，春苗入夏稠。象人悬户上，剪虎系钗头。治病三年蓄，蠲邪五日收。瓶中参绿叶，潇洒映葵榴。

石湖阻风游石佛寺

湿云泼墨风怒号，石湖水急鸣洪涛。浪花高卷打船尾，缆系犹恐非坚牢。篷窗忽见远峰入，树里杰阁连云高。滩边信步入古寺，老衲破壁芟蓬蒿。危宁飞榭俯绝巘，面对湖水波滔滔。壮声初疑啸猛虎，巨势又若翻鲸鳌。渔子操舟若风疾，一叶掀舞如鸿毛。我独胡为不得渡，见此颇觉心胆豪。何当乘流借轻舠，扬舲击楫歌且谣，放浪烟水同逋逃。

送春辞四首

东风初拂柳条轻，看尽花开草又生。春色自来还自去，不知何事独关情。

片片花飞绿叶新，暮寒庭院最愁人。惊回清梦三更雨，暗渡风光不是春。

暗光已逐水东流，望远伤心独倚楼。莫道春风偏惹恨，鸟啼花落更多愁。

留春不住转凄凄，蝶懒蜂慵日易低。芳草垂杨俱是恨，娇莺从此不须啼。

红　叶

纷纷木叶尽摧残，独有枫林绮绣攒。一夜风高失故绿，万山霜重染新丹。吴江日落含烟冷，吾父秋深带雨寒。岂是天公恨萧瑟，重视浓艳作花看。

正月一日雪中过芳润堂用东坡聚星堂诗韵

淅沥夜窗疑坠叶，晨光照耀庭堆雪。岁朝得此殊可贺，三白连年嗟久绝。平铺矮屋积渐高，低压枯枝垂欲折。家家闭户息尘劳，城外城中行迹灭。自笑出门何所诣，一到君家便挽掣。闲征雅令搜腹笥，频泛清尊照眼缬。主人欢饮犹未休，嘉客清谈醉霏屑。不知见晛雪已消，一片寒光去如瞥。欢呼岂独爱佳景，年丰野老先传说。从今风雨愿无愆，伫看买牛销佩铁。

诸同人分赋初春草木为余四十初度余得水仙花敬用酬答

寒花濯濯微香起，不染淤泥自清泚。嫩叶飘萧水石间，柔茎摇曳冰霜里。莫嫌澹泊未逢辰，香草江梅独与亲。一种清芬同臭味，羞随桃李斗鲜新。托根盆盎原如寄，春深花过留深翠。岂如奇树产拘楼，一饮仙浆七日醉。

生　日

平头四十愧无成，未报劬劳虚此生。岁过一旬添马齿，春来五日变禽声。看云忆弟肠应断，听雨思兄梦亦惊。镜里星星双鬓改，那堪羲驭不留行。

过渌水园访朱啸园秦上池南风兄弟不遇用石上诗韵

柴门深掩足清幽，为访高贤复此游。却值志和乘野艇，不逢贞白在层楼。春回墙角林花发，雨过阶前涧水流。徒倚石阑人寂寂，虚亭仿佛是虚舟。

买花歌

山塘花满市，有若锦绣堆。冶游买花厚输直，攀条弄叶多裵徊。珍重泥封复水注，碧盎缥瓷杂红素。春风担得陌上归，游蜂舞蝶还随路。我来看花殊可怜，鲯然一笑囊无钱。无钱买芳华，惟将命乞花。或寻山之阿，或问水之涯。一春蹋破几两屐，赢得与花共朝夕。

次南风韵

与世寡交欢，柴门罕人迹。虽无山水乐，聊用安吾宅。轩窗春色深，玉兰花渐白。延君慰索居，蓬径扫纷积。佳句得隋珠，清光照四壁。移情藉琴尊，疑义征典籍。孤高绝氛尘，潇洒见标格。在昔乐追攀，期与永朝夕。兹得申平生，夙心幸弗逆。世路若波澜，谁能固金石。忘形无尔汝，襟怀各坦适。愿言笃惠好，历久无暌隔。

友人送牡丹

平生爱花药，每值春纷披。牡丹富贵花，荒径非所宜。东邻举相赠，冒雨今朝移。谓此困荆棘，憔悴少华滋。我见忽兴叹，世事常如斯。不见东陵侯，亦有钟瓜时。壅土培其根，插竹扶其枝。何须怨春风，聊尔安藩篱。

泛舟即事三首

小舫风微漾绿汀，澄波如縠树如屏。薄笼岚气山腰白，只露峰尖一抹青。

澹澹墟烟绕树斜，岸光依约晚云遮。夕阳已没青山外，犹带余光作紫霞。

一弓明月绝氛埃，明日晴山好看梅。忽听疏篁风外响，飕飕故作雨声来。

泛舟探梅由胥江宿塘湾

梅花天所爱，遣此风日妍。帆轻泻清浏，山光郁苍然。已见岸花白，早识开空山。万峰望不及，倚棹心飞骞。夕阳忽堕岭，浮浮墟里烟。树杪明月上，流光随我船。犬声近村落，系缆春溪边。柳枝拂篷窗，飒飒惊醇眠。

钱家磡

探梅得幽胜，窈窕石径邃。面湖接烟光，背岭荫空翠。造化辟山川，梅花真得地。延缘入花丛，疏香袭衣袂。骀荡心神融，清旷耳目异。悄然不逢人，灵境天所閟。

六浮阁

查山虽不高，珂磊多奇石。杰阁构云峰，栽梅作花宅。晴雪明疏棂，幽香团几席。太湖湛明镜，遥峰澹浮碧。延伫欲忘归，杳霭川光夕。

拈花庵

山径何萦迂，林隙日光吐。小桥跨清溪，短篱当环堵。精庐去雕饰，一望气象古。飞泉静更闻，远峰青可数。幽鸟不惊人，时来窥廊庑。对此乐忘机，一笑谢尘土。

灵岩寺

石磴平如砥，云飞山欲动。嘉木蔼余清，禽声风递送。疏钟响入云，忽破尘土梦。池鱼乐浮沉，唼饵时一纵。逶迤上香台，梵偈闻高诵。修廊屧沉响，空台琴罢弄。陈迹逐浮云，青苔遍岩洞。登阁瞰湖光，鸟飞天宇空。

去岁己丑五月十五日闻伯兄讣三弟友陶即束装就道扶榇迄今杳然予既悼兄之殁而又念弟之未归也率成是诗

死别痛难忍，生别情何已。人生苦离别，而况兄与弟。嗟予有兄弟，相依若唇齿。自兄官琼南，迢迢八千里。六载不相见，虽生已如死。蛮荒瘴疠地，一病入骨髓。昨岁得凶问，泪落如流水。呼天天不闻，谁谓天有耳。是时夏五月，雨湿悲风洒。阴云惨不开，夜泣闻新鬼。海天杳茫茫，羁魂何所倚。孤嫂守缌帷，二女哭灵几。谁人卫輀车，相送归桑梓。俶装事长征，吾分固应尔。予弟泣相告，我行君当止。于役弟久便，所历况旧轨。独热赴艰险，不顾家室累。万里一身孤，凄凉伤客邸。挂树断猿肠，扬波掣鲸尾。留滞不还家，时来梦魂里。出卜问行踪，计程时屈指。哭兄既眼枯，忆弟恒垂涕。生者胡不归，死者长已矣。作歌歌未终，灯暗雁声起。

绣球花

琼葩烂漫殿春残，琢玉玲珑映石阑。何处落梅千百片，飞来枝上簇成团。

松阴梦

长松翠落青山影，云卧不知盘石冷。飘然仙骨凌青苍，尘梦何由来此境。绿阴萦绕冰魂清，一枕度尽秋风声。飞泉淙淙响岩谷，觉来山月当空明。

和南风春暮有感二首

残花著雨落梅苔，亭午柴关尚未开。莫怪空斋无客过，家贫新燕不飞来。

绿树莺啼到夕晖，柳花点点扑书帏。天涯芳草知应遍，惆怅春归人未归。

春社词

群鸡惊飞桑树巅，邻叟到门掠社钱。买得鱼牲沽得酒，大家拜祝祈丰年。五日一风十日雨，农事全凭神作主。烧钱击鼓送神去，饮福田头尽醉舞。磨刀霍霍分胙归，田家一年食肉稀。

养蚕词

戴胜飞来女桑绿，催得春蚕蚤上簇。蚕室无风新补垣，家家守箔常闭门。相逢桑下无杂语，但道蚕多饲叶繁。三眠已过将成茧，嘈嘈又听缫车转。蚕家有丝不上机，年年卖作他人衣。

采茶词

谷雨初飞蝉翼转，早采为茶晚为荈。雷声昨夜催旗枪，女郎上山各执筐。曲穿石径云生履，摘露青香随手起。山衔落日摧归家，竹炉沉火焙新芽。焙得新芽才上筥，门前已有行商至。

卖花词

种花得法花开早，直同裁剪争天巧。滴水封泥担入城，六街叫遍皆春声。春声飘入深闺里，出唤帘前数花蕊。绿战红酣泼眼新，生涯凭仗一园春。但愁无计留春住，纷纷花落成空树。

和香山洒扫书斋

紫门闭深巷，知是幽人居。雅情好萧散，俗事多屏除。余闲事洒扫，肯使日月虚。修垣补石径，一一劳其躯。虽劳亦不惜，即境意已舒。风喧春意动，好鸟鸣庭隅。悠然绝尘想，一室聊足娱。胥江要路津，车马纷驰驱。半是宦游客，役役无贤愚。视此幽栖者，喧寂当何如？

春　晓

卧听枝头百舌哗，一窗红影艳晨霞。开帘为放朝飞燕，卷幔先愁夜落花。幽径风生回蝶梦，疏篱香动报蜂衙。海棠睡起娇无力，袅袅犹含宿露斜。

春　思

媚景撩人不自持，情怀如醉复如痴。兴来隔水听禽语，愁在和烟结柳丝。风转绿阴回好梦，雨催花气入清诗。眼前无限关心处，说与东君总不知。

春日怀啸园

江上浮云断，归期总未真。居停谁是主，设醴属何人。有意骞长翮，无波起涸鳞。不如一尊酒，共赏故园春。

泛舟三首

溪边有残梅，风动香犹起。今日花在枝，明日随流水。

修竹出短垣，苍翠殊可爱。飒飒忽惊秋，忘却春风在。

花开平野黄，柳映陂塘绿。载得十分春，孤舟恣遥瞩。

二月十日游支硎至华山分得既字

西山春日多佳气，看山每得山中味。芒鞋竹杖自年年，境落梦魂犹仿佛。兹游恰遇风日妍，青吐南峰扫叆叇。但逢佳处辄迟留，禅房曲槛罗花卉。笋舆更入萼山路，层峦如活泉如沸。昨岁登巅蹑白云，搴葛扪萝穿履扉。此来且莫更跻攀，行乐从来不可既。下山遥望停舟处，红波一片蒸霞蔚。

哭枫江二首

与君临别日，问我来何时。岂意言犹在，重寻杳莫追。楼空阴雨暗，帙散夕风吹。十载同酬唱，愁看壁上诗。

人情多反复，念尔独硁硁。出口如弦直，开心似月明。身家终不计，事业竟何成。子弱双亲老，谁堪托死生。

古钱歌为朱啸园赋

举世皆好钱，好今不好古。古钱流落千百年，过时不用等尘土。众人皆弃君独取，性之所好物必聚。遐搜广致靡有遗，按以钱志历可数。虚窗对玩白日移，开囊出示夸神奇。俗眼见之皆窃笑，何异画饼不疗饥。那知君心宝爱此，细读钱文如读史。年来寂寞守衡门，侧身天地穷无始。多少兴亡阿堵中，怀古茫茫百忧起。有时酒酣气激昂，压倒今古雄财子。

题李休翁遗像

独持名节入山深，寂寂柴门蔓草侵。白发尚存孺子慕，布衣亦有老臣心。棕鞋席帽看花出，萝月松风倚杖吟。漫道先生多乐事，无穷幽限寄登临。

有画眉飞集庭树经旬不去天将晓则鸣宛转可听一日飞去为罗者所取感而赋此

澹澹春烟起庭树，有鸟飞来不飞去。饮啄阶除性颇驯，一枝栖息忘轩翥。余也久已遗世情，正堪与尔为友生。空斋无事春睡美，数声宛转催天明。那知一出不知警，误触网罗在俄顷。巧舌从来得祸多，蛾眉莫自夸妆靓。崄巇世路类如斯，不独此禽遭系羁。寂寂无声树影乱，倚栏空望暮云飞。

闻渌水园海棠盛开戏简莼溪

紫锦披拂不禁风，细雨轻烟似梦中。只恐先生先睡足，晓灯谁照一栏红。

送霜洲上人进院次原韵

泠泠飞锡到西山，支遁高风尚可攀。幡影长飘松影里，钟声时度水声间。空潭印月身初定，远岫生云意共闲。他日访师参讲席，清谈挥麈一开颜。

送南冈北上

酌酒与君别，日暮凉风生。丈夫志四方，慷慨就长征。况君希世才，所至多逢迎。新知岂不乐，故交结遥情。挥手从此辞，一雁天边横。

城西春泛二首

为爱城西好，年来放棹频。游从仍是旧，风物几回新。郭外青山近，溪边细草匀。沿洄觉自得，鱼鸟亦相亲。

心情甘淡泊，世路厌风尘。所好惟山水，同游多贱贫。轻烟笼夕棹，新月送归人。纵饮添余兴，襟怀醉更真。

借花歌

香山书斋春昼闲，幽兰香溢窗户间。羡君得此作清供，答云借来非手种。种花朝暮费滋培，及到花开看几回。借花花落仍还主，流水行云任去来。笑我比君更堪讶，有花不种并不借。随处逢花照眼明，浑忘红日天西下。

寿侯凤阿

暨城有逸士，高情何超忽。濯足白鹤江，放歌沧海月。高窗宿闲云，幽径拾野蕨。神安形不衰，朱颜映绿发。终遇鹤上人，从之炼真骨。

次韵答李客山

李君不恃才，胸期何冲漠。下笔纵横飞，倒泻千仞壑。翩翩出世姿，鸡群立独鹤。伊余好虚恬，避喧栖水郭。与君初会面，早识情所托。知已固所难，得君宁不乐。

登穹窿绝顶望震泽

穹窿耸峥嵘，众山莫与比。振策试登陟，径危行复止。积蹞造其巅，孤特怯徙倚。纵目震泽湖，万顷何渺弥。澒洞混太虚，不辨天与水。洪涛触山动，恐有蛟龙起。荡影浩无极，惊风洒凡鄙。尝闻学仙者，采药曾来此。我欲访灵踪，徘徊白云里。

重阳后一日夜话次淳夫韵

今宵且复醉东篱，落落胸襟彼此知。断饮为愁重举酒，有怀绿病不题诗。夜深衣冷霜飞早，坐久灯残月落迟。最是看云还忆弟，连床情话更何时。

戏叠前韵答淳夫

闲扫庭芜补竹篱，一生襟韵有谁知。不妨闭口聊观弈，岂必惊人始作诗。爽气可能消郁结，晚香只合伴衰迟。西风自是催秋老，何用关心叶落时。

三用韵

苔满阶前花满篱，有怀何必令人知。水边鸥鹭堪为侣，门外云山尽是诗。渔父同舟清话永，邻翁招饮醉归迟。一声啼鸟风帘晚，又是闲眠梦觉时。

四用韵

潋滟湖光照短篱，心情只许白鸥知。不逢何逊休联句，难起陶潜共咏诗。晓鹤梦醒惊露冷，寒蝉声咽吸风迟。敢将文字求名誉，长啸秋空月朗时。

五用韵

秋光收拾到园篱，独与黄花结素知。郭外有山堪载酒，囊中无物只添诗。鸟知避弋归林早，鱼为惊钩吹浪迟。遁迹丘园甘寂寞，久知疏嫩自违时。

六用韵

深巷穷居未设篱，悠悠世事复何知。坦怀不作思玄赋，适兴聊吟招隐诗。居易名难邀顾况，景阳才肯让丘迟。此情只合同秋爽，烂醉花前莫负时。

七用韵

村深岸曲水环篱，冷淡烟霞世莫知。林洞只应常采药，仙宫底事亦传诗。笙吹云里声飘远，弈对松间局罢迟。欲学幔亭挥手去，尘襟脱尽是何时。

访　菊

看菊年年过药园，绿溪路熟识紫门。短垣风起香先透，曲径霜飞色正繁。篱下乍逢如有意，林间相对总无言。往来尽是看花者，谁向秋光酹一尊。

晚秋散步三首

小桥深巷静无哗，记得曾来看菊花。门径未移犹仿佛，两株垂柳一溪斜。
叶满空廊野寺秋，苍苔漠漠竹堂幽。消闲何必深山去，此处风光好逗留。
茅屋欹斜傍水湾，园翁种菊正斓斑。虽然传我栽花诀，未必明年似女闲。

客有不乐者追和高青丘韵

客有不乐者，掩卷孤灯幽。独坐谈与语，草虫鸣相酬。百忧从中来，萧瑟非关秋。我发已渐白，身计空悠悠。譬如霜前叶，一落安能收。所至辄途穷，何必问九州。仰观南来雁，多为稻粱谋。苟得非所愿，囊空奚足羞。君子贵知命，于人复何尤。

怀晓谷弟

维扬来雁信，闻尔尚淹留。风雨孤舟夜，江山落木秋。有诗惟自咏，怀刺向谁投。今日知何处，相思两地愁。

拟储御史田家杂兴

鸡鸣接墟里，迎晨向阡陌。刈获纳茅庐，黄雀绕檐隙。雀饥虽可怜，农力殊可惜。今年幸登成，输税尚有积。石碓舂香稻，皑皑雪花白。衣食既易足，俯仰亦易适。沮溺不辞劳，躬耕洵良策。

八拟存六首

仙

家在青山云水窟，饵桂餐花忘岁月。谁识壶中别有天，逍遥三见沧海竭。朝元既罢下云烟，洞里闲看绿玉篇。知有洪涯来博戏，为呼童子候山前。

僧

古寺钟声出林谷，趺坐蒲团闭双目。一盂到处是生涯，桑下栖身不三宿。莫道楞伽义最微，得来掷锡向空飞。散花天女休相试，水月心空不染衣。

鬼

偶得此生同过客，重壤冥昊是真宅。未死常怀千岁忧，既归此地知何益。白杨萧萧起寒烟，泣霜吊月依荒阡。形声已灭浑无用，空费人间送纸钱。

酒徒

一生欲向醉乡老，沉饮不知暮与早。欹斜两脚口流涎，白日常眠往来道。万事到此俱茫然，但与玉友相周旋。长鲸吸川真快意，安得时时对酒泉。

美人

梦断双鬟垂绣领，娇姿风怯云屏冷。临水无分洛浦神，对月欲妒姮娥影。妆罢寻春上画楼，纤纤素手挂帘钩。无端望里生愁思，杨柳青青南陌头。

狂　士

礼法岂为吾辈设，负才仗气多凌轶。岸帻长歌独自如，一任纷纷笑痴绝。不屑曲指数古人，落落肯与今人亲。捋须安知天子贵，挽衣谁顾丞相嗔。

35. 吴门派十二世缪宗侃族称迁壑公诗四十首

遣怀二首

数载悲蓬梗，舟车不少停。驾涛惊浩瀚，陟巘怯高冥。蓟北冰霜白，天南草木青。炎凉随地异，历尽发星星。

夙昔饶游兴，于今愿息机。青山通竹径，碧水绕柴扉。鸟倦归林早，鱼潜上钓稀。幽栖诚足羡，此志恐多违。（以下四十首选自《迁壑诗稿》）

渡海北还中途狂风忽作

落魄归从瘴海曲，万里茫茫愁满目。云帆夜挂趁长风，水程却喜舟行速。擢蓬一望浩无津，月照波心影深绿。倾刻狂风忽怒号，洪涛十丈船几覆。舟人绝叫声喧豗，斯时生死谁能卜。世路风波真可畏，何似长饥守茅屋。

擘　荔

频年独上粤城航，两度欣逢荔子香。望去皱红分鹤顶，擘来嫩白似羊肪。曾闻摘后胜群树，共说啖时忘故乡。莫恋甘滋耽作客，洞庭朱橘亦堪尝。

初夜游海幢寺

扁舟摇曳恣幽寻，古寺红墙隔远林。客久忽惊花尽落，春归犹喜叶成阴。禅心寂寂青山老，旅思悠悠碧水深。却喜留题多丽句，满廊斜日独微吟。

寄家书

梅岭迢遥近海陬，好凭双鲤作书邮。杜鹃啼处传归思，越燕来时动客愁。穷路步兵空帐恨，怀乡开府更淹留。到家犹及重阳日，共插茱萸遂胜游。

怀野斋

独恨离情满，遥知逸兴长。闲吟望落月，高卧到斜阳。屡著青山屐，频浮碧水觞。故园多乐事，万里日回肠。

怀啸园

贫愁堪共侣，风雅实吾师。纵酒花前夜，雄谈雨后时。词坛看掉鞅，穷路惯驱驰。山水西湖好，应多纪胜诗。(《迂壑诗稿》)

李九成自长宁抱病归枉过小酌

客舍如同空谷幽，故人相见未消愁。稜稜病骨风烟际，渺渺孤踪瘴海头。零落萱花君抱恨，雕残荆树我怀忧。今朝且共尊前醉，羁旅何堪忆旧游。

过梅岭

远近千岩翠作堆，天涯归客思难裁。声声洞口猿啼急，肃肃峰前雁羽回。未见梅花全盛日，恰逢松影送凉来。崄巇莫道都经尽，更下长江破浪回。

安南旅舍题壁

飘泊天涯叹倦游，邮亭驿馆任淹留。轻舟如叶无余物，载得归囊几斛愁。

十八滩

飞流奋迅千堆雪，乱石纵横一局棋。野性自来成懒癖，乘危策险信非宜。

登滕王阁

飞阁巍巍接斗牛，苍茫烟景望中收。繁华销歇空相吊，文采流传孰与俦。千片蒲帆随雪浪，一群白鹭立沙洲。不堪回首重游地，漳水漫漫空乱流。

哭大兄

身同离雁已伤神，况复招魂在海滨。记得衙斋风雨后，夜深犹自说鲈莼。

梦中得句醒后续成一绝

浮云聚散总无常，何事离人思易伤。此日飘零休怅望，江山无处不家乡。

夜泊即事

薄暮停归棹，乡心已渐平。晚潮随雨长，渔火隔江明。愁逐尊前尽，凉从枕上生。披衣聊独咏，月出正三更。

城西春泛分韵二首

画舸冲波去，春光泼眼明。初晴花有态，新涨岸随平。幽客添诗思，清尊纵酒情。言归意未惬，残霭暗层城。

迢递城西路，频年载酒行。雨过山色润，风软燕身轻。冉冉华年去，星星白发生。重游如有约，愿得及春晴。

二月十日游支硎至华山分得春字

飘泊天涯秋复春，千岩万壑恒相亲。山川纵美非吾土，苍茫独立潜悲辛。今日归来续旧游，故山别久翻成新。烟光照眼春如绮，登临况复多嘉宾。对面遥峰疑结伴，多情幽鸟来迎人。禅房小憩竹影碧，落日催去还逡巡。人生行乐岂易得，却悔碌碌随风尘。

首春过香山书斋

地僻城西一草堂，疏窗曲槛驻春光。庭罗花石闲情远，坐拥诗书旧泽长。愧我一枝何处稳，羡君三径未全荒。丛丛修竹幽居好，可许身随二仲行。

分赋春山

晓岚凝翠自氤氲，出谷黄莺远近闻。幽涧暖融残腊雪，丛梅香散一峰云。雨过平岭茶枪润，风度空岩蕙草薰。直上层巅穷远眺，川原浓绿浩无垠。①

春　色

十里芳菲一望收，青郊风景足寻幽。远山杳霭晴如画，新草芊绵翠欲流。簇簇小桃红雨洒，毵毵细柳绿烟浮。黄蜂紫蝶纷相逐，恼乱心情可自由。

送南风北上

惜无一尊酒，送君成远行。醉后便分手，彼此忘离情。草草赠别诗，勖君以令名。会合难预期，衡门寂无声。君看马头云，我看水上萍。

---

① 该诗《(乾隆)吴县志》中名《早春游支硎》，内容作："晓岚凝翠自氤氲，出谷莺声远近闻。幽涧白飞千尺雪，丛梅香散一峰云。雨过平岭苔衣润，风度空岩药草薰。直上层巅穷远眺，川光西去浩无垠。"

芳润堂宴集分韵送淳夫之长沙

故人忽分散,酒酣生怅怏。长沙路正遥,洞庭水方长。我亦浮槎客,却惜君独往。渺渺隔湘江,从兹结遐想。

立春日复集芳润堂分韵时余同桐村兄晓谷弟将之金陵

离筵春月下,缱绻一尊中。乍惜亲朋远,还欣兄弟同。青衫映碧草,高浪趁长风。去去重回首,行踪类转蓬。

春暮庭桂忽放一枝漫赋

岩桂丛生手自栽,一枝也被信风吹。似愁玉露沾花冷,却向群芳斗艳开。寂寂小山招隐歇,娟娟明月送香来。如何帘外春光里,已见清秋金碧堆。

登穹窿绝顶望震泽

平生爱山水,登临恣游瞩。穹窿群山冠,太湖众流蓄。我来蹑危巅,旷荡豁双目。峦气高逾爽,水光远犹绿。烟雾迷渔艇,波涛撼山谷。忆昔南海游,疾风浪如屋。今兹睹浩渺,令我乱心曲。安得学神仙,形神谢拘束。高山与巨川,登陟时一蹴。

九日书怀

风急疏林落叶黄,淡云扫尽碧天凉。登山有意谁同侣,载酒无人自举觞。渺渺孤鸿飞远渚,萧萧衰鬓带微霜。闲来步屧东篱下,点染秋容有晚香。

野斋买菊巴山莼溪各携蟹酒小饮花前分韵

携来黄菊晚香浮,有客携壶兴更幽。遣闷真须逢录事,放怀更喜说监州。光摇烛影疑花动,月到天心似水流。醉绕阶除聊索句,夜深风露不知秋。

重阳后一日夜话次淳夫韵

九日虽过菊满篱,交情冷淡两心知。置身欲入王维画,卜宅空吟韩愈诗。云篆烟销心共渺,风帘月落梦俱迟。无端忽起悲秋意,飒飒凉飙叶坠时。

戏叠前韵

结就茅斋未插篱,孤怀草草竟谁知。金多不卖长门赋,风静先吟破屋诗。云怕涧喧离岫远，鸟嫌木落认巢迟。可堪惆怅凭阑处，又值哀鸿独叫时。

晚秋散步四首

秋光欲去小桥西，曲径行来路转迷。为倩傍人频指点，绕过竹院又前溪。

离披残菊傍篱开，野老辛勤著意栽。珍重柴门相送意，明年重约看花来。

半池秋水浸芙蓉，寂寂萧斋落落松。只为寻诗频过访，喜他吟客恰相逢。

日落风生兴未赊，疏疏衰柳有归鸦。依稀不记来时路，独立桥边看晚霞。

客有不乐者和高青丘韵

客有不乐者，对菊惭清幽。宾朋虽满座，踽踏安能酬。风霜向后至，我鬓惊先秋。孤怀既耿耿，世事徒悠悠。悲凉何处起，叶落风难收。豪情慕北海，高尚思南州。谁云志四方，跋涉非良谋。白云空出岫，君鸟苦养羞。愿守君子节，固穷亦何尤。

怀晓谷弟

忆昨江干别，萧条已过秋。乡园应有梦，客路与谁游。细数南来雁，遥思北去舟。软尘高十丈，扑面惯经不。

拟储御史田家杂兴

适世非所期，躬耕乃吾职。有蚕可以衣，有田可以食。衣食苟无虞，此志亦已适。同井携斗酒，邀观在农隙。所积既有余，救荒非无策。岂无鼎食人，终身常役役。愿守畎亩间，优悠永朝夕。

鬼

如烟如雾依残骨，啾啾独泣荒村月。鸱鸮夜半伴游魂，任尔多情间存没。回首繁华是故乡，来时渺渺去茫茫。人生谁是能为主，原上枫青野草黄。

仙

辞家化作千年鹤，归来惟见旧城郭。海水桑田任变更，肯把形神为尘缚。一片春和养绛宫，壶中日月殊无穷。北邙所冢累累满，何如学我凌青空。

36. 吴门派十二世缪嗣寅族称晓谷公诗一百零八首

同学弟、无锡朱襄啸园为《晓谷诗稿》所题序言曰：往予读书霍山山中时，素庵缪君司铎其地。邂逅相遇且相得，即闻其季弟朝曦年少有隽才，能文工诗，虽欣慕而愿见未获也。已而素庵令琼之乐会，予送别吴门，始与其诸昆弟相见，并获交于金君最木。最木爱风雅，不知予之鄙陋，更互唱和。今兹十稔矣，其间游宴之欢，多至不可数。酒酣耳热，仰而赋诗，诗成，读者悠然神往，为之惊叹者，必朝曦也。盖朝曦熟于汉魏以来之诗，洞彻源流如泾渭，判然于胸次，以故吮毫之顷，天真自露，抽芬芳而振金石，宜乎令人惊叹也。最木谋锓倡和诗稿，朝曦闻而歛然辞。再三不获辞，然亦仅出己丑、庚寅两年所作，复与同人商论，深求其疵而去之。虽古虚怀之士何以加？自此孜孜不已，则其所至，宁有涯哉？故予爱敬之，为题其端云。

顾嗣立为《晓谷诗稿》所题序云：余甥缪朝曦年少才隽，为人长身玉立，弱不胜衣。其诗得力汉魏，造语雅训，丰骨峭刻。初不矜才使气，而别有妙语，殆所谓文如其人者欤？向刻《晓谷诗稿》一卷，久传诵人口。兹复集其近诗凡若干首就正于余，大抵湖山游览之作居多。余自愧三十年来风尘蓬勃，潦倒名场，才情渐减，行将扁舟南下，买田太湖之滨，与田夫野老歌咏太平。手朝曦是编，而故乡之思更跃跃欲动矣。因劝之剞劂，而题其卷端如此。康熙甲午新正晚翠阁主人顾嗣立。

王豫《江苏诗征》有应地山评语云：晓谷诗笔清苍，迥出时蹊，与李客山、周迂村诸哲匠为鸡坡鹤市之游。今罕有道其名者，任大田采入《吴中诗人集》，晓谷赖以不朽云。

古钱歌以为朱啸园赋

君不见，昔时和峤有钱癖，积钱富比王侯宅。又不见，萧宏钱多百万余，宗族作论讥钱愚。君之好钱则有异，刀布金钱无不备。宋元以下亦搜罗，一一俱堪续钱志。是皆经历岁千百，古气纵横色相射。或如一片苍苔青，或如数粒丹砂赤。多少埋没泥沙中，铜花时复生幽宫。君从何处得此宝，叩门定有青衣童。惜君宝此空尔为，萧然四壁贫难支。俗人好今不好古，欲为世用岂称时。何如竟作守钱卤，一生长免寒与饥。（以下九十四首选自《晓谷诗稿》）

访友人不遇

偶向城东访隐沦，悄然篱径不逢人。疏林鸟掠飘红萼，曲沼鱼跳破绿蘋。小坐独依庭际竹，留题自拂壁间尘。怪君底事出门去，抛却名园一日春。

初春桐村二兄招游西郊作

绿水新涨何冲融，轻舟一叶随春风。湖光接天云满树，西郊山色皆蒙蒙。天公亦厌尘迹扰，故洒微雨来苍空。频飞玉斝答风景，清游况与群贤同。系船挈伴入花市，有如蜂蝶归春丛。年来懒惰渐成癖，寻芳只在郊原中。江南春色拟遍览，空劳梦寐安能穷。残阳挂柳增暮景，流霞忽断如长虹。欣然举盏洗更酌，已有新月迎归篷。

春夜对雨

独对寒灯夜欲残，鼓窗淅沥觉衣单。梅花处处飘香雪，谁到深山冒雨看。

胥江放舟

西山气日佳，选幽棹轻鹢。胥江何茫茫，奔流亦清激。日乱岸花明，沙澄渚蒲白。定楫舟行徐，野趣快尽觌。寄情云山间，石径如历历。兹游会穷探，衍漾恣所适。

放鹤亭

白鹤去不返，虚亭没榛丛。支公不可见，千载青山空。我行倦游览，聊复憩此中。俯视万顷绿，仰瞰诸峰崇。苍苍松柏间，日夕来清风。

千尺雪

峭壁悬清冷，矗矗石俱漱。陟巅疏其源，飞湍势益骤。落涧寒风鸣，触崖急雨逗。琤琮下树杪，喷洒湿云窦。为取水一掬，因之洗尘陋。

法　螺

行行山更深，游人得徐步。萝径何盘纡，涧道亦廻互。但觉石状变，不记来时路。叩门入禅房，闲庭花竹布。白云牖外飞，泉声自相赴。

狮　山

篮舆下溪谷，野旷路尽平。仰见青空碍，一峰突相迎。孤撑挺奇秀，势与诸山争。积石像狻猊，蹲踞何狰狞。树摇忽奋鬣，风振时有声。咄哉造化功，足使耳目惊。

晚渡横塘

回舟已日暮，夕翠敛山屺。横塘渐以近，烟火满村市。水鸟惊篙声，穿波入枉渚。湖映晚云沉,疏星俯而视。即事叩舷歌,余声杂轻橹。前途人语喧,应是停桡处。

游明瑟园五首

屋背青山近,桥横曲岸通。林深藏密翠,墙短出疏红。细路春泥净,澄溪碧水空。暂来幽胜地,清赏境须穷。

客至少逢迎,篱边缓缓行。但知花有态,不问树何名。古木巢云重,疏篁拂水轻。石阑苔藓厚,小坐待鸣莺。

傍舍平桥阔,高斋瞰水隈。一渠穿竹出,百曲绕价回。石罅轻鯈簇,鱼梁飞燕来。欲从朋好辈,此地共流杯。

独立孤亭里,溪南极望长。村娃语桑陇,水鸟下春塘。空翠晴犹湿,归云晚更苍。山光兼野色,相对两相忘。

昔有逃虚谷,幽栖筑草庐。栽花成小径,凿地生清渠。舍影空浮漾,山云自卷舒。长歌招隐句,临去独踌躇。

送春辞五首

匆匆载酒去听莺,忽漫飞花欲送行。风雨几番愁里过,自来春色不分明。

乳燕呢喃傍母飞,累累梅子缀枝肥。千门多少青丝柳,难系春风不放舟。

鸟咽蜂喧各别离,萧萧暮雨打帘帷。庭花也解含惆怅,尽日凝珠作泪垂。

鼠姑落尽减芳菲,剩见蔷薇雨后稀。一架轻红春不管,任他花发又花飞。

明日池塘景又新,五更钟动失芳辰。纵然留得春风在,堕白飘红愁杀人。

石湖阻风游石佛寺

我乘扁舟渡湖去,狂风飕飕摇空山。洪波怒冲滩石转,激箭乱射篷窗间。篙工惊呼不得过,停桡暂泊山之湾。亭亭佛寺出山坞,一片荒烟锁颓宇。何年凿翠成屋梁,石像峨峨独撑拄。玲珑云窦谁雕剜,涧碧苔苍气象古。百纡细路升高亭,石湖渺阔当窗横。凭空一望天际白,沓障回崖云水隔。浪花千顷堆琼田,天压孤帆不盈尺。昨天颠风浪触船,船倾尽入蛟龙渊。游魂漂泊归不得,妻孥叫哭绝可怜。而我招提纵游赏,得揽异境无穷边。人生变幻讵可测,归舟独坐心茫然。

新　麦

大麦初荐新,犹是青青色。对此不能餐,农夫尚无食。

樱　桃

一入汉宫中,金盘色相射。空山千万颗,鸟啄珊瑚坼。

吴中叹二首

道逢饥妇人,抱儿泣路歧。举头告行人,语咽声惨凄。前年苦旱去年雨,田夫那得将锄犁。城中有米不入釜,糠核食尽食树皮。前村之人饥半死,后村日落鬼夜啼。健儿去为盗与贼,上官捕戮横其尸。妾夫客作赴他县,大男乞食暮不归。君不见,千村万落皆萧瑟,居人谁得肌肤肥?

荒村萧萧闻野哭,白头乌飞啄人肉。凶年若复遭大疫,但见呻吟满乡曲。贫家药饵不得致,朝尚为人暮鬼录。闭门一月无人开,不见饮烟出茅屋。病夫病妇卧路啼,身死不葬委沟渎。谁能遍起尫羸人,收取上池水千斛。

竞　渡

狂风猎猎云旗摧,日光倒射龙鳞开。舟师绝叫鼍鼓震,撇波身里琉璃堆。涛声喧豗荡水府,下坼鳞屋冯夷怒。老蛟惊窜大鱼逃,激水跳珠散飞雨。阳乌下山兔出窟,群龙回翔掉尾疾。白浪掀空一瞬间,沙静波平忽相失。

秋夜怀朱啸园

故人何事不归吴,今夜秋风到海隅。遥相客窗灯火下,手持《周易》独研朱。

题采芝图

山空地僻断人踪,石上灵根映怪松。采去尘寰种何处,竹筐担得白云封。

七夕有感

微风初冷薄云浮,令节惊同逝水流。回首弟兄伤别雁,独看星斗对牵牛。羁魂远隔天涯路,孤客新逢旅舍秋。今夕不堪频惆望,虚窗凉月入高楼。

和东坡岁暮诗三首

馈　岁

结交贵情亲,讵用鸡豚佐。里俗尚往来,岁暮各以货。鄙哉市道交,较量小与大。蓬门了无营,积雪照高卧。笃酒只自斟,击鲜亦入座。故人贻我诗,琢句出研磨。一洗耳目喧,佳节不虚过。聊用当赠遗,洒翰共酬和。

别　岁

此岁不足惜,欲别何迟迟。终年抱寂寞,往事已莫追。送汝一杯酒,远去天之涯。明年非今年,为乐富有时。念彼富贵家,快意惟轻肥。值此盛时去,惜别令心悲。我则异于是,喜与旧岁辞。人生行乐耳,宁论岁与衰。

守　岁

除夕坐不寐,弄墨挥龙蛇。掷笔笑我愚,岁往安可遮。运流自迁逝,恋此残夜何？拥衾清梦适,任彼人语哗。不知爆竹震,谁听谯鼓挝。起视僮仆倦,行步皆攲斜。百年幸未满,此夕岂蹉跎。何如一枕余,黑甜自足夸。

分赋梅为桐村二兄四十初度

棱棱风骨清而癯,虬枝铁干冻不枯。吐花岂待春风煦,水边独立影与俱。幽栖或在山之隅,雪辉月映态更殊。苍松翠竹为友于,惜无真赏如林逋。孤标本自绝世无,朝来南枝花正敷。浇花花下携玉壶,冷香和酒沁入肤,颓然不辨花与吾。

分赋淂兔灯

瑞应曾闻赤兔名,乍燃银烛色全赪。巧裁两眼迷离样,戏引双轮扑朔行。余焰尚存丹灶火,寒芒犹蕴玉衡精。何年堕下清虚府,带得蟾光一片明。

过葑水园

一径山花红,半园春色早。空堂不见人,蝴蝶满青草。

泛舟探梅山中由胥江宿塘湾

二月梅正花,荡舟漾春水。涟漪泛晴光,爱此风日美。茶灶置船头,卷帙亦摊几。疏峰纵游目,叶叶飞云起。日落山尽赪,炊烟乱霞绮。娟娟半弓月,镇逐孤舟徙。游人系缆宿,贳酒问村市。地僻心魂清,梦结溪山里。

过圣恩寺入钱家磡

平肩白竹舆,穿林蹋花田。精蓝蔽深竹,杳杳钟声传。石垣低可凭,俯看花连天。寒香接数里,寓目境已迁。墟落寡人迹,太湖当其前。枳篱护花萼,千章缀清妍。花源远难穷,不知芒屩穿。决眥揽奇秀,洞庭隔云烟。何当驾两桨,往陟青峰巅。

石　壁

闲寻招提境，却入山水窟。竹丛傍青崖，青风自摩戛。威纡数仞冈，峭立穷攀越。震泽抱山根，屹如岛屿突。白沙渺千里，恍惚临溟渤。归途重回首，一带云横绝。

由西积山至熨斗柄

穷幽不计程，沿流绕山趾。仰看山色佳，俯挹波光美。忽逢梅花屿，高下散芳蕊。游人度花杪，身在白云里。山根一片石，数丈出湖涘。攀萝下危蹬，坐石弄清泚。既入名花丛，复此佳山水。胜绝两合并，结庐吾老矣。

虎山桥玩月

野旷月更高，山行晚逾善。平桥一以眺，澄河正铺练。今沓崦西山，参差递隐见。修林贮清影，肃肃寒风战。一声歌未终，杳霭渔舟见。安得从之游，带月乘风便。

积翠庵

修竹势参天，千竿同一绿。入林幽以邃，微光漏晴旭。古刹门半扃，经声出深屋。一亭在林杪，凭眺寄远瞩。数里无人居，回抱山重复。不知城市喧，但逢樵与牧。

喜　晴

日色晴自佳，余光照东轩。把书步庭除，碧草经雨繁。蛱蝶忽相聚，鸟雀静复喧。闲望邻家花，已复过我垣。

游华山

春色入佳兴，名山追昔游。一筇供远寄，两屐恣冥搜。细路层层折，长松落落稠。惊泉翻雪瀑，怪石冷苍虬。字灭林中蝎，钟传云外楼。花宫殊窈窕，竹院小迟留。崒嵂峰逾峻，纡回径更幽。阴丛浑欲暝，深谷却疑秋。行蹋苔痕滑，跻攀藤蔓柔。飘然凌绝顶，倏尔豁双眸。罗立低青嶂，平铺尽绿畴。自应通帝座，曾不隔神州。返照情犹恋，归途兴未休。回看凭眺处，杳杳白云浮。

客有述义鹊事者诗以纪之

喳喳众鹊飞，飞鸣避苍鹰，一鹊堕地众鹊惊。人家捉取铩两翮，蹭蹬不得凌青冥。延颈绝叫呼众鹊，众鹊绕屋皆悲鸣。齐飞下屋衔其尾，欲升欲堕旋复升。力惫不辞口流血，毛羽乱落飘中庭。终然得脱拘挛苦，急难乃见此鸟情。回看燕雀啄虫蚁，区区得食相相争。

夏雨不止戏为短歌

天河泻水水倒飞，圆苍低迷昼失辉。兔毛淋漓鸦翅湿，茅屋作艇沧波围。触肌风尘寒粟起，火令不行赤帝耻。几欲排云唤雨师，缚羊不入秋潭水。

赠最木

何处识君情，孤山出天宇。飘然谢纷喧，膏粱等泥土。拥书一万轴，卓荦猎千古。健笔骇群愚，豪语屏庸腐。结交当世贤，高才亦举举。尔我本世亲，论交复相许。入门索春醪，斟酌无宾主。弄云碧山巅，捉月澄河渚。呼吸湖山光，化作清辞吐。底用车笠盟，永结逃名侣。

己丑五月素庵大兄琼州讣至三兄友陶即往迎丧迄今未归志感二首

岂意成千古，伤心又一年。可怜瘴岭隔，空有梦魂牵。望远余犹怯，急难君独贤。重重离别恨，生死两凄然。

泪尽秋风日，心惊春雨辰。每逢岭外客，便问海南人。素旐知何处，孤魂应独亲。几时还故土，一使别情伸。

伍子胥庙

千年怨血逐江流，灭楚强吴积远谋。凭仗英雄销父恨，更谁为报属镂仇?

题涂蕉引水村图

山居洵足乐，水居情更幽。披图忽见万顷碧，回溪曲港千村流。人家半在水云里，风蒲猎猎飞凫鸥。开轩面湖书可读，结茅傍柳钓可投。灌畦饮犊随水处，或通小桥或小舟。如君潇洒不易得，宅抱娄江水千尺。饱看湖乡风物佳，兴酣泼墨留真迹。借问君家第几村？他时来访清溪客。

分赋春阴

千山敛翠湿云低，春草春江一望迷。恻恻寒轻微著面，蒙蒙雨细不沾泥。烟昏柳岸莺如梦，日暗桑村鸠自啼。可惜红香空满树，不教淡月映花蹊。

春日怀啸园次桐村二兄韵

交情不可道,之子意偏真。正值梅花发,相思江上人。囊琴空白玉,匣剑冷青鳞。何处堪投足,归欤尚及春。

野斋招游虎丘适余有事中止颇有愠色戏简二绝句

错嫌俗客负春华,竹杖棕鞋兴自赊。今日风光正潭浥,烦君重试泛溪艖。

曾问梅花村里人,漫山已放十分春。无穷诗思飞腾甚,要借清香入句新。

二月十日野斋招诸同人游支硎至华山

竹扛兜子纷相逐,共指西山旧游熟。缘溪杨柳青不断,山脚杏花时一簇。飞泉处处入清听,怪石累累烦记录。叩门时爱香阜静,憩树每恋松阴绿。未愁足力疲屡试,但恐落日催归速。尽收岩壑入新诗,还将姓氏镌修竹。

庚寅冬与香山有洞庭探梅之约不果赋此解嘲

平生爱花兼爱山,篮舆桂棹往复还。姓名久被山灵识,魂梦时到梅花间。看花邓尉历数载,壮观欲入梅花海。梅花海在洞庭西,春风二月花初齐。千岩万壑布晴雪,冷香如雾游人迷。香山蒋子有同好,隔岁已订看花期。太湖三万六千顷,欲挂片席乘风飞。飘然身入万香国,横峰侧岭相攀跻。君今裹足志空壮,我亦蹉跎愿未偿。坐对花开复花落,青山寂寞花惆怅。闲身本似不羁鹤,好制松冠办芒屐。只今已是负花时,明年更与西山约。

访范园

已见湖波泛夕晖,暂停双桨款荆扉。外甥最小能留客,直问来期始放归。

春社词

沽清酒,宰肥羊,东邻西舍家家忙,三间古庙遮绿杨。前村击鼓迎神至,后村妇女遥相望。齐入庙中拜且祝,还向神前分祭肉。

养蚕词

蚕初生,采桑陌上提筐行;蚕欲老,夜半不眠起常早。衣不暇浣发不簪,还恐天阴坏我蚕。回头分付小儿女,蚕欲上山莫言语。

采茶词

采茶采茶山之曲,正值前山新雨足。采茶采茶山之阳,采得新芽不满筐。同伴三三复五五,踏遍危岩与深坞。一春生计在山中,侬家那得辞辛苦。

卖花词

担花入市春初晓,露条烟蕊栽来好。蝴蝶游蜂著意防,飞来强把花须抱。卖时不惜担头春,明日重添一担新。

题友人小像

短锄白竹筐,持向青山道。借问君何之,山中有瑞草。他日一相逢,看君颜色好。

题杨安城补臂图

北风卷地飞沙乱,漠漠黄云天一半。屹然独坐塞草白,侠气犹存臂中断。昔年割图臂已分,异时臂痛因图焚。剪纸补图痛亦止,咄哉奇事何曾闻。展图有余慕,感激生天真。结交不在貌,结交贵结神,千载而下乃有此三人。呜呼!安城之图示千古,祁李二人不可补。

送南风北上

我本南村人,平生寡西笑。与君为同心,相期事耕钓。十年守衡茅,离合事谁料。孟冬朔风寒,送子陟远道。匹马雪中行,独雁天边叫。子意不复留,我愁讵能疗。临岐进一觞,努力在年少。

喜施兰垞至

湿云不可扫,沉忧不可释。何意雨声中,偏来故人屐。故人别已久,示我新诗百。一读清我心,再读动我魄。金子贤主人,明灯留远客。开尊酌澄醪,谈笑永今夕。昔别荷未花,今来梅正坼。隔岁一相逢,时兮真可惜。愿君缓归程,纾我离怀积。

再用前韵答兰垞留别之作

朋好无久新,一遇情难释。况君英妙才,频来驻游屐。唱酬发殊音,落纸累千百。晓吟日敛照,晚酌月颓魄。忽然理行舻,归作沧海客。挂席在明朝,离忧已今夕。仰视愁云重,迷漫不可坼。来期讵云杳,分手能无惜。非不欲君留,如君归思积。

次韵答兰坨

独挂孤帆海畔来，吟怀忽地为君开。行囊才解求诗卷，野蔌频添泥酒杯。日暮微风冲雨断，漏深斜月逆云回。一宵清话知何尽，几度烧残蜡烛灰。

再次前韵送兰坨归海宁

知君本为讨春来，又逐春风捩柁开。夹岸冥蒙花作幔，半湖淡沲水平杯。挥将醉墨千行在，换得狂歌一曲回。惆怅肩吾归去后，寒炉谁共拨吟灰。

虎丘追和清远道士诗次本韵

天风卷浮云，白日挂霄汉。连晨晦阴霖，及兹雨工窜。青山貌忽开，光景入幽玩。高兴既飞腾，良游真汗漫。踏石屐欲穿，迎风帻已岸。都忘霸气销，但爱烟光乱。古刹耀金碧，巍巍压山半。忽逢梅花飞，疑是天女散。壁峭讵可梯，壑阴不知旦。身轻恣登历，如鸟生两翰。讨异惬微情，怀古一长叹。千秋白云句，妙境谁能赞。

贪　看

贪看杨柳色，不知清溪长。溪流清且浅，隔岸春蔬香。茅屋三四间，结构清溪傍。思从汉阴叟，谈笑追羲皇。

借花歌和香山

幽兰一簇花哈呀，丛丛碧叶纷交加。闲房馥郁花气静，知君借自良朋家。何曾栽培与灌溉，且得含咀清英华。借花逸事自伊始，作歌示我何矜夸。令侬早悟达士旨，人世茫茫皆借耳。一年三百六十日，看花几见常芳美，种花借花一而已。吾闻深山之曲、大泽之隈，丛兰处处逢春开，何不往借青山一片石，翛然身坐香云堆。日挹花香饮花露，有时花尽还归来，狂言忽发君应咍。

三月十四夜步月二首

深巷千家寂，清光一片飞。我行无定所，形影镇相依。绿树泫如湿，春星暗不辉。殷勤今夜月，得得送人归。

再踏平桥月，泠泠芒屦边。光随四野阔，影落一池圆。虚籁生中夜，疏峰出远天。纵然秋夕好，能得几婵娟。

猛虎行

崔嵬南山巅，飒飒生悲风。君不见猛虎磨牙若霜雪，盘踞崖壁张双瞳。公然白日肆出没，杀人吮血深林中。奔腾裂厚地，长啸摧高峰。草间狐兔不知数，纷纷化作豺狼凶驺虞忽来。众相贺猛虎，狰狞当路坐。扬沙走石势欲吞，侧足荒溪不得过。匣中长剑雪三尺，欲往千山万山隔，以手抚膺空叹息。空叹息，发长谣，曲终仰望苍天高。

舟行即目步家叔韵三首

春残堤树绿初齐，打桨行过西郭西。夹路野花犹烂漫，蜜蜂飞扑水窗低。

黄土低墙白竹门，赛神筵上列鸡豚。短箫徐和迎神曲，奔走儿童喧近村。

溪女科头不趁姿，手淘脱粟作新炊。深林无数人烟起，正是前山落照时。

雨

云脚方垂墨，羲车未驾轮。谁知三日雨，消却一分春。檐溜何时绝，啼鸠亦太频。摊书仍掩卷，不复辨昏晨。

晚　霁

已分昏黄候，俄惊未夕晖。断云消不尽，残雨歇还飞。风静花犹落，天清鸟渐归。料应今夜月，依旧到柴扉。

又　雨

才对高春日，生憎少女风。瓦沟仍滴滴，石砌复淙淙。响急清宵里，声迷春梦中。愁心花药径，褪尽几多红。

晴

翻因积雨后，顿使兴飞扬。呼妇鸠声变，穿花蝶意忙。清阴思柳岸，新涨想春塘。为报寻幽侣，奚囊试一将。

瓦　松

底事亦名松，青青檐瓦中。根微依薄土，干弱信斜风。暂借阴霖长，应愁旭日烘。无端数寸草，高却百花丛。

无　奈

无奈春雨何，飒飒欺我屋。忽惊飘碎瓦，复骇堕长木。层阴不肯收，坐久断犹续。泛滥庭中池，琤琮檐际瀑。此屋朴而古，平生寄幽独。月分四壁清，日散一窗旭。朝出看山去，暮还此中宿。居此颇有年，一朝惧倾覆。人生恋旧土，悄然乱心曲。

题兰垞戴笠图

海昌才子相羊君，兰垞自号。头戴圆笠如车轮。兀然独立傲一世，世上冠盖徒纷纷。君不见谢家制笠有新样，曲柄雅称风流人。纶巾纱帽不足比，直堪遮断尘区尘。绿山滨水十亩间，杏花历乱春深天。此笠可以敝风日，愿君戴此锄春烟。黄芦萧萧满秋浦，独鹤叫空鸥刷羽。愿君戴此操渔舟，不怕溪风与溪雨。生平我亦薄轻肥，戴笠乘车事已非。与君同谢浮名去，还剪青蓑织雨衣。

寿侯凤阿七十

卓哉生民秀，祖德追夙昔。举世挹清芬，空山灭遐迹。埸来七十载，老卧泉与石。始知烟霞中，可以炼精魄。顾惭尘世姿，缅怀隐沦客。思从白云游，酌君以琼液。

送啸园之中州分得云字

洛阳风土吾所悉，忆昔清夜闻之君。为言曾作洛阳客，古道千里迷尘氛。驿亭荒绝不可宿，村酤浊甚难为醺。抠衣独谒古帝庙，长歌时吊前王坟。当年壮游逾十载，不觉素发飘纷纷。如何复往继游迹，胸春令我伤乖分。渚烟溪月谁共赏，冷吟闲醉愁无群。相思日望归骖至，几时重踏吴山云。

次韵答客山见赠之作

昔贤去已邈，文采炳晔晔。君抱旷世才，千载乃相洽。妙论开愚蒙，洪钟响虚业。香名既共钦，峻行况可法。繄予弃豪素，砚废尘生匣。仰惭仙李枝，玉花披狎猎。

昔　岁

昔岁挐轻舟，言寻勾漏道。湖平浩渺弥，林密深窅窔。广陌灭行踪，暮天掩颓照。松顶清晖流，宿鹭千群叫。游子忘前途，榜人缓移棹。埸来三载余，历历记清妙。如何秽尘踪，抚躬空自悼。终当理行幐，往觅丹砂要。

正月一日集芳润堂送淳夫之长沙

隔岁雪未消，余光映离筵。故人旷襟抱，道里轻数千。遥指长沙路，思乘洞庭船。洞庭渺何许，派与湘江连。长川绝飞鸟，高浪梯远天。扁舟落君手，尘虑快一湔。送君还羡君，无事心悁悁。

和野斋客致慧山泉一舟喜而赋诗

余本绝俗人，久结山泉想。慧山百里遥，挂席时一往。两年守荆扉，中心常怏怏。谁欤忽致此，一啜尘虑荡。心飞白云间，身落青崖上。满目雪瀑惊，入耳空岩响。此中有真趣，何事羁尘网。已办青行缠，驾言试两桨。往掬清浅流，期君共相赏。

立春日集芳润堂分韵时余将之金陵

月色一番新，春盘夜酒清。暂时辞旧侣，未肯恋浮名。水换长江绿，风生片席轻。虽无千里隔，已重别离情。

将游京师留别桐村迂壑两兄

夏木何阴阴，枝叶相重迭。如何骨肉间，翻作千里别。远行未有期，愁心久如结。相见情依依，相对语切切。赤日施炎威，可喻中肠热。

留别野斋

玄豹隐南山，欲以泽其身。独鹤万里飞，不受人世尘。行藏纵殊轨，高洁亦同伦。临风振羽翼，欲去仍逡巡。青松有故巢，终愿相依因。

留别诸同学

忽辞故山去，却动征车轮。依依向俦匹，欲别增悲辛。赠言以相勖，毋忘同昏晨。幽燕非所恋，终共烟霞亲。长揖谢吾友，余岂尘埃人。

正月一日雪中过芳润堂用东坡聚星堂雪诗韵

重云凝空不成叶，极目寒城万家雪。新年屏却尘事喧，出户更喜人踪绝。茫茫远山微可睹，遮道长松压欲折。造门早识故人在，屐印阶泥迹未灭。新诗示我骋雄怪，碧海波翻鲸尾掣。消寒共斟柏叶酒，一吸杯空醉眼缬。傍檐鸟雀声苦饥。翻翅纷纷堕余屑。诗狂醉舞足自了，那惜飞光去如瞥。君家客满尊不空，玉山风雅犹堪说。急收清景入毫端，冻

笔难呵劲于铁。(《(乾隆)元和县志》卷三六)

六浮阁

杰阁占清旷,结构梅花丛。千株万株白,并作香空蒙。太湖三万顷,一片当帘栊。六峰望如垤,罗列浮其中。乘风一叶船,挂席凌苍空。平生丘壑情,对此心融融。缅怀李檀园,雅志未获终。不逢好事者,谁为继高风。(《(同治)苏州府志》)

罢官行

九重诏下收印绶,身离公府不敢后。部曲散尽还其家,卑司谁复来趋走。相逢尽道不相识,半是平生胶漆友。街吏传呼导骑驰,煌煌飞盖生光辉。新官衔命赴官所,行人敛足避路歧。旧官去年初到日,曾似新官今日时。(《诗铎》卷一八)

岁不登

经世虽非分,忻戚实共之。雨风既多愆,蟊贼日以滋。田禾仅盈尺,仓箱安可期。粟贵农益伤,秋成人反饥。力田尚如此,我饥固其宜。民康知可待,即事令人悲。(以下十一首选自《江苏诗征》卷一四三)

射阳侯

脱汉王,斩丁公,纵敌臣,不忠窘。汉王布不死,各为其主耳。人臣大义明如此,射阳首封谊独深,鸿门拔剑怀二心。

贾太傅故宅

千古哀伤屈子地,一官沦谪贾生家。纷纭物议轻年少,摇落江干哭日斜。鸾凤羽成终碧落,镆铘锋锐委泥沙。石床朽尽壶甘死,寒甃依然结井华。宅旁局脚石床是谊所坐,又尝植柑凿井,见《水经注》。

饮　酒

幽禽递鸣呼,庭卉相新鲜。春风入虚室,拂拂开遗编。适来忘机士,觞酌庶共传。岂伊耽曲蘖,聊用得我天。世事不复知,远话无怀年。无怀复何说,杯尽俱陶然。

题李客山临流坐树图

饮泉慎其名,栖树择其阴。昔贤矢高志,千载契独深。孤桐何青青,古柏亦森森。况兹磐石下，有水清可临。水平风不激，树静云无心。即此悟所安，泊然又何歆。

寓斋秋日寄怀邵洒夫

爽气袭襟袂，秋花逼庭除。悦此暂时意，岂必真吾庐。四体一收摄，万事归清虚。惟余怀友生，念念不得舒。闻君闲养疾，日读神农书。何论久相别，弥月迹已疏。

秋夜闻鹤声寄周迂村

独鹤唳沉寥，安栖失故林。讵肯为人玩，铩翮同凡禽。君子秉耿介，依人违夙心。久离芝兰室，复遐金玉音。秋月想独照，凉风飘衣襟。空怀绨袍恋，夜思弥沉沉。

答彭允初月夜旅泊寄怀

投老寡所谐，新知向谁托？得君英妙姿，高谊矧不薄。对策赴京华，孤舟阻屡泊。清辉千里同，两地伤离索。惠我尺素书，系之怀人作。魏阙知已瞻，庭闱志堪乐。君家葑溪城，我住葑溪郭。溪水日以盈，归帆几时落？

熊氏双忠歌

桓桓将军勇且忠，厥名应凤厥姓熊。国初海氛未销歇，直趋金陵意叵测。被创游魂犹假息，拗怒回师过磐石。将军驻兵守温州，心轻贼众如蜉蝣。奋威欲以寡敌众，砰訇巨炮碎贼舟。贼心衔恨务灭此，梯冲矢石无时休。援师不至糗粮尽，一身转战横戈矛。云昏日落鼓声死，剩有忠魂报天子。妻孥弟侄悉自焚，烈气遥从烈焰起。是时长子天琳出请兵，雄姿飒爽真奇英。朝廷报忠礼数备，锡爵骑尉昭殊旌。甲寅之年耿逆叛，诏属诸生同卫捍。贼将据温方负固，王师屈人期不战。故遣骑尉往谕之，狼心豺性谁能变。诱以高官胁以力，忠肝愤激批其面。乃至磔死沉大江，呜呼骸骨何由见。昔时张睢阳，杀身捍贼勇莫遏。复有颜鲁公，奉使贼中死莫夺。将军父子两法之，泰华峰尖双峍兀。忆昔将军家蜀中，棼棼天下皆兵戎。太平真人奉天出，自蜀徒步来从龙。识时自古称俊杰，肯以苟且存其躬？遂著义方及世世，大伦千古昭臣工。

陆宣公墓枯柏重青赋此

枯柏贞魂共古今，表忠异代荷恩深。忽看半树回生意，再著千秋不死心。霞岭南条偏峭蒨，惠陵东向镇阴森。各伸正气成孤直，霜霰寒冰共见侵。

题《元遗山集》后

英声早岁震词曹，老擅诗坛一代豪。梦里华胥空想像，眼中琼岛剩牢骚。孤亭野史心同郑，篱菊南山迹异陶。箕尾幸超尘世外，罻罗终不累名高。

37. 阚庄派丹徒支十二世缪瞻屺诗族称志远公二十二首词二首

光绪谱引《箕裘集诗钞》跋云：公之《江上集》，康熙末年家遭祝融难，专集无存，今从他集采录共得诗十一首，敬志手泽。

忆往事寄怀华将军

追忆往昔事，三桂负圣恩。初叛势汹汹，志在窥中原。居民不安处，烽烟日夕昏。天子赫然怒，发兵如云屯。将军奋雄武，灭贼诛其根。凯旋归神京，欢声动黎元。至今吴楚士，犹将功业论。阔别成十载，访旧几人存。将军还矍铄，继起有文孙。自是多福泽，天畀齿德尊。相思各一方，何日共清樽。(以下十一首选自《(光绪)东兴缪氏宗谱》卷三七)

京口怀暨阳故宅兼柬二三旧友

江色潮来白，归帆日欲夕。偶然爱三山，久作南徐客。暨阳是家乡，乌衣有故宅。往来一水通，相望不相及。霭霭君山云，气接海门泽。惆怅空伤情，延陵有古迹。何必恋焦岩，漫说晋铭石。美人天一方，予怀徒脉脉。折柬代以诗，藉此消尘积。

咏　菊

傲骨经秋老，犹余晚节芳。花残凌暮雨，叶瘦战新霜。篱寄原非志，枝寒尚有香。不同桃李艳，只解媚春光。

秋日同笪江上桂史游南郊鹤林寺访殷七七开杜鹃花处

仙人有遗迹，艳说杜鹃花。偶然得妙偈，九日发僧家。空色原无著，芳菲莫漫夸。只今行径畔，黄叶一林斜。

同宗子发冷秋江游焦山

海门一峰起，远市寂无哗。山静云留影，江空浪有花。高僧容去住，水鸟自烟霞。差喜身轻健,登高望眼赊。

从镇江郡尊王太守燕游金山山僧出东坡学士玉带以观太守作诗纪其事谨步和原韵

内翰当年住短篷,带留禅室玉玲珑。围腰赢得千秋羡,辩口原知四大空。呈处依稀闻茗话,解时约略对松风。至今夜夜江流静,却怪僧房发彩红。

遣 兴

雨雪天寒白屋贫,依然飘泊客中身。宁为鸡口常盟已,不食猪肝怕累人。篱畔已看残菊萎,窗前喜见古梅新。清晨九九图频启,屈指东风次第春。

笪江上栖隐五州山翠岩室一日过访其室留住旬日

一阁栖岩翠色深,四围峰绕半晴阴。烟霞只许幽人住,泉石能知隐者心。柱史旧称廊庙客,参禅喜听木鱼音。访君直到清凉界,留我山中共赋琴。

月夜窥探敌军上华将军二首

明月照当头,登高望敌楼。军容多委顿,指日可全收。

扼要在荆州,长江天堑留。欲求全胜策,老敌是良谋。

偶 占

是是非非岂尽真,终年仆仆走风尘。饱尝世味酸辛辨,且向渔郎去问津。

筑别业招隐山成

小隐休嗤继戴公,鹂声听遍逸情同。松关翠接深深护,竹径青开曲曲通。不羡名王从竟日,却欣好友至清风。闲来独自幽琴鼓,三调遑知拙与工。(《(民国)招隐山志》卷一〇)

虎跑泉上坐月

一天云扫月光盈,照彻流泉水倍清。怪石奇撑头欲出,微尘净扫眼都明。卧狮古洞烟俱化,宿鸟高枝梦忽惊。坐久此心空四大,那知虎啸谷风生。(《(民国)招隐山志》卷七)

游金山用东坡韵

长江汩汩来岷峨,昼夜不舍东到海。怒潮奔注截者谁?砥柱中流一峰在。开山传说裴头陀，滔滔讵畏飞洪波。毒制白蟒解听法，喷呲不复云雾多。我今乘兴来鼓楫，流连永夜继永日。偷闲寻话逢老僧，白发飘飘脚双赤。话久强拉登山巅，月刚东升破昏黑。两三星火瓜洲明，渔舟傍岸群鱼惊。朱睛绿发曾不识，突出江中怪何物。骇目劝勿贪看山，那知吾性生来顽。如此奇观岂可已，笑他僧居枉临水。（以下九首选自《（民国）金山志》卷一一）

登金山塔

峥嵘势耸鬼神工，自语铃清自和风。空际尖穿晴霭碧，波心影落夕阳红。崚崚高矗妨飞鸟，屹屹孤撑断彩虹。大笑扶摇今直上，此身快入斗牛宫。

月夜登妙高台用东坡韵

妙高峰插云，夙闻豁眸子。暇时一登台，纵观穷万里。浪浪鸣长空，天风笑盈耳。坡公昔对月，清影舞弄起。君门常不忘，一生行自砥。公乎今何往？月色仍满几。照彻空江明，嶙嶙露石齿。老龙不肯眠，吞月起戏水。何事在人间，如是复如是。人言坡复生，我言坡未死。

访法乳禅师用张承吉韵

小别刚逾月，几疑袂久分。一江频放棹，三径快停云。煮茗欣同话，谈经愿再闻。中泠泉脉好，尘味洗醺醺。

携儿子重光冒雨登金山

晓起无一事，微雨自东至。儿子前谓余，山色此奇异。买棹同登临，直上金鳌背。忽有还忽无，四望失螺髻。疑峰复疑云，别开一新世。归鸟最可怜，翅重飞屡滞。旧巢寻突迷，浓雾积树际。破空独塔撑，烟中隐眄睇。回首笑语儿，难得此殊致。天然画图开，摹写归我为。

留云亭

危亭崔岿出飞尘，长此云留见性真。独怪相犹人我执，但留云住不留人。

江天阁晚眺

四面窗开晚景殊，天翻画本辟新图。日光照水迷红鲤，黛色浮沙乱翠凫。岭合云林平接蒜，城摇星火隐看芜。凭栏清兴饶无限，一个诗瓢一酒壶。

听潮轩听潮

四敞云轩四望遥，清宵深坐独听潮。色淆白鹭当窗涌，威作苍龙绕槛跳。铃响每难层塔辨，钟声屡误隔林飘。最怜鸟梦频惊醒，绕树飞鸣语杂娇。

韩蕲王庙

古庙倚云边，英灵仰在天。一奸诛未得，二圣恨难还。洞僻裴公接，祠荒魏胜连。至今江上浪，争战尚当年。

金缕曲 登金山

峭壁江心峙。柱中流，波涛任撼，岿然常砥。感触男儿尘中立，要砺坚操若是。独仰对，金鳌峰止。洞口朝阳红照满，更低头，水底龙宫视。吹铁笛，欲呼起。　　西南望恨朣云蔽。时三藩不靖。溯前贤，江中楫击，慨慷言志。不斩豺狼归无日，壮思仄。祖生誓继。况世德，家传忠义。先曾王父文贞公，前明天启朝抗节，死阉难。麟阁标名姑莫问，只妖氛，扫荡吾休矣。江水浩，有如此。(《(民国)金山志》卷一六)

新雁过江楼 对月寄怀金山法乳上人

凉月娟娟，窗外满清影，撩我离怀。料知孤感，多半两地情皆。铃语欢听慈寿塔，诗歌乐赋妙高台。好风期，怎成别绪，笑口难口。　　一生多意，更想念，先人剩语，深恐烟霾。上人为天隐禅师法曾孙，日以天祖语录未入藏为憾。己卯春，今上南巡，上人亟以入藏是请。师友一般，伦谊恨定难排。纵说禅理大彻，恐难肯，单参石善财。尤令平。我，别字嗟一个，昔不轻该。(《(民国)金山志》卷一六)

38. 阚庄派十三世缪诜族称觉轩公诗三十二首

章节妇旌节诗

金匮瞻桥王肇昌妻，年二十九夫亡，乾隆三年旌，时年六十三。

九龙之峰幽以奇，伯渎之水清且漪。山回川练毓灵秀，名闺特出幽贞姿。弱龄婉娈事君子，寒宵伴读鸣机丝。一朝折凤成决绝，柏舟之死悲何其。誓言抚孤忍视息，半生荼苦恩勤斯。陈情有子吁当事，白麻温旨来天墀。崇坊赫然峙岩谷，千秋万祀瞻坤仪。(以下二十七首选自《(光绪)东兴缪氏宗谱》卷三七)

书处士彭君扬传后 令嗣必琨学行兼优

之子风何古，超然一逸民。承欢无间日，让产不辞贫。人事酬来少，天伦乐处真。亢宗今有子，会看达枫宸。

义学葺成延师督课三载以来渐喜人文之蔚起也因漫成一律

夙有诗书癖，而今讵敢忘。簿书如有暇，铅椠不辞忙。琢器全圭璧，程材半骕骦。他年金榜捷，看取姓名香。

宦游三载囊空一钱客有嘲之者书此解之

三年思报国，忽忽度居诸。澹泊安吾素，迂愚任彼唹。只求心不愧，那计室无储。今日萧然去，还留数卷书。

梦吃涕横觉而成句二首

奉母来兹土，原期禄养荣。何图艰窘极，翻致隐忧并。顾复慈怀切，仁廉庭训诚。斯恩无一报，万里累长征。

白云飞不住，何处是吾亲。魂梦常依恋，慈颜倍惨辛。叮咛还款款，慰谕更谆谆。梦醒遥无见，空余泪满唇。

留别彭子玉山二首步原韵 原唱载外集

屈指同侪内，如君能几人。公庭绝履迹，尔室任天真。道气吹兰近，词章吐凤新。城南一席地，文教赖常振。

三年忻聚首，此日怅离群。嗟我心同雪，多君谊薄云。高骞终有会，奋翮莫辞勤。后会知何地，临岐意倍殷。

登艮岩

不假人工辟，天然位置虚。水流源不竭，岩静意俱徐。飞鸟翔无定，骊龙眠[①]自如，我来留片刻，尘虑顿捐除。

---

① 眠，《(嘉庆)宜章县志》作"隐"。

赤日道中即事

阴气何太盛，积雨动经旬。涧水声连吼，山云去转亲。飞鸟潜无迹，春花放已新。自笑江南客，征车不惮频。

述怀

我来何所好，章水净无尘。忠赤还孺子，艰辛累老亲。诉穷谁我谅，学俭便相轻。何日归田去，悠然乐性真。

临水

抛却闲愁外，临流思不穷。风行文縠绉，日映暖光融。山翠摇波影，林深倒碧丛。相看浑未厌，如在剡溪中。

谒邝忠肃先生祠

权珰披猖国势屯，先生岳岳独批鳞。出关扈圣孤忠奋，力战捐躯正气伸。遗像肃如常起敬，腐儒终古竟难泯。痛思我祖真同辙，并照丹青德有邻。

岁丙申夏苦旱与述参戎暨同僚丞倅步祷甘霖大霈喜而咏此

十丈黄尘赤日行①，忧思无计格苍冥。天从怒后施新泽，禾向焦时换旧形。急水已弥千涧白，湿云犹护万山青。崇朝乐事归何有，合拟苏公铭一亭。

丁酉楚闱分校偶成

廿年前饱阅艰辛，今日分闱泪转频。一举未留亲得见，三旬敢令士难伸。珠光到眼珍无匹，剑气藏锋赏倍真。更幸持衡冰鉴一，万行心血吐玢璘。

仁化返棹登丹霞

缘索登山阅几重，置身直上最高峰。层峦叠翠当前立，修竹苍松是处逢。石乳泉边清可掬，凌风塔际渺无踪。白云忽起生悲思，欲到虹桥兴已慵。

---

① 赤日行，《(嘉庆)宜章县志》作“洗莫清”。

乙卯七月初三日赴粤舟行

生来骨肮脏，仰面耻求人。搔首浑无计，驱车且问津。

自仁化赴保昌舟中感怀

一官何落拓，持钵学头陀。翻羡垂纶叟，从容理钓簔。

口　占

恤刑慈训更昭昭，戾气由来刻意消。堪念眼前皆赤子，得相饶处便相饶。

彬阳道中口占二首 六言

三年到此何功，聊凭一点丹衷。去矣满船明月，归与两袖清风。

鄙性由来不改，迂儒堪笑行踪。赢得寸心干净，谁来半点尘容。

过　泷

行过三泷又几滩，怒涛奔浪客心寒。篙师见惯浑无事，只作中流自在看。

七月十三夜望月

秋雨连朝暑气收，好风吹上送行舟。夜来云翳都消尽，孤月中天万顷浮。

洗心轩题壁

宸扆念念恤民先，天末微臣倍凛旃。三载穷檐差起色，可曾浪费一文钱？

平　旦

自矢常如天祖临，余生敢受世途侵。每当平旦清明际，静证青莲不染心。

平石村换单船

只图容膝亦堪安，一艇何分双与单。幸得中天明月好，满山清白尽人看。

韩泷谒文公庙

佛骨迎来有也无，韩公铁骨几曾枯。只今巉峻新泷上，三尺儿童也共呼。

斋前古桂

团团一树覆庭墀，仙种应从月窟移。几载香风携满袖，多情难别故心知。(《(嘉庆)宜章县志》卷一二)

寿功魏包翁八十

宏博家声奕叶垂，岿然鲁殿独存时。文林旧业莺花老，茂墅平桥烟水迷。四代莱衣欣绕膝，八旬鸿案庆齐眉。堂开胜友如云集，共进霞觞昼日迟。(《(江阴文林)包氏宗谱》卷六一)

金 山

一峰奇复峭，屹立水中央。山影蔽窗暗，涨痕浮几凉。层云青佛塔，密树绿禅房。却羡僧闲甚，劳劳自笑忙。(《(民国)金山志》卷一一)

登妙高台纵眺

百年多病独登台(杜句)，到此尘怀郁尽开。山合楚吴浮地去，江通巴峡拍天来。白龙何往洞千古，苍鹘未归石一堆。笑说中秋无不是，高歌水调亦衔杯。(《(民国)金山志》卷一一)

题赠葛履端

面有风光目有神，浑金璞玉是全真。知君满腹藏丘壑，何假弹冠八世尘。(《江阴葛氏宗谱》卷二七)

39. 阚庄派十三世缪映台族称敬庵公诗十首

光绪谱引《箕裘集诗钞》跋云：公喜读诗，自汉、魏、晋、唐以迄近代，凡有杰作，涵泳熟识，手自选注。作诗不屑傍人门户，高超峭拔，若经霜露剥濯，皓乎无纤尘。著述甚富，庚申之乱，诸稿无一存者。

思亲吟十首

罔极深恩未寸酬，儒衣空曳总含羞。何期历尽劬劳苦，博得儿曹泪两眸。

昔年乐事杳难寻，晚景凄凉百感侵。有日幽魂来梦里，尚应相见话伤心。父有"昔年光景尽皆非，郁怒相连病自宜”句。

膝下常违剧可怜，家山盼断白云边。伤心枕簟弥留日，犹道承欢乐未全。父病革时语余曰：父子之乐甚少。

离怀常赋大刀头，侍立窗前笑语稠。他日片帆归夜月，寂寥风景不胜愁。余六七月间夜归，父尚康宁如故。

金粟香舒小院中，一樽还拟与儿同。他年树底秋风里，花瓣常添泪雨红。时桂花盛开，父尚望余归，同在花前一乐。

家声沦落父年高，望子成名日夜劳。最是秋风仍杀羽，为亲一想一悲号。父数年来拜祷神明，无日不望余乡荐。

曾期真药起沉疴，谁道蓬蒿匪蓼莪。素志未酬先弃我，遗言读罢痛如何。父病中有“真病还须真药医”之句，注曰：真药者，儿子报乡捷也。

月淡闲阶玉露零，哀蛩四壁不堪听。酒杯书卷常携处，犹认焚香夜诵经。父每夜焚香诵《金刚经》。

金风底事厌尘寰，鹤去辽东甚日还。遗下儿曹浑不管，招魂空赋泪潸潸。余父长逝在辛卯八月二十五日亥时，余于二十日黄昏自白下归，病势已不可为矣。

身老儿贫百事哀，暮年襟抱未尝开。思亲纵有伤心句，驿使无由到夜台。（《（光绪）东兴缪氏宗谱》卷三七）

40. 阚庄派丹徒支十三世缪重光族称子华公诗九首

侍大人冒雨登金山四首

一江细雨洒霏霏，兴到拏舟上翠微。奔浪激翻和桨竞，浓烟冲破傍舷飞。遥村隐约连还断，叠嶂迷离是也非。却笑榜人偏缩颈，倚篷湿荷绿蓑衣。

直上高峰那告疲，蒙茸荆棘手频披。泥融足滑倾常恐，衣重心惊湿不知。层塔影迷藏雾缈，疏钟声慑出波迟。赢来老衲痴呼大，如此奇探却太奇。

爱山成癖又成颠，况复椿庭健若仙。大好林峦随杖履，无涯厓岸拥云烟。巢寻鸟匝青林外，沫喷鱼跳翠荇边。更上妙高台上望，茫茫海气合遥天。

留云云住抱孤亭，云水水云无定形。沙岸西兴真恍惚，楼台北固总濛冥。风驰树顶声疑吼，浪激峰腰气散腥。一瞥斜阳明一角，岚光分外向人青。（《（民国）金山志》卷一一）

韩蕲王庙

庙貌崇峙古，岿然俯江渚。忽忽千余年，长此依孤屿。遐想南宋朝，中原陷丑虏。乌珠肆猖狂，渡江复敢侮。截阻登金山，韩王赫斯怒。使船如使马，艨艟大屯聚。古荡扼黄天，夫人助桴鼓。堕马纵脱伊，大王擒龙虎。穷蹙笑乞哀，高视不轻许。二圣誓我还，复我更疆土。奈天不祚宋，猫口竟窜鼠。闽人与书生，忘雠昧义取。献策耻各无，媚敌何足数。自此不复南，金人气亦沮。最恨权相奸，卖国忍欺主。坐令王骑驴，投闲渔樵侣。湖上景纵佳，郁郁心自苦。我今登兹山，枣栗荐祠宇。俯听江潮喧，军声尚卒伍。奔驰环庙前，依稀当年弩。肮脏对感生，成虹气奋吐。(《(民国)金山志》卷一一)

清明侍大人登金山

清明每恨雨飘飘，难得今年霁色饶。好景笑看桃杂柳，浓阴惯喜梓依桥。眼前烟拥朱方镇，足底声喧白下潮。爱日方长兴逾剧，乐怀随处尽逍遥。(《(民国)金山志》卷一一)

题大沏堂

滔滔浩浩大江水，中突一峰曰触抵。山中白蟒闻据盘，噬人人不敢居是。入洞忽来裴头陀，禅观慑蟒安戾止。名山从兹赫东南，妙法时时说佛子。达观继作炎宋朝，一无思量心止水。了元踵兴山益兴，日与东坡参禅理。带解留玉镇山门，四大五蕴空空耳。晦堂枯木俱英豪，搘拄金山接奋起。圜悟禅师道弥高，登堂演法阐妙旨。一堂大彻十八僧，堂开大彻自此始。金山名震天下闻，高僧辈出无所底。别峰理复教贯三，契动宋帝云如此。幻隐慧明了即休，元代三师明迭启。拙庵懿懿生朱明，承命主寺振颓驰。焚修率众先涤心，焕然重新器望伟。休庵交善保定侯，甘霖周忱复继美。留带两追苏长公，佳话于今挂人齿。若冰内典尤博通，言含妙义世有几？箬庵真乳得磬山，我朝首应屈一指。天笠绍兴殊等闲，张公一偈续貂尾。倒卓楼台泡影间，用天笠偈中句。数语真欲动神鬼。到今量公继法公，师弟卓行问谁比。宗风日阐即日昌，此堂千载岿然峙。诸师殷殷度众生，不惮启愤并发悱。堂乎堂乎彻真大，人才蔚起良济济。吁嗟乎！莫谓区区一禅堂，堂在诸师长不死。愧我今朝徒过兹，尘心扰扰未能洗。(《(民国)金山志》卷一一)

登金山有感二首

一拳突出自江心，五载谁知成古今。纵说慈云尚楼阁，难教爱日永光阴。中流树影仍如故，旧句诗篇不忍寻。独立峰头独呻慨，鸣鸦阵阵助哀吟。

寻幽十度此流连，争奈兹游独怆然。无限凄凉芳草地，不胜酸楚夕阳天。落花满径增心戚，彩服趋庭剩思牵。却怪山僧不解事，劳叨偏对说当年。(《(民国)金山志》卷一一)

41. 阚庄派十四世缪念祖族称朗斋公诗一首

光绪谱引《箕裘集诗钞》跋云：公穷经励志，守道安贫，世称儒者。困顿无聊，辄借诗酒以自遣。邵励亭先生称之曰："诗不求工，而每有心得。"庚申之乱，所著无从收拾矣。

感　怀

太息年来事事非，读耕两字总难期。家无儋石仍然我，腹有诗书不疗饥。借酒且浇胸块垒，有儿莫管学支离。图南自奋何嫌老，尚比归愚少四期。余以戊午初入闱，沈确士以六十岁抡亚元，余今年五十有六。(《(光绪)东兴缪氏宗谱》卷三八)

42. 阚庄派十四世缪绍祖族称复堂公诗二首

光绪谱引《箕裘集诗钞》跋云：公敦品立行，能文工诗，所著甚富。庚申之乱，无从收拾矣。

馆舍述怀

甲申十月上浣，时馆王巷徐氏。

碌碌复碌碌，朝有膳兮暮有粥。年去年来又复然，眼青眼白殊隔角。微躯既艾志益坚，家政从胸心弥蹙。见兔顾犬莫嫌迟，亡羊补牢在所速。兀坐本非木偶形，傲骨岂甘尺蠖伏。苦莫苦于安乐过，生莫生于忧患足。已而已而斯已乎，往哉往哉日往欲。我今说与等闲听，千万莫把光阴掷。且待明年桃红柳绿春光明媚，那时拍手笑呵呵，挽手同行向北陆。北陆原来是帝乡，赤县神州收满目。(《(光绪)东兴缪氏宗谱》卷三八)

读崇祯元年愍忠恩诏不觉中夜起舞继之以泣爰成长句

无端异代感苍茫，一读纶言泪万行。狱产芝英偏有劫，厂延火燎殆非常。普天义愤雠如洗，入地忠魂骨亦香。况是云仍联一脉，短檠吟罢吐雄芒。(《(光绪)东兴缪氏宗谱》卷三八)

43. 阚庄派十四世缪溥族称凝峰公诗四首

乙卯重阳前二日邹维扬宅看菊感怀邵子东旸即用壁间倪竹安孝廉韵二首

景初游憩地，南谷雅堪追。夙好惟栽菊，清标讵合时。鸿飞泥有迹，鸥狎志无欺。尚忆青门后，寻芳过短篱。首联谓维扬，二联谓竹安，结联谓东旸。

昔日餐英共，开筵泛玉樽。杜陵诗律细，鲁殿几人存。接叶秾纤称，浇花旦暮烦。濒行逢旧雨，失喜集柴门。末句谓赵定一、方九仪适至。(《(光绪)东兴缪氏宗谱》卷三八)

送邵南一赴试金陵

勇哉横槊上文坛，鹤唳风声讵胆寒。忆昔趋庭蕲谷似，追今奋翮趁风抟。桂馨钟阜衣先染，潮送秦淮曲未阑。老眼定觇乌榜捷，文光璀璨月团栾。(《(光绪)东兴缪氏宗谱》卷三八)

陋　室

室陋原非病，诗人乐考盘。但求无愧怍，俯仰一身宽。(《(光绪)东兴缪氏宗谱》卷三八)

44. 阚庄派十四世缪甡族称明远公诗二首

第二泉 用东坡焦千之求惠山泉韵

磊落五千卷，枯肠空拄腹。以酒淘泻之，毋乃非其族。兹泉洵奇异，灌输随所蓄。担夫赪两肩，其源无断续。有时杂松风，泠泠奏琴筑。当年老桑苎，品题敢迫蹙。遍阅天下泉，第二非云渎。诗人爱清景，秀句夺山绿。持以浇舌本，挥毫泻珠玉。往来调水符，何必烦僮仆。径须傍泉居，朝夕手自掬。吸饮地肺灵，神骨多芬馥。苦乏草堂资，庄生计已熟。作书监河侯，贷粟五百斛。(《(光绪)东兴缪氏宗谱》卷三八)

东坡洗砚池歌 用东坡龙尾风咮砚歌韵

墨乌衫袖何足惜，只字流传等圭璧。先生一挥百纸尽，日来洗砚临溪石。北亭横池住几时，养鱼种竹亦不辞。平铺白练变成淄，先生草元初不知。自言多生宿尘垢，欲弃万事归何有。汧水悠悠遗迹在，苦心肯落钟王后。曲栏短槛停白云，池边松桧隔嚣尘。一丛牡丹斗酒易，先生真是淡荡人。法从意造何所择，谁能临池仿笔画。记取先生曾有言，玉环飞燕无分别。(《(光绪)东兴缪氏宗谱》卷三八)

45. 阚庄派石梅支十四世缪问族称问芝公诗七首

秋日田园杂兴四首

屈指田园事，秋来乐更多。豆棚遮细雨，蟹簖截清波。牧弄呼牛笛，渔酬打鸭歌。今年风景好，四野足佳禾。

新稻流匙滑，秋瓜到口甜。白茅香尽屋，结草韧编帘。野菊分离落，疏藤上矮檐。披荆坐场圃，明月透山尖。

社事轮番值，酬神报岁功。嫩鸡黄比蜡，老酒色翻红。人愿家家寿，年期岁岁丰。酣歌杂童叟，相送过桥东。

古屋三椽结，疏篱一带斜。看花夸菊婢，供客煮芋爷。结草分菱界，填泥护笋芽。邻翁课晴雨，月白少风沙。(《(光绪)东兴缪氏宗谱》卷三八)

冬日同友游惠山兼述山中时物

放艇蓉湖已夕阳，旧交欣复共壶觞。回风薄涧寒泉涩，春气窥梅仄径香。丹井澄清仙迹回，石门崷崒远林苍。归途莫问城头角，灯火辉煌过北塘。(《(光绪)东兴缪氏宗谱》卷三八)

小斋后新种竹诗以志之二首

和露和烟乞数竿，种时旋觉暑风寒。宁徒夜榻听如雨，且喜山斋卷作冠。馋口他年参玉版，痴情今日重琅玕。自携乌嘴锄泥植，疏密还经几度看。

分得龙孙手自携，多情风亦逐人吹。喜于种后朝朝雨，愿得人间日日诗。寒碧一帘敲夜月，新篁半亩映残棋。他年乐事应须此，漫学编篱谨护持。①(《(光绪)东兴缪氏宗谱》卷三八)

46. 阚庄派丹徒支十四世缪天爵族称古修公诗一首

曾孙启麟锡书氏撰传云：公生而颖悟，读书一览辄能成诵，长喜与诗人游，其文谳处曰“兰晖楼”，暇则静处其中，书卷自娱。常谓功名有命，诗书不可以不读，吾志未成，后求必有继吾之志者。

---

① 末句《江上诗钞》作“他年凤尾垂清荫，何藉编篱谨护持”。

光绪谱引《箕裘集诗钞》跋云：公之《兰晖楼集》经道光壬寅兵燹散佚，厥后访求，无从收拾，至今未见，抱憾殊深。近读《京口三山题咏集》，见公诗一首，从而录之，聊存手泽。

华阳真逸瘗鹤铭歌

胎禽仙去不可招，一拳山石凌寒潮。华阳真逸在何处，剩有铭字光腾霄。纷纷书评阅万古，聚讼聒耳声嘈嘈。或云逸少结构古，或云顾况笔法超。六一老人最好事，明珠独多磊磊盈诗瓢。岂知仙翁跨鹤不返顾，海山苍苍无尘嚣。客来作歌一长啸，星辰迸落霜天高。（《（光绪）东兴缪氏宗谱》卷三八）

47. 阚庄派丹徒支十四世缪天亢族称次华公词二首

浪淘沙 解组归招隐寺

世网脱簪缨，潇洒山行。松篁满地绿阴成。幽静却偕人意远，尘不红生。　独自好风迎，无限闲情。笙簧一片送流莺。惆怅戴公今去也，树杪烟横。（《（民国）招隐山志》卷九）

声声慢 宿招隐山房

行行坐坐，冷冷清清，幽幽静静悄悄。四野喧嚣都绝，一炉香袅。禅堂照耀如昼，忽声声，枝头鸣鸟。推几起，试掀帘，这道星河将晓。　月色空明满树，成虚白，红尘隔开多少？倚著窗儿，错道玉英尚好？高风戴公更溯，与孤僧，闲话到卯。怎寂破，蓦一杵钟响报早？（《（民国）招隐山志》卷九）

48. 阚庄派十五世缪麟族称纪堂公诗六首

光绪谱引《箕裘集诗钞》跋云：公文行兼优，士林推重。最工古近体。诗集曰《瘦吟轩诗钞》。庚申粤逆陷江阴，公之孙庠生赓虞先生载公集于迁徙流离之中。逾二年，先生父子相继殁，又无嗣续，遗集更不可问。

柳长句二首

江南二月雨濛濛，嫩绿轻黄斗小红。掩映最宜笼画阁，颠狂全是倚春风。赋成谢女疑飞雪，梦绕章台迟远骢。莫听桓伊三弄笛，玉关从古老英雄。

何处寻芳破寂寥，千丝万缕拂长条。悠扬归梦如飞絮，历乱春愁为舞腰。灞岸微风催晓渡，广陵明月听吹箫。几人为尔肠堪断，尽日含烟覆画桥。(《(光绪)东兴缪氏宗谱》卷三八)

天宝遗事二首

琵琶斜抱到梨园，新谱霓裳别样翻。博得诸王争贡献，一时愿出贵妃门。

剑阁西风蜀道长，月明南内更凄凉。回头剩有江桃在，一曲梁州泪万行。(《(光绪)东兴缪氏宗谱》卷三八)

试帖二首

陶谢不枝梧

风雅推陶谢，藩篱未易窥。立言根至性，造句鲜旁支。渲染皆新意，规抚独古词。风云归想像，山水寄情思。圣世需真品，輶轩访逸诗。弦歌同向慕，濡慕欲乘时。

首夏犹清和

首夏犹春日，休惊时序更。落花辞我去，好鸟向人鸣。苦楝余寒过，黄梅细雨倾。日嫌赵盾烈，风似伯夷清。蚕事方欣毕，麦秋已告成。太平真有象，抚景颂升平。(《(光绪)东兴缪氏宗谱》卷四二)

49. 阚庄派十五世缪廷梅族称象环公诗五首

光绪谱引《箕裘集诗钞》跋云：公弱冠游庠，文翰双美，名闻于士大夫，皆詟伏倾倒。毕秋帆尚书延置家塾为子弟师。晚年家居，就文贞公实园读书处构屋为自娱轩，授徒自给，颐养天和。其于名利淡如也。庚申，粤逆陷江阴，窜扰四乡，屋舍全毁，遗稿亦付劫灰。

题赠范苍长爱菊图

人生贵适志，嗜好各有酬。陶公寄物外，虑淡境自幽。九日饮丛菊，脱累性所谋。菊性最高洁，斯人亮与侔。卓哉苍长叟，兴寓何修修。中年托市隐，与俗殊俅俅。恬怀固无竞，乃合造化游。晚节独嗜菊，心会南山悠。种菊常满畦，清露朝华浮。花时三径开，往往招羊求。孤芳惬幽赏，逸抱凌素秋。蕴此尘表念，还向图中收。高会佐杯觞，入坐神夷犹。停云想高躅，嘉阴清且稠。此中真意在，披图能见不。叟也乐天全，黄绮堪为俦。(《(光绪)

东兴缪氏宗谱》卷三八）

划墓行有序

从祖觉轩先生集中，有《纪张蘧若太史奏请划毁前明逆珰魏忠贤碑墓以快人心》，作诗纪其事，诗与题未称，爰赋《划墓行》以畅之。

阿瞒之冢漳河湄，七十有二疑传疑。一朝水涸真冢出，千年奸魄褫其尸。何况市驵厕宫掖，太阿倒持，予夺生杀惟所为。毒痡忠良一网尽，典狱惨秘骨碎糜，罪浮东汉十常侍。有明中叶振刘瑾，无此大罪高天弥。思宗御极赫斯怒，剮棺寸磔人心怡。我朝褒忠并斥佞，凡为臣者知所师。尚有珰碑划未尽，荆榛茸结遮墙茨。臣瑗奏雪山灵耻，仆之削之靡有遗。天刑不贷一片石，奄魄历劫攒鞭笞。尔时玉泉凿狐窟，僭妄无上侔生祠。梅之先臣柱下史，峻拒碑文祸灼肌。寿宁安在语惊座，逆珰营墓于玉泉山，以先文贞负词垣重望，遣人乞作墓碑。公斥之，其人曰："不畏虎唑耶？寿宁事可鉴也。"公勃然曰："寿宁曾困李献吉，今日寿宁安在？"珰闻之，恚甚，遂日夕诇公，卒兴大狱。劲正想见公生时。到今死珰诸臣尽不朽，魂兮连袂乘东维。表忠穹碑字如斗，纶言焕贲蹲鳌螭。行人肃拜松楸古，残阳扪藓读嘘唏。（《（光绪）东兴缪氏宗谱》卷三八）

试帖三首

日长如小年

宛若经寒燠，山中日渐长。直疑城不夜，宁许线还量。莲漏沉沉永，桃笙细细量。频番啼鸟变，几度落花香。枰畔柯应烂，槐根梦未央。漆园曾语小，取似恰相当。

冻泉依细石

石细萦幽涧，天寒绕冻泉。涓涓流乍歇，凿凿藓犹缘。忽讶珠生浦，还疑玉满川。漱来冰入齿，枕处冷侵肩。曲折苔痕滑，玲珑水腹坚。曦阳回照彻，白日仰朝鲜。

菊残犹有傲霜枝

菊本群芳殿，将残尚有枝。相看逾不厌，欲辨更何词。零落秋容淡，孤高瘦影欹。素娥同耐冷，青女助生姿。晚翠空中色，余芳雨后诗。从来真气节，不受雪霜欺。（《（光绪）东兴缪氏宗谱》卷四二）

50. 阚庄派丹徒支十五世缪文彪族称惟寅公诗一首

光绪谱引《箕裘集诗钞》跋云：曾祖惟寅公能文工诗，生平耽著述，不喜存稿，又经壬寅癸丑之乱，更无从收拾矣。甲戌过象山，山僧邀入寺小憩，出名人游山留题手卷见示，中有公诗一首，见之若获珍璧。谨敬录之，略存手泽。

登石公山绝巅遍览南涂诸胜诗以纪之

跻攀直上象山头，石公一名象山。万里长江满目秋。泽国潮平双岸阔，海门波涌一峰浮。烟消塔出南徐寺，风动钟来北固楼。指顾萧梁遗迹渺，白云红叶两悠悠。(《(光绪)东兴缪氏宗谱》卷三八)

51. 阚庄派丹徒支十五世缪文彪族称虎文公诗二十二首

光绪谱引《箕裘集诗钞》跋云：从曾祖虎文，弱冠游郡庠，即负文名，壮岁贡入成钧，随侍从高祖次华公善化任所。中年幕游浙江之山阴，爱其山水秀美，因徙宅家焉。壬寅兵燹后，公子启明公殁，音问间通。癸丑之乱，公之子孙无从寻访，所著更无处索求矣。兹从先大夫手录《先德丛钞》录出二十一首，略志手泽云。

同表兄鲍十一游招隐寺访昭明太子读书处

拉友出南郊，秋来天气爽。同到戴公山，求古恣探访。山光依旧青，六朝人已往。人往何处寻，空台动遐想。萧梁有贤储，书楼辟清敞。纂集文选成，手披更心赏。一代大手笔，词气皆浩荡。案石今尚存，抚摩空企仰。不见读书人，但闻飞泉响。旧址已荒芜，太息感畴曩。归途日已昏，明月出林朗。(《以下二十一首选自(光绪)东兴缪氏宗谱》卷三八)

拟陶渊明读山海经诗用原韵

千章夏木古，树影绕扶疏。好鸟亦求友，吾幸托蓬庐。稼圃事休学，且读古人书。门巷空寂寞，不闻显者车。欣然酌斗酒，樱笋有园蔬。梅雨洒窗来，薰风快与俱。传览穆天子，山海玩奇图。衡茅终伏处，俯仰乐何如。

借书行赠表兄鲍十一

生不遇崆峒仙，梦不到岣嵝巅。攘攘人海尘没踝，终日苦堕愁城坚。却思濯足向溟渤，恨无太乙莲花船。榆关万里走突骑，生击獐血鸱鸣弦。健儿舍之去，说我无鸢肩。仰天吐气动长啸，化为百丈青虹悬。骑虹入云端，金榜琅环镌。群真罗列何翩翩，霓裳歌声来自天。九霄白日此中静，龙猲阶下沉沉眠。我时顾之笑，渴思吞百川。左持青莲喝月碗,右执羲和行日鞭。金庭桐柏居,行遍方来旋。仙官六丁两侍立,上观千古下万年。三十三天寻象罔,玄珠亿载光新鲜。不尔与子,便作摩霄两黄鹄。超出六合,下与天地观方圆。

石帆歌

江上山横一螺碧,风正潮平多挂席。何时吹下片帆来,幻作奇形峙危石。峭壁临江势嵯峨,苍苔碧藓无人磨。下有龙潭深万丈,蛟龙出没惊涛波。涛波摇憾石犹在,形似片帆终不改。莫说呵护赖山神,还是石灵垂亿载。

送江亭望云

大风起兮层云布,黯黯阴迷扬子渡。我来蹑足送江亭,遥指光含江外树。宛然一幅米家图,须臾万变杂晴雾。

盆　梅

芳信寒梅报,萧斋置几盆。春风时闭户,明月旧移根。影入闺人梦,香侵处士魂。凭栏堪索笑,竟日掩柴门。

寄奴泉怀古

寄奴遗迹想当年,凿地曾来佛殿前。一代英雄随逝水,半生事业剩寒泉。苔迷古井无人汲,雨霁前溪有鹿眠。今日重来倍惆怅,沧桑几变等云烟。

孤山拜林处士墓

古碑剥蚀满苔纹,寂寞孤山处士坟。只有梅妻堪作伴,回思鹤子觅同群。一湖秋月清于水,千载高风洁比云。展拜英灵荐蘋藻,茂陵遗稿绝尘氛。

留别南昌程楚湘舍人

天涯搔首谁怜我,海内论心只有君。肝胆何曾忘旧雨,羽毛争欲盼青云。深于潭水情何限,折到梅花手竟分。莫向离亭相饯也,柳条犹未挂斜曛。

丁卯桥怀古

城南数里路迢迢,丁卯桥真胜午桥。刺史故居都杳邈,晚唐诗律倍清超。野花红映前村远,芳草青迷隔岸遥。流水半湾犹自绿,关心旧事话渔樵。

新　柳

依依新柳满春城，十里长堤翠色横。原隰烟萦青叶嫩，池塘风引绿条轻。柔丝莫系双飞燕，弱絮难藏百啭莺。淑气催成千缕密，啼鸠刚欲近清明。

雨　后

雨霁偶登台，极目天晴朗。明月上林梢，无人独自赏。

插秧词四首

江南天气正清和，好鸟声声唤插禾。羡煞田家风景好，茶歌听罢又秧歌。
分科栽遍水云乡，十亩田开带夕阳。赤足还须防刺骨，纤纤针颖尽含芒。
家家父子锁柴扉，馌饭殷勤候不违。纵目东皋开笑口，今年秧比去年肥。
今朝梅雨足芳塘，转瞬秋来说稻香。待到西成歌大有，村村报赛答东皇。

即事偶成

高松落落竹疏疏，一缕霏烟茗熟初。花影横窗儿伏案，读书声正出吾庐。

练湖春泛四首

浮家生小爱江乡，湖上风光遍绿杨。一片春心寄流水，替侬流过古云阳。
水天一色白于鹅，恰好春声入棹歌。遥指练湖西去路，小桥系信绿阴多。
曲阿自昔擅风华，泼尽香醪水一涯。分付舵师下帆去，沽春前路认梨花。
盈眸鸭绿净如油，澹澹平波小小舟。此去金莺池不远，橹声欸乃最轻柔。

登招隐过先高祖别业故地有感

不堪往事忽成尘，满地苍松更绿筠。朋友不来江上客，笪江上与先高祖至契，尝往来别业。愧予遗迹守先人。(《(民国)招隐山志》卷七)

52. 周庄派十六世缪永华族称次桥公诗十三首

寿周竹坪先生八十　名沂字希曾

清溪之北接雷沟，土疏民朴邻沙洲。熙熙皞皞密且稠，机械相忘太古俦。中有竹坪老夫子，岩岩卓立直如矢。乡国群推作典型，一尘不染隐于市。愧我僻居砂山麓，侧闻先生名已熟。昨岁仰丰神，似扇和风燠。春来鹤算庆八旬，宾朋云集环朱纶。笙簧乐奏歌长春，我亦升阶酌酒频。升阶契慕情弥已，好德如色逾甘旨。先生不愧乡先生，庶几廉顽立懦堪作中流砥。笑彼世之靦颜媚势，龌龊儿谄天财势。天可欺，沽名滥入忠义孝弟祠，妄希千秋俎豆真荣施。讵知转眼已檄出，公道犹留太史笔。先生不愧乡先生，寄语当道求其实。我亦清溪市隐人，好善恶恶必辨真。狂言相献世所嗔，先生之座何妨陈。先生之德书诸绅，屈指期颐祝大椿。天佑善人麟振振，民之秉彝咸陶甄。(以下十三首选自《(光绪)东兴缪氏宗谱》卷三八)

书《承氏宗谱》后

圣治郅隆多良策，平章协和重一脉。熙熙酞化洽寰区，蔼蔼仁风布郊陌。暨阳承氏源流长，南渡从龙振羽翮。迄今贞操拟共姜，忆昔武陵追召伯。忠良继绪非一朝，族大支分多间隔。宗祏有灵诞奇杰，千载一时在咫尺。昌老盛德岭云高，衡翁义志江心碧。慨然忽动本源思，追溯宗祧勤擘画。或时近采坐巾车，或时远访忘归舶。不辞岁月共劳心，世序渊源详考核。晨兴秉笔朝曦红，夜坐披图秋月白。分流别派几经霜，功成珍拟连城璧。我生也晚厌尘嚣，寂寂江村暂作客。披帷睹此重琳球，发箧沉吟三叹息。惜我远祖诋逆珰，赫赫丹心耀简册。而今宗族散四方，谁能任此非常责。水有源兮木有本，低徊反覆心难释。况闻建祠通衢旁，轮奂巍巍势显赫。继述还思培后嗣，阶前玉树芝兰弈。会当举翼奋云中，昌大门楣步仙籍。厚德非徒邑乘光，雍雍盛事邦家益。光天化日正舒长，一片和风追古昔。

哭楚峰侄三首 有序

楚峰，余侄也。性嗜读书，目数行下。家贫无书，乞借亲友手钞，昼夜不倦。腹笥便便，弱冠娴吟咏，矜求工切，每岁一律，必移晷。乾隆戊申春莫，梦中得句云：一窗细雨愁人泪。对句未成而觉。余闻之似非佳兆，以梦幻置之。讵夏季，侄病病渐剧。七月初，稍愈。十九日，余赴乡试，楚峰随余伯兄茂春辈送至新桥而别。八月，余客金陵，有自江城来者，询之骇知已于七月二十日溘逝。场事毕，归而哭之。见侄媳挈两孤以泪沃面。益觉怆怀挑檗，赋数章，不计词之工拙也。

偶然营货殖，一意爱斯文。索句吟初苦，雄谈酒半醺。回头即长逝，转眼谢同群。旅夜难忘汝，秋灯惨冷云。

最是多情处，桥头送别时。欢容频笑语，病体强扶持。我破江天浪，君升箕尾骑。金陵闻信日，挥泪尚猜疑。

汝嗟兄弟鲜,叔侄本同枝。晨夕频相慰,艰难久共知。牛衣啼少妇,犀角剩孤儿。纵使泉台隔,魂兮亦茹悲。

郡城闲步和涂宝田先生韵

隔院歌声韵最幽,桂花香里月当头。诗推老杜无双品,人到中吴第一楼。古渡白云消俗虑,泮池碧水与心谋。半生剩有豪肠在,侠骨棱棱傲九秋。

壬申秋金陵寓中有感

僧院楼高易觉秋,梧桐影澹夕阳收。骚坛仅获青衫老,愁阵还须白酒浮。壮志也曾思射虎,雄心已倦寄闲鸥。依依不忍轻言别,我为诸君十日留。

送别方卓庵赴闽四首

仓猝闻君去,扬帆之闽中。依依不忍别,安得石尤风。
株守原非计,乘槎云路通。他时明月夜,结念两心同。
骚坛推领袖,谁与继宗风。一路湖山景,新诗字字工。
莫洒临歧泪,天涯志自同。知君情倍切,归梦石桥东。

庚申金陵归棹赠靖江王沂封名步曾二首

鏖战秋闱擅色丝,衔杯旅次也相宜。归帆自愧囊如洗,水月山风作赠遗。
云路相看拟共登,桂花香送出金陵。中流自在堪浮楫,彩笔飞腾第一层。

53. 阚庄派十六世缪湘族称楚江公诗六首

苏藿斋先生以诗见赠敬步原韵以答之

对客挥毫世无匹,清真雅健超神绝。年来何幸拂春风,追随杖履心莫逆。书斋促坐赐新茗,萧萧翠竹芳条洁。后园老梅正发花,先生坐对称容膝。案头翻出锦囊诗,光芒万丈含心血。曩日扬鞭三楚游,鞅掌风尘讵易说。宦游数载无他图,总为江山探异穴。雄文压倒许少府,风烟黄鹤楼题壁。舟泛浔阳候值秋,水光淼淼烟波阔。古香亭畔更清幽,闻道署所参军宅。赤壁山头放浩歌,人比参军更俊逸。一生知遇明将军,将军爱才天下阙。花朝月夕共同僚,诗思常惊藩抚臬。羚羊挂角天之涯,鹤峰州志留鸿迹。今朝惠我锦绣篇,令人倾倒生花笔。归去来兮何不归,绝似当年陶靖节。眉源千古擅风流,字字淋漓法界出。留得窗前竹数竿，五更潇洒迎风悦。君不见，曾点言志咏而归，又不见，名垂青史潇湘客。文章得失总由天，莫若侬家安世拙。（以下六首选自《（光绪）东兴缪氏宗谱》卷三八）

病中有感

病为春愁起，蹉跎四十年。至今膝下冷，空对镜中怜。致疾因伤力，经寒不稳眠。半生经历处，安命总由天。

秋日怀方卓庵

万叠云山眼望空，吴江越海梦难同。篱东菊尽诗盟散，塞北书遥雁阵通。霜重半楼寒夜月，天高一笛老秋风。而今学圃荒芜矣，拟作清溪田舍翁。

冬夜感怀

云拥风号酿雪天，有谁同我擘吟笺。惊心白日离弦箭，转眼青春下水船。酒可御寒酤有秫，书能医俗买无钱。遣愁还仗霜毫舞，夜冷挑灯强自怜。

题　画

夹岸浓阴绿，扁舟看落潮。青山常自在，流水泛横桥。

谒忠武王墓

瞻拜英风贯日忠，丹心碧血答苍穹。春来一片桃花雨，错认朱仙泣泪红。

54. 阚庄派石梅支十六世缪慰祖族称引初公诗一百一十八首[①]

常熟孙雄《道咸同光四朝诗史》甲集卷二云：缪慰祖，字引初，江苏常熟人，有《从好斋诗草》二卷，《楚游草》二卷。钟沺之："令祖诗均未付刊。"林元英题云："清微淡远，骨格甚高，《楚游草》进而益上，知得力于江山之助者多矣。"郭辂题七律一首，有云："醉呼绿螳凭抒臆，狂到青莲许拍肩。"

① 南京图书馆藏《从好斋诗草》稿本 76 页 9 200 余字，首尾题赞为行书，正文为楷书，书首题"琴川缪慰祖引初"。经检索当属孤本。《道咸同光四朝诗史》录缪慰祖诗五首，其中《胥江怀古》、《秋夜》见于本稿《忆故人鲍孟卿孙雪江》，《仲春述怀》四首、《客有询虞山胜景者诗以答之》本稿未见。

山行书所见

松径接青冥，林杪一僧出。足踏乱峰云，手招西岭日。倏焉不见人，路转松林密。苍苍暮霭横，忽起炊烟直。（以下一百一十一首选自《从好斋诗草》）

梅　下

昼来蜂乱春园深，时觉暗香浮素襟。历历落落雪千点，迷迷离离月一林。未容俗客伴清影，止许幽禽交好音。日暮天寒倚修竹，罗浮咫尺何须寻。

胥江怀古

江干渺渺暮云平，霸业销沉水自清。古庙迎神喧野岸，怒涛挟雨撼山城。鸱夷有恨旋亡国，乌喙无情早败盟。白马素车堤外路，春来愁听杜鹃声。

看　竹

隔溪环高冈，冈上绕寒玉。影映碧溪中，上下摇空绿。

赠赵梦香

尔竞文章价，吾甘废弃身。黄金仇贱士，白眼怒时人。巧俗难医拙，穷交得任真。行藏虽异趣，意气自相亲。

七夕前一夜集双桐书屋分韵得歌字

凉入高轩雨乍过，荷香风送酒生波。狂呼新月来窥席，醉劝双星早渡河。才子竞翻桃叶曲，玉儿低按柘枝歌。阑干倚遍秋心远，禁住飞萤扑扇罗。

秋　宵

酒醒愁来奈若何，欲眠已是五更过。庭前悔种梧桐树，惹得西风夜夜多。

临　流

鸥鹭性同幽，常依杜若洲。尽将尘世浊，涤以大江流。断岸遥穿浪，长天渐入舟。鲈鱼如买得，好约醉清秋。

小园早起

早起延秋气,移床坐广庭。清池余淡月,高树寄疏星。露泫花初沐,林深鸟未醒。晓凉无一事,且读息心铭。

将进酒

桃花马,珊瑚钩,朝朝游紫陌,夜夜饮青楼。前身若作王元宝,定与李白营糟邱。直须沉醉三万六千日,然后去访子晋缑山头。

秋　夜

松露滴鹤背,泠然鹤梦惊。月明时满地,向月一长鸣。

九日苦雨索居无聊过叔坚斋有题

风雨重阳只掩关,桂香不发菊无班。身如倦鸟惟依竹,心共浮云自到山。寒入青丝寻旧帽,闷赊浊酒破愁颜。冲泥故访王宏去,蔬酌论诗尽日还。

寿吴城龚子四十

采香遍吊吴娃宫,西施浴处香溶溶。江南十月气正暖,百花洲畔桃烂红。折花直上昆仑山,阿母桃开何太艰。尔才一开我几千,云何尘世不及仙。庄生放浪不解事,妄论大年与小年。龚君本是渤海裔,胎仙灵孕窥冥诠。行年四十颜未艾,双双玉树临风前。闻我君居东海滨,海中仙岛游几巡。我言东海邻蓬瀛,伐毛炼骨身自轻。琼楼仙子提瑶罂,中有玉液能长生。生也乞得不敢吞,愿上龚君为寿樽。

晚　怀

日洛遥山外,烟林黯不分。庭空风走叶,天迥月腾云。小病餐旋减,多愁酒易醺。飞归输海燕,怅我久离群。

腊　雪

似絮愁难被,消寒犹力微。树头迷鹊观,腰底冷鹑衣。孤突烟犹起,千林鸟不飞。惊闻声轧轧,冻手未停机。

晓上高楼望,天低地欲平。题诗怀谢女,高卧效袁生。风助霓裳舞,花添玉糁羹。梁园谁授简,词赋一时名。

夜半浑疑晓，重衾尚觉单。争夸丰岁兆，谁念窭人寒。不辨千山影，方知大地宽。寄言调鼎者，变理及时殚。

在腊方为瑞，休嫌岁欲残。乾坤成一色，日月隐双丸。树贴含章钿，峰加易水冠。此时驴背上，诗兴不知寒。

客　去

棋倦客亦归，黑甜一枕足。松窗月入来，覆数残棋局。

题其公画松石图寿育公八十

其公善诗兼善画，清晨招我入兰若。示我一幅松石图，笔意萧然秀而雅。磐石长松古干高，中有老僧坐其下。昂头抱膝了无语，庞眉古貌何潇洒。问年八十字育公，僧与此松态颇同。霜皮饱历寒崖雪，瘦骨挺劲摩苍穹。蓬头稚子前致词，恍似报道来青童。无生不受长生诀，已解吾师证六通。

谷　日

晓雨冥濛宿雾中，湿云风卷豁晴空。梅还笑我衣同白，酒惯欺人面欲红。心地坦兮忘世险，砚田芜矣仗年丰。平生易足无他愿，愿作宽闲一醉翁。

红梅行

玉壶水涩冰花结，陇头信断江南雪。一片朝霞烘冻云，十里香闻红豆撤。瑶宫仙子谪尘凡，气豪击碎珊瑚玦。浑如旭日升东方，又如胭脂染绛舌。昌州名姝赪色同，欲聘咄嗟时未及。岂识罗浮缟袂人，天寒日暮喜留宾。青衣劝酒娇易醉，樱唇吐气香氤氲。红潮晕腮高烛照，好似侬颜一两分。

赠无寓上人

释者儒家子，斯文犹在兹。有时聊说法，无日不吟诗。句瘦存真骨，心清得妙思。何缘谢尘网，一订白云期。

鸟迹苔书梵，花光袂染霞。烹葵邀道侣，种药惠邻家。青笠朝锄菊，红炉夜煮茶。岂惟精内典，间亦读南华。

佛阁廊西曲，重栏自一关。毫挥坡老竹，墨泼米家山。炉供瘿瓢古，窗铺石砚顽。元言忘坐久，却带夕阳还。

写怀 二首

人生何必万户侯，但愿对花日日酒满瓯。人生何必千顷田，但愿终岁饱暖无忧煎。俯可对衾影，仰无愧皇天。不挂雌黄口，不营子母钱。蓬壶杳冥不可到，秦皇汉武空求仙。北窗自有羲皇乡，竹床湘簟足高眠。

堪叹人生苦碌碌，朝朝暮暮浓其欲。几看富贫贫复富，反覆世事真棋局。我不求笏满床，亦不求珠万斛，但求樽有酒，篱有菊，爨有薪，厨有粟。年年菡萏花发时，池上开觞歌一曲。

白莲池

露冷香清月满池，花光如月漾涟漪。风摇密叶翻残雨，扑簌一双飞鹭鸶。

朱近方善风鉴抱病城东精舍静坐一室洒如也时过谈契甚漫赠一律

僧寮净扫一间房，半设柴龛半讲堂。湖海几抡天下士，云山尽载客中囊。身同鸥鹭宁愁泛，骨带烟霞不耐忙。君是维摩常卧病，榻旁玉女散花香。

关山月 四首

关山月，月初生，青冥长天一线明，征人每见心魂惊。离家多年月复月，闺中有妇善秦筝。别时曾奏出塞曲，奏曲未终泪纵横。一心记得别时语：丈夫有志离别轻，何不妾身未嫁时，决计早作从军儿，天南地北绝相思，月死月生总不知。

关山月，月如弦，劈破清光分镜然，似妾与君俱不图。闻知塞上寒偏早，身着铁衣谁着棉。此时征人眠未眠，也应念妾貌婵娟。谁知别后若相思，那得犹如新嫁时。惟有亭亭今夜月，犹似平时君画眉。

关山月，月正满，征人城下吹芦管。白杨深处鬼啼烟，阴邻夜冷青光短。长安万户对明月，几处笙歌舞袖暖。惟有空闺只捣衣，夜深腕弱声渐微。此时家家砧亦歇，苔露津津重罗袜。回身心怯入空房，可怜绣被薰方热。解衣拂席明月来，流光照妾肌如雪。

关山月，月渐坠，楼东楼西天如醉。邻鸡喔喔三四声，烛爆花摧腊凝泪。健儿吹角开早关，公子拥姬正沉睡。离人对月几曾眠，迢迢相隔似黄泉。黄泉若识边塞路，定劝君归共坟墓。吁嗟莫唱关山月，夜夜东升晓还没。不肯回光照红颜，只向长城照白骨。

又 代

风淅淅，蚕啾啾，络纬啼金井，明月正当楼。妾愿一身化为月，夜夜照君关山头。月虽在天光在地，照君形影不相离。君若归时须及早，勿令红颜月中老。

夜坐 三首

广庭酒一杯，对月时自吸。疏篱不碍风，荷香暗吹入。

吸却杯中月，杯盈月复来。可因杯泛月，莫是月沉杯。

坐久衣露滋，皓月倏西度。风吹荷叶开，池光见栖鹭。

无　题

学梳螺髻罢双了，溪上相逢即若耶。妆好尚矜眉十样，别难却怨路三叉。魂离倩女身仍住，爪似麻姑背许爬。莫叹病多缘命薄，为卿乞得枣如瓜。

秋亭晚坐

茅亭傍竹林，未夕已庭阴。掩径僮偷卧，移床酒自斟。萤沉莲沼暗，蛩语豆丛深。新月渐窥室，满衣凉露侵。

秋夜访无寓上人

凉风萧瑟动岩阿，静侣相携踏月过。行去自忘村径曲，到来惟听木鱼多。禅灯隐隐穿松桂，山鬼啾啾蔽薜萝。人固寓形形寓世，吾师无寓问如何。

两次访无寓上人俱遇雨寄此

新秋挈伴叩禅扉，两次清谈兴不违。讲去天花浑自坠，到来法雨必旋飞。日曛山径仍抛屐，云庵松崖故湿衣。记得净琴明月夜，丁丁莲漏竟忘归。

玉界尺

吾闻晋有献策之郄诜，昆山片玉无比伦。又闻唐有裴叔则，玉山朗朗洵无匹。文行知名代，岂乏比德于玉立之极。二公以后孰继踪，六臣传列赵光逢。光逢工文兼敦品，少小声名达九重。九重天子重英奇，温文尔雅四海知。风度瑞①凝重一时，量才玉尺无参差。温其如玉真如尺，可想当年臣品格。无庸喻以矢，无庸拟以璧，缜密而栗原殊石，乃心自可孚精白。呜呼！赵君生不辰，荆山剖璞席上珍，甘赍金宝为唐臣。谁信无瑕磨不磷，然而史官秉笔传其真。后世犹复仰丰神，比以界尺无私曲，从知人本超流俗。君不见龙门传载圣与贤，水晶尚尔输琼玉。

---

① “瑞”，疑为“端”字之误。

园 夜

园荒浑似野，虫语草根忙。瘦骨支霜重，孤衾拥夜长。流萤时入户，黠鼠屡窥床。谁念无衣者，秋来怯晚凉。

朱 竹

爱彼青琅玕，幻作珊瑚赤。我从潇湘来，此君似非昔。

又题朱竹三章章四句

念被竹矣，孤高而洁。衣绿加绯，旌尔直节。

虽则衣绯，其心孔虚。比德君子，冰霜弗渝。

重阳后一日集僧舍

笑昨登临举若狂，何如今日此传觞。城依北郭寒流碧，篱逼南山细菊黄。莲漏夜残僧劝酒，松关人静鸽投廊。归途幸踏微茫月，街鼓沉沉不觉长。

贺涂仲先得子

红烟扑花花冥冥，檀槽压酒香冷冷。屋后青山绕千嶂，庭前紫芝秀九茎。山灵岳降瑞亦生，绿窗翠幕梨云萦。报道深闺叶兰梦，锦褓绣暖闻啼声。中厨汤饼妖姬烹，玉盘堆出五侯鲭。主人奏曲调亲筝，宛如彩凤将雏鸣。予欲来为席上宾，弄獐书寄弄璋人。莫叹熊罴入梦晚，徐家终得石麒麟。

病起小园强步

从草荒园合，孤亭面面风。人同花角瘦，颜借酒添红。鱼鸟情徐识，烟霞性与通。呼童频灌地，冬饭赖青菘。

归 晚

暮山寒转黑，踏雪方归来。山童问何适，为访寒梅开。

庭前梅

经雪复经霜，经春照草堂。素心不妒艳，瘦质自矜香。耐冷依幽客，清羞效世妆。巡檐无一笑，荣悴任年芳。

寿张敬修七十

吾闻君家子房去逐赤松游，焉知其寿几千秋。又闻君家八月乘槎博望侯，直上银河犯女牛。吾翁高风定其嗣，仙骨犹存烟霞致。见垣亲受长桑书，精易尽抉希夷秘。有时清夜张丝桐，叮咚环佩来天风。指头流出三峡水，弦上飞度潇湘鸿。古来仁者静而寿，于翁乃信寿非偶。稀龄犹自少壮容，儿孙竞劝茱萸酒。高堂霜发逾九十，西池桃熟胭脂湿。吾翁愿效东方儿，偷桃奉母增颜色。我有绛雪甘如饴，吞之子母寿无极。

梅　杯

楚骚遗却奠椒浆，酒气常吹玉质香。孤韵定浇逋叟墓，半酣犹捧寿阳妆。岂从东阁花间酌，疑接罗浮梦里觞。月落参横人不见，把兹聊以慰愁肠。

桃　杯

半颗休疑沃露华，青田核酿酒无涯。捧从纤手瑶池宝，晕上香腮玉洞花。方朔剖来犹带液，秦人邀去总流霞。不堪盛取胡麻饭，惟醉天台二女家。

吾愿篇

竟夜恒自思，吾愿殊易足。卜居青山隈，一湾湖水曲。湖外万山为我屏，四面巉崖围古木。阶下流泉厨下过，篱落依岩走麋鹿。前庭草花后蔬圃，五亩池塘五亩竹。小桥榆柳正当门，一顷水田绕茅屋。自耕数亩余，余任佃与仆。数亩种秫酒不沽，且免典钱买薪束。桃梨枣栗按性培，饥时摘取医儿哭。一春花下醉千觞，醒来犹恨春归速。新茶自采还自焙，煮泉嫩映松光绿。四月樱桃红，五月杨梅熟。凉亭荷荡中，菱藕白于玉。秋风早稻香，红米出新谷。邻翁馈鸡黍，共醉东篱菊。寒冬六亩飞布被，芦花褥尾炉柏子。清纸帐，梅枝秃，小鬟习纺绩，荆妻事杼轴。山童灌园外，日拾残苏夜舂粟。村妪执炊爨，收贮山蔬与野蔌。宵饮酣为期，晨餐一盂粥。午睡不觉长，斜照透林麓。间向涧边采紫芝，暇从峰顶斫黄独。湖光淼淼山点点，水晶盘里青螺簇。或着道人鞋，或被山僧服。山僧道人日往还，不吃长斋不受箓。扳罾垂钓鱼满篮，经年不市屠门肉。客来乘兴湖上舟，烟月蘋洲随处宿。谈古亦谈今，非狂又非俗。千百年来事，言之如在目。醉插山花满椎髻，披蓑卧瓢跨黄犊。黄犊不识街衢路，绿草绵绵沿长谷。归来稚子候柴门，月照松窗不须烛。红叶煨炉酒初熟，芋魁豆荚供馋腹。斗室天样宽，举家尽雍穆。破砚当泉涤，残编共儿读。子孙颇知诗与文，不必纡青叨天禄。

同溥泉过药师庵溥泉捐赀助岸石

挈伴寻幽境，禅房坐日昏。窗开当石面，楼俯带山根。陡悟劳生贱，因知静者尊。施金能布地，真是给孤园。

无寓上人乞草花为清供雨中折以遗之并占二绝为寄

雨恶兼风横，摧花最可怜。折将来供佛，犹度到西天。

花名虞美人，依然散花女。侍师说法时，片片作花雨。

过澹香园赏荷

樽开凉馆对千花，酒伴披襟坐日斜。一镜直收湘浦月，满池全贮赤城霞。吴姬有艇歌难到，楚客无裳制已奢。吾是琴川狂处士，醉乡今已属君家。

登虎丘

桂花香里放孤筇，为爱秋山独倚松。石上有僧曾说法，池边无客不留踪。红毹叠地歌声细，绿树浮空塔影重。归路带烟呼小艇，涉江还欲采芙蓉。

集沈氏山楼

遍踏王珣墅，同登沈约楼。峰攒斜日碍，波涌远山浮。花气遥薰席，茶香细泛瓯。兴酣诗思合，佳句递相酬。

君马黄

君乘黄骢马，我策青羸驹。骢马肥更泽，羸驹瘦且驽。相逢狭邪路，下鞍揖路隅。是昔同袍友，短褐冒布襦。一旦身贵显，顿觉意气殊。十年不相见，邀入黄公垆。雕盘荐珍馔，金卮泻玉壶。腰间珊瑚玦，笑掷酒家胡。酒醉双耳热，揎臂捋髭须。自言事尉佗，曾握玉麟符。适随陆贾归，满载合浦珠。橐金百余万，倒箧付妻孥。置田十千顷，甲第辟数区。翡翠双玳匣，沉香七宝炉。青鬟充后庭，一一美且都。坐列四方客，何论屠与沽。秦筝兼楚舞，赵瑟杂齐竽。富贵不行乐，恐为后世愚。我起前致词，诚胜守钱奴。豪侠虽快意，为乐亦须臾。人寿无百年，安得常欢娱。倏忽归蒿里，白杨悲风呼。肥躯饱蝼蚁，深穴藏兔狐。惟有不朽业，名与天地俱。

孙雪江不第杜门选赋寄此

沦落吾方惋，君胡自澹然。因知多怨者，终是未安缘。世路腰肢折，豪门酒肉膻。不如素心友，抱膝咏林泉。

选赋定如何，由来尽子虚。能无俗是态，为读古人书。把酒昔多伴，谈心今剩予。往还期更数，幸莫亦同疏。

老　农

昨日到南村，老农与我言。耕耘成地德，旸雨伺天恩。余粒蓄鸡犬，三餐足子孙。不知官府峻，遥识吏胥尊。晚豆沿前渚，秋绵遍后原。悔居城市里，机事日徒烦。

秋　晚

暝色云含雨，惊风渐带威。衣单寒觉早，树老叶先稀。果熟儿童喜，园荒鸟雀饥。料无朋旧至，未夕掩荆扉。

有　感

涉世知人品，占时感物情。乍闻冬后鸟，渐变腊前声。薄俗徒从耳，真修岂骛名。嚣嚣勿更诞，试自叩生平。

寿鲍彦卿七十

先生高卧玉山隅，草堂日进饭一盂。持杯夜夜邀素月，荷插朝朝莳碧蔬。有时行吟玉山下，意气萧疏古而野。披云偶尔逢山僧，迷径杳然问樵者。有时长啸玉山上，白云茫茫江洋洋。石棱瘦削古苔香，采得紫芝大于盎。山中紫芝君所服，七十颜苍发半绿。杖悬瑶草骑白鹿，偷桃小儿笑相逐。手携仙人萼绿华，纤指持赠爪如爪。口吐赤玉咀绛雪，吐出五色飞丹霞。几度伐毛换金骨，来往青羊道士家。

新　晴

春来慵早起，好鸟报新晴。嫩惜沿街草，娇藏隔树莺。静中观物变，冷处验交情。第恐泥涂滑，芳郊仔细行。

月夜小集

满城箫鼓竞，风俗赛神宵。白社容吾入，青蔬各自挑。酒香烹处发，月晕坐来消。从此相过熟，幽期不用招。

慰邵雅卿

世事方如许,浮名意慢深。未知真宰意,且守塞翁心。出处关时运,文章自古今。会逢钟子耳,须识伯牙琴。

五月十八夜醉张梅溪斋放歌赠柳溪

对金兰,把醽醁,五月北窗下,凉风透轻縠。野田惟闻提壶催,深山已断杜鹃哭。此时不饮胡为乎?奈何身作劳薪轴。豪家酒肉正腥闻,体如肥牯儿如犊。主人长斋清且癯,誓令洗尽此辈浊。先烹七碗涤胃尘,后向山厨出山蔌。酒波光泛赤城霞,簟纹滑泻潇湘渌。庞眉老弱黄绮俦,朱颜俊彦乌衣族。墨香四座皆骚客,更无褦襶热相触。第惜君家兄弟贤,十年犹抱荆山玉。藜羹藿饭厌饥肠,陋巷颓垣隐茅屋。南面百城任雄飞,摊书万卷甘雌伏。范雎胁折舌幸存,宾客何人识张禄。劝君莫叹窭且贫,我能如君饱所欲。贫家破壁足高眼,钱虏忧盗眠不足。贫莫怨兮富莫羡,富人多忧复多辱。饮酒百年三万六千场,安得不向糟邱宿。醒时着屐便看花,醉则无腔歌一曲。今宵痛饮鲸吸波,鸱夷凿落递相续。少妇应谋典鹔鹴,酒徒犹自舞鸲鹆。醉呼明月送我归去来,稚子纱笼何须更燃烛。

闻溥泉渡洞庭遭溺获济怅然有怀

异姓成兄弟,澹然意气真。不因贫弃我,岂以贵骄人。生死诚由命,风波慎此身。独清神所鉴,济汝定灵均。

秋日信笔成此

秋花秋叶何最鲜,多病多愁毋自煎。归云带日落天外,好鸟引雏栖水边。诗句无端每入梦,酒杯着处惟随缘。病久犹能穿峻岭,耸身遍踏青霞颠。

秋　夜

夜寂秋山空,风青松子落。明月忽飞来,照我石上酌。

中秋夜易静庵招饮席散分赋得江字

谁移宝镜对疏窗,骚客情多撷楚茳。帝子降阶瑶作席,美人捧酒玉为缸。正怜月姊中宵独,却照星娥此夜双。忆得旧盟千万语,添来新恨几多桩。水精帘密偏闻漏,云母屏深不掩釭。玉露暗侵空帐怯,那能为梦过湘江。

秋夜感怀

露气益萧森，开箱觅旧衾。园荒虫响集，亭暗桂香深。长醒不如醉，闲情好寄吟。缅怀诸逝者，一夜万重心。

佛手柑

佛手柑来自瘴乡，筠笼轻护未经霜。似缘指月犹沾露，若为拈花尚带香。白雪肌浮仙掌嫩，黄金色里玉纤长。有人携得听鹂去，不事庄严供法王。

效鱼玄机和光威裒韵

短发尚披年十五，长眉新画月初三。双鸳翦就粘歌扇，百蝶描匀上舞衫。沉水烟从金鸭吐，彩山灯受玉螭衔。小姑礼佛潜求婿，阿嫂添香暗祝男。昨夜莫闻衾底誓，今朝自觉镜中惭。珠帘轴尽延花气，珊枕眠酣怪燕喃。浴罢腕慵教婢拭，妆成钗重倩郎簪。慢论子共丁香结，先已胎同豆蔻含。跨凤楼边箫易和，求凰琴里曲难谙。密书路便休轻寄，隐语情深且浪参。孤谅素娥仙亦怨，会思巫女梦犹甘。幡函大士依亲绣，愿叩慈云到海南。

夜　怀

雨暗云犹暗，秋堂雾气凝。风回邻院笛，波闪隔池灯。酒可联豪客，心难问旧朋。久知人所弃，遗世莫如僧。

十月初四夜集亦园

万木夜呼风，窥廊月细通。棋声疏叶外，灯影小亭中。贫岂因诗癖，愁方怯酒雄。灌园吾宿好，幽兴惬相同。

雨中书怀

十月轰雷电，连朝不肯晴。少霜萍故绿，滋雨草还生。雾涨空塘暗，风呼乱竹鸣。湿薪嫌爨冷，旧被苦绵轻。储果防儿泣，烹瓜当午羹。感时愁自剧，知止气方平。岁稔怀天德，时安赖圣明。虽为贫所役，耻与富同行。酒力愁逾定，诗魂梦亦清。畦蔬胜绮馔，麦饭敌香粳。自叹锥无立，谁云笔可耕。离披残菊在，聊贳一壶倾。

山行即事

遥指青山得得来，采樵人在白云隈。枫林深处柴门掩，百道飞泉响若雷。

舟 夜

孤艇荒村泊，迢迢下夕曛。有星都浸水，无月忽穿云。地僻路难问，愁多酒易醺。沙滩惊落雁，嘹唳为离群。

蕉 影

绿窗春老嫩阴遮，帘外风轻翠袖斜。时卷峡云沾楚雨，镇垂罗幕映烟纱。栏边晓月全依竹，墙角残阳半掩花。休认是真还是假，任随尘梦落谁家。

添线歌

水晶帘外霜花重，香浓黼帐迷巫梦。玉琯葭灰夜暗浮，琼阶梅蕾春潜动。金炉兽焰暖融融，晓来共散胭脂冻。妆罢肩随出洞房，姊妹相呼整绣床。闲情正恼三冬短，慧绪刚添一线长。玉腕纤纤按素纨，变幻千花出指端。笼袖暂抛银翦冷，呵手屡耐金针寒。欲绣鹣鹣比翼栖，填箱摺作嫁时衣。春来昼永描新样，合线重添上锦机。

春 生

何处生春早，春生花影中。入帘全赖月，带鸟只随风。叶动香难定，枝交朵易融。自怜孤帐里，长夜伴花丛。

何处生春早，春生野渡中。江桥花覆水，村店柳遮风。棹涩菱丝罥，泥香燕嘴融。渔郎相对饮，醉卧绿莎丛。

何处生春早，春生烟谷中。滴松疑逗雨，迷壑但闻风。林豁朝曦透，岚蒸积雪融，渐知樵径里，茅屋隐花丛。

何处生春早，春生幽恨中。易愁慵对月，耐病怯临风。眉柳丝常绾，心灰死不融。杜鹃花未发，含血已成丛。

何处生春早，春生门草中。绣鞋沾晓露，罗袖扬香风。呵蕊唇脂湿，拈花臂粉融。赢输都未歇，坐暖石苔丛。

何处生春早，春生嫩病中。醉眠花下草，醒倚柳边风。辞社同元亮，穷经笑马融。茆斋惟药臼，不敢慕华丛。

牡 丹

雕阑曲曲锁红妆，帐络真珠绣作房。匀面自怜丰颊暖，解衣无奈腻脂香。低垂宝髻啼残月，半敞酥胸坐夕阳。路杳蓬山人不到，任教秾艳照空堂。

休矜国色褪应难，憔悴能禁几夜寒。偎脸似商心内事，背人应怨旧时欢。残妆对影犹可镜，带病依人尚倚阑。愿与花神相约取，一年春尽一来看。

晓日蒸霞试绛绡，宝冠高拥绿云翘。紫姑夜降香先送，妃子朝酣态转娇。带雨每含歌罢泪，临风怕整舞余腰。如今冷落空庭里，何限风光付寂寥。

月斜紫袖薄笼烟，暗里香浓意惘然。乍得见时春欲去，即同欢处是为缘。飘零逐水心犹在，消瘦因风病可怜。莫笑几回携烛照，此宵一别又经年。

暮　雨

细雨暮霏霏，归鸦宿更飞。累多心不定，欢少愿常违。岸柳润俱绽，檐梅寒尚稀。竹声故相恼，萧飒助风威。

忆故友鲍孟卿孙雪江

道谊文章友，平生此二人。贱贫俱有志，肝胆各随真。永别何无梦，经秋复睹春。诗成便相忆，每次必沾巾。

口　占

美人吹玉笛，红袖倚高楼。响彻中天月，浮云不敢留。

渔父 二首

半篙春涨碧于烟，处处垂杨好系船。网得鲈鱼沽美酒，沉酣枕棹绿阴眠。

江天月涌水茫茫，一棹芦花密处藏。昨夜白蘋风信急，绿蓑青笠早凝霜。

城东访桂过无寓上人庵遇西饮和为我鼓琴赠以长歌兼呈无寓

城东禅房森古木，一径烟萝入林麓。叩门隐隐久始开，云为连朝折花毒。折花如毁美人妆，自谓爱花实遭戮。惜花当如惜美人，多方珍重犹不足。韵士怜花花亦怜，俗客贪花愈增俗。为问维摩禅榻畔，散下天花几百斛。笑言一扫结习除，岂任群魔日相逐。疏花历落香转清，蜂蝶不惊禽尽宿。黄金世界本虚空，吾无隐乎君自触。我闻此言一稽手，师是如来号金粟。引我行遇两重廊，豁然净几一间屋。中有一人翩若仙，箬叶为冠衫袖秃。隔窗揖手笑相招，何处曾逢面如熟。问字饮和年古稀，家住萝山旧姓西。殷勤拂琴为我鼓，流泉崩峡绕座飞。此时坐客静若木，参差莺燕花间啼。何处孤猿啸高岭，谁家嫠妇泣空闺。叮咚环佩敲风急，剨然一声山裂石。中间停指时一弹，大弦泠泠久不息。玉甲搠弦弦自语，儿女笑言低哑哑。曲终仿佛闻余音，虫若有知皆唧唧。上人添香客无语，惟见山椒炊烟直。

和友人自题蜗庐原韵

懒争蜗角利,蓬径掩幽居。窗印虫涎画,苔留鸟迹书。忘机中自适,容膝外犹虚。莫道乾坤窄,吾庐却有余。

秋寒早起述怀十六韵

簟冷催人起,掀帷鼠窜惊。楼西残月影,竹外晓鸦声。山雾犹栖树,江云已度城。池荒何自折,草湿径难行。疏懒谋诚拙,逢迎意渐平。露花初欲醒,烟柳尚含酲。赋稿朝初属,诗篇夜续成。兴还能洒脱,性本喜凄清。若有怜原宪,同然憾弥衡。救贫常羡贾,医馁莫如耕。刈黍惟愁雨,樵苏只望晴。棋寻闲处着,酒恶外前倾。俗物吾宁远,穷儒世所轻。岂甘偕溷溷,终是守硁硁。香惜红粳饭,鲜贪紫蟹羹。漫嫌兼味少,架上豆堪烹。

玻璃灯四首

何处灯光耀眼明,如冰如水碧晶莹。烧将朵朵莲花炬,红焰疑从镜里生。

紫檀为架锦为屏,凤蜡攒枝灿若星。怪煞画堂光皎洁,不关皓魄透雕棂。

清辉直射九重台,云母屏风六曲开。此夕恍游银世界,月明如水逐人来。

明灯挂遍绮堂前,到得黄昏色更鲜。箫管声中城不夜,三千珠履集群仙。

夜坐口占

无云湛湛天,仰望不可极。日月行其间,万古同此色。

夜卧口占

窗外花扶疏,花外月清冷。开窗放月来,一夜卧花影。

割股行赠王小江

吾闻王郎最能画,冬花夏雪争造化。玉盂墨汁淋漓翻,烟岚翠滴和泉泻。又闻王郎雅善琴,指头挑抹多古音。有时琮琤璆琅戛,忽然飒沓风雨临。此皆技也未足奇,古来大孝身无亏。君故亏身成大孝,辗转合乎道之宜。父母而次罹危疾,三吴国手谁能医。王郎割股复割股,霜刀削肉为晨炊。肌肉岂其真大还,孝心诚格天心移。君胡不画割股图,留为千古孝子模。我今为君歌割股,请君翻入瑶琴谱。弹向人间儿女知,孝之感被宁有涯。

见　月

一从辞故里,两见月如钩。橐笔初为客,离乡始识愁。身寒依树立,影淡带烟流。只叹生涯拙,因人事远游。

构　思

飘然一缕构新思,惨淡经营握笔时。树叉差同成广厦,摹篇好似著残棋。精心结撰生机巧,妙绪缤纷落想奇。杼柚予怀先已定,个中得失许谁知。(《(光绪)东兴缪氏宗谱》卷三八)

忆故人鲍孟卿孙雪江

道义文章友,平生此二人。贱贫俱有志,肝胆各披真。永别何无梦,经秋复睹春。诗成便相忆,每次必沾巾。(《道咸同光四朝诗史》)

仲春述怀 有序四首

春过建寅,月当正午。叹红梅之零落,难逐芳魂;见堤柳之轻盈,渐舒青眼。时还剥极而逢泰,人则否极而终穷。欲问前津,慈航安在?未登彼岸,骇浪何辞。暗泣牛衣,莫俏英雄气短;耻交狗监,难凭锦绣才长。买臣之选举无闻,阮籍之猖狂如故。有地难埋,且置牢骚于度外;无天可问,漫堆磈磊于胸中。司马迁发愤而愤未消,须教作史;韩昌黎送穷而穷仍在,可惜能文。当此旅馆萧条,羁愁莫诉;乡关迢隔,音问难通。此感触之所由来,而吟咏之所由起也。聊写悲思,敢深怨悱云尔。

九十春过一二分,暖风未必醒寒贫。不情天地留斯日,何处云山著此身。白堕漫倾排闷酒,青山应笑不归人。只缘埋没桃源路,欲出尘时又染尘。

羁留江馆事多违,落拓常供俗眼嗤。壮士倚天原有剑,寒儒立地竟无锥。漫夸鸾凤翔千仞,独怪鷦鷯寄一枝。欲破愁城殊未得,只今犹仗酒兵奇。

世情廉跖溷随夷,傲骨天生乏媚姿。肯受风尘淄布素,务令江海照须眉。除书对客谈何事,月旦逢人谢未知。吾癖尚存残卷在,纸窗灯火夜敲诗。

拟学逢迎性已偏,平生不乞俗夫怜。毁巢纵被烧眉火,糊日惟耕破砚田。时发狂言惊腐鬼,久拼名字署顽仙。乾坤洒遍伤心泪,地不埋愁且问天。(《道咸同光四朝诗史》)

客有询虞山胜景者诗以答之

石秀峰奇郁然起,虞山苍翠盘千里。窈窕玲珑胜景多,登临极目频遥指。粉堞高环界破青，潜蛟岭上矗孤亭。连云楼阁参差处，拥桧仙坛布七星。书台犹剩萧梁迹，千古文章表真脉。至今余韵入松风，梅坡月夜听如昔。泠泠七水流山下，似和弦歌绕官舍。仰瞩银河落北岗，龙涧桃源水争泻。香林绀宇积重重，维摩日影射三峰。迂回望断秦坡路，绝顶还探拂水踪。半空晴雨飞琼液，豁崖风卷珠帘白。峭壁惊看峙剑门，枫林锦绣标丹碧。渺渺湖光两镜明，茫茫海色野云平。岩前四顾景无限，图画天然取次呈。何当为倩丹青手，写将名胜悬君牖。一轩饱看仲雍山，卧游骚客凭消受。（《道咸同光四朝诗史》）

55. 阚庄派丹徒支十六世缪朝选族称国英公诗二十六首[①]

光绪谱引《箕裘集诗钞》跋云：先大父喜吟咏，而不甚留稿。尝曰："诗以写性情，信口信笔，不计工拙，留稿曷为？"先大父之言如斯，想其胸襟磊落，贤于世之好名者远矣。故所著无从收拾。今就先大夫《先德丛钞》得先大父诗二十二首，汇入此集，以存手泽云。

登金山妙高台

我欲访蓬莱，神仙不可伍。我欲游天姥，路远怅莫睹。金山当中流，唤渡摇烟橹。上有妙高台，层峰临江浦。仰观驾云霄，俯视渺沙渚。羽化似登仙，斜阳入窗户。崱屴耸虚空，巍巍压培塿。危楼高不让，俗客难步武。即此扩胸怀[②]，何必萦簪组。东望对焦岩，青葱尤媚妩。（以下十四首选自《（光绪）东兴缪氏宗谱》卷三八）

山居晚眺

山居无俗情，崖壑爱幽僻。雨余林际清，薄暮晚霞赤。身在翠微间，飘然尘世隔。芳兰抱幽姿，托根在山石。馨香满山谷，无由望采摘。竹木多繁阴，不知天欲夕。冥心齐物化，万古等一息。

拟苏东坡试院煎茶

门扃锁院清风生，文笔摇彩作凤鸣。我来监试入帘幕，安排茶灶笼烟轻。吻润一碗破

---

① 光绪年间第十次修谱时，限于篇幅，对《箕裘集诗钞》中诗作较多的丹徒支的作者，每位仅选录了少量有代表性的诗作。本书编写，根据镇江图书馆藏《箕裘集诗钞》，将当年未收入的诗作全部补齐。

② "即此扩胸怀"，《（民国）金山志》作"即此摅胸怀"。

闷二，情闲会得卢仝意。龙团凤团活火煎，珠跳石鼎试新泉。我家风味忆西蜀，蒙顶云腴润如玉。岷源更足疗我饥，江头汲水胜蛾眉。棘闱今日闲坐静，瓷瓯雪碗相追随。一盂听彻瓶笙细，声和文场讽咏时。

金山玉带桥怀古

上有古寺百尺之嵯峨，下有奔腾万里之沧波。桥横玉带傍山脚，中流砥柱镇蛟鼍。蛟鼍潜逃山鬼泣，长桥卧波江水立。僧说金鳌宝带遗，数百年来藏什袭。忆昔文忠好谈禅，当头棒喝心茫然。云堂问答赠言下，笑解玉带留山前。髯苏才气大于海，转眼风雅已千载。机锋钝被阇黎诃，留传宝器今何在？我来凭眺驾沧洲，石柱排空古渡头。璀璨琼瑛不可见，只余约略障江流。①

族谱告成纪感

遥望忠臣里，君山矗入云。至今流派别，支向润州分。谱系千秋事，萦怀一本殷。承先思启后，从野有遗文。

广陵晓发

平山钟欲断，晓色动扁舟。宿露濯芳草，闲云散远鸥。潮添两岸阔，淮入大江流。极目长空迥，残星几点浮。

酬答夏郧林即用原韵

怀抱年来日不如，故人犹寄数行书。冰霜自信经俱惯，湖海谁言气未除。兴到只应倾白堕，吟成尚欲溯黄初。风前半晌看鸦阵，一片云光上太虚。

丁卯桥怀古

城南别墅访前朝，丁卯桥存人已遥。满地荒苔青点点，一湾流水碧迢迢。鹧鸪声里啼春雨，杨柳阴中送晚潮。刺史故居成寂寞，相逢野老话渔樵。

秋柳四首

秋风瑟瑟总销魂，况复垂堤柳映门。青减柔丝疏入画，黄余弱絮淡无痕。谁看浓荫迷

---

① “留传宝器今何在”，“璀璨琼瑛不可见，只余约略障江流”，《（民国）金山志》作“留传宝器徒令在”，“璀璨琼瑛姑莫问，且看约略障江流”。

前岸，但见斜阳带远村。少妇楼头增感慨，长条欲挽细重论。

几行归雁警寒霜，只剩疏林绕野塘。昔日烟花忙燕子，此时罨画冷渔箱。多情咏雪空思谢，话别临风欲忆王。若过章台重折柳，含情误入碧鸡坊。

溪头寒夜捣征衣，春际韶华转眼非。画角悲笳声断续，长亭短驿客依稀。乌楼度曲鸦争集，白下怀归雁自飞。回首东风劳梦想，年年迎送屡相违。

形容憔悴态堪怜，一味荒凉绾晚烟。春去光阴真倏忽，秋来丰致益缠绵。陶潜景况悲今日，张绪思情忆往年。但愿东君回信早，亭台依旧绿无边。

听　蝉

蝉声咽古树，如琴丝欲绝。风过小窗幽，余音犹未灭。

月下赏白菊

秋菊有佳色，可与乐晨夕。花开月正明，花比月逾白。

咏菜花

篱围寒菜嫩，放眼遍开花。色满黄金地，香生白屋家。千丛村落外，半亩水云涯。恰好平原景，何须羯鼓挝。（以下八首选自《箕裘集诗钞》卷一二）

焦岩避暑二首

扁舟一叶橹轻摇，舟泊山坡步碧霄。几处林亭通石径，千寻楼阁傍松寥。清风吹尽三庚热，溽暑淘残万里潮。此际登临堪极目，水云深处夏能消。

北郊水国矗层岩，到此真如境隔凡。古木千章环石壁，残棋一局傍松杉。窗前凉透空波逼，岭际光迎落日衔。觅得茅庵佳处住，晚来江上数归帆。

试剑石

一剑功勋霸业开，吴王志气亦雄哉。洪炉铸出惊雷电，巨石中分裂藓苔。共道英风强寇服，谁知邻国彼姝来。干将至竟成何用，麋鹿群群上野台。

喜雨八首 录其一、其二、其五、其七四首

田塍龟拆望云霓，鸠妇声声竟日啼。瞥见层阴遮四面，风吹急点打窗西。

一番雨气一番凉，流水潺潺满野塘。官吏民间尽无事，不须祈祷祀龙王。

一年农事望三时，好雨依时竟有知。不独村村秧遍插，木棉豆荚尽相宜。

竹篱短短水汤汤，泽沛三农尽慰望。寄语商民储斗米，莫高奇价说饥荒。

游招隐寺

从绿参天挺万松，林关深入路重重。禅通一点心驯虎，泉吼千声甲起龙。晋逸居迷黄鸟酒，梁储殿化白云钟。六朝回首都烟雾，闲话孤僧喜偶逢。(《(民国)招隐山志》卷七)

金　山

乘风快放木兰桡，背踏金鳌暂脱嚣。烟拥碧迷京口树，云横白乱海门潮。得金人去空存洞，留带禅参尽剩桥。绝顶更登慈寿塔，扶摇笑说上青霄。(《(民国)金山志》卷一二)

宿听潮轩

潮声夜夜撼高峰，四敞轩棂逸兴浓。庄子恍愁迷蛱蝶，冯夷故起遣蛟龙。浪摇悬屿时兼柳，涛走遥空不辨松。听倦推衾孤枕倚，那知枕畔过偏从。(《(民国)金山志》卷一二)

云根岛

峭石耸江心，白云此生处。堪嗤举世人，郭墓纷呼误。(《(民国)金山志》卷一二)

56. 阚庄派十六世缪象复族称介泉公诗八首

光绪谱引《箕裘集诗钞》跋云：公于先文贞为从仍孙，有豪侠气，克己利人。尤笃于宗谊。徐太史称之曰："盖亦勇于义者之所为也。"工诗，而无专稿。兹从《澄江耆旧集》得八首，谨敬录之。

拟颜延年五君咏五首

步兵剧诙诞，心放口则缄。人物秘臧否，公卿挹清闲。暇甚东平州，高绝苏门山。啸傲托沉醉，恸哭有欢颜。阮步兵。

中散薄圣人，岂容典午代。洛下论何神，空中琴亦怪。深心官隐时，灵迹山行外。养生莫与俦，却世毋乃太。嵇中散。

刘伶性潜默，俗乃疵其狂。枕席天地维，户牖日月光。酒德虽有颂，灵台曾无荒。荷锸誓以醉，寂寞淮山阳。刘参军。

仲容解音律，气数不可拘。至性秉敦笃，深情耻怪迂。勖任官乃显，涛谮名不诬。清韵达心口，和光生眉须。阮始平。

向秀才不羁，步履中规矩。思旧见情愫，择交慎可许。快入竹林游，妙畅漆园语。圆灵笔底心，蹁跹河上侣。向常侍。(《(光绪)东兴缪氏宗谱》卷三八)

拟杜工部冬狩行

君不见，风沙莽莽黄入天，山空木落起烽烟。曾见东川节度使，冬狩士卒人三千。车驰马骤向朔漠，旌旗耀日光鲜妍。山林纵火火光烈，狐兔奔走藏山巅。六师齐发争相逐，中有猛士著先鞭。左射青兕右元豹，飞禽忽落惊触弦。搏虎拉熊勇可贾，脱角挫胆腥血鲜。毛为风兮血为雨，禽相争逐兽相连。画角吹时将返旆，割鲜野食歌凯旋。忽见山樵来老叟，此地看猎十余年。称说将军今日狩，兵威整肃胜前贤。回舆征伐西戎寇，定见功成勒燕然。(《(光绪)东兴缪氏宗谱》卷三八)

闻雁二首

黄芦断港白蘋洲，雁语双双古渡头。万里寒江风雪暗，咿哑远带橹声柔。

半窗月白一灯青，旅馆宵深客梦惊。可有家书凭尔寄，声声互答欠分明。(《(光绪)东兴缪氏宗谱》卷三八)

57. 阚庄派石梅支十七世缪树本族称翰仙公诗二首

光绪谱引《箕裘集诗钞》跋云：从叔父翰仙先生初官河南，既官陕西，凡十年。所至皆著循声。知兵事，善谋略。同治元年，粤贼自蜀北窜陕西，全省戒严。先生时任临潼，居其冲，贼来犯城，为守城计，御却之，城赖以全。诗乃守城时所作，忠尽之气，溢于言表，嗣同张文毅公芾谕降叛回，同时殉节。故君子称其无愧文贞公之子孙也。继任临潼县者，为同乡谢养吾大令恩浩，出《守城诗》二首见示，曰："此君家忠臣之诗也。"之镕拜受而谨录之，以志不忘云。

守城诗二首

岂为孤忠寄口碑，千秋巡远是心期。危城困守无援旅，报国丹忱世孰知。

统军日日共登陴，盼切援师未有期。拼得千秋完大节，报君心事只天知。(《(光绪)东兴缪氏宗谱》卷三八)

58. 阚庄派石梅支十七世缪萼联族称少初公诗五十三首

幽居次左司韵

达人贵知命，名利非所营。淡泊本素志，幽居无俗情。园林雨初霁，池塘草又生。良友日往来，好鸟自飞鸣。习静且高卧，适闲还独行。玩彼得时物，欣欣争向荣。（以下五十三首选自《（光绪）东兴缪氏宗谱》卷三八）

写怀二首次少陵韵

卢扁不能医，厥病无过俗。冠带缚形骸，礼法受拘束。忸怩欲何言，趑趄难止足。试将俗状陈，悲歌当痛哭。富贵草头露，人寿风中烛。曷若十亩间，无荣亦无辱。晓起视我瓶，尚余升斗粟。学道辞伊川，求仙访鬼谷。桃花开未开，芳草绿复绿。逍遥梦蝶园，乐游匪我独。知音琴可囊，山水自成曲。且偷一日闲，足傲九州牧。

小儿始扶床，见我不离膝。偶欣分枣梨，聊与娱永日。学语颇不凡，骥子尚堪匹。未知春放华，可许秋收实。我年才半百，衰老渐成疾。碌碌风尘中，渺焉比虮虱。欲为五岳游，婚嫁何日毕。人情日以诈，结交比胶漆。吏议日以刻，舞文畏刀笔。世途本甚宽，法网胡太密。脱身归去来，行李苦萧瑟。回头语小儿，汝长须有术。

伊园十景题咏十首

峭碧耸群峰，绝胜荆关画。纵目偶登楼，襟怀豁然快。绿野看春耕，绣错分疆界。朝旭映帘栊，高树铜钲挂。画山楼。

水流心不竞，爱诵工部诗。借此以为鉴，寸心懔操持。举勺常自警，清每畏人知。公余勤染翰，不让王羲之。励清池。

得睹熙皞象，琴台可齐名。鱼梦歌乐国，骏惠及民生。版筑成不日，兴作洽舆情。儿童频迎送，竹马腾欢声。春台。

摩崖堪题句，宜邀方三拜。瘦石耸嶙峋，形状逞奇怪。路转峰又回，苔径斜而隘。对此石丈人，支筇相闲话。磊落峰。

叠石窈而深，成此清虚洞。碍眉帽应低，探奇步难纵。观棋忘烂柯，窥天疑在瓮。欲邀鬼谷子，餐霞愿与共。小有洞。

露白葭复苍，略彴此中置。印须招我友，雅人有深致。驴背寻诗来，虹腰探奇至。桥边亲种树，甘棠留去思。宛在桥。

齐物在达观，衙斋辟幽境。禽鱼与花竹，罗列四时景。雨洗红尘无，昼长绿阴静。案牍休余闲，游目怀并骋。静观亭。

衙斋有隙地，余闲且学圃。不辞抱瓮劳，何嫌编篱苦。菜根每亲尝，园蔬不外取。荷锄好种梅，流云月华吐。老圃。

远山环窗牖，古木郁青苍。紫气从东来，岩壑列一房。盖瓦红藤覆，映门碧柳藏。濠梁深结契，齐物忆蒙庄。紫逻山房。

静坐此焚香，拓地三弓小。治化洽鸣琴，政简民不扰。望月浮云流，当春柳丝袅。盟心对清池，励志冰壶皎。停琴小舍。

送孙师郑入都即题眉韵楼集后 此诗与后两律同时作

乾嘉才子真名士，首屈昭文孙太史。谓子潇先生。髫时学咏窥天真，一瓣心香爇桑梓。遗研流传过百年，五叶文孙今继起。玉堂籍籍溯家声，扶桑同族同乡里。改官恰喜留铨曹，藤厅风月清无比。建邦分职尊天官，司选司勋须佐理。适当改政令颁新，变法自强拭目俟。海国先教录见闻，四方慎简才能使。治安三策筹万全，收效桑榆缓难恃。积蠹丛残一炬烧，近来快事无逾此。送君赴阙倾一卮，忽发狂谈掌频抵。大局已成累卵危，衮衮依然肉食鄙。神州陆沉将奈何，图绘瓜分良有以。夙钦嫉俗励坚贞，定卜持衡振委靡。孤飞鸾凤异鹰鹯，当道豺狼盛蛇豕。审时度势待回天，尝胆卧薪图雪耻。燕南赵北多英雄，焚香告天愿同矢。沧海横流志未伸，莫因成败轻相訾。往年曾作大梁游，结客屡过朱亥市。闭门种菜久偷闲，蒿目时艰空抚髀。慷慨悲歌气尚豪，骥虽伏枥心未已。抱关不惜侯嬴老，蹈海甘追鲁连死。比邻独拜瞿忠宣，吾乡人杰一人耳。伊滨拙宦早归田，达生妙契蒙庄旨。不合时宜畏客来，扫径开轩延玉趾。远大相期在此行，道义论交勉终始。目笑悠悠姑听之，噫彼斗筲何足齿。大著新编眉韵楼，五言排韵叹观止。已看文苑播芳徽，漫学经生钻故纸。振羽垂天指顾间，掷地金声姑舍是。愿君更辑十三篇，出奇制胜衍孙子。江东鼎足斗刘曹，掉臂登坛吾从尔。此诗系辛丑年作。

伊阳卸篆移家汝州感赋六首

万间空有愿，三径苦无赀。萍迹飘何处，瓜时代及期。意行休问卜，肱折漫夸医。觅得安巢所，依栖拣一枝。

美择仁为里，安求德有邻。微嫌在城市，暂喜出风尘。宦久翻成拙，装轻不讳贫。一廛如可受，从此作州民。

容膝三间足，随身八口偕。欲归还未得，且住亦为佳。秀挹嵩山麓，清分汝水涯。美名谁所锡，艳说翠华街。州城地名。

画楼曾作记，伊署有画山楼。陋室不须铭。一任松荒径，重移竹补庭。和光权混俗，脱略惯忘形。尚有醨堪啜，应知醉胜醒。

似闻评月旦，未敢坠风流。燕翼诒东海，凫飞入豫州。中牟寻治谱，金谷订交游。更有传家集，崆峒近可求。缪彤为中牟令。

已栽花满县，未见树成阴。弃去轻如屣，携来剩有琴。暌违百里路，辜负十年心。历叙兴怀事，茫茫后视今。

笏庭登画山楼有作叠韵奉酬即以饯别二首

小园半亩未题名，完美居然学卫荆。差喜下官无近俗，转因中隐有闲情。春风送客游梁苑，夜雨怀人梦吕城。陡觉莼鲈乡思起，扁舟江上阻归程。

东阁开筵倒屣迎，殷勤唱出渭城声。陌头花好归须缓，楼外山多画不成。彭泽且思陶靖节，陆浑休说宋延清。吴中故旧如相问，一曲伊流比宦情。

孙师郑铨部北行即次集中用船山韵二首

催办轻装未可迟，囊空添与送行诗。久荒笔砚豪犹负，粗设杯盘醉勿辞。剑赏匣中邀薛烛，琴听弦外索钟期。时艰一样伤怀抱，漫向周京咏黍离。

小筑东林杳四邻，叩门不阻看花人。幽忧屈子歌山鬼，旷放庄生养谷神。地僻偶欣樽有酒，年饥稍幸甑无尘。河阳拙宦闲居早，物外悠游自乐贫。

官斋即事

山光树影碧成围，琴本无弦手不挥。官舍昼长公事简，讼庭春满吏人稀。谷寒有律莺慵出，门冷无罗雀任飞。差喜静中能自得，焚香读《易》久忘机。

在伊阳廨斋赠马毓甫崧临孝廉四首

几番遵彼咏条枚，怅望伊人日溯洄。文学敢教夸偃室，武城何幸得澹台。榻因待客常先下，门为迎君特地开。紫逻云深天马耸，此间自有出群才。

卓然才学识三长，眉白应教数五常。漫说词坛争唱和，因修志乘藉商量。采风著录缄瑶札，踏雪寻题背锦囊。吟到黄河先画壁，不嫌矜许赌高王。

汝南月旦久纷纭，誉毁悠悠置不闻。只合登楼同作赋，何妨载酒细论文。竹留直节招三友，梅放幽香咏五君。屈指百花生日过，小园春色恰平分。

久居郁郁太无聊，束带依然笑折腰。东野为龙竞追逐，南华梦蝶恣逍遥。乱愁斩断丝难理，孤愤填平酒莫浇。百尺楼头自高卧，空令湖海气加豪。

和马毓甫崧临孝廉原韵并酬魏庚辛西白明经二首

魏舒不愧老明经，绛帐风流未杳冥。三叠新声歌缓缓，七弦古调听泠泠。座逢旧雨头添白，身入名山眼放青。却为论文同载酒，错教人比子云亭。

河阳未许赋闲居，花下清谭快启予。放浪形骸逃物外，流连觞咏趁公余。梦醒只讶隍无鹿，贫乐休嫌釜有鱼。犹喜伊川盛文彦，好开东阁共修书。时拟增修邑志。

游净土清凉诸古刹归途叠前韵遣兴二首

净土清凉次第经，云山掩映昼冥冥。花冲雨放偏其反，人御风行善也泠。客鬓已非前度绿，佛头还似旧时青。乐游观内同佳兴，仰止名贤劝筑亭。

直把官居当隐居，黄童白叟竞招予。山川风月春无限，泉石烟霞兴有余。漫笑处堂随燕雀，且教伏案注虫鱼。世遗我尚非遗世，盼断天南报捷书。时越南军事方急。

题虞麓读书图四首 有序

王粲登楼，曾著怀归之赋；杜陵作客，每多感慨之词。况夫虞麓三峰，萃东南之灵秀；琴川七水，环左右而澄清。虽然茂苑繁华，犹逊梧宫佳丽。所以梁昭明筑读书之台榭，周太公居石室于海滨。彼异地尚尔留连，岂故土不深思慕？且余少为孤客，身比萍飘。仆本恨人，肠随梗断。叹河山之渺渺，望里舍而依依。三径菊荒，彭泽之归期未卜；五湖莼美，季鹰之乡思常牵。值江上之秋风，莫由返棹；集樽前之旧雨，先为披图。固足以对景联吟，忘情羁旅耳。若使携梅载鹤，得解组于田园，原非缘木求鱼。愿结庐于山麓，岂其然也，不亦乐乎。爰述数言，并占四律。

层峦耸翠倚晴空，曲水斜桥路不穷。隐隐女墙红雨外，苍苍僧寺白云中。木鱼敲碎维摩月，山北巅有维摩禅寺。石马嘶残古墓风。千载弦歌垂雅化，至今祠祀溯言公。言子祠、墓俱在山侧。

龙潜深涧影纵横，飞破悬崖画不成。破山夹斗龙涧，相传龙与神斗，不胜破山飞去。拂水岩前疏雨歇(岩水迎风上拂丈余，最为奇胜)，读书台畔夕阳明。山左有梁昭明太子读书台。川流七派都通海，山露双峰半入城。寻得徐洪栖隐处，天潭谷下有桃源洞，昔徐洪隐于此。可能在此学长生。

溪外青山山外溪，桃花古岸柳长堤。山外有钱氏红豆庄，沿溪桃柳夹岸数里。沙汀芳草惊鸥梦，石涧寒梅衬马蹄。山畔有石梅涧，邑人驰马地。估客风帆争出没，渔家星火隐高低。游人不觉归来晚，馆月亭前月影迷。琴川上有馆月亭。

孤负湖山万里游，尚湖在邑西南，俗名西湖。北峙虞山，横列如障，山色湖光，交相晖映。白云红树早惊秋。鲈鱼味美萦乡思，旅雁声凄动客愁。只为川边无故宅，琴川旧有文贞第宅，赭寇乱作，毁于兵燹。难从江上买归舟。何年得遂田园乐，醉把纶竿狎鹭鸥。

丙戌初夏乞假南旋留别汴垣同社诸友六首

吴侬只合老江南，留滞天涯久未甘。愿向梓桑廛受一，免教松菊径荒三。怀人有作神先往，感事无端泪辄含。千点桃花万丝柳，踏歌送我我何堪。

无缘追逐化云龙，联句城南兴亦慵。讵为处囊求脱颖，犹堪寄庑学佣舂。闲居早赋难藏拙，下考亲书幸见容。忽忆莼鲈乡味美，半江烟水梦吴淞。

不等秋风遽告归，敢云知止即知几。南州未卜谁悬榻，北海何妨竟拂衣。逸豫优游驹漫絷，昂藏却立鹤将飞。晨星旧雨伤零落，渐觉年来酒伴稀。

身外微名急欲抛，移文免惹北山嘲。凭将浪漫呼元结，底用酸寒荐孟郊。养晦潜修兼养疾，安贫适乐俟安巢。飘然一舸浮家去，邂逅天随与订交。

梁园雪社借园开，岁岁消寒踏雪来。高谊任黎常不变，盛名何李竟相推。飞鸦散乱昏繁塔，游骑萧条冷吹台。恨别江郎才已尽，黯然无语抱琴回。

行期屡阻耐盘桓，饯送赓酬墨未干。三叠阳关挥手易，一廛民社脱身难。变名好去寻门卒，说法空来现宰官。莫更临歧歌五噫，放怀天地酒杯宽。

将去伊阳留别绅民暨诸院诸生八首

十九年来险备尝，不才幸免再登场。适从棠舍移官舍，颇觉桐乡胜故乡。稚子候迎彭泽径，野人相问陆浑庄。居然跳出风尘外，啸咏林泉日正长。

疆分嵩洛析新城，斩棘披荆化未成。实政但期持实力，虚衷何敢博虚声。道羞枉已凭三黜，语恐惊人靳一鸣。可惜子将来较晚，汝南月旦若为评。时许方伯新莅任。

煞费栽培鉴苦心，十年种树盼成阴。文章岂为科名重，学业全凭造诣深。时理旧编穷蛾述，偶翻新样觅鸳针。伊川髦秀多桃李，桂待高攀杏待簪。

独弹古调赏音稀，从此囊琴不复挥。栩栩风前随蝶化，冥冥云外羡鸿飞。归须及早今方遂，隐岂能中昨尚非。聊欲弦歌空莞尔，俸钱未足买渔矶。

匏系山城借柳衙，柳阴深处便为家。卸任后仍住伊园。依栖未稳嗔巢燕，喧聒难堪怒井蛙。且任逍遥闲岁月，漫疑痼癖老烟霞。河阳一县春常在，开遍安仁手植花。

一年容易付因循，风景依然白发新。形迹直将忘客主，交情浑不隔官民。剧怜父老攀辕切，厌听亲朋劝驾频。好趁江干春水涨，扁舟安稳载归人。

身世悠悠且莫论，无家安往暗销魂。奚囊只带诗千首，祖帐重添酒一樽。画里亭台图易稿，吟余花鸟梦留痕。探怀剩有江郎笔，赋别同人赋小园。

萍飘三十六春秋，宦海浮沉岂自由。江上清风招独往，楼头明月忆同游。此邦信有前缘在，他日还容再到不。愿乞瑶华藏什袭，云山紫逻共长留。

退老虞山蒙友人招饮感而赋此

阿蒙垂老乍还乡，犹喜乡音未尽忘。狂借酒杯浇礧磈，病缘泉石中膏肓。济人莫贷千钟粟，师事曾薰一瓣香。我比东山真小草，忝教胜会附冠裳。

重到汴梁书感

故山猿鹤定相讥，岂为无田便不归。抛却一帆好秋色，软红尘又上征衣。

59. 阚庄派丹徒支十七世缪应麟族称德征公诗五首

光绪谱引《箕裘集诗钞》跋云：先伯父德徵公性孝且敏，读书不事章句，博采诸家。笔则笔，削则削。期于守正，准式来兹。间为诗文，陶写性情，有《觅句轩吟稿》。癸丑粤逆陷镇江，家室迁徙靡常，稿本因而遗失。所录五首，从先大夫《先德丛钞》录出也。

案：今录四首存谱。光绪重修记。

金山苏文忠公留带焦山杨文襄公还带歌

宝气烛天江水立，蛟龙潜逃山鬼泣。僧说金山宝带遗，数百年来藏什袭。忆昔文忠好谈禅，当头棒喝答未及。愿留玉带镇山门，净几收来光缉缉。又忆文襄焦岩踏，方外结交偕老衲。亦愿玉带宝留存，韵事暗与坡公合。迄今宝物自贻留，伊人何处寻周匝。青山一碧江水清，山灵呵护风飒飒。(《(光绪)东兴缪氏宗谱》卷三八)

约同王霖生游焦山

古刹中流峙，来登色界空。江山开泽国，楼阁耸天宫。俯瞰南徐胜，平看北固雄。焦先祠外月，光耀古今同。(《(光绪)东兴缪氏宗谱》卷三八)

秋　望

爽气天高一色秋，闲来极目倚层楼。云垂大野多遮树，风度帆樯远送舟。砧杵欲倾江上月，渔歌不动水中鸥。琵琶未遇商人妇，清怨凭谁问渡头。(《(光绪)东兴缪氏宗谱》卷三八)

溧阳古秀才井

濑水投金浪拍天，萧萧古井并留传。烟迷荒冢秋风早，泥湿回阑夕照鲜。一代名流随逝水，百年姓氏著寒泉。翻嗟士品谁能识，剩有苔封白石坚。(《(光绪)东兴缪氏宗谱》卷三八)

过溧阳投金濑怀古

英雄逃楚向天涯，枵腹徘徊碧水斜。进食方欣周旅客，捐躯谁料有闺娃。波沦一霎曾何惜，德报千金讵足夸。清濑至今流浵浵，贞操犹自说渔家。(《镇江世庆堂缪氏宗谱》)

60. 阚庄派丹徒支十七世缪启麟族称锡书公诗六十一首词一首

光绪谱引《箕裘集诗钞》跋云：先资政敦品力学，居恒以克继先文贞为志，以之励身，以之训后。沈文肃公称之曰："言论笃诚，举止朴重。"盖纪实也。所著《酸辛集》，皆言生平经历，有关身心之学者。工绘事，喜吟咏，而自谓曰："此亦藉以适性情，奚用稿为？"故所著不甚收拾。兹搜录丛残，得诗五十三首，虽非先资政所欲存，谨志手泽垂示来兹云尔。

案：今录十五首存谱。光绪重修记。

晚下北固

夙爱北固胜，每至辄忘还。日夕来牛羊，墟里起孤烟。欲返犹踟蹰，瞥见月娟娟。月光夺白昼，照我下危巅。人影乱竹树，步随径盘旋。硐壑何幽邃，岩松高下联。晚钟杂樵唱，危石咽流泉。潮落大江静，去帆若飞鸢。独行恣所适，四顾景澄鲜。回首望楼台，逼近斗牛边。(以下十五首选自《(光绪)东兴缪氏宗谱》卷三八)

偶　吟

淹蹇船逆浪，倏忽帆行空。江流杂泥沙，万派咸朝宗。中流吐光怪，照耀天吴东。洪波不可测，变化随鱼龙。岂比一渠水，清浅随人工。拳石一为阻，源竭流难通。始知豁达士，秋水明双瞳。大事不糊涂，千秋推吕公。偶展经纶手，遂成一代雄。

辛亥仲秋住华山慧居寺携儿子之镕拉山僧普航同登绝顶

雨止众峰清，参差互绵亘。仰观最高峰，觅路随樵径。不觉路巉巉，居然凌石磴。飞泉树杪来，涧谷满清听。松桧皆十围，鸣禽助游兴。置身在绝巅，纵目览诸胜。万绿拥兰若，风前度疏磬。

圌山形势

金焦峰对峙，峭立江之中。圌山亦何壮，作镇东海东。塔势如涌出，七层摩苍穹。箭洞穿南北，照耀光玲珑。仰视接星斗，俯听长江风。五峰列左右，苍翠浮半空。天生一锁钥，保障形势雄。忆昔张越国，千古仰精忠。

夏夜坐月

炎天畏应酬，默坐神夷犹。何期一轮月，不速来楼头。月不避尘俗，清气何修修。庭静树影吐，帘疏月华流。忽尔凉风至，倏然暑气收。浥兹池水上，兼以竹韵幽。境侔清净域，心会南山悠。晤对忘暑夕，忽疑是新秋。举杯邀月饮，与我错觥筹。谁宾亦谁主，忘形各自由。永结物外交，愿谢尘中俦。安得青云梯，同步广寒游。

石鼓歌即用昌黎原韵

岐阳石鼓无人识，至唐始有石鼓歌。文章磊落韩吏部，心惟口诵乐如何。忆昔宣王兴周业，威振四海挥干戈。车攻马同大朝会，冠裳肃穆剑相磨。纪功刻石告太庙，镌雕石鼓同森罗。历遍汉兵与秦火，累累屹立山嵯峨。字奇语重叶雅颂，古音古节如卷阿。几千百年未湮没，宝物自有神灵呵。惟恐文字喻者少，传闻异辞或差讹。四百六十有五字，点画直类孔壁蝌。日销月铄苔藓剥，盘以蛟螭负以鼍。张生摹拓得纸本，愿请大笔操斧柯。退之好古生苦晚，日月奔驰如掷梭。事定宣王字史籀，据实作歌词委蛇。健笔能扛百斛鼎，妙词岂至如曹娥。诗与韩碑并千古，石鼓不畏雨滂沱。篇什未入周二雅，本末传自唐元和。铺张扬厉宝益贵，著述更过宏词科。颂扬考古表圣德，渊博如公人岂多。方今圣代重儒术，置诸太学偕铜驼。鸿都门外观如堵，车马络绎来经过。诸生拂拭辨真赝，珍于宝玉切复磋。鸾翔凤翥详事体，肯从俗说徒随波。朗诵风清立庑下，仰见周道无偏颇。辟雍汤汤道德富，十鼓刻画光自佗。更读韩诗句精锐，字无俗韵非婞婀。天子临雍典尤重，峨峨髦士为摩挲。碑高如山字如斗，圜桥观听纷吟哦。铺笺直写联珠玉，字学羲之书换鹅。新刻十章垂不朽，圣朝文治受福那。我生幸际升平世，沐日浴月无轗轲。鄙见本同蠡测海，谀闻更类鼠饮河。鼓吹休明作歌颂，扢扬有志毋蹉跎。

瓜洲江上望北固山

滔滔长江如一线，中立金焦相对面。扁舟送我到瓜洲，雾气蒙蒙江不见。忽然一瞥层云开,高出北固超尘埃。中流拨棹浪花舞,青苍积气生楼台。江山雄壮实崔嵬,客欲骑鲸戏云海。沐日浴月虚无中,云里仙人镇相待。沙洲隐隐空绿烟,棱棱铁塔摩青天。俯瞰海门万里下,山光云气相钩连。我叹中流怒浪涌,如见雄图旌节拥。周郎年少惯登坛,神亭酣战何神勇。转眼兴亡已千载,英雄借箸今何在。潮声日夜打空城,惟有山青青不改。我来江上届初秋,闲吹一笛凌沧洲。吊古怀今一长叹,霸图割据空孙刘。

晴江阁晚眺

江色秋如画,凭阑对暮天。月明凉似水,山远澹于烟。宵静潮逾急,沙空声自旋。樵歌杂渔唱,贪听不成眠。

访鸿鹄山庄故址

鸿鹄庄前过,苍茫蔓草赊。昔年名相宅,今日野僧家。白屋谁为主,青山依旧遮。午桥遗迹在,古道夕阳斜。

梅花岭吊史忠正公

千树梅花夕照中,行人过此吊孤忠。江山半壁军全墨,烽火连宵焰正红。赢得芬芳传万古,仍看岭岫矗高空。隔江谁识臣心苦,一曲春镫乐未终。

寄答会稽沈漱石比部见讯

还山喜遂此心初,王粲登楼愿不虚。今夕只谈风与月,归舟满载画兼书。径幽乱耳无丝竹,市远充肠有野蔬。闻得湖山峰壑美,兰亭风景近何如。

题扬州旅舍

名都自古说扬州,乱后来经此地游。隋苑楼台飞野马,杨家宫殿走耕牛(谓杨行密)。当年歌舞凭谁忆,此日萧条起客愁。戍火隔江犹未息,孤城半夜听军筹。

哭八弟

手足情深气谊敦,一朝永诀失鸰原。青灯尚忆披吟共,白首常欣晤语温。七秩还期开寿域,三秋讵料返诗魂。为君恸切君知否,双袖龙钟湿泪痕。

白桃花二首

皎皎丰姿粉作团,白桃花放一枝攒。装成玉树临风澹,洗尽铅华带月看。夹岸都教凡艳脱，仙源惟觉素香寒。妆窥半面尘难染，留得冰魂独自姗。

莫谓天桃烂若霞，更看雅态两三花。不随柳絮颠狂舞，浑讶梅英浅澹遮。微护寒云依院宇，低笼晴雪扑窗纱。冰肌玉颊无言对，品羡孤高几朵斜。

题褐宽博图

古人被褐有怀玉，今人锦衣车转毂。轩轩霞举气如云，道旁观者皆属目。先生大笑开衡门，朔风懔懔冷不温。闻古柴桑有高躅，时来拥褐曝前轩。先生独立清到骨，一褐行吟兴飙发。莫嗤此衣难御寒，卒岁有人叹无褐。白傅裘覆杭州人，我知此褐堪等伦。惟愿号寒早不闻，数点梅花天地春。（以下三十八首选自《箕裘集诗钞》卷一四）

道光癸巳谢简庵王霖生赵瓯北约游甘露寺

丹碧焕江上，珠宫接远天。长廊斜树杪，雄殿近云边。山色浓于染，江光澹若烟。萧梁遗迹在，往事忆当年。

渡　江

扬子江头渡，南徐趁早程。中流怀击楫，谁可慰苍生。

坐　月

万里云罗一色秋，天阶夜静月华流。嫦娥未解离人苦，照彻山河不照愁。

己亥七月二十八日约同李迷斋谢午桥钱铸青昆仲登金山看水战

上有巍巍百尺之高楼，下有滔滔万里之潮头。长江浩大渺无际，山如砥柱在中流。①招朋唤渡达山麓，登山恍若到瀛洲。金碧辉煌相掩映，江天一览豁双眸。俄闻将军施号令，大小战舰拥千艘。擂鼓三通阵势列，军空壮盛尽貔貅。炮声水声相击搏，水气腾空漾火球。更有壮士鼓余勇，破浪乘风踞上游。金鸣笳吹各归队，船如鱼贯泊山陬。将军号令诚严肃，不愧壮年早封侯。看罢乘兴登绝顶，俯视一江烟气收。老僧好客邀入寺，花木丛深曲径幽。呼童汲取中泠水，煮茗款待情意稠。示我东坡镇山带，流传佳话著千秋。握别山僧来唤渡，依依犹欲暂句留。归途不觉明月上，隔江星火是瓜州。

---

① 首四句，《(民国)金山志》作“岷山导江日东流，荡荡浩浩无时休。中流砥柱山赫赫，震撼百丈任潮头”。

赠杨蝶庵先生

入座春风蔼可亲，诗书闲对自由身。须眉绛帐推前辈，弟子青毡拜后尘。稽古勤犹披竹简，杖朝恩定给蒲轮。膝前莱舞斑斑列，问字孙枝彩凤驯。

访招隐寺

招隐白云中，盘回山径通。戴公高卧处，今日梵王宫。

登妙高台

何处堪游目，台高四面开。江光天色并，潮逐夕阳来。

癸丑纪事十首录其一其二其四其七其九其十

岳州一陷遍烽烟，鄂渚何人解倒悬。无策安民先纵火，不才误国枉归泉。讵知螳臂摇根本，好斩螯头再斡旋。终古英雄生草泽，莫求门第握兵权。

飞传妖鸟逼城濠，湖北湖南攫战艘。纵有鲸鱼吞汉水，莫教蚁贼踞江皋。将难用命皆庸俗，人不知兵善遁逃。此地上游真要害，可怜热血溅征袍。

红山孤旅战无功，纸上谈兵总是空。野火燔烧蒸汉岸，乱帆摇曳下江东。余生尚幸戈先倒，残喘犹夸贼善攻。愧杀制军频束手，豺狼遍地一渔翁。

天堑迢迢一将无，皖城直下实堪虞。抚军善走思逃劫，潮勇常随作护符。温峤当年燃水怪，桓彝此地建螯弧。养兵百载成何事，空设梁山付丑徒。

惊传三市石头城，戍卒魂飞不望生。杀贼空思梁化凤，负恩岂独满洲营。万方有令征军饷，四海无人借鬼兵。六代江山劳太祖，东南保障一宵倾。

妄书癸好乱干支，贼改癸丑为癸好。海发狂言令我悲。殃及神灵遭大劫，横行豺虎此何时。河山不守频征米，牛酒争携远犒师。讵料十年重避寇，壬寅居今十稔。呼天骚首苦吟诗。

送春二首

风漾残红点砚池，一帘花雨嫩晴时。梦回午枕茶初熟，犹听啼莺绕树枝。

藤阴一架翠云窝，薜荔风前鸟啭歌。无限客怀消未得，绿波芳草奈愁何。

水陆寺访智宏上人

独访支公舍，临津问水源。森森林抱寺，曲曲水当门。竹里逢僧话，花间听鸟言。上方真福地，到此涤尘烦。

樊川寓居怡亭初成

懒看尘情冷似烟，名山欲买苦无钱。小园半亩怡晨夕，错被人呼小洞天。

怡亭新竹

几竿新竹破苔纹，棱角争舒透碧云。莫道龙孙初脱颖，他年留客辟尘氛。

慰谢大令恩浩归里

沦落风尘里，江湖感慨生。琴书横一榻，诗酒到三更。廉洁偏遭黜，贪污反致荣。遂教平。天下士，常作不平鸣。

淮阴登韩侯钓台

忆昔淮阴侯，卓哉称英雄。知羽不足谋，去楚来汉中。登坛汉王拜，一军皆震惊。强楚方逞暴，垓下一战平。定齐复破赵，威声满中夏。汉家基业成，论功谁与亚。当年时未通，常钓淮海头。谁知钓鱼者，出世能兴刘。功高倏遭忌，未央惨遇哀。迄今千载下，空留此荒台。

寒鸦二首

秋深寒料峭，古木集风鸦。罨幂烟痕扑，萧疏墨点加。栖怜残叶落，啼向夕阳斜。羡尔投林宿，归情客念家。

荒村流水外，处处集寒鸦。势欲风声挟，阴都日色遮。远御霜气冷，静噪月光斜。栖向枫林晚，咿哑听自哗。

挽李西泠封翁

令终寿考比申辕，梓里同推齿德尊。派衍青莲称世族，荣承花诰荷君恩。庭余芝草心田见，案积芸香手泽存。地下若逢诸旧友，应教平。对月好开樽。

怡亭小集

丈室小于舟，清风入座幽。笑谈今古事，明月二分留。

遣　怀

一声鹤唳九秋空，思入风云变化通。斗酒自浇胸块磊，移家欲入翠崖中。

换鹅帖

古帖鹅曾换，禽经拟道经。归来笼素羽，赠彼写黄庭。字羡鱼鱼贯，声欣鹅鹅听。山阴传韵事，遗迹媲兰亭。

喜雨和马瀚清韵

五旬亢旱恐妨农，忽降甘霖感上穹。万亩青苗兴勃起，九天白雨走丰隆。欢声韵杂田家乐，巫舞功疑帝座通。别港歧河皆可达，扁舟一叶任西东。

小桥独立

信步小桥头，无人独自游。柳梢悬澹月，沙际起眠鸥。

送春二首

花落鸟还痴，春光苦别离。归心留不住，斟酌饯春诗。

寂寞三春暮，风光未肯回。落花随水去，飞絮卷愁来。

藏春坞怀古

偶步芳园画意真，林遮深坞认藏春。前溪桥隔清风远，曲径堂开逸老新。岭上万松阴似幄，堤边三月草如茵。南徐怅望怀先哲，昔日题诗有景纯。

食蟹二首

霜天冷切紫芽姜，灯下持螯细品尝。浊酒一杯参《易》理，虚窥大腹却中黄。

尖团缚就竹为筐，翠釜流膏染指尝。更有江南风味好，糟邱和入瓮头香。

京江返棹至樊川

不尽长江水，滔滔万古流。潮开两岸白，风正送扁舟。

秧　针

数亩新秧一片青，针疑脱颖水澄渟。苔衣补就披前陇，柳线穿成傍野亭。刺入绿波风乍动，琢依绣陌雨初经。漫疑磁石痕难引，流水轻浮共翠萍。

柳　眼

长堤一带雨初经，碧柳轻摇俊眼青。盼到斜阳眠欲起，睨残别路醉初醒。倦窥芳信传深院，笑借东风拂远汀。莫向长途惜离别，销魂人正坐旗亭。

新　月

露洗长空万里秋，分明半吐挂南楼。今宵最是游鳞怯，误把新弦作钓钩。

题招隐寺听鹂馆

著屐入山深，幽居到此寻。堂空渺高士，地僻啭歌禽。柑酒成千古，笙簧出一林。春风尚如许，笑我也登临。(《(民国)招隐山志》卷一〇)

金山遇雨用唐人张孙韵

急雨忽东至，江天望不分。归帆迅冲浪，涩磬徐裹云。树影村边合，雷声空际闻。难逢此佳景，眺赏那能醺。

雨过天开霁，岚光分外新。翠添逾有色，红洗更无尘。霞断鱼烧尾，雯高鹤耸身。夕阳无限好，借句。幽兴助诗人。(《(民国)金山志》卷一二)

登金山大风雨用苏文忠公韵同谢简庵作

天地纵观不知大，果是一粟渺沧海。笑说得金昔裴公，公今虽杳道常在。崇岩且与登头陀，下瞰万里驰洪波。商人逐利轻性命，熙来攘往帆樯多。不测变遭叹众楫，风雨驰骤色昏日。狂呼乞援江上喧，巨浪强破鲤跳赤。眼前醒悟愿共君，漫言知白盍守黑。大彻堂僧看心明，波中日住了不惊。四大本空人莫识，何我何人复何物。道场如此不居山，山灵应怪吾曹顽。世事休云不可已，浣濯尘襟汲江水。(《(民国)金山志》卷一二)

金山四首

波心秀削碧巉巉，影倒空江落日衔。碧涌无边淮海浪，青连不断楚吴岩。云边塔势尘疑隔，鸟外钟声语带喃。却羡老僧闲晦甚，阑干独倚数征帆。

西来烽火忽仓皇，久未寻幽到上方。生恨赤鳞张海鳄，徒歌赪尾叹河鲂。金驱幸遣韩忠武，倭慑欣闻戚继光。难得山林喜无恙，重寻旧迹赞公房。

妙高台耸尚依然，孤势崔嵬直到天。圆峤方壶沧海外，琼楼玉宇彩霞边。龙窝山址掀翻浪，鸟道林端阻拥烟。水调歌头谁再唱，风流渺渺想坡仙。

血战由来此地多,水仙死矣竟如何。奔湍绿尚千头鸭,叠嶂青仍万壳螺。六代帆樯凉月送,数屯营垒冷云拖。回思往事成流水,都付诗人一啸歌。(《(民国)金山志》卷一二)

水调歌头重阳登妙高台

风雨满城过,新霁喜今朝。却无桓氏灾避,携酒自登高。遗迹禅师间访,故事参军笑说,帽落不须嘲。五色且霞望,岩峭尚东焦。　　敞疏牖,凭曲槛,乐陶陶。不妨铁笛,三弄歌欲唤袁绹。大可重阳姑借,尽可中秋还作,莫叹月华消。只恐坡仙识,漫怪未相邀。(《(民国)金山志》卷一六)

61. 周庄派十八世缪逢垣族称藩伯公诗九首

浔阳琵琶

江头送客伤离别,忍听琵琶韵激扬。一曲风高传笠泽,数声皓月上浔阳。低眉洒泪红颜换,信手挥弦翠袖扬。春老莺残衷若诉,沙平雁落悄难忘。缠头往事情何限,掴腹新知感倍长。自向灯前歌掩抑。岂殊马上意匆忙。韶华只向烟花过,时序谁禁鬓发伤。唱罢犹怀无数恨,萧萧岸荻伴凄凉。(《(光绪)东兴缪氏宗谱》卷三八)

试帖诗七首

蓬蓬远春

诗情如此远,与物共为春。盎盎皆生趣,蓬蓬最可人。湖山蒸气象,草木健精神。浩荡香成海,芊绵绣蹴尘。绿云盘马路,红雨听鹂晨。大块文章假,遥天罨画真。烟花千里共,金粉六朝匀。相对思争发,高吟兴倍臻。(以下七首选自《(光绪)东兴缪氏宗谱》卷四二)

劝耕曾入杏花村

村忆朱陈否,轺车昔劝耕。恰如棠荫税,曾傍杏花行。陇畔桑鸠促,儿童竹马迎。一鞭摇绿野,十里闹红英。春雨江南曲,香尘刺史旌。云烘深巷影,风谕夕阳声。境拟桃源路,人怀粒我情。翠华勤省稼,寰宇庆丰亨。

雨中春树万人家

多少人家在,春深望不穷。雨丝三月暮,树色六朝中。城郭浓阴锁,楼台薄润笼。烟迷村莫辨,泥滑路难通。柳外莺歌涩,墙边燕语空。屐声沽酒客,笠影卖花翁。瓦泻鳞鳞绿,窗寒面面红。谁当吹笛止,游眺快吟风。

桃花源里人家

别有花花界,携家避俗喧。何人开草昧,此地记桃源。锦浪三篙影,炊烟一抹痕。缘溪红雨路,倚树白云门。以外皆尘海,相居是水村。鳜肥新涨畔,犬吠旧篱根。尔室遐心溯,其华好景繁。前津思访问,霞起护川原。

月移花影上阑干

月影兼花影,花移共月移。玉阑看掩映,瑶砌快纷披。如许空还色,无多合复离。帘丁斜漾际,亭子爱眠时。漫拟遮三面,浑难折一枝。当窗红有态,照镜绿无姿。绘画玲珑想,窥寻活泼思。灯残方夜静,欣赏便催诗。

明朝又向江头别

悔向江头聚,频番送友僚。如何留永夕,又欲别明朝。风雨诗盟断,波涛宦海遥。光阴惊箭掷,朋辈等蓬飘。离绪天涯树,行踪估客桡。凄凉看落月,安稳祝平潮。惯咏维驹赠,谁思旅鹤招。重逢如适愿,把酒快倾瓢。

抚剑何人识壮心

逼人何咄咄,三尺剑光侵。抚此邀真识,长教负壮心。倚天空眼界,斫地怅胸襟。顾盼原无敌,摩挲直至今。枥慚遭骥伏,匣悔起龙吟。纵淬星辰耀,徒供仆隶临。精铓余拂拭,奇气肯销沉。报国平生志,终当遇赏音。

赋得江风吹月海初潮得楼字五言八韵

望海潮初上,临江月正留。好风吹远岸,薄暮眺层楼。雀信当空送,蟾辉逐浪流。凉添丹桂阙,怒撼绿莎洲。云卷晶球涌,雷轰玉练浮。片轮翻水面,一线引涛头。意自披襟快,情原倚槛幽。安澜逢盛世,浩荡圣恩周。(《清代朱卷集成》第142册)

62. 阚庄派丹徒支十八世缪之铨族称衡夫公诗一首

光绪谱引《箕裘集诗钞》跋云:从兄衡夫先生早岁能文章,读经史一目不忘,乡先达赵子舟先生谓其“深潜缜密,异日必成伟士”。昔早卒,诗文稿皆散佚,仅得《痛亲》

诗一首，录之以存其孝思云。

痛　亲

父兮生我母兮鞠，哀哀吾父先不禄。母氏痛父不愿生，恐伤祖父吞声哭。哭不成声最伤肝，肝气郁久发之速。一厥不起医无方，焚香惟向苍天祝。愿减已寿益母年，化险为夷如天福。母庆更生父独亡，盼切魂归恐断目。目断不见父来归，呜呼吾父登仙箓。问天底事太无情，摧折庭椿悲风木。嗟予甫冠遭父丧，苫块余生谁顾复。空中如闻甲马声，恍闻吾父来家塾。呼童持烛急相迎，执书欣奔请课读。入室依然几席陈，不见吾父心蹙蹙。未敢呼号恐母伤，背人偷泣泪盈掬。自恨终为失怙人，孑身孤苦哀茕独。追思罔极未报恩，罪诚万死身难赎。(《(光绪)东兴缪氏宗谱》卷三八)

63. 阚庄派丹徒支十八世缪之钰族称其相公诗十首

戴少梅内兄昆仲约登金山用苏东坡韵各赋一章以志斯游

群山挟江从西来，烟云一气东到海。中流突兀起孤峰，横啮银涛千古在。南望京口凌坡陀，砰訇聒耳鸣涛波。金涛①耸身仰天立，诸峰罗列儿孙多。我辈寻山鼓短楫，拂面风和上朝日。新荻从边杨柳青，晴霞色晕胭脂赤。海门遥望动魂魄，紫澜怒拍沧溟②黑。举头惟见塔顶明，相对错愕心目惊。蛟龙移窟人莫识，下视尘寰穴中物。欲唤秦皇来鞭山，山神定笑同人顽。倚山长吟吟不已，兴酣口吸西江水。(以下七首选自《(光绪)东兴缪氏宗谱》卷三八)

大雪歌

朔风起兮白云枯，寒云冻兮水满湖。薄雾卷起不得起，落叶萧萧啼夜乌。向晓开荆栅，碎屑黏阶石。满院尚迷漫，闲庭已盈尺。清兴不可遏，喜极寻幽客。身披鹤氅出柴门，手持酒瓢过野陌。俄而千缕万缕大地飞梨花，俄而千株万株老木梨花簇。驾鹅两两坠遥天，但见山涯水涯处处生虚白。银为宫阙玉为楼，琼花琪树开不休。上有长龙巨虎战败鳞甲堕，下有银鸾玉凤抛戏水晶球。中有仙娥翩舞扬缟袂，散作六出银花轻向山河投。策云杖，攀烟萝，老鹤导我来山坡。不知是云是水是霜是月缥缈不可辨，但觉冷香一缕飞出梅花窠。一步一转峰一变，冲烟破雾越过山之阿。危峰千尺天，咫尺上与霄汉潜。荡摩倏见

① 金涛，(《(民国)金山志》)作“金鳌”。
② 沧溟，(《(民国)金山志》)作“沧海”。

五云深处隐隐有高阁,或出或没似与云影相搀和。我欲振衣直上纵观眺,只恐琼楼玉宇高处寒尤多。不如一瓮沽就绿蚁酒,围炉对雪敲箸歌。歌曰:一斗酒,堪娱我,一石酒,堪醇我。娱我岁暮乐,醉我朱颜酡。得酒宜醉兮,佳景休蹉跎。有酒不饮兮,其奈年华何。更休讶茎茎白发霜满鬓,君不见,青山今日头已皤。

送别吴江章晴波孝廉

搔首云天怅暮烟,浓情未久别情牵。月华凄绝疏桐外,山色萧然片席边。江水无情催去棹,烛心有泪泣离筵。归帆重赴消寒会,旧有消寒之约。樽酒围炉五色笺。

书怀四首

流水高山惬素心,风尘落寞几知音。不逢陶令难沽酒,未遇钟期讵鼓琴。胜地豪华惭梓泽,少年意气重苔岑。寸心千古知何许,索解还宜读子衿。

何必更张复改弦,瑕疵优绌自年年。两间奇士能知我,一代名才不负天。白雪阳春佳事在,青灯古史此心全。旧时王粲登高赋,今作书生感遇篇。

云树迷离接大荒,最无聊处问穹苍。功名不及刘蕡重,高洁非关阮籍狂。毕世才华空宇宙,十年经术炼文章。生花未入江淹梦,清露垂珠冷笔床。

等闲何敌不能摧,兴废无常劫也回。万里海天消宿瘴,一江风雨走惊雷。暮云羁雁征途阔,幽壑潜龙大道恢。扫尽余氛清眼界,豪情端欲引霞杯。

送顾厚斋襟兄赴兵部供职兼申叙别意七绝二首

黄沙直逼白云间,仆仆征途历万山。杯酒三巡壮行色,羡君此去近天颜。

别后音书鱼雁通,莫将旧雨等飞蓬。送君北上三千里,回首离云意未慵。(《镇江世庆堂缪氏宗谱》)

漫　成

由来琴是无弦妙,落照空山思更深。自笑蛩鸣天赖极,枉教虚牝掷黄金。(《箕裘集诗钞》卷一七)

64. 阚庄派丹徒支十八世缪之铭(一名焱森)族称子槃公诗一百零三首

光绪谱引《箕裘集诗钞》跋云:从兄朴庵先生少困童子试,考取佾生者三,而文名日盛。中岁成诸生，四应秋闱，堂备者二。遂弃举子业，闭户著书，以娱暮年。兹录诗九十九首，存其风概云尔。

案：今录二十二首存谱。光绪重修记。

金山怀古

大江东去一万里，中有鳌峰突兀起。登临胜迹百感生，古人事业今已矣。开山追溯裴头陀，卓锡古洞烟云多。浮图峭立矗天表，中流砥柱镇蛟鼍。东有石篪称郭墓，江流不转山灵护。西有苏老玉带桥，山门作镇平山腰。更忆屯兵龙庙傍，威昭神武韩蕲王。金兵直下黄天荡，百万舟师一剑当。夫人助战擂战鼓，帆樯蔽日江茫茫。转眼兴亡已千载，英雄名士今何在？波涛出没空江头，惟见山青青不改。我来凭吊心悠悠，故垒萧萧芦荻秋。江北江南俯一览，山形依旧障东流。（以下二十二首选自《（光绪）东兴缪氏宗谱》卷三八）

拟杜少陵观打渔歌二首

浪花飞舞江入天，鱼游逐队潜在渊。渔子乘风飞大浪，长绳密网相钩连。银鳞跳跃水珠迸，腥风入市卖江鲜。烹人宰割维其旨，剖腹金刀血色紫。细切为脍大为轩，涎流老饕快染指。三春鲂鲫秋深鲈，江乡风味此最美。吁嗟乎，天为养人生庶物，人如暴殄天心拂。口腹适为尺寸肤，杀身饱腹情何愚。

泽梁之禁古来立，数罟不见洿池入。渔人奈何善操术，十百为群江潭集。飞叉一掷向澎湃，鲿鲨鲂鳏乘时卖。最怜赤鲤尺许长，每知不是神龙派。前观打鱼鱼可忧，今观打鱼鱼可愁。乘舟入水贪未已，水车车水水断流。沙沉泥滑漉蘋藻，小鱼露脊大垂头。鱼乎鱼乎命可惨，天空地窄何处游。

焦山古鼎歌

居人结屋如江浒，两点金焦对窗户。买舟摇入海云堂，古鼎阴森宝光吐。青珊赤玉相斒斓，高一尺余径尺五。上文雷回下云纭，刻画双夔垂百乳。九十三字铭在腹，略月纪日隐可数。昔闻周宣征不庭，赫赫王师奋神武。司徒南仲万邦宪，北伐南征扩疆宇。酬庸铸鼎贻子孙，宋繇齐钟那足取。年深代远互珍秘，韬匿还归隐君处。神物亦爱山水奇，翻使名山赖镇抚。沧桑阅历二千载，零落球刀与鸣古。由来铸鼎辨神奸，精灵不受饕餮侮。巧偷豪夺说分宜，毕竟铃山花尘土。堕身垢污光不蚀，信有冥冥力为主。江神呵护小鬼逃，役遣蛟龙吼风雨。摩挲信有光怪生，归舵烹泉问渔父。

遣　怀

一身早为客，山川几度经。草萦春意绿，柳绾旅愁青。家远书难寄，眠迟梦易醒。有谁堪共语，月影透疏棂。

忆　家

惆怅离家恨，孤身独远游。饥寒驱作客，风雨酿成秋。当路谁青眼，高堂已白头。何时赋归计，江上泛扁舟。

对月饮酒

花间明月照，好举玉杯邀。白眼空千古，青天共一瓢。小时浑不识，今夕可相招。夜静三更久，蟾宫幸不遥。

秋日郊居雨后看山

一望寒山净，晴光豁远眸。洗经前度雨，写出者番秋。石发青犹湿，林容翠欲修。如妆浓澹色，几处暮云浮。

焦山避暑漫成二律

江干人唤渡，避暑上焦山。小坐僧房静，清谈佛国闲。树遮青玉坞，水抱碧桃湾。乘兴开轩望，潮声四面环。

暑刚何处避，唤渡上焦山。楼阁千寻耸，江天一览间。清风生竹径，爽气逼芦湾。恰好僧房静，心清身自闲。

秋海棠四首

娉娉袅袅弄新妆，金屋秋深放海棠。娇拭泪痕含宿露，瘦惊冷趣对斜阳。不随红雨芳春艳，惟妒黄花晚节香。小立西风魂欲断，一枝疏影倚回廊。

绕砌花开态度幽，墙阴簇簇早迎秋。数丛浅碧新霜扑，一抹嫣红冷月浮。绰约多姿曾背面，凄凉无语只垂头。长门风静添宫苑，帘卷愁看弱体柔。

晓妆娇瘦寂无言，绰约多姿傍小园。朱户栖身含笑态，红颜薄命带啼痕。卷帘影对疏花落，绕砌阴笼嫩叶翻。往事凄凉休再说，秋风秋雨最销魂。

一番秋风一番霜，不伴红莲坠玉塘。似尔多情娇欲语，背人垂泪恨无香。相思更比三春切，弱质谁怜五夜凉。昔日繁华今日梦，长门寂寂对斜阳。

秋　蝉

几处园林听暮蝉，萧萧爽送碧云天。迎风唱彻秋风里，抱叶吟催落叶先。凉翠飞来槐荫减，残声透出柳阴圆。调番端合商弦抚，一曲凄音入暝烟。

秋　蛩

花开篱豆碧千丛，秋冷空庭听草虫。五夜声传风紧候，三更愁诉月明中。关山顿触离人思，刀尺潜催弱女工。四壁萧然闻唧唧，案头课读伴灯红。

乙卯孟春山居感怀

小住山村又一年，四郊何日息烽烟。友朋远隔三农伴，骨肉流离几处迁。柳待和风眉始展，花承晓露色逾妍。沧桑自古原无定，且扫闲愁闭户眠。

焦溪馆中作

风景全非古润州，挥毫作赋独登楼。远游身似随风絮，多难家如逆水舟。南国莺花三月梦，北庭落叶一天秋。课余闲倚蕉窗坐，机杼声声与耳谋。

春日旅居

身怯轻寒懒卷帘，春光疑不到穷檐。良朋别怅三秋久，新债多愁十倍添。门倚常劳慈母望，囊空惯惹市人嫌。持家非易今方觉，朝夕辛勤计米盐。

暮春感赋

记得迎春又送春，匆匆身世逐风尘。未如人意都缘傲，难慰亲心只恨贫。蜡屐与谁游绿野，烹茶唤仆拾乌薪。生憎不及高飞鸟，奋翮云衢壮志伸。

春燕二首

香啄芹泥趁早春，空山流水误迷津。当年王谢今何在，到处还寻旧主人。

烟水苍茫故国违，江南风景又全非。傍人门户年年恨，何日凌云伴鹤飞。

思亲二首

时序催人岁欲阑，四方谋食为家寒。晨昏久缺甘旨奉，念到双亲心不安。

萧斋枯坐独迟眠，三五团栾月正圆。遥忆高堂今夕望，数期屈指盼儿旋。（以下八十首

选自《箕裘集诗钞》卷一七）

忆菊二首

西风瑟瑟落英飘，三径荒余话寂寥。曾有一枝霜信傲，节同松柏后时凋。

几番眷恋几徘徊，怅望东篱首屡回。赏待他年重九节，白衣送酒约重来。

问梅二首

驿使相逢雪载涂，寒梅寄得一枝无。关心今岁阳春早，岭上先曾放几株。

窗前有鹤伴闲吟，寒碧空帷月满林。冬日读书书可乐，待将数点见天心。

卖　花

风日晴和二月天，朝来深巷卖花妍。芳街泥湿沾双屐，野店香飘逐一肩。簇簇挑来莎径远，声声唤出柳阴圆。饧箫吹暖音相和，买处应分白打钱。

挑　菜

乡村二月景偏饶，菜甲收齐弱担挑。双手剧残花市早，一肩穿过柳阴遥。新泥浅护芳根细。宿雨浓含翠叶娇。舍北舍南行且止，相逢结伴有山樵。

燕　笋

芳春乳燕语频频，藉锡佳名笋市新。风尾晴抽经雨润，猫头嫩剥带泥皴。香苞展合红襟映，翠箨裁疑玉翦匀。宴起琼筵偕早韭，江村风味话偏珍。

莺　簧

朝来莺语送长空，睍睆如簧百啭同。巧舌徐调花径外，歌喉深度柳阴中。炙凭晴日声逾脆，鼓藉春风韵自工。争奈恼人眠不得，惯惊好梦画楼东。

蝉　琴

昼长消夏听蝉吟，一曲居然解弄琴。有韵临风都入拍，无弦向晚却传心。绿槐调度闲庭静，碧柳风吹隔岸音。流水高山情共远，招凉竹径暮烟深。

春　晴

酿得春阴久，今番喜乍晴。半湾流水活，几阵暖风清。

渔　村

萧萧芦荻外，遥指是渔村。薄暮蓑堆屋，风吹竹打门。

豆　架

豆花开遍透疏篱，架叠参差翠色披。宿雨痕浓青颗颗，晚烟影护碧累累。阴遮半面墙隈接，蔓绕千丛屋角欹。待到新秋鸣蟋蟀，寒灯窗下夜凉时。

咏史四首

东方割肉

岁星应诏帝恩酬，割肉诙谐得自由。宝剑光横三尺利，天厨宠赐一脔优。前番早擅偷桃计，今日何妨越俎谋。藉尔牛刀才小试，陈平宰割适相侔。

竟陵设瓜

翩翩公子擅豪华，夏日留宾正设瓜。刻烛催残骚客咏，招凉买向故侯家。金刀剖处冰千片，玉沼浮来水一涯。惆怅六朝滋蔓甚，齐书数卷漫相夸。

大令书裙

买得王书胜得羊，羊家童子自宗王。乌丝莫赚钩摹法，白练能邀翰墨香。品学兰亭八千部，名齐洛水十三行。至今素绢留题者，可许津梁问晋唐。

希宾交扇

诣谢情闲款竹扉，当风交扇趁斜晖。青蒲握似帆齐卸，白羽张如鸟数飞。左右分持双袖拂，回环递运七轮挥。淋漓沾汗还同雨，荷净招凉话久违。

一群娇鸟共啼花

闲听三春鸟，催开满院花。啄残千蕊艳，啼向一枝斜。对语芳园小，齐飞锦障赊。声声频入耳，遥指色如霞。

铁瓮城怀古

城围铁瓮夸京邑，古润名区镇海疆。屏倚江山资保障，界连吴楚固金汤。坚摩壁垒千寻耸，雄压楼台数里长。记得曹兵争战地，筑成遗迹话孙郎。

麦秀双歧

郊原抽宿麦，远望秀双歧。左右苗千顷，参差穗几枝。

自鸣钟

莲漏声初息，金钟忽自鸣。包罗疑橐籥，运转协玑衡。

秋日杂咏

锦 云

锦障天街五色浓，秋云旖旎度晴峰。槎浮贯月轻帆挂，石触支机远岫封。舒藉金风丝缕缕，濯从银汉影重重。天孙织就衣无缝，玉女披来乍整容。

玉 露

西风瑟瑟扑窗纱，暑气吹残白露华。的砾如珠圆有彩，玲珑似玉净无瑕。光含琪树千重洁，润浥圭桐百尺斜。夜气蒙胧甘被野，辉腾朗朗远山遮。

金 风

三秋凉送晚风清，金虎西方节序更。买值一钱迎户爽，吹凭五两拂衣轻。香飘桂粟累累结，影动莲花朵朵平。脍忆莼鲈归路远，他乡旅客最关情。

银 河

秋来耿耿望银河，万里云铺巧最多。界画天空刚案户，夜深风定不生波。沧江倒映澄如练，碧汉遥横澹似罗。桥驾年年乌鹊惯，女牛七夕会曾过。

秋 蚊

荒凉晚市故纵横，争奈秋风薄暮生。附热雄曾忙九夏，耐寒饥复闹三更。单怜芒刺全无力，静觉飞鸣尚有声。丹鸟进羞徒扰攘，北窗高卧梦还惊。

秋 蝇

营营止棘赋清蝇，几度惊秋力不胜。贪附渔腥仍恋恋，寒攒故纸耐层层。自怜羽翼重阳晒，阅尽炎凉世态憎。细雨斜风残暑后，傍依帘幕倦飞腾。

秋 猎

平原秋猎趁斜晖，叶落林空大合围。雪爪凌寒鹰乍放，霜毛卧日兔初肥。场开浅草黄云护，箭逐流星白羽飞。奏凯欢呼声动地，归来月色满弓衣。

秋 樵

西风瑟瑟木萧萧，几度秋深见晚樵。黄护草根双足踏，红余枫叶半肩挑。云开路指前村近，树缺墙迎古寺遥。数点鸦翻斜照候，归来远过石栏桥。

秋 砧

飒飒西风送碧浔，音催刀尺万家砧。前林听到秋声急，深巷敲残月影沉。四壁虫吟凉欲和，五更蝶梦破难寻。征衣何日关山寄，霜冷频添旅客心。

秋　帆

危樯独树影巉巉，无恙秋风挂布帆。片片云飞迎断岸，番番潮送过层岩。半空饱挂新霜压，几幅高悬落日衔。路转峰回孤棹放，寒江闲钓冷轻衫。

雁　阵

平沙万里暮云稠，结队征鸿向晚秋。营列羽林应集柳，枚衔芦管想临流。行排远势驰边塞，字写军书寄置邮。风紧齐鸣知奏凯，数声相叫破汀洲。

鸦　阵

万翼分张布远畴，鸦儿兵到暮城秋。羽皆染墨军容壮，鼓许衔林战气遒。倘集齐城师易循，若栖楚幕阵全收。征途得胜声呕轧，奏凯寻盟向白鸥。

红　叶

枫林雅爱客停车，红叶纷纷木落初。蒸到晴霞逾灿缦，凝来晓露点萧疏。胭脂浓染秋霜候，罨画图成夕照余。树际遥看征雁过，多情只为寄乡书。

黄　叶

西风萧瑟总消魂，秋叶黄残遍野村。澹澹烟笼橙树里，丛丛色映菊篱根。芦平两岸云迷黯，竹绕千竿月照昏。向晚寒鸦争集满，江南家住有诗存。

忆　家

惆怅离家恨，孤身独远游。饥寒驱作客，风雨酿成秋。当路谁青眼，高堂已白头。何时赋归计，江上泛扁舟。

季秋到石门有感

旅馆如僧舍，西风满院凉。浮生原梦幻，人事亦沧桑。依样葫芦画，加餐苜蓿尝。何时归故里，课子检青缃。

夜　雨

淅沥空斋一梦醒，枕边索句费沉吟。最伤情是三更后，点点声凄滴到心。

孟秋月夜忆柳友梅

寂寂山居历坎坷，相逢时少别时多。何当载酒同邀月，重上高楼带醉歌。

闻　莺

绿树阴浓永昼清，就中小住亦多情。好音不问人知否，独向东风任意鸣。

汲古轩中对镜

对镜三叹息,形容何太瘦。自问难自言,但见双眉皱。

己卯除夕拜先考像录一

遗容展拜痛如何?庭训追思涕泪多。望子成名心最切,而今犹愧未登科。

解　嘲

人世沧桑几变迁,寒窗仍守旧青毡。亲朋莫笑贫如洗,四叶相传只砚田。

题卞与可先生竹院逢僧图

世事总虚空,人生徒碌碌。孰是解脱开,消受清闲福。老佛君前身,偶插红尘足。不必作头陀,超然迥绝俗。与世共浮沉,养心在寡欲。利薮与名场,一生不争逐。但愿念弥陀,安禅结茆屋。虚心是我师,左右有修竹。老僧话禅机,楞严经可读。相印在心心,尘缘难缚束。举世皆常醉,常醒惟君独。指点后来人,画图留尺幅。

甘露寺怀古

山横北固压神州,甘露佳名自古留。走马涧低春雨滑,跨鳌门厂夕阳收。碑文字拓思吴琚,狠石苔封忆武侯。人物英雄千古事,大江潮涌自东流。

招隐山访古题招隐寺壁

招隐当年忆旧游,名山高卧白云稠。鹂闻莫访幽人馆,鸦噪空余太子楼。玉蕊花繁狮窟绕,涧松阴密虎泉流。读书自古人何在,碧草埋荒石案留。

夏五杂咏六首

艾　虎

艾叶纷披画阁南,装成虎势影毵毵。倒悬宛向山林缚,薄采宜从石穴探。翠爪空拏威凛凛,青睛俯视目眈眈。风来窗下疑舒啸,猛厉偏教变色谈。

艾　人

不须兰佩并荷裳,结艾为人气貌扬。上古衣冠惟草草,老年须发尽苍苍。裙拖榴瓣舒红锦,剑系蒲阴拭翠芒。好共天师图画列,支离面目任装潢。

艾　糕

银泥玉屑润如膏，蒸咏浮浮艾作糕。红映榴花痕乍点，青分槐叶冷相淘。何须旨蓄三年久，且学诗题九日豪。兰酒术羹都配列，尝频染指快贪饕。

艾　酒

华筵启向碧纱厅，香艾融和酒一瓶。佳酿宛偕茅缩酌，新醅更比菊延龄。荷筩杯吸阴同绿，竹叶觞浮色共青。节届中天欣赏候，兰汤浴罢醉初醒。

蚊　幮

蚊市喧阗趁夕晖，碧纱幮小傍空闱。画屏深护鲛绡稳，翠幄潜防豹脚飞。嘴利烽难穿峭壁，喙长声却透重围。清风徐过新凉送，高卧漫教羽扇挥。

池　荷

新荷一曲绕芳池，点点青萍漾碧漪。几朵朱华开灿缦，数枝翠盖接参差。前溪影飐风惊候，隔浦声喧雨到时。最好晚凉斜照后，绳床移卧向前陂。

樱笋厨二首

樱笋盈筐买，携来碧绮厨。珠盘光最润，玉版味偏腴。色占朱英灿，痕披绿箨纡。供宜香积里，食谱此时需。

樱笋前村卖，携来入小厨。蜡珠看现彩，犊角宛分觚。万颗英初润，千头味最腴。老饕先得意，好作不时需。

纸鸢二首

最爱三春景，绳看系纸鸢。迎风看直上，恰近斗牛边。

闲步郊原外，儿童放纸鸢。烟开芳草地，筝响夕阳天。

春夜雨听不成寐诗以纪之

一夜萧萧雨，听来起客愁。阶前声淅沥，梦破五更头。

莺出谷

三春催淑气，出谷有黄莺。睆睍音调乐，笙簧韵转清。

对月饮酒

花间明月照，好举玉杯邀。白眼空千古，青天共一瓢。小时浑不识，今夕可相招。夜静三更久，蟾宫幸不遥。

秋日郊居雨后看山

一望寒山净，晴光豁远眸。洗经前度雨，写出者番秋。石发青犹湿，林容翠欲修。如妆浓澹色，几处暮云浮。

荷珠二首

荷池新叶放，点水即成珠。佩合莲裳艳，穿疑柳线纡。错疑泉客泣，莫认海人输。凭槛凝眸望，匀圆色最腴。

新荷初放候，清露点如珠。错落青盘走，轻盈翠盖铺。光惟鱼目混，色共蚌胎俱。最好堤边柳，穿来弱线纡。

曲江观涛二首

曲江刚八月，放眼正观涛。不辨银山拥，惟看雪浪高。苍茫穿一线，缥缈隐三篙。槛外声传急，风狂任怒号。

曲江留胜迹，八月可观涛。浪卷风声杂，山堆雪色高。海门排万里，野渡没三篙。极目苍茫处，能教平。诗兴豪。

河　豚

春余满地起芦芽，争买河豚傍水涯。双尾阴穿新柳叶，几番涨洗碧桃花。羹调吴市腥风远，乳重西施美品夸。最爱江南风味好，街头贵莫数鱼虾。

柳　眉

依依弱柳碧千枝，叶展柔荑细似眉。齐胜梁鸿添态度，画差张敞倍丰姿。敛舒翠扫痕无迹，深浅青拖样入时。最好一弯新月上，澹笼黛色影迷离。

柳　丝

堤围碧柳画桥东，枝拂千丝翠影笼。密引柔条疑散雨，长添弱线不禁风。依依织倩莺梭巧，缕缕裁凭燕翦工。有客停骖临此地，最宜系马绿阴中。

友人持自锄明月种梅花小影索题走笔以应之

月明满地雪，梅古根如铁。独立自携锄，劚破苔痕裂。

万松冈怀古

烟藜扶我过南翔，行到城东引领望。城东高处冈崱屴，长松罨幂何青苍。忆昔刁公栖隐处，清风桥隔山之阳。中葺藏春坞，潜开逸我堂。岭上植松阴郁郁，轮囷干老烟条长。奔涛昼起苍龙吼，林深飒爽清风凉。欲寻蹊间路无迹，云封石径烟苍茫。高平曰原下曰隰，长横山脊势低昂。并无层峦与叠巘，惟看虬枝盘错乎中央。相传南唐仁肇宅，武帝微时旧址荒。一自景纯来此土，诗题天下传芬芳。迄今人往成千古，只余高节奈风霜。我来登临一怅望，万松依旧满平冈。

乳　燕

乳燕呢喃至，关心节届春。于飞依屋角，帘外语频频。

上巳集曲江池流觞

一曲江池小，随波泛酒觞。半湾流水活，列坐引杯长。

泊秦淮访杏花村酒社

酒熟江南候，秦淮两岸多。不知何处是，杏字隐林阿。

登无为州稻孙楼

孙衍三秋稻，名传米芾楼。我来凭眺望，野景豁双眸。

风　鸦

几番霜信递，枯木集寒鸦。势宛风声挟，呼群一字斜。

咏墨盒四首

匣藏宝剑椟藏珠，一例应看墨染濡。好缩兰亭收玉枕，似研微露注冰壶。镕成圆相机能活，沁入团窠锦细铺。光润不须资古砚，且将文具绘新图。

依稀玉盒制圆匀，斗汁涵濡净绝尘。模范最宜铜似行，工夫应省墨磨人。丝团蛛网文心巧，笔点绳头字迹真。壶里乾坤原若此，龙宾十二竟通神。

乌几安排用最便，箧中香气吐松烟。书临旭草千行下，笔灿江花一梦圆。藏盖谨时文愈富，英华敛处采弥新。悬规藉作芸窗伴，守黑谁知悟圣传。

函开五夜月华临，射策还如射覆心。明镜高悬堂白玉，彩毫细练字黄金。澹浓尽作云霞色，阖辟都随翰墨林。天语更堪书顷刻，不须御史笔为簪。

龙　船

时刚逢五月，水面泛龙船。赤尾迎风掉，苍髯破浪穿。旌旗迷渡口，箫鼓闹江边。谁夺标堪得，高呼美少年。

访谢湘谷表弟招隐山

古木森森一径斜，春光已老绿阴遮。当门丛碧披芳草，满地残红踏落花。谷出有鹂刚语解，泉跑无鹿尚名夸。读书台畔读书处，间访故人兴致赊。（《（民国）招隐山志》卷七）

65. 阚庄派丹徒支十八世缪之钟族称子山公诗八十二首

十八世之锺，一名焱奎，字子山，号春谷。《箕裘集诗钞》录其子鼎祺跋语云："先君子嗜学工诗，旨纯词正，生平著作甚夥，于《春谷诗文集》四卷、《京江逸响续集》十卷外，尚多所待梓。而鼎祺常憾力未之逮也。兹炼卿叔父编缉《箕裘集》，选先君诗八十二首刊列集中，鼎祺幸又承命同校，盥诵及此，乌能恝然?。

拟柳子厚读书

啸傲忘尘世，何必擅名誉。披书观今古，荣贵事总虚。居高才烜赫，黜陟徒唏嘘。倏起又倏落，于我浮云如。乾坤一俯仰，时还读我书。牙签抽玉几，白屋与古居。三冬文史用，高歌雪压庐。焚膏可继晷，一灯凝窗初。沉吟随所适，岂必拘三余。家藏随所有，岂必富五车。倦来午梦长，肢体常宽舒。睡起闲散步，明月上庭除。卓然七尺躯，安用乘华舆。人生有良贵，即以光门闾。（以下二十三首选自《（光绪）东兴缪氏宗谱》卷三八）

米海岳研山歌

山横北固江如练，斋名宝晋门双扇。墨云片片接长空，当年曾贮襄阳研。由来斯研宝南唐，初在澄心堂里藏。峰有卅六石逾尺。冈峦窈窕复青苍。中央罅缝辟一线，上下陂陀分两旁。沧桑劫转真难测，伤心此物伊谁得。元章好古广搜奇，古匣摩挲金玉饰。衣冠下拜肃威仪，书画丛中常拂拭。胡为价可抵连城，为易蓬庐遗旧识。迄今流落向谁家，指点残图空叹息。

卖花词

绿杨深巷人家住，朝暾朝上檐前树。梦醒纱窗幽鸟鸣，卖花人已行多路。门前展步独徘徊，忽然习习香风来。扣篮欲问花多少，宿蕊犹含半未开。阿侬新向枝头摘，万紫千红娇欲滴。无数游蜂逐路飞，红腔低唤春声寂。归途得意指江村，重理花枝向故园。紧记红楼三两家，明朝唤卖已知门。

春江曲

春烟漠漠雨如丝，春树阴阴草色滋。春江浩渺风浪阔，多少离人起别思。去年江上见，今赋春江词。可怜无限伤春意，也共江流无尽期。

中泠泉歌

吾乡金山有中泠泉，在郭公墓下坡。《一统志》：中泠泉，一名第一泉，萨天锡名之者也。昔有僧巨舰十余只，以银瓶铁绠沉于江底，俄而汲泉水出，至寺共饮之，味果甘美。因复欲取之，风浪大作，不可前进，土人所谓龙禁。亲尝者则陆鸿渐，赏题者则有苏东坡。厥后比丘好事，恐汲泉者有风波之险，重设井殿旁以娱游者，而要非真中泠泉也。

波涛鼎沸江之东，金山突兀环当中。上有鳌峰峭入白云里，下有深潭千尺通蛟宫。泉锡嘉名曰“中泠”，味甘且旨清澄渟。真珠万斛如涌出，滔滔汩汩平沙汀。子潮午潮信相续，水光潋滟玉珑玲。风涛危险水莫取，冲波激水舟难停。老僧畏险中泠改，空阶凿穴通江海。安知泾渭终古分，飞泉直泻非真宰。我来郭公古墓前，涛奔浪骇心茫然。此中石硐渊深处，天下知名第一泉。

长山龙井

长山之峰窈而曲，势若蛟龙潜深谷。井泉百尺清且寒，时有阴云翻地轴。屏障曲阿京口东，矫然削立摩苍穹。浓云澹雨倏变化，一声呼啸云从龙。练湖之波一万顷，青天倒落千芙蓉。我来拨云入古翠，惟见汉柏秦时松。忆昔天灾遍寰宇，侧目云霓何太苦。贤哉太守为元元，唤起神龙救禾黍。寒光四射照羵羊，鼓鬣为风沫为雨。纷纷鳞甲遍长空，绝胜池龙生极浦。君不见，神龙起兮云飞扬，骊珠怀抱生光芒。已报盛世占大有，野田深处稻花香。

采桑曲

江南三月烟苍苍，田家女儿祀蚕娘。阿侬家住南山下，南山之南亲采桑。今年桑比去年好，瞥见罗敷出来早。绿树槎枒水次门，白蘋远映村边道。闺中女儿惜春朝，湘裙云帔来相邀。筠篮宿雨村三里，罗袜春风巷一条。崦前崦后株株树，采时犹见树头露。妾梦长经柘馆春，郎行直指榆关路。一摘再摘桑叶稀，妾心但为愁蚕饥。料理新丝憎懊恼，努力奉为君子衣。七襄织罢甘蓬首，剜领裁襟成妾手。腰带依然准昔时，未卜郎君今称否。春来春去望远音，年年缄恨白头吟。转眼明年桑又绿，愿郎勿赠秋胡金。

蝉

牢骚吟不断，故故晚来鸣。风雨难成调，林园苦费声。居高甘澹泊，抱叶任枯荣。呜咽三秋景，尘缘脱最清。

水仙花

岁寒三友外，花事送残年。托植惟宜水，呼名恰借仙。叶舒霜薤劲，瓣学酒杯圆。瓷盎培根净，冰壶濯魄鲜。芳兰联眷属，香国任婵娟。解佩尘难染，凌波袜欲溅。银台攒簇簇，缟袂振翩翩。绰约凝妆瘦，玲珑刻玉妍。最宜文几畔，刚近峭寒天。选胜伊堪伴，通辞我亦怜。欲回姑射梦，恰谱伯牙弦。一种殷红吐，唐宫异品传。

拟杜少陵诸将五首

西戎寇盗起烽烟，远戍空余绝塞边。密旨诈将兵十万，祸心早伏马三千。范阳突入骄无敌，海内承平历有年。廿四郡州如瓦解，定军不用檄书传。

大将戈矛西出师，堂堂旗鼓羽旄麾。许张协力成军猛，李郭分驰建策奇。蜀道蒙尘天子去，铜关失算老臣悲。长城万里诸君恃，大厦休将独木支。

天亶天聪自圣明，江山情重美人轻。马嵬一霎刚传令，虎将何时克偃兵。战垒漫教回纥助，京师岂乏义军行。赏功依古分茅土，克日功应奏凯成。

李泌勋名本布衣，朝廷倚赖策军机。大唐养士恩诚重，小丑跳梁势渐微。纵酒漫将元帅印，统戎休建侍中旗。扶危定国群材力，露布纷驰克奋威。

西蜀回銮奉上皇，旌旗耀日至咸阳。京东恢复忠忱献，河北欢呼引领望。逆种纵遗安庆绪，储君幸有广平王。策勋共羡三军勇，燕幕巢堂岂永长。

春　燕

春光多在杏园中，双宿双飞画阁东。深巷重寻王谢宅，小楼空舞美人风。休言飘泊无新侣，不改轻盈入故宫。朱雀桥边花事尽，翩翩犹恋旧时红。

春　柳

野渚青青带浅沙，东风先入酒人家。马嘶古道愁飞絮，客对长条怨落花。一去王孙空北馆，独怜张绪在天涯。白门孤棹何时返，残雨凄凄宿暮鸦。

梅花岭拜史阁部衣冠墓

明祚将终唤奈何，南朝半壁尚笙歌。孤忠有意扶危主，四镇无功敢渡河。邗上老臣空驻马，临淮大将已抛戈。我来一拜衣冠墓，铁骨梅花永不磨。

杨花曲六首

江南三月草连天，杨柳飞花古渡前。多少杜鹃啼罢后，春痕都上钓鱼船。

前度浓阴抱十围，而今舞絮剩斜晖。隔墙几点穿林远，错认南园蝴蝶飞。

萧斋闷坐惜春宵，太息春光已欲消。翻讶天公多怪事，无端又把雪花飘。

送客阳关一曲休，亭长亭短逐轻舟。年年飘泊浑无定，恼起离情我亦愁。

随堤十里独徘徊，昔日繁华安在哉。飞絮不知亡国恨，春深又趁晓风来。

疏疏密密曲江滨，满路骊歌欲送春。化作浮萍莫惆怅，一湾流水认前身。

读书秋树根

何处书堪读，偏依古树根。浓阴遮曲路，清韵绕柴门。趣得烟霞伴，声随鸟雀喧。开函闲坐久，日落近黄昏。(以下五十九首选自《箕裘集诗钞》卷一八)

灯　花

帘钩日落月光斜，一盏青灯映茜纱。为卜音书缘报喜，不劳雨露自生花。

采茶词四首

江南二月好韶华，绿满春山茗茁芽。紧记心头须早起，晨曦未出亟收茶。

谁家女伴竞携筐，路问蒙山十里长。才过清明已谷雨，匆匆忙煞采茶娘。

旗枪展叶绿云腴，山后山前细路纡。家在遥村三五里，剧怜茶户此勤劬。

野径归来旧路谙，夕阳村舍一肩担。三春园侣无闲暇，才了收茶又养蚕。

月下闻笛

明月照秋城，梅花落有声。团栾当五夜，呜咽值三更。影射吴江冷，音随皓魄生。关山传古调,听罢足忘情。

杨柳枝词

江城杨柳自依依,罨画晴烟绕四围。欸乃一声春水绿,浓阴夹岸钓船归。

卖花词四首

东风昨夜起天涯,压担香吹满路赊。忙煞纷纷数蜂蝶,往来只逐一篮花。

清明节近寂无聊,信步寻芳路几条。夹岸桃花间杨柳,村童取摘一肩挑。

遥山远水两模糊,宿雾迷离似画图。人坐小楼知夜永,明朝可有杏花无?

最是春闺无限情,关心春色倚柴荆。卖花明日重来否? 须趁一竿红日明。

拟杜工部冬狩行

车辚辚马萧萧,戈矛在手弓在腰。冬狩校猎三千士,东川节度神武超。山空木落走狐兔,荒原草踏争连镳。纵火熊熊火光烈,青兕元豹齐跪跳。六师大合群角胜,百兽流窜藏山椒。鸟惊触弦不虚发,将军一矢中双雕。毛为风兮血为雨,洒野蔽天兵气骄。脱角挫脰忽长啸,輶车载得猃与猕。禽相镇压兽相枕,割鲜野食听歌谣。欢腾合围酒正酣,野老忽见东山樵。十年此地看狩猎,安得整肃如今朝。回营征伐西戎寇,定见捷书献圣朝。

北固山望江

凌云亭外水滔滔,我辈登临兴愈豪。峰耸千寻标铁塔,楼高百尺对金鳌。当窗波影连天静,隔岸风声彻夜号。好友翩翩多雅集,分题诗句快挥毫。

焦岩访桂

西风飒飒报新秋,江上波平泛小舟。未到焦岩香已透,恰疑身入月中游。

消夏词二首

亭前杨柳碧如烟,亭外波光水接天。遥望夕阳斜照处,溪头无数采莲船。

萧萧修竹两三行,半亩芳池半亩塘。最爱北窗高卧处,清风一枕傲羲皇。

种　瓜

绿萝带雨自清华,半亩山居近酒家。热血一腔无事遣,且携泉水种秋瓜。

鸡鸣枕

寒鸡啼枕畔，月照汉家营。不寐吟风雨，深宵警甲兵。声鸣先主意，唱彻老臣情。后世终难醒，萧萧备远征。

题消寒图

图成九九欲消寒，满座高朋带笑看。花覆茅檐香暗透，苔封石径雪初残。奇才敏捷挥毫易，傲骨稜嶒入世难。从此东风吹律转，蓉园结社共盘桓。

谒郭璞墓

金鳌突兀水天空，山脚坟留纪郭公。只有波涛终日撼，并无松柏晚烟笼。三生龟策埋荒冢，千载渔人挂钓筒。剩有一篇《江赋》在，秋坟鬼唱起悲风。

布　谷

朝闻时鸟转空林，郊外青青满地阴。陌上浓烟残雨候，刮锅声里带秋心。

听　鹂

一曲幽篁里，高人许独探。笙歌不到处，箫管忆江南。巧啭催新绿，余音入蔚蓝。戴公山下路，终古羡双柑。

玉蕊花

卫公风雅爱灵根，玉蕊花开雪作魂。瘦骨含烟如有怨，疏枝临水欲无痕。昔时枉赋冰霜质，此日空敲薜荔门。重过招提情不禁，韶华何处忆王孙。（又见《（民国）招隐山志》卷七）

刈　麦

微雨初晴又夕阳，田夫担担一肩黄。于今始识农家乐，丁卯桥边饼饵香。

新　月

夕阳落尽晚烟披，新月初生玉露垂。应是姮娥羞见客，不舒全体但舒眉。

古　剑

沉埋天宝几千秋，百尺光芒射斗牛。此日干将谁共命，他时定远早封侯。拭来汗血英雄志，寒噤霜华日夜浮。欲报君王须借汝，一朝付托快恩仇。

落　花

三月残春舞落花，番番淑气送繁华。昨宵风雨芳千片，此地文章水一涯。香滞蝶衣余屋角，瓣留蛛网逗檐牙。是间有客披书坐，握笔闲吟兴最赊。

莺簧二首

谁学仙人度玉笙，新莺百啭弄娇声。飞过平。洛水歌初熟，春到鹂山韵更清。杏坞涩愁朝雨重，柳堤炙爱夕阳晴。好携斗酒双柑至，听尔针砭涤俗情。

戴公山下早闻莺，两样调簧一样清。银镤双吹红树暗，金衣并立绿阴横。风和巧舌如珠贯，露炙歌喉学凤鸣。可惜梅花开太早，未能转律彻春声。

柳　眉

东风峭峭雨纤纤，满目垂杨秀色添。几度描来青涨远，一弯画出翠痕尖。苔封桥外疑垂发，松衬堤边欲挂髯。九十韶光弹指去，飞花无数入重帘。

柳　带

野陌青痕入望收，毵毵弱柳翠条柔。一林疑受松风解，三径斜连草色幽。秀骨束来窥窈窕，细腰垂去作风流。依依万缕前堤密，几处浓阴傍翠楼。

柳　丝

韶光乍去报新年，一路垂杨绕郭边。翠织烟绡依渡外，青抽雾縠拂窗前。风轻散就千条影，云细铺来二月天。此树屡经攀折苦，亭长亭短总情牵。

新　荷

微风吹漠漠，小叶自田田。碧玉初含露，青痕欲破烟。未开西子镜，宛似洗儿钱。待听吴姬曲，虹桥隐画船。

夏日遣兴二首

槐阴一望绿森森，日暮蝉声长短吟。此际松窗闲对弈，顿忘胜负不关心。

偶来池畔掷鱼竿，浴罢群鸥卧石栏。贪看白云懒归去，夜凉风露自清寒。

消寒词四首

碧栏杆外夜霜凝，笑我翻如被冻蝇。剧讶萧斋寒至此，头衔岂荷一条冰。

质库频年岁晚谋，装棉已过故园秋。可能消得儒酸否，刀尺声中补破裘。

玉龙斩罢困吟肩，输与东坡白战天。对面冻禽喑不语，一双危立画檐前。

盼久黄梅绮户开，香痕缕缕透林隈。明朝拟击催花鼓，三十六宫春色来。

扬子江渔歌二首

使船来往在江头，尺幅蒲帆一叶舟。若问昨宵何处宿，一星灯火住瓜州。

水国浮家日往还，西津渡口浪潺潺。扁舟拥被推窗早，卧看金焦两点山。

插秧词四首

前村花鼓响冬冬，宿草芟余土尽松。料得农夫须起早，趁他三尺雨痕浓。

丁男荷锸不须耕，翠陇青畴罨画横。个个儿童偏得意，千畦踏遍马蹄轻。

迢迢晴陇竞持锄，牛鼻浮沉渡水初。今日泥涂辛苦尽，秋成大有万仓余。

种罢江乡又一番，道旁歇息话晴暄。吏人不解农人苦，但解催租到野村。

秋江棹歌四首

野渡西风送信赊，凉鸥扑雪雁横沙。自划一叶寻秋急，秋在江头红蓼花。

春江记得送征蓬，转眼霜枫夹岸红。但愿音书来有准，昨宵曾起鲤鱼风。

生计全家水作田，阿侬江上住年年。一壶笑贳前村酒，难得光阴是蟹天。

木叶微零水始波，前溪唱到采菱歌。江天渐觉荒寒甚，弱笠轻蓑奈尔何？

鲥　鱼

放棹西津网挂丝，纤鳞何让富春鲥。依然岭表三鯬种，正是江南四月时。多骨谨宜防箭细，护冰犹恐送船迟。楝花昨已传风信，好似鲈鱼动客思。

蚕　豆

田家曲箔正眠蚕，豆荚垂垂秀色含。麦陇和风盈掬采，桑畦斜日一肩担。壳同蝉蜕初成茧，种异蛾眉欲满篮。纤手剥残供晚食，炊烟漠漠绕村南。

同子盘兄登城怀古各赋一章

孙郎事业振江东，铁瓮城环立战功。芳草于今迷雉堞，旌旗自昔说雄风。阃中周陆千军壮，江左袁曹一笑空。无那秣陵迁渡后，女墙犹照夕阳红。

登金山感赋

高峰矗立水中央，万里江流入大荒。扬子渡迷空想像，郭公墓古总苍茫。潮声不夜吞沙岸，塔影参天射夕阳。战扼金兵遗恨在，至今凭吊忆蕲王。

新　笋

冻雷前夜已经春，土绽泥开笋见新。嫩展香苞朝雨过，晴抽斑壳晚烟皴。锦绷裹处芽犹短，玉版参余酒共巡。珍重婴儿须护惜，番番近已燕来频。

秋　千

深深院落架高悬，弱态颠狂动客怜。舞袖润沾红杏雨，彩绳轻拂绿杨烟。楼头戏若惊鸿闪，林外移同巧燕穿。欲访汉宫何处问，旧时花样剩秋千。

焦　桐

良材终见弃，爨下得瑶琴。流水逢残劫，中郎识古音。关心三弄曲，烧尾一龙吟。浮世原难托，相煎恨太深。

同冯林一邓尉山雪后寻梅二首

山中春气早，岭上正开梅。印等鸿留浅，花看鹤守偎。著来双屐冷，折得一枝回。踏雪须寻遍，扶筇石径隈。

踏雪深山里，同寻岭上梅。屐穿三径冷，花正一枝开。鹤守前林认，驴骑断岸回。斜冲风料峭，策杖倚徘徊。

66. 阚庄派丹徒支十八世缪之镕族称炼卿公诗十八首词十一首

六十自寿四首 有引

己亥春三月廿四日，为镕六十贱辰。马齿徒增，驹光易掷，感年华于逝水，悟欣戚于浮云。既已学书学剑，壮不如人；况乃谋食谋衣，老而为客。忆往岁，应官听鼓，尤存烈士雄心；悔从前，结客挥金，终是少年豪举。今也半生缚茧，两鬓成丝。辨世味之酸咸，自甘豹隐；抚流光之迅速，聊学蝉吟。四律初成，短章用引。

自酿春缸酒一卮，自吟自酌漫摛词。桑麻偶共邻翁话，忠爱惟将子舍期。儿子供职农曹，常勉以敬事节用。但得清闲皆足乐，定求显达亦云痴。平生恰被聪明误，往事追维悔已迟。

虽云五福寿为先，寿不兼名未是全。著述几人供覆瓿，光阴百岁等浮烟。踌躇空抱澄清志，利济难期老大年。没世无称君子疾，问谁早著祖生鞭。

记得椿萱瑞满庭，抽毫觅句正髫龄。天涯莱子难承笑，膝下桐孙渐解经。早岁宦情萦浙水，只今朋辈感晨星。旧书不厌时还读，犹意当年灯火青。

虚掷韶华六十春，谋衣谋食溷风尘。侠情浪说朱家近，诗意惟宗白传真。愿受一廛非是贱，能藏万卷未为贫。汉书浊酒聊堪寿，寄语儿曹莫宴宾。儿子欲请假南旋称觞，予函示坚止。（《（光绪）东兴缪氏宗谱》卷三八）

旌表节妇二嫂严宜人哀辞

兄殁廿余岁，诸凡不惮劳。情同孤雁寂，节迈古松高。旌表千秋著，偷常一妇操。从来甘淡泊，视死等鸿毛。（《镇江世庆堂缪氏宗谱》）

七十自寿四首

箕筹五福寿为先，困顿何须怨老年。忆昔名场原幻境，于今净土是良缘。三生悟澈证前果，万事参通听上天。膝下孙曾传四世，一堂穆穆也怡然。

青灯犹忆在儿时，瞬息光阴岁月移。老大年华徒碌碌，平生学业半孜孜。遍尝世味酸辛辨，阅历风尘进退知。陋巷箪瓢安义命，怡情笔底寄于诗。

都缘重义致家贫，消长盈虚恰有因。落拓自宜贤者弃，飘零难与古人亲。传家忠恕须存厚，处世和平只率真。惟愿吾儿能报国，文贞遗绪足堪循。

就养儿曹拟赴京，无端目疾阻行程。杜门谢客浑忘俗，静坐谈禅觉有情。卤酒称觞饶至乐，雏孙进颂祝长生。稀年幸赖精神爽，随分逍遥物自轻。（《镇江世庆堂缪氏宗谱》）

乱后同尹纫兰游招隐寺

夹路蓬蒿满，丛丛不可登。荒山腥有虎，破刹冷无僧。仲若高风渺，文饶旧感增。临风怀往事，惆怅共吟朋。（《（民国）招隐山志》卷七）

乱后同尹纫兰登狮子窟

空谷无人古寺荒，拉朋访古兴偏长。几堆碣断无多字，一线湖横尚有光。登此见丹阳练湖。败冢青丛滋乱草，残营红漏倚斜阳。豺狼狂寇今驱尽，犹剩豺狼似寇狂。时山中豺狼充塞。（《（民国）招隐山志》卷七）

侍大人游金山江天寺

浮玉江心寺，登临万象宽。诵经来海客，受法礼禅坛。烟锁层楼迥，云深古洞寒。一尘真不染，香味爇旃檀。（以下六首选自《（民国）金山志》卷一三）

寇平后返里门涂伯琴内兄邀登金山伯琴用苏长公韵感赋依韵和之

虬蛟肆毒江水掀，桑田几欲化沧海。天下滔滔澜倒狂，岂知中流山自在。故人约登石盘陀，语予险幸出风波。山中楼阁虽尽毁，晴岚片片青仍多。江上来往忙舟楫，俯视帆樯尚曩日。寺宇零落瓦砾埋，城废霞犹或误赤。粤贼依山筑城，贼退城毁。相顾错愕相失魄，折戟未销铁遗黑。孤塔巍巍有神明，炮火任击了无惊。屹立不动问谁识，有生如此乃英物。与君砥砺即此山，慎莫自弃顽夫顽。天荒地老有时已，亘古不渝兹山水。

和尹仰衡乱后登金山韵

昨来恶曜恨贪狼，喜报朝廷今辟荒。鲸响随烟成寂寞，鸠工不日相阴阳。洞中扫荡龙驱白，楼外归来鹤唤黄。却笑孙恩终自灭，狂澜底事激江长。

同孙韵武太守游金山远眺

金鳌屹立几千秋，气压东南百二州。巴峡江流天外落，楚吴山色望中收。依微树影西津渡，隐约钟声北固楼。指点年来征战地，风波终不到沙鸥。

壬申春日方子箴都转约游金山子箴用苏子由韵赋七古一章依韵和之

吾乡金鳌奇复奇，盘陀石并善财石。雄飞好游气概豪，同行携手江泛碧。晓来偕出广陵城，容与中流浪花平。僧闻客至立渡口，白鸥队队偕远迎。道旁垂柳绿绊足，雨后分外青林麓。连山好竹笋吐香，问名合呼筼筜谷。耸身同上留云亭，片片云留亭上宿。笑言身如不系舟，何日云同留此幽。万事由来万不定，一心知止得究竟。伊谁本返复真归，倚亭看云悟者稀。与君留连不忍去，闲偷竟夕饶逸趣。

金山试第一泉

名泉欣说出江洲,汲古无须绠得修。清福半生夸口舌,甘芳一笑沁心头。胸襟顿洁澄于洗,精气都仙洁似秋。更喜多情贤太守,护持亭筑擅风流。

酬谢湘谷

南徐高士沙溪客,十载风尘谋砚食。伊人宛在水中央,天水空明同一色。先生吟啸于其间,时见闲鸥水上还。水上风光即诗景,笔墨安许人追攀。意态萧然久倾写,想见书城拥帘下。昔闻当路虚左车,曾有将军停驷马。世事不与性情侔,藏名水国轻王侯。有时高歌坐明月,亦复载酒弄扁舟。年来同调知谁是,我欲追随窃蒙耻。烟霞痼癖有同心,布袜青鞋从此始。(《湘谷续稿》)

满江红 题江阴王贞女传

一诺千金,问几个,男儿如是。蛾眉女,于归未咏,偏能之死。乍值翁丧簪珥脱,旋闻婿病精魂靡。泣苍天,医药两无灵,夫亡矣。　兴躃踊,情何已;妇绝粒,哀难拟。饵金环泉壤,殉身自矢。为侍孀姑权忍活,偏怜影只终无恃。殡双棺,子妇职兼全,贞珉峙。(《镇江世庆堂缪氏宗谱》)

梅子黄时雨 青梅

萼绿华来,认点点黛螺。浅晕轻染,更枝北枝南。碧凝新藓,春老相看阴作幄。满林结子房俱敛,酸微溅。画阁笑擎。玉唾频咽。　深院,刚醒香酽。记红饧沁久,纤笋偎劝。傍茗椀薰炉,袖罗依卷。旧怨新娇弹指换。金丸已向梢头荐。潺淙遍。赢得方面髭撚。(《全清词钞》卷二七)

忆江南 思乡

江南忆,喜听戴公鹂。载酒特来寻古径,携柑独自入山溪。信步过桥西。(以下五首选自《(民国)招隐山志》卷九)

浪淘沙 同王宾谷游招隐寺和调并均

拉友步山阳,绿换苞桑,霜枫正赤绕僧房。错道桃花红夹岸,津误渔郎。　满眼是秋光,世入清凉,万松值遍径开荒。且共科头箕踞坐,放浪歌长。

唐多令 同王宾谷登狮子窟和调并均

访古入幽岩，耽吟韵斗尖。上眉端，忘扑晴岚。蓦看花香沾满袖，清带露，冷华涵。君说笑图三，弥陀好共龛。结良因，佳处留庵。细爇一炉香味永，禅共话，妙机缄。

满庭芳 招隐看红叶

霞赤斜飞，云红低卷，浪道秋老回春。错疑桃放，津问引渔人。翻说韶光未去，寻芳至、软蹴朱尘。知谁信，枫林晚艳，奇境绮开文。　江山真锦绣，辉煌彩炫，灿烂花团。想七襄章报，织倩天孙。那问吴江冷落，吟愁句、有客销魂。停车坐，禅房掩映，更爱衬丹垣。

满江红 招隐怀古

四顾苍茫，曾一瞬、风流消歇。空故事，山僧寻话，者番饶舌。幽馆萧条琴韵杳，层台寂寞书声绝。尽耳边、三径候虫吟，凄如泣。　思雅致，徒追惜。搜遗迹，难寻觅。但苍松涛吼，翠篁阴拂。鸟爱金衣愁湿雨，花残玉蕊嗟成雪。倚空林、惟听梵音清，流泉急。

摸鱼儿

辛未首夏，予返里门，过访尹纫兰孝廉，因邀予作金山之游。大路平坦，同步山麓，非若当年之宛在水中央也。纫兰感金山之变，填《摸鱼儿》索和，即用原调原均以应。

傍沧流，一峰兀起，中央通有行路。瓜洲坍卸南成陌，休唱乃公无渡。朝又暮，奈意懒，频年屡却游山步。欣逢把晤。便乘兴登临，纵情诗酒，端的话心素。　悬岩翠，此是裴公居处。钟声遥隔松度。山容水态全更旧，不辨昔非今误。君知否，见说道，沧桑迁变都关数。凭栏指顾。认两点松寥，焦岩中立，四面水云护。（以下三首选自《（民国）金山志》卷一六）

忆江南 录一

读谢湘谷《家山忆》十阕，予亦作客未归，不禁旅怀同感，用原调赋呈。

江南忆，极目妙高台。渺渺长江吴楚判，峥嵘两岸市廛开。终古水西来。

齐天乐 题听潮轩

禅房镇日江干住，冯夷笑偕为伍。七尺瑶琴，一枝玉笛，惊讶传来何处。音谐律吕。镇间仄。作笙箫，迭鸣钟鼓。悄起掀帘，一声声自波上吐。　应知水神欢聚，几番仙乐奏，杯侑清醑。恨遣胥邀，愁消种为，仄。新调更翻龙女。筵开水府。又鸥鹭群招，凌波翩舞。付与词人，却许多逸趣。

买陂塘 读《湘谷吟稿》

问生平、豪情几许，唾壶直恁都缺。填胸块磊浇难尽，赢得酣歌激烈。笺万叠，弃收拾樽前，涕泪从头说。莲灯浣月。照客里山川，耳中茄鼓，都入入陵笔。　　江湖兴，林外斜阳未灭。空阶来踏残叶。烟波不少闲鸥侣，头白老渔如雪。谁主客，任拍手高吟，一笑愁俱豁。此怀难得。向雁底濡毫，蛩边吮墨，醉倒忘仄。朝夕。(《湘谷吟稿》)

67. 阚庄派丹徒支十八世缪之锌族称声和公诗四首

和醒园兄芦花诗四律

昨夜西风卷荻洲，一溪霏雪搅成球。关山日暮鸣新雁，泽国潮深泠宿鸥。瑟瑟寒霜天地肃，萧萧故垒古今秋。尽多乱絮江干拂，飘泊何堪感白头。

天涯回首又寒生，老我荣枯怅序更。游子衣单增旅恨，征人管疾切乡情。凄风沙碛秋光澹，凉月烟汀幻影清。好作飘蓬终日转，飞花无数逐波轻。

一望苍茫满目愁，荻花瑟瑟遍溪头。黄花白石渔翁宅，红袖青衫司马舟。雁影和烟飞泽国，鹭丝带雪落汀洲。长江如练波如拥，惆怅伊人那可留。

雪虐风凄世态豪，半生无奈此相遭。飕飗战碎烟三泖，萧瑟摇开月一皋。垂首岂因无劲节，托根原不避惊涛。含情间听蒹葭句，渔笛沧浪隔岸高。(《(光绪)东兴缪氏宗谱》卷三八)

68. 阚庄派丹徒支十八世缪之锟族称剑华公诗二十五首词一首

光绪谱引《箕裘集诗钞》跋云：剑华弟性耽吟咏，幼年困童子试，嗣因亲老家贫，橐笔四方，以供甘旨。往来吴楚之会，遇名山大川，必偷闲登临赋诗，故其著甚夥。晚年抱伯道之憾，志甘澹泊，迹遁林泉，益以诗自娱，号考槃道人。兹录诗二十三首，特志其崖略云。

醒园兄有半亩园暇时往游爱亭台楼阁花木竹石布置天然颇足畅怀娱目诗以纪之

山馆天香送，参差丹桂丛。怡亭花影覆，高阁竹阴笼。石畔鱼池曲，台前鸟径通。回廊多古帖，安置粉墙东。(以下九首选自《(光绪)东兴缪氏宗谱》卷三八)

兵燹后舟次苏州同友闲步留园

叠石成山峭,高松翠荫浓。苔痕斜照映,树色暮烟封。不觉归途晚,何嫌远径重。客舟清夜永,遥送一声钟。

先严忌日悲感交集

我忆当年最可悲,严君努力独支持。自惭不肖才偏拙,欲报难图悔已迟。侍疾终宵衣不解,扶棺一路泪频垂。那堪霜露增凄怆,色笑从无再见时。

七旬以外顿长行,没世犹称古道名。纵有灵丹难益寿,追思庭训倍伤情。愁烦到此销除尽,磨折从今解脱清。展拜遗容空想像,终天抱恨隔幽明。

和醒园兄六十寿诗用原韵四首

莫负春光酒满卮,敢将秃笔步新词。双星寿考齐眉庆,三月莺花祝嘏期。阃助多才称淑慎,家翁虽老不聋痴。座中竞上冈陵颂,我愧庸疏得句迟。

雁序肩随列后先,如君六行始兼全。克家有子能从政,睦族多人待举烟。自是名归缘实济,由来德厚必高年。峥嵘头角诸孙异,指顾青云快著鞭。

诗礼传家旧鲤庭,同堂三世庆遐龄。椿荣萱茂膺双诰,子继孙绳守一经。桃熟西池征上寿,象明东井聚文星。宦情早自中年澹,松柏尤贞岁晚青。

自数年华逊五春,衣衫犹染旧征尘。迹寻往日都成幻,性不趋时只率真。偶检废书何忍弃,虽居陋巷岂忧贫。羡兄胜我膺多福,鸿案相庄敬似宾。

春　燕

燕子初来正早春,江南风景已更新。旧时王谢今安在,飞入谁家觅主人。

旅居汉皋偕友人登晴川阁四首

枕流高阁势天然,我辈登临亦夙缘。乘兴凭栏一极目,隔江万户起炊烟。

雕梁画栋出尘埃,近水虚窗面面开。最爱夕阳斜度鸟,江流几派暮潮来。

当户南山夹气生,望中遥见武昌城。江流一棹归何处,俯听潮声杂橹声。

晴川阁上任句留,兴尽归来动客愁。遥忆家山风景好,金焦不厌几回游。(以下十二首选自《箕裘集诗钞》卷一九)

丙子再至申江小住三月秋末乃归此行也事无不遂是生平惬意之遭也未能云忘诗以志之 录其一

小住申江逸兴饶，客中佳况岂无聊。衣冠人物殊三代，金碧楼台胜六朝。电火通衢疑不夜，歌声到处乐终宵。繁华似此真难匹，纵有愁烦也尽销。

月夜有感 录其一

独自坐深宵，孤灯伴寂寥。回思昔年事，黯黯觉魂销。

闲中偶作

不为世俗忙，且自亲壶觞。百岁能几时，何必伤凄凉。渺渺天际树，悠悠天涯路。我欲寻知音，相遇在何处？

闰中秋赏月 录其二

银汉茫茫似昔幽，一年两度庆中秋。今宵又是团圆日，重步云梯月府游。

寒　鸦

不趋炎热自超尘，古木无人径里身。今日岁寒时已至，翻风啄雪倍精神。

子盘兄七十有八龙钟异常见时因之自感 录其二

我亦庸庸就老年，知非那不悔从前。亲朋意我愁无了，我恰无愁总任天。

辛丑五月次女适赵遂辞去赁宅忽卧病旬日因赋感怀十绝 录其六其十

榻畔孤灯影寂寥，病中伴我到消宵。可怜寒热无人问，一盏残茶手自烧。

平明睡觉梦醒初，喜见朝阳透绮疏。今日阴霾都扫尽，可堪与病共销除。

丙午新正开馆课童

人世光阴有几何？莫将岁月暗销磨。千金一刻须当惜，悔我虚抛去日多。

梅萼争妍放满枝，春来又到踏青时。今将小子窗前课，自愧庸才学作师。（《镇江世庆堂缪氏宗谱》）

阑干万里心 和炼卿兄七十寿诗原韵

羡兄福寿总居先，四世同堂七秩年。齐眉到老亦良缘，养花天，称觞祝嘏乐陶然。

精神仍是少年时，好学生平不可移。《箕裘》勤选日孜孜，寸心知，集成今古缪家诗。(《镇江世庆堂缪氏宗谱》)

江城子

弟今守拙且安贫。悟前因，与谁亲。看透人情，世事本无真。欲振家声须努力。虽老迈，莫因循。　　心香一炷叩瑶京。问前程，动愁情。株守频年，潦倒度残生。性不趋时缘自傲。行我素，任人轻。(《镇江世庆堂缪氏宗谱》)

69. 阚庄派石梅支十八世缪钟洛族称阁生公诗二首

题族柳村兄小照《柳村图》

光绪丙午仲夏，西京宗台以尊甫柳村公遗像邮寄津门嘱题，余素不工诗，率尔应命，录呈教政。

吾宗老处士，家住柳阴曲。采撷虞山秀，呼吸尚湖渌。学探卢扁奥，书读素灵熟。功与良相侔，隐造苍生福。为善终获报，有子骋骥足。文名蜚庠序，令誉播邦族。愧我羁薄宦，奔走恒碌碌。田园久暌隔，宗党难把握。幸藉邮筒便，尺书互往复。一编辱远贻，未读先薰沐。遗像欣仰瞻，和霭寓严肃。吾乡诸巨公，鸿编灿珠玉。自惭驽钝质，安敢貂尾续。赋诗不成章，翘望南飞鹄。(《柳村图题咏》)

舟过金山

大江东注日滔滔，天吴驱遣虬与蛟。中流一柱赫然立，横冲截断邀飞涛。太息世变桑植海，冯夷移山上江皋。吁嗟形势纵今改，奔波仍压不敢骄。琳宫玉宇上璀璨，塔耸慈寿凌青霄。妙高台矗并插汉，高迴留云云留梢。浮玉名闻想久渴，南望徒恨途遥遥。一棹昨喜归故里，名山欣说经金鳌。玉带料知定依旧，坡印千载流风高。杰阁遗像祀无恙，留玉阁。清流汩汩环山桥。玉带桥。中泠更幸出江际，名泉试煮槐火敲。平原游拟作十日，凭轩晨夕声听潮。听潮轩。争奈飞船疾于鸟，栖泊不得空意豪。果然可望不可即，蓬瀛一样徒首翘。侧身俯仰呼负负，失之竟真叹臂交。此愿得遂问何日，清兴孤我恨怎消。钟声缥缈落空际，袅袅偏向耳边撩。(《(民国)金山志》卷一三)

70. 阚庄派石梅支十八世缪钟济族称宝生公诗十二首

伊园即景十二绝

漫道山如画，更疑画是山。登楼一凭眺，两在画中间。画山楼。

众人皆熙熙，相与登此台。泽比春常在，经营民子来。春台。

翼然池上亭，池水涤吾虑。万物静中观，别有会心处。静观亭。

方塘一鉴开，澄波清彻底。对此励廉隅，臣心本如水。励清池。

不闻弦上音，但领琴中意。开轩待月来，悠然寄遐思。停琴小舍。

陆处非无屋，舟居却无水。彼岸渡慈航，惠泽周赤子。泊航。

五色何辉煌，灿然若霞蔚。当户对青山，开窗迎紫气。紫逻山房。

拓来地半弓，施我栽培力。老圃吾不如，种蔬亦自得。老圃。

梦中蝴蝶飞，梦醒犹约略。虽非康节居，此地亦安乐。梦蝶窝。

两山适相接，石梁亘空际。宛在水中央，巨川亦可济。宛在桥。

叠石成小山，山迴入幽洞。中藏一线天，莫笑口如瓮。小有洞。

磊落石丈人，三峰矗天外。州怡非无为，亦合米颠拜。磊落峰。（《（光绪）东兴缪氏宗谱》卷三八）

71. 阚庄派石梅支十八世缪钟渭族称郃生公诗二十八首

孙雄《道咸同光四朝诗史一斑录》云：“君精于医学，客居津沽，活人无算。诗笔敏妙，积稿颇富。安晓峰侍御维峻为作序，推奖甚至，谓其长于古风，取法汉魏，故能骨力苍坚，意味深厚，即近体亦不失为唐音。”

拟渊明饮酒四首 录二

闲时但饮酒，兴至即赋诗。此中有真乐，余事非所知。读书偶有得，欣然竟忘疲。会心不在远，吾道固在斯。寓形天地间，升沉任所之。贫贱讵足厌，富贵不可期。即令慕富贵，焉能便相随。借问道旁人，汲汲亦奚为。

藜藿足充虚，何必餍粱肉。裋褐堪掩形，何必被绣服。无冻复无馁。在我已为福。无为更多求，名利受羁束。缅寻老氏言，知足乃不辱。持此一觞酒，谢彼千钟禄。（以下二十七首选自《（光绪）东兴缪氏宗谱》卷三八）

纪大东沟战事吊邓总兵世昌

阴云黤惨海气黑，王濬楼船誓杀贼。两军鏖战洪涛中，雷霆铿锵天异色。高密后裔真英雄，气贯白日怀精忠。炮石攻击乱如雨，血肉激射波涛红。敌舰纷纷多击毁，我舟力尽亦沉水。不分猿鹤与沙虫，全军尽葬鱼腹里。将军历险得生出，当留此身待异日。志存灭虏图再举，畴谓将军节遽失。将军大呼曰不然，宁为玉碎毋瓦全。誓与士卒共生死，人死我生何靦颜。呜呼！人生孰不死，死贵得其所。重如泰山轻鸿羽，流芳遗臭俱千古。将军视死甘如饴，凛凛大节青史垂。嗟彼军前身伏法，畏敌如虎亦奚为。

甲午六月感事

皇帝廿载岁甲午，东藩忽地动鼙鼓。妖氛障日黯三韩，羽檄飞驰纷如雨。嗟彼国小实弹丸，春秋之郑介晋楚。君臣泄沓政多门，纷纷树党民无主。朝廷字小具深仁，藩服有乱宜往抚。天戈所指乱悉定，韩民重幸获安堵。何物倭奴肆狡狯，豕突狼撑恣跋扈。日光惨淡昏旌旗，海气迷漫聚楼橹。此邦耽耽久虎视，遂思乘间拓疆土。猖狂辄敢抗王师，弗畏人怨天谴怒。中朝相公老于事，睦邻不肯轻用武。因循坐误事机失，折冲徒欲恃樽俎。琉球夷县已可惜，亡羊仍不将牢补。燕颔今无班定远，鹰扬谁是师尚父。草茅何关军国计，欲排阊阖倾肺腑。大彰挞伐申天讨，慎简将帅命召虎。军令森严赏罚信，厚集雄师整劲旅。会看三箭定天山，扶桑东指灭强虏。东藩恢复东夷平，扫惰六合奠寰宇。

由榆林回宣郡道中作二首

四面乱峰环，行行山谷间。日斜驼影瘦，石滑马蹄艰。古堠劳迎送，闲云任往还。此游良足快，访胜出边关。

驱车下山去，涧水泻沄沄。一路踏黄叶，数家藏白云。谷深穿鸟道，径仄避羊群。林木参差处，城楼隐暮曛。

梅花岭谒史忠正公墓二首

不尽沧桑感，抠衣拜墓门。老梅护祠屋，落日吊忠魂。骁将骄能制，孱王志易昏。江淮本残局，成败不须论。

报国孤忠尽，谁堪伯仲间。鞠躬汉诸葛，正气宋文山。事叹权奸误，心伤国步艰。千秋遗表在，披读泪潸潸。

初春独游城南人家寥落古刹荒凉得诗三首

步屧城南去，寻幽信独行。层楼团野色，古寺荡钟声。岸跨石桥窄，柳摇溪水清。青山初破睡，螺髻露江城。

地僻人家少，崎岖径未谙。夕阳明坏塔，流水绕荒庵。草浅绿难藉，梅迟香已含。奚囊聊觅句，胜境足幽探。

竹径烟常锁，松扉云自缄。地偏近郊野，境旷隔尘凡。老佛藏荒殿，昏鸦聚古杉。行行还复止，不觉日西衔。

上谷秋兴五首

橐笔燕山北，两年三度秋。陆机曾入洛，王粲尚依刘。客思愁听雨，乡心倦倚楼。囊中诗一卷，聊以慰羁游。

关柳疏仍绿，庭花晚尚红。暮云低作雨，凉月晕生风。身每逢秋健，心犹出塞雄。人生贵安命，底用问穷通。

关塞真天险，山川拱帝京。当年资重镇，此地集精兵。怀古心犹壮，悲秋气渐平。滔滔东逝水，尚作鼓鼙声。

不尽古今感，临风发浩歌。塞穿流水急，天压乱峰多。心事弹长铗，生涯办短簑。书成何处寄，一雁度云罗。

万里西风起，边城改旧颜。吟秋来远塞，访古度重关。倦鸟纷投树，晴云总恋山。半生常碌碌，愧尔各安闲。

怀阆生仲兄延安用五弟怀大姊韵

思君飞梦到延州，莽莽烟尘接塞秋。万里寒风吹画角，五更残月隐边楼。雁声远自霜天落，客泪多随江水流。兄弟团栾定何日，关山迢隔乱云愁。

书愤二律

一木何堪大厦支，边隅日夜羽书驰。已嗟待兔功难建，且补亡羊事未迟。江夏方移陶侃节，睢阳空盼贺兰师。貔貅坐拥称无敌，未肯同心报主知。

倚剑高歌感百端，侧身南望海天宽。风鸣笳鼓军声壮，月照旌旗杀气寒。单骑无人走回纥，长缨何日系楼兰。伏波矍铄今犹昔，铜柱勋名见岂难。

秋　思

雄边北望郁嵯峨，睥睨乾坤发浩歌。雨后河流穿塞急，秋来山色绕城多。戍楼月落胡笳奏，大漠风高朔雁过。若忆江乡鲈脍好，不应归计屡蹉跎。

宣化县斋即事

官舍萧闲野趣长，豆棚蔬圃似村庄。老榆垂荫绿遮屋，秋蓼作花红过墙。静听河声疑急雨，闲看山色恋斜阳。殷勤尺素何由达，搔首云天雁数行。

立夏后三日同友人饮于介春园限韵

寄迹边城瞬二年，友朋遇合亦前缘。偶开仄径望三益，漫道先生无一钱。柳色绿含新雨后，花光红映晚晴天。夏初犹带清和气，风景依稀似禁烟。

又依原韵

交情契合尽忘年，胜地同游屏俗缘。坐对楼台皆入画，买来风月岂论钱。映阶芳草绿侵户，绕郭晴岚青接天。酒兴未阑诗兴起，碧窗一缕袅茶烟。

津门秋日抒感二首

秋色苍凉上郡城，萧萧落叶作边声。视师淮蔡无裴度，持节匈奴愧子卿。风涌波涛吹海立，阵喧笳鼓挟雷鸣。银河天上谁能挽，二为寰区洗甲兵。

三韩遥望阵云高，风鹤惊传神鬼号。竞说边疆屯虎豹，未闻沧海掣鲸鳌。临淮壁垒终难恃，李勣长城枉自豪。借问东征诸将帅，策勋孰慰圣穷劳。

仲秋下浣至张家口

大漠秋风匹马行，高原极目壮心惊。道旁黄叶纷辞树，塞外青山半压城。有客天涯悲远谪，谓安侍御。边关终古事长征。前朝战迹何须问，荒戍斜阳故垒平。

奉赠安晓峰侍御

慷慨陈书动紫宸，男儿夙负胆轮囷。朱云折槛忠忱矢，邹浩投荒直节伸。天下争传真御史，边隅欣遇谪仙人。包容自荷君恩厚，雨露能回塞上春。

登金山

世事几升沉，青山无古今。壮怀多感慨，胜地恣登临。北府兵安在？东坡诗独吟。欲寻郭璞墓，江水一何深。（《（民国）金山志》卷一三）

72. 阚庄派石梅支十八世缪钟滈族称潼生公诗十二首

薄暮山行

夕阳明远林，展步经山麓。深径不逢人，芳草滋新绿。古松响清梵，禅房隐修竹。临风听飞泉，憩石荫乔木。落霞散天际，野鸟相征逐。凌云久眺望，缘涧聊踯躅。向夕闻钟声，幽怀满空谷。(以下十一首选自《(光绪)东兴缪氏宗谱》卷三八)

七月十七日大雨雷电诗以纪之

吴中秋后犹燠热，骄阳连日无清风。庭宇溽暑苦难避，竹榻冰簟难为功。今晨阴云蔽白日，四野惨淡烟濛濛。电光万道金蛇掣，雨势飞瀑将毋同。恍如帆樯乘风鼓大浪，还如军马突阵趋长空。惊涛雪飞悬绝壑，霹雳怒激天为红。山岳崩摧江海泻，大木尽拔路不通。欻然雨止晴曦出，商飙振树吹帘栊。居人欢畅农父喜，田畴浸润秋禾丰。安得明日再雨洗妖烽，边隅从此无兵戎。朝野晏然四海靖，亘天万丈垂彩虹。黄昏举酒上高阁，皓皓凉月升于东。

云阳书事时留滞云阳已旬日矣

江客久留滞，思归无限情。朔风欺断雁，暮霭失孤城。伊阙书难到，所丰酒更倾。前程望乡处，远水接云平。

秋夜对月

灯尽夜逾静，诗成人未眠。树凋星在户，漏转月当天。鹤警寒零露，鸿飞远入烟。谁家吹玉笛，声递小楼边。

塞　雁

寒色催征雁，遥程极塞西。秋风妆阁梦，残月戍楼鼙。天阔数声远，云阴孤影迷。频年烦寄语，盼断是深闺。

塞下曲二首

数向三边戍，威声振一军。有心破胡虏，无梦返乡枌。甲胄随关月，旌旗卷阵云，但凭腰下剑，长为建奇勋。

朔风吹大漠，万里雪纷纷。壁垒黯难见，鼓鼙寒不闻。飞沙凋白草，行雁没黄云。不惮边城苦,惟思答圣君。

秋夜病肺

秋窗落木雨潇潇,排闷裁诗破寂寥。已是愁肠成百结,那堪病肺又连朝。小楼风入灯逾暗,短榻寒生梦转遥。归去尚湖待何日,青山红树路迢迢。

宣州途次遇也文姑丈南来

去年淮上一为别,一别经年鬓已斑。恰喜异方逢至戚,顿忘故里隔重山。半生飘泊风尘际,几日逍遥水石间。等是皖南舟畔客,挑灯相对话乡关。

舟过金焦二山

朝过京江古渡头,金焦对峙不曾游。钟声敲到层岩寺,霜信催归万里舟。云树成阴藏梵宇,山楼倒影入寒流。回看夹岸人家近,一是瓜州一润州。

苏台吊古

馆娃宫外数峰堆,欲访遗踪蹋碧苔。庭草无人埋曲径,江天有月照荒台。采菱歌歇春何在,响屧廊空玉已穨。吴越霸图都一瞬,种蠡枉自骋雄才。

吊郭璞墓

千里长江气欲吞,一拳怪石耸云根。孤坟竟在洪流见,神算难逃典午昏。命尽日中悲烈士,骨埋水底啮潮痕。涛头倘与胥灵接,莫效鸱夷怒浪奔。(《(民国)金山志》卷一三)

73. 阚庄派徐墅支十九世缪镐族称少村公诗六十五首

题山泾观钓图

小筑近西城,山明更水清。事闲坐观钓,岂有羡鱼情?吾亦知鱼乐,悠然逝者多。老渔频设饵,奈尔不贪何。(《柳村图题咏》)

云溪停棹图

癸卯七月交,委赴阳学署。前任未成行,只合舟中住。两岸多垂杨,古称白云渡。最乐船为家,早晚自来去。(《柳村图题咏》)

题云溪返棹图

云溪返棹，十有五年。光阴迅速，陵谷变迁。历稽往事，如在目前。发挥随意，敷衍成篇。渔歌樵唱，贻笑群贤。（《柳村图题咏》）

六十自述

吾生庚戌岁，道光三十年。十月三十日，余诞于祖宅，时父母三十岁。丙辰始入塾，问字邹师前。虞山西麓邹得卿师训叔及兄，余随读焉。庚申遭离乱，旧宅化云烟。祖宅二十余间，余家与两叔同居，俱付劫灰。吾身入虎口，得脱命由天。咸丰十年八月，余被掳，诡言八岁，乃获释。骨肉散复聚，此恩深如渊。余父在家，伯叔兄弟皆南走，至晚俱归。倏忽四五载，东西屡播迁。庚申六月初十，避居周杭桥。八月返。癸亥元月十八，渡江寓常阴沙，六月初二回家。甲子二月初八，避居归家庄。三月十四，旋里。中间蜷伏乡间，贼来暂徙，贼去便归。亲戚多丧失，吾家独安全。长姑丈范荫山及表兄、朱姑丈家两表兄、大母舅家表兄均被难，余家二十余口独无恙。幸睹云雾扫，日月光重悬。吾年十四五，诗书长一编。余父素好读书，避居常阴沙，犹延陈墅姚守如师督课。师门空负笈，少壮怀安便。甲子、乙丑，从滚塘岸徐韵轩师。丙寅、丁卯，从顾山王心源师。戊辰、己巳，从包公彦师。庚午迄癸酉，从熟城平孚吉师。甲戌、乙亥、丙子，从庞云槎师。戊辰始就试，执卷勉完篇。童军屡折挫，五战争著鞭。童宗师岁科试，彭宗师岁科试，方郡尊拔置第一，马宗师取入泮。五踏棘闱地，鹗荐亦徒然。乙亥、丙子、己卯、壬午、戊子五次乡闱，丙子为潘树辰第八房荐卷。授徒博薄糈，六载坐青毡。二十二授室，和柔称妇贤。周氏亚余二岁，情性极和顺，持家尤勤俭，颇称母意。吾抱咯血症，服侍意弥虔。辛未冬，余患血症，呕吐倾盆盈碗，氏服侍累月，衣不解带。丙子即析箸，内政赖仔肩。氏身兼仆媪，习劳耐苦。生女复生男，夭折亦前缘。乙亥八月生女，丙子十一月生男，俱殇。丁丑弄璋再，坠地冰雪坚。十一月二十九日，曾湛生，大雪严寒，僵而后苏。阅岁迭抱女，产母病缠绵。壬午、癸未、己丑生三女，幼者殇。乙酉遭大故，命蹇运迍邅。建庄事未竣，遗命增书田。父殁于二月，时庄屋建而未竣，前所报案之书田二百亩，尽数充入义田，遗命将租息补置之。庚寅入夏令，妇病瘠堪怜。儿女均稚弱，悠悠长弃捐。病至五月，精神销耗殆尽，犹强起持中馈事，时子年十四岁，女年九岁、八岁。母老失中馈，迫使重调弦。辛卯正月，续娶唐氏。家食思变计，估客与周旋。无端被欺诳，并失子母钱。庚寅、辛卯、壬辰，开花布庄于家，被吴姓夥，用亏五百余金。寒冬遭盗劫，黑夜重门穿。刀戟影烁烁，枪弹声阗阗。庚寅十一月初八，半夜打毁备弄门，约三十四人均持洋炮刀械。幸不惊吾母，所失珠与钿。劫去衣服金珠约千金，余被殴打，母睡床未惊。霎时疾驰去，邻集奋空拳。邻右声张，乃遁。经吴邑尊履勘，卒未破获。乙未复失恃，恻怆饮杯棬。柳陌西桥侧，吉地卜牛眠。母殁于五月，与余父合葬于桥东。戊戌儿纳妇，新岁开宾筵。仲春急就试，泮水许班联。正月冢妇来，二月瞿宗师岁试，曾湛入泮。夏初民乏食，斗米钱值千。蠢蠢如蚁聚，扰扰遍市廛。米价陡涨，民心惶惶，请兵弹压方得安定，旋集议平粜。因作移徙想，典屋城西偏。房廊颇明敞，仓舍添几椽。庚子、戊申，两次添造后屋曲廊二十余间。故交二三友，谈论得真诠。间读石谷画，偶品书台泉。与故友新知谈画论诗，时在石梅茗叙。癸卯儿再试，稍食饩戋戋。曾湛取算学列一等，补廪。吾摄阳学篆，栖迟在一船。往来白云渡，书画学米颠。七月，德太尊委署阳湖县训导，署屋为前任家眷占住，泊唐家湾，即古白云渡，所带书画册，无事则展玩之。明年春欲暮，翛然赋言还。余独在阳，甚为寂寞，实缺至，即告归。丙午女遣嫁，迨吉两争先。俗情沿俗例，添备绮罗鲜。四月，长女适钱。十一月，次女适孙。是时百物昂贵，余不能强违俗例，奁具争丰。吾家东兴里，子姓实蔓延。谱牒久未订，文献散无传。老宗祠在江邑阙庄，为东兴支，丁口盈千。同治八年续修后，几及四十年，吴门、镇江嘉、同两次失修，余不惮跋涉，亦访求合之。同宗多同志，采辑费摩研。采访者梦龄等十余人，主修者为啸仙明经，京、津各处往来信函，余实司其事。寒暑已三易，今乃付雕镌。丁未春祭集议，秋祭定章，戊申春季采访，秋季备稿。再署武进学，阳湖实毗连。武与阳同学两署，十二月瑞方伯委署，余喜得熟地，正月赴任。衙冷清于水，事闲静似禅。文运厄已甚，斯官亦备员。科举已停，斋俸裁并，余特喜其清闲，不时可以假旋。吾年正周甲，两鬓苍且卷。经历五朝事，道咸同光宣。胜负看棋局，往复循环牵。吾惟守吾素，不忘亦不愆。位卑不屈膝，禄薄非垂涎。何日挂冠去，逍遥如散仙。

己酉春正，官羁毗陵，寒夜不寐，起坐挑灯，编年叙事历记，吾曾伸纸疾写，律细未能。东方既白，投笔斯兴。（自注）(《（光绪）东兴缪氏宗谱》)

西京六十自述七十韵

吾生庚戌岁，道光三十年。十月逢月晦，设弧门左边。丙辰始入塾，问字邹师前。邹德卿师。夏秋值奇旱，河底道平平。七八月中河涸湖干。庚申春正月，大父馆舍捐。大绅公殁。八月粤寇至，四境罹烽烟。吾父负乡望，愿作鲁仲连。输以钱与米，闾里获安全。八月初二，城陷，余全家避居城东之周杭桥。初八，寇窜西乡，谓乡人曰："有谁与我接洽，可免焚掠。"乡人至东邀余父，父曰："一乡关系，何敢辞焉。"归而见寇目赵姓，语尚有理，供以糗粮，一乡获安。惟吾身为虏，得释命由天。二十五晨，寇回江阴，余父将赵所给之小黄旗插于门。寇终日径过，无有入者。余偶出外，即被掳，父持旗索还。忽忽及五载，东西屡播迁。遇险得出险，侥幸福臻骈。壬戌冬，骆寇归降，忠酋由苏来攻。癸亥元月，余全家避常阴沙。七月，渡海旋里，锚触船穿，几沉。甲子二月，常州穷寇东窜，余东徙归家庄，过方浜，潮落舟胶，弹声密迩，夜半脱险。兵后又大疫，吾家俱获痊。甲子秋，疫气流行，余蒙闭竟日，夜分转机，寻愈。转瞬云雾扫，日月光重悬。时年十四五，诗书手一编。师门长负笈，未敢怀安便。姚师守如，徐师韵轩，王师心源，包师公彦，平师孚吉，庞师云槎。戊辰始就试，试卷勉完篇。童子军屡挫，五战着先鞭。甲戌，方郡尊置第一，马宗师取入泮。棘闱膺鹗荐，中鹄总无缘。五次入闱，丙子为潘树辰大令荐卷。授徒博薄糈，六载坐青毡。二十二有室，和柔称妇贤。周恭人勤俭安祥，极合母意。吾得咯血症，服事意弥虔。辛未冬，余咯血倾盆。丙子析箸后，内政赖仔肩。叠抱女与子，夭折竟蝉联。乙亥生女，丙子生男，俱殇。丁丑弄璋再，合浦珠仍还。十一月曾湛生。阅岁户说帨，产妇病绵延。壬午、癸未、己丑生三女，幼者殇。乙酉凋椿荫，孤露丁迍邅。建庄事未竣，遗命增书田。原有书田已尽数报入义庄，命补置之。庚寅妇病剧，镜破不重圆。儿女均稚弱，顾之涕涟涟。母失羹汤奉，奉母重调弦。续娶唐恭人。家食思变计，与贾相周旋。无端被欺诳，蚨飞子母钱。庚寅至壬辰，开设布庄，亏千金。寒冬遭盗劫，黑夜重门穿。凶恶如狼虎，矫健似鹰鹯。邻右闻钲集，各各张空拳。胞兄登屋鸣锣，邻人响应。任其疾驰遁，携去惟钗钿。乙未复失恃，恻怆饮杯棬。柳陌西桥畔，吉地卜牛眠。戊戌冢妇至，新岁开宾筵。儿获宗工赏，泮水芹茆搴。瞿宗师岁试，曾湛入学。夏初民乏食，斗米钱值千。蠢蠢如蚁聚，叫嚣遍市廛。米价陡涨，莠民麇聚，集议平粜，乃安。因作移家计，典屋城西偏。房廊颇明敞，添建十余椽。典庙街周姓屋，余为添建二十余间。故交二三友，谈论得真诠。闲看虞山色，偶品书台泉。儿熟畴人传，既禀分戋戋。李宗师试曾湛，两取算学补廪。癸卯值大比，同泛阳湖船。我摄阳学篆，轮委期无愆。曾湛赴试金陵，余附舟至阳湖学署。八股文虽废，试事门犹键。时值县府试，以四书五经义发题。明春春欲暮，归志乃浩然。正任冯汝金至。丙午女遣嫁，迨吉欣后先。四月长女适钱，十月次女适孙。俗情沿俗例，添备绮罗鲜。祖居东兴里，瓜瓞咏绵绵。谱牒久未订，文献散无传。谱始刊于康熙辛卯，再刊于嘉庆壬申，至同治辛未，用活字排印。吴门、京口两次失修，今余任采访，并为摹图。同宗多同志，采辑费摩研。寒暑已三易，乃始付雕镌。丁未集议，己酉散谱，阙庄梦龄任采访，周庄少修任编辑、总校对。妇殁二十载，尚未营新阡。西山宝岩湾，双涧流涓涓。峰峦两环抱，窀穸乃安焉。宝岩寺东未向。己酉再秉铎，有职已无权。委署武进与阳湖同学异署，朝命停止科举。衔冷清于水，事闲静似禅。是岁逢拔萃，海外来就铨。文光正回照，吴郡奎临躔。应选者得七十四生，有二生游学东京。闻而远归，督学改称提学使，樊公以苏、松、常、镇、太五属统就苏考，拔贡共三十七学，群才会萃，盛事也。吾年正周甲，两鬓苍且卷。经历五朝事，道咸同光宣。河山变棋局，胜负循环牵。科举易选举，儒官亦备员。初行选举，余任管理，委赴坛溪。位卑不屈膝，禄薄何垂涎。异日挂冠去，逍遥如散仙。

己酉春暮，宦羁毘陵，寒夜不寐，起坐挑灯，编年叙事历记，吾曾伸纸疾写，律细未能。东方既白，投笔斯兴。（自注）（《柳村图题咏》）

西京七十五续述九十五韵

庚戌复庚戌，流年六十一。兰陵再归来，茅舍且安息。常州古称兰陵，正任叶平寿至。吾乡自治成，选举新规则。合王庄、太和、大义桥、小义桥、西徐市、老码头，名称西义市。捐地设学堂，建筑需群力。徐墅创设学堂，余捐校地。辛亥七月交，霪雨害黍稷。七月初三，余适在老宅，水及半扉，添建庄屋，木植在场，随水漂流，为从来未有之大水。民心多惶惶，我意常慄慄。城内外乱民抢米，至枪毙、站毙乃息。武汉血流红，海巫气望墨。黄花满院庭，白旗遍城邑。武昌汉口革命军起，九月十七，城中遍插白旗于门，大书汉民。蓦地起风波，晴天下霹雳。民散舟相争，官存印已失。民散四方，舟价昂至十倍，常令翁、昭令魁寂守在署，吏役俱无，骤来革命，两武人将印取去。昼静市不喧，夜凉月无色。夜月黯淡，愁惨之象，凄然欲绝。尽室赋偕行，惟我行不得。余偕赵司账男女仆两人守户。幸有济变才，民长称厥职。草蔓任剪除，乡里安眠食。暂推严君椿生为民长，旋由丁君芝孙任职，邹君士希任防务长。王庄小墅桥、梅里顽民蠢动，枪毙四五人乃安。时建祠与庄，施工半未毕。寒冬事稍平，楹桷焕丹漆。土谷乃正神，并作庙翼翼。义庄西偏建土谷庙三楹。壬子令改元，国号曰民国。闲闲独闭门，仲夏撄痢疾。习静以养生，半载户未出。梅岭香风来，勿药乃占吉。居屋典自周，两姓难容膝。相度西城隅，旧是三间室。门对水清涟，背倚山崱屴。癸丑春成交，述古绍先德。郡县志载，元时有缪氏述古堂，在虞山南，或即此欤？因额曰“承古”，常州汪太史洵撰记。甲寅乙卯间，缔造兼修葺。旦晚费经营，破碎为收拾。厅事后堂两厢房均新建。庭宇喜宽宏，梁栋去雕饰。冬杪置姬人，素守农家习。胡家桥陆氏女。操作尚耐劳，持躬犹谨饬。往来城乡间，几案为拂拭。祖宅忍弃捐，先畴需培植。老宅四周田亩向皆自种，今已放租于人，所存畹地二亩许。艺菜冬消闲，种瓜秋获实。根本务俭勤，艰难知稼穑。寒暑今再更，鬓发渐非黑。忽忽两三年，乏善堪称述。江邑有专祠，田被官没入。具禀贤监司，判辞依法律。赵璧得完归，两祭赖以给。缪、李双忠祠在江阴文庙右，祭田二十四亩，陈知事拨归县公产，余呈道尹，得复子孙管有。自夏而秋冬，己未又春及。风雨赴澄江，祀事期毋忒。二月初四陪祭双忠祠，适值大雨。公墓路所经，丰碑康熙立。拜跪肃衣冠，茔地防侵蚀。公墓在永安桥南，余地均栽桑，墓庐无存，不免为人侵占。并展大宗祠，撰联悬之侧。祠在江邑之阙庄，余为制长联。访求存惕堂，铜驼卧荆棘。文贞公父号惕庵，公因额其堂曰“存惕”。今石狮已在草际。先茔绕宅多，古碣当年勒。自元迁祖以下，墓均在阙庄。村村聚族居，相见罕相识。附近村巷，均属同族。卓哉文贞公，万历时中式。礼部卷犹存，浩气天地塞。烂烂三百年，携归付镌刻。公万历四十一年进士，礼部卷录朱卷，三场完善，不知何由而流落民间。遗编从野堂，珍重先忠笔。九鼎有两书，称名更奇特。余愿得其全，子孙永什袭。《从野堂稿》、《四书九鼎》均得有明刻本，惟《周易九鼎》尚难觅到。是夏雨倾盆，平原水洋溢。低处叹陆沉，蒸民苦无粒。五六月中，水平于岸，较辛亥年小三四寸。藐躬际世艰，遑敢自暇逸。老大徒悲怀，衰年正七十。馈献谢亲朋，颂祷费篇什。亲友多以诗辞晋祝者，肴珍则概却之。次岁值庚申，令我心凄恻。尘梦六十春，浩劫惨重忆。今幸得苟安，世局分南北。前庚申粤匪陷城，今则粉饰太平，南北未能统一。辛酉岁将残，大弦声忽急。回思辛卯春，继续调琴瑟。弹指三十年，重使泪垂泣。

安得达如庄，千古莫与匹。唐恭人来归，刚三十年，十二月逝。壬戌三月中，阶下兰芽茁。差足慰老怀，喜咏螽斯蛰。孰意才及期，霜雪摧弱质。虽云命不犹，亦系医刚愎。六月既望，感暑泄内热，医者连投石膏凉膈重剂，告以溲清唇白，不信，三日殇。吾乡有让塘，塘形如矢直。中亘大环桥，舆马难登涉。石烂重易之，采石取缜密。募捐不惮烦，监工使勿亟。得复旧规模，过客驭频叱。兴工于二月，告成于六月，费洋四千四百余元。癸亥秋伤霖，中田多蟊贼。鱼虾亦救荒，斯民尚安辑。秋雨成霖，低处被淹，而低田中多鱼虾，老农云："此天使救荒也。"甲子元旦春，喜气盈门阈。中元甲子，元旦立春。入夏肆骄阳，那知土无湿。龟坼池塘泥，水涸绠难汲。大雨行迟迟，稻萎十之七。高乡办机器戽水，究竟机少田多，何能普及。七月廿三，得雨已迟。江浙又争雄，齐卢官上级。昆太浏河间，相持如蚌鹬。苏督军齐燮元、浙督军卢永祥各怀意见，起衅弄兵。吴旅突然来，柴米办供亿。吴旅长恒赞来常转运辎重粮草。吾独避穷乡，洒扫旧蓬荜。草木竟皆兵，游巡亦莫测。昏黑易惊惶，群向邻家匿。朱队长游巡至乡，时已黄昏，群相趋避。吾亦黑地行至卢巷，宿校中。八月报添孙，惊喜真交集。城郭幸完存，兵民免实逼。家室得以安，闻之慰吾臆。二月中，诸要人欲仿上海、昆山，议拆城垣，开通市面。余等为治安计，电禀齐督军、韩省长、朱镇守、国务院内务部，旋得林营长来常察看会议，乃许保存。今则大叨其庇。吾生叹不辰，未见干戈戢。七秩晋五龄，衰庸亦已极。寂处无用心，饱食以终日。不求还少丹，莫问长生术。学易思假年，寡过总难必。(《柳村图题咏》)

寄怀乾初族弟金山

岁岁春草生，池塘丛绿盈。无聊复无赖，对兹不胜情。问我何乃尔，思我同支荣。澄江本根固，一支京口青。弟尤京支秀，实祖先文贞。生小具至性，誓志祖武绳。京华二十载，不幸变屡丁。庚子怆西狩，百里随同行。前驱谨奉命，劳瘁都忘形。事定功罔论，决不鸣不平。但道惭忘继，事前未谏诤。爱国终不改，两书见忠诚。弟尝上《御夷》《安危》两书。争奈祸不一，满腔血泪零。陟屺刚抱恸，号泣宗庙倾。被发遁荒野，浮玉山峥嵘。三忠溯赵宋，谓韩忠武、魏忠壮、文忠烈。后先尝此停。谓予徒景仰，有心虚澄清。自恨频自责，事君已未能。为子道还歉，忠孝胥无成。只今退藏密，先德疚负承。滔滔扬子水，此耻难洗澄。嗟兹举世者，纷纷争利名。三忠弟独企，奚特吾宗英。西瞻金鳌岭，渺渺穿我睛。棣华诗三复，中怀萦复萦。会当买棹过，共饮泉三濡。(《(民国)金山志》卷一三)

题《缪文贞会试朱卷》

十世伯祖文贞公，万历四十一年进士。其誊录朱卷当存礼部，不知何由而流落锡邑之农家。曹君械卿，锡之名医也，其或因医而得是卷欤？松禅老人见之狂喜，照式摹写副本，并为题识。今原卷归于曹婿陶氏。余于辛酉春驾舟往观，装成巨册，郑重出示，纸墨俱旧，完好如新。谨读一周，宝而归之。兹复得姚君韵儒写本，较原卷朱蓝相似，累黍无差，余亦摹写一通，并缀五古一章，用松禅老人韵。

吾祖左谕德，奉职非言官。时怀报国意，沥胆复披肝。正人丁末造，枳棘栖凤鸾。制义具卓识，校阅已见端。发此大文章，胸有奇气蟠。朱蓝留古色，纸旧字无残。惟公怀忠愤，能为人所难。志欲清君侧，阉党致群讙。逮问追赃案，朝士遭欺谩。平生耻谀墓，尤失魏珰欢。魏造生墓于玉泉山，请公撰记，公曰："平生不为谀墓辞。"魏恨甚。杨左同心言，其臭本如兰。谓疏出公手，拟议由旁观。数彼廿四罪，巨奸胆已寒。公文具史笔，气味殊穷酸。从野堂遗集，斯文版早刓。《从野堂》、《四书》、《文集》，有此三艺。英灵默呵护，如禹鼎汤盘。叠遭兵火劫，三场卷独完。今过永安里，拜跪肃衣冠。公墓在江阴东乡永安桥右，时往拜扫。（《缪文贞会试朱卷》）

思乐重赓 四首

同治甲戌二月入学，至己巳，例得重游泮宫，适届八十岁。因于上丁释菜之期，随班谒圣，感赋七律四章，呈诸大吟台政谬。

升堂不睹奉牲盘，黄烛高烧仅饰观。光绪之季，升大祀用黄烛，今停，止牲牢祭享矣。芹藻盈池源水涸，棘槐碍路杖朝难。青衿试着老居士，黄耇弥惭旧冷官。仰止杏坛花正放，飞鸮何事集林端。

五十五年往事思，一堂跄济拜阶墀。耄龄八秩谁称健，同学三人我较衰。同案五十人，今存者惟范、屈两君及余矣。松柏后凋难竞秀，茆芹重撷莫争奇。庙庭释菜群观礼，茅草蓬蓬绕泮池。

世界翻新十八春，清廷经过五朝人。一生学识才俱短，三绝诗书画最珍。选日懒看新历本，亲友劝余择日悬匾称庆，余力却之。在山幸作老遗民。南阳高士今何在，我欲桃源往问津。

祸福由来降自天，几番历劫幸安全。庚申八月，余被寇掳，寻释。癸亥正月，避寇北沙。七月，渡海归，中流舟破，以絮塞之，甫抵岸，舟沉。甲子二月，寇西来，余舟至坊浜，水浅舟胶，幸天晚寇宿邻村。夜半，潮生脱险。庚寅十月，被盗殴，逼银钱，闻锣声旋遁。乙丑春，溃兵麕至，余将书画载往老宅，中途适相值，喝令停舟，余登陆奔，颠蹶再四，几被追获，舟失去。林塘缵绪新基辟，元缪叔明有《林塘图》。柳陌迁乔旧泽绵。老宅在柳陌西桥。望子克家成幻梦，子曾湛卒于乙丑七月。待孙贻砚尚童年。现年六岁。蹉跎岁月嗟何补，寡过还将《易》理研。（《柳村图题咏》）

己未九月题宗嘉树《桐阴唱和集》

君住茆塘畔，我家柳陌西。相睽七十里，各在穷乡栖。同爱虞山胜，移宅傍山溪。结邻五六载，时与古为稽。乔迁南赵弄，偶亦华堂跻。堂北萱弥茂，当阶兰草萋。怀橘仍孺慕，舞采任天倪。好善本至性，见贤必思齐。讷讷言不出，一语惊群黎。兹当强仕年，绘景遍征题。我亦思貂续，苦吟夜燃藜。词坛君健将，苏白相昂低。和声今阒寂，得君为提撕。（《桐阴唱和集》）

挽姻丈钱鹤琴

山之东兮河之阳，有隐君子兮钟毓乎田庄。少工诗词性颖悟，孜孜不倦能文章。只因兵燹历浩劫，房屋灰烬鲜储藏。早将功名置意外，奔波数年常未遑。寻延大故翁弃养，丧葬如礼行可坊。其时幼弟未成立，择师训诲早岁饩于庠。先人祠墓克示守，里邻疾苦未敢忘。捐田以助祭，慷慨而解囊。庚寅夏五忽得络血症，经营第宅犹屈强。自此精力为半耗，厥功告竣病膏肓。况复今春逢杨厄，公弟一病竟云亡。公弟乏嗣嗣公嗣，手足情挚悲异常。旧疾因而剧复剧，医药无效从彷徨。上有高堂不得侍，频挥老泪尤堪伤。呜呼善人何不寿？问天不答空苍苍。我与公嗣为至戚，审公行谊较精详。望嗣成名公最切，临终数语意弥长。皇天终不负，异日家驹云路看腾骧。（以下五十首选自《随手纪录》）

挽涂太伯母 架珊西宾之祖母

人生七十古来少，贤母八十余八犹矫矫。秋来噩耗陡然闻，叹息音容今邈杳。贤母少长在紫阳，四德具备百世流芳。二十年前鸾镜破，家政亲操不少惰。晨星光里动晨炊，促织声中勤夜课。礼主中馈弥谨严，助子丸熊教育兼。如此母仪足千古，岂必形骸留尘宇。何况文孙早岁游黉宫，先大门闾后起隆。宝婺星沉终耀彩，邀来凤诰沐恩洪。

挽涂兰轩同砚兄

乡望巨梁世从滋，多君才藻不趋时。几回论古金陵道，众口称贤梓里碑。病起案输曾进秩，腊残枉顾当谭诗。梅花香里魂归去，定与孤山处士期。

挽王芝山兄

君家来慈溪，卜宅西塘市。乔木效莺迁，鸷麓称仁里。君能绍箕裘，趋庭应声唯。为贾兼为医，获利常倍蓰。鼙鼓动地惊，君居亲远徙。亲老不抱孙，亲心安得喜？庶母入门来，连举丈夫子。分产让弟多，此心无我尔。似续为天纲，置妾乌庸已。有子教义方，延师频拂几。家产作义田，庄屋奂轮美。规模秉大公，至性亦至理。熟料病魔侵，医人不医己。眠榻忽三年，家政未尝委。心疾复劳心，一旦竟不起。有孙早读书，粗已通经史。君身今成仙，君从常不死。

挽曾太孺人 孙子嘉之妹曾咏霓之母

是年太岁次于虎，虎有威牙张爪舞。自当五月六月交，人民夭札颠连苦。贤母适然厄运逢，命也数也莫能穷。一生志节式乡里。口碑啧啧遐迩同。伟矣生三丈夫子，以养以教兼怙恃。三子争先云路翔，贤母获报正靡已。呜呼贤母死犹生，赫赫天恩耀梓里。

挽屈吉人谱兄三律

蓦地传来一纸书，开椷半读泪盈裾。稔知疾病无多日，毕竟尘凡不久居。棘院方期重聚首，蓉城何处独回车。惭予夙昔联同气，遥隔城厢问讯疏。

童军屡踬益穷经，大器成时等发硎。两战秋闱期早捷，一场春梦竟先醒。扶危济困新阴骘，行表言坊旧典型。失此善人天亦泪，浃旬秋雨不堪听。

翩翩才藻正中年，造物何缘挫折偏。众口称贤奚独我，如君不寿欲疑天。蓬瀛此去成仙易，兰玉盈前树从先。他日弟昆能济美，始知垂裕泽绵绵。

再题醉月小照 二首

中天月朗影婆娑，不酒其如此夜何？胜事爱追名士宴，良宵喜得故人过。平生知己惟红友，咫尺当头是素娥。想见雅怀殊旷逸，飞觞狂醉发清歌。

独酌花间太寂寥，芳园宴会溯前朝。高朋满座闲怀契，妙手成图胜事描。大块文章随处是，清宵风月任人招。纵情觞咏皆天趣，诗一囊分酒一瓢。

秋月七律

秋月刚逢三五盈，冰轮彩彻悟前生。十分皎洁凭空照，一样团栾分外明。旅客相思应共望，闺人瞻拜特多情。圆光果许梯云取，合作瑶莹宝镜清。

秋　风

轻寒轻暖早秋天，阵阵凉风动槛前。时际收藏多气肃，物经披拂转心坚。桂开香送寒云外，蓼老花摇浅水边。最是莼羹鲈鲙美，吴中乡味是流连。

秋　雨

一犁好雨足仁民，余润秋末遐迩均。岂是分龙留渥泽，只缘归燕为清尘。稻花香里丝飘细，梧叶声中点滴频。正值重阳佳节近，东篱寻菊屐痕新。

苏台怀古

艳说胥台景最幽，我来吴下快遨游。春风扬柳依依处，秋雨梧桐点点愁。英气难销亡国恨，霸图终惹美人羞，何如燕市黄金筑，纳士招贤骏骨收。

吴苑高台春复春，繁华依旧逐香尘。千秋事业留坏土，半壁江山误美人。响屧廊中堆瓦砾，采香径里长荆榛。多情最是千条柳，腰折年年解效颦。

采菱曲

烟苍苍，水茫茫，秋风起，湖菱香。湖滨女儿人似玉，采菱悄入南湖曲。兰桡拍水去匆匆，惊醒鸳鸯好梦同。忆昔涧边尝采藻，荇藻青青随春老。荷沿凉生复采莲，莲花旖旎情缠绵。今番采菱秋风里，镜对菱花双鬓理。影采不采意如何，隔溪听唱采菱歌。歌腔吹向菱塘过，阿依也谱新歌和。侬歌那比渠歌清，一声两声三四声。忽然谱出长相思，阿侬触着心头事。心事有谁知，惆怅水之湄。郎今飘泊如菱叶，侬意棼似菱根系。叶与丝，本并蒂，叶自浮，丝自细，安得菱丝常把菱叶系。

赏月歌

夜漫漫，心博博，倚曲阑，忆长安。广寒宫忽启，捧出白玉盘。一年十二月，何月不团栾？惟有今宵月最好，秋色平分人半老。幽人赏月别有心，高山流水抚瑶琴。士人赏月胸怀畅，桂枝影折气雄壮。旅人赏月发浩歌，对此乡思分外多。美人赏月情脉脉，路长千里光不隔。贫家赏月最清娱，诗百篇兮酒一盂。富家赏月永斯夕，广列华筵荐嘉客。城市赏月话黄昏，喜望嫦娥莫闭门。乡村赏月颇不俗，碧藕红菱风味足。惜有老农不识赏月华，对月独酌兴独赊。但愿田中粟比月中粟，赏月还先赏稻花。

题蝴蝶牡丹

蘧蘧栩栩出仙多，半世浮沉只恋香。富贵场中频得意，三春应作探花郎。

题黄牡丹

春末还发旧时花，色配中央富贵夸。不羡涂朱与抹粉，自来佳种出姚家。

右军爱鹅

何处群鹅刷雪翎，绿波渡口夕阳汀。山阴道士许相赠，为写黄庭一卷经。

茂州爱莲

鱼戏叶东西,花开满碧溪。爱之比君子,不染出于泥。

渊明采菊

拜官归去来,东篱野菊栽。经荒松愈古,携仆共徘徊。

扑　蝶

小苑花开蝶亦来,穿花蛱蝶傍林隈。试将小扇轻罗扑,惊破庄周好梦回。

饯春 三首

春日柳稍末,柳绿春已暮。任尔柳丝长,难换芳春住。
婪尾花已开,更酌婪尾杯。此日饯春去,阳和愿早回。
倏忽又春暮,春归客来归。今朝拼一醉,明日已春然。

赋得水色山光总入诗 得诗字

水与山争胜,骚人总揽之。有光兼有色,宜画亦宜诗。渡口青痕活,峰头黛点奇。登临情自适,玩赏俗堪医。景丽春三月,神传笔一枝。淡浓双管下,工拙寸心知。无限清新意,都归绝妙辞。马臻留句在,助我撚吟髭。

赋得牧童归去骑牛背 得童字

牛向桃林放,来思有牧童。归家时正晚,骑背案无穷。笛弄春风里,鞭扬夕照中。蹄翻芳草绿,指点杏花红。双扇紫扉近,三条柳岸通。行行随野老,得得拟山公。傲彼驱驰意,居然顾盼雄。荷蓑兼花笠,前路晚烟笼。

赋得花气袭人知骤暖 得人字

几日村郊雨,余寒正袭人。骤看花得气,知是暖回春。韶景蒸三月,轻烟惹一身。鹲鹴宜欲脱,蝴蝶亦相亲。阵阵薰风引,曈曈旭日新。梦应苏碧草,面讶扑红尘。修禊兰亭集,寻芳泗水滨。袷衣才换后,挑菜向前津。

赋得水晶帘动微风起 得风字

自有晶帘在,谁云水面风。动时殊璀璨,起处觉和融。竹影摇摇细,薇香习习通。池塘原倒映，楼阁本凌空。光彻雕檐下，凉生绣闼中。珠垂输活泼，玉戛转玲珑。烟袅殊难久，波翻迥不同。陋儒笺注误，纹讶织梭工。

赋得雨余杨柳暮烟凝 得烟字

两岸垂杨绕，迷离薄暮天。梧庭初遇雨，柳岸尚凝烟。缕缕舒仍敛，丝丝断复连。溟蒙斜照外，点缀画桥边。有雾周围护，无风缭绕牵。宵来云具散，月色自娟娟。

赋得夜深江月弄清辉 得清字

月为江清近，江含月更清。夜深空前籁，辉弄向三更。宵静潮初落，光摇水自平。有声并有色，相拒若相迎。吞吐双丸射，浮沉一镜明。朝来观日出，海外挂铜钲。

题折扇八韵

谁把团栾样，新翻折叠工。制从东海国，引得北窗风。细展云成幅，低弯月一弓。卷舒权在握，尺寸连由中。湘水帆拖白，桃花面映红。聚头排宛转，瘦骨削玲珑。雅称诗囊佩，轻宜舞袖龙。有书兼有画，凉热夺天功。

朋辈雅喜花划输赢以筹记之各登于薄输者不出一钱赢者亦付乌有草此四绝句以为笑谈一则

花划一道近斯文，酒罢茶余共乐群。盛暑严寒从可耐，开照吃拍独殷勤。
不同五子配分明，换角抄牌只想赢。须记插图文与武，亮挠几只最公平。
四人围坐正逍遥，逃了一人便蹊跷。无计可施兼看望，水烟念到好心焦。
筹分大小算相符，老幼同台各不诬。枉做输赢空上账，年来到底有还无？

挽王仔堂丈四首 其双眉白如雪咸以为寿征

白眉诞降老神仙，乡里人皆颂大年。此日春回阳正复，何图星陨大罗天。
一生医理运精心，着手成春妙手钦。从此真传贻哲嗣，令人遗爱杏成林。
君家昔自慈溪来，门第于今已大恢。多积腴田开广厦，贻谋尽善赴泉台。
问年已遵古稀时，多寿多男世从滋。最是阶前兰玉盛，定邀纶诰荷恩施。

寿包公彦师二首

高山仰止乐瞻韩，二载追随近讲坛。学足三余殊落落，筹添百载自安安。名高泾北声能振，读课窗西夜影阑。纵使循循多善诱，道坚愧我未钻研。

春生杖履有余欢，椒酒何如还少丹。诞遇长庚延寿易，诗征周甲和言难。昔年深愧龙门托，此日弥欣鹤发看。当代儒宗谁与并，诗赓天保祝冈峦。

赠洪煦琴茂才四首

结个茅庐在水隈，偶然贤达抱关来。原知地俗因人雅，特拓东篱生面开。

此非彭泽亦秋芳，何必辞官归故乡。最是公余堪莳菊，雅人深致淡而长。

新相识似旧相知，昨遇高斋示我诗。久与生谈心顿爽，俗尘五斗扑除时。

昼长意倦正无聊，构思无成愧腹枵。原为抛砖能引玉，他时报我以琼瑶。

酬王馨吾同门七首

春日迟迟正寂寥，便鸥惠我以琼瑶。欲思酬唱渐枵腹，且把葫芦依样描。

笔床蛛络砚生尘，欲报瑶章构思频。荏苒光阴容易过，将离花放已残春。

香山自昔有名儒，况秋叩问更近朱。会见圭璋逢特达，淋漓墨汁洒金壶。

二载周旋在草堂，论文时复肆雌黄。自懒忝减门墙色，今又蹉跎十数霜。

君施雅化裁吾党，我爱闻游似野僧。彼此相形真愧愧，一为洙泗一於陵。

君惟家学渊源接，我似荒郊行脚僧。三战秋风仍故吾，家声何自振兰陵。

相邻咫尺似天涯，引领香山落日斜。文选楼高银杏古，苍苍遥指是君家。（《随手纪录》）

高庄观剧步行即景二首

桃花扇暖杏衫轻，观剧南来特有情。村外远抄防犬吠，堤边侧内让牛行。旌旗被树遮难见，箫鼓登场隐有声。渐近人丛喧杂处，衣香汗臭辨难明。

村夫子亦识之无，扮演贤奸竞指呼。姓氏千秋留齿颊，贬褒一字定瑕瑜。汉宫图画犹形似，孙叔衣冠易像摹。顷刻黄粱炊饭熟，各还面目是真无。

题石菖蒲画扇配以拳石枝梅 系王兰谷世交嘱画

一种真仙草色鲜，四时供养祇廉泉。清高只有梅同调，位置原宜石写缘。曲曲根盘龙骨劲，纤纤叶簇虎须坚。寒窗对此有三益，明目清心更引年。

洪煦琴茂才嘱画荷花并题短句

消暑步莲塘，微风恰送芳。清和君子德，雅淡美人妆。相对增诗兴，从今洗俗肠。污泥能不染，生色亦生香。余本不知画，但藏有旧画数册而已。煦琴老兄过余斋，见之，误以为工画，即出素纸命绘。余拜手，因辞不获，爰悉心摹学，勉成是幅，聊以应命者，献拙也。为方家喷饭，定所不免欤。

读洪煦琴诗稿

清新如出水芙蓉，笔不轻纤意不庸。何独竹能医我俗，读君诗亦豁心胸。

74. 阚庄派丹徒支十九世缪鼎臣(一名时孙、潜)[①]

族称述溪公诗二十六首词十八首

效张茂先励志诗九首 不拘体韵

九壤何茫茫，天宇无终极。二曜东西驰，往来行不息。人生一世间，倏忽日已昃。眄兹草木零，悠悠我心恻。

大钧播万物，元化工陶甄。飞走与动植，狉狉亦榛榛。有孑于其间，厥号乃为人。三才在藐躬，此语当书绅。

因方可为圭，遇圆亦成璧。往昔有先民，于兹立准的。万类就范围，道固在瓦甓。千古惟纲常，怀哉心惕惕。

吁嗟我众士，所戒耽嬉游。甘食与鲜衣，鸩毒却暗投。放恣在一朝，厥疾已弗瘳。倏随万物尽，俯仰亦可羞。

农夫力东菑，机女勤北牖。梓匠与轮舆，日夕市廛走。百工技艺徒，矩矱高曾守。士也抱简编，怠荒实自负。

君子期达道，吉人日不足。束脩自砥砺，所志专以笃。珍惜比兼金，雕琢等良玉。一失不可偿，百身难再赎。

紫澜回巨海，百水往朝宗。泰岱峙碧霄，众山莫与京。细流初不择，土壤犹营营。虚受不可量，勉哉毋自盈。

束发受诗书，心仪古君子。若不惜居诸，靦然实深耻。维木有本心，直干干霄起。匹夫不可夺，厥志允堪恃。

不称疾没世，吉人悲无闻。缅彼广誉美，文绣何足云。苟其实不至，虚声岂所欣。进德无半途，辉光贵日新。(《(光绪)东兴缪氏宗谱》卷三八)

哭先祖考

不堪回首含饴日，绕膝依依十数年。曲谱后庭常侍谳，花看小院几凭肩。望孙驹齿功

---

① 缪鼎巨谱名林寿，榜名鼎臣，清代作品大多署名缪时孙，民国时期作品大多署名缪潜。

勤进，道我龙钟眼欲穿。待得云程逢翼展，墓门华表已寒烟。(《(光绪)东兴缪氏宗谱》卷三八)

哭先祖妣

一纸家书欲断魂，回思往事未酬恩。昊天罔极成千古，风烛弥留尚忆孙。只为微名成永诀，那堪寒食又黄昏。半帘花雨三更月，如许凄凉泪暗吞。(《(光绪)东兴缪氏宗谱》卷三八)

乙卯春日游招隐寺四首

浓阴满径景苍茫，松竹森森破刹藏。仲若千秋山馆寂，昭明一去石台荒。犬鸣隔树惊人语，鸟过前村带夕阳。莫怪荆榛今碍道，汪洋沧海尚生桑。

神州蒿目总烽烟，春去春来年复年。渺渺凤城天路末，巉巉狮窟落霞边。空怀葛亮驰驱许，尽学陶潜甲子编。无首休嗟龙不见，山中旧有龙喷水，今失其首。居悲失位那流泉。

逝矣江流障欲东，塞天浩气吐长虹。岳王愤积播迁日，杜老诗多杂乱中。一事无成双鬓白，千桃争放满园红。山下桃园正著花。山僧漫叹庵荒剧，禾黍高低尚故宫。

澒洞风尘大陆昏，清明世界幸兹存。窜松青扰奔饥鼠，偷果红争啸瞑猿。苦志复唐怀狄相，伤心乱晋讪王敦。跑泉不听风生虎，逐逐中原遍踞蹲。(《(民国)招隐山志》卷七)

咏珍珠泉四首

汩汩圆成颗颗珠，千秋韵事说髯苏。莫嗟上下交争利，溅客山僧也宝储。

在山本自洁无瑕，一入风尘性便差。况复顾名怀宝久，如何污浊不堪嗟。

功同霖雨灌千畦，山下田亩均资灌溉。利溥苍生望慰齐。信是明玑珍百斛，嘉名不愧到今题。

于取于求任客为，宝珠殃俨恐身遗。大公毕竟山中士，不似邦家利自私。(《(民国)招隐山志》卷七)

招隐山看红叶

高秋景奇异，赤林丛满山。溯昔戴仲若，高蹈隐此间。怆怀系故园，时洒血泪斑。余痕得毋滴，染成秋树殷。昊天怜苦志，晚枫红年年。千叶复万叶，朱轮斜照翻。想像心写出，渥丹颜恋君。游宴一任彼，王子与宋文。至性如火烈，到兹留忠魂。群山作野烧，玉石疑俱焚。我今登绝顶，放眼都为熏。抚树说高节，感公摧心肝。痛哉遘变等，呜咽不成欢。积血代流面，攀枝未肯干。野老鲜解事，妄道胭脂团。江山叹锦绣，花事红紫残。尽此老树古，愚忱明寸丹。公乎今何往？奚忍对盘桓。(《(民国)招隐山志》卷七)

题梁文忠公遗景应青权长老属即用公光绪丁未乞病纪恩诗韵

后雕松柏岁寒身，景仰遗容有几人？历劾权臣风独肃，永怀故主日常新。赵公气作山河壮，杨子肩担道义亲。愧我酬知未能步，尽身独善算遗民。（以下七首选自《（民国）金山志》卷一九）

感怀端忠敏公适青权老衲以公遗景出视即以题之

十八年华逝水过，不堪回首感如何。都门欢聚时曾几？蜀道危临恨孔多。取义成仁独慷慨，想风望采此摩挲。而今劫愈悲棋局，抚世思公涕泪沱。

吊文宗阁址

碧峰耸金鳌，崚嶒镇江皋。中有杰阁矗，孤峭凌青霄。式思我先帝，作人泽沛膏。雅诗咏棫朴，上追姬周朝。登临阴阳相，鸠工辟云坳。经营成不日，松茂还竹苞。全书赐四库，藏兹迈琼瑶。观览召登阁，万卷许手钞。多士造济济，起凤并腾蛟。厄运遘阳九，毁室嗟鸱鸮。一炬付妖焰，可怜土尽焦。肃清幸吾郡，金碧恢僧寮。独斯荒烟积，惨然埋蓬蒿。长沙我夫子，谓王益吾师。吴中驻星轺。厚意仰先帝，修复拟一朝。赐书此披写，讲学群贤招。有志悲未逮，继起无英豪。荒废问谁问，往来任山樵。袛叹光宣际，腥风掀海潮。学校大林立，邪说颠瘈獒。伦常痛扫地，经史弃弁髦。斯阁仍莫顾，狐兔供作巢。百事忍民剥，偏此力恤劳。天道倘未泯，嗤笑应山魈。百川孰东障，学海狂挽涛。我今搜遗迹，怅倚台妙高。怆怀我先帝，仰天泣兼号。

观金山城址

澒洞悲风尘，莽莽天地昏。东南陷半壁，京口延妖氛。金山江中立，屹然淮海门。南北天堑险，扼要吴楚吞。粤逆昔兹扰，负嵎如虎蹲。木簰簰湾掠，经营筑城垣。瞭楼高插汉，群登窥大军。攻击苦吾帅，不减蜀道难。兼金募壮士，泅水楼幸焚。城去山尽赤，围合贼破群。明季因回溯，城起常凌云。国初策武备，卜筑还山根。吁嗟一城巩，从古捍患闻。御贼贼抗我，大都资屏藩。堪笑无术辈，欧风但心薰。解真不求甚，毁城众口纷。陈迹良可识，漠漠荒烟漫。踯躅复踯躅，俯首不胜叹。

咏郭璞墓　有引

金山西有岛曰云根，一名石排，世人多呼为郭公墓，不知何自昉也。按《晋书》：璞葬母暨阳，去水百步。人以近水为言，璞言："当即为陆矣。"已而果然。顾暨阳即今江阴，固非吾郡，而所葬者又璞母而非璞，且只言近水，并非水中也。后人缘此讹传璞葬江心，而文人好奇，遂因江心一岛而谬指为墓，一倡百和，莫识其非。然黠者亦未尝不恐人揭之，复因杨慎有瘗爪发一言而谬引其说以实之。又按杨慎曰：郭璞精地理，凡遇吉穴，翦爪发以瘗之。夫慎此言，只为证水中亦有吉穴，而璞精地理，因造以坚人之信，殊不识爪发投之水中，适饱鱼腹，墓从何起？而璞又安有如许爪发，凡遇吉穴即瘗之？实自贡其妄耳。顾慎言已非，而文人何为亦效其非，殆不过欲炫其博，遂不惜自欺以欺人，而后学乃为所欺，又从而同之，其贻误良非浅矣，爰本此意以赋之。

一卷矗江中，灵秀千古钟。层云此出没，根固盘流洪。世人不解事，坟漫呼郭公。陋劣良足噱，识见多妇童。往事因溯郭，地理夸精通。葬母近水国，陆成基卜崇。明明《晋史》载，先陇原匪躬。地况暨阳属，何与金鳌峰。公昔且遇难，王敦焰方凶。偷瘗纵义士，水谁为临重。故实竞传说，耳目本俗庸。我独憾文士，术务矜学充。欺人先欺己，隙又虞难缝。妄论地师窃，惑世坚以终。厥说始杨慎，吉穴侈每逢。多多那爪发，自破不待攻。荒谬偏忍蹈，群复乐附从。一坟事固小，治道推忧忡。安石昔变法，祸宋非本衷。好异只一念，固执胶心胸。百和更群小，二宗尘竟蒙。行坚与言辨，闻人最难容。七日诛少正，至圣钦道隆。对兹不胜叹，贻害愁无穷。勿诮好忧杞，长啸临悲风。白云起片片，飞落岩石封。

金山吊李妙惠题诗处二首

强遵乱命慰高堂，忍痛孤城出绿杨。千里家山枯泪眼，七言诗句断愁肠。守身无玷洁于玉，誓志不挠坚似钢。荠大夫同长乐老，男儿翻逊女儿芳。

豫章哭往不成欢，夫子无违早死拼。万点啼鹃南国血，一声归雁北风酸。挥毫落处心都碎，破镜圆时涕始干。今日妙高峰上过，纲常扶仗女郎叹。

南柯子 读先文贞集

一网贤人狱，千秋烈士心。乾坤正气属东林，赢得英雄涕泪到而今。　直笔传忠概，悲歌发壮吟。拼将十指血淋淋，要识男儿百炼是精金。（《（光绪）东兴缪氏宗谱》卷三八）

浣溪沙 闻笛感怀

香冷金炉夜不眠，风前长笛是谁边。声声逸调溅飞泉。　犹忆含饴花月下，征歌按曲侍华筵。那堪余韵尚当年。（《（光绪）东兴缪氏宗谱》卷三八）

浪淘沙

宣统壬戌仲春，西京老哥以尊甫柳村从伯遗照寄示属题，敬谱浪淘沙四阕应命。

村落数家连，柳绿笼烟。浓阴深处抱琴眠。真个先生陶靖节，尘外云边。　花木是平泉，无限山川。新图一幅嫩春天。风景西桥都未改，改了桑田。

济世热中肠，一个青囊。海边卖药是韩康。起遍沉疴生愿众，普渡慈航。　　撒手怎匆忙，处处金创。回春今待救时方。换了人心培国脉，我为民望。

再世范希文，乐叙天伦。里儿这里美成仁。煦煦风和徐墅满，承古堂春。　　大陆劫尘昏，慈爱何人。戈操同室日纷纷。那个亲亲知感悟，苦了斯民。

孝义感鲲鲸，老幼靡惊。至仁又个郑康成。思服黄巾门不入，无限真情。　　天宇那难平，海鳄何腥。个中真际愿心倾。端注些儿根本植，柳眼都青。（《柳村图题咏》）

渔家傲 六阕 题西京老哥《山泾观钓图》

一水当门将绿绕，山泾遁隐饶清娇。有个渔翁舟放小。轻烟杪，竹竿藋藋闲情绕。危倚石栏思悄悄，游鱼逐队穿萍藻。夕照西城风景好。何心恼，年来几换桑田了。

岁岁波涛寰海荡，问谁三面开汤网。争下丝纶争泛桨。非非想，鱼儿几个钩儿上。溪畔多君耽清作仄。赏，任他车马劳尘鞅。一幅新图闲绘像。披仙氅，金鳌晓策云天朗。

鹬蚌相争嗟底事，坐收徒令渔人利。堪笑危机忘者里。贪香饵，心儿不死身儿死。于取于求胡弗已，相安无事生常遂。南北东西莲叶戏。饶人智，竿头百尺何从使。

洪水横流无净土，其鱼化了悲微禹。犹向污池张数罟。何堪睹，一竿竟道投难普。垂钓岩滩君记取，山川无限凄无语。我对画图频触绪。嘲渔父，脱钩那个徒心苦。

东海卜居凶避纣，高贤肥遁思姜叟。一笑诗还歌敝笱。忘机久，老渔溷迹聊相友。自昔虞山尊旧耇，渭川归去功成后。殃及池鱼援以手。君知否，澄观会待时清候。

傍水钓人居尽是，渔鱼竭泽多贪利。博得老饕供一醉。伤元气，忍心若个矜机智。　　冷眼旁观微寄意，好生仁育原天地。同与同胞参透里。孚群类，化龙会看乘云起。（《柳村图题咏》）

满江红 己未初夏招隐寺看白芍药

花事阑珊，春去也、园林无主。最难奈，山中余客，芍药一名余客。独持心素。娄尾怕闻胡峤咏，围腰愧步韩琦武。问续芳、几个创孤亭，愁无诉。　　冰谷净，家原处；瑶台洁，身曾住。任红蔷朱槿，许多容妒。玉蕊庭闲居自近，琼华岛坏伤非故。琼华岛辽宫中岛。只荒畦、遁迹避人知，同云古。（《（民国）招隐山志》卷九）

风入松 题招隐万松关

森森千丈碧空撑，红紫笑群争。深山鹿豕中原逐，怅腥风、到处狂鸣。自与戴公为侣，鼓琴一曲怡情。　　孤高久订岁寒盟，万壑吼涛声。天荒地老谁相识，任樵夫、伐到丁丁。节错根蟠坚固，拏云独自龙成。（《（民国）招隐山志》卷九）

买陂塘 金山寻韩忠肃闻国难临江大阅登山观兵处

痛风尘、陡昏王室，蛮烟瘴雾纷翳。艨艟列队通申浦，誓扫长蛇封豕。如此水。欲再造唐家，巨憝除安史。追踪郭李。任蝇有诗营，虹终气吐，永烈秋霜志。　江扬子，队看三千水戏，如今怒浪而已。峰登浮玉青如故，独恨荩臣那里。悲往昔。遭不造蒙尘，亦洒唐皇泪。勤王孰继。更恨忘(仄)仇雠，好通反暗，得弗对羞死。(《(民国)金山志》卷一六)

金缕曲 金山寻杨文襄密授王文成兵法豫擒宸濠处

耿耿丹心矢。是名臣、朝廷重任，患防形未。一棹更深孤峰上，惟有三人已矣。[空]寂寂，无言相视。揖逊雍容浑对客，镇兵机微妙都潜指。巨奸灭，在于此。　朱明往事犹堪记。笑元凶、丧亡就逮，一宵谋里。愤说忠忱今如古，那怕乱臣贼子。怎反忍、邦家颠自。真对二公人是罪，枉教余岭仰金鳌止。挥热血，一腔紫。(《(民国)金山志》卷一六)

满庭芳 金山吊吉勇烈公祠

梦冷鱼墩，尘封龙洞。宿草青满鳌峰。破祠寥寂，危倚夕阳红。往事山僧尚道，嗟当日、染遍腥风。豺狼逐，元戎绩伟，一炬荡妖烽。　那堪，清静地，蟒还走怪，豕又来封。顿吠闻瘈犬，噬逞狂蜂。毒吻忠魂亦及，却真个、枭獍奇凶。徒令(平)我，登堂慨叹，四大果空空。(《(民国)金山志》卷一六)

75. 阚庄派丹徒支十九世缪同登诗一首

草堂自记

人生幻境似沧桑，小饮弹棋趣更长。雨过琴书花弄色，风吹几案墨生香。诗肠检点三更静，月魄虚涵半壁光。最爱昨宵余雪积，射湖相映总苍茫。(《镇江世庆堂缪氏宗谱》)

76. 阚庄派丹徒支十九世缪煐族称莘浦公诗一首

送顾表姊许夫人随赴粤西任谨步原韵奉和

甓社湖边把袂分，故乡何日再停云。如兰谊重常教我，咏絮才高独让君。绛帐吟成心入定，锦笺读罢齿流芬。山川万里多修阻，极目天涯盼雁群。(《镇江世庆堂缪氏宗谱》)

77. 阚庄派丹徒支十九世缪鼎荣族称荫南公诗二首

贺炼卿叔父七十自寿

三春独占四时先，如锦花开庆大年。多寿应从仁寿验，孤生欣得寄生缘。辉增南极歌诗日，香送东风晋爵天。七十古稀翁矍铄，视予犹子感洵然。

预卜吾公后必京，传家至训有章程。驽资思尽趋承职，蜾负常推顾复情。幸近樾阴蒙盛德，欲同莱彩祝长生。退居法共云光说，一样天花坠下轻。（《镇江世庆堂缪氏宗谱》）

78. 周庄派十九世缪楷族称啸仙公诗一首

赋得丹炉犹用紫泥封 得丹字五言八韵

缄秘封犹固，洪炉欲启难。试看泥晕紫，祗待汞凝丹。橐钥深深锁，香烟袅袅盘。鹤窥睛影乱，鸿印爪痕残。绛雪光腾艳，苍苔色带寒。功需成九转，景过讶双丸。芥想前偕拾，芝应后共餐。帖裁金报喜，薇省庆弹冠。（《清代朱卷集成》第389册）

79. 江城派十九世缪炳组族称冕卿公词一首

光绪甲辰春正西京老哥以先德柳村宗丈遗照索题漫拟满庭芳一阕呈政

勾碧涵桥，牵青补屋，陌西人爱云窝。夕阳牛笛，春水钓渔蓑。话到红羊旧影，棋边劫、无恙烟萝。生痴绝，莺颦燕泪，碎梦感山河。　讴歌，多分是，药炉茶灶，藏得春多。奈芝筇蕉萃，鹤去秦和。怕擘阮咸哀韵，竹林下、曾几回过？低首拜，影中愁问，国脉近如何？（《柳村图题咏》）

80. 阚庄派丹徒支十九世缪炳文族称柏亭公诗一首

游招隐寺

奇峰四合境奇幽，缓步山巅逸兴道。台废昭明斜日薄，馆荒仲若暮烟稠。丛林阴密几疑晦，深谷凉多不待秋。六代风流都逝水，抚松徙倚独昂头。（《（民国）招隐山志》卷七）

81. 阚庄派丹徒支二十世缪鸿儒族称融生公诗十一首词二首

焦山自然庵玩月

凉月照阶除，色界光明淬。回首见松林，遮胬蟾影碎。（以下五首选自《镇江世庆堂缪氏宗谱》）

村居偶成

十亩新秧绿，小溪绕村曲。生机满眼前，川水流相续。

甲辰奉母住焦山偶成

宵深山气浸罗衣，倚槛栖迟客未归。月到江心波影净，渔舟一笛破空吹。

自题崇正编 二首

大演文明二十周，学群图进务无尤。普天须见纯熙俗，遍地奚徒汗漫游。国业于今融海陆，王功终古燮春秋。亚欧第一伤心事，涌浪惊涛误自由。

群言纷乱茧丝紊，墨守输攻意气争。彰往察来自有术，扣槃扪烛致讥盲。骤窥万象浑难测，静决千秋渺不惊。横尽十方竖三界，等分权判那容平。

游招隐寺

森森大木绿阴稠，梵宇中藏径入幽。黠鼠上松施巧技，雏莺隔叶弄歌喉。晋贤宅废荒烟满，梁嗣台空古案留。更喜丹枫乌桕胜，还来清赏拟深秋。（以下三首选自《（民国）招隐山志》卷七）

题招隐寺听鹂馆壁

乘兴陟山麓，高躅访戴公。辟地昔隐此，冥冥等飞鸿。春日携柑酒，听鹂入云峰。萧然服野服，名王游任从。倏忽千余载，青山依旧容。鹂歌尚睍睆，公乎不可逢。针砭与鼓吹，更谁幽兴浓。翘首白云外，渺渺思流风。

狮子窟寻鸟外亭故址

孤亭随鸟入云中，尽看苍苍竹箭丛。一线湖光仍隐约，依稀远扬夕阳红。

游金山感赋

一柱碧于玉，皎然江际浮。问名信有自，浪花飞四周。下界俯无地，比邻结轻鸥。故老谈故事，来观不离舟。余生恨太晚，好景看无由。田桑植沧海，苍狗云变侔。上山走健马，戏言原曩畴。不谓竟成谶，一鞭驰骅骝。水国化平壤，树阴夹道稠。鱼虾昔日窟，今日眠羊牛。下元说水府，我闻居山陬。府兹移何去，问欲呼蛟虬。中泠水味冽，更闻龙禁求。到此亦登陆，汲取纷群俦。龙乎力何在，禁取龙复不。漫云山不改，山形旧无留。南北故天堑，砥柱扼中流。如是并天地，千秋还万秋。一变势犹此，感怆临峰头。人事变曷怪，古今一浮沤。临风发长喟，鸟鸣助啾啾。(以下三首选自《(民国)金山志》卷一三)

咏中泠泉

深匿江心不计年，如何隐见忽情迁。弗甘伏久贪人近，竟欲炫奇忘(仄)自全。波底本来多洁净，尘中一入失新鲜。浊清取异都由己，无限思量对此泉。

题涵虚楼

渺渺空江浪拍天，推窗恣览兴陶然。四山晴黛钟声里，六代征帆鸟影边。露滴芦梢都化水，风归柳上忽摇烟。山僧雅意烹新茗，味试中泠为汲泉。

大江东去 登招隐山望江

插天峰峻，试登临，绝顶眼空无物。遥指远江，环曲曲，漫说弓张新月。怒浪浮空，轻云接水，上下成虚白。滔滔淘尽，千秋多少豪杰！　　遐想肥遁畸人，入山深处，高蹈尘寰绝。楫击中流，情一样，莫误忍心人辟。力障川东，屹然柱作，恨不狂澜折。公乎何在？大江奔注犹昔。(《(民国)招隐山志》卷九)

河满子 寻冒巢民偕董小宛登眺处

痛极烽烟北土，哀深事业南畿。一棹双双辞白下，名峦偶尔留稽。剩水残山谁主，美人名士同悲。　　和国鼓鼙借吊，东坡琶板偕凄。却笑游人争逐后，伤心幽恨谁知。到此可怜衰草，思前都付斜晖。(《(民国)金山志》卷一九)

82. 阙庄派徐墅支二十一世缪廷樑族称镇藩公诗三十五首词四首

贺陆熊祥孟芙花甲寿 甲戌十月

虞山万壑秀，间气茁奇英。结社能风雅，挂冠遗世情。清才敌淮海，亮节媲渊明。一语为翁寿，菊觞岁岁倾。(《花甲双庆寿诗》)

湘黔道中杂咏

别长沙

罢吊灵均哭贾生，悠悠湘水不胜情。中原板荡家何在，泪洒长天又远行。二十七年六月七日又自长沙挈眷搭车起程赴筑。

遥望岳麓山黄兴蔡锷二将军墓

岳麓嵯峨郁古槐，英灵一代痛长埋。定知泉下还膺剑，挥斥风尘走豹豺。

常德阻水

奔车掣电客心惊，湘岱青山相送迎。才到武陵偏阻水，银涛一片打孤城。车抵常德，以沅江水涨，路基淹没，在六道饭店中待渡者凡三宿。

过湘西

蹭蹬湘西倍黯然，山家生事淡于烟。乱峰憔悴鸟飞绝，古木萧条残日延。

过桃源

溪山深秀合逃秦，夹岸桃林鸟弄春。欲向渔翁问前路，落花如雨锁寒津。

十二日偕行素等宿沅陵竹园饭店

古木横斜跨涧溪，竹林深处白云栖。帘侵明月枕侵瀑，风雨江东急鼓飞。

竹园饭店倚阑

独倚危阑对碧峰，白云何处认行踪。辞家万里存余恨，愁听江声咽暮钟。

晃县道中

崎岖驿路几千折，浩荡云山百里重。西走牂牁频历险，王阳愁绝泪盈胸。

晃县至黄平道中多盗

危崖叠叠路漫漫，雾瘴凄迷白日寒。即道萑苻频肆扰，征人能得几平安?

过玉屏

古市荒残偶驻骈，最怜丛竹扫天青。几家山店萧萧咽，袅袅余音绕玉屏。

盘山岭上

仓皇西走路三千，直上盘山白日边。风引云车天路近，脱将凡骨作飞仙。

十五日由黄平再起程趋筑中经盘山喜抵筑垣

阳明小谪我何哀，风展行旌向日开。且喜山程弹指尽，云间一点筑垣来。(《经世》半月刊 1939 年 47—48 合刊)

滇垣大观杂咏 一九四〇年九月二十七日于天南

岳阳黄鹤频摧残，剩有斯楼极大观。滇池汪洋浮日月，群山天际嵌峰峦。大观楼。

王粲西来久淹留，今朝揽胜独登楼。湖山映槛饶天趣，把酒高歌一散愁。揽胜楼。

帘卷西山楼外楼，楼头帆影日悠悠。风涛浩瀚兼天阔，淘尽人间万古愁。楼外楼。

堂北观禾杖独扶，骄阳炙背悯农夫。于今稼穑艰犹昔，况苦从戎扫羯胡。观稼堂。

身骑大宛五花骢，把剑东瞻气象雄。传檄竹寒巨憝胆，共和再造胜元戎。唐继尧将军立马铜像。

危崖巧叠势崚嶒，独上凌兢扪壁登。恍有彩云生足底，向空冉冉欲飞升。彩云崖。

风光尽道似杭州，月涌三潭夜景幽。倚树临流吹玉笛，波心出尘舞清虬。三潭影月。

琵琶零落曲堤旁，流水无情自可伤。数揽天吴明月夜，潮音缥渺意茫茫。琵琶岛。

近华浦畔独徘徊，沉醉东风又一回。满眼嫣红兼姹紫，万花如习涌亭台。春日再过近华浦。

扁舟一叶漾中流，载得青山还载愁。此日何堪等范蠡，簪花吴越泪芳洲。初春漾舟。

（《经世》半月刊1940年2—3合刊）

贺沈雅卓世丈六龤晋九

诗翁何磊落？只手正倾危。焚券警浇世，存城揭义旗。校书搔白首，舞彩绕彤墀。他日传耆旧，荣名百代垂。（《金陵女子文理学院校刊》1934年第1期）

生　事

生事欣堪托，萧斋如水闲。伫看花落去，笑指燕初还。小睡趺芳草，长吟对碧山。陶然林壑趣，斯地胜柴关。（《金陵女子文理学院校刊》1934年第1期）

抛　卷

抛卷步园林，丛菁豁眼新。平地荷贴水，净宇鸽翻银。瘦絮颠狂舞，孤花寂寞嚬。清风能满袖，藜藿不忧贫。（《金陵女子文理学院校刊》1934年第1期）

广陵渡江

运动会既毕，初九月晨坐轮渡江，江风习习，细雨细细，金焦云藏，帆影寥寂。水天一色，弥望无涯。扣弦长歌，不计工拙也。

溟蒙细雨沾征衫，澎湃银涛洗尘埃。江上双峰何处去，白云疑是渡头来。（《江苏省立第二中学校杂志》1917年第1期）

题章泰笙《贾岛研究》四首

驴背寻诗向月吟，月中孤鹤属知音。优然天半清商远，应是怜才一片心。

独行潭底句无双，三岁吟成谁不降。一自怀民罔主客，清奇苦僻月长江。

万里逃秦五度秋，蜀山偏合茧诗囚。松窗抱读长江集，神与华嵩猿鹤游。

搜检琳琅萃一编，此心应卜贾生怜。定看艺苑芳徽播，桂子香飘月窟边。（《贾岛研究》）

奉酬觉元学长蜀中

烽火经年别，离愁定更增。琅玕劳远赠，琼玖报宁能。笔挟崩雷势，词雄阵马腾。蜀山攒万点，诗骨自崚嶒。四月五日，贵阳。（《清晖集》）

野菊为慎行姻兄题

繁星何采采，野菊又秋花。晓露岂辞冷，霜风得意斜。披霞晖夕照，带月映山家。未许陶潜采，芳心一片赊。（缪廷梁书法）

奉和觉玄学长五十生日自述原韵 1939年春于昆明

曾上天都发浩歌，名山踏遍岂蹉跎。纪游蜀国篇章富，煦拂中华桃李多。孤赏独耽寒菊露，壮怀欲掣怒鲸波。西行万里同仇切，白阁岷江夜枕戈。（《当代江苏学人丛书》）

闻觉玄学长作剑阁壮游却寄

拥策循崖上，凌兢百八盘。猕猴啼栈壁，雾霭失峰峦。攀阁倚清汉，披云作壮观。剑南图画里，日照万山攒。（《当代江苏学人丛书》）

金缕曲 咏菊

万里秋光净。正凄凄、园林寥寂，蛩啼宵永。落木萧萧无边下，剩有丹枫斜映。更堪羡、寒芳三径。枝上霜痕葩上月，战西风篱畔娟娟影。姿独秀，节何劲。　　白衣韵事堪重省。汲新泉、煎茶当酒，举杯邀影。欲唤花魂通讯息，还怕香残露冷。且检点、眼前好景。撷得繁英簪满鬓，便欣然尽了幽人兴。休再问，贤和圣。（《江苏省立第二中学校杂志》1917年第1期）

鹊桥仙 七夕用秦少游韵联句

星期七夕，人间天上，玉沾金风几度。陈器伯。当时假约等闲看，赚老去、风怀无数。陈彦通。尊前擫笛，花间索句，迷却采莲归路。蝉盦，缪廷梁字。银河倒映旧针楼，陈器伯。怅盼断、帘栊朝暮。陈彦通。（《陈方恪诗词集》）

太常引

雨后猛铎秦湖游渡小憩，湖在美国威斯康辛省麦迪荪城，威大文科大楼高瞰其上，风景绝佳。

环湖碧树郁葱葱，雨后豁心胸。侧帽看晴峰，峰外远山东复东。谁家小艇，金光油碧，底事搁莎丛？借与趁长风，一棹故溪明月中！（《金陵女子文理学院校刊》1934 年第 1 期）

满庭芳 赠美国葛本尼女教授于旧金山 Mrs. Benigau green

晶淼江涛，迷离风影，烟蔼飘渺鸿濛。山限白塔，峭耸大江东。多少巡游铁舰，冲涛破浪逐秋风。尽金门，湖光山色，收拾画楼中。融融，当此际，雕阑送目，芳景罗胸。问俄国山头，谁是英雄？冷落孤标挺秀，空谷里，霜溜青松！早垂青，炎黄华裔，绝国更难逢！（《金陵女子文理学院校刊》1934 年第 1 期）

83. 阚庄派六世缪廷玉族称怡云公配惠淑贞诗四十五首[①]

戒怒示儿子

生人无百年，未几黄粱熟。万物何所有，一身知何属。戒哉切莫怒，怒实招怨讟。何妨欲怒时，静心自谨肃。恬然任所遇，虚衷悉雍睦。勿争是与非，勿辨直与曲。何者为强弱，何者为荣辱。譬如汤之盘，惕惕日自浴。莫将清净身，堕入卑污俗。（以下四十二首选自《（光绪）东兴缪氏宗谱》卷三九）

拟昌黎谒衡岳庙即用原韵

渎视诸侯岳视公，望衡九面湘江中。七十二峰势罗列，高与群岳争其雄。巉岩鸟道三十里，天梯石栈攀援穷。我在蛮荒久逐窜，赦书忽下沾皇风。朝发洞庭夕阜岭，景探一路崎岖通。境入衡州见衡岳，孤高突兀青摩空。芙蓉紫盖并奇绝，一峰最尊称祝融。祝融火神正南位，其上特建神庙宫。我来神庙下马拜，丹楹碧瓦朱门红。松风凛凛神瞰户，兰浆桂酒明我衷。山神有灵若感应，鉴我蹇蹇之匪躬。忠忱自矢除弊政，正直潜与神明同。收将脯酒奉身立，杯珓掷去礼初终。老僧引入上绝顶，岣嵝碑文治水功。剜苔剔藓字埋没，风吹雨剥烟朦朦。登临凭眺时极目，明月远上东海东。

---

① 以下为本族女性先辈所作诗词。惠淑人著有《瓯香馆诗存》。

赏　荷

新叶碧于染,好花红欲开。对侬偏妩媚,为尔漫徘徊。光艳耀晴日,香多无点埃。主人甚珍重,风雨勿相摧。

暴　雨

天际挂神龙,云峰叠复重。好花润幽质,高士洗尘容。风黑雷声烈,窗虚雨点松。逾时阴已霁,日尚照孤松。

蟹　簖

竹簖迎潮障,沙滩捕蟹秋。平分千顷月,横截半江流。缆接空波面,灯明古渡头。横行听郭索,水隔白蘋洲。

鸿雁来宾

秋深鸿雁至,次第宛如宾。乙字横天末,庚邮接水滨。一行斜复整,几点草兼真。泥爪重重映,传书过远津。

荷钱二首

芳池荷乍放,水面叠青钱。榆叶形同小,苔花样共圆。莫将囊内贮,好向杖头悬。一曲波浮远,新萍翠色连。

叶放新荷小,青溪叠似钱。半林榴火铸,一带柳丝穿。榆荚阴同翠,苔花色共妍。采莲如有客,归取杖头悬。

黄梅雨

滂沱时雨降,梅子半林黄。树摘金丸小,烟迷石灶凉。萤光攒宿草,蛙鼓闹芳塘。田水盈千亩,青青遍插秧。

新　秧

时刚逢五月,绿野插新秧。鼓击前村远,针铺此地长。嫩含时雨润,翠引晚风凉。偶向郊原望,青青水一方。

秋柳二首

指点欹斜柳，经春又及秋。依稀垂陌上，萧瑟近楼头。霜信知难傲，烟痕澹不收。诗情兼画景，佳境足句留。

记得新衣染，流光忽届秋。鱼箱前渡冷，鸥梦者番酬。别怨吹羌笛，寒衣动客愁。阳和春信转，陌上碧阴稠。

扫雪烹茶

扫雪呼童仆，团茶快好烹。鹅毛三径落，鱼眼一瓶生。铛内龙芽煮，窗前凤帚擎。隆冬添雅趣，此境最移情。

清晨游香积寺

寺访前朝古，空山不见人。闲游来净域，直入趁清晨。花影迷幽径，钟声度远津。诵经僧课早，静听涤凡尘。

百蝶图

春光真可爱，举笔绘为图。蝶密能遮纸，花多已掩须。墨描金锦翅，朱点赤黄襦。醉恋桃枝上，飘扬满绿芜。

窗中见江上诸峰二首

远岫横江上，层层翠秀笼。窗迎图画里，色现有无中。排闼群峰立，开门一径通。岚光浮绝顶，四壁晚烟濛。

诸峰江上立，宛尔列窗中。排闼青光送，开门秀色笼。好山疑入座，高嶂却横空。极目凭轩望，岚光四面通。

三高祠

高风先后溯吴中，千古遗徽迹不同。虎旅何须矜挞伐，鸥波长此入冥蒙。莼丝牵处朝烟白，茶灶陈时夕照红。祠宇穹崇郊郭外，游人来此檥乌蓬。

汉武帝重见李夫人四首

凄绝香空说返魂，坐寒锦褥忆温存。月如有恨光疑澹，烛岂无心影半昏。宫锦不堪新别绪，罗衫怕见旧啼痕。姗姗莲步娟娟态，环珮声虚度禁门。

是否芳魂浅澹妆，几回搔首费思量。梨花怯雨情都滞，芍药飘风影亦香。对不成欢红豆子，梦难再悟黑甜乡。料应独立真遗世，无复萦情话别肠。

银釭明灭漏丁东，惨澹宫衣惨澹容。一顾不堪重再顾，愁侬无奈又思侬。恨成粉黛三千女，梦幻巫山十二峰。墨竹不知离别怨，依然风致尚葱茏。

昏黄独自倚阑干，寂寞无言泪未干。帝子情深伤玉折，美人命薄怅花残。琼楼金殿鸳鸯冷，珠箔银屏翡翠寒。回忆蘅芜香赠候，一般离绪感形单。

咏绿蝶

何事裁蕉傍短棂，翻飞蛱蝶暗纡青。花间该欲猜新叶，水面应将拟泛萍。入画影迷芳草地，寻芳魂滞绿莎汀。倘教高举穿纤柳，几认流莺展翠翎。

酿　雪

层阴料峭逼窗前，万里苍茫欲雪天。宛似春花寒尚勒，已看飞霰集维先。风号古树昏鸦乱，云暗前林冻雀拳。瞥见天公争玉戏，开成银界望无边。

浪　花

沧江漠漠浪浮天，风卷潮头数点圆。错认三春桃涨涌，宛偕十里荻花妍。飞流却任鱼吞戏，舞蹴还看燕掠穿。海上涛头连一线，潮翻雪色澹笼烟。

洗　砚

一日复一日，墨渍何堪积。譬之旧染污，奚能不自涤。

野　庙

野庙深山里，孤僧击晓钟。静听风动竹，远望两山峰。

春夜小楼听雨

一夜廉纤雨，闲听坐小楼。灯悬孤壁畔，屋角响飕飗。

村居四咏

网晒红蓼汀，舟泊白芦樾。短笛时一声，催出关山月。渔。

晓出日光微，暮归月色皎。伐木响丁丁，惊走隔林鸟。樵。

总角骑牛背，行行草岸旁。秋林斜照晚，吹笛下山冈。牧。

落日卧牛羊，殷勤净涤场。田家自有乐，临水稻花香。农。

渔　村

老渔沙岸住，遥指晚烟村。船向矶头泊，潮来隔岸喧。

春秋多佳日

佳日何时届，春秋屈指多。莺簧携酒听，七夕见银河。

春　晴

春日连番雨，今朝忽喜晴。百花齐放艳，窗外鸟声清。

夏闺词四首

轻移竹榻傍纱棂，露冷闲阶月到庭。倦坐无聊步花下，笑拈团扇扑流萤。

朝曦犹未上檐楣，纤手轻舒珠箔垂。对镜慢松云鬓整，趁将朝爽画双眉。

下帘倦绣掩重门，日暖疏窗午梦温。云鬓半偏新睡觉，悄将绡帕拭香痕。

薄罗衫子著偏佳，香汗凝肌几度揩。娇倩人扶初出浴，姗姗新换旧弓鞋。

烹　茶

茶灶安排傍曲廊，呼童煮茗润枯肠。小窗七椀风生腋，口角犹留泉水香。

题玉贞妹镌图书

晓来静坐碧窗纱，鸟篆书成竹影斜。采石如琼称美善，锥刀在手细镌花。

登君山眺远

月出深山鸟一惊，半村灯火半村明。登临眺远江光净，静听鸦声树里鸣。

金山用唐张处士韵

楚尾吴头地，茫茫望里分。白迷瓜渚浪，青拥秣陵云。帆影随波落，渔歌入户闻。妙高台坐眺，斜日色成醺。（以下三首选自《（民国）金山志》卷一四）

金山行

渤海东闻有常山，随波上下无日闲。上帝恐流入西极，巨鳌遣戴从此安。不知何年复何月，江中走来一孤峦。初名浮玉良有以，金鳌继名峰嶙嶙。不移不摇复不动，日夜撞击任狂澜。沧江划破屹然竦，隔开淮海堑作天。巨险雄扼峙终古，南北限分飞渡难。吴越齐鲁更下吸，荆襄巴蜀上尽吞。藐视滔天势浩浩，一柱横截岷峨源。鳌背参差时金灼，日气红炙烂乾坤。照彻江底辨毫发，胆破蛟虬偕鲕鲲。狂威欲逞不敢逞，妖魔避匿潜石根。江神大惧商海若，相起呼还终不还。山麓爰令老龙住，宫殿宏开集群鳞。鲸鲵鲭鳄大驱策，奔如万羊涛乱掀。那知与鳌共水族，颠覆不忍恋同群。驱回弗获转居扰，日夜钟击声喧阗。一家对愁苦不靖，老龙无术翻空憧。无已敲禁特僧乞，制袜酬报偏夫人。白蟒又闻更遣使，盘据深洞喷毒云。高僧何意复锡住，安禅蟒制难长存。遁去休询几万里，山中罔再蟠凶顽。苍鹘尽剩栖孤岭，携雏摩霄振羽翰。一群偶引黄鹤下，翩翩翔舞青云端。楼台金碧起无数，翚飞鸟革压急湍。馆筑波上白鸥狎，来往随潮常临轩。至信矶登僧施食，木鱼响应且浮鼋。飞者游者气尽敛，或逃或避或与亲。老龙顾此怒不得，愤呼偶作总空闻。江神反起谢海若，横流洪水笑枉烦。卓立江中此永砥，相看退处都无权。三濡且命老龙护，世人毋任来汲纷。仇恨顿化转防卫，日日江上守名泉。天地灵奇本特异，金山金山镇九寰。

吊梁夫人桴鼓处

誓擒仇敌助元戎，慎莫寻常纷视红。鼙鼓声洪青黛外，旌旗威赫绿波中。西湖夫婿悲双隐，南渡君臣弃两宫。峰陟金鳌探旧迹，不堪宿草碧丛丛。

84. 阚庄派七世缪楷族称海观公配徐德华克明诗八首

持螯赏菊

风味重阳话，霜天正晚秋。持来螯在手，赏到菊盈眸。席上魁争夺，灯前影最幽。题诗偕唱和，把酒倚高楼。(以下五首选自《(光绪)东兴缪氏宗谱》卷三九)

聘　梅

一枝梅瘦态婵娟，迎向罗浮聘最怜。笑索茅檐缘早订，香迷纸帐梦应圆。妆催东阁凭诗咏，使遣西山待鹤传。林下美人明月照，几生修到半癯仙。

诸葛菜

闲看野菜满新畲，诸葛贻留此晚蔬。本为三军谋食计，遂教千古大名誉。雪消西蜀芳芽吐，地辟南阳嫩叶舒。筹笔驿边和雨种，卧龙冈畔带烟锄。从分簇簇垂绵谷，色染青青护草庐。秋末低迎菘圃远，霜前高接柏阴疏。召公爱纪甘棠似，郇伯恩遗碧黍如。最好寒天供咬嚼，田家风味乐徐徐。

养花二首

春阴偏酝酿，恰养一园花。乞借微云护，应教艳色加。

恰是春阴好，芳园正养花。东皇真爱惜，艳色半如霞。

金山秋望

金鳌峰顶倚清秋，水色山光处处幽。万片彩霞枫叶岸，半天晴雪荻花洲。善财石上巢营鹘，至信矶边梦稳鸥。最是渔翁情最逸，一蓑一笠一孤舟。（以下三首选自《（民国）金山志》卷一四）

听潮轩听潮

浮玉山突江心立，水光荡漾清四入。潮来潮往无时停，怒击山腰夜继日。凭轩一望烟濛濛，如此苍茫空江色。喧豗震耳发大声，骇愕默坐弗敢立。初疑聚蚊股振花，忽若苍蝇争展翼。群鸟嘤嘤语和娇，百虫啾啾又唧唧。无云迅雷胡为来，山雨乱洒日未没。突惊勍敌相战争，马蹄千万行得得。刀枪剑戟齐触鸣，鼙鼓轰轰奋且疾。悲笳助雄奏不休，荡作十还决作十。号令三五赫然申，攻夺纷纷愤士卒。更讶毒蛟掀洪涛，激怒龙宫老龙出。争斗不下互相持，鱼虾跳跃罔获逸。感动骚人临风号，孤舟引起嫠妇泣。惊回顿见入定僧，笑说潮声勿战慄。开帘视依一江清，四无群声声在即。浩浩洋洋渺无涯，山若动摇响喧急。独怪舟子了不惊，帆樯上下密如织。那畏汹涌如山堆，弄潮吴儿久成习。沙鸥几点信识潮，逐舟日日却闲极。一个渔翁更陶陶，笛弄迎风性真率。清歌杂起答潮音，潇洒年年大江侧。晚钟声声时互闻，悄然无语倚轩北。

韩蕲王庙

居士清凉百战身，回头往事总酸辛。中原甘送瞋奸相，南渡作成愤女真。波浪到今犹战伐，鼓鼙溯昔久沈沦。千秋庙食钦常祔，巾帼英雄有几人？

85．阚庄派七世缪桓族称东渠公配桑淑人诗八首

秋夜读书

闲居当夜静，坐读古人书。半壁灯挑下，三更月上初。明河偏皎洁，落木更萧疏。报

道秋风至，虫声和最徐。（以下八首选自《（光绪）东兴缪氏宗谱》卷三九）

霜　钟

何处知霜降，丰山九耳钟。声随松径隔，迹认板桥封。寒气侵萧寺，余音入远峰。马蹄明月候，夜半梦偏慵。

泊舟三里港见捕蟹者诗以纪之

竹簖横前渚，霜寒捕蟹秋。孤灯明柳岸，长缆锁芦洲。远接疑成路，斜牵欲断流。爬沙听隔水，人自坐扁舟。

换鹅帖

古帖须鹅换，挥毫写道经。纸凭蚕茧拂，笔莫鼠须停。书比酬羊切，诗如易蟹灵。来禽同妙墨，遗迹媲黄庭。

知更鱼

勤学人思薛，知更赖有鱼。代将莲漏静，跃向竹窗虚。惯应鸡筹报，闲披蠹简舒。泳游凭石几，伴我读奇书。

咏素心兰

构向空山得素姿，主人珍到欲开时。高排净几风频舞，雅隔素帘露尚滋。弱质数枝神濯濯，幽香半朵味迟迟。悄然静对无他赠，惟有拈毫荐以诗。

春草二首

前番原上草，今夕又重生。恰借春风暖，偏教翠色荣。
记得深秋后，平原草色枯。廿番风乍递，满地又青芜。

86. 阚庄派七世缪廷相族称近山公配李素芬[①]诗六首

斗蟋蟀

莎鸡股动豳诗咏，唧唧新声隔院幽。豆荚花开刚却暑，梧桐叶落早惊秋。间携玉箧王

---

① 近山公妻名素芬，著有《浣花溪诗存》。

孙喜,冷诉金风懒妇愁。贮向瓷盆常供养,搜从石砌费寻求。超群紫狗名曾异,别种黄蝇力自遒。在野长鸣悲且怨,登场试斗猛兼柔。蜂台一将登偏勇,蛙鼓三通击未休。怒效螳螂齐奋臂,阵连蚁蚋共昂头。羡他擒纵施雄策,判我输赢计彩筹。似习兵韬娴虎豹,若驰羽檄倩蜗牛。半闲堂内留遗迹,天宝宫中逞异谋。伫待两军齐撤后,欢呼听唱凯旋讴。(以下六首选自《(光绪)东兴缪氏宗谱》卷三九)

石上菖蒲 二首

石上青堪爱,离离九节蒲。云根盘最峭,井水灌偏濡。瘦削撑龙骨,葱茏缀虎须。紫花称异种,尤不受泥污。

帘外浓青护,欣看石上蒲。一卷堆错落,九节拂萦纡。茁拟芹芽嫩,抽同韭叶腴。延年知有益,清供恰堪娱。

蜂　台

花天逐队闹游蜂,叠玉为台认几重。课蜜常依香国住,放衙端藉柳阴浓。忙残粉翅君芳采,构得云窝碧藓封。一角金房悬树杪,玲珑制就俨层峰。

柳　浪

空蒙如浪卷滩头,几树垂杨傍画楼。碧映涟漪同荡漾,青看眠起俨沉浮。临溪波泛阴疑结,掠地风来翠欲流。更有松涛声远和,休教缘木任鱼求。

题素兰姊叠摺扇

松间小坐碧阴遮,倚石闲凭近水涯。潑墨鱼吞缘洗砚,轻烟鹤避为煎茶。

87. 阚庄派八世缪甫燃族称吉修公配孔清真诗四首

腊鼓鸣二首

腊日农功毕,遥闻鼓乍鸣。携来腰最细,听处耳偏倾。韵和吹豳律,歌输击壤情。曾如逢社日,田祖此时迎。

冬赛前村报,遥闻腊鼓鸣。郊原听简简,铙吹和铮铮。服被黄冠称,声催碧草生。农人田事毕,额颂告西成。(《(光绪)东兴缪氏宗谱》卷三九)

题雁词

江天浩渺远难分，一抹晴霞掩夕曛。羡尔孤飞殊矫矫，不随鸥鹭入凡群。(《(光绪)东兴缪氏宗谱》卷三九)

登妙高台

果然胜境隔仙凡，孤起浮云只碧衔。树色千重横建业，霞光五色纳焦岩。风鸣空际声悬磬，潮退江中影落帆。记取东坡诗寄印，齿称凛凛骨巉巉。(《(民国)金山志》卷一四)

88. 阚庄派八世缪灶族称惕庵公配夏淑人诗一首

光绪谱引《箕裘集诗钞》跋云：淑人工诗，而不甚作，以妇道自重。尝曰："寻章摘句，文人学士之事，非妇人所宜为也。"故稿不多见。

示子昌期

六经根柢学，充实自辉光。俟命须居易，持身贵守常。识机知用舍，论道有行藏。大禹分阴惜，吾侪敢或忘。(《(光绪)东兴缪氏宗谱》卷三九)

89. 阚庄派八世缪灶族称惕庵公女大姑诗五首

答兄西溪五日忛竞渡原韵

刚逢端午节，竞渡忆三河。金鼓涛声应，旌旗彩鹢多。参差迷白日，高下扬青波。寄语京华客，题诗写素罗。(以下五首选自《(光绪)东兴缪氏宗谱》卷三九)

登稻孙楼

米老寻幽处，名垂百尺楼。一层梯更上，数亩穗频抽。稆秠村应接，茨梁嫁已收。登临凭眺处，野景豁双眸。

鱼网纸

纸羡良工造，芳名忆蔡伦。鸾笺书最便，鱼网拟偏真。泼墨空波潋，临池远水沦。铺来檀几畔，蚕茧制同珍。

砚　匣

珍奇古砚列文房，爱护烦将宝匣装。木采香檀精篆刻，玉搜美石饰琳琅。平分上下司开阖，密慎关防谨盖藏。品羡端溪须韫椟，安排稳置笔筒旁。

咏红蝶

点染胭脂薄翅斜，轻盈艳冶最堪夸。翻从紫陌烘晴日，飞绕朱楼衬落霞。栩栩惯沾游女袖，翩翩常逐醉人家。隔林榴火时遥缀，大地春光太觉奢。

90. 阚庄派十世缪纯白族称采璧公配徐佩兰诗十四首

光绪谱引《箕裘集诗钞》跋云：徐太君，采璧公之配也。赋性聪明，七岁即辨色而起，长益端静，有志节，工吟咏。治家严谨，井井有条。采璧公得以壹志读书，盖由太君内助力也。兹采录诗十四首，以存其壶范云。

采莲歌

吴娃旧宅莲塘住，晓日盈湖采莲去。悄呼女伴泛兰艭，一声笑入花丛处。镜水照红妆，相思情暗伤。袭人花气暖，近水葛衫凉。风掀罗袂飘飘舞，水映湘裙习习扬。腕弱不胜劳打桨，背篷遥看戏鸳鸯。鸳鸯隔岸多芳草，绪语喁喁听曲沼。翠盖斜欹绾角菱，红衣手堕牵疏蓼。荷珠溅水满轻襟，秋雨秋风思不禁。妾貌花光两相妒，一枝连理感芳心。芳心撩乱浑无主，素手纤纤摘将去。藕丝应胜郎情长，莲心更比侬心苦。树头日暮返溪滨，脂粉痕轻澹未匀。半臂霞光蒸醉颊，一声水调破香唇。凌波缓步情何倦，趁月徐归黛欲颦。沙鸟不知侬意懒，倒衔莲瓣入青蘋。（以下十四首选自《（光绪）东兴缪氏宗谱》卷三九）

春日即目

二月江南景，偏宜雨后看。山容明秀黛，花影漾清澜。春意遍平野，晴光爱远峦。夕阳无限好，返照夕林丹。

鱼网纸

雪白光应润，名传自蔡伦。结绳思古帝，操术学鲛人。格界千丝细，纹斜数幅匀。行分疏密间,鱼网制偏新。

水仙花

绰约多轻态,清高是水仙。霓裳垂皎皎,缟袂振翩翩。解珮尘难染,凌波袜欲溅。冰壶堪濯魄,异品倍新妍。

咏落花二首

风雨连番至,芳园已落花。消残春一色,飘遍路三叉。曲曲千波坠,疏疏数叶遮。平看红满地,犹觉灿如霞。

昨日含英美,今朝满地花,香余三径远,艳色半林斜。风雨芳千片,文章水一涯。园丁曾未扫,犹觉色如霞。

夏日同纫香妹食瓜争胜效吴越氏瓜战赋诗纪之

宛借孤城战,争猜雪上瓜。一时分胜负,几片列横斜。剖处操刀勇,浮来背水哗。削遵天子命。种向故侯家。势若弹棋布,情同啜茗夸。形分疑破竹,数计拟量沙。征至敦犹苦,临期戍尚赊。止齐芳履纳,祷祭上环加。发令如行酒,搴旗更斗茶。席前谋借箸,陇畔载盈车。赫赫冲樽俎,绵绵尽爪牙。阵排应效蚁,鼓振待鸣蛙。围合青莲社,营连碧柳衙。输赢曾数子,次第亦雕花。舌剑谈教健,心兵算莫差。事传吴越氏,消夏傍云涯。

叱石

空山白石乱参差,远叱平林妙术施。长啸声穿青草里,狂呼响彻夕阳时。粼粼一片云根瘦,凿凿千头秀骨奇。瞥尔羊群成万队,寻仙别径暮烟迟。

残梅

芳梅萧索倚红栏,五百春回蕊欲残。寒有一枝晴雪勒,艳无千朵隔林攒。暗香早觉和烟散,疏影宜迎落月看。曾记前番凭鹤守,孤山相访任盘桓。

咏白蝶

澹到如斯倍爽神,白于雨洗净无尘。梨花梦杳犹寻梦,柳絮春残尚惜春。晒粉枝头云欲掩,翻风巷里月尤新。纸灰飞处浑难辨,幻影由来是后身。

赋得江南江北青山多

长江极目乡关远，江上青山次第罗。南北界分天堑险，高低岫列海门多。层峦对峙屏千仞，郁浪回冲水一涡。万里寒潮飞浩渺，四围峭壁压嵯峨。烟迷夹岸群峰立，影接中流匹练拖。足底涛奔雄似马，眼前嶂合碧于螺。渊源直向三巴溯，黛色曾经六代过。十载宦游思最切，坡山好句任吟哦。

题　画

桐阴松韵傍山涯，流水声中月影斜。倚杖小桥频指点，竹篱短短是吾家。

中秋漫笔

秒色平分月似波，人生能几见嫦娥。今宵又是中秋节，对此偏宜水调歌。

汉宫词

春宵寂寞理新妆，禁苑垂杨惹恨长。辇路不知何日到，香魂屡梦侍平阳。

91. 阚庄派十二世缪思勃族称约轩公配夏畹香诗十一首

雨后登君山远眺二首

昨雨山容暗，今朝喜放晴。露开青嶂远，扫却白云轻。直步千层上，平观四面清。高楼时极目，翠色满江城。

登高凭一望，放眼喜初晴。远嶂千重接，长江万里平。洗经新雨过，扫却暮烟清。排闼青光送，苍松翠色横。(《(光绪)东兴缪氏宗谱》卷三九)

金　山

孤屿立波心，红埃此不侵。却看浮碧玉，犹说得黄金。帆落三吴影，钟含六代音。危厓插天半，斜倚赏云阴。(《(民国)金山志》卷一四)

金山八津

金鳌岭

灵鳌负戴岭巇崧，光烁流金耀远空。巨蟒游偕刚出洞，老龙戏罢正还宫。波光荡漾头侵白，日气喧妍背闪红。闲听山僧说诗谶，当年仪甫句题工。

朝阳洞

万叠彤云色起鲜，瞳瞳旭日射窗前。炉遗古铁藏岩际，钲铸新铜挂树巅。龙捧红轮初出洞，鸡闻碧落正鸣天。沧凉晓气清如许，一度徘徊一豁然。

裴公洞

闻道当年此得金，头陀艰苦辟荒岭。欲询白蟒驱何处，笑听乌鸦噪尚今。一片云阴封竹径，千层黛色落松林。从丛草满空留洞，遗迹苍茫不可寻。

云根岛

石棱秀拔自天成，片片行云是处生。雅好从龙方洞出，却堪巢鹤久楼营。乘流沓浪根弥固，拂竹披松荫遍横。遗迹苏公寻漫漶，碧潭万丈尽涛鸣。

盘陀石

玲珑峭石峙云嵋，自古波涛出没随。洞近白龙已飞去，岭依苍鹘偶来窥。入江影乱多林树，濒水形奇似菌芝。漫怅东坡今不见，山僧犹听说风期。

善财石

怪石殊形百不堪，善财幻化个中探。出窠试翮鹘雏稚，归洞献珠龙女憨。奇遇惜懡颠米拜，孱颜疑向德云参。静观异状浑瞻礼，俯仰随波五十三。

中泠泉

生平水味涉西江，饮到中泠气忽降。不愧佳名题第一，果然妙品是无双。浪中新汲铜罂满，烟里清烹瓦鼎扛。地脉应夸京口好，一瓯徐试倚松窗。

慈寿塔

杰然秀出斗牛旁，山镇金鳌屹立昂。两宋人文成草莽，六朝事业付帆樯。身轻直欲超三界，指顾还看控八荒。经始子宣听僧说，当年七顷舍芦场。(《(民国)金山志》卷一四)

92. 阚庄派丹徒支十二世缪瞻屺族称志远公配李敬持诗十三首词一首

光绪谱引《箕裘集诗钞》跋云：太高祖母工诗，而秘不示人，存稿故多散佚。康熙末年，家遭祝融难，诗稿更无从收拾矣。兹录一首，从先大夫《先德丛钞》录出也。

送外赴永兴军

一肩行李去，相送意何深。莫问谋家计，惟存报国心。芙蓉皆别思，风雨满江浔。他日功成后，凌烟画像临。(《(光绪)东兴缪氏宗谱》卷三九)

昭明读书台

石台留千古，丛丛都草荒。书声不复作，破壁撑斜阳。渊雅传韵事，储君溯萧梁。淡视金博山，专心嗜文章。百回不厌读，一目下数行。奇籍列三万，满几涵古香。禅林暂寄迹，鼓钟和锵锵。名士广延纳，日日校雠襄。依今来凭吊，登台一徜徉。谡谡听盈耳，关接万松苍。睍睆音上下，鹂歌更如簧。仿佛余韵遗，朗朗高歌长。（以下八首选自《（民国）招隐山志》卷八）

题外招隐别业

一径通幽曲曲斜，山坳危倚拥烟霞。鸣泉龙起流平槛，出谷莺飞艳蹴花。碧院有阴千竹绕，绿天无缝万松遮。鹿车随挽赋偕隐，敢比戴公兴更赊。

仲秋陪外招隐别业夜坐四首

柴门静断市声哗，云外天香散桂花。樽酒论诗共夫子，举头忽讶月光斜。

戏询清福几生修，一曲瑶琴雅唱酬。错被旁人比梁孟，萧然物外傲王侯。

啸傲空山溯戴公，千秋以后被流风。依今一事将公傲，赢得倡随逸志同。

露滴空偕白似霜，清言不觉室生凉。蓦思文学梁储博，石案于今乱草荒。

登狮子窟

狮子今何在？空留石窟存。老松千丈古，供佛一灯昏。山气清成水，江光远到门。丹枫红似锦，清赏坐林根。

招隐看梅

清净禅关植万松，岁寒友更老梅逢。暗香浮动声随梵，幽韵悠扬响入钟。谁过野桥移健步，却依净土寄高踪。生来风度山林兴，不羡繁华守碧峰。

陪志远游金山

面面大江流，山清不待秋。尘埃无地起，几席总波浮。塔耸回飞鸟，钟鸣醒睡虬。闲寻坡印迹，徙倚共登楼。（以下四首选自《（民国）金山志》卷一四）

陪志远登金山望大江

长江浩浩岷峨来，东流到海何时回。中经湘汉浔与赣，下贯皖泗达清淮。道过扬子忽一折，金山突峙江心崔。横截波涛不得直，砥柱中流浪花摧。冯夷怒遏无可泄，江流到兹自分推。儿时习闻严亲道，依依常结平生怀。绕膝携览乞不许，抚躬往往自恨娃。私衷何幸今日慰，登临剧喜外子陪。三春晴朗况佳日，携手直上妙高台。壮观天地放眼阔，波光万顷明镜开。料得龙王众妃子，新妆对试斗孔皆。浪花忽见放水面，朵朵皎洁化工裁。又想妃子乍妆罢，折插两鬓压瑶钗。蓦讶白马千群驶，振振白鹭又序排。仙仗更俨列千里，行舟大小森樯桅。复瞥素车恍随后，高张帷盖环江隈。巡阅莫非龙王出，群妃相从争俳诙。仙乐竞奏出水上，潮音往来八音谐。洪流滔滔翻不定，时或翩舞楚腰猜。云为船航风为骑，妃子随王相徘徊。外子蓦起发长喟，江流指示何潸潸。中原扫荡击楫渡，祖生以后谁英才。顾瞻西南逆焰炽（时三藩作乱），掀翻浊浪嗟黄能。誓靖烽烟祖生继，式闻宏论钦壮哉。国难奔赴男儿事，何愁天涯与地涯。愿看勋策麒麟阁，永清四海靖九垓。一帆破浪且归去，临风相对笑咍咍。

登慈寿塔

快哉直上入苍穹，翻笑行空列御风。日月双丸探旦夕，江河万里揽西东。钟声随鸟来檐际，黛色迎人入袖中。资备香灯传故事，舍田八顷说荆公。

陪志远登江天一览亭

孤亭壁立压奔泷，一览无边听浪撞。望里波涛浮艇万，空中日月耀丸双。磬声缥缈遥归树，塔影参差倒入江。到此诗怀同子壮，天风浪浪入疏窗。

雨霖铃 罗公祠吊郭烈姬（祠在山下谈家洲）

海鲸喷毒。怎教闻，惨烈一家哭。将军杀敌心热，成仁取义，奋膺霜镞。爱妾惊闻恸倒，誓偷活耻独。念我夫、报国捐身，我合捐身报夫速。　　忠臣烈妇同流馥，合千秋祔祀皇恩沐。芳型俗堪颓挽，如在上式瞻山麓。乘倘游骖，应结夫人和国红玉。祗歉逊夫婿军襄，共逐枭同鹏。（《（民国）金山志》卷一六）

93. 阚庄派丹徒支十四世缪天亢族称次华公配鲍之芳[①]诗九首

侍海门叔父游招隐寺即景

远望秋山净，丹黄叶不同。半空寒翠列，十里晚烟笼。林下逢樵客，滩边有钓翁。几

① 鲍之芳，族称鲍宜人，字兰生，著有《漱玉馆诗抄》。

竿修竹外，坐对夕阳红。（以下五首选自《（光绪）东兴缪氏宗谱》卷三九）

和之芬妹中秋坐月

团栾今夕月，相赏庆中秋。畅叙天伦乐，频教俗虑收。蟾光多皎洁，桂影倍清修。莫负良辰景，开樽点酒筹。

咏黑蝶

祛尽繁华色自妍，黑分光彩舞尤便。雾迷小院柔情软，月暗闲庭短梦圆。鸦背夕阳萦旧思，乌衣故宅结芳缘。俨如翰墨新渲染，常傍玉人鬓影旋。

焦溪晚眺

桥边杨柳水边楼，鹤涧春深景色幽。一曲棹歌残照里，游人归去荡轻舟。

游鹤林寺

古寺深山绕，惟闻笑语喧。层峦高下路，树密不知门。

陪外次华招隐看红叶

城南招隐山，秋来景斑斓。云霞散片片，高依赤城环。兹山茂松竹，苍翠郁千般。玉蕊更奇绝，花作白雪团。天公善点缀，施朱复妆峦。多情遣青女，煊染颜作丹。倏忽千万树，文章焕成纹。几树争灿烂，四悬亦瑛盘。几树疑火发，炎炎闪如焚。几树光烁烁，斜阳讶翻盆。几树巧斗丽，胭脂弄娇鬟。几树色尤艳，血洒猩猩唇。文场启锦绣，组织来天孙。夫子厌富贵，解组归田园。寻幽至山谷，追陪情遣闲。岂知山中景，绚兮耀万端。可惜慕荣利，纷纷都世人。停车一小憩，相对发长叹。昔晋戴仲若，高蹈逃红尘。奈何入山密，朱紫仍纠缠。太息世太浊，远避难乎难。（以下四首选自《（民国）招隐山志》卷八）

登狮子窟鸟外亭

孤亭耸云端，浓翠迷宿霭。侧身陟高冈，不觉在鸟外。纵日天地宽，俯视城郭隘。隐约湖光明，一匹素练挂。彩霞散长空，天然妙图画。孤磬闻下方，谡谡杂松籁。勤读追梁储，书声恍今在。

虎跑泉上听泉

独立清泉上，终朝汩汩流。急穿青竹外，暗度白云陬。响杂疏钟远，音含破磬幽。高僧降虎久,履尾不须忧。

题狮子窟种竹堂壁

森森万竹上青霄,隔断红尘下界遥。江色湖光涵隐约,钟声梵呗破幽寥。陶烟直袅秋风静,村树遥分宿雾消。狮子已无惟有洞,一龛佛供妙香烧。

94. 阚庄派缪祥族称心一公次女十四世静贞诗四首

和静贤妹咏砚炉

玉砚寒天冻,消凭七宝炉。方池冰解乍,古鼎火燃殊。鹳眼波添活,貍毛笔始濡。开元遗旧事,泼墨向金壶。(以下四首选自《(光绪)东兴缪氏宗谱》卷三九)

菊　影

叠叠重重处,居然花满篱。岂因风去动,端为月来移。不待陶培植,奚烦陆护持。幻身聊复尔,相对漫猜疑。

盆　鱼

水色清于镜,凝眸数翠鳞。洋洋欣得所,何必曲江津。

勉侄聪励学

聘得名儒为尔师,尔须绳步并追随。相期默感春风化,品学端方无愧之。

95. 阚庄派缪诜族称觉轩公三女十四世静贤诗九首

咏砚炉呈大姊静贞

古砚冰初冻,寒消七宝炉。火殊燃玉鼎,墨乍泼金壶。鹳鸲双波活,蟾蜍一点苏。开元遗胜迹,大笔染初濡。(以下七首选自《(光绪)东兴缪氏宗谱》卷三九)

水仙花

簇簇迎春放,花名号水仙。抽来银蒜嫩,埋向玉盘圆。雪里霓裳舞,风前缟袂翩。蜡梅应共配，耐得峭寒天。

笔　帽

欲护凌云健笔工，含毫作帽器镕铜。临池泼墨头翻黑，滴露研朱顶醮红。筠管脱残频起草，文坛吹落不因风。芸窗位列冠如正，妙制能收约束功。

绝笔四首

罔极深恩尚未酬，缠绵百病累亲忧。祈天问卜终无补，厥疾成真弗克瘳。

死生有定复何求，参术无灵命欲休。最是严亲难割爱，呼儿执手泪盈眸。

慈亲弃养十三年，教育常随吾父前。病莫能兴恩未报，百身难赎罪弥天。

昙花一现等飞尘，二竖为灾困此身。未报亲恩今已矣，年华屈指廿三春。

题金山寺

峭壁崚嶒枕急湍，参差楼阁白云端。浓青近接扬州树，丛碧遥连建业峦。去棹带回禅呗静，层台环抱水光寒。坡仙游后谁留带，故事追思悄倚栏。（《（民国）金山志》卷一四）

听潮轩

静坐虚窗下，砰訇震耳纷。催诗疑雨起，失箸讶雷闻。过鸟言难辨，游人语不分。掀帘望天色，急响送江濆。（《（民国）金山志》卷一四）

96. 阚庄派丹徒支十七世缪启麟族称锡书公配余德馨诗十一首词一首

光绪谱引《箕裘集诗钞》跋云：吾母好读书，明大义，工诗而不轻作，常曰："妇人当问中馈，不宜寻章摘句废时日也。"故无稿本。兹录二首，是吾母勉之镕励学笔示之诗，于以见吾母之期望也甚切。迨于今，老大无成，深自惭恧，其将何以报吾母耶？录之以示子孙，勿忘懿则云。

勉男之镕励学二首

尔与诗书恰有缘，自生爱好是天然。尚嫌意气犹浮躁，须学沉潜志乃专。

由来科第本寻常，惟在男儿当自强。尔欲相求须耐学，他年振翮上云翔。（《（光绪）东兴缪氏宗谱》卷三九）

游狮子窟四首

乘兴层峦陟，弯环路恐歧。人言青霭里，梵呗白云湄。丛竹蝶穿彩，老松龙化奇。村童闻客至，树隙笑潜窥。

曲折穿林出，浓痕碧上衣。山深防兽聚，地僻叹人稀。绕郭田千匝，当门障四围。笛声来牧竖，归去带斜晖。

黝黑临幽壑，云深复雾深。僧枯心止水，佛古面磨金。气湿晴还雨，光昏昼亦阴。抟狮问何在？空谷寂无音。

扶婢披荆棘，徐徐绝顶登。龙喷千水落，鸟傍一亭腾。山色青于黛，江光白似冰。自怜双足弱，攀陟力难胜。(《(民国)招隐山志》卷八)

陪外锡书游招隐寺

吾郡南郭外，群峰互回环。招隐山尤僻，险于蜀道难。杂遝无路觅，寺藏不知门。夫子具游癖，相随耽壮观。万松夹道立，苍苍杂丛筠。碧压笋舆重，径仄稀行人。远钟度林出，时带幽鸟言。人语惊卧犬，狂吠醒梦魂。老僧正入定，惊回款语温。名泉汲虎鹿，试茗燔山新。小坐起登台，书声不复闻。渺渺梁太子，石案今犹存。遐思戴高士，遗世甘沉沦。听鹂携柑酒，潇洒情何闲。睍睆犹曩昔，往矣公不还。夫子说先世，别业营此间(先高祖翁志远公隐此筑别业)。故址寻约略，太息封烟云。恨事夫子抱，依亦偕长叹。悠悠念天地，怆然涕潸潸。樵唱来远岭，一声破愁颜。相将寻途返，树杪斜阳殷。(《(民国)招隐山志》卷八)

招隐寺红叶

南山丽且秀，秋色尤煌煌。灿烂作奇彩，大开碎锦坊。漫云春华美，晚枫逾花光。天孙或勤织，巧作云锦裳。江山组绮绣，葩诗歌七襄。时讶珊瑚碎，赤玉出海疆。时讶火珠朗，高低密悬囊。时讶红绡展，灼灼几树张。时讶燕支抹，万峰斗新妆。时讶野烧炽，火烈明具扬。秋兴偶勃发，寻幽此徜徉。停车爱林坐，著色新染霜。彩霞衬片片，煊染衔夕阳。斑斓一何艳，蓦思太子梁。读书破万卷，选体辉文章。焕乎采腾异，中天运启昌。余艳到今日，作作腾光芒。日月况复旦，倍征大道彰。(《(民国)招隐山志》卷八)

题金山句首限用八音字

金得裴公果若何，石岩险峻峙盘陀。丝飘弱柳桥边绕，竹接长松洞外多。匏实碧萦慈寿塔，土花青长水云窝。革除尘念都清静，木笔题诗自咏歌。(《(民国)金山志》卷一四)

金山览古

英雄淘尽水茫茫，一望奔流东去长。泉别江分传陆羽，天多地少诵孙鲂。阁登留玉浓云碧，洞访得金宿草黄。独有渔翁忘(仄)今古，数声笛弄起沧浪。(《(民国)金山志》卷一四)

听潮轩听潮

江流浩浩浮天高，中涌一峰不可挠。屹然卓立峙终古，波光荡漾周四遭。双亲随侍来纵眺，攀萝扪葛登山坳。石磴曲转拨云雾，彩霞四散天半烧。斜映江际射鱼尾，赤痕耀目双鲤跳。间梦白鸥突惊起，沙洲采采蒹葭摇。曲轩幽敞俯波上，小憩清趣足幽寥。忽惊戟枪鸣金铁，矢弦响震弓乌号。画角呜呜大幕敞，号令严肃击斗刁。千人疾走行络绎，车辚辚更马萧萧。十决十荡气凌厉，勇哉灭此食誓朝。军声何处悚然惧，推窗四顾惟春潮。南宋故事顿感触，金人南下气势骄。韩王奋起驶战舰，夫人梁氏击助邀。伐鼓渊渊陟山顶，双桴不断躬自操。威壮三军浪激走，惊跃潜鱼舞潜蛟。兀术穷蹙哀乞命，猖狂顿敛魂都消。荡扼黄天不许渡，谁道粉黛态总娇。为问夫人世几见，如斯允推女中豪。只憾献策人来闽，瓮鳖釜鱼嗟致逃。莫非余恨尚未息，声犹战伐今江皋。怒潮日日山下打，想见气作鼓频敲。夫人虽往良未往，英灵赫赫仰九霄。一望漫漫涌天际，隐约夫人乘云軺。指麾将士一再鼓，遥悬大纛风中飘。凭栏耸耳意脉脉，潮来潮去常滔滔。倏忽水净江天碧，归去好放木兰桡。(《(民国)金山志》卷一四)

水调歌头题韩蕲王庙

豪杰问何去？古庙倚斜晖。可怜驴背年月，二帝返无期。南渡君臣忘耻，北土畿疆忍弃，念到不胜悲。兀术枉邀击，艨艟驶江湄！　　对青黛，看碧浪，竟如斯。尚谁合志，可奈桴鼓只荆妻。策莫闽人瞋献，谋莫书生嗟进，庸主罔能为。半壁安排定，热泪枉珠垂。(《(民国)金山志》卷一六)

97. 阚庄派丹徒支十八世缪之铨族称衡夫公配严葆真诗六首

哭夫子二首

痛君一病肺先伤，侍病年余药必尝。惟冀医方能续命，讵知难觅永年方。

本欲从君地下游，端因姑老且存留。晨昏定省为君补，矢志靡他守柏舟。(《(光绪)东兴缪氏宗谱》卷三九)

登狮子窟同外衡夫作

峭壁陟巍巍，偏忘足力微。流莺坐林语，众鸟绕亭飞。江远波光渺，山深人迹稀。蓦闻钟一杵，云外老僧归。(《(民国)招隐山志》卷八)

招隐看桂

香满空山味领甘，寻芳乘兴入荒庵。浓阴翠接松关万，幽致青迷竹径三。自是群芳都馥盖，却通妙旨好禅参。山僧折取栽瓶钵，虔供空王扫佛龛。(《(民国)招隐山志》卷八)

金山次苏东坡韵

突兀晒经台，云阴四望开。浪中孤磬落，天外片帆来。黄鹤归曾未，苍龙去不回。闲花红几簇，随意掩蒿莱。(《(民国)金山志》卷一四)

韩蕲王庙

百战余生气不降，荒祠尽竦镇长江。三军徒作威伸势，二帝弗还恨满腔。仇脱乌珠擒骑二，军襄娘子振桴双。至今耿耿孤忠在，槛外波涛日怒撞。(《(民国)金山志》卷一四)

98. 阚庄派丹徒支十八世缪之钰族称其相公配戴启华诗二首

《箕裘集诗钞》跋云：戴孺人，从兄其相先生之配。工吟咏，孺人叔父戴友梅观察常评其诗"得风人之旨"。咸丰朝，先生与予同客召埭，见其案头有孺人答外诗，意深律细，恰得风人之旨。观察之评，洵足当之矣。

答　外

妇职求无愧，全凭气节清。治家惟耐苦，忧世见深情。立志何妨大，居心恰要平。思危在逸乐，保泰贵持盈。(《(光绪)东兴缪氏宗谱》卷三九)

狮子出次外其相韵

丛丛草长笑腰齐，曲折峰回路欲迷。声送疏钟来岭北，影悬落日挂林西。鸟飞队队窥亭入，莺语交交隔岭啼。为问读书人在否，石台冷落白云低。(《(民国)招隐山志》卷八)

99. 阚庄派丹徒支缪兆麟族称德修公长女十八世缪之蓉[①]诗五首

光绪谱引《箕裘集诗钞》跋云：吟秋四姊，生擅夙慧，能文工诗，文宗韩、柳，诗法李、杜。同里杨蝶庵先生门弟子也。其诗稿蝶庵先生为之校订。将谋付梓，值癸丑粤寇之乱而中止。姊有子一，殁，而无嗣。蝶庵先生为姊校订诗稿，亦无从收拾矣。兹于子檠兄《栖岩室诗文集》中录出原唱二首，以存其人焉。

癸卯同子槃弟登金山怀古

峰登浮玉易魂消，一览江天水色遥。塔语金铃撑暮霭，桥横玉带压寒潮。英雄湮没羞三代，楼阁倾欹话六朝。南北青山依旧在，凭阑眺望兴偏饶。（《（光绪）东兴缪氏宗谱》卷三九）

偕子槃子山两弟游鹤林寺

鹤林古寺隔红尘，烟雨层峦别有春。行过万松清磬响，松间啼鸟唤行人。（《（光绪）东兴缪氏宗谱》卷三九）

偕子槃弟游招隐寺

胜日寻芳过别村，天伦乐叙细言温。寺藏叠嶂深难觅，泉泻清溪急似奔。犬警人声穿树出，鸟随樵唱绕林喧。那堪先宅埋荒草，惆怅临风泪暗吞（先太高高祖志远公有别业在此）。（《（民国）招隐山志》卷八）

昭明读书台

勤学怀昭明，孜孜永朝夕。选楼到处营，三郡留遗迹。书台独京江，南山隙地辟。名士招徐刘，考核披载籍。华朊雅不耽，因缘结翰墨。惜哉不永年，蜡鹅恨遗昔。寂寞荒苔丛，案尽此留石。我来频抚摩，思古情脉脉。山鸟鸣枝头，恍助予叹息。（《（民国）招隐山志》卷八）

舟中望金山

晴云淡淡烟袅袅，霞赤半空鱼尾掉。难得三春天气佳，扁舟一棹放江好。江上浪静风不惊，游鱼暖跃翻荇藻。片帆高张下广陵，中流一峰插苍昊。蓬窗静倚恣两眸，山色金鳌

---

① 缪之蓉字吟秋，适丹徒广西恭城县知县邹衍贵。著有《碧筠精舍诗抄》。

快看饱。层楼杰阁凌星辰,妙高台尤入天杪。高僧千古说了元,艰难倍历勤构造。参禅名士来坡仙,登台秋夜月赏皓。一曲高唱水调歌,逸响遄飞遏云表。庙貌隐耸仰山巅,溯说韩王宋室保。乌珠邀击军威雄,夫人赤心共王抱。桴鼓助战壮兵戎,藐他金人奋横扫。漫嗤巾帼多娇容,儿女英雄古今少。风流到兹犹有存,异姿不群景矫矫。山址闻说老龙居,龙君夫人态袅袅。生平疾苦嗟多多,钟声厌闻不堪扰。水族特令延禅师,敲击乞禁声遂杳。制袜一緉聊报师,夫人如在讵缥缈。独怪浙妇随夫行,水吏窥被慕美姣。经过山址鼓烈风,颠覆孤舟浪作浩。妇拖水入强为妻,绿衣官人太法藐。龙君失察将母惛,夫人何亦未知晓。从来襄赞内助资,钟音能禁运神巧。属吏横行竟瞶聋,声罪难免夫人讨。侬欲登临各伸情,争奈舟行疾于鸟。暂尔小泊泊未能,归舶定此攀绝岛。和国夫人遗迹寻,展拜一径除宿草。临水龙君夫人询,浙妇污蒙怎身澡。下员冥罚何时申,莫怪阿侬夫人恼。侧身俯仰都苍茫,浮玉岚飞一舸绕。(《(民国)金山志》卷一四)

100. 阚庄派丹徒支十八世缪之镕族称炼卿公配徐德音诗五首

游招隐寺

繁阴密密万松围,香色可人入翠微。晋逸宅边桃萼艳,梁储台畔笋芽肥。跑泉虎去留龙在,出谷鹂鸣带燕飞。忽听歌声白云外,前峰隐隐一樵归。(《(民国)招隐山志》卷八)

题狮子窟

姑苏狮子林,镌石作怪状。京口狮子窟,猛哉挺走旷。彼狮人工为,此狮百兽长。窟险生自天,渠林安与抗。依性嗜探幽,肩舆入层嶂。狮吼声不闻,唅呀尽石向。幽然黝且黑,郁郁积岚瘴。窟外丛草封,乱叠云复障。一龛古佛存,尘封足情怆。孤僧坐空山,残经守大藏。伏狮恐未能,群鸟常倚傍。去矣狮何年,往事细咨访。得毋佛骑归,窟留此无恙。谡谡松涛鸣,天风浪浪扬。伫听日就昏,东上月光望。(《(民国)招隐山志》卷八)

招隐红叶

久怪山中尽绿拖,丛松茂竹满岩阿。谁知秋老飞霜露,忽讶林丛散绮罗。野客蓦惊文采焕,幽人不惜醉颜酡。从今春色难专艳,万叶红于万卉多。(《(民国)招隐山志》卷八)

万松关

关迴撑天末,苍苍列万松。巢营新集鹤,鳞化老成龙。看月原嫌密,听涛却喜重。此

山真足隐，宜寄戴公踪。(《(民国)招隐山志》卷八)

渡江吊郭景纯墓

江豚隐现吹风浪，扁舟危坐如天上。茫茫六合景空濛，小米丹山恐难状。须臾击楫泛中流，砥柱三山叠青嶂。山隅丘陇茂松楸，云是景纯埋几杖。遥把醇醪酹一杯，临风凭吊生惆怅。记得当时典午朝，江左偏安悲草创。黄须天子赂金鞭，蜂目将军开虎帐。危邦当法默以容，清虚何事生悲壮。冀将至理悟奸雄，赤子苍头保无恙。泥中曳尾耻偷生，厕上衔刀亦虚妄。八卦思回采石兵，一身拌向金山葬。堪嗟化碧义从容，自是骖螭返蓬阆。清溪千仞白云居，洪厓子晋频相访。犹余仙蜕大江间，千秋留作狂澜障。(《(民国)金山志》卷一四)

101. 阚庄派石梅支缪树本族称翰仙公三女十八世缪宝娟字珊如诗一百七十二首词十首

金坛冯煦《吟秋阁诗草》序云：岁星在丙，识扌寺霄前辈于礼卿许，壬午同岁生也。风仪整峻，干济贞亮。续琴歌于露初，陈酒赋于星晚。凤池一奇，輗迹家乖。而粪召之颂，既溢于三辅；桓鲍之誉，复翔于四裔。则以妃缪恭人之贤也。辛卯岁除，前辈介成子漱泉以恭人诗相视，且属一言简首。恭人生蓄奇慧，幼遘屯蹇，乾荫既摧，坤轴俄折。一回雒水之棹，再弭伊阳之节。道蕴高致，乃依安石之庭；令晖逸才，每劳明远之札。慧抱灵襟，侗乎远矣。洎归前辈，弥敦雅尚。失颂椒之轶篇，规簪花之妙格。赵录互赏，杯覆于怀；唐韵乍写，管脱于拏。澹尘虑于物表，扇清芬于林下。吴歈越吟，屏百家之繁响；楚艳汉侈，洞五际之奥旨。相与点句雕槛，行吟玉除。月明缑岭，解歙子晋之笙；雪满梁园，共珥枚生之笔。故其诗妙析奇致，独标胜选。五言既出，长城比坚。一字未安，隐几若寐。澹而不冶，泻空潭之古春；丽而不纤，澄太行之秋碧。前辈上秦嘉之计，为王粲之游，恭人枨觞萝阴，栖迟竹所。银汉初斜，睇雁程而讯远；玉楼未彻，轸鸡塞而梦回。并一篇脱手，丽绝当世。蚤擅三绝，兼通六要。顾厨羽化，吴带风疏。玉机调神之论，并综喉衿；珠囊辨命之篇，亦决宦奥。艺术既闳，器识尤茂。希鲁姑之行义，法郑母之赡姻。斜簪晨脱，屡资羁士之装；疏荐夕铿，亦治逸朋之具。纡义滂仁，梱内仰镜。煦与前辈雅故，三复是编，形神俱服。幸与谈流，莫拜青绫之障；窃陈叙录，敢拾彤管之遗。光绪壬辰春二月。

弟钟渭跋云：人必有真性情，而后可以为诗。《诗三百篇》，大抵发乎真性情也。

三姊珊如生擅夙慧，天性綦笃，其为诗缠绵悱恻，动合风人之旨。观集中诸作，思亲怀人，抒写肝膈，语多深挚，而于昆弟之爱，一编之中尤惓惓焉。惟厚于伦常骨肉之间，故所发者如此。是集初以聚珍板印，戚友征索，久之渐罄，爰重加删订，增以近作，畀诸手民。予任校字之役，用识数语于后，以见姊之性情肫笃，即一吟一咏，靡不随事流露，有非仅区区声律之工也已。光绪壬辰秋九月。

又续编跋云：戊子岁，姊婿抟霄尹河间，渭时侨居苏，姊念弟甚，数作书招之。己丑夏，省姊于河间，留司书记，时与姊别已十四年矣。旋之任丘、天津、宣化、滦州，靡役不从。壬寅，姊婿卸滦篆来津，仍同居。盖姊天性友爱，渭幼弱，尤怜之，不忍一日离也。姊诗有夙慧，复承先叔父指授，每一诗成，名宿辄为倾倒。渭幼习韵语，恒就正于姊。及北来，有所作必经姊点定，心始惬。姊著有《吟秋阁诗草》，壬辰秋校付剞劂。嗣后子女众多，家事益繁琐，不恒作诗，而诗与年进，日益工，或感慨时事，或阐扬幽德，多可传之作。惜不自收拾，随作随弃。姊没后，检遗稿仅得数十首，附诸前集刊之。呜呼！姊长往矣，其懿德美行，足垂不朽者，难偻指数，而读其诗者，益可想见其人。回忆曩时，雨窗相对，翦烛论诗，不禁涕泪之交集也。光绪戊申四月。

雨霁闺中玩月

晚霁花气清，林烟渐销歇。绿竹散微风，碧天流素月。幽景偶相触，逸兴悠然发。悦玩不成眠，坐待晨星没。（以下七十首选自《（光绪）东兴缪氏宗谱》卷三九）

和叔父伊园十咏并次原韵

昔览无声诗，今读有声画。四面列屏障，卧游足称快。岧峣百尺楼，远望真仙界。拄笏好看山，何事冠忽挂。画山楼。

春风如君子，澹荡无能名。吹我台前花，欣欣春意生。登高纵远眺，披襟畅幽情。众人亦熙熙，万户含春声。春台。

覆户树阴浓，隔竹泉声小。闲取瑶琴弹，案牍喜无扰。夜静鹤梦清，烟轻龙涎袅。曲终独徘徊，凉月映窗皎。停琴小舍。

独得林壑趣，顿忘荣辱境。公余此默坐，领略闲中景。风细妙香闻，花落春昼静。鱼鸟亦忘机，游怀奚用骋。静观亭。

闭阁独励志，临流闲赋诗。鉴兹水一泓，清节善保持。偶动濠濮想，鱼乐何必知。洗心非洗笔，奚效王羲之。励清池。

峰断石桥连，妙景巧布置。傍山非跨水，结构具奇致。何须日溯洄，自有伊人至。月夜闻吹箫，忽动故园思。宛在桥。

园中列异石，欲效元章拜。突兀耸奇峰，山鸟见应怪。置身不厌高，拓境讵嫌隘。偃蹇如高人，相对偏无话。磊落峰。

岩壑不必深，中乃藏幽洞。苔黏屐防滑，地隘目难纵。石罅漏碧天，却笑牖如瓮。鬼谷隐南山，学仙招与共。小有洞。

爱菊如渊明，隙地辟芳圃。非抱汉阴瓮，奚有灌畦苦。秋容淡不嫌，晚节香堪取。傍杖一闲吟，篱边新月吐。老圃。

晓峰含紫翠，晚岫变青苍。晨夕共吟眺，山色乱入房。卧治此山中，廿载甘深藏。未若赋归去，拂水觅山庄。吾邑虞山有拂水山庄、紫逻山房。

题汉未央瓦砚歌

紫云一片土花结，寒光隐隐凝霜雪。流落人间三千年，不随碑碣同磨灭。古来宫阙盛炎刘，未央宫与阿房侔。阿房一炬成焦土，汉家片瓦犹千秋。片瓦功能夺真宰，蛟龙泣罢啼痕在。质坚不为岁月磨，色古岂历风霜改。昌溪吴氏宝用之，沧桑变幻不可知。洪子嗜古有奇癖，得从市上光陆离。盛以宝合盘蛟螭，奇气掩映珊瑚枝。岱翁铭字工刻镂，鄦侯古篆形模旧。精金可铄石可灰，此物永并鼎钟寿。

雪夜读消寒集作

朔风怒吼千林白，庭前积素已盈尺。焚香展读消寒诗，侍儿低把红牙拍。谁擅相如作赋才，梁园今又见邹枚。对山先生尤奇特，手执牛耳骚坛开。诸公谱出阳春调，笔走龙蛇竞奇妙。吟罢中天月吐辉，烟云落纸神光照。红炉酒熟茶正香，山厨野蔬供客尝。佳宾不速如云集，锦囊佳句罗琳琅。君不见，梁王台榭今何有，惟有诗人名不朽。高歌一曲追古人，庭前梅花开笑口。

奇女篇赠舒城孙廉清女史

皖江胜地多山水，山川灵秀钟奇女。红尘中现菩萨身，普救众生如甘雨。舒城方伯本望族，深闺有女颜如玉。天生慧质淑且贞，譬彼幽兰茁空谷。盈盈十二垂髫日，忽地萱闱抱奇疾。诸医束手药无功，刲臂疗亲代参术。无如一病入膏肓，高堂从此慈容失。父老茕茕阿兄死，弱女膝前权代子。殷勤侍父终天年，长斋绣佛深闺里。郑州之岸黄流摧，一决千里如奔雷。父南子北妻儿散，谁能拯此哀鸿哀。女承父志捐良田，贯得青蚨百万千。远近闻风尽兴起，灾黎从此获安全。巴妇齐婴今已矣，从来贤媛谁堪比。仁风穆行古难兼，惟君不愧奇女子。感尔慈祥出性真，相逢渤海亦前因。姓名久已达天听，芳徽异日垂贞珉。

和管士修太守用聚星堂韵并仿欧公禁体

老树南枝将吐萼，朔风冽冽透林薄。胡然天女散花来，欲接还离止复作。照曜乾坤成一色，尘氛扫净寰宇廓。眼前大地尽装棉，晶晶寒花照墟落。饥乌颈缩湿不飞，鸷鸟爪拳冷难攫。田家卜岁话鸡豚，富室围炉拥狐貉。夜来茗战杯浮蚁，晓起开门檐啅雀。迷茫莫辨路三叉，林下何人蹑芒屩。北平太守今欧苏，埙篪迭奏天伦乐。披吟恍入聚星堂，诗肠烦热如泉瀹。郢中白雪谱高歌，顿觉阳春回朔漠。自愧才非谢道蕴，敢将弱管敌刀槊。兰缸欲凝篆烟销，呵冻裁笺供一噱。

小病偶作

宝鸭冷无烟，沉沉夜未眠。病多难废药，体薄不胜绵。婢懒惟贪睡，医庸枉费钱。虫声兼落叶，风送小窗前。

过朱仙镇岳忠武祠感赋

祠宇千秋峙，风云拥大梁。但逢唐太子，已作郭汾阳。凛凛有生气，茫茫古战场。钱塘遗魄在，墓柏自苍苍。

谒信陵君祠

公子果能兵，奇功一旦成。窃符存赵国，画策仗侯生。霸业今安在，山禽空自鸣。夷门凭吊处，荒草夕阳明。

归宁伊阳道中作

向晓入幽谷，千岩秋气清。断崖飞瀑布，碎石咽滩声。地僻人难到，山深鸟自鸣。崎岖三十里，一角露层城。

次畹如妹闻笛韵

夜色凉于水，谁家玉笛横。似将凄切调，吹作别离声。杨柳关山怨，梅花客馆情。倚楼三弄罢，余韵满江城。

登龙门香山寺

揽胜偶登台，凭高眼界开。山深人不见，松静鹤初回。水自峡中出，帆从天外来。游观浑未倦，夕照漫相催。

雨后西园小饮

筵开楼畔阁，花气入帘香。山意含初霁，林阴逗晚凉。苔坳容积水，树杪漏斜阳。满目皆新绿，田歌起野塘。

大弟忌日闻雁感赋

方喜荆花茂，惊心损一枝。最怜人去后，偏是雁来时。欲把青天问，难禁血泪垂。凄凉今夜月，照影亦堪悲。

郃生四弟病愈以诗见示即和原韵

多病药为伴，年来渐解医。忆余困床褥，赖汝识黄岐。庭院花飞候，池塘草绿时。阿连才调好，觅句是吾师。

庚子八月洋兵过滦感而赋此

风鹤连朝警，传来阖郡惊。最怜诸子幼，已觉此身轻。未敢伤离别，相期共死生。但愁多病体，寄托负深情。

十月上浣四弟航海来滦喜赋用寄怀韵

故国人千里，阳关酒一杯。音书犹阻滞，阿弟竟重来。患难惊心久，兵戈过眼才。相逢如隔世，眉宇为君开。

怀贞如姊

妆台眠食近何如，走笔殷勤问起居。秦岭云高横一雁，卫河水阔滞双鱼。凭阑已是花开后，卷幔刚逢月上初。此际相思千里共，几番西望倍踌躇。

秋　夜

满天霜气扑帘旌，雁带秋来夜更清。几点残星横汉澹，数竿疏竹拂窗轻。空庭落叶因风走，老树栖鸦见月惊。何处砧声敲转急，梦阑听去倍分明。

晓　发

丁冬征铎促梳头，晓起登车豁远眸。一片曙云低野渡，半融残雪压山楼。天高雁影飞还没，石咽泉声冻不流。怅望伊川何处是，重重烟树使人愁。

锦屏山晚眺

瞥见城南列画屏，登临遥望醉眸醒。四围远树低平野，一角斜阳上小亭。古寺钟鸣僧罢饭，幽林风定鸟梳翎。归途回首苍茫里，十二峰头不断青。

饯春

韶华如梦太匆匆，怕听钟声况客中。芳草有情随逝水，垂杨无力绾东风。十千买醉杯空绿。一寸分题烛剩红。临别赠言无可赠，聊将杯酒酹花丛。

有怀豫生大弟

萧萧梧叶落阶前，离思因秋一黯然。瘦损自怜身善病，愁多转觉夜如年。雁声嘹唳增乡感，虫语凄清警客眠。惆怅江南烟水阔，音书盼到眼将穿。

同式如姊咏纸鸢

人巧居然夺化工，戾天不假羽毛丰。且看红日昂头近，始信青云有路通。儿戏惯牵慈母线，军书曾仗大王风。若非借得扶摇力，那便飞腾早破空。

送五妹于归关中

柳色河梁欲吐丝，东风无那送行时。雁鱼程远凭谁寄，手足情长各自知。洛浦烟云劳怅望，秦川风景写相思。最怜小妹无他赠，谱出阳关笛一枝。

哭豫生弟

弟为宁国令，颇有政声，庚辰八月廿一日卒于官。

小谪人间三十春，早将后果证前因。治民未尽平生志，善病应怜羁旅身。四野歌声知雅化，一官风味乐清贫。伤心鸿雁分飞后，想像音容入梦频。

叔父回任伊阳寄呈

伊园风景定依然，紫逻云峰列槛前。郭伋又迎新竹马，刘宽重试旧蒲鞭。人来小阁停琴后，署中有停琴小舍。句索高楼得月先。闻道苍生望安石，东山归隐待他年。

郏县道中遇雨同六妹作

年来辛苦踏征尘，辜负韶华又一春。病里情怀聊遣酒，客中诗思易撩人。桃花如雨红铺砌，杨柳拖烟绿过邻。却忆江南好风景，湖光山色四时新。

赤壁怀古

飘然携客下黄州，万顷茫茫一叶舟。人世几经兴废感，浪花淘尽古今愁。月明孤鹤横空去，风激寒涛入夜流。对酒高歌忆苏子，洞箫吹彻大江秋。

秋柳四首用渔洋韵

千丝万缕总销魂，几曲青溪绕白门。古道攀条萦旧梦，小桥飞絮认前痕。斜阳影里停孤舫，落叶声中过远村。谱出阳关三叠曲，右丞佳句与谁论。

几日西风近早霜，离披瘦影拂横塘。凭将别怨吹羌笛，欲寄寒衣检客箱。秋冷江潭怜庾信，月明茂苑忆吴王。底须岁晚嗟摇落，曾映当年碎锦坊。

记曾仙汁染新衣，瞥眼流光是也非。野渡空余黄叶老，画桥重认碧阴稀。数行旅雁冲寒去，几点归鸦向晚飞。极目平原堪系马，封侯旧愿莫相违。

娉婷舞影剧堪怜，一望隋堤隔暮烟。金缕歌残音渺渺，玉关人去意绵绵。依稀眉黛怀前度，消瘦腰肢减旧年。待得阳和春信转，消阴长护帝城边。

咏雪三首

霰集长空急若摧，云飞不动冻成堆。十分春兆丰年瑞，六出花看顷刻开。料理鸾笺来咏絮，安排驴背去寻梅。梁园结得消寒社，谁擅邹枚作赋才。雪意。

何处吹来淅沥声，梦回酒醒正三更。纷纷竹叶敲窗急，片片梨花落地轻。携向楼头谁弄玉，直疑天上谪飞琼。尖叉险韵吟难稳，搅得诗肠分外清。雪声。

踏来鸿爪是耶非，万径茫茫屐印稀。微露叶怜幽竹瘦，遍开花认老梅肥。旗亭壁上客应记，灞岸桥头人未归。扫出一条门外路，远山依旧白成围。雪痕。

和部生四弟九日书怀原韵二首

天空气肃雁声高，镜里秋霜上鬓毛。几簇寒花留老圃，无边落木下晴皋。偶思眺远摧佳句，祗欲浇愁借浊醪。偏是他乡遇重九，故园南望首频搔。

鲲鹏振翮入云高，不藉秋风惜羽毛。未得恩荣沾北阙，且将吟兴寄东皋。频年作客怜青鬓，佳节飞觞泛绿醪。近世谁为医国手，苍生痛痒待君搔。

感事二首 戊戌秋

秋老边城万木摧，北风吹雁又南回。屡闻魏绛和戎去，无复虞卿说赵来。白璧徒伤赍敌国，黄金几见筑高台。朱云请剑诚何补，辅治还须社稷才。

宦海驰驱岁月长，年来愁思更茫茫。中原有事烦回纥，边帅无功制夜郎。使节独闻苏属国，将军谁是郭汾阳？君恩欲报惭巾帼，感慨空余泪满裳。

送春 二首

园林无力护芳菲，红渐萧疏绿渐肥。蝴蝶不知春已去，殷勤犹傍落花飞。

雨后残香何处来，飞花成阵飐苍苔。莺儿绕遍[1]枝头唤，底事东风竟不回。(《(光绪)东兴缪氏宗谱》卷三九)

偕绿漪妹纳凉口占二首

兰闺雨过嫩凉生，初试罗衫著体轻。何处有人吹玉笛，月明气送隔墙声。

石阑西畔竹篱东，纨扇轻摇趁晚风。七尺湘帘扶不起，半阶花影月明中。

春　郊

春郊草色远萋萋，绿遍长堤又短堤。一路莺声听未了，和风吹过画桥西。

寄怀式如姊

小别经年苦梦思，东风又见柳如丝。闺中近事君知否，婢学吟诗姬解诗。

金谷园

清凉台上起风波，金谷繁华一梦过。买得美人心肯死，珍珠十斛不为多。

题碧筠妹采莲图

烟波深处泛轻航，几阵荷风送晚凉。欸乃一声花里去，水中飞起两鸳鸯。

次式如姊寄怀原韵 二首

云树苍茫接武昌，年来都为别离忙。恰当明月青天夜，飞过潇湘雁几行。

秋来漫倩酒浇愁，坐对屏峰豁远眸。何似伊川好风景，登高同上画山楼。

秋日八咏

疏篱乍见豆花开，金井梧桐叶暗摧。正是关山明月夜，一声鸿雁又南回。秋信。

---

① 绕遍，清徐世昌《晚晴簃诗汇》作“并坐”。

修篁庭畔露珠圆，三径桐阴雨后天。画出晚凉秋一片，浓非泼烟澹非墨。秋痕。

潇潇夜雨滴芭蕉，虫语凄清伴寂寥。却怪西风太多事，枕边吹送隔邻箫。秋声。

西风一叶坠斜阳，古戍荒烟落照凉。十二楼高明月上，数行雁字过潇湘。秋影。

疏篱点缀画图工，晚艳经霜簇几丛。三径幽香人不见，一双瘦蝶月明中。秋芳。

岚光如画豁吟眸，不著浓妆态更幽。怪道秋来山亦瘦，镜中眉黛尚含愁。秋容。

几日霜华满径铺，天寒写照倩倪迂。人来红树青山里，一幅枫林夕照图。秋色。

皎皎长河夜气清，画屏人静斗斜横。疏灯影里秋宵永，萤火如星点点明。秋光。

寄怀畹香妹二首

新霜天气晚凉侵，分手经年思不禁。一片离怀何处写，满窗蕉雨碎秋心。

关河千里正怀人，赋雪梁园迹已陈。邓尉梅花开也未，江南好寄一枝春。

寄家书

年来岁月易蹉跎，不奈愁魔又病魔。珍重开函须认取，泪痕还比墨痕多。

月　夜

云净长空一镜悬，移来竹影小窗前。凭栏顿觉添诗兴，轻唤雏鬟擘锦笺。（以下七十九首选自《吟秋阁诗草》）

先慈讳日记梦

梦里分明昨夜还，觉来依旧失慈颜。空余一枕思亲泪，点作湘妃竹上斑。

怀式如姊

无限别离情，徘徊句未成。连天春草色，何处梦羊城？

芳　郊

芳郊二月草萋萋，霁色黏天望欲迷。红杏丛中双白燕，绿杨阴里一黄鹂。寻芳恰到涵春坞，拾翠同来罨画溪。记得去年约同伴，扁舟曾系小桥西。

偕绿筠妹望月

皓魄当空一镜悬，相携小妹步阶前。怜他年幼娇痴甚，犹自吟诗未肯眠。

次贞如姊寄怀原韵

记判秦城袂，蹉跎已四年。离怀常耿耿，别恨转绵绵。归路千山阻，愁心两地悬。几时重把晤，清话茜窗前。

夏　夜

兰窗人静独徘徊，寂寂闲庭锁绿苔。坐久不知明月上，清光一片入帘来。

采莲曲

芰荷香里泛轻航，一片歌声送夕阳。只采莲花不采叶，好留翠盖护鸳鸯。

新　秋

人静小庭空，徘徊曲径东。虚窗先得月，高树易摇风。篱豆初开紫，池莲半退红。秋痕凉欲透，四壁已鸣虫。

秋夜不寐

不寐披衣待漏终，床前月色淡蒙胧。数竿竹影摇窗黑，一粟灯光隐几红。五载离怀秋易发，半年目病药无功。遥思阿姊关山隔，长夜乡心几处同。

梅花 二首

庭外寒梅已著花，松边竹外数枝斜。几生清福修能到，只有人间萼绿华。

铁石心肠冰雪身，著烟著月倍精神。瑶台独步清无比，压倒群芳占早春。

奉怀八叔祖母 三首

五载闺中学赋诗，笔床砚匣总相随。从今别恨添多少，云树重重欲暮时。

欲赋骊歌久未成，那堪迢递隔山程。昨宵一梦分明记，犹在尊前唱渭城。

忆斟蒲酒送安舆，忽忽兼旬笑语疏。盼到夕阳红断处，平安时寄一封书。

夜雨次外韵

兰釭挑尽漏沉沉，料峭轻寒透绣衾。一夜芭蕉声不断，惹侬顿起惜花心。

寄贞如式如两姊

辗转终宵梦亦劳，隔帘遥见月华高。粤东海水人何远，渭北秋风句更豪。何日闺中同把盏，此时灯下独挥毫。雁行望断离怀急，凭几无言首自搔。

残　菊

帘卷西风斗晚妆，几丛浅白与深黄。诗人莫笑此花瘦，花瘦居然傲得霜。

寒　窗

炉烟细袅篆纹斜，屈曲疏棂几道遮。风送清声鸣竹叶，月扶瘦影上梅花。银釭黯淡摇红豆，铁马铮锹隔绿纱。待得来朝烘暖日，砚池冰释好涂鸦。

冬日闺中即事

绿窗人静意踟躇，绘出消寒九九图。三径竹声余淅沥，一帘梅影共清癯。烹茶煮雪呼雏婢，觅句围炉伴小姑。拂拭花笺呵冻管，耽吟妨却绣工夫。

探　梅

疏烟澹月想丰神，载酒寻芳曲涧滨。屐齿踏残三径雪，岭头先漏一枝春。断桥流水冲寒惯，野寺山村觅句新。径欲伶俜随鹤去，癯仙应不笑诗人。

煮雪烹茶戏赋

为怜石鼎雪花轻，茶灶安排活火烹。自笑热肠应尽涤，顿教诗思异常清。煎来竹里全无俗，嚼共梅花倍有情。翻觉坡仙太多事，制符调水费经营。

题雪夜访戴图

雪积半山明，月浸一庭水。高咏招隐诗，临风怀之子。乘兴驾扁舟，鼓棹烟波里。兴尽便归来，素心澹若此。

水仙花

洁比莲花韵比兰，天生仙骨自珊珊。洛妃解佩风前立，汉女凌波月下看。中有人兮呼欲出，静闻香处不知寒。夜凉相对寂无语，谱入丝桐逸调弹。

围炉

炉火拥周遮，春添四座奢。消寒联夜话，煮雪试新茶。灯影三更静，烟痕一缕斜。阳和回斗室，砚水释冰花。

题平沙观猎图

北风吹白草，校猎耀军威。木落鞲鹰急，霜高塞马肥。阵云千里合，烈火一山飞。返辔重回首，林阴黯夕晖。

月夜闻隔院箫声有作

天街人静夜迢迢，吹彻西风咽暮潮。万里乡心怨杨柳，一帘秋影上芭蕉。光浮银汉三千界。韵绕扬州廿四桥。几曲红阑凭欲遍，余音犹作紫云飘。

灯花

兰釭四照绛纱笼，艳色居然夺化工。荣落岂能同众卉，吹嘘全不仗东风。归期暗卜深闺里，喜兆先占五夜中。好把鼍更当羯鼓，催开芳蕊一枝红。

病起 二首

杨柳依依拂画檐，晨妆无力懒开奁。病来但觉春寒重，卷起珠帘又下帘。

连朝细雨作清明，梁燕双双话晓晴。只有东风解人意，隔墙吹送卖花声。

春暮

禁烟天气怯轻寒，九十韶光指一弹。风动海棠红雨落，地栽蕉叶绿天宽。偶因待燕丁帘卷，不住啼莺午梦阑。屋角网来花片片，蜘蛛似解惜春残。

团扇

齐纨巧制夺天工，裁就轻罗样不同。但觉清风生袖底，浑疑明月落怀中。汉宫秋怨传班女，吴下诗名画放翁。小扑流萤花径外，桐阴几点堕光红。

古镜

沧桑阅历几千春，宝物摩挲辨未真。籀篆模糊铭字蚀，土花剥落藓痕新。常悬万古青天月，遍照六朝红粉人。妆罢玉台频拂拭，重逢赏识在风尘。

登铁塔

上方清寂绝尘嚣，俯视千家气象豪。百尺浮图连地起，一枝卓笔插天高。胸中艮岳吞云气，眼底黄河卷雪涛。何似西湖好风景，雷峰夕照泛轻舠。

石　笋

棱角锋铓一样尖，掀泥也带湿云黏。色如可饱馋堪慰，俗若能医呪不嫌。独向山中赞簇簇，非因雨后迸纤纤。此君毕竟多奇节，风骨森然气象严。

秋夜偶成

何处楼头玉笛横，落梅风韵满江城。玉阶明月凉于水，怅触离人无限情。

读太真外传有感

华清宫 二首

骊山缥缈接晴光，宫殿巍峨俯帝乡。帘卷太真刚一笑，晶盘承上荔枝香。

脂柔粉腻试汤新，潋滟波光旖旎春。谁识温泉成祸水，渔阳鼙鼓动胡尘。

马嵬坡 二首

女牛密誓总难论，不惜微躯报至尊。南内月明春寂寂，梨花如雪葬香魂。

翠华无奈竟西巡，坏土青青草自春。毕竟君王误妃子，来朝走马又何人。

铁　马

一片琤枞何处寻，拥衾不寐嫩寒侵。春风楼阁惊闺梦，秋雨帘栊碎客心。如遇庐陵应续赋，纵非伯乐也知音。本来身价兼金重，莫笑依檐伴苦吟。

秋　雨

商意萧疏已满林，豆棚花架听虫吟。小窗连日秋阴重，展得芭蕉一寸心。

月夜闻笛

月明如水皎清辉，孤籁沉沉夜色微。三弄闲凭红袖倚，一声响遏白云飞。吟成古调闻龙啸，梦醒高楼有鹤归。偷谱霓裳人不寐，宵凉露重欲沾衣。

中秋对月感赋

不有天边白玉盘，秋来底事怯凭阑。一年踪迹分飞惯，千里家园入梦难。蟋蟀吟成如写恨，梧桐落尽已惊寒。深闺姊妹遥相忆，多恐今宵未忍看。

大雪用东坡北堂原韵 二首

洒窗一阵忽廉纤，徒觉侵人朔气严。小院装成琼玉岛，空庭堆满水晶盐。涂鸦有字难题壁，冻雀无声欲坠檐。云影天光浑莫辨，开门认取数峰尖。

千山朗朗绝飞鸦，万径茫茫阻客车。不见嫦娥悬玉镜，故教琼女散天花。寻梅也许游梁苑，咏絮何妨斗谢家。试佛瑶笺挥冻管，强拈险韵步尖叉。

雪中书所见

空庭无所睹，雪满幽人屋。挺然自秀好，惟见松与竹。绿竹何清奇，青松抱贞姿。借问桃李树，畴识岁寒时。

咏古 八首存二

大家读史

才擅三长著作奇，文章八表属蛾眉。谢家柳絮苏家锦，不及班家笔一枝。

昭容评诗

夜珠明月好词章，之问才华最擅长。一代风流唐帝主，群才付与美人量。

次式如姊寄怀原韵 四首

衫轻袖薄晚凉侵，兜入离怀瘦不禁。握管几回无处写，西风无那惜秋心。

又到橙黄橘绿时，迢迢申浦梦魂驰。床头蟋蟀殊多事，偏似声声诉别离。

小别惊心年复年，镜中颜色定依然。拌将九日登高泪，叠作三秋寄远笺。

芙蓉坠粉菊铺金，红树青山万里心。好与刘家翻故事，分题糕字伴清吟。

喜晤张夫人旋复别去

秦川经患难，梁苑快相逢。不觉弹新泪，依然识旧容。深闺联絮语，异地感萍踪。怅望南飞雁，云山隔几重。

石桥夜月次外韵

水满池塘月满桥，碧天如水听吹箫。雨余石磴苔微湿，风漾帘波竹暗摇。苍翠山光浓欲滴，离迷花影碎难描。琼楼隐隐高如许，笑指蟾宫路未遥。

夫子京兆报捷以诗见寄奉和原韵 三首

甫罢晨妆倚镜台，重门无事不轻开。忽闻雏婢声喧笑，知是泥金报捷来。

寒窗对坐苦吟哦，曾与挑灯共切磋。今日成名应未晚，读书十载讵为多。

一去长安半载违，欣闻柳汁染新衣。春风得意春明近，好待东君夺锦归。

渔家四时乐 四首

山光如画水拖蓝，胜景年来著意探。恰值杏花好时节，朝游江北暮江南。

晚凉乘兴泛清波，十日香风漾碧荷。招得一家小儿女，月明齐唱采莲歌。

芦花深处好安居，红树秋江夕照初。负网归来天已暮，呼儿换酒且烹鱼。

冻云如墨压江干，浩渺江天一色宽。四顾苍茫人独立，孤舟风雪不知寒。

途中作

辘辘轮蹄镇日忙，云山渺渺倍思乡。愁多只觉诗情减，体弱偏嫌驿路长。千里怀人萦远梦，几行征雁带新霜。何当再遂归宁愿，拟献南山寿一觞。叔父今年五十初度。

重登龙门山千佛寺

层层萝磴入云隈，乘兴重登亦壮哉。远水接天浮日去，怒涛挟雨过山来。人居绝顶群峰小，佛现悬崖万壑开。牧笛渔歌尽图画，置身恍似到蓬莱。

李河帅夫人属绘扇头漫题短句

名花清且丽，带雨舒芳蒂。香国领春风，芝兰满阶砌。

通州道中

东风迎面走晴沙，布谷声中日又斜。麦陇碧翻三尺浪，桃林红映半溪霞。接天云树一千里，临水柴门四五家。寄语梁园诸弟妹，莫教音信滞京华。

奉赠素筠族姑

揽尽山川胜，烟云腕底生。书能摹汉魏，画竟敌元明。秋亦如人瘦，春真著手成。长安应纸贵，奚止洛阳城。

人日

物换星移又一春，春来七日喜逢人。梅花弄白枝犹满，杨柳舒金色未匀。闺里遗风曾翦彩，庭前残雪尚铺银。登盘莫谓无纤手，各种园蔬味自新。

雪美人

谢家庭院试新妆，丰韵天然压群芳。抱得冰心甘淡泊，生成玉骨耐清凉。颠狂不怕风姨妒，奔走翻嫌月姊忙。小别瑶池缘底事，无言默默自思量。

春雨次少陵春夜喜雨原韵 二首

一雨过寒食，春愁似草生。雷惊迴燕舞，风急乱鸠声。墙角新苔长，庭坳积水明。遍栽桃李树，花放满山城。

几日风和雨，郊原众绿生。湿沾飞絮影，细杂落花声。云气连山暗，波光绕郭明。踏青归去晚，烟锁夕阳城。

雨后仍步前韵

小园新雨后，满院绿苔生。竹径余清响，茅檐断溜声。鸠啼芳树晚，鸦闪夕阳明。天际青如洗，残虹挂远城。

暮春书怀用剑南韵

诗思无多别思侵，海棠庭院昼阴阴。花飞帘幕翻雏燕，雨过园林噪晚禽。故国风光千里共，京华书信五云深。阶前草色迎人绿，搔首凭阑盼好音。

桃花源同四弟作二首

忽惊俗客到仙源，父老争迎笑语喧。但觉山中多岁月，不知世上有乾坤。成阴桑柘绿连屋，夹岸桃花红入村。归去杳然迷旧迹，落英满径不开门。

移家世外避尘喧，怀葛高风此尚存。几处田园俱近水，数声鸡犬忽逢村。四时寒署自成岁，千古云山长闭门。种得河阳花满县，何须重觅武陵源。

集渊明《桃花源记》并诗二首

忽入桃花境，林深径欲忘。前村杂鸡犬，此地有蚕桑。世外人高隐，山中岁自长。复来迷去路，何处问春光。

武陵得奇境，乱世隐高贤。林尽疑无路，山开别有天。岸花通竹径，溪水入桑田。父老已忘岁，行歌魏晋前。

咏　史

旌旗千里蔽长空，直下荆吴气自雄。八十万人归一炬，周郎徼幸是东风。

赵北口

十二桥头夕照红，远帆几点入晴空。长堤一望春如许，杨柳迎人拜晚风。

春　水

春水溶溶绿，参差点作波。三篙纹绉縠，一片色侵蓑。渺渺离怀远，鳞鳞叠恨多。苍茫南浦路，渔唱杂骊歌。（以下五首选自《倦绣吟诗草》）

笔　花

天将此笔付诗人，意蕊心葩若有神。五色争夸江令梦，一枝独占管城春。砚池醮处滋培久，墨沉呵时酝酿频。合酿中书主香国，绿章可许九霄陈。

饯　春

韶华如梦太匆匆，怕听钟声况客中。芳草有情随逝水，垂杨无力绾东风。十千买醉杯空绿，一寸分题烛烬红。临别赠言无可赠，聊将杯酒酹花丛。

雨　后

雨后一凭栏，四顾天清朗。深院寂无人，明月青苔上。

美人膝

兰闺容处尽堪安，煮茗清谈促坐欢。锦褡抱来吟未倦，香罗护住不胜寒。夜深拜月双弯屈，绣罢横琴一曲弹。最是倚栏低傍好，风神袅娜画中看。

春柳

杨柳丝丝一望齐，和烟和月拂长堤。画楼雨细眉痕浅，绮陌风轻舞影低。金缕翦成穿紫燕，绿阴织就啭黄鹂。那堪临别阳关道，攀折年年送马蹄。（以下九首选自《晚晴簃诗汇》卷一九二）

春日

千条杨柳拂檐低，十二湘帘卷未齐。深院无人春寂寂，碧桃枝上一莺啼。

柳荑

浅映眉如敛，浓拖眼欲迷。行人休便折，留覆短长堤。

伊署小园

森森修竹夏生寒，新插花枝界画栏。行到绿阴最深处，双鬟闲弄钓鱼竿。

秋夜偶成

满天霜气扑帘旌，秋逼人来夜更清。几点残星横汉澹，数竿疏竹拂窗轻。空庭落叶因风走，老树栖鸦见月惊。何处碪声敲转急，梦阑听去倍分明。

洛浦春游

东风吹度洛川滨，辘辘香车碾软尘。树色含烟山泼翠，波光如镜草铺茵。漫疑渔父来秦境，拟效陈思赋《洛神》。指点扁舟来一叶，三篙暖涨碧粼粼。

雨后

雨后一凭栏，四顾天清朗。深院寂无人，明月青苔上。

荷镫曲

藐姑仙人斗晚妆，袜尘不动罗绮香。金釭照耀烂如昼，三十六宫春正长。儿家生小承恩日，华清浴罢娇无力。归来寂寂掩瑶扉，玉阶人静露珠湿。无端急敕召湘妃，小队银镫夜打围。箔底细簪金错落，帘边亲启玉葳蕤。珠围翠绕纷逦迤，照见鸳鸯春似海。杏子衫轻偎影红，桃花裙褶拖痕紫。玉腕玲珑大小垂，酒酣零乱舞腰支。最怜袅袅杨枝细，弱不禁风欲堕时。靡曼妙态纷相扰，风鬟雾鬓知多少。唾花余碧石华轻，化作湘纹笼缥缈。此际销魂神采飞，此时擢秀几琼枝。当筵莫怯娉婷甚，幅幅纱笼好护持。宴罢归为缀珠戏，濡毫手作鳌山记。明珰火齐烂不收，七尺珊瑚等闲碎。似闻仙乐奏《云璈》，如有衣香冉冉飘。羊侃帘前兰半烬，扶风帐外桦全烧。别有愁蛾夜妆靓，洞房深邃蚖膏冷。遥看红云捧玉皇，倚栏寂寞羊车幸。我亦青莲梦里人，苦心薏苭不分明。樽前欲借神光引，一把三生证夙因。

田　家

数椽茅屋野人家，落落疏篱一径斜。山雨欲来林鸟寂，蜻蜓飞上水荭花。

春闺三首

东风似剪柳如丝，恰好春华正及时。试启碧纱窗六扇，墙头红出杏花枝。

一番花放一番新，恰恰莺声过比邻。最是兰闺清绝处，微风不动软红尘。

饧箫吹暖卖花天，春已深时未禁烟。燕子也知寻旧主，双双飞向画堂前。（以下二十九首选自《吟秋阁诗草续编》）

题严吟侣夫人书画助赈图并步自述元韵二首

伟哉奇女子，功夺宰臣权。妙擅一枝笔，如耕万顷田。临池开画本，济世集金钱。莫叹饥鸿苦，中流具渡船。

风雅一门萃，才名企慕频。广开杜陵厦，同坐管城春。慧业人争羡，天伦乐最真。万家甘露被，颂祷遍黎民。

寄怀吟侣夫人四首

年来离梦绕红皋，塞外秋风兴独豪。远道赠君无别物，好凭驿使寄葡萄。

一门风雅擅才华，咏絮曾闻斗谢家。怪底青莲诗笔健，扫眉笔上亦生花。

三妹居然出类才，珊珊仙骨绝纤埃。前生定是瑶池侣，却向琼宫化凤来。吟侣诞时其太夫人梦凤集于庭。

乘槎直到斗牛边，海上相逢信有缘。莫道鸡林传纸贵(曾以书画助赈)，芳名已播在髫年。

赠吕碧城女史二首

飞将词坛冠众英，天生宿慧启文明。绛帷独拥人争羡，到处咸推吕碧城。

雄辩高谈惊四筵，蛾眉崛起说平权。会当屈蠖同伸日，我愿迟生五十年。（又见《信

芳集》)

晓过居庸关

山势护重城，崎岖路转平。忽惊人面出，莫辨马蹄声。雉堞居岩列，胡笳野戍鸣。行行殊未倦，倍觉壮心生。

出峡复入峡，关门山更多。万峰迎旭日，千骑走明驼。树密晴笼霭，泉奔怒作波。天穷兴废感，对此发长歌。

和部生弟寄安晓峰侍御原韵

远谪天涯隔帝宸，清贫不厌米空囷。鱼潜池沼终期跃，蠖屈泥途久必伸。青史他年尽直谏，乌台当世有传人。而今沙漠都归化，塞柳边花总是春。

塞外怀古二首

身陷匈奴岁月长，节毛落尽鬓如霜。归来漫道朱颜改，留得丹心报汉皇。

辕门日落鼓声催，匹马曾经百战来。五字河梁千古叹，更无人间李陵台。

再叠前韵呈陆纯甫先生

梅花开遍故山岑，清透诗怀瘦不禁。问字门前应雪积，传经座上喜春临。风神已入吴中画，文赋争推洛下吟。何幸海阳开绛帐，稼书理学细探寻。

和管士修太守用聚星堂韵并仿欧阳公禁体

老树南枝将吐萼，朔风冽冽透林薄。胡然天女散花来，欲接还离止复作。照曜乾坤成一色，尘氛扫净寰宇廓。眼前大地尽装棉，晶晶寒光照墟落。饥乌颈缩湿不飞，鸷鸟爪拳冷难攫。田家卜岁话鸡豚，富室围炉拥狐貉。夜来茗战杯浮蚁，晓起开门檐啅雀。迷茫昔辨路三叉，林下何人蹑芒屩。北平太守今欧苏，壎篪迭奏天伦乐。坡吟恍入聚星堂，诗肠烦热如泉瀹。郢中白雪谱高歌，顿觉阳春回朔漠。自愧才非谢道韫，敢将弱管敌刀槊。兰缸欲凝篆烟消，呵冻裁笺供一噱。

题孙贞女白发侍亲图四首

从来女史有宗风，母教应推第一功。徒少寻亲千里外，木兰不独是英雄。

幽闲贞静自天然，花落花开不计年。白发慈亲华发女，惟凭经卷证因缘。

三妹贤名久共传，绿窗压线总随肩。分绒独绣冬青树，不爱人家并蒂莲。

节凌松柏志凌霜，语自温和貌自庄。他日朝廷旌孝女，门楣不愧出书香。

附　孙贞女事略

孙贞女大姑，登州蓬莱人。父漪，诸生，负文名，五上公车不第，晚橐笔游燕赵间。娶王氏，有德耀风。生子女四人，子一早世，女三，大姑其长也。幼有至行，长益端庄，母爱若掌珠。会戚某出宇河间，女父为司笔札兼会计。旋太守因事去官，幕僚星散，女父以细弱故遂卜居城中，既而慨然出关作汗漫游，久无所遇，赀斧垂罄，不得已授蒙为糊口计，数年音问隔绝。女母忧思成疾，女亲侍汤药，日则偕妹纺绩，夜则焚香吁天，愿以身代，立誓养亲不字，母病寻愈。邻翁有至热河贸易者，女请于母易男子装，至平泉，奉父以归。无何家益贫，女父复游京师，授馆于查氏，寻病卒。友人为之摒当后事，浮厝义阡。先是女奉母居河间，岁歉收，日以针黹易米而炊，自食糠粃，奉母以甘旨，人咸敬之。艰难历尽，惊耗忽传，母女痛不欲生，哀毁骨立。女以母老恐母过哀，强承欢笑以慰亲心，背母则时时暗泣，母亦以怜女故为之破涕，其曲体亲心，尤人所难也。癸卯春，识大姑母女于津门，恨相见晚。大姑发斑白，侍亲则犹如婴儿，心窃重之。时为余述其生平，以家贫故致父榇久滞未归，辄涕泪盈睫。孝行之笃，发于天性，盖无时或忘其亲也，诚足增巾帼光矣。余既作诗赠之，复录其梗概以备当道采访焉。

梁夫人以惠兴女史殉身兴学图寄示勉成二十字以志钦仰

不愿不学生，甘为兴学死。巾帼二万万，谁似奇女子。

和南海乐天生韵二首

几辈英雄竟白头，湖山回首又经秋。囊中佳句争传诵，海上奇观记壮游。报国有怀鞭早着，封侯无分笔空投。宦情淡泊才名盛，直上元龙百尺楼。

巍峨大厦仗人扶，谁写辽东铁泪图。白日轰雷云惨淡，黄沙卷地血模糊。灾黎竟类丧家犬，战士甘为伏枥驹。惟有帝乡山色好，群峰环绕不嫌孤。

题　画

铁干冰心绝点埃，孤山深处冒霜开。广平赋笔超千古，又见春从腕底回。

和吴少莲登景忠山韵

诗工出塞压高岑，荆棘铜驼感不禁。南国音书劳怅望，东山蜡屐惯登临。鲍昭应续芜城赋，太白还成蜀道吟。力却秦军千古羡，仲连轶事好追寻。

叠韵寄少莲

探奇踏雪上层岑，腊书山城冷不禁。花发故园人未至，春归边塞雁将临。右丞忆弟还为客，工部忧时且放吟。恰喜云开重睹日，升平乐事复追寻。

再叠前韵寄呈晓峰侍御

壮怀磊落比秋高，鹰隼凌霜健羽毛。设教文翁化夷俗，行吟屈子赋湘皋。纵谈时事频烹茗，快读佳章胜饮醪。漆室忧深同鲁女，抚今怀古首徒搔。

满庭芳 饯春①

新绿颦烟，落红妒雨，匆匆断送芳春。晓钟怕听，偏是易黄昏。吹到楝花风信，却无那、絮雪梨云。□□□，东郊祖帐，无语黯销魂。　痴心，何处诉，薄浇杯酒，暗祝花神。劝杜鹃休促，留住东君。莫便天涯归去，有多少、燕恼莺嗔。凭传语，游丝一缕，为系住斜曛。（以下九首选自《倦绣吟诗草》）

沁园春 美人手

雪腻荑柔，露香薇盥，如许纤纤。记摘花芳径，乱红轻扑；采桑晴陌，嫩绿微粘。嫩绣鸳鸯，闲调鹦鹉，袖卷香罗露玉尖。支颐久，有胭脂一捻，薄晕腮间。　闲携女伴阶前，惯暗打莺儿红豆拈。笑捉将云影，太湖石畔；掬来明月，西子溪边。指瘦春葱，腕舒玉藕，相映掺掺分外妍。娇无那，向碧阑干外，扶上秋千。

踏莎行 水仙花

罗袜凌波，湘裙拖水，洛妃飘渺临江沚。盈盈一段好风神，是谁谱入琴丝里。　洁比莲花，香逾蘅芷，纤尘不染清如此。月移小影上窗纱，犹疑缟袂飘飘起。

卜算子 题山阴访戴图

积雪满山明，望族天花白。洄溯伊人水一涯，隔断剡溪月。　月影荡湖光，一棹烟

---

① 《全清词钞》卷三四、《小檀栾室闺秀词钞》卷一一中，本词作：新绿愁烟，残红妒雨，匆匆断送芳春。晓钟怕听，偏是易黄昏。吹到楝华风信，惊瞥眼，絮雪梨云。增惆怅，东郊祖饯，芳草也销魂。痴心，何处诉，薄浇杯酒，暗祝花神。倩杜鹃枝上，留住东君。莫使骊歌频唱，有多少、燕恼莺嗔。还凭藉，游丝一缕，悄系住斜曛。

波阔。承兴而来兴尽归,来去浑无迹。

临江仙

江上月明山上雪,夜来雪月交光。扁舟一棹水云乡,水光云影里,之子在中央?双桨冲波鸥梦醒,推篷四顾苍茫。到门不入亦清狂,剡溪归去晚,残月照寒塘。

西江月 春感

晴雪一天絮舞,东风三径花香。妆台细认镜中人,憔悴旧时眉样。 草色几穿望眼,柳丝绾住愁肠。伤春无语立斜阳,兀自背人惆怅。

谒金门 春闺

春如许,帘外落红如雨。蝴蝶不知人意绪,一双花里舞。 屋角蛛丝几缕,网住残英无数。背倚曲阑愁不语,断肠芳草浦。

一斛珠 送式如姊之武昌

西窗良晤,十年情话今宵诉。匆匆又欲骊驹赋。梅雨经旬,天意留君住。 况值山城烟景暮,那堪送别天涯路。武昌千里怀云树。此后邮筒,只寄相思句。

浪淘沙

帘幕下重重,小梦惺忪。落花成阵逐东风。催送芳春归去也,何处寻踪? 一抹浅深红,花事匆匆。绿窗惆怅意疏慵。蝴蝶不知花落尽,尚恋芳丛。

浣溪纱

小隐园林为看花,云霞一坞卧虹斜。主人好句合笼纱。 红药阑干晴晒蝶,绿阴亭馆晚栖鸦。萋萋芳草忆天涯。

102. 阚庄派石梅支十八世缪玉娟[①]诗八首

无题 二首

舟渡湘江又武昌,伊川快聚岁时忙。而今荆楚重为客,迢递云山树几行。

---

① 玉娟字式如。宝娟姊。

地连巴蜀听猿愁，秋老霜高月郎眸。最是怀人千里梦，依稀犹似共登楼。(以下八首选自《倦绣吟诗草》)

无题 四首

风吹罗幕薄寒侵，铁马声闻思不禁。回忆伊川相聚日，联床清夜话知心。

最是当年判袂时，庭前执手各神驰。临歧再四叮咛处，多寄音书慰别离。

雁杳鱼沉已半年，云山迢递意凄然。满怀别绪无从诉，灯下挥毫擘锦笺。

一纸家书抵万金，平安两字慰初心。闲愁几许皆消却，漫度金针且放吟。

题宝娟《倦绣吟诗草》二首

缤纷妙绪久心倾，鸿雪诗坛独擅名。一梦通灵事奇绝(妹幼年梦至一处，见壁有所书，寤后灵机大辟)，天生夙慧冠群英。

犹记兰闺少小时，拈毫分韵每肩随。而今一管生花笔，倦绣吟成绝妙词。

103. 阚庄派石梅支十八世缪壬林[1]诗一首

题宝娟《倦绣吟诗草》

天生仙骨自珊珊，艳过芙蓉韵过兰。秀绝簪花一枝笔，雪鸿社里压骚坛。(《倦绣吟诗草》)

104. 阚庄派丹徒支十九世缪鼎臣(一名时孙、潜)族称述溪公配支萏华诗六首词一首

侍大母游招隐寺

兽窟古山登，崎岖力不胜。荒台无太子，破刹有孤僧。虎伏降心久，鹂鸣到耳仍。临风呼婢子，空谷代声膺。(《(民国)招隐山志》卷八)

题万松关

呜呼吾郡城，松阴万簇簇。东门峻崇冈，刁公归寤宿。南山声雄关，满径郁浓绿。一

---

① 壬林字畹香。宝娟姊。

冈复一关，两两万松覆。昔哉冈今空，童童树早秃。幸兹招隐山，丸丸尚深谷。涛声寒在空(成句)，满耳鸣谡谡。岁寒友尚存，丛荫茂修竹。惟悲卫公亡，仙蕊早凋玉。盘桓抚枝柯，遐溯戴公躅。贞节同此松，千载森翠麓。(《(民国)招隐山志》卷八)

侍大母游狮子窟

扶筇缓入白云深，荆棘穿衣利似针。供佛香熏金退色，枯僧定入磬沉音。亭悬鸟外人难到，江静鸥边浪不侵。往事追思偕大母，细论六代倚平林。(《(民国)招隐山志》卷八)

侍大母李太宜人登金山

忽说海生桑，居然波不扬。板舆真可奉，苇棹弗须航。古塔灰余劫，名泉野入荒。从今诗漫赋，宛在水中央。(《(民国)金山志》卷八)

金山感赋

浮玉山何巢，屹然压江皋。中流自砥柱，狂任飞波涛。百劫历无改，根柢常坚牢。往岁掀浊浪，江上腾毒蛟。助恶鲸鳄从，群焉纷乱跳。太息清静地，腥秽流恶潮。古塔慨慈寿，窠忽成鸱鸮。中泠水惜洁，污垢浣浊毛。扰扰愤粤逆，痛哉咸丰朝。诡计木簰掠，伪城筑山坳。遥应城内贼，犄角肆吼哮。幸我吉公起，妙谋运心操。偷渡招勇士，瞭楼纵火烧。鲸牙快挫毒，瘈齿欣拔獒。大笑杀蛇豕，利磨并州刀。朱睛共绿发，无复惊山魈。妖雾既四散，豺狼不闻嗥。城遂润州复，风弗鸣腥臊。所恨驱虎豹，草莽丛禅寮。钟鼓久岑寂，山灵亦无聊。二公喜曾李，规复相继遭。翚飞并鸟革，灿烂仍前朝。遭。东坡纵不作，台复耸妙高。玉带欣未失，杰阁还凌霄。一水江自灌，卧波仍石桥。法堂启大彻，圜老风未销。般乐众如故，罔思狐兔骄。寇蠢浑未遘，尚谁问蛮獠。居安愿危忆，侬非好心焦。此地素争战，懔懔良恐慅。慎毋忘忧患，将翔又将翱。侬虽弱女子，一念旌悬摇。悄立寂无语，江流看滔滔。(《(民国)金山志》卷一四)

金山效太姑余太夫人题金山句首限用八音字

金鳌峰峻媲天台，石耸离奇倚善财。丝柳碧分慈寿塔，竹竿绿到妙高台。匏悬蔬圃烟常带，土润花阶雨未回。革面何如除俗虑，木鱼正听一声来。(《(民国)金山志》卷一四)

疏帘淡月　金山寻梁夫人桴鼓助韩蕲王击金人处

空江浪浩，怪聒耳令行，军旅呼啸。桴鼓山巅，溯昔敌邀横扫。夫人和国襄夫婿。截乌珠、北归无道。震开烟雾，茫茫惊起，波涛淼淼。　只恨恨、朝廷愿小。奈南渡君臣，忍辱图好。闽客书生，都莫恼他言告。西湖晚岁悲偕隐。枉当年、杀敌驰棹。至今江上，潮头徒带，军声多少。(《(民国)金山志》卷一六)

105. 阚庄派丹徒支十九世缪炳文族称柏亭公配蒋玉如诗七首

哭柏亭夫子 四首

秋闱未试病归时，症入膏肓痛已迟。求术回生无妙手，君今逝矣我依谁？

同胞兄弟尔俱无，今日何堪弃半途。我欲从君归地下，何人堂上事孀姑？

计我于归及四年，凝神回想自凄然。掌珠一现空成幻，命也如斯欲问天。

初度年华念二春，一朝顿作未亡人。从今矢凛冰霜节，代尔晨昏孝养亲。(《镇江世庆堂缪氏宗谱》)

游招隐寺

深谷郁盘纡，梵宇中隐储。万籁此俱寂，成句。昔为高人庐。高人遘厄运，嘉遁卧荒墟。遥遥二千年，人琴亡岂俱。至今风入松，犹觉清音余。泉响流互答，溅客忙珍珠。呦呦更鸣鹿，啸还虎负嵎。梵呗杂清净，老僧团坐蒲。一龛佛供古，香薰金剥无。小立凭曲槛，睍睆黄鹂初。高风缅晋代，悠悠念何如。(《(民国)招隐山志》卷八)

招隐寺听鹂馆听鹂

一片笙簧作，终朝奏雅音。悠然兼击磬，清极似鸣琴。我亦饶诗兴，谁为格俗心。戴公问安往？佳话到于今。(《(民国)招隐山志》卷八)

金山次苏长公韵

隔岸山连铁瓮城(成句)，空江渺渺色澄清。一群飞鸟冲风去，千点征帆破浪行。吞海亭边沧海接，镇涛轩外怒涛生。无边暮色添清趣，三两瓜洲星火明。(《(民国)金山志》卷一四)

106. 阚庄派丹徒支二十世缪鸿儒族称融生公配戴婉容诗十首

陪外融生登招隐山

巃嵷峭壁插青霄，真隐何须隐者招。泉味尝甘流自汲，琴声变徵曲尝调。松关有霭青

逾压，竹径无风翠亦摇。晋宋江山都不是，高冈名尚戴公标。(《(民国)招隐山志》卷八)

陪外融生游招隐桃园集《桃花源记》字

高士今何往？桃花一路鲜。芳英迷舍外，杂树隔溪前。远近缘桑竹，缤纷夹陌阡。随来逢境异，此处自怡然。(《(民国)招隐山志》卷八)

金山八咏

关忠义庙

赫赫威名宇宙留，巍然庙貌镇山陬。春秋酷嗜诵声朗，吴魏雄吞浩气遒。万古扶纲存汉室，一生遗恨在荆州。京江保障英灵显，杀贼城头故事搜。

吕仙祠

道证天仙事玉皇，真传艳说受云房。一声铁笛空中韵，九转金丹世外方。山景看旋欣翠黛，尘缘梦早醒黄粱。拜瞻遗像鳌峰陟，俯视江流浩浩长。

苏文忠阁 即留玉阁

禅床暂借妙机缄，儒雅风流自不凡。宝带一围新玉脱，衲裙六幅旧云衔。浪言病鹤怜身瘦，还说烧猪解口馋。杰阁临江多寂寞，潮声尽听打空岩。

韩蕲王庙

凄凉往事不堪论，庙貌徒看是处存。鼙鼓声中迅雷动，艨艟队里乱云屯。父兄忍弃偏庸主，仇敌毋忘尚淑媛。最是投闲驴背上，西湖老去泪常吞。

魏忠壮祠 旧与韩蕲王同祠 今无

奇勋渺渺不堪思，尽见空江漾碧漪。中土复恢成梦想，敌军辟易震名驰。车传如意心徒妙，兵恨绝援力弗支。曾说韩王同庙食，只今寂寞总烟弥。

文臣相祠 旧与韩蕲王同祠 今无

勤王万苦矢孤忠，往事回思泪洒风。艰险真州心贯日，凄凉柴市血成虹。先型孔孟义仁服，异代魏韩祭祀同。遗像式瞻存想像，荒烟莽莽满山丛。

陆忠烈祠今无

丞相祠堂何处寻？借句。烟云满目尽空岑。中原疆土无干净，边海君臣共溺沉。万里奔涛亡国恨，一篇《大学》古人心。于今文魏同空吊，几阵神鸦噪暮林。

吉勇烈祠

长江百战立殊勋，保障朱方卓不群。江上四围军舰合，烟中一炬瞭楼焚。红羊浩劫无浓坋，翠鸟间机有薄云。崇德报功隆圣主，神祠赫赫倚斜曛。(《(民国)金山志》卷一四)

107. 阚庄派丹徒支二十世缪若光诗十三首

寄剑华叔祖

忆随座右教书时，课读余闲学赋诗。每值月明花媚候，拈毫觅句细沉思。

远离杖履已多年，窗下修函擘锦笺。惟问起居康健否？老来珍重最为先。(《镇江世庆堂缪氏宗谱》)

节妇二十叔母蒋玉如

廿岁方增二，伤哉叔父亡。持身甘淡泊，立志守冰霜。为嗣神劳尽，随姑苦惯尝。他年请旌表，寄语莫遗忘。(《镇江世庆堂缪氏宗谱》)

招隐咏怀古迹八首

戴公故宅

遁迹空山溯晋贤，流风隐逸仰家传。名王游从心难动，戚好居依迹可迁。野服自甘终辟世，瑶琴静抚独全天。梵宫舍作真超迈，留与山僧夜坐禅。

戴公听鹂处

高人追溯此幽潜，雅爱鹂歌听不厌。柑酒携来情自适，桐琴抚罢趣频添。悠扬在昔诗肠鼓，睍睆仍今俗耳砭。惆怅流风都渺渺，交交闻尽隔疏帘。

昭明读书台

入山故宅问维摩，昭明小字。满目蘼芜唤奈何。风雨书声魂化去，云烟选事眼都过。梵音常此降泉虎，遗恨何堪说蜡鹅。尽博台名犹太子，梁家宫阙叹铜驼。

玉蕊花

花飞玉蕊诩仙姿，逸事唐家寄远思。胜访名葩来德裕，诗酬旧侣说传师。雪英乱舞空中冷，烟树纷摇分外奇。太息浮云随化去，游人笑尚话琼枝。

珍珠泉

坡老当年逸兴长，泉珠溅客太匆忙。料知龙女遗千粒，却道鲛人泣数行。皎洁雅宜穿柳线，匀圆端合贮荷囊。一盂汲取烹新茗，炉火燃时尚吐光。

虎跑泉

虎去何年迹久空，清泉尽剩日流东。盈盈却道寒于雪，汩汩犹疑啸有风。沁齿甘回初火试，明心善止早禅通。追维往事迷离甚，记事徒闻说蒋公。唐蒋昉有《虎跑泉记》，今佚。

鹿跑泉

甘泉一道尚通灵，鹿去蕉空梦早醒。大好松间闲煮茗，莫看林下静听经。呦呦鸣野声频误，汩汩成溪逝不停。依欲文征唐代蒋，尽留名字奈无铭。唐蒋昉有《鹿跑泉铭》，今亦佚。

狮子洞

荒凉古洞络枯藤，狮子谁看怒气腾。面暗成焦仍有佛，心空入妙久无僧。仙猫偏说邻家在，洞旁有仙猫洞，仙猫尚在。野鼠时看窟隙乘。却笑司门双大士，碑嵌白石至今仍。（《（民国）招隐山志》卷八）

招隐寺看红叶

春色斗绮丽，争夸午桥庄。红紫色烂漫，桃杏纷吐香。清秋气萧瑟，零落良可伤。奇哉南山景，灼灼争韶光。红叶满峦壑，晚枫饱新霜。耽幽陟深谷，炫人总煌煌。错道火山入，炎炎误昆冈。又道赤城至，彩霞杂云翔。夙闻此山胜，浓翠森松篁。晴雪蕊绽玉，虚白生山房。谁知青素外，碎锦复有坊。远迷朱雀桥，近衬梵宇墙。山家亦富贵，顿启昼锦堂。依意忽迷惘，春色疑未藏。西风纵飒飒，娇艳仍芬芳。红颜笑永驻，浪夸少年场。不老真长春，欢笑依欲狂。坐爱晚林倚，添景煊斜阳。（《（民国）招隐山志》卷八）

金山吊梁夫人桴鼓助战处

桴鼓声洪躬自操，孤忠久矢女中豪。旧营虎婿英能识，古庙龙王敌恨逃。二帝誓迎悲绝域，三军气作激飞涛。至今浮玉山头陟，满耳悲风不断号。（《（民国）金山志》卷一四）

艺文内集卷二　赋

1. 阚庄派七世缪桓族称东渠公赋一篇

招隐山赋

岧峣焉，崱屴焉，纵横乎润州之南郊，而高插乎穹苍。前控黄鹤之嶂，后引白龙之岗。莲华之洞襟其侧，菊花之峰翼其旁。左右拱兮莱与夹，高低带兮岘与长。千竹环翠，万松挺苍，径曲堆霭，江遥漾光，真是尘飞不到，非仙乡即隐乡。山僧告予曰：此世所谓招隐名山，而戴仲若于兹嘉遁也。在昔晋室倾颓，宋台树建，鄙夫附炎，志士茹恨，维戴公其风高，老空山而无闷，因戚好而家移，伴孤僧而尘远，著野服其居安，弄古琴而排闷，笑看沈檀谢傅兮诸人，弋显荣而蒙浊溷。南山崔崔，悠哉悠哉，幽鸟相逐，清风自来。弱息随侍，名王从陪，柑携玉液，酒酌金垒。坐竹林而意得，听鹂唱而颜开。逍遥物外，徙倚云隈。公遂与山兮永千古，山又与公兮撑九垓。时也晴且冲融，惠风和畅，二客相从，孤舟自放，寻高士于山中，舣片帆于江上。于是步荒郊，攀叠嶂，穿白云，排青瘴，没胫草深，碍眉石仰，烟薄青迷，林丛翠障。恰遗迹其何存，叹名山之无恙。吁嗟乎！隐何山而不入，山何隐而不招。公何兹山之独契，山何我公以相邀。盖以地僻人少，嶂奇景饶，岚都翠合，埃尽红消，隔峰鹤舞，喷水龙跳。虎泉鹿泉清且冽，狮洞猫洞幽复寥。我欲起公以与语，天风吹袖而飘飘，遂乃陟峰巅，入云杪，抱舒奇，目极瞭。怪石群狮，微尘一鸟。白练湖平，黄天荡渺。塔回铃微，城低瓮小。幽壑蛟潜，密林鸟绕。钟来下方，花落清沼。假使戴公之复生，应许知音之不少。已而凉月生海，夕阳在峰，牧竖呼返，归樵笑逢，炊烟袅袅，暝色重重。客促予还而雾踏，山留人去而云封。怅俗缘之难脱，叹逸兴之徒钟。空流连兮不舍，寄余怀而抚松，料戴公其笑我，枉心企乎高踪。（《（民国）招隐山志》卷五）

2. 阚庄派丹徒支十四世缪天爵族称古修公赋一篇

玉蕊亭赋

亭舍荒凉，亭台冷落。花事阑珊，仙踪寂寞。绿满蘼芜，白埋华萼。闲煞莺鹂，愁添燕雀。是招隐山玉蕊亭之遗基，迄今阅一千数百余年，犹且动游子以恨深，感佳人而心恶。维彼玉蕊，是花中仙。艳惊绝世，葩著经年。光莹似璧，质洁于绵。丝垂冰兮须捋，粟缀金兮心悬。时未冬而舞雪，天将晓而涵烟。招吟朋其题咏，引释子其逃禅。有亭翼然，山僧卜筑，可以流连，可以寤宿，可以赏心，可以悦目。但见荫接玉莲，阴迷玉竹，弄玉案其娇姿，横玉帘其幽复。盖历李唐三百年来，盛事流传于山麓。则有李公德裕，沈氏传师，游观览胜，唱和题诗。立玉阶以延伫，望玉宇而思维，淡余霞而失赤，染薄坋而不缁。翠夺光兮宿霭，红掩影兮朝曦。是亭则峙偕鸟外，鸟外亭名。巍巍然并耸山湄。神女忽来，折花而去，期践玉峰，魂归玉署。于焉散帐飞花，零同落絮，飘泊堪怜，凄凉谁语。盖瑶阙兮遄归，问琼楼兮何处。而是亭犹矗矗高冈，俯喷水之玉龙而上翥。忽焉南宋有岳倦翁，寻幽物外，访古山中，慨名葩其零露，想胜迹其临风，过瑶阶兮雾拥，入琼苑兮烟丛，题新诗而自遣，寄余慨于无穷。虽斯花之不复见，而其亭尚撑乎碧穹。洎乎朱明，孤亭无有，维许鼎臣。润州太守，堂复经营，荒锄山右，追溯雪英，洞开云牖，遣闲愁而弄玉箫，消幽兴而酌玉斗。盖其亭未复而复焉，庶顾名而名亦不朽。沧桑变更，荒草滋生，花与亭以俱谢，亭因花亦不成。狐兔纷窜，猿猱乱鸣，浅黛青扫，浓雯碧横，望古遥集，伤今恨萦。独关剩万松兮无恙，谡谡带虎鹿泉声。（《（民国）招隐山志》卷五）

3. 阚庄派丹徒支十九世缪鼎臣（一名时孙、潜）族称述溪公赋二篇

招隐山听鹂赋 集《葩经》

春日载阳，于彼高冈。交交黄鸟，集于苞桑。嘤其鸣矣，婉如清扬。声闻于野，并坐鼓簧。曾是莫听，德音无良。在南山之侧，怀允不忘。幽幽南山，云如何里。绿竹猗猗，其直如矢。松柏丸丸，维其高矣。优哉游哉，式燕且喜。怀之好音，不远伊迩。其鸣喈喈，令闻不已。敬而听之，曰止曰时。睍睆黄鸟，悠悠我思。出自幽谷，屡舞僛僛。翙翙其羽，如埙如篪。南山律律，可以栖迟。相彼鸟矣，将其来施施。我思古人，敬天之怒。乱生不夷，忧心愈愈。适彼乐郊，筑室百堵。如鼓瑟琴，有莺其羽。依我磬声，式歌且舞。宁莫我听，既载清酤。鸣鸮鸣鸮，维音哓哓。瞻乌爰止，有集维鷮。乱之又生，听我嚣嚣。我生不辰，中

心摇摇。逝将去女，曾不崇朝。南山烈烈，于焉逍遥。有鸣仓庚，其音昭昭。黄鸟于飞，迁于乔木。载好其音，在彼空谷。神之听之，言就尔宿。节彼南山，硕人之轴。无有后艰，聿怀多福。我闻其声，考槃彼陆。猗于亩丘，以敖以游。南山有杞，其叶有幽。南山有枸，俾躬处休。黄鸟黄鸟，听用我谋。耳属于垣，我心悠悠。鸟鸣嘤嘤，以写我忧。云何吁矣，旨酒思柔。(《(民国)招隐山志》)

鹿跑泉赋 集《葩经》

呦呦鹿鸣，食野之苹。白石凿凿，原隰既平。湜湜其沚，泉流既清。陟彼岨矣，悠悠南行。在南山之侧，有弥济盈。自古有年，遹观厥成，出其闉阇。南山烈烈，爰有寒泉。我心则说，其流汤汤。如彼雨雪，维笋及蒲。葭菼揭揭，如临深渊。鱼网之设，岂伊异人。陶复陶穴，悠悠我思。自昔何为，甡甡其鹿，挹彼注兹。莫浚匪泉，以奏尔时。维其深矣，不日成之。薄言观者，我泉我池。展也大成，河水清且涟漪。或饮于池，如酌孔取，有泌其香。谁谓荼苦，岂不尔思。麀鹿麌麌，不可弭忘。麀鹿噳噳，观其流泉。莫如南土，可以乐饥。硕人俣俣，鹿斯之奔。瞻彼中原，乱离瘼矣。既庶既繁，维足伎伎。不入我门，泉之竭矣。匪我思存，靡所止戾。无然畔援，昊天不惠。哀哉不能言，伤如之何。野有死鹿，鲜民之生。自何能谷，云胡不夷。多将熇熇，冽彼下泉。言归思复，亦已焉哉。麀鹿攸伏，南山崔崔。怀哉怀哉，于时处处。南山有台，逝彼百泉。於乎有哀，麀鹿濯濯，曷云能来。相彼泉水，可以濯罍。淑慎其身，陟彼崔嵬。(《(民国)招隐山志》卷五)